16	3	2	13
5	10	11	8
9	6	7	12
4	15	14	1

Miguel de Cervantes Saavedra

O engenhoso cavaleiro
D. Quixote
de La Mancha

Segundo Livro

Tradução de Sérgio Molina
Edição bilíngue
Gravuras de Gustave Doré
Apresentação de Maria Augusta da Costa Vieira

editora■34

EDITORA 34

Editora 34 Ltda.
Rua Hungria, 592 Jardim Europa CEP 01455-000
São Paulo - SP Brasil Tel/Fax (11) 3811-6777 www.editora34.com.br

Copyright © Editora 34 Ltda., 2007
Tradução © Sérgio Molina, 2007

A FOTOCÓPIA DE QUALQUER FOLHA DESTE LIVRO É ILEGAL E CONFIGURA UMA
APROPRIAÇÃO INDEVIDA DOS DIREITOS INTELECTUAIS E PATRIMONIAIS DO AUTOR.

A presente tradução foi realizada graças ao apoio da
Direção Geral do Livro, Arquivos e Bibliotecas do
Ministério da Educação, Cultura e Desporto da Espanha.

Edição conforme o Acordo Ortográfico da Língua Portuguesa.

Título original:
Segunda parte del ingenioso caballero don Quijote de la Mancha

Imagem da capa:
Detalhe de gravura de Gustave Doré

Capa, projeto gráfico e editoração eletrônica:
Bracher & Malta Produção Gráfica

Revisão:
Cide Piquet
Fabrício Corsaletti

1ª Edição - 2007, 2ª Edição - 2008, 3ª Edição - 2012,
4ª Edição - 2017 (2ª Reimpressão - 2024)

CIP - Brasil. Catalogação-na-Fonte
(Sindicato Nacional dos Editores de Livros, RJ, Brasil)

Cervantes Saavedra, Miguel de, 1547-1616

C413e   O engenhoso cavaleiro D. Quixote de La Mancha,
Segundo Livro / Miguel de Cervantes Saavedra;
tradução de Sérgio Molina; gravuras de Gustave Doré;
apresentação de Maria Augusta da Costa Vieira. —
São Paulo: Editora 34, 2017 (4ª Edição).
856 p.

Tradução de: Segunda parte del ingenioso caballero
don Quijote de la Mancha

ISBN 978-85-7326-392-3

1. Romance espanhol. I. Molina, Sérgio.
II. Doré, Gustave, 1832-1883. III. Vieira, Maria Augusta
da Costa. IV. Título.

CDD - 863E

O engenhoso cavaleiro
D. Quixote de La Mancha
Segundo Livro

Apresentação à segunda parte de D. Quixote 11

Nota à presente edição 27

Aprovações 31

Prólogo ao leitor 37

Dedicatória ao Conde de Lemos 43

CAPÍTULO I
DO QUE O PADRE E O BARBEIRO TRATARAM
COM D. QUIXOTE ACERCA DE SUA DOENÇA 47

CAPÍTULO II
QUE TRATA DA NOTÁVEL PENDÊNCIA QUE SANCHO PANÇA TEVE COM A SOBRINHA
E A AMA DE D. QUIXOTE, MAIS OUTROS ASSUNTOS ENGRAÇADOS 63

CAPÍTULO III
DO RIDÍCULO RAZOAMENTO HAVIDO ENTRE D. QUIXOTE, SANCHO PANÇA
E O BACHAREL SANSÓN CARRASCO 71

CAPÍTULO IV
ONDE SANCHO PANÇA SATISFAZ O BACHAREL SANSÓN CARRASCO
DE SUAS DÚVIDAS E PERGUNTAS, MAIS OUTROS SUCESSOS DIGNOS DE SABER E CONTAR 83

CAPÍTULO V
DA DISCRETA E ENGRAÇADA CONVERSAÇÃO PASSADA ENTRE SANCHO PANÇA
E SUA MULHER, TERESA PANÇA, E OUTROS SUCESSOS DIGNOS DE FELIZ LEMBRANÇA 91

CAPÍTULO VI
DO QUE ACONTECEU A D. QUIXOTE COM SUA SOBRINHA E COM SUA AMA,
QUE É UM DOS IMPORTANTES CAPÍTULOS DE TODA A HISTÓRIA 101

CAPÍTULO VII
DO QUE TRATOU D. QUIXOTE COM SEU ESCUDEIRO,
MAIS OUTROS FAMOSÍSSIMOS SUCESSOS 109

CAPÍTULO VIII
ONDE SE CONTA O QUE ACONTECEU A D. QUIXOTE
INDO VER A SUA SENHORA DULCINEIA D'EL TOBOSO 119

CAPÍTULO IX
ONDE SE CONTA O QUE NELE SE VERÁ 131

CAPÍTULO X
ONDE SE CONTA A INDÚSTRIA DA QUAL SANCHO SE VALEU PARA ENCANTAR
A SENHORA DULCINEIA, MAIS OUTROS SUCESSOS TÃO RIDÍCULOS QUANTO VERDADEIROS 137

CAPÍTULO XI
DA ESTRANHA AVENTURA ACONTECIDA AO VALOROSO D. QUIXOTE
COM O CARRO, OU CARRETA, DAS CORTES DA MORTE 151

Capítulo XII
Da estranha aventura acontecida ao valoroso D. Quixote
com o bravo Cavaleiro dos Espelhos 161

Capítulo XIII
Onde prossegue a aventura do Cavaleiro do Bosque, mais o discreto,
novo e ameno colóquio travado entre os dois escudeiros 173

Capítulo XIV
Onde se prossegue a aventura do Cavaleiro do Bosque 181

Capítulo XV
Onde se dá conta e notícia de quem era
o Cavaleiro dos Espelhos e seu escudeiro 195

Capítulo XVI
Do que aconteceu a D. Quixote com um discreto cavaleiro de La Mancha 199

Capítulo XVII
Onde se declarou o extremo e último ponto
aonde chegou e pôde chegar o inaudito ânimo de D. Quixote
com a felizmente acabada aventura dos leões 211

Capítulo XVIII
Do que aconteceu a D. Quixote no castelo ou casa
do Cavaleiro do Verde Gabão, mais outras coisas extravagantes 227

Capítulo XIX
Onde se conta a aventura do pastor enamorado,
mais outros em verdade engraçados sucessos 241

Capítulo XX
Onde se contam as bodas de Camacho o rico,
mais o sucesso de Basilio o pobre 251

Capítulo XXI
Onde se prosseguem as bodas de Camacho, mais outros saborosos sucessos 267

Capítulo XXII
Onde se dá conta da grande aventura da gruta de Montesinos,
que fica no coração de La Mancha,
à qual deu feliz cima o valoroso D. Quixote de La Mancha 277

Capítulo XXIII
Das admiráveis coisas que o extremado D. Quixote contou que tinha visto
na profunda gruta de Montesinos, cuja impossibilidade e grandeza
faz com que se tenha esta aventura por apócrifa 289

Capítulo XXIV
Onde se contam mil frioleiras tão impertinentes quanto necessárias
ao verdadeiro entendimento desta grande história 305

Capítulo XXV
Onde reponta a aventura do zurro e a engraçada do titereiro,
mais as memoráveis adivinhações do macaco adivinho 315

Capítulo XXVI
Onde se prossegue a engraçada aventura do titereiro,
mais outras coisas em verdade assaz boas 329

Capítulo XXVII
Onde se dá conta de quem eram mestre Pedro e seu macaco, mais o mau sucesso que D. Quixote teve na aventura do zurro, que ele não acabou como quisera e tinha pensado 343

Capítulo XXVIII
De coisas que diz Benengeli que as saberá quem as ler, se as ler com atenção 353

Capítulo XXIX
Da famosa aventura do barco encantado 361

Capítulo XXX
Do que ocorreu com D. Quixote e uma bela caçadora 371

Capítulo XXXI
Que trata de muitas e grandes coisas 379

Capítulo XXXII
Da resposta que deu D. Quixote ao seu repreensor, mais outros graves e engraçados sucessos 391

Capítulo XXXIII
Da saborosa conversação que a duquesa e suas donzelas tiveram com Sancho Pança, digna de ser lida e bem notada 409

Capítulo XXXIV
Que conta da notícia que se teve de como se havia de desencantar a sem-par Dulcineia d'El Toboso, que é uma das mais famosas aventuras deste livro 419

Capítulo XXXV
Onde se prossegue a notícia que teve D. Quixote do desencantamento de Dulcineia, mais outros admiráveis sucessos 429

Capítulo XXXVI
Onde se conta a estranha e nunca imaginada aventura da duenha Dolorida, dita a condessa Trifraldi, mais uma carta que Sancho Pança escreveu a sua mulher, Teresa Pança 441

Capítulo XXXVII
Onde se prossegue a famosa aventura da duenha Dolorida 449

Capítulo XXXVIII
Onde se conta a que deu a duenha Dolorida de sua mal-andança 453

Capítulo XXXIX
Onde a Trifraldi prossegue sua estupenda e memorável história 463

Capítulo XL
De coisas que tangem e tocam a esta aventura e a esta memorável história 467

Capítulo XLI
Da vinda de Cravilenho, mais o fim desta dilatada aventura 475

Capítulo XLII
Dos conselhos que deu D. Quixote a Sancho Pança antes que fosse governar a ínsula, mais outras coisas bem consideradas 491

Capítulo XLIII
Dos segundos conselhos que deu D. Quixote a Sancho Pança 499

Capítulo XLIV

Como Sancho Pança foi levado ao governo,
e da estranha aventura que no castelo aconteceu a D. Quixote 507

Capítulo XLV

De como o grande Sancho Pança tomou posse da sua ínsula
e do modo que começou a governar 523

Capítulo XLVI

Do temeroso espanto chocalheiro e gatum que recebeu D. Quixote
no discurso dos amores da enamorada Altisidora 535

Capítulo XLVII

Onde se prossegue como se portava Sancho Pança no seu governo 543

Capítulo XLVIII

Do que aconteceu com D. Quixote e Dª Rodríguez, a duenha da duquesa,
mais outros acontecimentos dignos de escritura e de memória eterna 557

Capítulo XLIX

Do que aconteceu com Sancho Pança rondando a sua ínsula 569

Capítulo L

Onde se declara quem eram os encantadores e carrascos que açoitaram
a duenha e beliscaram e arranharam D. Quixote, mais o sucesso que teve
o pajem que levou a carta a Teresa Sancha, mulher de Sancho Pança 585

Capítulo LI

Do progresso do governo de Sancho Pança,
mais outros sucessos igualmente bons 597

Capítulo LII

Onde se conta a aventura da segunda duenha Dolorida, ou Angustiada,
por outro nome chamada Dª Rodríguez 609

Capítulo LIII

Do conturbado fim e remate que teve o governo de Sancho Pança 619

Capítulo LIV

Que trata de coisas tocantes a esta história, e não a outra alguma 629

Capítulo LV

De coisas acontecidas a Sancho no caminho, e outras muito para ver 641

Capítulo LVI

Da descomunal e nunca vista batalha
travada entre D. Quixote de La Mancha e o lacaio Tosilos
na defesa da filha da duenha Dª Rodríguez 651

Capítulo LVII

Que trata de como D. Quixote se despediu do duque e do que lhe aconteceu
com a discreta e desenvolta Altisidora, donzela da duquesa 659

Capítulo LVIII

Que trata de como amiudaram sobre D. Quixote
tantas aventuras que não se davam vagar umas às outras 665

Capítulo LIX

Onde se conta do extraordinário sucesso, que se pode ter por aventura,
sucedido a D. Quixote 683

Capítulo LX
Do que aconteceu a D. Quixote indo para Barcelona 695

Capítulo LXI
Do que aconteceu a D. Quixote na entrada de Barcelona,
mais outras coisas que têm mais de verdadeiro que de discreto 715

Capítulo LXII
Que trata da aventura da cabeça encantada,
mais outras ninharias que não se podem deixar de contar 721

Capítulo LXIII
Do mal que sucedeu a Sancho Pança com a visita das galés,
mais a nova aventura da formosa mourisca 741

Capítulo LXIV
Que trata da aventura que mais pesar deu a D. Quixote
de quantas lhe haviam acontecido até então 753

Capítulo LXV
Onde se dá notícia de quem era o da Branca Lua,
mais a liberdade de D. Gregorio, e de outros sucessos 761

Capítulo LXVI
Que trata do que verá quem o ler ou o ouvirá quem o escutar ler 769

Capítulo LXVII
Da resolução que tomou D. Quixote de se fazer pastor
e seguir a vida do campo enquanto se passava o ano da sua promessa,
mais outros sucessos em verdade bons e saborosos 779

Capítulo LXVIII
Da cerdosa aventura que aconteceu a D. Quixote 787

Capítulo LXIX
Do mais raro e mais novo sucesso que em todo o discurso
desta grande história aconteceu a D. Quixote 795

Capítulo LXX
Que segue ao sessenta e nove
e trata de coisas não escusadas para a clareza desta história 803

Capítulo LXXI
Do que a D. Quixote aconteceu com seu escudeiro Sancho,
indo para sua aldeia 813

Capítulo LXXII
De como D. Quixote e Sancho chegaram a sua aldeia 823

Capítulo LXXIII
Dos agouros que teve D. Quixote ao chegar a sua aldeia,
mais outros sucessos que adornam e acreditam esta grande história 831

Capítulo LXXIV
De como D. Quixote caiu doente, e do testamento que fez, e sua morte 839

Sobre o autor 851
Sobre o ilustrador 853
Sobre o tradutor 854

APRESENTAÇÃO DA SEGUNDA PARTE
DE *D. QUIXOTE*

Maria Augusta da Costa Vieira

> "Só para mim nasceu D. Quixote, e eu para ele; ele soube atuar
> e eu escrever, só nós dois somos um para o outro, a despeito e
> pesar do escritor fingido e tordesilhesco que se atreveu ou se
> atreverá a escrever com pena de avestruz grosseira e mal cor-
> tada as façanhas do meu valoroso cavaleiro, porque não é car-
> ga para seus ombros nem assunto para seu frio engenho"
>
> *DQ* II, cap. LXXIV

AMBIGUIDADES EM TORNO DA CONTINUIDADE

É muito provável que, ao concluir a leitura da primeira parte do *Quixote*, o leitor tenha ficado incerto quanto à continuidade das histórias do cavaleiro, sem saber afinal se estava ou não prometida uma segunda parte. Não há precisão, por parte do narrador, quanto à nova saída de D. Quixote e Sancho, apesar de relatar a busca que fez o suposto autor árabe, Cide Hamete Benengeli — sempre curioso e diligente —, por escritos autênticos que documentassem a continuidade das andanças e aventuras do cavaleiro. Até onde se sabe, o que o incansável autor pode apurar — não em documentos, mas na "memória de La Mancha" — foi a notícia de que o cavaleiro saiu pela terceira vez para participar de umas justas na cidade de Saragoça, onde teriam ocorrido coisas dignas de nota. Além disso, menciona-se também uma caixa de chumbo encontrada nos escombros de uma ermida que lhe chegou às mãos, contendo pergaminhos escritos com letras góticas e em língua castelhana, dando notícias de Dulcineia, Rocinante, Sancho Pança e D. Quixote em forma de encômios e epitáfios, o que leva a supor que as andanças do cavaleiro terminariam nesse ponto.

Apesar da ambiguidade impressa pelo narrador quanto a uma segunda parte, Sancho mostra-se mais preciso ao comentar com entusiasmo, também no último capítulo, uma possível nova saída em busca de aventuras, dessa vez com maior "proveito e fama". D. Quixote, mais silencioso e circunspecto, com o ombro feito em pedaços, aceita, em nome da prudência, retornar a sua casa no último capítulo da primeira parte, na esperança de que passasse o "mau influxo das estrelas" em curso naquele momento.

Notícias acerca da segunda parte

Apenas em 1613, oito anos após a publicação da primeira parte do *Quixote*, Cervantes dará notícia acerca de sua intenção de publicar a segunda parte da obra. No final do prólogo das *Novelas exemplares*, o autor anuncia seu propósito, prometendo também *Os trabalhos de Persiles e Sigismunda* — obra concluída em seus últimos dias de vida, em 1616 — e *Semanas do jardim*, da qual nunca mais se teve notícia. Ressaltando a importância de tais obras, dirige-se ao leitor com as seguintes palavras:

> "[...] te ofereço os *Trabalhos de Persiles*, livro que se atreve a competir com Heliodoro, se já por atrevido não sair com as mãos na cabeça; mas antes verás, e com brevidade, dilatadas as façanhas de D. Quixote e graças de Sancho Pança, e depois as *Semanas do jardim*".[1]

É provável que esta breve menção à continuação das andanças de D. Quixote tenha sido a responsável pelo desencadeamento de um debate produzido na surdina entre a obra de Avellaneda e a elaboração da segunda parte cervantina que, dois anos mais tarde, traria para o interior da própria narrativa um movimento singular entre verdade histórica e verdade poética. O fato de ter anunciado que em breve o leitor veria publicadas as façanhas de D. Quixote em sua segunda parte, abriu espaço para que em 1614 aparecesse a continuação da primeira parte denominada por alguns críticos como o "*Quixote* apócrifo", cujo autor se apresentou com o pseudônimo de Alonso Fernández de Avellaneda. Passados aproximadamente quatro séculos, ainda se encontra em discussão a identidade daquele que teria se lançado a tal façanha, dando continuidade às aventuras do cavaleiro e seu escudeiro e conduzindo D. Quixote às justas de Saragoça, tal qual se anuncia no último capítulo da primeira parte. De qualquer modo, a publicação de Avellaneda um ano antes da publicação da segunda parte acabou rendendo uma série de artifícios engenhosos para a composição cervantina, como se verá ao longo da leitura, sobretudo a partir do capítulo LIX.

Certamente o leitor terá observado que já no frontispício da segunda parte aparecem algumas alterações significativas em relação ao da primeira, como a do título da obra, que passa de *O engenhoso fidalgo...* para *O engenhoso cavaleiro...* É certo que quando se inicia a primeira parte Alonso

---

[1] Miguel de Cervantes, *Novelas ejemplares*, Jorge García López (ed.), Barcelona, Editorial Crítica, 2001, pp. 19-20.

Quijano ainda não é um cavaleiro, e só após ser introduzido na ordem da cavalaria andante pelo estalajadeiro (cap. III) é que poderá ostentar tal designação. Seria também possível supor que a mudança de *fidalgo* para *cavaleiro* foi um modo de diferenciar-se do *Quixote* de Avellaneda, que manteve, na sua obra, o título idêntico ao que o *manco de Lepanto* havia atribuído à primeira parte: *O engenhoso fidalgo D. Quixote de La Mancha*.

Comparando ainda o frontispício das duas partes, observa-se que na dedicatória da segunda, em lugar de constar o nome do Duque de Béjar como na primeira, surge o do Conde de Lemos, certamente na esperança de que este, ao contrário daquele, tenha a grandeza do reconhecimento. Além dessas e de outras alterações na portada, a mais significativa delas é o fato de se declarar na segunda parte, publicada em 1615, que seu autor é o mesmo do *Quixote* de 1605: "*Por Miguel de Cervantes Saavedra, autor de la primera parte*", mais uma maneira de marcar a diferença com relação à segunda parte apócrifa.

BREVE ANOTAÇÃO SOBRE CONTINUAÇÕES APÓCRIFAS

O que aconteceu com a segunda parte do *Quixote* certamente não foi um "privilégio" de Cervantes. As noções atuais de originalidade e imitação literária não coincidem com as que imperavam nos séculos XVI e XVII, em que a imitação de obras de outros autores era prática corriqueira e recorrente, capaz de proporcionar diálogos implícitos e muitas vezes burlescos sobre as formas de composição. A própria obra de Cervantes, se considerada a partir da rede discursiva que compunha o universo textual desse período, pode ser a evidência de que um texto brota de vários outros, motivados por concordâncias, divergências, rebaixamentos, apropriações, ironias, enfim, uma multiplicidade de relações possíveis em que a base é textual, seja ela oral ou escrita.

Algo muito similar ao que ocorreu com a segunda parte do *Quixote* de Cervantes e a continuação escrita por Avellaneda, aconteceu com o sevilhano Mateo Alemán, nascido no mesmo ano que Cervantes, 1547. Em 1599 é publicada a primeira parte da obra que lhe daria notoriedade, o *Guzmán de Alfarache*, que, na trilha do *Lazarilho de Tormes* (1554), de autor anônimo, consolida o gênero da picaresca. A obra de Alemán apresentava a autobiografia de um pícaro contada da perspectiva de quem abraçou a virtude e abandonou o vício. Observando a vida humana a partir de uma atalaia, a narração das fortunas e adversidades de Guzmanillo serve de suporte para uma profusão de digressões, muitas vezes de cunho moralizante.

EL INGENIOSO
HIDALGO DON QVI-
XOTE DE LA MANCHA,

Compuesto por Miguel de Ceruantes Saauedra.

DIRIGIDO AL DVQVE DE BEIAR,
Marques de Gibraleon, Conde de Benalcaçar, y Bañares, Vizconde de la Puebla de Alcozer, Señor de las villas de Capilla, Curiel, y Burguillos.

Año, 1605.

CON PRIVILEGIO,
EN MADRID Por Iuan de la Cuesta.

Vendese en casa de Francisco de Robles, librero del Rey nro señor.

Frontispício da primeira parte de *D. Quixote*, 1605.

SEGVNDA PARTE
DEL INGENIOSO
CAVALLERO DON
QVIXOTE DE LA
MANCHA.

Por Miguel de Cervantes Saavedra, autor de su primera parte

Dirigida a don Pedro Fernandez de Castro, Conde de Lemos, de Andrade, y de Villalua, Marques de Sarria, Gentilhombre de la Camara de su Magestad, Comendador de la Encomienda de Peñafiel, y la Zarça de la Orden de Alcantara, Virrey, Gouernador, y Capitan General del Reyno de Napoles, y Presidente del supremo Consejo de Italia.

Año 1615

CON PRIVILEGIO,

En Madrid, Por Iuan de la Cuesta.

vendese en casa de Francisco de Robles, librero del Rey N.S.

Frontispício da segunda parte de *D. Quixote*, 1615.

Como anos mais tarde ocorrerá com Cervantes, a primeira parte do *Guzmán de Alfarache*, que obteve grande sucesso, também teria uma continuação apócrifa, publicada em 1602 sob o pseudônimo de Mateo Luján de Sayavedra. Ao publicar a segunda parte de seu *Guzmán* em 1604, Alemán também terá o mesmo cuidado que teve Cervantes, explicitando na página de rosto, logo abaixo do título, *"por Mateo Alemán, su verdadero autor"*. Apesar dessa precaução, no prólogo da segunda parte, Alemán é comedido e, em lugar de vitupérios, só tem elogios para o "falso" autor:

> "Verdadeiramente terei de confessar ao meu concorrente — seja ele quem diz ou diga quem seja — sua muita erudição, florido engenho, profunda ciência, grande donaire, curso nas letras humanas e divinas, e serem seus discursos de tal qualidade que lhe fico invejoso e folgara fossem meus".

No caso cervantino, entretanto, as tensões em torno da continuação não se resolvem da mesma forma. Ao contrário do prólogo da primeira parte, em que se destaca o jogo benevolente e irônico em relação ao leitor e às convenções de composição de um prefácio, o da segunda já não seguirá o mesmo rumo. A presença tácita de Avellaneda acaba dando um novo destino ao texto, provavelmente motivado por supostas relações biográficas em que os textos são as armas, e o descanso, o pelejar.[2]

EM TORNO DA IDENTIDADE DE AVELLANEDA

Muito se investigou acerca da identidade de Avellaneda, mas ainda hoje pairam incertezas. A suposição que mais tem predominado parte de um estudo de Martín de Riquer, publicado em 1988, intitulado *Cervantes, Passamonte y Avellaneda*,[3] que considera o *Quixote* apócrifo uma resposta dada por um soldado que militou ao lado de Cervantes na batalha de Lepanto, em 1571, chamado Jerónimo de Pasamonte, natural de Aragão. Tratava-se de pessoa profundamente religiosa, para não dizer beata, que, como Cervantes, foi condenado ao cativeiro, tendo de submeter-se à difícil condição de remador de galeras. Também se arriscou nas letras por meio de sua autobiografia intitulada *Vida y trabajos de Jerónimo de Pasamonte*.

---

[2] Trata-se de versos alterados de um *romance español*, retomado por D. Quixote: *"Mis arreos son las armas, mi descanso el pelear"*.

[3] Barcelona, Sirmio, 1988.

SEGVNDO
TOMO DEL
INGENIOSO HIDALGO
DON QVIXOTE DE LA MANCHA,

que contiene su tercera salida : y es la
quinta parte de sus auenturas.

Compuesto por el Licenciado Alonso Fernandez de
Auellaneda, natural de la Villa de
Tordesillas.

Al Alcalde, Regidores, y hidalgos, de la noble
villa del Argamesilla, patria feliz del hidalgo Cauallero Don Quixote
de la Mancha.

Con Licencia, En Tarragona en casa de Felipe
Roberto, Año 1614.

Frontispício do *D. Quixote* de Avellaneda, 1614.

Para Riquer, Cervantes teria insinuado uma versão satírica desse soldado ao promover o encontro do cavaleiro, no capítulo XXII da primeira parte, com um grupo de criminosos condenados às galés por diversos delitos. O mais astuto de todos, Ginés de Pasamonte, é o último a ser entrevistado por D. Quixote e lhe diz estar escrevendo sua biografia, cujo título será *Vida de Ginés de Pasamonte*. Ao que tudo indica, trata-se de um relato picaresco, já que o autor é um malfeitor e já que ele próprio, Ginés, equipara sua obra ao *Lazarilho*: "pobre do *Lazarilho de Tormes* e quantos daquele gênero se escreveram ou vierem a se escrever".

O fato de Cervantes ter construído uma personagem com um nome praticamente idêntico ao de Jerónimo mas que, em lugar de católico virtuoso, é representado como um tipo vicioso e sagaz, teria incomodado profundamente seu companheiro de guerra, levando-o a dar continuidade ao *Quixote* e a publicar uma segunda parte apócrifa como resposta a quem o rebaixara com tamanha ironia.

É digna de observação a presença marcante de Ginés de Pasamonte em toda a obra, pois, à exceção do entorno familiar de D. Quixote (ama, sobrinha, padre e barbeiro) e de Sancho (Teresa e seus filhos), ele é a única personagem que reaparece na segunda parte, não mais como um galeote, mas sim disfarçado de Mestre Pedro — um enganador profissional que anda pelos caminhos, levando às costas um teatro de marionetes e, nos ombros, um macaco adivinho com poderes oraculares.

Para Riley, no entanto, se o estudo de Riquer é perfeito quanto à associação entre Ginés e Jerónimo de Pasamonte, com base na análise textual de *Vida y trabajos de Jerónimo de Pasamonte* e de alguns dados biográficos relativos ao aragonês que atuou em Lepanto ao lado de Cervantes, não seria plausível identificá-lo com o Licenciado Alonso Fernández de Avellaneda.[4]

Se o motivo é a vingança, o prólogo de Avellaneda não poupa farpas contra Cervantes, desde a crítica ao prólogo da primeira parte da obra até os comentários ofensivos sobre o escritor de "uma só mão", soldado velho,

---

[4] Ver de Edward C. Riley, "¿Cómo era Pasamonte?", trabalho apresentado no *III Congreso Internacional de la Asociación de Cervantistas* (*Actas*, ed. Antonio Bernat Vistarini, Palma, Universitat de les Illes Balears, 1998, pp. 85-96). Mais recentemente, Alfonso Martín Jiménez, em trabalho intitulado *El Quijote de Cervantes y el Quijote de Pasamonte, una imitación recíproca* (Alcalá de Henares, Centro de Estudios Cervantinos, 2001), defende a ideia de que não apenas Avellaneda e Pasamonte são a mesma pessoa, como também entre Cervantes e Avellaneda existiu intensa disputa literária que transparece em toda a segunda parte do *Quixote* cervantino. Nesse caso, Cervantes teria conhecido os manuscritos de Avellaneda muito antes de sua publicação, como era trivial na época, e haveria várias relações intertextuais entre as duas obras.

tão velho quanto o castelo em ruínas de San Cervantes, e tão sem amigos que não teria encontrado quem escrevesse os versos elogiosos que era praxe incluir nas páginas preliminares. Queixa-se também Avellaneda do fato de Cervantes tê-lo ofendido, mas não diz como nem onde, mencionando apenas a utilização de *"sinónimos voluntarios"*, o que possivelmente se refere à criação da personagem Ginés de Pasamonte. Ainda em relação ao seu próprio *Quixote*, adverte que o livro, além de não ensinar a desonestidade, ensina a "não ser louco".[5] No último capítulo, o recurso encontrado para a possível cura é o de conduzir D. Quixote à casa do Núncio de Toledo, onde funcionava uma prisão para tratamento de loucos.

O PRÓLOGO DO *QUIXOTE* DE 1615

Certamente, Cervantes sabia muito bem quem era Avellaneda, mas não mencionará seu nome — seria um modo de imortalizá-lo — e utilizará recursos retóricos para dizer não dizendo, mostrando-se insensível aos agravos do autor apócrifo. Todo o prólogo está centrado no autor do *Quixote* apócrifo, e o leitor, nesse momento, além de assumir o papel de confidente, terá que se conformar com uma certa condição de intermediário — um mensageiro — encarregado de fazer chegar ao autor do falso *Quixote* dois contos que narram histórias de loucos e de cães.[6]

Também a presença de Lope de Vega é identificável nos três prólogos, os dois cervantinos e o de Avellaneda, que sai em defesa veemente daquele que fez "estupendas e inumeráveis comédias", o que levou a crítica a pensar, em alguns momentos, na possibilidade de identificar o próprio Avellaneda a Lope de Vega ou, pelo menos, a alguém bastante vinculado a seu grupo. Cervantes, por sua vez, refere-se ao dramaturgo dizendo que "do tal adoro o engenho, admiro as obras e a ocupação constante e virtuosa", elogio entremeado de ironias, pois eram mais do que conhecidas não apenas a obra notável do Fênix, como também suas ocupações contínuas e nem sempre virtuosas, sua vida repleta de instabilidades, amores ilícitos, experiência sacerdotal e participação no Santo Ofício.

---

[5] Alonso Fernández de Avellaneda, *El ingenioso hidalgo don Quijote de la Mancha*, prólogo e notas de Agustín del Saz, Barcelona, Editorial Juventud, 1980, pp. 21-3.

[6] "Conto" no sentido de narração oral, folclórica. Segundo o *Diccionario de Autoridades* (edição fac-símile, Madri, Gredos, 1990), *cuento* seria *"la relación de alguna cosa sucedida. Y por extensión se llaman también así las fábulas o consejas que se suelen contar a los niños para divertirlos"*.

Se o prólogo da primeira parte inicia-se de forma sedutora, tratando de captar a benevolência do leitor e colocando-o, ainda que ironicamente, na confortável posição de poder pensar sobre a obra o que bem entender, o prólogo da segunda parte segue outro rumo desde as primeiras linhas. Dirige-se ao leitor designando-o como "leitor ilustre (ou plebeu)", instaurando assim, por intermédio da conjunção alternativa, o tom irônico, e transformando o que poderia ser um elogio em rebaixamento. Afinal, nem o primeiro é culto, nem o segundo ignorante, mas de todo modo mantém a já tradicional distinção entre dois tipos de leitor. Em seguida, em lugar de oferecer-lhe a simpatia, vem a certeza do desapontamento por não iniciar o prólogo com "vinganças, ralhos e vitupérios" em relação ao autor do *Quixote* apócrifo, como deveria esperar o leitor. Explicitando o que não fará em relação a Avellaneda, Cervantes indica o que deveria ser feito.

Ao desmascarar a inveja presente na emulação de Avellaneda, Cervantes traça seu perfil como o de um traidor perturbado que necessita ocultar sua identidade e que provavelmente terá sucumbido a tentações demoníacas. Logo após os desabafos calculados, virá a parte mais cifrada do prólogo, em que o autor encarrega o leitor de relatar ao autor apócrifo — caso venha a conhecê-lo — dois contos que no final das contas estão relacionados com a composição de um livro quando este é fruto de tentação: argumento, sem dúvida, convincente se dirigido a um tipo particularmente atemorizado, com mania persecutória, um tanto carola e suscetível a visões diabólicas, como parecia ser Jerónimo de Pasamonte.[7]

O primeiro conto é leve como o ar; o segundo, pesado como uma pedra. Os dois narram histórias de loucos e de cães e ambos recuperam uma forma de relato muito comum na vida social dos séculos XVI e XVII ibéricos corrente na segunda metade do período quinhentista, como a coleção de Juan Rufo, *Las seiscientas apotegmas y otras obras en verso* (1596), ou mesmo a *Floresta española* (1574) de Melchor de Santa Cruz, o primeiro a compilar relatos breves espanhóis. Trata-se de um conjunto de narrativas curtas sendo que cada uma delas, como diz Rufo, deve ser *"breve y aguda sentencia, dicho y respuesta, sentido que con menos palabras no se puede explicar"*.[8] Tais relatos, que teriam a forma dos apotegmas ou adágios, deveriam compor a memória de todo cortesão ideal, tão bem delineado por Castiglione em seu *O cortesão* (1528), já que uma das qualidades indispensáveis ao ho-

---

[7] Ver de Riley, *op. cit.*

[8] Ver Juan Rufo, "Al Lector", em *Las seiscientas apotegmas y otras obras en verso* (edição, prólogo e notas de Alberto Blecua, Madri, Espasa-Calpe, 1972), p. 13.

mem de corte era a graça ao contar uma anedota ou ao dizer uma agudeza.[9] Além disso, acreditava-se mais na eficiência de um conto, de uma fábula, de um emblema do que num tratado argumentativo. Estes contos tinham o objetivo primordial de provocar o riso por meio de jogos de palavras, metáforas, refrões, paradoxos, metonímias, enfim uma quantidade de recursos que constituiriam o que Rufo chama de "sutileza do engenho".

Os dois contos cervantinos que aparecem no prólogo da segunda parte estão compostos seguindo os mesmos princípios que regem os relatos de Rufo e de Santa Cruz, isto é, primam pela concisão e pela agudeza.[10] O primeiro narra a mania de um louco de Sevilha, que consistia em segurar um cão qualquer que encontrasse na rua, introduzir um canudo de cana pontiagudo no seu traseiro, inflá-lo de modo a deixá-lo redondo como uma bola e em seguida soltá-lo, dando palmadinhas na barriga do animal e dizendo aos que assistiam à sua proeza: "Pensarão agora vossas mercês que é pouco trabalho inflar um cachorro?", ao que Cervantes emenda: "Pensará agora vossa mercê que é pouco trabalho fazer um livro?".

O conto seguinte, o do louco de Córdoba, narra a história de um louco que andava com uma lousa de mármore sobre a cabeça e, quando se aproximava de um cão, deixava a lousa cair sobre o animal, provocando latidos desesperados. Certo dia, arremeteu a lousa contra o cachorro de um artesão que tinha grande estima pelo animal. Inconformado, o artesão agarrou uma vara de medir e descarregou pauladas sobre o louco até romper todos seus ossos. A cada paulada gritava o artesão: "Cão miserável, no meu podengo? Não viste, cruel, que era podengo o meu cão?". Depois disso, algo parece ter entrado na cabeça do louco, que a partir do incidente, ao aproximar-se de qualquer cão, dizia: "Este é podengo. Guar-te!".[11] E Cervantes conclui: "Quiçá desta sorte venha a acontecer a esse historiador, que não mais se atre-

---

[9] Ver, além de Rufo, Melchor de Santa Cruz, *Floresta española* (edição e estudo preliminar de M. Pilar Cuartero e Maxime Chevalier, Barcelona, Crítica, 1997), e Baldassare Castiglione, *O cortesão* (São Paulo, Martins Fontes, 1997).

[10] Em linhas bem gerais, seria possível dizer que a produção de uma *agudeza* supõe o estabelecimento de conexões inesperadas entre extremos que em princípio não teriam por que estar relacionados. Covarrubias, em *Tesoro de la lengua castellana* (direção de Ignácio Arellano, Universidad de Granada/Editorial Iberoamericana, 2006), define *agudeza* como *"sutilidad"*. O *Diccionario de Autoridades* apresenta a seguinte definição: *"Metafóricamente: la sutileza, prontitud y facilidad de ingenio en pensar, decir o hacer alguna cosa"*.

[11] Covarrubias define o *"perro podenco"* como *"el perro de caza que busca y para las perdices; y díjose así por lo mucho que anda de una parte a otra y con gran diligencia, que los cazadores llaman tener muchos pies"*.

va a soltar a presa do seu engenho em livros que, sendo ruins, são mais duros que as rochas".

Tanto numa história quanto na outra a agudeza parece estar na associação do louco ao autor e do cão à obra, sendo que no caso do louco de Sevilha a correspondência se estabelece com Cervantes, e no do louco de Córdoba, com Avellaneda.[12] A primeira história é um conto risível em que o louco não causa maiores prejuízos ao cachorro; apesar de sua ação voltar-se para o puro divertimento do público que sempre o assiste, supõe trabalho árduo por parte do autor. Nesse caso, sublinha-se a ideia de que, ao contrário do que parece entender Avellaneda, escrever um livro não é coisa ligeira, muito menos quando se trata de um livro capaz de provocar divertimento, que exige do autor, entre outras coisas, a capacidade de encontrar artifícios capazes de darem forma a uma matéria bruta, de modo a transformá-la em algo divertido, admirável e único.

A segunda história, a do louco de Córdoba, é um conto perverso em que o louco, servindo-se de uma rocha — portanto dura, pesada e provavelmente pontiaguda — fere um cão individualizado — o podengo — que, ao contrário dos outros, tem um dono que nutre por ele grande estima. A ação do louco é gratuita e perniciosa e portanto merece resposta à altura por parte do dono do cão, de modo a ensinar o louco a não se meter com qualquer animal, em particular com aqueles que são singulares e que têm donos zelosos. A ação do proprietário do cão é de vingança mas também de ensinamento, pois a partir daquele dia o louco não volta a largar lousas de mármore sobre cães. Assim, num recado explícito dirigido a Avellaneda — aquele que é "historiador" e não poeta —, Cervantes preceitua que não se deve insistir em escrever livros quando estes, além de ruins, são mais duros que os penhascos, como a rocha que o louco despenhava indiscriminadamente sobre qualquer cão e, em particular, sobre um cão específico e de dono zeloso.[13]

---

[12] Maurice Molho também associa o primeiro conto a Cervantes e o segundo a Avellaneda, baseando-se em pressupostos da psicanálise em "Para una lectura psicológica de los cuentecillos de locos del segundo *Don Quijote*" (*Cervantes: Bulletin of the Cervantes Society of America*, XI [1], pp. 87-98). Com perspectiva bastante divergente, ver de Javier Herrero "La metáfora del libro en Cervantes" (*Actas del VII Congreso de la Asociación Internacional de Hispanistas*, 1980, pp. 579-84); de Monique Joly, o sugestivo trabalho "Historias de locos" (*Études sur Don Quichotte*, Paris, Sorbonne, 1996), e de Alberto Porqueras-Mayo, "En torno a los prólogos de Cervantes" (*Cervantes, su obra y su mundo*, direção de Manuel Criado de Val, Madri, Edi-6, 1981).

[13] O conto do louco de Córdoba foi versificado e publicado na *Floresta cómica o colección de cuentos, fábulas, sentencias y descripciones de graciosos de nuestras comedias* (Madri, 1796), indicado como procedente de uma comédia de Francisco de Leiva que, segundo Maurice Molho, provavelmente se baseou no prólogo cervantino (M. Molho, *op. cit.*, p. 98).

Desse modo, as duas narrativas breves e sentenciosas trazem as marcas do que Rufo encontrava nos apotegmas, isto é, cada uma delas é uma "*breve y aguda sentencia, dicho y respuesta*".[14]

Os contos de loucos não se encerram aí. Já no primeiro capítulo da segunda parte, o leitor terá o prazer de ler outro conto que transcorre na casa de loucos de Sevilha — um relato mais desenvolvido e portanto mais distante da forma concisa e aguda dos contos anteriores. A história é narrada pelo barbeiro e seu ouvinte principal é D. Quixote que, exercitando seu entendimento, percebe a gama de insinuações de Mestre Nicolás sobre a possível cura da demência.

Além disso, o início da segunda parte está todo entremeado pelo tema da loucura, assim como o término do *Quixote* de Avellaneda põe em cena o cavaleiro em conversação com loucos encerrados num manicômio de Toledo. É provável que, entre outras coisas, Cervantes tenha tido grande descontentamento quanto ao tipo de loucura que Avellaneda imprimiu ao cavaleiro, muito distante do que teve em conta ao conformar o seu D. Quixote na primeira parte. A loucura quixotesca encontra familiaridade com a loucura erasmista, em que o louco não chega a perder a faculdade do entendimento, embora passe vários momentos enlevado na "ficção e no sonho cavaleiresco".[15] Como diz Erasmo, há dois tipos de demência:

> "[...] uma que as Fúrias desencadeiam dos Infernos, todas as vezes que arremessam suas serpentes e lançam nos corações dos mortais o ardor da guerra, a sede inexaurível do ouro, o amor desonroso e culpável, o parricídio, o incesto, o sacrilégio, e todo o resto [...] A outra demência nada tem de semelhante; emana de mim [a Loucura] e é o mais desejável dos bens. Nasce toda vez que uma doce ilusão liberta a alma de seus penosos cuidados, e restitui as várias formas da volúpia".[16]

---

[14] A obra de Juan Rufo era muito apreciada por Cervantes, assim como por Gôngora e Gracián. Seu poema épico *La Austriada*, que narra as façanhas de Don Juan de Áustria, fazia parte da biblioteca de D. Quixote e será salvo da fogueira no escrutínio feito pelo Padre e o Barbeiro no capítulo VI da primeira parte.

[15] Diferente da loucura de D. Quixote seria a do Orlando de Ariosto, que, ao se tornar louco, perde o juízo e a capacidade do entendimento. Ver Antonio Vilanova, *Erasmo y Cervantes* (Barcelona, CSIC, 1949). Ver também, de Pedro Garcez Ghirardi, "Poesia e loucura no *Orlando furioso*", em *Orlando furioso*, Cotia, Ateliê, 2002.

[16] Erasmo de Rotterdam, *Elogio da loucura*, trad. Maria Ermantina Galvão, São Paulo, Martins Fontes, 2004, XXVIII, p. 44.

D. Quixote conviveu com este último tipo de demência, tendo tido o privilégio de "morrer são e viver louco", como dizem os versos de seu epitáfio.

PERSONAGENS LEITORES: OUTRA INOVAÇÃO DA SEGUNDA PARTE

No final do prólogo do *Quixote* de 1615, o autor faz questão de sublinhar que a continuação "é cortada do mesmo artífice e do mesmo pano que a primeira", mas, apesar disso, elas guardam algumas diferenças.

O tempo ficcional que separa as duas partes não chega a um mês, no entanto é o suficiente para que logo no início (cap. V) o tradutor de Cide Hamete encontre diferenças significativas no modo de falar de Sancho, chegando a pôr em dúvida a autenticidade do capítulo: "fala Sancho Pança em estilo diferente do que se pode esperar do seu parco engenho e diz coisas tão sutis, que não tem por possível que ele as soubesse".

O próprio Cide Hamete Benengeli — o autor árabe — apresenta-se mais ousado e divertido. Agora ele faz comentários críticos sobre a primeira parte, tem momentos de desabafos e de queixas, revela suas incertezas quanto ao que teria sucedido com o cavaleiro quando visitou a Gruta de Montesinos, além de prever, no último capítulo, que a história de D. Quixote viveria "longos séculos".

Em lugar dos dois personagens errantes da primeira parte, em busca de aventuras sem propósito definido, na segunda o cavaleiro sai com metas estabelecidas: primeiro quer ir a El Toboso visitar Dulcineia, depois às justas de Saragoça, passando antes pela Gruta de Montesinos. Quanto ao espaço, em lugar dos campos abertos e dos caminhos que predominam na primeira parte, na segunda há cada vez mais residências, hospedagens, palácios e algo semelhante aos salões, durante a estada de D. Quixote e Sancho na cidade de Barcelona, na casa de D. Antonio Moreno. Aos poucos, também o dinheiro passa a ocupar lugar de destaque, sendo mediador de algumas relações humanas, inclusive a dos dois protagonistas, construindo assim a ideia de que progressivamente o cavaleiro vai aceitando viver em seu próprio tempo.

Na segunda parte, mais do que na primeira, D. Quixote dialoga, disserta e sobretudo dá conselhos, de modo que sua existência se traduz mais em palavras que em obras. Se na primeira parte ele é vítima de enganos produzidos por personagens que atuam utilizando máscaras com o intuito de reconduzi-lo a sua casa, na segunda parte se tem a impressão de que o mundo se converteu num grande teatro.

Também Dulcineia ganha novo estatuto: do ser etéreo e incorpóreo da primeira parte, ganha consistência física, ainda que condenada pelos "encantadores" a exibir uma aparência bem diversa da que o cavaleiro sempre imaginou. Sancho, já bem instruído nas leis da cavalaria, também refina sua perspicácia e experimenta situações impensáveis, como contatos com nobres, com palácios e com o poder, ainda que preserve seus traços de camponês rústico que, como diz, "nu vim ao mundo e nu me acho nele, não perco nem ganho".

O repertório literário que sustentou várias discussões entre as personagens da primeira parte será gradualmente substituído pelo *Quixote* de Avellaneda e, sobretudo, pelo próprio *Quixote* já publicado. O curioso é que não apenas o cavaleiro toma conhecimento de que anda impressa uma falsa versão de suas andanças, escrita por um tal Avellaneda, como também folheia a obra e faz comentários sobre o estilo desse autor que, segundo suas impressões, parece ser aragonês (cap. LIX). Como se não bastasse, estando em Barcelona, decide entrar em uma tipografia e ali, entre outros títulos que estão sendo impressos, se defronta com a segunda parte apócrifa (cap. LXII). Mais adiante, já retornando a sua aldeia, encontra-se com uma personagem da obra apócrifa — o cavaleiro granadino D. Álvaro Tarfe — que finalmente reconhece ser ele o verdadeiro D. Quixote (cap. LXXII), e não o protagonista do escritor aragonês.

O mais surpreendente, entretanto, é que por meio desse processo de confronto com seus próprios artifícios de composição, a narrativa vai assumindo percursos vertiginosos, em que a personagem dialoga com seus próprios leitores da primeira parte já publicada — Sansón Carrasco e os duques —, instaurando um movimento paradoxal entre verdade histórica e verdade poética. Agora, em vez de ter que fundamentar sua opção pela cavalaria andante por intermédio de Amadis de Gaula e sua caterva, D. Quixote e Sancho se veem obrigados a justificar para seus leitores/personagens suas próprias ações e aventuras narradas na primeira parte da obra.

A ideia de que a obra de Cervantes cria uma rede de diálogos com várias formas discursivas de seu tempo continua plenamente válida na segunda parte; no entanto, além das variadas formas e gêneros, a obra dialoga também com sua emulação e, sobretudo, consigo mesma.

* * *

Caro leitor:

Como na apresentação da primeira parte, o propósito desta introdução não foi adiantar episódios ou sugerir interpretações sobre a obra. Tal atitude poderia corresponder à privação do prazer da leitura, dificultando inclusive o êxito de um dos recursos tão utilizados por Cervantes, que é o de provocar a admiração.

O que se pretendeu foi oferecer algumas referências que possam deslindar certos emaranhados históricos relativos ao modo de composição que vigorava nos séculos XVI e XVII ibéricos. Ao mesmo tempo, tratou-se de apresentar algumas tensões que giravam em torno da obra no momento em que foi escrita e mostrar como elas se resolveram a partir da utilização de artifícios retóricos e poéticos. Para isso, o prólogo da segunda parte é exemplar, tanto no que diz respeito à resposta que Cervantes ensaia para Avellaneda, quanto no exercício de uma composição regida pela agudeza e pelo discurso engenhoso. Mas, como é bem sabido, uma coisa é o propósito, outra, o resultado, e neste caso, por razão de prudência, melhor será recorrer às palavras de Cide Hamete Benengeli que, no capítulo XLIV, pede "que não se despreze o seu trabalho e o cubram de elogios, não pelo que escreve, mas pelo que deixou de escrever".

NOTA À PRESENTE EDIÇÃO

O texto em espanhol de *D. Quixote* que integra este volume teve por base o estabelecido nas edições de Florencio Sevilla Arroyo e Antonio Rey Hazas (Alcalá de Henares, Centro de Estudios Cervantinos, 1993), Martín de Riquer (Barcelona, Planeta, 1997), Francisco Rico (Barcelona, Instituto Cervantes/Galaxia Gutenberg, 2004) e Celina Sabor de Cortázar e Isaías Lerner (Buenos Aires, Eudeba, 2005) — cotejadas com a edição *princeps* de 1615 —, refletindo as opções do tradutor em face das diversas variantes adotadas em cada uma delas.

O engenhoso cavaleiro
D. Quixote
de La Mancha

Segundo Livro

APROVAÇÃO[1]

Por comissão e mandado dos senhores do Conselho, fiz ler o livro contido neste memorial. Não tem coisa que seja contra a fé nem os bons costumes, antes é livro de muito entretenimento lícito, misturado de muita filosofia moral. Pode-se-lhe dar licença de impressão. Em Madri, a cinco de novembro de mil seiscentos e quinze.

Doutor Gutierre de Cetina[2]

APROBACIÓN

Por comisión y mandado de los señores del Consejo, he hecho ver el libro contenido en este memorial. No contiene cosa contra la fe ni buenas costumbres, antes es libro de mucho entretenimiento lícito, mezclado de mucha filosofía moral. Puédesele dar licencia para imprimirle. En Madrid, a cinco de noviembre de mil seiscientos y quince.

Doctor Gutierre de Cetina

APROVAÇÃO

Por comissão e mandado dos senhores do Conselho, li a *Segunda parte de D. Quixote de La Mancha*, de Miguel de Cervantes Saavedra. Não contém coisa que seja contra nossa santa fé católica nem nossos bons costumes, antes muitas de honesta recreação e grato divertimento, que os antigos julgaram convenientes a suas repúblicas, pois até na severa dos lacedemônios levantaram estátua ao riso, e os da Tessália lhe dedicaram festas, como diz Pausânias, referido por Bosio, livro 2 *De signis Ecclesiæ*,[3] capítulo 10, alentando ânimos abatidos e espíritos melancólicos, como lembrou Túlio no primeiro *De Legibus*,[4] e assim também o poeta, quando diz:

Interpone tuis interdum gaudia curis,[5]

coisa que o autor faz misturando veras e burlas, o doce com o proveitoso e o moral com o faceto, dissimulando na isca do gracejo o anzol da repreensão e cumprindo com o acertado assunto com que pretende expulsar os livros de cavalarias, pois com sua boa diligência manhosamente limpou estes reinos de sua contagiosa doença. É obra mui digna do seu grande engenho, honra e lustre da nossa nação, admiração e inveja das estrangeiras. Este é meu parecer, salvo, etc. Em Madri, a 17 de março de 1615.

O Mestre Josef de Valdivielso[6]

APROBACIÓN

Por comisión y mandado de los señores del Consejo he visto la *Segunda parte de don Quijote de la Mancha*, por Miguel de Cervantes Saavedra. No contiene cosa contra nuestra santa fe católica ni buenas costumbres, antes muchas de honesta recreación y apacible divertimiento, que los antiguos juzgaron convenientes a sus repúblicas, pues aun en la severa de los lacedemonios levantaron estatua a la risa, y los de Tesalia la dedicaron fiestas, como lo dice Pausanias, referido de Bosio, libro 2 *De signis Ecclesiæ*, capítulo 10, alentando ánimos marchitos y espíritus melancólicos, de que se acordó Tulio en el primero *De legibus*, y el poeta diciendo:

Interpone tuis interdum gaudia curis,

lo cual hace el autor mezclando las veras a las burlas, lo dulce a lo provechoso y lo moral a lo faceto, disimulando en el cebo del donaire el anzuelo de la reprehensión y cumpliendo con el acertado asunto en que pretende la expulsión de los libros de caballerías, pues con su buena diligencia mañosamente ha limpiado de su contagiosa dolencia a estos reinos. Es obra muy digna de su grande ingenio, honra y lustre de nuestra nación, admiración y invidia de las estrañas. Este es mi parecer, salvo, etc. En Madrid, a 17 de marzo de 1615.

El Maestro Josef de Valdivielso

APROVAÇÃO

Por comissão do senhor Doutor Gutierre de Cetina, vigário-geral desta vila de Madri, corte de Sua Majestade, li este livro da *Segunda parte do engenhoso cavaleiro D. Quixote de La Mancha*,[7] de Miguel de Cervantes Saavedra, e não acho nele coisa alguma indigna de um cristão zelo nem que destoe da decência devida ao bom exemplo nem das virtudes morais, antes muita erudição e proveito, assim na continência do seu bem seguido assunto, para extirpar os vãos e mentirosos livros de cavalarias, cujo contágio se alastrara além do justo, como na lisura da linguagem castelhana, não adulterada com fastiosa e estudada afetação, vício com razão execrado por homens sisudos; e na correção dos vícios que geralmente toca, ocasionado de seus agudos discursos, guarda com tanto siso as leis da repreensão cristã, que aquele que padecer da doença que ele pretende curar, quando menos o imaginar gostosamente terá bebido, sem fastio nem asco algum, na doçura e sabor de seus medicamentos a proveitosa execração do seu vício, com o qual remédio se achará satisfeito e repreendido, que é o mais difícil de conseguir.

Muitos são os que, por não saberem temperar nem misturar a contento o útil com o doce, deram com todo seu molesto trabalho em terra, pois, não podendo imitar Diógenes no filósofo e douto, atrevida, para não dizer

---

APROBACIÓN

Por comisión del señor Doctor Gutierre de Cetina, vicario general desta villa de Madrid, corte de Su Majestad, he visto este libro de la *Segunda parte del ingenioso caballero don Quijote de la Mancha*, por Miguel de Cervantes Saavedra, y no hallo en él cosa indigna de un cristiano celo ni que disuene de la decencia debida a buen ejemplo ni virtudes morales, antes mucha erudición y aprovechamiento, así en la continencia de su bien seguido asunto, para extirpar los vanos y mentirosos libros de caballerías, cuyo contagio había cundido más de lo que fuera justo, como en la lisura del lenguaje castellano, no adulterado con enfadosa y estudiada afectación (vicio con razón aborrecido de hombres cuerdos) y en la corrección de vicios que generalmente toca, ocasionado de sus agudos discursos, guarda con tanta cordura las leyes de reprehensión cristiana, que aquel que fuere tocado de la enfermedad que pretende curar, en lo dulce y sabroso de sus medicinas gustosamente habrá bebido, cuando menos lo imagine, sin empacho ni asco alguno, lo provechoso de la detestación de su vicio, con que se hallará, que es lo más difícil de conseguirse, gustoso y reprehendido.

Ha habido muchos que, por no haber sabido templar ni mezclar a propósito lo útil con lo dulce, han dado con todo su molesto trabajo en tierra, pues, no pudiendo imitar a Diógenes en lo filósofo y docto, atrevida, por no decir licenciosa y desalumbradamente, le pretenden imitar en lo cínico, entregándose a maldicientes, inventando casos que no pasaron para hacer capaz al vicio que tocan de su áspera reprehensión, y por ventura descubren

licenciosa e desatinadamente, pretendem imitá-lo no cinismo, dando-se à maledicência, inventando casos não acontecidos para dar lugar ao vício tocado por sua áspera repreensão, e porventura descobrem caminhos até então ignorados para seu seguimento, com o qual vêm ficar, mais que repreensores, mestres dele. Fazem-se odiosos aos bem-entendidos, junto ao povo perdem o crédito (quando algum tiveram) para aceitar seus escritos, e os vícios que ousada e imprudentemente quiserem emendar, em muito pior estado que antes, pois nem todas as pústulas estão em um mesmo tempo prontas para receber unguentos ou cautérios, antes algumas muito melhor recebem os brandos e suaves medicamentos, com cuja aplicação o atentado e douto médico alcança o fim de as resolver, termo muitas vezes melhor que o que se consegue com o rigor do ferro.

Bem diversamente foram sentidos os escritos de Miguel Cervantes tanto em nossa nação como nas estranhas, pois como a milagre querem ver o autor de livros que com geral aplauso, assim por seu decoro e decência como pela suavidade e brandura de seus discursos, receberam Espanha, França, Itália, Alemanha e Flandres. Certifico com verdade que em vinte e cinco de fevereiro deste ano de seiscentos e quinze, tendo ido o ilustríssimo senhor D. Bernardo de Sandoval y Rojas,[8] cardeal-arcebispo de Toledo, meu senhor, pagar a visita que o embaixador da França fez a Sua Ilustríssima, que viera tratar de coisas tocantes aos casamentos de seus príncipes com os da Espanha,[9] muitos cavaleiros franceses dos que vieram acompanhando o embaixador, tão corteses quanto entendidos e amigos das boas letras, se chegaram a mim e a outros capelães do cardeal meu senhor, desejosos de saber que livros de engenho andavam mais validos; e, citando eu por acaso este que estava censurando, apenas ouviram o nome de Miguel de Cervantes começa-

---

caminos para seguirle hasta entonces ignorados, con que vienen a quedar, si no reprehensores, a lo menos maestros dél. Hácense odiosos a los bien entendidos; con el pueblo pierden el crédito, si alguno tuvieron, para admitir sus escritos; y los vicios que arrojada e imprudentemente quisieren corregir, en muy peor estado que antes, que no todas las postemas a un mismo tiempo están dispuestas para admitir las recetas o cauterios, antes algunos mucho mejor reciben las blandas y suaves medicinas, con cuya aplicación el atentado y docto médico consigue el fin de resolverlas, término que muchas veces es mejor que no el que se alcanza con el rigor del hierro.

Bien diferente han sentido de los escritos de Miguel Cervantes así nuestra nación como las estrañas, pues como a milagro desean ver el autor de libros que con general aplauso, así por su decoro y decencia como por la suavidad y blandura de sus discursos, han recebido España, Francia, Italia, Alemania y Flandres. Certifico con verdad que en veinte y cinco de febrero deste año de seiscientos y quince, habiendo ido el ilustrísimo señor don Bernardo de Sandoval y Rojas, cardenal arzobispo de Toledo, mi señor, a pagar la visita que a Su Ilustrísima hizo el embajador de Francia, que vino a tratar cosas tocantes a los casamientos de sus príncipes y los de España, muchos caballeros franceses de los que vinieron acompañando al embajador, tan corteses como entendidos y amigos de buenas letras, se llegaron a mí y a otros capellanes del cardenal mi señor, deseosos de saber qué libros de ingenio andaban más validos; y tocando a caso en este que yo estaba censurando, apenas oyeron el nombre de Miguel de Cervantes, cuando se comenzaron a hacer lenguas, encareciendo la estimación en que así en Francia como en los reinos sus confinantes se tenían sus obras: *La Galatea*, que alguno dellos tiene casi de memoria, la primera parte desta y las *Novelas*. Fueron tantos sus encarecimientos, que me ofrecí llevarles que viesen el autor

ram a dar à língua, encarecendo a estimação em que, assim na França como nos reinos seus confinantes, se tinham suas obras: *A Galateia*, que alguns deles sabem quase de cor, a primeira parte desta e as *Novelas*. Foram tantos seus encarecimentos, que me ofereci para os levar até o autor delas, coisa que estimaram com mil demonstrações de vivos desejos. Perguntaram-me bem pelo miúdo sua idade, profissão, qualidade e quantidade. Achei-me obrigado a dizer que era velho, soldado, fidalgo e pobre, ao que um deles respondeu estas formais palavras: "E tal homem não tem a Espanha muito rico e sustentado pelo erário público?". Acudiu outro daqueles cavaleiros com este pensamento, e com muita agudeza, dizendo: "Se a necessidade o há de obrigar a escrever, praza a Deus que nunca tenha abastança, para que com suas obras, sendo ele pobre, enriqueça todo o mundo". Bem creio que esta, para censura, já está algum tanto comprida, e alguém dirá que toca os limites do lisonjeiro elogio. Mas a verdade do que brevemente digo desfaz no crítico a suspeita e em mim o cuidado, de mais que nos dias de agora não se lisonjeia a quem não tem com que cevar o bico do adulador, o qual, ainda quando afetuosa e falsamente fala por burla, pretende ser pago deveras.

Em Madri, a vinte e sete de fevereiro de mil seiscentos e quinze.

O Licenciado Márquez Torres[10]

---

dellas, que estimaron con mil demostraciones de vivos deseos. Preguntáronme muy por menor su edad, su profesión, calidad y cantidad. Halléme obligado a decir que era viejo, soldado, hidalgo y pobre, a que uno respondió estas formales palabras: "¿Pues a tal hombre no le tiene España muy rico y sustentado del erario público?". Acudió otro de aquellos caballeros con este pensamiento, y con mucha agudeza, y dijo: "Si necesidad le ha de obligar a escribir, plega a Dios que nunca tenga abundancia, para que con sus obras, siendo él pobre, haga rico a todo el mundo". Bien creo que está, para censura, un poco larga; alguno dirá que toca los límites de lisonjero elogio; mas la verdad de lo que cortamente digo deshace en el crítico la sospecha y en mí el cuidado: además que el día de hoy no se lisonjea a quien no le tiene con qué cebar el pico del adulador, que, aunque afectuosa y falsamente dice de burlas, pretende ser remunerado de veras.

En Madrid, a veinte y siete de febrero de mil y seiscientos y quince.

El Licenciado Márquez Torres

Notas

[1] Diferentemente do *D. Quixote* de 1605, o volume de 1615 traz nas páginas preliminares três aprovações, espécie de parecer censório redigido por letrados eclesiásticos a mando do Conselho Geral da Inquisição. Embora não houvesse obrigação legal nesse sentido, costumava-se reproduzir tais documentos no próprio livro censurado quando se estendiam em considerações estilísticas.

[2] Gutierre de Cetina: vigário-geral de Madri, signatário de numerosas aprovações, censuras e licenças para impressão de livros durante o século XVII, incluídas as das *Novelas exemplares* e de *Viagem do Parnaso*, de Cervantes.

[3] *De signis Ecclesiæ* [*Dei libri XXIV*]: "Os 24 livros dos sinais da Igreja de Deus" (Roma, 1591), do sacerdote romano Tommaso Bosio (1548-1610); as duas notícias — a de que os espartanos erguiam estátuas ao "deus do riso" (Dionísio) e de que os tessálios lhe dedicavam festas — são atribuídas nesse livro, respectivamente, a Plutarco e a Pausânias (geógrafo e viajante grego do século II); a segunda, porém, provavelmente foi extraída de *O asno de ouro*, de Apuleio.

[4] *De Legibus*: *Tratado sobre as leis*, de Marco Túlio Cícero.

[5] *Interpone tuis interdum gaudia curis* [*ut possis animo quemvis sufferre laborem*]: "Entremeia vez por outra o prazer às preocupações [para que possas suportar bravamente qualquer trabalho]", versos extraídos dos *Disticha de Moribus ad Filium* (III, 6) de Dionísio Catão, aqui nomeado apenas como "poeta".

[6] Josef de Valdivielso: dramaturgo e poeta toledano que, assim como o signatário da aprovação seguinte, era capelão do arcebispo de Toledo, D. Bernardo de Sandoval y Rojas (ver nota 8). Assinou também as aprovações de *Viagem do Parnaso*, das *Comédias e entremezes* e de *Os trabalhos de Persiles e Sigismunda*.

[7] *Segunda parte do engenhoso cavaleiro D. Quixote de La Mancha*: tradução literal do título do volume, tal como consta no frontispício da *princeps*. Se Cervantes teria de fato optado por nomeá-lo assim ou se foi uma decisão do impressor é uma discussão que permanece aberta, ensejada pelas contradições que resultam do seu confronto com o do volume inaugural — *O engenhoso fidalgo D. Quixote de La Mancha* — e pelo fato de ele ser subdividido em quatro seções, também chamadas *partes*. A favor da autoria cervantina pesa o caráter paradoxal que marca o vínculo entre os dois livros (ver *DQ* I, cap. I, nota 1).

[8] D. Bernardo de Sandoval y Rojas (1546-1618): tio do duque de Lerma, valido de Felipe III, foi, além de arcebispo de Toledo, primaz da Espanha, conselheiro de Estado e, desde 1608 até sua morte, inquisidor-geral. Também se notabilizou pela proteção dispensada a vários escritores, entre eles Lope de Vega, Quevedo, Góngora e o próprio Cervantes.

[9] ... casamentos de seus príncipes com os da Espanha: Noël Brûlart de Sillery foi enviado a Madri em fevereiro 1615, na qualidade de embaixador, para encaminhar os trâmites de dois matrimônios, o de Dª Isabel de Bourbon, irmã do rei da França, com o príncipe de Astúrias, mais tarde coroado Felipe IV, e o de Dª Ana de Áustria, irmã deste, com o delfim francês e futuro Luís XIII.

[10] Francisco Márquez Torres: além de primeiro capelão e "mestre de pajens" do arcebispo Sandoval y Rojas, foi autor de poemas de circunstância e de uma crônica da situação econômica da Espanha. Não há certeza, porém, de que ele seja de fato o autor desta aprovação — um dos mais importantes registros sobre a primeira recepção de *D. Quixote* —, pois desde o século XVIII se trabalha sobre a hipótese de que o texto seja do próprio Cervantes.

PRÓLOGO AO LEITOR

Valha-me Deus, com quanta ânsia deves de estar esperando agora este prólogo, leitor ilustre (ou plebeu), pensando nele achar vinganças, ralhos e vitupérios contra o autor do segundo *D. Quixote*,[1] digo daquele que dizem que foi engendrado em Tordesilhas e nasceu em Tarragona! Mas em verdade que não te darei esse gosto, pois, se os agravos despertam a cólera nos mais humildes peitos, no meu esta regra há de ter exceção. Bem quiseras que o tachasse de asno, mentecapto e atrevido, mas isso não me passa pelo pensamento; que o castigue o seu pecado e lá coma da sua semeadura, e faça bom proveito. O que não pude deixar de sentir é que me tenha notado de velho e de maneta,[2] como se estivesse em minha mão deter o tempo, por que não passasse por mim, ou se o meu aleijamento tivesse nascido nalguma taverna, e não na mais alta ocasião que viram os séculos passados, os presentes, nem esperam ver os vindouros. Se as minhas feridas não resplandecem aos olhos de quem as vê, são ao menos estimadas na estima dos que sabem onde foram recebidas, pois mais vale ao soldado morrer na batalha que livrar-se na fuga, e tenho isto para mim de tal maneira que, se agora me propusessem e

---

PRÓLOGO AL LECTOR

¡Válame Dios, y con cuánta gana debes de estar esperando ahora, lector ilustre o quier plebeyo, este prólogo, creyendo hallar en él venganzas, riñas y vituperios del autor del segundo *Don Quijote*, digo, de aquel que dicen que se engendró en Tordesillas y nació en Tarragona! Pues en verdad que no te he de dar este contento, que, puesto que los agravios despiertan la cólera en los más humildes pechos, en el mío ha de padecer excepción esta regla. Quisieras tú que lo diera del asno, del mentecato y del atrevido, pero no me pasa por el pensamiento: castíguele su pecado, con su pan se lo coma y allá se lo haya. Lo que no he podido dejar de sentir es que me note de viejo y de manco, como si hubiera sido en mi mano haber detenido el tiempo, que no pasase por mí, o si mi manquedad hubiera nacido en alguna taberna, sino en la más alta ocasión que vieron los siglos pasados, los presentes, ni esperan ver los venideros. Si mis heridas no resplandecen en los ojos de quien las mira, son estimadas a lo menos en la estimación de los que saben dónde se cobraron: que el soldado más bien parece muerto en la batalla que libre en la fuga, y es esto en mí de manera, que si ahora me propusieran y facilitaran un imposible, quisiera antes haberme hallado en aquella facción prodigiosa que sano ahora de mis heridas sin haberme hallado en

facilitassem impossíveis, antes prefeririria ter-me achado naquela facção prodigiosa que livre agora das minhas feridas sem ter estado nela. As que o soldado mostra no rosto e no peito, estrelas são que guiam os demais ao céu da honra e ao do desejar o justo louvor; e se há de advertir que não se escreve com as cãs, mas com o entendimento, o qual sói melhorar com os anos.

Também senti que me chamasse de invejoso e como a um ignorante me descrevesse que coisa é a inveja,[3] pois, na realidade da verdade, das duas que existem eu só conheço a santa, a nobre e bem-intencionada.[4] E sendo isto assim, como é, não tenho por que perseguir nenhum sacerdote, muito menos quando este, por cima disso, é familiar do Santo Ofício;[5] e se ele o disse por quem parece que o disse, se enganou de todo em todo, pois do tal adoro o engenho, admiro as obras e a ocupação constante e virtuosa.[6] Mas ainda assim agradeço ao tal senhor autor o dizer que minhas novelas são mais satíricas que exemplares, mas que são boas; e o não poderiam ser se não tivessem de tudo.[7]

Parece que me dizes que ando muito comedido e que me contenho demais nos termos da minha modéstia, mas sei que não se há de acrescentar aflição ao aflito, e a que deve de ter este senhor é sem dúvida grande, pois não ousa aparecer em campo aberto e a céu claro, encobrindo seu nome, fingindo sua pátria, como se tivesse feito alguma traição de lesa-majestade. Se porventura chegares a conhecê-lo, dize-lhe da minha parte que me não dou por agravado, pois bem sei o que são as tentações do demônio, e que uma das maiores é pôr no entendimento de um homem que pode compor e imprimir um livro com o qual venha a ganhar tanta fama quanto dinheiro e tanto dinheiro quanta fama; e para confirmação disto, quero que com teu bom donaire e graça lhe contes este conto:

---

ella. Las que el soldado muestra en el rostro y en los pechos, estrellas son que guían a los demás al cielo de la honra, y al de desear la justa alabanza; y hase de advertir que no se escribe con las canas, sino con el entendimiento, el cual suele mejorarse con los años.

He sentido también que me llame invidioso y que como a ignorante me describa qué cosa sea la invidia; que, en realidad de verdad, de dos que hay, yo no conozco sino a la santa, a la noble y bienintencionada. Y siendo esto así, como lo es, no tengo yo de perseguir a ningún sacerdote, y más si tiene por añadidura ser familiar del Santo Oficio; y si él lo dijo por quien parece que lo dijo, engañóse de todo en todo, que del tal adoro el ingenio, admiro las obras y la ocupación continua y virtuosa. Pero en efecto le agradezco a este señor autor el decir que mis novelas son más satíricas que ejemplares, pero que son buenas; y no lo pudieran ser si no lo tuvieran de todo.

Paréceme que me dices que ando muy limitado y que me contengo mucho en los términos de mi modestia, sabiendo que no se ha de añadir aflición al afligido y que la que debe de tener este señor sin duda es grande, pues no osa parecer a campo abierto y al cielo claro, encubriendo su nombre, fingiendo su patria, como si hubiera hecho alguna traición de lesa majestad. Si por ventura llegares a conocerle, dile de mi parte que no me tengo por agraviado, que bien sé lo que son tentaciones del demonio, y que una de las mayores es ponerle a un hombre en el entendimiento que puede componer y imprimir un libro con que gane tanta fama como dineros y tantos dineros cuanta fama; y para confirmación desto, quiero que en tu buen donaire y gracia le cuentes este cuento:

Había en Sevilla un loco que dio en el más gracioso disparate y tema que dio loco en el mundo, y fue que hizo un cañuto de caña puntiagudo en el fin, y en cogiendo algún perro en la calle, o en cualquiera otra parte, con

Havia em Sevilha um louco que caiu no mais engraçado disparate e teima já visto em louco no mundo, que foi fazer um canudo de cana rematado em ponta e, apanhando algum cachorro na rua, ou em qualquer outro lugar, com um pé lhe prendia uma pata e levantava a outra com a mão, e como melhor podia lhe encaixava o canudo na parte em que, soprando, ficava o cachorro redondo feito uma bola; e, tendo-o desse jeito, lhe dava duas palmadinhas na barriga e o soltava, dizendo aos circunstantes (que sempre eram muitos): "Pensarão agora vossas mercês que é pouco trabalho inflar um cachorro?".[8] Pensará agora vossa mercê que é pouco trabalho fazer um livro?

E se este conto não lhe quadrar, dize-lhe este, leitor amigo, que também é de louco e de cachorro:

Havia em Córdoba outro louco que tinha por costume levar sobre a cabeça um pedaço de laje de mármore ou um calhau não muito leve e, em topando com algum cachorro descuidado, se lhe chegava junto e deixava cair o peso a prumo sobre ele. Amofinava-se o cachorro e, dando latidos e ganidos, não parava antes de três ruas. Aconteceu, porém, que entre os cachorros em que descarregou sua carga estava o de um carapuceiro, muito querido do seu dono. Deitou aquele a pedra, acertou-lha na cabeça, soltou o grito o cão, viu-o e sentiu-o o dono, agarrou de uma vara de medir e partiu contra o louco, sem lhe perdoar um osso, e a cada paulada que lhe dava dizia: "Cão miserável, no meu podengo? Não viste, cruel, que era podengo o meu cão?". E, repetindo o nome de podengo muitas vezes, deixou o louco mais moído que grão de trigo. Escarmentou o louco e se retirou, e não foi visto na praça em mais de um mês, ao cabo do qual tempo voltou com sua invenção, e com mais carga. Chegava-se aonde estava o cachorro e, olhando-o muito fito a fito e sem querer nem ousar descarregar a pedra, dizia:

---

el un pie le cogía el suyo, y el otro le alzaba con la mano, y como mejor podía le acomodaba el cañuto en la parte que, soplándole, le ponía redondo como una pelota; y en teniéndolo desta suerte, le daba dos palmaditas en la barriga y le soltaba, diciendo a los circunstantes, que siempre eran muchos: "¿Pensarán vuestras mercedes ahora que es poco trabajo hinchar un perro?". ¿Pensará vuestra merced ahora que es poco trabajo hacer un libro?

Y si este cuento no le cuadrare, dirásle, lector amigo, este, que también es de loco y de perro:

Había en Córdoba otro loco, que tenía por costumbre de traer encima de la cabeza un pedazo de losa de mármol o un canto no muy liviano, y en topando algún perro descuidado, se le ponía junto y a plomo dejaba caer sobre él el peso. Amohinábase el perro y, dando ladridos y aullidos, no paraba en tres calles. Sucedió, pues, que entre los perros que descargó la carga fue uno un perro de un bonetero, a quien quería mucho su dueño. Bajó el canto, diole en la cabeza, alzó el grito el molido perro, violo y sintiólo su amo, asió de una vara de medir y salió al loco y no le dejó hueso sano; y cada palo que le daba decía: "Perro ladrón, ¿a mi podenco? ¿No viste, cruel, que era podenco mi perro?". Y repitiéndole el nombre de podenco muchas veces, envió al loco hecho una alheña. Escarmentó el loco y retiróse, y en más de un mes no salió a la plaza, al cabo del cual tiempo volvió con su invención, y con más carga. Llegábase donde estaba el perro, y mirándole muy bien de hito en hito, y sin querer ni atreverse a descargar la piedra, decía: "Este es podenco: ¡guarda!". En efeto, todos cuantos perros topaba, aunque fuesen alanos o gozques, decía que eran podencos, y, así, no soltó más el canto. Quizá de esta suerte le podrá acontecer a este historiador, que no se atreverá a soltar más la presa de su ingenio en libros que, en siendo malos, son más duros que las peñas.

"Este é podengo. Guar-te!". Com efeito, todos os cachorros que topava, ainda que fossem alãos ou gozos, dizia ele que eram podengos, e assim não soltou mais o calhau. Quiçá desta sorte venha a acontecer a esse historiador, que não mais se atreva a soltar a presa do seu engenho em livros que, sendo ruins, são mais duros que as rochas.

Dize-lhe também que da ameaça que me faz de me tirar o ganho com seu livro[9] pouco se me dá, pois, citando o entremez famoso de *La Perendenga*,[10] eu lhe respondo que viva o aguazil meu senhor, e Cristo por todos! Viva o grande Conde de Lemos! (Cuja cristandade, e liberalidade bem conhecida, contra todos os golpes da minha pouca fortuna me mantém em pé.) E viva-me a suma caridade do ilustríssimo de Toledo, D. Bernardo de Sandoval y Rojas, ainda que não tivesse o mundo imprensa alguma ou contra mim se imprimissem mais livros do que letras há nas coplas de Mingo Revulgo.[11] Esses dois príncipes, sem serem solicitados por minha adulação nem por outro algum gênero de aplauso, só por sua bondade tomaram a seu cargo o me fazer mercê e me favorecer, pelo qual motivo eu me tenho por mais ditoso e mais rico que se a fortuna por caminho ordinário me tivesse posto em seu píncaro. Pode o pobre ter honra, mas não o vicioso; a pobreza pode nublar a nobreza, mas não a escurecer de todo; mas como a virtude dê alguma luz de si, ainda que seja pelas aperturas e brechas da privação, vem a ser estimada dos altos e nobres espíritos e, por conseguinte, favorecida.

E não lhe digas mais, nem eu quero dizer mais a ti, somente advertir que consideres que esta segunda parte de *D. Quixote* que te ofereço é cortada do mesmo artífice e do mesmo pano que a primeira, e que nela te dou um D. Quixote dilatado, e finalmente morto e sepultado, por que ninguém se atreva a lhe levantar novos testemunhos, pois bastam os passados, e basta tam-

---

Dile también que de la amenaza que me hace que me ha de quitar la ganancia con su libro, no se me da un ardite, que, acomodándome al entremés famoso de *La perendenga*, le respondo que me viva el veinte y cuatro mi señor, y Cristo con todos. Viva el gran Conde de Lemos (cuya cristiandad, y liberalidad bien conocida, contra todos los golpes de mi corta fortuna me tiene en pie) y vívame la suma caridad del ilustrísimo de Toledo, don Bernardo de Sandoval y Rojas, y siquiera no haya emprentas en el mundo, y siquiera se impriman contra mí más libros que tienen letras las coplas de Mingo Revulgo. Estos dos príncipes, sin que los solicite adulación mía ni otro género de aplauso, por sola su bondad, han tomado a su cargo el hacerme merced y favorecerme, en lo que me tengo por más dichoso y más rico que si la fortuna por camino ordinario me hubiera puesto en su cumbre. La honra puédela tener el pobre, pero no el vicioso; la pobreza puede anublar a la nobleza, pero no escurecerla del todo; pero como la virtud dé alguna luz de sí, aunque sea por los inconvenientes y resquicios de la estrecheza, viene a ser estimada de los altos y nobles espíritus, y, por el consiguiente, favorecida.

Y no le digas más, ni yo quiero decirte más a ti, sino advertirte que consideres que esta segunda parte de *Don Quijote* que te ofrezco es cortada del mismo artífice y del mismo paño que la primera, y que en ella te doy a don Quijote dilatado, y finalmente muerto y sepultado, porque ninguno se atreva a levantarle nuevos testimonios, pues bastan los pasados y basta también que un hombre honrado haya dado noticia destas discretas locuras, sin querer de nuevo entrarse en ellas: que la abundancia de las cosas, aunque sean buenas, hace que no se estimen, y la carestía (aun de las malas) se estima en algo. Olvidábaseme de decirte que esperes el *Persiles*, que ya estoy acabando, y la segunda parte de *Galatea*.

além que um homem honrado tenha dado notícia dessas discretas loucuras, sem querer de novo entrar nelas, pois a fartura das coisas, ainda quando boas, faz com que se não estimem, e a carestia (até das más) se estima algum tanto. Esquecia-me de te dizer que esperes o *Persiles*, que já estou acabando, e a segunda parte de *A Galateia*.[12]

NOTAS

[1] ... autor do segundo *D. Quixote*: alusão ao *Segundo tomo del ingenioso hidalgo don Quijote de la Mancha*, publicado em Tarragona em 1614, e àquele que se apresenta como seu autor, Alonso Fernández de Avellaneda, dado no frontispício como natural de Tordesilhas. Entre as muitas hipóteses sobre a identidade oculta por trás do pseudônimo, vale citar a de Martín de Riquer, segundo a qual se trataria do escritor e também soldado aragonês Jerónimo de Pasamonte (1553-16??), que pretenderia assim revidar uma suposta alusão sarcástica a ele no personagem do galeote Ginés (ver *D. Quixote* I, cap. XXII).

[2] ... notado de velho e de maneta: menção às passagens do prólogo do falso *Quixote* em que se zomba da velhice de Cervantes, então beirando os setenta anos, e de sua mutilação de guerra, que ele próprio comentara no prólogo das *Novelas exemplares* (1613). Eis as palavras de Avellaneda: "... fiéis relações que à sua mão chegaram (e digo *mão* pois de si confessa que tem apenas uma; e falando tanto de todos, havemos de dizer dele que, como soldado tão velho em anos quanto moço em brios, tem mais língua que mãos). [...] E pois Miguel de Cervantes é já velho como o castelo de São Cervantes [Servando], e por causa dos anos tão descontentadiço que tudo e todos o enfadam...".

[3] ... que coisa é a inveja: também no prólogo da continuação apócrifa, em meio a uma enfiada de citações teológicas, Cervantes é tachado de invejoso por ter zombado de alguns colegas na abertura do primeiro *Quixote*.

[4] ... a nobre e bem-intencionada: a imitação da excelência alheia, ou "emulação honrosa", que segundo o tópico moral da época não seria vício nem pecado, mas uma louvável "centelha de virtude".

[5] Familiar do Santo Ofício: alusão direta a Lope de Vega, à época sacerdote e ministro da Inquisição, que havia sido alvo de ironias no prólogo e nos versos preliminares da primeira parte. Avellaneda, na abertura de seu *Quixote*, tomou a defesa do "Fênix das Letras", censurando Cervantes por "ofender a mim, e particularmente a quem tão justamente celebram as nações mais estrangeiras e a nossa tanto deve, por entreter honestíssima e fecundamente por tantos anos os teatros da Espanha com estupendas e inumeráveis comédias, com o rigor da arte que pede o mundo e com a segurança e limpeza que de um ministro do Santo Ofício se deve esperar".

[6] ... admiro [...] a ocupação constante e virtuosa: reconhece-se aqui mais um sarcasmo contra Lope de Vega, já que, segundo os comentários públicos, seus hábitos boêmios permaneceram inalterados depois de ele ter tomado os sacerdotais, em 1614.

[7] ... se não tivessem de tudo: no prólogo do *Quixote* apócrifo, o autor se refere às *Novelas* como "mais satíricas que exemplares, se bem não pouco engenhosas". Em sua resposta, Cervantes recorre ao sentido etimológico de "sátira" (*satura*: mistura) e inverte a crítica de Avellaneda, uma vez que a variedade era um dos traços mais valorizados pelo cânone estilístico da época.

[8] Inflar um cachorro: *inflar un perro* se cristalizaria na língua castelhana como frase feita, denotando o exagero em escrever ou falar sobre algo que não merece maior atenção.

[9] ... ameaça [...] de me tirar o ganho com seu livro: outro contra-ataque dirigido a Avellaneda, que em seu prólogo dissera: "pois que [Cervantes] se queixe do meu trabalho pelo ganho que lhe tiro da sua segunda parte...".

[10] *La Perendenga*: o texto do entremez citado nas duas frases seguintes se perdeu, mas supõe-se que se trate do que serviria de modelo para *La Perendeca* (A prostituta errante), de Agustín Moreto (1618-1699).

[11] Coplas de Mingo Revulgo: coleção de 32 letrilhas satíricas contra Henrique IV de Castela publicadas por volta de 1464, atribuídas ao frade franciscano Íñigo de Mendoza (1424-1508), e vastamente difundida em sua versão glosada.

[12] *A Galateia*: a segunda parte da obra nunca chegou a ser publicada e tampouco se acharam seus manuscritos. Cervantes já a prometera na dedicatória das *Comédias e entremezes* e voltaria a fazê-lo na do *Persiles*, datada a poucos dias de sua morte.

DEDICATÓRIA AO CONDE DE LEMOS[1]

Tendo enviado dias atrás a Vossa Excelência as minhas comédias, antes impressas que representadas,[2] se bem me lembro eu lhe disse então que D. Quixote tinha calçadas as esporas para ir beijar as mãos de Vossa Excelência, e agora digo que já as calçou e se pôs a caminho e, se ele aí chegar, creio que terei feito algum serviço a Vossa Excelência, pois é muita a pressa que de infinitas partes me dão por que o envie, para tirar o amargor e a náusea causada por outro D. Quixote que com o nome de *Segunda parte* se disfarçou e correu pelo orbe. E quem mais deu mostras de o desejar foi o grande imperador da China, que faz coisa de um mês me escreveu por um emissário uma carta em língua chinesa pedindo-me ou, para melhor dizer, suplicando-me que lho enviasse, pois queria fundar um colégio onde se desse lição da língua castelhana e queria que o livro que lá se lesse fosse o da história de D. Quixote. Juntamente com isso me dizia que fosse eu ser o reitor do tal colégio. Perguntei ao portador se Sua Majestade lhe dera alguma ajuda de custa para mim. Respondeu-me que nem por pensamento.

— Então — respondi —, podeis voltar à vossa China, irmão, a dez ou a vinte ou a quantas léguas por jornada vos houverem despachado, pois eu

---

DEDICATORIA AL CONDE DE LEMOS

Enviando a Vuestra Excelencia los días pasados mis comedias, antes impresas que representadas, si bien me acuerdo dije que don Quijote quedaba calzadas las espuelas para ir a besar las manos a Vuestra Excelencia; y ahora digo que se las ha calzado y se ha puesto en camino, y si él allá llega, me parece que habré hecho algún servicio a Vuestra Excelencia, porque es mucha la priesa que de infinitas partes me dan a que le envíe para quitar el hámago y la náusea que ha causado otro don Quijote que con nombre de *Segunda parte* se ha disfrazado y corrido por el orbe. Y el que más ha mostrado desearle ha sido el grande emperador de la China, pues en lengua chinesca habrá un mes que me escribió una carta con un propio, pidiéndome o por mejor decir suplicándome se le enviase, porque quería fundar un colegio donde se leyese la lengua castellana y quería que el libro que se leyese fuese el de la historia de don Quijote. Juntamente con esto me decía que fuese yo a ser el rector del tal colegio. Preguntéle al portador si Su Majestad le había dado para mí alguna ayuda de costa. Respondióme que ni por pensamiento.

— Pues, hermano — le respondí yo —, vos os podéis volver a vuestra China a las diez o a las veinte o a las que venís despachado, porque yo no estoy con salud para ponerme en tan largo viaje; además que, sobre estar

não estou com saúde para fazer viagem tão longa; de mais que, sobre doente, estou muito sem dinheiro, e imperador por imperador e monarca por monarca, em Nápoles tenho o grande conde de Lemos, que sem tantos tituletes de colégios nem reitorias me sustenta, me ampara e faz mais mercês que as que eu possa desejar.

Com isso o despedi e com isso me despeço, oferecendo a vossa Excelência *Os trabalhos de Persiles e Sigismunda*, livro que acabarei dentro de quatro meses, *Deo volente*,[3] e que há de ser, ou o pior, ou o melhor já composto em nossa língua, quero dizer, dentre os de entretenimento; e já digo que me arrependo de ter dito o pior, porque, segundo a opinião dos meus amigos, há de chegar ao extremo possível da bondade. Siga Vossa Excelência com a saúde que lhe desejo, que logo estará o *Persiles* pronto para lhe beijar as mãos, e eu os pés, como criado que sou de vossa Excelência. Em Madri, último de outubro de mil seiscentos e quinze.

Criado de Vossa Excelência,

Miguel de Cervantes Saavedra

---

enfermo, estoy muy sin dineros, y, emperador por emperador y monarca por monarca, en Nápoles tengo al grande conde de Lemos, que, sin tantos titulillos de colegios ni rectorías, me sustenta, me ampara y hace más merced que la que yo acierto a desear.

Con esto le despedí y con esto me despido, ofreciendo a Vuestra Excelencia *Los trabajos de Persiles y Sigismunda*, libro a quien daré fin dentro de cuatro meses, *Deo volente*, el cual ha de ser o el más malo o el mejor que en nuestra lengua se haya compuesto, quiero decir de los de entretenimiento; y digo que me arrepiento de haber dicho el más malo, porque según la opinión de mis amigos ha de llegar al estremo de bondad posible. Venga Vuestra Excelencia con la salud que es deseado, que ya estará *Persiles* para besarle las manos, y yo los pies, como criado que soy de Vuestra Excelencia. De Madrid, último de otubre de mil seiscientos y quince.

Criado de Vuestra Excelencia,

Miguel de Cervantes Saavedra

NOTAS

[1] Conde de Lemos: D. Pedro Fernández Ruiz de Castro y Osorio (1576-1622), sétimo conde de Lemos (Galiza), presidente do Conselho das Índias e, entre 1610 e 1616, vice-rei de Nápoles. Era sobrinho e genro do poderoso duque de Lerma e foi mecenas de vários escritores do Século de Ouro espanhol, entre eles os irmãos Argensola, Lope de Vega, Quevedo e Góngora, além do próprio Cervantes, que também lhe dedicou as *Comédias e entremezes* e o *Persiles*.

[2] ... comédias, antes impressas que representadas: o livro *Oito comédias e oito entremezes novos nunca representados* havia saído em meados de setembro de 1615, e em sua dedicatória Cervantes anunciara: "D. Quixote de La Mancha tem calçadas as esporas em sua segunda parte para ir beijar os pés de Vossa Excelência. Creio que chegará queixoso, porque em Tarragona foi traquejado e malparado; mas, pelo sim ou pelo não, leva informação certa de que não é ele o que naquela história se contém, senão outro suposto, que quis ser ele e não acertou a sê-lo".

[3] *Deo volente*: "Deus querendo", ou "se Deus quiser".

CAPÍTULO I

Do que o padre e o barbeiro trataram com D. Quixote acerca de sua doença

Conta Cide Hamete Benengeli, na segunda parte desta história e terceira saída de D. Quixote, que o padre e o barbeiro passaram quase um mês sem o ver, para não renovar nem lhe trazer à memória as coisas passadas. Mas nem por isso deixaram de visitar sua sobrinha e sua ama, recomendando-lhes que tratassem de o regalar, dando-lhe de comer coisas confortativas e apropriadas para o coração e o cérebro, donde (segundo bom discurso) provinha toda sua má ventura. As quais disseram que assim faziam e fariam com a melhor vontade e cuidado possível, pois viam que seu senhor ia dando mostras de estar cada vez mais em seu inteiro juízo; do qual receberam os dois grande contentamento, por lhes parecer que haviam acertado em trazê-lo encantado no carro de bois (como se contou na primeira parte desta tão grande quanto pontual história, no seu último trecho), e assim determinaram de o visitar e fazer experiência de sua melhoria, bem que a tivessem por quase impossível, acordando não tocar em nenhum ponto da andante cavalaria, para não se arriscarem a descoser os da ferida, que tão tenros ainda estavam.

Visitaram-no, enfim, e o acharam sentado na cama, vestindo uma almilha de baeta verde, com um gorro vermelho de malha, tão magro e amumia-

---

CAPÍTULO I

De lo que el cura y el barbero pasaron con don Quijote cerca de su enfermedad

Cuenta Cide Hamete Benengeli en la segunda parte desta historia y tercera salida de don Quijote que el cura y el barbero se estuvieron casi un mes sin verle, por no renovarle y traerle a la memoria las cosas pasadas, pero no por esto dejaron de visitar a su sobrina y a su ama, encargándolas tuviesen cuenta con regalarle, dándole a comer cosas confortativas y apropiadas para el corazón y el celebro, de donde procedía (según buen discurso) toda su mala ventura. Las cuales dijeron que así lo hacían y lo harían con la voluntad y cuidado posible, porque echaban de ver que su señor por momentos iba dando muestras de estar en su entero juicio. De lo cual recibieron los dos gran contento, por parecerles que habían acertado en haberle traído encantado en el carro de los bueyes (como se contó en la primera parte desta tan grande como puntual historia, en su último capítulo) y así determinaron de visitarle y hacer esperiencia de su mejoría, aunque tenían casi por imposible que la tuviese, y acordaron de no tocarle en ningún punto de la andante caballería, por no ponerse a peligro de descoser los de la herida, que tan tiernos estaban.

do que parecia um peixe seco. Foram por ele muito bem recebidos, perguntaram-lhe por sua saúde, e ele deu conta de si e dela com muito juízo e elegantes palavras. E no discurso da conversação vieram a tratar daquilo que chamam "razão de Estado" e modos de governo, emendando este abuso e condenando aquele, reformando um costume e banindo outro, fazendo-se cada um dos três um novo legislador, um Licurgo moderno ou um Sólon reluzente,[1] e de tal maneira renovaram a república, que pareceu como se a tivessem metido numa forja e tirado outra em seu lugar. E falou D. Quixote com tanta discrição sobre todas as matérias tratadas, que os dois examinadores creram indubitavelmente que ele estava de todo bom e em seu inteiro juízo.

Assistiram à conversação a ama e a sobrinha, e não se fartavam de dar graças a Deus por verem o seu senhor com tão bom entendimento. Mas o padre, mudando seu primeiro propósito, que era de não tocar em coisas de cavalarias, quis experimentar de todo se a sanidade de D. Quixote era falsa ou verdadeira e, assim, de lance em lance, foi contando algumas novas vindas da corte, e entre outras disse que se tinha por certo que o Turco avançava com uma poderosa armada,[2] e que não se sabia seu desígnio nem onde haveria de descarregar tamanha tormenta, e por tal temor, que quase todos os anos nos faz tocar alarma, às armas estava posta toda a cristandade, e Sua Majestade havia mandado prover as costas de Nápoles e da Sicília e a ilha de Malta. A isto respondeu D. Quixote:

— Sua Majestade fez como prudentíssimo guerreiro em aparelhar seus Estados com tempo, por que o inimigo não o apanhe desprevenido. Porém, se tomasse o meu conselho, eu o aconselharia a usar de uma precaução na qual, ora agora, Sua Majestade deve estar muito longe de pensar.

Ouvindo isto, disse o padre entre si: "Que Deus te proteja e valha, po-

---

Visitáronle en fin, y halláronle sentado en la cama, vestida una almilla de bayeta verde, con un bonete colorado toledano, y estaba tan seco y amojamado, que no parecía sino hecho de carne momia. Fueron dél muy bien recebidos, preguntáronle por su salud, y él dio cuenta de sí y de ella con mucho juicio y con muy elegantes palabras. Y en el discurso de su plática vinieron a tratar en esto que llaman "razón de estado" y modos de gobierno, enmendando este abuso y condenando aquel, reformando una costumbre y desterrando otra, haciéndose cada uno de los tres un nuevo legislador, un Licurgo moderno o un Solón flamante, y de tal manera renovaron la república, que no parecía sino que la habían puesto en una fragua y sacado otra de la que pusieron; y habló don Quijote con tanta discreción en todas las materias que se tocaron, que los dos esaminadores creyeron indubitadamente que estaba del todo bueno y en su entero juicio.

Halláronse presentes a la plática la sobrina y ama, y no se hartaban de dar gracias a Dios de ver a su señor con tan buen entendimiento; pero el cura, mudando el propósito primero, que era de no tocarle en cosa de caballerías, quiso hacer de todo en todo esperiencia si la sanidad de don Quijote era falsa o verdadera, y así, de lance en lance, vino a contar algunas nuevas que habían venido de la corte, y, entre otras, dijo que se tenía por cierto que el Turco bajaba con una poderosa armada, y que no se sabía su designio ni adónde había de descargar tan gran nublado, y con este temor, con que casi cada año nos toca arma, estaba puesta en ella toda la cristiandad y Su Majestad había hecho proveer las costas de Nápoles y Sicilia y la isla de Malta. A esto respondió don Quijote:

— Su Majestad ha hecho como prudentísimo guerrero en proveer sus estados con tiempo, porque no le

bre D. Quixote, pois me parece que te despenhas do alto da tua loucura até o profundo abismo da tua simplicidade!".

Mas o barbeiro (que já havia atinado no mesmo pensamento que o padre) perguntou a D. Quixote qual era a advertência da prevenção que dizia ser bem que se fizesse. Talvez fosse tal que entrasse na lista das muitas advertências impertinentes que se costumam dar aos príncipes.

— A minha, senhor rapa-queixos — disse D. Quixote —, não será impertinente, senão bem pertencente.

— Não o digo por isso — replicou o barbeiro —, mas porque a experiência tem mostrado que todos ou os mais arbítrios[3] que se oferecem a Sua Majestade, ou são impossíveis, ou disparatados, ou em dano do rei ou do reino.

— Pois o meu — respondeu D. Quixote — nem é impossível nem disparatado, senão o mais fácil, o mais justo e o mais maneiro e expedito que pode caber em pensamento de arbitrista algum.

— Já tarda em dizê-lo vossa mercê, senhor D. Quixote — disse o padre.

— Não quisera — disse D. Quixote — dizê-lo eu aqui agora e que amanhecesse amanhã nos ouvidos dos senhores conselheiros, e um outro levasse o agradecimento e o prêmio do meu trabalho.

— Por mim — disse o barbeiro —, dou minha palavra, aqui e perante Deus, de não dizer o que vossa mercê disser, nem a rei nem roque, nem a homem terrenal, juramento que aprendi do romance do padre[4] que no introito da missa avisou ao rei do ladrão que lhe roubara as cem dobras e sua mula estradeira.

— Não sei de histórias — disse D. Quixote —, mas sei que esse juramento é bom, em fé de que sei que o senhor barbeiro é homem de bem.

---

halle desapercebido el enemigo; pero si se tomara mi consejo, aconsejárale yo que usara de una prevención de la cual Su Majestad, la hora de agora, debe estar muy ajeno de pensar en ella.

Apenas oyó esto el cura, cuando dijo entre sí: "¡Dios te tenga de su mano, pobre don Quijote, que me parece que te despeñas de la alta cumbre de tu locura hasta el profundo abismo de tu simplicidad!".

Mas el barbero (que ya había dado en el mesmo pensamiento que el cura) preguntó a don Quijote cuál era la advertencia de la prevención que decía era bien se hiciese: quizá podría ser tal, que se pusiese en la lista de los muchos advertimientos impertinentes que se suelen dar a los príncipes.

— El mío, señor rapador — dijo don Quijote —, no será impertinente, sino perteneciente.

— No lo digo por tanto — replicó el barbero —, sino porque tiene mostrado la esperiencia que todos o los más arbitrios que se dan a Su Majestad o son imposibles o disparatados o en daño del rey o del reino.

— Pues el mío — respondió don Quijote — ni es imposible ni disparatado, sino el más fácil, el más justo y el más mañero y breve que puede caber en pensamiento de arbitrante alguno.

— Ya tarda en decirle vuestra merced, señor don Quijote — dijo el cura.

— No querría — dijo don Quijote — que le dijese yo aquí agora y amaneciese mañana en los oídos de los señores consejeros, y se llevase otro las gracias y el premio de mi trabajo.

— Por mí — dijo el barbero —, doy la palabra, para aquí y para delante de Dios, de no decir lo que vuestra merced dijere a Rey ni a Roque, ni a hombre terrenal, juramento que aprendí del romance del cura que en el prefacio avisó al rey del ladrón que le había robado las cien doblas y la su mula la andariega.

— Ainda que o não fosse — disse o padre —, eu o afianço e garanto que neste caso não falará mais que um mudo, ou pagará a pena da lei.

— E a vossa mercê quem fia, senhor padre? — disse D. Quixote.

— A minha profissão — respondeu o padre —, que é a de guardar segredo.

— Corpo de tal![5] — disse então D. Quixote. — Que mais houvera de fazer Sua Majestade senão mandar por público pregão que num dia concertado se reunissem na corte todos os cavaleiros andantes que vagam pela Espanha? Pois, ainda que só meia dúzia se apresentasse, poderia vir entre eles aquele que sozinho bastaria para destruir todo o poderio do Turco. Estejam vossas mercês atentos e me acompanhem. Porventura é novidade um só cavaleiro andante desbaratar um exército de duzentos mil homens, como se todos juntos tivessem um só pescoço ou fossem feitos de alfenim? Pois que me digam quantas histórias estão cheias dessas maravilhas. Havia de viver hoje, em má hora para mim, que não quero dizer para outro, o famoso D. Belianis ou algum dos da inumerável linhagem de Amadis de Gaula! Pois se algum deles hoje vivesse e com o Turco se batesse, à fé que não quisera estar no lugar dele. Mas Deus olhará por seu povo e lhe deparará algum que, se não tão bravo como os passados andantes cavaleiros, ao menos não lhes será inferior no ânimo. E Deus me entende, e não digo mais.

— Ai! — disse a sobrinha neste ponto. — Que me matem se meu senhor não quer voltar a ser cavaleiro andante!

Ao que disse D. Quixote:

— Cavaleiro andante hei de morrer, e venha ou vá o Turco quando bem quiser e quão poderosamente puder, que eu torno a dizer que Deus me entende.

— No sé historias — dijo don Quijote —, pero sé que es bueno ese juramento, en fee de que sé que es hombre de bien el señor barbero.

— Cuando no lo fuera — dijo el cura —, yo le abono y salgo por él, que en este caso no hablará más que un mudo, so pena de pagar lo juzgado y sentenciado.

— Y a vuestra merced ¿quién le fía, señor cura? — dijo don Quijote.

— Mi profesión — respondió el cura —, que es de guardar secreto.

— ¡Cuerpo de tal! — dijo a esta sazón don Quijote —. ¿Hay más sino mandar Su Majestad por público pregón que se junten en la corte para un día señalado todos los caballeros andantes que vagan por España, que aunque no viniesen sino media docena, tal podría venir entre ellos, que solo bastase a destruir toda la potestad del Turco? Esténme vuestras mercedes atentos y vayan conmigo. ¿Por ventura es cosa nueva deshacer un solo caballero andante un ejército de docientos mil hombres, como si todos juntos tuvieran una sola garganta o fueran hechos de alfeñique? Si no, díganme cuántas historias están llenas destas maravillas. ¡Había, en hora mala para mí, que no quiero decir para otro, de vivir hoy el famoso don Belianís o alguno de los del inumerable linaje de Amadís de Gaula! Que si alguno destos hoy viviera y con el Turco se afrontara, a fee que no le arrendara la ganancia. Pero Dios mirará por su pueblo y deparará alguno que, si no tan bravo como los pasados andantes caballeros, a lo menos no les será inferior en el ánimo; y Dios me entiende, y no digo más.

— ¡Ay! — dijo a este punto la sobrina —. ¡Que me maten si no quiere mi señor volver a ser caballero andante!

Então disse o barbeiro:

— Suplico a vossas mercês que me deem licença de contar um conto breve acontecido em Sevilha, que, por fazer aqui muito ao caso, tenho gosto de contar.

Deu-lhe a licença D. Quixote, e o padre e os demais lhe prestaram atenção, e o barbeiro começou desta maneira:

— Na casa de loucos de Sevilha estava recolhido um homem que os parentes tinham posto ali por ser falto de juízo. Era formado em cânones pela universidade de Osuna,[6] mas ainda que o fosse pela de Salamanca (segundo a opinião de muitos), não deixaria de ser louco. Esse tal graduado, ao cabo de alguns anos de internação, se deu a entender que estava são e em seu inteiro juízo, e com essa imaginação escreveu ao arcebispo suplicando-lhe encarecidamente e em concertadíssimas razões que o mandasse tirar daquela miséria em que vivia, pois graças à misericórdia de Deus já recobrara o juízo perdido, conquanto seus parentes, para gozar das suas riquezas, o mantivessem ali e contra a verdade quisessem que fosse louco até a morte. O arcebispo, persuadido de muitos bilhetes concertados e discretos, mandou um capelão seu informar-se com o reitor da casa se era verdade o que aquele licenciado lhe escrevia, e que também falasse com o louco e, se lhe parecesse que tinha juízo, o tirasse e pusesse em liberdade. Assim fez o capelão, mas o reitor lhe disse que aquele homem ainda estava louco e que, por mais que muitas vezes falasse como pessoa de grande entendimento, ao cabo disparava com tantas necedades que, por muitas e grandes, igualavam suas primeiras discrições, do qual se podia fazer experiência falando com ele. Quis fazê-la o capelão e, posto com o louco, falou com ele por uma hora ou mais, e em todo esse tempo o louco não lhe disse nenhuma razão arrevesada nem

---

A lo que dijo don Quijote:

— Caballero andante he de morir, y baje o suba el Turco cuando él quisiere y cuan poderosamente pudiere, que otra vez digo que Dios me entiende.

A esta sazón dijo el barbero:

— Suplico a vuestras mercedes que se me dé licencia para contar un cuento breve que sucedió en Sevilla, que, por venir aquí como de molde, me da gana de contarle.

Dio la licencia don Quijote, y el cura y los demás le prestaron atención, y él comenzó desta manera:

— En la casa de los locos de Sevilla estaba un hombre a quien sus parientes habían puesto allí por falto de juicio. Era graduado en cánones por Osuna, pero aunque lo fuera por Salamanca (según opinión de muchos) no dejara de ser loco. Este tal graduado, al cabo de algunos años de recogimiento, se dio a entender que estaba cuerdo y en su entero juicio, y con esta imaginación escribió al arzobispo suplicándole encarecidamente y con muy concertadas razones le mandase sacar de aquella miseria en que vivía, pues por la misericordia de Dios había ya cobrado el juicio perdido, pero que sus parientes, por gozar de la parte de su hacienda, le tenían allí, y a pesar de la verdad querían que fuese loco hasta la muerte. El arzobispo, persuadido de muchos billetes concertados y discretos, mandó a un capellán suyo se informase del retor de la casa si era verdad lo que aquel licenciado le escribía, y que asimesmo hablase con el loco, y que si le pareciese que tenía juicio, le sacase y pusiese en libertad. Hízolo así el capellán, y el retor le dijo que aquel hombre aún se estaba loco, que puesto que hablaba muchas veces como persona de grande entendimiento, al cabo disparaba con tantas necedades, que en muchas y en grandes igualaban a

disparatada, antes falou tão atinadamente, que o capelão foi forçado a crer que o louco estava são. E o que o louco lhe disse, entre outras coisas, foi que o reitor lhe tinha ojeriza, por não querer perder os presentes que seus familiares lhe faziam para que dissesse que ele ainda estava louco, porém com lúcidos intervalos, e que o maior contrário que tinha em sua desgraça era sua muita riqueza, pois para gozar dela seus inimigos com malícia duvidavam da mercê que Nosso Senhor lhe fizera em torná-lo de besta em homem. Enfim, falou de maneira que deixou o reitor por suspeitoso, seus parentes por cobiçosos e desalmados e ele próprio por tão discreto, que o capelão resolveu levá-lo consigo para que o arcebispo o visse e tocasse com as mãos a verdade daquele caso. Com essa boa-fé, o bom capelão pediu ao reitor que mandasse dar ao licenciado as roupas com que lá entrara. Tornou o reitor a dizer que olhasse bem o que fazia, porque sem dúvida alguma o licenciado ainda estava louco. De nada valeram ao capelão as prevenções e advertimentos do reitor para que o deixasse de levar. Obedeceu o reitor vendo ser ordem do arcebispo, deram ao licenciado suas roupas, que eram novas e decentes, e apenas ele se viu vestido de são e despido de louco,[7] suplicou ao capelão que por caridade lhe desse licença para se despedir de seus companheiros os loucos. O capelão disse que o queria acompanhar e ver os loucos que na casa havia. Subiram de fato, e com eles alguns outros que se achavam presentes, e chegando o licenciado a uma jaula onde estava um louco furioso, se bem nesse momento sossegado e quieto, lhe disse: "Irmão, veja se me quer pedir alguma coisa, que me vou embora para casa, pois já Deus, sem que eu o merecesse, em sua infinita bondade e misericórdia, foi servido de me volver o juízo. Já estou com saúde e siso, pois ao poder de Deus coisa alguma é impossível. Tenha grande esperança e confiança nele, que, se a mim me tor-

---

sus primeras discreciones, como se podía hacer la esperiencia hablándole. Quiso hacerla el capellán, y, poniéndole con el loco, habló con él una hora y más, y en todo aquel tiempo jamás el loco dijo razón torcida ni disparatada, antes habló tan atentamente, que el capellán fue forzado a creer que el loco estaba cuerdo. Y entre otras cosas que el loco le dijo fue que el retor le tenía ojeriza, por no perder los regalos que sus parientes le hacían porque dijese que aún estaba loco y con lúcidos intervalos; y que el mayor contrario que en su desgracia tenía era su mucha hacienda, pues por gozar della sus enemigos ponían dolo y dudaban de la merced que Nuestro Señor le había hecho en volverle de bestia en hombre. Finalmente, él habló de manera que hizo sospechoso al retor, codiciosos y desalmados a sus parientes, y a él tan discreto, que el capellán se determinó a llevársele consigo a que el arzobispo le viese y tocase con la mano la verdad de aquel negocio. Con esta buena fee, el buen capellán pidió al retor mandase dar los vestidos con que allí había entrado el licenciado. Volvió a decir el retor que mirase lo que hacía, porque sin duda alguna el licenciado aún se estaba loco. No sirvieron de nada para con el capellán las prevenciones y advertimientos del retor para que dejase de llevarle. Obedeció el retor viendo ser orden del arzobispo, pusieron al licenciado sus vestidos, que eran nuevos y decentes, y como él se vio vestido de cuerdo y desnudo de loco, suplicó al capellán que por caridad le diese licencia para ir a despedirse de sus compañeros los locos. El capellán dijo que él le quería acompañar y ver los locos que en la casa había. Subieron en efeto, y con ellos algunos que se hallaron presentes, y llegado el licenciado a una jaula adonde estaba un loco furioso, aunque entonces sosegado y quieto, le dijo: "Hermano mío, mire si me manda algo, que me voy a mi casa, que ya Dios ha sido servido, por su infinita bondad y misericordia, sin yo merecerlo, de volverme mi juicio: ya estoy sano y cuerdo, que acerca del poder de

nou ao meu primeiro estado, também a vossa mercê o tornará ao seu, se nele confiar. Eu terei cuidado de lhe mandar alguns presentes de comer, e vossa mercê trate de comê-los, pois lhe faço saber que imagino, como quem já passou por isso, que todas as nossas loucuras provêm de termos os estômagos vazios e os cérebros cheios de vento. Força, força, que a fraqueza nos infortúnios míngua a saúde e traz a morte". Todas essas razões do licenciado escutou outro louco que estava em outra jaula, fronteira da do furioso, e, levantando-se de uma esteira velha onde estava deitado, nu em pelo, perguntou a grandes brados quem era aquele que partia com saúde e siso. O licenciado respondeu: "Sou eu, irmão, quem parte, pois já não tenho mais necessidade de ficar aqui, e disto dou infinitas graças aos céus, que tão grande mercê me fizeram". "Olhai o que dizeis, licenciado, que não vos engane o diabo — replicou o louco. — Sossegai o pé e ficai quietinho em vossa casa, que assim poupareis a volta." "Eu sei que estou bom — replicou o licenciado —, e não há para que voltar atrás." "Vós bom? — disse o louco. — Pois bem, é o que veremos, ide com Deus. Mas eu vos encomendo a Júpiter, cuja majestade eu represento na terra, e só por este pecado que Sevilha hoje comete de vos tirar desta casa e vos tomar por são, devo lhe dar tamanho castigo que dele ficará memória por todos os séculos dos séculos, amém. Não sabes tu, licenciadete infame, que o posso fazer, pois, como digo, sou Júpiter Tonante e tenho nas minhas mãos os raios abrasadores com que posso e costumo ameaçar e destruir o mundo? Mas somente com uma coisa quero castigar este ignorante povo, e é com não chover nele nem em todo seu distrito e contorno por três anos inteiros, a contar do dia e hora em que se faz esta ameaça em diante. Tu livre, tu são, tu sisudo? E eu louco, e eu doente, e eu atado? Assim penso chover como penso me enforcar." Às vozes e razões do

---

Dios ninguna cosa es imposible. Tenga grande esperanza y confianza en Él, que pues a mí me ha vuelto a mi primero estado, también le volverá a él, si en Él confía. Yo tendré cuidado de enviarle algunos regalos que coma, y cómalos en todo caso, que le hago saber que imagino, como quien ha pasado por ello, que todas nuestras locuras proceden de tener los estómagos vacíos y los celebros llenos de aire. Esfuércese, esfuércese, que el descaecimiento en los infortunios apoca la salud y acarrea la muerte". Todas estas razones del licenciado escuchó otro loco que estaba en otra jaula, frontero de la del furioso, y, levantándose de una estera vieja donde estaba echado y desnudo en cueros, preguntó a grandes voces quién era el que se iba sano y cuerdo. El licenciado respondió: "Yo soy, hermano, el que me voy, que ya no tengo necesidad de estar más aquí, por lo que doy infinitas gracias a los cielos, que tan grande merced me han hecho". "Mirad lo que decís, licenciado, no os engañe el diablo — replicó el loco —; sosegad el pie y estaos quedito en vuestra casa, y ahorraréis la vuelta". "Yo sé que estoy bueno — replicó el licenciado —, y no habrá para qué tornar a andar estaciones". "¿Vos bueno? — dijo el loco —. Agora bien, ello dirá, andad con Dios; pero yo os voto a Júpiter, cuya majestad yo represento en la tierra, que por solo este pecado que hoy comete Sevilla en sacaros desta casa y en teneros por cuerdo, tengo de hacer un tal castigo en ella, que quede memoria dél por todos los siglos de los siglos, amén. ¿No sabes tú, licenciadillo menguado, que lo podré hacer, pues, como digo, soy Júpiter Tonante, que tengo en mis manos los rayos abrasadores con que puedo y suelo amenazar y destruir el mundo? Pero con sola una cosa quiero castigar a este ignorante pueblo, y es con no llover en él ni en todo su distrito y contorno por tres enteros años, que se han de contar desde el día y punto en que ha sido hecha esta amenaza en adelante. ¿Tú libre, tú sano, tú cuerdo, y yo loco, y yo enfermo, y yo atado? Así pienso llover

louco estiveram os circunstantes atentos, mas nosso licenciado, virando-se para o nosso capelão e tomando-lhe as mãos, disse: "Não tema vossa mercê, senhor meu, nem faça caso do que disse este louco, pois, se ele é Júpiter e não quer chover, eu, que sou Netuno, pai e deus das águas, choverei quantas vezes me houver vontade e mister". Ao que respondeu o capelão: "Contudo, senhor Netuno, não convém irritar o senhor Júpiter. Vossa mercê fique em sua casa, que outro dia, havendo mais cômodo e mais espaço, voltaremos por vossa mercê". Riu-se o reitor e os presentes, por cujo riso se pejou algum tanto o capelão; despiram o licenciado, ficou ele em casa, e acabou-se o conto.

— É esse o conto, senhor barbeiro — disse D. Quixote —, que, por fazer tanto ao caso, vossa mercê não podia deixar de contar? Ah, senhor rapante, senhor rapante, quão cego é quem não enxerga além do próprio nariz! É possível que vossa mercê não saiba que as comparações de engenho a engenho, de valor a valor, de formosura a formosura e de linhagem a linhagem são sempre odiosas e mal recebidas? Eu, senhor barbeiro, não sou Netuno, o deus das águas, nem quero que ninguém me tome por discreto sem o ser. Meu único empenho é dar a entender ao mundo o erro em que está por não renovar em si o felicíssimo tempo em que campeava a ordem da andante cavalaria. Mas não é merecedora a degenerada idade nossa de gozar tanto bem como gozaram as idades em que os andantes cavaleiros tomaram a seu cargo e puseram sobre seus ombros a defesa dos reinos, o amparo das donzelas, o socorro dos órfãos e pupilos, o castigo dos soberbos e o prêmio dos humildes. Os mais dos cavaleiros que agora se usam preferem ranger damascos, brocados e outros ricos panos com que se vestem, que não a cota de sua armadura. Já não há cavaleiro que durma nos campos, exposto aos

---

como pensar ahorcarme." A las voces y a las razones del loco estuvieron los circunstantes atentos, pero nuestro licenciado, volviéndose a nuestro capellán y asiéndole de las manos, le dijo: "No tenga vuestra merced pena, señor mío, ni haga caso de lo que este loco ha dicho, que si él es Júpiter y no quisiere llover, yo, que soy Neptuno, el padre y el dios de las aguas, lloveré todas las veces que se me antojare y fuere menester". A lo que respondió el capellán: "Con todo eso, señor Neptuno, no será bien enojar al señor Júpiter: vuestra merced se quede en su casa, que otro día, cuando haya más comodidad y más espacio, volveremos por vuestra merced". Ríose el retor y los presentes, por cuya risa se medio corrió el capellán; desnudaron al licenciado, quedóse en casa, y acabóse el cuento.

— Pues ¿este es el cuento, señor barbero — dijo don Quijote —, que por venir aquí como de molde no podía dejar de contarle? ¡Ah, señor rapista, señor rapista, y cuán ciego es aquel que no vee por tela de cedazo! Y ¿es posible que vuestra merced no sabe que las comparaciones que se hacen de ingenio a ingenio, de valor a valor, de hermosura a hermosura y de linaje a linaje son siempre odiosas y mal recebidas? Yo, señor barbero, no soy Neptuno, el dios de las aguas, ni procuro que nadie me tenga por discreto no lo siendo: sólo me fatigo por dar a entender al mundo en el error en que está en no renovar en sí el felicísimo tiempo donde campeaba la orden de la andante caballería. Pero no es merecedora la depravada edad nuestra de gozar tanto bien como el que gozaron las edades donde los andantes caballeros tomaron a su cargo y echaron sobre sus espaldas la defensa de los reinos, el amparo de las doncellas, el socorro de los huérfanos y pupilos, el castigo de los soberbios y el premio de los humildes. Los más de los caballeros que agora se usan, antes les crujen los damascos, los brocados y otras ricas telas de que se visten, que la malla con que se arman; ya no hay caballero que duerma en los campos, sujeto al

rigores do céu, armado desde os pés até a cabeça com todas as suas armas; e já não há quem, sem tirar os pés dos estribos, arrimado à sua lança, só faça, como dizem, descabeçar o sono como faziam os cavaleiros andantes. Já não há nenhum que saindo deste bosque entre naquela montanha, e dali pise uma estéril e deserta praia do mar, as mais vezes proceloso e alterado, e achando nela e em sua margem um pequeno batel sem remos, vela, mastro nem enxárcia alguma, com intrépido coração se lance nele, entregando-se às implacáveis ondas do mar profundo, que ora o erguem ao céu e ora o baixam ao abismo, e ele, de peito aberto à incontrastável borrasca, quando dá acordo de si já se encontra três mil e mais léguas distante do lugar onde se embarcou e, saltando em terra remota e não conhecida, lhe acontecem coisas dignas de estarem escritas, não em pergaminhos, senão em bronzes. Mas agora já triunfa a preguiça sobre a diligência, a ociosidade sobre o trabalho, o vício sobre a virtude, a arrogância sobre a valentia e a teórica sobre a prática das armas, que só viveram e resplandeceram nas idades de ouro e nos andantes cavaleiros. Se não que me digam quem mais honesto e mais valente que o famoso Amadis de Gaula. Quem mais discreto que Palmeirim de Inglaterra? Quem mais jeitoso e maneiro que Tirante o Branco? Quem mais galante que Lisuarte de Grécia? Quem mais acutilado nem acutilador que D. Belianis? Quem mais intrépido que Perion de Gaula, ou quem mais acometedor de perigos que Felixmarte de Hircania, ou quem mais sincero que Esplandião? Quem mais destemido que D. Cirongílio de Trácia? Quem mais bravo que Rodamonte?[8] Quem mais prudente que o rei Sobrino? Quem mais atrevido que Reinaldo? Quem mais invencível que Roldão? E quem mais galhardo e mais cortês que Rogério, de quem hoje descendem os duques de Ferrara, segundo Turpin em sua cosmografia?[9] Todos esses cavaleiros e outros mui-

---

rigor del cielo, armado de todas armas desde los pies a la cabeza; y ya no hay quien, sin sacar los pies de los estribos, arrimado a su lanza, sólo procure descabezar, como dicen, el sueño, como lo hacían los caballeros andantes. Ya no hay ninguno que saliendo deste bosque entre en aquella montaña, y de allí pise una estéril y desierta playa del mar, las más veces proceloso y alterado, y hallando en ella y en su orilla un pequeño batel sin remos, vela, mástil ni jarcia alguna, con intrépido corazón se arroje en él, entregándose a las implacables olas del mar profundo, que ya le suben al cielo y ya le bajan al abismo, y él, puesto el pecho a la incontrastable borrasca, cuando menos se cata, se halla tres mil y más leguas distante del lugar donde se embarcó, y saltando en tierra remota y no conocida, le suceden cosas dignas de estar escritas, no en pergaminos, sino en bronces. Mas agora ya triunfa la pereza de la diligencia, la ociosidad del trabajo, el vicio de la virtud, la arrogancia de la valentía y la teórica de la práctica de las armas, que sólo vivieron y resplandecieron en las edades del oro y en los andantes caballeros. Si no, díganme quién más honesto y más valiente que el famoso Amadís de Gaula. ¿Quién más discreto que Palmerín de Inglaterra? ¿Quién más acomodado y manual que Tirante el Blanco? ¿Quién más galán que Lisuarte de Grecia? ¿Quién más acuchillado ni acuchillador que don Belianís? ¿Quién más intrépido que Perión de Gaula, o quién más acometedor de peligros que Felixmarte de Hircania, o quién más sincero que Esplandián? ¿Quién más arrojado que don Cirongilio de Tracia? ¿Quién más bravo que Rodamonte? ¿Quién más prudente que el rey Sobrino? ¿Quién más atrevido que Reinaldos? ¿Quién más invencible que Roldán? Y ¿quién más gallardo y más cortés que Rugero, de quien decienden hoy los duques de Ferrara, según Turpín en su cosmografía? Todos estos caballeros y otros muchos que pudiera decir, señor cura, fueron caballeros andantes, luz y gloria de la caballería. Destos o tales

55

tos que eu poderia dizer, senhor padre, foram cavaleiros andantes, luz e glória da cavalaria. Destes ou tais como estes quisera eu que fossem os do meu arbítrio, pois, se o fossem, Sua Majestade se acharia bem servido e pouparia muito gasto, e o Turco ficaria puxando as barbas. E assim não quero ficar na minha casa, pois dela não me tira o capelão, e se o seu Júpiter, como disse o barbeiro, não chover, aqui estou eu, que choverei quando bem entender. Digo isto por que saiba o senhor bacia que o entendo.

— Em verdade, senhor D. Quixote — disse o barbeiro —, que o não disse por isso, e por Deus que foi boa minha intenção e que vossa mercê não se deve sentir.

— Se me posso sentir ou não — respondeu D. Quixote —, eu que o sei. Nisto disse o padre:

— Ainda bem que quase não falei palavra até agora, mas não quisera ficar com um escrúpulo que me rói e carcome a consciência, nascido do que disse aqui o senhor D. Quixote.

— Para outras coisas mais — respondeu D. Quixote — tem licença o senhor padre e, assim, pode dizer o seu escrúpulo, porque não é coisa de gosto andar com a consciência escrupulosa.

— Com esse beneplácito — respondeu o padre —, digo que o meu escrúpulo é não me poder persuadir de maneira nenhuma que todo o chorrilho de cavaleiros andantes que vossa mercê, senhor D. Quixote, agora referiu tenham sido real e verdadeiramente pessoas de carne e osso no mundo, antes imagino que é tudo ficção, fábula e mentira e sonhos contados por homens despertos, ou, para melhor dizer, meio dormidos.

— Esse é outro erro — respondeu D. Quixote — em que têm caído muitos dos que não creem ter havido tais cavaleiros no mundo, e eu muitas

---

como estos quisiera yo que fueran los de mi arbitrio, que, a serlo, Su Majestad se hallara bien servido y ahorrara de mucho gasto, y el Turco se quedara pelando las barbas; y con esto no quiero quedar en mi casa, pues no me saca el capellán della, y si su Júpiter, como ha dicho el barbero, no lloviere, aquí estoy yo, que lloveré cuando se me antojare. Digo esto porque sepa el señor bacía que le entiendo.

— En verdad, señor don Quijote — dijo el barbero —, que no lo dije por tanto, y así me ayude Dios como fue buena mi intención y que no debe vuestra merced sentirse.

— Si puedo sentirme o no — respondió don Quijote —, yo me lo sé.

A esto dijo el cura:

— Aun bien que yo casi no he hablado palabra hasta ahora y no quisiera quedar con un escrúpulo que me roe y escarba la conciencia, nacido de lo que aquí el señor don Quijote ha dicho.

— Para otras cosas más — respondió don Quijote — tiene licencia el señor cura y, así, puede decir su escrúpulo, porque no es de gusto andar con la conciencia escrupulosa.

— Pues con ese beneplácito — respondió el cura —, digo que mi escrúpulo es que no me puedo persuadir en ninguna manera a que toda la caterva de caballeros andantes que vuestra merced, señor don Quijote, ha referido, hayan sido real y verdaderamente personas de carne y hueso en el mundo, antes imagino que todo es ficción, fábula y mentira y sueños contados por hombres despiertos, o, por mejor decir, medio dormidos.

— Ese es otro error — respondió don Quijote — en que han caído muchos que no creen que haya habido tales caballeros en el mundo, y yo muchas veces con diversas gentes y ocasiones he procurado sacar a la luz de la

vezes com diversas gentes e motivos pelejei por trazer à luz da verdade este quase comum engano. Algumas vezes não consegui minha intenção, e outras sim, sustentando-a sobre os ombros da verdade. A qual verdade é tão certa que estou para dizer que por meus próprios olhos vi Amadis de Gaula, o qual era um homem alto de corpo, branco de rosto, barba bem-posta, apesar de preta, olhar entre brando e rigoroso, parco nas razões, lento para a ira e lesto em depô-la. E do modo que delineei Amadis bem pudera, a meu parecer, pintar e descobrir todos quantos cavaleiros andantes andam nas histórias no orbe, pois pelo entendimento que tenho de que eles foram como suas histórias contam, e pelas façanhas que fizeram e temperamento que mostraram, por boa filosofia se podem deduzir suas feições, suas cores e estaturas.[10]

— E quão grande acha vossa mercê, meu senhor D. Quixote — perguntou o barbeiro —, que devia de ser o gigante Morgante?

— Nisto de gigantes — respondeu D. Quixote —, se os houve ou não no mundo, as opiniões são diversas, mas a Sagrada Escritura, que não pode faltar um átomo à verdade, nos mostra que sim os houve, contando-nos a história daquele filisteuzaço do Golias, que tinha sete côvados e meio de altura, que é uma desmesurada grandeza. Também na ilha da Sicília se acharam canas das pernas e espáduas tão grandes que sua grandeza manifesta terem sido seus donos gigantes,[11] e tão grandes como grandes torres, verdade esta confirmada pela geometria. Contudo, não sei dizer com certeza que tamanho teria Morgante, mas imagino que não deve de haver sido muito alto; e o que me move a este parecer é achar na história onde se faz menção particular de suas façanhas que ele muitas vezes dormia sob teto, pois, se achava uma casa onde coubesse, está claro que não era sua grandeza desmesurada.

— Assim é — disse o padre.

---

verdad este casi común engaño; pero algunas veces no he salido con mi intención, y otras sí, sustentándola sobre los hombros de la verdad. La cual verdad es tan cierta, que estoy por decir que con mis propios ojos vi a Amadís de Gaula, que era un hombre alto de cuerpo, blanco de rostro, bien puesto de barba, aunque negra, de vista entre blanda y rigurosa, corto de razones, tardo en airarse y presto en deponer la ira; y del modo que he delineado a Amadís pudiera, a mi parecer, pintar y descubrir todos cuantos caballeros andantes andan en las historias en el orbe, que por la aprehensión que tengo de que fueron como sus historias cuentan, y por las hazañas que hicieron y condiciones que tuvieron, se pueden sacar por buena filosofía sus faciones, sus colores y estaturas.

— ¿Qué tan grande le parece a vuestra merced, mi señor don Quijote — preguntó el barbero —, debía de ser el gigante Morgante?

— En esto de gigantes — respondió don Quijote — hay diferentes opiniones, si los ha habido o no en el mundo, pero la Santa Escritura, que no puede faltar un átomo en la verdad, nos muestra que los hubo, contándonos la historia de aquel filisteazo de Golías, que tenía siete codos y medio de altura, que es una desmesurada grandeza. También en la isla de Sicilia se han hallado canillas y espaldas tan grandes, que su grandeza manifiesta que fueron gigantes sus dueños, y tan grandes como grandes torres, que la geometría saca esta verdad de duda. Pero, con todo esto, no sabré decir con certidumbre qué tamaño tuviese Morgante, aunque imagino que no debió de ser muy alto; y muéveme a ser deste parecer hallar en la historia donde se hace mención particular de sus hazañas que muchas veces dormía debajo de techado: y pues hallaba casa donde cupiese, claro está que no era desmesurada su grandeza.

— Así es — dijo el cura.

O qual, gostando de ouvi-lo dizer tamanhos disparates, lhe perguntou o que sentia acerca dos rostos de Reinaldo de Montalvão e de D. Roldão e dos demais Doze Pares de França, pois todos haviam sido cavaleiros andantes.

— De Reinaldo — respondeu D. Quixote — ouso dizer que era largo de rosto, de cor rubra, os olhos irrequietos e algum tanto saltados, melindroso e colérico em demasia, amigo de ladrões e de gente perdida. De Roldão, ou Rolando, ou Orlando, que com todos estes nomes o nomeiam as histórias, sou de parecer e me afirmo que foi de estatura mediana, largo de costas, meio torto das pernas, moreno de rosto e barbirruivo, corpo peludo e olhar ameaçador, parco nas razões, porém muito comedido e bem-criado.

— Se não foi Roldão mais gentil-homem do que vossa mercê disse — replicou o padre —, não maravilha que a senhora Angélica a Bela o desdenhasse e deixasse pela gala, brio e donaire que devia de ter o mourete quase lampinho a quem ela se entregou, e foi discreta em mais amar a brandura de Medoro que a aspereza de Roldão.

— Senhor padre — respondeu D. Quixote —, essa Angélica foi uma donzela ligeira, distraída e algum tanto caprichosa, e tão cheio deixou o mundo de suas impertinências como da fama de sua formosura. Desprezou mil senhores, mil valentes e mil discretos, contentando-se com um pajenzinho imberbe, sem mais cabedal nem nome que o que lhe pôde obter a gratidão pela amizade que guardou ao seu amigo.[12] O grande cantor de sua beleza, o famoso Ariosto, não se atrevendo ou não querendo cantar o que a esta senhora aconteceu depois de sua vil entrega, que não devem de ter sido coisas muito honestas, assim as deixou ditas:

El cual, gustando de oírle decir tan grandes disparates, le preguntó que qué sentía acerca de los rostros de Reinaldos de Montalbán y de don Roldán y de los demás Doce Pares de Francia, pues todos habían sido caballeros andantes.

— De Reinaldos — respondió don Quijote — me atrevo a decir que era ancho de rostro, de color bermejo, los ojos bailadores y algo saltados, puntoso y colérico en demasía, amigo de ladrones y de gente perdida. De Roldán, o Rotolando, o Orlando, que con todos estos nombres le nombran las historias, soy de parecer y me afirmo que fue de mediana estatura, ancho de espaldas, algo estevado, moreno de rostro y barbitaheño, velloso en el cuerpo y de vista amenazadora, corto de razones, pero muy comedido y bien criado.

— Si no fue Roldán más gentilhombre que vuestra merced ha dicho — replicó el cura —, no fue maravilla que la señora Angélica la Bella le desdeñase y dejase por la gala, brío y donaire que debía de tener el morillo barbiponiente a quien ella se entregó, y anduvo discreta de adamar antes la blandura de Medoro que la aspereza de Roldán.

— Esa Angélica — respondió don Quijote —, señor cura, fue una doncella destraída, andariega y algo antojadiza, y tan lleno dejó el mundo de sus impertinencias como de la fama de su hermosura: despreció mil señores, mil valientes y mil discretos, y contentóse con un pajecillo barbilucio, sin otra hacienda ni nombre que el que le pudo dar de agradecido la amistad que guardó a su amigo. El gran cantor de su belleza, el famoso Ariosto, por no atreverse o por no querer cantar lo que a esta señora le sucedió después de su ruin entrego, que no debieron ser cosas demasiadamente honestas, la dejó donde dijo:

E como de Catai ganhou o cetro,
quiçá outro cantará com melhor plectro.[13]

E sem dúvida isso foi como profecia, pois os poetas também são chamados *vates*, que quer dizer "adivinhos". Vê-se tal verdade clara porque depois aqui um famoso poeta andaluz chorou e cantou suas lágrimas, e outro famoso e único poeta castelhano cantou sua formosura.[14]

— Diga-me, senhor D. Quixote — disse então o barbeiro —, não houve algum poeta, entre tantos que a louvaram, que tenha feito alguma sátira dessa senhora Angélica?

— Bem creio eu — respondeu D. Quixote — que, se Sacripante[15] ou Roldão fossem poetas, já teriam ensaboado a donzela, pois é próprio e natural dos poetas desdenhados e não aceitos por suas fingidas damas (ou fingidas de feito por aqueles que as escolheram por senhoras de seus pensamentos) vingar-se com sátiras e libelos, vingança por certo indigna de peitos generosos.[16] Mas até agora não me chegou notícia de nenhum verso infamatório contra a senhora Angélica, que tanto rebuliço trouxe ao mundo.

— Milagre! — disse o padre.

E nisto ouviram que a ama e a sobrinha, que já haviam deixado a conversação, davam grandes vozes no pátio, e todos acudiram ao ruído.

Y cómo del Catay recibió el cetro
quizá otro cantará con mejor plectro.

Y sin duda que esto fue como profecía, que los poetas también se llaman vates, que quiere decir "adivinos". Véese esta verdad clara, porque después acá un famoso poeta andaluz lloró y cantó sus lágrimas, y otro famoso y único poeta castellano cantó su hermosura.

— Dígame, señor don Quijote — dijo a esta sazón el barbero —, ¿no ha habido algún poeta que haya hecho alguna sátira a esa señora Angélica, entre tantos como la han alabado?

— Bien creo yo — respondió don Quijote — que si Sacripante o Roldán fueran poetas, que ya me hubieran jabonado a la doncella, porque es propio y natural de los poetas desdeñados y no admitidos de sus damas fingidas, o fingidas en efeto de aquellos a quien ellos escogieron por señoras de sus pensamientos, vengarse con sátiras y libelos, venganza por cierto indigna de pechos generosos; pero hasta agora no ha llegado a mi noticia ningún verso infamatorio contra la señora Angélica, que trujo revuelto el mundo.

— ¡Milagro! — dijo el cura.

Y en esto oyeron que la ama y la sobrina, que ya habían dejado la conversación, daban grandes voces en el patio, y acudieron todos al ruido.

Notas

[1] Sólon (640-558 a.C.) e Licurgo (século IX a.C.): dois grandes políticos da Antiguidade clássica, responsáveis por importantes reformas institucionais em Atenas e Esparta, respectivamente, e frequentemente citados pelos humanistas como legisladores exemplares.

[2] ... o Turco avançava com uma poderosa armada: em face do fortalecimento das posições turcas no norte da África, a possibilidade de um ataque maciço das costas espanholas era tema recorrente de boatos e discussões, a tal ponto que, com o tempo, se tornou sinônimo de conversa ociosa.

[3] Arbítrios: propostas, no mais das vezes fantasiosas, dirigidas aos soberanos para a solução tanto de grandes problemas públicos como de questiúnculas domésticas. A caricatura dos árbitros e seus disparates chegou a constituir um gênero burlesco, visitado pelo próprio Cervantes na "Novela de Cipión e Berganza" ("Colóquio dos cachorros").

[4] ... romance do padre: embora os versos originais se tenham perdido, seu argumento foi conservado no conto popular do padre que, ao reconhecer entre os fiéis o ladrão que lhe roubara o dinheiro e a mula e o fizera jurar não denunciá-lo a pessoa alguma, dirigiu a delação a Deus diante dos seus fiéis, inserindo-a no introito da missa. A expressão *"ni a rey ni a roque"*, provém do jogo de xadrez e significa "a absolutamente ninguém".

[5] Corpo de tal!: a interjeição eufemística, em resposta à alegação do segredo sacramental, ganha aqui certa jocosidade, pois ecoa a fórmula que o sacerdote pronuncia ao dar a hóstia.

[6] Universidade de Osuna: instituição de menor importância fundada nessa localidade próxima de Sevilha em meados do século XVI; não raro os escritores da época a motejavam de medíocre.

[7] ... despido de louco: alusão aos trajes distintivos que os doentes mentais eram forçados a usar.

[8] Lisuarte de Grécia, Perion de Gaula, Rodamonte: personagens literários que vêm engrossar o rol quixotesco. Lisuarte de Grécia é neto de Amadis de Gaula e personagem-título de um dos livros da série (sétimo na versão de Feliciano de Silva [Sevilha, 1514], oitavo na de Juan Díaz [Sevilha, 1526]); Perion é o rei de Gaula e pai de Amadis; Rodamonte (ou Rodomonte), um dos guerreiros sarracenos que, tanto no *Orlando* de Ariosto como no de Boiardo, enfrenta as hostes de Carlos Magno, morrendo em combate com Ruggero.

[9] ... Turpin em sua cosmografia: não consta que se tenha atribuído ao arcebispo Turpin (ver *DQ* I, cap. VI, nota 9) a autoria de uma cosmografia em sentido estrito. Contudo, como sob essa rubrica se classificava qualquer descrição geográfica, mesmo as mais inverossímeis, a alusão poderia referir-se ao próprio *Orlando furioso*, que apresenta Turpin como seu autor fictício e inclui Rogério (Ruggero) na genealogia dos duques de Ferrara.

[10] ... deduzir suas feições, suas cores e estaturas: referência sarcástica à fisiognomia, campo de especulação em crescente voga desde o Renascimento que, com base em conceitos aristotélicos, pretendia sistematizar a suposta correspondência entre traços fisionômicos e personalidade. Seus preceitos já estavam incorporados ao senso comum e à literatura, como bem se vê no seguinte exemplo, a que Cervantes pode ter aludido: *"La disposición del cuerpo/ muestra que el alma contiene/ todas las partes iguales/* [...] *La cara es mayor indicio/ del alma, que en ella vense/ las costumbres como en mapa"* (Lope de Vega, *El Marqués de las Navas*, ato I).

[11] ... na ilha da Sicília se acharam canas das pernas: a antiga crença na existência de restos de gigantes na Sicília ainda perdurava na época, como registram diversos livros a que muito provavelmente Cervantes teve acesso; por exemplo, a *Genealogia deorum gentilium* (1360; versão italiana, 1585), de Boccaccio; *Topografía e Historia general de Argel* (1612), de Diego de Haedo (atribuída também ao próprio Cervantes), e *Jardín de flores curiosas* (1570), de Antonio de Torquemada (ver

DQ I, cap. VI, nota 4). Recorde-se que a tradição mitológica associava à Sicília os gigantes Polifemo, Encélado e Tifeu e a dava como sepulcro dos dois últimos, como ecoam, por exemplo, Ariosto, Góngora e Camões.

[12] ... pajenzinho imberbe [...] seu amigo: o amigo em questão pode ser o amo de Medoro, Dardinel d'Almonte, no resgate de cujo cadáver aquele arriscou a vida, ou Cloridan, que por sua vez morreu para salvar a vida de Medoro, ambos episódios narrados no *Orlando furioso* (XVIII, 183-188, e XIX, 14-15).

[13] "E como de Catai ganhou o cetro,/ quiçá outro cantará com melhor plectro": tradução dos últimos versos do canto XXX do *Orlando furioso*, "*E dell'India a Medor desse lo scettro,/ forse altri canterà con miglior plettro*", o segundo dos quais foi usado, com mínimas alterações, como fecho do primeiro *Quixote*.

[14] ... poeta andaluz cantou suas lágrimas [...] poeta castelhano cantou sua formosura: refere-se, respectivamente, a Luis Barahona de Soto e suas *Lágrimas de Angélica* (ver *DQ* I, cap. VI, nota 36), e a Lope de Vega e *La hermosura de Angélica* (1602). A qualificação deste último como "famoso e único" encerra uma alusão sarcástica ao epíteto *unicus aut peregrinus* (único ou raro) que o escritor se atribuíra em alguns de seus livros.

[15] Sacripante: personagem de *Orlando enamorado* e *Orlando furioso*, cavaleiro sarraceno e rei da Circássia que tinha em comum com Orlando, e vários outros pretendentes, o desprezo de Angélica.

[16] ... vingança [...] indigna de peitos generosos: a crítica reconheceu na passagem uma referência aos libelos difamatórios que Lope de Vega dedicara a uma ex-amante, a atriz Elena Osorio, os quais lhe renderam um processo judicial e sete anos de desterro da corte (1588-1595).

CAPÍTULO II

QUE TRATA DA NOTÁVEL PENDÊNCIA QUE SANCHO PANÇA
TEVE COM A SOBRINHA E A AMA DE D. QUIXOTE,
MAIS OUTROS ASSUNTOS ENGRAÇADOS

Conta a história que as vozes ouvidas por D. Quixote, o padre e o barbeiro eram da sobrinha e da ama, que as davam contra Sancho Pança, que pelejava para entrar e ver D. Quixote, e elas dele defendiam a porta:

— Que quer esse mostrengo nesta casa? Ide à vossa, irmão, que sois vós, e não outro, quem desgarra e descaminha o meu senhor e o leva por esses andurriais.

Ao que Sancho respondeu:

— Ama de Satanás, o descaminhado e o desgarrado e o levado por esses andurriais sou eu, e não teu amo. Foi ele quem me levou por esses mundos, e vós vos enganais redondamente; foi ele quem me tirou de casa com engodos, prometendo-me uma ínsula que continuo a esperar.

— Pois que más ínsulas te afoguem, Sancho maldito — respondeu a sobrinha. — E que são ínsulas? Alguma coisa de comer, guloso e comilão como és?

— Não é de comer — replicou Sancho —, mas de governar e reger, melhor que quatro cidades e quatro alcaides de corte.[1]

— Seja o que for — disse a ama —, aqui não entrareis, saco de malda-

---

CAPÍTULO II

QUE TRATA DE LA NOTABLE PENDENCIA QUE SANCHO PANZA
TUVO CON LA SOBRINA Y AMA DE DON QUIJOTE,
CON OTROS SUJETOS GRACIOSOS

Cuenta la historia que las voces que oyeron don Quijote, el cura y el barbero eran de la sobrina y ama, que las daban diciendo a Sancho Panza, que pugnaba por entrar a ver a don Quijote, y ellas le defendían la puerta:

— ¿Qué quiere este mostrenco en esta casa? Idos a la vuestra, hermano, que vos sois, y no en otro, el que destrae y sonsaca a mi señor y le lleva por esos andurriales.

A lo que Sancho respondió:

— Ama de Satanás, el sonsacado y el destraído y el llevado por esos andurriales soy yo, que no tu amo: él me llevó por esos mundos, y vosotras os engañáis en la mitad del justo precio; él me sacó de mi casa con engañifas, prometiéndome una ínsula que hasta agora la espero.

— Malas ínsulas te ahoguen — respondió la sobrina —, Sancho maldito. ¿Y qué son ínsulas? ¿Es alguna cosa de comer, golosazo, comilón que tú eres?

des e fardo de malícias. Ide governar vossa casa e lavrar vosso torrão, e deixai de pretender ínsulas nem ínsulos.

Grande gosto recebiam o padre e o barbeiro em ouvir o colóquio dos três, mas D. Quixote, temeroso de que Sancho se descosesse e despejasse algum monte de maliciosas necedades e tocasse em pontos que em nada abonariam seu crédito, chamou-o e mandou que as duas se calassem e o deixassem entrar. Entrou Sancho, e o padre e o barbeiro se despediram de D. Quixote, de cuja saúde desesperaram, vendo quão metido estava em seus desvairados pensamentos e quão embebido na simplicidade de suas mal-andantes cavalarias; e assim disse o padre ao barbeiro:

— Já vereis, compadre, que quando menos esperarmos nosso fidalgo baterá asas mundo afora.

— Disso não tenho dúvida — respondeu o barbeiro —, mas não me maravilho tanto da loucura do cavaleiro como da simplicidade do escudeiro, que tão crédulo está naquilo da ínsula, que creio não lho tirarão do casco quantos desenganos se possam imaginar.

— Que Deus os ajude — disse o padre —, e fiquemos nós de atalaia: veremos onde vai parar essa máquina de disparates de tal cavaleiro e qual escudeiro, pois parece que os dois foram forjados num mesmo molde e que as loucuras do senhor sem as necedades do criado não valeriam mealha.

— Assim é — disse o barbeiro —, e muito folgaria em saber do que estão falando os dois agora.

— Por certo que a sobrinha ou a ama no-lo contarão depois — respondeu o padre —, pois não é da sua condição deixarem de o escutar.

No mesmo tempo, D. Quixote se fechou com Sancho em seu aposento e, estando a sós, lhe disse:

— No es de comer — replicó Sancho —, sino de gobernar y regir mejor que cuatro ciudades y que cuatro alcaldes de corte.

— Con todo eso — dijo el ama —, no entraréis acá, saco de maldades y costal de malicias. Id a gobernar vuestra casa y a labrar vuestros pegujares, y dejaos de pretender ínsulas ni ínsulos.

Grande gusto recebían el cura y el barbero de oír el coloquio de los tres, pero don Quijote, temeroso que Sancho se descosiese y desbuchase algún montón de maliciosas necedades y tocase en puntos que no le estarían bien a su crédito, le llamó, y hizo a las dos que callasen y le dejasen entrar. Entró Sancho, y el cura y el barbero se despidieron de don Quijote, de cuya salud desesperaron, viendo cuán puesto estaba en sus desvariados pensamientos y cuán embebido en la simplicidad de sus malandantes caballerías; y así dijo el cura al barbero:

— Vos veréis, compadre, como cuando menos lo pensemos nuestro hidalgo sale otra vez a volar la ribera.

— No pongo yo duda en eso — respondió el barbero —, pero no me maravillo tanto de la locura del caballero como de la simplicidad del escudero, que tan creído tiene aquello de la ínsula, que creo que no se lo sacarán del casco cuantos desengaños pueden imaginarse.

— Dios los remedie — dijo el cura —, y estemos a la mira: veremos en lo que para esta máquina de disparates de tal caballero y de tal escudero, que parece que los forjaron a los dos en una mesma turquesa y que las locuras del señor sin las necedades del criado no valían un ardite.

— Así es — dijo el barbero —, y holgara mucho saber qué tratarán ahora los dos.

— Muito me pesa, Sancho, que tenhas dito e digas que fui eu quem te desviou dos teus termos, sabendo que eu não fiquei nos meus. Juntos saímos, juntos fomos e juntos peregrinamos; uma mesma fortuna e uma mesma sorte correu para os dois. Se foste manteado uma vez, eu fui moído cem, e esta é a vantagem que levo sobre ti.

— O que foi bem justo — respondeu Sancho —, pois, como diz vossa mercê, as desgraças são mais anexas aos cavaleiros andantes do que aos seus escudeiros.

— Nisso te enganas, Sancho — disse D. Quixote —, conforme aquilo de que *quando caput dolet* etc.[2]

— Não entendo nenhuma língua que não seja a minha — respondeu Sancho.

— Quero dizer — disse D. Quixote — que, quando a cabeça dói, todos os membros doem; e assim, sendo eu teu amo e senhor, sou tua cabeça, e tu parte de mim, pois és meu criado; e por esta razão o mal que a mim me toca, ou tocar, a ti te há de doer, e a mim o teu.

— Assim houvera de ser — disse Sancho —, mas, quando eu era manteado como membro, estava minha cabeça atrás do muro, olhando-me voar pelos ares, sem sentir dor alguma; e se os membros estão obrigados a se doer do mal da cabeça, também ela houvera de estar obrigada a se doer deles.

— Queres dizer agora, Sancho — respondeu D. Quixote —, que eu não me doía quando eras manteado? E se o dizes, não o digas nem o penses, pois mais dor sentia eu então no meu ânimo que tu no teu corpo. Mas agora deixemos isso de parte, que tempo teremos para o ponderarmos e o tirarmos em limpo, e diz-me, Sancho amigo, que é o que dizem de mim pelo povoado. Em que opinião me tem o vulgo, e os fidalgos, e os cavaleiros? Que di-

---

— Yo seguro — respondió el cura — que la sobrina o el ama nos lo cuenta después, que no son de condición que dejarán de escucharlo.

En tanto, don Quijote se encerró con Sancho en su aposento y, estando solos, le dijo:

— Mucho me pesa, Sancho, que hayas dicho y digas que yo fui el que te saqué de tus casillas, sabiendo que yo no me quedé en mis casas: juntos salimos, juntos fuimos y juntos peregrinamos; una misma fortuna y una misma suerte ha corrido por los dos: si a ti te mantearon una vez, a mí me han molido ciento, y esto es lo que te llevo de ventaja.

— Eso estaba puesto en razón — respondió Sancho —, porque, según vuestra merced dice, más anejas son a los caballeros andantes las desgracias que a sus escuderos.

— Engáñaste, Sancho — dijo don Quijote —, según aquello "quando caput dolet", etcétera.

— No entiendo otra lengua que la mía — respondió Sancho.

— Quiero decir — dijo don Quijote — que cuando la cabeza duele, todos los miembros duelen; y así, siendo yo tu amo y señor, soy tu cabeza, y tú mi parte, pues eres mi criado; y por esta razón el mal que a mí me toca, o tocare, a ti te ha de doler, y a mí el tuyo.

— Así había de ser — dijo Sancho —, pero cuando a mí me manteaban como a miembro, se estaba mi cabeza detrás de las bardas, mirándome volar por los aires, sin sentir dolor alguno; y pues los miembros están obligados a dolerse del mal de la cabeza, había de estar obligada ella a dolerse dellos.

— ¿Querrás tú decir agora, Sancho — respondió don Quijote —, que no me dolía yo cuando a ti te man-

zem eles da minha valentia, das minhas façanhas e da minha cortesia?[3] Que se fala do cometimento que assumi de ressuscitar e tornar ao mundo a já esquecida ordem cavaleiresca? Enfim, Sancho, quero que me digas o que acerca disso chegou aos teus ouvidos, e tudo me dirás sem nada tirar do mal nem pôr ao bem, pois é dos vassalos leais dizer a seus senhores a verdade inteira em ser e figura, sem que a adulação a acrescente nem outro vão respeito a diminua; e quero que saibas, Sancho, que, se aos ouvidos dos príncipes chegasse a verdade nua, sem os trajes da lisonja, outros séculos correriam, outras idades seriam tidas por mais de ferro que a nossa, pois entendo que, das que agora se usam, é a dourada. Que tal advertimento te sirva, Sancho, para que discreta e bem-intencionadamente ponhas nos meus ouvidos a verdade das coisas que souberes acerca do que te perguntei.

— Isso farei de muito bom grado, senhor meu — respondeu Sancho —, contanto que vossa mercê não leve a mal o que eu disser, pois me pede que o diga em pelo, sem vesti-lo de outras roupas senão daquelas com que chegaram à minha notícia.

— De nenhuma maneira o levarei a mal — respondeu D. Quixote. — Bem podes, Sancho, falar livremente e sem rodeio algum.

— Pois o primeiro que digo — disse — é que o vulgo tem vossa mercê por grandíssimo louco, e a mim por não menos mentecapto. Os fidalgos dizem que, não se contendo vossa mercê nos limites da fidalguia, tomou título de *don*[4] e se aforou cavaleiro com não mais que quatro cepas e duas jugadas de terra, e uma mão na frente e outra atrás. E dizem os cavaleiros que não querem fidalgos a par deles, especialmente daqueles fidalgos escudeiros[5] que disfarçam com fumo o gasto dos sapatos e consertam as meias pretas com seda verde.

---

teaban? Y si lo dices, no lo digas, ni lo pienses, pues más dolor sentía yo entonces en mi espíritu que tú en tu cuerpo. Pero dejemos esto aparte por agora, que tiempo habrá donde lo ponderemos y pongamos en su punto, y dime, Sancho amigo, qué es lo que dicen de mí por ese lugar. ¿En qué opinión me tiene el vulgo, en qué los hidalgos y en qué los caballeros? ¿Qué dicen de mi valentía, qué de mis hazañas y qué de mi cortesía? ¿Qué se platica del asumpto que he tomado de resucitar y volver al mundo la ya olvidada orden caballeresca? Finalmente, quiero, Sancho, me digas lo que acerca desto ha llegado a tus oídos, y esto me has de decir sin añadir al bien ni quitar al mal cosa alguna, que de los vasallos leales es decir la verdad a sus señores en su ser y figura propia, sin que la adulación la acreciente o otro vano respeto la disminuya; y quiero que sepas, Sancho, que si a los oídos de los príncipes llegase la verdad desnuda, sin los vestidos de la lisonja, otros siglos correrían, otras edades serían tenidas por más de hierro que la nuestra, que entiendo que de las que ahora se usan es la dorada. Sírvate este advertimiento, Sancho, para que discreta y bienintencionadamente pongas en mis oídos la verdad de las cosas que supieres de lo que te he preguntado.

— Eso haré yo de muy buena gana, señor mío — respondió Sancho —, con condición que vuestra merced no se ha de enojar de lo que dijere, pues quiere que lo diga en cueros, sin vestirlo de otras ropas de aquellas con que llegaron a mi noticia.

— En ninguna manera me enojaré — respondió don Quijote —. Bien puedes, Sancho, hablar libremente y sin rodeo alguno.

— Pues lo primero que digo — dijo —; es que el vulgo tiene a vuestra merced por grandísimo loco, y a mí

— Isso — disse D. Quixote — não tem que ver comigo, pois ando sempre bem-vestido, e jamais remendado. Surrado bem pudera ser, porém mais das armas que do tempo.[6]

— No que toca à valentia, cortesia, façanhas e cometimento de vossa mercê — prosseguiu Sancho —, as opiniões são várias. Uns dizem "louco, mas engraçado"; outros, "valente, mas desgraçado"; outros, "cortês, mas impertinente"; e por aí vão falando tantas coisas que nem vossa mercê nem eu ficamos com osso por moer.

— Olha, Sancho — disse D. Quixote —, onde quer que a virtude esteja em subido grau, é ela perseguida.[7] Poucos ou nenhum dos famosos varões passados deixou de ser caluniado da malícia. Júlio César, animosíssimo, prudentíssimo e valentíssimo capitão, foi tachado de ambicioso e não muito limpo, tanto nos trajes como nos costumes. Quanto a Alexandre, cujas façanhas lhe valeram o renome de Magno, dizem que teve o seu quê de bêbado. De Hércules, o dos muitos trabalhos, se conta que foi lascivo e frouxo. De D. Galaor, irmão de Amadis de Gaula, se murmura que foi mais que demasiadamente atrevido; e do seu irmão, que foi chorão. Portanto, oh Sancho, entre tantas calúnias de bons, bem podem passar as minhas, como não sejam mais que essas que disseste.

— Aí é que está o ponto, corpo de mim! — replicou Sancho.

— Então há mais? — perguntou D. Quixote.

— Ainda falta o rabo, que é o pior de esfolar — disse Sancho —, e perto dele tudo o que eu disse até aqui é migalha. Mas, se vossa mercê quer saber tudo sobre as calúnias que lhe fazem, posso num pronto trazer quem as diga todas, sem falta de nenhum miúdo, pois ontem chegou o filho de Bartolomé Carrasco, que vem de estudar em Salamanca, feito bacharel, e indo

---

por no menos mentecato. Los hidalgos dicen que, no conteniéndose vuestra merced en los límites de la hidalguía, se ha puesto *don* y se ha arremetido a caballero con cuatro cepas y dos yugadas de tierra, y con un trapo atrás y otro adelante. Dicen los caballeros que no querrían que los hidalgos se opusiesen a ellos, especialmente aquellos hidalgos escuderiles que dan humo a los zapatos y toman los puntos de las medias negras con seda verde.

— Eso — dijo don Quijote — no tiene que ver conmigo, pues ando siempre bien vestido, y jamás remendado: roto, bien podría ser, y el roto, más de las armas que del tiempo.

— En lo que toca — prosiguió Sancho — a la valentía, cortesía, hazañas y asumpto de vuestra merced, hay diferentes opiniones. Unos dicen: "loco, pero gracioso"; otros, "valiente, pero desgraciado"; otros, "cortés, pero impertinente"; y por aquí van discurriendo en tantas cosas, que ni a vuestra merced ni a mí nos dejan hueso sano.

— Mira, Sancho — dijo don Quijote —: dondequiera que está la virtud en eminente grado, es perseguida. Pocos o ninguno de los famosos varones que pasaron dejó de ser calumniado de la malicia. Julio César, animosísimo, prudentísimo y valentísimo capitán, fue notado de ambicioso y algún tanto no limpio, ni en sus vestidos ni en sus costumbres. Alejandro, a quien sus hazañas le alcanzaron el renombre de Magno, dicen dél que tuvo sus ciertos puntos de borracho. De Hércules, el de los muchos trabajos, se cuenta que fue lascivo y muelle. De don Galaor, hermano de Amadís de Gaula, se murmura que fue más que demasiadamente rijoso; y de su hermano, que fue llorón. Así que, ¡oh Sancho!, entre las tantas calumnias de buenos bien pueden pasar las mías, como no sean más de las que has dicho.

eu lhe dar as boas-vindas, me disse que a história de vossa mercê já andava em livros, com o nome de *Engenhoso fidalgo D. Quixote de La Mancha*; e diz que nela apareço com meu próprio nome de Sancho Pança, como também a senhora Dulcineia d'El Toboso, mais outras coisas que nós dois passamos a sós, tanto que fiz cruzes de espantado de como conseguiu saber delas o historiador que as escreveu.

— Eu te asseguro, Sancho — disse D. Quixote —, que o autor da nossa história deve de ser algum sábio encantador, pois deles não se oculta nada do que querem escrever.

— E como não há de ser sábio e encantador — disse Sancho —, pois, segundo diz o bacharel Sansón Carrasco, que assim se chama esse de quem falei, o autor da história se chama Cide Hamete Berinjela!

— Esse nome é de mouro — respondeu D. Quixote.

— Não me espanta — respondeu Sancho —, pois por toda parte tenho ouvido dizer que os mouros são muito amigos de berinjelas.

— Tu, Sancho — disse D. Quixote —, deves ter errado o sobrenome desse tal Cide, que em arábico quer dizer "senhor".

— Bem pode ser — replicou Sancho. — Mas, se vossa mercê quer que o traga aqui, irei procurá-lo em bolandas.

— Grande gosto me farias, amigo — disse D. Quixote —, pois o que me disseste me tem suspenso, e não comerei bocado que bem me saiba enquanto não for informado de tudo.

— Lá vou por ele, então — respondeu Sancho.

E, deixando seu senhor, foi-se em busca do bacharel, com o qual voltou dali a pouco, e os três tiveram um engraçadíssimo colóquio.

— ¡Ahí está el toque, cuerpo de mi padre! — replicó Sancho.

— Pues ¿hay más? — preguntó don Quijote.

— Aún la cola falta por desollar — dijo Sancho —: lo de hasta aquí son tortas y pan pintado; mas si vuestra merced quiere saber todo lo que hay acerca de las caloñas que le ponen, yo le traeré aquí luego al momento quien se las diga todas, sin que les falte una meaja, que anoche llegó el hijo de Bartolomé Carrasco, que viene de estudiar de Salamanca, hecho bachiller, y yéndole yo a dar la bienvenida me dijo que andaba ya en libros la historia de vuestra merced, con nombre del *Ingenioso Hidalgo don Quijote de la Mancha*; y dice que me mientan a mí en ella con mi mesmo nombre de Sancho Panza, y a la señora Dulcinea del Toboso, con otras cosas que pasamos nosotros a solas, que me hice cruces de espantado cómo las pudo saber el historiador que las escribió.

— Yo te aseguro, Sancho — dijo don Quijote —, que debe de ser algún sabio encantador el autor de nuestra historia, que a los tales no se les encubre nada de lo que quieren escribir.

— ¡Y cómo — dijo Sancho — si era sabio y encantador, pues, según dice el bachiller Sansón Carrasco, que así se llama el que dicho tengo, que el autor de la historia se llama Cide Hamete Berenjena!

— Ese nombre es de moro — respondió don Quijote.

— Así será — respondió Sancho —, porque por la mayor parte he oído decir que los moros son amigos de berenjenas.

— Tú debes, Sancho — dijo don Quijote —, errarte en el sobrenombre de ese Cide, que en arábigo quiere decir "señor".

Notas

[1] Alcaide de corte: juiz togado com jurisdição sobre a área em que residia o rei, ou seu conselho.

[2] *"quando caput dolet..."*: o aforismo latino, que D. Quixote traduz por inteiro logo em seguida, termina *"... cætera membra dolent"*.

[3] Valentia, façanhas, cortesia: os três pilares em que se baseia o código de valores dos livros de cavalaria.

[4] ... tomou título de *don*: tradicionalmente, era vedado a qualquer fidalgo o direito de ostentar o título, reservado à alta nobreza. Entretanto, já naquele tempo seu uso começava a se vulgarizar sem atenção a essa norma.

[5] Fidalgo escudeiro: um dos graus mais baixos da fidalguia, próprio de quem, por carecer de renda, tinha de servir em casa rica.

[6] ... surrado [...] mais das armas que do tempo: paráfrase do refrão *"hidalgo honrado, antes roto que remendado"*, onde o remendo pode significar também tacha moral.

[7] ... onde quer que a virtude esteja [...], é ela perseguida: tradução da máxima *"semper virtutes sequitur invidia"*, popularizada nas epístolas de São Jerônimo.

— Bien podría ser — replicó Sancho —; mas si vuestra merced gusta que yo le haga venir aquí, iré por él en volandas.

— Harásme mucho placer, amigo — dijo don Quijote —, que me tiene suspenso lo que me has dicho y no comeré bocado que bien me sepa hasta ser informado de todo.

— Pues yo voy por él — respondió Sancho.

Y, dejando a su señor, se fue a buscar al bachiller, con el cual volvió de allí a poco espacio, y entre los tres pasaron un graciosísimo coloquio.

CAPÍTULO III

DO RIDÍCULO RAZOAMENTO HAVIDO ENTRE D. QUIXOTE, SANCHO PANÇA E O BACHAREL SANSÓN CARRASCO

Assaz pensativo ficou D. Quixote esperando o bacharel Carrasco, de quem esperava ouvir as novas de si mesmo postas em livro, como dissera Sancho, e não se podia persuadir que houvesse tal história, pois ainda não estava seco no gume da sua espada o sangue dos inimigos que matara e já queriam que suas altas cavalarias corressem em estampa. Contudo imaginou que algum sábio, fosse amigo ou inimigo, por arte de encantamento as houvesse dado à estampa: se amigo, para as engrandecer e levantar sobre as mais assinaladas de cavaleiro andante; se inimigo, para as aniquilar e pôr abaixo das mais vis que de algum vil escudeiro se tivessem escrito, bem que — dizia entre si — nunca se tivessem escrito façanhas de escudeiros. E quando fosse verdade que tal história houvesse, sendo de cavaleiro andante, por força houvera de ser grandíloqua, alta, insigne, magnífica e verdadeira.

Com isto se consolou algum tanto, mas desconsolou-o pensar que seu autor era mouro, segundo aquele nome de Cide, e dos mouros não se podia esperar verdade alguma, porque são todos embusteiros, falsários e quimeristas. Temia que houvesse tratado seus amores com alguma indecência que redundasse em menoscabo e prejuízo da honestidade da sua senhora Dulcineia d'El Toboso, desejava que tivesse declarado sua fidelidade e o decoro

---

CAPÍTULO III

DEL RIDÍCULO RAZONAMIENTO QUE PASÓ ENTRE DON QUIJOTE, SANCHO PANZA Y EL BACHILLER SANSÓN CARRASCO

Pensativo además quedó don Quijote, esperando al bachiller Carrasco, de quien esperaba oír las nuevas de sí mismo puestas en libro, como había dicho Sancho, y no se podía persuadir a que tal historia hubiese, pues aún no estaba enjuta en la cuchilla de su espada la sangre de los enemigos que había muerto, y ya querían que anduviesen en estampa sus altas caballerías. Con todo eso, imaginó que algún sabio, o ya amigo o enemigo, por arte de encantamento las habrá dado a la estampa: si amigo, para engrandecerlas y levantarlas sobre las más señaladas de caballero andante; si enemigo, para aniquilarlas y ponerlas debajo de las más viles que de algún vil escudero se hubiesen escrito, puesto — decía entre sí — que nunca hazañas de escuderos se escribieron; y cuando fuese verdad que la tal historia hubiese, siendo de caballero andante, por fuerza había de ser grandílocua, alta, insigne, magnífica y verdadera.

Con esto se consoló algún tanto, pero desconsolóle pensar que su autor era moro, según aquel nombre de Cide, y de los moros no se podía esperar verdad alguna, porque todos son embelecadores, falsarios y quimeristas.

que sempre lhe guardara, menosprezando rainhas, imperatrizes e donzelas de todas as qualidades, tendo sempre mão no ímpeto dos naturais instintos. E assim envolto e revolto nestas e noutras muitas imaginações o acharam Sancho e Carrasco, o qual D. Quixote recebeu com muita cortesia.

Era o bacharel, bem que se chamasse Sansón, não muito grande de corpo, mas grandíssimo pulhista; de cor macilenta, mas de muito bom entendimento; teria perto de vinte e quatro anos, cara redonda, nariz chato e boca grande, sinais todos de ser de condição maliciosa e amigo de troças e de burlas, como o mostrou em vendo D. Quixote, pondo-se diante dele de joelhos e dizendo-lhe:

— Dê-me vossa grandeza as mãos, senhor D. Quixote de La Mancha, pois pelo hábito de São Pedro que visto,[1] inda que não tenha outras ordens senão as quatro primeiras,[2] que é vossa mercê um dos mais famosos cavaleiros andantes que já houve e ainda haverá em toda a redondeza da terra. Bem haja Cide Hamete Benengeli, que a história de vossas grandezas deixou escritas, e mais que bem haja o curioso que teve o cuidado de as mandar traduzir do arábico ao nosso vulgar castelhano, para o universal entretenimento das gentes.

Fê-lo levantar D. Quixote e disse:

— Então é verdade que há história minha e que foi mouro e sábio quem a compôs?

— Tão verdade, senhor — disse Sansón —, que tenho para mim que o dia de hoje já vão impressos mais de doze mil livros da tal história; se não, que o digam Portugal, Barcelona e Valência, onde os imprimiram, e ainda é fama que se está imprimindo em Antuérpia;[3] e cuido que logo não há de haver nação nem língua onde não se traduza.

Temíase no hubiese tratado sus amores con alguna indecencia que redundase en menoscabo y perjuicio de la honestidad de su señora Dulcinea del Toboso, deseaba que hubiese declarado su fidelidad y el decoro que siempre la había guardado, menospreciando reinas, emperatrices y doncellas de todas calidades, teniendo a raya los ímpetus de los naturales movimientos; y así envuelto y revuelto en estas y otras muchas imaginaciones le hallaron Sancho y Carrasco, a quien don Quijote recibió con mucha cortesía.

Era el bachiller, aunque se llamaba Sansón, no muy grande de cuerpo, aunque muy gran socarrón; de color macilenta, pero de muy buen entendimiento; tendría hasta veinte y cuatro años, carirredondo, de nariz chata y de boca grande, señales todas de ser de condición maliciosa y amigo de donaires y de burlas, como lo mostró en viendo a don Quijote, poniéndose delante dél de rodillas, diciéndole:

— Déme vuestra grandeza las manos, señor don Quijote de la Mancha, que por el hábito de San Pedro que visto, aunque no tengo otras órdenes que las cuatro primeras, que es vuestra merced uno de los más famosos caballeros andantes que ha habido, ni aun habrá, en toda la redondez de la tierra. Bien haya Cide Hamete Benengeli, que la historia de vuestras grandezas dejó escritas, y rebién haya el curioso que tuvo cuidado de hacerlas traducir de arábigo en nuestro vulgar castellano, para universal entretenimiento de las gentes.

Hízole levantar don Quijote y dijo:

— Desa manera, ¿verdad es que hay historia mía y que fue moro y sabio el que la compuso?

— Es tan verdad, señor — dijo Sansón —, que tengo para mí que el día de hoy están impresos más de doce mil libros de la tal historia: si no, dígalo Portugal, Barcelona y Valencia, donde se han impreso, y aun hay fama

— Uma das coisas — disse então D. Quixote — que mais contento devem de dar a um homem virtuoso e eminente é ver-se, em vida, andar com bom nome nas línguas das gentes, impresso e em estampa. Disse com bom nome porque, do contrário, nenhuma morte se lhe igualará.

— Se é boa fama e bom nome o que quer vossa mercê — disse o bacharel —, leva sozinho a palma a todos os cavaleiros andantes; porque o mouro em sua língua e o cristão na dele tiveram o cuidado de mui vivamente nos pintar a galhardia de vossa mercê, seu ânimo grande em acometer os perigos, sua paciência nas adversidades e sua firmeza no sofrer, assim as desgraças como os ferimentos, mais a honestidade e continência nos amores tão platônicos de vossa mercê e da minha senhora Dª Dulcineia d'El Toboso.

— Nunca — disse neste ponto Sancho Pança — tinha ouvido chamar com *don* minha senhora Dulcineia, mas somente de "senhora Dulcineia d'El Toboso", e já nisto anda errada a história.

— Não é essa objeção de importância — respondeu Carrasco.

— Não, por certo — respondeu D. Quixote. — Mas vossa mercê me diga, senhor bacharel, que façanhas minhas são as que mais se prezam nessa história?

— Nisso — respondeu o bacharel — há diferentes opiniões, como há vários gostos: uns preferem a aventura dos moinhos de vento, que a vossa mercê pareceram Briaréus[4] e gigantes; outros, a dos pisões; este, a descrição dos dois exércitos, que logo pareceram ser duas manadas de carneiros; aquele encarece a do morto que iam levando a enterrar em Segóvia; um diz que a todas faz vantagem a da liberdade dos galeotes; outro, que nenhuma se iguala à dos dois gigantes beneditinos, com a contenda do valoroso biscainho.

---

que se está imprimiendo en Amberes; y a mí se me trasluce que no ha de haber nación ni lengua donde no se traduzga.

— Una de las cosas — dijo a esta sazón don Quijote — que más debe de dar contento a un hombre virtuoso y eminente es verse, viviendo, andar con buen nombre por las lenguas de las gentes, impreso y en estampa. Dije con buen nombre, porque, siendo al contrario, ninguna muerte se le igualará.

— Si por buena fama y si por buen nombre va — dijo el bachiller —, solo vuestra merced lleva la palma a todos los caballeros andantes; porque el moro en su lengua y el cristiano en la suya tuvieron cuidado de pintarnos muy al vivo la gallardía de vuestra merced, el ánimo grande en acometer los peligros, la paciencia en las adversidades y el sufrimiento así en las desgracias como en las heridas, la honestidad y continencia en los amores tan platónicos de vuestra merced y de mi señora doña Dulcinea del Toboso.

— Nunca — dijo a este punto Sancho Panza — he oído llamar con *don* a mi señora Dulcinea, sino solamente "la señora Dulcinea del Toboso", y ya en esto anda errada la historia.

— No es objeción de importancia esa — respondió Carrasco.

— No, por cierto — respondió don Quijote —, pero dígame vuestra merced, señor bachiller ¿qué hazañas mías son las que más se ponderan en esa historia?

— En eso — respondió el bachiller — hay diferentes opiniones, como hay diferentes gustos: unos se atienen a la aventura de los molinos de viento, que a vuestra merced le parecieron Briareos y gigantes; otros, a la de los batanes; este, a la descripción de los dos ejércitos, que después parecieron ser dos manadas de carneros; aquel

— Diga-me, senhor bacharel — disse então Sancho —, entra aí a aventura dos galegos, quando o nosso bom Rocinante resolveu buscar nabos em alto-mar?

— Ao sábio nada ficou no tinteiro — respondeu Sansón. — Ele tudo diz e tudo nota, até o caso das cabriolas que o bom Sancho deu na manta.

— Na manta não dei cabriolas — respondeu Sancho —, e sim no ar, e mais do que eu quisera.

— Segundo imagino — disse D. Quixote —, não há no mundo história humana que não tenha seus reveses, especialmente as que tratam de cavalarias, as quais nunca podem estar cheias de prósperos sucessos.

— Todavia — respondeu o bacharel —, dizem alguns dos que leram a história que folgariam se os autores dela tivessem esquecido algumas das infinitas pauladas que em diferentes encontros deram no senhor D. Quixote.

— Aí entra a verdade da história — disse Sancho.

— Também as poderiam ter calado por equidade — disse D. Quixote —, pois as ações que não mudam nem alteram a verdade da história não há para que escrevê-las quando redundam em menosprezo do senhor da história. À fé que não foi tão piedoso Eneias como o pinta Virgílio, nem tão prudente Ulisses como o descreve Homero.

— Assim é — replicou Sansón —, mas uma coisa é escrever como poeta, e outra como historiador. O poeta pode contar ou cantar as coisas, não como foram, mas como deviam ser; e o historiador há de as escrever, não como deviam ser, mas como foram, sem tirar nem pôr coisa alguma à verdade.

— Pois se é que anda dizendo verdades esse senhor mouro — disse Sancho —, entre as pauladas do meu senhor devem se achar as minhas, porque nunca a sua mercê varejaram as costas que a mim não tenham varejado

---

encarece la del muerto que llevaban a enterrar a Segovia; uno dice que a todas se aventaja la de la libertad de los galeotes; otro, que ninguna iguala a la de los dos gigantes benitos, con la pendencia del valeroso vizcaíno.

— Dígame, señor bachiller — dijo a esta sazón Sancho —: ¿entra ahí la aventura de los yangüeses, cuando a nuestro buen Rocinante se le antojó pedir cotufas en el golfo?

— No se le quedó nada — respondió Sansón — al sabio en el tintero: todo lo dice y todo lo apunta, hasta lo de las cabriolas que el buen Sancho hizo en la manta.

— En la manta no hice yo cabriolas — respondió Sancho —, en el aire sí, y aun más de las que yo quisiera.

— A lo que yo imagino — dijo don Quijote —, no hay historia humana en el mundo que no tenga sus altibajos, especialmente las que tratan de caballerías, las cuales nunca pueden estar llenas de prósperos sucesos.

— Con todo eso — respondió el bachiller —, dicen algunos que han leído la historia que se holgaran se les hubiera olvidado a los autores della algunos de los infinitos palos que en diferentes encuentros dieron al señor don Quijote.

— Ahí entra la verdad de la historia — dijo Sancho.

— También pudieran callarlos por equidad — dijo don Quijote —, pues las acciones que ni mudan ni alteran la verdad de la historia no hay para qué escribirlas, si han de redundar en menosprecio del señor de la historia. A fee que no fue tan piadoso Eneas como Virgilio le pinta, ni tan prudente Ulises como le describe Homero.

— Así es — replicó Sansón —, pero uno es escribir como poeta, y otro como historiador; el poeta puede

o corpo todo. Mas não tenho do que me espantar, pois, como diz o mesmo senhor meu, da dor da cabeça hão de participar os membros.

— Bem velhaco sois, Sancho — respondeu D. Quixote. — À fé que não vos falta memória quando a quereis ter.

— Se eu quisesse esquecer as bordoadas que levei — disse Sancho —, não o consentiriam as pisaduras que ainda trago frescas nas costelas.

— Calai, Sancho — disse D. Quixote —, e não interrompais o senhor bacharel, a quem suplico que passe adiante em me dizer o que se diz de mim na referida história.

— E de mim — disse Sancho —, pois também dizem que sou eu um dos principais pressonagens dela.

— *Personagens*, e não *pressonagens*, Sancho amigo — disse Sansón.

— Outro censurador de bocávulos temos aqui? — disse Sancho. — Pois continuem assim, que não acabaremos em toda a vida.

— Que Deus me tire a minha, Sancho — respondeu o bacharel —, se não fordes vós a segunda pessoa da história,[5] e há quem mais preze vos ouvir falar a vós que à primeira e mais bem-pintada, posto que também há quem diga que andastes demasiadamente crédulo em crer que podia ser verdade o governo daquela ínsula oferecida pelo senhor D. Quixote, aqui presente.

— Ainda está o sol longe de se pôr — disse D. Quixote —, e quanto mais Sancho for entrando em anos, com a experiência que a idade traz, mais idôneo e mais hábil que agora estará para ser governador.

— Por Deus, senhor — disse Sancho —, a ilha que eu não governar com os anos que tenho não a governarei com os anos de Matusalém. O mal está na demora da ínsula, perdida não sei onde, e não em que me falte tutano para a governar.

---

contar o cantar las cosas, no como fueron, sino como debían ser; y el historiador las ha de escribir, no como debían ser, sino como fueron, sin añadir ni quitar a la verdad cosa alguna.

— Pues si es que se anda a decir verdades ese señor moro — dijo Sancho —, a buen seguro que entre los palos de mi señor se hallen los míos, porque nunca a su merced le tomaron la medida de las espaldas que no me la tomasen a mí de todo el cuerpo; pero no hay de qué maravillarme, pues, como dice el mismo señor mío, del dolor de la cabeza han de participar los miembros.

— Socarrón sois, Sancho — respondió don Quijote —. A fee que no os falta memoria cuando vos queréis tenerla.

— Cuando yo quisiese olvidarme de los garrotazos que me han dado — dijo Sancho —, no lo consentirán los cardenales, que aún se están frescos en las costillas.

— Callad, Sancho — dijo don Quijote —, y no interrumpáis al señor bachiller, a quien suplico pase adelante en decirme lo que se dice de mí en la referida historia.

— Y de mí — dijo Sancho —, que también dicen que soy yo uno de los principales presonajes della.

— *Personajes*, que no *presonajes*, Sancho amigo — dijo Sansón.

— ¿Otro reprochador de voquibles tenemos? — dijo Sancho —. Pues ándense a eso y no acabaremos en toda la vida.

— Mala me la dé Dios, Sancho — respondió el bachiller —, si no sois vos la segunda persona de la historia, y que hay tal que precia más oíros hablar a vos que al más pintado de toda ella, puesto que también hay quien

— Encomendai-o a Deus, Sancho — disse D. Quixote —, que tudo há de sair bem, e até melhor do que pensais, pois não se move a folha na árvore sem a vontade de Deus.

— Assim é verdade — disse Sansón —, pois, se Deus quiser, não faltarão a Sancho mil ilhas que governar, quanto mais uma.

— Governadores tenho visto por aí — disse Sancho — que a meu ver não chegam à sola do meu sapato, mas são chamados de "senhoria" e comem em baixela de prata.

— Esses não são governadores de ínsulas — replicou Sansón —, mas de outros governos mais maneiros, pois os que governam ínsulas pelo menos hão de saber gramática.[6]

— A *grama* não enjeito — disse Sancho —, mas a *tica* eu passo, pois é coisa que não entendo. Mas encomendando o negócio do governo a Deus, que me leve aonde for servido, eu lhe digo, senhor bacharel Sansón Carrasco, que me deu infinito gosto saber que o autor da história falou de mim de maneira que não cansam as coisas que de mim se contam, pois à fé de bom escudeiro que, se ele tivesse dito de mim coisas que não fossem muito de cristão-velho, como sou, até os surdos nos haviam de ouvir.

— Isso seria fazer milagres — respondeu Sansón.

— Milagres ou não milagres — disse Sancho —, cada um olhe bem como fala e como escreve das pressoas, e não solte a trouxe-mouxe o que primeiro lhe vier à cabeça.

— Uma das tachas que põem à tal história — disse o bacharel — é que seu autor pôs nela uma novela intitulada O *curioso impertinente*, e não por ser ruim ou malcomposta, mas por não ser daquele lugar nem ter que ver com a história de sua mercê o senhor D. Quixote.

---

diga que anduvistes demasiadamente de crédulo en creer que podía ser verdad el gobierno de aquella ínsula ofrecida por el señor don Quijote, que está presente.

— Aún hay sol en las bardas — dijo don Quijote —, y mientras más fuere entrando en edad Sancho, con la esperiencia que dan los años, estará más idóneo y más hábil para ser gobernador que no está agora.

— Por Dios, señor — dijo Sancho —, la isla que yo no gobernase con los años que tengo no la gobernaré con los años de Matusalén. El daño está en que la dicha ínsula se entretiene, no sé dónde, y no en faltarme a mí el caletre para gobernarla.

— Encomendadlo a Dios, Sancho — dijo don Quijote —, que todo se hará bien, y quizá mejor de lo que vos pensáis, que no se mueve la hoja en el árbol sin la voluntad de Dios.

— Así es verdad — dijo Sansón —, que, si Dios quiere, no le faltarán a Sancho mil islas que gobernar, cuanto más una.

— Gobernador he visto por ahí — dijo Sancho — que a mi parecer no llegan a la suela de mi zapato, y, con todo eso, los llaman "señoría", y se sirven con plata.

— Esos no son gobernadores de ínsulas — replicó Sansón —, sino de otros gobiernos más manuales, que los que gobiernan ínsulas por lo menos han de saber gramática.

— Con la *grama* bien me avendría yo — dijo Sancho —, pero con la *tica* ni me tiro ni me pago, porque no la entiendo. Pero dejando esto del gobierno en las manos de Dios, que me eche a las partes donde más de mí se sirva, digo, señor bachiller Sansón Carrasco, que infinitamente me ha dado gusto que el autor de la historia haya

— Aposto — replicou Sancho — que o filho dum cão misturou alhos com bugalhos.

— Pois eu digo — disse D. Quixote — que não foi sábio o autor de minha história, senão algum ignorante falador que às tontas e sem nenhum discurso se pôs a escrevê-la, não importando o que saísse, como fazia Orbaneja, aquele pintor de Úbeda que, quando lhe perguntavam o que ia começando a pintar, respondia: "O que sair". Uma vez pintou um galo de tal sorte e tão malparecido, que foi preciso escrever ao pé dele com grandes letras: "Isto é um galo". E assim deve de ser com a minha história, que terá necessidade de comento para que se entenda.

— Isso não — respondeu Sansón —, porque ela é tão clara que não traz dificuldade: as crianças a manuseiam, os moços a leem, os homens a entendem e os velhos a celebram, e é, enfim, tão trilhada, tão lida e tão sabida por todo gênero de gentes que, quando veem algum rocim magro, logo dizem "lá vai Rocinante".[7] E os que mais se têm dado à sua leitura são os pajens. Não há antecâmara de senhor onde não se ache um *D. Quixote*, uns o tomam quando outros o deixam, estes o disputam e aqueles o pedem. Enfim, é a tal história do mais gostoso e menos prejudicial entretenimento que até agora já se viu, porque em toda ela não se descobre nem sombra de palavra desonesta ou pensamento menos que católico.

— Escrevendo de outra sorte — disse D. Quixote —, não se escreveriam verdades, senão mentiras, e os historiadores que de mentiras se valem haviam de ser queimados como os falsários de moedas. E eu não sei o que moveu o autor a se valer de novelas e contos alheios, havendo tanto a escrever dos meus; sem dúvida deve de haver dado ouvidos àquele dito que diz "a barriga, de palha e feno" etc.[8] Pois em verdade que só em manifestar meus pen-

---

hablado de mí de manera que no enfadan las cosas que de mí se cuentan, que a fe de buen escudero que si hubiera dicho de mí cosas que no fueran muy de cristiano viejo, como soy, que nos habían de oír los sordos.

— Eso fuera hacer milagros — respondió Sansón.

— Milagros o no milagros — dijo Sancho —, cada uno mire cómo habla o cómo escribe de las presonas, y no ponga a trochemoche lo primero que le viene al magín.

— Una de las tachas que ponen a la tal historia — dijo el bachiller — es que su autor puso en ella una novela intitulada *El Curioso impertinente*, no por mala ni por mal razonada, sino por no ser de aquel lugar, ni tiene que ver con la historia de su merced del señor don Quijote.

— Yo apostaré — replicó Sancho — que ha mezclado el hideperro berzas con capachos.

— Ahora digo — dijo don Quijote — que no ha sido sabio el autor de mi historia, sino algún ignorante hablador, que a tiento y sin algún discurso se puso a escribirla, salga lo que saliere, como hacía Orbaneja, el pintor de Úbeda, al cual preguntándole qué pintaba respondió: "Lo que saliere". Tal vez pintaba un gallo de tal suerte y tan mal parecido, que era menester que con letras góticas escribiese junto a él: "Este es gallo". Y así debe de ser de mi historia, que tendrá necesidad de comento para entenderla.

— Eso no — respondió Sansón —, porque es tan clara que no hay cosa que dificultar en ella: los niños la manosean, los mozos la leen, los hombres la entienden y los viejos la celebran, y finalmente es tan trillada y tan leída y tan sabida de todo género de gentes, que apenas han visto algún rocín flaco, cuando dicen "Allí va Rocinante". Y los que más se han dado a su letura son los pajens: no hay antecámara de señor donde no se halle un

samentos, meus suspiros, minhas lágrimas, meus bons desejos e meus acometimentos poderia fazer um volume maior, ou tão grande, que o que podem fazer todas as obras do Tostado.[9] De feito, o que eu alcanço, senhor bacharel, é que para compor histórias e livros, de qualquer sorte que sejam, é mister um grande juízo e um maduro entendimento. Dizer graças e escrever donaires é próprio de grandes engenhos: a mais discreta figura da comédia é a do bobo, porque o não será quem queira dar a entender que é simples. A história é como coisa sagrada, porque há de ser verdadeira, e onde está a verdade está Deus, enquanto verdade; mas, não obstante, há alguns que assim compõem e botam livros de si como se fossem bolinhos.

— Não há livro tão ruim — disse o bacharel — que não tenha algo de bom.[10]

— Disso não há dúvida — replicou D. Quixote —, mas muitas vezes acontece a quem já tinha meritamente granjeada e alcançada grande fama por seus escritos, em dando-os à estampa, a perderem de todo ou a menoscabarem em parte.

— A causa disso — disse Sansón — é que, como as obras impressas se olham devagar, facilmente se veem suas falhas, e tanto mais se esquadrinham quanto maior é a fama de quem as compôs. Os homens famosos por seus engenhos, os grandes poetas, os ilustres historiadores, sempre ou as mais vezes são invejados daqueles que têm por gosto e particular entretenimento julgar os escritos alheios sem nunca terem dado um próprio à luz do mundo.

— Isso não maravilha — disse D. Quixote —, pois há muitos teólogos que não são bons para o púlpito mas são boníssimos para conhecer as faltas ou sobejos dos que pregam.

— Tudo isso é assim, senhor D. Quixote — disse Carrasco —, mas qui-

---

Don Quijote, unos le toman si otros le dejan, estos le embisten y aquellos le piden. Finalmente, la tal historia es del más gustoso y menos perjudicial entretenimiento que hasta agora se haya visto, porque en toda ella no se descubre ni por semejas una palabra deshonesta ni un pensamiento menos que católico.

— A escribir de otra suerte — dijo don Quijote —, no fuera escribir verdades, sino mentiras, y los historiadores que de mentiras se valen habían de ser quemados como los que hacen moneda falsa; y no sé yo qué le movió al autor a valerse de novelas y cuentos ajenos, habiendo tanto que escribir en los míos: sin duda se debió de atener al refrán: "De paja y de heno", etcétera. Pues en verdad que en sólo manifestar mis pensamientos, mis sospiros, mis lágrimas, mis buenos deseos y mis acometimientos pudiera hacer un volumen mayor, o tan grande, que el que pueden hacer todas las obras del Tostado. En efeto, lo que yo alcanzo, señor bachiller, es que para componer historias y libros, de cualquier suerte que sean, es menester un gran juicio y un maduro entendimiento. Decir gracias y escribir donaires es de grandes ingenios: la más discreta figura de la comedia es la del bobo, porque no lo ha de ser el que quiere dar a entender que es simple. La historia es como cosa sagrada, porque ha de ser verdadera, y donde está la verdad, está Dios, en cuanto a verdad; pero, no obstante esto, hay algunos que así componen y arrojan libros de sí como si fuesen buñuelos.

— No hay libro tan malo — dijo el bachiller —, que no tenga algo bueno.

— No hay duda en eso — replicó don Quijote —, pero muchas veces acontece que los que tenían méritamente granjeada y alcanzada gran fama por sus escritos, en dándolos a la estampa la perdieron del todo o la menoscabaron en algo.

sera eu que os tais censuradores fossem mais misericordiosos e menos escrupulosos, sem se aterem aos átomos do sol claríssimo da obra da qual murmuram. Pois se *aliquando bonus dormitat Homerus*,[11] considerem o muito que o autor se desvelou para dar a luz de sua obra com a menos sombra que pudesse; e bem pudera ser que o que a eles parece mal fosse a pinta, que às vezes aumenta a formosura do rosto que a tem. E assim digo que é grandíssimo o risco a que se expõe quem imprime um livro, sendo de toda impossibilidade impossível compô-lo de tal sorte que satisfaça e contente a todos os que o lerem.

— O que de mim trata — disse D. Quixote — a poucos terá contentado.

— Tanto pelo contrário, pois, como de *stultorum infinitus est numerus*,[12] infinitos são os que gostaram da tal história; mas alguns viram falta e dolo na memória do autor, pois se esqueceu de contar quem foi o ladrão que furtou o ruço de Sancho,[13] que lá se não declara, e do escrito só se infere que lhe foi furtado, mas dali a pouco o vemos cavaleiro do mesmo jumento, sem que este antes aparecesse. Também dizem que se esqueceu de pôr o que Sancho fez com aqueles cem escudos que achou na maleta na Serra Morena, que nunca mais os menciona, e há muitos que desejam saber que fez deles, ou no que os gastou, que é um dos pontos substanciais que faltam à obra.

Sancho respondeu:

— Eu, senhor Sansón, não estou agora para entrar em contas nem contos, pois me deu aqui uma fraqueza que, se a não reparar com dois goles de bom vinho, acabarei com o estômago nas costas. Em casa o tenho, minha costela me espera. Em acabando de comer, voltarei aqui para satisfazer vossa mercê e todo o mundo naquilo que perguntar quiserem, assim da perda do jumento como do gasto dos cem escudos.

— La causa deso es — dijo Sansón — que, como las obras impresas se miran despacio, fácilmente se veen sus faltas, y tanto más se escudriñan cuanto es mayor la fama del que las compuso. Los hombres famosos por sus ingenios, los grandes poetas, los ilustres historiadores, siempre o las más veces son envidiados de aquellos que tienen por gusto y por particular entretenimiento juzgar los escritos ajenos sin haber dado algunos propios a la luz del mundo.

— Eso no es de maravillar — dijo don Quijote —, porque muchos teólogos hay que no son buenos para el púlpito y son bonísimos para conocer las faltas o sobras de los que predican.

— Todo eso es así, señor don Quijote — dijo Carrasco —, pero quisiera yo que los tales censuradores fueran más misericordiosos y menos escrupulosos, sin atenerse a los átomos del sol clarísimo de la obra de que murmuran: que si "aliquando bonus dormitat Homerus", consideren lo mucho que estuvo despierto por dar la luz de su obra con la menos sombra que pudiese, y quizá podría ser que lo que a ellos les parece mal fuesen lunares, que a las veces acrecientan la hermosura del rostro que los tiene; y, así, digo que es grandísimo el riesgo a que se pone el que imprime un libro, siendo de toda imposibilidad imposible componerle tal que satisfaga y contente a todos los que le leyeren.

— El que de mí trata — dijo don Quijote — a pocos habrá contentado.

— Antes es al revés, que, como de "stultorum infinitus est numerus", infinitos son los que han gustado de la tal historia; y algunos han puesto falta y dolo en la memoria del autor, pues se le olvida de contar quién fue el ladrón que hurtó el rucio a Sancho, que allí no se declara, y sólo se infiere de lo escrito que se le hurtaron, y de

E sem esperar resposta nem dizer outra palavra, foi-se embora para sua casa.

D. Quixote pediu e rogou ao bacharel que ficasse para com ele fazer penitência.[14] Aceitou o bacharel o envite, ficou, acrescentou-se ao ordinário um par de pombos, tratou-se à mesa de cavalarias, deu-lhe trela Carrasco, acabou-se o banquete, dormiram a sesta, voltou Sancho e renovou-se a conversação passada.

---

allí a poco le vemos a caballo sobre el mesmo jumento, sin haber parecido. También dicen que se le olvidó poner lo que Sancho hizo de aquellos cien escudos que halló en la maleta en Sierra Morena, que nunca más los nombra, y hay muchos que desean saber qué hizo dellos, o en qué los gastó, que es uno de los puntos sustanciales que faltan en la obra.

Sancho respondió:

— Yo, señor Sansón, no estoy ahora para ponerme en cuentas ni cuentos, que me ha tomado un desmayo de estómago, que si no le reparo con dos tragos de lo añejo, me pondrá en la espina de Santa Lucía: en casa lo tengo, mi oíslo me aguarda; en acabando de comer daré la vuelta y satisfaré a vuestra merced y a todo el mundo de lo que preguntar quisieren, así de la pérdida del jumento como del gasto de los cien escudos.

Y sin esperar respuesta ni decir otra palabra, se fue a su casa.

Don Quijote pidió y rogó al bachiller se quedase a hacer penitencia con él. Tuvo el bachiller el envite, quedóse, añadióse al ordinario un par de pichones, tratóse en la mesa de caballerías, siguióle el humor Carrasco, acabóse el banquete, durmieron la siesta, volvió Sancho y renovóse la plática pasada.

Notas

[1] ... pelo hábito de São Pedro que visto: forma de juramento atenuada que alude às vestes de sacerdote secular (batina, mantéu e barrete pretos), também usadas por alguns estudantes.

[2] ... [sem] outras ordens senão as quatro primeiras: trata-se das ordens menores — ostiário, leitor, exorcista e acólito.—, que facultavam certos privilégios, mas não o ministério dos sacramentos (ver *DQ* I, cap. XIX, nota 3). Pelo contexto da jura, pode-se entrever um jogo de duplo sentido, em que Carrasco se referiria também às quatro ordens militares então ativas na Espanha (Calatrava, Santiago, Alcántara e Montesa), cujos membros usavam hábitos.

[3] Portugal, Barcelona, Valência e Antuérpia: de fato, quando da publicação do *Quixote* de 1615, a primeira parte já havia sido editada em Lisboa (1605), Valência (1605), Bruxelas (1607 e 1611) e Milão (1610), além de Madri (1605 e 1608), mas não há registro de nenhuma edição barcelonesa anterior a 1617 nem antuerpiense até 1673. Quanto às traduções, em 1615 já haviam saído a inglesa de Thomas Shelton (1612) e a francesa de César Oudin (1614).

[4] Briaréus: Briaréu, ou Egeon, era um dos três hecatônquiros, gigantes da mitologia greco-latina que protagonizaram a titanomaquia (ver *DQ* I, cap. VIII, nota 1).

[5] Segunda pessoa da história: trata-se do *gracioso*, ou "figura de donaire", personagem-tipo cômico, anti-herói entre ingênuo e malicioso, característico da Comedia Nueva.

[6] ... pelo menos hão de saber gramática: considerada o fundamento das demais disciplinas, a gramática era a matéria básica da educação vigente à época.

[7] ... lá vai Rocinante: a popularidade alcançada pelos personagens principais de *D. Quixote* foi de fato extraordinária, a ponto de logo serem tomados como motivo de fantasias e mascaradas, como ficou documentado numa famosa "relação de festa" datada de 1607.

[8] ... a barriga, de palha e feno etc.: o ditado inteiro reza "*de paja y de heno, mi vientre lleno*"; na versão portuguesa, "a barriga, de palha e feno se enche".

[9] Tostado: Alfonso Tostado de Madrigal (1400?-1455), polígrafo cartusiano, bispo de Ávila, conselheiro do rei Juan II e professor da universidade de Salamanca. Foi um dos intelectuais mais eminentes do século XV espanhol e deixou uma obra tão volumosa que "*escribir más que el Tostado*" se tornou frase feita para designar a escritura prolífica.

[10] Não há livro tão ruim [...] que não tenha algo de bom: a sentença, atribuída a Plínio o Velho e transmitida por seu sobrinho Plínio o Moço (61-114) em suas *Epístolas*, tornara-se um lugar-comum durante o Renascimento, aparecendo, por exemplo, no *Lazarilho de Tormes*.

[11] *Aliquando bonus dormitat Homerus*: "vez por outra cochila o bom Homero"; citação alterada dos versos 358-9 da *Arte poética*, de Horácio: "*et idem indignor quandoque bonus dormitat Homerus*" (eu mesmo me indigno pois às vezes até o bom Homero cochila), que prossegue "*verum operi longo fas est obrepere somnum*" ("embora seja lícito entregar-se ao sono quando o trabalho é longo").

[12] *Stultorum infinitus est numerus*: "infinito é o número dos tolos", frase proverbial tomada do *Eclesiastes* (Vulgata Clementina, 1, 15).

[13] ... quem foi o ladrão que furtou o ruço de Sancho: alusão ao salto ocorrido na edição *princeps* da primeira parte, mal emendado na segunda edição (ver *DQ* I, cap. XXIII, nota 4).

[14] Fazer penitência: fórmula humilde de cortesia com que se convidava a compartilhar a refeição.

CAPÍTULO IV

ONDE SANCHO PANÇA SATISFAZ O BACHAREL
SANSÓN CARRASCO DE SUAS DÚVIDAS E PERGUNTAS,
MAIS OUTROS SUCESSOS DIGNOS DE SABER E CONTAR

Voltou Sancho à casa de D. Quixote e, voltando ao interrompido razoamento, disse:

— Àquilo que o senhor Sansón dizia, que desejava saber por quem ou como ou quando me foi roubado o jumento, respondendo digo que na mesma noite em que, fugindo da Santa Irmandade, entramos na Serra Morena, depois da aventura sem ventura dos galeotes e da do defunto que levavam para Segóvia, meu senhor e eu nos metemos numa brenha, onde meu senhor arrimado à sua lança e eu sobre meu ruço, moídos e cansados das passadas refregas, ferramos no sono como se fosse sobre quatro colchões de penas; eu especialmente dormi tão pesado que lá quem tenha sido teve lugar de vir e me suspender sobre quatro estacas postas nos quatro cantos da albarda, de maneira que me deixou a cavalo sobre ela e me tirou o ruço de baixo sem que eu o sentisse.

— Isso é coisa fácil, e não acontecimento novo, pois o mesmo sucedeu a Sacripante quando, estando no cerco de Albraca, aquele famoso ladrão chamado Brunel com essa mesma indústria lhe tirou o cavalo dentre as pernas.[1]

CAPÍTULO IV

DONDE SANCHO PANZA SATISFACE AL BACHILLER
SANSÓN CARRASCO DE SUS DUDAS Y PREGUNTAS,
CON OTROS SUCESOS DIGNOS DE SABERSE Y DE CONTARSE

Volvió Sancho a casa de don Quijote y, volviendo al pasado razonamiento, dijo:
— A lo que el señor Sansón dijo que se deseaba saber quién o cómo o cuándo se me hurtó el jumento, respondiendo digo que la noche misma que huyendo de la Santa Hermandad nos entramos en Sierra Morena, después de la aventura sin ventura de los galeotes y de la del difunto que llevaban a Segovia, mi señor y yo nos metimos entre una espesura, adonde mi señor arrimado a su lanza y yo sobre mi rucio, molidos y cansados de las pasadas refregas, nos pusimos a dormir como si fuera sobre cuatro colchones de pluma, especialmente yo dormí con tan pesado sueño, que quienquiera que fue tuvo lugar de llegar y suspenderme sobre cuatro estacas que puso a los cuatro lados de la albarda, de manera que me dejó a caballo sobre ella y me sacó debajo de mí al rucio sin que yo lo sintiese.
— Eso es cosa fácil, y no acontecimiento nuevo, que lo mismo le sucedió a Sacripante cuando, estando en

— Amanheceu — prosseguiu Sancho —, e mal me havia espreguiçado quando, faltando as estacas, dei comigo ao chão num grande tombo. Olhei pelo jumento, e não o vi. Me acudiram lágrimas aos olhos e fiz uma lamentação que, se a não pôs o autor da nossa história, não há de ter posto coisa boa. Ao cabo de não sei quantos dias, vindo com a senhora princesa Micomicona, conheci meu asno e que vinha sobre ele, em hábito de cigano, aquele Ginés de Pasamonte, aquele embusteiro e grandíssimo tratante que meu senhor e eu livramos das cadeias.

— Não está nisso o erro — replicou Sansón —, mas em que, antes de ter reaparecido o jumento, diz o autor que Sancho ia montado no mesmo ruço.

— Disso — respondeu Sancho — não sei que dizer, senão que o historiador se enganou, ou então que foi descuido do impressor.

— Assim é, sem dúvida — disse Sansón. — Mas que foi feito dos cem escudos? Se esfumaram?

Respondeu Sancho:

— Eu os gastei em prol da minha pressoa e da de minha mulher e meus filhos, e foi graças a eles que minha mulher levou com paciência os caminhos e carreiras que andei a serviço do meu senhor D. Quixote, pois, se ao cabo de tanto tempo eu voltasse à minha casa sem jumento e sem uma branca na algibeira, negra ventura amargara, e se há mais a saber de mim, cá estou para responder ao próprio rei em pressoa, e ninguém tem por que se meter a averiguar se eu os trouxe ou não trouxe, se os gastei ou não gastei, pois se as pauladas que me deram nessas viagens fossem pagas em dinheiro, ainda que não se orçassem em mais que quatro maravedis cada uma, outros cem escudos não bastariam para me pagar nem a metade, e cada um ponha a mão

---

el cerco de Albraca, con esa misma invención le sacó el caballo de entre las piernas aquel famoso ladrón llamado Brunelo.

— Amaneció — prosiguió Sancho —, y apenas me hube estremecido cuando, faltando las estacas, di conmigo en el suelo una gran caída; miré por el jumento, y no le vi; acudiéronme lágrimas a los ojos, y hice una lamentación que, si no la puso el autor de nuestra historia, puede hacer cuenta que no puso cosa buena. Al cabo de no sé cuantos días, viniendo con la señora princesa Micomicona, conocí mi asno, y que venía sobre él en hábito de gitano aquel Ginés de Pasamonte, aquel embustero y grandísimo maleador que quitamos mi señor y yo de la cadena.

— No está en eso el yerro — replicó Sansón —, sino en que antes de haber parecido el jumento dice el autor que iba a caballo Sancho en el mesmo rucio.

— A eso — dijo Sancho — no sé qué responder, sino que el historiador se engañó, o ya sería descuido del impresor.

— Así es, sin duda — dijo Sansón —, pero ¿qué se hicieron los cien escudos? ¿Deshiciéronse?

Respondió Sancho:

— Yo los gasté en pro de mi presona y de la de mi mujer y de mis hijos, y ellos han sido causa de que mi mujer lleve en paciencia los caminos y carreras que he andado sirviendo a mi señor don Quijote, que si al cabo de tanto tiempo volviera sin blanca y sin el jumento a mi casa, negra ventura me esperaba, y si hay más que saber de mí, aquí estoy, que responderé al mesmo rey en presona, y nadie tiene para qué meterse en si truje o no truje, si gasté o no gasté, que si los palos que me dieron en estos viajes se hubieran de pagar a dinero, aunque no se tasa-

no peito e não pegue a julgar o branco por preto e o preto por branco, que cada um é como Deus fez, e muitas vezes até pior.

— Eu terei cuidado — disse Carrasco — de acusar ao autor da história que, se outra vez a imprimir, não se esqueça disso que o bom Sancho acaba de dizer, que será levantá-la bem um couto acima donde ela está.

— Há outra coisa a emendar nessa lição, senhor bacharel? — perguntou D. Quixote.

— Deve de haver, por certo — respondeu ele —, mas nenhuma da importância das já referidas.

— E porventura — disse D. Quixote — promete o autor continuação?

— Promete sim — respondeu Sansón —, mas diz que a não achou nem sabe quem a tenha, e assim estamos em dúvida se sairá ou não; e por isso, ou porque alguns dizem "nunca as continuações foram boas", e outros "das coisas de D. Quixote bastam as já escritas", duvida-se que haja continuação, se bem alguns mais joviais que saturninos digam: "Que venham mais quixotadas, acometa D. Quixote e fale Sancho Pança, e seja o que for, que com isso nos contentamos".

— E o autor, que diz?

— Diz ele — respondeu Sansón — que, em achando que achou a história, a qual anda buscando com extraordinárias diligências, logo a dará à estampa, levado mais do proveito que por dá-la se obtenha que de outro benefício algum.

Ao que Sancho disse:

— No dinheiro e no proveito tem os olhos postos o autor? Milagre será que acerte, pois não fará mais que alinhavar sem tento, como alfaiate em véspera de páscoa, e obra apressada, obra estragada. Trate esse senhor mou-

---

ran sino a cuatro maravedís cada uno, en otros cien escudos no había para pagarme la mitad, y cada uno meta la mano en su pecho y no se ponga a juzgar lo blanco por negro y lo negro por blanco, que cada uno es como Dios le hizo, y aun peor muchas veces.

— Yo tendré cuidado — dijo Carrasco — de acusar al autor de la historia que si otra vez la imprimiere no se le olvide esto que el buen Sancho ha dicho, que será realzarla un buen coto más de lo que ella se está.

— ¿Hay otra cosa que enmendar en esa leyenda, señor bachiller? — preguntó don Quijote.

— Sí debe de haber — respondió él —, pero ninguna debe de ser de la importancia de las ya referidas.

— Y por ventura — dijo don Quijote — ¿promete el autor segunda parte?

— Sí promete — respondió Sansón —, pero dice que no ha hallado ni sabe quién la tiene, y así estamos en duda si saldrá o no; y así por esto como porque algunos dicen "Nunca segundas partes fueron buenas", y otros "De las cosas de don Quijote bastan las escritas", se duda que no ha de haber segunda parte, aunque algunos que son más joviales que saturninos dicen: "Vengan más quijotadas, embista don Quijote y hable Sancho Panza, y sea lo que fuere, que con eso nos contentamos".

— ¿Y a qué se atiene el autor?

— A que — respondió Sansón — en hallando que halle la historia, que él va buscando con extraordinarias diligencias, la dará luego a la estampa, llevado más del interés que de darla se le sigue que de otra alabanza alguna.

A lo que dijo Sancho:

ro, ou lá o que seja, de olhar bem o que faz, que eu e meu senhor lhe encheremos as mãos de tantas aventuras e sucessos diferentes que poderá compor não uma, mas cem continuações. Sem dúvida deve de pensar o bom homem que nós aqui dormimos nas palhas; pois que nos venha ter o pé a ferrar, e verá de qual coxeamos.[2] O que eu sei dizer é que, se meu senhor tomasse meu conselho, já havíamos de estar por esses campos desfazendo agravos e endireitando tortos, como é uso e costume dos bons andantes cavaleiros.

Mal acabara Sancho de dizer tais razões, quando chegaram a seus ouvidos relinchos de Rocinante, os quais relinchos tomou D. Quixote por felicíssimo agouro, e determinou de dali a três ou quatro dias fazer outra saída, e, declarando sua tenção ao bacharel, lhe pediu conselho por que parte começar sua jornada, o qual lhe respondeu que era seu parecer que fosse ao reino de Aragão e à cidade de Saragoça, onde dali a poucos dias se fariam umas soleníssimas justas pela festa de São Jorge,[3] nas quais poderia ganhar fama sobre todos os cavaleiros aragoneses, que seria ganhá-la sobre todos os do mundo. Louvou sua determinação por honradíssima e valentíssima, mas lhe advertiu que fosse mais atentado em acometer os perigos, visto que sua vida não era dele, senão de todos aqueles que dele haviam mister para que os amparasse e socorresse em suas desventuras.

— Isso é que eu renego, senhor Sansón — exclamou Sancho neste ponto —, pois assim acomete meu senhor contra cem homens armados como um rapaz guloso sobre meia dúzia de melancias. Corpo do mundo, senhor bacharel! Tempos há para acometer e tempos para recuar, pois nem tudo há de ser "Santiago e cerra Espanha!",[4] de mais que ouvi dizer, e se mal não me lembro, acho que foi do meu senhor mesmo, que entre os extremos de covarde e de temerário está o meio-termo da valentia, e se isto é assim, não

---

— ¿Al dinero y al interés mira el autor? Maravilla será que acierte, porque no hará sino harbar, harbar, como sastre en vísperas de pascuas, y las obras que se hacen apriesa nunca se acaban con la perfeción que requieren. Atienda ese señor moro, o lo que es, a mirar lo que hace, que yo y mi señor le daremos tanto ripio a la mano en materia de aventuras y de sucesos diferentes, que pueda componer no sólo segunda parte, sino ciento. Debe de pensar el buen hombre, sin duda, que nos dormimos aquí en las pajas; pues ténganos el pie al herrar y verá del que cosqueamos. Lo que yo sé decir es que si mi señor tomase mi consejo ya habíamos de estar en esas campañas deshaciendo agravios y enderezando tuertos, como es uso y costumbre de los buenos andantes caballeros.

No había bien acabado de decir estas razones Sancho, cuando llegaron a sus oídos relinchos de Rocinante, los cuales relinchos tomó don Quijote por felicísimo agüero, y determinó de hacer de allí a tres o cuatro días otra salida, y declarando su intento al bachiller, le pidió consejo por qué parte comenzaría su jornada, el cual le respondió que era su parecer que fuese al reino de Aragón y a la ciudad de Zaragoza, adonde de allí a pocos días se habían de hacer unas solenísimas justas por la fiesta de San Jorge, en las cuales podría ganar fama sobre todos los caballeros aragoneses, que sería ganarla sobre todos los del mundo. Alabóle ser honradísima y valentísima su determinación, y advirtióle que anduviese más atentado en acometer los peligros, a causa que su vida no era suya, sino de todos aquellos que le habían de menester para que los amparase y socorriese en sus desventuras.

— Deso es lo que yo reniego, señor Sansón — dijo a este punto Sancho —, que así acomete mi señor a cien hombres armados como un muchacho goloso a media docena de badeas. ¡Cuerpo del mundo, señor bachiller! Sí, que tiempos hay de acometer y tiempos de retirar, sí, no ha de ser todo "¡Santiago, y cierra, España!". Y

quero que ele fuja sem porquê nem acometa quando a demasia pedir outra coisa. Mas sobretudo aviso meu senhor que, se me levar consigo, será com a condição de que ele batalhe tudo, não estando eu obrigado a mais que não seja olhar por sua pessoa no tocante a sua limpeza e seu regalo, que nisso será servido como ninguém; mas pensar que eu hei de meter mão à espada, ainda que seja contra vilões malfeitores de machado e capelina, é pensamento escusado. Eu, senhor Sansón, não quero ganhar fama de valente, mas sim do melhor e mais leal escudeiro que jamais serviu a cavaleiro andante. E se o meu senhor D. Quixote, obrigado dos meus muitos e bons serviços, quiser me dar alguma ínsula das muitas que sua mercê diz que há de topar por aí, eu o terei por grande mercê, mas se não ma der, nascido sou, e não há de viver o homem à mão de outro, senão de Deus; de mais que tão bem, e talvez até melhor, me saberá o pão desgovernado que sendo governador. E eu sei porventura se nesses governos não me tem o diabo armado algum cambapé onde eu tropece e caia e quebre os dentes? Sancho nasci e Sancho penso morrer; mas se, apesar de tudo, por bem e em boa hora, sem muita solicitude nem muito risco, o céu me deparar alguma ínsula ou outra coisa semelhante, não serei tão néscio que a enjeite, que também se diz "quando te derem o bacorinho, vai logo com o baracinho", e "quando o bem chegar, manda-o entrar".

— Vós, irmão Sancho — disse Carrasco —, falastes como um catedrático. Mas, contudo, confiai em Deus e no senhor D. Quixote, que vos há de dar, não uma ínsula, mas um reino.

— Tão mau é o sobejo como o minguado — respondeu Sancho —; mas garanto ao senhor Carrasco que o reino que meu senhor me der não cairá em saco roto, pois tenho tomado o pulso a mim mesmo e me acho com saúde para reger reinos e governar ínsulas, o que já outras vezes disse ao meu senhor.

---

más, que yo he oído decir, y creo que a mi señor mismo, si mal no me acuerdo, que entre los estremos de cobarde y de temerario está el medio de la valentía, y si esto es así, no quiero que huya sin tener para qué, ni que acometa cuando la demasía pide otra cosa. Pero sobre todo aviso a mi señor que si me ha de llevar consigo ha de ser con condición que él se lo ha de batallar todo y que yo no he de estar obligado a otra cosa que a mirar por su persona en lo que tocare a su limpieza y a su regalo, que en esto yo le bailaré el agua delante; pero pensar que tengo de poner mano a la espada, aunque sea contra villanos malandrines de hacha y capellina, es pensar en lo escusado. Yo, señor Sansón, no pienso granjear fama de valiente, sino del mejor y más leal escudero que jamás sirvió a caballero andante; y si mi señor don Quijote, obligado de mis muchos y buenos servicios, quisiere darme alguna ínsula de las muchas que su merced dice que se ha de topar por ahí, recibiré mucha merced en ello, y cuando no me la diere, nacido soy, y no ha de vivir el hombre en hoto de otro, sino de Dios, y más que tan bien y aun quizá mejor me sabrá el pan desgobernado que siendo gobernador; ¿y sé yo por ventura si en esos gobiernos me tiene aparejada el diablo alguna zancadilla donde tropiece y caiga y me haga las muelas? Sancho nací y Sancho pienso morir; pero si con todo esto, de buenas a buenas, sin mucha solicitud y sin mucho riesgo, me deparase el cielo alguna ínsula, o otra cosa semejante, no soy tan necio, que la desechase, que también se dice "cuando te dieren la vaquilla, corre con la soguilla", y "cuando viene el bien, métalo en tu casa".

— Vos, hermano Sancho — dijo Carrasco —, habéis hablado como un catedrático; pero, con todo eso, confiad en Dios y en el señor don Quijote, que os ha de dar un reino, no que una ínsula.

— Tanto es lo de más como lo de menos — respondió Sancho —; aunque sé decir al señor Carrasco que

— Olhai, Sancho — disse Sansón —, que as honras mudam os costumes, e bem pudera ser que, em vos vendo governador, não conhecêsseis a mãe que vos pariu.

— Isso pode lá valer — respondeu Sancho — para quem é filho das ervas, não para quem, como eu, tem a alma gorda de sustância de cristão-velho. Comigo não, senão vinde aqui ver se é da minha condição ser ingrato com alguém!

— Que Deus assim faça — disse D. Quixote —, e logo veremos quando vier o governo, que já me parece que o tenho aqui diante dos olhos.

Dito isto, rogou ao bacharel que, se era poeta, lhe fizesse a mercê de compor uns versos que tratassem da despedida que pensava fazer de sua senhora Dulcineia d'El Toboso,[5] e que advertisse que no começo de cada verso havia de pôr uma letra do seu nome, de maneira que ao fim dos versos, juntando as primeiras letras, se lesse: "Dulcineia d'El Toboso". O bacharel respondeu que, se bem não era dos famosos poetas que havia na Espanha, que diziam não passar de três e meio, não deixaria de compor os tais metros, ainda que achasse uma grande dificuldade em sua composição, que era serem dezoito as letras contidas no nome, porquanto, se fizesse quatro coplas castelhanas, sobejariam duas letras, e se fizesse das de cinco, as quais chamam "décimas" ou "quintilhas", faltariam duas letras; mas, contudo, procuraria encaixar as sobejas o melhor que pudesse, de maneira que nas quatro castelhanas coubesse o nome de Dulcineia d'El Toboso.

— Assim há de ser por força — disse D. Quixote —, pois se os versos não mostram o nome patente e manifesto, não há mulher que creia que para ela foram feitos.

Concordaram nisso e também em que a partida seria dali a oito dias.

---

no echara mi señor el reino que me diera en saco roto, que yo he tomado el pulso a mí mismo y me hallo con salud para regir reinos y gobernar ínsulas, y esto ya otras veces lo he dicho a mi señor.

— Mirad, Sancho — dijo Sansón —, que los oficios mudan las costumbres, y podría ser que viéndoos gobernador no conociésedes a la madre que os parió.

— Eso allá se ha de entender — respondió Sancho — con los que nacieron en las malvas, y no con los que tienen sobre el alma cuatro dedos de enjundia de cristianos viejos, como yo los tengo. ¡No, sino llegaos a mi condición, que sabrá usar de desagradecimiento con alguno!

— Dios lo haga — dijo don Quijote —, y ello dirá cuando el gobierno venga, que ya me parece que le trayo entre los ojos.

Dicho esto, rogó al bachiller que, si era poeta, le hiciese merced de componerle unos versos que tratasen de la despedida que pensaba hacer de su señora Dulcinea del Toboso, y que advirtiese que en el principio de cada verso había de poner una letra de su nombre, de manera que al fin de los versos, juntando las primeras letras, se leyese: "Dulcinea del Toboso". El bachiller respondió que puesto que él no era de los famosos poetas que había en España, que decían que no eran sino tres y medio, que no dejaría de componer los tales metros, aunque hallaba una dificultad grande en su composición, a causa que las letras que contenían el nombre eran diez y siete, y que si hacía cuatro castellanas de a cuatro versos, sobrara una letra, y si de a cinco, a quien llaman "décimas" o "redondillas", faltaban tres letras; pero, con todo eso, procuraría embeber una letra lo mejor que pudiese, de manera que en las cuatro castellanas se incluyese el nombre de Dulcinea del Toboso.

Encomendou D. Quixote ao bacharel que a mantivesse em segredo, especialmente ao padre e a mestre Nicolás, e a sua sobrinha e à ama, por que não estorvassem sua honrada e valorosa determinação. Tudo prometeu Carrasco e com isto se despediu, rogando a D. Quixote que, em havendo cômodo, de todos seus bons ou maus sucessos o avisasse. E assim se despediram, e Sancho foi pôr em ordem o necessário para sua jornada.

Notas

[1] ... Brunel [...] lhe tirou o cavalo dentre as pernas: referência ao episódio narrado no *Orlando enamorado* (livro II) e no *Orlando furioso* (XXVII, 84). Para o cerco de Albraca, ver *DQ* I, cap. X, nota 9.

[2] ... que nos venha ter o pé a ferrar, e verá de qual coxeamos: Sancho cruza duas frases feitas, "*no me habéis tenido el pie al herrar*", que aconselha precaução com quem não se tem intimidade, e "*bien sé de qué pie cojeas*", que adverte sobre o conhecimento dos defeitos do interlocutor.

[3] ... festas de São Jorge: em homenagem ao padroeiro da coroa aragonesa e de sua cavalaria se celebravam famosos torneios não apenas no dia do santo, 23 de abril, mas em várias datas ao longo do ano. A ida de D. Quixote às justas de Saragoça fora anunciada no epílogo do primeiro livro.

[4] "Santiago e cerra Espanha!": grito de ataque dos exércitos da Reconquista evocando seu santo padroeiro, que ostentava o epíteto de "Mata-Mouros".

[5] ... versos que tratassem da despedida [...] de sua senhora Dulcineia d'El Toboso: a despedida do cavaleiro que se afasta da dama constituía um subgênero lírico popular tanto na Idade Média como no Renascimento.

— Ha de ser así en todo caso — dijo don Quijote —, que si allí no va el nombre patente y de manifiesto, no hay mujer que crea que para ella se hicieron los metros.

Quedaron en esto y en que la partida sería de allí a ocho días. Encargó don Quijote al bachiller la tuviese secreta, especialmente al cura y a maese Nicolás, y a su sobrina y al ama, porque no estorbasen su honrada y valerosa determinación. Todo lo prometió Carrasco, con esto, se despidió encargando a don Quijote que de todos sus buenos o malos sucesos le avisase, habiendo comodidad; y así se despidieron y Sancho fue a poner en orden lo necesario para su jornada.

CAPÍTULO V

*Da discreta e engraçada conversação
passada entre Sancho Pança e sua mulher, Teresa Pança,
e outros sucessos dignos de feliz lembrança*

Chegando a escrever o tradutor desta história este quinto capítulo, diz ele que o tem por apócrifo, porque aqui fala Sancho Pança em estilo diferente do que se pode esperar do seu parco engenho e diz coisas tão sutis, que não tem por possível que ele as soubesse, mas que não quis deixar de traduzi-lo, por cumprir com o dever de seu ofício, e assim prosseguiu, dizendo:

Chegou Sancho a sua casa tão regozijado e alegre, que sua mulher conheceu sua alegria a tiro de balestra, tanto que a obrigou a lhe perguntar:

— Que trazeis, Sancho amigo, que tão alegre chegais?

Ao que ele respondeu:

— Mulher minha, se Deus quisesse, bem folgara eu de não estar assim tão contente quanto mostro.

— Não vos entendo, marido — replicou ela —, e não sei o que quereis dizer com isso de que folgaríeis, se Deus quisesse, de não estar contente, pois, apesar de tola, não sei quem possa ter gosto em não o ter.

— Olhai, Teresa — respondeu Sancho —, eu estou alegre porque tenho determinado de voltar a servir ao meu amo D. Quixote, o qual quer pela vez terceira sair em busca das aventuras, e eu volto a sair com ele, porque assim

---

CAPÍTULO V

*De la discreta y graciosa plática
que pasó entre Sancho Panza y su mujer Teresa Panza,
y otros sucesos dignos de felice recordación*

Llegando a escribir el traductor desta historia este quinto capítulo, dice que le tiene por apócrifo, porque en él habla Sancho Panza con otro estilo del que se podía prometer de su corto ingenio y dice cosas tan sutiles, que no tiene por posible que él las supiese, pero que no quiso dejar de traducirlo, por cumplir con lo que a su oficio debía; y así prosiguió, diciendo:

Llegó Sancho a su casa tan regocijado y alegre, que su mujer conoció su alegría a tiro de ballesta, tanto, que la obligó a preguntarle:

— ¿Qué traés, Sancho amigo, que tan alegre venís?

A lo que él respondió:

o quer minha necessidade, junto com a esperança que me alegra de pensar que poderei achar outros cem escudos como aqueles já gastos, por mais que me entristeça ter de me afastar de ti e dos meus filhos, e se Deus quisesse me dar de comer a pé enxuto e em minha casa, sem me levar por brenhas e encruzilhadas, coisa que poderia fazer sem muito custo por sua única vontade, claro que minha alegria seria mais firme e valedia, pois a que tenho vem de mistura com a tristeza de te deixar. Por isso eu disse que folgaria, se Deus quisesse, de não estar contente.

— Olhai, Sancho — replicou Teresa —, depois que vos fizestes membro de cavaleiro andante, falais de maneira tão complicada que não há quem vos entenda.

— Basta que Deus me entenda, mulher — respondeu Sancho —, pois é Ele o entendedor de todas as coisas, e fique o caso por aqui. E atentai, irmã, que nestes três dias vos convém ter grande cuidado do ruço, de maneira que esteja pronto a tomar armas: dobrai-lhe a ração, preparai a albarda e os demais arreios, pois não vamos a festas, mas a rodear o mundo e a ter dares e tomares com gigantes, com endríagos e avejões, e a ouvir silvos, rugidos, urros e bramidos, e ainda tudo isso seriam flores se não nos tivéssemos que haver com brutos arreeiros e mouros encantados.

— Bem creio eu, marido — replicou Teresa —, que os escudeiros andantes não comem o pão sem trabalhos, e assim ficarei rogando a Nosso Senhor que vos tire logo de tanta má ventura.

— Eu vos digo, mulher — respondeu Sancho —, que se não pensasse em logo me ver governador de uma ínsula, cairia morto aqui mesmo.

— Isso não, marido meu — disse Teresa —, pois viva a galinha com sua pevide, vivei vós, e dou ao demo quantos governos há no mundo. Sem go-

---

— Mujer mía, si Dios quisiera, bien me holgara yo de no estar tan contento como muestro.

— No os entiendo, marido — replicó ella —, y no sé qué queréis decir en eso de que os holgárades, si Dios quisiera, de no estar contento; que, maguer tonta, no sé yo quién recibe gusto de no tenerle.

— Mirad, Teresa — respondió Sancho —, yo estoy alegre porque tengo determinado de volver a servir a mi amo don Quijote, el cual quiere la vez tercera salir a buscar las aventuras, y yo vuelvo a salir con él, porque lo quiere así mi necesidad, junto con la esperanza que me alegra de pensar si podré hallar otros cien escudos como los ya gastados, puesto que me entristece el haberme de apartar de ti y de mis hijos, y si Dios quisiera darme de comer a pie enjuto y en mi casa, sin traerme por vericuetos y encrucijadas, pues lo podía hacer a poca costa y no más de quererlo, claro está que mi alegría fuera más firme y valedera, pues que la que tengo va mezclada con la tristeza del dejarte. Así que dije bien que holgara, si Dios quisiera, de no estar contento.

— Mirad, Sancho — replicó Teresa —, después que os hicistes miembro de caballero andante, habláis de tan rodeada manera, que no hay quien os entienda.

— Basta que me entienda Dios, mujer — respondió Sancho —, que Él es el entendedor de todas las cosas, y quédese esto aquí. Y advertid, hermana, que os conviene tener cuenta estos tres días con el rucio, de manera que esté para armas tomar, dobladle los piensos, requerid la albarda y las demás jarcias, porque no vamos a bodas, sino a rodear el mundo y a tener dares y tomares con gigantes, con endriagos y con vestiglos, y a oír silbos, rugidos, bramidos y baladros, y aun todo esto fuera flores de cantueso, si no tuviéramos que entender con yangüeses y con moros encantados.

verno saístes do ventre de vossa mãe, sem governo vivestes até agora e sem governo ireis, ou vos levarão, à sepultura quando Deus for servido. Está o mundo assim de quem vive sem governo, e nem por isso deixam todos de viver e de ser contados no número das gentes. O melhor tempero do mundo é a fome, e como esta não falta aos pobres, sempre comemos com gosto. Mas olhai, Sancho, se porventura vos virdes com algum governo, não vos esqueçais de mim nem de vossos filhos. Lembrai que Sanchico já tem quinze anos completos, e é razão que vá à escola, se é que seu tio o vigário cumpre e o encarreira para a Igreja. Olhai também que Mari Sancha, vossa filha, não morrerá se a casarmos, pois me vai dando a entender que tanto ela deseja ter marido como vós desejais ter governo, e enfim, enfim, mais vale filha malcasada que bem amancebada.

— À boa-fé, mulher minha — respondeu Sancho —, que se Deus me der algum governo, hei de casar Mari Sancha tão altamente que só a poderão alcançar se a tratarem de "senhoria".

— Isso não, Sancho — respondeu Teresa. — Casai-a com seu igual, que é o mais certo, pois se de tamancos a levantardes a chapins, e de saial pardo a sedas e crinolinas, e de "Marica" e "tu" a "dona tal" e "senhoria", não se há de achar a menina e a cada passo cairá em mil tropeços, mostrando a pobre estofa do seu pano grosso.

— Cala-te, boba — disse Sancho —, pois assim há de ser por dois ou três anos, que depois o senhorio e a gravidade lhe cairão como luva, e quando não, que importa? Que seja ela senhoria, e venha o que vier.

— Contentai-vos, Sancho, com vosso estado — respondeu Teresa —, não queirais subir a mais altos e ouvi o ditado que diz "casa tua filha com o filho do teu vizinho". E seria porventura boa coisa casar nossa Maria com

---

— Bien creo yo, marido — replicó Teresa —, que los escuderos andantes no comen el pan de balde, y así quedaré rogando a Nuestro Señor os saque presto de tanta mala ventura.

— Yo os digo, mujer — respondió Sancho —, que si no pensase antes de mucho tiempo verme gobernador de una ínsula, aquí me caería muerto.

— Eso no, marido mío — dijo Teresa —, viva la gallina, aunque sea con su pepita, vivid vos, y llévese el diablo cuantos gobiernos hay en el mundo; sin gobierno salistes del vientre de vuestra madre, sin gobierno habéis vivido hasta ahora y sin gobierno os iréis, o os llevarán, a la sepultura cuando Dios fuere servido. Como esos hay en el mundo que viven sin gobierno, y no por eso dejan de vivir y de ser contados en el número de las gentes. La mejor salsa del mundo es el hambre, y como esta no falta a los pobres, siempre comen con gusto. Pero mirad, Sancho, si por ventura os viéredes con algún gobierno, no os olvidéis de mí y de vuestros hijos. Advertid que Sanchico tiene ya quince años cabales, y es razón que vaya a la escuela, si es que su tío el abad le ha de dejar hecho de la Iglesia. Mirad también que Mari Sancha, vuestra hija, no se morirá si la casamos, que me va dando barruntos que desea tanto tener marido como vos deseáis veros con gobierno, y en fin, en fin, mejor parece la hija mal casada que bien abarraganada.

— A buena fe — respondió Sancho — que si Dios me llega a tener algo qué de gobierno, que tengo de casar, mujer mía, a Mari Sancha tan altamente, que no la alcancen sino con llamarla "señoría".

— Eso no, Sancho — respondió Teresa —: casadla con su igual, que es lo más acertado; que si de los zuecos la sacáis a chapines, y de saya parda de catorceno a verdugado y saboyanas de seda, y de una *Marica* y un *tú*

um condaço ou um cavaleirão que, quando lhe desse a tineta, a ensaboasse desde os pés até a cabeça, chamando-a de vilã, filha do ganhão e da remendona? Não enquanto eu for viva, marido! Acaso para isso criei minha filha? Vós, Sancho, trazei dinheiros e deixai o casamento dela comigo, que aí mesmo está Lope Tocho, o filho de Juan Tocho, moço taludo e são, que conhecemos bem e sei que não tem maus olhos pela menina, e com este, que é nosso igual, estará ela bem casada e a teremos sempre perto, e seremos todos uns, pais e filhos, netos e genros, e andará a paz e a bênção de Deus entre todos nós, e não queirais agora casá-la nessas cortes e nesses grandes palácios, onde nem a entenderão a ela, nem ela se entenderá.

— Vem cá, besta e mulher de Barrabás — replicou Sancho —, por que queres tu agora, sem quê nem para quê, estorvar-me que eu case minha filha com quem me dê netos que se tratem de "senhoria"? Olha, Teresa, sempre ouvi os meus maiores dizerem que quem não sabe gozar da ventura quando lhe chega, não se deve queixar quando lhe passa. E não seria bem lhe fecharmos a porta agora que ela vem chamar à nossa; deixemo-nos levar deste vento favorável que nos sopra.

(Foi por esse modo de falar, e pelo que diz Sancho mais abaixo, que o tradutor desta história disse que tinha este capítulo por apócrifo.)

— Não te parece, animália — prosseguiu Sancho —, que seria bem pôr as mãos nalgum governo de proveito que nos tire o pé da lama? Mari Sancha se casará com quem eu quiser, e verás como então te chamam "Dª Teresa Pança" e te sentas na igreja sobre alcatifas, almofadas e alambéis, a despeito e pesar das fidalgas do lugar. Senão, ficai sempre no mesmo ser, sem medrar nem minguar, feita imagem de paramento! E não falemos mais: Sanchica há de ser condessa, por mais que tu digas.

---

a una *doña tal* y *señoría*, no se ha de hallar la mochacha, y a cada paso ha de caer en mil faltas, descubriendo la hilaza de su tela basta y grosera.

— Calla, boba — dijo Sancho —, que todo será usarlo dos o tres años, que después le vendrá el señorío y la gravedad como de molde, y cuando no, ¿qué importa? Séase ella señoría, y venga lo que viniere.

— Medíos, Sancho, con vuestro estado — respondió Teresa —, no os queráis alzar a mayores y advertid al refrán que dice "Al hijo de tu vecino, límpiale las narices y métele en tu casa". ¡Por cierto que sería gentil cosa casar a nuestra María con un condazo, o con caballerote que cuando se le antojase la pusiese como nueva, llamándola de villana, hija del destripaterrones y de la pelarruecas! ¡No en mis días, marido! ¡Para eso, por cierto, he criado yo a mi hija! Traed vos dineros, Sancho, y el casarla dejadlo a mi cargo, que ahí está Lope Tocho, el hijo de Juan Tocho, mozo rollizo y sano, y que le conocemos y sé que no mira de mal ojo a la mochacha; y con este, que es nuestro igual, estará bien casada, y le tendremos siempre a nuestros ojos, y seremos todos unos, padres y hijos, nietos y yernos, y andará la paz y la bendición de Dios entre todos nosotros, y no casármela vos ahora en esas cortes y en esos palacios grandes, adonde ni a ella la entiendan ni ella se entienda.

— Ven acá, bestia y mujer de Barrabás — replicó Sancho —, ¿por qué quieres tú ahora, sin qué ni para qué, estorbarme que no case a mi hija con quien me dé nietos que se llamen "señoría"? Mira, Teresa, siempre he oído decir a mis mayores que el que no sabe gozar de la ventura cuando le viene, que no se debe quejar si se le pasa. Y no sería bien que ahora que está llamando a nuestra puerta se la cerremos: dejémonos llevar deste viento favorable que nos sopla.

— Vedes o que dizeis, marido? — respondeu Teresa. — Pois eu ainda temo que esse condado da minha filha há de ser sua perdição. Fazei dela o que quiserdes, duquesa ou princesa, mas sabei que não será com o gosto nem o consentimento meu. Sempre, irmão, fui amiga da igualdade, e não posso ver inchação sem fundamento. "Teresa" me puseram no batismo, nome liso e enxuto, sem ensanchas, nem pendericalhos, nem arrebiques de dons nem donas; "Cascalho" se chamou meu pai, e a mim, por ser vossa mulher, me chamam "Teresa Pança", por mais que, segundo a boa razão, me houvera de chamar "Teresa Cascalho". Mas lá vão reis onde querem leis,[1] e com este nome me contento, sem a carga de um dom tão pesado que o não possa levar, e não quero dar que dizer aos que me virem andar vestida à condessa ou à governadora, pois logo dirão: "Olhai como vai inchada a porqueira! Ainda ontem só fazia puxar do froco de estopa e ia à missa cobrindo a cabeça com as fraldas do saial em vez da mantilha, e hoje ela já vem com o vestido armado, com broches e muita inchação, como se a gente a não conhecesse". Se Deus me guardar meus sete sentidos, ou meus cinco, ou quantos eu tiver, não penso em dar azo de me ver em tal aperto. Vós, irmão, ide ser governo ou ínsulo e inchai-vos à vossa vontade, que, por alma da minha mãe, nem minha filha nem eu havemos de pôr os pés fora de nossa aldeia: mulher honrada, em casa e de perna quebrada; donzela honesta, ter o que fazer é sua festa. Ide com vosso D. Quixote às vossas aventuras e deixai-nos aqui com nossas más venturas, as quais, se formos boas, Deus há de as melhorar. E eu não sei, aliás, quem lhe deu esse *don* que não tiveram seus pais nem seus avós.

— Agora digo — replicou Sancho — que deves de ter o inimigo metido nesse corpo. Valha-te Deus por mulher! Que enfiada despejaste de coisas sem

---

(Por este modo de hablar, y por lo que más abajo dice Sancho, dijo el tradutor desta historia que tenía por apócrifo este capítulo.)

— ¿No te parece, animalia — prosiguió Sancho —, que será bien dar con mi cuerpo en algún gobierno provechoso que nos saque el pie del lodo? Y cásese a Mari Sancha con quien yo quisiere, y verás como te llaman a ti "doña Teresa Panza" y te sientas en la iglesia sobre alcatifa, almohadas y arambeles, a pesar y despecho de las hidalgas del pueblo. ¡No, sino estaos siempre en un ser, sin crecer ni menguar, como figura de paramento! Y en esto no hablemos más, que Sanchica ha de ser condesa, aunque tú más me digas.

— ¿Veis cuanto decís, marido? — respondió Teresa —. Pues, con todo eso, temo que este condado de mi hija ha de ser su perdición. Vos haced lo que quisiéredes, ora la hagáis duquesa o princesa, pero séos decir que no será ello con voluntad ni consentimiento mío. Siempre, hermano, fui amiga de la igualdad, y no puedo ver entonos sin fundamento. "Teresa" me pusieron en el bautismo, nombre mondo y escueto, sin añadiduras, ni cortapisas, ni arrequives de dones ni donas; "Cascajo" se llamó mi padre, y a mí, por ser vuestra mujer, me llaman "Teresa Panza", que a buena razón me habían de llamar "Teresa Cascajo". Pero allá van reyes do quieren leyes, y con este nombre me contento, sin que me le pongan un don encima que pese tanto, que no le pueda llevar, y no quiero dar que decir a los que me vieren andar vestida a lo condesil o a lo de gobernadora, que luego dirán: "¡Mirad qué entonada va la pazpuerca! Ayer no se hartaba de estirar de un copo de estopa, y iba a misa cubierta la cabeza con la falda de la saya, en lugar de manto, y ya hoy va con verdugado, con broches y con entono, como si no la conociésemos". Si Dios me guarda mis siete, o mis cinco sentidos, o los que tengo, no pienso dar ocasión de verme en

pé nem cabeça! Que tem que ver o cascalho, os broches, os ditados e a inchação com as coisas que estou dizendo? Vem cá, mentecapta e ignorante, que assim te posso chamar, pois não entendes minhas razões e vais fugindo da bonança: se eu pedisse que minha filha se atirasse do alto de uma torre, ou que saísse por esses mundos como quis a infanta Dª Urraca,[2] terias razão em não seguir a minha vontade; mas se em duas palhetadas e em menos de um abrir de olhos eu lhe puser nos costados "senhoria" e *don* e a tirar dos restolhos e a colocar sob toldo em pedestal, num estrado com mais almofadas de veludo que tiveram os mouros na sua linhagem dos Almofades do Marrocos,[3] por que não hás de consentir e querer o que eu quero?

— Sabeis por quê, marido? — respondeu Teresa. — Pelo ditado que diz: "Quem te cobre te descobre!".[4] No pobre todos correm os olhos por alto, mas no rico os fitam, e, se o tal rico foi noutro tempo pobre, aí começa o murmurar e o maldizer e o pior perseverar dos maledicentes, que os há por essas ruas às pancadas, como enxames de abelhas.

— Olha, Teresa — respondeu Sancho —, e escuta o que agora te quero dizer: talvez não o tenhas ouvido em todos os dias da tua vida, e eu agora não falo por mim, pois tudo o que penso dizer são sentenças do padre pregador que na quaresma passada fez sermão neste lugar, o qual, se mal não me lembro, disse que todas as coisas presentes que os olhos estão vendo se apresentam, estão e assistem a nossa memória muito melhor e com mais veemência que as coisas passadas.

(Todas essas razões que aqui vai dizendo Sancho são as segundas pelas quais o tradutor diz ter este capítulo por apócrifo, pois excedem a capacidade de Sancho. O qual prosseguiu, dizendo o seguinte.)

— Donde nasce que, quando vemos alguma pessoa bem adereçada e

---

tal aprieto. Vos, hermano, idos a ser gobierno o ínsulo, y entonaos a vuestro gusto, que mi hija ni yo por el siglo de mi madre que no nos hemos de mudar un paso de nuestra aldea: la mujer honrada, la pierna quebrada, y en casa; y la doncella honesta, el hacer algo es su fiesta. Idos con vuestro don Quijote a vuestras aventuras y dejadnos a nosotras con nuestras malas venturas, que Dios nos las mejorará como seamos buenas; y yo no sé, por cierto, quién le puso a él *don* que no tuvieron sus padres ni sus agüelos.

— Ahora digo — replicó Sancho — que tienes algún familiar en ese cuerpo. ¡Válate Dios, la mujer, y qué de cosas has ensartado unas en otras, sin tener pies ni cabeza! ¿Qué tiene que ver el cascajo, los broches, los refranes y el entono con lo que yo digo? Ven acá, mentecata e ignorante, que así te puedo llamar, pues no entiendes mis razones y vas huyendo de la dicha: si yo dijera que mi hija se arrojara de una torre abajo, o que se fuera por esos mundos como se quiso ir la infanta doña Urraca, tenías razón de no venir con mi gusto; pero si en dos paletas y en menos de un abrir y cerrar de ojos te la chanto un *don* y una *señoría* a cuestas y te la saco de los rastrojos y te la pongo en toldo y en peana y en un estrado de más almohadas de velludo que tuvieron moros en su linaje los Almohadas de Marruecos, ¿por qué no has de consentir y querer lo que yo quiero?

— ¿Sabéis por qué, marido? — respondió Teresa —. Por el refrán que dice: "¡Quien te cubre, te descubre!". Por el pobre todos pasan los ojos como de corrida, y en el rico los detienen, y si el tal rico fue un tiempo pobre, allí es el murmurar y el maldecir y el peor perseverar de los maldicientes, que los hay por esas calles a montones, como enjambres de abejas.

— Mira, Teresa — respondió Sancho —, y escucha lo que agora quiero decirte, quizá no lo habrás oído en

com ricos vestidos composta e com pompa de criados, parece que por força nos move e convida a que lhe tenhamos respeito, ainda que a memória naquele instante nos represente alguma baixeza em que vimos a tal pessoa, a qual ignomínia, quer seja de pobreza, quer de linhagem, como já passou, não o é mais, pois só o é o que vemos presente. E se aquele que a fortuna tirou do rascunho de sua baixeza (que nestas mesmas razões o disse o padre) e levantou à alteza de sua prosperidade for bem criado, liberal e cortês com todos, e não entrar em pleitos com aqueles que são nobres por antiguidade, tem por certo, Teresa, que não haverá quem se lembre daquilo que ele foi, mas só quem reverencie o que agora é, tirando os invejosos, de quem nenhuma próspera fortuna está a salvo.

— Não vos entendo, marido — replicou Teresa. — Fazei o que quiserdes e não me quebreis mais a cabeça com vossas arengas e retóricas. E se estais revolvido a fazer o que dizeis...

— *Resolvido* hás de dizer, mulher — disse Sancho —, e não "revolvido".

— Não vos ponhais a disputar comigo, marido — respondeu Teresa. — Eu falo como Deus é servido e não me meto em garabulhas. E já que teimais em ter governo, levai junto o vosso filho Sancho, para que desde agora lhe ensineis a ter governo, pois é bem que os filhos herdem e aprendam os ofícios de seus pais.

— Em tendo governo — disse Sancho —, logo mandarei a posta chamando por ele e enviando-te dinheiros, que não me faltarão, pois nunca falta quem os empreste aos governadores quando os não têm, e tu veste-o de maneira que disfarce o que é e pareça o que há de ser.

— Mandai vós dinheiro — disse Teresa —, que eu o vestirei como um palmito.

---

todos los días de tu vida, y yo agora no hablo de mío, que todo lo que pienso decir son sentencias del padre predicador que la cuaresma pasada predicó en este pueblo, el cual, si mal no me acuerdo, dijo que todas las cosas presentes que los ojos están mirando se presentan, están y asisten en nuestra memoria mucho mejor y con más vehemencia que las cosas pasadas.

(Todas estas razones que aquí va diciendo Sancho son las segundas por quien dice el tradutor que tiene por apócrifo este capítulo, que exceden a la capacidad de Sancho. El cual prosiguió, diciendo.)

— De donde nace que cuando vemos alguna persona bien aderezada y con ricos vestidos compuesta y con pompa de criados, parece que por fuerza nos mueve y convida a que la tengamos respeto, puesto que la memoria en aquel instante nos represente alguna bajeza en que vimos a la tal persona, la cual inominia, ahora sea de pobreza o de linaje, como ya pasó, no es, y sólo es lo que vemos presente. Y si este a quien la fortuna sacó del borrador de su bajeza (que por estas mesmas razones lo dijo el padre) a la alteza de su prosperidad fuere bien criado, liberal y cortés con todos, y no se pusiere en cuentos con aquellos que por antigüedad son nobles, ten por cierto, Teresa, que no habrá quien se acuerde de lo que fue, sino que reverencien lo que es, si no fueren los invidiosos, de quien ninguna próspera fortuna está segura.

— Yo no os entiendo, marido — replicó Teresa —: haced lo que quisiéredes y no me quebréis más la cabeza con vuestras arengas y retóricas. Y si estáis revuelto en hacer lo que decís...

— *Resuelto* has de decir, mujer — dijo Sancho —, y no *revuelto*.

— No os pongáis a disputar, marido, conmigo — respondió Teresa —: yo hablo como Dios es servido y

— Então ficamos de acordo — disse Sancho — em que há de ser condessa a nossa filha.

— No dia em que a vir condessa — respondeu Teresa —, farei conta que a enterro. Mas outra vez vos digo que façais o que vos der gosto, pois com esta sina nascemos as mulheres, de devermos obediência ao marido, ainda que ele seja um zote.

E então começou a chorar com tantas veras como se já visse Sanchica morta e enterrada. Sancho a consolou dizendo-lhe que, já que a teria de fazer condessa, seria o mais tarde que pudesse. Assim se acabou a conversação, e Sancho voltou para ver D. Quixote e fazer prestes para a partida.

NOTAS

[1] ... lá vão reis onde querem leis: inversão do ditado "lá vão leis onde querem reis", já citado parcialmente (ver *DQ* I, cap. XLV, nota 1).

[2] ... como quis a infanta Dª Urraca: no romance "Quejas de doña Urraca", a princesa, ao se ver preterida pelo rei D. Fernando I na partilha dos reinos, declara-se disposta a levar vida errante e desregrada, nos versos "*A mí, porque soy mujer, — dejáisme desheredada:/ irm'he yo por esas tierras — como una mujer errada/ y este mi cuerpo daría — a quien se me antojara:/ a los moros por dineros — y a los cristianos de gracia*".

[3] Almofades: o nome da dinastia dos almôades (*almohades*), que reinou sobre a Espanha e o norte da África durante os séculos XII e XIII, é deformado por Sancho por assimilação com *almohada* (almofada, travesseiro).

[4] "Quem te cobre te descobre": o ditado alude ao privilégio, reservado à alta nobreza, de permanecer com a cabeça coberta na presença dos reis, e pode ser parafraseado como "quem te põe em destaque ressalta as tuas falhas".

---

no me meto en más dibujos. Y digo que si estáis porfiando en tener gobierno, que llevéis con vos a vuestro hijo Sancho, para que desde agora le enseñéis a tener gobierno, que bien es que los hijos hereden y aprendan los oficios de sus padres.

— En teniendo gobierno — dijo Sancho — enviaré por él por la posta y te enviaré dineros, que no me faltarán, pues nunca falta quien se los preste a los gobernadores cuando no los tienen, y vístele de modo que disimule lo que es y parezca lo que ha de ser.

— Enviad vos dinero — dijo Teresa —, que yo os lo vistiré como un palmito.

— En efecto quedamos de acuerdo — dijo Sancho — de que ha de ser condesa nuestra hija.

— El día que yo la viere condesa — respondió Teresa —, ese haré cuenta que la entierro; pero otra vez os digo que hagáis lo que os diere gusto, que con esta carga nacemos las mujeres, de estar obedientes a sus maridos, aunque sean unos porros.

Y en esto comenzó a llorar tan de veras como si ya viera muerta y enterrada a Sanchica. Sancho la consoló diciéndole que ya que la hubiese de hacer condesa, la haría todo lo más tarde que ser pudiese. Con esto se acabó su plática, y Sancho volvió a ver a don Quijote para dar orden en su partida.

CAPÍTULO VI

DO QUE ACONTECEU A D. QUIXOTE
COM SUA SOBRINHA E COM SUA AMA,
QUE É UM DOS IMPORTANTES CAPÍTULOS DE TODA A HISTÓRIA

Enquanto Sancho Pança e sua mulher Teresa Cascalho tiveram a impertinente referida conversação, não estavam ociosas a sobrinha e a ama de D. Quixote, que por mil sinais iam coligindo que seu tio e senhor se queria desgarrar pela vez terceira e voltar ao exercício de sua, para elas, mal-andante cavalaria: procuravam por todos os meios possíveis afastá-lo de tão mau pensamento, mas tudo era pregar no deserto e malhar em ferro frio. Enfim, entre outras muitas razões que com ele passaram, lhe disse a ama:

— Em verdade, senhor meu, que se vossa mercê não sossegar o pé, e parar quieto em sua casa, e deixar de andar pelos montes e vales como alma penada, buscando essas que dizem que se chamam aventuras, que eu chamo desgraças, terei eu de me queixar com a voz em grita a Deus e ao rei por que ponham remédio a isso.

Ao que respondeu D. Quixote:

— O que Deus responderá a tuas queixas eu não sei, ama, nem tampouco o que há de responder Sua Majestade, só sei que, se eu fosse rei, me escusaria de responder a tamanha infinidade de memoriais impertinentes que

---

CAPÍTULO VI

DE LO QUE LE PASÓ A DON QUIJOTE
CON SU SOBRINA Y CON SU AMA,
Y ES UNO DE LOS IMPORTANTES CAPÍTULOS DE TODA LA HISTORIA

En tanto que Sancho Panza y su mujer Teresa Cascajo pasaron la impertinente referida plática, no estaban ociosas la sobrina y el ama de don Quijote, que por mil señales iban coligiendo que su tío y señor quería desgarrarse la vez tercera y volver al ejercicio de su para ellas malandante caballería: procuraban por todas las vías posibles apartarle de tan mal pensamiento, pero todo era predicar en desierto y majar en hierro frío. Con todo esto, entre otras muchas razones que con él pasaron, le dijo el ama:

— En verdad, señor mío, que si vuesa merced no afirma el pie llano y se está quedo en su casa y se deja de andar por los montes y por los valles como ánima en pena, buscando esas que dicen que se llaman aventuras, a quien yo llamo desdichas, que me tengo de quejar en voz y en grita a Dios y al rey, que pongan remedio en ello.

A lo que respondió don Quijote:

a cada dia lhe dão, pois um dos maiores trabalhos que têm os reis, entre outros muitos, é a obrigação de escutar a todos e responder a todos, e assim não quisera eu que coisas minhas o cansassem.

Ao que disse a ama:

— Diga-nos, senhor, na corte de Sua Majestade não há cavaleiros?

— Há sim — respondeu D. Quixote —, e muitos, e é razão que os haja, para adorno da grandeza dos príncipes e ostentação da majestade real.

— E não seria vossa mercê — replicou ela — um dos que a pé quedo servem a seu rei e senhor ficando na corte?

— Olha, amiga — respondeu D. Quixote —, nem todos os cavaleiros podem ser cortesãos, nem todos os cortesãos podem nem devem ser cavaleiros andantes. De todos há de haver no mundo, e, se bem todos somos cavaleiros, muita diferença vai de uns a outros; porque os cortesãos, sem sair de seus aposentos nem dos umbrais da corte, passeiam por todo o mundo olhando um mapa, sem que lhes custe um cobre nem padeçam calor nem frio, fome nem sede. Mas nós, os cavaleiros andantes verdadeiros, ao sol, ao frio, ao vento, às inclemências do céu, noite e dia, a pé e a cavalo, medimos toda a terra com nossos próprios pés. E não conhecemos os inimigos apenas pintados, mas em seu mesmo ser, e em todo transe e toda ocasião os acometemos, sem olhos para ninharias nem para as leis dos desafios: se leva ou não leva mais curta a lança ou a espada, se traz sobre si relíquias ou algum engano encoberto, se se há ou não de partir o sol[1] e cortá-lo em fatias, mais outras cerimônias desse jaez que se usam nos desafios particulares de pessoa a pessoa, que tu não sabes e eu sei. E hás de saber mais: que o bom cavaleiro andante, ainda que veja dez gigantes que com as cabeças não só tocam, mas passam as nuvens, e que a cada um lhe servem de pernas duas grandíssimas

---

— Ama, lo que Dios responderá a tus quejas yo no lo sé, ni lo que ha de responder Su Majestad tampoco, y sólo sé que si yo fuera rey me escusara de responder a tanta infinidad de memoriales impertinentes como cada día le dan, que uno de los mayores trabajos que los reyes tienen, entre otros muchos, es el estar obligados a escuchar a todos y a responder a todos; y así no querría yo que cosas mías le diesen pesadumbre.

A lo que dijo el ama:

— Díganos, señor, en la corte de Su Majestad, ¿no hay caballeros?

— Sí — respondió don Quijote —, y muchos, y es razón que los haya, para adorno de la grandeza de los príncipes y para ostentación de la majestad real.

— Pues ¿no sería vuesa merced — replicó ella — uno de los que a pie quedo sirviesen a su rey y señor estándose en la corte?

— Mira, amiga — respondió don Quijote —, no todos los caballeros pueden ser cortesanos, ni todos los cortesanos pueden ni deben ser caballeros andantes, de todos ha de haber en el mundo, y aunque todos seamos caballeros, va mucha diferencia de los unos a los otros; porque los cortesanos, sin salir de sus aposentos ni de los umbrales de la corte, se pasean por todo el mundo mirando un mapa, sin costarles blanca, ni padecer calor ni frío, hambre ni sed. Pero nosotros, los caballeros andantes verdaderos, al sol, al frío, al aire, a las inclemencias del cielo, de noche y de día, a pie y a caballo, medimos toda la tierra con nuestros mismos pies. Y no solamente conocemos los enemigos pintados, sino en su mismo ser, y en todo trance y en toda ocasión los acometemos, sin mirar en niñerías, ni en las leyes de los desafíos, si lleva o no lleva más corta la lanza o la espada, si trae sobre sí reliquias

torres, e que os braços semelham vergas de grossos e poderosos navios, e cada olho como uma grande roda de moinho e ardendo mais que um forno de vidro, de maneira alguma o hão de espantar, antes com gentil compostura e intrépido coração os há de acometer e investir e, se possível, vencê-los e desbaratá-los num breve instante, ainda que venham encouraçados com umas carapaças de um certo peixe que dizem ser mais duras que diamante, e em vez de espadas tragam cortantes punhais de damasquino aço, ou clavas ferradas com pontas também de aço, como eu já vi mais de duas vezes. Tudo isto eu digo, minha ama, por que vejas a diferença que há entre uns e outros cavaleiros, e seria razão que não houvesse príncipe que menos estimasse esta segunda, ou, para melhor dizer, primeira espécie de cavaleiros andantes, pois, segundo lemos em suas histórias, tal houve entre eles que foi a salvação não só de um reino, mas de muitos.

— Ah, senhor meu! — disse então a sobrinha. — Perceba vossa mercê que tudo isso que diz dos cavaleiros andantes é fábula e mentira, e suas histórias mereciam, quando não queimar na fogueira, cada uma receber uma carocha ou outro sinal por que fosse conhecida como infame e inimiga dos bons costumes.[2]

— Pelo Deus que me sustenta — disse D. Quixote — que, se não fosses minha sobrinha direta, filha da minha mesma irmã, eu te daria tamanho castigo pela blasfêmia que disseste, que haveria de soar por todo o mundo. Como é possível que uma raparigota que mal sabe mexer os doze pauzinhos das rendas se atreva a dar à língua e a censurar as histórias dos cavaleiros andantes? Que diria o senhor Amadis se semelhante coisa ouvisse? Mas por certo que ele te haveria de perdoar, pois foi o mais humilde e cortês cavaleiro do seu tempo, e mais, um grande protetor de donzelas; mas outro algum

---

o algún engaño encubierto, si se ha de partir y hacer tajadas el sol o no, con otras ceremonias deste jaez que se usan en los desafíos particulares de persona a persona, que tú no sabes y yo sí. Y has de saber más: que el buen caballero andante, aunque vea diez gigantes que con las cabezas no sólo tocan, sino pasan las nubes, y que a cada uno le sirven de piernas dos grandísimas torres, y que los brazos semejan árboles de gruesos y poderosos navíos, y cada ojo como una gran rueda de molino y más ardiendo que un horno de vidrio, no le han de espantar en manera alguna, antes con gentil continente y con intrépido corazón los ha de acometer y embestir, y, si fuere posible, vencerlos y desbaratarlos en un pequeño instante, aunque viniesen armados de unas conchas de un cierto pescado que dicen que son más duras que si fuesen de diamantes, y en lugar de espadas trujesen cuchillos tajantes de damasquino acero, o porras ferradas con puntas asimismo de acero, como yo las he visto más de dos veces. Todo esto he dicho, ama mía, porque veas la diferencia que hay de unos caballeros a otros; y sería razón que no hubiese príncipe que no estimase en más esta segunda, o, por mejor decir, primera especie de caballeros andantes, que, según leemos en sus historias, tal ha habido entre ellos, que ha sido la salud no sólo de un reino, sino de muchos.

— ¡Ah, señor mío! — dijo a esta sazón la sobrina —. Advierta vuestra merced que todo eso que dice de los caballeros andantes es fábula y mentira, y sus historias, ya que no las quemasen, merecían que a cada una se le echase un sambenito o alguna señal en que fuese conocida por infame y por gastadora de las buenas costumbres.

— Por el Dios que me sustenta — dijo don Quijote —, que si no fueras mi sobrina derechamente, como hija de mi misma hermana, que había de hacer un tal castigo en ti, por la blasfemia que has dicho, que sonara por

te poderia ouvir que não te saísses tão bem do caso, que nem todos são corteses e benévolos, e há alguns bem velhacos e descomedidos. Nem todos os que se chamam cavaleiros o são de todo em todo, pois uns são de ouro, outros de alquimia, e todos parecem cavaleiros, mas nem todos passam o toque da pedra da verdade. Homens baixos há que rebentam por parecer cavaleiros, e cavaleiros altos há que adrede parecem morrer por parecerem homens baixos: aqueles se levantam ou com a ambição ou com a virtude, estes se abaixam ou com a frouxidão ou com o vício, e é mister usar de sábio discernimento para distinguir estas duas maneiras de cavaleiros, tão parecidos nos nomes e tão distantes nas ações.

— Valha-me Deus! — disse a sobrinha. — Tanto saber vossa mercê, senhor tio, que numa necessidade poderia subir a um púlpito ou sair a pregar por essas ruas, e contudo viver numa cegueira tão grande e numa sandice tão conhecida que se dê a entender que é valente, sendo velho, que tem forças, estando doente, e que endireita tortos, estando pela idade encurvado, e sobretudo que é cavaleiro, não o sendo, pois, ainda que o possam ser os fidalgos, nunca o são os pobres...![3]

— Tens muita razão no que dizes, sobrinha — respondeu D. Quixote —, e coisas te poderia dizer sobre as linhagens que muito te admirariam, mas, para não misturar o divino com o humano, não as digo. Olhai, amigas, e prestai muita atenção: a quatro sortes de linhagens se podem reduzir todas as que há no mundo, que são as seguintes. Umas, que tiveram princípios humildes e se foram estendendo e dilatando até chegar à suma grandeza. Outras, que tiveram princípios grandes e os foram conservando e os conservam e mantêm no ser que começaram. Outras que, se bem com princípios grandes, acabaram em ponta, como pirâmide, tendo diminuído e aniquila-

---

todo el mundo. ¿Cómo que es posible que una rapaza que apenas sabe menear doce palillos de randas se atreva a poner lengua y a censurar las historias de los caballeros andantes? ¿Qué dijera el señor Amadís si lo tal oyera? Pero a buen seguro que él te perdonara, porque fue el más humilde y cortés caballero de su tiempo, y demás, grande amparador de las doncellas; mas tal te pudiera haber oído, que no te fuera bien dello, que no todos son corteses ni bien mirados: algunos hay follones y descomedidos; ni todos los que se llaman caballeros lo son de todo en todo, que unos son de oro, otros de alquimia, y todos parecen caballeros, pero no todos pueden estar al toque de la piedra de la verdad. Hombres bajos hay que revientan por parecer caballeros, y caballeros altos hay que parece que aposta mueren por parecer hombres bajos: aquellos se levantan o con la ambición o con la virtud, estos se abajan o con la flojedad o con el vicio, y es menester aprovecharnos del conocimiento discreto para distinguir estas dos maneras de caballeros, tan parecidos en los nombres y tan distantes en las acciones.

— ¡Válame Dios! — dijo la sobrina —. ¡Que sepa vuestra merced tanto, señor tío, que si fuese menester en una necesidad podría subir en un púlpito e irse a predicar por esas calles, y que con todo esto dé en una ceguera tan grande y en una sandez tan conocida, que se dé a entender que es valiente, siendo viejo, que tiene fuerzas, estando enfermo, y que endereza tuertos, estando por la edad agobiado, y sobre todo que es caballero, no lo siendo, porque aunque lo puedan ser los hidalgos, no lo son los pobres...!

— Tienes mucha razón, sobrina, en lo que dices — respondió don Quijote —, y cosas te pudiera yo decir cerca de los linajes, que te admiraran, pero por no mezclar lo divino con lo humano, no las digo. Mirad, amigas, a cuatro suertes de linajes, y estadme atentas, se pueden reducir todos los que hay en el mundo, que son estas.

do seu princípio até chegar a nonada, como é a ponta da pirâmide, que, comparada com sua base ou assento, não é nada. Outras há (e estas são as mais) que nem tiveram princípio bom nem razoável meio, e assim terão o fim sem nome, como a linhagem da gente plebeia e ordinária. Das primeiras, que tiveram princípio humilde e subiram à grandeza que ora conservam, sirva de exemplo a casa otomana, que de um humilde e baixo pastor[4] que lhe deu princípio subiu à alta cima em que a vemos. Da segunda linhagem, que teve princípio em grandeza e a conserva sem aumentá-la, serão exemplo muitos príncipes que por herança o são e nela se conservam, sem aumentá-la nem diminuí-la, contendo-se pacificamente nos limites de seus estados. Das que começaram grandes e acabaram em ponta há milhares de exemplos, porque todos os Faraós e Ptolomeus do Egito,[5] os Césares de Roma, com toda a caterva (se é que se lhe pode dar este nome) de infinitos príncipes, monarcas, senhores, medos, assírios, persas, gregos e bárbaros, todas essas linhagens e senhorios acabaram em ponta e em nonada, assim eles como os que lhes deram princípio, que não é possível achar agora nenhum dos seus descendentes, e se algum achássemos seria em baixo e humilde estado. Da linhagem plebeia não tenho que dizer, senão que serve tão só para acrescentar o número dos viventes, sem que as suas grandezas mereçam outra fama nem outro elogio. De todo o dito quero que infirais, minhas tolas, que é grande a confusão entre as linhagens, e que só se afirmam grandes e ilustres aquelas que o mostram na virtude e na riqueza e liberalidade dos seus amos. Eu disse virtudes, riquezas e liberalidades, porque o grande que for vicioso será vicioso grande, e o rico não liberal será um avarento miserável, pois o possuidor das riquezas não se faz ditoso em tê-las, mas em gastá-las, e não em gastá-las como bem quiser, mas em sabê-las bem gastar. Ao cavaleiro pobre

---

Unos, que tuvieron principios humildes y se fueron estendiendo y dilatando hasta llegar a una suma grandeza. Otros, que tuvieron principios grandes y los fueron conservando y los conservan y mantienen en el ser que comenzaron. Otros, que, aunque tuvieron principios grandes, acabaron en punta, como pirámide, habiendo diminuido y aniquilado su principio hasta parar en nonada, como lo es la punta de la pirámide, que respeto de su basa o asiento no es nada. Otros hay (y estos son los más) que ni tuvieron principio bueno ni razonable medio, y así tendrán el fin sin nombre, como el linaje de la gente plebeya y ordinaria. De los primeros, que tuvieron principio humilde y subieron a la grandeza que agora conservan, te sirva de ejemplo la casa otomana, que de un humilde y bajo pastor que le dio principio está en la cumbre que le vemos. Del segundo linaje, que tuvo principio en grandeza y la conserva sin aumentarla, serán ejemplo muchos príncipes que por herencia lo son y se conservan en ella, sin aumentarla ni diminuirla, conteniéndose en los límites de sus estados pacíficamente. De los que comenzaron grandes y acabaron en punta hay millares de ejemplos, porque todos los Faraones y Tolomeos de Egipto, los Césares de Roma, con toda la caterva (si es que se le puede dar este nombre) de infinitos príncipes, monarcas, señores, medos, asirios, persas, griegos y bárbaros, todos estos linajes y señoríos han acabado en punta y en nonada, así ellos como los que les dieron principio, pues no será posible hallar agora ninguno de sus decendientes, y si le hallásemos sería en bajo y humilde estado. Del linaje plebeyo no tengo que decir sino que sirve sólo de acrecentar el número de los que viven, sin que merezcan otra fama ni otro elogio sus grandezas. De todo lo dicho quiero que infiráis, bobas mías, que es grande la confusión que hay entre los linajes, y que solos aquellos parecen grandes y ilustres que lo muestran en la virtud y en la riqueza y liberalidad de sus dueños. Dije virtudes, riquezas y

não resta outro caminho para mostrar que é cavaleiro senão o da virtude, sendo afável, bem-criado, cortês e comedido, e oficioso, não soberbo, não arrogante, não murmurador e sobretudo caridoso, pois com dois maravedis que com ânimo alegre der ao pobre mostrar-se-á tão liberal como o que dá esmolas com sinos a repique, e não haverá quem, ainda que o não conheça, vendo-o adornado das ditas virtudes, deixe de o julgar e ter como de boa casta, e o não sê-lo seria milagre; e sempre o louvor foi prêmio da virtude, e os virtuosos não podem deixar de ser louvados. Dois caminhos há, filhas, por onde podem os homens seguir e chegar a ser ricos e honrados: um é o das letras, outro o das armas. Eu tenho mais armas do que letras e, segundo me inclino às armas, nasci sob a influência do planeta Marte, porquanto me é quase forçoso seguir o seu caminho, e por ele tenho de ir apesar de todo o mundo, e em vão vos cansareis em convencer-me a que eu não queira o que os céus querem, a fortuna ordena e a razão pede, e sobretudo minha vontade deseja. Pois sabendo, como sei, os inumeráveis trabalhos que são anexos à andante cavalaria, sei também os infinitos bens que com ela se alcançam e sei que a trilha da virtude é assaz estreita, e o caminho do vício, largo e espaçoso. E sei que seus fins e destinos são diferentes, porque o do vício, dilatado e espaçoso, acaba em morte, e o da virtude, estreito e árduo, acaba em vida, e não em vida que se acaba, mas na que não terá fim. E sei, como diz o grande poeta castelhano nosso, que

O andar na dura senda nos destina
das rodas imortais ao alto assento,
que não alcança quem de lá declina.[6]

---

liberalidades, porque el grande que fuere vicioso será vicioso grande, y el rico no liberal será un avaro mendigo, que al poseedor de las riquezas no le hace dichoso el tenerlas, sino el gastarlas, y no el gastarlas como quiera, sino el saberlas bien gastar. Al caballero pobre no le queda otro camino para mostrar que es caballero sino el de la virtud, siendo afable, bien criado, cortés y comedido y oficioso, no soberbio, no arrogante, no murmurador, y sobre todo caritativo, que con dos maravedís que con ánimo alegre dé al pobre se mostrará tan liberal como el que a campana herida da limosna, y no habrá quien le vea adornado de las referidas virtudes que, aunque no le conozca, deje de juzgarle y tenerle por de buena casta, y el no serlo sería milagro, y siempre la alabanza fue premio de la virtud, y los virtuosos no pueden dejar de ser alabados. Dos caminos hay, hijas, por donde pueden ir los hombres a llegar a ser ricos y honrados, el uno es el de las letras, otro el de las armas. Yo tengo más armas que letras, y nací, según me inclino a las armas, debajo de la influencia del planeta Marte, así que casi me es forzoso seguir por su camino, y por él tengo de ir a pesar de todo el mundo, y será en balde cansaros en persuadirme a que no quiera yo lo que los cielos quieren, la fortuna ordena y la razón pide, y, sobre todo, mi voluntad desea. Pues con saber, como sé, los innumerables trabajos que son anejos a la andante caballería, sé también los infinitos bienes que se alcanzan con ella y sé que la senda de la virtud es muy estrecha, y el camino del vicio, ancho y espacioso. Y sé que sus fines y paraderos son diferentes, porque el del vicio, dilatado y espacioso, acaba en muerte, y el de la virtud, angosto y trabajoso, acaba en vida, y no en vida que se acaba, sino en la que no tendrá fin. Y sé, como dice el gran poeta castellano nuestro, que

— Ai, pobre de mim — disse a sobrinha —, que meu senhor é também poeta! Tudo sabe, tudo alcança. Eu apostaria que, se quisesse ser pedreiro, saberia fazer uma casa tão bem como uma gaiola.

— Eu te garanto, sobrinha — respondeu D. Quixote —, que, se estes pensamentos cavaleirescos não levassem meus sentidos todos após si, não haveria coisa que eu não fizesse, nem curiosidade que não saísse de minhas mãos, especialmente gaiolas e palitos de dentes.[7]

Nesse instante chamaram à porta, e perguntando quem chamava, respondeu Sancho Pança que era ele, e logo que a ama o conheceu, correu a se esconder, para não vê-lo, tanto que o detestava. Abriu-lhe a sobrinha, saiu seu senhor D. Quixote a recebê-lo de braços abertos, e se fecharam os dois em seu aposento, onde tiveram outro colóquio a que o passado não faz vantagem.

Por estas asperezas se camina
de la inmortalidad al alto asiento,
do nunca arriba quien de allí declina.

— ¡Ay, desdichada de mí — dijo la sobrina —, que también mi señor es poeta! Todo lo sabe, todo lo alcanza: yo apostaré que si quisiera ser albañil, que supiera fabricar una casa como una jaula.

— Yo te prometo, sobrina — respondió don Quijote —, que si estos pensamientos caballerescos no me llevasen tras sí todos los sentidos, que no habría cosa que yo no hiciese, ni curiosidad que no saliese de mis manos, especialmente jaulas y palillos de dientes.

A este tiempo llamaron a la puerta, y preguntando quién llamaba, respondió Sancho Panza qué él era; y apenas le hubo conocido el ama, cuando corrió a esconderse, por no verle: tanto le aborrecía. Abrióle la sobrina, salió a recebirle con los brazos abiertos su señor don Quijote y encerráronse los dos en su aposento, donde tuvieron otro coloquio que no le hace ventaja el pasado.

Notas

[1] ... partir o sol: o regulamento medieval sobre desafios determinava que os contendores deviam portar armas iguais e não podiam carregar relíquias nem talismãs; além disso, no momento do confronto, os árbitros determinavam o ângulo da investida de modo que o sol não ferisse os olhos de um dos cavaleiros mais que do outro, providência conhecida como "partir o sol".

[2] ... sinal [...] inimiga dos bons costumes: referência ao sinal distintivo que as prostitutas oficiais eram obrigadas a portar.

[3] ... ainda que o possam ser os fidalgos, nunca o são os pobres: à diferença dos fidalgos, que eram nobres apenas por linhagem, os cavaleiros deviam também dispor de renda suficiente para se manter a serviço do rei.

[4] ... humilde e baixo pastor: Otman I (ou Osman) Gazi (1256-1324), fundador da dinastia e império otomanos, que antes de obter o poder teria sido pastor e bandoleiro.

[5] Ptolomeus do Egito: dinastia de faraós descendentes de Ptolemeu I Sóter, general de Alexandre o Grande, que reinou no Egito de 323 a 30 a.C. aproximadamente.

[6] O andar na dura senda [...] quem de lá declina: citação quase literal dos versos de Garcilaso de la Vega (1501?-1536) "*Por estas asperezas se camina/ de la inmortalidad al alto asiento,/ do nunca arriba quien de aquí declina*" ("Elegía I", vv. 202-204).

[7] ... gaiolas e palitos de dentes: consta que era passatempo comum entre as classes ociosas montar gaiolas e esculpir palitos de dentes, mas também se lê no comentário anterior da ama uma alusão maldosa às jaulas em que se trancavam os loucos.

CAPÍTULO VII

DO QUE TRATOU D. QUIXOTE COM SEU ESCUDEIRO,
MAIS OUTROS FAMOSÍSSIMOS SUCESSOS

Tão logo a ama viu que Sancho Pança se fechava com seu senhor, caiu na conta dos seus tratos e, imaginando que daquela consulta havia de sair a resolução de sua terceira saída, apanhou seu manto e, toda cheia de aflição e pesar, saiu em busca do bacharel Sansón Carrasco, parecendo-lhe que, por ser bem-falante e amigo fresco do seu senhor, poderia persuadi-lo a abandonar tão desvairado propósito.

Achou-o passeando pelo pátio de sua casa e, vendo-o, se deixou cair a seus pés, tressuando e aflita. Quando Carrasco a viu em tão doloridas e sobressaltadas demonstrações, lhe disse:

— Que é isso, senhora ama? Que lhe aconteceu, que parece que a alma lhe sai pela boca?

— Não é nada, meu bom senhor Sansón, somente meu amo que se safa, safa-se sem dúvida!

— Mas que é que tanto o safa ou rala, senhora? — perguntou Sansón. — Que trabalhos o põem nessas fadigas?

— Não é isso — respondeu a ama —, senão que ele está para se safar pelas portas da sua loucura afora. Quero dizer, senhor bacharel da minha

---

CAPÍTULO VII

DE LO QUE PASÓ DON QUIJOTE CON SU ESCUDERO,
CON OTROS SUCESOS FAMOSÍSIMOS

Apenas vio el ama que Sancho Panza se encerraba con su señor, cuando dio en la cuenta de sus tratos, y imaginando que de aquella consulta había de salir la resolución de su tercera salida, y tomando su manto, toda llena de congoja y pesadumbre se fue a buscar al bachiller Sansón Carrasco, pareciéndole que por ser bien hablado y amigo fresco de su señor le podría persuadir a que dejase tan desvariado propósito.

Hallóle paseándose por el patio de su casa, y, viéndole, se dejó caer ante sus pies, trasudando y congojosa. Cuando la vio Carrasco con muestras tan doloridas y sobresaltadas, le dijo:

— ¿Qué es esto, señora ama? ¿Qué le ha acontecido, que parece que se le quiere arrancar el alma?

— No es nada, señor Sansón mío, sino que mi amo se sale, ¡sálese sin duda!

— ¿Y por dónde se sale, señora? — preguntó Sansón —. ¿Hásele roto alguna parte de su cuerpo?

alma, que ele quer sair outra vez, e com esta será a terceira, a buscar por esse mundo o que ele chama venturas, que eu não posso entender como lhes pode dar esse nome. Da vez primeira o devolveram atravessado sobre um jumento, moído a pauladas. Da segunda veio em um carro de bois, metido e trancado numa jaula, onde ele tinha por coisa certa que estava encantado, e vinha o triste em tal estado que não o conheceria nem a mãe que o pariu, magro, amarelo, os olhos afundados nas últimas camarinhas do cérebro, que para o fazer tornar em si algum tanto gastei mais de seiscentos ovos, como bem sabe Deus e todo o mundo, e minhas galinhas, que não me deixam mentir.

— Nisso creio sem dúvida — respondeu o bacharel —, pois elas são tão boas, tão gordas e tão bem-criadas, que não diriam uma coisa por outra, nem que rebentassem. Mas enfim, senhora ama, não há outra coisa, nem aconteceu outro dano algum senão o que se teme que faça o senhor D. Quixote?

— Não, senhor — respondeu ela.

— Pois então não se amofine — respondeu o bacharel — e vá-se embora para casa e tenha lá preparada alguma coisa quente para eu comer, e no caminho vá rezando a oração de Santa Apolônia, se é que a sabe, que eu logo irei lá e vossa mercê verá maravilhas.

— Coitada de mim! — replicou a ama. — A oração de Santa Apolônia diz vossa mercê que eu reze? Isso seria se meu amo estivesse mal dos dentes, que não do casco.

— Eu sei o que digo, senhora ama, vá e não se ponha a disputar comigo, pois sabe que sou bacharel por Salamanca, e não há maior bacharelar — respondeu Carrasco.

E com isto se foi a ama, e o bacharel foi logo procurar o padre para comunicar com ele o que a seu tempo se dirá.

— No se sale — respondió ella — sino por la puerta de su locura. Quiero decir, señor bachiller de mi ánima, que quiere salir otra vez, que con esta será la tercera, a buscar por ese mundo lo que él llama venturas, que yo no puedo entender cómo les da este nombre. La vez primera nos le volvieron atravesado sobre un jumento, molido a palos. La segunda vino en un carro de bueyes, metido y encerrado en una jaula, adonde él se daba a entender que estaba encantado, y venía tal el triste, que no le conociera la madre que le parió, flaco, amarillo, los ojos hundidos en los últimos camaranchones del celebro, que para haberle de volver algún tanto en sí gasté más de seiscientos huevos, como lo sabe Dios y todo el mundo, y mis gallinas, que no me dejarán mentir.

— Eso creo yo muy bien — respondió el bachiller —, que ellas son tan buenas, tan gordas y tan bien criadas, que no dirán una cosa por otra, si reventasen. En efecto, señora ama, ¿no hay otra cosa, ni ha sucedido otro desmán alguno sino el que se teme que quiere hacer el señor don Quijote?

— No, señor — respondió ella.

— Pues no tenga pena — respondió el bachiller —, sino váyase enhorabuena a su casa y téngame aderezado de almorzar alguna cosa caliente, y de camino vaya rezando la oración de Santa Apolonia, si es que la sabe, que yo iré luego allá y verá maravillas.

— ¡Cuitada de mí! — replicó el ama —. ¿La oración de Santa Apolonia dice vuestra merced que rece? Eso fuera si mi amo lo hubiera de las muelas, pero no lo ha sino de los cascos.

— Yo sé lo que digo, señora ama, váyase y no se ponga a disputar conmigo, pues sabe que soy bachiller por Salamanca, que no hay más que bachillear — respondió Carrasco.

Durante o que estiveram fechados, D. Quixote e Sancho passaram as razões que com grande pontualidade e verdadeira relação conta a história.

Disse Sancho a seu amo:

— Senhor, eu já tenho reluzida a minha mulher a que me deixe ir com vossa mercê aonde me quiser levar.

— *Reduzida* hás de dizer, Sancho — disse D. Quixote —, e não *reluzida*.[1]

— Uma ou duas vezes — respondeu Sancho —, se mal não me lembro, já supliquei a vossa mercê que não me emende os vocábulos quando entender o que quero dizer neles, e que, quando os não entender, diga "Sancho, ou maldito, não te entendo", e se eu não me declarar, então poderá me emendar, que eu sou tão fócil...

— Não te entendo, Sancho — disse logo D. Quixote —, pois não sei que quer dizer "sou tão *fócil*".

— "Tão *fócil*" quer dizer — respondeu Sancho — "sou tão assim".

— Menos te entendo agora — replicou D. Quixote.

— Pois, se não me pode entender — respondeu Sancho —, não sei como dizer. Não sei mais, e Deus seja comigo.

— Ah, já apanhei — respondeu D. Quixote. — Queres dizer que és tão *dócil*, manso e manhoso, que atentarás ao que eu te disser e seguirás o que eu te ensinar.

— Aposto — disse Sancho — que já de princípio vossa mercê apanhou e me entendeu, e só me quis confundir para me ouvir dizer mais duzentas patacoadas.

— Pode ser — replicou D. Quixote. — Mas, a propósito, o que diz Teresa?

Y con esto se fue el ama, y el bachiller fue luego a buscar al cura, a comunicar con él lo que se dirá a su tiempo.

En el que estuvieron encerrados, don Quijote y Sancho pasaron las razones que con mucha puntualidad y verdadera relación cuenta la historia.

Dijo Sancho a su amo:

— Señor, ya yo tengo relucida a mi mujer a que me deje ir con vuestra merced adonde quisiere llevarme.

— *Reducida* has de decir, Sancho — dijo don Quijote —, que no *relucida*.

— Una o dos veces — respondió Sancho —, si mal no me acuerdo, he suplicado a vuestra merced que no me emiende los vocablos, si es que entiende lo que quiero decir en ellos, y que cuando no los entienda, diga "Sancho, o diablo, no te entiendo", y si yo no me declarare, entonces podrá emendarme, que yo soy tan fócil...

— No te entiendo, Sancho — dijo luego don Quijote —, pues no sé qué quiere decir *soy tan fócil*.

— Tan fócil quiere decir — respondió Sancho — "soy *tan así*".

— Menos te entiendo agora — replicó don Quijote.

— Pues si no me puede entender — respondió Sancho —, no sé cómo lo diga: no sé más, y Dios sea conmigo.

— Ya, ya caigo — respondió don Quijote — en ello: tú quieres decir que eres *tan dócil*, blando y mañero, que tomarás lo que yo te dijere y pasarás por lo que te enseñare.

— Teresa diz — disse Sancho — que eu deixe tudo muito bem atado com vossa mercê, e que falem cartas e calem barbas,[2] pois quem baralha não parte, e mais vale um "toma" que dois "te darei". E eu digo que conselho de mulher é pouco, mas quem o não toma é louco.

— E eu aqui digo o mesmo — respondeu D. Quixote. — Mas passai adiante, Sancho amigo, e dizei mais, que hoje deitais pérolas pela boca.

— O caso é que — replicou Sancho —, como vossa mercê sabe melhor do que eu, a morte vem para todos, e hoje na nossa figura, amanhã na sepultura, e tão depressa morrem de cordeiros como de carneiros, e ninguém neste mundo pode contar mais horas de vida que as que Deus lhe quiser dar, porque a morte é surda e vem bater à porta quando menos esperamos, sempre vai com pressa e não a podem parar súplicas, nem forças, nem cetros, nem mitras, segundo é pública voz e fama, e segundo escutamos por esses púlpitos.

— Tudo isso é verdade — disse D. Quixote —, mas não sei onde queres chegar.

— Quero chegar — disse Sancho — a que vossa mercê me declare o salário certo que me há de pagar a cada mês do tempo em que eu lhe servir, e que tal salário me seja pago de sua fazenda, pois não quero seguir servindo a mercês, que vêm tarde, ou mal, ou nunca, e Deus que me ajude com o que é meu. Enfim, eu quero saber quanto ganho, pouco ou muito que seja, pois sobre um ovo bota a galinha,[3] e muitos poucos fazem um muito, e quem ganha alguma coisa, não perde coisa alguma. Verdade seja que se acontecer (o qual nem creio nem espero) vossa mercê me dar a ínsula que me tem prometida, não sou tão ingrato nem levo as coisas tão a ferro e fogo que não queira que se veja a quanto monta a renda da tal ínsula e se desconte do meu salário em bom gateio.

— Apostaré yo — dijo Sancho — que desde el emprincipio me caló y me entendió, sino que quiso turbarme, por oírme decir otras docientas patochadas.

— Podrá ser — replicó don Quijote —. Y en efecto ¿qué dice Teresa?

— Teresa dice — dijo Sancho — que ate bien mi dedo con vuestra merced, y que hablen cartas y callen barbas, porque quien destaja no baraja, pues más vale un toma que dos te daré. Y yo digo que el consejo de la mujer es poco, y el que no le toma es loco.

— Y yo lo digo también — respondió don Quijote —. Decid, Sancho amigo, pasad adelante, que habláis hoy de perlas.

— Es el caso — replicó Sancho — que, como vuestra merced mejor sabe, todos estamos sujetos a la muerte, y que hoy somos y mañana no, y que tan presto se va el cordero como el carnero, y que nadie puede prometerse en este mundo más horas de vida de las que Dios quisiere darle, porque la muerte es sorda, y, cuando llega a llamar a las puertas de nuestra vida, siempre va de priesa, y no la harán detener ni ruegos, ni fuerzas, ni ceptros, ni mitras, según es pública voz y fama, y según nos lo dicen por esos púlpitos.

— Todo eso es verdad — dijo don Quijote —, pero no sé dónde vas a parar.

— Voy a parar — dijo Sancho — en que vuesa merced me señale salario conocido de lo que me ha de dar cada mes el tiempo que le sirviere, y que el tal salario se me pague de su hacienda, que no quiero estar a mercedes, que llegan tarde o mal o nunca, con lo mío me ayude Dios. En fin, yo quiero saber lo que gano, poco o mucho que sea, que sobre un huevo pone la gallina, y muchos pocos hacen un mucho, y mientras se gana algo no se pier-

— Sancho amigo — respondeu D. Quixote —, às vezes é tão bom o gateio quanto o rateio.

— Já entendo — disse Sancho. — Aposto que eu devia ter dito *rateio*, e não *gateio*; mas não importa, pois vossa mercê me entendeu muito bem.

— E tão bem — respondeu D. Quixote —, que penetrei até o último dos teus pensamentos e sei a que alvo miras as inumeráveis setas dos teus ditados. Olha, Sancho, eu bem te declararia salário, se nalguma das histórias dos cavaleiros andantes tivesse achado exemplo que me descobrisse e mostrasse por algum pequeno resquício quanto eles costumavam ganhar por mês ou por ano; mas eu li todas ou as mais das suas histórias e não me lembro de ter lido que algum cavaleiro andante tenha declarado e determinado salário a seu escudeiro. Só sei que todos serviam à mercê, e que quando menos esperavam, se a seus senhores corria boa sorte, eram premiados com uma ínsula ou outra coisa equivalente, e quando menos ficavam com título e senhoria. Se com estas esperanças e aditamentos vós, Sancho, gostardes de voltar a me servir, seja embora, mas pensar que eu hei de tirar dos seus termos e trilhas a antiga usança da cavalaria andante é pensamento escusado. Portanto, Sancho meu, voltai a vossa casa e declarai minha intenção a vossa Teresa, e se ela gostar e vós gostardes de seguir comigo à mercê, *bene quidem*.[4] Se não, fiquemos tão amigos como dantes, pois se no pombal houver milho, pombas não faltarão. E reparai, filho, que mais vale boa esperança que ruim posse, e boa queixa que mau pago. Falo deste jeito, Sancho, para vos dar a entender que tão bem como vós sei despejar rifões às bateladas. E finalmente quero dizer e vos digo que, se não quereis vir comigo à mercê e correr a sorte que eu correr, que Deus fique convosco e vos faça um santo, que a mim não me faltarão escudeiros mais obedientes, mais solícitos e não tão atolados nem tão falastrões como vós.

---

de nada. Verdad sea que si sucediese (lo cual ni lo creo ni lo espero) que vuesa merced me diese la ínsula que me tiene prometida, no soy tan ingrato, ni llevo las cosas tan por los cabos, que no querré que se aprecie lo que montare la renta de la tal ínsula y se descuente de mi salario gata por cantidad.

— Sancho amigo — respondió don Quijote —, a las veces tan buena suele ser una gata como una rata.

— Ya entiendo — dijo Sancho —: yo apostaré que había de decir *rata*, y no *gata*; pero no importa nada, pues vuesa merced me ha entendido.

— Y tan entendido — respondió don Quijote —, que he penetrado lo último de tus pensamientos y sé al blanco que tiras con las inumerables saetas de tus refranes. Mira, Sancho, yo bien te señalaría salario, si hubiera hallado en alguna de las historias de los caballeros andantes ejemplo que me descubriese y mostrase por algún pequeño resquicio qué es lo que solían ganar cada mes o cada año; pero yo he leído todas o las más de sus historias y no me acuerdo haber leído que ningún caballero andante haya señalado conocido salario a su escudero. Sólo sé que todos servían a merced, y que cuando menos se lo pensaban, si a sus señores les había corrido bien lasuerte, se hallaban premiados con una ínsula o con otra cosa equivalente, y por lo menos quedaban con título y señoría. Si con estas esperanzas y aditamentos vos, Sancho, gustáis de volver a servirme, sea en buena hora, que pensar que yo he de sacar de sus términos y quicios la antigua usanza de la caballería andante es pensar en lo escusado. Así que, Sancho mío, volveos a vuestra casa y declarad a vuestra Teresa mi intención, y si ella gustare y vos gustáredes de estar a merced conmigo, *bene quidem*, y si no, tan amigos como de antes, que si al palomar no le falta cebo, no le faltarán palomas. Y advertid, hijo, que vale más buena esperanza que ruin posesión, y buena queja

Quando Sancho ouviu a firme resolução do seu amo, se lhe escureceu o céu e apertou o coração, pois achava que seu senhor não partiria sem ele nem por todos os haveres do mundo, e estando ele assim suspenso e pensativo, entrou Sansón Carrasco com a ama e a sobrinha, desejosas de ouvir com que razões persuadia seu senhor a não tornar a buscar as aventuras. Chegou Sansón, socarrão de fama, e, abraçando-o como da vez primeira, em voz levantada lhe disse:

— Oh flor da andante cavalaria! Oh luz resplandecente das armas! Oh honra e espelho da nação espanhola! Praza a Deus todo-poderoso, que tudo contém por extenso, que a pessoa ou pessoas que impedirem e estorvarem a tua terceira saída não a encontrem no labirinto dos seus desejos, nem jamais se cumpra o que mal desejarem.

E virando-se para a ama, lhe disse:

— Bem pode a senhora ama não mais rezar a oração de Santa Apolônia, pois eu sei que é justa determinação das esferas que o senhor D. Quixote volte a executar seus altos e novos pensamentos, e eu muito carregaria minha consciência se não intimasse e persuadisse este cavaleiro a não ter mais tempo recolhida e guardada a força do seu valoroso braço e a bondade do seu ânimo valentíssimo, pois com sua tardança embarga o direito dos tortos, o amparo dos órfãos, a honra das donzelas, o favor das viúvas e o arrimo das casadas, mais outras coisas deste jaez que tocam, tangem, dependem e são anexas à ordem da cavalaria andante. Eia, meu senhor D. Quixote formoso e bravo, antes hoje que amanhã ponha-se vossa mercê e sua grandeza a caminho, e se alguma coisa faltar para pô-la em execução, aqui estou eu para supri-la com minha pessoa e fazenda, e se for necessário servir de escudeiro à tua magnificência, eu o terei por felicíssima ventura!

---

que mala paga. Hablo de esta manera, Sancho, por daros a entender que tan bien como vos sé yo arrojar refranes como llovidos. Y, finalmente, quiero decir y os digo que si no queréis venir a merced conmigo y correr la suerte que yo corriere, que Dios quede con vos y os haga un santo, que a mí no me faltarán escuderos más obedientes, más solícitos, y no tan empachados ni tan habladores como vos.

Cuando Sancho oyó la firme resolución de su amo, se le anubló el cielo y se le cayeron las alas del corazón, porque tenía creído que su señor no se iría sin él por todos los haberes del mundo, y así estando suspenso y pensativo, entró Sansón Carrasco con el ama y la sobrina, deseosas de oír con qué razones persuadía a su señor que no tornase a buscar las aventuras. Llegó Sansón, socarrón famoso, y abrazándole como la vez primera, y con voz levantada, le dijo:

— ¡Oh flor de la andante caballería! ¡Oh luz resplandeciente de las armas! ¡Oh honor y espejo de la nación española! Plega a Dios todopoderoso, donde más largamente se contiene, que la persona o personas que pusieren impedimento y estorbaren tu tercera salida, que no la hallen en el laberinto de sus deseos, ni jamás se les cumpla lo que mal desearen.

Y volviéndose al ama le dijo:

— Bien puede la señora ama no rezar más la oración de Santa Apolonia, que yo sé que es determinación precisa de las esferas que el señor don Quijote vuelva a ejecutar sus altos y nuevos pensamientos, y yo encargaría mucho mi conciencia si no intimase y persuadiese a este caballero que no tenga más tiempo encogida y detenida la fuerza de su valeroso brazo y la bondad de su ánimo valentísimo, porque defrauda con su tardanza el derecho

Disse então D. Quixote, virando-se para Sancho:

— Não te disse, Sancho, que me haveriam de sobejar escudeiros? Olha quem se oferece a sê-lo senão o inaudito bacharel Sansón Carrasco, perpétuo mimo[5] e regozijo dos pátios das escolas salmantinas, seguro de sua pessoa, ágil de membros, calado, sofredor assim do calor como do frio, assim da fome como da sede, com todas aquelas qualidades requeridas para ser escudeiro de um cavaleiro andante. Mas não permita o céu que, por seguir meu gosto, ele estropie e quebre a coluna das letras e o vaso das ciências nem trunque a palma eminente das boas e liberais artes. Fique o novo Sansão em sua pátria e, honrando-a, honre juntamente as cãs de seus velhos pais, que eu com qualquer escudeiro me contentarei, já que Sancho não se digna de vir comigo.

— Digno sim — respondeu Sancho, enternecido e cheios de lágrimas seus olhos, e prosseguiu. — Por mim não se dirá, senhor meu, comida feita, companhia desfeita; isso não, que eu não venho de nenhuma estirpe ingrata, e todo o mundo sabe, especialmente meus vizinhos, quem foram os Panças, dos quais eu descendo; de mais que por muitas boas obras e melhores palavras tenho conhecido e apalpado o desejo que vossa mercê tem de me fazer mercê, e se entrei em contas de quanto mais ou menos será o meu salário, foi por fazer a vontade à minha mulher, pois quando ela resolve convencer alguém, não há maço que tanto aperte os aros de uma cuba como ela aperta para que se faça o seu querer. Mas, enfim, o homem há de ser homem, e a mulher, mulher; e se sou homem em toda parte, como não posso negar, também o quero ser na minha casa, doa a quem doer. E assim não há mais que fazer, só vossa mercê ordenar seu testamento com seu codicilo, de modo que não se possa refogar, e botemo-nos logo a caminho, por que não padeça a alma do senhor Sansón, quem diz que a consciência lhe dita persuadir vossa

---

de los tuertos, el amparo de los huérfanos, la honra de las doncellas, el favor de las viudas y el arrimo de las casadas, y otras cosas deste jaez, que tocan, atañen, dependen y son anejas a la orden de la caballería andante. Ea, señor don Quijote mío, hermoso y bravo, antes hoy que mañana se ponga vuestra merced y su grandeza en camino, y si alguna cosa faltare para ponerle en ejecución, aquí estoy yo para suplirla con mi persona y hacienda, y si fuere necesidad servir a tu magnificencia de escudero, lo tendré a felicísima ventura.

A esta sazón dijo don Quijote, volviéndose a Sancho:

— ¿No te dije yo, Sancho, que me habían de sobrar escuderos? Mira quién se ofrece a serlo, sino el inaudito bachiller Sansón Carrasco, perpetuo trastulo y regocijador de los patios de las escuelas salmanticenses, sano de su persona, ágil de sus miembros, callado, sufridor así del calor como del frío, así de la hambre como de la sed, con todas aquellas partes que se requieren para ser escudero de un caballero andante. Pero no permita el cielo que por seguir mi gusto desjarrete y quiebre la coluna de las letras y el vaso de las ciencias, y tronque la palma eminente de las buenas y liberales artes. Quédese el nuevo Sansón en su patria y, honrándola, honre juntamente las canas de sus ancianos padres, que yo con cualquier escudero estaré contento, ya que Sancho no se digna de venir conmigo.

— Sí digno — respondió Sancho, enternecido y llenos de lágrimas los ojos, y prosiguió —: No se dirá por mí, señor mío, el pan comido, y la compañía deshecha; sí, que no vengo yo de alguna alcurnia desagradecida, que ya sabe todo el mundo, y especialmente mi pueblo, quién fueron los Panzas, de quien yo deciendo; y más que tengo conocido y calado por muchas buenas obras, y por más buenas palabras, el deseo que vuestra merced tiene de hacerme merced, y si me he puesto en cuentas de tanto más cuanto acerca de mi salario, ha sido por complacer a

mercê a sair da vez terceira por este mundo; e eu de novo me ofereço a servir vossa mercê fiel e legalmente, tão bem e até melhor que quantos escudeiros têm servido a cavaleiros andantes nos passados e presentes tempos.

Admirado ficou o bacharel de ouvir o termo e modo de falar de Sancho Pança, pois, bem que tivesse lido a primeira história do seu senhor, não se dava a crer que fosse tão gracioso como nela o pintam, mas ouvindo-o dizer agora "testamento e codicilo que não se possa refogar", em vez de "testamento e codicilo que não se possa revogar", deu crédito a tudo quanto dele tinha lido e o confirmou por um dos mais solenes mentecaptos dos nossos séculos, e disse consigo que tais dois loucos qual amo e moço jamais se haviam de ter visto no mundo.

Finalmente, D. Quixote e Sancho se abraçaram e ficaram amigos, e com parecer e beneplácito do grande Carrasco, que por então era o seu oráculo, se concertou que dali a três dias seria sua partida, nos quais teriam lugar para aprestar o necessário à viagem e conseguir uma celada de encaixe, a qual disse D. Quixote que de toda maneira haveria de levar. Ofereceu-lha Sansón, sabendo que não lha negaria um amigo seu que a tinha, posto que estava mais escura de ferrugem e azinhavre que clara e limpa de brunido aço.

As maldições que as duas, ama e sobrinha, lançaram sobre o bacharel foram sem conto; puxaram-se dos cabelos, arranharam o rosto e, ao modo das carpideiras que se usavam, lamentaram a partida como se fosse a morte do seu senhor. O desígnio que teve Sansón para o persuadir a que outra vez saísse foi fazer o que adiante contará a história, tudo por conselho do padre e do barbeiro, com quem ele antes comunicara.

Em conclusão, naqueles três dias D. Quixote e Sancho se abasteceram do que lhes pareceu conveniente, e tendo Sancho aplacado sua mulher e D.

---

mi mujer, la cual cuando toma la mano a persuadir una cosa, no hay mazo que tanto apriete los aros de una cuba como ella aprieta a que se haga lo que quiere, pero en efeto el hombre ha de ser hombre, y la mujer, mujer; y pues yo soy hombre dondequiera, que no lo puedo negar, también lo quiero ser en mi casa, pese a quien pesare. Y así no hay más que hacer sino que vuestra merced ordene su testamento, con su codicilo, en modo que no se pueda revolcar, y pongámonos luego en camino, porque no padezca el alma del señor Sansón, que dice que su conciencia le lita que persuada a vuestra merced a salir vez tercera por ese mundo, y yo de nuevo me ofrezco a servir a vuestra merced fiel y legalmente, tan bien y mejor que cuantos escuderos han servido a caballeros andantes en los pasados y presentes tiempos.

Admirado quedó el bachiller de oír el término y modo de hablar de Sancho Panza, que, puesto que había leído la primera historia de su señor, nunca creyó que era tan gracioso como allí le pintan, pero oyéndole decir ahora "testamento y codicilo que no se pueda *revolcar*", en lugar de "testamento y codicilo que no se pueda *revocar*", creyó todo lo que dél había leído y confirmólo por uno de los más solenes mentecatos de nuestros siglos, y dijo entre sí que tales dos locos como amo y mozo no se habrían visto en el mundo.

Finalmente, don Quijote y Sancho se abrazaron y quedaron amigos, y con parecer y beneplácito del gran Carrasco, que por entonces era su oráculo, se ordenó que de allí a tres días fuese su partida, en los cuales habría lugar de aderezar lo necesario para el viaje, y de buscar una celada de encaje, que en todas maneras dijo don Quijote que la había de llevar. Ofreciósela Sansón, porque sabía no se la negaría un amigo suyo que la tenía, puesto que estaba más escura por el orín y el moho que clara y limpia por el terso acero.

Quixote sua sobrinha e sua ama, ao anoitecer, sem que ninguém os visse, afora o bacharel, que quis acompanhá-los por meia légua do lugar, se puseram a caminho de El Toboso. D. Quixote sobre seu bom Rocinante e Sancho sobre seu antigo ruço, fornidos os alforjes de coisas tocantes à bucólica,[6] e a bolsa de dinheiro que lhe deu D. Quixote para o que lhes pudesse acontecer. Abraçou-o Sansón e suplicou-lhe o avisasse de sua boa ou má sorte, para se alegrar com esta ou se entristecer com aquela, como as leis de sua amizade pediam. Prometeu-lho D. Quixote, fez volta Sansón para o seu lugar, e os dois tomaram o rumo da grande cidade de El Toboso.

NOTAS

[1] Reluzida/reduzida: a troca de "reduzida" — aqui com sentido de "convencida", "persuadida" — por "reluzida" pode não ser uma simples corruptela de Sancho, uma vez que *lucir* comportava também o sentido de "açoitar", que ganharia em ironia com o acréscimo do prefixo.

[2] Falem cartas e calem barbas: frase feita que aconselha a se fiar mais nos contratos escritos do que na palavra empenhada.

[3] Sobre um ovo bota a galinha: o dito indica que sempre se começa por pouco, aludindo ao costume antigo de se pôr um ovo de alabastro ou madeira pintada no ninho para animar a galinha a botar.

[4] *Bene quidem*: "seja em boa hora", "tudo bem".

[5] Mimo: a palavra original, *trastulo*, significa ao mesmo tempo "divertimento" e "bufão", e portanto, no contexto do diálogo, comporta sua dose de malícia. É de saber que se trata de um italianismo calcado no personagem do Trastullo, um *zanni* introduzido na Espanha nas décadas de 1570 e 1580 pela companhia do bergamasco "Zan Ganassa" e que contribuíra para a conformação do *gracioso* da Comedia Nueva.

[6] Bucólica: termo jocoso para designar a comida, formado por assimilação do italiano *bucca*.

Las maldiciones que las dos, ama y sobrina, echaron al bachiller no tuvieron cuento; mesaron sus cabellos, arañaron sus rostros, y al modo de las endechaderas que se usaban lamentaban la partida como si fuera la muerte de su señor. El designio que tuvo Sansón para persuadirle a que otra vez saliese fue hacer lo que adelante cuenta la historia, todo por consejo del cura y del barbero, con quien él antes lo había comunicado.

En resolución, en aquellos tres días don Quijote y Sancho se acomodaron de lo que les pareció convenirles; y habiendo aplacado Sancho a su mujer, y don Quijote a su sobrina y a su ama, al anochecer, sin que nadie lo viese, sino el bachiller, que quiso acompañarles media legua del lugar, se pusieron en camino del Toboso. Don Quijote sobre su buen Rocinante, y Sancho sobre su antiguo rucio, proveídas las alforjas de cosas tocantes a la bucólica, y la bolsa, de dineros que le dio don Quijote para lo que se ofreciese. Abrazóle Sansón, y suplicóle le avisase de su buena o mala suerte, para alegrarse con esta o entristecerse con aquella, como las leyes de su amistad pedían. Prometióselo don Quijote, dio Sansón la vuelta a su lugar, y los dos tomaron la de la gran ciudad del Toboso.

CAPÍTULO VIII

ONDE SE CONTA O QUE ACONTECEU A D. QUIXOTE
INDO VER A SUA SENHORA DULCINEIA D'EL TOBOSO

"Bendito seja o poderoso Alá!", diz Hamete Benengeli no início deste oitavo capítulo. "Bendito seja Alá!", repete três vezes, e diz que dá essas bênçãos por ver que já tem a D. Quixote e Sancho em campanha e que os leitores de sua agradável história podem fazer conta que deste ponto em diante começam as façanhas e donaires de D. Quixote e seu escudeiro. Persuade-os a esquecerem as passadas cavalarias do engenhoso fidalgo e porem os olhos nas que estão por vir, que agora no caminho de El Toboso começam, como as outras começaram nos campos de Montiel, e não é muito o que ele pede para tanto quanto promete, e assim prossegue, dizendo:

Sós ficaram D. Quixote e Sancho, e logo que Sansón se afastou, começou a relinchar Rocinante e a suspirar o ruço,[1] coisa que ambos dois, cavaleiro e escudeiro, tomaram por bom sinal e felicíssimo agouro, ainda que, se se há de contar verdade, mais foram os suspiros e zurros do ruço que os relinchos do rocim, donde Sancho coligiu que sua ventura haveria de avantajar à do seu senhor e se levantar acima dela, não sei se baseado na astrologia judiciária[2] que ele sabia, se bem a história o não declara; só o ouviram dizer que, quando tropeçava ou caía, quisera não ter saído de casa, porque do tro-

---

CAPÍTULO VIII

DONDE SE CUENTA LO QUE LE SUCEDIÓ A DON QUIJOTE
YENDO A VER SU SEÑORA DULCINEA DEL TOBOSO

"¡Bendito sea el poderoso Alá!", dice Hamete Benengeli al comienzo deste octavo capítulo. "¡Bendito sea Alá!", repite tres veces, y dice que da estas bendiciones por ver que tiene ya en campaña a don Quijote y a Sancho, y que los letores de su agradable historia pueden hacer cuenta que desde este punto comienzan las hazañas y donaires de don Quijote y de su escudero. Persuádeles que se les olviden las pasadas caballerías del ingenioso hidalgo y pongan los ojos en las que están por venir, que desde agora en el camino del Toboso comienzan, como las otras comenzaron en los campos de Montiel, y no es mucho lo que pide para tanto como él promete, y así prosigue, diciendo:

Solos quedaron don Quijote y Sancho, y apenas se hubo apartado Sansón, cuando comenzó a relinchar Rocinante y a sospirar el rucio, que de entrambos, caballero y escudero, fue tenido a buena señal y por felicísimo agüero, aunque, si se ha de contar la verdad, más fueron los sospiros y rebuznos del rucio que los relinchos del rocín, de donde coligió Sancho que su ventura había de sobrepujar y ponerse encima de la de su señor, fundándo-

peçar ou cair não se tira outra coisa senão o sapato estragado ou as costelas quebradas; e, apesar de tolo, não andava nisso muito longe da verdade. Disse-lhe D. Quixote:

— Sancho amigo, já vem chegando a noite a passos largos, e com mais escuridão da que seria necessária para com o dia conseguirmos ver El Toboso, aonde tenho determinado ir antes de empreender outra aventura, para lá tomar a bênção e boa licença da sem-par Dulcineia, com a qual licença penso e tenho por certo acabar e dar feliz coroação a toda perigosa aventura, pois nenhuma coisa desta vida faz mais valentes os cavaleiros andantes que se verem favorecidos de suas damas.

— Assim creio — respondeu Sancho —, mas tenho por dificultoso que vossa mercê possa falar ou se ver com ela, ao menos em parte que possa receber sua bênção, como não seja por cima da cerca do curral, onde eu a vi da vez primeira, quando lhe levei a carta onde iam as novas das sandices e loucuras que vossa mercê ficava fazendo no coração da Serra Morena.

— Cercas de curral se te afiguraram aquelas, Sancho — disse D. Quixote —, donde ou por onde viste aquela nunca bastantemente louvada gentileza e formosura? Não deviam de ser senão galerias, ou corredores, ou varandas ou como as chamem, de ricos e reais palácios.

— Tudo pode ser que seja — respondeu Sancho —, mas a mim me pareceram cercas, se é que não me falha a memória.

— Em todo o caso, vamos lá, Sancho — replicou D. Quixote —, que, como eu a veja, pouco se me dá que seja por cercas ou por janelas, ou por frestas ou grades de jardins, pois qualquer raio que do sol da sua beleza chegar aos meus olhos iluminará meu entendimento e fortalecerá meu coração, de modo que fique único e sem igual na discrição e na valentia.

---

se no sé si en astrología judiciaria que él se sabía, puesto que la historia no lo declara: sólo le oyeron decir que cuando tropezaba o caía se holgara no haber salido de casa, porque del tropezar o caer no se sacaba otra cosa sino el zapato roto o las costillas quebradas; y aunque tonto, no andaba en esto muy fuera de camino. Díjole don Quijote:

— Sancho amigo, la noche se nos va entrando a más andar, y con más escuridad de la que habíamos menester para alcanzar a ver con el día al Toboso, adonde tengo determinado de ir antes que en otra aventura me ponga, y allí tomaré la bendición y buena licencia de la sin par Dulcinea, con la cual licencia pienso y tengo por cierto de acabar y dar felice cima a toda peligrosa aventura, porque ninguna cosa desta vida hace más valientes a los caballeros andantes que verse favorecidos de sus damas.

— Yo así lo creo — respondió Sancho —, pero tengo por dificultoso que vuestra merced pueda hablarla ni verse con ella, en parte a lo menos que pueda recebir su bendición, si ya no se la echa desde las bardas del corral, por donde yo la vi la vez primera, cuando le llevé la carta donde iban las nuevas de las sandeces y locuras que vuestra merced quedaba haciendo en el corazón de Sierra Morena.

— ¿Bardas de corral se te antojaron aquellas, Sancho — dijo don Quijote —, adonde o por donde viste aquella jamás bastantemente alabada gentileza y hermosura? No debían de ser sino galerías, o corredores, o lonjas o como las llaman, de ricos y reales palacios.

— Todo pudo ser — respondió Sancho —, pero a mí bardas me parecieron, si no es que soy falto de memoria.

— Pois em verdade, senhor — respondeu Sancho —, que quando eu vi esse sol da senhora Dulcineia d'El Toboso não estava ele tão claro que lançasse de si raio algum, e deve de haver sido que, como sua mercê estava peneirando aquele trigo que eu disse, a muita poeira que levantava parou como nuvem diante do seu rosto e o escureceu.

— Ainda continuas, Sancho — disse D. Quixote —, a dizer, a pensar, a crer e a teimar que minha senhora Dulcineia peneirava trigo, sendo esse um mister e exercício em tudo desviado daquilo que fazem e devem fazer as pessoas principais, que estão constituídas e guardadas para outros exercícios e entretenimentos, mostrando sua principalidade a tiro de balestra? Quão mal te lembras, oh Sancho, daqueles versos do nosso poeta[3] em que nos pinta os lavores que lá em suas moradas de cristal faziam aquelas quatro ninfas que do Tejo amado apontaram as cabeças e se sentaram a bordar no verde prado aqueles ricos panos que ali nos descreve o engenhoso poeta, todos de ouro, seda e pérolas recamados e tecidos. E dessa maneira deviam de ser os da minha senhora quando tu a viste, se não é que algum mau encantador, pela inveja que deve de ter das minhas coisas, muda e torna as que me hão de dar gosto em figuras diferentes das que elas têm; e assim temo que naquela história das minhas façanhas que dizem andar impressa, se porventura foi seu autor algum sábio meu inimigo, tenha posto umas coisas por outras, misturando com uma verdade mil mentiras, divertindo-se em contar outras ações desviadas do que requer a continuação de uma verdadeira história. Oh inveja, raiz de infinitos males e carcoma das virtudes! Todos os vícios, Sancho, trazem consigo um não sei quê de deleite, mas o da inveja não traz senão desgostos, rancores e raivas.

— Isso é o que eu digo também — respondeu Sancho —, e penso que

---

— Con todo eso, vamos allá, Sancho — replicó don Quijote —, que, como yo la vea, eso se me da que sea por bardas que por ventanas, o por resquicios, o verjas de jardines, que cualquier rayo que del sol de su belleza llegue a mis ojos alumbrará mi entendimiento y fortalecerá mi corazón, de modo que quede único y sin igual en la discreción y en la valentía.

— Pues en verdad, señor — respondió Sancho —, que cuando yo vi ese sol de la señora Dulcinea del Toboso, que no estaba tan claro, que pudiese echar de sí rayos algunos; y debió de ser que como su merced estaba ahechando aquel trigo que dije, el mucho polvo que sacaba se le puso como nube ante el rostro y se le escureció.

— ¡Que todavía das, Sancho — dijo don Quijote —, en decir, en pensar, en creer y en porfiar que mi señora Dulcinea ahechaba trigo, siendo eso un menester y ejercicio que va desviado de todo lo que hacen y deben hacer las personas principales, que están constituidas y guardadas para otros ejercicios y entretenimientos, que muestran a tiro de ballesta su principalidad! Mal se te acuerdan a ti, oh Sancho, aquellos versos de nuestro poeta donde nos pinta las labores que hacían allá en sus moradas de cristal aquellas cuatro ninfas que del Tajo amado sacaron las cabezas y se sentaron a labrar en el prado verde aquellas ricas telas que allí el ingenioso poeta nos describe, que todas eran de oro, sirgo y perlas contestas y tejidas. Y desta manera debía de ser el de mi señora cuando tú la viste, sino que la envidia que algún mal encantador debe de tener a mis cosas, todas las que me han de dar gusto trueca y vuelve en diferentes figuras que ellas tienen, y así temo que en aquella historia que dicen que anda impresa de mis hazañas, si por ventura ha sido su autor algún sabio mi enemigo, habrá puesto unas cosas por otras, mezclando con una verdad mil mentiras, divirtiéndose a contar otras acciones fuera de lo que requiere la conti-

nessa lição ou história que de nós disse ter visto o bacharel Carrasco deve de andar minha honra pelos chãos e, como diz o outro, trazida ao estricote, de parte a parte, varrendo as ruas. Pois à fé de bom homem que eu não disse mal de nenhum encantador nem tenho tantos bens para ser invejado; bem é verdade que sou um tantinho malicioso e que tenho meus assomos de velhaco, mas tudo encobre e tapa a grande capa da minha simpleza,[4] sempre natural e nunca artificiosa. E quando outra coisa eu não tivesse senão o crer, como sempre creio, firme e verdadeiramente em Deus e em tudo aquilo que tem e crê a santa Igreja Católica Romana, e sendo, como sou, inimigo mortal dos judeus, deviam os historiadores ter misericórdia de mim e me tratar bem nos seus escritos. Mas digam lá o que quiserem, pois nu vim ao mundo e nu me acho nele, não perco nem ganho, ainda que, a troco de me ver posto em livros e andar por este mundo de mão em mão, não se me dá uma mínima que digam de mim tudo quanto quiserem.

— Isso me lembra, Sancho — disse D. Quixote —, o que aconteceu a um famoso poeta do tempo de agora, o qual, tendo feito uma maliciosa sátira contra todas as damas cortesãs,[5] não pôs nem nomeou nela uma dama que se podia duvidar se o era ou não, a qual, vendo que não estava na lista das demais, foi tomar satisfação com o poeta, perguntando-lhe o que vira de errado nela para a não incluir no número das outras e mandando-lhe estender a sátira e incluí-la na emenda, se não, que muito se arrependeria de ter nascido. Assim fez o poeta, dizendo dela o que não diria nem a duenha[6] mais linguareira, e ela então ficou satisfeita de se ver com tamanha fama, ainda que infame. Também vem a propósito o que contam daquele pastor que incendiou e abrasou o famoso templo de Diana, contado entre as sete maravilhas do mundo, só para que o seu nome vivesse nos séculos vindouros; e

---

nuación de una verdadera historia. ¡Oh envidia, raíz de infinitos males y carcoma de las virtudes! Todos los vicios, Sancho, traen un no sé qué de deleite consigo, pero el de la envidia no trae sino disgustos, rancores y rabias.

— Eso es lo que yo digo también — respondió Sancho —, y pienso que en esa leyenda o historia que nos dijo el bachiller Carrasco que de nosotros había visto debe de andar mi honra a coche acá, cinchado, y, como dicen, al estricote, aquí y allí, barriendo las calles. Pues a fe de bueno que no he dicho yo mal de ningún encantador, ni tengo tantos bienes que pueda ser envidiado; bien es verdad que soy algo malicioso y que tengo mis ciertos asomos de bellaco, pero todo lo cubre y tapa la gran capa de la simpleza mía, siempre natural y nunca artificiosa; y cuando otra cosa no tuviese sino el creer, como siempre creo, firme y verdaderamente en Dios y en todo aquello que tiene y cree la santa Iglesia Católica Romana, y el ser enemigo mortal, como lo soy, de los judíos, debían los historiadores tener misericordia de mí y tratarme bien en sus escritos. Pero digan lo que quisieren, que desnudo nací, desnudo me hallo, ni pierdo ni gano, aunque por verme puesto en libros y andar por ese mundo de mano en mano, no se me da un higo que digan de mí todo lo que quisieren.

— Eso me parece, Sancho — dijo don Quijote —, a lo que sucedió a un famoso poeta destos tiempos, el cual, habiendo hecho una maliciosa sátira contra todas las damas cortesanas, no puso ni nombró a una dama que se podía dudar si lo era o no, la cual, viendo que no estaba en la lista de las demás, se quejó al poeta diciéndole que qué había visto en ella para no ponerla en el número de las otras, y que alargase la sátira y la pusiese en el ensanche, si no, que mirase para lo que había nacido. Hízolo así el poeta, y púsola cual no digan dueñas, y ella quedó satisfecha, por verse con fama, aunque infame. También viene con esto lo que cuentan de aquel

apesar da ordem de ninguém o nomear nem fazer menção do seu nome, por palavra ou por escrito, por que ele não alcançasse o fim do seu desejo, ainda se soube que se chamava Eróstrato.[7] Também faz ao caso o acontecido com o grande imperador Carlo Quinto e um cavaleiro em Roma. Quis ver o Imperador aquele famoso templo da Rotonda,[8] que na Antiguidade se chamou o templo de todos os deuses, e agora com melhor vocação é chamado de todos os santos, e é o edifício que mais inteiro restou dentre os erguidos pela gentilidade em Roma, e é o que mais conserva a fama da grandiosidade e magnificência dos seus fundadores; é ele do feitio de meia laranja, grandíssimo em extremo, e está muito claro sem que nele entre outra luz senão a que lhe concede uma janela, ou, para melhor dizer, claraboia redonda, posta em seu topo, donde estava o Imperador olhando o edifício, e com ele e a seu lado um cavaleiro romano, declarando-lhe os primores e sutilezas daquela grande máquina e memorável arquitetura; e, tendo-se afastado da claraboia, disse o cavaleiro ao imperador: "Mil vezes, Sacra Majestade, me veio o desejo de me abraçar a vossa Majestade e me atirar daquela claraboia abaixo, para deixar de mim eterna fama no mundo". "Eu vos agradeço", respondeu o imperador, "o não ter posto em efeito tão mau pensamento, e daqui por diante não vos darei azo a que volteis a pôr vossa lealdade à prova, e assim vos mando que jamais me faleis nem estejais onde eu estiver." E depois dessas palavras lhe fez uma grande mercê. Quero dizer, Sancho, que o desejo de ganhar fama é ativo em grande maneira. Quem pensas que atirou Horácio da ponte abaixo,[9] armado de toda sua armadura, nas profundezas do Tibre? Quem abrasou o braço e a mão de Múcio?[10] Quem impeliu Cúrcio a se atirar no profundo fosso ardente[11] que se abriu em plena Roma? Quem, contra todos os agouros contrários que se lhe haviam mostrado, fez César atravessar

---

pastor que puso fuego y abrasó el templo famoso de Diana, contado por una de las siete maravillas del mundo, sólo porque quedase vivo su nombre en los siglos venideros; y aunque se mandó que nadie le nombrase, ni hiciese por palabra o por escrito mención de su nombre, porque no consiguiese el fin de su deseo, todavía se supo que se llamaba Eróstrato. También alude a esto lo que sucedió al grande emperador Carlo Quinto con un caballero en Roma. Quiso ver el Emperador aquel famoso templo de la Rotunda, que en la antigüedad se llamó el templo de todos los dioses, y ahora con mejor vocación se llama de todos los santos, y es el edificio que más entero ha quedado de los que alzó la gentilidad en Roma, y es el que más conserva la fama de la grandiosidad y magnificencia de sus fundadores; él es de hechura de una media naranja, grandísimo en estremo, y está muy claro, sin entrarle otra luz que la que le concede una ventana, o, por mejor decir, claraboya redonda, que está en su cima, desde la cual mirando el Emperador el edificio, estaba con él y a su lado un caballero romano, declarándole los primores y sutilezas de aquella gran máquina y memorable arquitectura; y habiéndose quitado de la claraboya, dijo al Emperador: "Mil veces, Sacra Majestad, me vino deseo de abrazarme con vuestra majestad y arrojarme de aquella claraboya abajo, por dejar de mí fama eterna en el mundo". "Yo os agradezco — respondió el Emperador — el no haber puesto tan mal pensamiento en efeto, y de aquí adelante no os pondré yo en ocasión que volváis a hacer prueba de vuestra lealtad, y así os mando que jamás me habléis, ni estéis donde yo estuviere." Y tras estas palabras le hizo una gran merced. Quiero decir, Sancho, que el deseo de alcanzar fama es activo en gran manera. ¿Quién piensas tú que arrojó a Horacio del puente abajo, armado de todas armas, en la profundidad del Tibre? ¿Quién abrasó el brazo y la mano a Mucio? ¿Quién impelió a Curcio a lanzarse en la profunda sima ardiente que apare-

o Rubicão? E com exemplos mais modernos, quem verrumou os navios e deixou em seco e isolados os valorosos espanhóis guiados pelo cortesíssimo Cortés no Novo Mundo? Todas essas e outras grandes e várias façanhas são, foram e serão obras da fama, que os mortais desejam como prêmios e quinhão da imortalidade merecidos por seus famosos feitos, posto que os cristãos, católicos e andantes cavaleiros mais hajamos de atentar à glória dos séculos vindouros, eterna nas regiões etéreas e celestes, que à vaidade da fama que neste presente e acabável século se alcança, a qual fama, por muito que dure, finalmente se há de acabar com o mesmo mundo, cujo fim está assinalado. Portanto, oh Sancho, nossas obras não hão de sair do limite a nós posto pela religião cristã que professamos. Havemos de matar nos gigantes a soberba; a inveja, na generosidade e bom peito; a ira, na sossegada compostura e na quietude do ânimo; a gula e o sono, no pouco comer que comemos e no muito velar que velamos; a luxúria e a lascívia, na lealdade que guardamos àquelas que fizemos senhoras dos nossos pensamentos; a preguiça, em andar por todas as partes do mundo, buscando as ocasiões que nos possam fazer e façam, sobre cristãos, famosos cavaleiros. Aqui vês, Sancho, os meios pelos quais se alcançam os extremos de louvores que traz consigo a boa fama.

— Tudo que vossa mercê me disse até aqui — tornou Sancho — eu entendi muito bem, mas gostaria ainda que me sorvesse uma dúvida que agora neste ponto me veio à memória.

— *Solvesse* queres dizer, Sancho — disse D. Quixote. — Dize-o em boa hora, que eu responderei o que souber.

— Diga-me, senhor — prosseguiu Sancho —, esses Julhos ou Agostos, e todos esses cavaleiros façanhosos que vossa mercê disse que já são mortos, onde estão agora?

---

ció en la mitad de Roma? ¿Quién, contra todos los agüeros que en contra se le habían mostrado, hizo pasar el Rubicón a César? Y, con ejemplos más modernos, ¿quién barrenó los navíos y dejó en seco y aislados los valerosos españoles guiados por el cortesísimo Cortés en el Nuevo Mundo? Todas estas y otras grandes y diferentes hazañas son, fueron y serán obras de la fama, que los mortales desean como premios y parte de la inmortalidad que sus famosos hechos merecen, puesto que los cristianos, católicos y andantes caballeros más habemos de atender a la gloria de los siglos venideros, que es eterna en las regiones etéreas y celestes, que a la vanidad de la fama que en este presente y acabable siglo se alcanza, la cual fama, por mucho que dure, en fin se ha de acabar con el mesmo mundo, que tiene su fin señalado. Así, oh Sancho, que nuestras obras no han de salir del límite que nos tiene puesto la religión cristiana que profesamos. Hemos de matar en los gigantes a la soberbia; a la envidia, en la generosidad y buen pecho; a la ira, en el reposado continente y quietud del ánimo; a la gula y al sueño, en el poco comer que comemos y en el mucho velar que velamos; a la lujuria y lascivia, en la lealtad que guardamos a las que hemos hecho señoras de nuestros pensamientos; a la pereza, con andar por todas las partes del mundo, buscando las ocasiones que nos puedan hacer y hagan, sobre cristianos, famosos caballeros. Ves aquí, Sancho, los medios por donde se alcanzan los estremos de alabanzas que consigo trae la buena fama.

— Todo lo que vuestra merced hasta aquí me ha dicho — dijo Sancho — lo he entendido muy bien, pero, con todo eso, querría que vuestra merced me sorbiese una duda que agora en este punto me ha venido a la memoria.

— *Asolviese* quieres decir, Sancho — dijo don Quijote —. Di en buen hora, que yo responderé lo que supiere.

— Os gentios — respondeu D. Quixote — sem dúvida estão no inferno; os cristãos, se foram bons cristãos, ou estão no purgatório, ou no céu.

— Está bem — disse Sancho. — Mas vossa mercê me diga agora: essas sepulturas onde estão os corpos desses senhoraços têm na frente lâmpadas de prata, ou estão as paredes das suas capelas enfeitadas com muletas, mortalhas, cabeleiras, pernas e olhos de cera? E se não disto, do que estão enfeitadas?

Ao que respondeu D. Quixote:

— Os sepulcros dos gentios foram pela maior parte suntuosos templos: as cinzas do corpo de Júlio César foram postas sobre uma pirâmide de pedra de desmesurada grandeza, que hoje chamam em Roma "Agulha de São Pedro".[12] Ao imperador Adriano serviu de sepultura um castelo tão grande como uma boa aldeia, o qual chamaram "Moles Hadriani", que agora é o castelo de Santangelo em Roma; a rainha Artêmis sepultou seu marido Mausoléu num sepulcro que foi havido por uma das sete maravilhas do mundo.[13] Mas nenhuma dessas sepulturas nem outras muitas que tiveram os gentios se enfeitaram com mortalhas, nem com outras oferendas ou sinais que mostrassem serem santos os que nelas estavam sepultados.

— Já vamos chegando — replicou Sancho. — E agora me diga, o que vale mais, ressuscitar um morto ou matar um gigante?

— A resposta está à mão — respondeu D. Quixote. — Mais vale ressuscitar um morto.

— Apanhado está! — disse Sancho. — Então a fama de quem ressuscita mortos, dá vista aos cegos, endireita os coxos e dá saúde aos doentes, e na frente das suas sepulturas ardem lâmpadas, e estão cheias suas capelas de gentes devotas que de joelhos adoram suas relíquias, melhor fama será, para

---

— Dígame, señor — prosiguió Sancho —: esos Julios o Agostos, y todos esos caballeros hazañosos que ha dicho, que ya son muertos, ¿dónde están agora?

— Los gentiles — respondió don Quijote — sin duda están en el infierno; los cristianos, si fueron buenos cristianos, o están en el purgatorio, o en el cielo.

— Está bien — dijo Sancho —, pero sepamos ahora: esas sepulturas donde están los cuerpos desos señorazos ¿tienen delante de sí lámparas de plata, o están adornadas las paredes de sus capillas de muletas, de mortajas, de cabelleras, de piernas y de ojos de cera? Y si desto no, ¿de qué están adornadas?

A lo que respondió don Quijote:

— Los sepulcros de los gentiles fueron por la mayor parte suntuosos templos, las cenizas del cuerpo de Julio César se pusieron sobre una pirámide de piedra de desmesurada grandeza, a quien hoy llaman en Roma "la aguja de San Pedro"; al emperador Adriano le sirvió de sepultura un castillo tan grande como una buena aldea, a quien llamaron *moles Hadriani*, que agora es el castillo de Santángel en Roma; la reina Artemisa sepultó a su marido Mausoleo en un sepulcro que se tuvo por una de las siete maravillas del mundo. Pero ninguna destas sepulturas ni otras muchas que tuvieron los gentiles se adornaron con mortajas, ni con otras ofrendas y señales que mostrasen ser santos los que en ellas estaban sepultados.

— A eso voy — replicó Sancho —. Y dígame agora: ¿cuál es más, resucitar a un muerto o matar a un gigante?

— La respuesta está en la mano — respondió don Quijote —: más es resucitar a un muerto.

este e para o outro século, que a que deixaram e deixarem quantos imperadores gentios e cavaleiros andantes houve no mundo.

— Também confesso essa verdade — respondeu D. Quixote.

— Pois essa fama, essas graças, essas prerrogativas, como chamam isso — respondeu Sancho —, têm os corpos e as relíquias dos santos, que com aprovação e licença da nossa santa madre Igreja têm lâmpadas, velas, mortalhas, muletas, pinturas, cabeleiras, olhos, pernas com que aumentam a devoção e engrandecem sua cristã fama. Os corpos dos santos, ou suas relíquias, os reis os levam sobre os ombros, beijam os pedaços dos seus ossos, com eles enfeitam e enriquecem seus oratórios e seus mais preciosos altares.

— Que queres que eu conclua, Sancho, de tudo o que disseste? — disse D. Quixote.

— Quero dizer — disse Sancho — que resolvamos ser santos e mais brevemente alcançaremos a boa fama que pretendemos. E advirta, senhor, que ontem ou anteontem (pois, como aconteceu há tão pouco, se pode dizer assim) canonizaram ou beatificaram dois fradinhos descalços cujas cadeias de ferro com que apertavam e atormentavam seus corpos se tem agora por grande ventura beijar e tocar, e são mais veneradas, segundo dizem, que a espada de Roldão na armaria do Rei nosso Senhor,[14] que Deus o guarde. Portanto, senhor meu, mais vale ser humilde fradinho, de qualquer ordem que seja, que valente e andante cavaleiro; mais conseguem de Deus duas dúzias de disciplinas que duas mil lançadas, quer as deem em gigantes, quer em avejões ou endríagos.

— Tudo isso é assim — respondeu D. Quixote —, mas nem todos podemos ser frades, e muitos são os caminhos pelos quais Deus leva ao céu; religião é a cavalaria, cavaleiros santos há na glória.

— Cogido le tengo — dijo Sancho —. Luego la fama del que resucita muertos, da vista a los ciegos, endereza los cojos y da la salud a los enfermos, y delante de sus sepulturas arden lámparas, y están llenas sus capillas de gentes devotas que de rodillas adoran sus reliquias, mejor fama será, para este y para el otro siglo, que la que dejaron y dejaren cuantos emperadores gentiles y caballeros andantes ha habido en el mundo.

— También confieso esa verdad — respondió don Quijote.

— Pues esta fama, estas gracias, estas prerrogativas, como llaman a esto — respondió Sancho —, tienen los cuerpos y las reliquias de los santos, que con aprobación y licencia de nuestra santa madre Iglesia tienen lámparas, velas, mortajas, muletas, pinturas, cabelleras, ojos, piernas, con que aumentan la devoción y engrandecen su cristiana fama. Los cuerpos de los santos, o sus reliquias, llevan los reyes sobre sus hombros, besan los pedazos de sus huesos, adornan y enriquecen con ellos sus oratorios y sus más preciados altares.

— ¿Qué quieres que infiera, Sancho, de todo lo que has dicho? — dijo don Quijote.

— Quiero decir — dijo Sancho — que nos demos a ser santos y alcanzaremos más brevemente la buena fama que pretendemos. E advierta, señor, que ayer o antes de ayer (que, según ha poco, se puede decir desta manera) canonizaron o beatificaron dos frailecitos descalzos, cuyas cadenas de hierro con que ceñían y atormentaban sus cuerpos se tiene ahora a gran ventura el besarlas y tocarlas, y están en más veneración que está, según dicen, la espada de Roldán en la armería del Rey nuestro Señor, que Dios guarde. Así que, señor mío, más vale ser humilde frailecito, de cualquier orden que sea, que valiente y andante caballero; más alcanzan con Dios dos docenas de diciplinas que dos mil lanzadas, ora las den a gigantes, ora a vestiglos o a endriagos.

— Que seja — respondeu Sancho —, mas eu ouvi dizer que há no céu mais frades que cavaleiros andantes.

— Isso — respondeu D. Quixote — porque é maior o número dos religiosos que o dos cavaleiros.

— Muitos são os andantes — disse Sancho.

— Muitos — respondeu D. Quixote —, mas poucos os que merecem o nome de cavaleiros.

Nestas e noutras semelhantes conversações passaram aquela noite e o dia seguinte, sem que lhes acontecesse coisa digna de conto, o que não pouco pesou a D. Quixote. Por fim, ao anoitecer do outro dia descobriram a grande cidade de El Toboso,[15] cuja vista alegrou os espíritos de D. Quixote e entristeceu os de Sancho, porque não sabia a casa de Dulcineia nem nunca na vida a tinha visto, como tampouco a vira o seu senhor, de modo que, um por vê-la e o outro por não tê-la visto, estavam ambos alvoroçados, e não imaginava Sancho o que haveria de fazer quando seu amo o enviasse a El Toboso. Finalmente, ordenou D. Quixote entrar na cidade quando fosse bem entrada a noite, e enquanto a hora não chegava pousaram entre uns carvalhos que perto de El Toboso havia e, chegada a hora assinalada, entraram na cidade, onde lhes aconteceram coisas que a coisas chegam.

— Todo eso es así — respondió don Quijote —, pero no todos podemos ser frailes, y muchos son los caminos por donde lleva Dios a los suyos al cielo; religión es la caballería, caballeros santos hay en la gloria.

— Sí — respondió Sancho —, pero yo he oído decir que hay más frailes en el cielo que caballeros andantes.

— Eso es — respondió don Quijote — porque es mayor el número de los religiosos que el de los caballeros.

— Muchos son los andantes — dijo Sancho.

— Muchos — respondió don Quijote —, pero pocos los que merecen nombre de caballeros.

En estas y otras semejantes pláticas se les pasó aquella noche y el día siguiente, sin acontecerles cosa que de contar fuese, de que no poco le pesó a don Quijote. En fin, otro día al anochecer, descubrieron la gran ciudad del Toboso, con cuya vista se le alegraron los espíritus a don Quijote y se le entristecieron a Sancho, porque no sabía la casa de Dulcinea, ni en su vida la había visto, como no la había visto su señor, de modo que el uno por verla y el otro por no haberla visto estaban alborotados, y no imaginaba Sancho qué había de hacer cuando su dueño le enviase al Toboso. Finalmente, ordenó don Quijote entrar en la ciudad entrada la noche, y en tanto que la hora se llegaba se quedaron entre unas encinas que cerca del Toboso estaban, y llegado el determinado punto, entraron en la ciudad, donde les sucedió cosas que a cosas llegan.

Notas

[1] ... suspirar o ruço: eufemismo para "peidar"; o relincho dos cavalos e a ventosidade dos asnos eram tradicionalmente interpretados como sinais auspiciosos.

[2] Astrologia judiciária: aquela que pretendia emitir juízos preditivos sobre o destino humano mediante a observação da posição dos planetas em relação às constelações; opõe-se à "natural", que buscava estudar a suposta influência dos astros sobre a natureza. Embora, desde Tomás de Aquino, a Igreja Católica condenasse veementemente a primeira, na época sua proibição já havia amainado, e o horóscopo passava por uma grande voga.

[3] ... versos do nosso poeta: alusão a Garcilaso de la Vega e sua "Égloga III": "*De cuatro ninfas que del Tajo amado/ salieron juntas, a cantar me ofrezco:/ Filódoce, Dinámene y Climene,/ Nise, que en hermosura par no tiene.* [...] *Las telas eran hechas y tejidas/ del oro que'l felice Tajo envía,/ apurado después de bien cernidas/ las menudas arenas do se cría,/ y de las verdes ovas, reducidas/ en estambre sotil, qual convenía/ para seguir el delicado estilo/ del oro ya tirado en rico hilo*" (vv. 53-56, 105-112).

[4] ... tapa a grande capa da minha simpleza: alusão ao ditado "*buena capa todo lo tapa*"; em português, "boa capa tudo tapa".

[5] ... sátira contra todas as damas cortesãs: reconheceu-se aí uma provável referência à *Sátira contra las damas de Sevilla* (*c.* 1578), de Vicente Espinel (1550-1624).

[6] Duenha: dama de companhia, geralmente viúva e com fumos de fidalguia, que servia em casas nobres. Seu estereótipo de ociosa fofoqueira, melindrosa, decrépita e carregada de falso moralismo foi largamente explorado na narrativa e no teatro da época.

[7] Eróstrato: o fato é dado como histórico por diversos autores clássicos (Teopompo de Quíos, Estrabão, Solino etc.) e repetido na *Silva de varia lección* (1540, várias reedições), de Pero Mexía (1497-1551). Essa popular compilação, espécie de superalmanaque humanista, é notoriamente uma das principais fontes, e ao mesmo tempo alvo de ironia, de diversas tiradas eruditistas ao longo do romance.

[8] Rotonda: a igreja de Santa Maria e Todos os Santos, conhecida como "della Rotonda", instalada desde o ano de 608 no edifício do panteão de Agrippa (25 a.C.) remodelado sob Adriano (125). A visita de Carlos V ao monumento, em 1536, é fato documentado.

[9] Quem [...] atirou Horácio da ponte abaixo: a sequência de perguntas retóricas evoca feitos exemplares de heróis romanos largamente repetidos em miscelâneas nos moldes da *Silva*... A primeira referência é a Horacio Cocles, herói lendário que, durante o cerco etrusco (509-507 a.C.), teria barrado a passagem do inimigo sobre a ponte Sublícia enquanto seu exército a demolia, para depois se atirar no Tibre sem antes se livrar da armadura.

[10] ... abrasou o braço e a mão de Múcio: capturado pelos etruscos e ameaçado pelo rei Porsena, Caio Múcio Escévola teria posto uma das mãos num braseiro para provar o quanto desprezava a própria dor.

[11] ... impeliu Cúrcio a se atirar no profundo fosso: o jovem patrício romano Marco Cúrcio, que segundo a lenda se atirou com cavalo e tudo numa cratera aberta no Fórum, em resposta ao parecer dos oráculos de que os deuses dos abismos só seriam aplacados quando recebessem em sacrifício o mais precioso tesouro de Roma — segundo o imodesto suicida, a coragem de seus soldados. As referências posteriores à proverbial travessia do Rubicão por Júlio César e à inutilização da frota de Hernán Cortés a mando do próprio dispensam maiores explicações.

[12] Agulha de São Pedro: o obelisco de Heliópolis, trazido do Egito por Calígula e instalado na colina Vaticana, junto aos muros do circo que seria terminado por Nero, onde séculos mais tar-

de se abriria a praça de São Pedro. Em 1586, por ordem do papa Xisto V, a peça foi deslocada e reerguida no centro da praça, em frente à basílica, onde se encontra até hoje. O monólito não contém as cinzas de Júlio César, como se acreditava na época, mas tem gravadas dedicatórias a ele e a Tibério.

[13] Artêmis e Mausoléu: Artemísia II, irmã e viúva de Mausolo, rei da Cária (hoje província turca de Mugla), mandou construir, em 353 a.C., um túmulo monumental para o marido, o Mausoléu de Halicarnasso, incluído entre as sete maravilhas clássicas. O nome dos dois personagens foi alterado provavelmente por influência do da deusa grega e do próprio monumento.

[14] ... espada de Roldão na armaria do Rei nosso Senhor: na Real Armaria de Madri de fato há uma espada que no século XVI muitos acreditavam ser a mítica Durindana de Roldão.

[15] ... grande cidade de El Toboso: a população da aldeia não passava, à época, dos mil habitantes.

CAPÍTULO IX

ONDE SE CONTA O QUE NELE SE VERÁ

Meia-noite já era dada,[1] pouco mais ou menos, quando D. Quixote e Sancho deixaram o mato e entraram em El Toboso. Estava o lugar num sossegado silêncio, porque todos os seus moradores dormiam e repousavam a sono solto, como se costuma dizer. A noite era quase clara, por mais que Sancho quisesse que fosse de todo escura, por achar na sua escuridão desculpa para a sua sandice. Não se ouvia em todo o povoado mais que latidos de cães, que atroavam os ouvidos de D. Quixote e inquietavam o coração de Sancho. De quando em quando zurrava um jumento, grunhiam porcos, miavam gatos, cujas vozes, de diferentes sons, aumentavam com o silêncio da noite, as quais coisas todas teve o enamorado cavaleiro por mau agouro, mas ainda assim disse a Sancho:

— Sancho, filho, guia para o palácio de Dulcineia, quem sabe a podemos achar acordada.

— A que palácio tenho de guiar, corpo do sol[2] — respondeu Sancho —, se onde eu vi sua grandeza não era senão uma casa muito pequena?

— Então devia de estar recolhida — respondeu D. Quixote — nalgum retirado aposento do seu alcácer, em solitário solaz com suas donzelas, como é uso e costume das altas senhoras e princesas.

CAPÍTULO IX

DONDE SE CUENTA LO QUE EN ÉL SE VERÁ

Media noche era por filo, poco más a menos, cuando don Quijote y Sancho dejaron el monte y entraron en el Toboso. Estaba el pueblo en un sosegado silencio, porque todos sus vecinos dormían y reposaban a pierna tendida, como suele decirse. Era la noche entreclara, puesto que quisiera Sancho que fuera del todo escura, por hallar en su escuridad disculpa de su sandez. No se oía en todo el lugar sino ladridos de perros, que atronaban los oídos de don Quijote y turbaban el corazón de Sancho. De cuando en cuando rebuznaba un jumento, gruñían puercos, mayaban gatos, cuyas voces, de diferentes sonidos, se aumentaban con el silencio de la noche, todo lo cual tuvo el enamorado caballero a mal agüero, pero con todo esto dijo a Sancho:

— Sancho hijo, guía al palacio de Dulcinea, quizá podrá ser que la hallemos despierta.

— ¿A qué palacio tengo de guiar, cuerpo del sol — respondió Sancho —, que en el que yo vi a su grandeza no era sino casa muy pequeña?

— Debía de estar retirada entonces — respondió don Quijote — en algún pequeño apartamiento de su alcázar, solazándose a solas con sus doncellas, como es uso y costumbre de las altas señoras y princesas.

— Señor — dijo Sancho —, ya que vuestra merced quiere, a pesar mío, que sea alcázar la casa de mi seño-

— Senhor — disse Sancho —, já que vossa mercê quer, muito a meu pesar, que seja alcácer a casa da minha senhora Dulcineia, diga se porventura são estas horas de achar a porta aberta. E se será bem que demos aldravadas para que nos ouçam e nos abram, pondo toda a gente em rumor e alvoroço. Vamos por acaso chamar à casa das nossas mancebas, como fazem os abarregados, que chegam e chamam e entram a qualquer hora, por tarde que seja?

— Primeiro achemos de uma vez o alcácer — replicou D. Quixote —, que então eu te direi, Sancho, o que será bem que façamos. E repara, Sancho, que, ou eu vejo pouco, ou aquele grande vulto e a sombra que daqui se descobre devem de ser do palácio de Dulcineia.

— Pois então guie vossa mercê — respondeu Sancho. — Quem sabe seja assim, mas eu, ainda que o veja com os olhos e o toque com as mãos, crerei que assim é como creio que agora é dia.

Guiou D. Quixote e, tendo andado uns duzentos passos, deu com o vulto que fazia a sombra, e viu uma grande torre, e logo conheceu que o tal edifício não era alcácer, senão a igreja principal do povoado. E disse:

— Com a igreja topamos,[3] Sancho.

— Estou vendo — respondeu Sancho —, e praza a Deus que não topemos com a nossa sepultura, pois não é bom sinal andar pelos cimitérios a estas horas, e mais tendo eu dito a vossa mercê, se mal não me lembro, que a casa desta senhora há de estar num beco sem saída.

— Maldito sejas por Deus, mentecapto! — disse D. Quixote. — Onde achaste que os alcáceres e palácios reais estejam edificados em becos sem saída?

— Senhor — respondeu Sancho —, cada terra tem seu uso. Talvez aqui em El Toboso se use edificar em becos os palácios e edifícios grandes, e as-

---

ra Dulcinea, ¿es hora esta por ventura de hallar la puerta abierta? ¿Y será bien que demos aldabazos para que nos oyan y nos abran, metiendo en alboroto y rumor toda la gente? ¿Vamos por dicha a llamar a la casa de nuestras mancebas, como hacen los abarraganados, que llegan y llaman y entran a cualquier hora, por tarde que sea?

— Hallemos primero una por una el alcázar — replicó don Quijote —, que entonces yo te diré, Sancho, lo que será bien que hagamos. Y advierte, Sancho, o que yo veo poco o que aquel bulto grande y sombra que desde aquí se descubre la debe de hacer el palacio de Dulcinea.

— Pues guíe vuestra merced — respondió Sancho —: quizá será así, aunque yo lo veré con los ojos y lo tocaré con las manos, y así lo creeré yo como creer que es ahora de día.

Guió don Quijote, y habiendo andado como docientos pasos, dio con el bulto que hacía la sombra, y vio una gran torre, y luego conoció que el tal edificio no era alcázar, sino la iglesia principal del pueblo. Y dijo:

— Con la iglesia hemos dado, Sancho.

— Ya lo veo — respondió Sancho —, y plega a Dios que no demos con nuestra sepultura, que no es buena señal andar por los cimenterios a tales horas, y más habiendo yo dicho a vuestra merced, si mal no me acuerdo, que la casa desta señora ha de estar en una callejuela sin salida.

— ¡Maldito seas de Dios, mentecato! — dijo don Quijote —. ¿Adónde has tú hallado que los alcázares y palacios reales estén edificados en callejuelas sin salida?

— Señor — respondió Sancho —, en cada tierra su uso; quizá se usa aquí en el Toboso edificar en callejuelas los palacios y edificios grandes, y así suplico a vuestra merced me deje buscar por estas calles o callejuelas

sim suplico a vossa mercê que me deixe procurar por estas ruas ou ruelas que se oferecem. Pode ser que nalgum canto eu tope com esse alcácer, que o diabo leve comido de cachorros, tão perdidos e afrontados nos tem.

— Fala com respeito, Sancho, das coisas da minha senhora — disse D. Quixote —, e deixemos de bulha para não lançar a corda atrás do caldeirão.

— Falarei mais comedido — respondeu Sancho —, mas com que paciência posso levar que vossa mercê queira que, tendo eu visto só uma vez a casa de nossa senhora, lembre onde está e atine com ela no meio da noite alta, quando a não acha vossa mercê, que a deve ter visto milhares de vezes?

— Começas a me desesperar, Sancho — disse D. Quixote. — Vem cá, herege, eu já não te disse mil vezes que em todos os dias da minha vida nunca vi a sem-par Dulcineia, nem jamais cruzei os umbrais do seu palácio, e que só estou enamorado de ouvida e da grande fama que ela tem de formosa e discreta?

— Pois só agora é que o escuto — respondeu Sancho. — E digo que, se vossa mercê a não viu, eu muito menos.

— Isso não pode ser — replicou D. Quixote —, que pelo menos me disseste que a viste peneirando trigo, quando me trouxeste a resposta da carta que lhe mandei contigo.

— Não se atenha a isso, senhor — respondeu Sancho —, pois lhe faço saber que também foi de ouvida a vista e a resposta que eu lhe trouxe, pois tanto sei quem é a senhora Dulcineia como posso voar pelos céus.

— Sancho, Sancho — respondeu D. Quixote —, tempos há de gracejar e tempos em que os gracejos caem e parecem mal. Não porque eu diga que não vi a senhora da minha alma nem falei com ela hás de dizer que também não lhe falaste nem a viste, sendo tão ao contrário, como bem sabes.

---

que se me ofrecen: podría ser que en algún rincón topase con ese alcázar, que le vea yo comido de perros, que así nos trae corridos y asendereados.

— Habla con respeto, Sancho, de las cosas de mi señora — dijo don Quijote —, y tengamos la fiesta en paz, y no arrojemos la soga tras el caldero.

— Yo me reportaré — respondió Sancho —, pero ¿con qué paciencia podré llevar que quiera vuestra merced que de sola una vez que vi la casa de nuestra ama la haya de saber siempre y hallarla a media noche, no hallándola vuestra merced, que la debe de haber visto millares de veces?

— Tú me harás desesperar, Sancho — dijo don Quijote —. Ven acá, hereje: ¿no te he dicho mil veces que en todos los días de mi vida no he visto a la sin par Dulcinea, ni jamás atravesé los umbrales de su palacio, y que sólo estoy enamorado de oídas y de la gran fama que tiene de hermosa y discreta?

— Ahora lo oigo — respondió Sancho —; y digo que pues vuestra merced no la ha visto, ni yo tampoco.

— Eso no puede ser — replicó don Quijote —, que por lo menos ya me has dicho tú que la viste ahechando trigo, cuando me trujiste la respuesta de la carta que le envié contigo.

— No se atenga a eso, señor — respondió Sancho —, porque le hago saber que también fue de oídas la vista y la respuesta que le truje; porque así sé yo quién es la señora Dulcinea como dar un puño en el cielo.

— Sancho, Sancho — respondió don Quijote —, tiempos hay de burlar y tiempos donde caen y parecen mal las burlas. No porque yo diga que ni he visto ni hablado a la señora de mi alma has tú de decir también que ni la has hablado ni visto, siendo tan al revés como sabes.

Estando os dois nessas conversações, viram que vinha passar por onde estavam alguém com duas mulas, e pelo ruído que o arado fazia, arrastando pelo chão, entenderam que devia de ser lavrador, que teria madrugado antes do dia para ir à sua lavoura, e assim foi a verdade. Vinha o lavrador cantando aquele romance que diz:

Má sorte houvestes, franceses,
naquela de Roncesvalles.[4]

— Que me matem, Sancho — disse D. Quixote ao ouvi-lo —, se coisa boa nos acontecer esta noite. Não ouves o que vem cantando esse vilão?

— Ouço sim — respondeu Sancho —, mas o que faz ao nosso propósito a caçada de Roncesvalles? Bem pudera ele cantar o romance de Calaínos,[5] que tanto faria ao bom ou mau sucesso do nosso negócio.

Chegou nisso o lavrador, a quem D. Quixote perguntou:

— Saber-me-íeis dizer, bom amigo, que boa ventura vos dê Deus, onde ficam por aqui os palácios da sem-par princesa Dª Dulcineia d'El Toboso?[6]

— Senhor — respondeu o moço —, eu sou forasteiro e há poucos dias que estou neste povoado servindo a um lavrador rico na lavoura do campo. Nessa casa fronteira moram o padre e o sacristão do lugar. Os dois juntos ou cada um por si saberão dar a vossa mercê razão dessa senhora princesa, porque têm eles a lista de todos os vizinhos de El Toboso, bem que eu tenha cá para mim que em todo o povoado não mora princesa alguma. Muitas senhoras, sim, e principais, pois cada uma na sua casa pode ser princesa.

— Pois entre essas — disse D. Quixote — há de estar, amigo, esta por quem pergunto.

Estando los dos en estas pláticas, vieron que venía a pasar por donde estaban uno con dos mulas, que por el ruido que hacía el arado, que arrastraba por el suelo, juzgaron que debía de ser labrador, que habría madrugado antes del día a ir a su labranza, y así fue la verdad. Venía el labrador cantando aquel romance que dicen:

Mala la hubistes, franceses,
en esa de Roncesvalles.

— Que me maten, Sancho — dijo en oyéndole don Quijote —, si nos ha de suceder cosa buena esta noche. ¿No oyes lo que viene cantando ese villano?

— Sí oigo — respondió Sancho —, pero ¿qué hace a nuestro propósito la caza de Roncesvalles? Así pudiera cantar el romance de Calaínos, que todo fuera uno para sucedernos bien o mal en nuestro negocio.

Llegó en esto el labrador, a quien don Quijote preguntó:

— ¿Sabréisme decir, buen amigo, que buena ventura os dé Dios, dónde son por aquí los palacios de la sin par princesa doña Dulcinea del Toboso?

— Señor — respondió el mozo —, yo soy forastero y ha pocos días que estoy en este pueblo sirviendo a un labrador rico en la labranza del campo. En esa casa frontera viven el cura y el sacristán del lugar; entrambos o cualquier dellos sabrá dar a vuestra merced razón desa señora princesa, porque tienen la lista de todos los vecinos del Toboso, aunque para mí tengo que en todo él no vive princesa alguna: muchas señoras, sí, principales, que cada una en su casa puede ser princesa.

— Pode ser — respondeu o moço. — E adeus, que já vem chegando o dia.

E picando suas mulas, não esperou mais perguntas. Sancho, vendo o seu senhor suspenso e assaz malcontente, lhe disse:

— Senhor, o dia já vem ligeiro e não será acertado deixarmos o sol nos apanhar na rua. Melhor será sairmos fora da cidade e vossa mercê se embos-car nalguma floresta aqui perto, que eu voltarei de dia e não deixarei um só canto em todo este lugar onde não procure a casa, alcácer ou palácio da minha senhora, e pouca ventura terei se a não achar; e achando-a, falarei com sua mercê e lhe direi onde e como ficará vossa mercê esperando que lhe dê ordem e traça para vê-la, sem menoscabo de sua honra e fama.

— Disseste, Sancho — disse D. Quixote —, mil sentenças encerradas no círculo de breves palavras. O conselho que agora me deste me agrada e o recebo de boníssimo grado. Vem, filho, vamos procurar onde me embosque, que tu voltarás, como dizes, para atinar, e ter e falar com minha senhora, de cuja discrição e cortesia espero mais que milagrosos favores.

Ardia Sancho por tirar seu amo do povoado, por que não averiguasse a mentira da resposta que da parte de Dulcineia lhe levara a Serra Morena, e assim apressou a saída, que foi logo, e a duas milhas do lugar acharam uma floresta, ou bosque, onde D. Quixote se emboscou enquanto Sancho volta-va à cidade para falar com Dulcineia, em cuja embaixada lhe aconteceram coisas que pedem nova atenção e novo crédito.

— Pues entre esas — dijo don Quijote — debe de estar, amigo, esta por quien te pregunto.

— Podría ser — respondió el mozo —; y adiós, que ya viene el alba.

Y dando a sus mulas, no atendió a más preguntas. Sancho, que vio suspenso a su señor y asaz mal conten-to, le dijo:

— Señor, ya se viene a más andar el día y no será acertado dejar que nos halle el sol en la calle: mejor será que nos salgamos fuera de la ciudad y que vuestra merced se embosque en alguna floresta aquí cercana, y yo vol-veré de día, y no dejaré ostugo en todo este lugar donde no busque la casa, alcázar o palacio de mi señora, y asaz sería de desdichado si no le hallase; y hallándole, hablaré con su merced y le diré dónde y cómo queda vuestra merced esperando que le dé orden y traza para verla, sin menoscabo de su honra y fama.

— Has dicho, Sancho — dijo don Quijote —, mil sentencias encerradas en el círculo de breves palabras: el consejo que ahora me has dado le apetezco y recibo de bonísima gana. Ven, hijo, y vamos a buscar donde me embosque, que tú volverás, como dices, a buscar, a ver y hablar a mi señora, de cuya discreción y cortesía espero más que milagrosos favores.

Rabiaba Sancho por sacar a su amo del pueblo, porque no averiguase la mentira de la respuesta que de parte de Dulcinea le había llevado a Sierra Morena, y así dio priesa a la salida, que fue luego, y a dos millas del lugar hallaron una floresta, o bosque, donde don Quijote se emboscó en tanto que Sancho volvía a la ciudad a hablar a Dulcinea, en cuya embajada le sucedieron cosas que piden nueva atención y nuevo crédito.

Notas

[1] Meia-noite já era dada: a frase original *"Media noche era por filo"* reproduz o início do romance do Conde Claros, que prossegue *"los gallos querían cantar/ conde Claros con amores — no podía reposar"*. (Numa das versões fixadas em português, "Meia-noite já é dada, — os galos querem cantar,/ o conde Claros na cama — não podia repousar".) Vale ressaltar que o poema se desenvolve em torno da vinculação metafórica entre a caça e as vicissitudes do amor proibido.

[2] Corpo do sol: mais uma variante eufemística para "corpo de Deus!", com a provável evocação do sol como antídoto para os supostos malefícios do luar.

[3] ... com a igreja topamos: a frase mais tarde se fixará como expressão idiomática, indicando o confronto com uma autoridade que não convém contrariar.

[4] Má sorte houvestes, franceses,/ naquela de Roncesvalles: *"Mala la vistes, franceses, — la caza de Roncesvalles"* é o início da versão mais difundida do romance do conde Guarinos, que narra a derrota de Carlos Magno naquele desfiladeiro. O tom agourento prossegue: *"... Don Carlos perdió la honra, — murieron los doce pares,/ cativaron a Guarinos, — almirante de las mares"*.

[5] Romance de Calaínos: entre os vários romances que Sancho pode ter evocado, destaca-se um que já na rubrica se mostra afim ao contexto do diálogo, o "do mouro Calaínos e de como requeria de amores a infanta Sevilha e ela lhe pediu em penhor três cabeças dos doze pares de França". Acrescente-se que, por causa da história nelas narrada, "coplas de Calaínos" funcionava como locução para exprimir impertinência ou despropósito.

[6] ... palácios da sem-par princesa Dª Dulcineia d'El Toboso: o trecho todo, desde "chegou nisso o lavrador..." ecoa, justamente, alguns versos do romance de Calaínos citado acima. São eles: *"Vido estar un viejo moro [...]/ Calaínos que lo vido — allá llegado se había;/ las palabras que le dijo, — con amor y cortesía:/ por Alá te ruego, moro, [...] que me muestres los palacios/ donde mi vida vivía..."*.

CAPÍTULO X

ONDE SE CONTA A INDÚSTRIA DA QUAL SANCHO
SE VALEU PARA ENCANTAR A SENHORA DULCINEIA,
MAIS OUTROS SUCESSOS TÃO RIDÍCULOS
QUANTO VERDADEIROS

Chegando o autor desta grande história a contar o que neste capítulo conta, diz que quisera passá-lo em silêncio, temeroso de que se não creia nele, pois as loucuras de D. Quixote chegaram aqui ao termo e raia das maiores que se podem imaginar, e até passaram dois tiros de balestra além das maiores. Finalmente, apesar deste medo e receio, ele as escreveu da mesma maneira que foram feitas, sem tirar nem pôr à história um átomo da verdade, sem nada se lhe dar das tachas que lhe pudessem pôr de mentiroso; e teve razão, porque a verdade verga mas não quebra, e sempre anda à tona da mentira, como o óleo sobre a água.

E assim, prosseguindo sua história, diz que, apenas D. Quixote se emboscara na floresta, carvalhal ou selva junto à grande El Toboso, mandou Sancho voltar à cidade e que não voltasse à sua presença sem primeiro ter falado da sua parte com sua senhora, pedindo-lhe fosse servida de se deixar ver por seu cativo cavaleiro e se dignasse de lhe deitar sua bênção, para que por ela pudesse esperar felicíssimos sucessos de todos os seus acometimen-

---

CAPÍTULO X

DONDE SE CUENTA LA INDUSTRIA QUE SANCHO
TUVO PARA ENCANTAR A LA SEÑORA DULCINEA,
Y DE OTROS SUCESOS TAN RIDÍCULOS
COMO VERDADEROS

Llegando el autor desta grande historia a contar lo que en este capítulo cuenta, dice que quisiera pasarle en silencio, temeroso de que no había de ser creído, porque las locuras de don Quijote llegaron aquí al término y raya de las mayores que pueden imaginarse, y aun pasaron dos tiros de ballesta más allá de las mayores. Finalmente, aunque con este miedo y recelo, las escribió de la misma manera que él las hizo, sin añadir ni quitar a la historia un átomo de la verdad, sin dársele nada por objeciones que podían ponerle de mentiroso, y tuvo razón, porque la verdad adelgaza y no quiebra, y siempre anda sobre la mentira, como el aceite sobre el agua.

Y así, prosiguiendo su historia, dice que así como don Quijote se emboscó en la floresta, encinar o selva junto al gran Toboso, mandó a Sancho volver a la ciudad y que no volviese a su presencia sin haber primero hablado de su parte a su señora, pidiéndola fuese servida de dejarse ver de su cautivo caballero y se dignase de echarle

tos e suas dificultosas empresas. Encarregou-se Sancho de fazer bem assim como se lhe mandava e de trazer tão boa resposta como lhe trouxera da vez primeira.

— Anda, filho — replicou D. Quixote —, e não te ofusques quando te vires ante a luz do sol da formosura que vais buscar. Ditoso tu sobre todos os escudeiros do mundo! Guarda memória e que dela não te escape como te recebe: se mudam suas cores no tempo em que lhe estiveres dando a minha embaixada; se se desassossega e embaraça ouvindo meu nome; se não cabe na almofada, se acaso a encontrares sentada no rico estrado da sua autoridade; e se estiver em pé, olha bem se para ora sobre um, ora sobre o outro pé; se te repete duas ou três vezes a resposta que te der; se a muda de branda em áspera, de azeda em amorosa; se leva a mão ao cabelo para o ajeitar, ainda quando não está desarrumado. Enfim, filho, olha todas as suas ações e movimentos, porque, se tu mos relatares como eles foram, eu descobrirei o que ela tem escondido no secreto do coração acerca do que ao feito dos meus amores toca; pois hás de saber, Sancho, se o não sabes, que entre os amantes as ações e movimentos exteriores que mostram quando dos seus amores se trata são certíssimos correios que trazem as novas do que lá no interior da alma se passa. Vai, amigo, e que te leve outra melhor ventura que a minha, e te traga outro melhor sucesso que o que eu fico temendo e esperando nesta amarga soledad em que me deixas.

— Vou e volto num sopro — disse Sancho —, e vossa mercê, senhor meu, alargue esse coraçãozinho, que agora o deve de ter não maior que uma avelã, e considere que se costuma dizer que bom coração quebranta má ventura, e não são mais as nozes que as vozes; e também se diz "donde menos se espera, daí é que salta a lebre". Digo assim porque, se esta noite

---

su bendición, para que pudiese esperar por ella felicísimos sucesos de todos sus acometimientos y dificultosas empresas. Encargóse Sancho de hacerlo así como se le mandaba y de traerle tan buena respuesta como le trujo la vez primera.

— Anda, hijo — replicó don Quijote —, y no te turbes cuando te vieres ante la luz del sol de hermosura que vas a buscar. ¡Dichoso tú sobre todos los escuderos del mundo! Ten memoria, y no se te pase della cómo te recibe: si muda las colores el tiempo que la estuvieres dando mi embajada; si se desasosiega y turba oyendo mi nombre; si no cabe en la almohada, si acaso la hallas sentada en el estrado rico de su autoridad; y si está en pie, mírala si se pone ahora sobre el uno, ahora sobre el otro pie; si te repite la respuesta que te diere dos o tres veces; si la muda de blanda en áspera, de aceda en amorosa; si levanta la mano al cabello para componerle, aunque no esté desordenado. Finalmente, hijo, mira todas sus acciones y movimientos, porque si tú me los relatares como ellos fueron, sacaré yo lo que ella tiene escondido en lo secreto de su corazón acerca de lo que al fecho de mis amores toca: que has de saber, Sancho, si no lo sabes, que entre los amantes las acciones y movimientos exteriores que muestran cuando de sus amores se trata son certísimos correos que traen las nuevas de lo que allá en lo interior del alma pasa. Ve, amigo, y guíete otra mejor ventura que la mía, y vuélvate otro mejor suceso del que yo quedo temiendo y esperando en esta amarga soledad en que me dejas.

— Yo iré y volveré presto — dijo Sancho —; y ensanche vuestra merced, señor mío, ese corazoncillo, que le debe de tener agora no mayor que una avellana, y considere que se suele decir que buen corazón quebranta mala ventura, y que donde no hay tocinos, no hay estacas; y también se dice: "Donde no piensa, salta la liebre". Dígolo

não achamos os palácios ou alcáceres da minha senhora, agora que é dia os penso achar quando menos esperar; e uma vez achados, deixe por minha conta.

— Por certo, Sancho — disse D. Quixote —, os ditados que trazes vêm sempre tão a pelo do que tratamos quanto de Deus espero melhor ventura no que desejo.

Isto dito, virou-lhe Sancho as costas e tocou seu ruço, e D. Quixote ficou a cavalo descansando sobre os estribos e arrimado a sua lança, cheio de tristes e confusas imaginações, onde o deixaremos, indo com Sancho Pança, que não menos confuso e pensativo se afastou do seu senhor do que este ficava; e tanto que, assim como saiu do bosque, quando virou a cabeça e viu que D. Quixote não aparecia, apeou do jumento e, sentando-se ao pé de uma árvore, começou a falar consigo mesmo, dizendo:

— Vejamos agora, Sancho irmão, aonde vai vossa mercê. Vai procurar algum jumento perdido? — Não, por certo. — Pois, então, que vai procurar? — Vou procurar nada mais, nada menos que uma princesa, e nela o sol da formosura e todo o céu junto. — E onde pensais achar isso que dizeis, Sancho? — Onde? Na grande cidade de El Toboso. — Muito bem, e da parte de quem a buscais? — Da parte do famoso cavaleiro D. Quixote de La Mancha, que desfaz os tortos e dá de comer a quem tem sede e de beber a quem tem fome. — Tudo isso está muito bem. Mas conheceis a casa dela, Sancho? — Diz meu amo que hão de ser uns reais palácios ou uns soberbos alcáceres. — E porventura a vistes algum dia? — Nem eu, nem meu amo a vimos jamais. — E vos parece que seria acertado e bem feito que, se a gente de El Toboso soubesse que estais vós aqui com intenção de ir furtar suas princesas e desassossegar suas damas, viessem e vos moessem as costelas a puras

---

porque si esta noche no hallamos los palacios o alcázares de mi señora, agora que es de día los pienso hallar, cuando menos los piense; y hallados, déjenme a mí con ella.

— Por cierto, Sancho — dijo don Quijote —, que siempre traes tus refranes tan a pelo de lo que tratamos cuanto me dé Dios mejor ventura en lo que deseo.

Esto dicho, volvió Sancho las espaldas y vareó su rucio, y don Quijote se quedó a caballo descansando sobre los estribos y sobre el arrimo de su lanza, lleno de tristes y confusas imaginaciones, donde le dejaremos, yéndonos con Sancho Panza, que no menos confuso y pensativo se apartó de su señor que él quedaba; y tanto, que apenas hubo salido del bosque, cuando, volviendo la cabeza, y viendo que don Quijote no parecía, se apeó del jumento y, sentándose al pie de un árbol, comenzó a hablar consigo mesmo y a decirse:

— Sepamos agora, Sancho hermano, adónde va vuesa merced. ¿Va a buscar algún jumento que se le haya perdido? — No, por cierto. — Pues ¿qué va a buscar? — Voy a buscar, como quien no dice nada, a una princesa, y en ella al sol de la hermosura y a todo el cielo junto. — ¿Y adónde pensáis hallar eso que decís, Sancho? — ¿Adónde? En la gran ciudad del Toboso. — Y bien, ¿y de parte de quién la vais a buscar? — De parte del famoso caballero don Quijote de la Mancha, que desface los tuertos y da de comer al que ha sed y de beber al que ha hambre. — Todo eso está muy bien. ¿Y sabéis su casa, Sancho? — Mi amo dice que han de ser unos reales palacios o unos soberbios alcázares. — ¿Y habéisla visto algún día por ventura? — Ni yo ni mi amo la habemos visto jamás. — ¿Y paréceos que fuera acertado y bien hecho que si los del Toboso supiesen que estáis vos aquí con intención de ir a sonsacarles sus princesas y a desasosegarles sus damas, viniesen y os moliesen las costillas a puros

pauladas e não vos deixassem um osso inteiro? — Em verdade que teriam muita razão, quando não considerassem que sou mandado, e que *mensageiro sois, amigo, não mereceis culpa, não.*[1] — Não vos fieis disso, Sancho, porque a gente manchega é tão colérica quanto honrada e não consente troças de ninguém. Por Deus que, se lá vos cheirarem, má ventura tereis. — Uxte, puto, vira essa boca! Não, que não estou para buscar castelos de vento pelo gosto alheio. E mais, que assim será buscar Dulcineia em El Toboso como Maria em Ravena ou bacharel em Salamanca.[2] O diabo, o diabo me meteu nisso, que não outro!

Este solilóquio teve Sancho consigo, e o que dele tirou foi tornar a dizer entre si:

— Pois bem, tudo tem remédio, menos a morte, e, por muito que nos pese, por baixo do seu jugo todos havemos de passar no fim da vida. Esse meu amo por mil sinais me tem mostrado ser louco de pedras, e eu também não lhe fico atrás, que sou mais mentecapto do que ele, pois o sigo e o sirvo, se é verdadeiro o dito que diz "diz-me com quem andas, e te direi quem és", e aquele outro de "não com quem nasces, senão com quem pasces". Sendo, então, louco como é, e de loucura que as mais vezes toma umas coisas por outras, julgando o branco por preto e o preto por branco, como quando disse que os moinhos de vento eram gigantes, e as mulas dos religiosos dromedários, e as manadas de carneiros exércitos de inimigos, e outras muitas coisas nessa toada, não será muito difícil fazer ele crer que uma lavradora, a primeira que eu topar por aqui, é a senhora Dulcineia; e se ele não crer, jurarei eu, e se ele jurar, tornarei eu a jurar, e se ele teimar, teimarei eu mais, de maneira que hei de ficar sempre a pé firme, venha o que vier. Talvez com essa teima eu consiga que não me torne a mandar a semelhantes recados, vendo

---

palos y no os dejasen hueso sano? — En verdad que tendrían mucha razón, cuando no considerasen que soy mandado, y que *mensajero sois, amigo, no mereceis culpa, non.* — No os fiéis en eso, Sancho, porque la gente manchega es tan colérica como honrada y no consiente cosquillas de nadie. Vive Dios que si os huele, que os mando mala ventura. — ¡Oxte, puto! ¡Allá darás, rayo! No, sino ándeme yo buscando tres pies al gato por el gusto ajeno. Y más, que así será buscar a Dulcinea por el Toboso como a Marica por Ravena o al bachiller en Salamanca. ¡El diablo, el diablo me ha metido a mí en esto, que otro no!

Este soliloquio pasó consigo Sancho, y lo que sacó dél fue que volvió a decirse:

— Ahora bien, todas las cosas tienen remedio, si no es la muerte, debajo de cuyo yugo hemos de pasar todos, mal que nos pese, al acabar de la vida. Este mi amo por mil señales he visto que es un loco de atar, y aun también yo no le quedo en zaga, pues soy más mentecato que él, pues le sigo y le sirvo, si es verdadero el refrán que dice "Dime con quién andas, decirte he quién eres", y el otro de "No con quien naces, sino con quien paces". Siendo, pues, loco, como lo es, y de locura que las más veces toma unas cosas por otras y juzga lo blanco por negro y lo negro por blanco, como se pareció cuando dijo que los molinos de viento eran gigantes, y las mulas de los religiosos dromedarios, y las manadas de carneros ejércitos de enemigos, y otras muchas cosas a este tono, no será muy difícil hacerle creer que una labradora, la primera que me tope por aquí, es la señora Dulcinea, y cuando él no lo crea, juraré yo, y si él jurare, tornaré yo a jurar, y si porfiare, porfiaré yo más, y de manera que tengo de tener la mía siempre sobre el hito, venga lo que viniere. Quizá con esta porfía acabaré con él que no me envíe otra vez a semejantes mensajerías, viendo cuán mal recado le traigo dellas, o quizá pensará,

as resultas que lhe trago, ou talvez pense, como imagino, que algum mau encantador desses que ele diz que lhe querem mal a terá mudado de figura, para lhe fazer mal e dano.

Com isto que Sancho Pança pensou, ficou seu espírito sossegado e teve por bem acabado seu negócio, parando ali até de tarde, para dar tempo a que D. Quixote pensasse que o tivera de ir até El Toboso e voltar. E tão bem lhe correu tudo que, quando se levantou para montar no ruço, viu que de El Toboso para onde ele estava vinham três lavradoras sobre três jericos, ou jericas, coisa que o autor não declara, bem que mais se possa crer fossem burricas, por ser ordinária cavalgadura das aldeãs; mas como isso pouco monta, não há por que nos determos em averiguá-lo. Enfim, assim como Sancho viu as lavradoras, voltou a trote largo em busca do seu senhor D. Quixote, e o achou suspirando e dizendo mil amorosas lamentações. Apenas o viu D. Quixote, lhe disse:

— Que há, Sancho amigo? Poderei sinalar este dia com pedra branca ou com preta?[3]

— Melhor será — respondeu Sancho — que vossa mercê o sinale com almagre, como rótulo de cátedra,[4] para que bem o veja quem o vir.

— Então — replicou D. Quixote —, boas-novas me trazes.

— Tão boas — respondeu Sancho —, que basta a vossa mercê picar Rocinante e sair a campo aberto para ver a senhora Dulcineia d'El Toboso, que com outras duas donzelas suas vem ver vossa mercê.

— Santo Deus! Que é que dizes, Sancho amigo? — disse D. Quixote. — Cuida de não querer enganar-me, nem com falsas alegrias alegrar as minhas verdadeiras tristezas.

— Que ganharia eu enganando vossa mercê? — respondeu Sancho. —

---

como yo imagino, que algún mal encantador de estos que él dice que le quieren mal la habrá mudado la figura, por hacerle mal y daño.

Con esto que pensó Sancho Panza quedó sosegado su espíritu y tuvo por bien acabado su negocio, y deteniéndose allí hasta la tarde, por dar lugar a que don Quijote pensase que le había tenido para ir y volver del Toboso. Y sucedióle todo tan bien, que cuando se levantó para subir en el rucio vio que del Toboso hacia donde él estaba venían tres labradoras sobre tres pollinos, o pollinas, que el autor no lo declara, aunque más se puede creer que eran borricas, por ser ordinaria caballería de las aldeanas; pero como no va mucho en esto, no hay para qué detenernos en averiguarlo. En resolución, así como Sancho vio a las labradoras, a paso tirado volvió a buscar a su señor don Quijote, y hallóle suspirando y diciendo mil amorosas lamentaciones. Como don Quijote le vio, le dijo:

— ¿Qué hay, Sancho amigo? ¿Podré señalar este día con piedra blanca o con negra?

— Mejor será — respondió Sancho — que vuesa merced le señale con almagre, como rótulos de cátedras, porque le echen bien de ver los que le vieren.

— De ese modo — replicó don Quijote —, buenas nuevas traes.

— Tan buenas — respondió Sancho —, que no tiene más que hacer vuesa merced sino picar a Rocinante y salir a lo raso a ver a la señora Dulcinea del Toboso, que con otras dos doncellas suyas viene a ver a vuesa merced.

— ¡Santo Dios! ¿Qué es lo que dices, Sancho amigo? — dijo don Quijote —. Mira no me engañes, ni quieras con falsas alegrías alegrar mis verdaderas tristezas.

— ¿Qué sacaría yo de engañar a vuesa merced — respondió Sancho —, y más estando tan cerca de des-

E mais estando tão perto de descobrir minha verdade? Pique, senhor, e venha, e verá vir a princesa nossa ama vestida e enfeitada, enfim, como quem ela é. Suas donzelas e ela são todas um ouro em brasa, todas maçarocas de pérolas, todas são diamantes, todas rubis, todas panos de brocado de mais de dez altos;[5] os cabelos, soltos às costas, são outros tantos raios do sol que andam brincando com o vento; e a mais vêm a cavalo sobre três cananeias remendadas que são muito para ver.

— *Hacaneias* quererás dizer, Sancho.

— Pouca diferença há — respondeu Sancho — entre *cananeias* e *hacaneias*; mas venham sobre o que vierem, elas vêm as mais engalanadas senhoras que se possam desejar, especialmente a princesa Dulcineia minha senhora, que pasma os sentidos.

— Vamos, Sancho filho — respondeu D. Quixote —, e em alvíssaras de tão inesperadas quanto boas novas como trazes te prometo o melhor despojo que eu ganhar na primeira aventura que tiver, e se isto não te contentar, prometo as crias que este ano me derem as três éguas minhas, que como sabes ficaram a parir no rossio do nosso lugar.

— Aceites estão as crias — respondeu Sancho —, pois de serem bons os despojos da primeira aventura não há lá muita certeza.

Já então saíram da selva e descobriram perto as três aldeãs. Alongou D. Quixote os olhos por toda a estrada de El Toboso e, como não viu senão as três lavradoras, turbou-se todo e perguntou a Sancho se as deixara fora da cidade.

— Como assim fora da cidade? — respondeu. — Porventura tem vossa mercê os olhos no cachaço, que não vê que são essas que aí vêm, resplandecentes como o mesmo sol ao meio-dia?

---

cubrir mi verdad? Pique, señor, y venga, y verá venir a la princesa nuestra ama vestida y adornada, en fin, como quien ella es. Sus doncellas y ella todas son una ascua de oro, todas mazorcas de perlas, todas son diamantes, todas rubíes, todas telas de brocado de más de diez altos; los cabellos, sueltos por las espaldas, que son otros tantos rayos del sol que andan jugando con el viento; y, sobre todo, vienen a caballo sobre tres cananeas remendadas, que no hay más que ver.

— *Hacaneas* querrás decir, Sancho.

— Poca diferencia hay — respondió Sancho — de *cananeas* a *hacaneas*; pero, vengan sobre lo que vinieren, ellas vienen las más galanas señoras que se puedan desear, especialmente la princesa Dulcinea mi señora, que pasma los sentidos.

— Vamos, Sancho hijo — respondió don Quijote —, y en albricias destas no esperadas como buenas nuevas te mando el mejor despojo que ganare en la primera aventura que tuviere, y si esto no te contenta, te mando las crías que este año me dieren las tres yeguas mías, que tú sabes que quedan para parir en el prado concejil de nuestro pueblo.

— A las crías me atengo — respondió Sancho —, porque de ser buenos los despojos de la primera aventura no está muy cierto.

Ya en esto salieron de la selva y descubrieron cerca a las tres aldeanas. Tendió don Quijote los ojos por todo el camino del Toboso, y como no vio sino a las tres labradoras, turbóse todo y preguntó a Sancho si las había dejado fuera de la ciudad.

— Eu não vejo, Sancho — disse D. Quixote —, senão três lavradoras sobre três burricos.

— Deus me livre do diabo! — respondeu Sancho. — Será possível que três hacaneias, ou lá como se chamem, brancas como flocos de neve, pareçam a vossa mercê burricos? Voto a tal que me pelaria estas barbas se isso fosse verdade!

— Pois eu te digo, Sancho amigo — disse D. Quixote —, que é tão verdade que são burricos, ou burricas, como que eu sou D. Quixote e tu Sancho Pança; ao menos assim me parecem.

— Cale, senhor — disse Sancho —, não diga tal palavra,[6] senão esperte esses olhos e venha fazer reverência à senhora dos seus pensamentos, que já chega perto.

Dizendo isto, se adiantou para receber as três aldeãs e, apeando-se do ruço, tomou pelo cabresto o jumento de uma das três lavradoras e, pondo ambos os joelhos em terra, disse:

— Rainha e princesa e duquesa da formosura, seja vossa altivez e grandeza servida de receber em sua graça e bom ânimo o cativo cavaleiro vosso, que aí está feito pedra mármore, todo turbado e sem pulso, por se ver ante a vossa magnífica presença. Eu sou Sancho Pança, seu escudeiro, e ele é o traquejado cavaleiro D. Quixote de La Mancha, por outro nome chamado o Cavaleiro da Triste Figura.

Nisto já estava D. Quixote ajoelhado junto a Sancho, fitando os olhos arregalados e a vista turvada naquela que Sancho chamava rainha e senhora, e como nela não descobria senão uma moça aldeã, e não de muito bom rosto, antes muito redondo e chato, estava suspenso e admirado, sem ousar despregar os lábios. As lavradoras estavam igualmente atônitas, vendo aque-

---

— ¿Cómo fuera de la ciudad? — respondió —. ¿Por ventura tiene vuesa merced los ojos en el colodrillo, que no vee que son estas las que aquí vienen, resplandecientes como el mismo sol a medio día?

— Yo no veo, Sancho — dijo don Quijote —, sino a tres labradoras sobre tres borricos.

— ¡Agora me libre Dios del diablo! — respondió Sancho —. ¿Y es posible que tres hacaneas, o como se llaman, blancas como el ampo de la nieve, le parezcan a vuesa merced borricos? ¡Vive el Señor que me pele estas barbas si tal fuese verdad!

— Pues yo te digo, Sancho amigo — dijo don Quijote —, que es tan verdad que son borricos, o borricas, como yo soy don Quijote y tú Sancho Panza, a lo menos, a mí tales me parecen.

— Calle, señor — dijo Sancho —, no diga la tal palabra, sino despabile esos ojos y venga a hacer reverencia a la señora de sus pensamientos, que ya llega cerca.

Y, diciendo esto, se adelantó a recibir a las tres aldeanas y, apeándose del rucio, tuvo del cabestro al jumento de una de las tres labradoras y, hincando ambas rodillas en el suelo, dijo:

— Reina y princesa y duquesa de la hermosura, vuestra altivez y grandeza sea servida de recibir en su gracia y buen talente al cautivo caballero vuestro, que allí está hecho piedra mármol, todo turbado y sin pulsos, de verse ante vuestra magnífica presencia. Yo soy Sancho Panza, su escudero, y él es el asendereado caballero don Quijote de la Mancha, llamado por otro nombre el Caballero de la Triste Figura.

A esta sazón ya se había puesto don Quijote de hinojos junto a Sancho y miraba con ojos desencajados y vista turbada a la que Sancho llamaba reina y señora, y como no descubría en ella sino una moza aldeana, y no

les dois homens tão diferentes postos de joelhos, que não deixavam sua companheira passar adiante. Mas, rompendo o silêncio a detida, toda enfezada e desairosa, disse:

— Arredem, muitieramá! Despejem o caminho, que vamos de muita pressa.

Ao que respondeu Sancho:

— Oh princesa e senhora universal de El Toboso! Como é que vosso magnânimo coração não se enternece vendo ajoelhado ante vossa sublimada presença a coluna e pilar da andante cavalaria?

Ouvindo isto, disse outra das duas:

— Hui, mana minha! Olha como vêm agora os senhorinhos fazer burla das moças, como se nós aqui não soubéssemos jogar pulhas como eles! Vão seu caminho e nos deixem fazer o nosso, por bem de todos.

— Levanta, Sancho — disse neste ponto D. Quixote —, pois já vejo que a fortuna, do meu mal não farta,[7] tem tomados os caminhos todos por onde algum contento possa vir a esta alma mesquinha que trago nas carnes. E tu, oh extremo do valor que se pode desejar, termo da humana gentileza, único remédio deste aflito coração que te adora, já que o maligno encantador me persegue e pôs nuvens e cataratas nos meus olhos, e só para eles e não para outros mudou e transformou tua sem igual formosura e teu rosto no de uma lavradora pobre, se é que também não mudou o meu no de algum monstro para o fazer detestável aos teus olhos, não me deixes de olhar branda e amorosamente, notando nesta submissão e ajoelhamento que à tua contrafeita formosura faço a humildade com que a minha alma te adora.

— Pesar do meu avô torto! — respondeu a lavradora. — Lá sou ami-

---

de muy buen rostro, porque era carirredonda y chata, estaba suspenso y admirado, sin osar desplegar los labios. Las labradoras estaban asimismo atónitas, viendo aquellos dos hombres tan diferentes hincados de rodillas, que no dejaban pasar adelante a su compañera. Pero rompiendo el silencio la detenida, toda desgraciada y mohína, dijo:

— Apártense nora en tal del camino, y déjenmos pasar, que vamos depriesa.

A lo que respondió Sancho:

— ¡Oh princesa y señora universal del Toboso! ¿Cómo vuestro magnánimo corazón no se enternece viendo arrodillado ante vuestra sublimada presencia a la coluna y sustento de la andante caballería?

Oyendo lo cual otra de las dos, dijo:

— Mas ¡jo, que te estrego, burra de mi suegro! ¡Mirad con qué se vienen los señoritos ahora a hacer burla de las aldeanas, como si aquí no supiésemos echar pullas como ellos! Vayan su camino y déjenmos hacer el nueso, y serles ha sano.

— Levántate, Sancho — dijo a este punto don Quijote —, que ya veo que la fortuna, de mi mal no harta, tiene tomados los caminos todos por donde pueda venir algún contento a esta ánima mezquina que tengo en las carnes. Y tú, oh extremo del valor que puede desearse, término de la humana gentileza, único remedio deste afligido corazón que te adora, ya que el maligno encantador me persigue y ha puesto nubes y cataratas en mis ojos, y para sólo ellos y no para otros ha mudado y transformado tu sin igual hermosura y rostro en el de una labradora pobre, si ya también el mío no le ha cambiado en el de algún vestiglo, para hacerle aborrecible a tus ojos, no

guinha de ouvir requebradeiras?! Arredem e nos deixem ir, que gradecidas iremos.

Apartou-se Sancho e a deixou seguir, contentíssimo de se ter saído bem do seu enredo.

Apenas se viu livre a aldeã que fizera a figura de Dulcineia, deu a correr pelo prado afora, picando sua cananeia com um aguilhão que numa vara trazia. E como a burrica sentia a ponta do aguilhão mais forte que de ordinário, começou a corcovear, de maneira que deu com a senhora Dulcineia por terra; o qual visto por D. Quixote, acudiu a levantá-la, e Sancho a compor e cinchar a albarda, que também desceu à barriga da jerica. Ajeitada a albarda, e querendo D. Quixote erguer sua encantada senhora nos braços sobre a jumenta, a senhora, levantando-se do chão, escusou-lhe aquele trabalho, pois, recuando algum tanto, tomou uma carreirinha e, postas ambas as mãos nas ancas da jerica, mais ligeira que um falcão deu com seu corpo sobre a albarda e se encavalgou como homem. E então disse Sancho:

— Vive Roque que a senhora nossa ama é mais ligeira que um tagarote e pode ensinar a montar à gineta até o mais destro cordovês ou mexicano! O arção traseiro da sela passou de um salto, e sem esporas botou a hacaneia a correr feita uma zebra. E suas donzelas não lhe ficam atrás, que todas correm como o vento.

E assim era a verdade, pois, em se vendo Dulcineia a cavalo, todas picaram atrás dela e dispararam a correr, sem virar a cabeça por espaço de mais de meia légua. Seguiu-as D. Quixote com a vista e, quando viu que não mais apareciam, tornando-se para Sancho, lhe disse:

— Sancho, vês quão malquisto sou de encantadores? E olha até onde se estende a malícia e a ojeriza que eles têm por mim, pois me quiseram pri-

---

dejes de mirarme blanda y amorosamente, echando de ver en esta sumisión y arrodillamiento que a tu contrahecha hermosura hago la humildad con que mi alma te adora.

— ¡Tomá que mi agüelo! — respondió la aldeana —. ¡Amiguita soy yo de oír resquebrajos! Apártense y déjenmos ir, y agradecérselo hemos.

Apartóse Sancho y dejóla ir, contentísimo de haber salido bien de su enredo.

Apenas se vio libre la aldeana que había hecho la figura de Dulcinea, cuando, picando a su *cananea* con un aguijón que en un palo traía, dio a correr por el prado adelante. Y como la borrica sentía la punta del aguijón, que le fatigaba más de lo ordinario, comenzó a dar corcovos, de manera que dio con la señora Dulcinea en tierra; lo cual visto por don Quijote, acudió a levantarla, y Sancho a componer y cinchar el albarda, que también vino a la barriga de la pollina. Acomodada, pues, la albarda, y quiriendo don Quijote levantar a su encantada señora en los brazos sobre la jumenta, la señora, levantándose del suelo, le quitó de aquel trabajo, porque, haciéndose algún tanto atrás, tomó una corridica y, puestas ambas manos sobre las ancas de la pollina, dio con su cuerpo, más ligero que un halcón, sobre la albarda, y quedó a horcajadas, como si fuera hombre; y entonces dijo Sancho:

— ¡Vive Roque que es la señora nuestra ama más ligera que un alcotán y que puede enseñar a subir a la jineta al más diestro cordobés o mexicano! El arzón trasero de la silla pasó de un salto, y sin espuelas hace correr la hacanea como una cebra. Y no le van en zaga sus doncellas, que todas corren como el viento.

Y así era la verdad, porque, en viéndose a caballo Dulcinea, todas picaron tras ella y dispararon a correr,

var do contentamento que me pudera dar a visão da minha senhora no seu ser. Com efeito, eu nasci para exemplo de infelizes e para ser alvo e terreiro onde se mirem e assestem as setas da má fortuna. E também hás de notar, Sancho, que não se contentaram esses traidores em mudar e transformar a minha Dulcineia, senão que a transformaram e mudaram numa figura tão baixa e tão feia como a daquela aldeã, e juntamente lhe tiraram o que é tão próprio das principais senhoras, que é o bom cheiro, por andarem sempre entre âmbares e flores. Porque te faço saber, Sancho, que quando me acheguei para subir Dulcineia sobre sua hacaneia, como tu dizes, que a mim me pareceu burrica, senti um cheiro de alho cru que me sufocou e envenenou até a alma.

— Oh canalha! — gritou então Sancho. — Oh encantadores aziagos e mal-intencionados, tomara ver todos espetados pelas guelras, como sardinhas em fieira! Muito sabeis, muito podeis e muito mais fazeis. Bastar-vos-ia, velhacos, mudar as pérolas dos olhos de minha senhora em bugalhos de sobreiro, e seus cabelos de ouro puríssimo em cerdas de rabo de boi barroso, e, enfim, todas as suas feições de boas em más, sem que lhe tocásseis o cheiro, pois dele pelo menos tiraríamos o que estava encoberto sob aquela feia casca, bem que, se se vai dizer a verdade, eu nunca vi sua fealdade, senão sua formosura, a qual aumentava e aquilatava uma pinta que tinha sobre o lábio direito, ao jeito de bigode, com sete ou oito cabelos loiros como fios de ouro e com mais de um palmo de comprido.

— Tira-se de tal pinta — disse D. Quixote —, segundo a correspondência que entre si têm as do rosto com as do corpo,[8] que Dulcineia há de ter outra no regaço da coxa que corresponde ao lado onde a tem no rosto. Mas muito longos para uma pinta são os cabelos da grandeza que significaste.

---

sin volver la cabeza atrás por espacio de más de media legua. Siguiólas don Quijote con la vista, y cuando vio que no parecían, volviéndose a Sancho, le dijo:

— Sancho, ¿qué te parece cuán mal quisto soy de encantadores? Y mira hasta dónde se estiende su malicia y la ojeriza que me tienen, pues me han querido privar del contento que pudiera darme ver en su ser a mi señora. En efecto, yo nací para ejemplo de desdichados y para ser blanco y terrero donde tomen la mira y asiesten las flechas de la mala fortuna. Y has también de advertir, Sancho, que no se contentaron estos traidores de haber vuelto y transformado a mi Dulcinea, sino que la transformaron y volvieron en una figura tan baja y tan fea como la de aquella aldeana, y juntamente le quitaron lo que es tan suyo de las principales señoras, que es el buen olor, por andar siempre entre ámbares y entre flores. Porque te hago saber, Sancho, que cuando llegué a subir a Dulcinea sobre su hacanea, según tú dices, que a mí me pareció borrica, me dio un olor de ajos crudos, que me encalabrinó y atosigó el alma.

— ¡Oh canalla! — gritó a esta sazón Sancho —. ¡Oh encantadores aciagos y malintencionados, y quién os viera a todos ensartados por las agallas, como sardinas en lercha! Mucho sabéis, mucho podéis y mucho más hacéis. Bastaros debiera, bellacos, haber mudado las perlas de los ojos de mi señora en agallas alcornoqueñas, y sus cabellos de oro purísimo en cerdas de cola de buey bermejo, y, finalmente, todas sus faciones de buenas en malas, sin que le tocárades en el olor, que por él siquiera sacáramos lo que estaba encubierto debajo de aquella fea corteza, aunque, para decir verdad, nunca yo vi su fealdad, sino su hermosura, a la cual subía de punto y quilates un lunar que tenía sobre el labio derecho, a manera de bigote, con siete o ocho cabellos rubios como hebras de oro y largos de más de un palmo.

— Pois eu posso dizer a vossa mercê — respondeu Sancho — que ali pareciam muito belamente nascidos.

— Bem te creio, amigo — replicou D. Quixote —, porque nenhuma coisa pôs a natureza em Dulcineia que não fosse perfeita e bem-acabada, e assim, se tivesse cem pintas como a que dizes, nela não seriam pintas, senão primorosas pinturas celestiais. Mas diz-me, Sancho, aquela que a mim me pareceu albarda e que tu endireitaste, era sela rasa ou silhão?

— Não era — respondeu Sancho — senão sela à gineta, com um xairel que, de tão rico, vale meio reino.

— Ai de mim, Sancho, que não vi nada disso! — disse D. Quixote. — Agora torno a dizer e direi mil vezes que sou o mais desditoso dos homens.

Muita força tinha de fazer o socarrão do Sancho para conter o riso ouvindo as sandices do seu senhor, tão delicadamente enganado. Finalmente, depois de outras muitas razões que os dois passaram, tornaram a montar em suas bestas e tomaram o rumo de Saragoça, onde pensavam chegar a tempo que se pudessem achar numas solenes festas que naquela insigne cidade todo ano se usam fazer. Mas antes que lá chegassem lhes aconteceram coisas que, por muitas, grandes e novas, merecem ser escritas e lidas, como adiante se verá.

— A ese lunar — dijo don Quijote —, según la correspondencia que tienen entre sí los del rostro con los del cuerpo, ha de tener otro Dulcinea en la tabla del muslo que corresponde al lado donde tiene el del rostro; pero muy luengos para lunares son pelos de la grandeza que has significado.

— Pues yo sé decir a vuestra merced — respondió Sancho — que le parecían allí como nacidos.

— Yo lo creo, amigo — replicó don Quijote —, porque ninguna cosa puso la naturaleza en Dulcinea que no fuese perfecta y bien acabada, y así, si tuviera cien lunares como el que dices, en ella no fueran lunares, sino lunas y estrellas resplandecientes. Pero dime, Sancho: aquella que a mí me pareció albarda que tú aderezaste, ¿era silla rasa o sillón?

— No era — respondió Sancho — sino silla a la jineta, con una cubierta de campo que vale la mitad de un reino, según es de rica.

— ¡Y que no viese yo todo eso, Sancho! — dijo don Quijote —. Ahora torno a decir y diré mil veces que soy el más desdichado de los hombres.

Harto tenía que hacer el socarrón de Sancho en disimular la risa, oyendo las sandeces de su amo, tan delicadamente engañado. Finalmente, después de otras muchas razones que entre los dos pasaron, volvieron a subir en sus bestias y siguieron el camino de Zaragoza, adonde pensaban llegar a tiempo que pudiesen hallarse en unas solenes fiestas que en aquella insigne ciudad cada año suelen hacerse. Pero antes que allá llegasen les sucedieron cosas que, por muchas, grandes y nuevas, merecen ser escritas y leídas, como se verá adelante.

Notas

[1] Mensajero sois, amigo, não mereceis culpa, não: o refrão *"mensajero no merece pena"*, derivado do clássico *"legatus nec violatur nec læditur"* (não se deve ultrajar nem ofender o emissário), é citado por Sancho na forma difundida pelo romance de Bernardo del Carpio (*"Con cartas y mensajeros — el rey al Carpio envió; [...]/ Bernardo, como es discreto, — de traición se receló;/ las cartas echó en el suelo — y al mensajero habló:/ — Mensajero eres, amigo, — no mereces culpa, no"*). Para a figura de Bernardo del Carpio, ver *DQ* I, cap. I, nota 13.

[2] ... como Maria em Ravena ou bacharel em Salamanca: as duas frases feitas indicam a dificuldade para achar um indivíduo em meio à multidão de semelhantes.

[3] ... sinalar este dia com pedra branca ou com preta: o antigo costume romano de marcar desse modo os dias felizes ou aziagos, tal como registra Plínio o Moço (*"o diem lætum notandumque mihi candidissimo calculo"* [ó dia feliz, que merece ser assinalado com alvíssima pedra]), no tempo de Cervantes era evocado com função retórica.

[4] ... sinale com almagre, como rótulo de cátedra: costumava-se assentar memória das defesas de doutorado ou de cátedra rubricando nos muros da faculdade, em vermelho, um *Victor* junto ao nome do laureado.

[5] ... brocado de mais de dez altos: trata-se de uma hipérbole, já que o brocado — o mais luxuoso dos tecidos — podia ter no máximo três altos, ou níveis de bordado; o fundo, o lavor em seda e, sobre este, a "escarcha" em fios de prata ou de ouro.

[6] ... não diga tal palavra: para alertar D. Quixote sobre declarações das quais mais tarde se possa arrepender, Sancho evoca o já citado romance de Dª Urraca (ver cap. V, nota 2), mais exatamente a resposta do rei Fernando à infanta despeitada (*"Calledes, hija, calledes, — no digades tal palabra..."*; em versão portuguesa, "Mulher que tais falas reza, — devera ser degolada!").

[7] ... a fortuna, do meu mal não farta: nova reminiscência de Garcilaso ("Égloga III", v. 17).

[8] ... correspondência entre as pintas do rosto e do corpo: conforme uma das crenças correntes entre os fisiognomistas (ver cap. I, nota 10).

CAPÍTULO XI

DA ESTRANHA AVENTURA ACONTECIDA
AO VALOROSO D. QUIXOTE
COM O CARRO, OU CARRETA, DAS CORTES DA MORTE

Assaz pensativo seguia D. Quixote seu caminho adiante, considerando a má peça que os encantadores lhe haviam pregado tornando sua senhora Dulcineia na má figura da aldeã, e não imaginava que remédio teria para torná-la ao seu ser primeiro; e estes pensamentos o levavam tão fora de si que, sem o sentir, afrouxou as rédeas a Rocinante, o qual, sentindo a liberdade que se lhe dava, a cada passo se detinha a pastar da verde erva de que aqueles campos eram pródigos. Do seu alheamento o tirou Sancho Pança, dizendo-lhe:

— Senhor, as tristezas não foram feitas para as bestas, senão para os homens, mas quando os homens as ruminam por demais, se fazem bestas. Vossa mercê tome tento e torne em si, e colha as rédeas de Rocinante, e avive e desperte, e mostre aquela galhardia que é bem que tenham os cavaleiros andantes. Que diabo é isso? Que descaimento é esse? Estamos aqui ou na França? E Satanás que leve quantas Dulcineias há no mundo, pois mais vale a saúde de um só cavaleiro andante que todos os encantos e transformações da terra.

CAPÍTULO XI

DE LA ESTRAÑA AVENTURA QUE LE SUCEDIÓ
AL VALEROSO DON QUIJOTE
CON EL CARRO, O CARRETA, DE LAS CORTES DE LA MUERTE

Pensativo además iba don Quijote por su camino adelante, considerando la mala burla que le habían hecho los encantadores volviendo a su señora Dulcinea en la mala figura de la aldeana, y no imaginaba qué remedio tendría para volverla a su ser primero, y estos pensamientos lo llevaban tan fuera de sí, que sin sentirlo, soltó las riendas a Rocinante, el cual, sintiendo la libertad que se le daba, a cada paso se detenía a pacer la verde yerba de que aquellos campos abundaban. De su embelesamiento le volvió Sancho Panza, diciéndole:

— Señor, las tristezas no se hicieron para las bestias, sino para los hombres, pero si los hombres las sienten demasiado, se vuelven bestias: vuestra merced se reporte y vuelva en sí, y coja las riendas a Rocinante, y avive y despierte, y muestre aquella gallardía que conviene que tengan los caballeros andantes. ¿Qué diablos es esto? ¿Qué descaecimiento es este? ¿Estamos aquí o en Francia? Mas que se lleve Satanás a cuantas Dulcineas hay en

— Cala, Sancho — respondeu D. Quixote com voz não muito desmaiada. — Cala, digo, e não digas blasfêmias contra aquela encantada senhora, que da sua desgraça e desventura só eu tenho culpa: da inveja que me têm os maus nasceu sua mal-andança.

— O mesmo digo eu — respondeu Sancho. — Quem a viu, quem a vê agora, qual coração que não chora?

— Isso bem podes dizer tu, Sancho — replicou D. Quixote —, que a viste na inteireza cabal da sua formosura, pois o encantamento não se estendeu a te turvar a vista nem a te encobrir sua beleza, e só contra mim e contra meus olhos aponta a força do seu veneno. Mas, contudo, reparei agora numa coisa, Sancho, que é que me pintaste mal sua formosura, pois, se mal não me lembro, disseste que tinha os olhos de pérolas, e os olhos que parecem de pérolas são antes de peixe que de dama, e, segundo eu creio, os de Dulcineia devem ser de verdes esmeraldas, amendoados, com dois celestiais arcos a lhes servir de sobrancelhas. Portanto tira-lhe essas pérolas dos olhos e coloca-as nos dentes, que sem dúvida te confundiste, Sancho, tomando os olhos pelos dentes.

— Tudo pode ser que seja — respondeu Sancho —, pois tanto a mim me turvou sua formosura como a vossa mercê sua fealdade. Mas encomendemos tudo a Deus, pois Ele é o sabedor das coisas que hão de acontecer neste vale de lágrimas, neste ruim mundo que temos, onde quase não se acha coisa que seja sem mistura de maldade, embuste e velhacaria. Uma coisa me pesa, senhor meu, mais do que outras, e é pensar que se há de fazer quando vossa mercê vencer algum gigante ou outro cavaleiro e o mandar que se apresente perante a formosura da senhora Dulcineia. Onde a achará esse pobre gigante ou esse pobre e mísero cavaleiro vencido? Parece que já os ve-

---

el mundo, pues vale más la salud de un solo caballero andante que todos los encantos y transformaciones de la tierra.

— Calla, Sancho — respondió don Quijote con voz no muy desmayada —. Calla, digo, y no digas blasfemias contra aquella encantada señora, que de su desgracia y desventura yo solo tengo la culpa: de la invidia que me tienen los malos ha nacido su mala andanza.

— Así lo digo yo — respondió Sancho —: quien la vido y la vee ahora, ¿cuál es el corazón que no llora?

— Eso puedes tú decir bien, Sancho — replicó don Quijote —, pues la viste en la entereza cabal de su hermosura, que el encanto no se estendió a turbarte la vista ni a encubrirte su belleza, contra mí solo y contra mis ojos se endereza la fuerza de su veneno. Mas, con todo esto, he caído, Sancho, en una cosa, y es que me pintaste mal su hermosura, porque, si mal no me acuerdo, dijiste que tenía los ojos de perlas, y los ojos que parecen de perlas antes son de besugo que de dama, y a lo que yo creo los de Dulcinea deben ser de verdes esmeraldas, rasgados, con dos celestiales arcos que les sirven de cejas. Y esas perlas quítalas de los ojos y pásalas a los dientes, que sin duda te trocaste, Sancho, tomando los ojos por los dientes.

— Todo puede ser — respondió Sancho —, porque también me turbó a mí su hermosura como a vuesa merced su fealdad. Pero encomendémoslo todo a Dios, que Él es el sabidor de las cosas que han de suceder en este valle de lágrimas, en este mal mundo que tenemos, donde apenas se halla cosa que esté sin mezcla de maldad, embuste y bellaquería. De una cosa me pesa, señor mío, más que de otras, que es pensar qué medio se ha de tener cuando vuesa merced venza a algún gigante o otro caballero y le mande que se vaya a presentar ante la hermosu-

jo andar por El Toboso feitos uns patetas, procurando minha senhora Dulcineia, e ainda que a encontrem no meio da rua, não a conhecerão mais que a meu pai.

— Pode ser, Sancho — respondeu D. Quixote —, que o encantamento não se estenda a privar do conhecimento de Dulcineia os vencidos e apresentados gigantes e cavaleiros, e em um ou dois dos primeiros que eu vencer e lhe enviar faremos a experiência se a veem ou não, mandando-os voltar para me dar relação do que acerca disto lhes acontecer.

— Digo, senhor — replicou Sancho —, que a mim me parece bem o que vossa mercê disse, pois com esse artifício viremos em conhecimento do que desejamos, e se é que só a vossa mercê ela se encobre, a desgraça mais será de vossa mercê que dela. Mas estando a senhora Dulcineia com saúde e contento, nós aqui nos aviremos e passaremos o melhor que pudermos, buscando nossas aventuras e deixando o tempo fazer sua parte, pois ele é o melhor remédio destas e doutras maiores doenças.

Responder queria D. Quixote a Sancho Pança, mas o estorvou um carro que surgiu de través no caminho carregado dos mais diversos e estranhos personagens e figuras que se possam imaginar. Quem guiava as mulas e servia de carreiro era um feio demônio. Vinha o carro a céu aberto, sem toldo nem coberta alguma. A primeira figura que se ofereceu aos olhos de D. Quixote foi a da própria Morte, com rosto humano; junto dela vinha um anjo com grandes asas pintadas; a um lado estava um imperador com uma coroa, parecendo ser de ouro, na cabeça; aos pés da Morte estava o deus que chamam Cupido, sem venda nos olhos, mas com seu arco, sua aljava e suas setas. Vinha também um cavaleiro armado de ponto em branco, exceto por não trazer morrião nem celada, mas um chapéu cheio de plumas de diversas

---

ra de la señora Dulcinea: ¿adónde la ha de hallar este pobre gigante o este pobre y mísero caballero vencido? Paréceme que los veo andar por el Toboso hechos unos bausanes, buscando a mi señora Dulcinea, y aunque la encuentren en mitad de la calle no la conocerán más que a mi padre.

— Quizá, Sancho — respondió don Quijote —, no se estenderá el encantamento a quitar el conocimiento de Dulcinea a los vencidos y presentados gigantes y caballeros, y en uno o dos de los primeros que yo venza y le envíe haremos la experiencia si la ven o no, mandándoles que vuelvan a darme relación de lo que acerca desto les hubiere sucedido.

— Digo, señor — replicó Sancho —, que me ha parecido bien lo que vuesa merced ha dicho, y que con ese artificio vendremos en conocimiento de lo que deseamos, y si es que ella a sólo vuesa merced se encubre, la desgracia más será de vuesa merced que suya; pero como la señora Dulcinea tenga salud y contento, nosotros por acá nos avendremos y lo pasaremos lo mejor que pudiéremos, buscando nuestras aventuras y dejando al tiempo que haga de las suyas, que él es el mejor médico destas y de otras mayores enfermedades.

Responder quería don Quijote a Sancho Panza, pero estorbóselo una carreta que salió al través del camino cargada de los más diversos y estraños personajes y figuras que pudieron imaginarse. El que guiaba las mulas y servía de carretero era un feo demonio. Venía la carreta descubierta al cielo abierto, sin toldo ni zarzo. La primera figura que se ofreció a los ojos de don Quijote fue la de la misma Muerte, con rostro humano; junto a ella venía un ángel con unas grandes y pintadas alas; al un lado estaba un emperador con una corona, al parecer de oro, en la cabeza; a los pies de la Muerte estaba el dios que llaman Cupido, sin venda en los ojos, pero con su

cores. Com estas vinham outras pessoas de diferentes trajes e rostos. As quais coisas todas vistas de improviso, de alguma maneira estremeceram D. Quixote e meteram medo no coração de Sancho, mas logo se alegrou D. Quixote, cuidando que se lhe oferecia alguma nova e perigosa aventura, e com este pensamento, e com ânimo disposto a acometer qualquer perigo, se postou diante do carro e com voz alta e ameaçadora disse:

— Carreiro, carroceiro ou diabo, ou lá o que fores, não tardes em me dizer quem és, aonde vais e quem é essa gente que levas no teu carrocim, que mais parece a barca de Caronte que um carro dos que se usam.

Ao qual o Diabo, detendo o carro, mansamente respondeu:

— Senhor, nós somos atores da companhia de Angulo o Mau.[1] Esta manhã, que é a oitava de Corpus,[2] representamos o "Auto das Cortes da Morte"[3] num lugar que fica atrás daquele morro, e o havemos de representar à tarde naquele outro lugar que daqui se avista, e por estarmos tão perto e escusarmos o trabalho de nos despir e tornar a vestir, vamos vestidos com as mesmas roupas da representação. Aquele mancebo ali vai de Morte; o outro, de Anjo; aquela mulher, que é a de Angulo, vai de Rainha; o outro, de Soldado; aquele, de Imperador, e eu, de Demônio, e sou uma das principais figuras do auto, porque faço nesta companhia os primeiros papéis. Se outra coisa vossa mercê deseja saber de nós, pergunte, que eu lhe saberei responder com toda a pontualidade, pois, como sou demônio, nada me escapa.

— Pela fé de cavaleiro andante — respondeu D. Quixote — que, assim como vi este carro, imaginei que alguma grande aventura se me oferecia, e agora digo que é mister tocar as aparências com as mãos para tomar pé do desengano. Ide com Deus, boa gente, e fazei a vossa festa, e dizei se me quereis mandar alguma coisa em que eu vos possa ser útil, que a farei de bom grado

---

arco, carcaj y saetas. Venía también un caballero armado de punta en blanco, excepto que no traía morrión ni celada, sino un sombrero lleno de plumas de diversas colores. Con estas venían otras personas de diferentes trajes y rostros. Todo lo cual visto de improviso, en alguna manera alborotó a don Quijote y puso miedo en el corazón de Sancho, mas luego se alegró don Quijote, creyendo que se le ofrecía alguna nueva y peligrosa aventura, y con este pensamiento, y con ánimo dispuesto de acometer cualquier peligro, se puso delante de la carreta y con voz alta y amenazadora dijo:

— Carretero, cochero o diablo, o lo que eres, no tardes en decirme quién eres, a dó vas y quién es la gente que llevas en tu carricoche, que más parece la barca de Carón que carreta de las que se usan.

A lo cual, mansamente, deteniendo el Diablo la carreta, respondió:

— Señor, nosotros somos recitantes de la compañía de Angulo el Malo. Hemos hecho en un lugar que está detrás de aquella loma, esta mañana, que es la octava del Corpus, el auto de *Las Cortes de la Muerte*, y hémosle de hacer esta tarde en aquel lugar que desde aquí se parece; y por estar tan cerca y escusar el trabajo de desnudarnos y volvernos a vestir, nos vamos vestidos con los mesmos vestidos que representamos. Aquel mancebo va de Muerte; el otro, de Ángel; aquella mujer, que es la del autor, va de Reina; el otro, de Soldado; aquel, de Emperador, y yo, de Demonio, y soy una de las principales figuras del auto, porque hago en esta compañía los primeros papeles. Si otra cosa vuestra merced desea saber de nosotros, pregúntemelo, que yo le sabré responder con toda puntualidad, que, como soy demonio, todo se me alcanza.

— Por la fe de caballero andante — respondió don Quijote — que así como vi este carro imaginé que al-

154

e com bom ânimo, porque desde rapaz fui aficionado das representações, e em minha mocidade meus olhos se iam levados da farândola.

Estando nessas conversações, quis a sorte que chegasse outro da companhia que vinha vestido de *bojiganga*,[4] com muitos cascavéis, e na ponta de um bastão trazia três bexigas de vaca infladas, o qual momo, chegando-se a D. Quixote, começou a esgrimir o bastão e a varejar o chão com as bexigas e a dar grandes saltos, chocalhando os cascavéis, cuja má visão tanto assustou Rocinante que, sem ser D. Quixote poderoso para o deter, mordendo o freio deu a correr pelo campo com mais ligeireza do que jamais prometera sua carcaça. Sancho, considerando o perigo que seu amo corria de ser derrubado, saltou do ruço e a toda pressa acudiu a ajudá-lo; mas quando a ele chegou, já estava em terra, e junto dele Rocinante, que com seu amo fora ao chão: ordinário fim e paradeiro dos brios de Rocinante e dos seus atrevimentos.

Mas no ponto em que Sancho deixou sua cavalgadura para socorrer D. Quixote, o demônio bailão das bexigas saltou sobre o ruço e, dando-lhe com elas, o medo e o ruído, mais que a dor dos golpes, o fez voar pela campina para os lados do lugar onde iam fazer a festa. Olhava Sancho a carreira do seu ruço e a queda do seu amo, e não sabia a qual das duas necessidades acudir primeiro. Mas afinal, como bom escudeiro e bom criado, pôde mais com ele o amor do seu senhor que o carinho do seu jumento, se bem cada vez que via as bexigas se erguerem no ar e baixarem nas ancas do seu ruço fossem para ele ânsias e sustos de morte, e antes quisera que aqueles golpes fossem nas suas próprias meninas dos olhos que no mais mínimo pelo do rabo do seu asno. Com essa perplexa tribulação, chegou aonde D. Quixote estava muito mais machucado do que quisera e, ajudando-o a montar em Rocinante, lhe disse:

---

guna grande aventura se me ofrecía, y ahora digo que es menester tocar las apariencias con la mano para dar lugar al desengaño. Andad con Dios, buena gente, y haced vuestra fiesta, y mirad si mandáis algo en que pueda seros de provecho, que lo haré con buen ánimo y buen talante, porque desde mochacho fui aficionado a la carátula, y en mi mocedad se me iban los ojos tras la farándula.

Estando en estas pláticas, quiso la suerte que llegase uno de la compañía que venía vestido de bojiganga, con muchos cascabeles, y en la punta de un palo traía tres vejigas de vaca hinchadas, el cual moharracho, llegándose a don Quijote, comenzó a esgrimir el palo y a sacudir el suelo con las vejigas y a dar grandes saltos, sonando los cascabeles, cuya mala visión así alborotó a Rocinante, que sin ser poderoso a detenerle don Quijote, tomando el freno entre los dientes dio a correr por el campo con más ligereza que jamás prometieron los huesos de su notomía. Sancho, que consideró el peligro en que iba su amo de ser derribado, saltó del rucio y a toda priesa fue a valerle; pero cuando a él llegó, ya estaba en tierra, y junto a él Rocinante, que con su amo vino al suelo: ordinario fin y paradero de las lozanías de Rocinante y de sus atrevimientos.

Mas apenas hubo dejado su caballería Sancho por acudir a don Quijote, cuando el demonio bailador de las vejigas saltó sobre el rucio, y, sacudiéndole con ellas, el miedo y ruido, más que el dolor de los golpes, le hizo volar por la campaña hacia el lugar donde iban a hacer la fiesta. Miraba Sancho la carrera de su rucio y la caída de su amo, y no sabía a cuál de las dos necesidades acudiría primero. Pero, en efecto, como buen escudero y como buen criado, pudo más con él el amor de su señor que el cariño de su jumento, puesto que cada vez que veía levantar las vejigas en el aire y caer sobre las ancas de su rucio eran para él tártagos y sustos de muerte, y antes

— Senhor, o Diabo levou o ruço.

— Que diabo? — perguntou D. Quixote.

— O das bexigas — respondeu Sancho.

— Pois o hei de recuperar — replicou D. Quixote —, ainda que se tenha enfurnado com ele nos mais fundos e escuros calabouços do inferno. Segue-me, Sancho, que o carro vai devagar, e com as mulas dele satisfarei a perda do ruço.

— Não há para que fazer tal diligência, senhor — respondeu Sancho. — Vossa mercê esfrie sua cólera, pois, segundo me parece, já o Diabo deixou o ruço, que volta para a querença.

E assim era a verdade, porque, tendo o Diabo caído por terra com o ruço, por imitar D. Quixote e Rocinante, aquele se foi a pé para o povoado, e o jumento voltou para o seu dono.

— Contudo — disse D. Quixote —, será bem castigar o desaforo daquele demônio nalgum dos que vão no carro, ainda que seja o próprio Imperador.

— Vossa mercê tire essa imaginação da cabeça — replicou Sancho — e ouça o meu conselho, que é nunca se meter com farsantes, pois é gente favorecida. Já vi um ator preso por duas mortes sair livre e sem custas. Saiba vossa mercê que, como são gentes alegres e de prazer, todos os favorecem, todos os amparam, ajudam e estimam, e mais quando são das companhias reais e de título,[5] que todos ou os mais daqueles em seus trajes e apostura parecem príncipes.

— Mas, ainda assim — respondeu D. Quixote —, não se me há de escapar o Demônio farsante assim blasonando, ainda que o favorecesse todo o gênero humano.

---

quisiera que aquellos golpes se los dieran a él en las niñas de los ojos que en el más mínimo pelo de la cola de su asno. Con esta perpleja tribulación llegó donde estaba don Quijote harto más maltrecho de lo que él quisiera, y, ayudándole a subir sobre Rocinante, le dijo:

— Señor, el Diablo se ha llevado al rucio.

— ¿Qué diablo? — preguntó don Quijote.

— El de las vejigas — respondió Sancho.

— Pues yo le cobraré — replicó don Quijote —, si bien se encerrase con él en los más hondos y escuros calabozos del infierno. Sígueme, Sancho, que la carreta va despacio, y con las mulas della satisfaré la pérdida del rucio.

— No hay para qué hacer esa diligencia, señor — respondió Sancho —: vuestra merced temple su cólera, que, según me parece, ya el Diablo ha dejado el rucio, y vuelve a la querencia.

Y así era la verdad, porque habiendo caído el Diablo con el rucio, por imitar a don Quijote y a Rocinante, el Diablo se fue a pie al pueblo y el jumento se volvió a su amo.

— Con todo eso — dijo don Quijote —, será bien castigar el descomedimiento de aquel demonio en alguno de los de la carreta, aunque sea el mesmo Emperador.

— Quítesele a vuestra merced eso de la imaginación — replicó Sancho —, y tome mi consejo, que es que nunca se tome con farsantes, que es gente favorecida. Recitante he visto yo estar preso por dos muertes, y salir libre y sin costas. Sepa vuesa merced que, como son gentes alegres y de placer, todos los favorecen, todos los

E dizendo isto virou para o carro, que já estava bem perto do povoado, e a altos brados foi dizendo:

— Detende-vos, esperai, turba alegre e folgazã, que vos quero mostrar como se devem tratar os jumentos e alimárias que servem de cavalgadura aos escudeiros dos cavaleiros andantes.

Tão altos eram os gritos de D. Quixote, que os do carro os ouviram e entenderam; e tirando das palavras a intenção de quem as dizia, num pronto saltou a Morte do carro, e atrás dela o Imperador, o Diabo carreiro e o Anjo, sem ficar a Rainha nem o deus Cupido, e todos se armaram de pedras e se puseram em ala esperando receber D. Quixote à ponta de mil calhaus. D. Quixote, que os viu postos em tão galhardo esquadrão, os braços levantados com gesto de atirar as pedras poderosamente, puxou das rédeas a Rocinante e se pôs a pensar de que modo os acometeria com menos risco da sua pessoa. No ponto em que se deteve, chegou Sancho e, vendo-o com jeito de acometer contra o bem formado esquadrão, lhe disse:

— Enorme loucura seria tentar essa empresa. Considere vossa mercê, senhor meu, que para caroços de rio à mão-tente não há arma defensiva no mundo, como não seja se embutir e fechar embaixo de um sino de bronze, e também se há de considerar que é mais temeridade que valentia investir um homem só contra um exército onde está a Morte e lutam imperadores em pessoa, ajudados pelos anjos bons e maus; e se esta consideração o não mover a ficar quieto, que o mova saber de certo que entre todos que lá estão, por mais que se vejam reis, príncipes e imperadores, não há nenhum cavaleiro andante.

— Agora sim, Sancho — disse D. Quixote —, deste no ponto da verdade que me pode e deve arredar do meu já determinado intento. Eu não pos-

---

amparan, ayudan y estiman, y más siendo de aquellos de las compañías reales y de título, que todos o los más en sus trajes y compostura parecen unos príncipes.

— Pues con todo — respondió don Quijote — no se me ha de ir el Demonio farsante alabando, aunque le favorezca todo el género humano.

Y diciendo esto volvió a la carreta, que ya estaba bien cerca del pueblo, y iba dando voces, diciendo:

— Deteneos, esperad, turba alegre y regocijada, que os quiero dar a entender cómo se han de tratar los jumentos y alimañas que sirven de caballería a los escuderos de los caballeros andantes.

Tan altos eran los gritos de don Quijote, que los oyeron y entendieron los de la carreta; y juzgando por las palabras la intención del que las decía, en un instante saltó la Muerte de la carreta, y tras ella el Emperador, el Diablo carretero y el Ángel, sin quedarse la Reina ni el dios Cupido, y todos se cargaron de piedras y se pusieron en ala esperando recebir a don Quijote en las puntas de sus guijarros. Don Quijote, que los vio puestos en tan gallardo escuadrón, los brazos levantados con ademán de despedir poderosamente las piedras, detuvo las riendas a Rocinante y púsose a pensar de qué modo los acometería con menos peligro de su persona. En esto que se detuvo, llegó Sancho y, viéndole en talle de acometer al bien formado escuadrón, le dijo:

— Asaz de locura sería intentar tal empresa; considere vuesa merced, señor mío, que para sopa de arroyo y tente bonete no hay arma defensiva en el mundo, sino es embutirse y encerrarse en una campana de bronce, y también se ha de considerar que es más temeridad que valentía acometer un hombre solo a un ejército donde está la Muerte y pelean en persona emperadores, y a quien ayudan los buenos y los malos ángeles, y si esta considera-

so nem devo tirar a espada, como outras muitas vezes já te disse, contra quem não seja armado cavaleiro. É a ti, Sancho, que ora toca, se queres tomar vingança do agravo que ao teu ruço se fez, que eu daqui te ajudarei com vozes e advertimentos saudáveis.

— Não há para quê, senhor — respondeu Sancho —, tomar vingança de ninguém, pois não é de bons cristãos tomá-la dos agravos, quanto mais que eu direi a meu asno que ponha sua ofensa nas mãos da minha vontade, a qual é de viver pacificamente os dias de vida que os céus me derem.

— Se é essa a tua determinação — replicou D. Quixote —, Sancho bom, Sancho discreto, Sancho cristão e Sancho sincero, deixemos esses fantasmas e voltemos a buscar melhores e mais qualificadas aventuras, pois eu vejo esta terra de feição que nela não hão de faltar muitas e mui milagrosas.

Logo virou as rédeas, Sancho foi trazer o seu ruço, a Morte com todo o seu esquadrão volante voltaram para o carro e prosseguiram viagem, e este feliz fim teve a temerosa aventura da carreta da Morte, graças sejam dadas ao saudável conselho que Sancho Pança deu ao seu amo. A quem no dia seguinte aconteceu outra com um enamorado e andante cavaleiro, de não menos suspensão que a passada.

---

ción no le mueve a estarse quedo, muévale saber de cierto que entre todos los que allí están, aunque parecen reyes, príncipes y emperadores, no hay ningún caballero andante.

— Ahora sí — dijo don Quijote — has dado, Sancho, en el punto que puede y debe mudarme de mi ya determinado intento. Yo no puedo ni debo sacar la espada, como otras veces muchas te he dicho, contra quien no fuere armado caballero. A ti, Sancho, toca, si quieres tomar la venganza del agravio que a tu rucio se le ha hecho, que yo desde aquí te ayudaré con voces y advertimientos saludables.

— No hay para qué, señor — respondió Sancho —, tomar venganza de nadie, pues no es de buenos cristianos tomarla de los agravios, cuanto más que yo acabaré con mi asno que ponga su ofensa en las manos de mi voluntad, la cual es de vivir pacíficamente los días que los cielos me dieren de vida.

— Pues esa es tu determinación — replicó don Quijote —, Sancho bueno, Sancho discreto, Sancho cristiano y Sancho sincero, dejemos estas fantasmas y volvamos a buscar mejores y más calificadas aventuras, que yo veo esta tierra de talle que no han de faltar en ella muchas y muy milagrosas.

Volvió las riendas luego, Sancho fue a tomar su rucio, la Muerte con todo su escuadrón volante volvieron a su carreta y prosiguieron su viaje, y este felice fin tuvo la temerosa aventura de la carreta de la Muerte, gracias sean dadas al saludable consejo que Sancho Panza dio a su amo. Al cual el día siguiente le sucedió otra con un enamorado y andante caballero, de no menos suspensión que la pasada.

Notas

[1] Angulo o Mau: provável alusão a certo empresário e diretor teatral cordovês radicado em Toledo, de nome Andrés de Angulo, também citado no "Colóquio dos cachorros" com o mesmo epíteto.

[2] Oitava de Corpus: oito dias depois da festa Corpus Christi, as companhias que já haviam atuado nas procissões das capitais costumavam percorrer as pequenas povoações representando seus autos sacramentais.

[3] "Auto das Cortes da Morte": costuma-se identificar a peça com o *Auto sacramental de las Cortes de la Muerte*, atribuído a Lope de Vega. Não se descarta, porém, que se trate de uma obra muito representada de Micael de Carvajal, estreada em 1557, ou até de um texto perdido do próprio Cervantes.

[4] *Bojiganga*: espécie de bufão espanhol característico dos antigos carnavais e procissões, que ele encabeçava personificando a Loucura e assustando os assistentes com uma espécie de cetro ou chicote como o descrito no texto, de cujas bexigas lhe vem o nome. A mesma palavra designava também um tipo de companhia teatral ambulante.

[5] Companhias reais e de título: assim se denominavam aquelas, poucas, autorizadas oficialmente pelo Conselho Real, geralmente respaldadas por nobres poderosos.

CAPÍTULO XII

DA ESTRANHA AVENTURA ACONTECIDA
AO VALOROSO D. QUIXOTE
COM O BRAVO CAVALEIRO DOS ESPELHOS

A noite que se seguiu ao dia do encontro com a morte, D. Quixote e o seu escudeiro a passaram debaixo de umas altas e sombrosas árvores, tendo D. Quixote comido, por persuasão de Sancho, do que traziam nos alforjes do ruço, e entre jantar disse Sancho a seu senhor:

— Senhor, bem tolo eu seria se tivesse escolhido como alvíssaras os despojos da primeira aventura que vossa mercê acabasse, em vez das crias das três éguas! Afinal, afinal, mais vale pássaro em mão que abutre voando.

— Todavia — respondeu D. Quixote —, se tu, Sancho, me houvesses deixado acometer, como eu queria, te teriam cabido em despojos, pelo menos, a coroa de ouro da Imperatriz e as pintadas asas de Cupido, que eu lhe teria arrancado à viva força e posto em tuas mãos.

— Nunca os cetros e as coroas dos imperadores farsantes — respondeu Sancho Pança — foram de ouro puro, senão de ouropel ou de lata.

— Assim é verdade — replicou D. Quixote —, pois não seria acertado que os atavios da comédia fossem finos, senão fingidos e aparentes, como o é a própria comédia, a qual quero, Sancho, que prezes, tendo-a em tua boa

---

CAPÍTULO XII

DE LA ESTRAÑA AVENTURA QUE LE SUCEDIÓ
AL VALEROSO DON QUIJOTE
CON EL BRAVO CABALLERO DE LOS ESPEJOS

La noche que siguió al día del rencuentro de la muerte la pasaron don Quijote y su escudero debajo de unos altos y sombrosos árboles, habiendo, a persuasión de Sancho, comido don Quijote de lo que venía en el repuesto del rucio, y entre la cena dijo Sancho a su señor:

— Señor, ¡qué tonto hubiera andado yo si hubiera escogido en albricias los despojos de la primera aventura que vuestra merced acabara, antes que las crías de las tres yeguas! En efecto, en efecto, más vale pájaro en mano que buitre volando.

— Todavía — respondió don Quijote —, si tú, Sancho, me dejaras acometer, como yo quería, te hubieran cabido en despojos, por lo menos, la corona de oro de la Emperatriz y las pintadas alas de Cupido, que yo se las quitara al redropelo y te las pusiera en las manos.

— Nunca los cetros y coronas de los emperadores farsantes — respondió Sancho Panza — fueron de oro puro, sino de oropel o hoja de lata.

graça, e pelo mesmo conseguinte àqueles que as representam e as compõem, porque todos são instrumentos de fazer um grande bem à república, pondo-nos um espelho defronte a cada passo, onde se veem ao vivo as ações da vida humana, e nenhuma comparação há que mais ao vivo nos represente o que somos e o que havemos de ser como a comédia e os comediantes. Se não diz-me: já não viste representar alguma comédia onde se veem reis, imperadores e pontífices, cavaleiros, damas e outros vários personagens? Um faz de rufião, outro de embusteiro, este de mercador, aquele de soldado, outro de simples discreto,[1] outro de enamorado simples. E acabada a comédia e despindo-se dos vestidos dela, ficam todos os atores iguais.

— Já vi, sim — respondeu Sancho.

— Pois o mesmo — disse D. Quixote — ocorre na comédia e trato deste mundo, onde uns fazem de imperadores, outros de pontífices e, enfim, todas quantas figuras se podem introduzir numa comédia; mas em chegando ao fim, que é quando se acaba a vida, a todos a morte lhes tira as roupas que os diferençavam, e ficam iguais na sepultura.

— Brava comparação — disse Sancho —, se bem não tão nova que eu não a tenha ouvido muitas e diversas vezes, como aquela do jogo de xadrez, que enquanto dura o jogo cada peça tem seu particular ofício, e em se acabando o jogo todas se misturam, juntam e baralham, e dão com elas num saco, que é como dar com a vida na sepultura.

— A cada dia, Sancho — disse D. Quixote —, te vais fazendo menos simples e mais discreto.

— Ora, um pouco da discrição de vossa mercê me houvera de pegar — respondeu Sancho —, pois as terras que por si são estéreis e secas, estercando-as e cultivando-as vêm a dar bons frutos. Quero dizer que a conversação

---

— Así es verdad — replicó don Quijote —, porque no fuera acertado que los atavíos de la comedia fueran finos, sino fingidos y aparentes, como lo es la mesma comedia, con la cual quiero, Sancho, que estés bien, teniéndola en tu gracia, y por el mismo consiguiente a los que las representan y a los que las componen, porque todos son instrumentos de hacer un gran bien a la república, poniéndonos un espejo a cada paso delante, donde se veen al vivo las acciones de la vida humana, y ninguna comparación hay que más al vivo nos represente lo que somos y lo que habemos de ser como la comedia y los comediantes; si no dime: ¿no has visto tú representar alguna comedia adonde se introducen reyes, emperadores y pontífices, caballeros, damas y otros diversos personajes? Uno hace el rufián, otro el embustero, este el mercader, aquel el soldado, otro el simple discreto, otro el enamorado simple. Y acabada la comedia y desnudándose de los vestidos della, quedan todos los recitantes iguales.

— Sí he visto — respondió Sancho.

— Pues lo mesmo — dijo don Quijote — acontece en la comedia y trato deste mundo, donde unos hacen los emperadores, otros los pontífices, y finalmente todas cuantas figuras se pueden introducir en una comedia; pero en llegando al fin, que es cuando se acaba la vida, a todos les quita la muerte las ropas que los diferenciaban, y quedan iguales en la sepultura.

— Brava comparación — dijo Sancho —, aunque no tan nueva, que yo no la haya oído muchas y diversas veces, como aquella del juego del ajedrez, que mientras dura el juego cada pieza tiene su particular oficio, y en acabándose el juego todas se mezclan, juntan y barajan, y dan con ellas en una bolsa, que es como dar con la vida en la sepultura.

de vossa mercê tem sido o esterco que sobre a estéril terra do meu seco engenho tem caído; a cultivação, o tempo que faz que lhe sirvo e comunico; e com isto espero dar de mim frutos que sejam de bênção, tais que não desdigam nem deslizem das sendas da boa criação que vossa mercê tem feito no sáfaro entendimento meu.

Riu-se D. Quixote das afetadas razões de Sancho, mas pareceu-lhe ser verdade o que dizia da sua emenda, pois de quando em quando falava de maneira que o admirava, posto que todas ou as mais vezes que Sancho queria falar a modo douto e cortesão acabava sua razão por despenhar do alto da sua simplicidade ao fundo da sua ignorância, e no que se mostrava mais elegante e memorioso era em citar ditados, viessem ou não ao caso, como já se terá visto e notado no discurso desta história.

Nestas e noutras conversações passaram grande parte da noite, e Sancho teve vontade de deixar cair as comportas dos olhos, como ele dizia quando queria dormir, e, desaparelhando o ruço, lhe deu pasto abundante e livre. Não tirou a sela de Rocinante, por ser expresso mandamento do seu senhor que, no tempo em que andassem em campo ou não dormissem sob teto, jamais o desaparelhasse, antiga usança estabelecida e guardada pelos andantes cavaleiros: tirar o freio e pendurá-lo do arção da sela; mas tirar a sela do cavalo, nunca! E assim fez Sancho, dando-lhe a mesma liberdade que ao ruço, cuja amizade com Rocinante foi tão única e tão cerrada, que é fama, passada em tradição de pai para filho, que o autor desta verdadeira história fez particulares capítulos dela, mas que, por guardar a decência e o decoro que a tão heroica história se deve, não os pôs nela, ainda que por vezes se descuide desse seu propósito e escreva que, assim como as duas bestas se juntavam, acudiam a se coçar um ao outro, e que, depois de cansados e satisfeitos, cru-

---

— Cada día, Sancho — dijo don Quijote —, te vas haciendo menos simple y más discreto.

— Sí, que algo se me ha de pegar de la discreción de vuestra merced — respondió Sancho —, que las tierras que de suyo son estériles y secas, estercolándolas y cultivándolas vienen a dar buenos frutos. Quiero decir que la conversación de vuestra merced ha sido el estiércol que sobre la estéril tierra de mi seco ingenio ha caído; la cultivación, el tiempo que ha que le sirvo y comunico; y con esto espero de dar frutos de mí que sean de bendición, tales que no desdigan ni deslicen de los senderos de la buena crianza que vuesa merced ha hecho en el agostado entendimiento mío.

Rióse don Quijote de las afectadas razones de Sancho, y parecióle ser verdad lo que decía de su emienda, porque de cuando en cuando hablaba de manera que le admiraba, puesto que todas o las más veces que Sancho quería hablar de oposición y a lo cortesano acababa su razón con despeñarse del monte de su simplicidad al profundo de su ignorancia, y en lo que él se mostraba más elegante y memorioso era en traer refranes, viniesen o no viniesen a pelo de lo que trataba, como se habrá visto y se habrá notado en el discurso desta historia.

En estas y en otras pláticas se les pasó gran parte de la noche, y a Sancho le vino en voluntad de dejar caer las compuertas de los ojos, como él decía cuando quería dormir, y, desaliñando al rucio, le dio pasto abundoso y libre. No quitó la silla a Rocinante, por ser expreso mandamiento de su señor que, en el tiempo que anduviesen en campaña o no durmiesen debajo de techado, no desaliñase a Rocinante, antigua usanza establecida y guardada de los andantes caballeros, quitar el freno y colgarle del arzón de la silla; pero quitar la silla al caballo, ¡guarda! Y así lo hizo Sancho, y le dio la misma libertad que al rucio, cuya amistad dél y de Rocinante fue tan única y

zava Rocinante o pescoço sobre o pescoço do ruço (que lhe sobrava da outra parte mais de meia vara) e, fitando os dois atentamente o chão, costumavam ficar daquele jeito três dias, ao menos todo o tempo que os deixavam
ou a fome os não compelia a buscar sustento. Digo que dizem que o autor
deixou escrito que os comparara na amizade à que tiveram Niso e Euríalo, e
Pílades e Orestes;[2] e se isto é assim, bem se podia dar a ver, para universal
admiração, quão firme deve de haver sido a amizade desses dois pacíficos
animais, e em escarmento dos homens, que tão mal sabem guardar amizade
uns aos outros. Porquanto já se disse:

Não há amigo para amigo:
as canas se tornam lanças;[3]

e outro cantou:

Quando o amigo é certo, um olho fechado e outro etc.

E não se pense que foi o autor um tanto despropositado em comparar
a amizade desses animais com a dos homens, pois têm os homens recebido
das bestas muitos advertimentos e aprendido muitas coisas de importância,
como são, das cegonhas, o clister; dos cães, o vômito e a gratidão; dos grous,
a vigilância; das formigas, a providência; dos elefantes, a honestidade, e a lealdade do cavalo.[4]

Finalmente Sancho adormeceu ao pé de um sobreiro, e D. Quixote dor-
mitou ao de um robusto carvalho. Mas pouco espaço de tempo se passara
quando foi acordado por um ruído que ouviu às suas costas e, levantando-se
com sobressalto, se pôs a olhar e a escutar donde o ruído provinha, e viu que

---

tan trabada, que hay fama, por tradición de padres a hijos, que el autor desta verdadera historia hizo particulares
capítulos della, mas que, por guardar la decencia y decoro que a tan heroica historia se debe, no los puso en ella,
puesto que algunas veces se descuida deste su prosupuesto y escribe que así como las dos bestias se juntaban, acudían a rascarse el uno al otro, y que, después de cansados y satisfechos, cruzaba Rocinante el pescuezo sobre el
cuello del rucio (que le sobraba de la otra parte más de media vara) y, mirando los dos atentamente al suelo, se
solían estar de aquella manera tres días, a lo menos todo el tiempo que les dejaban o no les compelía la hambre a
buscar sustento. Digo que dicen que dejó el autor escrito que los había comparado en la amistad a la que tuvieron
Niso y Euríalo, y Pílades y Orestes; y si esto es así, se podía echar de ver, para universal admiración, cuán firme
debió ser la amistad destos dos pacíficos animales, y para confusión de los hombres, que tan mal saben guardarse
amistad los unos a los otros. Por esto se dijo:

No hay amigo para amigo:
las cañas se vuelven lanzas;

y el otro que cantó:

De amigo a amigo, la chinche, etc.

Y no le parezca a alguno que anduvo el autor algo fuera de camino en haber comparado la amistad destos
animales a la de los hombres, que de las bestias han recibido muchos advertimientos los hombres y aprendido

eram dois homens a cavalo, e que um deles, deixando-se cair da sela, disse ao outro:

— Apeia-te, amigo, e tira os freios dos cavalos, que a meu ver este lugar é abundante em pasto para eles, e no silêncio e solidão de que hão mister meus amorosos pensamentos.

Dizer isso e deitar-se em terra foi tudo num mesmo tempo, e ao saltar fizeram ruído as armas de que vinha armado, sinal manifesto donde conheceu D. Quixote que devia de ser cavaleiro andante, e chegando-se a Sancho, que dormia, travou-o pelo braço, e com não pouco trabalho o acordou, e com voz baixa lhe disse:

— Irmão Sancho, aventura temos.

— Queira Deus que seja boa — respondeu Sancho. — E onde está, senhor meu, a mercê dessa senhora aventura?

— Como onde, Sancho? — replicou D. Quixote. — Torna os olhos e verás ali deitado um andante cavaleiro, que, segundo o que se me transluz, não deve de estar muito alegre, porque o vi saltar do cavalo e deitar-se ao chão com algumas mostras de despeito, e ao cair lhe rangeu toda a armadura.

— E por que — disse Sancho — vossa mercê acha que esta seja aventura?

— Não quero dizer — respondeu D. Quixote — que esta seja toda uma aventura, senão o princípio dela, pois assim começam as aventuras. Mas escuta, que ao parecer começa a temperar um alaúde ou uma *vihuela* e, pelo modo como cospe e desembaraça o peito, se deve de preparar para cantar alguma coisa.

— À boa-fé que assim é — respondeu Sancho — e que deve de ser cavaleiro enamorado.

---

muchas cosas de importancia, como son, de las cigüeñas, el cristel; de los perros, el vómito y el agradecimiento; de las grullas, la vigilancia; de las hormigas, la providencia; de los elefantes, la honestidad, y la lealtad, del caballo.

Finalmente Sancho se quedó dormido al pie de un alcornoque, y don Quijote, dormitando al de una robusta encina. Pero poco espacio de tiempo había pasado, cuando le despertó un ruido que sintió a sus espaldas, y, levantándose con sobresalto, se puso a mirar y a escuchar de dónde el ruido procedía, y vio que eran dos hombres a caballo, y que el uno, dejándose derribar de la silla, dijo al otro:

— Apéate, amigo, y quita los frenos a los caballos, que a mi parecer este sitio abunda de yerba para ellos, y del silencio y soledad que han menester mis amorosos pensamientos.

El decir esto y el tenderse en el suelo todo fue a un mesmo tiempo, y al arrojarse hicieron ruido las armas de que venía armado, manifiesta señal por donde conoció don Quijote que debía de ser caballero andante, y llegándose a Sancho, que dormía, le trabó del brazo, y con no pequeño trabajo le volvió en su acuerdo, y con voz baja le dijo:

— Hermano Sancho, aventura tenemos.

— Dios nos la dé buena — respondió Sancho —. ¿Y adónde está, señor mío, su merced de esa señora aventura?

— ¿Adónde, Sancho? — replicó don Quijote —. Vuelve los ojos y mira, y verás allí tendido un andante caballero, que, a lo que a mí se me trasluce, no debe de estar demasiadamente alegre, porque le vi arrojar del caballo y tenderse en el suelo con algunas muestras de despecho, y al caer le crujieron las armas.

— Não existe andante que o não seja — disse D. Quixote. — E escutemos seu canto, que pelo fio tiraremos o novelo dos seus pensamentos, se é que ele canta, pois do que enche o coração é que fala a boca.[5]

Replicar queria Sancho a seu amo, mas a voz do Cavaleiro do Bosque, que não era muito ruim nem muito boa, o estorvou, e, estando os dois atônitos, ouviram o que cantou, que foi este soneto:[6]

> — Dai-me, senhora, um proceder que siga,
> ao vosso jeito e vontade cortado,
> que assim será da minha estimado,
> que dele em ponto algum jamais desdiga.
>
> Se quereis que calando esta fadiga
> eu morra, dai-me já por acabado;
> mas se que vo-la conte em desusado
> modo, farei que o mesmo amor a diga.
>
> À prova de contrários estou feito,
> da branda cera e do diamante duro:
> minh'alma à lei do amor rendo disposto.
>
> Segundo é brando ou forte, oferto o peito:
> nele gravai ou entalhai a gosto,
> pois de guardá-lo eternamente juro.

Com um "ai!" que parecia arrancado do íntimo do coração, findou seu canto o Cavaleiro do Bosque, e dali a pouco, com voz gemida e languenta, disse:

— Pues ¿en qué halla vuesa merced — dijo Sancho — que esta sea aventura?

— No quiero yo decir — respondió don Quijote — que esta sea aventura del todo, sino principio della, que por aquí se comienzan las aventuras. Pero escucha, que a lo que parece templando está un laúd o vigüela, y, según escupe y se desembaraza el pecho, debe de prepararse para cantar algo.

— A buena fe que es así — respondió Sancho — y que debe de ser caballero enamorado.

— No hay ninguno de los andantes que no lo sea — dijo don Quijote —. Y escuchémosle, que por el hilo sacaremos el ovillo de sus pensamientos, si es que canta, que de la abundancia del corazón habla la lengua.

Replicar quería Sancho a su amo, pero la voz del Caballero del Bosque, que no era muy mala ni muy buena, lo estorbó, y estando los dos atónitos, oyeron lo que cantó fue este soneto:

> — Dadme, señora, un término que siga,
> conforme a vuestra voluntad cortado,
> que será de la mía así estimado,
> que por jamás un punto dél desdiga.
>
> Si gustáis que callando mi fatiga
> muera, contadme ya por acabado;
> si queréis que os la cuente en desusado
> modo, haré que el mesmo amor la diga.

> A prueba de contrarios estoy hecho,
> de blanda cera y de diamante duro,
> y a las leyes de amor el alma ajusto.
>
> Blando cual es o fuerte, ofrezco el pecho:
> entallad o imprimid lo que os dé gusto,
> que de guardarlo eternamente juro.

— Oh mais formosa e mais ingrata mulher do orbe! Como é possível, sereníssima Cacildeia de Vandália, consentirdes que este teu cativo cavaleiro se consuma e acabe em contínuas peregrinações e em ásperos e duros trabalhos? Já não basta eu ter conseguido que te confessassem como a mais formosa do mundo todos os cavaleiros de Navarra, todos os leoneses, todos os tartéssios, todos os castelhanos e, finalmente, todos os cavaleiros de La Mancha?

— Isso não! — disse nesse instante D. Quixote. — Pois eu sou de La Mancha e jamais tal confessei, nem pudera nem devera confessar coisa tão contrária à beleza da minha senhora, e esse tal cavaleiro, já vês, Sancho, que desvaria. Mas escutemos, talvez se declare mais.

— Disso não duvido — replicou Sancho —, pois leva jeito de se queixar por um mês a eito.

Mas não foi assim, porque, tendo o Cavaleiro do Bosque entreouvido que falavam perto dele, sem ir por diante com sua lamentação, se pôs de pé e disse com voz sonora e comedida:

— Quem vem lá? Que gente? É porventura do número dos contentes ou do dos aflitos?[7]

— Dos aflitos — respondeu D. Quixote.

— Pois então chegue-se a mim — respondeu o do bosque — e será como chegar-se à mesma tristeza e à aflição mesma.

D. Quixote, que se viu responder tão mansa e comedidamente, chegou-se a ele, e Sancho nem mais nem menos.

O cavaleiro lamentador tomou D. Quixote pelo braço, dizendo:

— Sentai-vos aqui, senhor cavaleiro, pois para entender que o sois, e dos que professam a andante cavalaria, basta-me ter-vos achado neste lugar, onde

---

Con un ¡ay! arrancado, al parecer, de lo íntimo de su corazón, dio fin a su canto el Caballero del Bosque, y de allí a un poco, con voz doliente y lastimada, dijo:

— ¡Oh la más hermosa y la más ingrata mujer del orbe! ¿Cómo que será posible, serenísima Casildea de Vandalia, que has de consentir que se consuma y acabe en continuas peregrinaciones y en ásperos y duros trabajos este tu cautivo caballero? ¿No basta ya que he hecho que te confiesen por la más hermosa del mundo todos los caballeros de Navarra, todos los leoneses, todos los tartesios, todos los castellanos y finalmente todos los caballeros de la Mancha?

— Eso no — dijo a esta sazón don Quijote —, que yo soy de la Mancha y nunca tal he confesado, ni podía ni debía confesar una cosa tan perjudicial a la belleza de mi señora; y este tal caballero ya vees tú, Sancho, que desvaría. Pero escuchemos: quizá se declarará más.

— Sí hará — replicó Sancho —, que término lleva de quejarse un mes arreo.

Pero no fue así, porque habiendo entreoído el Caballero del Bosque que hablaban cerca dél, sin pasar adelante en su lamentación, se puso en pie y dijo con voz sonora y comedida:

— ¿Quién va allá? ¿Qué gente? ¿Es por ventura de la del número de los contentos, o la del de los afligidos?

— De los afligidos — respondió don Quijote.

— Pues lléguese a mí — respondió el del Bosque — y hará cuenta que se llega a la misma tristeza y a la aflición mesma.

vos fazem companhia a solidão e o sereno, naturais leitos e justas paragens dos cavaleiros andantes.

Ao que respondeu D. Quixote:

— Cavaleiro sou, e da profissão que dizeis, e se bem na minha alma têm seu próprio assento as tristezas, as desgraças e as desventuras, nem por isso dela fugiu a compaixão que tenho das alheias desditas. Do que cantastes há pouco coligi que as vossas são enamoradas, quero dizer, do amor que tendes por aquela formosa ingrata que em vossas lamentações nomeastes.

Já então estavam sentados juntos na dura terra, em boa paz e companhia, como se ao raiar do dia não se houvessem de rachar os cornos.

— Porventura, senhor cavaleiro — perguntou o do bosque a D. Quixote —, sois enamorado?

— Por desventura o sou — respondeu D. Quixote —, inda que os danos nascidos de bem postos pensamentos antes se devam ter por graças que por desgraças.

— Assim fora a verdade — replicou o do bosque —, não fossem nossa razão e nosso entendimento turvados pelos desdéns, que, sendo muitos, parecem vinganças.

— Nunca fui desdenhado da minha senhora — respondeu D. Quixote.

— Não, por certo — disse Sancho, que ali junto estava —, porque minha senhora é dada e maneira feita uma borrega mansa.

— É esse o vosso escudeiro? — perguntou o do bosque.

— É sim — respondeu D. Quixote.

— Nunca vi um escudeiro — replicou o do bosque — que ousasse falar onde fala seu senhor. Ao menos aí está o meu, que é filho do seu pai, mas ninguém pode dizer que tenha despregado os lábios onde eu falo.

Don Quijote, que se vio responder tan tierna y comedidamente, se llegó a él, y Sancho ni más ni menos. El caballero lamentador asió a don Quijote del brazo, diciendo:

— Sentaos aquí, señor caballero, que para entender que lo sois, y de los que profesan la andante caballería, bástame el haberos hallado en este lugar, donde la soledad y el sereno os hacen compañía, naturales lechos y propias estancias de los caballeros andantes.

A lo que respondió don Quijote:

— Caballero soy, y de la profesión que decís, y aunque en mi alma tienen su propio asiento las tristezas, las desgracias y las desventuras, no por eso se ha ahuyentado della la compasión que tengo de las ajenas desdichas. De lo que cantastes poco ha colegí que las vuestras son enamoradas, quiero decir, del amor que tenéis a aquella hermosa ingrata que en vuestras lamentaciones nombrastes.

Ya cuando esto pasaban estaban sentados juntos sobre la dura tierra, en buena paz y compañía, como si al romper del día no se hubieran de romper las cabezas.

— ¿Por ventura, señor caballero — preguntó el del Bosque a don Quijote —, sois enamorado?

— Por desventura lo soy — respondió don Quijote —, aunque los daños que nacen de los bien colocados pensamientos antes se deben tener por gracias que por desdichas.

— Así es la verdad — replicó el del Bosque —, si no nos turbasen la razón y el entendimiento los desdenes, que, siendo muchos, parecen venganzas.

— Nunca fui desdeñado de mi señora — respondió don Quijote.

— Pois à fé — disse Sancho — que eu falei, sim, e bem posso falar diante de um outro tão... E não digo mais, que é melhor não bulir.

O escudeiro do bosque tomou Sancho pelo braço, dizendo-lhe:

— Vamos nós dois aonde possamos falar à escudeira tudo quanto quisermos, e deixemos estes nossos senhores amos se baterem à sua vontade contando-se as histórias dos seus amores, que o dia decerto os há de apanhar nelas sem que as tenham acabado.

— Seja embora — disse Sancho —, que eu direi a vossa mercê quem sou, para que veja se não faço páreo aos mais falantes escudeiros.

Assim se afastaram os dois escudeiros, que travaram um colóquio tão engraçado como foi grave o que travaram seus senhores.

— No, por cierto — dijo Sancho, que allí junto estaba —, porque es mi señora como una borrega mansa: es más blanda que una manteca.

— ¿Es vuestro escudero este? — preguntó el del Bosque.

— Sí es — respondió don Quijote.

— Nunca he visto yo escudero — replicó el del Bosque — que se atreva a hablar donde habla su señor; a lo menos ahí está ese mío, que es tan grande como su padre, y no se probará que haya desplegado el labio donde yo hablo.

— Pues a fe — dijo Sancho — que he hablado yo, y puedo hablar delante de otro tan... Y aun quédese aquí, que es peor meneallo.

El escudero del Bosque asió por el brazo a Sancho, diciéndole:

— Vámonos los dos donde podamos hablar escuderilmente todo cuanto quisiéremos, y dejemos a estos señores amos nuestros que se den de las astas, contándose las historias de sus amores, que a buen seguro que les ha de coger el día en ellas y no las han de haber acabado.

— Sea en buena hora — dijo Sancho —, y yo le diré a vuestra merced quién soy, para que vea si puedo entrar en docena con los más hablantes escuderos.

Con esto se apartaron los dos escuderos, entre los cuales pasó un tan gracioso coloquio como fue grave el que pasó entre sus señores.

NOTAS

[1] Simples discreto: o "tolo esperto", isto é, a figura do *gracioso* (ver cap. V, nota 5).

[2] Niso e Euríalo, Pílades e Orestes: dois exemplos clássicos de amizade modelar. O primeiro provém da *Eneida* (canto IX) e já apareceu na primeira parte (cap. XLVII), na menção a *Euriálio*; o segundo, citadíssimo por autores humanistas, aparece na *Electra* de Sófocles e nas duas *Orestíadas*.

[3] Não há amigo para amigo:/ as canas se tornam lanças: são versos de um romance de tema bélico recolhido por Ginés Pérez de Hita em sua *Historia de las guerras civiles de Granada* (1595), que narra as lutas entre abencerrages e zagris. Com o tempo, a frase adquiriu valor proverbial, significando a brincadeira entre amigos que deriva em confronto sério.

[4] Cegonhas, cães, grous, formigas, elefantes, cavalo: a lista de comparações exemplares provém da *História natural*, de Plínio o Velho, e frequentava tanto os bestiários medievais quanto as miscelâneas humanistas, como a própria *Silva...*, já mencionada acima (cap. VIII, nota 7).

[5] ... do que enche o coração é que fala a boca: frase do Evangelho (Lucas, 6, 45).

[6] ... cantou [...] este soneto: os sonetos, por vezes, ainda se concebiam como canções; este oferece um *pot-pourri* paródico de giros petrarquistas à maneira de Garcilaso.

[7] ... número dos contentes ou do dos aflitos: nova lembrança de Garcilaso (*"Llegarme quiero cerca con buen tiento/ y ver, si de mí fuere conocido,/ si es del número triste, o del contento"* ["Égloga II", vv. 95-97].)

CAPÍTULO XIII

ONDE PROSSEGUE A AVENTURA DO CAVALEIRO DO BOSQUE,
MAIS O DISCRETO, NOVO E AMENO COLÓQUIO
TRAVADO ENTRE OS DOIS ESCUDEIROS

Divididos estavam cavaleiros e escudeiros, estes contando-se suas vidas e aqueles seus amores,[1] mas a história conta primeiro a conversação dos moços e logo prossegue com a dos amos, e assim diz que, afastando-se um pouco deles, o do bosque disse a Sancho:

— Trabalhosa vida é a que passamos e vivemos, senhor meu, nós que somos escudeiros de cavaleiros andantes; em verdade que comemos o pão no suor do nosso rosto, que é uma das maldições que Deus lançou aos nossos primeiros pais.

— Também se pode dizer — acrescentou Sancho — que o comemos no gelo dos nossos corpos, pois quem sofre mais calor e mais frio que os miseráveis escudeiros da andante cavalaria? E ainda menos mal quando comemos, pois as dores com pão depressa se vão, e às vezes passamos um dia ou dois sem quebrar o jejum, com nada que não seja o vento que assopra.

— Tanta dureza se atura — disse o do bosque — com a esperança que temos do prêmio, pois, se não é por demais desgraçado o cavaleiro andante a quem serve um escudeiro, a poucos lances pelo menos se verá premiado com um belo governo de alguma ínsula ou com um condado de bem parecer.

CAPÍTULO XIII

DONDE SE PROSIGUE LA AVENTURA DEL CABALLERO DEL BOSQUE,
CON EL DISCRETO, NUEVO Y SUAVE COLOQUIO
QUE PASÓ ENTRE LOS DOS ESCUDEROS

Divididos estaban caballeros y escuderos, estos contándose sus vidas y aquellos sus amores, pero la historia cuenta primero el razonamiento de los mozos y luego prosigue el de los amos, y así dice que, apartándose un poco dellos, el del Bosque dijo a Sancho:

— Trabajosa vida es la que pasamos y vivimos, señor mío, estos que somos escuderos de caballeros andantes, en verdad que comemos el pan en el sudor de nuestros rostros, que es una de las maldiciones que echó Dios a nuestros primeros padres.

— También se puede decir — añadió Sancho — que lo comemos en el yelo de nuestros cuerpos, porque ¿quién más calor y más frío que los miserables escuderos de la andante caballería? Y aun menos mal si comiéramos, pues los duelos con pan son menos, pero tal vez hay que se nos pasa un día y dos sin desayunarnos, si no es del viento que sopla.

— Eu — replicou Sancho — já disse ao meu amo que me contento com o governo de uma ínsula, e ele é tão nobre e tão liberal que o tem prometido muitas e diversas vezes.

— Eu — disse o do bosque — ficarei contente dos meus serviços com uma conezia, e dela já tenho a promessa do meu amo. Que me diz?

— Digo que o amo de vossa mercê — tornou Sancho — deve de ser cavaleiro eclesiástico, dos que podem fazer dessas mercês aos seus bons escudeiros, mas o meu é meramente leigo, bem que eu me lembre que pessoas discretas, ainda que a meu ver mal-intencionadas, o aconselharam a encarreirar para arcebispo, mas ele não quis ser menos que imperador, e eu estava tremendo que resolvesse ser da Igreja, por não me achar suficiente para cobrar suas prebendas, pois confesso que, por mais que eu pareça homem, sou uma besta para ser da Igreja.

— Em verdade que nisso está vossa mercê muito errado — disse o do bosque —, já que nem todos os governos insulanos são valedios. Uns são tortos, outros pobres, outros malencônicos, e até o mais subido e bem disposto traz consigo uma pesada carga de pensamentos e embaraços que põe sobre os próprios ombros o infeliz a quem lhe cabe em sorte. Para nós que professamos esta maldita servidão, muito melhor seria nos recolhermos a nossas casas e lá nos entregarmos a exercícios mais amenos, como são a caça ou a pesca, pois que escudeiro há no mundo tão pobre que não tenha um rocim, um par de sabujos e uma vara de pescar para passar seu tempo na aldeia?

— Nada disso me falta — respondeu Sancho. — Verdade é que não tenho rocim, mas tenho um asno que vale o dobro do cavalo do meu amo. Deus que me castigue se o trocasse por ele, ainda que me acrescentassem a paga com uma fanga de cevada. Vossa mercê bem pode achar que minto o valor

---

— Todo eso se puede llevar y conllevar — dijo el del Bosque — con la esperanza que tenemos del premio, porque si demasiadamente no es desgraciado el caballero andante a quien un escudero sirve, por lo menos a pocos lances se verá premiado con un hermoso gobierno de cualque ínsula o con un condado de buen parecer.

— Yo — replicó Sancho — ya he dicho a mi amo que me contento con el gobierno de alguna ínsula, y él es tan noble y tan liberal, que me le ha prometido muchas y diversas veces.

— Yo — dijo el del Bosque — con un canonicato quedaré satisfecho de mis servicios, y ya me le tiene mandado mi amo, y ¡qué tal!

— Debe de ser — dijo Sancho — su amo de vuesa merced caballero a lo eclesiástico, y podrá hacer esas mercedes a sus buenos escuderos, pero el mío es meramente lego, aunque yo me acuerdo cuando le querían aconsejar personas discretas, aunque a mi parecer malintencionadas, que procurase ser arzobispo, pero él no quiso sino ser emperador, y yo estaba entonces temblando si resolvía de ser de la Iglesia, por no hallarme suficiente de tener beneficios por ella, porque le hago saber a vuesa merced que, aunque parezco hombre, soy una bestia para ser de la Iglesia.

— Pues en verdad que lo yerra vuesa merced — dijo el del Bosque —, a causa que los gobiernos insulanos no son todos de buena data. Algunos hay torcidos, algunos pobres, algunos malencônicos, y, finalmente, el más erguido y bien dispuesto trae consigo una pesada carga de pensamientos y de incomodidades, que pone sobre sus hombros el desdichado que le cupo en suerte. Harto mejor sería que los que profesamos esta maldita servidumbre nos retirásemos a nuestras casas, y allí nos entretuviésemos en ejercicios más suaves, como si dijésemos cazando

do meu ruço, que ruça é a cor do meu jumento. Já os sabujos não me haviam de faltar, pois no meu lugar sobejam, e quanto mais que a caça é mais gostosa quando feita à custa alheia.

— Real e verdadeiramente, senhor escudeiro — respondeu o do bosque —, estou decidido e determinado a deixar as patacoadas desses cavaleiros e voltar à minha aldeia para criar os meus filhinhos, pois tenho três, lindos como três pérolas orientais.

— Eu tenho dois — disse Sancho —, que se podem presentear ao papa em pessoa, especialmente a menina, que venho criando para condessa, se Deus for servido, ainda que a pesar da sua mãe.

— E que idade tem essa senhora que se cria para condessa? — perguntou o do bosque.

— Quinze anos, dois mais ou menos — respondeu Sancho —, mas é alta como uma lança e bonita como uma manhã de abril, e tem a força de um ganhão.

— São prendas bastantes — respondeu o do bosque — não só para ser condessa, mas para ser ninfa do verde bosque. Ah, puta, fideputa, e que nervo deve de ter a velhaca!

Ao que Sancho respondeu, algum tanto amofinado:

— Nem ela é puta, nem o foi a mãe dela, nem o será nenhuma das duas, se Deus quiser, enquanto eu for vivo. E vossa mercê trate de falar mais comedido, pois para quem foi criado entre cavaleiros andantes, que são a cortesia em pessoa, não me parecem lá muito concertadas essas palavras.

— Oh senhor escudeiro — replicou o do bosque —, bem pouco entende vossa mercê em matéria de elogios! Acaso não sabe que, quando um cavaleiro acerta uma boa lançada no touro na praça, ou quando uma pessoa

---

o pescando, que ¿qué escudero hay tan pobre en el mundo, a quien le falte un rocín y un par de galgos y una caña de pescar, con que entretenerse en su aldea?

— A mí no me falta nada deso — respondió Sancho —. Verdad es que no tengo rocín, pero tengo un asno que vale dos veces más que el caballo de mi amo. Mala pascua me dé Dios, y sea la primera que viniere, si le trocara por él, aunque me diesen cuatro fanegas de cebada encima. A burla tendrá vuesa merced el valor de mi rucio; que rucio es el color de mi jumento. Pues galgos no me habían de faltar, habiéndolos sobrados en mi pueblo; y más, que entonces es la caza más gustosa cuando se hace a costa ajena.

— Real y verdaderamente — respondió el del Bosque —, señor escudero, que tengo propuesto y determinado de dejar estas borracherías destos caballeros y retirarme a mi aldea, y criar mis hijitos, que tengo tres como tres orientales perlas.

— Dos tengo yo — dijo Sancho —, que se pueden presentar al papa en persona, especialmente una muchacha, a quien crío para condesa, si Dios fuere servido, aunque a pesar de su madre.

— ¿Y qué edad tiene esa señora que se cría para condesa? — preguntó el del Bosque.

— Quince años, dos más a menos — respondió Sancho —, pero es tan grande como una lanza y tan fresca como una mañana de abril, y tiene una fuerza de un ganapán.

— Partes son esas — respondió el del Bosque — no sólo para ser condesa, sino para ser ninfa del verde bosque. ¡Oh hideputa, puta, y qué rejo debe de tener la bellaca!

A lo que respondió Sancho, algo mohíno:

faz alguma coisa bem feita, costuma dizer o vulgo "ah, puto, fideputa, assim é que se faz!", e aquilo que parece insulto, nesses termos é notável elogio? E arrenegai, senhor, dos filhos ou filhas que por suas obras não mereçam semelhantes louvores dos pais.

— Arrenego, sim — respondeu Sancho —, e desse modo e por essa mesma razão vossa mercê bem pudera descarregar uma putaria inteira sobre mim e meus filhos e minha mulher, pois tudo quanto eles fazem e dizem são em extremo dignos de semelhantes elogios, e para os rever peço a Deus me livre do pecado mortal,[2] que isso mesmo há de fazer se me tirar deste perigoso ofício de escudeiro, no qual caí por segunda vez cevado e enganado por uma bolsa com cem ducados que um dia achei no coração da Serra Morena, e o diabo me põe diante dos olhos aqui, ali, cá não, mas acolá, uma taleiga cheia de dobrões, que me parece que a cada passo a toco com as mãos e a abraço e a levo para casa, e lá ponho seu ouro a render e trabalhar por mim e vivo como um príncipe, e no tempo em que penso nisso são fáceis e leves todos os trabalhos que padeço com este mentecapto do meu senhor, que sei ter mais de louco que de cavaleiro.

— Por isso — respondeu o do bosque — dizem que a cobiça rompe o saco, e, em se tratando deles, não há no mundo outro maior que meu senhor, porque é daqueles dos quais bem se diz "cuidados alheios matam o asno", pois para que outro cavaleiro recobre o juízo perdido ele se finge de louco e anda buscando coisa que não sei se depois de achada não quebrará ele o focinho.

— E é ele porventura enamorado?

— É, sim — disse o do bosque —, de uma tal Cacildeia de Vandália, a mais crua e mais assada senhora que em todo o orbe se pode achar; e nem é

— Ni ella es puta, ni lo fue su madre, ni lo será ninguna de las dos, Dios quiriendo, mientras yo viviere. Y háblese más comedidamente, que para haberse criado vuesa merced entre caballeros andantes, que son la mesma cortesía, no me parecen muy concertadas esas palabras.

— ¡Oh, qué mal se le entiende a vuesa merced — replicó el del Bosque — de achaque de alabanzas, señor escudero! ¿Cómo y no sabe que cuando algún caballero da una buena lanzada al toro en la plaza, o cuando alguna persona hace alguna cosa bien hecha, suele decir el vulgo "¡oh hideputa, puto, y qué bien que lo ha hecho!", y aquello que parece vituperio, en aquel término, es alabanza notable? Y renegad vos, señor, de los hijos o hijas que no hacen obras que merezcan se les den a sus padres loores semejantes.

— Sí reniego — respondió Sancho —, y dese modo y por esa misma razón podía echar vuestra merced a mí y a mis hijos y a mi mujer toda una putería encima, porque todo cuanto hacen y dicen son estremos dignos de semejantes alabanzas, y para volverlos a ver ruego yo a Dios me saque de pecado mortal, que lo mesmo será si me saca deste peligroso oficio de escudero, en el cual he incurrido segunda vez, cebado y engañado de una bolsa con cien ducados que me hallé un día en el corazón de Sierra Morena, y el diablo me pone ante los ojos aquí, allí, acá no, sino acullá, un talego lleno de doblones, que me parece que a cada paso le toco con la mano y me abrazo con él y lo llevo a mi casa, y echo censos y fundo rentas y vivo como un príncipe, y el rato que en esto pienso se me hacen fáciles y llevaderos cuantos trabajos padezco con este mentecato de mi amo, de quien sé que tiene más de loco que de caballero.

— Por eso — respondió el del Bosque — dicen que la codicia rompe el saco, y si va a tratar dellos, no hay otro mayor en el mundo que mi amo, porque es de aquellos que dicen "Cuidados ajenos matan al asno", pues

a crueza o seu pior mal, pois outros maiores embustes lhe bolem nas entranhas, como logo se dará à luz.

— Não há caminho tão chão — replicou Sancho — que não tenha algum tropeço ou barranco; em cada casa comem favas, e na minha, às caldeiradas; mais acompanhantes e apaniaguados deve de ter a loucura que a discrição. Mas, se é verdade o que por aí se diz, que ter companheiros nos trabalhos os alivia, com vossa mercê me poderei consolar, pois serve a outro amo tão tonto quanto o meu.

— Tonto, porém valente — respondeu o do bosque —, e mais velhaco do que tonto e valente.

— Já isso o meu não é — respondeu Sancho —, digo que ele não tem nada de velhaco, antes tem uma alma de pomba: não sabe fazer mal a ninguém, senão bem a todos, nem tem malícia alguma; uma criança o pode fazer ver estrelas ao meio-dia, e é por essa singeleza que gosto dele com todas as veras do coração, e não me amanho a deixá-lo por mais disparates que faça.

— Contudo, irmão e senhor — disse o do bosque —, se um cego guia outro cego, cairão ambos no buraco.[3] Melhor é nos retirarmos a marcha batida e voltarmos ao nosso torrão, pois quem procura aventuras, nem sempre as encontra boas.

Sancho cuspinhava, ao parecer um certo gênero de saliva pegajosa e um tanto seca, o qual visto e notado pelo caridoso e boscarejo escudeiro, disse:

— Parece que, de tanto falarmos, nossa língua vai grudando no céu da boca. Mas eu trago pendurado do arção do meu cavalo um desgrudador dos bons.

E levantando-se, voltou dali a pouco com uma grande bota de vinho e um empanado de meia vara, sem exageração, pois era de um coelho tão gran-

---

porque cobre otro caballero el juicio que ha perdido se hace él loco y anda buscando lo que no sé si después de hallado le ha de salir a los hocicos.

— ¿Y es enamorado por dicha?

— Sí — dijo el del Bosque —, de una tal Casildea de Vandalia, la más cruda y la más asada señora que en todo el orbe puede hallarse; pero no cojea del pie de la crudeza, que otros mayores embustes le gruñen en las entrañas, y ello dirá antes de muchas horas.

— No hay camino tan llano — replicó Sancho —, que no tenga algún tropezón o barranco; en otras casas cuecen habas, y en la mía, a calderadas; más acompañados y paniaguados debe de tener la locura que la discreción. Mas si es verdad lo que comúnmente se dice, que el tener compañeros en los trabajos suele servir de alivio en ellos, con vuestra merced podré consolarme, pues sirve a otro amo tan tonto como el mío.

— Tonto, pero valiente — respondió el del Bosque —, y más bellaco que tonto y que valiente.

— Eso no es el mío — respondió Sancho —, digo que no tiene nada de bellaco, antes tiene una alma como un cántaro: no sabe hacer mal a nadie, sino bien a todos, ni tiene malicia alguna; un niño le hará entender que es de noche en la mitad del día, y por esta sencillez le quiero como a las telas de mi corazón, y no me amaño a dejarle por más disparates que haga.

— Con todo eso, hermano y señor — dijo el del Bosque —, si el ciego guía al ciego, ambos van a peligro de caer en el hoyo. Mejor es retirarnos con buen compás de pies, y volvernos a nuestras querencias, que los que buscan aventuras no siempre las hallan buenas.

de que Sancho, ao apalpá-lo, entendeu ser, mais que de cabrito, de algum cabrão. O qual visto por Sancho, disse:

— E vossa mercê leva essas coisas consigo, senhor?

— Que é que vossa mercê pensava? — respondeu o outro. — Que eu era algum escudeiro de borra? Melhor munição trago na garupa do meu cavalo que um general em campanha.

Comeu Sancho sem se fazer de rogar, e às escuras tragava nacos tamanhos como manoplas, e disse:

— Vossa mercê é sem dúvida escudeiro de lei, fiel e cabal, magnífico e grande, como dá a ver neste banquete, que, se não veio aqui por arte de encantamento, ao menos assim parece, e não como eu, mesquinho e mal-aventurado, que nos meus alforjes só trago um pouco de queijo tão duro que com ele se pode rachar a cabeça de um gigante, acompanhado de quatro dúzias de alfarrobas e outras tantas de avelãs e nozes, por mercê da escassez do meu senhor e da opinião que ele tem e da regra que guarda de que os cavaleiros andantes não se hão de manter e sustentar senão com frutas secas e ervas do campo.

— À fé, irmão — replicou o do bosque —, que não tenho o estômago feito para cardos, nem peras bravas, nem raízes dos matos. Que os nossos amos lá se avenham com suas opiniões e leis cavaleirescas e comam o que bem quiserem; pelo sim ou pelo não, eu trago um bom farnel e esta bota pendurada do arção, e ela é tão minha devota e a quero tão bem, que pouco tempo se passa sem que eu lhe dê mil beijos e abraços.

E dizendo isto a colocou nas mãos de Sancho, o qual, empinando-a rente à boca, esteve fitando as estrelas por um bom pedaço, e em acabando de beber deixou cair a cabeça para um lado, e dando um grande suspiro disse:

Escupía Sancho a menudo, al parecer un cierto género de saliva pegajosa y algo seca, lo cual visto y notado por el caritativo bosqueril escudero, dijo:

— Paréceme que de lo que hemos hablado se nos pegan al paladar las lenguas; pero yo traigo un despegador pendiente del arzón de mi caballo que es tal como bueno.

Y levantándose, volvió desde allí a un poco con una gran bota de vino y una empanada de media vara, y no es encarecimiento, porque era de un conejo albar tan grande, que Sancho, al tocarla, entendió ser de algún cabrón, no que de cabrito; lo cual visto por Sancho, dijo:

— ¿Y esto trae vuestra merced consigo, señor?

— Pues ¿qué se pensaba? — respondió el otro —. ¿Soy yo por ventura algún escudero de agua y lana? Mejor repuesto traigo yo en las ancas de mi caballo que lleva consigo cuando va de camino un general.

Comió Sancho sin hacerse de rogar, y tragaba a escuras bocados de nudos de suelta, y dijo:

— Vuestra merced sí que es escudero fiel y legal, moliente y corriente, magnífico y grande, como lo muestra este banquete, que si no ha venido aquí por arte de encantamento, parécelo a lo menos, y no como yo, mezquino y malaventurado, que sólo traigo en mis alforjas un poco de queso tan duro, que pueden descalabrar con ello a un gigante; a quien hacen compañía cuatro docenas de algarrobas y otras tantas de avellanas y nueces, mercedes a la estrecheza de mi dueño, y a la opinión que tiene y orden que guarda de que los caballeros andantes no se han de mantener y sustentar sino con frutas secas y con las yerbas del campo.

— Por mi fe, hermano — replicó el del Bosque —, que yo no tengo hecho el estómago a tagarninas, ni a

— Ah, fideputa, velhaco, este é mesmo dos católicos!

— Vistes — disse o do bosque em ouvindo o *fideputa* de Sancho — como elogiastes o vinho chamando-o "fideputa"?

— Confesso — respondeu Sancho — que conheço não ser desonra chamar alguém de "filho da puta" quando a modo de elogio. Mas diga-me, senhor, pela vida de quem mais ama, este vinho é de Ciudad Real?

— Bravo bebedor! — respondeu o do bosque. — De feito não é ele de outra terra, e já tem seus bons anos de envelhecido.

— A mim com odres! — disse Sancho. — Coisas dessas não me escapam. E não é bem, senhor escudeiro, que eu tenha um instinto tão grande e tão natural para conhecer vinhos? Pois basta que me deem a cheirar qualquer que seja, que eu lhe acerto a pátria, a linhagem, o sabor e a idade e os tonéis e odres por onde passou, mais todas as circunstâncias ao vinho concernentes. E não há por que se maravilhar disso, quando eu tive em minha linhagem por parte de pai os dois mais excelentes bebedores que em muitos anos conheceu La Mancha, em prova do qual lhes aconteceu o que agora contarei. Deram aos dois para provar do vinho de uma cuba, pedindo-lhes seu parecer do estado, qualidade, bondade ou malícia do vinho. Um deles o provou com a ponta da língua, o outro não fez mais de chegá-lo ao nariz. O primeiro disse que aquele vinho sabia a ferro, o segundo disse que mais sabia a cordovão. O dono disse que a cuba estava limpa e que o tal vinho não tinha mistura alguma da qual pudesse ter pegado sabor de ferro nem de couro. Mas nem por isso os dois famosos bebedores arredaram do já dito. Passou-se o tempo, vendeu-se o vinho e, quando limparam a cuba, acharam nela uma chavezinha amarrada a uma tira de cordovão. Para que vossa mercê veja se quem vem dessa ralé pode ou não dar seu parecer em semelhantes causas.

---

piruétanos, ni a raíces de los montes. Allá se lo hayan con sus opiniones y leyes caballerescas nuestros amos, y coman lo que ellos mandaren; fiambreras traigo, y esta bota colgando del arzón de la silla, por sí o por no, y es tan devota mía y quiérola tanto, que pocos ratos se pasan sin que la dé mil besos y mil abrazos.

Y diciendo esto se la puso en las manos a Sancho, el cual, empinándola, puesta a la boca, estuvo mirando las estrellas un cuarto de hora, y en acabando de beber dejó caer la cabeza a un lado, y dando un gran suspiro dijo:

— ¡Oh hideputa, bellaco, y cómo es católico!

— ¿Veis ahí — dijo el del Bosque en oyendo el *hideputa* de Sancho — como habéis alabado este vino llamándole "hideputa"?

— Digo — respondió Sancho — que confieso que conozco que no es deshonra llamar "hijo de puta" a nadie cuando cae debajo del entendimiento de alabarle. Pero dígame, señor, por el siglo de lo que más quiere, ¿este vino es de Ciudad Real?

— ¡Bravo mojón! — respondió el del Bosque —. En verdad que no es de otra parte y que tiene algunos años de ancianidad.

— ¿A mí con eso? — dijo Sancho —. No toméis menos sino que se me fuera a mí por alto dar alcance a su conocimiento. ¿No será bueno, señor escudero, que tenga yo un instinto tan grande y tan natural en esto de conocer vinos, que, en dándome a oler cualquiera, acierto la patria, el linaje, el sabor y la dura y las vueltas que ha de dar, con todas las circunstancias al vino atañederas? Pero no hay de qué maravillarse, si tuve en mi linaje por

— Por isso digo — disse o do bosque — que deixemos de andar buscando aventuras, e como temos pão, não busquemos tortas, e voltemos ao nosso rancho, que lá Deus nos há de achar, se Ele quiser.

— Até meu amo chegar a Saragoça, seguirei a serviço dele, e depois veremos.

Enfim, tanto falaram e tanto beberam os dois bons escudeiros, que o sono teve necessidade de lhes amarrar a língua e aplacar a sede, pois saciá-la era impossível; e assim, ambos agarrados à bota já quase vazia, com os bocados por mastigar na boca, pegaram no sono, e assim os deixaremos por ora, para contar o que o Cavaleiro do Bosque tratou com o da Triste Figura.

NOTAS

[1] *... estes contando-se suas vidas e aqueles seus amores*: nova reminiscência de Garcilaso (*"Agora unas con otras apartadas/ contándoos los amores y las vidas"* ["Soneto XI", vv. 7-8]).

[2] *Deus me livre do pecado mortal*: adaptação de *"ab omni peccato, libera nos, Domine"*, versículo da ladainha de Todos os Santos recitada na extrema-unção.

[3] *... um cego guia outro cego, cairão ambos no buraco*: provérbio derivado de uma parábola do Evangelho (Mateus, 15, 14).

---

parte de mi padre los dos más excelentes mojones que en luengos años conoció la Mancha, para prueba de lo cual les sucedió lo que ahora diré. Diéronles a los dos a probar del vino de una cuba, pidiéndoles su parecer del estado, cualidad, bondad o malicia del vino. El uno lo probó con la punta de la lengua, el otro no hizo más de llegarlo a las narices. El primero dijo que aquel vino sabía a hierro, el segundo dijo que más sabía a cordobán. El dueño dijo que la cuba estaba limpia y que el tal vino no tenía adobo alguno por donde hubiese tomado sabor de hierro ni de cordobán. Con todo eso, los dos famosos mojones se afirmaron en lo que habían dicho. Anduvo el tiempo, vendióse el vino, y al limpiar de la cuba hallaron en ella una llave pequeña, pendiente de una correa de cordobán. Porque vea vuestra merced si quien viene desta ralea podrá dar su parecer en semejantes causas.

— Por eso digo — dijo el del Bosque — que nos dejemos de andar buscando aventuras, y pues tenemos hogazas, no busquemos tortas, y volvámonos a nuestras chozas, que allí nos hallará Dios, si Él quiere.

— Hasta que mi amo llegue a Zaragoza, le serviré, que después todos nos entenderemos.

Finalmente, tanto hablaron y tanto bebieron los dos buenos escuderos, que tuvo necesidad el sueño de atarles las lenguas y templarles la sed, que quitársela fuera imposible; y así, asidos entrambos de la ya casi vacía bota, con los bocados a medio mascar en la boca, se quedaron dormidos, donde los dejaremos por ahora, por contar lo que el Caballero del Bosque pasó con el de la Triste Figura.

CAPÍTULO XIV

ONDE SE PROSSEGUE A AVENTURA DO CAVALEIRO DO BOSQUE

Entre as muitas razões que passaram D. Quixote e o Cavaleiro da Selva, diz a história que o do bosque disse a D. Quixote:

— Finalmente, senhor cavaleiro, quero que saibais que o meu destino, ou, para melhor dizer, a minha escolha, levou-me a enamorar-me da sem-par Cacildeia de Vandália. Chamo-a sem-par porque o não tem, assim na grandeza do corpo como no extremo do seu estado e da sua formosura. Pois essa tal Cacildeia de quem vou contando pagou meus bons pensamentos e comedidos desejos mandando-me ocupar, como a Hércules sua madrinha,[1] em muitos e diversos perigos, prometendo-me ao fim de cada um que ao fim do outro chegaria o da minha esperança; mas assim se foram encadeando meus trabalhos, que não têm conto, nem eu sei qual há de ser o último que dê princípio ao cumprimento dos meus bons desejos. Uma vez mandou-me desafiar aquela famosa giganta de Sevilha chamada Giralda,[2] que é tão rija e forte como se feita de bronze, e sem sair do lugar é a mais movediça e volúvel mulher do mundo. Cheguei, vi-a e venci-a, e fi-la estar queda e à raia, porque em mais de uma semana não sopraram senão ventos nortes. Vez também houve que me mandou fosse tomar em peso as antigas pedras dos grandes

---

CAPÍTULO XIV

DONDE SE PROSIGUE LA AVENTURA DEL CABALLERO DEL BOSQUE

Entre muchas razones que pasaron don Quijote y el Caballero de la Selva, dice la historia que el del Bosque dijo a don Quijote:

— Finalmente, señor caballero, quiero que sepáis que mi destino, o, por mejor decir, mi elección, me trujo a enamorar de la sin par Casildea de Vandalia. Llámola sin par porque no le tiene, así en la grandeza del cuerpo como en el estremo del estado y de la hermosura. Esta tal Casildea, pues, que voy contando, pagó mis buenos pensamientos y comedidos deseos con hacerme ocupar, como su madrina a Hércules, en muchos y diversos peligros, prometiéndome al fin de cada uno que en el fin del otro llegaría el de mi esperanza; pero así se han ido eslabonando mis trabajos, que no tienen cuento, ni yo sé cuál ha de ser el último que dé principio al cumplimiento de mis buenos deseos. Una vez me mandó que fuese a desafiar a aquella famosa giganta de Sevilla llamada la Giralda, que es tan valiente y fuerte como hecha de bronce, y sin mudarse de un lugar es la más movible y voltaria mujer del mundo. Llegué, vila y vencíla, y hícela estar queda y a raya, porque en más de una semana no soplaron sino vientos nortes. Vez también hubo que me mandó fuese a tomar en peso las antiguas piedras de los valientes Toros

Touros de Guisando,[3] empresa mais para ganhões que para cavaleiros. Outra vez mandou que me precipitasse e sumisse na grota de Cabra,[4] perigo inaudito e temeroso, e que lhe trouxesse particular relação do que naquela escura profundeza se encerra. Detive o movimento da Giralda, pesei os Touros de Guisando, despenhei-me na garganta e trouxe à luz o escondido do seu abismo, e minhas esperanças, mortas e remortas, e seus mandamentos e desdéns, vivos e revivos. Por fim, ultimamente mandou-me discorrer por todas as províncias da Espanha e fazer confessar a todos os andantes cavaleiros que por elas vagassem que só ela é a mais avantajada em formosura de quantas hoje vivem, e que eu sou o mais valente e o mais bem enamorado cavaleiro do orbe, em cuja demanda já andei a maior parte da Espanha, e nela venci muitos cavaleiros que se atreveram a contradizer-me. Mas do que eu mais me prezo e ufano é de ter vencido em singular batalha aquele tão famoso cavaleiro D. Quixote de La Mancha, fazendo-o confessar que é mais formosa a minha Cacildeia do que a sua Dulcineia, e neste só vencimento faço conta que venci todos os cavaleiros do mundo, porque o tal D. Quixote que digo venceu a todos, e havendo-o vencido eu a ele, sua glória, sua fama e sua honra se transferiram e passaram à minha pessoa,

> pois tanto o vencedor é mais honrado
> quanto mais o vencido é reputado;[5]

e assim já correm por minha conta e são minhas as inumeráveis façanhas do referido D. Quixote.

Admirado ficou D. Quixote de ouvir o Cavaleiro do Bosque, e mil vezes esteve a ponto de lhe dizer que mentia, já com o "mentis" na ponta da

---

de Guisando, empresa más para encomendarse a ganapanes que a caballeros. Otra vez me mandó que me precipitase y sumiese en la sima de Cabra, peligro inaudito y temeroso y que le trujese particular relación de lo que en aquella escura profundidad se encierra. Detuve el movimiento a la Giralda, pesé los Toros de Guisando, despeñéme en la sima y saqué a luz lo escondido de su abismo, y mis esperanzas, muertas que muertas, y sus mandamientos y desdenes, vivos que vivos. En resolución, últimamente me ha mandado que discurra por todas las provincias de España y haga confesar a todos los andantes caballeros que por ellas vagaren que ella sola es la más aventajada en hermosura de cuantas hoy viven, y que yo soy el más valiente y el más bien enamorado caballero del orbe, en cuya demanda he andado ya la mayor parte de España, y en ella he vencido muchos caballeros que se han atrevido a contradecirme. Pero de lo que yo más me precio y ufano es de haber vencido en singular batalla a aquel tan famoso caballero don Quijote de la Mancha, y héchole confesar que es más hermosa mi Casildea que su Dulcinea, y en solo este vencimiento hago cuenta que he vencido todos los caballeros del mundo, porque el tal don Quijote que digo los ha vencido a todos, y habiéndole yo vencido a él, su gloria, su fama y su honra se ha transferido y pasado a mi persona,

> y tanto el vencedor es más honrado
> cuanto más el vencido es reputado;

así que ya corren por mi cuenta y son mías las inumerables hazañas del ya referido don Quijote.

Admirado quedó don Quijote de oír al Caballero del Bosque, y estuvo mil veces por decirle que mentía, y

língua, mas reportou-se o melhor que pôde, para o fazer confessar sua mentira por sua própria boca, e assim sossegadamente lhe disse:

— Quanto a vossa mercê, senhor cavaleiro, ter vencido os mais cavaleiros andantes da Espanha, e até de todo o mundo, não digo nada; mas que tenha vencido D. Quixote de La Mancha, ponho-o em dúvida. Bem pudera ser algum outro parecido, ainda que poucos se lhe pareçam.

— Como não? — replicou o do bosque. — Pelo céu que nos cobre que pelejei com D. Quixote e o venci e rendi, e é um homem alto de corpo, enxuto de rosto, compridos e descarnados os membros, grisalhos os cabelos, o nariz aquilino e algum tanto curvo, de bigodes grandes, pretos e caídos. Campeia sob o nome de Cavaleiro da Triste Figura e leva por escudeiro um lavrador chamado Sancho Pança; aperta os lombos e rege o freio de um famoso cavalo chamado Rocinante e, finalmente, tem por senhora da sua vontade uma tal Dulcineia d'El Toboso, em outro tempo chamada Aldonza Lorenzo, tal como a minha, que por se chamar Casilda e ser da Andaluzia, é por mim chamada Cacildeia de Vandália. Se todos estes sinais não bastam para acreditar minha verdade, aqui está minha espada, que fará a mesma incredulidade dar-lhe crédito.

— Sossegai, senhor cavaleiro — disse D. Quixote —, e escutai o que dizer-vos quero. Haveis de saber que esse D. Quixote que dizeis é o maior amigo que neste mundo tenho, e é isto tanto assim que posso dizer que o tenho no lugar da minha própria pessoa, e pelos sinais que dele me destes, tão pontuais e certos, não posso pensar senão que seja o mesmo que vencestes. Por outra parte, vejo com os olhos e toco com as mãos ser impossível que seja o mesmo, se não fosse que, como ele tem muitos inimigos encantadores (especialmente um que de ordinário o persegue), houvesse algum de-

---

ya tuvo el mentís en el pico de la lengua, pero reportóse lo mejor que pudo, por hacerle confesar por su propia boca su mentira, y así, sosegadamente, le dijo:

— De que vuesa merced, señor caballero, haya vencido a los más caballeros andantes de España, y aun de todo el mundo, no digo nada; pero de que haya vencido a don Quijote de la Mancha, póngolo en duda. Podría ser que fuese otro que le pareciese, aunque hay pocos que le parezcan.

— ¿Cómo no? — replicó el del Bosque —. Por el cielo que nos cubre que peleé con don Quijote, y le vencí y rendí, y es un hombre alto de cuerpo, seco de rostro, estirado y avellanado de miembros, entrecano, la nariz aguileña y algo corva, de bigotes grandes, negros y caídos. Campea debajo del nombre del Caballero de la Triste Figura y trae por escudero a un labrador llamado Sancho Panza; oprime el lomo y rige el freno de un famoso caballo llamado Rocinante, y, finalmente, tiene por señora de su voluntad a una tal Dulcinea del Toboso, llamada un tiempo Aldonza Lorenzo, como la mía, que por llamarse Casilda y ser de la Andalucía, yo la llamo Casildea de Vandalia. Si todas estas señas no bastan para acreditar mi verdad, aquí está mi espada, que la hará dar crédito a la mesma incredulidad.

— Sosegaos, señor caballero — dijo don Quijote —, y escuchad lo que decir os quiero. Habéis de saber que ese don Quijote que decís es el mayor amigo que en este mundo tengo, y tanto, que podré decir que le tengo en lugar de mi misma persona, y que por las señas que dél me habéis dado, tan puntuales y ciertas, no puedo pensar sino que sea el mismo que habéis vencido. Por otra parte, veo con los ojos y toco con las manos no ser posible ser el mesmo, si ya no fuese que, como él tiene muchos enemigos encantadores (especialmente uno que de ordina-

les tomado sua figura para deixar-se vencer com a intenção de lhe esbulhar a fama que suas altas cavalarias lhe têm granjeada e adquirida por todo o descoberto da terra; e para a confirmação disto quero também que saibais que os tais encantadores seus contrários não há mais de dois dias transformaram a figura e pessoa da formosa Dulcineia d'El Toboso em uma aldeã baixa e soez, e desta mesma maneira hão de haver transformado D. Quixote. E se tudo isto não bastar para tomardes conhecimento desta verdade que digo, aqui está o próprio D. Quixote, que a sustentará com suas armas a pé ou a cavalo ou de qualquer sorte que vos agradar.

E dizendo isto se levantou em pé e empunhou a espada, esperando a resolução que o Cavaleiro do Bosque havia de tomar, o qual, com voz igualmente sossegada, respondeu e disse:

— A bom pagador não dói o penhor. Quem uma vez pôde vencer-vos transformado, senhor D. Quixote, bem poderá ter a esperança de render-vos no vosso próprio ser. Mas, porque não é bem os cavaleiros fazerem seus feitos de armas às escuras, como salteadores e rufiães, esperemos o dia para que o sol veja as nossas obras. E há de ser condição da nossa batalha que o vencido se renda à vontade do vencedor, para que este faça dele tudo quanto quiser, contanto que seja coisa decente a cavaleiro.

— Sou mais que contente de tal acordo e condição — respondeu D. Quixote.

E em dizendo isto foram aonde estavam seus escudeiros e os acharam roncando e na mesma forma em que estavam quando o sono os assaltara. Logo os acordaram e lhes mandaram aprestar os cavalos, porque em saindo o sol haviam os dois de fazer uma sangrenta, singular e desigual batalha, ante cujas novas ficou Sancho atônito e pasmado, temeroso da saúde do seu amo,

---

rio le persigue), no haya alguno dellos tomado su figura para dejarse vencer, por defraudarle de la fama que sus altas caballerías le tienen granjeada y adquirida por todo lo descubierto de la tierra; y para confirmación desto quiero también que sepáis que los tales encantadores sus contrarios no ha más de dos días que transformaron la figura y persona de la hermosa Dulcinea del Toboso en una aldeana soez y baja, y desta manera habrán transformado a don Quijote. Y si todo esto no basta para enteraros en esta verdad que digo, aquí está el mesmo don Quijote, que la sustentará con sus armas a pie o a caballo o de cualquiera suerte que os agradare.

Y diciendo esto se levantó en pie y se empuñó en la espada, esperando qué resolución tomaría el Caballero del Bosque, el cual, con voz asimismo sosegada, respondió y dijo:

— Al buen pagador no le duelen prendas: el que una vez, señor don Quijote, pudo venceros transformado, bien podrá tener esperanza de rendiros en vuestro propio ser. Mas porque no es bien que los caballeros hagan sus fechos de armas ascuras, como los salteadores y rufianes, esperemos el día para que el sol vea nuestras obras. Y ha de ser condición de nuestra batalla que el vencido ha de quedar a la voluntad del vencedor, para que haga dél todo lo que quisiere, con tal que sea decente a caballero lo que se le ordenare.

— Soy más que contento desa condición y convenencia — respondió don Quijote.

Y en diciendo esto se fueron donde estaban sus escuderos, y los hallaron roncando y en la misma forma que estaban cuando les salteó el sueño. Despertáronlos y mandáronles que tuviesen a punto los caballos, porque en saliendo el sol habían de hacer los dos una sangrienta, singular y desigual batalla, a cuyas nuevas quedó Sancho atónito y pasmado, temeroso de la salud de su amo, por las valentías que había oído decir del suyo al escude-

à conta das valentias que ouvira o Escudeiro do Bosque dizer do seu. Mas, sem falar palavra, foram-se os dois escudeiros buscar seu gado, pois já todos três cavalos mais o ruço se haviam cheirado e estavam todos juntos.

No caminho, disse o do bosque a Sancho:

— Vossa mercê há de saber, irmão, que é costume dos pelejadores andaluzes, quando são padrinhos de algum combate, não ficarem ociosos e de braços cruzados no tempo em que seus afilhados lutam. Digo isso por que esteja avisado de que, enquanto os nossos donos lutarem, nós também havemos de pelejar e nos fazer em pedaços.

— Esse costume, senhor escudeiro — respondeu Sancho —, pode lá correr e valer entre os rufiães e pelejadores que vossa mercê diz, mas, com os escudeiros dos cavaleiros andantes, nem por pensamento. Eu pelo menos nunca ouvi meu amo dizer semelhante costume, e ele sabe de cor todas as ordenanças da andante cavalaria. E ainda que eu acreditasse a verdade e ordenança expressa de pelejarem os escudeiros enquanto seus senhores brigam, prefiro não cumpri-la, senão pagar a pena que se aplica aos tais escudeiros pacíficos, que aposto que não passará de duas libras de cera,[6] e mais quero pagar as tais libras, pois sei que me custarão menos que as estopadas que gastaria em curar a cabeça, que já conto como rachada e partida ao meio. De mais, estou impossibilitado de lutar por não ter espada, pois nunca na vida empunhei uma.

— Para isso eu conheço um bom remédio — disse o do bosque. — Trago aqui comigo duas taleigas de lona do mesmo tamanho; vós tomareis uma e eu a outra, e lutaremos às taleigadas com armas iguais.

— Dessa maneira, seja embora — respondeu Sancho —, porque antes servirá tal luta para nos espanarmos o pó que para nos ferirmos.

---

ro del Bosque; pero, sin hablar palabra, se fueron los dos escuderos a buscar su ganado, que ya todos tres caballos y el rucio se habían olido y estaban todos juntos.

En el camino dijo el del Bosque a Sancho:

— Ha de saber, hermano, que tienen por costumbre los peleantes de la Andalucía, cuando son padrinos de alguna pendencia, no estarse ociosos mano sobre mano en tanto que sus ahijados riñen. Dígolo porque esté advertido que mientras nuestros dueños riñeren nosotros también hemos de pelear y hacernos astillas.

— Esa costumbre, señor escudero — respondió Sancho —, allá puede correr y pasar con los rufianes y peleantes que dice, pero con los escuderos de los caballeros andantes, ni por pienso. A lo menos yo no he oído decir a mi amo semejante costumbre, y sabe de memoria todas las ordenanzas de la andante caballería. Cuanto más que yo quiero que sea verdad y ordenanza expresa el pelear los escuderos en tanto que sus señores pelean, pero yo no quiero cumplirla, sino pagar la pena que estuviere puesta a los tales pacíficos escuderos, que yo aseguro que no pase de dos libras de cera, y más quiero pagar las tales libras, que sé que me costarán menos que las hilas que podré gastar en curarme la cabeza, que ya me la cuento por partida y dividida en dos partes. Hay más, que me imposibilita el reñir el no tener espada, pues en mi vida me la puse.

— Para eso sé yo un buen remedio — dijo el del Bosque —: yo traigo aquí dos talegas de lienzo, de un mesmo tamaño; tomaréis vos la una, y yo la otra, y riñiremos a talegazos, con armas iguales.

— Desa manera, sea en buena hora — respondió Sancho —, porque antes servirá la tal pelea de despolvorearnos que de herirnos.

— Não será assim — replicou o outro —, pois, para que o vento não leve as taleigas, temos que meter nelas um punhado de bons pedregulhos, uns e outros iguais no peso, e desta maneira nos poderemos taleigar sem nos fazermos mal nem dano.

— Vossa mercê olhe bem — respondeu Sancho —, que martas cebolinas ou que flocos de algodão cardado mete nas taleigas, para não sairmos com o casco rachado e os ossos moídos! Mas, ainda que as enchesse de casulos de seda, saiba, senhor meu, que eu não hei de pelejar; que pelejem nossos amos e lá se amanhem, e bebamos e vivamos nós, pois já cuida o tempo de nos tirar a vida sem que andemos buscando acicates para que ela se acabe antes de chegar ao seu ponto e termo, quando então caia de madura.

— Ainda assim — replicou o do bosque —, havemos de brigar pelo menos meia hora.

— Isso não — respondeu Sancho —, pois não sou tão descortês nem tão ingrato para travar pendência alguma, por pequena que seja, com quem me deu de comer e beber; quanto mais que, estando sem cólera e sem raiva, quem diabos há de brigar a seco?

— Para isso — disse o do bosque — eu tenho um bom remédio, que é, antes de começarmos a briga, eu me chegar de manso a vossa mercê e lhe acertar três ou quatro bofetões que o deem consigo aos meus pés, e assim despertarei sua cólera ainda que ela esteja dormindo feita pedra.

— Pois eu tenho cá outra ideia — respondeu Sancho —, que não lhe fica atrás: é eu apanhar um bordão e, antes que vossa mercê venha despertar a minha cólera, pôr a sua para dormir com tais e tantas bordoadas que só venha a acordar no outro mundo, onde todos sabem que eu não sou homem de deixar ninguém me meter a mão na cara. E cada um que olhe por si, bem

---

— No ha de ser así — replicó el otro —, porque se han de echar dentro de las talegas, porque no se las lleve el aire, media docena de guijarros lindos y pelados, que pesen tanto los unos como los otros, y desta manera nos podremos atalegar sin hacernos mal ni daño.

— ¡Mirad, cuerpo de mi padre — respondió Sancho —, qué martas cebollinas o qué copos de algodón cardado pone en las talegas, para no quedar molidos los cascos y hechos alheña los huesos! Pero aunque se llenaran de capullos de seda, sepa, señor mío, que no he de pelear: peleen nuestros amos, y allá se lo hayan, y bebamos y vivamos nosotros, que el tiempo tiene cuidado de quitarnos las vidas, sin que andemos buscando apetites para que se acaben antes de llegar su sazón y término y se cayan de maduras.

— Con todo — replicó el del Bosque —, hemos de pelear siquiera media hora.

— Eso no — respondió Sancho —, no seré yo tan descortés ni tan desagradecido, que con quien he comido y he bebido trabe cuestión alguna por mínima que sea; cuanto más que estando sin cólera y sin enojo, ¿quién diablos se ha de amañar a reñir a secas?

— Para eso — dijo el del Bosque — yo daré un suficiente remedio, y es que, antes que comencemos la pelea, yo me llegaré bonitamente a vuestra merced y le daré tres o cuatro bofetadas, que dé con él a mis pies, con las cuales le haré despertar la cólera, aunque esté con más sueño que un lirón.

— Contra ese corte sé yo otro — respondió Sancho — que no le va en zaga: cogeré yo un garrote, y antes que vuestra merced llegue a despertarme la cólera haré yo dormir a garrotazos de tal suerte la suya, que no despierte si no fuere en el otro mundo, en el cual se sabe que no soy yo hombre que me dejo manosear el rostro de

que o mais acertado seria cada um deixar a cólera do outro dormir sossegada, que ninguém sabe da alma de ninguém, e quem vai por lã costuma vir tosquiado, e Deus abençoou a paz e amaldiçoou as guerras, porque se um gato acuado, cercado e aperreado se muda em leão, eu, que sou homem, sabe Deus em que poderei me mudar, e assim desde agora intimo vossa mercê, senhor escudeiro, a que corra por sua conta todo o dano e prejuízo que do nosso pleito resultar.

— Está bem — replicou o do bosque. — Deus que amanheça, e veremos.

Nisto já começavam a gorjear nas árvores mil sortes de pintalgados passarinhos, e em seus diversos e alegres cantos parecia que davam as boas-vindas e saudavam a fresca aurora, que já pelas portas e balcões do Oriente ia descobrindo a formosura de seu rosto, sacudindo de seus cabelos um infinito número de líquidas pérolas, em cujo suave licor banhando-se as ervas, parecia outrossim que delas brotasse e chovesse branco e miúdo aljôfar; os salgueiros destilavam maná saboroso, riam as fontes, murmuravam os regatos, alegravam-se as selvas e enriqueciam-se os prados com sua vinda. Mas apenas a claridade do dia deu lugar para ver e diferenciar as coisas, quando a primeira que se ofereceu aos olhos de Sancho Pança foi o nariz do Escudeiro do Bosque, que era tão grande que quase fazia sombra a todo seu corpo. Conta-se, com efeito, que era de desmesurada grandeza, curvo na metade e todo cheio de verrugas, de cor avinhada, como de berinjela; chegava-lhe dois dedos abaixo da boca e sua grandeza, cor, verrugas e encurvadura tanto lhe afeavam o rosto que Sancho, ao vê-lo, pegou a bater de pés e mãos qual criança em convulsão e propôs em seu peito deixar-se dar duzentos bofetões antes que despertar sua cólera para brigar com aquele avejão.

---

nadie. Y cada uno mire por el virote, aunque lo más acertado sería dejar dormir su cólera a cada uno, que no sabe nadie el alma de nadie, y tal suele venir por lana que vuelve tresquilado, y Dios bendijo la paz y maldijo las riñas; porque si un gato acosado, encerrado y apretado se vuelve en león, yo, que soy hombre, Dios sabe en lo que podré volverme, y así, desde ahora intimo a vuestra merced, señor escudero, que corra por su cuenta todo el mal y daño que de nuestra pendencia resultare.

— Está bien — replicó el del Bosque —. Amanecerá Dios y medraremos.

En esto, ya comenzaban a gorjear en los árboles mil suertes de pintados pajarillos, y en sus diversos y alegres cantos parecía que daban la norabuena y saludaban a la fresca aurora, que ya por las puertas y balcones del Oriente iba descubriendo la hermosura de su rostro, sacudiendo de sus cabellos un número infinito de líquidas perlas, en cuyo suave licor bañándose las yerbas, parecía asimesmo ellas brotaban y llovían blanco y menudo aljófar; los sauces destilaban maná sabroso, reíanse las fuentes, murmuraban los arroyos, alegrábanse las selvas y enriquecíanse los prados con su venida. Mas apenas dio lugar la claridad del día para ver y diferenciar las cosas, cuando la primera que se ofreció a los ojos de Sancho Panza fue la nariz del escudero del Bosque, que era tan grande, que casi le hacía sombra a todo el cuerpo. Cuéntase, en efecto, que era de demasiada grandeza, corva en la mitad y toda llena de verrugas, de color amoratado, como de berenjena; bajábale dos dedos más abajo de la boca; cuya grandeza, color, verrugas y encorvamiento así le afeaban el rostro, que en viéndole Sancho comenzó a herir de pie y de mano, como niño con alferecía, y propuso en su corazón de dejarse dar docientas bofetadas antes que despertar la cólera para reñir con aquel vestiglo.

D. Quixote olhou seu contendor e o achou com a celada já posta e fechada, de modo que não pôde ver seu rosto, mas reparou que era homem membrudo e não muito alto. Sobre as armas trazia uma sobrecapa ou casaca de um tecido que parecia ser de ouro muito fino, toda semeada de muitas rodelas de resplandecentes espelhos, que o faziam em grandíssima maneira galante e vistoso. Voava-lhe sobre a celada uma grande quantidade de plumas verdes, amarelas e brancas; a lança, que tinha encostada numa árvore, era grandíssima e grossa, e com um ferrão acerado de mais de um palmo.

Tudo olhou e tudo notou D. Quixote, e do visto e olhado julgou que o já dito cavaleiro devia de ter grandes forças. Mas nem por isso temeu, como Sancho Pança; antes com gentil denodo disse ao Cavaleiro dos Espelhos:

— Se a muita ânsia de lutar, senhor cavaleiro, vos não gasta a cortesia, por ela vos peço que levanteis um pouco a viseira, para que eu veja se a galhardia do vosso rosto responde à da vossa apostura.

— Vencido ou vencedor que sairdes desta empresa, senhor cavaleiro — respondeu o dos Espelhos —, tereis tempo e espaço bastantes para ver-me, e se agora não satisfaço o vosso desejo, é por parecer-me que faria notável ofensa à formosa Cacildeia de Vandália com a dilação do tempo que eu tardasse em levantar a viseira sem vos fazer confessar o que já sabeis que pretendo.

— Mas enquanto montamos nos cavalos — disse D. Quixote — bem me poderíeis dizer se sou aquele D. Quixote que dissestes ter vencido.

— A isso respondemos — disse o dos Espelhos — que vos pareceis, sim, como se parece um ovo a outro, ao mesmo cavaleiro que venci. Mas, como dizeis que vos perseguem encantadores, não ousarei afirmar se sois ou não o sobredito.

Don Quijote miró a su contendor y hallóle ya puesta y calada la celada, de modo que no le pudo ver el rostro, pero notó que era hombre membrudo y no muy alto de cuerpo. Sobre las armas traía una sobrevista o casaca de una tela al parecer de oro finísimo, sembradas por ella muchas lunas pequeñas de resplandecientes espejos, que le hacían en grandísima manera galán y vistoso; volábanle sobre la celada grande cantidad de plumas verdes, amarillas y blancas; la lanza, que tenía arrimada a un árbol, era grandísima y gruesa, y de un hierro acerado de más de un palmo.

Todo lo miró y todo lo notó don Quijote, y juzgó de lo visto y mirado que el ya dicho caballero debía de ser de grandes fuerzas; pero no por eso temió, como Sancho Panza, antes con gentil denuedo dijo al Caballero de los Espejos:

— Si la mucha gana de pelear, señor caballero, no os gasta la cortesía, por ella os pido que alcéis la visera un poco, porque yo vea si la gallardía de vuestro rostro responde a la de vuestra disposición.

— O vencido o vencedor que salgáis desta empresa, señor caballero — respondió el de los Espejos —, os quedará tiempo y espacio demasiado para verme, y si ahora no satisfago a vuestro deseo, es por parecerme que hago notable agravio a la hermosa Casildea de Vandalia en dilatar el tiempo que tardare en alzarme la visera, sin haceros confesar lo que ya sabéis que pretendo.

— Pues en tanto que subimos a caballo — dijo don Quijote — bien podéis decirme si soy yo aquel don Quijote que dijistes haber vencido.

— A eso vos respondemos — dijo el de los Espejos — que parecéis, como se parece un huevo a otro, al

— Isso me basta — respondeu D. Quixote — para crer no vosso engano. Porém, para tirar-vos dele de todo ponto, que venham nossos cavalos, e em menos tempo que o que tardaríeis em levantar a viseira, se Deus, minha senhora e meu braço me valerem, verei eu o vosso rosto, e vós vereis que não sou o vencido D. Quixote que pensais.

Então, abreviando razões, montaram em seus cavalos, e D. Quixote virou as rédeas a Rocinante para tomar a distância que convinha para voltar de encontro ao seu contrário, fazendo o mesmo o dos Espelhos. Mas ainda não se afastara D. Quixote nem vinte passos quando ouviu que o dos Espelhos o chamava, e, tornando os dois ao meio do campo, o dos Espelhos lhe disse:

— Lembrai-vos, senhor cavaleiro, que é condição da nossa batalha, como fica dito, que o vencido se há de render à discrição do vencedor.

— Já o sei — respondeu D. Quixote —, e será contanto que o imposto e mandado ao vencido seja coisa que não saia dos limites da cavalaria.

— Assim se dá por entendido — respondeu o dos Espelhos.

Ofereceu-se então à vista de D. Quixote o estranho nariz do escudeiro, e não menos que Sancho se admirou de vê-lo, e tanto que o tomou por algum monstro ou por homem novo, daqueles que não se usam neste mundo. Sancho, ao ver que o seu amo se afastava para tomar carreira, não quis ficar sozinho com o narigudo, certo de que um só esbarro daquele nariz no seu bastaria para rematar a contenda, ficando ele estirado no chão, pelo golpe ou pelo medo, e seguiu após seu amo, aferrado a um loro de Rocinante, e quando entendeu que já era hora de virar, lhe disse:

— Suplico a vossa mercê, senhor meu, que antes de virar e partir em carreira me ajude a subir naquele sobreiro, de onde poderei ver mais ao meu

---

mismo caballero que yo vencí; pero según vos decís que le persiguen encantadores, no osaré afirmar si sois el contenido o no.

— Eso me basta a mí — respondió don Quijote — para que crea vuestro engaño; empero, para sacaros dél de todo punto, vengan nuestros caballos, que en menos tiempo que el que tardáredes en alzaros la visera, si Dios, si mi señora y mi brazo me valen, veré yo vuestro rostro, y vos veréis que no soy yo el vencido don Quijote que pensáis.

Con esto, acortando razones, subieron a caballo, y don Quijote volvió las riendas a Rocinante para tomar lo que convenía del campo, para volver a encontrar a su contrario, y lo mesmo hizo el de los Espejos. Pero no se había apartado don Quijote veinte pasos, cuando se oyó llamar del de los Espejos, y, partiendo los dos el camino, el de los Espejos le dijo:

— Advertid, señor caballero, que la condición de nuestra batalla es que el vencido, como otra vez he dicho, ha de quedar a discreción del vencedor.

— Ya la sé — respondió don Quijote —, con tal que lo que se le impusiere y mandare al vencido han de ser cosas que no salgan de los límites de la caballería.

— Así se entiende — respondió el de los Espejos.

Ofreciéronsele en esto a la vista de don Quijote las estrañas narices del escudero, y no se admiró menos de verlas que Sancho, tanto, que le juzgó por algún monstro o por hombre nuevo y de aquellos que no se usan en el mundo. Sancho, que vio partir a su amo para tomar carrera, no quiso quedar solo con el narigudo, temiendo que con solo un pasagonzalo con aquellas narices en las suyas sería acabada la pendencia suya, quedando del golpe o

sabor, melhor que do chão, o galhardo encontro que vossa mercê há de fazer com esse cavaleiro.

— Antes creio, Sancho — disse D. Quixote —, que te queres montar e subir em palanque para ver os touros sem perigo.

— Para dizer a verdade — respondeu Sancho —, é o desmesurado nariz daquele escudeiro que me tem atônito e cheio de pavor, e não me afoito a ficar perto dele.

— É ele de tal feição — disse D. Quixote — que, não fosse eu quem sou, também me espantara. Vem, então, que te ajudarei a subir onde dizes.

No que se deteve D. Quixote para que Sancho subisse no sobreiro, tomou o dos Espelhos o campo que julgou necessário e, entendendo que o mesmo fizera D. Quixote, sem esperar som de trombeta nem outro sinal que o avisasse,[7] virou as rédeas ao seu cavalo (que não era mais ligeiro nem de melhor parecer que Rocinante) e a todo o seu correr, que era um meio trote, foi de encontro ao seu inimigo; mas, vendo-o ocupado na subida de Sancho, colheu as rédeas e parou em plena carreira, do que o cavalo ficou gratíssimo, pois já mal conseguia se mover. D. Quixote, a quem pareceu que seu inimigo já vinha voando, meteu rijo as esporas nos coitados costados de Rocinante e o picou de maneira que, segundo conta a história, foi esta a única vez que se soube ter corrido algum tanto, pois todas as demais não passara do mero trote, e com essa nunca vista fúria chegou aonde o dos Espelhos estava calcando as esporas até a pua em seu cavalo, sem conseguir movê-lo um dedo do lugar onde estacara sua carreira.

Nessa boa ocasião e conjuntura achou D. Quixote o seu contrário embaraçado com seu cavalo e ocupado com sua lança, que nunca acertou ou não teve ocasião de enristar. D. Quixote, sem fazer caso de tais inconvenien-

---

del miedo tendido en el suelo, y fuese tras su amo, asido a una ación de Rocinante; y cuando le pareció que ya era tiempo que volviese, le dijo:

— Suplico a vuesa merced, señor mío, que antes que vuelva a encontrarse me ayude a subir sobre aquel alcornoque, de donde podré ver más a mi sabor, mejor que desde el suelo, el gallardo encuentro que vuesa merced ha de hacer con este caballero.

— Antes creo, Sancho — dijo don Quijote —, que te quieres encaramar y subir en andamio por ver sin peligro los toros.

— La verdad que diga — respondió Sancho —, las desaforadas narices de aquel escudero me tienen atónito y lleno de espanto, y no me atrevo a estar junto a él.

— Ellas son tales — dijo don Quijote —, que a no ser yo quien soy también me asombraran; y, así, ven, ayudarte he a subir donde dices.

En lo que se detuvo don Quijote en que Sancho subiese en el alcornoque tomó el de los Espejos del campo lo que le pareció necesario, y, creyendo que lo mismo habría hecho don Quijote, sin esperar son de trompeta ni otra señal que le avisase volvió las riendas a su caballo (que no era más ligero ni de mejor parecer que Rocinante) y a todo su correr, que era un mediano trote, iba a encontrar a su enemigo; pero, viéndole ocupado en la subida de Sancho, detuvo las riendas y paróse en la mitad de la carrera, de lo que el caballo quedó agradecidísimo, a causa que ya no podía moverse. Don Quijote, que le pareció que ya su enemigo venía volando, arrimó reciamente las espuelas a las trasijadas ijadas de Rocinante y le hizo aguijar de manera, que cuenta la historia que esta sola

tes, a seu salvo e sem perigo algum encontrou o dos Espelhos com tanta força que, mau grado seu, o fez vir ao chão pelas ancas do cavalo, levando tal queda que, sem mover pé nem mão, parecia estar morto.

Apenas Sancho o viu caído, escorregou do sobreiro abaixo e foi a toda pressa aonde estava o seu senhor, o qual, apeando-se de Rocinante, avançou contra o dos Espelhos e, desatando os laços do seu elmo para ver se estava morto e, se acaso estivesse vivo, pudesse tomar ar, eis que viu... Quem poderá dizer o que ele viu, sem causar admiração, maravilha e espanto aos que o ouvirem? Viu, diz a história, o rosto mesmo, a mesma figura, o mesmo aspecto, a mesma fisionomia, a mesma efígie, a perspectiva mesma do bacharel Sansón Carrasco, e assim como a viu, em altas vozes disse:

— Corre, Sancho, vem ver o que não hás de crer! Olha, filho, e adverte o que pode a magia, o que podem os feiticeiros e os encantadores!

Chegou Sancho e, em vendo o rosto do bacharel Carrasco, começou a fazer mil cruzes e a se benzer outras tantas. Em tudo isso não dava mostras de estar vivo o derribado cavaleiro, e Sancho disse a D. Quixote:

— Sou de parecer, senhor meu, que, pelo sim ou pelo não, vossa mercê finque e meta a espada pela boca deste que parece ser o bacharel Sansón Carrasco, pois quem sabe mate nele algum dos seus inimigos os encantadores.

— Não dizes mal — disse D. Quixote —, que inimigos, quantos menos, melhor.

E ao sacar a espada para pôr em efeito o aviso e conselho de Sancho, chegou o escudeiro do dos Espelhos, já sem o nariz que tão feio o fazia, dizendo a grandes vozes:

— Olhe o que vai fazer, senhor D. Quixote, que esse que está aos seus pés é o bacharel Sansón Carrasco, seu amigo, e eu sou o seu escudeiro!

---

vez se conoció haber corrido algo, porque todas las demás siempre fueron trotes declarados, y con esta no vista furia llegó donde el de los Espejos estaba hincando a su caballo las espuelas hasta los botones, sin que le pudiese mover un solo dedo del lugar donde había hecho estanco de su carrera.

En esta buena sazón y coyuntura halló don Quijote a su contrario, embarazado con su caballo y ocupado con su lanza, que nunca o no acertó o no tuvo lugar de ponerla en ristre. Don Quijote, que no miraba en estos inconvenientes, a salvamano y sin peligro alguno encontró al de los Espejos, con tanta fuerza, que mal de su grado le hizo venir al suelo por las ancas del caballo, dando tal caída, que sin mover pie ni mano dio señales de que estaba muerto.

Apenas le vio caído Sancho, cuando se deslizó del alcornoque y a toda priesa vino donde su señor estaba, el cual, apeándose de Rocinante, fue sobre el de los Espejos y, quitándole las lazadas del yelmo para ver si era muerto y para que le diese el aire si acaso estaba vivo, y vio... ¿Quién podrá decir lo que vio, sin causar admiración, maravilla y espanto a los que lo oyeren? Vio, dice la historia, el rostro mesmo, la misma figura, el mesmo aspecto, la misma fisonomía, la mesma efigie, la perspetiva mesma del bachiller Sansón Carrasco, y así como la vio, en altas voces dijo:

— ¡Acude, Sancho, y mira lo que has de ver y no lo has de creer! ¡Aguija, hijo, y advierte lo que puede la magia, lo que pueden los hechiceros y los encantadores!

Llegó Sancho, y como vio el rostro del bachiller Carrasco, comenzó a hacerse mil cruces y a santiguarse otras tantas. En todo esto no daba muestras de estar vivo el derribado caballero, y Sancho dijo a don Quijote:

E vendo-o Sancho sem aquela primeira fealdade, lhe disse:

— E o nariz?

Ao que o outro respondeu:

— Aqui está, na algibeira.

E metendo a mão à direita, tirou um nariz de pasta e verniz, postiço, daquele feitio já delineado. E olhando-o Sancho mais e mais, disse em admirada e alta voz:

— Virgem santa, valei-me! Se não é Tomé Cecial, meu vizinho e compadre!

— E como sou! — respondeu o desnarigado escudeiro. — Tomé Cecial sou, compadre e amigo Sancho Pança, e logo vos direi as manobras, embustes e enredos que me trouxeram até aqui, e entretanto pedi e suplicai ao senhor vosso amo que não toque, maltrate, fira nem mate o Cavaleiro dos Espelhos que ele tem aos seus pés, porque sem dúvida alguma é o atrevido e mal-aconselhado bacharel Sansón Carrasco, nosso conterrâneo.

Então tornou em si o dos Espelhos, o qual visto por D. Quixote, chegou-lhe a ponta nua da sua espada contra o rosto e lhe disse:

— Morto sois, cavaleiro, se não confessardes que a sem-par Dulcineia d'El Toboso avantaja em beleza à vossa Cacildeia de Vandália; e ademais haveis de prometer, se desta contenda e queda sairdes com vida, de ir à cidade de El Toboso e apresentar-vos da minha parte à presença dela, para que faça convosco o que mais for da sua vontade, e se ela vos deixar à vossa, igualmente haveis de voltar a buscar-me, que o rastro das minhas façanhas vos servirá de guia para trazer-vos aonde eu estiver e dizer-me o que com ela houverdes tratado, condições estas que, conforme ao concertado antes da nossa batalha, não saem dos termos da andante cavalaria.

— Soy de parecer, señor mío, que, por sí o por no, vuesa merced hinque y meta la espada por la boca a este que parece el bachiller Sansón Carrasco, quizá matará en él a alguno de sus enemigos los encantadores.

— No dices mal — dijo don Quijote —, porque de los enemigos, los menos.

Y sacando la espada para poner en efecto el aviso y consejo de Sancho, llegó el escudero del de los Espejos, ya sin las narices que tan feo le habían hecho, y a grandes voces dijo:

— Mire vuesa merced lo que hace, señor don Quijote, que ese que tiene a los pies es el bachiller Sansón Carrasco, su amigo, y yo soy su escudero.

Y viéndole Sancho sin aquella fealdad primera, le dijo:

— ¿Y las narices?

A lo que él respondió:

— Aquí las tengo en la faldriquera.

Y echando mano a la derecha, sacó unas narices de pasta y barniz, de máscara, de la manifatura que quedan delineadas. Y mirándole más y más Sancho, con voz admirativa y grande dijo:

— ¡Santa María, y valme! ¿Este no es Tomé Cecial, mi vecino y mi compadre?

— ¡Y cómo si lo soy! — respondió el ya desnarigado escudero —. Tomé Cecial soy, compadre y amigo Sancho Panza, y luego os diré los arcaduces, embustes y enredos por donde soy aquí venido, y en tanto pedid y suplicad al señor vuestro amo que no toque, maltrate, hiera ni mate al Caballero de los Espejos, que a sus pies tiene, porque sin duda alguna es el atrevido y mal aconsejado del bachiller Sansón Carrasco, nuestro compatrioto.

— Confesso — disse o cansado cavaleiro — que mais vale o sapato roto e sujo da senhora Dulcineia d'El Toboso que as barbas desgrenhadas, ainda que aparadas, de Cacildeia, e prometo ir e voltar da sua presença à vossa e dar-vos inteira e particular conta do que me pedis.

— Também haveis de confessar e crer — acrescentou D. Quixote — que aquele cavaleiro que vencestes não foi nem pode ser D. Quixote de La Mancha, senão outro que se lhe parecia, como eu confesso e creio que vós, por mais que pareçais o bacharel Sansón Carrasco, o não sois, senão outro que se lhe parece e que em sua figura aqui puseram meus inimigos, para que eu contenha e tempere o ímpeto da minha cólera e para que use brandamente da glória do vencimento.

— Tudo confesso, julgo e sinto tal como vós credes, julgais e sentis — respondeu o desancado cavaleiro. — Agora vos rogo que me deixeis levantar, se é que o permite o golpe da minha queda, que assaz escangalhado me deixou.

Ajudou-o a levantar D. Quixote e Tomé Cecial, seu escudeiro, do qual Sancho não tirava os olhos, perguntando-lhe coisas cujas respostas lhe davam manifestos sinais de que era realmente Tomé Cecial quem as dizia. Mas a apreensão que em Sancho pusera o que seu amo tinha dito, que os encantados mudaram a figura do Cavaleiro dos Espelhos na do bacharel Carrasco, não lhe deixava dar crédito à verdade que com seus olhos via. Finalmente, ficaram com esse engano amo e moço, e o dos Espelhos e seu escudeiro, amofinados e mal-andantes, se afastaram de D. Quixote e Sancho com a intenção de procurar um endireita que lhe entrapasse e entalasse as costelas. D. Quixote e Sancho retomaram seu caminho para Saragoça, mas aqui os deixa a história, para dar conta de quem era o Cavaleiro dos Espelhos e seu narigante escudeiro.

En esto, volvió en sí el de los Espejos, lo cual visto por don Quijote, le puso la punta desnuda de su espada encima del rostro y le dijo:

— Muerto sois, caballero, si no confesáis que la sin par Dulcinea del Toboso se aventaja en belleza a vuestra Casildea de Vandalia; y demás de esto habéis de prometer, si de esta contienda y caída quedárades con vida, de ir a la ciudad del Toboso y presentaros en su presencia de mi parte, para que haga de vos lo que más en voluntad le viniere, y si os dejare en la vuestra, asimismo habéis de volver a buscarme, que el rastro de mis hazañas os servirá de guía que os traiga donde yo estuviere, y a decirme lo que con ella hubiéredes pasado, condiciones que, conforme a las que pusimos antes de nuestra batalla, no salen de los términos de la andante caballería.

— Confieso — dijo el caído caballero — que vale más el zapato descosido y sucio de la señora Dulcinea del Toboso que las barbas mal peinadas, aunque limpias, de Casildea, y prometo de ir y volver de su presencia a la vuestra y daros entera y particular cuenta de lo que me pedís.

— También habéis de confesar y creer — añadió don Quijote — que aquel caballero que vencistes no fue ni pudo ser don Quijote de la Mancha, sino otro que se le parecía, como yo confieso y creo que vos, aunque parecéis el bachiller Sansón Carrasco, no lo sois, si no otro que le parece y que en su figura aquí me le han puesto mis enemigos, para que detenga y temple el ímpetu de mi cólera y para que use blandamente de la gloria del vencimiento.

— Todo lo confieso, juzgo y siento como vos lo creéis, juzgáis y sentís — respondió el derrengado caballero —. Dejadme levantar, os ruego, si es que lo permite el golpe de mi caída, que asaz maltrecho me tiene.

NOTAS

[1] Madrinha: italianismo para "madrasta". Refere-se aqui a Juno, que odiava Hércules por ele ser fruto dos amores de Júpiter, seu marido, com Alcmena, e movida por essa inimizade o obrigou a realizar os "doze trabalhos".

[2] Giralda: a estátua em bronze da Vitória que, fazendo as vezes de cata-vento, encima a torre da catedral de Sevilha, antes um minarete. Deve seu nome ao fato de ser giratória e o empresta ao conjunto da torre.

[3] Touros de Guisando: conjunto de quatro figuras celtiberas entalhadas em granito, situado no cerro de Guisando, na província castelhana de Ávila.

[4] Grota de Cabra: fosso profundo localizado nas serras próximas dessa cidade, na província andaluza de Córdoba. Segundo a crença tradicional, é uma das bocas do inferno.

[5] Pois tanto o vencedor é mais honrado/ quanto mais o vencido é reputado: versos adaptados do poema épico *La Araucana*, de Alonso de Ercilla (ver *DQ* I, cap. VI, nota 33), "*... pues no es el vencedor más estimado/ de aquello en que el vencido es reputado*" (I, v. 127), que ecoam um lugar-comum retórico.

[6] Libras de cera: nas confrarias religiosas, cobrava-se dos membros que infringiam os estatutos uma multa em cera, estipulada em libras, a ser usada na feitura de velas e círios.

[7] ... sem esperar som de trombeta nem outro sinal que os avisasse: decalque do verso do *Orlando furioso* "*Senza che tromba o segno altro accennasse*" (XXXIII, 79, v. 1).

Ayudóle a levantar don Quijote y Tomé Cecial su escudero, del cual no apartaba los ojos Sancho, preguntándole cosas cuyas respuestas le daban manifiestas señales de que verdaderamente era el Tomé Cecial que decía; mas la aprehensión que en Sancho había hecho lo que su amo dijo de que los encantadores habían mudado la figura del Caballero de los Espejos en la del bachiller Carrasco no le dejaba dar crédito a la verdad que con los ojos estaba mirando. Finalmente, se quedaron con este engaño amo y mozo, y el de los Espejos y su escudero, mohínos y malandantes, se apartaron de don Quijote y Sancho con intención de buscar algún lugar donde bizmarle y entablarle las costillas. Don Quijote y Sancho volvieron a proseguir su camino de Zaragoza, donde los deja la historia, por dar cuenta de quién era el Caballero de los Espejos y su narigante escudero.

CAPÍTULO XV

Onde se dá conta e notícia de quem era o Cavaleiro dos Espelhos e seu escudeiro

Em extremo contente, ufano e vanglorioso ia D. Quixote por ter obtido vitória sobre tão valente cavaleiro como ele imaginava que era o dos Espelhos, de cuja cavaleiresca palavra esperava saber se o encantamento da sua senhora passaria avante, pois era forçoso que o tal vencido cavaleiro voltasse, sob pena de o não ser, para lhe dar razão do que com ela lhe houvesse passado. Mas uma coisa pensava D. Quixote e outra o dos Espelhos,[1] pois então não tinha este outro pensamento senão buscar onde se entrapar, como já foi dito. Diz então a história que, quando o bacharel Sansón Carrasco aconselhara D. Quixote a retomar suas deixadas cavalarias, foi por antes ter entrado em conselho com o padre e o barbeiro sobre o que fazer para reduzir D. Quixote a ficar em sua casa quieto e sossegado, sem o alvoroço das suas mal buscadas aventuras, a qual junta decidiu, por voto unânime de todos e particular parecer de Carrasco, que deixassem D. Quixote sair, pois detê-lo parecia impossível, e que Sansón lhe saísse ao caminho como cavaleiro andante e travasse batalha com ele, que motivo não houvera de faltar, e o vencesse, coisa havida como fácil, e que fosse pactuado e concertado que o vencido ficaria à mercê do vencedor, e assim vencido D. Quixote, haveria

---

CAPÍTULO XV

Donde se cuenta y da noticia de quién era el Caballero de los Espejos y su escudero

En estremo contento, ufano y vanaglorioso iba don Quijote por haber alcanzado vitoria de tan valiente caballero como él se imaginaba que era el de los Espejos, de cuya caballeresca palabra esperaba saber si el encantamento de su señora pasaba adelante, pues era forzoso que el tal vencido caballero volviese, so pena de no serlo, a darle razón de lo que con ella le hubiese sucedido. Pero uno pensaba don Quijote y otro el de los Espejos, puesto que por entonces no era otro su pensamiento sino buscar donde bizmarse, como se ha dicho. Dice, pues, la historia que cuando el bachiller Sansón Carrasco aconsejó a don Quijote que volviese a proseguir sus dejadas caballerías, fue por haber entrado primero en bureo con el cura y el barbero sobre qué medio se podría tomar para reducir a don Quijote a que se estuviese en su casa quieto y sosegado, sin que le alborotasen sus mal buscadas aventuras, de cuyo consejo salió, por voto común de todos y parecer particular de Carrasco, que dejasen salir a don Quijote, pues el detenerle parecía imposible, y que Sansón le saliese al camino como caballero andante y trabase batalla con él, pues no faltaría sobre qué, y le venciese, teniéndolo por cosa fácil, y que fuese pacto y con-

de mandar-lhe o bacharel cavaleiro que voltasse para sua aldeia e casa e não saísse dela em dois anos, ou até quando lhe mandasse outra coisa, o qual era claro que D. Quixote vencido cumpriria indubitavelmente, por não contravir nem faltar às leis da cavalaria, e poderia ser que no tempo da sua reclusão se lhe esquecessem suas veleidades ou eles tivessem ocasião de achar algum remédio conveniente para sua loucura.

Acatou-o Carrasco, e ofereceu-se como escudeiro Tomé Cecial, compadre e vizinho de Sancho Pança, homem alegre e algum tanto cabeça-leve. Armou-se Sansón tal como foi referido, e Tomé Cecial encaixou sobre o seu natural nariz o já dito postiço e de máscara, por que não fosse conhecido do seu compadre quando se vissem, e assim seguiram a mesma viagem que D. Quixote levava, e quase chegaram a se encontrar na aventura do carro da morte. E finalmente deram com eles no bosque, onde lhes aconteceu tudo o que o prudente leu acima, e se não fosse pelos pensamentos extraordinários de D. Quixote, que se persuadiu que o bacharel não era o bacharel, o senhor bacharel ficara para sempre impossibilitado da licenciatura, por não achar sequer ninhos onde esperava achar pássaros.[2] Tomé Cecial, que viu tão malogrados seus desejos e quão mau paradeiro tivera seu caminho, disse ao bacharel:

— Por certo, senhor Sansón Carrasco, que tivemos o nosso merecido; com facilidade se pensa e se acomete uma empresa, mas com dificuldade as mais vezes se sai dela. D. Quixote louco, nós sisudos; ele segue são e rindo, vossa mercê fica moído e triste. Vejamos agora, então, quem é mais louco, aquele que o é por não poder menos ou aquele que o é por sua própria vontade.

Ao que respondeu Sansón:

---

cierto que el vencido quedase a merced del vencedor, y así vencido don Quijote, le había de mandar el bachiller caballero se volviese a su pueblo y casa y no saliese della en dos años, o hasta tanto que por él le fuese mandado otra cosa, lo cual era claro que don Quijote vencido cumpliría indubitablemente, por no contravenir y faltar a las leyes de la caballería, y podría ser que en el tiempo de su reclusión se le olvidasen sus vanidades o se diese lugar de buscar a su locura algún conveniente remedio.

Aceptólo Carrasco, y ofreciósele por escudero Tomé Cecial, compadre y vecino de Sancho Panza, hombre alegre y de lucios cascos. Armóse Sansón como queda referido y Tomé Cecial acomodó sobre sus naturales narices las falsas y de máscara ya dichas, porque no fuese conocido de su compadre cuando se viesen, y, así, siguieron el mismo viaje que llevaba don Quijote y llegaron casi a hallarse en la aventura del carro de la Muerte, y finalmente dieron con ellos en el bosque, donde les sucedió todo lo que el prudente ha leído, y si no fuera por los pensamientos extraordinarios de don Quijote, que se dio a entender que el bachiller no era el bachiller, el señor bachiller quedara imposibilitado para siempre de graduarse de licenciado, por no haber hallado nidos donde pensó hallar pájaros. Tomé Cecial, que vio cuán mal había logrado sus deseos y el mal paradero que había tenido su camino, dijo al bachiller:

— Por cierto, señor Sansón Carrasco, que tenemos nuestro merecido; con facilidad se piensa y se acomete una empresa, pero con dificultad las más veces se sale della. Don Quijote loco, nosotros cuerdos, él se va sano y riendo; vuesa merced queda molido y triste. Sepamos, pues, ahora cuál es más loco, el que lo es por no poder menos o el que lo es por su voluntad.

— A diferença que há entre esses dois loucos está em que aquele que o é por força o será sempre, e aquele que o é de grado o deixará de ser quando quiser.

— Pois muito bem — disse Tomé Cecial —, eu fui louco por minha vontade quando quis me fazer escudeiro de vossa mercê, e pela mesma quero deixar de o ser e voltar para minha casa.

— Em vossa mão está — respondeu Sansón —, mas pensar que eu voltarei à minha antes de moer D. Quixote de pancadas é trabalho escusado, e agora não me levará a buscá-lo o desejo de que ele recobre seu juízo, mas o de vingança, que a grande dor das minhas costelas não me deixa seguir mais piedosos discursos.

Assim foram razoando os dois, até chegarem a um povoado onde foi ventura acharem um algebrista, com quem se curou o desgraçado Sansón. Tomé Cecial lhe voltou as costas e o deixou, e ele ficou maquinando sua vingança, e a história voltará a falar dele a seu tempo, para não deixar agora de se regozijar com D. Quixote.

Notas

[1] ... uma coisa pensava D. Quixote e outra o dos Espelhos: adaptação burlesca do dito *"uno piensa el bayo y otro el que lo ensilla"* (uma coisa pensa o baio e outra quem o sela).

[2] ... não achar sequer ninhos onde esperava achar pássaros: joga-se com o dito *"en los nidos de antaño no hay pájaros hogaño"* (nos ninhos de outrora não há pássaros agora), potencializando seu pessimismo.

A lo que respondió Sansón:

— La diferencia que hay entre esos dos locos es que el que lo es por fuerza lo será siempre, y el que lo es de grado lo dejará de ser cuando quisiere.

— Pues así es — dijo Tomé Cecial —, yo fui por mi voluntad loco cuando quise hacerme escudero de vuestra merced, y por la misma quiero dejar de serlo y volverme a mi casa.

— Eso os cumple — respondió Sansón —, porque pensar que yo he de volver a la mía hasta haber molido a palos a don Quijote es pensar en lo escusado, y no me llevará ahora a buscarle el deseo de que cobre su juicio, sino el de la venganza, que el dolor grande de mis costillas no me deja hacer más piadosos discursos.

En esto fueron razonando los dos, hasta que llegaron a un pueblo donde fue ventura hallar un algebrista, con quien se curó el Sansón desgraciado. Tomé Cecial se volvió y le dejó, y él quedó imaginando su venganza, y la historia vuelve a hablar dél a su tiempo, por no dejar de regocijarse ahora con don Quijote.

CAPÍTULO XVI

DO QUE ACONTECEU A D. QUIXOTE
COM UM DISCRETO CAVALEIRO DE LA MANCHA

Com a alegria, contentamento e ufania já ditas seguia D. Quixote sua jornada, imaginando-se, pela passada vitória, ser o cavaleiro andante mais valente que tinha o mundo naquela idade; dava por acabadas e a feliz fim conduzidas quantas aventuras lhe pudessem acontecer dali adiante; tinha em pouco os encantos e os encantadores; não se lembrava das inumeráveis pauladas que no discurso das suas cavalarias recebera, nem da pedrada que lhe arrancara metade dos dentes, nem da ingratidão dos galeotes, nem do atrevimento e da chuva de bordões dos arreeiros. Enfim, dizia entre si que, se ele achasse arte, modo ou maneira para desencantar a sua senhora Dulcineia, não invejaria a maior ventura que alcançara ou pudera alcançar o mais venturoso cavaleiro andante dos passados séculos. Nessas imaginações ia todo ocupado, quando Sancho lhe disse:

— Não é boa, senhor, que até agora eu traga entre os olhos o desmesurado nariz, de mais de marca, do meu compadre Tomé Cecial?

— E porventura crês, Sancho, que o Cavaleiro dos Espelhos era o bacharel Carrasco, e seu escudeiro, teu compadre Tomé Cecial?

CAPÍTULO XVI

DE LO QUE SUCEDIÓ A DON QUIJOTE
CON UN DISCRETO CABALLERO DE LA MANCHA

Con la alegría, contento y ufanidad que se ha dicho seguía don Quijote su jornada, imaginándose por la pasada vitoria ser el caballero andante más valiente que tenía en aquella edad el mundo; daba por acabadas y a felice fin conducidas cuantas aventuras pudiesen sucederle allí adelante; tenía en poco a los encantos y a los encantadores; no se acordaba de los inumerables palos que en el discurso de sus caballerías le habían dado, ni de la pedrada que le derribó la mitad de los dientes, ni del desagradecimiento de los galeotes, ni del atrevimiento y lluvia de estacas de los yangüeses. Finalmente decía entre sí que si él hallara arte, modo o manera como desencantar a su señora Dulcinea, no invidiara a la mayor ventura que alcanzó o pudo alcanzar el más venturoso caballero andante de los pasados siglos. En estas imaginaciones iba todo ocupado, cuando Sancho le dijo:

— ¿No es bueno, señor, que aún todavía traigo entre los ojos las desaforadas narices, y mayores de marca, de mi compadre Tomé Cecial?

— Disso não sei o que diga — respondeu Sancho —, só que os sinais que ele me deu de minha casa, mulher e filhos não os poderia dar um outro que não ele mesmo, e o rosto, tirando o nariz, era o mesmo de Tomé Cecial, que eu vi muitas vezes no meu lugar, parede-meia da minha mesma casa, e o tom da fala era tal e qual o dele.

— Vem cá, Sancho — replicou D. Quixote —, razoemos juntos: em que consideração pode caber que o bacharel Sansón Carrasco viesse como cavaleiro andante, armado de armas ofensivas e defensivas, a lutar comigo? Sou porventura seu inimigo? Eu lhe dei alguma vez motivo para que me tivesse ojeriza? Sou seu rival ou faz ele profissão das armas para invejar a fama que eu por elas ganhei?

— Mas então que me diz, senhor — respondeu Sancho —, do muito que se parece aquele cavaleiro, seja ele quem for, com o bacharel Carrasco, e seu escudeiro com Tomé Cecial, meu compadre? E se isso é encantamento, como vossa mercê diz, não havia no mundo outros dois a quem se pudessem parecer?

— Tudo é artifício e máquina — respondeu D. Quixote — dos malignos magos que me perseguem, os quais, antevendo que eu havia de sair vencedor dessa contenda, já se preveniram em mostrar o cavaleiro vencido no rosto do meu amigo o bacharel, para que a amizade que por ele guardo se pusesse entre os gumes da minha espada e o rigor de meu braço e arrefecesse a justa ira do meu coração, e desta maneira saísse com vida quem com engodos e falsidades tentava tirar-me a minha. Prova disso é que tu mesmo sabes, oh Sancho, por experiência que não te deixará mentir nem enganar, quão fácil é para os encantadores mudar uns rostos em outros, fazendo do formoso feio e do feio formoso, pois não há dois dias viste por teus próprios

---

— ¿Y crees tú, Sancho, por ventura, que el Caballero de los Espejos era el bachiller Carrasco, y su escudero, Tomé Cecial tu compadre?

— No sé qué me diga a eso — respondió Sancho —, sólo sé que las señas que me dio de mi casa, mujer y hijos no me las podría dar otro que él mesmo, y la cara, quitadas las narices, era la misma de Tomé Cecial, como yo se la he visto muchas veces en mi pueblo y pared en medio de mi misma casa, y el tono de la habla era todo uno.

— Estemos a razón, Sancho — replicó don Quijote —. Ven acá: ¿en qué consideración puede caber que el bachiller Sansón Carrasco viniese como caballero andante, armado de armas ofensivas y defensivas, a pelear conmigo? ¿He sido yo su enemigo por ventura? ¿Hele dado yo jamás ocasión para tenerme ojeriza? ¿Soy yo su rival o hace él profesión de las armas, para tener invidia a la fama que yo por ellas he ganado?

— Pues ¿qué diremos, señor — respondió Sancho —, a esto de parecerse tanto aquel caballero, sea el que se fuere, al bachiller Carrasco, y su escudero, a Tomé Cecial mi compadre? Y si ello es encantamento, como vuestra merced ha dicho, ¿no había en el mundo otros dos a quien se parecieran?

— Todo es artificio y traza — respondió don Quijote — de los malignos magos que me persiguen, los cuales, anteviendo que yo había de quedar vencedor en la contienda, se previnieron de que el caballero vencido mostrase el rostro de mi amigo el bachiller, porque la amistad que le tengo se pusiese entre los filos de mi espada y el rigor de mi brazo, y templase la justa ira de mi corazón, y desta manera quedase con vida el que con embelecos y falsías procuraba quitarme la mía. Para prueba de lo cual ya sabes, oh Sancho, por experiencia que no te dejará mentir ni engañar, cuán fácil sea a los encantadores mudar unos rostros en otros, haciendo de lo hermoso feo y de

olhos a formosura e galhardia da sem-par Dulcineia em toda sua inteireza e natural conformidade, quando eu a vi na fealdade e baixeza de uma sáfia lavradora, com cataratas nos olhos e mau cheiro na boca; assim, o perverso encantador que se atreveu a fazer tão ruim transformação não é muito que tenha feito a de Sansón Carrasco e a do teu compadre, por me tirar das mãos a glória do vencimento. Contudo me consolo, pois afinal, em qualquer figura que seja, saí vencedor do meu inimigo.

— Deus sabe a verdade de tudo — respondeu Sancho.

E como sabia que a transformação de Dulcineia havia sido traça e engodo dele mesmo, não o convenciam as quimeras do seu amo. Mas não quis replicar para não dizer alguma palavra que descobrisse o seu embuste.

Nessas razões estavam, quando os alcançou um homem que vinha atrás deles pelo mesmo caminho sobre uma formosíssima égua tordilha, vestindo um gabão de fino pano verde com listras de veludo leonado e na cabeça um gorro do mesmo veludo; os adereços da égua eram de campo e à gineta, também verdes e avinhados; trazia um alfanje mourisco pendente de um largo talim em verde e ouro, e os borzeguins eram do mesmo lavor deste; as esporas não eram douradas, mas envernizadas de verde, tão lustrosas e reluzentes que, por combinarem com todo o traje, pareciam melhor que se fossem de ouro puro. Quando chegou a eles o viandante, saudou-os com muita cortesia e, picando a égua, foi passando ao largo, mas D. Quixote lhe disse:

— Senhor galante, se vossa mercê leva o mesmo caminho que nós e não lhe importa dar-se menos pressa, mercê nos faria em seguir conosco.

— Em verdade — respondeu o da égua — que não passaria tão ao largo, não fosse o temor de que com a companhia da minha égua se alvoroçasse o seu cavalo.

---

lo feo hermoso, pues no ha dos días que viste por tus mismos ojos la hermosura y gallardía de la sin par Dulcinea en toda su entereza y natural conformidad, y yo la vi en la fealdad y bajeza de una zafia labradora, con cataratas en los ojos y con mal olor en la boca; y más, que el perverso encantador que se atrevió a hacer una transformación tan mala no es mucho que haya hecho la de Sansón Carrasco y la de tu compadre, por quitarme la gloria del vencimiento de las manos. Pero, con todo esto, me consuelo, porque, en fin, en cualquiera figura que haya sido, he quedado vencedor de mi enemigo.

— Dios sabe la verdad de todo — respondió Sancho.

Y como él sabía que la transformación de Dulcinea había sido traza y embeleco suyo, no le satisfacían las quimeras de su amo, pero no le quiso replicar, por no decir alguna palabra que descubriese su embuste.

En estas razones estaban, cuando los alcanzó un hombre que detrás dellos por el mismo camino venía sobre una muy hermosa yegua tordilla, vestido un gabán de paño fino verde, jironado de terciopelo leonado, con una montera del mismo terciopelo; el aderezo de la yegua era de campo y de la jineta, asimismo de morado y verde; traía un alfanje morisco pendiente de un ancho tahalí de verde y oro, y los borceguíes eran de la labor del tahalí; las espuelas no eran doradas, sino dadas con un barniz verde, tan tersas y bruñidas, que, por hacer labor con todo el vestido, parecían mejor que si fuera de oro puro. Cuando llegó a ellos el caminante los saludó cortésmente, y, picando a la yegua, se pasaba de largo, pero don Quijote le dijo:

— Señor galán, si es que vuestra merced lleva el camino que nosotros y no importa el darse priesa, merced recibiría en que nos fuésemos juntos.

— Bem pode, senhor — respondeu Sancho —, bem pode puxar as rédeas à sua égua, porque o nosso cavalo é o mais honesto e comedido do mundo: nunca em semelhantes ocasiões fez vileza alguma, e uma só vez que se desmandou a fazê-la, meu senhor e eu por tal pagamos à onzena. Digo outra vez que, se quiser, vossa mercê pode frear sua égua, pois, ainda que o cavalo a recebesse de bandeja, tenha por certo que nem a cheirava.

Colheu as rédeas o viandante, admirando-se da apostura e do rosto de D. Quixote, o qual ia sem celada, pois Sancho a levava como maleta presa ao arção dianteiro da albarda do ruço, e se o de verde muito mirava a D. Quixote, muito mais mirava D. Quixote ao de verde, parecendo-lhe homem de chapa. A idade mostrava ser de cinquenta anos; as cãs, poucas, e o rosto, aquilino; o olhar, entre alegre e grave; enfim, no traje e na apostura mostrava ser homem de boas prendas.

O que o de verde julgou de D. Quixote de La Mancha foi que jamais vira semelhante maneira nem parecer de homem: admirou-o a compridez do seu cavalo, a grandeza do seu corpo, a magreza e amarelidão do seu rosto, suas armas, seu porte e compostura, figura e retrato não vistos naquela terra desde longes tempos atrás. D. Quixote reparou na atenção com que o viandante o mirava e leu naquela suspensão o seu desejo, e como era tão cortês e tão amigo de dar gosto a todos, antes que lhe perguntasse alguma coisa, atalhou-o dizendo:

— Esta figura que vossa mercê em mim viu, por ser tão nova e tão fora das que comumente se usam, não me maravilha que o tenha maravilhado; mas deixará vossa mercê de o estar quando lhe disser, como lhe digo, que sou cavaleiro

---

— En verdad — respondió el de la yegua — que no me pasara tan de largo si no fuera por temor que con la compañía de mi yegua no se alborotara ese caballo.

— Bien puede, señor — respondió a esta sazón Sancho —, bien puede tener las riendas a su yegua, porque nuestro caballo es el más honesto y bien mirado del mundo: jamás en semejantes ocasiones ha hecho vileza alguna, y una vez que se desmandó a hacerla la lastamos mi señor y yo con las setenas. Digo otra vez que puede vuestra merced detenerse, si quisiere, que aunque se la den entre dos platos, a buen seguro que el caballo no la arrostre.

Detuvo la rienda el caminante, admirándose de la apostura y rostro de don Quijote, el cual iba sin celada, que la llevaba Sancho como maleta en el arzón delantero de la albarda del rucio, y si mucho miraba el de lo verde a don Quijote, mucho más miraba don Quijote al de lo verde, pareciéndole hombre de chapa. La edad mostraba ser de cincuenta años; las canas, pocas, y el rostro, aguileño; la vista, entre alegre y grave; finalmente, en el traje y apostura daba a entender ser hombre de buenas prendas.

Lo que juzgó de don Quijote de la Mancha el de lo verde fue que semejante manera ni parecer de hombre no le había visto jamás: admiróle la longura de su caballo, la grandeza de su cuerpo, la flaqueza y amarillez de su rostro, sus armas, su ademán y compostura, figura y retrato no visto por luengos tiempos atrás en aquella tierra. Notó bien don Quijote la atención con que el caminante le miraba y leyóle en la suspensión su deseo, y como era tan cortés y tan amigo de dar gusto a todos, antes que le preguntase nada le salió al camino, diciéndole:

— Esta figura que vuesa merced en mí ha visto, por ser tan nueva y tan fuera de las que comúnmente se

desses que dizem as gentes
que a suas aventuras vão.

Saí da minha pátria, empenhei meu cabedal, deixei o meu regalo e me entreguei aos braços da fortuna, que me levassem aonde mais fosse servida. Resolvi-me a ressuscitar a já morta andante cavalaria e muitos dias há que, tropeçando aqui, caindo ali, despenhando-me cá e levantando-me acolá, tenho cumprido grande parte do meu desejo, socorrendo viúvas, amparando donzelas e favorecendo casadas, órfãos e pupilos, próprio e natural ofício dos cavaleiros andantes; e assim, por minhas valorosas, muitas e cristãs façanhas, já mereci andar em estampa em quase todas ou as mais nações do mundo: trinta mil volumes se imprimiram da minha história, e vai ela encaminhada a ser impressa trinta mil milhares de vezes, se o céu não o estorvar. Finalmente, para tudo encerrar em breves palavras, ou em uma só, digo que eu sou D. Quixote de La Mancha, por outro nome chamado o Cavaleiro da Triste Figura; e posto que o elogio em boca própria é vitupério, por vezes me é forçoso fazer o meu, e tal se entende quando não se acha presente quem o faça. Portanto, senhor gentil-homem, nem este cavalo, nem esta lança, nem este escudo e escudeiro, nem toda esta armadura, nem a amarelidão do meu rosto, nem a minha acentuada magreza vos poderão admirar daqui adiante, tendo já sabido quem sou e a profissão que faço.

Calou-se D. Quixote em dizendo isto, e o de verde, segundo se demorava em responder, parecia que não acertava a fazê-lo, mas dali a um bom espaço lhe disse:

— Acertastes, senhor cavaleiro, a conhecer na minha suspensão o meu desejo, mas não a desfazer a maravilha que me causa o vos ter visto, pois inda

---

usan, no me maravillaría yo de que le hubiese maravillado; pero dejará vuesa merced de estarlo cuando le diga, como le digo, que soy caballero

destos que dicen las gentes
que a sus aventuras van.

Salí de mi patria, empeñé mi hacienda, dejé mi regalo y entreguéme en los brazos de la fortuna, que me llevasen donde más fuese servida. Quise resucitar la ya muerta andante caballería, y ha muchos días que tropezando aquí, cayendo allí, despeñándome acá y levantándome acullá, he cumplido gran parte de mi deseo, socorriendo viudas, amparando doncellas y favoreciendo casadas, huérfanos y pupilos, propio y natural oficio de caballeros andantes; y así, por mis valerosas, muchas y cristianas hazañas, he merecido andar ya en estampa en casi todas o las más naciones del mundo: treinta mil volúmenes se han impreso de mi historia, y lleva camino de imprimirse treinta mil veces de millares, si el cielo no lo remedia. Finalmente, por encerrarlo todo en breves palabras, o en una sola, digo que yo soy don Quijote de la Mancha, por otro nombre llamado el Caballero de la Triste Figura; y puesto que las propias alabanzas envilecen, esme forzoso decir yo tal vez las mías, y esto se entiende cuando no se halla presente quien las diga; así que, señor gentilhombre, ni este caballo, esta lanza, ni este escudo ni escudero, ni todas juntas estas armas, ni la amarillez de mi rostro, ni mi atenuada flaqueza, os podrá admirar de aquí adelante, habiendo ya sabido quién soy y la profesión que hago.

203

que digais que o saber quem sois me tiraria dela, não foi assim, antes agora que o sei fico mais suspenso e maravilhado. Como é possível haver hoje cavaleiros andantes no mundo e haver histórias impressas de verdadeiras cavalarias? Não me posso persuadir que haja na terra quem favoreça viúvas, ampare donzelas, nem honre casadas, nem socorra órfãos, e jamais o crera se o não tivesse visto em vossa mercê com meus olhos. Bendito seja o céu, pois com essa história que vossa mercê diz que está impressa das suas altas e verdadeiras cavalarias se terão posto em esquecimento as inumeráveis dos fingidos cavaleiros andantes, de que estava cheio o mundo, tão em dano dos bons costumes e tão em prejuízo e descrédito das boas histórias.

— Muito há que dizer — respondeu D. Quixote — quanto a serem ou não fingidas as histórias dos andantes cavaleiros.

— E acaso há quem duvide — respondeu o verde — que não são falsas as tais histórias?

— Eu duvido — respondeu D. Quixote —, e fique o caso por aqui, pois, se a nossa jornada durar, espero em Deus convencer vossa mercê de que fez mal em seguir a corrente dos que têm por certo que não são verdadeiras.

Desta última razão de D. Quixote tomou suspeitas o viandante de que D. Quixote devia de ser algum mentecapto, e aguardava que com outras o confirmasse. Mas antes que desviassem por outros razoamentos, D. Quixote lhe pediu que dissesse quem era, pois ele lhe dera parte da sua condição e da sua vida. Ao que respondeu o do verde gabão:

— Eu, senhor Cavaleiro da Triste Figura, sou um fidalgo natural do lugar onde hoje iremos almoçar, se Deus quiser. Sou mais que medianamente rico e o meu nome é D. Diego de Miranda, passo a vida com minha mulher e meus filhos e meus amigos, meus exercícios são o da caça e da pesca, mas

---

Calló en diciendo esto don Quijote, y el de lo verde, según se tardaba en responderle, parecía que no acertaba a hacerlo, pero de allí a buen espacio le dijo:

— Acertastes, señor caballero, a conocer por mi suspensión mi deseo, pero no habéis acertado a quitarme la maravilla que en mí causa el haberos visto, que puesto que, como vos, señor, decís, que el saber ya quién sois me lo podría quitar, no ha sido así, antes agora que lo sé quedo más suspenso y maravillado. ¿Cómo y es posible que hay hoy caballeros andantes en el mundo, y que hay historias impresas de verdaderas caballerías? No me puedo persuadir que haya hoy en la tierra quien favorezca viudas, ampare doncellas, ni honre casadas, ni socorra huérfanos, y no lo creyera si en vuesa merced no lo hubiera visto con mis ojos. ¡Bendito sea el cielo!, que con esa historia que vuesa merced dice que está impresa de sus altas y verdaderas caballerías se habrán puesto en olvido las innumerables de los fingidos caballeros andantes, de que estaba lleno el mundo, tan en daño de las buenas costumbres y tan en perjuicio y descrédito de las buenas historias.

— Hay mucho que decir — respondió don Quijote — en razón de si son fingidas o no las historias de los andantes caballeros.

— Pues ¿hay quien dude — respondió el verde — que no son falsas las tales historias?

— Yo lo dudo — respondió don Quijote —, y quédese esto aquí, que si nuestra jornada dura, espero en Dios de dar a entender a vuesa merced que ha hecho mal en irse con la corriente de los que tienen por cierto que no son verdaderas.

Desta última razón de don Quijote tomó barruntos el caminante de que don Quijote debía de ser algún

não mantenho nem falcão nem cães, senão algum perdigão manso ou algum furão atrevido.[1] Tenho cerca de seis dúzias de livros, parte deles em romance e parte em latim, de história alguns e de devoção outros; os de cavalarias ainda não cruzaram os umbrais das minhas portas; folheio mais os profanos que os devotos, como sejam de honesto entretenimento, deleitem com a linguagem e admirem e suspendam com a invenção, posto que destes haja muito poucos na Espanha. Às vezes como à mesa dos meus vizinhos e amigos, e muitas vezes os convido à minha, que é sempre limpa e asseada, e nada escassa; não gosto de murmurar nem consinto que diante de mim se murmure; não esquadrinho vidas alheias nem sou lince dos feitos dos outros; ouço missa todos os dias, reparto dos meus bens aos pobres, sem fazer alarde das boas obras, para não dar entrada em meu coração à hipocrisia e à vanglória, inimigos que facilmente se apoderam do mais recatado coração; procuro pôr em paz os que sei que estão em desavença; sou devoto de Nossa Senhora e sempre confio na infinita misericórdia de Deus Nosso Senhor.

Atentíssimo esteve Sancho à relação da vida e passatempos do fidalgo, e, parecendo-lhe boa e santa e que quem a fazia devia de fazer milagres, saltou do ruço e com grande pressa foi-se agarrar do estribo direito, e com devoto coração e quase lágrimas lhe beijou os pés uma e muitas vezes. O qual visto pelo fidalgo, lhe perguntou:

— Que fazeis, irmão? Que beijos são esses?

— Deixe-me beijar — respondeu Sancho —, pois vossa mercê me parece o primeiro santo à gineta que conheci em todos os dias da minha vida.

— Não sou santo — respondeu o fidalgo —, senão grande pecador. Vós sim, irmão, é que deveis de ser bom, como vossa simplicidade o mostra.

Voltou Sancho a montar na albarda, tendo arrancado o riso da profun-

---

mentecato, y aguardaba que con otras lo confirmase; pero antes que se divirtiesen en otros razonamientos, don Quijote le rogó le dijese quién era, pues él le había dado parte de su condición y de su vida. A lo que respondió el del verde gabán:

— Yo, señor Caballero de la Triste Figura, soy un hidalgo natural de un lugar donde iremos a comer hoy, si Dios fuere servido. Soy más que medianamente rico y es mi nombre don Diego de Miranda; paso la vida con mi mujer y con mis hijos y con mis amigos; mis ejercicios son el de la caza y pesca, pero no mantengo ni halcón ni galgos, sino algún perdigón manso o algún hurón atrevido. Tengo hasta seis docenas de libros, cuáles de romance y cuáles de latín, de historia algunos y de devoción otros; los de caballerías aún no han entrado por los umbrales de mis puertas; hojeo más los que son profanos que los devotos, como sean de honesto entretenimiento, que deleiten con el lenguaje y admiren y suspendan con la invención, puesto que destos hay muy pocos en España. Alguna vez como con mis vecinos y amigos, y muchas veces los convido; son mis convites limpios y aseados y nonada escasos; ni gusto de murmurar ni consiento que delante de mí se murmure; no escudriño las vidas ajenas ni soy lince de los hechos de los otros; oigo misa cada día, reparto de mis bienes con los pobres, sin hacer alarde de las buenas obras, por no dar entrada en mi corazón a la hipocresía y vanagloria, enemigos que blandamente se apoderan del corazón más recatado; procuro poner en paz los que sé que están desavenidos; soy devoto de Nuestra Señora y confío siempre en la misericordia infinita de Dios Nuestro Señor.

Atentísimo estuvo Sancho a la relación de la vida y entretenimientos del hidalgo, y, pareciéndole buena y santa y que quien la hacía debía de hacer milagros, se arrojó del rucio y con gran priesa le fue a asir del estribo

da malenconia do seu amo e causado nova admiração a D. Diego. Perguntou-lhe D. Quixote quantos filhos tinha, dizendo que as coisas em que punham o sumo bem os filósofos antigos, que careciam do verdadeiro conhecimento de Deus, eram os bens da natureza, os da fortuna, o ter muitos amigos e muitos e bons filhos.

— Eu, senhor D. Quixote — respondeu o fidalgo —, tenho um filho que, se o não tivesse, talvez me julgasse mais ditoso do que sou, e não porque ele seja mau, mas porque não é tão bom quanto eu quisera. Tem de idade perto de dezoito anos, seis dos quais passou em Salamanca, aprendendo as línguas latina e grega, e quando eu quis que ele entrasse a estudar outras ciências, achei-o tão embebido na da poesia (se é que se pode chamar ciência), que não é possível fazê-lo arrostar a das leis, que eu quisera que estudasse, nem a rainha de todas elas, a teologia. Quisera eu que ele fosse coroa da sua linhagem, pois vivemos num século em que os nossos reis premiam altamente as virtuosas e boas letras, porque letras sem virtude são pérolas no muladar. Todo o dia ele passa a averiguar se Homero disse bem ou mal em tal verso da *Ilíada*, se Marcial se mostrou desonesto ou não em tal epigrama, se se hão de entender de uma maneira ou outra tais e tais versos de Virgílio. Enfim, todo seu trato é com os livros dos referidos poetas, e com os de Horácio, Pérsio, Juvenal e Tibulo, pois dos modernos e vernáculos não faz muito caso, e apesar da pouca estima que mostra ter pela poesia em romance, tem agora os pensamentos desvanecidos em fazer uma glosa a quatro versos que lhe enviaram de Salamanca, e penso que são de justa literária.

Ao que respondeu D. Quixote:

— Os filhos, senhor, são pedaços das entranhas dos pais, e assim hão de ser amados, sejam eles bons ou maus, como às almas que nos dão a vida.

---

derecho, y con devoto corazón y casi lágrimas le besó los pies una y muchas veces. Visto lo cual por el hidalgo, le preguntó:

— ¿Qué hacéis, hermano? ¿Qué besos son estos?

— Déjenme besar — respondió Sancho —, porque me parece vuesa merced el primer santo a la jineta que he visto en todos los días de mi vida.

— No soy santo — respondió el hidalgo —, sino gran pecador; vos sí, hermano, que debéis de ser bueno, como vuestra simplicidad lo muestra.

Volvió Sancho a cobrar la albarda, habiendo sacado a plaza la risa de la profunda melancolía de su amo y causado nueva admiración a don Diego. Preguntóle don Quijote que cuántos hijos tenía, y díjole que una de las cosas en que ponían el sumo bien los antiguos filósofos, que carecieron del verdadero conocimiento de Dios, fue en los bienes de la naturaleza, en los de la fortuna, en tener muchos amigos y en tener muchos y buenos hijos.

— Yo, señor don Quijote — respondió el hidalgo —, tengo un hijo, que, a no tenerle, quizá me juzgara por más dichoso de lo que soy, y no porque él sea malo, sino porque no es tan bueno como yo quisiera. Será de edad de diez y ocho años, los seis ha estado en Salamanca, aprendiendo las lenguas latina y griega, y cuando quise que pasase a estudiar otras ciencias, halléle tan embebido en la de la poesía (si es que se puede llamar ciencia), que no es posible hacerle arrostrar la de las leyes, que yo quisiera que estudiara, ni de la reina de todas, la teología. Quisiera yo que fuera corona de su linaje, pues vivimos en siglo donde nuestros reyes premian altamente las virtuosas y buenas letras, porque letras sin virtud son perlas en el muladar. Todo el día se le pasa en averiguar si dijo bien o

Aos pais cumpre encaminhá-los desde pequenos pelos passos da virtude, da boa criação e dos bons e cristãos costumes, para que, quando grandes, sejam báculo da velhice dos pais e glória da sua posteridade; e quanto a forçá-los a estudar esta ou aquela ciência, não o tenho por acertado, bem que a persuasão não seja danosa, e quando não se há de estudar para *pane lucrando*,[2] sendo o estudante venturoso de ter recebido do céu pais que o sustentem, seria eu de parecer que o deixem seguir aquela ciência a que mais o virem inclinado, e, ainda que a da poesia seja menos útil que deleitável, não é daquelas que soem desonrar a quem as possui. A poesia, senhor fidalgo, a meu ver é como uma donzela tenra e de pouca idade e em extremo formosa, a qual têm cuidado de enriquecer, polir e adornar outras muitas donzelas, que são todas as outras ciências, e ela se há de servir de todas, e todas se hão de abonar com ela; mas essa tal donzela não quer ser manuseada, nem levada pelas ruas, nem publicada pelas esquinas das praças nem pelos cantos dos palácios. Ela é feita de uma alquimia de tal virtude que quem a souber tratar a mudará em ouro puríssimo de inestimável preço; quem a tiver há de ter sempre mão nela, sem deixar que corra em torpes sátiras nem em desalmados sonetos; não há de ser vendável de maneira alguma, quando não seja em poemas heroicos, em penosas tragédias ou em comédias alegres e artificiosas; não se há de deixar tratar por maganos, nem pelo ignorante vulgo incapaz de conhecer nem estimar os tesouros que nela se encerram. E não penseis, senhor, que chamo vulgo só à gente plebeia e humilde, pois todo aquele que não sabe, ainda que seja senhor e príncipe, pode e deve entrar no número do vulgo. E assim, quem tratar e tiver a poesia com os requisitos que tenho dito será famoso e seu nome estimado em todas as nações políticas do mundo. Quanto ao que dizeis, senhor, que o vosso filho não estima muito a poesia

---

mal Homero en tal verso de la *Ilíada*; si Marcial anduvo deshonesto o no en tal epigrama; si se han de entender de una manera o otra tales y tales versos de Virgilio. En fin, todas sus conversaciones son con los libros de los referidos poetas, y con los de Horacio, Persio, Juvenal y Tibulo, que de los modernos romancistas no hace mucha cuenta, y con todo el mal cariño que muestra tener a la poesía de romance, le tiene agora desvanecidos los pensamientos el hacer una glosa a cuatro versos que le han enviado de Salamanca, y pienso que son de justa literaria.

A todo lo cual respondió don Quijote:

— Los hijos, señor, son pedazos de las entrañas de sus padres, y, así, se han de querer, o buenos o malos que sean, como se quieren las almas que nos dan vida. A los padres toca el encaminarlos desde pequeños por los pasos de la virtud, de la buena crianza y de las buenas y cristianas costumbres, para que cuando grandes sean báculo de la vejez de sus padres y gloria de su posteridad; y en lo de forzarles que estudien esta o aquella ciencia, no lo tengo por acertado, aunque el persuadirles no será dañoso, y cuando no se ha de estudiar para *pane lucrando*, siendo tan venturoso el estudiante que le dio el cielo padres que se lo dejen, sería yo de parecer que le dejen seguir aquella ciencia a que más le vieren inclinado; y aunque la de la poesía es menos útil que deleitable, no es de aquellas que suelen deshonrar a quien las posee. La poesía, señor hidalgo, a mi parecer es como una doncella tierna y de poca edad y en todo estremo hermosa, a quien tienen cuidado de enriquecer, pulir y adornar otras muchas doncellas, que son todas las otras ciencias, y ella se ha de servir de todas, y todas se han de autorizar con ella; pero esta tal doncella no quiere ser manoseada, ni traída por las calles, ni publicada por las esquinas de las plazas ni por los rincones de los palacios. Ella es hecha de una alquimia de tal virtud, que quien la sabe tratar la volverá

em romance, tenho aqui para mim que não anda nisso muito acertado, e a razão é a seguinte: o grande Homero não escreveu em latim, porque era grego, nem Virgílio escreveu em grego, porque era latino. Em conclusão, todos os poetas antigos escreveram na língua que mamaram no leite, e não foram buscar as estrangeiras para declarar a alteza dos seus conceitos. E sendo isto assim, razão seria que tal costume se estendesse por todas as nações, e que não se desmerecesse o poeta alemão porque escreve em sua língua, nem o castelhano, nem sequer o vascongado que escreve na dele. Mas o vosso filho (segundo eu imagino, senhor) não deve de estar mal com a poesia em romance, senão com os poetas que a ele se limitam, sem saber outras línguas nem outras ciências que adornem e espertem e ajudem seu natural impulso, e ainda nisto pode haver erro, porque, segundo é opinião verdadeira, o poeta nasce,[3] querendo com isso dizer que o poeta natural sai poeta do ventre da mãe, e com aquela inclinação que o céu lhe deu, sem mais estudo nem artifício, compõe coisas que abonam a verdade daquele que disse *"Est Deus in nobis"*,[4] etc. Também digo que o natural poeta que se ajudar da arte será muito melhor e fará vantagem ao poeta que só por saber a arte o pretenda ser. A razão é que a arte não faz vantagem à natureza, mas a aperfeiçoa, assim que, misturadas a natureza e a arte, e a arte com a natureza, sairá um perfeitíssimo poeta. Seja, pois, a conclusão da minha fala, senhor fidalgo, que vossa mercê deixe o seu filho caminhar aonde sua estrela o chama, pois, sendo ele tão bom estudante como deve de ser, e tendo já galgado felizmente o primeiro degrau das ciências, que é o das línguas, com elas por si mesmo galgará até os píncaros das letras humanas, as quais tão bem parecem em um cavaleiro de capa e espada e assim o adornam, honram e engrandecem como as mitras aos bispos ou as garnachas aos peritos jurisconsultos. Repreenda vossa mer-

---

en oro purísimo de inestimable precio; hala de tener el que la tuviere a raya, no dejándola correr en torpes sátiras ni en desalmados sonetos; no ha de ser vendible en ninguna manera, si ya no fuere en poemas heroicos, en lamentables tragedias o en comedias alegres y artificiosas; no se ha de dejar tratar de los truhanes, ni del ignorante vulgo, incapaz de conocer ni estimar los tesoros que en ella se encierran. Y no penséis, señor, que yo llamo aquí vulgo solamente a la gente plebeya y humilde, que todo aquel que no sabe, aunque sea señor y príncipe, puede y debe entrar en número de vulgo. Y, así, el que con los requisitos que he dicho tratare y tuviere a la poesía, será famoso y estimado su nombre en todas las naciones políticas del mundo. Y a lo que decís, señor, que vuestro hijo no estima mucho la poesía de romance, doime a entender que no anda muy acertado en ello, y la razón es esta: el grande Homero no escribió en latín, porque era griego, ni Virgilio no escribió en griego, porque era latino. En resolución, todos los poetas antiguos escribieron en la lengua que mamaron en la leche, y no fueron a buscar las estranjeras para declarar la alteza de sus conceptos. Y siendo esto así, razón sería se estendiese esta costumbre por todas las naciones, y que no se desestimase el poeta alemán porque escribe en su lengua, ni el castellano, ni aun el vizcaíno que escribe en la suya. Pero vuestro hijo (a lo que yo, señor, imagino) no debe de estar mal con la poesía de romance, sino con los poetas que son meros romancistas, sin saber otras lenguas ni otras ciencias que adornen y despierten y ayuden a su natural impulso, y aun en esto puede haber yerro, porque, según es opinión verdadera, el poeta nace: quieren decir que del vientre de su madre el poeta natural sale poeta, y con aquella inclinación que le dio el cielo, sin más estudio ni artificio, compone cosas, que hace verdadero al que dijo *"Est Deus in nobis"*, etc. También digo que el natural poeta que se ayudare del arte será mucho mejor y se aventajará al poeta que sólo

cê o seu filho se ele fizer sátiras que prejudiquem as honras alheias, e castigue-o, e rasgue-lhas; mas se ele fizer sermões ao modo de Horácio, onde condene os vícios em geral, como tão elegantemente fez o latino, elogie-o, pois é lícito ao poeta escrever contra a inveja e em seus versos dizer mal dos invejosos, e assim dos outros vícios, contanto que não assinale pessoa alguma; mas poetas há que, a troco de dizer uma malícia, põem-se a perigo de serem desterrados para as ilhas do Ponto.[5] Se o poeta for casto nos seus costumes, também o será nos seus versos; a pena é a língua da alma: quais forem os conceitos que nela se gerarem, tais serão os seus escritos; e quando os reis e príncipes veem a milagrosa ciência da poesia em sujeitos prudentes, virtuosos e graves, sempre os honram, estimam e enriquecem, e até os coroam com as folhas da árvore que o raio não ofende,[6] como em sinal de que não hão de ser ofendidos por ninguém aqueles que com tais coroas se veem honrados e adornada sua testa.

Admirado ficou o do verde gabão do arrazoado de D. Quixote, e tanto que foi depondo a opinião que tinha de ser ele mentecapto. Mas Sancho, por não ser a conversação muito do seu gosto, no meio dela se desviara do caminho para pedir um pouco de leite a uns pastores que ali perto estavam ordenhando umas ovelhas, e já o fidalgo tornava a renovar o colóquio, em extremo satisfeito da discrição e do bom discurso de D. Quixote, quando, levantando este a cabeça, viu que pelo caminho por onde eles iam vinha um carro cheio de bandeiras reais, e cuidando que devia de ser alguma nova aventura, em altas vozes chamou por Sancho para que lhe viesse trazer a celada. O qual Sancho, ouvindo-se chamar, deixou os pastores e a toda pressa picou o ruço e chegou aonde estava seu amo, a quem aconteceu uma espantosa e desatinada aventura.

---

por saber el arte quisiere serlo. La razón es porque el arte no se aventaja a la naturaleza, sino perficiónala, así que, mezcladas la naturaleza y el arte, y el arte con la naturaleza, sacarán un perfetísimo poeta. Sea, pues, la conclusión de mi plática, señor hidalgo, que vuesa merced deje caminar a su hijo por donde su estrella le llama, que siendo él tan buen estudiante como debe de ser, y habiendo ya subido felicemente el primer escalón de las ciencias, que es el de las lenguas, con ellas por sí mesmo subirá a la cumbre de las letras humanas, las cuales tan bien parecen en un caballero de capa y espada y así le adornan, honran y engrandecen como las mitras a los obispos o como las garnachas a los peritos jurisconsultos. Riña vuesa merced a su hijo si hiciere sátiras que perjudiquen las honras ajenas, y castíguele, y rómpaselas; pero si hiciere sermones al modo de Horacio, donde reprehenda los vicios en general, como tan elegantemente él lo hizo, alábele, porque lícito es al poeta escribir contra la invidia, y decir en sus versos mal de los invidiosos, y así de los otros vicios, con que no señale persona alguna; pero hay poetas que, a trueco de decir una malicia, se pondrán a peligro que los destierren a las islas de Ponto. Si el poeta fuere casto en sus costumbres, lo será también en sus versos; la pluma es lengua del alma: cuales fueren los conceptos que en ella se engendraren, tales serán sus escritos; y cuando los reyes y príncipes veen la milagrosa ciencia de la poesía en sujetos prudentes, virtuosos y graves, los honran, los estiman y los enriquecen, y aun los coronan con las hojas del árbol a quien no ofende el rayo, como en señal que no han de ser ofendidos de nadie los que con tales coronas veen honrados y adornadas sus sienes.

Admirado quedó el del verde gabán del razonamiento de don Quijote, y tanto, que fue perdiendo de la opinión que con él tenía de ser mentecato. Pero a la mitad desta plática, Sancho, por no ser muy de su gusto, se

Notas

[1] Perdigão manso: perdiz macho, ensinado para servir de chamariz. Furão: o tourão domesticado, que se empregava no controle de roedores e na caça do coelho, por causa do seu "atrevimento" em penetrar nas tocas.

[2] *Pane lucrando*: para ganhar o pão.

[3] "O poeta nasce": dito popular formulado originalmente no diálogo *Íon*, de Platão, e transposto nos adágios latinos "*Poeta nascitur, non fit*" (o poeta nasce, não se faz) e "*Nascuntur poetæ, fiunt oratores*" (poetas nascem feitos, oradores se fazem).

[4] "*Est Deus in nobis*": "há um deus em nós"; hemistíquio de Ovídio (*Fasti*, VI, 5; *Arte de amar*, III, 549) que exprime a crença na inspiração divina do poeta.

[5] Ilhas do Ponto: alusão ao exílio de Ovídio em Tomis (hoje Constanta, Romênia), na costa do Mar Negro, conhecido como Ponto Euxino na toponímia antiga.

[6] ... folhas da árvore que o raio não ofende: o louro, árvore emblemática de Apolo, que segundo a antiga crença popular nenhum raio podia atingir.

---

había desviado del camino a pedir un poco de leche a unos pastores que allí junto estaban ordeñando unas ovejas, y en esto ya volvía a renovar la plática el hidalgo, satisfecho en estremo de la discreción y buen discurso de don Quijote, cuando alzando don Quijote la cabeza vio que por el camino por donde ellos iban venía un carro lleno de banderas reales, y creyendo que debía de ser alguna nueva aventura, a grandes voces llamó a Sancho que viniese a darle la celada. El cual Sancho, oyéndose llamar, dejó a los pastores y a toda priesa picó al rucio y llegó donde su amo estaba, a quien sucedió una espantosa y desatinada aventura.

CAPÍTULO XVII

*Onde se declarou o extremo e último ponto
aonde chegou e pôde chegar
o inaudito ânimo de D. Quixote
com a felizmente acabada aventura dos leões*

Conta a história que, quando D. Quixote dava vozes a Sancho que lhe trouxesse o elmo, estava ele comprando uns requeijões que os pastores lhe vendiam e, urgido pela muita pressa do seu amo, não soube que fazer com eles nem onde os levar, e para os não perder, pois já os pagara, resolveu metê-los na celada do seu senhor e, com essa providência, voltou para ver o que ele queria; o qual em chegando lhe disse:

— Dá-me, amigo, essa celada, que, ou eu sei pouco de aventuras, ou o que ali descubro é alguma que me há de necessitar e me necessita a tomar as minhas armas.

O do verde gabão, quando isto ouviu, alongou a vista por toda parte e não descobriu coisa alguma afora um carro que no rumo deles vinha, com duas ou três pequenas bandeiras, que lhe deram a entender que o tal carro devia de trazer moeda de Sua Majestade, e assim o disse a D. Quixote. Mas ele não lhe deu crédito, sempre crendo e pensando que tudo que lhe acontecia haviam de ser aventuras e mais aventuras, e assim respondeu ao fidalgo:

CAPÍTULO XVII

*De donde se declaró el último punto y estremo
adonde llegó y pudo llegar
el inaudito ánimo de don Quijote
con la felicemente acabada aventura de los leones*

Cuenta la historia que cuando don Quijote daba voces a Sancho que le trujese el yelmo, estaba él comprando unos requesones que los pastores le vendían y, acosado de la mucha priesa de su amo, no supo qué hacer dellos, ni en qué traerlos, y por no perderlos, que ya los tenía pagados, acordó de echarlos en la celada de su señor, y con este buen recado volvió a ver lo que le quería; el cual en llegando le dijo:

— Dame, amigo, esa celada, que o yo sé poco de aventuras o lo que allí descubro es alguna que me ha de necesitar y me necesita a tomar mis armas.

El del verde gabán, que esto oyó, tendió la vista por todas partes y no descubrió otra cosa que un carro que hacia ellos venía, con dos o tres banderas pequeñas, que le dieron a entender que el tal carro debía de traer moneda de Su Majestad, y así se lo dijo a don Quijote, pero él no le dio crédito, siempre creyendo y pensando que todo lo que le sucediese habían de ser aventuras y más aventuras, y, así, respondió al hidalgo:

— Homem apercebido, meio combatido. Nada se perde com meu apercebimento, pois sei por experiência que tenho inimigos visíveis e invisíveis, e não sei quando, nem onde, nem em que tempo, nem em que figuras me hão de acometer.

E virando-se para Sancho, pediu-lhe a celada; o qual, como não teve lugar de tirar os requeijões, se viu forçado a entregá-la como estava. Tomou-a D. Quixote e, sem ver o que trazia dentro, a toda pressa a encaixou na cabeça, e como os requeijões se esmagaram e espremeram, começou o soro a escorrer por todo o rosto e as barbas de D. Quixote, assustando-o de tal maneira, que disse a Sancho:

— Que será isto, Sancho, que parece que meu casco amolece ou se me derretem os miolos, ou que suo desde os pés até a cabeça? E se é que eu suo, em verdade que não é de medo, bem que sem dúvida creio ser terrível a aventura que agora me quer acontecer. Dá-me, se tiveres, alguma coisa com que eu me limpe, que este copioso suor me cega os olhos.

Calou Sancho e lhe deu um pano, e com ele graças a Deus por seu senhor não se ter dado conta do caso. Limpou-se D. Quixote e tirou a celada para ver que coisa era aquela que, a seu parecer, lhe esfriava a cabeça, e vendo aquelas papas brancas dentro da celada, chegou-as ao nariz e, em cheirando-as, disse:

— Por vida de minha senhora Dulcineia d'El Toboso, se não são requeijões os que aqui me puseste, traidor, bargante e maldoso escudeiro!

Ao que Sancho respondeu, com muita fleuma e dissimulação:

— Se são requeijões, vossa mercê mos passe para cá, que eu os como. Mas antes os coma o diabo, que é quem os deve de ter metido aí dentro. Teria eu acaso o atrevimento de sujar o elmo de vossa mercê? Grande atrevido hou-

---

— Hombre apercebido, medio combatido. No se pierde nada en que yo me aperciba, que sé por experiencia que tengo enemigos visibles e invisibles, y no sé cuándo, ni adónde, ni en qué tiempo, ni en qué figuras me han de acometer.

Y volviéndose a Sancho, le pidió la celada; el cual, como no tuvo lugar de sacar los requesones, le fue forzoso dársela como estaba. Tomóla don Quijote, y sin que echase de ver lo que dentro venía, con toda priesa se la encajó en la cabeza; y como los requesones se apretaron y exprimieron, comenzó a correr el suero por todo el rostro y barbas de don Quijote, de lo que recibió tal susto, que dijo a Sancho:

— ¿Qué será esto, Sancho, que parece que se me ablandan los cascos o se me derriten los sesos, o que sudo de los pies a la cabeza? Y si es que sudo, en verdad que no es de miedo: sin duda creo que es terrible la aventura que agora quiere sucederme. Dame, si tienes, con que me limpie, que el copioso sudor me ciega los ojos.

Calló Sancho y diole un paño, y dio, con él, gracias a Dios de que su señor no hubiese caído en el caso. Limpióse don Quijote, y quitóse la celada por ver qué cosa era la que, a su parecer, le enfriaba la cabeza, y viendo aquellas gachas blancas dentro de la celada, las llegó a las narices, y, en oliéndolas, dijo:

— Por vida de mi señora Dulcinea del Toboso, que son requesones los que aquí me has puesto, traidor, bergante y malmirado escudero.

A lo que con gran flema y disimulación respondió Sancho:

— Si son requesones, démelos vuesa merced, que yo me los comeré. Pero cómalos el diablo, que debió de ser el que ahí los puso. ¿Yo había de tener atrevimiento de ensuciar el yelmo de vuesa merced? ¡Hallado le habéis

vera de ser! À fé, senhor, pelo que Deus me dá a entender, que eu também devo de ter encantadores a me perseguir como a criatura e membro de vossa mercê, e eles é que hão de ter metido essa imundície aí dentro para mudar sua paciência em cólera e fazer com que moa as minhas costelas como é do seu feitio. Mas desta vez deram com os burros n'água, pois eu confio no bom discurso do meu senhor, que há de considerar que eu não tenho requeijões, nem leite, nem coisa alguma que o valha, e que, se a tivesse, antes a meteria no estômago que na celada.

— Tudo pode ser que seja — disse D. Quixote.

Tudo olhava o fidalgo e de tudo se admirava, especialmente quando, depois que D. Quixote havia limpado cabeça, rosto, barbas e celada, encaixou-a e, estribando-se com firmeza, provando a espada e empolgando a lança, disse:

— Agora venha o que vier, pois eu aqui estou com ânimo de enfrentar o mesmíssimo Satanás em pessoa.

Chegou então o carro das bandeiras, no qual não vinha senão o carreiro sobre as mulas e um homem sentado na dianteira. Postou-se D. Quixote à sua frente e disse:

— Aonde ides, irmãos? Que carro é esse, que levais nele e que bandeiras são estas?

Ao que respondeu o carreiro:

— O carro é meu, o que vem nele são dois bravos leões enjaulados que o general de Orã[1] manda à corte, de presente para Sua Majestade; as bandeiras são do rei nosso Senhor, em sinal de que aqui vai coisa dele.

— E são grandes os leões? — perguntou D. Quixote.

— Tão grandes — respondeu o homem que ia à frente do carro —, que

---

el atrevido! A la fe, señor, a lo que Dios me da a entender, también debo yo de tener encantadores que me persiguen como a la hechura y miembro de vuesa merced, y habrán puesto ahí esa inmundicia para mover a la cólera su paciencia y hacer que me muela como suele las costillas. Pues en verdad que esta vez han dado salto en vago, que yo confío en el buen discurso de mi señor, que habrá considerado que ni yo tengo requesones, ni leche, ni otra cosa que lo valga, y que si la tuviera, antes la pusiera en mi estómago que en la celada.

— Todo puede ser — dijo don Quijote.

Y todo lo miraba el hidalgo, y de todo se admiraba, especialmente cuando, después de haberse limpiado don Quijote cabeza, rostro y barbas y celada, se la encajó, y afirmándose bien en los estribos, requiriendo la espada y asiendo la lanza, dijo:

— Ahora venga lo que viniere, que aquí estoy con ánimo de tomarme con el mesmo Satanás en persona.

Llegó en esto el carro de las banderas, en el cual no venía otra gente que el carretero en las mulas y un hombre sentado en la delantera. Púsose don Quijote delante y dijo:

— ¿Adónde vais, hermanos? ¿Qué carro es este, qué lleváis en él y qué banderas son aquestas?

A lo que respondió el carretero:

— El carro es mío, lo que va en él son dos bravos leones enjaulados, que el general de Orán envía a la corte, presentados a Su Majestad, las banderas son del rey nuestro Señor, en señal que aquí va cosa suya.

— ¿Y son grandes los leones? — preguntó don Quijote.

— Tan grandes — respondió el hombre que iba a la puerta del carro —, que no han pasado mayores, ni

nunca da África à Espanha passaram maiores, nem tamanhos. Eu sou o tratador de leões e já trouxe outros antes, mas como estes, nenhum. São fêmea e macho; o macho vai nesta primeira jaula, a fêmea na de trás, e agora estão famintos porque hoje ainda não comeram; portanto saia vossa mercê do caminho, que é mister chegarmos logo aonde lhes dar de comer.

Ao que disse D. Quixote (sorrindo-se um pouco):

— Leõezinhos para mim?[2] Para mim tais leõezinhos? E a esta hora da manhã? Por Deus que hão de ver esses senhores que para cá os enviam se eu sou homem de se assustar com leões! Apeai-vos, bom homem, e, já que sois o tratador, abri essas jaulas e botai-me essas bestas fora, que no meio desta campanha lhes mostrarei quem é D. Quixote de La Mancha, a despeito e pesar dos encantadores que a mim os enviam.

— Tá, tá! — disse então o fidalgo para si. — Já deu mostras de quem é nosso bom cavaleiro: os requeijões sem dúvida lhe encharcaram o casco e amoleceram os miolos.

Então Sancho se chegou a ele e lhe disse:

— Por amor de Deus, senhor, vossa mercê faça de maneira que meu senhor D. Quixote não lute com esses leões, pois, se lutar, a todos aqui nos farão em pedaços.

— Tão louco é o vosso amo — respondeu o fidalgo — que temeis e credes que se bata com tão ferozes animais?

— Não é louco — respondeu Sancho —, mas atrevido.

— Eu farei com que o não seja — replicou o fidalgo.

E chegando-se a D. Quixote, que estava dando pressa ao tratador para que abrisse as jaulas, lhe disse:

— Senhor cavaleiro, cumpre aos cavaleiros andantes acometer as aven-

---

tan grandes, de África a España jamás; y yo soy el leonero y he pasado otros, pero como estos, ninguno. Son hembra y macho; el macho va en esta jaula primera, y la hembra en la de atrás, y ahora van hambrientos porque no han comido hoy, y así vuesa merced se desvíe, que es menester llegar presto donde les demos de comer.

A lo que dijo don Quijote (sonriéndose un poco):

— ¿Leoncitos a mí? ¿A mí leoncitos, y a tales horas? Pues ¡por Dios que han de ver esos señores que acá los envían si soy yo hombre que se espanta de leones! Apeaos, buen hombre, y pues sois el leonero, abrid esas jaulas y echadme esas bestias fuera, que en mitad desta campaña les daré a conocer quién es don Quijote de la Mancha, a despecho y pesar de los encantadores que a mí los envían.

— ¡Ta, ta! — dijo a esta sazón entre sí el hidalgo —. Dado ha señal de quién es nuestro buen caballero: los requesones sin duda le han ablandado los cascos y madurado los sesos.

Llegóse en esto a él Sancho y díjole:

— Señor, por quien Dios es que vuesa merced haga de manera que mi señor don Quijote no se tome con estos leones, que si se toma, aquí nos han de hacer pedazos a todos.

— Pues ¿tan loco es vuestro amo — respondió el hidalgo —, que teméis y creéis que se ha de tomar con tan fieros animales?

— No es loco — respondió Sancho —, sino atrevido.

— Yo haré que no lo sea — replicó el hidalgo.

Y llegándose a don Quijote, que estaba dando priesa al leonero que abriese las jaulas, le dijo:

turas que prometem a esperança de sair bem delas, e não aquelas que de todo em todo a tiram; porque a valentia que entra na jurisdição da temeridade mais tem de loucura que de fortaleza. Quanto mais que estes leões não vêm contra vossa mercê, nem por sonho, pois vão de presente para Sua Majestade, e não será bem detê-los nem estorvar sua viagem.

— Vá lá vossa mercê, senhor fidalgo — respondeu D. Quixote —, se entender com seu perdigão manso e seu furão atrevido, e deixe cada um fazer seu ofício. Este é o meu, e eu sei se estes senhores leões vêm ou não vêm para mim.

E, virando-se para o tratador, lhe disse:

— Voto a tal, dom velhaco, que, se não abrirdes as jaulas logo, logo, com esta lança vos hei de cravar no carro!

O carreiro, vendo a determinação daquela armada fantasia, lhe disse:

— Meu senhor, por caridade, vossa mercê me deixe desatrelar as mulas e pôr-me com elas em salvo antes que larguem os leões, pois, se as matarem, ficarei arruinado por toda a minha vida, já que este carro e estas mulas são tudo que eu tenho.

— Ah, homem de pouca fé! — respondeu D. Quixote. — Apeia, e desatrela, e faz o que quiseres, pois logo verás que trabalhaste em vão e te poderias poupar tal diligência.

Apeou-se o carreiro e desatrelou a toda pressa, e o tratador proclamou a altas vozes:

— Sejam testemunhas quantos aqui estão de que forçado e contra minha vontade abro as jaulas e solto os leões, e de que protesto a este senhor que todo mal e dano que estas bestas fizerem correrão por conta dele, juntamente com meus salários e direitos. Vossas mercês, senhores, ponham-se

---

— Señor caballero, los caballeros andantes han de acometer las aventuras que prometen esperanza de salir bien dellas, y no aquellas que de todo en todo la quitan; porque la valentía que se entra en la juridición de la temeridad, más tiene de locura que de fortaleza. Cuanto más que estos leones no vienen contra vuesa merced, ni lo sueñan: van presentados a Su Majestad, y no será bien detenerlos ni impedirles su viaje.

— Váyase vuesa merced, señor hidalgo — respondió don Quijote —, a entender con su perdigón manso y con su hurón atrevido, y deje a cada uno hacer su oficio. Este es el mío, y yo sé si vienen a mí o no estos señores leones.

Y volviéndose al leonero, le dijo:

— ¡Voto a tal, don bellaco, que si no abrís luego luego las jaulas, que con esta lanza os he de coser con el carro!

El carretero, que vio la determinación de aquella armada fantasía, le dijo:

— Señor mío, vuestra merced sea servido, por caridad, de dejarme desuncir las mulas y ponerme en salvo con ellas antes que se desenvainen los leones, porque si me las matan quedaré rematado para toda mi vida; que no tengo otra hacienda sino este carro y estas mulas.

— ¡Oh hombre de poca fe! — respondió don Quijote —, apéate y desunce y haz lo que quisieres, que presto verás que trabajaste en vano y que pudieras ahorrar desta diligencia.

Apeóse el carretero y desunció a gran priesa, y el leonero dijo a grandes voces:

— Séanme testigos cuantos aquí están como contra mi voluntad y forzado abro las jaulas y suelto los leo-

em seguro antes que eu abra, pois a mim tenho certeza de que não me farão mal.

Tornou o fidalgo a instá-lo a não fazer semelhante loucura, pois era tentar a Deus acometer tamanho disparate, ao que respondeu D. Quixote que ele sabia o que fazia. Respondeu-lhe o fidalgo que olhasse bem, pois ele entendia que se enganava.

— Agora, senhor — replicou D. Quixote —, se vossa mercê não quer assistir a esta que a seu ver será tragédia, pique a tordilha e ponha-se em salvo.

Ouvido o qual por Sancho, com lágrimas nos olhos lhe suplicou que desistisse de tal empresa, perto da qual eram momos a dos moinhos de vento e a temerosa dos pisões e, finalmente, todas as façanhas que acometera em todo o discurso da sua vida.

— Olhe, senhor — dizia Sancho —, que aqui não há encanto nem coisa que o valha, pois eu vi por entre as grades e frestas da jaula uma unha de leão verdadeiro, e dela tiro que o tal leão que deve de ser dono da tal unha é maior que uma montanha.

— Quando menos — respondeu D. Quixote —, o medo fará com que te pareça maior que meio mundo. Arreda, Sancho, e deixa-me, e, se eu morrer aqui, já sabes o nosso antigo trato: acudirás a Dulcineia, e não te digo mais.

A estas acrescentou outras razões com que tirou as esperanças de que pudesse deixar de prosseguir seu desvairado intento. Quisera o do Verde Gabão se opor a ele, mas se viu desigual nas armas e não lhe pareceu prudente haver-se com um louco, que já de todo ponto se lhe mostrara D. Quixote, o qual, tornando a dar pressa ao tratador e a reiterar as ameaças, deu

---

nes, y de que protesto a este señor que todo el mal y daño que estas bestias hicieren corra y vaya por su cuenta, con más mis salarios y derechos. Vuestras mercedes, señores, se pongan en cobro antes que abra, que yo seguro estoy que no me han de hacer daño.

Otra vez le persuadió el hidalgo que no hiciese locura semejante, que era tentar a Dios acometer tal disparate, a lo que respondió don Quijote que él sabía lo que hacía. Respondióle el hidalgo que lo mirase bien, que él entendía que se engañaba.

— Ahora, señor — replicó don Quijote —, si vuesa merced no quiere ser oyente desta que a su parecer ha de ser tragedia, pique la tordilla y póngase en salvo.

Oído lo cual por Sancho, con lágrimas en los ojos le suplicó desistiese de tal empresa, en cuya comparación habían sido tortas y pan pintado la de los molinos de viento y la temerosa de los batanes y, finalmente, todas las hazañas que había acometido en todo el discurso de su vida.

— Mire, señor — decía Sancho —, que aquí no hay encanto ni cosa que lo valga; que yo he visto por entre las verjas y resquicios de la jaula una uña de león verdadero, y saco por ella que el tal león cuya debe de ser la tal uña es mayor que una montaña.

— El miedo a lo menos — respondió don Quijote — te le hará parecer mayor que la mitad del mundo. Retírate, Sancho, y déjame, y si aquí muriere, ya sabes nuestro antiguo concierto: acudirás a Dulcinea, y no te digo más.

A estas añadió otras razones, con que quitó las esperanzas de que no había de dejar de proseguir su desvairiado intento. Quisiera el del verde gabán oponérsele, pero viose desigual en las armas y no le pareció cordura

azo ao fidalgo de picar a égua, e a Sancho o ruço, e ao carreiro suas mulas, procurando todos afastar-se do carro o mais que pudessem antes que se soltassem os leões.

Chorava Sancho a morte do seu senhor, pois dessa vez tinha por certo que lhe chegaria nas garras dos leões; amaldiçoava sua ventura e chamava minguada a hora em que entrara em pensamento de tornar a servi-lo; mas não por chorar e se lamentar deixava de varejar o ruço para que se afastasse do carro. Então, vendo o tratador que os fugitivos já estavam bem longe, tornou a requerer e a intimar D. Quixote nos termos em que já o requerera e intimara, o qual respondeu que bem o ouvia e que se escusasse de mais intimações e requerimentos, pois tudo lhe faria pouco fruto, e que se desse pressa.

No espaço que demorou o tratador a abrir a primeira jaula, esteve D. Quixote considerando se seria bem fazer a batalha antes a pé que a cavalo e, por fim, determinou de fazê-la a pé, temendo que Rocinante se assustasse com a vista dos leões. Por isso saltou do cavalo, largou a lança e embraçou o escudo, e desembainhando a espada, pé ante pé, com maravilhoso denodo e coração valente, se foi pôr diante do carro, encomendando-se a Deus de todo coração e depois à sua senhora Dulcineia.

E é de saber que, chegando a este ponto, o autor desta verdadeira história exclama e diz: "Oh forte e além de todo encarecimento animoso D. Quixote de La Mancha, espelho em que se podem mirar todos os valentes do mundo, segundo e novo D. Manuel de Leão,[3] que foi glória e honra dos espanhóis cavaleiros! Com que palavras contarei esta tão espantosa façanha, ou com que razões a farei crível aos séculos vindouros, ou que louvores haverá que te não convenham e quadrem, ainda que sejam hipérboles sobre

---

tomarse con un loco, que ya se lo había parecido de todo punto don Quijote, el cual, volviendo a dar priesa al leonero y a reiterar las amenazas, dio ocasión al hidalgo a que picase la yegua, y Sancho al rucio, y el carretero a sus mulas, procurando todos apartarse del carro lo más que pudiesen, antes que los leones se desembanastasen.

Lloraba Sancho la muerte de su señor, que aquella vez sin duda creía que llegaba en las garras de los leones; maldecía su ventura y llamaba menguada la hora en que le vino al pensamiento volver a servirle; pero no por llorar y lamentarse dejaba de aporrear al rucio para que se alejase del carro. Viendo, pues, el leonero que ya los que iban huyendo estaban bien desviados, tornó a requerir y a intimar a don Quijote lo que ya le había requerido e intimado, el cual respondió que lo oía y que no se curase de más intimaciones y requirimientos, que todo sería de poco fruto, y que se diese priesa.

En el espacio que tardó el leonero en abrir la jaula primera estuvo considerando don Quijote si sería bien hacer la batalla antes a pie que a caballo, y, en fin, se determinó de hacerla a pie, temiendo que Rocinante se espantaría con la vista de los leones. Por esto saltó del caballo, arrojó la lanza y embrazó el escudo; y desenvainando la espada, paso ante paso, con maravilloso denuedo y corazón valiente, se fue a poner delante del carro encomendándose a Dios de todo corazón y luego a su señora Dulcinea.

Y es de saber que llegando a este paso el autor de esta verdadera historia exclama y dice: "¡Oh fuerte y sobre todo encarecimiento animoso don Quijote de la Mancha, espejo donde se pueden mirar todos los valientes del mundo, segundo y nuevo don Manuel de León, que fue gloria y honra de los españoles caballeros! ¿Con qué palabras contaré esta tan espantosa hazaña, o con qué razones la haré creíble a los siglos venideros, o qué alaban-

todas as hipérboles? Tu a pé, tu só, tu intrépido, tu magnânimo, com só uma espada, e não das do cãozinho[4] cortadoras, com um escudo de não muito luzente e limpo aço, estás aguardando atento os dois mais feros leões que jamais criaram as africanas selvas. Teus mesmos feitos sejam os que te louvem, valoroso manchego, que eu os deixo aqui em seu ponto, por me faltarem palavras para os encarecer."

Aqui cessou a referida exclamação do autor, e passou ele adiante, reatando o fio da história, dizendo que, ao ver o tratador D. Quixote já posto em posição e que não podia deixar de soltar o leão macho, sob pena de cair na desgraça do indignado e atrevido cavaleiro, abriu de par em par a primeira jaula, onde estava, como já se disse, o leão, o qual pareceu de grandeza extraordinária e de assustosa e feia catadura. A primeira coisa que este fez foi revolver-se na jaula onde vinha deitado e estender as garras e se espreguiçar todo. Depois abriu a boca e bocejou muito de espaço, e com quase dois palmos de língua que pôs fora limpou os olhos e lavou a cara. Isto feito, pôs a cabeça fora da jaula e por toda a parte correu os olhos feitos brasas, vista e parecer de meter medo à temeridade mesma. Só D. Quixote o olhava atentamente, desejando que saltasse logo do carro e com ele viesse às mãos, entre as quais pensava fazê-lo em pedaços.

Até aqui chegou o extremo da sua nunca vista loucura. Mas o generoso leão, mais comedido que arrogante, sem fazer caso de ninharias nem bravatas, depois de espiar para um e outro lado, como já se disse, virou as costas e mostrou suas traseiras partes a D. Quixote, e com grande fleuma e pachorra tornou a se deitar na jaula. Em vendo o qual D. Quixote, mandou que o tratador o tocasse com uma vara e o irritasse para que saísse fora.

— Isso não farei — respondeu o tratador —, porque, se eu bulir com

---

zas habrá que no te convengan y cuadren, aunque sean hipérboles sobre todos los hipérboles? Tú a pie, tú solo, tú intrépido, tú magnánimo, con sola una espada, y no de las del perrillo cortadoras, con un escudo no de muy luciente y limpio acero, estás aguardando y atendiendo los dos más fieros leones que jamás criaron las africanas selvas. Tus mismos hechos sean los que te alaben, valeroso manchego, que yo los dejo aquí en su punto, por faltarme palabras con que encarecerlos".

Aquí cesó la referida exclamación del autor, y pasó adelante, anudando el hilo de la historia, diciendo que visto el leonero ya puesto en postura a don Quijote, y que no podía dejar de soltar al león macho, so pena de caer en la desgracia del indignado y atrevido caballero, abrió de par en par la primera jaula, donde estaba, como se ha dicho, el león, el cual pareció de grandeza extraordinaria y de espantable y fea catadura. Lo primero que hizo fue revolverse en la jaula donde venía echado y tender la garra y desperezarse todo; abrió luego la boca y bostezó muy despacio, y con casi dos palmos de lengua que sacó fuera se despolvoreó los ojos y se lavó el rostro. Hecho esto, sacó la cabeza fuera de la jaula y miró a todas partes con los ojos hechos brasas, vista y además para poner espanto a la misma temeridad. Sólo don Quijote lo miraba atentamente, deseando que saltase ya del carro y viniese con él a las manos, entre las cuales pensaba hacerle pedazos.

Hasta aquí llegó el estremo de su jamás vista locura. Pero el generoso león, más comedido que arrogante, no haciendo caso de niñerías ni de bravatas, después de haber mirado a una y otra parte, como se ha dicho, volvió las espaldas y enseñó sus traseras partes a don Quijote, y con gran flema y remanso se volvió a echar en la jaula. Viendo lo cual don Quijote, mandó al leonero que le diese de palos y le irritase para echarle fuera.

ele, ao primeiro que fará em pedaços será a mim mesmo. Vossa mercê, senhor cavaleiro, contente-se com o feito, que mais não pode haver em gênero de valentia, e não queira tentar segunda fortuna. O leão tem a porta aberta, em sua mão está sair ou não sair; mas, como não saiu até agora, não sairá em todo o dia. A grandeza do coração de vossa mercê já está bem declarada; nenhum bravo combatente, segundo entendo, está obrigado a mais que a desafiar seu inimigo e esperá-lo em campo raso, e se o contrário não acode, nele fica a infâmia e o expectante ganha a coroa do vencimento.

— Assim é verdade — respondeu D. Quixote. — Fecha a porta, amigo, e dai testemunho na melhor forma que puderes do que aqui me viste fazer. Convém a saber: como tu abriste para o leão, eu o esperei, ele não saiu, tornei a esperá-lo, tornou a não sair e tornou a se deitar. Não devo ir além, e encantos fora, e Deus ajude a razão e a verdade e a verdadeira cavalaria, e fecha, como tenho dito, enquanto faço sinais aos fugidos e ausentes para que venham conhecer esta façanha da tua boca.

Assim fez o tratador, e D. Quixote, pondo na ponta da lança o lenço[5] com que limpara o rosto da chuva dos requeijões, começou a chamar pelos que ainda não paravam de fugir nem de virar a cabeça a cada passo, todos em tropa e com o fidalgo na retaguarda. Mas Sancho, alcançando com a vista o sinal do branco pano, disse:

— Que me matem se o meu senhor não venceu as bestas feras, pois nos chama.

Detiveram-se todos e conheceram que quem fazia os sinais era D. Quixote e, perdendo parte do medo, pouco a pouco se vieram aproximando até onde claramente ouviram as vozes de D. Quixote chamando por eles. Finalmente, voltaram ao carro, e, em chegando, disse D. Quixote ao carreiro:

— Eso no haré yo — respondió el leonero —, porque si yo le instigo, el primero a quien hará pedazos será a mí mismo. Vuesa merced, señor caballero, se contente con lo hecho, que es todo lo que puede decirse en género de valentía, y no quiera tentar segunda fortuna. El león tiene abierta la puerta: en su mano está salir o no salir; pero pues no ha salido hasta ahora, no saldrá en todo el día. La grandeza del corazón de vuesa merced ya está bien declarada, ningún bravo peleante, según a mí se me alcanza, está obligado a más que a desafiar a su enemigo y esperarle en campaña, y si el contrario no acude, en él se queda la infamia y el esperante gana la corona del vencimiento.

— Así es verdad — respondió don Quijote —. Cierra, amigo, la puerta, y dame por testimonio en la mejor forma que pudieres lo que aquí me has visto hacer. Conviene a saber: como tú abriste al león, yo le esperé, él no salió, volvíle a esperar, volvió a no salir y volvióse a acostar. No debo más, y encantos afuera, y Dios ayude a la razón y a la verdad y a la verdadera caballería, y cierra, como he dicho, en tanto que hago señas a los huidos y ausentes, para que sepan de tu boca esta hazaña.

Hízolo así el leonero, y don Quijote, poniendo en la punta de la lanza el lienzo con que se había limpiado el rostro de la lluvia de los requesones, comenzó a llamar a los que no dejaban de huir ni de volver la cabeza a cada paso, todos en tropa y antecogidos del hidalgo; pero alcanzando Sancho a ver la señal del blanco paño, dijo:

— Que me maten si mi señor no ha vencido a las fieras bestias, pues nos llama.

Detuviéronse todos y conocieron que el que hacía las señas era don Quijote; y perdiendo alguna parte del miedo, poco a poco se vinieron acercando hasta donde claramente oyeron las voces de don Quijote que los llamaba. Finalmente, volvieron al carro, y en llegando dijo don Quijote al carretero:

— Voltai, irmão, a atrelar vossas mulas e a prosseguir vossa viagem; e tu, Sancho, dá-lhes dois escudos de ouro, para ele e para o tratador, em paga da detença que por minha causa fizeram.

— Estes eu darei de muito bom grado — respondeu Sancho —, mas que é feito dos leões? Estão mortos ou vivos?

Então o tratador, pausadamente e pelo miúdo, contou o fim da contenda, exagerando, como ele melhor pôde e soube, o valor de D. Quixote, a cuja vista o leão acovardado não quis nem ousou sair da jaula, posto que tivera a porta aberta por um bom espaço, e que, tendo ele dito àquele cavaleiro que era tentar a Deus irritar o leão para que por força saísse, como ele queria que se irritasse, mau grado seu e contra toda sua vontade havia permitido que a porta se fechasse.

— Que me dizes disso, Sancho? — perguntou D. Quixote. — Há encantos que valham contra a verdadeira valentia? Bem poderão os encantadores tirar-me a ventura, mas o esforço e o ânimo, será impossível.

Deu os escudos Sancho, atrelou o carreiro, beijou o tratador as mãos de D. Quixote pela mercê recebida e lhe prometeu contar aquela valorosa façanha ao mesmo rei, quando na corte estivesse.

— E se acaso Sua Majestade perguntar quem a fez, diz-lhe que foi o Cavaleiro dos Leões,[6] pois daqui por diante quero que neste se troque, volva, torne e mude o que até agora tive de Cavaleiro da Triste Figura, e nisto sigo a antiga usança dos andantes cavaleiros, que mudavam os nomes quando queriam ou lhes convinha.

Seguiu o carro seu caminho, e D. Quixote, Sancho e o do verde gabão prosseguiram o deles.

Em todo esse tempo, D. Diego de Miranda não falara palavra, todo

---

— Volved, hermano, a uncir vuestras mulas y a proseguir vuestro viaje; y tú, Sancho, dale dos escudos de oro, para él y para el leonero, en recompensa de lo que por mí se han detenido.

— Esos daré yo de muy buena gana — respondió Sancho —, pero ¿qué se han hecho los leones? ¿Son muertos o vivos?

Entonces el leonero, menudamente y por sus pausas, contó el fin de la contienda, exagerando como él mejor pudo y supo el valor de don Quijote, de cuya vista el león acobardado no quiso ni osó salir de la jaula, puesto que había tenido un buen espacio abierta la puerta de la jaula; y que por haber él dicho a aquel caballero que era tentar a Dios irritar al león para que por fuerza saliese, como él quería que se irritase, mal de su grado y contra toda su voluntad había permitido que la puerta se cerrase.

— ¿Qué te parece desto, Sancho? — dijo don Quijote —. ¿Hay encantos que valgan contra la verdadera valentía? Bien podrán los encantadores quitarme la ventura, pero el esfuerzo y el ánimo será imposible.

Dio los escudos Sancho, unció el carretero, besó las manos el leonero a don Quijote por la merced recibida y prometióle de contar aquella valerosa hazaña al mismo rey, cuando en la corte se viese.

— Pues si acaso Su Majestad preguntare quién la hizo, diréisle que el Caballero de los Leones, que de aquí adelante quiero que en este se trueque, cambie, vuelva y mude el que hasta aquí he tenido del Caballero de la Triste Figura, y en esto sigo la antigua usanza de los andantes caballeros, que se mudaban los nombres cuando querían o cuando les venía a cuento.

Siguió su camino el carro, y don Quijote, Sancho y el del verde gabán prosiguieron el suyo.

atento a olhar e a notar os gestos e palavras de D. Quixote, parecendo-lhe que era um são louco e um louco tirante a são. Ainda não tivera notícia da primeira parte desta história, pois, se a tivesse lido, cessaria a admiração que seus feitos e suas palavras lhe punham, pois já saberia de que gênero era sua loucura; mas, como a não conhecia, ora o tinha por são, ora por louco, porque as coisas que falava eram concertadas, elegantes e bem ditas, e as que fazia, disparatadas, temerárias e tolas. E dizia entre si: "Que maior loucura pode haver que pôr na cabeça uma celada cheia de requeijões e persuadir-se que encantadores lhe derreteram os miolos? E que maior temeridade e disparate do que por força querer lutar com leões?".

Dessas imaginações e desse solilóquio o tirou D. Quixote, dizendo-lhe:

— Quem duvida, senhor D. Diego de Miranda, que vossa mercê me há de ter em sua opinião por homem disparatado e louco? E não seria muito que assim fosse, pois minhas obras não podem dar testemunho de outra coisa. Quero, contudo, que vossa mercê advirta que não sou tão louco nem tão parvo quanto lhe devo ter parecido. Bem parece um galhardo cavaleiro aos olhos do seu rei, no meio de uma grande praça, dar uma lançada com feliz sucesso num bravo touro. Bem parece um cavaleiro em resplandecente armadura correr a liça em alegres justas perante as damas, e bem parecem todos aqueles cavaleiros que em exercícios militares (ou que o pareçam) entretêm, alegram e, se se pode dizer, honram as cortes dos seus príncipes. Mas sobre todos estes melhor parece um cavaleiro andante que pelos desertos, pelas soledades, pelas encruzilhadas, pelas selvas e pelos montes anda buscando perigosas aventuras, com intenção de lhes dar ditoso e bem-afortunado remate, só por alcançar gloriosa fama, e duradoura. Melhor parece, digo, um cavaleiro andante socorrendo uma viúva nalgum despovoado que um corte-

---

En todo este tiempo no había hablado palabra don Diego de Miranda, todo atento a mirar y a notar los hechos y palabras de don Quijote, pareciéndole que era un cuerdo loco y un loco que tiraba a cuerdo. No había aún llegado a su noticia la primera parte de su historia, que si la hubiera leído cesara la admiración en que lo ponían sus hechos y sus palabras, pues ya supiera el género de su locura; pero como no la sabía, ya le tenía por cuerdo y ya por loco, porque lo que hablaba era concertado, elegante y bien dicho, y lo que hacía, disparatado, temerario y tonto. Y decía entre sí: "¿Qué más locura puede ser que ponerse la celada llena de requesones y darse a entender que le ablandaban los cascos los encantadores? ¿Y qué mayor temeridad y disparate que querer pelear por fuerza con leones?".

Destas imaginaciones y deste soliloquio le sacó don Quijote, diciéndole:

— ¿Quién duda, señor don Diego de Miranda, que vuestra merced no me tenga en su opinión por un hombre disparatado y loco? Y no sería mucho que así fuese, porque mis obras no pueden dar testimonio de otra cosa. Pues, con todo esto, quiero que vuestra merced advierta que no soy tan loco ni tan menguado como debo de haberle parecido. Bien parece un gallardo caballero a los ojos de su rey, en la mitad de una gran plaza, dar una lanzada con felice suceso a un bravo toro. Bien parece un caballero armado de resplandecientes armas pasar la tela en alegres justas delante de las damas, y bien parecen todos aquellos caballeros que en ejercicios militares (o que lo parezcan) entretienen y alegran y, si se puede decir, honran las cortes de sus príncipes; pero sobre todos estos parece mejor un caballero andante que por los desiertos, por las soledades, por las encrucijadas, por las selvas y por los montes anda buscando peligrosas aventuras, con intención de darles dichosa y bien afortunada cima,

são cavaleiro requerendo uma donzela nas cidades. Todos os cavaleiros têm seus particulares exercícios: que sirva às damas o cortesão, honre a corte do seu rei com librés,[7] sustente os cavaleiros pobres com o esplêndido prato da sua mesa, concerte justas, mantenha torneios e se mostre grande, liberal e magnífico, e sobretudo bom cristão, e desta maneira cumprirá com suas precisas obrigações. Mas que o andante cavaleiro busque os recantos do mundo, adentre os mais intrincados labirintos, acometa a cada passo o impossível, resista nos desertos ermos aos ardentes raios do sol em pleno verão, e no inverno à dura inclemência dos ventos e dos gelos, que não o espantem leões, nem o assustem avejões, nem o atemorizem endríagos, pois buscar estes, acometer aqueles e vencer a todos são seus principais e verdadeiros exercícios. Pois eu, como me caiu em sorte ser um do número da andante cavalaria, não posso deixar de acometer tudo aquilo que me parece entrar na jurisdição dos meus exercícios, e assim por direito me tocava o acometimento dos leões que agora acometi, ainda conhecendo ser temeridade exorbitante, pois bem sei o que é valentia, que é uma virtude posta entre dois extremos viciosos, como são a covardia e a temeridade; porém menos mal será o valente chegar e subir ao grau do temerário que descer e chegar ao grau do covarde, pois, assim como é mais fácil o pródigo vir a ser liberal, que não o avaro, assim é mais fácil chegar o temerário a verdadeiro valente, que não o covarde subir à verdadeira valentia; e nisso de acometer aventuras, creia-me vossa mercê, senhor D. Diego, que antes se há de perder por carta de mais do que de menos, porque melhor soa às orelhas de quem ouve "o tal cavaleiro é temerário e atrevido" que não "o tal cavaleiro é tímido e covarde".

— Digo, senhor D. Quixote — respondeu D. Diego —, que tudo o que vossa mercê tem dito e feito vai nivelado com o fiel da mesma razão, e que

---

sólo por alcanzar gloriosa fama, y duradera. Mejor parece, digo, un caballero andante socorriendo a una viuda en algún despoblado que un cortesano caballero requebrando a una doncella en las ciudades. Todos los caballeros tienen sus particulares ejercicios: sirva a las damas el cortesano, autorice la corte de su rey con libreas, sustente los caballeros pobres con el espléndido plato de su mesa, concierte justas, mantenga torneos y muéstrese grande, liberal y magnífico, y buen cristiano sobre todo, y desta manera cumplirá con sus precisas obligaciones. Pero el andante caballero busque los rincones del mundo, éntrese en los más intricados laberintos, acometa a cada paso lo imposible, resista en los páramos despoblados los ardientes rayos del sol en la mitad del verano, y en el invierno la dura inclemencia de los vientos y de los yelos; no le asombren leones, ni le espanten vestiglos, ni atemoricen endriagos, que buscar estos, acometer aquellos y vencerlos a todos son sus principales y verdaderos ejercicios. Yo, pues, como me cupo en suerte ser uno del número de la andante caballería, no puedo dejar de acometer todo aquello que a mí me pareciere que cae debajo de la juridición de mis ejercicios; y, así, el acometer los leones que ahora acometí derechamente me tocaba, puesto que conocí ser temeridad esorbitante, porque bien sé lo que es valentía, que es una virtud que está puesta entre dos estremos viciosos, como son la cobardía y la temeridad: pero menos mal será que el que es valiente toque y suba al punto de temerario que no que baje y toque en el punto de cobarde, que así como es más fácil venir el pródigo a ser liberal que el avaro, así es más fácil dar el temerario en verdadero valiente que no el cobarde subir a la verdadera valentía; y en esto de acometer aventuras, créame vuesa merced, señor don Diego, que antes se ha de perder por carta de más que de menos, porque mejor suena en las orejas de los que lo oyen "el tal caballero es temerario y atrevido" que no "el tal caballero es tímido y cobarde".

entendo que, se as ordenanças e leis da cavalaria andante se perdessem, no peito de vossa mercê se achariam como em seu mesmo depósito e arquivo. E apressemo-nos, que se faz tarde, e cheguemos logo à minha aldeia e casa, onde vossa mercê descansará do passado trabalho, que, se não foi do corpo, foi do espírito, que por vezes sói redundar em cansaço do corpo.

— Tenho sua oferta por grande favor e mercê, senhor D. Diego — respondeu D. Quixote.

E picando mais do que até então, seriam perto de duas da tarde quando chegaram à aldeia e à casa de D. Diego, a quem D. Quixote chamava "o Cavaleiro do Verde Gabão".

— Digo, señor don Quijote — respondió don Diego —, que todo lo que vuesa merced ha dicho y hecho va nivelado con el fiel de la misma razón, y que entiendo que si las ordenanzas y leyes de la caballería andante se perdiesen, se hallarían en el pecho de vuesa merced como en su mismo depósito y archivo. Y démonos priesa, que se hace tarde, y lleguemos a mi aldea y casa, donde descansará vuestra merced del pasado trabajo, que si no ha sido del cuerpo, ha sido del espíritu, que suele tal vez redundar en cansancio del cuerpo.

— Tengo el ofrecimiento a gran favor y merced, señor don Diego — respondió don Quijote.

Y picando más de lo que hasta entonces, serían como las dos de la tarde cuando llegaron a la aldea y a la casa de don Diego, a quien don Quijote llamaba "el Caballero del Verde Gabán".

Notas

[1] Orã: a cidade litorânea argelina era então praça-forte espanhola.

[2] Leõezinhos para mim?: enfrentar e vencer uma fera, especialmente o leão, é façanha frequente nas narrativas cavaleirescas e consta também num episódio importante do *Poema del Mio Cid*. A frase com que *D. Quixote* faz alarde de sua valentia com o tempo se tornaria expressão idiomática com conotação de fanfarronada.

[3] D. Manuel de Leão: personagem histórico do tempo dos Reis Católicos já citado na primeira parte (cap. XLIX, nota 5), de quem se conta que entrou numa leoneira para apanhar a luva de uma dama sua amiga. A façanha foi exaltada em diversos romances (por exemplo, o que começa "*Ese conde don Manuel, — que de León es nombrado,/ hizo un hecho en la corte — que jamás será olvidado*") e dramatizado por Lope de Vega na peça *El guante de doña Blanca*.

[4] Espadas do cãozinho: famosas espadas curtas fabricadas no século XV pelo armeiro mourisco toledano Julián del Rei, assim chamadas por trazerem a figura de um cachorro gravada na lâmina.

[5] ... pondo na ponta da lança o lenço: segundo a formalidade dos torneios, o cavaleiro vencedor prendia à sua lança a insígnia do vencido.

[6] Cavaleiro dos Leões: vários cavaleiros literários adotaram o epíteto, entre eles o próprio Amadis.

[7] Librés: metonímia para "criadagem". Segundo consta, os uniformes dos criados — as librés — que acompanhavam o cavaleiro nos torneios era o que mais chamava a atenção do público no desfile dos contendores.

CAPÍTULO XVIII

*DO QUE ACONTECEU A D. QUIXOTE
NO CASTELO OU CASA DO CAVALEIRO DO VERDE GABÃO,
MAIS OUTRAS COISAS EXTRAVAGANTES*

Achou D. Quixote a casa de D. Diego de Miranda espaçosa como de aldeia; o brasão, bem que de pedra tosca, acima da porta da rua; a adega, no pátio; a despensa, embaixo do alpendre, e em volta muitas vasilhas de barro, que, por serem de El Toboso, nele renovaram as memórias da sua encantada e transformada Dulcineia. E suspirando e sem olhos para o que dizia nem diante de quem estava, disse:

— Oh doces prendas, por meu mal achadas,
doces e alegres quando Deus queria![1]

Oh tobosescas vasilhas, que me trouxestes à memória a doce prenda da minha mor amargura!

Ouviu isto o estudante poeta filho de D. Diego, que com a mãe saíra a recebê-lo, e mãe e filho ficaram suspensos ao ver a estranha figura de D. Quixote; o qual, apeando-se de Rocinante, foi a ela com muita cortesia pedir-lhe as mãos para as beijar, e D. Diego disse:

CAPÍTULO XVIII

*DE LO QUE SUCEDIÓ A DON QUIJOTE
EN EL CASTILLO O CASA DEL CABALLERO DEL VERDE GABÁN,
CON OTRAS COSAS EXTRAVAGANTES*

Halló don Quijote ser la casa de don Diego de Miranda ancha como de aldea; las armas, empero, aunque de piedra tosca, encima de la puerta de la calle, la bodega en el patio, la cueva en el portal, y muchas tinajas a la redonda, que por ser del Toboso le renovaron las memorias de su encantada y transformada Dulcinea; y sospirando, y sin mirar lo que decía, ni delante de quién estaba, dijo:

— ¡Oh dulces prendas, por mi mal halladas,
dulces y alegres cuando Dios quería!

¡Oh tobosescas tinajas, que me habéis traído a la memoria la dulce prenda de mi mayor amargura!
Oyóle decir esto el estudiante poeta hijo de don Diego, que con su madre había salido a recebirle, y madre

— Recebei, senhora, com o vosso costumeiro agrado o senhor D. Quixote de La Mancha, que é quem tendes diante, andante cavaleiro, e o mais valente e mais discreto que tem o mundo.

A senhora, que Dª Cristina se chamava, o recebeu com mostras de muito amor e muita cortesia, e D. Quixote se lhe ofereceu com assaz discretas e comedidas razões. Quase as mesmas mesuras trocou com o estudante, que, em ouvindo D. Quixote falar, o teve por discreto e agudo.

Aqui pinta o autor todas as circunstâncias da casa de D. Diego, pintando nelas o que contém a casa de um cavaleiro lavrador e rico. Mas o tradutor desta história houve por bem passar estas e outras semelhantes minúcias em silêncio, por não se ajustarem bem ao assunto principal da história, cuja força mais está na verdade do que nas frias digressões.

Acompanharam D. Quixote a um quarto, desarmou-o Sancho, ficou em bragas e em gibão de camurça, todo manchado da sujeira da armadura. A gola era valona à estudantil, sem goma nem rendas; os borzeguins eram atamarados, e encerados os sapatos. Cingiu-se sua boa espada, que pendia de um talim de lobo-marinho,[2] pois dizem que por muitos anos foi ele doente dos rins; cobriu-se com um ferragoulo de bom pano pardo, mas antes de tudo lavou a cabeça e o rosto com cinco caldeirões de água, ou seis, pois quanto ao número de caldeirões há controvérsia, e ainda ficou a água cor de soro, por mercê da gulodice de Sancho e da compra dos seus famigerados requeijões, que tanto infamaram seu amo. Com os referidos atavios e com gentil donaire e galhardia, passou D. Quixote a outro aposento, onde o estudante o estava esperando para o entreter enquanto eram postas as mesas, pois pela vinda de tão nobre hóspede queria a senhora Dª Cristina mostrar que sabia e podia regalar aqueles que a sua casa chegavam.

---

y hijo quedaron suspensos de ver la estraña figura de don Quijote; el cual, apeándose de Rocinante, fue con mucha cortesía a pedirle las manos para besárselas, y don Diego dijo:

— Recebid, señora, con vuestro sólito agrado al señor don Quijote de la Mancha, que es el que tenéis delante, andante caballero, y el más valiente y el más discreto que tiene el mundo.

La señora, que doña Cristina se llamaba, le recibió con muestras de mucho amor y de mucha cortesía, y don Quijote se le ofreció con asaz de discretas y comedidas razones. Casi los mismos comedimientos pasó con el estudiante, que en oyéndole hablar don Quijote le tuvo por discreto y agudo.

Aquí pinta el autor todas las circunstancias de la casa de don Diego, pintándonos en ellas lo que contiene una casa de un caballero labrador y rico; pero al traductor desta historia le pareció pasar estas y otras semejantes menudencias en silencio, porque no venían bien con el propósito principal de la historia, la cual más tiene su fuerza en la verdad que en las frías digresiones.

Entraron a don Quijote en una sala, desarmóle Sancho, quedó en valones y en jubón de camuza, todo bisunto con la mugre de las armas: el cuello era valona a lo estudiantil, sin almidón y sin randas; los borceguíes eran datilados, y encerados los zapatos. Ciñóse su buena espada, que pendía de un tahalí de lobos marinos, que es opinión que muchos años fue enfermo de los riñones; cubrióse un herreruelo de buen paño pardo, pero antes de todo, con cinco calderos o seis de agua, que en la cantidad de los calderos hay alguna diferencia, se lavó la cabeza y rostro, y todavía se quedó el agua de color de suero, merced a la golosina de Sancho y a la compra de sus negros requesones, que tan blanco pusieron a su amo. Con los referidos atavíos y con gentil donaire y gallardía,

Enquanto D. Quixote se ia desarmando, teve lugar D. Lorenzo, que assim se chamava o filho de D. Diego, de dizer a seu pai:

— Quem diremos que é, senhor, esse cavaleiro que vossa mercê trouxe à nossa casa? Pois seu nome, sua figura e o dizer que é cavaleiro andante, a mim e a minha mãe nos têm suspensos.

— Não sei o que te diga, filho — respondeu D. Diego. — Só te saberei dizer que o vi fazer coisas dignas do maior louco do mundo e dizer razões tão discretas que apagam e desfazem os seus feitos. Fala tu com ele e toma-lhe o pulso daquilo que sabe, e, como és discreto, julga da sua discrição ou sandice o que mais posto em razão estiver, ainda que, a bem da verdade, eu antes o tenha por louco do que por são.

Foi então D. Lorenzo entreter D. Quixote, como fica dito, e entre outras coisas que os dois trataram, disse D. Quixote a D. Lorenzo:

— O senhor D. Diego de Miranda, pai de vossa mercê, me deu notícia da rara habilidade e sutil engenho que vossa mercê tem e, sobretudo, de que é vossa mercê um grande poeta.

— Poeta, bem pudera ser — respondeu D. Lorenzo —, mas grande, nem por pensamento. Verdade é que sou algum tanto aficionado à poesia e a ler os bons poetas, mas não de maneira que se me possa dar o nome de grande que diz meu pai.

— Não me parece mal essa humildade — respondeu D. Quixote —, pois não há poeta que não seja arrogante e pense de si que é o maior poeta do mundo.

— Não há regra sem exceção — respondeu D. Lorenzo —, e algum há de haver que o seja e o não pense.

— Poucos — respondeu D. Quixote. — Agora me diga, que versos são

---

salió don Quijote a otra sala, donde el estudiante le estaba esperando para entretenerle en tanto que las mesas se ponían, que por la venida de tan noble huésped quería la señora doña Cristina mostrar que sabía y podía regalar a los que a su casa llegasen.

En tanto que don Quijote se estuvo desarmando, tuvo lugar don Lorenzo, que así se llamaba el hijo de don Diego, de decir a su padre:

— ¿Quién diremos, señor, que es este caballero que vuesa merced nos ha traído a casa? Que el nombre, la figura y el decir que es caballero andante, a mí y a mi madre nos tiene suspensos.

— No sé lo que te diga, hijo — respondió don Diego —; sólo te sabré decir que le he visto hacer cosas del mayor loco del mundo y decir razones tan discretas, que borran y deshacen sus hechos: háblale tú y toma el pulso a lo que sabe, y, pues eres discreto, juzga de su discreción o tontería lo que más puesto en razón estuviere, aunque, para decir verdad, antes le tengo por loco que por cuerdo.

Con esto, se fue don Lorenzo a entretener a don Quijote, como queda dicho, y entre otras pláticas que los dos pasaron dijo don Quijote a don Lorenzo:

— El señor don Diego de Miranda, padre de vuesa merced, me ha dado noticia de la rara habilidad y sutil ingenio que vuestra merced tiene, y, sobre todo, que es vuesa merced un gran poeta.

— Poeta, bien podrá ser — respondió don Lorenzo —, pero grande, ni por pensamiento. Verdad es que yo soy algún tanto aficionado a la poesía y a leer los buenos poetas, pero no de manera que se me pueda dar el nombre de grande que mi padre dice.

os que vossa mercê traz entre mãos, que o senhor seu pai me disse que o trazem algum tanto inquieto e pensativo? Se forem de alguma glosa, folgaria em sabê-los, pois um pouco entendo da matéria, e, se forem de justa literária, procure vossa mercê levar o segundo prêmio, pois o primeiro sempre o leva o favor ou o grande estado da pessoa, o segundo o leva a mera justiça, e o terceiro deve ser segundo, e o primeiro, nessa conta, será o terceiro, ao modo das licenças que se dão nas universidades.[3] Mas, ainda assim, o nome de *primeiro* sempre faz grande efeito.

"Até agora" — disse consigo D. Lorenzo — "não vos poderei julgar por louco. Passemos adiante." E lhe disse:

— Parece-me que vossa mercê cursou as escolas: que ciências estudou?

— A da cavalaria andante — respondeu D. Quixote —, que é tão boa quanto a da poesia, quando não dois dedinhos melhor.

— Não sei que ciência é essa — replicou D. Lorenzo —, e até agora não chegou ao meu conhecimento.

— É uma ciência — replicou D. Quixote — que encerra em si todas ou as mais ciências do mundo, pois quem a professa há de ser jurisconsulto e saber as leis da justiça distributiva e comutativa,[4] para dar a cada um o que é seu e o que lhe convém; há de ser teólogo, para saber arrazoar clara e distintamente sobre a cristã lei que professa, onde quer que lhe seja pedido; há de ser médico, e principalmente herbolário, para, em meio de despovoados e desertos, conhecer as ervas que têm virtude de sarar as feridas, pois não há de andar o cavaleiro andante procurando a três por dois quem as cure; há de ser astrólogo, para conhecer pelas estrelas quantas horas são passadas da noite e em que parte e em que clima do mundo se acha; há de saber as matemáticas, pois a cada passo poderá ter necessidade delas; e deixando de parte

---

— No me parece mal esa humildad — respondió don Quijote —, porque no hay poeta que no sea arrogante y piense de sí que es el mayor poeta del mundo.

— No hay regla sin excepción — respondió don Lorenzo —, y alguno habrá que lo sea y no lo piense.

— Pocos — respondió don Quijote —. Pero dígame vuesa merced, ¿qué versos son los que agora trae entre manos, que me ha dicho el señor su padre que le traen algo inquieto y pensativo? Y si es alguna glosa, a mí se me entiende algo de achaque de glosas, y holgaría saberlos, y si es que son de justa literaria, procure vuestra merced llevar el segundo premio, que el primero siempre se le lleva el favor o la gran calidad de la persona, el segundo se le lleva la mera justicia, y el tercero viene a ser segundo, y el primero, a esta cuenta, será el tercero, al modo de las licencias que se dan en las universidades; pero, con todo esto, gran personaje es el nombre de *primero*.

"Hasta ahora — dijo entre sí don Lorenzo — no os podré yo juzgar por loco. Vamos adelante." Y díjole:

— Paréceme que vuesa merced ha cursado las escuelas: ¿qué ciencias ha oído?

— La de la caballería andante — respondió don Quijote —, que es tan buena como la de la poesía, y aun dos deditos más.

— No sé qué ciencia sea esa — replicó don Lorenzo —, y hasta ahora no ha llegado a mi noticia.

— Es una ciencia — replicó don Quijote — que encierra en sí todas o las más ciencias del mundo, a causa que el que la profesa ha de ser jurisperito y saber las leyes de la justicia distributiva y comutativa, para dar a cada uno lo que es suyo y lo que le conviene; ha de ser teólogo, para saber dar razón de la cristiana ley que profesa,

que ele se há de adornar de todas as virtudes teologais e cardeais,[5] descendo a outras minudências, digo que há de saber nadar como dizem que nadava o peixe Nicolás, ou Nicolau;[6] há de saber ferrar um cavalo e aparelhar a sela e o freio e, voltando ao tocado acima, há de guardar a fé em Deus e sua dama; há de ser casto nos pensamentos, honesto nas palavras, liberal nas obras, valente nos feitos, sofrido nos trabalhos, caridoso com os desvalidos e, finalmente, mantenedor da verdade, ainda que lhe custe a vida o defendê-la. De todas essas grandes e mínimas partes se compõe um bom cavaleiro andante. Por que vossa mercê veja, senhor D. Lorenzo, se é ciência parva o que aprende o cavaleiro que a estuda e a professa, e se pode ou não igualar-se às mais eminentes que nos ginásios e escolas se ensinam.

— Se assim é — replicou D. Lorenzo —, digo que essa tal ciência se avantaja a todas.

— Como se assim é? — respondeu D. Quixote.

— O que quero dizer — disse D. Lorenzo — é que eu duvido que tenha havido, e que agora os haja, cavaleiros andantes e adornados de virtudes tantas.

— Muitas vezes tenho dito o que torno a dizer agora — respondeu D. Quixote —, que a maior parte da gente do mundo é de parecer que nele não houve cavaleiros andantes. E por me parecer que, se o céu milagrosamente não lhe dá a entender a verdade de que os houve e de que os há, qualquer trabalho que se tome será escusado, como muitas vezes a experiência mo mostrou, não quero me deter agora a tirar vossa mercê do engano em que junto com muitos está. O que penso fazer é rogar ao céu que o tire dele e lhe dê a entender quão proveitosos e quão necessários foram ao mundo os cavaleiros andantes nos passados séculos, e quão úteis ainda seriam se no pre-

---

clara y distintamente, adondequiera que le fuere pedido; ha de ser médico, y principalmente herbolario, para conocer en mitad de los despoblados y desiertos las yerbas que tienen virtud de sanar las heridas, que no ha de andar el caballero andante a cada triquete buscando quien se las cure; ha de ser astrólogo, para conocer por las estrellas cuántas horas son pasadas de la noche y en qué parte y en qué clima del mundo se halla; ha de saber las matemáticas, porque a cada paso se le ofrecerá tener necesidad dellas; y dejando aparte que ha de estar adornado de todas las virtudes teologales y cardinales, decendiendo a otras menudencias, digo que ha de saber nadar como dicen que nadaba el peje Nicolás o Nicolao; ha de saber herrar un caballo y aderezar la silla y el freno, y, volviendo a lo de arriba, ha de guardar la fe a Dios y a su dama; ha de ser casto en los pensamientos, honesto en las palabras, liberal en las obras, valiente en los hechos, sufrido en los trabajos, caritativo con los menesterosos y, finalmente, mantenedor de la verdad, aunque le cueste la vida el defenderla. De todas estas grandes y mínimas partes se compone un buen caballero andante. Porque vea vuesa merced, señor don Lorenzo, si es ciencia mocosa lo que aprende el caballero que la estudia y la profesa, y si se puede igualar a las más estiradas que en los ginasios y escuelas se enseñan.

— Si eso es así — replicó don Lorenzo —, yo digo que se aventaja esa ciencia a todas.

— ¿Cómo si es así? — respondió don Quijote.

— Lo que yo quiero decir — dijo don Lorenzo — es que dudo que haya habido, ni que los hay ahora, caballeros andantes y adornados de virtudes tantas.

— Muchas veces he dicho lo que vuelvo a decir ahora — respondió don Quijote —, que la mayor parte de

sente se usassem. Mas agora, por pecados das gentes, triunfam a preguiça, a ociosidade, a gula e o regalo.

— Já se safou o nosso hóspede — disse agora D. Lorenzo entre si. — Contudo, é ele um louco bizarro, e eu seria um acabado mentecapto se tal não cresse.

Aqui deram fim à conversação, porque os chamaram para almoçar. Perguntou D. Diego a seu filho o que havia tirado em limpo do engenho do hóspede. Ao que este respondeu:

— Não o tirarão do rascunho da sua loucura quantos médicos e bons escreventes há no mundo: ele é um louco entressachado, cheio de lúcidos intervalos.

Foram almoçar, e a mesa foi tal como D. Diego dissera no caminho que costumava oferecê-la aos seus convidados: limpa, farta e saborosa. Mas do que mais se contentou D. Quixote foi do maravilhoso silêncio que em toda a casa havia, que semelhava uma cartuxa. Então, levantadas as toalhas e dadas graças a Deus e água às mãos, D. Quixote pediu com afinco a D. Lorenzo que recitasse os versos da justa literária, ao que este respondeu que, por não parecer um daqueles poetas que quando lhes rogam que digam seus versos os negam e quando lhos não pedem os vomitam, "eu direi a minha glosa, da qual não espero prêmio algum, pois só para exercitar o engenho a fiz".

— Um amigo meu, e discreto — respondeu D. Quixote —, era de parecer que ninguém se havia de cansar em glosar versos, e a razão, dizia ele, era que jamais a glosa pode chegar ao texto, e que muitas ou as mais vezes se desvia a glosa da intenção e propósito que pede aquilo que é glosado. E mais, que as leis da glosa são por demais estreitas, não aceitando interrogações, nem "disse", nem "direi", nem fazer nomes de verbos, nem mudar o senti-

---

la gente del mundo está de parecer de que no ha habido en él caballeros andantes; y por parecerme a mí que si el cielo milagrosamente no les da a entender la verdad de que los hubo y de que los hay, cualquier trabajo que se tome ha de ser en vano, como muchas veces me lo ha mostrado la experiencia, no quiero detenerme agora en sacar a vuesa merced del error que con los muchos tiene; lo que pienso hacer es rogar al cielo le saque dél y le dé a entender cuán provechosos y cuán necesarios fueron al mundo los caballeros andantes en los pasados siglos, y cuán útiles fueran en el presente si se usaran; pero triunfan ahora, por pecados de las gentes, la pereza, la ociosidad, la gula y el regalo.

"Escapado se nos ha nuestro huésped — dijo a esta sazón entre sí don Lorenzo —, pero, con todo eso, él es loco bizarro, y yo sería mentecato flojo si así no lo creyese."

Aquí dieron fin a su plática, porque los llamaron a comer. Preguntó don Diego a su hijo qué había sacado en limpio del ingenio del huésped. A lo que él respondió:

— No le sacarán del borrador de su locura cuantos médicos y buenos escribanos tiene el mundo: él es un entreverado loco, lleno de lúcidos intervalos.

Fuéronse a comer, y la comida fue tal como don Diego había dicho en el camino que la solía dar a sus convidados: limpia, abundante y sabrosa; pero de lo que más se contentó don Quijote fue del maravilloso silencio que en toda la casa había, que semejaba un monasterio de cartujos. Levantados, pues, los manteles, y dadas gracias a Dios y agua a las manos, don Quijote pidió ahincadamente a don Lorenzo dijese los versos de la justa literaria, a lo que él respondió que, por no parecer de aquellos poetas que cuando les ruegan digan sus versos los

do, mais outras amarras e estreitezas com que ficam amarrados os que glosam, como vossa mercê bem deve de saber.

— Realmente, senhor D. Quixote — disse D. Lorenzo —, quisera ver vossa mercê perder o seu latim, mas não consigo, pois se escorrega das minhas mãos como uma enguia.

— Não entendo — respondeu D. Quixote — o que vossa mercê diz nem quer dizer com isso de eu escorregar.

— Logo me darei a entender — respondeu D. Lorenzo —, e agora esteja vossa mercê atento aos versos glosados e à glosa,[7] que dizem desta maneira:

> Se meu *foi* tornara a *ser*,
> sem esperar mais *será*,
> ou chegara o tempo já
> do que adiante vier...!

GLOSA

> Enfim, como tudo passa,
> passou o bem que me deu
> Fortuna, então nada escassa,
> e nunca mo devolveu,
> nem a penhor nem de graça.
>   Segue sempre meu viver,
> Fortuna, a teu bel-prazer.
> Torna-me a ser venturoso,
> pois será meu ser ditoso
> *se meu* foi *tornara a* ser.

---

niegan y cuando no se los piden los vomitan, "yo diré mi glosa, de la cual no espero premio alguno, que sólo por ejercitar el ingenio la he hecho".

— Un amigo y discreto — respondió don Quijote — era de parecer que no se había de cansar nadie en glosar versos, y la razón, decía él, era que jamás la glosa podía llegar al texto, y que muchas o las más veces iba la glosa fuera de la intención y propósito de lo que pedía lo que se glosaba, y más, que las leyes de la glosa eran demasiadamente estrechas, que no sufrían interrogantes, ni *dijo*, ni *diré*, ni hacer nombres de verbos, ni mudar el sentido, con otras ataduras y estrechezas con que van atados los que glosan, como vuestra merced debe de saber.

— Verdaderamente, señor don Quijote — dijo don Lorenzo —, que deseo coger a vuestra merced en un mal latín continuado, y no puedo, porque se me desliza de entre las manos como anguila.

— No entiendo — respondió don Quijote — lo que vuestra merced dice ni quiere decir en eso del deslizarme.

— Yo me daré a entender — respondió don Lorenzo —, y por ahora esté vuesa merced atento a los versos glosados y a la glosa, que dicen desta manera:

> ¡Si mi *fue* tornase a *es*,
> sin esperar más será,
> o viniese el tiempo ya
> de lo que será después...!

Não quero outro gosto ou glória,
outra palma ou vencimento,
outro triunfo, outra vitória,
senão tornar ao contento
que é pesar em minha memória.
    Se tu me tornares lá,
Fortuna, brando será
todo o rigor do meu fogo,
e mais se este bem for logo,
sem esperar mais será.

Escusado é tal pedido,
pois tornar o tempo a ser
depois de uma vez ter sido,
não há na terra poder
que a tanto seja estendido.
    Voa o tempo, logo está
bem longe, e não tornará,
e errado é pedir agora
ou que o tempo já se fora
ou chegara o tempo já.

Vivo cá em perplexa vida,
já esperando, já temendo:
é morte bem conhecida,
e é muito melhor morrendo
buscar para a dor saída.

GLOSA

Al fin, como todo pasa,
se pasó el bien que me dio
fortuna, un tiempo no escasa,
y nunca me le volvió,
ni abundante ni por tasa.
    Siglos ha ya que me vees,
fortuna, puesto a tus pies:
vuélveme a ser venturoso,
que será mi ser dichoso
si mi fue *tornase a es.*

No quiero otro gusto o gloria,
otra palma o vencimiento,
otro triunfo, otra vitoria,
sino volver al contento
que es pesar en mi memoria.

Si tú me vuelves allá,
fortuna, templado está
todo el rigor de mi fuego,
y más si este bien es luego,
sin esperar más será.

Cosas imposibles pido,
pues volver el tiempo a ser
después que una vez ha sido,
no hay en la tierra poder
que a tanto se haya estendido.
    Corre el tiempo, vuela y va
ligero, y no volverá,
y erraría el que pidiese,
o que el tiempo ya se fuese
o viniese el tiempo ya.

Bem seria o meu querer
acabar, mas o não é,
pois, com discurso melhor,
dá-me esta vida o temor
do que adiante vier.

Em acabando D. Lorenzo de dizer sua glosa, pôs-se em pé D. Quixote e, em voz levantada, que mais parecia grito, tomando com sua mão a direita de D. Lorenzo, disse:

— Por todos os mais altos céus, mancebo generoso, que sois o melhor poeta do orbe e que mereceis ser laureado, não por Chipre nem por Gaeta, como disse um poeta que Deus perdoe,[8] mas pelas academias de Atenas, se hoje vivessem, e pelas que hoje vivem em Paris, Bolonha e Salamanca! Praza ao céu que os juízes que vos tirarem o primeiro prêmio, Febo os asseteie e as musas jamais cruzem os umbrais de suas casas. Dizei-me, senhor, se sois servido, alguns versos maiores, pois quero de todo em todo tomar o pulso ao vosso admirável engenho.

Não é boa, como dizem, ter-se regozijado D. Lorenzo de se ver elogiado por D. Quixote, apesar de o ter por louco? Oh força da adulação, a quanto te estendes e quão dilatados são os limites da tua agradável jurisdição! Esta verdade abonou D. Lorenzo, pois cedeu à demanda e desejo de D. Quixote, dizendo-lhe este soneto sobre a fábula ou história de Píramo e Tisbe:[9]

Vivir en perpleja vida,
ya esperando, ya temiendo,
es muerte muy conocida,
y es mucho mejor muriendo
buscar al dolor salida.

A mí me fuera interés
acabar, mas no lo es,
pues, con discurso mejor,
me da la vida el temor
de lo que será después.

En acabando de decir su glosa don Lorenzo, se levantó en pie don Quijote, y en voz levantada, que parecía grito, asiendo con su mano la derecha de don Lorenzo, dijo:

— ¡Viven los cielos donde más altos están, mancebo generoso, que sois el mejor poeta del orbe, y que merecéis estar laureado, no por Chipre ni por Gaeta, como dijo un poeta que Dios perdone, sino por las academias de Atenas, si hoy vivieran, y por las que hoy viven de París, Bolonia y Salamanca! Plega al cielo que los jueces que os quitaren el premio primero, Febo los asaetee y las musas jamás atraviesen los umbrales de sus casas. Decidme, señor, si sois servido, algunos versos mayores, que quiero tomar de todo en todo el pulso a vuestro admirable ingenio.

¿No es bueno que dicen que se holgó don Lorenzo de verse alabar de don Quijote, aunque le tenía por loco? ¡Oh fuerza de la adulación, a cuánto te estiendes, y cuán dilatados límites son los de tu juridición agradable! Esta verdad acreditó don Lorenzo, pues condecendió con la demanda y deseo de don Quijote, diciéndole este soneto a la fábula o historia de Píramo y Tisbe:

SONETO

O muro rompe a donzela formosa
que de Píramo abriu o gentil peito;
parte o Amor de Chipre[10] e vai direito
lá ver a brecha estreita e prodigiosa.

Fala o silêncio ali, porque não ousa
a voz entrar por tão estreito estreito;
as almas sim, pois é do amor efeito
facilitar a mais difícil cousa.

Sai o desejo do compasso: o passo
da virgem imprudente solicita
por próprio gosto a morte. Rara história!

Pois ambos num só ponto, estranho caso,
os mata, e os encobre e ressuscita
uma espada, um sepulcro, uma memória.

— Louvado seja Deus! — disse D. Quixote tendo ouvido o soneto de
D. Lorenzo. — Pois entre infinitos poetas consumidos que há, enfim vejo um
consumado poeta, como é vossa mercê, senhor meu, que assim o dá a entender a arte desse soneto!

Quatro dias esteve D. Quixote regaladíssimo na casa de D. Diego, ao
cabo dos quais pediu licença para partir, dizendo-lhe que agradecia a mercê
e o bom tratamento que em sua casa recebera, mas que, por não lhe parecer
bem os cavaleiros andantes se darem muitas horas ao ócio e ao regalo, que-

---

SONETO

El muro rompe la doncella hermosa
que de Píramo abrió el gallardo pecho;
parte el Amor de Chipre y va derecho
a ver la quiebra estrecha y prodigiosa.

Habla el silencio allí, porque no osa
la voz entrar por tan estrecho estrecho;
las almas sí, que amor suele de hecho
facilitar la más difícil cosa.

Salió el deseo de compás, y el paso
de la imprudente virgen solicita
por su gusto su muerte. Ved qué historia:

que a entrambos en un punto, ¡oh estraño caso!,
los mata, los encubre y resucita
una espada, un sepulcro, una memoria.

ria ir cumprir com seu mister, buscando as aventuras, das quais tinha notícia que era farta aquela terra, onde esperava entreter o tempo até que chegasse o dia das justas de Saragoça, que era o da sua direita derrota, mas que antes havia de entrar na gruta de Montesinos,[11] da qual tantas e tão admiráveis coisas naqueles contornos se contavam, bem como inquirir o sabido nascimento e verdadeiros mananciais das sete lagoas comumente chamadas de Ruidera. D. Diego e seu filho elogiaram sua honrosa determinação e lhe disseram que tomasse de sua casa tudo quanto desejasse, que eles o serviriam com toda a vontade possível, pois a isso os obrigava o valor da sua pessoa e a honrosa profissão sua.

Chegou enfim o dia da sua partida, tão alegre para D. Quixote como triste e aziago para Sancho Pança, que se achava muito bem com a fartura da casa de D. Diego e relutava em tornar à fome que se usa nas florestas e despovoados e à estreiteza dos seus mal providos alforjes, e assim os encheu e cumulou do mais necessário que lhe pareceu. Ao se despedir, disse D. Quixote a D. Lorenzo:

— Não sei se já o disse a vossa mercê e, se o disse, torno a dizê-lo: quando vossa mercê quiser poupar caminhos e trabalhos para chegar ao inacessível píncaro do templo da Fama, não tem de fazer outra coisa senão deixar de parte a trilha da poesia, algum tanto estreita, e seguir a estreitíssima da andante cavalaria, bastante para em menos de um triz fazê-lo imperador.

Com estas razões acabou D. Quixote de encerrar o processo da sua loucura, e mais com as que acrescentou, dizendo:

— Sabe Deus o quanto eu quisera levar comigo o senhor D. Lorenzo, para ensinar-lhe como se devem perdoar os sujeitos e suplantar e escoicear os soberbos,[12] virtudes anexas à profissão que eu professo. Mas como o não

---

— ¡Bendito sea Dios — dijo don Quijote habiendo oído el soneto a don Lorenzo —, que entre los infinitos poetas consumidos que hay he visto un consumado poeta, como lo es vuesa merced, señor mío, que así me lo da a entender el artificio deste soneto!

Cuatro días estuvo don Quijote regaladísimo en la casa de don Diego, al cabo de los cuales le pidió licencia para irse, diciéndole que le agradecía la merced y buen tratamiento que en su casa había recebido, pero que por no parecer bien que los caballeros andantes se den muchas horas al ocio y al regalo, se quería ir a cumplir con su oficio, buscando las aventuras, de quien tenía noticia que aquella tierra abundaba, donde esperaba entretener el tiempo hasta que llegase el día de las justas de Zaragoza, que era el de su derecha derrota, y que primero había de entrar en la cueva de Montesinos, de quien tantas y tan admirables cosas en aquellos contornos se contaban, sabiendo e inquiriendo asimismo el nacimiento y verdaderos manantiales de las siete lagunas llamadas comúnmente de Ruidera. Don Diego y su hijo le alabaron su honrosa determinación y le dijeron que tomase de su casa y de su hacienda todo lo que en grado le viniese, que le servirían con la voluntad posible, que a ello les obligaba el valor de su persona y la honrosa profesión suya.

Llegóse, en fin, el día de su partida, tan alegre para don Quijote como triste y aciago para Sancho Panza, que se hallaba muy bien con la abundancia de la casa de don Diego y rehusaba de volver a la hambre que se usa en las florestas y despoblados y a la estrecheza de sus mal proveídas alforjas. Con todo esto, las llenó y colmó de lo más necesario que le pareció, y al despedirse dijo don Quijote a don Lorenzo:

— No sé si he dicho a vuesa merced otra vez, y si lo he dicho lo vuelvo a decir, que cuando vuesa merced

consente sua pouca idade, nem o quererão consentir seus louváveis exercícios, contento-me em só advertir a vossa mercê que, sendo poeta, poderá ser famoso se seguir mais o parecer alheio que o próprio, pois não há pai nem mãe a quem os filhos pareçam feios, e é este engano mais corrente em se tratando dos filhos do entendimento.

De novo se admiraram pai e filho das entressachadas razões de D. Quixote, ora discretas, ora disparatadas, e da sua teima e o seu afinco em se entregar de todo em todo à busca das suas desventuradas aventuras, que as tinha por fito e alvo dos seus desejos. Reiteraram-se os oferecimentos e mesuras, e, com a boa licença da senhora do castelo, D. Quixote e Sancho, sobre Rocinante e o ruço, partiram.

---

quisiere ahorrar caminos y trabajos para llegar a la inacesible cumbre del templo de la Fama, no tiene que hacer otra cosa sino dejar a una parte la senda de la poesía, algo estrecha, y tomar la estrechísima de la andante caballería, bastante para hacerle emperador en daca las pajas.

Con estas razones acabó don Quijote de cerrar el proceso de su locura, y más con las que añadió, diciendo:

— Sabe Dios si quisiera llevar conmigo al señor don Lorenzo, para enseñarle cómo se han de perdonar los sujetos y supeditar y acocear los soberbios, virtudes anejas a la profesión que yo profeso; pero pues no lo pide su poca edad, ni lo querrán consentir sus loables ejercicios, sólo me contento con advertirle a vuesa merced que siendo poeta podrá ser famoso si se guía más por el parecer ajeno que por el propio, porque no hay padre ni madre a quien sus hijos le parezcan feos, y en los que lo son del entendimiento corre más este engaño.

De nuevo se admiraron padre y hijo de las entremetidas razones de don Quijote, ya discretas y ya disparatadas, y del tema y tesón que llevaba de acudir de todo en todo a la busca de sus desventuradas aventuras, que las tenía por fin y blanco de sus deseos. Reiteráronse los ofrecimientos y comedimientos, y con la buena licencia de la señora del castillo, don Quijote y Sancho, sobre Rocinante y el rucio, se partieron.

Notas

[1] "Oh doces prendas, por meu mal achadas,/ doces e alegres quando Deus queria!": são os versos iniciais do "Soneto X" de Garcilaso de la Vega.

[2] Talim de lobo-marinho [...] doente dos rins: desde a Antiguidade acreditava-se nas virtudes protetoras e curativas do couro de foca.

[3] ... licenças que se dão nas universidades: no ato da licenciatura, algumas universidades outorgavam o título de *primero, segundo, tercero* etc. *en licencias* aos melhores alunos da turma.

[4] Justiça distributiva e comutativa: os dois grandes campos da justiça particular, segundo a classificação aristotélico-tomista. A primeira preside as relações entre a comunidade e seus membros, prescrevendo a distribuição do direito na proporção dos méritos e necessidades de cada um; a segunda, também chamada "corretiva", regula as relações entre os indivíduos, baseada no princípio da igualdade.

[5] Virtudes teologais, virtudes cardeais: as primeiras são fé, esperança e caridade; as segundas, prudência, justiça, fortaleza e temperança.

[6] Peixe Nicolau: homem anfíbio que, segundo o fabulário medieval, vivia nos mares da Sicília. A lenda teve uma voga renovada nos séculos XVI e XVII, tanto que em 1608 se imprimira em Barcelona uma certa *Relación de cómo el pece Nicolao se ha parecido de nuevo en el mar*.

[7] Glosa: a redondilha do mote já havia sido glosada no século XVI pelo poeta e músico luso-espanhol Gregório Silvestre (1520-1569).

[8] ... um poeta que Deus perdoe: o autor do soneto que diz "*Yo, Juan Bautista de Vivar, poeta/ por la gracia de Ascanio solamente/ saltambanco mayor de todo oriente,/ laureado por Chipre y por Gaeta*". Parte dos estudiosos atribui o poema ao próprio Juan Bautista de Vivar; outros, no entanto, dão a autoria a Pedro Liñán de Riaza (1557?-1607), que teria assumido a voz de Vivar com intenção sarcástica. A menção de Gaeta (porto do Tirreno) em vez de Creta seria, na primeira hipótese, um alarde de modéstia; na segunda, um sarcasmo de Liñán de Riaza.

[9] Fábula de Píramo e Tisbe: a história relatada por Ovídio nas *Metamorfoses* (IV, 55-166), muito retrabalhada — não raro em tom de paródia — por autores espanhóis dos séculos XVI e XVII e retomada por Shakespeare em *Sonho de uma noite de verão*. Trata-se da história de um jovem casal que, fugindo à proibição dos pais, cultiva seu romance apenas conversando através de uma fenda no muro que separa suas casas. Quando os dois resolvem escapar, ocorre o trágico desenlace: Tisbe chega primeiro ao local combinado, mas, ao ouvir um rugido de leão, foge assustada, deixando cair seu véu, que a fera despedaça e mancha com o sangue de uma presa que acabou de abater; ao encontrar a peça ensanguentada, Píramo deduz que sua amada está morta e, desesperado, se suicida com a própria espada; quando Tisbe regressa ao local e se depara com o cadáver do rapaz, também se mata, usando a mesma arma.

[10] ... parte o Amor de Chipre: a ilha era antigamente consagrada ao culto de Vênus, mãe de Cupido.

[11] Gruta de Montesinos: fica próxima às Lagoas de Ruidera, um complexo lacustre localizado na divisa das atuais províncias de Albacete e Ciudad Real, nas nascentes do rio Guadiana, hoje protegido por um parque natural. Seu nome se deve ao de um personagem do romanceiro espanhol de tema pseudocarolíngio, elucidado mais adiante.

[12] ... perdoar os sujeitos e [...] escoicear os soberbos: distorção jocosa do verso da *Eneida* (VI, 853) "*parcere subiectis et debellare superbos*" (poupar os vencidos e subjugar os soberbos).

CAPÍTULO XIX

*ONDE SE CONTA A AVENTURA DO PASTOR ENAMORADO,
MAIS OUTROS EM VERDADE ENGRAÇADOS SUCESSOS*

Ainda pouco se afastara D. Quixote da aldeia de D. Diego, quando deparou com dois que pareciam clérigos ou estudantes, que com outros dois lavradores vinham cavaleiros sobre quatro bestas asnais. Um dos estudantes levava, numa como trouxa de bocaxim verde, segundo se via, um pouco de fina roupa-branca e dois pares de meias de boa lãzinha; o outro não levava mais que duas espadas negras[1] de esgrima, novas e com suas ponteiras. Os lavradores traziam outras coisas, dando indício e sinal de virem de alguma vila grande onde as haviam comprado e as levavam para sua aldeia. E assim, tanto estudantes como lavradores caíram na mesma admiração em que caíam todos aqueles que pela vez primeira viam D. Quixote, e morriam por saber que homem era aquele tão fora do uso dos outros homens.

Cumprimentou-os D. Quixote e, depois de saber o caminho que levavam, que era o mesmo que ele seguia, ofereceu-lhes sua companhia e lhes pediu que amainassem o passo, pois mais ligeiro caminhavam as suas burricas que o seu cavalo, e para os obrigar mais a isso, em breves razões lhes disse quem era ele e qual o seu ofício e a sua profissão, que era de cavaleiro andante saído em busca das aventuras por todas as partes do mundo. Disse-lhes

---

CAPÍTULO XIX

*DONDE SE CUENTA LA AVENTURA DEL PASTOR ENAMORADO,
CON OTROS EN VERDAD GRACIOSOS SUCESOS*

Poco trecho se había alongado don Quijote del lugar de don Diego, cuando encontró con dos como clérigos o como estudiantes y con dos labradores que sobre cuatro bestias asnales venían caballeros. El uno de los estudiantes traía, como en portamanteo, en un lienzo de bocací verde envuelto, al parecer, un poco de grana blanca y dos pares de medias de cordellate; el otro no traía otra cosa que dos espadas negras de esgrima, nuevas y con sus zapatillas. Los labradores traían otras cosas, que daban indicio y señal que venían de alguna villa grande donde las habían comprado y las llevaban a su aldea. Y así estudiantes como labradores cayeron en la misma admiración en que caían todos aquellos que la vez primera veían a don Quijote, y morían por saber qué hombre fuese aquel tan fuera del uso de los otros hombres.

Saludóles don Quijote, y después de saber el camino que llevaban, que era el mesmo que él hacía, les ofreció su compañía y les pidió detuviesen el paso, porque caminaban más sus pollinas que su caballo, y para obligarlos, en breves razones les dijo quién era, y su oficio y profesión, que era de caballero andante que iba a buscar las

que se chamava por nome próprio "D. Quixote de La Mancha" e por epíteto "Cavaleiro dos Leões". Tudo isso era como grego ou algaravia para os lavradores, mas não para os estudantes, que logo entenderam a fraqueza do cérebro de D. Quixote. Mas nem por isso o deixavam de olhar com admiração e respeito, e um deles lhe disse:

— Se vossa mercê, senhor cavaleiro, não leva caminho determinado, como não soem levar os que buscam as aventuras, venha conosco; verá uma das melhores e mais ricas bodas que até o dia de hoje se celebraram em La Mancha e outras muitas léguas em roda.

Perguntou-lhe D. Quixote se eram de algum príncipe, que tanto as encarecia.

— Não são de príncipe — respondeu o estudante —, mas de um lavrador e uma lavradora; ele, o mais rico de toda esta terra, ela, a mais formosa que os homens já viram. O aparato que prometem é extraordinário e novo, pois se hão de celebrar num prado que fica junto à vila da noiva, a quem por excelência chamam Quiteria a formosa, e o desposado se chama Camacho o rico, ela de idade de dezoito anos, e ele de vinte e dois, feitos um para o outro, se bem que alguns curiosos que sabem de cor as linhagens de todo o mundo queiram dizer que a da formosa Quiteria avantaja a de Camacho. Mas nisso ninguém repara, pois as riquezas são poderosas de soldar muitas falhas. Com efeito, o tal Camacho é liberal e teve o capricho de enramar e cobrir todo o prado pelo alto, de tal sorte que o sol há de ter muito trabalho se quiser visitar a verde relva que cobre o chão. Também tem ele preparadas danças, assim de espadas como de cascavéis miúdos, pois há na sua aldeia quem os repique e chocalhe por extremo bem, e nem digo de sapateadores, tantos são os que ele tem conchavados. Mas nenhuma das coisas

---

aventuras por todas las partes del mundo. Díjoles que se llamaba de nombre propio "don Quijote de la Mancha" y por el apelativo "el Caballero de los Leones". Todo esto para los labradores era hablarles en griego o en jerigonza, pero no para los estudiantes, que luego entendieron la flaqueza del celebro de don Quijote, pero con todo eso le miraban con admiración y con respecto, y uno dellos le dijo:

— Si vuestra merced, señor caballero, no lleva camino determinado, como no le suelen llevar los que buscan las aventuras, vuesa merced se venga con nosotros: verá una de las mejores bodas y más ricas que hasta el día de hoy se habrán celebrado en la Mancha, ni en otras muchas leguas a la redonda.

Preguntóle don Quijote si eran de algún príncipe, que así las ponderaba.

— No son — respondió el estudiante — sino de un labrador y una labradora; él, el más rico de toda esta tierra, y ella, la más hermosa que han visto los hombres. El aparato con que se han de hacer es estraordinario y nuevo, porque se han de celebrar en un prado que está junto al pueblo de la novia, a quien por excelencia llaman Quiteria la hermosa, y el desposado se llama Camacho el rico, ella de edad de diez y ocho años, y él de veinte y dos, ambos para en uno, aunque algunos curiosos que tienen de memoria los linajes de todo el mundo quieren decir que el de la hermosa Quiteria se aventaja al de Camacho; pero ya no se mira en esto, que las riquezas son poderosas de soldar muchas quiebras. En efecto, el tal Camacho es liberal y hásele antojado de enramar y cubrir todo el prado por arriba, de tal suerte, que el sol se ha de ver en trabajo si quiere entrar a visitar las yerbas verdes de que está cubierto el suelo. Tiene asimesmo maheridas danzas, así de espadas como de cascabel menudo, que hay en su pueblo quien los repique y sacuda por estremo; de zapateadores no digo nada, que es un juicio los que

referidas, nem outras muitas que deixei de referir, há de fazer mais memoráveis estas bodas senão as que imagino que nelas fará o despeitado Basilio. É este Basilio um mancebo morador do mesmo lugar de Quiteria, o qual tinha sua casa parede-meia com a dos pais dela, donde o amor tomou ocasião de renovar ao mundo os já esquecidos amores de Píramo e Tisbe, porque Basilio se enamorou de Quiteria desde os seus tenros e primeiros anos, e ela foi correspondendo ao seu desejo com mil honestos favores, tanto que na aldeia era passatempo contarem-se os amores dos dois pequenos Basilio e Quiteria. Foi crescendo a idade, e resolveu o pai de Quiteria barrar a Basilio a ordinária entrada que ele em sua casa tinha, e para não ter de andar receoso e cheio de suspeitas, tratou de casar sua filha com o rico Camacho, não lhe parecendo bem casá-la com Basilio, que não tinha tantos bens de fortuna como de natureza. Pois a dizer a verdade sem inveja, ele é o mais ágil mancebo que conhecemos, grande lançador de barra, lutador extremado e grande jogador de choca; corre como um gamo, salta mais que uma cabra e no jogo da bola acerta os pinos como por encanto; canta como uma cotovia e toca uma guitarra de jeito que a faz falar, mas sobretudo meneia a espada como ninguém.

— Só por essa prenda — disse então D. Quixote — merecia esse mancebo não só casar com a formosa Quiteria, mas com a mesmíssima rainha Ginevra, se hoje fosse viva, a despeito de Lançarote e de todos aqueles que estorvá-lo quisessem.

— À minha mulher com essa! — disse Sancho Pança, que até então escutara calado. — Pois ela acha que cada um só pode casar com seu igual, atendendo àquele ditado que diz "cada ovelha com sua parelha". O que eu queria é que esse bom Basilio, que já vai ganhando minha amizade, se casasse

---

tiene muñidos; pero ninguna de las cosas referidas, ni otras muchas que he dejado de referir, ha de hacer más memorables estas bodas, sino las que imagino que hará en ellas el despechado Basilio. Es este Basilio un zagal vecino del mesmo lugar de Quiteria, el cual tenía su casa pared y medio de la de los padres de Quiteria, de donde tomó ocasión el amor de renovar al mundo los ya olvidados amores de Píramo y Tisbe, porque Basilio se enamoró de Quiteria desde sus tiernos y primeros años, y ella fue correspondiendo a su deseo con mil honestos favores, tanto, que se contaban por entretenimiento en el pueblo los amores de los dos niños Basilio y Quiteria. Fue creciendo la edad, y acordó el padre de Quiteria de estorbar a Basilio la ordinaria entrada que en su casa tenía, y por quitarse de andar receloso y lleno de sospechas, ordenó de casar a su hija con el rico Camacho, no pareciéndole ser bien casarla con Basilio, que no tenía tantos bienes de fortuna como de naturaleza. Pues, si va a decir las verdades sin invidia, él es el más ágil mancebo que conocemos, gran tirador de barra, luchador estremado y gran jugador de pelota; corre como un gamo, salta más que una cabra, y birla a los bolos como por encantamiento; canta como una calandria, y toca una guitarra, que la hace hablar, y, sobre todo, juega una espada como el más pintado.

— Por esa sola gracia — dijo a esta sazón don Quijote — merecía ese mancebo no sólo casarse con la hermosa Quiteria, sino con la mesma reina Ginebra, si fuera hoy viva, a pesar de Lanzarote y de todos aquellos que estorbarlo quisieran.

— ¡A mi mujer con eso! — dijo Sancho Panza, que hasta entonces había ido callando y escuchando —, la cual no quiere sino que cada uno case con su igual, ateniéndose al refrán que dicen "cada oveja con su pareja".

com essa senhora Quiteria, e que tenha boa vida e bom descanso (já ia dizendo o contrário) quem estorva o casamento dos que se querem bem.

— Se todos os que se querem bem se houvessem de casar — disse D. Quixote —, com isto se tiraria dos pais o arbítrio e jurisdição de casar os filhos com quem e quando devem, e se a escolha do marido ficasse à vontade das filhas, não faltaria uma que escolhesse o criado do pai, outra a algum que visse passar pela rua, a seu ver garrido e bem-posto, ainda que fosse um desbragado espadachim, pois o amor e a afeição com facilidade cegam os olhos do entendimento, tão necessários à hora de tomar estado, e na do matrimônio se está sempre muito a perigo de errar, e para acertar é mister grande tento e particular favor do céu. Quando alguém quer fazer uma longa viagem, se é prudente, antes de se pôr em caminho procura uma companhia segura e agradável com a qual se acompanhar. Então por que não fará o mesmo quem há de caminhar toda a vida até o paradeiro da morte? E mais quando a companhia o há de acompanhar na cama, na mesa e em toda parte, como é a da mulher com seu marido. A da própria mulher não é mercadoria que uma vez comprada se devolve ou se troca ou escamba, porque é acidente inseparável, que dura o que dura a vida. É um laço que, uma vez posto ao pescoço, faz-se em nó górdio, o qual, enquanto o não corta a foice da morte, não se desata. Muitas mais coisas pudera eu dizer desta matéria, se o não estorvasse o desejo que tenho de saber se ainda resta ao senhor licenciado mais alguma coisa a dizer sobre a história de Basilio.

Ao que o estudante bacharel, ou licenciado, como o chamou D. Quixote, respondeu:

— Não me resta mais nada a dizer, senão que, desde a hora em que Basilio soube que a formosa Quiteria se casaria com Camacho o rico, nunca

---

Lo que yo quisiera es que ese buen Basilio, que ya me le voy aficionando, se casara con esa señora Quiteria, que buen siglo hayan y buen poso (iba a decir al revés) los que estorban que se casen los que bien se quieren.

— Si todos los que bien se quieren se hubiesen de casar — dijo don Quijote —, quitaríase la eleción y juridición a los padres de casar sus hijos con quien y cuando deben, y si a la voluntad de las hijas quedase escoger los maridos, tal habría que escogiese al criado de su padre, y tal al que vio pasar por la calle, a su parecer, bizarro y entonado, aunque fuese un desbaratado espadachín, que el amor y la afición con facilidad ciegan los ojos del entendimiento, tan necesarios para escoger estado, y el del matrimonio está muy a peligro de errarse, y es menester gran tiento y particular favor del cielo para acertarle. Quiere hacer uno un viaje largo, y si es prudente, antes de ponerse en camino busca alguna compañía segura y apacible con quien acompañarse; pues ¿por qué no hará lo mismo el que ha de caminar toda la vida, hasta el paradero de la muerte, y más si la compañía le ha de acompañar en la cama, en la mesa y en todas partes, como es la de la mujer con su marido? La de la propia mujer no es mercaduría que una vez comprada se vuelve o se trueca o cambia, porque es accidente inseparable, que dura lo que dura la vida: es un lazo que, si una vez le echáis al cuello, se vuelve en el nudo gordiano, que, si no le corta la guadaña de la muerte, no hay desatarle. Muchas más cosas pudiera decir en esta materia, si no lo estorbara el deseo que tengo de saber si le queda más que decir al señor licenciado acerca de la historia de Basilio.

A lo que respondió el estudiante bachiller, o licenciado, como le llamó don Quijote, que:

— De todo no me queda más que decir sino que desde el punto que Basilio supo que la hermosa Quiteria se casaba con Camacho el rico, nunca más le han visto reír ni hablar razón concertada, y siempre anda pensativo

mais o viram rir nem falar coisa com coisa, e sempre anda pensativo e triste, falando consigo mesmo, com o que dá sinais claros e certos de que vai perdendo o juízo. Come pouco e dorme pouco, e o que come são frutas, e onde dorme, quando dorme, é no campo, sobre a dura terra, como animal bruto. Fita o céu de quando em quando, e outras vezes crava os olhos na terra, tão abismado que não parece senão santo de roca a que o vento balança a roupa. Enfim, ele dá tais mostras de ter apaixonado o coração, que todos os que o conhecemos tememos que o dar sim amanhã a formosa Quiteria há de ser sua sentença de morte.

— Deus fará melhor — disse Sancho —, pois Ele dá o mal e dá a mezinha; ninguém sabe o que há de vir; de hoje até amanhã, muitas horas há, e numa dessas e de repente, a casa cai; eu vi chover e fazer sol, tudo a um mesmo tempo; e há quem se deite com saúde, que de manhã não acorda; e alguém me diga, há porventura quem se gabe de ter metido um cravo na rodela da fortuna? Não, por certo, e entre o *sim* e o *não* da mulher eu não me atreveria a meter a ponta de um alfinete, porque não caberia. Deem-me a certeza de que Quiteria ama Basilio de bom coração e boa vontade, que eu darei a ele um saco de boa ventura, pois o amor, segundo ouvi dizer, traz na vista uns antolhos curiosos que fazem o cobre parecer ouro, a pobreza riqueza, e as remelas pérolas.

— Maldito sejas, Sancho, aonde vais parar? — disse D. Quixote. — Pois quando começas a desfiar teus ditados e histórias, ninguém pode contigo senão o mesmo Judas que te leve. Que sabes tu, animal, de cravos, de rodelas, nem de outra coisa alguma?

— Ah, pois se não me entendem — respondeu Sancho —, não admira que minhas sentenças sejam tidas por disparates. Mas não importa, eu me

---

y triste, hablando entre sí mismo, con que da ciertas y claras señales de que se le ha vuelto el juicio: come poco y duerme poco, y lo que come son frutas, y en lo que duerme, si duerme, es en el campo, sobre la dura tierra, como animal bruto; mira de cuando en cuando al cielo, y otras veces clava los ojos en la tierra, con tal embelesamiento, que no parece sino estatua vestida que el aire le mueve la ropa. En fin, él da tales muestras de tener apasionado el corazón, que tememos todos los que le conocemos que el dar el sí mañana la hermosa Quiteria ha de ser la sentencia de su muerte.

— Dios lo hará mejor — dijo Sancho —, que Dios, que da la llaga, da la medicina. Nadie sabe lo que está por venir: de aquí a mañana muchas horas hay, y en una, y aun en un momento, se cae la casa; yo he visto llover y hacer sol, todo a un mesmo punto; tal se acuesta sano la noche, que no se puede mover otro día. Y díganme: ¿por ventura habrá quien se alabe que tiene echado un clavo a la rodaja de la fortuna? No, por cierto; y entre el sí y el no de la mujer no me atrevería yo a poner una punta de alfiler, porque no cabría. Denme a mí que Quiteria quiera de buen corazón y de buena voluntad a Basilio, que yo le daré a él un saco de buena ventura: que el amor, según yo he oído decir, mira con unos antojos que hacen parecer oro al cobre, a la pobreza, riqueza, y a las lagañas, perlas.

— ¿Adónde vas a parar, Sancho, que seas maldito? — dijo don Quijote —. Que cuando comienzas a ensartar refranes y cuentos, no te puede esperar sino el mesmo Judas que te lleve. Dime, animal, ¿qué sabes tú de clavos, ni de rodajas, ni de otra cosa ninguna?

— ¡Oh! Pues si no me entienden — respondió Sancho —, no es maravilla que mis sentencias sean tenidas

entendo e sei que não disse tantas necedades no que acabo de dizer, senão que vossa mercê, senhor meu, sempre é friscal dos meus ditos, e até de meus feitos.

— *Fiscal* hás de dizer — disse D. Quixote —, que não *friscal*, prevaricador da boa linguagem, que Deus te confunda.

— Vossa mercê não se pegue comigo — respondeu Sancho —, pois bem sabe que não me criei na corte nem estudei em Salamanca para saber se ponho ou tiro alguma letra dos meus vocábulos. Pois, valha-me Deus, não há por que obrigar um saiaguês[2] a falar como o toledano, e toledanos também pode haver que não cortem o ar nisso do falar polido.

— Assim é — disse o licenciado —, porque não podem falar tão bem os que lá se criam em Tenerías ou em Zocodover[3] como os que passeiam quase todo o dia pelo claustro da catedral,[4] e são todos eles toledanos. A linguagem pura, a própria, a elegante e clara está nos discretos cortesãos, ainda que tenham nascido em Majadahonda.[5] Eu disse "discretos" porque há muitos que o não são, e a discrição é a gramática da boa linguagem, que melhora a par do uso. Eu, senhores, por meus pecados, estudei cânones em Salamanca e me pico algum tanto de dizer minha razão com palavras claras, lhanas e significantes.

— Se mais vos picásseis de menear a língua do que as espadas que aí levais — disse o outro estudante —, seríeis o primeiro nas licenças, que não o último como fostes.

— Olhai, bacharel — respondeu o licenciado —, que estais na mais errada opinião do mundo acerca da destreza da espada,[6] tendo-a por vã.

— Para mim não é opinião, senão verdade certa — replicou Corchuelo.

— E se quereis que vo-la prove com a experiência, espadas trazeis, comodi-

---

por disparates. Pero no importa: yo me entiendo, y sé que no he dicho muchas necedades en lo que he dicho, sino que vuesa merced, señor mío, siempre es friscal de mis dichos, y aun de mis hechos.

— *Fiscal* has de decir — dijo don Quijote —, que no *friscal*, prevaricador del buen lenguaje, que Dios te confunda.

— No se apunte vuestra merced conmigo — respondió Sancho —, pues sabe que no me he criado en la corte, ni he estudiado en Salamanca, para saber si añado o quito alguna letra a mis vocablos. Sí, que, ¡válgame Dios!, no hay para qué obligar al sayagués a que hable como el toledano, y toledanos puede haber que no las corten en el aire en esto del hablar polido.

— Así es — dijo el licenciado —, porque no pueden hablar tan bien los que se crían en las Tenerías y en Zocodover como los que se pasean casi todo el día por el claustro de la Iglesia Mayor, y todos son toledanos. El lenguaje puro, el propio, el elegante y claro, está en los discretos cortesanos, aunque hayan nacido en Majalahonda: dije "discretos" porque hay muchos que no lo son, y la discreción es la gramática del buen lenguaje, que se acompaña con el uso. Yo, señores, por mis pecados, he estudiado cánones en Salamanca, y pícome algún tanto de decir mi razón con palabras claras, llanas y significantes.

— Si no os picáredes más de saber más menear las negras que lleváis que la lengua — dijo el otro estudiante —, vos lleváredes el primero en licencias, como llevastes cola.

— Mirad, bachiller — respondió el licenciado —, vos estáis en la más errada opinión del mundo acerca de la destreza de la espada, teniéndola por vana.

dade há, eu tenho aqui forças e pulso que, acompanhados do meu ânimo, que não é pouco, vos farão confessar que não me engano. Apeai-vos e usai do vosso jogo de pés, dos vossos círculos e vossos ângulos e ciência, que eu espero vos fazer ver estrelas ao meio-dia com a minha destreza moderna e rude, na qual espero, depois de Deus, que está para nascer o homem que me faça virar as costas e que não há no mundo quem eu não faça perder campo.

— Nisso de virardes ou não as costas não me meto — replicou o *diestro* —, mas bem pode ser que, onde vos fincardes na porfia, ali mesmo vos abram a sepultura. Quero dizer, que ali mesmo fiqueis morto por desprezar a destreza.

— Pois agora veremos — respondeu Corchuelo.

E apeando-se do seu jumento com grande presteza, puxou com fúria de uma das espadas que o licenciado levava no seu.

— Não há de ser assim — disse então D. Quixote —, pois eu quero ser árbitro desta esgrima e juiz desta muitas vezes não averiguada questão.[7]

E apeando-se de Rocinante e tomando de sua lança, se pôs na metade do caminho, a tempo que já o licenciado, com gentil donaire do corpo e jogo de pés, ia contra Corchuelo, que contra ele veio, botando, como se costuma dizer, fogo pelos olhos. Os outros dois lavradores do acompanhamento, sem se apearem das suas jericas, serviram de *aspetatores*[8] na mortal tragédia. As cutiladas, estocadas, altibaixos, reveses e mandobles[9] que lançava Corchuelo eram sem número, mais espessos que fígado e mais miúdos que granizo. Arremetia como um leão irritado, mas topava com a ponteira da espada do licenciado, que em meio a sua fúria o detinha com um tapa-boca[10] e o fazia beijá-la como uma relíquia, ainda que não com tanta devoção como se devem e costumam beijar as relíquias. Finalmente, o licenciado contou às es-

---

— Para mí no es opinión, sino verdad asentada — replicó Corchuelo —; y si queréis que os lo muestre con la experiencia, espadas traéis, comodidad hay, yo pulsos y fuerzas tengo, que acompañadas de mi ánimo, que no es poco, os harán confesar que yo no me engaño. Apeaos y usad de vuestro compás de pies, de vuestros círculos y vuestros ángulos y ciencia, que yo espero de haceros ver estrellas a medio día con mi destreza moderna y zafia, en quien espero, después de Dios, que está por nacer hombre que me haga volver las espaldas, y que no le hay en el mundo a quien yo no le haga perder tierra.

— En eso de volver o no las espaldas no me meto — replicó el diestro —, aunque podría ser que en la parte donde la vez primera clavásedes el pie, allí os abriesen la sepultura: quiero decir, que allí quedásedes muerto por la despreciada destreza.

— Ahora se verá — respondió Corchuelo.

Y apeándose con gran presteza de su jumento, tiró con furia de una de las espadas que llevaba el licenciado en el suyo.

— No ha de ser así — dijo a este instante don Quijote —, que yo quiero ser el maestro desta esgrima y el juez desta muchas veces no averiguada cuestión.

Y apeándose de Rocinante y asiendo de su lanza, se puso en la mitad del camino, a tiempo que ya el licenciado, con gentil donaire de cuerpo y compás de pies, se iba contra Corchuelo, que contra él se vino, lanzando, como decirse suele, fuego por los ojos. Los otros dos labradores del acompañamiento, sin apearse de sus pollinas, sirvieron de aspetatores en la mortal tragedia. Las cuchilladas, estocadas, altibajos, reveses y mandobles que tiraba

tocadas todos os botões da beca que o bacharel vestia, deixando suas fraldas em frangalhos, como pernas de polvo, derrubou-lhe o chapéu duas vezes e o cansou de tal maneira que, de despeito, cólera e raiva, tomou o bacharel da espada pela empunhadura e a atirou pelos ares com tanta força que um dos lavradores assistentes, o qual era também escrivão, foi buscá-la e depois atestou e deu fé que a apartara de si quase três quartos de légua, testemunho este que serve e serviu para que se conheça e veja com toda a verdade como a força é vencida pela arte.

Sentou-se cansado Corchuelo, e, chegando-se a ele, Sancho lhe disse:

— À minha fé, senhor bacharel, se vossa mercê tomar o meu conselho, nunca mais há de desafiar ninguém a esgrimir, mas só a brigar ou a lançar a barra, que tem idade e força para isso; pois destes que chamam *diestros* ouvi dizer que metem a ponta de uma espada pelo olho de uma agulha.

— Eu me contento — respondeu Corchuelo — em ter caído do cavalo, mostrando-me a experiência a verdade da qual tão longe estava.

E levantando-se, foi abraçar o licenciado, e ficaram os dois mais amigos que dantes, e não querendo esperar pelo escrivão, que tinha ido pela espada, por entender que demoraria muito, determinaram de seguir para chegar logo à aldeia de Quiteria, de onde todos eram.

No que faltava de caminho, foi-lhe contando o licenciado as excelências da espada, com tantas razões demonstrativas e com tantas figuras e demonstrações matemáticas, que todos ficaram sabedores da bondade da ciência, e Corchuelo, reduzido da sua pertinácia.[11]

Já era noite, mas antes de chegarem pareceu a todos que havia diante do povoado um céu cheio de inumeráveis e resplandecentes estrelas. Também ouviram confusos e suaves sons de diversos instrumentos, como de flautas,

---

Corchuelo eran sin número, más espesas que hígado y más menudas que granizo. Arremetía como un león irritado; pero salíale al encuentro un tapaboca de la zapatilla de la espada del licenciado, que en mitad de su furia le detenía y se la hacía besar como si fuera reliquia, aunque no con tanta devoción como las reliquias deben y suelen besarse. Finalmente, el licenciado le contó a estocadas todos los botones de una media sotanilla que traía vestida, haciéndole tiras los faldamentos, como colas de pulpo; derribóle el sombrero dos veces y cansóle de manera que de despecho, cólera y rabia asió la espada por la empuñadura y arrojóla por el aire con tanta fuerza, que uno de los labradores asistentes, que era escribano, que fue por ella, dio después por testimonio que la alongó de sí casi tres cuartos de legua, el cual testimonio sirve y ha servido para que se conozca y vea con toda verdad cómo la fuerza es vencida del arte.

Sentóse cansado Corchuelo, y llegándose a él Sancho le dijo:

— Mía fe, señor bachiller, si vuesa merced toma mi consejo, de aquí adelante no ha de desafiar a nadie a esgrimir, sino a luchar o a tirar la barra, pues tiene edad y fuerzas para ello; que destos a quien llaman diestros he oído decir que meten una punta de una espada por el ojo de una aguja.

— Yo me contento — respondió Corchuelo — de haber caído de mi burra y de que me haya mostrado la experiencia la verdad de quien tan lejos estaba.

Y, levantándose, abrazó al licenciado, y quedaron más amigos que de antes, y no queriendo esperar al escribano que había ido por la espada, por parecerle que tardaría mucho, y así determinaron seguir, por llegar temprano a la aldea de Quiteria, de donde todos eran.

tamborins, saltérios, alboques, pandeiros e soalhas; e quando chegaram perto viram que as árvores de uma enramada que fora posta à entrada da aldeia estavam todas cheias de luminárias, às quais não ofendia o vento, então soprando tão manso que não tinha força para balançar as folhas das árvores. Os músicos eram os animadores da festa, que em diversas quadrilhas por aquele agradável local andavam, uns dançando e outros cantando, e outros tocando a diversidade dos referidos instrumentos. Com efeito, era como se por todo aquele prado andassem correndo a alegria e saltando o contento.

Outros muitos andavam ocupados em levantar palanques, donde no dia seguinte se pudessem ver com comodidade as representações e danças que se haviam de fazer naquele arraial dedicado a solenizar as bodas do rico Camacho e as exéquias de Basilio. Não quis entrar no arraial D. Quixote, por mais que lho pedissem assim o lavrador como o bacharel, mas ele deu por desculpa, a seu ver bastantíssima, ser costume dos cavaleiros andantes dormir nos campos e florestas antes que nos povoados, ainda que fosse sob dourados tetos. E com isto se desviou um pouco do caminho, bem contra a vontade de Sancho, a cuja memória lhe veio o bom alojamento que tivera no castelo ou casa de D. Diego.

En lo que faltaba del camino, les fue contando el licenciado las excelencias de la espada, con tantas razones demostrativas y con tantas figuras y demostraciones matemáticas, que todos quedaron enterados de la bondad de la ciencia, y Corchuelo, reducido de su pertinacia.

Era anochecido, pero antes que llegasen les pareció a todos que estaba delante del pueblo un cielo lleno de inumerables y resplandecientes estrellas; oyeron asimismo confusos y suaves sonidos de diversos instrumentos, como de flautas, tamborinos, salterios, albogues, panderos y sonajas; y cuando llegaron cerca vieron que los árboles de una enramada que a mano habían puesto a la entrada del pueblo estaban todos llenos de luminarias, a quien no ofendía el viento, que entonces no soplaba sino tan manso, que no tenía fuerza para mover las hojas de los árboles. Los músicos eran los regocijadores de la boda, que en diversas cuadrillas por aquel agradable sitio andaban, unos bailando y otros cantando, y otros tocando la diversidad de los referidos instrumentos. En efecto, no parecía sino que por todo aquel prado andaba corriendo la alegría y saltando el contento.

Otros muchos andaban ocupados en levantar andamios, de donde con comodidad pudiesen ver otro día las representaciones y danzas que se habían de hacer en aquel lugar dedicado para solenizar las bodas del rico Camacho y las exequias de Basilio. No quiso entrar en el lugar don Quijote, aunque se lo pidieron así el labrador como el bachiller, pero él dio por disculpa, bastantísima a su parecer, ser costumbre de los caballeros andantes dormir por los campos y florestas antes que en los poblados, aunque fuese debajo de dorados techos; y con esto se desvió un poco del camino, bien contra la voluntad de Sancho, viniéndosele a la memoria el buen alojamiento que había tenido en el castillo o casa de don Diego.

Notas

[1] Espadas negras: feitas de ferro, sem lustro nem corte e com um botão na ponta, apropriadas para exercícios de esgrima; opõem-se às brancas, polidas e amoladas, para combates reais.

[2] Saiaguês: natural de Saiago, localidade da província de Zamora (Leão) junto à divisa com a de Trás-os-Montes, Portugal. Seu dialeto, variedade do asturo-leonês contígua do mirandês, foi usado por dramaturgos como Juan del Encina (1466?-1529) e Gil Vicente (1465-1536?) para fazer falar os seus pastores; mais tarde, recorreu-se arbitrariamente a ele para tipificar a linguagem dos rústicos do teatro espanhol. Já o falar toledano, com status de língua literária e oficial, era tido como modelo de correção.

[3] Tenerías, Zocodover: dois bairros mal-afamados de Toledo, ponto de reunião da picaresca local. O primeiro empresta o nome dos curtumes (*tenerías*) que nele se concentravam; o segundo, da praça do antigo mercado árabe (*zoco*) em volta do qual cresceu.

[4] ... passeiam [...] pelo claustro da catedral: era costume entre os ricos ociosos reunir-se no recinto das catedrais.

[5] Majadahonda: aldeia próxima de Madri, hoje incorporada a sua área metropolitana. O nome da localidade — literalmente, "malhada funda" — indica sua população original de pastores.

[6] Destreza da espada: a "arte ou ciência da esgrima" também chamada "teórica das armas" (como no capítulo I) ou "destreza", sem mais. Seus praticantes, os *diestros*, constituíam também um tipo literário.

[7] Não averiguada questão: trata-se da polêmica, então viva, sobre a pertinência de se considerar a esgrima uma ciência geométrica.

[8] *Aspetatores*: italianismo para "espectadores", justificado pelo fato de os primeiros grandes tratados de esgrima terem sido escritos em toscano.

[9] Cutilada (*cuchillada*): golpe dado com o gume da espada da direita para a esquerda. Estocada: ataque com a ponta da arma. Altibaixo: golpe desferido de cima para baixo. Revés: a cutilada invertida, isto é, da esquerda para a direita. Mandoble: manobra praticada apenas com um movimento do pulso, mantendo-se o braço imóvel.

[10] Tapa-boca: golpe de parada que consiste em tocar o rosto do adversário com a ponta ou o botão da espada, para deter seu avanço.

[11] Reduzido da sua pertinácia: locução característica dos textos da Inquisição, significando o reconhecimento dos próprios erros perante o tribunal.

CAPÍTULO XX

ONDE SE CONTAM AS BODAS DE CAMACHO O RICO,
MAIS O SUCESSO DE BASILIO O POBRE

Mal a branca aurora dera lugar a que o luzente Febo com o ardor dos seus cálidos raios as líquidas pérolas dos seus cabelos de ouro enxugasse, quando D. Quixote, sacudindo a preguiça dos seus membros, se pôs em pé e chamou pelo seu escudeiro Sancho, que então ainda roncava. O qual visto por D. Quixote, antes de o acordar, lhe disse:

— Oh tu, bem-aventurado sobre quantos vivem sobre a face da terra, que sem invejar nem ser invejado dormes com sossegado ânimo, pois nem te perseguem encantadores nem sobressaltam encantamentos! Dormes, digo outra vez, e o direi outro cento, sem que te tenham em contínua vigília os zelos da tua dama, nem te desvelem pensamentos de pagar dívidas que devas, nem do que hás de fazer para amanhã comerem tu e tua pequenina e angustiada família. Nem a ambição te inquieta nem a pompa vã do mundo te afadiga, pois os limites dos teus desejos não se estendem a mais que a pensar teu jumento, pois sobre meus ombros tens posto o penso da tua pessoa, contrapeso e carga que a natureza e o costume puseram aos senhores. Dorme o criado, e fica velando o senhor, pensando como o há de sustentar, melhorar e lhe fazer mercês. A aflição de ver que o céu se faz de bronze sem

---

CAPÍTULO XX

DONDE SE CUENTAN LAS BODAS DE CAMACHO EL RICO,
CON EL SUCESO DE BASILIO EL POBRE

Apenas la blanca aurora había dado lugar a que el luciente Febo con el ardor de sus calientes rayos las líquidas perlas de sus cabellos de oro enjugase, cuando don Quijote, sacudiendo la pereza de sus miembros, se puso en pie y llamó a su escudero Sancho, que aún todavía roncaba; lo cual visto por don Quijote, antes que le despertase, le dijo:

— ¡Oh tú, bienaventurado sobre cuantos viven sobre la haz de la tierra, pues sin tener invidia ni ser invidiado duermes con sosegado espíritu, ni te persiguen encantadores ni sobresaltan encantamentos! Duermes, digo otra vez, y lo diré otras ciento, sin que te tengan en continua vigilia celos de tu dama, ni te desvelen pensamientos de pagar deudas que debas, ni de lo que has de hacer para comer otro día tú y tu pequeña y angustiada familia. Ni la ambición te inquieta, ni la pompa vana del mundo te fatiga, pues los límites de tus deseos no se estienden a más que a pensar tu jumento, que el de tu persona sobre mis hombros le tienes puesto, contrapeso y carga que puso la naturaleza y la costumbre a los señores. Duerme el criado, y está velando el señor, pensando

acudir à terra com o conveniente orvalho não aflige o criado, senão o senhor, que na esterilidade e na fome há de sustentar a quem o serviu na fertilidade e na fartura.

A tudo isso não respondeu Sancho, porque dormia, e tão cedo não teria acordado se D. Quixote com o conto da lança o não fizesse tornar a si. Acordou afinal, sonolento e preguiçoso, e virando o rosto para todas as partes disse:

— Das bandas daquela enramada, se o meu nariz não me engana, vem uma fumaça e um cheiro mais de torresmos que de junquilhos e tomilhos. Festas que por tais cheiros começam, pela santa cruz que devem de ser fartas e generosas.

— Basta, glutão — disse D. Quixote. — Vem, vamos ver esses desposórios, para ver o que faz o desprezado Basilio.

— Pois que faça o que bem quiser — respondeu Sancho. — Não fosse ele pobre, e se casaria com Quiteria. Então basta alguém ter uns cobres para querer tocar o céu? À fé, senhor, que eu sou de parecer que o pobre se deve de contentar com o que tem e não pedir nabos em alto-mar. Eu aposto um braço que Camacho pode enterrar Basilio em reais, e se isto é assim, como deve de ser, bem boba seria Quiteria em enjeitar as galas e as joias que lhe deve de ter dado e lhe pode dar Camacho, para escolher o lançar da barra e o menear da espada de Basilio. Por um bom lanço de barra ou uma gentil treta de espada não dão nem um quartilho de vinho na taberna. Habilidades e prendas que não são vendáveis, nem que as tenha o conde Dirlos;[1] mas quando as tais graças caem sobre quem tem bom dinheiro, tal fosse a minha vida como elas parecem. Sobre um bom alicerce se pode erguer um bom edifício, e o melhor alicerce e vala do mundo é o dinheiro.

---

cómo le ha de sustentar, mejorar y hacer mercedes. La congoja de ver que el cielo se hace de bronce sin acudir a la tierra con el conveniente rocío no aflige al criado, sino al señor, que ha de sustentar en la esterilidad y hambre al que le sirvió en la fertilidad y abundancia.

A todo esto no respondió Sancho, porque dormía, ni despertara tan presto si don Quijote con el cuento de la lanza no le hiciere volver en sí. Despertó, en fin, soñoliento y perezoso, y volviendo el rostro a todas partes dijo:

— De la parte desta enramada, si no me engaño, sale un tufo y olor harto más de torreznos asados que de juncos y tomillos: bodas que por tales olores comienzan, para mi santiguada que deben de ser abundantes y generosas.

— Acaba, glotón — dijo don Quijote —; ven, iremos a ver estos desposorios, por ver lo que hace el desdeñado Basilio.

— Mas que haga lo que quisiere — respondió Sancho —: no fuera él pobre, y casárase con Quiteria. ¿No hay más sino no tener un cuarto y querer casarse por las nubes? A la fe, señor, yo soy de parecer que el pobre debe de contentarse con lo que hallare y no pedir cotufas en el golfo. Yo apostaré un brazo que puede Camacho envolver en reales a Basilio, y si esto es así, como debe de ser, bien boba fuera Quiteria en desechar las galas y las joyas que le debe de haber dado y le puede dar Camacho, por escoger el tirar de la barra y el jugar de la negra de Basilio. Sobre un buen tiro de barra o sobre una gentil treta de espada no dan un cuartillo de vino en la taberna. Habilidades y gracias que no son vendibles, mas que las tenga el conde Dirlos; pero cuando las tales gracias caen

— Por Deus, Sancho — disse então D. Quixote —, termina logo com tua arenga, pois tenho cá para mim que, se te deixassem continuar as que a cada passo começas, não te restaria tempo para comer nem para dormir, pois todo ele o gastarias em falar.

— Se vossa mercê tivesse boa memória — replicou Sancho —, agora se lembraria das cláusulas do acordo que fizemos antes de sairmos de casa desta última vez. Uma delas foi que me havia de deixar falar quanto eu quisesse, desde que não fosse nada contra o próximo nem contra a autoridade de vossa mercê, e até agora acho que não contravim a tal cláusula.

— Eu não me lembro dessa tal cláusula, Sancho — respondeu D. Quixote. — Mas, ainda que assim fosse, quero que te cales e venhas, pois já os instrumentos que ontem ouvimos vão tornando a alegrar os vales, e sem dúvida os desposórios se celebrarão no frescor da manhã, que não no calor da tarde.

Fez Sancho o que o seu senhor lhe mandava, e, pondo a sela em Rocinante e a albarda no ruço, montaram os dois e passo a passo foram entrando pela enramada. A primeira coisa que se ofereceu à vista de Sancho foi, enfiado num espeto de um olmo inteiro, um inteiro novilho, e no fogo onde ele seria assado ardia um mediano monte de lenha, e as seis panelas que em derredor da fogueira estavam não eram feitas na fôrma comum das demais panelas, pois eram tamanhas como seis meios tonéis, que cada uma delas cabia um açougue: assim embebiam e encerravam em si carneiros inteiros, que neles se sumiam como se fossem pombinhos; as lebres já esfoladas e as galinhas depenadas que pendiam das árvores para serem sepultadas nas panelas eram sem número; os pássaros e a caça de diversos gêneros eram infinitos, pendurados nas árvores para esfriar.

Contou Sancho mais de sessenta odres de mais de duas arrobas cada um,

---

sobre quien tiene buen dinero, tal sea mi vida como ellas parecen. Sobre un buen cimiento se puede levantar un buen edificio, y el mejor cimiento y zanja del mundo es el dinero.

— Por quien Dios es, Sancho — dijo a esta sazón don Quijote —, que concluyas con tu arenga, que tengo para mí que si te dejasen seguir en las que a cada paso comienzas, no te quedaría tiempo para comer ni para dormir, que todo le gastarías en hablar.

— Si vuestra merced tuviera buena memoria — replicó Sancho —, debiérase acordar de los capítulos de nuestro concierto antes que esta última vez saliésemos de casa, uno dellos fue que me había de dejar hablar todo aquello que quisiese, con que no fuese contra el prójimo ni contra la autoridad de vuesa merced, y hasta agora me parece que no he contravenido contra el tal capítulo.

— Yo no me acuerdo, Sancho — respondió don Quijote —, del tal capítulo; y, puesto que sea así, quiero que calles y vengas, que ya los instrumentos que anoche oímos vuelven a alegrar los valles, y sin duda los desposorios se celebrarán en el frescor de la mañana, y no en el calor de la tarde.

Hizo Sancho lo que su señor le mandaba, y poniendo la silla a Rocinante y la albarda al rucio, subieron los dos, y paso ante paso se fueron entrando por la enramada. Lo primero que se le ofreció a la vista de Sancho fue, espetado en un asador de un olmo entero, un entero novillo, y en el fuego donde se había de asar ardía un mediano monte de leña, y seis ollas que alrededor de la hoguera estaban no se habían hecho en la común turquesa de las demás ollas, porque eran seis medias tinajas, que cada una cabía un rastro de carne: así embebían y encerraban en sí carneros enteros, sin echarse de ver, como si fueran palominos; las liebres ya sin pellejo y las galli-

e todos, como depois se viu, cheios de generosos vinhos; havia também pilhas de pão branquíssimo como sói haver montes de trigo nas eiras; os queijos, postos como tijolos imbricados, formavam uma muralha, e dois caldeiros de azeite maiores que os de tingir serviam para fritar bolinhos, que com duas enormes pás tiravam fritos e os mergulhavam em outro caldeirão de mel temperado que ali junto estava.

Os cozinheiros e cozinheiras passavam de cinquenta, todos limpos, todos solícitos e todos contentes. No dilatado ventre do novilho havia doze tenros e pequenos leitões que, lá dentro costurados, serviam para o amaciar e lhe dar sabor. As especiarias de várias sortes não pareciam compradas por libras, mas por arrobas, e todas estavam à vista numa grande arca. Enfim, o aparato da boda era rústico, mas tão farto que podia sustentar um exército.

Tudo olhava Sancho Pança, tudo contemplava e de tudo se afeiçoava. Primeiro lhe cativaram e renderam o desejo as panelas, das quais de boníssimo grado teria salvado uma boa tigelada; depois lhe ganharam a vontade os odres, e por último os bolinhos de frigideira, se é que se podiam chamar frigideiras tamanhos caldeiros; e assim, sem conseguir se conter nem estar em sua mão fazer outra coisa, chegou-se a um dos solícitos cozinheiros e com corteses e esfaimadas razões rogou que o deixasse molhar um pedaço de pão velho numa daquelas panelas. Ao que o cozinheiro respondeu:

— Irmão, este dia não é daqueles em que a fome é senhora, por mercê do rico Camacho. Apeai e procurai por aí uma concha, e escumai uma galinha ou duas, e bom apetite.

— Não estou vendo nenhuma concha — respondeu Sancho.

— Esperai — disse o cozinheiro. — Pecador de mim, como deveis de ser melindroso e acanhado!

---

nas sin pluma que estaban colgadas por los árboles para sepultarlas en las ollas no tenían número; los pájaros y caza de diversos géneros eran infinitos, colgados de los árboles para que el aire los enfriase.

Contó Sancho más de sesenta zaques de más de a dos arrobas cada uno, y todos llenos, según después pareció, de generosos vinos; así había rimeros de pan blanquísimo como los suele haber de montones de trigo en las eras; los quesos, puestos como ladrillos enrejados, formaban una muralla, y dos calderas de aceite mayores que las de un tinte servían de freír cosas de masa, que con dos valientes palas las sacaban fritas y las zabullían en otra caldera de preparada miel que allí junto estaba.

Los cocineros y cocineras pasaban de cincuenta, todos limpios, todos diligentes y todos contentos. En el dilatado vientre del novillo estaban doce tiernos y pequeños lechones que, cosidos por encima, servían de darle sabor y enternecerle. Las especias de diversas suertes no parecía haberlas comprado por libras, sino por arrobas, y todas estaban de manifiesto en una grande arca. Finalmente, el aparato de la boda era rústico, pero tan abundante, que podía sustentar a un ejército.

Todo lo miraba Sancho Panza, y todo lo contemplaba y de todo se aficionaba. Primero le cautivaron y rindieron el deseo las ollas, de quien él tomara de boníssima gana un mediano puchero; luego le aficionaron la voluntad los zaques, y últimamente las frutas de sartén, si es que se podían llamar sartenes las tan orondas calderas; y así, sin poderlo sufrir ni ser en su mano hacer otra cosa, se llegó a uno de los solícitos cocineros, y con corteses y hambrientas razones le rogó le dejase mojar un mendrugo de pan en una de aquellas ollas. A lo que el cocinero respondió:

255

E, dizendo isto, tomou de um caldeiro e, mergulhando-o num dos meios tonéis, tirou três galinhas e dois gansos, e disse a Sancho:

— Comei, amigo, e quebrai vosso jejum com esta espuma, enquanto não chega a hora do banquete.

— Não tenho onde a colocar — respondeu Sancho.

— Pois levai-a com colher e tudo — disse o cozinheiro —, que a riqueza e o contento de Camacho tudo paga.

Enquanto Sancho essas coisas tratava, estava D. Quixote olhando como por uma parte da enramada entravam perto de doze lavradores sobre doze formosíssimas éguas, com ricos e vistosos jaezes de campo e com muitos cascavéis nas peiteiras, e todos vestidos de regozijo e festa, os quais em concertado tropel deram não uma, mas muitas carreiras pelo prado, com regozijada algazarra e grita, dizendo:

— Vivam Camacho e Quiteria, ele tão rico como ela formosa, e ela a mais formosa do mundo!

Ouvindo o qual, disse D. Quixote entre si:

— Bem se nota que esses nunca viram a minha Dulcineia, pois, se a tivessem visto, teriam mão nos louvores dessa Quiteria.

Dali a pouco começaram a entrar por diversas partes da enramada muitas e diversas danças, entre as quais vinha uma de espadas, com perto de vinte e quatro zagais de galhardo parecer e brio, todos vestidos de fino e branquíssimo linho, com seus lenços de toucar, lavrados em várias cores de fina seda; e àquele que os guiava, que era um ágil mancebo, perguntou um dos que vinham nas éguas se algum dos dançantes se ferira.

— Por ora, graças a Deus, ninguém se feriu, estamos todos sãos.

E logo começou a se enredar com os demais companheiros, com tantas

---

— Hermano, este día no es de aquellos sobre quien tiene juridición la hambre, merced al rico Camacho. Apeaos y mirad si hay por ahí un cucharón, y espumad una gallina o dos, y buen provecho os hagan.

— No veo ninguno — respondió Sancho.

— Esperad — dijo el cocinero —. ¡Pecador de mí, y qué melindroso y para poco debéis de ser!

Y diciendo esto asió de un caldero y, encajándole en una de las medias tinajas, sacó en él tres gallinas y dos gansos, y dijo a Sancho:

— Comed, amigo, y desayunaos con esta espuma, en tanto que se llega la hora del yantar.

— No tengo en qué echarla — respondió Sancho.

— Pues llevaos — dijo el cocinero — la cuchara y todo, que la riqueza y el contento de Camacho todo lo suple.

En tanto, pues, que esto pasaba Sancho, estaba don Quijote mirando como por una parte de la enramada entraban hasta doce labradores sobre doce hermosísimas yeguas, con ricos y vistosos jaeces de campo y con muchos cascabeles en los petrales, y todos vestidos de regocijo y fiestas, los cuales en concertado tropel corrieron no una, sino muchas carreras por el prado, con regocijada algazara y grita, diciendo:

— ¡Vivan Camacho y Quiteria, él tan rico como ella hermosa, y ella la más hermosa del mundo!

Oyendo lo cual don Quijote, dijo entre sí:

— Bien parece que estos no han visto a mi Dulcinea del Toboso, que si la hubieran visto, ellos se fueran a la mano en las alabanzas desta su Quiteria.

voltas e com tanta destreza que, se bem D. Quixote estava acostumado a ver semelhantes danças, nenhuma jamais lhe parecera tão boa como aquela.

Também lhe pareceu boa outra que entrou de donzelas formosíssimas, tão moças que nenhuma parecia ter menos que catorze nem mais que dezoito anos, todas vestidas de palmilha verde, os cabelos, parte trançados e parte soltos, mas tão louros que com os do sol podiam competir, e sobre eles traziam grinaldas de jasmins, rosas, amaranto e madressilva. Eram guiadas por um venerável velho e uma idosa matrona, mas ambos mais ágeis e soltos do que seus anos faziam crer. Dançavam ao som de uma doçaina, e elas, levando no rosto e nos olhos a honestidade e nos pés a ligeireza, mostravam ser as melhores bailadeiras do mundo.

Atrás desta entrou outra dança de artifício, daquelas que chamam "faladas". Era de oito ninfas, divididas em duas fileiras; de uma fileira era guia o deus Cupido, e da outra, o Interesse; aquele, adornado de asas, arco, aljava e setas; este, vestido de ricas e várias cores de ouro e seda. As ninfas que o Amor seguiam levavam às costas um pergaminho branco com seus nomes escritos em grandes letras. *Poesia* era o título da primeira; o da segunda, *Discrição*; o da terceira, *Boa linhagem*; o da quarta, *Valentia*. Do mesmo modo vinham assinaladas as que o Interesse seguiam: dizia *Liberalidade* o título da primeira; *Dádiva* o da segunda; *Tesouro* o da terceira, e o da quarta, *Posse pacífica*. Diante de todos vinha um castelo de madeira tirado por quatro selvagens, todos vestidos de heras e de cânhamo tingido de verde, tão ao natural que por pouco não assustaram Sancho. Na frente do castelo e em todos os quatro lados do seu quadrado trazia escrito: *Castelo do bom recato*. Vinha ao som de quatro destros tocadores de tamborim e flauta.

De allí a poco comenzaron a entrar por diversas partes de la enramada muchas y diferentes danzas, entre las cuales venía una de espadas, de hasta veinte y cuatro zagales de gallardo parecer y brío, todos vestidos de delgado y blanquísimo lienzo, con sus paños de tocar, labrados de varias colores de fina seda; y al que los guiaba, que era un ligero mancebo, preguntó uno de los de las yeguas si se había herido alguno de los danzantes.

— Por ahora, bendito sea Dios, no se ha herido nadie: todos vamos sanos.

Y luego comenzó a enredarse con los demás compañeros, con tantas vueltas y con tanta destreza, que aunque don Quijote estaba hecho a ver semejantes danzas, ninguna le había parecido tan bien como aquella.

También le pareció bien otra que entró de doncellas hermosísimas, tan mozas, que al parecer ninguna bajaba de catorce ni llegaba a diez y ocho años, vestidas todas de palmilla verde, los cabellos parte tranzados y parte sueltos, pero todos tan rubios, que con los del sol podían tener competencia, sobre los cuales traían guirnaldas de jazmines, rosas, amaranto y madreselva compuestas. Guiábalas un venerable viejo y una anciana matrona, pero más ligeros y sueltos que sus años prometían. Hacíales el son una gaita zamorana, y ellas, llevando en los rostros y en los ojos la honestidad y en los pies a la ligereza, se mostraban las mejores bailadoras del mundo.

Tras esta entró otra danza de artificio y de las que llaman habladas. Era de ocho ninfas, repartidas en dos hileras: de la una hilera era guía el dios Cupido, y de la otra, el Interés; aquel, adornado de alas, arco, aljaba y saetas; este, vestido de ricas y diversas colores de oro y seda. Las ninfas que al Amor seguían traían a las espaldas en pargamino blanco y letras grandes escritos sus nombres. *Poesía* era el título de la primera; el de la segunda,

Começava a dançar Cupido e, depois de fazer duas figuras, erguia os olhos e apontava o arco contra uma donzela posta entre as ameias do castelo, a quem desta sorte falava:

— Eu sou o Deus poderoso
sobre os ares, sobre a terra,
sobre o vasto mar undoso
e sobre o que o abismo encerra
em seu báratro espantoso.

Nunca soube que é ter medo;
a meu querer não concedo
haver nenhum impossível
e em tudo quanto é possível
mando, tiro, ponho e vedo.

Acabou a copla, disparou uma flecha por sobre o castelo e se retirou para seu posto. Saiu então o Interesse e fez outras duas figuras; calaram os tamborins, e ele disse:

— Sou quem pode mais que Amor,
e é Amor quem me guia;
eu sou da estirpe melhor
que o Céu sobre a Terra cria,
mais conhecida e maior.

Discreción; el de la tercera, *Buen linaje*; el de la cuarta, *Valentía*. Del modo mesmo venían señaladas las que al Interés seguían: decía *Liberalidad* el título de la primera; *Dádiva* el de la segunda; *Tesoro* el de la tercera, y el de la cuarta *Posesión pacífica*. Delante de todos venía un castillo de madera, a quien tiraban cuatro salvajes, todos vestidos de yedra y de cáñamo teñido de verde, tan al natural, que por poco espantaran a Sancho. En la frontera del castillo y en todas cuatro partes de sus cuadros traía escrito: *Castillo del buen recato*. Hacíanles el son cuatro diestros tañedores de tamboril y flauta.

Comenzaba la danza Cupido, y, habiendo hecho dos mudanzas, alzaba los ojos y flechaba el arco contra una doncella que se ponía entre las almenas del castillo, a la cual desta suerte dijo:

— Yo soy el dios poderoso
en el aire y en la tierra
y en el ancho mar undoso
y en cuanto el abismo encierra
en su báratro espantoso.

Nunca conocí qué es miedo;
todo cuanto quiero puedo,
aunque quiera lo imposible,
y en todo lo que es posible
mando, quito, pongo y vedo.

Acabó la copla, disparó una flecha por lo alto del castillo y retiróse a su puesto. Salió luego el Interés y hizo otras dos mudanzas; callaron los tamborinos y él dijo:

Sou Interesse, por quem
são poucos os que obram bem,
e obrar sem mim é milagre;
e é bem que a ti me consagre
para todo o sempre, amém.

Retirou-se o Interesse e adiantou-se a Poesia, a qual, depois de fazer suas figuras como os demais, com os olhos fitos na donzela do castelo, disse:

— Em conceitos doces, retos,
a dulcíssima Poesia,
altos, graves e discretos,
senhora, a alma te envia
envolta entre mil sonetos.

Se acaso te não amua
meu porfiar, a sorte tua,
de outras muitas invejada,
será por mim levantada
além do cerco da lua.

Afastou-se a Poesia, e da parte do Interesse saiu a Liberalidade que, depois de fazer suas figuras, disse:

— Soy quien puede más que Amor,
y es Amor el que me guía;
soy de la estirpe mejor
que el cielo en la tierra cría,
más conocida y mayor.

Soy el Interés, en quien
pocos suelen obrar bien,
y obrar sin mí es gran milagro;
y cual soy te me consagro,
por siempre jamás, amén.

Retiróse el Interés y hízose adelante la Poesía, la cual, después de haber hecho sus mudanzas como los demás, puestos los ojos en la doncella del castillo, dijo:

— En dulcísimos concetos,
la dulcísima Poesía,
altos, graves y discretos,
señora, el alma te envía
envuelta entre mil sonetos.

Si acaso no te importuna
mi porfía, tu fortuna,
de otras muchas invidiada,
será por mí levantada
sobre el cerco de la luna.

Desvióse la Poesía, y de la parte del Interés salió la Liberalidad y, después de hechas sus mudanzas, dijo:

— Chamam Liberalidade
ao dar que extremos recusa,
seja a prodigalidade,
como o contrário, que acusa
tíbia e trêmula vontade.

Mas eu, por te engrandecer,
ora pródiga hei de ser,
pois, se é vício, é vício honrado
e de peito enamorado,
que no dar se deixa ver.

Desse modo saíram e se retiraram todos os personagens dos dois ranchos, e cada um fez suas figuras e disse seus versos, alguns elegantes e outros ridículos, e D. Quixote só guardou na memória (que ele tinha grande) os já referidos, e logo todos se misturaram, fazendo e desfazendo laços com gentil donaire e desenvoltura, e quando o Amor passava em frente do castelo, disparava suas flechas pelo alto, mas o Interesse quebrava nele alcanzias douradas.

Finalmente, depois de ter bailado um bom espaço, o Interesse tirou um surrão feito da pele de um grande gato rajado, que parecia estar cheia de dinheiro, e, lançando-a contra o castelo, com o golpe desencaixou e derrubou suas tábuas, deixando a donzela descoberta e sem defesa alguma. Chegou-se o Interesse com os personagens da sua valia e, pondo-lhe uma grande cadeia de ouro ao pescoço, mostraram prendê-la, rendê-la e cativá-la. O qual visto pelo Amor e seus valedores, fizeram menção de a resgatar, e to-

---

— Llaman Liberalidad
al dar que el estremo huye
de la prodigalidad
y del contrario, que arguye
tibia y floja voluntad.

Mas yo, por te engrandecer,
de hoy más pródiga he de ser,
que aunque es vicio, es vicio honrado
y de pecho enamorado,
que en el dar se echa de ver.

Deste modo salieron y se retiraron todas las figuras de las dos escuadras, y cada uno hizo sus mudanzas y dijo sus versos, algunos elegantes y algunos ridículos, y sólo tomó de memoria don Quijote (que la tenía grande) los ya referidos; y luego se mezclaron todos, haciendo y deshaciendo lazos con gentil donaire y desenvoltura, y cuando pasaba el Amor por delante del castillo, disparaba por alto sus flechas, pero el Interés quebraba en él alcancías doradas.

Finalmente, después de haber bailado un buen espacio, el Interés sacó un bolsón, que le formaba el pellejo de un gran gato romano, que parecía estar lleno de dineros, y arrojándole al castillo, con el golpe se desencajaron las tablas y se cayeron, dejando a la doncella descubierta y sin defensa alguna. Llegó el Interés con las figuras de su valía, y echándola una gran cadena de oro al cuello, mostraron prenderla, rendirla y cautivarla; lo cual visto por el Amor y sus valedores, hicieron además de quitársela; y todas las demostraciones que hacían eran al son de los tamborinos, bailando y danzando concertadamente. Pusiéronlos en paz los salvajes, los cuales con mucha pres-

das as demonstrações que faziam eram ao som dos tamborins, bailando e dançando concertadamente. Puseram-se em paz os selvagens e com muita presteza tornaram a armar e a encaixar as tábuas do castelo, e a donzela se fechou nele como de primeiro, e com isto se acabou a dança, com grande contentamento dos que a olhavam.

Perguntou D. Quixote a uma das ninfas quem a compusera e ordenara. Respondeu-lhe que um prebendado daquela aldeia, que tinha jeito para semelhantes invenções.

— Aposto — disse D. Quixote — que o tal bacharel ou prebendado deve de ser mais amigo de Camacho que de Basilio, e que deve de ser mais dado a sátiras que a missas, segundo encaixou na dança as habilidades de Basilio e as riquezas de Camacho.

Sancho Pança, que tudo escutava, disse:

— Meu rei é quem mais pode, com Camacho estou.

— Enfim, Sancho — disse D. Quixote —, bem se vê que és vilão, e dos que dizem: "Viva quem vence!".

— Não sei de quais sou — respondeu Sancho —, mas bem sei que nunca das panelas de Basilio tirarei tão elegante espuma como esta que tirei das de Camacho.

E lhe mostrou o caldeiro cheio de gansos e de galinhas e, apanhando uma, começou a comer com muito donaire e gana, e disse:

— Figa para as habilidades de Basilio, pois tanto vales quanto tens, e tanto tens quanto vales. Como dizia minha avó, só duas linhagens há no mundo, que são o ter e o não ter, e ela mais com a do ter estava. E hoje em dia, meu senhor D. Quixote, antes se atenta ao haver que ao saber, um asno coberto de ouro parece melhor que um cavalo albardado. Por isso torno a

---

teza volvieron a armar y a encajar las tablas del castillo, y la doncella se encerró en él como de nuevo, y con esto se acabó la danza, con gran contento de los que la miraban.

Preguntó don Quijote a una de las ninfas que quién la había compuesto y ordenado. Respondióle que un beneficiado de aquel pueblo, que tenía gentil caletre para semejantes invenciones.

— Yo apostaré — dijo don Quijote — que debe de ser más amigo de Camacho que de Basilio el tal bachiller o beneficiado, y que debe de tener más de satírico que de vísperas: ¡bien ha encajado en la danza las habilidades de Basilio y las riquezas de Camacho!

Sancho Panza, que lo escuchaba todo, dijo:

— El rey es mi gallo: a Camacho me atengo.

— En fin — dijo don Quijote —, bien se parece, Sancho, que eres villano y de aquellos que dicen: "¡Viva quien vence!".

— No sé de los que soy — respondió Sancho —, pero bien sé que nunca de ollas de Basilio sacaré yo tan elegante espuma como es esta que he sacado de las de Camacho.

Y enseñóle el caldero lleno de gansos y de gallinas, y, asiendo de una, comenzó a comer con mucho donaire y gana, y dijo:

— ¡A la barba de las habilidades de Basilio!, que tanto vales cuanto tienes, y tanto tienes cuanto vales. Dos linajes solos hay en el mundo, como decía una agüela mía, que son el tener y el no tener, aunque ella al del tener se atenía; y el día de hoy, mi señor don Quijote, antes se toma el pulso al haber que al saber: un asno cubierto de

dizer que estou com Camacho, cujas panelas são cheias de espumas fartas de gansos e galinhas, lebres e coelhos, enquanto as de Basilio, se é que nos vêm à mão, e ainda que só nos venham ao pé, serão cheias de caldo ralo.

— Acabaste a tua arenga, Sancho? — disse D. Quixote.

— Acabada está — respondeu Sancho —, mas só porque vejo que vai desgostando a vossa mercê. Não fosse por isso, eu teria aqui pano para falar três dias.

— Praza a Deus, Sancho — replicou D. Quixote —, que eu te veja mudo antes de morrer.

— Pelo andar que levamos — respondeu Sancho —, antes que vossa mercê morra eu já estarei comendo terra, e então pode ser que esteja tão mudo que não fale palavra até o fim do mundo, ou pelo menos até o dia do juízo.

— Ainda que assim seja, oh Sancho — respondeu D. Quixote —, nunca o teu silêncio igualará o que falaste, falas e hás de falar na vida. E mais, está bem posto em razão natural que primeiro chegue o dia da minha morte que o da tua, e, sendo assim, penso jamais te ver mudo, nem sequer quando estiveres bebendo ou dormindo, que é o que eu mais posso encarecer.

— À boa-fé, senhor — respondeu Sancho —, que não se pode fiar na descarnada, digo, na morte, a qual tão bem come cordeiro como carneiro, e já ouvi nosso padre dizer que com o mesmo pé ela pisa as altas torres dos reis como as humildes choças dos pobres.[2] Tem essa senhora mais de poder que de melindre, não faz nojo a nada, de tudo come e de tudo gosta, e com toda sorte de gentes, idades e preeminências enche os seus alforjes. Não é ceifeiro que dorme as sestas, pois a todas as horas ceifa, e corta assim a seca como a verde erva, e não parece que masca, mas que engole e traga tudo o

---

oro parece mejor que un caballo enalbardado. Así que vuelvo a decir que a Camacho me atengo, de cuyas ollas son abundantes espumas gansos y gallinas, liebres y conejos; y de las de Basilio serán, si viene a mano, y aunque no venga sino al pie, aguachirle.

— ¿Has acabado tu arenga, Sancho? — dijo don Quijote.

— Habréla acabado — respondió Sancho —, porque veo que vuestra merced recibe pesadumbre con ella; que si esto no se pusiera de por medio, obra había cortada para tres días.

— Plega a Dios, Sancho — replicó don Quijote —, que yo te vea mudo antes que me muera.

— Al paso que llevamos — respondió Sancho —, antes que vuestra merced se muera estaré yo mascando barro, y entonces podrá ser que esté tan mudo, que no hable palabra hasta la fin del mundo, o por lo menos hasta el día del juicio.

— Aunque eso así suceda, ¡oh Sancho! — respondió don Quijote —, nunca llegará tu silencio a do ha llegado lo que has hablado, hablas y tienes de hablar en tu vida; y más, que está muy puesto en razón natural que primero llegue el día de mi muerte que el de la tuya, y, así, jamás pienso verte mudo, ni aun cuando estés bebiendo o durmiendo, que es lo que puedo encarecer.

— A buena fe, señor — respondió Sancho —, que no hay que fiar en la descarnada, digo, en la muerte, la cual tan bien come cordero como carnero; y a nuestro cura he oído decir que con igual pie pisaba las altas torres de los reyes como las humildes chozas de los pobres. Tiene esta señora más de poder que de melindre; no es nada asquerosa: de todo come y a todo hace, y de toda suerte de gentes, edades y preeminencias hinche sus alforjas. No

que lhe aparece, porque tem fome canina, que nunca se farta, e, apesar de não ter barriga, dá a entender que está hidrópica e sedenta de só beber as vidas de quantos vivem, como quem bebe um jarro de água fria.

— Basta, Sancho — disse neste ponto D. Quixote. — Tem mão de ti e não te deixes cair, pois em verdade o que nos teus rústicos termos disseste da morte é o que poderia dizer um bom pregador. Pois eu te digo, Sancho, que, como tens dom natural e discrição, bem poderias tomar um púlpito nas mãos e sair por este mundo pregando lindezas.

— Bem prega quem bem vive — respondeu Sancho —, e eu não sei outras teologias.

— Nem hás mister delas — disse D. Quixote. — Mas o que eu não acabo de entender nem alcançar é como, sendo o temor a Deus o princípio da sabedoria, tu, que temes mais um lagarto que a Ele, podes saber tanto.

— Julgue vossa mercê, senhor, das suas cavalarias — respondeu Sancho —, e não se meta a julgar os temores ou valentias alheias, pois tão gentil temente sou eu de Deus como todo filho de seu pai. E agora me deixe despachar esta espuma, que tudo o mais são palavras ociosas, das que nos hão de pedir conta na outra vida.[3]

E dizendo isto começou de novo a dar assalto ao seu caldeiro com tão bom apetite que abriu o de D. Quixote, o qual sem dúvida o teria ajudado, se o não impedisse o que é força se diga adiante.

---

es segador que duerme las siestas, que a todas horas siega, y corta así la seca como la verde yerba; y no parece que masca, sino que engulle y traga cuanto se le pone delante, porque tiene hambre canina, que nunca se harta; y aunque no tiene barriga, da a entender que está hidrópica y sedienta de beber solas las vidas de cuantos viven, como quien se bebe un jarro de agua fría.

— No más, Sancho — dijo a este punto don Quijote —. Tente en buenas, y no te dejes caer, que en verdad que lo que has dicho de la muerte por tus rústicos términos es lo que pudiera decir un buen predicador. Dígote, Sancho, que si como tienes buen natural y discreción, pudieras tomar un púlpito en la mano y irte por ese mundo predicando lindezas.

— Bien predica quien bien vive — respondió Sancho —, y yo no sé otras tologías.

— Ni las has menester — dijo don Quijote —. Pero yo no acabo de entender ni alcanzar cómo siendo el principio de la sabiduría el temor de Dios, tú, que temes más a un lagarto que a Él, sabes tanto.

— Juzgue vuesa merced, señor, de sus caballerías — respondió Sancho —, y no se meta en juzgar de los temores o valentías ajenas, que tan gentil temeroso soy yo de Dios como cada hijo de vecino. Y déjeme vuestra merced despabilar esta espuma, que lo demás todas son palabras ociosas, de que nos han de pedir cuenta en la otra vida.

Y diciendo esto comenzó de nuevo a dar asalto a su caldero, con tan buenos alientos, que despertó los de don Quijote, y sin duda le ayudara, si no lo impidiera lo que es fuerza se diga adelante.

Notas

[1] Conde Dirlos: personagem fictício do ciclo carolíngio do romanceiro velho espanhol; sua menção faz sentido nesse contexto porque, como reza o cancioneiro, era ele *"esforçado en peleare"*.

[2] ... torres dos reis [...] choças dos pobres: tradução dos versos horacianos (*"pallida mors..."*) já citados no prólogo da primeira parte (nota 8).

[3] ... nos hão de pedir conta na outra vida: frase feita provinda do Evangelho (Mateus, 12, 36).

CAPÍTULO XXI

*Onde se prosseguem as bodas de Camacho,
mais outros saborosos sucessos*

Enquanto D. Quixote e Sancho terçavam as razões referidas no capítulo anterior, se ouviram grandes vozes e grande arruído, dadas e causados pelos cavaleiros das éguas, que com longa carreira e grita iam receber os noivos, os quais, rodeados de mil gêneros de instrumentos e caprichos, vinham acompanhados do padre e de ambas as parentelas e de toda a gente mais luzida dos lugares circunvizinhos, todos vestidos de festa. E ao ver a noiva, Sancho disse:

— À boa-fé que não vem vestida de lavradora, mas de garrida palaciana. Pardeus que, segundo vejo, as patenas que havia de trazer no peito são ricos corais,[1] e a palmilha verde de Cuenca é veludo de trinta pelos![2] Olhai que a guarnição branca é feita de barras do pano mais fino, aposto que de cetim! E que me dizeis das mãos, que parecem embrincadas com anéis de azeviche? Desgraçado de mim se não forem de ouro, e do melhor, e empedrados com pérolas brancas como coalhada, que cada uma deve de valer um olho da cara! Ah, fideputa, e que cabelos, que, não sendo postiços, nunca na vida vi mais longos nem mais louros! Procurai alguma tacha em seu garbo e talhe, e à fé que a vereis comparada a uma palma que se balança carregada

---

CAPÍTULO XXI

*Donde se prosiguen las bodas de Camacho,
con otros gustosos sucesos*

Cuando estaban don Quijote y Sancho en las razones referidas en el capítulo antecedente, se oyeron grandes voces y gran ruido, y dábanlas y causábanle los de las yeguas, que con larga carrera y grita iban a recebir a los novios, que, rodeados de mil géneros de instrumentos y de invenciones, venían acompañados del cura y de la parentela de entrambos y de toda la gente más lucida de los lugares circunvecinos, todos vestidos de fiesta. Y como Sancho vio a la novia, dijo:

— A buena fe que no viene vestida de labradora, sino de garrida palaciega. ¡Pardiez que según diviso, que las patenas que había de traer son ricos corales, y la palmilla verde de Cuenca es terciopelo de treinta pelos! ¡Y montas que la guarnición es de tiras de lienzo blanca! ¡Voto a mí que es de raso! Pues ¡tomadme las manos, adornadas con sortijas de azabache! No medre yo si no son anillos de oro, y muy de oro, y empedrados con pelras blancas como una cuajada, que cada una debe de valer un ojo de la cara. ¡Oh, hideputa, y qué cabellos, que, si no son postizos, no los he visto más luengos ni más rubios en toda mi vida! ¡No, sino ponedla tacha en el brío y en

de pencas de tâmaras, que tal qual parecem os pingentes que ela traz nos cabelos e na garganta! Por minha alma que é moça de chapa e que pode passar pelos bancos de Flandres.[3]

Riu-se D. Quixote dos rústicos louvores de Sancho Pança, mas lhe pareceu que, tirante sua senhora Dulcineia d'El Toboso, nunca vira mulher mais formosa. Vinha a formosa Quiteria algum tanto descorada, e devia de ser por causa da má noite que as noivas sempre passam preparando-se para o dia vindouro de suas bodas. Iam-se aproximando de um tablado que junto do prado estava, adornado com tapetes e ramos, onde se haviam de celebrar os desposórios e donde o casal havia de olhar as danças e os caprichos. E quando iam chegando ao posto, às suas costas ouviram altas vozes, e uma que dizia:

— Esperai um pouco, gente pressurosa e sem consideração!

A cujas vozes e palavras todos viraram a cabeça e viram que as dava um homem vestido, ao parecer, com um saio preto flamejado em carmesim. Vinha coroado, como logo se viu, com uma coroa de funesto cipreste, nas mãos trazia um grande cajado. Em chegando mais perto, foi de todos conhecido como o galhardo Basilio, e todos estiveram suspensos, esperando para ver em que haviam de dar suas vozes e palavras, temendo algum mau sucesso de sua vinda em semelhante ocasião.

Chegou enfim cansado e sem alento, e, posto diante dos desposados, fincando o cajado no chão, pois tinha no conto uma ponta de aço, sem cores no rosto, os olhos postos em Quiteria, com voz tremente e rouca, disse estas razões:

— Bem sabes, ingrata Quiteria, que segundo a santa lei que professamos, enquanto eu viver, tu não podes tomar marido. E juntamente não ig-

---

el talle, y no la comparéis a una palma que se mueve cargada de racimos de dátiles, que lo mesmo parecen los dijes que trae pendientes de los cabellos y de la garganta! Juro en mi ánima que ella es una chapada moza, y que puede pasar por los bancos de Flandes.

Rióse don Quijote de las rústicas alabanzas de Sancho Panza; parecióle que fuera de su señora Dulcinea del Toboso no había visto mujer más hermosa jamás. Venía la hermosa Quiteria algo descolorida, y debía de ser de la mala noche que siempre pasan las novias en componerse para el día venidero de sus bodas. Íbanse acercando a un teatro que a un lado del prado estaba, adornado de alfombras y ramos, adonde se habían de hacer los desposorios y de donde habían de mirar las danzas y las invenciones. Y a la sazón que llegaban al puesto, oyeron a sus espaldas grandes voces, y una que decía:

— Esperaos un poco, gente tan inconsiderada como presurosa.

A cuyas voces y palabras todos volvieron la cabeza, y vieron que las daba un hombre vestido, al parecer, de un sayo negro jironado de carmesí a llamas. Venía coronado, como se vio luego, con una corona de funesto ciprés; en las manos traía un bastón grande. En llegando más cerca, fue conocido de todos por el gallardo Basilio, y todos estuvieron suspensos, esperando en qué habían de parar sus voces y sus palabras, temiendo algún mal suceso de su venida en sazón semejante.

Llegó, en fin, cansado y sin aliento, y puesto delante de los desposados, hincando el bastón en el suelo, que tenía el cuento de una punta de acero, mudada la color, puestos los ojos en Quiteria, con voz tremente y ronca, estas razones dijo:

noras que, esperando eu que o tempo e minha diligência melhorassem os bens da minha fortuna, não quis deixar de guardar o decoro que a tua honra convinha. Mas tu, fazendo pouco de todas as obrigações que deves ao meu bom desejo, queres fazer senhor do que é meu a outro cujas riquezas lhe servem não só de boa fortuna, mas de boníssima ventura. E para que ele a tenha inteira, não como eu penso que a merece, mas como lha querem dar os céus, eu por minhas mãos desfarei o impossível ou o inconveniente que lha pode estorvar, tirando-me a mim mesmo do caminho. Viva, viva o rico Camacho com a ingrata Quiteria longos e felizes séculos, e morra, morra o pobre Basilio, cuja pobreza cortou as asas da sua dita e o lançou na sepultura!

E dizendo isto puxou do cajado que cravara no chão, ficando metade dele na terra e mostrando que servia de bainha para um mediano estoque que nele se ocultava, e, posta no chão a que se podia chamar empunhadura, com ligeira desenvoltura e determinado propósito se lançou sobre ele, e num pronto mostrou a ponta ensanguentada às costas, com metade da acerada lâmina, ficando o triste banhado em seu sangue e estirado no chão, de suas próprias armas trespassado.

Logo acudiram a socorrê-lo seus amigos, condoídos da sua miséria e lastimosa desgraça, e D. Quixote, deixando Rocinante, acudiu a socorrê-lo e o tomou nos seus braços, notando que ainda não havia expirado. Quiseram tirar-lhe o estoque, mas o padre ali presente foi de parecer que não lho tirassem antes da confissão, pois no mesmo ato de o tirarem expiraria Basilio. Mas este, tornando um pouco a si, com voz dolente e desmaiada disse:

— Se quisesses, cruel Quiteria, dar-me neste último e forçoso transe tua mão de esposa, ainda pensaria que a minha temeridade teria desculpa, pois nela alcancei o bem de ser teu.

— Bien sabes, desconocida Quiteria, que conforme a la santa ley que profesamos, que viviendo yo tú no puedes tomar esposo, y juntamente no ignoras que por esperar yo que el tiempo y mi diligencia mejorasen los bienes de mi fortuna, no he querido dejar de guardar el decoro que a tu honra convenía. Pero tú, echando a las espaldas todas las obligaciones que debes a mi buen deseo, quieres hacer señor de lo que es mío a otro cuyas riquezas le sirven no sólo de buena fortuna, sino de boníssima ventura. Y para que la tenga colmada, y no como yo pienso que la merece, sino como se la quieren dar los cielos, yo por mis manos desharé el imposible o el inconveniente que puede estorbársela, quitándome a mí de por medio. ¡Viva, viva el rico Camacho con la ingrata Quiteria largos y felices siglos, y muera, muera el pobre Basilio, cuya pobreza cortó las alas de su dicha y le puso en la sepultura!

Y diciendo esto asió del bastón que tenía hincado en el suelo, y, quedándose la mitad dél en la tierra, mostró que servía de vaina a un mediano estoque que en él se ocultaba; y puesta la que se podía llamar empuñadura en el suelo, con ligero desenfado y determinado propósito se arrojó sobre él, y en un punto mostró la punta sangrienta a las espaldas, con la mitad del acerada cuchilla, quedando el triste bañado en su sangre y tendido en el suelo, de sus mismas armas traspasado.

Acudieron luego sus amigos a favorecerle, condolidos de su miseria y lastimosa desgracia; y dejando don Quijote a Rocinante, acudió a favorecerle y le tomó en sus brazos, y halló que aún no había espirado. Quisiéronle sacar el estoque, pero el cura, que estaba presente, fue de parecer que no se le sacasen antes de confesarle, porque el sacársele y el espirar sería todo a un tiempo. Pero volviendo un poco en sí Basilio, con voz doliente y desmayada dijo:

O padre, em ouvindo o qual, lhe disse que atendesse à saúde da alma antes que aos gostos do corpo e que com todas as veras pedisse a Deus perdão dos seus pecados e da sua desesperada determinação. Ao qual replicou Basilio que de nenhuma maneira se confessaria se antes Quiteria não lhe desse sua mão de esposa, que aquele contentamento lhe fortaleceria a vontade e lhe daria alento para se confessar.

Em ouvindo D. Quixote a petição do ferido, em altas vozes disse que Basilio pedia uma coisa muito justa e razoável, além de fácil de fazer, e que o senhor Camacho ficaria tão honrado recebendo a senhora Quiteria viúva do valoroso Basilio como se a recebesse das mãos do pai:

— Aqui não há de haver mais que um *sim*, o qual não terá mais efeito que o ser pronunciado, pois o tálamo destas bodas há de ser a sepultura.

Tudo ouvia Camacho, e tudo o tinha suspenso e confuso, sem saber que fazer nem que dizer. Mas as vozes dos amigos de Basilio foram tantas, pedindo-lhe consentimento para que Quiteria lhe desse a mão de esposa, porque sua alma não se perdesse partindo desta vida em desespero, que o moveram e até o forçaram a dizer que, se Quiteria lha queria dar, ele se conformava, pois tudo seria apenas dilatar por um momento o cumprimento dos seus desejos.

Logo todos acudiram a Quiteria, e uns com rogos, outros com lágrimas e outros com eficazes razões buscavam persuadi-la a dar a mão ao pobre Basilio, e ela, mais dura que mármore e mais firme que uma estátua, dava mostras de que nem sabia, nem podia, nem queria responder palavra. Nem a teria respondido se o padre não lhe dissesse que resolvesse logo o que havia de fazer, porque Basilio já tinha a alma entre os dentes, não dando espaço a esperar irresolutas determinações.

— Si quisieses, cruel Quiteria, darme en este último y forzoso trance la mano de esposa, aún pensaría que mi temeridad tendría desculpa, pues en ella alcancé el bien de ser tuyo.

El cura oyendo lo cual, le dijo que atendiese a la salud del alma antes que a los gustos del cuerpo y que pidiese muy de veras a Dios perdón de sus pecados y de su desesperada determinación. A lo cual replicó Basilio que en ninguna manera se confesaría si primero Quiteria no le daba la mano de ser su esposa, que aquel contento le adobaría la voluntad y le daría aliento para confesarse.

En oyendo don Quijote la petición del herido, en altas voces dijo que Basilio pedía una cosa muy justa y puesta en razón, y además muy hacedera, y que el señor Camacho quedaría tan honrado recibiendo a la señora Quiteria viuda del valeroso Basilio como si la recibiera del lado de su padre:

— Aquí no ha de haber más de un sí, que no tenga otro efecto que el pronunciarle, pues el tálamo de estas bodas ha de ser la sepultura.

Todo lo oía Camacho, y todo le tenía suspenso y confuso, sin saber qué hacer ni qué decir; pero las voces de los amigos de Basilio fueron tantas, pidiéndole que consintiese que Quiteria le diese la mano de esposa, porque su alma no se perdiese partiendo desesperado desta vida, que le movieron y aun forzaron a decir que si Quiteria quería dársela, que él se contentaba, pues todo era dilatar por un momento el cumplimiento de sus deseos.

Luego acudieron todos a Quiteria, y unos con ruegos, y otros con lágrimas, y otros con eficaces razones, la persuadían que diese la mano al pobre Basilio, y ella, más dura que un mármol y más sesga que una estatua, mostraba que ni sabía ni podía ni quería responder palabra: ni la respondiera si el cura no la dijera que se deter-

Então a formosa Quiteria, sem responder palavra alguma, turbada, ao parecer triste e pesarosa, chegou aonde Basilio estava já de olhos esgazeados, a respiração curta e pressurosa, murmurando entre dentes o nome de Quiteria, dando mostras de morrer como gentio, e não como cristão. Chegou-se enfim Quiteria e, posta de joelhos, lhe pediu a mão por sinais, que não por palavras. Arregalou os olhos Basilio e, fitando-a atentamente, lhe disse:

— Oh Quiteria, que vieste a ser piedosa ao tempo em que tua piedade há de servir de punhal que me acabe de tirar a vida, pois já não tenho forças para levar a glória que me dás em me escolher como teu, nem para suspender a dor que tão depressa me vai cobrindo os olhos com a medonha sombra da morte! O que te suplico, oh fatal estrela minha, é que a mão que me pedes e me queres dar não seja por cumprimento, nem para me enganares de novo, senão que confesses e digas que, sem forçar a tua vontade, ma entregas e ma dás como ao teu legítimo esposo, pois não é razão que num transe como este me enganes nem uses de fingimentos com quem tantas verdades já tratou contigo.

Entre essas razões desmaiava, de modo que todos os presentes pensavam que cada desmaio havia de levar-lhe a alma. Quiteria, toda honesta e toda envergonhada, tomando com sua direita mão a de Basilio, lhe disse:

— Nenhuma força seria bastante para torcer minha vontade, e assim, com a mais livre que tenho te dou a mão de legítima esposa e recebo a tua, se é que ma dás do teu livre arbítrio, sem que a turbe nem contraste a calamidade em que teu precipitado discurso te pôs.

— Dou-a, sim — respondeu Basilio —, não turbado nem confuso, senão com o claro entendimento que o céu me quis dar, e assim me dou e me entrego por teu esposo.

---

minase presto en lo que había de hacer, porque tenía Basilio ya el alma en los dientes, y no daba lugar a esperar inresolutas determinaciones.

Entonces la hermosa Quiteria, sin responder palabra alguna, turbada, al parecer triste y pesarosa, llegó donde Basilio estaba ya los ojos vueltos, el aliento corto y apresurado, murmurando entre los dientes el nombre de Quiteria, dando muestras de morir como gentil, y no como cristiano. Llegó, en fin, Quiteria y, puesta de rodillas, le pidió la mano por señas, y no por palabras. Desencajó los ojos Basilio y, mirándola atentamente, le dijo:

— ¡Oh Quiteria, que has venido a ser piadosa a tiempo cuando tu piedad ha de servir de cuchillo que me acabe de quitar la vida, pues ya no tengo fuerzas para llevar la gloria que me das en escogerme por tuyo, ni para suspender el dolor que tan apriesa me va cubriendo los ojos con la espantosa sombra de la muerte! Lo que te suplico es, ¡oh fatal estrella mía!, que la mano que me pides y quieres darme no sea por cumplimiento, ni para engañarme de nuevo, sino que confieses y digas que, sin hacer fuerza a tu voluntad, me la entregas y me la das como a tu legítimo esposo; pues no es razón que en un trance como este me engañes, ni uses de fingimientos con quien tantas verdades ha tratado contigo.

Entre estas razones, se desmayaba, de modo que todos los presentes pensaban que cada desmayo se había de llevar el alma consigo. Quiteria, toda honesta y toda vergonzosa, asiendo con su derecha mano la de Basilio, le dijo:

— Ninguna fuerza fuera bastante a torcer mi voluntad; y, así, con la más libre que tengo te doy la mano de legítima esposa y recibo la tuya, si es que me la das de tu libre albedrío, sin que la turbe ni contraste la calamidad en que tu discurso acelerado te ha puesto.

— E eu por tua esposa — respondeu Quiteria —, ou bem vivas longos anos, ou bem te levem dos meus braços à sepultura.

— Para quem está tão ferido — disse então Sancho Pança —, este mancebo já vai falando demais. Façam com que ele deixe de tantos requebros e trate logo de sua alma, que a meu ver mais a tem na língua que entre os dentes.

E então, estando Basilio e Quiteria de mãos dadas, o padre, enternecido e choroso, lhes deitou a bênção[4] e pediu ao céu que desse bom descanso à alma do novo desposado. O qual, assim como recebeu a bênção, com pronta ligeireza se pôs de pé e com nunca vista desenvoltura tirou o estoque a que seu corpo servia de bainha. Ficaram todos os circunstantes admirados, e alguns deles, mais simples que curiosos, a altos brados pegaram a dizer:

— Milagre, milagre!

Mas Basilio replicou:

— Não é milagre, milagre, mas indústria, indústria!

O padre, pasmo e atônito, acudiu com ambas as mãos a apalpar a ferida e notou que a lâmina havia passado, não pela carne e pelas costelas de Basilio, mas por um cano de ferro que cheio de sangue tinha bem acomodado, e preparado o sangue (como depois se soube) de modo que não coalhasse.

Com isso, o padre, Camacho e todos os mais circunstantes se sentiram burlados e escarnidos. A esposa não deu mostras de levar a burla a mal, antes ouvindo dizer que aquele casamento, por ter sido enganoso, não havia de ser válido, respondeu que ela o confirmava de novo, do qual todos coligiram que tudo se traçara com consentimento e ciência dos dois, com o que Camacho e seus valedores ficaram tão afrontados que tomaram a vingança nas mãos e, desembainhando muitas espadas, arremeteram contra Basilio, em cujo favor num instante se desembainharam quase outras tantas. E toman-

---

— Sí doy — respondió Basilio —, no turbado ni confuso, sino con el claro entendimiento que el cielo quiso darme, y así me doy y me entrego por tu esposo.

— Y yo por tu esposa — respondió Quiteria —, ahora vivas largos años, ahora te lleven de mis brazos a la sepultura.

— Para estar tan herido este mancebo — dijo a este punto Sancho Panza —, mucho habla: háganle que se deje de requiebros y que atienda a su alma, que a mi parecer más la tiene en la lengua que en los dientes.

Estando, pues, asidos de las manos Basilio y Quiteria, el cura, tierno y lloroso, los echó la bendición y pidió al cielo diese buen poso al alma del nuevo desposado. El cual, así como recibió la bendición, con presta ligereza se levantó en pie, y con no vista desenvoltura se sacó el estoque, a quien servía de vaina su cuerpo. Quedaron todos los circunstantes admirados, y algunos dellos, más simples que curiosos, en altas voces comenzaron a decir:

— ¡Milagro, milagro!

Pero Basilio replicó:

— ¡No milagro, milagro, sino industria, industria!

El cura, desatentado y atónito, acudió con ambas manos a tentar la herida, y halló que la cuchilla había pasado, no por la carne y costillas de Basilio, sino por un cañón hueco de hierro que, lleno de sangre, en aquel lugar bien acomodado tenía, preparada la sangre, según después se supo, de modo que no se helase.

Finalmente, el cura y Camacho con todos los más circunstantes se tuvieron por burlados y escarnidos. La esposa no dio muestras de pesarse de la burla, antes oyendo decir que aquel casamiento, por haber sido engaño-

273

do D. Quixote a dianteira a cavalo, com a lança firme ao braço e bem coberto do seu escudo, abriu espaço entre todos. Sancho, que nunca foi amigo nem adepto de semelhantes refregas, se acolheu às caçarolas donde tirara sua grata espuma, parecendo-lhe aquele lugar como que sagrado, e como tal o haviam de respeitar. D. Quixote a grandes vozes dizia:

— Tende mão, senhores, tende mão, que não é razão tomardes vingança dos agravos que o amor nos faz. E adverti que o amor e a guerra são uma mesma coisa, e assim como na guerra é coisa lícita e costumada usar de ardis e estratagemas para vencer o inimigo, assim nas contendas e competições amorosas se têm por bons os embustes e enredos feitos para alcançar o fim desejado, como não sejam em menoscabo e desonra da coisa amada. Quiteria era de Basilio, e Basilio de Quiteria, por justa e favorável disposição dos céus. Camacho é rico e poderá comprar seu gosto quando, onde e como quiser. Basilio só tem esta ovelha[5] e não lha tirará ninguém, por poderoso que seja, pois os dois que Deus junta o homem não pode separar, e quem o tentar, antes terá de passar pela ponta desta lança.

E então a brandiu tão forte e tão destramente, que meteu grande medo em todos os que o não conheciam. E tão intensamente o desdém de Quiteria se fixara na imaginação de Camacho como prontamente se lhe varreu da memória, e então tiveram efeito nele as persuasões do padre, que era varão prudente e bem-intencionado, com as quais ficaram Camacho e os da sua parcialidade pacíficos e sossegados, em sinal do qual devolveram as espadas aos seus lugares, culpando mais a facilidade de Quiteria que a indústria de Basilio, fazendo discurso Camacho que, se Quiteria amava Basilio quando donzela, continuaria a amá-lo quando casada, e assim devia de dar graças ao céu mais por tê-la tirado dele que por tê-la dado.

---

so, no había de ser valedero, dijo que ella le confirmaba de nuevo, de lo cual coligieron todos que de consentimiento y sabiduría de los dos se había trazado aquel caso; de lo que quedó Camacho y sus valedores tan corridos, que remitieron su venganza a las manos, y desenvainando muchas espadas arremetieron a Basilio, en cuyo favor en un instante se desenvainaron casi otras tantas, y tomando la delantera a caballo don Quijote, con la lanza sobre el brazo y bien cubierto de su escudo, se hacía dar lugar de todos. Sancho, a quien jamás pluguieron ni solazaron semejantes fechurías, se acogió a las tinajas donde había sacado su agradable espuma, pareciéndole aquel lugar como sagrado, que había de ser tenido en respeto. Don Quijote a grandes voces decía:

— Teneos, señores, teneos, que no es razón toméis venganza de los agravios que el amor nos hace, y advertid que el amor y la guerra son una misma cosa, y así como en la guerra es cosa lícita y acostumbrada usar de ardides y estratagemas para vencer al enemigo, así en las contiendas y competencias amorosas se tienen por buenos los embustes y marañas que se hacen para conseguir el fin que se desea, como no sean en menoscabo y deshonra de la cosa amada. Quiteria era de Basilio, y Basilio de Quiteria, por justa y favorable disposición de los cielos. Camacho es rico y podrá comprar su gusto cuando, donde y como quisiere. Basilio no tiene más desta oveja, y no se la ha de quitar alguno, por poderoso que sea, que a los dos que Dios junta no podrá separar el hombre, y el que lo intentare, primero ha de pasar por la punta desta lanza.

Y en esto la blandió tan fuerte y tan diestramente, que puso pavor en todos los que no le conocían. Y tan intensamente se fijó en la imaginación de Camacho el desdén de Quiteria, que se la borró de la memoria en un instante, y así tuvieron lugar con él las persuasiones del cura, que era varón prudente y bienintencionado, con las

Então, consolados e pacificados Camacho e os da sua mesnada, todos os da de Basilio sossegaram, e o rico Camacho, para mostrar que não se sentia da burla e não se lhe dava nada, quis que as festas passassem adiante como se ele realmente se houvesse desposado. Mas não quiseram assistir a elas Basilio nem sua esposa e seus sequazes, e assim partiram para a aldeia de Basilio, pois também os pobres virtuosos e discretos têm quem os siga, honre e ampare, assim como os ricos têm quem os lisonjeie e acompanhe.

Levaram junto D. Quixote, estimando-o como homem de valor e de pelo no peito. Sancho foi o único a seguir com a alma em sombra, por se ver impossibilitado de aguardar a esplêndida comida e as festas de Camacho, que duraram até a noite, e assim traquejado e triste seguiu após seu senhor, que com a quadrilha de Basilio ia, e assim deixou para trás as cebolas e olhas do Egito, bem que as levasse na alma, cuja espuma já quase consumida e acabada, que no caldeiro levava, lhe representava a glória e a fartura do bem que perdia. E assim desgostoso e pensativo, ainda que de fome saciada, sem se apear do ruço, seguiu os passos de Rocinante.

---

cuales quedó Camacho y los de su parcialidad pacíficos y sosegados, en señal de lo cual volvieron las espadas a sus lugares, culpando más a la facilidad de Quiteria que a la industria de Basilio, haciendo discurso Camacho que si Quiteria quería bien a Basilio doncella, también le quisiera casada, y que debía de dar gracias al cielo más por habérsela quitado que por habérsela dado.

Consolado, pues, y pacífico Camacho y los de su mesnada, todos los de la de Basilio se sosegaron, y el rico Camacho, por mostrar que no sentía la burla ni la estimaba en nada, quiso que las fiestas pasasen adelante como si realmente se desposara; pero no quisieron asistir a ellas Basilio ni su esposa ni secuaces, y, así, se fueron a la aldea de Basilio, que también los pobres virtuosos y discretos tienen quien los siga, honre y ampare como los ricos tienen quien los lisonjee y acompañe.

Lleváronse consigo a don Quijote, estimándole por hombre de valor y de pelo en pecho. A sólo Sancho se le escureció el alma, por verse imposibilitado de aguardar la espléndida comida y fiestas de Camacho, que duraron hasta la noche; y así asendereado y triste siguió a su señor, que con la cuadrilla de Basilio iba, y así se dejó atrás las ollas de Egipto, aunque las llevaba en el alma, cuya ya casi consumida y acabada espuma, que en el caldero llevaba, le representaba la gloria y la abundancia del bien que perdía; y así congojado y pensativo, aunque sin hambre, sin apearse del rucio, siguió las huellas de Rocinante.

Notas

[1] Patenas, corais: além do disco de metal utilizado na liturgia católica, *patena* designava também certos medalhões devotos, geralmente de prata, com que as damas no início do século XVI se enfeitavam, mas que na época da narração haviam caído em desuso na corte e só eram apreciados entre lavradoras. Já os colares com contas de coral vermelho entalhado eram a última moda.

[2] Veludo de trinta pelos: assim como o brocado (ver cap. X, nota 5), o veludo mais luxuoso não passava de três pelos, ou cores.

[3] ... passar pelos bancos de Flandres: é frase proverbial que denota capacidade para transpor obstáculos, alusiva aos bancos de areia que dificultam a navegação junto à costa flamenga. Nesse contexto, porém, joga-se com outros dois sentidos: o que exalta a opulência, pela menção às casas bancárias credoras da coroa espanhola, e o que indica a iminência de a noiva passar pelo leito nupcial, por terem as camas então mais comuns uma base de pinheiro-de-flandres, ou pinheiro-de-riga.

[4] ... o padre [...] lhes deitou a bênção: embora proibido desde o Concílio de Trento, o casamento secreto (ver *DQ* I, XVIII, nota 5) podia ser validado mediante a bênção de um sacerdote na presença de testemunhas.

[5] ... Basilio só tem esta ovelha: reminiscência da repreensão de Natã a Davi (Samuel, 2, 12, e Reis, 12, 1-3), já mencionada na primeira parte (cap. XXVII, nota 4).

CAPÍTULO XXII

*ONDE SE DÁ CONTA DA GRANDE AVENTURA
DA GRUTA DE MONTESINOS,
QUE FICA NO CORAÇÃO DE LA MANCHA,
À QUAL DEU FELIZ CIMA
O VALOROSO D. QUIXOTE DE LA MANCHA*

Grandes foram e muitos os regalos que os desposados fizeram a D. Quixote, obrigados das mostras que ele dera na defesa da sua causa, e a par de valente o graduaram em discreto, tendo-o por um Cid nas armas e um Cícero na eloquência. O bom Sancho se refocilou três dias à custa dos noivos, dos quais se soube que o ferimento fingido não fora manobra concertada com a formosa Quiteria, mas indústria de Basilio, que dela esperava a resposta que se viu. Bem é verdade que ele confessou ter dado parte do seu pensamento a alguns dos seus amigos, para que na hora da necessidade favorecessem sua intenção e abonassem seu engano.

— Não se podem nem devem chamar enganos — disse D. Quixote — os que têm a mira posta em virtuosos fins.

E também que o casamento dos enamorados era o fim mais excelente, advertindo que o maior contrário do amor é a fome e a contínua necessidade, porque o amor é todo alegria, regozijo e contento, e mais quando o aman-

---

CAPÍTULO XXII

*DONDE SE DA CUENTA DE LA GRANDE AVENTURA
DE LA CUEVA DE MONTESINOS,
QUE ESTÁ EN EL CORAZÓN DE LA MANCHA,
A QUIEN DIO FELICE CIMA
EL VALEROSO DON QUIJOTE DE LA MANCHA*

Grandes fueron y muchos los regalos que los desposados hicieron a don Quijote, obligados de las muestras que había dado defendiendo su causa, y al par de la valentía le graduaron la discreción, teniéndole por un Cid en las armas y por un Cicerón en la elocuencia. El buen Sancho se refociló tres días a costa de los novios, de los cuales se supo que no fue traza comunicada con la hermosa Quiteria el herirse fingidamente, sino industria de Basilio, esperando della el mesmo suceso que se había visto: bien es verdad que confesó que había dado parte de su pensamiento a algunos de sus amigos, para que al tiempo necesario favoreciesen su intención y abonasen su engaño.

— No se pueden ni deben llamar engaños — dijo don Quijote — los que ponen la mira en virtuosos fines.

te está de posse da coisa amada, da qual são inimigos opostos e declarados a necessidade e a pobreza. E que tudo isso dizia com intenção de que o senhor Basilio deixasse de exercitar as consabidas habilidades, pois, por mais fama que lhe dessem, não lhe davam dinheiro, e que atentasse a granjear fazenda por meios lícitos e industriosos, que nunca faltam aos prudentes e aplicados.

— Para o pobre honrado (se é que pode ser honrado o pobre) é grande bem a tença de mulher formosa, e quando lha tiram, lhe tiram e matam a honra. A mulher formosa e honrada cujo marido é pobre merece ser coroada com louros e palmas de vencimento e triunfo. A formosura por si só atrai a vontade de quantos a olham e conhecem, e como sobre cevo gostoso se lhe abatem as águias-reais e os pássaros altaneiros. Mas se a tal formosura se junta a necessidade e a estreiteza, também a assaltarão os corvos, os milhafres e outras aves de rapina; e a que se está firme em face de tantos ataques bem merece ser chamada de coroa do seu marido.[1] Olha, discreto Basilio — acrescentou D. Quixote: — foi opinião de não sei que sábio que não havia em todo o mundo senão uma única mulher boa, e dava ele por conselho que cada um pensasse e cresse que aquela única boa era a sua própria, e assim viveria contente. Eu não sou casado, nem até agora entrei em pensamento de me casar, e ainda assim me atreveria a dar conselho a quem o pedisse sobre o modo como se há de buscar a mulher com quem se quer casar. Primeiro o aconselharia a ter mais olhos à fama que à fazenda, porque a boa mulher não alcança a boa fama apenas sendo boa, mas em parecê-lo, pois muito mais danam a honra das mulheres as desenvolturas e liberdades públicas que as maldades secretas. Se trouxeres boa mulher à tua casa, será fácil conservá-la e até melhorá-la naquela bondade. Mas se a trouxeres má, grande trabalho

---

Y que el de casarse los enamorados era el fin de más excelencia, advirtiendo que el mayor contrario que el amor tiene es la hambre y la continua necesidad, porque el amor es todo alegría, regocijo y contento, y más cuando el amante está en posesión de la cosa amada, contra quien son enemigos opuestos y declarados la necesidad y la pobreza; y que todo esto decía con intención de que se dejase el señor Basilio de ejercitar las habilidades que sabe, que aunque le daban fama, no le daban dineros, y que atendiese a granjear hacienda por medios lícitos e industriosos, que nunca faltan a los prudentes y aplicados.

— El pobre honrado (si es que puede ser honrado el pobre) tiene prenda en tener mujer hermosa, que cuando se la quitan, le quitan la honra y se la matan. La mujer hermosa y honrada cuyo marido es pobre merece ser coronada con laureles y palmas de vencimiento y triunfo. La hermosura por sí sola atrae las voluntades de cuantos la miran y conocen, y como a señuelo gustoso se le abaten las águilas reales y los pájaros altaneros; pero si a la tal hermosura se le junta la necesidad y estrecheza, también la embisten los cuervos, los milanos y las otras aves de rapiña; y la que está a tantos encuentros firme bien merece llamarse corona de su marido. Mirad, discreto Basilio — añadió don Quijote —: opinión fue de no sé qué sabio que no había en todo el mundo sino una sola mujer buena, y daba por consejo que cada uno pensase y creyese que aquella sola buena era la suya, y así viviría contento. Yo no soy casado, ni hasta agora me ha venido en pensamiento serlo, y, con todo esto, me atrevería a dar consejo al que me lo pidiese del modo que había de buscar la mujer con quien se quisiese casar. Lo primero le aconsejaría que mirase más a la fama que a la hacienda, porque la buena mujer no alcanza la buena fama solamente con ser buena, sino con parecerlo, que mucho más dañan a las honras de las mujeres las desenvolturas y

te dará a sua emenda, pois o passar de um extremo a outro não é coisa corriqueira. Não digo que seja impossível, mas a tenho por dificultosa.

Ouvia Sancho tudo isso, e disse entre si:

— Esse meu amo, quando falo de coisas de valia e sustância, costuma dizer que eu podia tomar um púlpito nas mãos e sair pelo mundo pregando lindezas. Pois eu digo que ele, quando começa a desfiar sentenças e a dar conselhos, pode não só tomar um púlpito nas mãos, mas dois em cada dedo e andar por essas praças tratado a pedir por boca. Valha-te o diabo por cavaleiro andante, que tantas coisas sabes! Eu achava que ele só podia saber das coisas das suas cavalarias, mas não há assunto que não toque e onde não deixe de meter a sua colherada.

Isto murmurava Sancho algum tanto, e seu senhor o entreouviu e lhe perguntou:

— Que murmuras, Sancho?

— Não digo nada nem murmuro de nada — respondeu Sancho. — Só dizia aqui para mim que queria ter ouvido o que vossa mercê acaba de dizer antes de me casar, pois então quem sabe eu pudesse dizer agora: "O boi solto se lambe todo".

— Tão ruim é a tua Teresa, Sancho? — disse D. Quixote.

— Não é muito ruim — respondeu Sancho —, mas também não é muito boa. Pelo menos não tão boa quanto eu queria.

— Pois fazes mal, Sancho — disse D. Quixote —, em dizer mal da tua mulher, que é de feito a mãe dos teus filhos.

— Ficamos ela por ela — respondeu Sancho —, pois também Teresa diz mal de mim quando lhe dá vontade, especialmente quando anda com ciúmes, que então nem o mesmíssimo Satanás pode com ela.

---

libertades públicas que las maldades secretas. Si traes buena mujer a tu casa, fácil cosa sería conservarla y aun mejorarla en aquella bondad; pero si la traes mala, en trabajo te pondrá el enmendarla, que no es muy hacedero pasar de un estremo a otro. Yo no digo que sea imposible, pero téngolo por dificultoso.

Oía todo esto Sancho y dijo entre sí:

— Este mi amo, cuando yo hablo cosas de meollo y de sustancia suele decir que podría yo tomar un púlpito en las manos y irme por ese mundo adelante predicando lindezas; y yo digo dél que cuando comienza a enhilar sentencias y a dar consejos, no sólo puede tomar un púlpito en las manos, sino dos en cada dedo, y andarse por esas plazas a ¿qué quieres, boca? ¡Válate el diablo por caballero andante, que tantas cosas sabes! Yo pensaba en mi ánima que sólo podía saber aquello que tocaba a sus caballerías, pero no hay cosa donde no pique y deje de meter su cucharada.

Murmuraba esto algo Sancho, y entreoyóle su señor y preguntóle:

— ¿Qué murmuras, Sancho?

— No digo nada, ni murmuro de nada — respondió Sancho —; sólo estaba diciendo entre mí que quisiera haber oído lo que vuesa merced aquí ha dicho antes que me casara, que quizá dijera yo agora: "El buey suelto bien se lame".

— ¿Tan mala es tu Teresa, Sancho? — dijo don Quijote.

— No es muy mala — respondió Sancho —, pero no es muy buena: a lo menos, no es tan buena como yo quisiera.

Enfim, três dias passaram na casa dos noivos, onde foram regalados e servidos como reis. Pediu D. Quixote ao *diestro* licenciado a companhia de alguém que o guiasse até a gruta de Montesinos, porque tinha grande desejo de nela entrar e ver a olhos vivos se eram verdadeiras as maravilhas que dela se contavam em todos aqueles contornos. O licenciado disse que lhe apresentaria um primo, ótimo estudante e muito dado a ler livros de cavalarias, o qual com muito gosto o levaria até a boca mesma daquela gruta e lhe mostraria as lagoas de Ruidera, igualmente famosas em toda La Mancha, e até em toda a Espanha. Também lhe disse que haveria de ter com ele um bom passatempo, por ser um moço que sabia fazer livros para imprimir e dedicar a pessoas principais. Finalmente, o primo veio com uma jerica prenhe, coberta a sua albarda com um listado xairel ou manta de gaias e várias cores. Selou Sancho a Rocinante e aparelhou o ruço, forniu seus alforjes, aos quais acompanharam os do primo igualmente bem fornidos, e encomendando-se a Deus e despedindo-se de todos se botaram a caminho, tomando a derrota da famosa gruta de Montesinos.

No caminho perguntou D. Quixote ao primo de que gênero e qualidade eram seus exercícios, sua profissão e seus estudos, ao que ele respondeu que sua profissão era a de humanista,[2] seus exercícios e estudos, compor livros para dar à estampa, todos de grande proveito e não menos entretenimento para a república,[3] um dos quais se intitulava "o das librés", onde pintava setecentas e três librés, com suas cores, motes e cifras,[4] donde em tempo de festas e folguedos os cavaleiros cortesãos podiam tirar e tomar aquelas que quisessem, sem ter de mendigá-las a ninguém nem espremer os miolos, como dizem, para fazê-las conformes a seus desejos e intenções.

— Porque eu dou ao zeloso, ao desdenhado, ao esquecido e ao ausente

---

— Mal haces, Sancho — dijo don Quijote —, en decir mal de tu mujer, que en efecto es madre de tus hijos.

— No nos debemos nada — respondió Sancho —, que también ella dice mal de mí cuando se le antoja, especialmente cuando está celosa, que entonces súfrala el mesmo Satanás.

Finalmente, tres días estuvieron con los novios, donde fueron regalados y servidos como cuerpos de rey. Pidió don Quijote al diestro licenciado le diese una guía que le encaminase a la cueva de Montesinos, porque tenía gran deseo de entrar en ella y ver a ojos vistas si eran verdaderas las maravillas que de ella se decían por todos aquellos contornos. El licenciado le dijo que le daría a un primo suyo, famoso estudiante y muy aficionado a leer libros de caballerías, el cual con mucha voluntad le pondría a la boca de la mesma cueva y le enseñaría las lagunas de Ruidera, famosas ansimismo en toda la Mancha, y aun en toda España; y díjole que llevaría con él gustoso entretenimiento, a causa que era mozo que sabía hacer libros para imprimir y para dirigirlos a príncipes. Finalmente, el primo vino con una pollina preñada, cuya albarda cubría un gayado tapete o arpillera. Ensilló Sancho a Rocinante y aderezó al rucio, proveyó sus alforjas, a las cuales acompañaron las del primo, asimismo bien proveídas, y encomendándose a Dios y despediéndose de todos, se pusieron en camino, tomando la derrota de la famosa cueva de Montesinos.

En el camino preguntó don Quijote al primo de qué género y calidad eran sus ejercicios, su profesión y estudios, a lo que él respondió que su profesión era ser humanista; sus ejercicios y estudios, componer libros para dar a la estampa, todos de gran provecho y no menos entretenimiento para la república, que el uno se intitulaba *el de las libreas*, donde pinta setecientas y tres libreas, con sus colores, motes y cifras, de donde podían sacar y

as que lhes convêm, que lhes ficarão mais justas que pecadoras. Também tenho outro livro, que hei de chamar *Metamorfóseos*, ou *Ovídio espanhol*, de nova e rara invenção, porque nele, imitando Ovídio à burlesca, pinto quem foi a Giralda de Sevilha e o Anjo de La Magdalena, quem o Cano de Vecinguerra de Córdoba, quem os Touros de Guisando, a Serra Morena, as fontes de Leganitos e Lavapiés em Madri, sem esquecer a do Piolho, do Cano Dourado e da Priora;[5] e isto com suas alegorias, metáforas e translações, de modo que alegram, admiram e ensinam a um só tempo. Tenho ainda outro livro, por mim chamado *Suplemento a Virgílio Polidoro, que trata da invenção das coisas,*[6] que é de grande erudição e estudo, pois as coisas de grande substância que Polidoro deixou de dizer eu as averiguo e declaro em gentil estilo. Esqueceu-se Virgílio de nos declarar quem foi o primeiro a ter catarro no mundo e o primeiro a usar unturas para se curar do mal-francês, e eu tudo declaro ao pé da letra e autorizo com mais de vinte e cinco autores, por que vossa mercê veja se trabalhei bem e se há de ser útil o tal livro para todo o mundo.

Sancho, que estivera muito atento à fala do primo, lhe disse:

— Diga-me, senhor, e que Deus lhe dê boa sorte na impressão dos seus livros: saberia me dizer, e o há de saber, sim, pois vossa mercê tudo sabe, quem foi o primeiro a coçar a cabeça, que eu tenho para mim que deve de haver sido nosso pai Adão?

— Deve, sim — respondeu o primo —, pois não há dúvida de que Adão teve cabeça e cabelo e, sendo isto assim e sendo ele o primeiro homem do mundo, alguma vez se há de ter coçado.

— É o que eu creio também — respondeu Sancho. — Mas agora me diga: quem foi o primeiro volteador do mundo?

---

tomar las que quisiesen en tiempo de fiestas y regocijos los caballeros cortesanos, sin andarlas mendigando de nadie, ni lambicando, como dicen, el cerbelo, por sacarlas conformes a sus deseos e intenciones.

— Porque doy al celoso, al desdeñado, al olvidado y al ausente las que les convienen, que les vendrán más justas que pecadoras. Otro libro tengo también, a quien he de llamar *Metamorfóseos*, o *Ovidio español*, de invención nueva y rara, porque en él, imitando a Ovidio a lo burlesco, pinto quién fue la Giralda de Sevilla y el Ángel de la Madalena, quién el Caño de Vecinguerra de Córdoba, quiénes los Toros de Guisando, la Sierra Morena, las fuentes de Leganitos y Lavapiés en Madrid, no olvidándome de la del Piojo, de la del Caño Dorado y de la Priora; y esto, con sus alegorías, metáforas y translaciones, de modo que alegran, suspenden y enseñan a un mismo punto. Otro libro tengo, que le llamo *Suplemento a Virgilio Polidoro, que trata de la invención de las cosas*, que es de grande erudición y estudio, a causa que las cosas que se dejó de decir Polidoro de gran sustancia las averiguo yo y las declaro por gentil estilo. Olvidósele a Virgilio de declararnos quién fue el primero que tuvo catarro en el mundo, y el primero que tomó las unciones para curarse del morbo gálico, y yo lo declaro al pie de la letra, y lo autorizo con más de veinte y cinco autores, porque vea vuesa merced si he trabajado bien y si ha de ser útil el tal libro a todo el mundo.

Sancho, que había estado muy atento a la narración del primo, le dijo:

— Dígame, señor, así Dios le dé buena manderecha en la impresión de sus libros: ¿sabríame decir, que sí sabrá, pues todo lo sabe, quién fue el primero que se rascó en la cabeza, que yo para mí tengo que debió de ser nuestro padre Adán?

— Em verdade, irmão — respondeu o primo —, que o não sei dizer ao certo agora, sem estudar a questão. Mas a estudarei em tornando aonde tenho meus livros e vos satisfarei quando outra vez nos virmos, que não há de ser esta a última.

— Pois olhe, senhor — replicou Sancho —, não se dê a tanto trabalho, pois agora caí na conta do que lhe perguntei. Saiba vossa mercê que o primeiro volteador do mundo foi Lúcifer, quando o enxotaram ou despejaram do céu, e ele veio dando volteios até os abismos.

— Tens razão, amigo — disse o primo.

E disse D. Quixote:

— Essa pergunta e sua resposta não são tuas, Sancho. Já as ouvi dizer de outros.

— Não diga mais, senhor — replicou Sancho —, pois à boa-fé que, se eu pegasse a perguntar e a responder, seguiria até amanhã. Pode crer que para perguntar necedades e responder disparates não preciso da ajuda de ninguém.

— Disseste mais do que sabes, Sancho — disse D. Quixote —, pois há quem se empenhe em saber e averiguar coisas que depois de sabidas e averiguadas não importam uma mínima ao entendimento nem à memória.

Nestas e noutras gostosas conversações se lhes passou aquele dia, e à noite pousaram numa pequena aldeia, onde o primo disse a D. Quixote que dali até a gruta de Montesinos não havia mais que duas léguas e que, se levava determinação de nela entrar, era mister prover-se de cordas para se amarrar e descer às suas profundezas.

D. Quixote disse que ele havia de ver onde a gruta terminava, ainda que fosse nos abismos. E assim compraram quase cem braças de corda e no dia seguinte às duas da tarde chegaram à gruta, cuja boca é espaçosa e larga, mas

---

— Sí sería — respondió el primo —, porque Adán no hay duda sino que tuvo cabeza y cabellos, y siendo esto así, y siendo el primer hombre del mundo, alguna vez se rascaría.

— Así lo creo yo — respondió Sancho —; pero dígame ahora: ¿quién fue el primer volteador del mundo?

— En verdad, hermano — respondió el primo —, que no me sabré determinar por ahora, hasta que lo estudie. Yo lo estudiaré en volviendo adonde tengo mis libros y yo os satisfaré cuando otra vez nos veamos, que no ha de ser esta la postrera.

— Pues mire, señor — replicó Sancho —, no tome trabajo en esto, que ahora he caído en la cuenta de lo que le he preguntado: sepa que el primer volteador del mundo fue Lucifer, cuando le echaron o arrojaron del cielo, que vino volteando hasta los abismos.

— Tienes razón, amigo — dijo el primo.

Y dijo don Quijote:

— Esa pregunta y respuesta no es tuya, Sancho: a alguno las has oído decir.

— Calle, señor — replicó Sancho —, que a buena fe que si me doy a preguntar y a responder, que no acabe de aquí a mañana. Sí, que para preguntar necedades y responder disparates no he menester yo andar buscando ayuda de vecinos.

— Más has dicho, Sancho, de lo que sabes — dijo don Quijote —, que hay algunos que se cansan en saber y averiguar cosas que después de sabidas y averiguadas no importan un ardite al entendimiento ni a la memoria.

En estas y otras gustosas pláticas se les pasó aquel día, y a la noche se albergaron en una pequeña aldea,

cheia de espinheiros e figueiras-bravas, de sarças e matos tão espessos e enredados que de todo em todo a cegam e encobrem. Ao vê-la se apearam o primo, Sancho e D. Quixote, que logo com as cordas foi fortissimamente amarrado pelos dois. E, enquanto o atavam e cingiam, Sancho lhe disse:

— Olhe vossa mercê, senhor meu, o que vai fazer. Não se queira sepultar em vida nem se meta onde mais parecerá frasco posto a esfriar num poço. E olhe que a vossa mercê não toca nem tange ser esquadrinhador desta que deve de ser pior que masmorra.

— Amarra e cala — respondeu D. Quixote —, que tal empresa como aquesta, Sancho amigo, para mim era guardada.[7]

E então disse o guia:

— Suplico a vossa mercê, senhor D. Quixote, que olhe bem e especule com cem olhos o que há lá dentro. Quiçá haja coisas que eu ponha no livro das minhas *Transformações*.

— Em boa mão está o pandeiro — respondeu Sancho Pança.

Isto dito e acabado o atamento de D. Quixote (que não se fez sobre a armadura, mas sobre o perponte), disse ele:

— Descuidados andamos em não nos provermos de algum chocalho que fosse atado junto a mim nesta mesma corda, com cujo som se entenderia que eu ainda descia e estava vivo. Mas como isto já não é possível, à mão de Deus, que me guie.

E logo se pôs de joelhos e em voz baixa fez uma oração ao céu, pedindo a Deus que o ajudasse e lhe desse bom sucesso naquela, ao parecer, perigosa e nova aventura, e logo disse em voz alta:

— Oh senhora de minhas ações e movimentos, claríssima e sem-par Dulcineia d'El Toboso! Se é possível que cheguem a teus ouvidos as preces e

---

adonde el primo dijo a don Quijote que desde allí a la cueva de Montesinos no había más de dos leguas, y que si llevaba determinado de entrar en ella, era menester proveerse de sogas para atarse y descolgarse en su profundidad.

Don Quijote dijo que aunque llegase al abismo, había de ver dónde paraba; y, así, compraron casi cien brazas de soga, y otro día a las dos de la tarde llegaron a la cueva, cuya boca es espaciosa y ancha, pero llena de cambroneras y cabrahígos, de zarzas y malezas, tan espesas y intricadas, que de todo en todo la ciegan y encubren. En viéndola, se apearon el primo, Sancho y don Quijote, al cual los dos le ataron luego fortísimamente con las sogas; y en tanto que le fajaban y ceñían, le dijo Sancho:

— Mire vuestra merced, señor mío, lo que hace: no se quiera sepultar en vida, ni se ponga adonde parezca frasco que le ponen a enfriar en algún pozo. Sí, que a vuestra merced no le toca ni atañe ser el escudriñador desta que debe de ser peor que mazmorra.

— Ata y calla — respondió don Quijote —, que tal empresa como aquesta, Sancho amigo, para mí estaba guardada.

Y entonces dijo la guía:

— Suplico a vuesa merced, señor don Quijote, que mire bien y especule con cien ojos lo que hay allá dentro: quizá habrá cosas que las ponga yo en el libro de mis *Transformaciones*.

— En manos está el pandero que le sabrá bien tañer — respondió Sancho Panza.

Dicho esto, y acabada la ligadura de don Quijote (que no fue sobre el arnés, sino sobre el jubón de armar), dijo don Quijote:

rogativas deste teu venturoso amante, por tua inaudita beleza te rogo que as escutes, pois não são outras senão rogar-te que me não negues teu favor e amparo agora que tanto dele hei mister. Eu me vou despenhar, encovar e afundar no abismo que aqui se me apresenta, só por que o mundo conheça que, se tu me favoreces, não há impossível que eu não acometa e acabe.

E em dizendo isso se aproximou da cova e, vendo não ser possível descer nem abrir caminho à entrada, como não fosse à força de braço e espada, arrancou da sua e começou a derrubar e a cortar daqueles matos que à boca da gruta estavam, cujo ruído e estrondo fez sair por ela uma infinidade de grandíssimos corvos e gralhas, tão espessos e com tanta bulha que deram com D. Quixote no chão. E se ele fosse tão agoureiro como católico cristão, teria tomado aquilo por mau sinal e se escusaria de se meter em semelhante lugar.

Finalmente se levantou e, vendo que não saíam mais corvos nem outras aves noturnas, nem morcegos, que também entre os corvos saíram, dando-lhe corda o primo e Sancho, se deixou calar ao fundo da medonha caverna. E quando entrava, dando-lhe Sancho a bênção e fazendo sobre ele mil cruzes, disse:

— Deus te guie e a Penha de França,[8] junto com a Trindade de Gaeta,[9] flor, nata e espuma dos cavaleiros andantes! Lá vais, valentão do mundo, coração de aço, braços de bronze! Deus te guie outra vez e te faça livre, são e sem gravame à luz desta vida que deixas para te enterrares nessa escuridão que buscas!

E quase as mesmas súplicas e deprecações fez o primo.

Ia D. Quixote dando vozes que lhe dessem corda e mais corda, e eles lha davam pouco a pouco, e quando as vozes, que encanadas pela gruta saíam, deixaram de se ouvir, já eles haviam largado as cem braças e foram de

---

— Inadvertidos hemos andado en no habernos proveído de algún esquilón pequeño que fuera atado junto a mí en esta mesma soga, con cuyo sonido se entendiera que todavía bajaba y estaba vivo; pero pues ya no es posible, a la mano de Dios, que me guíe.

Y luego se hincó de rodillas y hizo una oración en voz baja al cielo, pidiendo a Dios le ayudase y le diese buen suceso en aquella, al parecer, peligrosa y nueva aventura, y en voz alta dijo luego:

— ¡Oh señora de mis acciones y movimientos, clarísima y sin par Dulcinea del Toboso! Si es posible que lleguen a tus oídos las plegarias y rogaciones deste tu venturoso amante, por tu inaudita belleza te ruego las escuches, que no son otras que rogarte no me niegues tu favor y amparo, ahora que tanto le he menester. Yo voy a despeñarme, a empozarme y a hundirme en el abismo que aquí se me representa, sólo porque conozca el mundo que si tú me favoreces no habrá imposible a quien yo no acometa y acabe.

Y en diciendo esto se acercó a la sima, vio no ser posible descolgarse ni hacer lugar a la entrada, si no era a fuerza de brazos o a cuchilladas, y, así, poniendo mano a la espada comenzó a derribar y a cortar de aquellas malezas que a la boca de la cueva estaban, por cuyo ruido y estruendo salieron por ella una infinidad de grandísimos cuervos y grajos, tan espesos y con tanta priesa, que dieron con don Quijote en el suelo; y si él fuera tan agorero como católico cristiano, lo tuviera a mala señal y escusara de encerrarse en lugar semejante.

Finalmente, se levantó y viendo que no salían más cuervos ni otras aves noturnas, como fueron murciélagos, que asimismo entre los cuervos salieron, dándole soga el primo y Sancho, y se dejó calar al fondo de la caverna espantosa; y al entrar, echándole Sancho su bendición y haciendo sobre él mil cruces, dijo:

parecer de tornar a subir D. Quixote, pois não lhe podiam dar mais corda. Contudo, esperaram como meia hora, ao cabo do qual espaço recolheram a corda com muita facilidade e sem peso algum, sinal que os fez imaginar que D. Quixote ficara lá dentro, e crendo nisto Sancho, chorava amargamente e puxava com muita pressa por se desenganar. Mas chegando, ao seu parecer, a pouco mais de oitenta braças, sentiram um peso, do qual se alegraram em extremo. Finalmente, chegando às dez, houveram vista de D. Quixote, a quem deu vozes Sancho, dizendo-lhe:

— Seja vossa mercê muito bem tornado, senhor meu, que já pensávamos que lá ia ficando para semente.

Mas D. Quixote não respondia palavra, e tirando-o de todo, viram que trazia os olhos fechados, com mostras de estar adormecido. Logo o deitaram no chão e o desamarraram, mas nem assim acordava. Porém tanto o viraram e reviraram, sacudiram e chocalharam, que ao cabo de um bom espaço tornou em si, espreguiçando-se como se de algum grave e profundo sono acordasse. E, olhando a uma e outra parte, como espantado, disse:

— Deus vos perdoe, amigos, que me tirastes da mais saborosa e agradável vida e vista que nenhum humano jamais viu nem passou. Com efeito, agora acabo de conhecer que todos os prazeres desta vida passam como sombra e sonho ou murcham como a flor do campo. Oh desditoso Montesinos! Oh malferido Durandarte! Oh sem ventura Belerma! Oh choroso Guadiana, e vós sem dita filhas de Ruidera, que em vossas águas mostrais as que vossos formosos olhos choraram!

Escutavam o primo e Sancho as palavras de D. Quixote, que as dizia como se com imensa dor as tirasse das entranhas. Ambos lhe suplicaram que desse a entender o que dizia e lhes dissesse o que naquele inferno tinha visto.

— ¡Dios te guíe y la Peña de Francia, junto con la Trinidad de Gaeta, flor, nata y espuma de los caballeros andantes! ¡Allá vas, valentón del mundo, corazón de acero, brazos de bronce! ¡Dios te guíe, otra vez, y te vuelva libre, sano y sin cautela a la luz desta vida que dejas por enterrarte en esta escuridad que buscas!

Casi las mismas plegarias y deprecaciones hizo el primo.

Iba don Quijote dando voces que le diesen soga y más soga, y ellos se la daban poco a poco, y cuando las voces, que acanaladas por la cueva salían, dejaron de oírse, ya ellos tenían descolgadas las cien brazas de soga y fueron de parecer de volver a subir a don Quijote, pues no le podían dar más cuerda. Con todo eso, se detuvieron como media hora, al cabo del cual espacio volvieron a recoger la soga con mucha facilidad y sin peso alguno, señal que les hizo imaginar que don Quijote se quedaba dentro, y creyéndolo así Sancho, lloraba amargamente y tiraba con mucha priesa por desengañarse; pero llegando, a su parecer, a poco más de las ochenta brazas, sintieron peso, de que en estremo se alegraron. Finalmente, a las diez vieron distintamente a don Quijote, a quien dio voces Sancho, diciéndole:

— Sea vuestra merced muy bien vuelto, señor mío, que ya pensábamos que se quedaba allá para casta.

Pero no respondía palabra don Quijote, y sacándole del todo, vieron que traía cerrados los ojos, con muestras de estar dormido. Tendiéronle en el suelo y desliáronle, y con todo esto no despertaba. Pero tanto le volvieron y revolvieron, sacudieron y menearon, que al cabo de un buen espacio volvió en sí, desperezándose, bien como si de algún grave y profundo sueño despertara; y mirando a una y otra parte, como espantado, dijo:

— Dios os lo perdone, amigos, que me habéis quitado de la más sabrosa y agradable vida y vista que nin-

— Inferno o chamais? — disse D. Quixote. — Pois não o chameis assim, porque o não merece, como logo vereis.

Pediu que lhe dessem algo de comer, pois trazia grandíssima fome. Estenderam a manta do primo sobre a verde relva, acudiram à despensa dos seus alforjes e, sentados todos três em bom amor e companha, merendaram e jantaram tudo junto. Levantada a manta, disse D. Quixote de La Mancha:

— Que ninguém se levante, e prestai-me, filhos, muita atenção.

---

gún humano ha visto ni pasado. En efecto, ahora acabo de conocer que todos los contentos desta vida pasan como sombra y sueño o se marchitan como la flor del campo. ¡Oh desdichado Montesinos! ¡Oh malferido Durandarte! ¡Oh sin ventura Belerma! ¡Oh lloroso Guadiana, y vosotras sin dicha hijas de Ruidera, que mostráis en vuestras aguas las que lloraron vuestros hermosos ojos!

Escuchaban el primo y Sancho las palabras de don Quijote, que las decía como si con dolor inmenso las sacara de las entrañas. Suplicáronle les diese a entender lo que decía y les dijese lo que en aquel infierno había visto.

— ¿Infierno le llamáis? — dijo don Quijote —. Pues no le llaméis ansí, porque no lo merece, como luego veréis.

Pidió que le diesen algo de comer, que traía grandísima hambre. Tendieron la arpillera del primo sobre la verde yerba, acudieron a la despensa de sus alforjas, y sentados todos tres en buen amor y compaña, merendaron y cenaron todo junto. Levantada la arpillera, dijo don Quijote de la Mancha:

— No se levante nadie, y estadme, hijos, todos atentos.

Notas

¹ ... coroa do seu marido: à época, o provérbio de Salomão (12, 4) "a mulher virtuosa é coroa do marido" já estava incorporado ao adagiário popular com diversas variantes.

² Humanista: no sentido, já usado nestas notas, do estudioso dedicado à filosofia, letras e história da Antiguidade clássica; naquela época, contudo, o termo trazia uma conotação pejorativa de erudição fátua.

³ República: sempre no sentido do conjunto de cidadãos ou habitantes de uma nação.

⁴ ... librés, com suas cores, motes e cifras: além do uniforme dos criados, *librea* designava também o traje usado nas festas e jogos da corte, cada qual com cores, lemas (*motes*) e desenhos alegóricos (*cifras*) que encerravam significado especial, decifrado conforme um código tácito.

⁵ Anjo de La Magdalena: figura um tanto disforme, representando um anjo, que arrematava a torre da igreja de La Magdalena (Salamanca) e, a exemplo da Giralda sevilhana, fazia as vezes de cata-vento. Cano de Vecinguerra de Córdoba: o esgoto a céu aberto que despejava as águas servidas da cidade no Guadalquivir. Fontes de Leganitos, Lavapiés, do Piolho, do Cano Dourado, da Priora: antigos chafarizes de Madri; o do Cano Dourado é citado na continuação de Avellaneda, onde se conta que D. Quixote passou uma tarde no local descansando na companhia da rainha Zenobia. Para a Giralda e os Touros de Guisando, ver cap. XIV, notas 2 e 3.

⁶ Virgílio Polidoro [da Urbino]: ou Polydori Vergilii Urbinatis (*c.* 1470-1555), humanista italiano naturalizado inglês, autor da miscelânea *De inventoribus rerum* [Sobre os inventores das coisas] (Veneza, 1499), publicada em castelhano como *Libro de Polidoro Vergilio que tracta de la invención y principio de todas las cosas* (Antuérpia, 1550). Embora fosse considerada por muitos uma mixórdia de eruditismo rebuscado e suas edições não expurgadas tenham sido incluídas no índex inquisitorial, a obra serviu de fonte, nem sempre declarada, de diversos autores espanhóis da época.

⁷ ... tal empresa como aquesta [...] para mim era guardada: os versos aparecem em várias versões do romance "Muerte de don Alonso de Aguilar" pertencente ao ciclo do cerco de Granada, compilado por Pérez de Hita (ver cap. XII, nota 3). A frase evoca o tópico cavaleiresco de que o destino reserva a cada cavaleiro uma determinada empresa ou aventura.

⁸ Penha de França: imagem de Nossa Senhora encontrada em 1409 no monte de mesmo nome, entre Salamanca e Ciudad Rodrigo, e cultuada na ermida construída em sua homenagem.

⁹ Trindade de Gaeta: igreja localizada num promontório junto ao porto de Gaeta, no golfo de Nápoles, muito venerada pelos navegantes.

CAPÍTULO XXIII

DAS ADMIRÁVEIS COISAS QUE O EXTREMADO D. QUIXOTE
CONTOU QUE TINHA VISTO NA PROFUNDA GRUTA DE MONTESINOS,
CUJA IMPOSSIBILIDADE E GRANDEZA
FAZ COM QUE SE TENHA ESTA AVENTURA POR APÓCRIFA

Quatro horas da tarde deviam de ser quando o sol, entre nuvens coberto, com luz escassa e mitigados raios deu azo a D. Quixote para, sem calor
nem fadiga, contar aos seus dois claríssimos ouvintes o que na gruta de
Montesinos tinha visto, e começou do seguinte modo:

— A coisa de doze ou catorze estados[1] na profundidade desta masmorra, abre-se à direita mão uma concavidade com espaço capaz de poder caber nela um grande carro com suas mulas. Entra-lhe uma pequena luz por
umas frestas ou buracos, que de longe a comunicam, abertos na superfície
da terra. Essa concavidade e espaço vi ao tempo em que já andava cansado
e mofino de me ver suspenso e pendurado da corda caminhando por aquela
escura região abaixo, sem levar caminho certo nem determinado, e assim
determinei de entrar nela e descansar um pouco. Dei vozes dizendo que não
largásseis mais corda até que o pedisse, mas não me deveis de ter ouvido. Fui
recolhendo a corda que enviáveis e, fazendo com ela uma pilha ou rolo, sen-
tei-me sobre ele assaz pensativo, considerando o que fazer para chegar ao
fundo, não tendo quem me sustentasse. E estando nesse pensamento e con-

---

CAPÍTULO XXIII

DE LAS ADMIRABLES COSAS QUE EL ESTREMADO DON QUIJOTE
CONTÓ QUE HABÍA VISTO EN LA PROFUNDA CUEVA DE MONTESINOS,
CUYA IMPOSIBILIDAD Y GRANDEZA
HACE QUE SE TENGA ESTA AVENTURA POR APÓCRIFA

Las cuatro de la tarde serían, cuando el sol, entre nubes cubierto, con luz escasa y templados rayos dio
lugar a don Quijote para que sin calor y pesadumbre contase a sus dos clarísimos oyentes lo que en la cueva de
Montesinos había visto, y comenzó en el modo siguiente:
— A obra de doce o catorce estados de la profundidad desta mazmorra, a la derecha mano, se hace una
concavidad y espacio capaz de poder caber en ella un gran carro con sus mulas. Éntrale una pequeña luz por unos
resquicios o agujeros, que lejos le responden, abiertos en la superficie de la tierra. Esta concavidad y espacio vi yo
a tiempo cuando ya iba cansado y mohíno de verme pendiente y colgado de la soga caminar por aquella escura
región abajo sin llevar cierto ni determinado camino, y así determiné entrarme en ella y descansar un poco. Di
voces pidiéndoos que no descolgásedes más soga hasta que yo os lo dijese, pero no debistes de oírme. Fui reco-
giendo la soga que enviábades, y haciendo della una rosca o rimero, me senté sobre él pensativo además, conside-

289

fusão, de repente e sem o procurar me assaltou um sono profundíssimo, e quando menos o esperava, sem saber como nem como não, acordei dele e me achei em meio ao mais belo, ameno e deleitoso prado que pode criar a natureza nem imaginar a mais discreta imaginação humana. Arregalei os olhos, limpei-os e vi que não dormia, senão que estava realmente desperto. Ainda assim apalpei a cabeça e o peito, para me certificar se era eu mesmo quem lá estava ou algum fantasma vão e contrafeito, mas o tato, o sentimento, os discursos concertados que comigo fazia, tudo me certificou de que eu era lá então o mesmo que sou aqui agora. Logo se me ofereceu à vista um real e suntuoso palácio ou alcácer, cujos muros e paredes pareciam de transparente e claro cristal fabricados, do qual abrindo-se duas grandes portas, vi que por elas saía e a mim se encaminhava um venerável ancião, vestido com uma opa de baeta roxa que pelo chão arrastava. Cingia-lhe os ombros e o peito um capelo de estudante, de cetim verde; cobria-lhe a cabeça um gorro armado e preto, e a barba, branquíssima, lhe chegava além da cintura. Não trazia arma nenhuma, mas na mão um rosário de ave-marias maiores que medianas nozes e pais-nossos como ovos medianos de avestruz. A compostura, o passo, a gravidade e a grandíssima presença, cada coisa de per si e todas juntas me suspenderam e admiraram. Chegou-se a mim e a primeira coisa que fez foi abraçar-me estreitamente e logo dizer: "Longos tempos há, valoroso cavaleiro D. Quixote de La Mancha, que os que estamos nestas soledades encantados esperamos ver-te, por que dês notícia ao mundo do que encerra e cobre a profunda gruta por onde entraste, chamada gruta de Montesinos: façanha guardada para só ser acometida por teu invencível coração e teu ânimo estupendo. Vem comigo, senhor claríssimo, que te quero mostrar as maravilhas solapadas neste transparente alcácer, do qual eu sou al-

---

rando lo que hacer debía para calar al fondo, no teniendo quién me sustentase; y estando en este pensamiento y confusión, de repente y sin procurarlo, me salteó un sueño profundísimo, y cuando menos lo pensaba, sin saber cómo ni cómo no, desperté dél y me hallé en la mitad del más bello, ameno y deleitoso prado que puede criar la naturaleza, ni imaginar la más discreta imaginación humana. Despabilé los ojos, limpiémelos, y vi que no dormía, sino que realmente estaba despierto. Con todo esto, me tenté la cabeza y los pechos, por certificarme si era yo mismo el que allí estaba o alguna fantasma vana y contrahecha; pero el tacto, el sentimiento, los discursos concertados que entre mí hacía, me certificaron que yo era allí entonces el que soy aquí ahora. Ofrecióseme luego a la vista un real y suntuoso palacio o alcázar, cuyos muros y paredes parecían de transparente y claro cristal fabricados, del cual abriéndose dos grandes puertas, vi que por ellas salía y hacia mí se venía un venerable anciano, vestido con un capuz de bayeta morada que por el suelo le arrastraba. Ceñíale los hombros y los pechos una beca de colegial, de raso verde; cubríale la cabeza una gorra milanesa negra, y la barba, canísima, le pasaba de la cintura; no traía arma ninguna, sino un rosario de cuentas en la mano, mayores que medianas nueces, y los dieces asimismo como huevos medianos de avestruz. El continente, el paso, la gravedad y la anchísima presencia, cada cosa de por sí y todas juntas, me suspendieron y admiraron. Llegóse a mí, y lo primero que hizo fue abrazarme estrechamente, y luego decirme: "Luengos tiempos ha, valeroso caballero don Quijote de la Mancha, que los que estamos en estas soledades encantados esperamos verte, para que des noticia al mundo de lo que encierra y cubre la profunda cueva por donde has entrado, llamada la cueva de Montesinos: hazaña sólo guardada para ser acometida de tu invencible corazón y de tu ánimo estupendo. Ven conmigo, señor clarísimo, que te quiero mostrar

caide e tesoureiro perpétuo, pois sou o mesmo Montesinos de quem a gruta empresta o nome". Apenas me disse que ele era Montesinos,[2] eu lhe perguntei se era verdade o que no mundo cá de cima se contava, que ele com uma pequena adaga havia tirado do meio do peito o coração de seu grande amigo Durandarte, para levá-lo à senhora Belerma, tal como lho ordenara na hora da sua morte.[3] Respondeu-me que em tudo diziam a verdade, salvo na adaga, porque não era adaga nem pequena, mas um punhal fino, mais agudo que sovela.

— Devia de ser — disse então Sancho — o tal punhal de Ramón de Hoces, o Sevilhano.

— Não sei — prosseguiu D. Quixote —, mas não seria desse cuteleiro, porque Ramón de Hoces é gente de ontem, e as coisas de Roncesvalles, onde aconteceu essa desgraça, são de muitos anos atrás. E essa averiguação não é coisa de importância, nem turba ou altera a verdade e o contexto da história.

— Assim é — respondeu o primo. — Prossiga vossa mercê, senhor D. Quixote, que eu o escuto com o maior gosto do mundo.

— Não é menor o que tenho em contá-la — respondeu D. Quixote —, e assim digo que o venerável Montesinos me levou ao cristalino palácio onde, numa sala baixa, fresquíssima sobremodo e toda em alabastro, estava um sepulcro de mármore com grande mestria fabricado, sobre o qual vi um cavaleiro deitado de longo a longo, não de bronze, nem de mármore, nem de jaspe feito, como sói haver em outros sepulcros, mas de pura carne e puros ossos. Tinha a mão direita (que a meu ver era um tanto peluda e nervosa, sinal de ter o seu dono muitas forças) posta sobre o lado do coração, e antes que eu perguntasse coisa alguma a Montesinos, vendo-me suspenso fitando aquele do sepulcro, me disse: "Esse é meu amigo Durandarte, flor e espelho

---

las maravillas que este transparente alcázar solapa, de quien yo soy alcaide y guarda mayor perpetua, porque soy el mismo Montesinos, de quien la cueva toma nombre". Apenas me dijo que era Montesinos, cuando le pregunté si fue verdad lo que en el mundo de acá arriba se contaba, que él había sacado de la mitad del pecho, con una pequeña daga, el corazón de su grande amigo Durandarte y llevádole a la señora Belerma, como él se lo mandó al punto de su muerte. Respondióme que en todo decían verdad, sino en la daga, porque no fue daga, ni pequeña, sino un puñal buido, más agudo que una lezna.

— Debía de ser — dijo a este punto Sancho — el tal puñal de Ramón de Hoces, el sevillano.

— No sé — prosiguió don Quijote —, pero no sería dese puñalero, porque Ramón de Hoces fue ayer, y lo de Roncesvalles, donde aconteció esta desgracia, ha muchos años; y esta averiguación no es de importancia, ni turba ni altera la verdad y contesto de la historia.

— Así es — respondió el primo —: prosiga vuestra merced, señor don Quijote, que le escucho con el mayor gusto del mundo.

— No con menor lo cuento yo — respondió don Quijote —, y, así, digo que el venerable Montesinos me metió en el cristalino palacio, donde en una sala baja, fresquísima sobremodo y toda de alabastro, estaba un sepulcro de mármol con gran maestría fabricado, sobre el cual vi a un caballero tendido de largo a largo, no de bronce, ni de mármol, ni de jaspe hecho, como los suele haber en otros sepulcros, sino de pura carne y de puros huesos. Tenía la mano derecha (que a mi parecer es algo peluda y nervosa, señal de tener muchas fuerzas su dueño) puesta sobre el lado del corazón, y antes que preguntase nada a Montesinos, viéndome suspenso mirando al del sepul-

dos cavaleiros enamorados e valentes de seu tempo. Ele aqui está, como eu e outros muitos e muitas, por encantamento de Merlim,[4] aquele francês encantador que dizem que foi filho do diabo, e o que eu creio é que não foi filho do diabo, senão que sabia mais que o diabo, como dizem. O como e o porquê de nos ter encantado ninguém sabe, mas o há de dizer andando o tempo e chegando aquele que, segundo imagino, não há de estar muito longe. O que a mim me admira é como, sabendo eu tão certo como agora é dia que Durandarte acabou os de sua vida em meus braços e que depois de morto eu lhe tirei o coração com minhas próprias mãos; e em verdade que devia de pesar duas libras, porque, segundo os naturalistas, quem tem maior coração é dotado de maior valentia do que quem o tem pequeno; pois sendo isto assim, e que realmente morreu este cavaleiro, como é que agora se queixa e suspira de quando em quando como se estivesse vivo?". Isto dito, o mísero Durandarte, dando uma grande voz, disse:

> Oh meu primo Montesinos!
> No meu termo vos rogava
> que, quando estivesse eu morto
> co' a alma desencarnada,
> levásseis meu coração
> aonde Belerma estava,
> arrancando-mo do peito,
> ou com punhal, ou com daga.[5]

Ouvindo o qual, o venerável Montesinos se pôs de joelhos ante o lastimado cavaleiro e, com lágrimas nos olhos, lhe disse: "Já, senhor Durandarte, ca-

---

cro, me dijo: "Este es mi amigo Durandarte, flor y espejo de los caballeros enamorados y valientes de su tiempo. Tiénele aquí encantado, como me tiene a mí y a otros muchos y muchas, Merlín, aquel francés encantador que dicen que fue hijo del diablo; y lo que yo creo es que no fue hijo del diablo, sino que supo, como dicen, un punto más que el diablo. El cómo o para qué nos encantó nadie lo sabe, y ello dirá andando los tiempos, que no están muy lejos, según imagino. Lo que a mí me admira es que sé, tan cierto como ahora es de día, que Durandarte acabó los de su vida en mis brazos, y que después de muerto le saqué el corazón con mis propias manos; y en verdad que debía de pesar dos libras, porque, según los naturales, el que tiene mayor corazón es dotado de mayor valentía del que le tiene pequeño. Pues siendo esto así, y que realmente murió este caballero, ¿cómo ahora se queja y sospira de cuando en cuando como si estuviese vivo?". Esto dicho, el mísero Durandarte, dando una gran voz, dijo:

> ¡Oh, mi primo Montesinos!
> Lo postrero que os rogaba,
> que cuando yo fuere muerto
> y mi ánima arrancada,
> que llevéis mi corazón
> adonde Belerma estaba,
> sacándomele del pecho,
> ya con puñal, ya con daga.

ríssimo primo meu, já fiz o que me mandastes no aziago dia de nossa perda: eu vos tirei o coração o melhor que pude, sem vos deixar uma mínima parte no peito; eu o limpei com um lencinho de renda; eu parti com ele em carreira para a França, depois de vos ter posto no seio da terra, com tantas lágrimas que foram bastantes para lavar-me as mãos e com elas limpar o sangue que as cobria por vos ter bulido nas entranhas. E sabei ainda, primo da minha alma, que no primeiro lugar que topei saindo de Roncesvalles deitei um pouco de sal em vosso coração, por que não cheirasse mal e chegasse, se não fresco, ao menos curado à presença da senhora Belerma, a qual, convosco e comigo, e com Guadiana, vosso escudeiro, e com a duenha Ruidera e suas sete filhas e duas sobrinhas, mais outros muitos de vossos conhecidos e amigos, nos tem aqui encantados o sábio Merlim há muitos anos, e bem que se passaram mais de quinhentos, nenhum de nós morreu. Somente faltam Ruidera e suas filhas e sobrinhas, as quais chorando foram transformadas por Merlim, pela compaixão que delas deve de haver sentido, em outras tantas lagoas que agora no mundo dos vivos e na província de La Mancha são chamadas lagoas de Ruidera.[6] As sete são dos reis de Espanha, e as duas sobrinhas, dos cavaleiros de uma ordem santíssima chamada de São João. Guadiana, vosso escudeiro, pranteando outrossim vossa desgraça, foi transformado em um rio chamado por seu próprio nome, o qual, chegando à superfície da terra e vendo o sol do outro céu, foi tão grande seu pesar de ver que vos deixava, que se sumiu nas entranhas da terra; mas, como não pode deixar de acudir a seu curso natural, de quando em quando sai e se mostra onde o sol e as gentes o vejam. Vão-lhe ministrando de suas águas as referidas lagoas, com as quais mais outras muitas que se lhe chegam entra pomposo e grande em Portugal. Mas, contudo, por onde quer que ele vá mostra sua tris-

---

Oyendo lo cual el venerable Montesinos se puso de rodillas ante el lastimado caballero, y, con lágrimas en los ojos, le dijo: "Ya, señor Durandarte, carísimo primo mío, ya hice lo que me mandastes en el aciago día de nuestra pérdida: yo os saqué el corazón lo mejor que pude, sin que os dejase una mínima parte en el pecho; yo le limpié con un pañizuelo de puntas; yo partí con él de carrera para Francia, habiéndoos primero puesto en el seno de la tierra, con tantas lágrimas, que fueron bastantes a lavarme las manos y limpiarme con ellas la sangre que tenían de haberos andado en las entrañas. Y por más señas, primo de mi alma, en el primero lugar que topé saliendo de Roncesvalles eché un poco de sal en vuestro corazón, porque no oliese mal y fuese, si no fresco, a lo menos amojamado a la presencia de la señora Belerma, la cual, con vos y conmigo, y con Guadiana, vuestro escudero, y con la dueña Ruidera y sus siete hijas y dos sobrinas, y con otros muchos de vuestros conocidos y amigos, nos tiene aquí encantados el sabio Merlín ha muchos años; y aunque pasan de quinientos, no se ha muerto ninguno de nosotros. Solamente faltan Ruidera y sus hijas y sobrinas, las cuales llorando, por compasión que debió de tener Merlín dellas, las convirtió en otras tantas lagunas, que ahora en el mundo de los vivos y en la provincia de la Mancha las llaman las lagunas de Ruidera; las siete son de los reyes de España, y las dos sobrinas, de los caballeros de una orden santísima que llaman de San Juan. Guadiana, vuestro escudero, plañendo asimesmo vuestra desgracia, fue convertido en un río llamado de su mesmo nombre, el cual cuando llegó a la superficie de la tierra y vio el sol del otro cielo, fue tanto el pesar que sintió de ver que os dejaba, que se sumergió en las entrañas de la tierra; pero, como no es posible dejar de acudir a su natural corriente, de cuando en cuando sale y se muestra donde el sol y las gentes le vean. Vanle administrando de sus aguas las referidas lagu-

teza e melancolia, e não se preza de em suas águas criar peixes delicados e de estima, senão toscos e sensabores, bem diferentes dos do Tejo dourado. E isto que agora vos digo, oh primo meu!, já muitas vezes vo-lo disse, e como não me respondeis, imagino que me não dais crédito ou me não ouvis, do que tomo um pesar tão grande como só Deus sabe. Umas novas vos quero dar agora, as quais, se não servirem de alívio a vossa dor, não vo-la aumentarão de maneira nenhuma. Sabei que tendes aqui em vossa presença, e abrindo os olhos o vereis, aquele grande cavaleiro de quem tantas coisas tem o sábio Merlim profetizadas, aquele D. Quixote de La Mancha, digo, que de novo e com maiores vantagens que nos passados séculos ressuscitou nos presentes a já esquecida andante cavalaria, por cujo meio e favor pudera ser que fôssemos desencantados, pois as grandes façanhas para os grandes homens estão guardadas". "E quando assim não seja", respondeu o lastimado Durandarte com voz desmaiada e baixa, "quando assim não seja, digo, oh primo!, paciência e baralhar." E virando-se de lado tornou ao seu costumado silêncio, sem falar mais palavra. Ouviram-se então grandes alaridos e prantos, acompanhados de profundos gemidos e angustiados soluços. Virei a cabeça e vi pelas paredes de cristal que por outra sala passava uma procissão de duas fileiras de formosíssimas donzelas, todas vestidas de luto, com turbantes brancos na cabeça, ao modo turquesco. Ao cabo e fim das fileiras vinha uma senhora, pois na gravidade o mostrava, igualmente vestida de preto, com toucas brancas[7] tão grandes e longas que beijavam a terra. Seu turbante era duas vezes maior que o maior de qualquer das outras; era sobrancelhuda e tinha o nariz um tanto chato; a boca grande, mas os lábios vermelhos; os dentes, que por momentos os descobria, mostravam ser ralos e desarrumados, se bem brancos como peladas amêndoas; levava nas mãos um lenço fino, e nele em-

---

nas, con las cuales y con otras muchas que se llegan entra pomposo y grande en Portugal. Pero, con todo esto, por dondequiera que va muestra su tristeza y melancolía, y no se precia de criar en sus aguas peces regalados y de estima, sino burdos y desabridos, bien diferentes de los del Tajo dorado; y esto que agora os digo, ¡oh primo mío!, os lo he dicho muchas veces, y como no me respondéis, imagino que no me dais crédito o no me oís, de lo que yo recibo tanta pena cual Dios lo sabe. Unas nuevas os quiero dar ahora, las cuales, ya que no sirvan de alivio a vuestro dolor, no os le aumentarán en ninguna manera. Sabed que tenéis aquí en vuestra presencia, y abrid los ojos y veréislo, aquel gran caballero de quien tantas cosas tiene profetizadas el sabio Merlín, aquel don Quijote de la Mancha, digo, que de nuevo y con mayores ventajas que en los pasados siglos ha resucitado en los presentes la ya olvidada andante caballería, por cuyo medio y favor podría ser que nosotros fuésemos desencantados, que las grandes hazañas para los grandes hombres están guardadas". "Y cuando así no sea — respondió el lastimado Durandarte con voz desmayada y baja —, cuando así no sea, ¡oh primo!, digo, paciencia y barajar." Y volviéndose de lado tornó a su acostumbrado silencio, sin hablar más palabra. Oyéronse en esto grandes alaridos y llantos, acompañados de profundos gemidos y angustiados sollozos; volví la cabeza, y vi por las paredes de cristal que por otra sala pasaba una procesión de dos hileras de hermosísimas doncellas, todas vestidas de luto, con turbantes blancos sobre las cabezas, al modo turquesco. Al cabo y fin de las hileras venía una señora, que en la gravedad lo parecía, asimismo vestida de negro, con tocas blancas tan tendidas y largas, que besaban la tierra. Su turbante era mayor dos veces que el mayor de alguna de las otras; era cejijunta, y la nariz algo chata; la boca grande, pero colorados los labios; los dientes, que tal vez los descubría, mostraban ser ralos y no bien puestos,

brulhado, pelo que pude divisar, um coração amumiado, segundo vinha seco e endurecido. Disse então Montesinos que toda aquela gente da procissão eram servidores de Durandarte e de Belerma, que lá com seus dois senhores estavam encantados, e que a última, que levava o coração entre o lenço e as mãos, era a senhora Belerma, a qual com suas donzelas quatro dias por semana faziam aquela procissão e cantavam, ou, para melhor dizer, choravam endechas sobre o corpo e sobre o lastimado coração do seu primo, e que, se ela me parecera algum tanto feia, ou não tão formosa como era fama, devia-se às más noites e piores dias que naquele encantamento passava, como o podia ver em suas grandes olheiras e em sua cor deslavada. "E não se deve sua palidez e suas olheiras a estar ela com o mal mensal ordinário nas mulheres, porque há muitos meses e até anos que o não tem nem por sombra, mas da dor que sente no peito pelo que de contínuo leva entre as mãos, que lhe renova e traz à memória a desgraça de seu malfadado amante; e, a não ser por isso, apenas a igualaria em formosura, donaire e brio a grande Dulcineia d'El Toboso, tão celebrada em todos estes contornos, e até em todo o mundo." "Alto lá, senhor D. Montesinos!", disse eu então, "conte vossa mercê a sua história como deve, pois bem sabe que toda comparação é odiosa, e assim não há por que comparar ninguém com ninguém. A sem-par Dulcineia d'El Toboso é quem é, e a senhora Dª Belerma é quem é e quem foi, e fique o caso por aqui." Ao que ele me respondeu: "Senhor D. Quixote, vossa mercê me perdoe, pois confesso que fiz mal e não disse bem em dizer que a senhora Dulcineia apenas igualaria a senhora Belerma, pois a mim bastara ter entendido por não sei que indícios que vossa mercê é seu cavaleiro, para morder minha língua antes de a comparar senão com o mesmo céu". Com tal satisfação que me deu o grande Montesinos, sossegou-se o meu

---

aunque eran blancos como unas peladas almendras; traía en las manos un lienzo delgado, y entre él, a lo que pude divisar, un corazón de carne momia, según venía seco y amojamado. Díjome Montesinos como toda aquella gente de la procesión eran sirvientes de Durandarte y de Belerma, que allí con sus dos señores estaban encantados, y que la última, que traía el corazón entre el lienzo y en las manos, era la señora Belerma, la cual con sus doncellas cuatro días en la semana hacían aquella procesión y cantaban o, por mejor decir, lloraban endechas sobre el cuerpo y sobre el lastimado corazón de su primo, y que si me había parecido algo fea, o no tan hermosa como tenía la fama, era la causa las malas noches y peores días que en aquel encantamiento pasaba, como lo podía ver en sus grandes ojeras y en su color quebradiza. "Y no toma ocasión su amarillez y sus ojeras de estar con el mal mensil ordinario en las mujeres, porque ha muchos meses y aun años que no le tiene ni asoma por sus puertas, sino del dolor que siente su corazón por el que de contino tiene en las manos, que le renueva y trae a la memoria la desgracia de su mal logrado amante; que si esto no fuera, apenas la igualara en hermosura, donaire y brío la gran Dulcinea del Toboso, tan celebrada en todos estos contornos, y aun en todo el mundo." "Cepos quedos — dije yo entonces —, señor don Montesinos: cuente vuesa merced su historia como debe, que ya sabe que toda comparación es odiosa, y así no hay para qué comparar a nadie con nadie. La sin par Dulcinea del Toboso es quien es, y la señora doña Belerma es quien es y quien ha sido, y quédese aquí." A lo que él me respondió: "Señor don Quijote, perdóneme vuesa merced, que yo confieso que anduve mal y no dije bien en decir que apenas igualara la señora Dulcinea a la señora Belerma, pues me bastaba a mí haber entendido por no sé qué barruntos que vuesa merced es su caballero, para que me mordiera la lengua antes de compararla sino con el

coração do sobressalto que tive ao ouvir a minha senhora ser comparada com Belerma.

— E até me maravilha — disse Sancho — que vossa mercê não tenha avançado no velhote e moído de pancadas todos os seus ossos e arrancado as suas barbas, sem perdoar um fio.

— Não, Sancho amigo — respondeu D. Quixote —, não era bem fazer isso, pois todos estamos obrigados a respeitar os velhos, ainda que não sejam cavaleiros, e principalmente os que o são e estão encantados. Mas bem sei que nada nos ficamos a dever em outras muitas demandas e respostas que terçamos.

Nesse ponto disse o primo:

— Eu não sei, senhor D. Quixote, como em tão breve espaço de tempo que vossa mercê esteve lá embaixo pôde ver tantas coisas e falar e responder tanto.

— Quanto faz que eu desci? — perguntou D. Quixote.

— Pouco mais de uma hora — respondeu Sancho.

— Não pode ser — replicou D. Quixote —, porque lá me anoiteceu e amanheceu e voltou a anoitecer e amanhecer três vezes, de modo que, na minha conta, três dias estive naquelas partes remotas e escondidas da nossa vista.

— Verdade deve dizer meu senhor — disse Sancho —, pois, como todas as coisas que lhe aconteceram são por encantamento, talvez o que nos parece uma hora lá pareçam três dias com suas noites.

— Assim será — respondeu D. Quixote.

— E em todo esse tempo, comeu vossa mercê alguma coisa, meu senhor? — perguntou o primo.

---

mismo cielo". Con esta satisfación que me dio el gran Montesinos se quietó mi corazón del sobresalto que recebí en oír que a mi señora la comparaban con Belerma.

— Y aun me maravillo yo — dijo Sancho — de como vuestra merced no se subió sobre el vejote y le molió a coces todos los huesos y le peló las barbas, sin dejarle pelo en ellas.

— No, Sancho amigo — respondió don Quijote —, no me estaba a mí bien hacer eso, porque estamos todos obligados a tener respeto a los ancianos, aunque no sean caballeros, y principalmente a los que lo son y están encantados. Yo sé bien que no nos quedamos a deber nada en otras muchas demandas y respuestas que entre los dos pasamos.

A esta sazón dijo el primo:

— Yo no sé, señor don Quijote, cómo vuestra merced en tan poco espacio de tiempo como ha que está allá bajo haya visto tantas cosas y hablado y respondido tanto.

— ¿Cuánto ha que bajé? — preguntó don Quijote.

— Poco más de una hora — respondió Sancho.

— Eso no puede ser — replicó don Quijote —, porque allá me anocheció y amaneció y tornó a anochecer y amanecer tres veces, de modo que a mi cuenta tres días he estado en aquellas partes remotas y escondidas a la vista nuestra.

— Verdad debe de decir mi señor — dijo Sancho —, que como todas las cosas que le han sucedido son por encantamento, quizá lo que a nosotros nos parece un hora debe de parecer allá tres días con sus noches.

— Não quebrei meu jejum nem com um bocado — respondeu D. Quixote —, e não tive fome nem por pensamento.

— E os encantados comem? — disse o primo.

— Não comem — respondeu D. Quixote —, nem têm excrementos maiores, se bem é opinião que lhes crescem as unhas, as barbas e os cabelos.

— E porventura dormem os encantados, senhor? — perguntou Sancho.

— Não, por certo — respondeu D. Quixote. — Ao menos nesses três dias que estive com eles, nenhum pregou o olho, nem eu tampouco.

— Aqui entra bem aquele ditado — disse Sancho — "diz-me com quem andas, que te direi quem és", pois andando vossa mercê com encantados jejunos e veladores, não admira que não tenha comido nem dormido enquanto com eles andou. Mas vossa mercê me perdoe, meu senhor, se eu lhe disser que, de tudo quanto tem dito aqui, Deus me leve, e já ia dizendo o diabo, se eu creio em coisa alguma.

— Como não? — disse o primo. — Pois houvera de mentir o senhor D. Quixote, quando, ainda que o quisesse, não teve lugar para compor nem imaginar tamanho milhão de mentiras?

— Eu não creio que meu senhor minta — respondeu Sancho.

— Então, que crês? — perguntou-lhe D. Quixote.

— Creio — respondeu Sancho — que aquele Merlim ou aqueles encantadores que encantaram toda a chusma que vossa mercê diz ter visto e tratado lá embaixo lhe meteram na maginação ou na memória toda essa cena que nos contou e tudo aquilo que ainda tem para contar.

— Tudo isso bem pudera ser, Sancho — replicou D. Quixote —, mas não é, pois o que aqui contei eu o vi por meus próprios olhos e toquei com minhas próprias mãos. E que dirás quando eu te disser como, entre outras

---

— Así será — respondió don Quijote.

— ¿Y ha comido vuestra merced en todo este tiempo, señor mío? — preguntó el primo.

— No me he desayunado de bocado — respondió don Quijote —, ni aun he tenido hambre ni por pensamiento.

— ¿Y los encantados comen? — dijo el primo.

— No comen — respondió don Quijote —, ni tienen escrementos mayores, aunque es opinión que les crecen las uñas, las barbas y los cabellos.

— ¿Y duermen por ventura los encantados, señor? — preguntó Sancho.

— No, por cierto — respondió don Quijote —; a lo menos, en estos tres días que yo he estado con ellos, ninguno ha pegado el ojo, ni yo tampoco.

— Aquí encaja bien el refrán — dijo Sancho — de "dime con quién andas: decirte he quién eres". Ándase vuestra merced con encantados ayunos y vigilantes: mirad si es mucho que ni coma ni duerma mientras con ellos anduviere. Pero perdóneme vuestra merced, señor mío, si le digo que de todo cuanto aquí ha dicho, lléveme Dios, que iba a decir el diablo, si le creo cosa alguna.

— ¿Cómo no? — dijo el primo —. Pues ¿había de mentir el señor don Quijote, que, aunque quisiera, no ha tenido lugar para componer y imaginar tanto millón de mentiras?

— Yo no creo que mi señor miente — respondió Sancho.

— Si no, ¿qué crees? — le preguntó don Quijote.

infinitas coisas e maravilhas que Montesinos me mostrou, as quais de espaço e a seu tempo irei contando no discurso de nossa viagem, por não serem todas deste lugar, me mostrou três lavradoras que por aqueles ameníssimos campos iam pulando e saltitando como cabras, e apenas as vi conheci ser uma delas a sem-par Dulcineia d'El Toboso, e as outras duas aquelas mesmas lavradoras que a acompanhavam, que achamos à saída de El Toboso? Perguntei a Montesinos se as conhecia; respondeu-me que não, mas que ele imaginava que deviam de ser algumas senhoras principais encantadas que havia poucos dias naqueles prados apareceram, e que me não maravilhasse disso, porque lá havia outras muitas senhoras dos passados e presentes séculos encantadas em diversas e estranhas figuras, entre as quais conhecia ele a rainha Ginevra e sua duenha Quintañona, escançando o vinho a Lançarote quando da Bretanha vindo.

Quando Sancho Pança ouviu o seu amo dizer isso, pensou perder o juízo ou morrer de rir, pois, como ele sabia a verdade do fingido encantamento de Dulcineia, de quem ele havia sido o encantador e o levantador de tal testemunho, acabou de conhecer indubitavelmente que seu senhor estava fora do seu juízo e louco de todo ponto. E assim lhe disse:

— Em má ocasião e pior momento e aziago dia desceu vossa mercê ao outro mundo, caro patrão meu, e em má hora se encontrou com o senhor Montesinos, que assim o devolveu. Tão bem estava vossa mercê aqui em cima com seu inteiro juízo, tal como Deus lho deu, falando sentenças e dando conselhos a cada passo, e não como agora, contando os maiores disparates que se podem imaginar.

— Como bem te conheço, Sancho — respondeu D. Quixote —, não faço caso das tuas palavras.

— Creo — respondió Sancho — que aquel Merlín o aquellos encantadores que encantaron a toda la chusma que vuestra merced dice que ha visto y comunicado allá bajo le encajaron en el magín o la memoria toda esa máquina que nos ha contado y todo aquello que por contar le queda.

— Todo eso pudiera ser, Sancho — replicó don Quijote —, pero no es así, porque lo que he contado lo vi por mis propios ojos y lo toqué con mis mismas manos. Pero ¿qué dirás cuando te diga yo ahora como, entre otras infinitas cosas y maravillas que me mostró Montesinos, las cuales despacio y a sus tiempos te las iré contando en el discurso de nuestro viaje, por no ser todas deste lugar, me mostró tres labradoras que por aquellos amenísimos campos iban saltando y brincando como cabras, y apenas las hube visto, cuando conocí ser la una la sin par Dulcinea del Toboso, y las otras dos aquellas mismas labradoras que venían con ella, que hallamos a la salida del Toboso? Pregunté a Montesinos si las conocía; respondióme que no, pero que él imaginaba que debían de ser algunas señoras principales encantadas, que pocos días había que en aquellos prados habían parecido, y que no me maravillase desto, porque allí estaban otras muchas señoras de los pasados y presentes siglos encantadas en diferentes y estrañas figuras, entre las cuales conocía él a la reina Ginebra y su dueña Quintañona, escanciando el vino a Lanzarote cuando de Bretaña vino.

Cuando Sancho Panza oyó decir esto a su amo, pensó perder el juicio, o morirse de risa, que como él sabía la verdad del fingido encanto de Dulcinea, de quien él había sido el encantador y el levantador de tal testimonio, acabó de conocer indubitablemente que su señor estaba fuera de juicio y loco de todo punto; y así le dijo:

— Nem eu das de vossa mercê — replicou Sancho —, ainda que me ferisse ou até me matasse por causa das que lhe digo ou das que penso lhe dizer se nas suas não se corrigir e emendar. Mas vossa mercê me diga, agora que estamos em paz: como ou em quê conheceu a senhora nossa ama? E, se falou com ela, o que lhe disse e o que lhe respondeu?

— Conheci-a — respondeu D. Quixote — porque trazia os mesmos vestidos que quando ma mostraste. Falei-lhe, mas não me respondeu palavra, antes me virou as costas e se foi fugindo com tanta pressa que nem uma flecha a alcançaria. Quis segui-la, e o teria feito se Montesinos não me aconselhasse a não me cansar com isso, porque seria debalde, e mais porque ia chegando a hora em que me convinha tornar a sair da cova. Disse-me também que, andando o tempo, me daria aviso de como haviam de ser desencantados ele, Belerma e Durandarte, mais todos os que lá estavam. Mas o que mais pena me deu dentre todas as que lá vi e notei foi que, enquanto Montesinos me dizia essas razões, chegou-se a mim por um lado, sem que eu a visse vir, uma das duas companheiras da sem ventura Dulcineia e, cheios seus olhos de lágrimas, com voz baixa e embargada me disse: "Minha senhora Dulcineia d'El Toboso beija as mãos de vossa mercê e suplica a vossa mercê que lhe faça a de comunicar-lhe como está, e, por estar ela numa grande necessidade, assim suplica a vossa mercê quão encarecidamente pode que seja servido de lhe emprestar, sob penhor desta vasquinha de cotim novo que aqui trago, meia dúzia de reais, ou quantos vossa mercê tiver, que ela dá sua palavra de os devolver com muita brevidade". Suspendeu-me e admirou-me o tal recado e, virando-me para o senhor Montesinos, perguntei-lhe: "É possível, senhor Montesinos, que os encantados principais padeçam necessidade?". Ao que ele me respondeu: "Creia-me vossa mercê, senhor D. Quixote

---

— En mala coyuntura y en peor sazón y en aciago día bajó vuestra merced, caro patrón mío, al otro mundo, y en mal punto se encontró con el señor Montesinos, que tal nos le ha vuelto. Bien se estaba vuestra merced acá arriba con su entero juicio, tal cual Dios se le había dado, hablando sentencias y dando consejos a cada paso, y no agora, contando los mayores disparates que pueden imaginarse.

— Como te conozco, Sancho — respondió don Quijote —, no hago caso de tus palabras.

— Ni yo tampoco de las de vuestra merced — replicó Sancho —, siquiera me hiera, siquiera me mate por las que le he dicho, o por las que le pienso decir si en las suyas no se corrige y enmienda. Pero dígame vuestra merced, ahora que estamos en paz: ¿cómo o en qué conoció a la señora nuestra ama? Y si la habló, ¿qué dijo y qué le respondió?

— Conocíla — respondió don Quijote — en que trae los mesmos vestidos que traía cuando tú me la mostraste. Habléla, pero no me respondió palabra, antes me volvió las espaldas y se fue huyendo con tanta priesa, que no la alcanzara una jara. Quise seguirla, y lo hiciera si no me aconsejara Montesinos que no me cansase en ello, porque sería en balde, y más porque se llegaba la hora donde me convenía volver a salir de la sima. Díjome asimesmo que andando el tiempo se me daría aviso cómo habían de ser desencantados él y Belerma y Durandarte, con todos los que allí estaban; pero lo que más pena me dio de las que allí vi y noté, fue que, estándome diciendo Montesinos estas razones, se llegó a mí por un lado, sin que yo la viese venir, una de las dos compañeras de la sin ventura Dulcinea, y llenos los ojos de lágrimas, con turbada y baja voz, me dijo: "Mi señora Dulcinea del Toboso besa a vuestra merced las manos y suplica a vuestra merced se la haga de hacerla saber cómo está, y que, por es-

de La Mancha, que esta que chamam necessidade em qualquer lugar se usa e por tudo se estende e a todos alcança, e nem sequer aos encantados perdoa; e pois a senhora Dulcineia d'El Toboso manda pedir esses seis reais, e, segundo parece, a prenda é boa, não há senão dar-lhe o que pede, pois sem dúvida deve de estar nalgum grande aperto". "Prenda não tomarei — respondi —, nem menos lhe darei o que me pede, pois não tenho mais do que quatro reais." Os quais lhe dei, que eram aqueles que tu, Sancho, me deste há alguns dias para dar esmola aos pobres que topasse pelos caminhos, e lhe disse: "Dizei a vossa senhora, amiga minha, que seus trabalhos muito me pesam na alma e que eu quisera ser um Fúcar[8] para os remediar, e fazei-lhe saber que eu não posso nem devo ter saúde carecendo de sua grata vista e discreta conversação, e que lhe suplico quão encarecidamente posso seja sua mercê servida de se deixar ver e tratar deste seu cativo servidor e traquejado cavaleiro. Dizei-lhe também que, quando ela menos o pensar, ouvirá dizer como tenho feito um juramento e voto ao modo do que fez o marquês de Mântua de vingar seu sobrinho Valdovinos,[9] quando o achou a ponto de expirar no meio dos montes, que foi de não comer pão à mesa posta, mais as outras frioleiras que ali encaixou, enquanto o não vingasse; e assim farei eu, de não sossegar e de andar as sete partidas do mundo com mais pontualidade que o infante D. Pedro de Portugal,[10] até desencantá-la". "Tudo isso e mais deve vossa mercê a minha senhora", respondeu-me a donzela. E, apanhando os quatro reais, em vez de fazer uma reverência, deu uma cabriola, levantando-se duas varas pelos ares.

— Santo Deus! — disse então Sancho, dando uma grande voz —, é possível que tal haja no mundo e que tenham nele tanta força os encantadores e encantamentos, a ponto de mudar o bom juízo do meu senhor em tão

---

tar en una gran necesidad, asimismo suplica a vuestra merced cuan encarecidamente puede sea servido de prestarle sobre este faldellín que aquí traigo de cotonia nuevo media docena de reales, o los que vuestra merced tuviere, que ella da su palabra de volvérselos con mucha brevedad". Suspendíome y admiróme el tal recado, y volviéndome al señor Montesinos, le pregunté: "¿Es posible, señor Montesinos, que los encantados principales padecen necesidad?". A lo que él me respondió: "Créame vuestra merced, señor don Quijote de la Mancha, que esta que llaman necesidad adondequiera se usa y por todo se estiende y a todos alcanza, y aun hasta los encantados no perdona; y pues la señora Dulcinea del Toboso envía a pedir esos seis reales, y la prenda es buena, según parece, no hay sino dárselos, que sin duda debe de estar puesta en algún grande aprieto". "Prenda, no la tomaré yo — le respondí —, ni menos le daré lo que pide, porque no tengo sino solos cuatro reales." Los cuales le di, que fueron los que tú, Sancho, me diste el otro día para dar limosna a los pobres que topase por los caminos, y le dije: "Decid, amiga mía, a vuesa señora que a mí me pesa en el alma de sus trabajos, y que quisiera ser un Fúcar para remediarlos, y que le hago saber que yo no puedo ni debo tener salud careciendo de su agradable vista y discreta conversación, y que le suplico cuan encarecidamente puedo sea servida su merced de dejarse ver y tratar deste su cautivo servidor y asendereado caballero. Diréisle también que cuando menos se lo piense oirá decir como yo he hecho un juramento y voto a modo de aquel que hizo el marqués de Mantua de vengar a su sobrino Baldovinos, cuando le halló para espirar en mitad de la montiña, que fue de no comer pan a manteles, con las otras zarandajas que allí añadió, hasta vengarle; y así le haré yo de no sosegar y de andar las siete partidas del mundo, con más puntualidad que las anduvo el infante don Pedro de Portugal, hasta desencantarla". "Todo eso y más debe vues-

desatinada loucura? Oh senhor, senhor, por Deus, olhe vossa mercê por si e tenha tento da sua honra, e não dê crédito a esses ventos que lhe areiam e mínguam o siso!

— Porque me queres bem, Sancho, falas dessa maneira — disse D. Quixote —, e por não seres experimentado nas coisas do mundo todas as que têm alguma dificuldade te parecem impossíveis. Mas andará o tempo, como já disse, e eu te contarei algumas das que lá embaixo vi que te farão crer nas que aqui contei, cuja verdade não admite réplica nem disputa.

---

tra merced a mi señora", me respondió la doncella. Y tomando los cuatro reales, en lugar de hacerme una reverencia, hizo una cabriola, que se levantó dos varas de medir en el aire.

— ¡Oh, santo Dios! — dijo a este tiempo dando una gran voz Sancho —, ¿es posible que tal hay en el mundo y que tengan en él tanta fuerza los encantadores y encantamentos, que hayan trocado el buen juicio de mi señor en una tan disparatada locura? ¡Oh señor, señor, por quien Dios es, que vuestra merced mire por sí y vuelva por su honra, y no dé crédito a esas vaciedades que le tienen menguado y descabalado el sentido!

— Como me quieres bien, Sancho, hablas desa manera — dijo don Quijote —, y como no estás experimentado en las cosas del mundo, todas las cosas que tienen algo de dificultad te parecen imposibles; pero andará el tiempo, como otra vez he dicho, y yo te contaré algunas de las que allá abajo he visto, que te harán creer las que aquí he contado, cuya verdad ni admite réplica ni disputa.

Notas

[1] Estado: antiga unidade de medida de comprimento, equivalente à altura média de um homem, cerca de 1,70 m.

[2] Montesinos: herói original do romanceiro velho castelhano de tema pseudocarolíngio, derivado do protagonista do cantar de gesta francês *Aïol et Mirabel* (fins do século XII). Casou-se com uma dama chamada Rosaflorida, senhora do castelo de Rocafrida, que a tradição popular identificou com umas ruínas próximas à gruta de Montesinos (ver cap. XVII, nota 11). Alguns romances o fazem primo de Durandarte, personagem também próprio das lendas castelhanas, criado pela humanização de Durindana, a espada de Roldão.

[3] ... como lho ordenara na hora da sua morte: vários romances tradicionais narram a história de Durandarte e o pedido que, ferido de morte na batalha de Roncesvalles, ele faz a Montesinos de tirar-lhe o coração depois de morto e levá-lo a Belerma, sua dama, como prova de amor. Em algumas das versões que sobreviveram fala-se numa pequena adaga, usada não para extrair o coração do cavaleiro moribundo, mas para cavar sua sepultura. A mais difundida diz: "*Muerto yace Durandarte — debajo una verde haya/ con él está Montesinos — que en la muerte se hallara/ la fuesa le está haciendo — con una pequeña daga./ [...]/ por el costado siniestro — el corazón le sacaba,/ envolvióle en un cendal — de mirarlo no cesaba./ Con palabras dolorosas — la vista solemnizaba:/ 'Corazón del más valiente — que en Francia ceñía espada,/ agora seréis llevado — adonde Belerma estaba'*".

[4] Merlim: ao célebre sábio feiticeiro das lendas arturianas e das narrativas cavaleirescas do ciclo bretão também se atribuíra um sem-fim de profecias durante a Idade Média. O personagem era bretão ou gaulês, e tido na crença popular como filho do diabo.

[5] "Oh meu primo Montesinos [...], ou com punhal, ou com daga": adaptação do romance "-Oh Belerma! Oh Belerma!", com o acréscimo burlesco dos dois últimos versos.

[6] Lagoas de Ruidera: das quinze lagoas do complexo (ver cap. XVIII, nota 11), ou treze na estação seca, consideram-se aqui apenas as nove mais importantes, todas propriedade da coroa espanhola, exceto duas, pertencentes à ordem de São João de Jerusalém, ou de Malta. Sua personificação na aia de Belerma, com suas filhas e sobrinhas, é provavelmente invenção de Cervantes, e assim também a do escudeiro de Durandarte como o rio Guadiana.

[7] Toucas brancas: as dessa cor eram usadas em sinal de viuvez.

[8] Fúcar: castelhanização de Fugger, sobrenome de uma famosa família de banqueiros de Augsburg, grandes credores da coroa espanhola desde o reinado de Carlos V, vernaculizado como sinônimo de extrema riqueza.

[9] ... juramento [...] que fez o marquês de Mântua de vingar [...] Valdovinos: conforme o romance do Marquês de Mântua, já citado no primeiro *Quixote* (ver cap. V, nota 1).

[10] Infante D. Pedro de Portugal [...] sete partidas do mundo: andar ou percorrer as "sete partidas" [partes] do mundo é frase feita, aqui cruzada com uma alusão ao *Libro del Infante D. Pedro de Portugal, el cual anduvo las cuatro partidas del mundo*, de Gómez de Santistéban (Sevilha, 1515).

CAPÍTULO XXIV

ONDE SE CONTAM MIL FRIOLEIRAS
TÃO IMPERTINENTES QUANTO NECESSÁRIAS
AO VERDADEIRO ENTENDIMENTO DESTA GRANDE HISTÓRIA

Diz quem traduziu esta grande história do original daquela escrita pelo seu primeiro autor, Cide Hamete Benengeli, que, chegando ao capítulo da aventura da gruta de Montesinos, à margem dele estavam escritas por mão do mesmo Hamete estas mesmas razões:

"Não me posso convencer nem persuadir que ao valoroso D. Quixote tenha sucedido pontualmente tudo o que no capítulo anterior fica escrito. A razão é que todas as aventuras até aqui sucedidas foram factíveis e verissímeis, mas nesta desta gruta não acho brecha alguma para tomá-la por verdadeira, por ir tão desviada dos termos razoáveis. Porque pensar que D. Quixote mentiu, sendo o mais verdadeiro fidalgo e o mais nobre cavaleiro do seu tempo, não me é possível, pois nem que o asseteassem diria ele uma mentira. Por outra parte, considero que ele a contou e disse com todas as circunstâncias ditas, e que em tão breve espaço não pôde fabricar tamanha máquina de disparates, e se esta aventura parece apócrifa, eu não tenho culpa, e assim sem afirmá-la por falsa nem por verdadeira a escrevo. Tu, leitor, como és prudente, julga o que te parecer, que eu não devo nem posso mais,

---

CAPÍTULO XXIV

DONDE SE CUENTAN MIL ZARANDAJAS
TAN IMPERTINENTES COMO NECESARIAS
AL VERDADERO ENTENDIMIENTO DESTA GRANDE HISTORIA

Dice el que tradujo esta grande historia del original de la que escribió su primer autor Cide Hamete Benengeli, que llegando al capítulo de la aventura de la cueva de Montesinos, en el margen dél estaban escritas de mano del mesmo Hamete estas mismas razones:

"No me puedo dar a entender ni me puedo persuadir que al valeroso don Quijote le pasase puntualmente todo lo que en el antecedente capítulo queda escrito. La razón es que todas las aventuras hasta aquí sucedidas han sido contingibles y verisímiles, pero esta desta cueva no le hallo entrada alguna para tenerla por verdadera, por ir tan fuera de los términos razonables. Pues pensar yo que don Quijote mintiese, siendo el más verdadero hidalgo y el más noble caballero de sus tiempos, no es posible, que no dijera él una mentira si le asaetearan. Por otra parte, considero que él la contó y la dijo con todas las circunstancias dichas, y que no pudo fabricar en tan breve espacio tan gran máquina de disparates, y si esta aventura parece apócrifa, yo no tengo la culpa, y así sin afirmar-

ainda que se tenha por certo que ao tempo do seu fim e morte dizem que se retratou dela e disse que a inventara, por lhe parecer que convinha e quadrava bem com as aventuras que tinha lido em suas histórias."

E logo prossegue dizendo:

Espantou-se o primo, assim do atrevimento de Sancho Pança como da paciência do seu amo, e julgou que do contentamento que trazia de ter visto sua senhora Dulcineia d'El Toboso, se bem encantada, é que lhe nascia aquela brandura que então mostrava. Porque, se assim não fosse, pelas palavras e razões que lhe disse, bem merecia Sancho ser moído de pancadas, pois realmente lhe pareceu que andara algum tanto atrevidinho com seu senhor, a quem disse:

— Eu, senhor D. Quixote de La Mancha, dou por bem empregadíssima a jornada que com vossa mercê fiz, porque nela granjeei quatro coisas. A primeira, ter conhecido vossa mercê, coisa que tenho por grande felicidade. A segunda, ter sabido o que se encerra nesta gruta de Montesinos, mais as mutações do Guadiana e das lagoas de Ruidera, que me servirão para o *Ovídio espanhol* que trago entre mãos. A terceira, entender a antiguidade do baralho, que pelo menos no tempo do imperador Carlos Magno já se usava, segundo se pode coligir das palavras que vossa mercê diz que Durandarte disse, quando, ao cabo daquele grande espaço em que Montesinos esteve falando com ele, acordou dizendo: "paciência e baralhar". E esta razão e modo de falar ele a não pôde ter aprendido encantado, senão quando o não estava, na França e no tempo do referido imperador Carlos Magno, e esta averiguação me vem a pelo para o outro livro que estou compondo, que é o *Suplemento de Virgílio Polidoro na invenção das antiguidades*, pois creio que no seu ele não se lembrou de pôr a do baralho, como eu porei agora no meu,

---

la por falsa o verdadera la escribo. Tú, letor, pues eres prudente, juzga lo que te pareciere, que yo no debo ni puedo más, puesto que se tiene por cierto que al tiempo de su fin y muerte dicen que se retrató della y dijo que él la había inventado, por parecerle que convenía y cuadraba bien con las aventuras que había leído en sus historias."

Y luego prosigue diciendo:

Espantóse el primo, así del atrevimiento de Sancho Panza como de la paciencia de su amo, y juzgó que del contento que tenía de haber visto a su señora Dulcinea del Toboso, aunque encantada, le nacía aquella condición blanda que entonces mostraba; porque si así no fuera, palabras y razones le dijo Sancho que merecían molerle a palos, porque realmente le pareció que había andado atrevidillo con su señor, a quien le dijo:

— Yo, señor don Quijote de la Mancha, doy por bien empleadísima la jornada que con vuestra merced he hecho, porque en ella he granjeado cuatro cosas. La primera, haber conocido a vuestra merced, que lo tengo a gran felicidad. La segunda, haber sabido lo que se encierra en esta cueva de Montesinos, con las mutaciones de Guadiana y de las lagunas de Ruidera, que me servirán para el *Ovidio español* que traigo entre manos. La tercera, entender la antigüedad de los naipes, que por lo menos ya se usaban en tiempo del emperador Carlomagno, según puede colegirse de las palabras que vuesa merced dice que dijo Durandarte, cuando, al cabo de aquel grande espacio que estuvo hablando con él Montesinos, él despertó diciendo: "Paciencia y barajar"; y esta razón y modo de hablar no la pudo aprender encantado, sino cuando no lo estaba, en Francia y en tiempo del referido emperador Carlomagno, y esta averiguación me viene pintiparada para el otro libro que voy componiendo, que es *Suplemento de Virgilio Polidoro en la invención de las antigüedades*, y creo que en el suyo no se acordó de poner

306

coisa que será de muita importância, e mais citando autor tão grave e tão verdadeiro como é o senhor Durandarte. A quarta é ter sabido com certeza o nascimento do rio Guadiana, até agora ignorado das gentes.

— Vossa mercê tem razão — disse D. Quixote. — Mas quisera saber, se Deus lhe fizer a mercê de receber licença para imprimir esses seus livros (do que eu duvido), a quem os pensa dedicar.

— Senhores e grandes há na Espanha a quem possam ser dedicados — disse o primo.

— Não muitos — respondeu D. Quixote —, e não porque os não mereçam, mas que os não querem aceitar, para não se obrigarem à satisfação que parece dever-se ao trabalho e cortesia de seus autores. Um príncipe conheço que pode suprir a falta dos demais com tantas vantagens que, se me atrevesse a dizê-las, talvez despertasse a inveja em mais de quatro generosos peitos. Mas deixemos este assunto suspenso para outro tempo mais cômodo, e vamos procurar onde pousar esta noite.

— Não longe daqui — respondeu o primo — há uma ermida onde faz sua morada um ermitão que dizem ter sido soldado e tem fama de ser bom cristão, e muito discreto, e por demais caridoso. Junto à ermida tem uma pequena casa, que ele ergueu à sua própria custa, a qual, apesar de pequena, é capaz de receber hóspedes.

— Porventura tem galinhas o tal ermitão? — perguntou Sancho.

— Poucos ermitãos vivem sem elas — respondeu D. Quixote —, porque não são os que agora se usam como aqueles dos desertos do Egito, que se cobriam com folhas de palmeira e comiam raízes da terra. E não se entenda que por dizer bem daqueles o não digo destes, senão que ao rigor e estreiteza de então não se comparam as penitências dos de agora, mas nem por

---

la de los naipes, como la pondré yo ahora, que será de mucha importancia, y más alegando autor tan grave y tan verdadero como es el señor Durandarte. La cuarta es haber sabido con certidumbre el nacimiento del río Guadiana, hasta ahora ignorado de las gentes.

— Vuestra merced tiene razón — dijo don Quijote —, pero querría yo saber, ya que Dios le haga merced de que se le dé licencia para imprimir esos sus libros (que lo dudo) a quién piensa dirigirlos.

— Señores y grandes hay en España a quien puedan dirigirse — dijo el primo.

— No muchos — respondió don Quijote —, y no porque no lo merezcan, sino que no quieren admitirlos, por no obligarse a la satisfación que parece se debe al trabajo y cortesía de sus autores. Un príncipe conozco yo que puede suplir la falta de los demás con tantas ventajas, que si me atreviere a decirlas, quizá despertara la invidia en más de cuatro generosos pechos; pero quédese esto aquí para otro tiempo más cómodo, y vamos a buscar a donde recogernos esta noche.

— No lejos de aquí — respondió el primo — está una ermita, donde hace su habitación un ermitaño que dicen ha sido soldado y está en opinión de ser un buen cristiano, y muy discreto, y caritativo además. Junto con la ermita tiene una pequeña casa, que él ha labrado a su costa; pero, con todo, aunque chica, es capaz de recibir huéspedes.

— ¿Tiene por ventura gallinas el tal ermitaño? — preguntó Sancho.

— Pocos ermitaños están sin ellas — respondió don Quijote —, porque no son los que agora se usan como aquellos de los desiertos de Egipto, que se vestían de hojas de palma y comían raíces de la tierra. Y no se entienda

isso deixam de ser todos bons, ao menos eu por bons os julgo. E no pior dos casos menos mal faz o hipócrita que se finge bom do que o público pecador.

Estando nisso, viram que para onde eles estavam vinha um homem a pé, caminhando depressa e varejando um mulo carregado de lanças e alabardas. Quando chegou a eles, os saudou e foi passando ao largo. D. Quixote lhe disse:

— Detende-vos, bom homem, que pareceis ir com mais diligência do que esse mulo há mister.

— Não me posso deter, senhor — respondeu o homem —, porque as armas que vedes que aqui levo hão de ser usadas amanhã, e assim me é forçoso seguir sem detença, e adeus. Mas se quiserdes saber para que as levo, na estalagem que fica mais acima da ermida penso pousar esta noite. E se acaso levais este mesmo caminho, aí me encontrareis, onde vos contarei maravilhas. E adeus outra vez.

E de tal maneira picou o mulo, que D. Quixote não teve azo de lhe perguntar que maravilhas eram as que pensava lhes dizer. E como ele era algum tanto curioso e sempre o roíam desejos de saber coisas novas, resolveu que no mesmo ponto partissem e fossem passar a noite na estalagem, sem tocar na ermida onde quisera o primo que ficassem.

Assim se fez, montaram todos e seguiram o direito caminho da estalagem, à qual chegariam pouco antes de anoitecer. Mas disse o primo a D. Quixote que antes passassem pela ermida, para ali tomarem um trago. Apenas ouviu isto Sancho Pança, encaminhou o ruço para lá, e o mesmo fizeram D. Quixote e o primo. Mas parece que a má sorte de Sancho ordenou que o ermitão não estivesse em casa, que assim lho disse uma sota-ermitã[1] que na ermida acharam. Pediram-lhe do tinto, ela respondeu que seu senhor

---

que por decir bien de aquellos no lo digo de aquestos, sino que quiero decir que al rigor y estrecheza de entonces no llegan las penitencias de los de agora, pero no por esto dejan de ser todos buenos: a lo menos, yo por buenos los juzgo; y cuando todo corra turbio, menos mal hace el hipócrita que se finge bueno que el público pecador.

Estando en esto, vieron que hacia donde ellos estaban venía un hombre a pie, caminando apriesa y dando varazos a un macho que venía cargado de lanzas y de alabardas. Cuando llegó a ellos, los saludó y pasó de largo. Don Quijote le dijo:

— Buen hombre, deteneos, que parece que vais con más diligencia que ese macho ha menester.

— No me puedo detener, señor — respondió el hombre —, porque las armas que veis que aquí llevo han de servir mañana, y, así, me es forzoso el no detenerme, y a Dios. Pero si quisiéredes saber para qué las llevo, en la venta que está más arriba de la ermita pienso alojar esta noche; y si es que hacéis este mesmo camino, allí me hallaréis, donde os contaré maravillas. Y a Dios otra vez.

Y de tal manera aguijó el macho, que no tuvo lugar don Quijote de preguntarle qué maravillas eran las que pensaba decirles, y como él era algo curioso y siempre le fatigaban deseos de saber cosas nuevas, ordenó que al momento se partiesen y fuesen a pasar la noche en la venta, sin tocar en la ermita, donde quisiera el primo que se quedaran.

Hízose así, subieron a caballo y siguieron todos tres el derecho camino de la venta, a la cual llegaron un poco antes de anochecer. Dijo el primo a don Quijote que llegasen a ella, a beber un trago. Apenas oyó esto Sancho Panza, cuando encaminó el rucio a la ermita, y lo mismo hicieron don Quijote y el primo; pero la mala suerte

não tinha nenhum, mas que, se quisessem água clara, lha daria de muito bom grado.

— Se a minha sede fosse de água — respondeu Sancho —, poços há no caminho onde a teria matado. Ah bodas de Camacho e fartura da casa de D. Diego, que saudade!

Com isto deixaram a ermida e tocaram para a estalagem, e dali a pouco espaço avistaram um mancebinho que à frente deles ia caminhando com não muita pressa, e assim logo o alcançaram. Levava a espada ao ombro e nela presa um atilho ou trouxa, ao parecer de suas roupas, que ao parecer deviam de ser calções ou bragas e um ferragoulo e alguma camisa, pois trazia no corpo só uma roupeta de veludo com algumas vistas de cetim e a camisa de fora; as meias eram de seda e os sapatos quadrados, ao uso da corte. Teria entre dezoito e dezenove anos; era alegre de rosto e, ao parecer, ágil de corpo. Ia cantando seguidilhas para entreter o trabalho do caminho. Quando chegaram a ele, ia acabando de cantar uma que o primo logo decorou, que dizem que dizia:

> Para a guerra me leva a necessidade.
> Tivesse eu dinheiro, não fora em verdade.

Quem primeiro lhe falou foi D. Quixote, dizendo-lhe:

— Muito à fresca caminha vossa mercê, senhor galante. E aonde vai, se é que gosta de o dizer?

Ao que o moço respondeu:

— O caminhar tão à fresca é por causa do calor e da pobreza, e o aonde vou é para a guerra.

---

de Sancho parece que ordenó que el ermitaño no estuviese en casa, que así se lo dijo una sotaermitaño que en la ermita hallaron. Pidiéronle de lo caro, respondió que su señor no lo tenía, pero que si querían agua barata, que se la daría de muy buena gana.

— Si yo la tuviera de agua — respondió Sancho —, pozos hay en el camino, donde la hubiera satisfecho. ¡Ah, bodas de Camacho y abundancia de la casa de don Diego, y cuántas veces os tengo de echar menos!

Con esto dejaron la ermita y picaron hacia la venta, y a poco trecho toparon un mancebito que delante dellos iba caminando no con mucha priesa, y así le alcanzaron. Llevaba la espada sobre el hombro, y en ella puesto un bulto o envoltorio, al parecer de sus vestidos, que al parecer debían de ser los calzones o greguescos, y herreruelo y alguna camisa, porque traía puesta una ropilla de terciopelo con algunas vislumbres de raso, y la camisa, de fuera; las medias eran de seda, y los zapatos cuadrados, a uso de corte; la edad llegaría a diez y ocho o diez y nueve años; alegre de rostro, y al parecer ágil de su persona. Iba cantando seguidillas, para entretener el trabajo del camino. Cuando llegaron a él, acababa de cantar una que el primo tomó de memoria, que dicen que decía:

> A la guerra me lleva mi necesidad.
> Si tuviera dineros no fuera en verdad.

El primero que le habló fue don Quijote, diciéndole:

— Muy a la ligera camina vuesa merced, señor galán. ¿Y adónde bueno?, sepamos, si es que gusta decirlo.

— Como assim, a pobreza? — perguntou D. Quixote. — Pelo calor bem pudera ser.

— Senhor — replicou o mancebo —, eu levo nesta trouxa uns calções de veludo, parceiros desta véstia. Se os gastar no caminho, não me poderei honrar com eles na cidade, e não tenho com que comprar outros. E assim por isso como para me arejar é que vou desta maneira, até alcançar umas companhias de infantaria que estão a menos de doze léguas daqui, onde assentarei praça, e dali em diante não me faltará bagagem com que seguir até o embarque, o qual dizem que há de ser em Cartagena. Pois antes quero ter o rei por amo e senhor, e servi-lo na guerra, que não a um remediado na corte.

— E porventura vossa mercê leva alguma vantagem? — perguntou o primo.

— Se tivesse servido a algum grande de Espanha ou a algum personagem principal — respondeu o moço —, sem dúvida a levaria, que assim é o serviço dos bons, pois do tinelo se costuma sair para ser alferes ou capitão, ou com alguma boa prenda. Mas eu, desventurado de mim, sempre servi a caça-títulos e a gente adventícia, de ração e soldada tão mísera e magra que em pagar a engomadura de uma gorjeira ia metade dela; e seria milagre um pajem aventureiro conseguir pelo menos uma razoável mercê.

— Mas por vida sua me diga, amigo — perguntou D. Quixote —, é possível que, nos anos em que serviu, vossa mercê não tenha conseguido nem sequer uma libré?

— Duas me deram — respondeu o pajem —, mas, assim como a quem deixa uma ordem antes de fazer votos lhe tomam o hábito e lhe devolvem as próprias roupas, assim me devolviam as minhas meus amos, os quais, aca-

---

A lo que el mozo respondió:

— El caminar tan a la ligera lo causa el calor y la pobreza, y el adónde voy es a la guerra.

— ¿Cómo la pobreza? — preguntó don Quijote —. Que por el calor bien puede ser.

— Señor — replicó el mancebo —, yo llevo en este envoltorio unos greguescos de terciopelo, compañeros desta ropilla: si los gasto en el camino, no me podré honrar con ellos en la ciudad, y no tengo con que comprar otros; y así por esto como por orearme voy desta manera hasta alcanzar unas compañías de infantería que no están doce leguas de aquí, donde asentaré mi plaza, y no faltarán bagajes en que caminar de allí adelante hasta el embarcadero, que dicen ha de ser en Cartagena. Y más quiero tener por amo y por señor al rey, y servirle en la guerra, que no a un pelón en la corte.

— ¿Y lleva vuesa merced alguna ventaja por ventura? — preguntó el primo.

— Si yo hubiera servido a algún grande de España o algún principal personaje — respondió el mozo —, a buen seguro que yo la llevara, que eso tiene el servir a los buenos, que del tinelo suelen salir a ser alférez o capitanes, o con algún buen entretenimiento; pero yo, desventurado, serví siempre a catarriberas y a gente advenediza, de ración y quitación tan mísera y atenuada, que en pagar el almidonar un cuello se consumía la mitad della; y sería tenido a milagro que un paje aventurero alcanzase alguna siquiera razonable ventura.

— Y dígame por su vida, amigo — preguntó don Quijote —, ¿es posible que en los años que sirvió no ha podido alcanzar alguna librea?

— Dos me han dado — respondió el paje —, pero así como el que se sale de alguna religión antes de pro-

bados os negócios que os levavam à corte, voltavam para suas casas e reco-
lhiam as librés que por pura ostentação haviam dado.

— Bela *espilocheria*,[2] como diz o italiano — disse D. Quixote. — Mas,
ainda assim, tenha vossa mercê por feliz ventura ter deixado a corte com tão
boa intenção, pois não há coisa no mundo mais honrada nem de mais proveito que, primeiramente, servir a Deus, e depois ao seu rei e senhor natural,
especialmente no exercício das armas, pelas quais se conseguem, se não mais
riquezas, ao menos mais honra que pelas letras, como tenho dito muitas vezes. Pois se bem as letras fundaram mais morgados que as armas, ainda levam os seguidores das armas um não sei quê sobre os das letras, com um sim
sei quê de esplendor que se acha neles, que a todos avantaja. E isto que agora lhe quero dizer, trate de o guardar bem na memória, pois lhe será de grande
proveito e alívio nos seus trabalhos: e é que vossa mercê afaste a imaginação
dos sucessos adversos que lhe poderão vir, pois o pior de todos é a morte, e,
como esta seja boa, o melhor de todos é o morrer. Perguntaram a Júlio César,
aquele valoroso imperador romano, qual era a melhor morte. Respondeu ele
que a impensada, repentina e não prevista. E se bem que respondendo como
gentio e alheio do conhecimento do verdadeiro Deus, ainda assim acertou
quanto a poupar o sofrimento humano, pois se vos matam na primeira facção e refrega, quer de um tiro de artilharia, quer na explosão de uma mina,
que importa? Tudo é morrer, e acabou-se a obra. E segundo Terêncio, melhor parece o soldado morto na batalha que vivo e salvo na fugida,[3] e tão boa
fama alcança o bom soldado quanta obediência ele guardar a seus capitães
e aos que lhe podem mandar. E cuidai, filho, que o soldado melhor parece
cheirando a pólvora que a algália e que, se a velhice vos colher nesse honroso exercício, ainda que seja cheio de feridas e estropiado ou coxo, ao menos

---

fesar le quitan el hábito y le vuelven sus vestidos, así me volvían a mí los míos mis amos, que, acabados los negocios a que venían a la corte, se volvían a sus casas y recogían las libreas que por sola ostentación habían dado.

— Notable espilorchería, como dice el italiano — dijo don Quijote —. Pero, con todo eso, tenga la felice
ventura el haber salido de la corte con tan buena intención como lleva, porque no hay otra cosa en la tierra más
honrada ni de más provecho que servir a Dios, primeramente, y luego a su rey y señor natural, especialmente en
el ejercicio de las armas, por las cuales se alcanzan, si no más riquezas, a lo menos más honra que por las letras,
como yo tengo dicho muchas veces; que puesto que han fundado más mayorazgos las letras que las armas, todavía llevan un no sé qué los de las armas a los de las letras, con un sí sé qué de esplendor que se halla en ellos, que
los aventaja a todos. Y esto que ahora le quiero decir llévelo en la memoria, que le será de mucho provecho y alivio
en sus trabajos: y es que aparte la imaginación de los sucesos adversos que le podrán venir, que el peor de todos es
la muerte, y como esta sea buena, el mejor de todos es el morir. Preguntáronle a Julio César, aquel valeroso emperador romano, cuál era la mejor muerte: respondió que la impensada, la de repente y no prevista; y aunque respondió como gentil y ajeno del conocimiento del verdadero Dios, con todo eso dijo bien, para ahorrarse del sentimiento humano, que puesto caso que os maten en la primera facción y refriega, o ya de un tiro de artillería, o
volado de una mina, ¿qué importa? Todo es morir, y acabóse la obra; y según Terencio más bien parece el soldado muerto en la batalla que vivo y salvo en la huida, y tanto alcanza de fama el buen soldado cuanto tiene de
obediencia a sus capitanes y a los que mandar le pueden. Y advertid, hijo, que al soldado mejor le está el oler a
pólvora que a algalia, y que si la vejez os coge en este honroso ejercicio, aunque sea lleno de heridas y estropeado

não vos poderá colher sem honra, e será ela tal que não vo-la poderá menoscabar a pobreza. Quanto mais que já se vai dando ordem ao prêmio e remédio dos soldados velhos e estropiados, pois não é bem que se faça com eles o que costumam fazer os que alforriam e dão liberdade aos seus negros quando já são velhos e não podem mais servir, e botando-os fora de casa com título de livres os fazem escravos da fome, da qual não se podem alforriar senão com a morte. E agora não vos quero dizer mais, senão que monteis à garupa deste meu cavalo até a estalagem, e lá jantareis comigo, e pela manhã seguireis vosso caminho, que Deus vo-lo dê tão bom como vossos desejos merecem.

O pajem não aceitou o convite da garupa, mas sim o de jantar na estalagem, e neste ponto dizem que Sancho disse entre si: "Valha-te Deus por senhor! Como é possível que um homem que sabe dizer tais, tantas e tão boas coisas como aqui disse diga que viu os disparates impossíveis que conta da gruta de Montesinos? Ora bem, é esperar para ver".

Nisto chegaram à estalagem, ao tempo que anoitecia, e não sem gosto de Sancho, ao ver que seu senhor a julgou por verdadeira estalagem, e não por castelo, como costumava. Não eram bem entrados nela, quando D. Quixote perguntou ao estalajadeiro pelo homem das lanças e alabardas; ao que lhe respondeu que na cavalariça estava acomodando o mulo. O mesmo fizeram de seus jumentos o primo e Sancho, dando a Rocinante a melhor manjedoura e o melhor lugar da cavalariça.

---

o cojo, a lo menos no os podrá coger sin honra, y tal, que no os la podrá menoscabar la pobreza. Cuanto más que ya se va dando orden como se entretengan y remedien los soldados viejos y estropeados, porque no es bien que se haga con ellos lo que suelen hacer los que ahorran y dan libertad a sus negros cuando ya son viejos y no pueden servir, y echándolos de casa con título de libres los hacen esclavos de la hambre, de quien no piensan ahorrarse sino con la muerte. Y por ahora no os quiero decir más, sino que subáis a las ancas deste mi caballo hasta la venta, y allí cenaréis conmigo, y por la mañana seguiréis el camino, que os le dé Dios tan bueno como vuestros deseos merecen.

El paje no aceptó el convite de las ancas, aunque sí el de cenar con él en la venta, y a esta sazón dicen que dijo Sancho entre sí: "¡Válate Dios por señor! ¿Y es posible que hombre que sabe decir tales, tantas y tan buenas cosas como aquí ha dicho, diga que ha visto los disparates imposibles que cuenta de la cueva de Montesinos? Ahora bien, ello dirá".

Y en esto llegaron a la venta, a tiempo que anochecía, y no sin gusto de Sancho, por ver que su señor la juzgó por verdadera venta, y no por castillo, como solía. No hubieron bien entrado, cuando don Quijote preguntó al ventero por el hombre de las lanzas y alabardas; el cual le respondió que en la caballeriza estaba acomodando el macho. Lo mismo hicieron de sus jumentos el primo y Sancho, dando a Rocinante el mejor pesebre y el mejor lugar de la caballeriza.

Notas

[1] Sota-ermitã: beata que auxilia o ermitão. Cabe porém uma interpretação mais maliciosa, em que "sota" comparece com seu sentido substantivo de mulher desavergonhada ou, literalmente, amasiada.

[2] *Espilocheria*: italianismo então corrente em castelhano, calcado em *spilorceria* — avareza, mesquinharia, tacanhice.

[3] ... melhor parece o soldado morto na batalha que vivo e salvo na fugida: como a sentença não se encontra em nenhum escrito do romano Terêncio, alguns editores apontam uma possível errata na citação do nome, atentando à frase do grego Tirteu: "Pois é belo um valente morrer, tombado nas primeiras fileiras, lutando por sua pátria" ("Elegia VI", vv. 1 e 2).

CAPÍTULO XXV

ONDE REPONTA A AVENTURA DO ZURRO
E A ENGRAÇADA DO TITEREIRO,
MAIS AS MEMORÁVEIS ADIVINHAÇÕES DO MACACO ADIVINHO

Rebentava D. Quixote, como se costuma dizer, por ouvir e saber as maravilhas prometidas pelo carregador das armas. Foi buscá-lo onde o estalajadeiro lhe dissera que estava, e o achou e lhe disse que antes de mais nada dissesse logo o que lhe ficara por dizer acerca do que lhe perguntara no caminho. O homem lhe respondeu:

— Mais devagar, e não em pé, se há de conhecer o conto das minhas maravilhas. Deixe-me vossa mercê, meu senhor bom, acabar de dar pasto à minha besta, que eu lhe direi coisas de admirar.

— Não seja por isso — respondeu D. Quixote —, pois eu vos ajudarei em tudo.

E assim fez, joeirando a cevada e limpando a manjedoura, humildade que obrigou o homem a lhe contar de boa mente o que pedia. E sentando-se num poial, e D. Quixote junto dele, tendo por senado e auditório o primo, o pajem, Sancho Pança e o estalajadeiro, começou a falar desta maneira:

— Saibam vossas mercês que, num lugarejo a quatro léguas e meia desta estalagem, aconteceu a um vereador de lá faltar-lhe um asno, por indús-

---

CAPÍTULO XXV

DONDE SE APUNTA LA AVENTURA DEL REBUZNO
Y LA GRACIOSA DEL TITERERO,
CON LAS MEMORABLES ADIVINANZAS DEL MONO ADIVINO

No se le cocía el pan a don Quijote, como suele decirse, hasta oír y saber las maravillas prometidas del hombre condutor de las armas. Fuele a buscar donde el ventero le había dicho que estaba, y hallóle y díjole que en todo caso le dijese luego lo que le había de decir después acerca de lo que le había preguntado en el camino. El hombre le respondió:

— Más despacio, y no en pie, se ha de tomar el cuento de mis maravillas: déjeme vuestra merced, señor bueno, acabar de dar recado a mi bestia, que yo le diré cosas que le admiren.

— No quede por eso — respondió don Quijote —, que yo os ayudaré a todo.

Y así lo hizo, ahechándole la cebada y limpiando el pesebre, humildad que obligó al hombre a contarle con buena voluntad lo que le pedía; y sentándose en un poyo, y don Quijote junto a él, teniendo por senado y auditorio al primo, al paje, a Sancho Panza y al ventero, comenzó a decir desta manera:

tria e engano de uma moça sua criada, coisa esta longa de contar, e apesar de o tal vereador ter feito as diligências possíveis para o encontrar, não foi possível. Quinze dias devia de fazer, segundo é pública voz e fama, que o asno lhe faltava, quando, estando na praça o vereador perdidoso, outro vereador do mesmo lugar lhe disse: "Dai-me alvíssaras, compadre, pois vosso jumento apareceu". "Eu vo-las mando, e boas, compadre", respondeu o outro, "mas vejamos onde ele apareceu". "No monte", respondeu o achador, "foi que o vi esta manhã, sem albarda nem arreio algum, magro de fazer dó. Tentei apanhá-lo para o trazer a vós, mas já está tão amontado e arisco que, quando me cheguei a ele, fugiu e entrou no mais escondido do monte. Se quereis que voltemos os dois a procurá-lo, deixai-me levar esta burrica até minha casa, que volto logo". "Grande favor me faríeis", disse o do jumento, "que vos pagarei na mesma moeda". Com essas circunstâncias todas e da mesma maneira que o vou contando o contam todos aqueles que estão inteirados da verdade deste caso. Enfim, os dois vereadores, a pé e mão por mão, rumaram para o monte e, chegando ao lugar e paragem onde pensavam achar o asno, não o acharam, nem apareceu por todos aqueles contornos, por muito que o procurassem. Vendo, então, que não aparecia, disse o vereador que o tinha visto para o outro: "Olhai, compadre, uma ideia me veio ao pensamento, com a qual sem dúvida alguma poderemos descobrir esse animal, ainda que esteja sumido nas entranhas da terra, e não do monte: é que eu sei zurrar maravilhosamente, e, se vós souberdes algum tanto, podeis dar o caso por concluído". "Algum tanto dissestes, compadre?", disse o outro. "Por Deus que nisso ninguém me avantaja, nem sequer os mesmos asnos." "Agora veremos", respondeu o outro vereador, "pois tenho determinado irdes vós por uma parte do monte e eu por outra, de modo que o ro-

---

— Sabrán vuesas mercedes que en un lugar que está cuatro leguas y media desta venta sucedió que a un regidor dél, por industria y engaño de una muchacha criada suya, y esto es largo de contar, le faltó un asno, y aunque el tal regidor hizo las diligencias posibles por hallarle, no fue posible. Quince días serían pasados, según es pública voz y fama, que el asno faltaba, cuando, estando en la plaza el regidor perdidoso, otro regidor del mismo pueblo le dijo: "Dadme albricias, compadre, que vuestro jumento ha parecido". "Yo os las mando, y buenas, compadre — respondió el otro —, pero sepamos dónde ha parecido." "En el monte — respondió el hallador — le vi esta mañana, sin albarda y sin aparejo alguno, y tan flaco, que era una compasión miralle. Quísele antecoger delante de mí y traérosle, pero está ya tan montaraz y tan huraño, que cuando llegué a él, se fue huyendo y se entró en lo más escondido del monte. Si queréis que volvamos los dos a buscarle, dejadme poner esta borrica en mi casa, que luego vuelvo." "Mucho placer me haréis — dijo el del jumento —, y yo procuraré pagároslo en la mesma moneda." Con estas circunstancias todas, y de la mesma manera que yo lo voy contando, lo cuentan todos aquellos que están enterados en la verdad deste caso. En resolución, los dos regidores, a pie y mano a mano, se fueron al monte, y llegando al lugar y sitio donde pensaron hallar el asno, no le hallaron, ni pareció por todos aquellos contornos, aunque más le buscaron. Viendo, pues, que no parecía, dijo el regidor que le había visto al otro: "Mirad, compadre: una traza me ha venido al pensamiento, con la cual sin duda alguna podremos descubrir este animal, aunque esté metido en las entrañas de la tierra, no que del monte, y es que yo sé rebuznar maravillosamente, y si vos sabéis algún tanto, dad el hecho por concluido". "¿Algún tanto decís, compadre? — dijo el otro —. Por Dios, que no dé la ventaja a nadie, ni aun a los mesmos asnos." "Ahora lo veremos — respondió el

deemos e andemos todo, e de quando em quando zurrareis vós e zurrarei eu, e, se o asno estiver no monte, não deixará de nos ouvir e nos responder". Ao que o dono do jumento respondeu: "Digo, compadre, que a ideia é excelente e digna do vosso grande engenho". E dividindo-se os dois conforme o acordado, acertou de quase ao mesmo tempo zurrarem e, cada um enganado do zurro do outro, acudiram a se buscar, pensando que o jumento tinha aparecido. E, em se vendo, disse o perdidoso: "É possível, compadre, que não tenha sido o meu asno quem zurrou?". "Não foi ninguém senão eu mesmo", respondeu o outro. "Pois digo", disse o dono, "que entre vós e um asno, compadre, não há diferença nenhuma no que toca ao zurrar, porque em toda minha vida nunca vi nem ouvi coisa mais parecida". "Tais elogios e encarecimentos", respondeu o autor da ideia, "melhor vos tangem e tocam a vós que a mim, compadre, pois pelo Deus que me criou podeis dar dois zurros de vantagem ao maior e mais perito zurrador do mundo. O som que tendes é alto; a sustentação da voz, a seu tempo e compasso; as pausas e ataques, muitos e ligeiros. Enfim, eu me dou por vencido e vos cedo a palma e a bandeira desta rara habilidade." "E agora digo", respondeu o dono, "que daqui por diante mais me estimarei e terei em mais, e pensarei que sei alguma coisa, tendo algum talento, pois, se cuidava que zurrava bem, nunca entendi que chegasse ao extremo que dizeis." "Também direi agora", respondeu o segundo, "que há no mundo raras habilidades perdidas, mal empregadas naqueles que as não sabem aproveitar." "As nossas", respondeu o dono, "como não seja em casos semelhantes ao que temos entre mãos, não nos podem servir em outros, e ainda neste, praza a Deus que nos sejam de proveito." Isto dito, tornaram a se dividir e a zurrar, e a cada passo se enganavam e tornavam a se encontrar, até que concertaram como senha para en-

---

regidor segundo —, porque tengo determinado que os vais vos por una parte del monte y yo por otra, de modo que le rodeemos y andemos todo, y de trecho en trecho rebuznaréis vos y rebuznaré yo, y no podrá ser menos sino que el asno nos oya y nos responda, si es que está en el monte." A lo que respondió el dueño del jumento: "Digo, compadre, que la traza es excelente y digna de vuestro gran ingenio". Y, dividiéndose los dos según el acuerdo, sucedió que casi a un mesmo tiempo rebuznaron, y cada uno engañado del rebuzno del otro, acudieron a buscarse, pensando que ya el jumento había parecido, y en viéndose, dijo el perdidoso: "¿Es posible, compadre, que no fue mi asno el que rebuznó?". "No fue sino yo", respondió el otro. "Ahora digo — dijo el dueño — que de vos a un asno, compadre, no hay alguna diferencia, en cuanto toca al rebuznar, porque en mi vida he visto ni oído cosa más propia." "Esas alabanzas y encarecimiento — respondió el de la traza — mejor os atañen y tocan a vos que a mí, compadre, que por el Dios que me crió que podéis dar dos rebuznos de ventaja al mayor y más perito rebuznador del mundo: porque el sonido que tenéis es alto; lo sostenido de la voz, a su tiempo y compás; los dejos, muchos y apresurados; y, en resolución, yo me doy por vencido y os rindo la palma y doy la bandera desta rara habilidad." "Ahora digo — respondió el dueño — que me tendré y estimaré en más de aquí adelante, y pensaré que sé alguna cosa, pues tengo alguna gracia, que puesto que pensara que rebuznaba bien, nunca entendí que llegaba al estremo que decís." "También diré yo ahora — respondió el segundo — que hay raras habilidades perdidas en el mundo y que son mal empleadas en aquellos que no saben aprovecharse dellas." "Las nuestras — respondió el dueño —, si no es en casos semejantes como el que traemos entre manos, no nos pueden servir en otros, y aun en este plega a Dios que nos sean de provecho." Esto dicho, se tornaron a dividir y a volver a

tenderem que eram eles, e não o asno, que zurrariam duas vezes, uma após outra. Com isto, dobrando os zurros a cada passo, rodearam todo o monte sem que o perdido jumento nem por sinal respondesse. Mas como poderia responder aquele pobre e malfadado, se o acharam no mais escondido do bosque comido de lobos? E, em o vendo, disse seu dono: "Já me estranhava que não respondesse, pois, se não estivesse morto, ele zurraria ao nos ouvir, ou não seria asno. Mas a troco de vos ter ouvido zurrar com tanta graça, compadre, dou por bem empregado o trabalho que tive em procurá-lo, ainda que o tenha achado morto". "Em boa mão está, compadre", respondeu o outro, "pois, se bem canta o abade, não lhe fica atrás o noviço." Então, desconsolados e roucos, voltaram para sua aldeia, onde contaram a amigos, vizinhos e conhecidos tudo quanto lhes acontecera na busca do asno, exagerando um a graça do outro no zurrar, toda a qual história logo se soube e espalhou pelos lugares circunvizinhos. E o diabo, que não dorme, sempre amigo de semear e espalhar rixas e discórdia por toda parte, armando motins de vento e grandes quimeras de nonada, cuidou e fez que as gentes dos outros povoados zurrassem em vendo algum da nossa aldeia, como deitando-lhe em rosto o zurro dos nossos vereadores. Atinaram com isso os rapazes, e foi como cair nas mãos e nas bocas de todos os demônios do inferno, e de tal maneira o zurro se foi alastrando de aldeia em aldeia, que os naturais da aldeia do zurro são hoje conhecidos como se conhecem e diferenciam os negros dos brancos. E a tanto chegou a desgraça dessa burla, que muitas vezes com mão armada e em esquadrão saíram os burlados contra os burladores a lhes dar batalha, sem que o pudesse remediar nem rei nem roque, nem temor nem vergonha. Eu creio que amanhã ou depois a gente da minha aldeia, que é a do zurro, há de sair em campanha contra outra que fica a duas lé-

---

sus rebuznos, y a cada paso se engañaban y volvían a juntarse, hasta que se dieron por contraseño que para entender que eran ellos, y no el asno, rebuznasen dos veces, una tras otra. Con esto, doblando a cada paso los rebuznos, rodearon todo el monte sin que el perdido jumento respondiese, ni aun por señas. Mas ¿cómo había de responder el pobre y mal logrado, si le hallaron en lo más escondido del bosque comido de lobos? Y en viéndole, dijo su dueño: "Ya me maravillaba yo de que él no respondía, pues a no estar muerto, él rebuznara si nos oyera, o no fuera asno; pero a trueco de haberos oído rebuznar con tanta gracia, compadre, doy por bien empleado el trabajo que he tenido en buscarle, aunque le he hallado muerto". "En buena mano está, compadre — respondió el otro —, pues si bien canta el abad, no le va en zaga el monacillo." Con esto, desconsolados y roncos se volvieron a su aldea, adonde contaron a sus amigos, vecinos y conocidos cuanto les había acontecido en la busca del asno, exagerando el uno la gracia del otro en el rebuznar, todo lo cual se supo y se estendió por los lugares circunvecinos; y el diablo, que no duerme, como es amigo de sembrar y derramar rencillas y discordia por doquiera, levantando caramillos en el viento y grandes quimeras de nonada, ordenó e hizo que las gentes de los otros pueblos, en viendo a alguno de nuestra aldea, rebuznase, como dándoles en rostro con el rebuzno de nuestros regidores. Dieron en ello los muchachos, que fue dar en manos y en bocas de todos los demonios del infierno, y fue cundiendo el rebuzno de en uno en otro pueblo de manera, que son conocidos los naturales del pueblo del rebuzno como son conocidos y diferenciados los negros de los blancos; y ha llegado a tanto la desgracia desta burla, que muchas veces con mano armada y formado escuadrón han salido contra los burladores los burlados a darse la batalla, sin poderlo remediar rey ni roque, ni temor ni vergüenza. Yo creo que mañana o esotro día han de salir

guas da nossa, que é uma das que mais nos perseguem. E para sairmos bem apercebidos, levo compradas estas lanças e alabardas que vistes. E estas são as maravilhas que eu disse que havia de contar, e se tal vos não pareceram, não sei outras.

E com isso o bom homem pôs fim à sua fala, e nisso entrou pela porta da estalagem um homem todo vestido de camurça, de meias, calções e gibão, que em voz levantada disse:

— Senhor hospedeiro, há pousada? Pois aqui vem o macaco adivinho e o *Retábulo da liberdade de Melisendra*![1]

— Corpo de tal — disse o estalajadeiro —, se não é o senhor mestre Pedro que aí vem! Boa noite se anuncia.

Ia-me esquecendo de dizer que o tal mestre Pedro tinha o olho esquerdo e quase meia face cobertos com uma pala de tafetá verde, sinal de que todo aquele lado devia de estar doente. E o estalajadeiro prosseguiu, dizendo:

— Seja bem-vindo vossa mercê, senhor mestre Pedro. Mas onde estão o macaco e o retábulo, que os não vejo?

— Já vêm chegando — respondeu o encamurçado —, pois eu só me adiantei para saber se há pousada.

— Do mesmíssimo duque de Alba eu a tiraria para dá-la ao senhor mestre Pedro — respondeu o estalajadeiro. — Que venha o macaco e o retábulo, pois gente há esta noite na estalagem que pagará para o ver e para ouvir as habilidades do macaco.

— Seja embora — respondeu o da pala —, que eu moderarei o preço e só com as custas me darei por bem pago. Volto só para fazer andar a carreta onde vêm o macaco e o retábulo.

E tornou a sair da estalagem.

---

en campaña los de mi pueblo, que son los del rebuzno, contra otro lugar que está a dos leguas del nuestro, que es uno de los que más nos persiguen; y por salir bien apercebidos, llevo compradas estas lanzas y alabardas que habéis visto. Y estas son las maravillas que dije que os había de contar, y si no os lo han parecido, no sé otras.

Y con esto dio fin a su plática el buen hombre, y en esto entró por la puerta de la venta un hombre todo vestido de camuza, medias, greguescos y jubón, y con voz levantada dijo:

— Señor huésped, ¿hay posada? Que viene aquí el mono adivino y el retablo de la libertad de Melisendra.

— ¡Cuerpo de tal — dijo el ventero —, que aquí está el señor mase Pedro! Buena noche se nos apareja.

Olvidábaseme de decir como el tal mase Pedro traía cubierto el ojo izquierdo y casi medio carrillo con un parche de tafetán verde, señal que todo aquel lado debía de estar enfermo. Y el ventero prosiguió, diciendo:

— Sea bien venido vuestra merced, señor mase Pedro. ¿Adónde está el mono y el retablo, que no los veo?

— Ya llegan cerca — respondió el todo camuza —, sino que yo me he adelantado, a saber si hay posada.

— Al mismo duque de Alba se la quitara para dársela al señor mase Pedro — respondió el ventero —: llegue el mono y el retablo, que gente hay esta noche en la venta que pagará el verle y las habilidades del mono.

— Sea en buen hora — respondió el del parche —, que yo moderaré el precio, y con sola la costa me daré por bien pagado; y yo vuelvo, a hacer que camine la carreta donde viene el mono y el retablo.

Y luego se volvió a salir de la venta.

Preguntó luego don Quijote al ventero qué mase Pedro era aquel y qué retablo y qué mono traía. A lo que respondió el ventero:

Então D. Quixote perguntou ao estalajadeiro que mestre Pedro era aquele e que retábulo e que macaco trazia. Ao que o estalajadeiro respondeu:

— Esse é um famoso titereiro que há muito tempo anda por esta Mancha de Aragão[2] exibindo um *Retábulo da liberdade de Melisendra dada pelo famoso D. Gaifeiros*, que é uma das melhores e mais bem representadas histórias que de muitos anos a esta parte neste reino se têm visto. Também traz consigo um macaco da mais rara habilidade que se viu entre macacos nem se imaginou entre homens, pois, quando lhe perguntam alguma coisa, ouve atento o que lhe perguntam e depois salta sobre os ombros de seu amo e, chegando-se-lhe ao ouvido, diz a resposta daquilo que lhe perguntaram, e mestre Pedro então a declara. Diz muito mais das coisas passadas que das que estão por vir e, ainda que nem sempre acerte em tudo, no mais das vezes não erra, de modo que nos faz crer que tem o diabo no corpo. Dois reais leva por cada pergunta, quando o macaco responde, quero dizer, quando responde o dono por ele depois que o bicho lhe falou ao ouvido. E assim se calcula que o tal mestre Pedro há de estar riquíssimo; é homem galante (como dizem na Itália) e *bon companho*, e se dá a melhor vida do mundo; fala mais que meia dúzia e bebe mais que dúzia inteira, tudo à custa da sua língua e do seu macaco e seu retábulo.

Nisto voltou mestre Pedro, trazendo numa carreta o retábulo e o macaco, que era grande e sem rabo, com os fundilhos feitos feltro, mas não de má cara. E apenas o viu D. Quixote, lhe perguntou:

— Diga-me vossa mercê, senhor adivinho: *que pexe pilhamo*?[3] Que será de nós? E tome aqui meus dois reais.

E mandou que Sancho lhos desse a mestre Pedro, o qual respondeu pelo macaco e disse:

— Este es un famoso titerero, que ha muchos días que anda por esta Mancha de Aragón enseñando un retablo de Melisendra, libertada por el famoso don Gaiferos, que es una de las mejores y más bien representadas historias que de muchos años a esta parte en este reino se han visto. Trae asimismo consigo un mono de la más rara habilidad que se vio entre monos ni se imaginó entre hombres, porque, si le preguntan algo, está atento a lo que le preguntan y luego salta sobre los hombros de su amo y, llegándosele al oído, le dice la respuesta de lo que le preguntan, y maese Pedro la declara luego; y de las cosas pasadas dice mucho más que de las que están por venir, y aunque no todas veces acierta en todas, en las más no yerra, de modo que nos hace creer que tiene el diablo en el cuerpo. Dos reales lleva por cada pregunta, si es que el mono responde, quiero decir, si responde el amo por él, después de haberle hablado al oído; y así se cree que el tal maese Pedro está riquísimo; y es hombre galante (como dicen en Italia) y *bon compaño*, y dase la mejor vida del mundo; habla más que seis y bebe más que doce, todo a costa de su lengua y de su mono y de su retablo.

En esto, volvió maese Pedro, y en una carreta venía el retablo, y el mono, grande y sin cola, con las posaderas de fieltro, pero no de mala cara; y apenas le vio don Quijote, cuando le preguntó:

— Dígame vuestra merced, señor adivino: *¿qué peje pillamo?* ¿Qué ha de ser de nosotros? Y vea aquí mis dos reales.

Y mandó a Sancho que se los diese a maese Pedro, el cual respondió por el mono y dijo:

— Señor, este animal no responde ni da noticia de las cosas que están por venir; de las pasadas sabe algo, y de las presentes, algún tanto.

— Senhor, este animal não responde nem dá notícia das coisas que estão por vir. Das passadas sabe algum pouco, e das presentes, algum tanto.

— Voto a Rus[4] — disse Sancho — que eu não dou um cobre para que me digam o que por mim já passou! Pois quem o pode saber melhor que eu mesmo? E pagar para que me digam o que já sei seria uma grande asneira. Mas, como sabe das coisas presentes, tome aqui meus dois reais, e diga-me o senhor grão-macaco que é que a minha mulher Teresa Pança está fazendo agora e como vai passando o tempo.

Não quis mestre Pedro aceitar o dinheiro, dizendo:

— Não quero receber prêmios adiantados, sem que os tenham precedido os serviços.

E dando com a mão direita dois toques sobre o ombro esquerdo, de um salto se lhe pôs o macaco nele e, chegando a boca ao seu ouvido, deu dente contra dente muito depressa. E depois de feita essa figuraria no espaço de um credo, de outro salto voltou ao chão. E então, com grandíssima pressa, foi-se mestre Pedro ajoelhar ao pé de D. Quixote e, abraçando-lhe as pernas, disse:

— Estas pernas abraço, bem assim como se abraçasse as duas colunas de Hércules,[5] oh ressuscitador insigne da já posta em esquecimento andante cavalaria, oh nunca jamais bastantemente louvado cavaleiro D. Quixote de La Mancha, alento dos desmaiados, arrimo dos que vão cair, braço dos caídos, báculo e consolo de todos os desditosos!

Ficou pasmo D. Quixote, absorto Sancho, suspenso o primo, atônito o pajem, embasbacado o do zurro, confuso o estalajadeiro e, enfim, espantados todos os que ouviram as razões do titereiro, o qual prosseguiu dizendo:

— E tu, oh bom Sancho Pança!, melhor escudeiro do melhor cavaleiro

---

— ¡Voto a Rus — dijo Sancho —, no dé yo un ardite porque me digan lo que por mí ha pasado!, porque ¿quién lo puede saber mejor que yo mesmo?, y pagar yo porque me digan lo que sé sería una gran necedad; pero pues sabe las cosas presentes, he aquí mis dos reales, y dígame el señor monísimo qué hace ahora mi mujer Teresa Panza y en qué se entretiene.

No quiso tomar maese Pedro el dinero, diciendo:

— No quiero recebir adelantados los premios, sin que hayan precedido los servicios.

Y dando con la mano derecha dos golpes sobre el hombro izquierdo, en un brinco se le puso el mono en él, y llegando la boca al oído daba diente con diente muy apriesa; y habiendo hecho este ademán por espacio de un credo, de otro brinco se puso en el suelo, y al punto, con grandísima priesa, se fue maese Pedro a poner de rodillas ante don Quijote y, abrazándole las piernas, dijo:

— Estas piernas abrazo, bien así como si abrazara las dos colunas de Hércules, ¡oh resucitador insigne de la ya puesta en olvido andante caballería, oh no jamás como se debe alabado caballero don Quijote de la Mancha, ánimo de los desmayados, arrimo de los que van a caer, brazo de los caídos, báculo y consuelo de todos los desdichados!

Quedó pasmado don Quijote, absorto Sancho, suspenso el primo, atónito el paje, abobado el del rebuzno, confuso el ventero, y, finalmente, espantados todos los que oyeron las razones del titerero, el cual prosiguió, diciendo:

— Y tú, ¡oh buen Sancho Panza!, el mejor escudero y del mejor caballero del mundo, alégrate, que tu buena

do mundo, alegra-te, pois tua boa mulher Teresa está bem, e agora está rastelando uma libra de linho, e digo ainda que ela tem ao seu lado esquerdo um jarro desbeiçado com uma boa pouca de vinho, com que se ajuda a passar o tempo do seu trabalho.

— Disso não duvido — respondeu Sancho —, porque ela é uma bendita e, não fosse ciumenta, eu não a trocaria nem pela giganta Andandona,[6] que, segundo o meu senhor, foi uma mulher de chapa e muito de prol. E é a minha Teresa daquelas que não se deixa passar aperto, ainda que seja à custa dos herdeiros.

— Agora digo — disse então D. Quixote — que quem muito lê e muito anda, muito vê e muito sabe. Digo isto pois não houvera persuasão bastante para me persuadir que há no mundo macacos que adivinham, como agora vi por meus próprios olhos. Porque eu sou o mesmo D. Quixote de La Mancha que esse bom animal disse, ainda que se tenha estendido algum tanto no meu elogio. Mas, seja eu como for, dou graças aos céus por me ter dotado de um ânimo brando e compassivo, sempre inclinado a fazer bem a todos e mal a ninguém.

— Tivesse eu dinheiro — disse o pajem —, perguntaria ao senhor macaco que me há de acontecer na peregrinação que levo.

Ao que mestre Pedro, que já se levantara dos pés de D. Quixote, respondeu:

— Já disse que este bicho não responde sobre o porvir. E, se respondesse, não importaria a falta de dinheiro, pois eu, por serviço do senhor D. Quixote aqui presente, deixaria todos os interesses do mundo. E agora, porque a ele o devo e para lhe dar gosto, quero armar o meu retábulo e fazer prazer a quantos estão na estalagem, sem paga alguma.

---

mujer Teresa está buena, y esta es la hora en que ella está rastrillando una libra de lino, y, por más señas, tiene a su lado izquierdo un jarro desbocado que cabe un buen porqué de vino, con que se entretiene en su trabajo.

— Eso creo yo muy bien — respondió Sancho —, porque es ella una bienaventurada, y, a no ser celosa, no la trocara yo por la giganta Andandona, que según mi señor fue una mujer muy cabal y muy de pro; y es mi Teresa de aquellas que no se dejan mal pasar, aunque sea a costa de sus herederos.

— Ahora digo — dijo a esta sazón don Quijote — que el que lee mucho y anda mucho, vee mucho y sabe mucho. Digo esto porque ¿qué persuasión fuera bastante para persuadirme que hay monos en el mundo que adivinen, como lo he visto ahora por mis propios ojos? Porque yo soy el mesmo don Quijote de la Mancha que este buen animal ha dicho, puesto que se ha estendido algún tanto en mis alabanzas; pero como quiera que yo me sea, doy gracias al cielo, que me dotó de un ánimo blando y compasivo, inclinado siempre a hacer bien a todos y mal a ninguno.

— Si yo tuviera dineros — dijo el paje —, preguntara al señor mono qué me ha de suceder en la peregrinación que llevo.

A lo que respondió maese Pedro, que ya se había levantado de los pies de don Quijote:

— Ya he dicho que esta bestezuela no responde a lo por venir; que si respondiera, no importara no haber dineros, que por servicio del señor don Quijote, que está presente, dejara yo todos los intereses del mundo. Y ahora, porque se lo debo, y por darle gusto, quiero armar mi retablo y dar placer a cuantos están en la venta, sin paga alguna.

Ouvindo o qual, o estalajadeiro, alegre sobremaneira, indicou o lugar onde se podia pôr o retábulo, o que num pronto foi feito.

D. Quixote não estava muito contente com as adivinhações do macaco, cuidando não ser nada a propósito um macaco adivinhar, nem as por vir nem as passadas coisas, e assim, enquanto mestre Pedro preparava o retábulo, retirou-se com Sancho a um canto da cavalariça, onde sem serem ouvidos por ninguém lhe disse:

— Olha, Sancho, muito considerei a estranha habilidade desse macaco e por minha conclusão tirei que, sem dúvida, esse mestre Pedro seu amo decerto fez pacto tácito ou expresso com o demônio.

— Se o pátio é espesso e do demônio — disse Sancho —, sem dúvida deve de ser um pátio muito sujo. Mas que proveito o tal mestre Pedro tiraria de ter esses pátios?

— Não me entendes, Sancho. Quero dizer que ele deve de haver feito algum concerto com o demônio para que infunda essa habilidade no macaco, a qual lhe dá de comer, e em chegando a ser rico lhe dará sua alma, que é o que esse universal inimigo cobiça. E o que me leva a crer nisso é ver que o macaco não responde senão às coisas passadas ou presentes, pois a sabedoria do diabo não se pode estender a mais, e as por vir não as sabe senão por conjeturas, e ainda isso nem sempre, pois só a Deus está reservado conhecer os tempos e os momentos, e para Ele não há passado nem porvir, pois tudo é presente. E sendo isto assim, como o é, está claro que esse macaco fala com o estilo do diabo, e estou maravilhado como ainda não foi denunciado ao Santo Ofício, nem examinado e dele arrancado por virtude de quem adivinha. Pois é certo que esse macaco não é astrólogo, nem seu amo nem ele levantam nem sabem levantar essas figuras que chamam judi-

---

Oyendo lo cual el ventero, alegre sobremanera, señaló el lugar donde se podía poner el retablo, que en un punto fue hecho.

Don Quijote no estaba muy contento con las adivinanzas del mono, por parecerle no ser a propósito que un mono adivinase, ni las de por venir ni las pasadas cosas, y así, en tanto que maese Pedro acomodaba el retablo, se retiró don Quijote con Sancho a un rincón de la caballeriza, donde sin ser oídos de nadie le dijo:

— Mira, Sancho, yo he considerado bien la estraña habilidad deste mono, y hallo por mi cuenta que sin duda este maese Pedro su amo debe de tener hecho pacto tácito o espreso con el demonio.

— Si el patio es espeso y del demonio — dijo Sancho —, sin duda debe de ser muy sucio patio; pero ¿de qué provecho le es al tal maese Pedro tener esos patios?

— No me entiendes, Sancho: no quiero decir sino que debe de tener hecho algún concierto con el demonio de que infunda esa habilidad en el mono, con que gane de comer, y después que esté rico le dará su alma, que es lo que este universal enemigo pretende. Y háceme creer esto el ver que el mono no responde sino a las cosas pasadas o presentes, y la sabiduría del diablo no se puede estender a más, que las por venir no las sabe si no es por conjeturas, y no todas veces, que a sólo Dios está reservado conocer los tiempos y los momentos, y para Él no hay pasado ni porvenir, que todo es presente. Y siendo esto así, como lo es, está claro que este mono habla con el estilo del diablo, y estoy maravillado cómo no le han acusado al Santo Oficio, y examinádole y sacádole de cuajo en virtud de quién adivina; porque cierto está que este mono no es astrólogo, ni su amo ni él alzan ni saben alzar estas figuras que llaman "judiciarias", que tanto ahora se usan en España, que no hay mujercilla, ni paje, ni zapa-

ciárias,[7] tão usadas agora na Espanha que não há mulherzinha, nem pajem, nem remendão que não se gabe de levantar uma figura, como se fosse um valete de baralho do chão,[8] deitando a perder com suas mentiras e ignorâncias a verdade maravilhosa da ciência. Sei de uma senhora que perguntou a um desses figureiros, se uma pequena cadelinha fraldiqueira que ela tinha havia de emprenhar e parir, e quantos e de que cores seriam os cachorros que parisse. Ao que o senhor judiciário, depois de levantar a figura, respondeu que a cadelinha emprenharia e pariria três cachorrinhos, um verde, outro encarnado e o outro malhado, contando que a tal cadela fosse coberta entre as onze e as doze horas da manhã ou da noite, e que fosse numa segunda-feira ou num sábado. E o que aconteceu foi que dali a dois dias a tal cadela morreu de indigestão, e o senhor astrólogo ficou acreditado no lugar por acertadíssimo astrólogo, como ficam todos ou os mais levantadores de figuras.

— Ainda assim — disse Sancho —, gostaria que vossa mercê pedisse a mestre Pedro que perguntasse ao seu macaco se é verdade aquilo que vossa mercê passou na gruta de Montesinos, pois eu tenho para mim, com o perdão de vossa mercê, que tudo foi embuste e mentira, ou pelo menos coisas sonhadas.

— Tudo pudera ser — respondeu D. Quixote —, mas eu farei o que me aconselhas, ainda que me fique um não sei quê de escrúpulo.

Estando nisso, chegou mestre Pedro em busca de D. Quixote para lhe dizer que o retábulo já estava pronto, que sua mercê o fosse ver, porque o merecia. D. Quixote lhe comunicou sua tenção e lhe pediu que antes perguntasse ao seu macaco se certas coisas que ele passara na gruta de Montesinos eram sonhadas ou verdadeiras, porque ele pensava que tinham de tudo um

---

tero de viejo que no presuma de alzar una figura, como si fuera una sota de naipes del suelo, echando a perder con sus mentiras y ignorancias la verdad maravillosa de la ciencia. De una señora sé yo que preguntó a uno destos figureros que si una perrilla de falda, pequeña, que tenía, si se empreñaría y pariría, y cuántos y de qué color serían los perros que pariese. A lo que el señor judiciario, después de haber alzado la figura, respondió que la perrica se empreñaría y pariría tres perricos, el uno verde, el otro encarnado y el otro de mezcla, con tal condición que la tal perra se cubriese entre las once y doce del día o de la noche, y que fuese en lunes o en sábado; y lo que sucedió fue que de allí a dos días se murió la perra de ahíta, y el señor levantador quedó acreditado en el lugar por acertadísimo judiciario, como lo quedan todos o los más levantadores.

— Con todo eso, querría — dijo Sancho — que vuestra merced dijese a maese Pedro preguntase a su mono si es verdad lo que a vuestra merced le pasó en la cueva de Montesinos, que yo para mí tengo, con perdón de vuestra merced, que todo fue embeleco y mentira, o por lo menos cosas soñadas.

— Todo podría ser — respondió don Quijote —, pero yo haré lo que me aconsejas, puesto que me ha de quedar un no sé qué de escrúpulo.

Estando en esto, llegó maese Pedro a buscar a don Quijote y decirle que ya estaba en orden el retablo, que su merced viniese a verle, porque lo merecía. Don Quijote le comunicó su pensamiento y le rogó preguntase luego a su mono le dijese si ciertas cosas que había pasado en la cueva de Montesinos habían sido soñadas o verdaderas, porque a él le parecía que tenían de todo. A lo que maese Pedro, sin responder palabra, volvió a traer el mono, y, puesto delante de don Quijote y de Sancho, dijo:

pouco. Ao que mestre Pedro, sem responder palavra, voltou a trazer o macaco e, posto diante de D. Quixote e de Sancho, disse:

— Olhai, senhor macaco, que este cavaleiro quer saber se certas coisas passadas numa gruta chamada de Montesinos foram falsas ou verdadeiras.

E, fazendo-lhe o costumado sinal, o macaco saltou em seu ombro esquerdo e, depois que este pareceu falar-lhe ao ouvido, disse mestre Pedro:

— O macaco diz que parte das coisas que vossa mercê viu ou passou na dita gruta são falsas, e parte verissímeis, e que é isto o que ele sabe, e não outra coisa, no tocante a essa pergunta. E que, se vossa mercê quiser saber mais, na sexta-feira que vem ele responderá a tudo o que se lhe perguntar, pois agora seu condão se acabou, e não lhe voltará até sexta-feira, como ficou dito.

— Eu não lhe dizia, senhor meu — disse Sancho —, que não me entrava na ideia que tudo o que vossa mercê disse dos acontecimentos da gruta fosse verdade, e nem sequer a metade?

— Os sucedimentos é que o dirão, Sancho — respondeu D. Quixote —, pois o tempo, descobridor de todas as coisas, não deixa nenhuma sem trazer à luz do sol, ainda que esteja escondida nos seios da terra. E isso baste por ora, e vamos lá ver o retábulo do bom mestre Pedro, pois tenho para mim que deve de ter alguma novidade.

— Como alguma? — respondeu mestre Pedro. — Sessenta mil encerra em si este meu retábulo. Digo a vossa mercê, meu senhor D. Quixote, que é uma das coisas mais para ver que hoje tem o mundo, e *operibus credite, et non verbis*,[9] e mãos à obra, que se faz tarde e temos muito que fazer, e que dizer, e que mostrar.

Obedeceram-lhe D. Quixote e Sancho e foram aonde já estava o retá-

---

— Mirad, señor mono, que este caballero quiere saber si ciertas cosas que le pasaron en una cueva llamada de Montesinos, si fueron falsas, o verdaderas.

Y haciéndole la acostumbrada señal, el mono se le subió en el hombro izquierdo, y hablándole al parecer en el oído, dijo luego maese Pedro:

— El mono dice que parte de las cosas que vuesa merced vio o pasó en la dicha cueva son falsas, y parte verisímiles, y que esto es lo que sabe, y no otra cosa, en cuanto a esta pregunta; y que si vuesa merced quisiere saber más, que el viernes venidero responderá a todo lo que se le preguntare, que por ahora se le ha acabado la virtud, que no le vendrá hasta el viernes, como dicho tiene.

— ¿No lo decía yo — dijo Sancho — que no se me podía asentar que todo lo que vuesa merced, señor mío, ha dicho de los acontecimientos de la cueva era verdad, ni aun la mitad?

— Los sucesos lo dirán, Sancho — respondió don Quijote —, que el tiempo, descubridor de todas las cosas, no se deja ninguna que no la saque a la luz del sol, aunque esté escondida en los senos de la tierra. Y por ahora baste esto, y vámonos a ver el retablo del buen maese Pedro, que para mí tengo que debe de tener alguna novedad.

— ¿Cómo alguna? — respondió maese Pedro —: sesenta mil encierra en sí este mi retablo. Dígole a vuesa merced, mi señor don Quijote, que es una de las cosas más de ver que hoy tiene el mundo, y "operibus credite, et non verbis", y manos a labor, que se hace tarde y tenemos mucho que hacer, y que decir, y que mostrar.

Obedeciéronle don Quijote y Sancho, y vinieron donde ya estaba el retablo puesto y descubierto, lleno por todas partes de candelillas de cera encendidas que le hacían vistoso y resplandeciente. En llegando, se metió maese

bulo posto e descoberto, cheio por todas as partes de candelinhas de cera acesas que o faziam vistoso e resplandecente. Lá chegando, meteu-se dentro dele mestre Pedro, que era quem havia de manejar as figuras de artifício, e fora se postou um rapaz, criado de mestre Pedro, para servir de intérprete e declarador dos mistérios do tal retábulo. Tinha ele uma vareta na mão, com a qual apontava as figuras que apareciam.

Postos, pois, todos quantos havia na estalagem, e alguns em pé, fronteiros ao retábulo, e acomodados D. Quixote, Sancho, o pajem e o primo nos melhores lugares, começou o turgimão a dizer o que ouvirá e verá quem ouvir ou vir o capítulo seguinte.

Pedro dentro dél, que era el que había de manejar las figuras del artificio, y fuera se puso un muchacho, criado del maese Pedro, para servir de intérprete y declarador de los misterios del tal retablo: tenía una varilla en la mano, con que señalaba las figuras que salían.

Puestos, pues, todos cuantos había en la venta, y algunos en pie, frontero del retablo, y acomodados don Quijote, Sancho, el paje y el primo en los mejores lugares, el trujamán comenzó a decir lo que oirá y verá el que le oyere o viere el capítulo siguiente.

Notas

[1] *Retábulo da Liberdade de Melisendra*: a palavra *retablo* tem na origem o mesmo sentido que o português "retábulo", qual seja, painel de madeira representando cenas de história sagrada que se coloca atrás dos altares. Em castelhano, no entanto, o termo também designava, por analogia, o palco portátil para breves representações de títeres ou fantoches, além da própria encenação. Melisendra é protagonista ou personagem-chave de um conjunto de romances ibéricos de tema pseudocarolíngio e de várias recriações teatrais.

[2] Mancha de Aragão: antiga comarca situada na porção oriental do território de La Mancha, correspondendo *grosso modo* ao leste da atual província de Cuenca e norte da de Albacete.

[3] *Que pexe pilhamo?* [*¿Qué peje pillamo?*]: locução adaptada do italiano "*che pesce pigliamo?*", própria da soldadesca, que não vale pelo sentido literal — que peixe apanhamos? — e sim por algo como "o que nos espera?" ou "o que faremos?".

[4] Voto a Rus!: mais uma expressão eufemística para não violar o segundo mandamento. Invoca uma imagem de Nossa Senhora cultuada no santuário erguido por São Clemente Pérez de Rus, no sudeste da atual província de Cuenca, centro de uma grande romaria desde meados do século XVI.

[5] Duas colunas de Hércules: os pilares representados no brasão da coroa espanhola desde o reinado de Carlos I, que correspondem aos promontórios de Calpe e Abila (Gibraltar e Ceuta), formados, segundo a lenda, por Hércules ao abrir o Mediterrâneo. Pode-se, contudo, interpretar aí uma intenção burlesca, pois as colunas eram metáfora corrente das pernas femininas.

[6] Giganta Andandona: personagem do *Amadis de Gaula*, irmã mais velha do gigante Madarque, senhor da Ínsula Triste. É a mulher "brava e esquiva", "mui feia de rosto" e "de demasiada grandeza" que tenta matar o herói e é decapitada por Gandalim, seu escudeiro.

[7] Levantar figuras judiciárias: traçar a posição dos astros nas casas do zodíaco para interpretar o destino conforme a astrologia judiciária (ver cap. VIII, nota 2); equivaleria, nos termos de hoje, a "fazer o mapa astral". Para o uso corrente da expressão no português clássico, vale a citação: "... que a nova de tão grande descobrimento foi festejada muito do magnânimo rei e que um astrólogo [...] por esse respeito alevantara uma figura, fazendo computação do tempo e hora em que se descobriu esta terra por Pedralvares Cabral [...] e que achara que a terra novamente descoberta havia de ser uma opulenta província" (Ambrósio Fernandes Brandão, *Diálogos das grandezas do Brasil* [1618]).

[8] ... como um valete de baralho: joga-se aqui com o sentido de "levantar figuras" de baralho, isto é, ler o destino nas cartas. Diferentemente da astrologia, então considerada ciência ou arte, a cartomancia era tida como bruxaria.

[9] *Operibus credite, et non verbis*: "acreditai nas obras, e não nas palavras", frase adaptada do Evangelho (João, 10, 38).

CAPÍTULO XXVI

ONDE SE PROSSEGUE A ENGRAÇADA AVENTURA DO TITEREIRO,
MAIS OUTRAS COISAS EM VERDADE ASSAZ BOAS

Calaram-se todos, tírios e troianos,[1] quero dizer, estavam todos os que o retábulo olhavam pendentes da boca do declarador de suas maravilhas, quando se ouviram soar no retábulo grandes quantidades de atabais e trombetas e muitos tiros de artilharia, cujo arruído passou em breve tempo, e então o rapaz levantou a voz e disse:

— Esta verdadeira história que aqui a vossas mercês se representa é tirada ao pé da letra das crônicas francesas e dos romances espanhóis[2] que andam na boca das gentes e dos rapazes pelas ruas. Trata da liberdade dada pelo senhor D. Gaifeiros a sua esposa Melisendra, que estava cativa na Espanha, em poder dos mouros, na cidade de Sansonha, que assim se chamava então a hoje chamada Saragoça.[3] E vejam vossas mercês como aí está D. Gaifeiros jogando às tábulas,[4] segundo aquilo que se canta:

Às tábulas jogando, D. Gaifeiros
está de Melisendra descuidado.[5]

CAPÍTULO XXVI

DONDE SE PROSIGUE LA GRACIOSA AVENTURA DEL TITERERO,
CON OTRAS COSAS EN VERDAD HARTO BUENAS

Callaron todos, tirios y troyanos, quiero decir, pendientes estaban todos los que el retablo miraban de la boca del declarador de sus maravillas, cuando se oyeron sonar en el retablo cantidad de atabales y trompetas y dispararse mucha artillería, cuyo rumor pasó en tiempo breve, y luego alzó la voz el muchacho y dijo:

— Esta verdadera historia que aquí a vuesas mercedes se representa es sacada al pie de la letra de las corónicas francesas y de los romances españoles que andan en boca de las gentes y de los muchachos por esas calles. Trata de la libertad que dio el señor don Gaiferos a su esposa Melisendra, que estaba cautiva en España, en poder de moros, en la ciudad de Sansueña, que así se llamaba entonces la que hoy se llama Zaragoza; y vean vuesas mercedes allí cómo está jugando a las tablas don Gaiferos, según aquello que se canta:

Jugando está a las tablas don Gaiferos,
que ya de Melisendra está olvidado.

E aquele personagem que ali aparece de coroa na cabeça e cetro nas mãos é o imperador Carlos Magno, pai putativo da tal Melisendra, o qual, mofino de ver o ócio e descuido do seu genro, o vem repreender; e reparem o afinco e a veemência com que o repreende, que não parece senão que lhe quer dar uma boa leva de bordoadas com o cetro, e há autores que dizem que de feito lhas deu, e muito bem dadas; e depois de dizer muitas coisas sobre o perigo que sua honra corria por não batalhar pela liberdade de sua esposa, dizem que lhe disse: "Assaz vos falei, tomai tento!".[6] Olhem também vossas mercês como o imperador vira as costas e deixa D. Gaifeiros despeitado, e vejam como este, tomado de cólera, deita longe pedras e tabuleiro, e com grande pressa pede as armas, e a D. Roldão seu primo pede emprestada sua espada Durindana, e como D. Roldão não lha quer emprestar, oferecendo-lhe sua companhia na dificultosa empresa que principia; mas o valoroso raivento não a quer aceitar, antes diz que ele só se basta para resgatar a esposa, ainda que estivesse sumida no mais profundo centro da terra; e com isto pega a se armar, para logo se pôr em caminho. Virem vossas mercês os olhos para aquela torre que ali aparece, que se pressupõe ser uma das torres do alcácer de Saragoça, que agora chamam "La Aljafería";[7] e aquela dama que naquele balcão aparece vestida à mourisca é a sem-par Melisendra, que de lá muitas vezes se punha a olhar o caminho de França, e posta a imaginação em Paris e em seu esposo se consolava em seu cativeiro. Olhem também um novo caso que agora acontece, quiçá nunca dantes visto: não veem aquele mouro que pelas caladas e passinho a passinho, posto o dedo na boca, se chega pelas costas de Melisendra? Pois olhem como lhe dá um beijo bem sobre os lábios, e a pressa que ela se dá em cuspir e limpá-los com a branca manga de sua camisa, e como se lamenta e de aflição arranca seus formosos

---

Y aquel personaje que allí asoma con corona en la cabeza y ceptro en las manos es el emperador Carlomagno, padre putativo de la tal Melisendra, el cual, mohíno de ver el ocio y descuido de su yerno, le sale a reñir; y adviertan con la vehemencia y ahínco que le riñe, que no parece sino que le quiere dar con el ceptro media docena de coscorrones, y aun hay autores que dicen que se los dio, y muy bien dados; y después de haberle dicho muchas cosas acerca del peligro que corría su honra en no procurar la libertad de su esposa, dicen que le dijo: "Harto os he dicho: miradlo". Miren vuestras mercedes también cómo el emperador vuelve las espaldas y deja despechado a don Gaiferos, el cual ya ven cómo arroja, impaciente de la cólera, lejos de sí el tablero y las tablas, y pide apriesa las armas, y a don Roldán su primo pide prestada su espada Durindana, y cómo don Roldán no se la quiere prestar, ofreciéndole su compañía en la difícil empresa en que se pone; pero el valeroso enojado no lo quiere aceptar, antes dice que él solo es bastante para sacar a su esposa, si bien estuviese metida en el más hondo centro de la tierra; y con esto se entra a armar, para ponerse luego en camino. Vuelvan vuestras mercedes los ojos a aquella torre que allí parece, que se presupone que es una de las torres del alcázar de Zaragoza, que ahora llaman la Aljafería; y aquella dama que en aquel balcón parece vestida a lo moro es la sin par Melisendra, que desde allí muchas veces se ponía a mirar el camino de Francia, y, puesta la imaginación en París y en su esposo, se consolaba en su cautiverio. Miren también un nuevo caso que ahora sucede, quizá no visto jamás. ¿No veen aquel moro que callandico y pasito a paso, puesto el dedo en la boca, se llega por las espaldas de Melisendra? Pues miren cómo la da un beso en mitad de los labios, y la priesa que ella se da a escupir y a limpiárselos con la blanca manga de su camisa, y cómo se lamenta y se arranca de pesar sus hermosos cabellos, como si ellos tuvieran la culpa del male-

cabelos, como fossem eles culpados do malefício. Olhem também como aquele grave mouro que está naqueles corredores é o rei Marsílio de Sansonha, o qual, vendo a insolência do mouro, se bem que fosse um parente e grande privado seu, logo mandou prendê-lo e que lhe dessem duzentos açoites, levando-o pelas costumadas ruas da cidade,

> tendo pregão por diante
> e baraço por detrás;[8]

e vede aqui como logo vão executar a sentença apenas executada a culpa, porque entre mouros não há comunicação às partes nem protesto de provas como entre nós.

— Menino, menino — disse em voz alta D. Quixote —, continuai vossa história em linha reta e não vos metais nas curvas ou travessas, pois para tirar uma verdade em limpo há mister muitas provas e contraprovas.

Também mestre Pedro lhe falou de dentro:

— Não te metas em floreios, rapaz, e faz como esse senhor manda, que será o mais acertado: segue teu canto chão e não te metas em contrapontos, que se costumam perder na sutileza.

— Assim farei — respondeu o rapaz, e prosseguiu dizendo: — Esta figura que aqui aparece a cavalo, coberta com uma capa de viagem, é a mesma de D. Gaifeiros, ante quem sua esposa, já vingada do atrevimento do enamorado mouro, com melhor e mais sossegado jeito se pôs aos miradouros da torre, e agora fala com seu esposo pensando ser um passante, com quem passou todas aquelas razões e colóquios daquele romance que diz:

---

ficio. Miren también cómo aquel grave moro que está en aquellos corredores es el rey Marsilio de Sansueña, el cual, por haber visto la insolencia del moro, puesto que era un pariente y gran privado suyo le mandó luego prender, y que le den docientos azotes, llevándole por las calles acostumbradas de la ciudad,

> con chilladores delante
> y envaramiento detrás;

y veis aquí donde salen a ejecutar la sentencia, aun bien apenas no habiendo sido puesta en ejecución la culpa, porque entre moros no hay "traslado a la parte" ni "a prueba y estése" como entre nosotros.

— Niño, niño — dijo con voz alta a esta sazón don Quijote —, seguid vuestra historia línea recta y no os metáis en las curvas o transversales, que para sacar una verdad en limpio menester son muchas pruebas y repruebas.

También dijo maese Pedro desde dentro:

— Muchacho, no te metas en dibujos, sino haz lo que ese señor te manda, que será lo más acertado: sigue tu canto llano y no te metas en contrapuntos, que se suelen quebrar de sotiles.

— Yo lo haré así — respondió el muchacho, y prosiguió diciendo —: esta figura que aquí parece a caballo, cubierta con una capa gascona, es la mesma de don Gaiteros, a quien su esposa, ya vengada del atrevimiento del enamorado moro, con mejor y más sosegado semblante se ha puesto a los miradores de la torre, y habla con su esposo creyendo que es algún pasajero, con quien pasó todas aquellas razones y coloquios de aquel romance que dicen:

> Cavaleiro, se à França ides
> recado me heis levar,
> que digais a Dom Gaifeiros
> por que me não vem buscar[9]

as quais não digo agora, porque da prolixidade costuma nascer o enfado. Basta ver como D. Gaifeiros se descobre, e que dos alegres acenos que Melisendra lhe faz se entende que ela o conheceu, e mais agora que a vemos botar-se do balcão abaixo para sentar nas ancas do cavalo de seu bom esposo. Mas, ai, desventurada!, que uma ponta de seu fraldelim ficou presa num dos ferros do balcão, e ela está pendurada no ar, sem poder chegar à terra. Mas vede como o piedoso céu socorre nas maiores necessidades, pois vem D. Gaifeiros e, sem cuidar se se rasgará ou não o rico fraldelim, agarra sua dama e, mau grado seu, faz com que desça ao chão e logo de arranco a senta nas ancas de seu cavalo, às cavaleiras como homem, e manda que se segure fortemente dele e lhe ponha os braços pelas costas, de modo que os cruze em seu peito, para não cair, por não estar a senhora Melisendra acostumada a semelhantes cavalarias. Vede também como os relinchos do cavalo dão sinais de seu contentamento com a valente e formosa carga que leva em seu senhor e sua senhora. Vede como viram as costas e saem da cidade e alegres e regozijados tomam de Paris a estrada. Ide em paz, oh par sem-par de verdadeiros amantes! Chegai a salvo a vossa desejada pátria, sem que a fortuna ponha estorvo em vossa feliz viagem! Que os olhos de vossos amigos e parentes vos vejam gozar em paz tranquila os dias (que os de Nestor sejam[10]) que vos restam de vida!

Aqui outra vez levantou a voz mestre Pedro e disse:

> Caballero, si a Francia ides,
> por Gaiferos preguntad,

las cuales no digo yo ahora, porque de la prolijidad se suele engendrar el fastidio. Basta ver cómo don Gaiferos se descubre, y que por los ademanes alegres que Melisendra hace se nos da a entender que ella le ha conocido, y más ahora que veemos se descuelga del balcón para ponerse en las ancas del caballo de su buen esposo. Mas, ¡ay, sin ventura!, que se le ha asido una punta del faldellín de uno de los hierros del balcón, y está pendiente en el aire, sin poder llegar al suelo. Pero veis cómo el piadoso cielo socorre en las mayores necesidades, pues llega don Gaiferos y, sin mirar si se rasgará o no el rico faldellín, ase della y mal su grado la hace bajar al suelo y luego de un brinco la pone sobre las ancas de su caballo, a horcajadas como hombre, y la manda que se tenga fuertemente y le eche los brazos por las espaldas, de modo que los cruce en el pecho, porque no se caiga, a causa que no estaba la señora Melisendra acostumbrada a semejantes caballerías. Veis también cómo los relinchos del caballo dan señales que va contento con la valiente y hermosa carga que lleva en su señor y en su señora. Veis cómo vuelven las espaldas y salen de la ciudad y alegres y regocijados toman de París la vía. ¡Vais en paz, oh par sin par de verdaderos amantes! ¡Lleguéis a salvamento a vuestra deseada patria, sin que la fortuna ponga estorbo en vuestro felice viaje! ¡Los ojos de vuestros amigos y parientes os vean gozar en paz tranquila los días (que los de Néstor sean) que os quedan de la vida!

Aquí alzó otra vez la voz maese Pedro y dijo:

— Lhaneza, rapaz, não te empines tanto, que toda afetação é ruim.

Não respondeu nada o intérprete, antes prosseguiu dizendo:

— Não faltaram alguns ociosos olhos, que tudo soem ver, que não vissem a descida e a subida de Melisendra, da qual deram notícia ao rei Marsílio, que logo mandou tocar a rebate; e olhem com que pressa, pois já a cidade se funde com o som dos sinos que em todas as torres das mesquitas soam.

— Isso não! — disse então D. Quixote. — Nisso dos sinos vai mestre Pedro muito errado, porque entre mouros não se usam sinos, mas atabais e um gênero de doçaina parecido com as nossas charamelas; e isso de soarem os sinos em Sansonha sem dúvida que é grande disparate.

O qual ouvido por mestre Pedro, cessou o repicar e disse:

— Não repare vossa mercê em ninharias, senhor D. Quixote, nem queira levar tudo tão a ferro e fogo que acabe por se queimar. Acaso não se representam por aí quase de ordinário mil comédias cheias de mil impróprios disparates e, ainda assim, correm felicissimamente sua carreira e se assistem não só com aplauso, mas com admiração e tudo?[11] Prossegue, rapaz, e deixa falar, pois contanto que eu encha a minha bolsa, pouco se me dá representar mais impropriedades que átomos tem o sol.

— Isso é verdade — replicou D. Quixote.

E o rapaz disse:

— Olhem quanta e quão luzida cavalaria sai da cidade em seguimento dos dois católicos amantes, quantas trombetas que soam, quantas doçainas que tocam e quantos atabais e tambores que retumbam. Temo que os hão de alcançar e os hão de trazer amarrados ao rabo do próprio cavalo, o que seria um horrendo espetáculo.

Vendo e ouvindo então D. Quixote tanta mourama e tanto estrondo,

---

— Llaneza, muchacho, no te encumbres, que toda afectación es mala.

No respondió nada el intérprete, antes prosiguió diciendo:

— No faltaron algunos ociosos ojos, que lo suelen ver todo, que no viesen la bajada y la subida de Melisendra, de quien dieron noticia al rey Marsilio, el cual mandó luego tocar al arma, y miren con qué priesa, que ya la ciudad se hunde con el son de las campanas que en todas las torres de las mezquitas suenan.

— ¡Eso no! — dijo a esta sazón don Quijote —. En esto de las campanas anda muy impropio maese Pedro, porque entre moros no se usan campanas, sino atabales y un género de dulzainas que parecen nuestras chirimías; y esto de sonar campanas en Sansueña sin duda que es un gran disparate.

Lo cual oído por maese Pedro, cesó el tocar y dijo:

— No mire vuesa merced en niñerías, señor don Quijote, ni quiera llevar las cosas tan por el cabo, que no se le halle. ¿No se representan por ahí casi de ordinario mil comedias llenas de mil impropiedades y disparates, y, con todo eso, corren felicísimamente su carrera y se escuchan no sólo con aplauso, sino con admiración y todo? Prosigue, muchacho, y deja decir, que como yo llene mi talego, siquiera represente más impropiedades que tiene átomos el sol.

— Así es la verdad — replicó don Quijote.

Y el muchacho dijo:

— Miren cuánta y cuán lucida caballería sale de la ciudad en siguimiento de los dos católicos amantes, cuántas trompetas que suenan, cuántas dulzainas que tocan y cuántos atabales y atambores que retumban. Té-

pareceu-lhe ser bem dar ajuda aos que fugiam e, levantando-se em pé, em voz alta disse:

— Jamais consentirei que em meus dias e em minha presença se faça tal ultraje a tão famoso cavaleiro e tão atrevido enamorado como D. Gaifeiros. Detende-vos, malnascida canalha, não o sigais nem persigais. Se não, comigo estais em batalha![12]

E, dizendo e fazendo, desembainhou a espada e de um salto se pôs junto ao retábulo, e com acelerada e nunca vista fúria começou a chover cutiladas sobre a titereira mourama, derrubando uns, descabeçando outros, aleijando este, destroçando aquele, e entre outros muitos golpes pespegou um tal fendente que, se mestre Pedro não se abaixa, encolhe e alapa, lhe teria cortado a cabeça com mais facilidade que se fosse feita de marzipã. Dava vozes mestre Pedro, dizendo:

— Detenha-se vossa mercê, senhor D. Quixote, e veja que estes que derruba, destroça e mata não são verdadeiros mouros, mas figurilhas de massa. Olhe, pecador de mim, que me destrói e deita a perder toda a minha fazenda!

Mas nem por isso deixava D. Quixote de amiudar cutiladas, mandobles, talhadas e reveses às mãos cheias. Enfim, em menos de dois credos pôs todo o retábulo por terra, feito em pedaços e esmigalhado todo seu aparato e suas figuras, o rei Marsílio malferido e o imperador Carlos Magno, partida a coroa e a cabeça em duas partes. Alvoroçou-se o senado dos assistentes, fugiu o macaco pelos telhados, temeu o primo, acovardou-se o pajem, e até o próprio Sancho Pança teve grandíssimo pavor, pois, como ele jurou depois de passada a borrasca, nunca vira seu senhor tomado de tão desatinada cólera. Feito, então, o geral destroço do retábulo, sossegou-se um pouco D. Quixote e disse:

---

mome que los han de alcanzar y los han de volver atados a la cola de su mismo caballo, que sería un horrendo espetáculo.

Viendo y oyendo, pues, tanta morisma y tanto estruendo don Quijote, parecióle ser bien dar ayuda a los que huían, y levantándose en pie, en voz alta dijo:

— No consentiré yo que en mis días y en mi presencia se le haga superchería a tan famoso caballero y a tan atrevido enamorado como don Gaiferos. ¡Deteneos, mal nacida canalla, no le sigáis ni persigáis; si no, conmigo sois en la batalla!

Y, diciendo y haciendo, desenvainó la espada y de un brinco se puso junto al retablo, y con acelerada y nunca vista furia comenzó a llover cuchilladas sobre la titerera morisma, derribando a unos, descabezando a otros, estropeando a este, destrozando a aquel, y, entre otros muchos, tiró un altibajo tal, que si maese Pedro no se abaja, se encoge y agazapa, le cercenara la cabeza con más facilidad que si fuera hecha de masa de mazapán. Daba voces maese Pedro, diciendo:

— Deténgase vuesa merced, señor don Quijote, y advierta que estos que derriba, destroza y mata no son verdaderos moros, sino unas figurillas de pasta. Mire, ¡pecador de mí!, que me destruye y echa a perder toda mi hacienda.

Mas no por esto dejaba de menudear don Quijote cuchilladas, mandobles, tajos y reveses como llovidos. Finalmente, en menos de dos credos, dio con todo el retablo en el suelo, hechas pedazos y desmenuzadas todas sus jarcias y figuras, el rey Marsilio malherido, y el emperador Carlomagno, partida la corona y la cabeza en dos

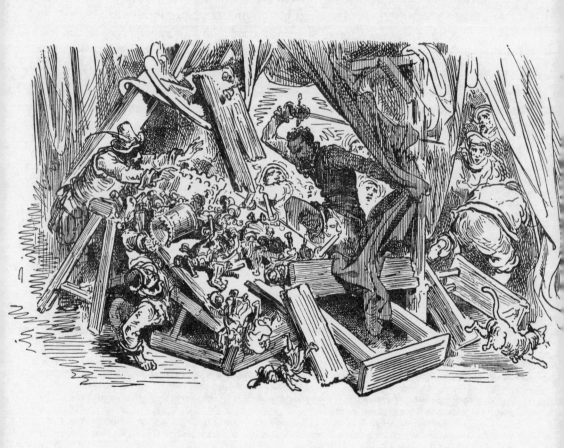

— Quisera agora ter aqui diante neste ponto todos aqueles que não creem nem querem crer de quanto proveito são no mundo os cavaleiros andantes. Vejam que seria do bom D. Gaifeiros e da formosa Melisendra se eu não me achasse aqui presente, por certo que a esta hora esses cães já os teriam alcançado e feito aos dois algum desaguisado. Enfim, viva a andante cavalaria sobre quantas coisas hoje vivem na terra!

— Viva ela muito — disse mestre Pedro com voz languenta —, e morra eu! Pois sou tão desgraçado que posso dizer com o rei D. Rodrigo:

Ontem fui senhor de Espanha,
e hoje não tenho ameia
que eu possa chamar de minha.[13]

Não faz meia hora, nem sequer meio momento, que eu me via senhor de reis e de imperadores, cheias as minhas cavalariças, arcas e bolsas de infinitos cavalos e inumeráveis galas, e agora me vejo desolado e abatido, pobre e mendigo, e a mais sem o meu macaco, pois à fé que, enquanto o não tiver de volta em meu poder, hei de suar sangue. E tudo por causa da fúria mal considerada deste senhor cavaleiro, de quem se diz que ampara órfãos e endireita tortos e faz outras obras caridosas; mas, pelo céu bendito e louvado com seus mais levantados assentos, só comigo veio a falhar a sua intenção generosa! Enfim, o Cavaleiro da Triste Figura tinha de ser aquele que havia de desfigurar as minhas.

Enterneceu-se Sancho Pança com as razões de mestre Pedro e lhe disse:

— Não chores, mestre Pedro, nem te lamentes, que me cortas o coração, porque te faço saber que o meu senhor D. Quixote é tão católico e es-

---

partes. Alborotóse el senado de los oyentes, huyóse el mono por los tejados de la venta, temió el primo, acobardóse el paje, y hasta el mesmo Sancho Panza tuvo pavor grandísimo, porque, como él juró después de pasada la borrasca, jamás había visto a su señor con tan desatinada cólera. Hecho, pues, el general destrozo del retablo, sosegóse un poco don Quijote y dijo:

— Quisiera yo tener aquí delante en este punto todos aquellos que no creen ni quieren creer de cuánto provecho sean en el mundo los caballeros andantes. Miren, si no me hallara yo aquí presente, qué fuera del buen don Gaiferos y de la hermosa Melisendra: a buen seguro que esta fuera ya la hora que los hubieran alcanzado estos canes y les hubieran hecho algún desaguisado. En resolución, ¡viva la andante caballería sobre cuantas cosas hoy viven en la tierra!

— ¡Viva enhorabuena — dijo a esta sazón con voz enfermiza maese Pedro —, y muera yo!, pues soy tan desdichado, que puedo decir con el rey don Rodrigo:

Ayer fui señor de España,
y hoy no tengo una almena
que pueda decir que es mía.

No ha media hora, ni aun un mediano momento, que me vi señor de reyes y de emperadores, llenas mis caballerizas y mis cofres y sacos de infinitos caballos y de innumerables galas, y agora me veo desolado y abatido, pobre y mendigo, y sobre todo sin mi mono, que a fe que primero que le vuelva a mi poder me han de sudar los dientes;

crupuloso cristão que, se ele cair na conta de que te fez algum agravo, te há de querer e saber pagar e satisfazer com muita vantagem.

— Com que o senhor D. Quixote me pagasse uma parte da fazenda que me desfez, ficaria eu contente e sua mercê com a consciência segura, porque não se pode salvar quem toma coisa alheia contra a vontade do seu dono e a não restitui.

— Assim é — disse D. Quixote —, mas até agora não sei de nada que eu tenha de vosso, mestre Pedro.

— Como não? — respondeu mestre Pedro. — E essas relíquias que jazem por este duro e estéril chão, quem as espalhou e aniquilou senão a força invencível do seu poderoso braço? E de quem eram esses corpos senão meus? E com quem me sustentava eu senão com eles?

— Agora acabo de crer — disse neste ponto D. Quixote — o que outras muitas vezes ia crendo: que esses encantadores que me perseguem não fazem senão pôr-me as figuras diante dos olhos como elas são, para logo as mudarem e trocarem nas que eles querem. Real e verdadeiramente vos digo, senhores que me ouvis, que tudo quanto aqui se passou a mim me pareceu que se passava ao pé da letra: que Melisendra era Melisendra; D. Gaifeiros, D. Gaifeiros; Marsílio, Marsílio e Carlos Magno, Carlos Magno. Por isso se me alterou a cólera, e por cumprir com a minha profissão de cavaleiro andante quis dar ajuda e favor aos que fugiam, e com esta boa intenção fiz o que vistes. Se me saiu às avessas, não foi por culpa minha, mas dos malvados que me perseguem. E contudo, deste meu erro, ainda que o não tenha feito por malícia, quero eu mesmo fazer-me cargo das custas. Veja mestre Pedro quanto quer pelas figuras desfeitas, que eu lhe ofereço pronta paga em boa e corrente moeda castelhana.

---

y todo por la furia mal considerada deste señor caballero, de quien se dice que ampara pupilos y endereza tuertos y hace otras obras caritativas, y en mí solo ha venido a faltar su intención generosa, que sean benditos y alabados los cielos, allá donde tienen más levantados sus asientos. En fin, el Caballero de la Triste Figura había de ser aquel que había de desfigurar las mías.

Enternecióse Sancho Panza con las razones de maese Pedro y díjole:

— No llores, maese Pedro, ni te lamentes, que me quiebras el corazón, porque te hago saber que es mi señor don Quijote tan católico y escrupuloso cristiano, que si él cae en la cuenta de que te ha hecho algún agravio, te lo sabrá y te lo querrá pagar y satisfacer con muchas ventajas.

— Con que me pague el señor don Quijote alguna parte de las hechuras que me ha deshecho, quedaría contento y su merced aseguraría su conciencia, porque no se puede salvar quien tiene lo ajeno contra la voluntad de su dueño y no lo restituye.

— Así es — dijo don Quijote —, pero hasta ahora yo no sé que tenga nada vuestro, maese Pedro.

— ¿Cómo no? — respondió maese Pedro —. Y estas reliquias que están por este duro y estéril suelo, ¿quién las esparció y aniquiló sino la fuerza invencible dese poderoso brazo? ¿Y cúyos eran sus cuerpos sino míos? ¿Y con quién me sustentaba yo sino con ellos?

— Ahora acabo de creer — dijo a este punto don Quijote — lo que otras muchas veces he creído: que estos encantadores que me persiguen no hacen sino ponerme las figuras como ellas son delante de los ojos, y luego me las mudan y truecan en las que ellos quieren. Real y verdaderamente os digo, señores que me oís, que a mí me

Inclinou-se mestre Pedro, dizendo-lhe:

— Não esperava menos da inaudita cristandade do valoroso D. Quixote de La Mancha, verdadeiro socorredor e amparo de todos os necessitados e desvalidos vagamundos. E aqui o senhor estalajadeiro e o grande Sancho serão medianeiros entre vossa mercê e mim e apreçadores do que valem ou podiam valer as já desfeitas figuras.

O estalajadeiro e Sancho disseram que assim fariam, e logo mestre Pedro levantou do chão o rei Marsílio de Saragoça, falto da cabeça, e disse:

— Bem se vê quão impossível é tornar este rei ao seu ser primeiro, e assim me parece, salvo melhor juízo, que se me dê por sua morte, fim e acabamento quatro reais e meio.

— Prossiga — disse D. Quixote.

— Pois por esta fenda de alto a baixo — prosseguiu mestre Pedro, tomando nas mãos o partido imperador Carlos Magno —, não seria muito eu pedir cinco reais e um quarto.

— Não é pouco — disse Sancho.

— Nem muito — replicou o estalajadeiro. — Que se parta a diferença e fiquem os dois em cinco reais.

— Dê-se por todos cinco e um quarto — disse D. Quixote —, pois não está num quartilho a mais ou a menos a monta desta notável desgraça. E acabe logo mestre Pedro, que já se faz hora de jantar, e tenho aqui uma boa ponta de fome.

— Por esta figura — disse mestre Pedro — que está sem nariz e com um olho a menos, que é da formosa Melisendra, peço, sem sair do justo, dois reais e doze maravedis.

— Isto sim que seria o diabo — disse D. Quixote —, se já não estivesse

---

pareció todo lo que aquí ha pasado que pasaba al pie de la letra: que Melisendra era Melisendra, don Gaiferos don Gaiferos, Marsilio Marsilio, y Carlomagno Carlomagno. Por eso se me alteró la cólera, y por cumplir con mi profesión de caballero andante quise dar ayuda y favor a los que huían, y con este buen propósito hice lo que habéis visto: si me ha salido al revés, no es culpa mía, sino de los malos que me persiguen; y, con todo esto, deste mi yerro, aunque no ha procedido de malicia, quiero yo mismo condenarme en costas: vea maese Pedro lo que quiere por las figuras deshechas, que yo me ofrezco a pagárselo luego, en buena y corriente moneda castellana.

Inclinósele maese Pedro, diciéndole:

— No esperaba yo menos de la inaudita cristiandad del valeroso don Quijote de la Mancha, verdadero socorredor y amparo de todos los necesitados y menesterosos vagamundos; y aquí el señor ventero y el gran Sancho serán medianeros y apreciadores entre vuesa merced y mí de lo que valen o podían valer las ya deshechas figuras.

El ventero y Sancho dijeron que así lo harían, y luego maese Pedro alzó del suelo con la cabeza menos al rey Marsilio de Zaragoza, y dijo:

— Ya se vee cuán imposible es volver a este rey a su ser primero, y así me parece, salvo mejor juicio, que se me dé por su muerte, fin y acabamiento cuatro reales y medio.

— Adelante — dijo don Quijote.

— Pues por esta abertura de arriba abajo — prosiguió maese Pedro, tomando en las manos al partido emperador Carlomagno —, no sería mucho que pidiese yo cinco reales y un cuartillo.

— No es poco — dijo Sancho.

Melisendra com seu esposo pelo menos na raia da França, pois o cavalo em que eles iam me pareceu que mais voava do que corria. E assim não há por que vender gato por lebre, apresentando-me aqui a Melisendra desnarigada, estando a outra, com boa sorte, agora na França folgando com seu esposo à perna solta. Que Deus ajude a cada qual com o que é seu, senhor mestre Pedro, e caminhemos todos a pé firme e com intenção sadia. Prossiga.

Mestre Pedro, vendo que D. Quixote variava e tornava a sua primeira teima, não quis que se lhe escapasse, e assim lhe disse:

— Esta não deve de ser Melisendra, mas alguma das donzelas que a serviam, e assim, com sessenta maravedis que me deem por ela, ficarei contente e bem pago.

Desta maneira foi pondo preço a outras muitas destroçadas figuras, depois moderado pelos dois juízes árbitros, com satisfação das partes, chegando a quarenta reais e três quartos. E além disso, o qual Sancho logo desembolsou, pediu mestre Pedro dois reais pelo trabalho de apanhar o macaco.

— Dá-lhe o que pede, Sancho — disse D. Quixote —, se não para tornar o adivinho, para entornar seu vinho. E duzentos eu daria agora em alvíssaras a quem me dissesse com certeza que a senhora Dª Melisendra e o senhor D. Gaifeiros já estão na França e entre os seus.

— Ninguém o poderá dizer melhor que meu macaco — disse mestre Pedro —, mas não haverá diabo que agora o consiga apanhar. Se bem imagino que o carinho e a fome farão que me procure esta noite, e amanhã veremos, se Deus quiser.

Em conclusão, acabou-se a borrasca do retábulo e todos jantaram em paz e boa companhia, à custa de D. Quixote, que era liberal em extremo.

Antes de amanhecer o dia, partiu aquele que levava as lanças e as ala-

---

— Ni mucho — replicó el ventero —: médiese la partida y señálensele cinco reales.

— Dénsele todos cinco y cuartillo — dijo don Quijote —, que no está en un cuartillo más a menos la monta desta notable desgracia; y acabe presto maese Pedro, que se hace hora de cenar, y yo tengo ciertos barruntos de hambre.

— Por esta figura — dijo maese Pedro — que está sin narices y un ojo menos, que es de la hermosa Melisendra, quiero, y me pongo en lo justo, dos reales y doce maravedís.

— Aun ahí sería el diablo — dijo don Quijote —, si ya no estuviese Melisendra con su esposo por lo menos en la raya de Francia, porque el caballo en que iban a mí me pareció que antes volaba que corría; y así no hay para qué venderme a mí el gato por liebre, presentándome aquí a Melisendra desnarigada, estando la otra, si viene a mano, ahora holgándose en Francia con su esposo a pierna tendida. Ayude Dios con lo suyo a cada uno, señor maese Pedro, y caminemos todos con pie llano y con intención sana. Y prosiga.

Maese Pedro, que vio que don Quijote izquierdeaba y que volvía a su primer tema, no quiso que se le escapase, y así le dijo:

— Esta no debe de ser Melisendra, sino alguna de las doncellas que la servían, y, así, con sesenta maravedís que me den por ella quedaré contento y bien pagado.

Desta manera fue poniendo precio a otras muchas destrozadas figuras, que después los moderaron los dos jueces árbitros, con satisfación de las partes, que llegaron a cuarenta reales y tres cuartillos; y además desto, que luego lo desembolsó Sancho, pidió maese Pedro dos reales por el trabajo de tomar el mono.

bardas, e já depois de amanhecido, o primo e o pajem vieram se despedir de D. Quixote, um para voltar à sua terra, e o outro a prosseguir o seu caminho, para ajuda do qual lhe deu D. Quixote uma dúzia de reais. Mestre Pedro não quis entrar em novos dares e tomares com D. Quixote, que ele conhecia muito bem. Assim, madrugou antes que o sol e, recolhendo as relíquias do seu retábulo e seu macaco, também partiu em busca das suas aventuras. O estalajadeiro, que não conhecia D. Quixote, tão admirado estava das suas loucuras como da sua liberalidade. Finalmente, Sancho lhe pagou muito bem, por ordem de seu senhor, e, despedindo-se dele, quase às oito da manhã deixaram a estalagem e se puseram em caminho, onde os deixaremos ir, que assim convém para dar lugar a contar outras coisas pertencentes à declaração desta famosa história.

— Dáselos, Sancho — dijo don Quijote —, no para tomar el mono, sino la mona; y docientos diera yo ahora en albricias a quien me dijera con certidumbre que la señora doña Melisendra y el señor don Gaiferos estaban ya en Francia y entre los suyos.

— Ninguno nos lo podrá decir mejor que mi mono — dijo maese Pedro —, pero no habrá diablo que ahora le tome; aunque imagino que el cariño y la hambre le han de forzar a que me busque esta noche, y amanecerá Dios y verémonos.

En resolución, la borrasca del retablo se acabó y todos cenaron en paz y en buena compañía, a costa de don Quijote, que era liberal en todo estremo.

Antes que amaneciese se fue el que llevaba las lanzas y las alabardas, y ya después de amanecido se vinieron a despedir de don Quijote el primo y el paje, el uno para volverse a su tierra, y el otro a proseguir su camino, para ayuda del cual le dio don Quijote una docena de reales. Maese Pedro no quiso volver a entrar en más dimes ni diretes con don Quijote, a quien él conocía muy bien, y, así, madrugó antes que el sol, y cogiendo las reliquias de su retablo, y a su mono, se fue también a buscar sus aventuras. El ventero, que no conocía a don Quijote, tan admirado le tenían sus locuras como su liberalidad. Finalmente, Sancho le pagó muy bien, por orden de su señor, y, despidiéndose dél, casi a las ocho del día dejaron la venta y se pusieron en camino, donde los dejaremos ir, que así conviene para dar lugar a contar otras cosas pertenecientes a la declaración desta famosa historia.

NOTAS

[1] Calaram-se todos, tírios e troianos: "callaron todos, tirios y troyanos" é transcrição literal da abertura do segundo livro da *Eneida*, na tradução castelhana de Gregorio Hernández de Velasco (Antuérpia, 1555), corrente nos séculos XVI e XVII.

[2] ... tirada [...] das crônicas francesas e dos romances espanhóis: como já se apontou acima, a história de D. Gaifeiros e Melisendra é de fato matéria recorrente do romanceiro, não apenas espanhol, mas também português. Seu argumento e seus personagens foram transpostos para diversas peças teatrais, entre as quais se inclui o burlesco *Entremés primero de Melisendra*, atribuído a Lope de Vega (e também ao próprio Cervantes), cujo texto foi impresso em 1605 e reeditado em 1609.

[3] Sansonha [...] Saragoça: consta que, desde o século XVI, a forma castelhanizada do antigo topônimo francês para a Saxônia — *Sansoigne*, mais tarde *Saxonie* — foi identificada popularmente com Saragoça. No romanceiro lusitano concorrem as formas Sansonha e Salsonha.

[4] Tábulas [*tablas*]: jogo predecessor do gamão, muito apreciado nas cortes europeias medievais.

[5] "Às tábulas jogando, D. Gaifeiros/ está de Melisendra descuidado": "*Jugando está a las tablas don Gaiferos,/ que ya de Melisendra está olvidado*" é a abertura de uma composição anônima em oitavas-rimas, incluída no *Cancionero de amadores y dechado de colores* (*c.* 1573), de Melchor Horta.

[6] "Assaz vos falei, tomai tento": "*harto os he dicho, miradlo!*" é verso de um romance tardio de autoria incerta; o entremez comentado acima (nota 2) reproduz toda a quadra que o inclui, mas não em boca de Carlos Magno, e sim de Roldán (Roldão).

[7] Alcácer de Saragoça, que [...] chamam "La Aljafería": palácio fortificado dos reis mouros de Saragoça, cujo nome ecoa o do rei Jafer (Abu *Ja'far* Ahmad al-Muqtadir Billah), artífice de sua construção no século XI. É o primeiro edifício que "o outro" D. Quixote, criatura de Avellaneda, avista ao chegar à cidade.

[8] "Tendo pregão por diante/ e baraço por detrás": "*con chilladores al frente/ y envaramiento detrás*" são versos da xácara de Quevedo "Escarramán a la Méndez".

[9] "Cavaleiro, se à França ides,/ recado me heis levar...": o romance em questão é o de "don Gaiferos que trata de cómo sacó a su esposa, que estaba en tierra de moros", datado do tempo dos Reis Católicos. Os versos em castelhano foram reproduzidos no *Entremés de Melisendra*; para a tradução, aproveitou-se uma variante tradicional transmontana recolhida por Almeida Garret.

[10] Nestor: o herói da épica grega é protótipo de longevidade e prudência.

[11] ... mil comédias [...] com admiração e tudo: os estudiosos apontam aí uma crítica à Comedia Nueva, especialmente ao mais bem-sucedido de seus autores, Lope de Vega.

[12] ... comigo estais em batalha: há um paralelo entre essa passagem e um episódio do *Quixote* de Avellaneda em que o protagonista, assistindo a um ensaio de *El testimonio vengado*, de Lope de Vega, é acometido de um acesso de cólera e saca a espada em defesa da rainha de Navarra, caluniada no entrecho da peça.

[13] "Ontem fui senhor de Espanha,/ e hoje não tenho ameia/ que eu possa chamar de minha": versos adaptados do romance "Las huestes de don Rodrigo", no qual este se lamenta "... *Ayer era rey de España, — hoy no lo soy de una villa;/ ayer villas y castillos, — hoy ninguno poseía;/ ayer tenía criados — y gente que me servía,/ hoy no tengo una almena — que pueda decir que es mía*". O personagem em questão é o último soberano visigodo da Espanha, que perdeu o reino um ano após sua eleição, em 710. Segundo a lenda, por ter violentado a filha do governador D. Julián, que por vingança teria facilitado a entrada das hostes mouras na Península (ver *DQ* I, cap. XLI, nota 5).

CAPÍTULO XXVII

ONDE SE DÁ CONTA DE QUEM ERAM MESTRE PEDRO E SEU MACACO,
MAIS O MAU SUCESSO QUE D. QUIXOTE
TEVE NA AVENTURA DO ZURRO,
QUE ELE NÃO ACABOU COMO QUISERA E TINHA PENSADO

Entra Cide Hamete, cronista desta grande história, neste capítulo com estas palavras: "Juro como católico cristão...". Sobre o qual diz seu tradutor que o jurar Cide Hamete como católico cristão, sendo ele mouro, como sem dúvida o era, não quis dizer outra coisa senão que, assim como o católico cristão, quando jura, jura ou deve jurar verdade e dizê-la em tudo o que disser, assim ele a dizia qual jurasse como cristão católico naquilo que queria escrever de D. Quixote, especialmente em dizer quem era mestre Pedro e quem o macaco adivinho que com suas adivinhações admirava a todo o povo daqueles lugares.

Diz, então, que quem tiver lido a primeira parte desta história bem se há de lembrar daquele Ginés de Pasamonte a quem, entre outros galeotes, D. Quixote deu liberdade na Serra Morena, benefício que depois lhe foi mal agradecido e pior pago por aquela gente maligna e mal-acostumada. Esse Ginés de Pasamonte, que D. Quixote chamava "Ginesillo de Parapilla", foi quem furtou o ruço de Sancho Pança, coisa que, por não se ter posto na pri-

---

CAPÍTULO XXVII

DONDE SE DA CUENTA QUIÉNES ERAN MAESE PEDRO Y SU MONO,
CON EL MAL SUCESO QUE DON QUIJOTE
TUVO EN LA AVENTURA DEL REBUZNO,
QUE NO LA ACABÓ COMO ÉL QUISIERA Y COMO LO TENÍA PENSADO

Entra Cide Hamete, coronista desta grande historia, con estas palabras en este capítulo: "Juro como católico cristiano...". A lo que su traductor dice que el jurar Cide Hamete como católico cristiano, siendo él moro, como sin duda lo era, no quiso decir otra cosa sino que así como el católico cristiano, cuando jura, jura o debe jurar verdad y decirla en lo que dijere, así él la decía como si jurara como cristiano católico en lo que quería escribir de don Quijote, especialmente en decir quién era maese Pedro y quién el mono adivino que traía admirados todos aquellos pueblos con sus adivinanzas.

Dice, pues, que bien se acordará el que hubiere leído la primera parte desta historia de aquel Ginés de Pasamonte a quien entre otros galeotes dio libertad don Quijote en Sierra Morena, beneficio que después le fue mal agradecido y peor pagado de aquella gente maligna y mal acostumbrada. Este Ginés de Pasamonte, a quien

meira parte o como nem o quando, por culpa dos impressores, deu o que pensar a muitos, que atribuíram a falha da estampa à pouca memória do autor. Mas, em suma, Ginés o furtou estando Sancho Pança dormindo sobre ele, usando do ardil e modo que usou Brunel quando, estando Sacripante junto a Albraca, tirou-lhe o cavalo dentre as pernas, e depois Sancho o recuperou tal como já foi contado. Esse Ginés, pois, temeroso de ser apanhado pela justiça, que o procurava para o castigar das suas infinitas velhacarias e delitos, que foram tantos e tais que ele mesmo compôs um grande volume contando-os, determinou de se passar ao reino de Aragão[1] e tapar seu olho esquerdo, acomodando-se ao ofício de titereiro, pois nisso e nos jogos de mãos era ele hábil por extremo.

Aconteceu, pois, que de uns cristãos já libertos que vinham da Berberia comprara aquele macaco, ao qual ensinou que, em lhe fazendo um determinado sinal, subisse em seu ombro e lhe murmurasse, ou fingisse fazê-lo, ao ouvido. Isto feito, antes de entrar no lugar onde entrava com o seu retábulo e o seu macaco, tratava de se informar no lugar mais próximo, ou de quem melhor pudesse, que coisas particulares haviam acontecido no tal lugar, e a que pessoas, e, guardando-as bem na memória, o primeiro que fazia era mostrar o seu retábulo, o qual às vezes era de uma história, às vezes de outra, mas todas alegres e risonhas e conhecidas. Acabado o prelúdio, declarava as habilidades do seu macaco, dizendo ao povo que ele adivinhava todo o passado e o presente, mas que nas coisas por vir não se dava a manha. Pela resposta de cada pergunta pedia dois reais, e algumas dava barato, segundo tomava o pulso aos perguntantes, e quando atinava com a casa daqueles cujos sucessos já sabia, ainda que nada lhe perguntassem para não ter de pagar, fazia ele o sinal ao macaco e logo dizia que lhe dissera tal e tal coisa, sempre

---

don Quijote llamaba "Ginesillo de Parapilla", fue el que hurtó a Sancho Panza el rucio, que, por no haberse puesto el cómo ni el cuándo en la primera parte, por culpa de los impresores, ha dado en qué entender a muchos, que atribuían a poca memoria del autor la falta de emprenta. Pero, en resolución, Ginés le hurtó estando sobre él durmiendo Sancho Panza, usando de la traza y modo que usó Brunelo cuando, estando Sacripante sobre Albraca, le sacó el caballo de entre las piernas, y después le cobró Sancho como se ha contado. Este Ginés, pues, temeroso de no ser hallado de la justicia, que le buscaba para castigarle de sus infinitas bellaquerías y delitos, que fueron tantos y tales, que él mismo compuso un gran volumen contándolos, determinó pasarse al reino de Aragón y cubrirse el ojo izquierdo, acomodándose al oficio de titerero, que esto y el jugar de manos lo sabía hacer por estremo.

Sucedió, pues, que de unos cristianos ya libres que venían de Berbería compró aquel mono, a quien enseñó que en haciéndole cierta señal se le subiese en el hombro y le murmurase, o lo pareciese, al oído. Hecho esto, antes que entrase en el lugar donde entraba con su retablo y mono, se informaba en el lugar más cercano, o de quien él mejor podía, qué cosas particulares hubiesen sucedido en el tal lugar, y a qué personas, y llevándolas bien en la memoria, lo primero que hacía era mostrar su retablo, el cual unas veces era de una historia y otras de otra, pero todas alegres, y regocijadas, y conocidas. Acabada la muestra, proponía las habilidades de su mono, diciendo al pueblo que adivinaba todo lo pasado y lo presente, pero que en lo de por venir no se daba maña. Por la respuesta de cada pregunta pedía dos reales, y de algunas hacía barato, según tomaba el pulso a los preguntantes, y como tal vez llegaba a las casas de quien él sabía los sucesos de los que en ella moraban, aunque no le preguntasen nada por no pagarle, él hacía la seña al mono y luego decía que le había dicho tal y tal cosa, que venía de

ajustadas com o sucedido, com o qual granjeava crédito inefável e andavam todos atrás dele. Outras vezes, por ser muito discreto, respondia de maneira que as respostas quadravam bem com as perguntas; e como ninguém o chamava nem apertava a dizer como o seu bugio adivinhava, a todos pasmava com suas bugiarias, e enchia os bolsos.

Assim como entrou na estalagem, reconheceu D. Quixote e Sancho, graças a cujo conhecimento lhe foi fácil pôr admiração a D. Quixote e a Sancho Pança e a todos os que nela estavam. Mas tal lhe houvera de custar caro se D. Quixote baixasse um pouco mais a mão ao cortar a cabeça do rei Marsílio e destruir toda a sua cavalaria, como fica dito no capítulo precedente.

Isto é o que havia a dizer de mestre Pedro e o seu macaco.

E voltando a D. Quixote de La Mancha, digo que, depois de sair da estalagem, determinou de ver primeiro as ribeiras do rio Ebro e todos aqueles contornos, antes de entrar na cidade de Saragoça, pois para tudo isso lhe dava tempo o muito que ainda faltava dali até as justas. Com essa intenção seguiu o seu caminho, pelo qual andou por dois dias sem que lhe acontecesse coisa digna de ser posta por escrito, até que, no terceiro, quando ia subindo uma lomba, ouviu um grande rumor de tambores, trombetas e arcabuzes. De início pensou que alguma tropa de soldados ia passando ali por perto, e para vê-los picou Rocinante ladeira acima. E chegando ao topo da lomba viu ao pé dela, a seu parecer, mais de duzentos homens armados de diferentes sortes de armas, como chuços, balestras, partasanas, alabardas e piques, mais alguns arcabuzes e muitas rodelas. Desceu a encosta e se aproximou do esquadrão até distintamente ver as bandeiras, observar as cores e estudar as divisas que nelas traziam, especialmente uma que num estandarte ou pendão de cetim branco vinha, no qual estava pintado muito ao vivo

---

molde con lo sucedido Con esto cobraba crédito inefable, y andábanse todos tras él. Otras veces, como era tan discreto, respondía de manera que las respuestas venían bien con las preguntas; y como nadie le apuraba ni apretaba a que dijese cómo adevinaba su mono, a todos hacía monas, y llenaba sus esqueros.

Así como entró en la venta conoció a don Quijote y a Sancho, por cuyo conocimiento le fue fácil poner en admiración a don Quijote y a Sancho Panza y a todos los que en ella estaban; pero hubiérale de costar caro si don Quijote bajara un poco más la mano cuando cortó la cabeza al rey Marsilio y destruyó toda su caballería, como queda dicho en el antecedente capítulo.

Esto es lo que hay que decir de maese Pedro y de su mono.

Y volviendo a don Quijote de la Mancha, digo que después de haber salido de la venta, determinó de ver primero las riberas del río Ebro y todos aquellos contornos, antes de entrar en la ciudad de Zaragoza, pues le daba tiempo para todo el mucho que faltaba desde allí a las justas. Con esta intención siguió su camino, por el cual anduvo dos días sin acontecerle cosa digna de ponerse en escritura, hasta que al tercero, al subir de una loma, oyó un gran rumor de atambores, de trompetas y arcabuces. Al principio pensó que algún tercio de soldados pasaba por aquella parte, y por verlos picó a Rocinante y subió la loma arriba; y cuando estuvo en la cumbre, vio al pie della, a su parecer, más de docientos hombres armados de diferentes suertes de armas, como si dijésemos lanzones, ballestas, partesanas, alabardas y picas, y algunos arcabuces y muchas rodelas. Bajó del recuesto y acercóse al escuadrón tanto, que distintamente vio las banderas, juzgó de las colores y notó las empresas que en ellas traían, especialmente una que en un estandarte o jirón de raso blanco venía, en el cual estaba pintado muy al

um burrico de cabeça erguida, boca aberta e língua de fora, em ato e postura como se estivesse zurrando. À volta dele estavam escritos em letras grandes estes dois versos:

> Não azurraram debalde
> nossos dois bravos alcaides.[2]

Dessa insígnia deduziu D. Quixote que aquele povo havia de ser da aldeia do zurro, e assim o disse a Sancho, declarando-lhe o que no estandarte vinha escrito. Também lhe disse que o muleteiro que lhes dera notícia daquele caso se enganara ao dizer que tinham sido dois vereadores os que zurraram, uma vez que, segundo os versos do estandarte, não eram senão alcaides. Ao que respondeu Sancho Pança:

— Senhor, nisso não cabe reparo, pois bem pode ser que os vereadores que então zurraram com o tempo viessem a ser alcaides da sua aldeia e, assim, possam ser chamados por ambos os títulos. Quanto mais que não importa à verdade da história serem os zurradores alcaides ou vereadores, como eles tenham realmente zurrado, porque tão a pique está de zurrar um alcaide como um vereador.

Finalmente, conheceram e souberam como a gente da aldeia vexada saía a batalhar com a da outra que a vexava além do justo e do devido à boa vizinhança.

Foi-se chegando a eles D. Quixote, com não pequeno pesar de Sancho, que nunca foi amigo de se meter em semelhantes jornadas. Os do esquadrão o acolheram no meio dele, pensando ser algum dos da sua parcialidade. D. Quixote, levantando a viseira, com gentil brio e compostura se achegou ao

---

vivo un asno como un pequeño sardesco, la cabeza levantada, la boca abierta y la lengua de fuera, en acto y postura como si estuviera rebuznando; alrededor dél estaban escritos de letras grandes estos dos versos:

> No rebuznaron en balde
> el uno y el otro alcalde.

Por esta insignia sacó don Quijote que aquella gente debía de ser del pueblo del rebuzno, y así se lo dijo a Sancho, declarándole lo que en el estandarte venía escrito. Díjole también que el que les había dado noticia de aquel caso se había errado en decir que dos regidores habían sido los que rebuznaron, pero que, según los versos del estandarte, no habían sido sino alcaldes. A lo que respondió Sancho Panza:

— Señor, en eso no hay que reparar, que bien puede ser que los regidores que entonces rebuznaron viniesen con el tiempo a ser alcaldes de su pueblo, y, así, se pueden llamar con entrambos títulos: cuanto más que no hace al caso a la verdad de la historia ser los rebuznadores alcaldes o regidores, como ellos una por una hayan rebuznado, porque tan a pique está de rebuznar un alcalde como un regidor.

Finalmente, conocieron y supieron cómo el pueblo corrido salía a pelear con otro que le corría más de lo justo y de lo que se debía a la buena vecindad.

Fuese llegando a ellos don Quijote, no con poca pesadumbre de Sancho, que nunca fue amigo de hallarse en semejantes jornadas. Los del escuadrón le recogieron en medio, creyendo que era alguno de los de su parciali-

estandarte do asno, e ali se lhe puseram à roda todos os mais principais do exército, para o verem, admirados com a costumada admiração em que caíam todos os que da vez primeira o olhavam. D. Quixote, quando os viu fitando-o tão atentos, sem que ninguém lhe falasse nem lhe perguntasse nada, quis aproveitar daquele silêncio e, rompendo o seu, ergueu a voz e disse:

— Meus bons senhores, quão encarecidamente posso vos suplico que não interrompais um razoamento que vos quero fazer, enquanto não virdes que vos desgosta e enfada; pois se tal acontecer, com o mais mínimo sinal que me fizerdes porei um selo sobre a minha boca e uma mordaça[3] na minha língua.

Todos lhe disseram que dissesse o que queria, que de boa mente o escutariam. D. Quixote, com tal licença, prosseguiu dizendo:

— Eu, senhores meus, sou cavaleiro andante, cujo exercício é o das armas e cuja profissão, a de favorecer os necessitados de favor e socorrer os desvalidos. Dias há que eu soube de vossa desgraça e da causa que vos move a tomar as armas a cada passo para vos vingardes de vossos inimigos. E, tendo discorrido uma e muitas vezes em meu entendimento sobre o vosso caso, acho, segundo as leis do duelo, que estais enganados em vos terdes por afrontados, porque nenhuma pessoa particular pode afrontar os moradores todos de uma aldeia, como não seja dando-os por junto como traidores, por não saber quem particularmente cometeu a traição pela qual a desafia. Exemplo disso nos dá D. Diego Ordóñez de Lara, que desafiou toda a gente zamorana por ignorar que só Vellido Dolfos cometera a traição de matar o seu rei e, assim, desafiou a todos, e a todos tocava a vingança e a resposta. Se bem é verdade que o senhor D. Diego andou um tanto exagerado e foi com efeito muito além dos limites do desafio, pois não tinha para que desafiar os mor-

---

dad. Don Quijote, alzando la visera, con gentil brío y continente llegó hasta el estandarte del asno, y allí se le pusieron alrededor todos los más principales del ejército, por verle, admirados con la admiración acostumbrada en que caían todos aquellos que la vez primera le miraban. Don Quijote que los vio tan atentos a mirarle, sin que ninguno le hablase ni le preguntase nada, quiso aprovecharse de aquel silencio y, rompiendo el suyo, alzó la voz y dijo:

— Buenos señores, cuan encarecidamente puedo os suplico que no interrumpáis un razonamiento que quiero haceros, hasta que veáis que os disgusta y enfada; que si esto sucede, con la más mínima señal que me hagáis pondré un sello en mi boca y echaré una mordaza a mi lengua.

Todos le dijeron que dijese lo que quisiese, que de buena gana le escucharían. Don Quijote, con esta licencia, prosiguió diciendo:

— Yo, señores míos, soy caballero andante, cuyo ejercicio es el de las armas, y cuya profesión, la de favorecer a los necesitados de favor y acudir a los menesterosos. Días ha que he sabido vuestra desgracia y la causa que os mueve a tomar las armas a cada paso, para vengaros de vuestros enemigos. E habiendo discurrido una y muchas veces en mi entendimiento sobre vuestro negocio, hallo, según las leyes del duelo, que estáis engañados en teneros por afrentados, porque ningún particular puede afrentar a un pueblo entero, si no es retándole de traidor por junto, porque no sabe en particular quién cometió la traición por que le reta. Ejemplo desto tenemos en don Diego Ordóñez de Lara, que retó a todo el pueblo zamorano porque ignoraba que sólo Vellido Dolfos había cometido la traición de matar a su rey, y, así, retó a todos, y a todos tocaba la venganza y la respuesta; aunque

tos e as águas, nem os pães, nem os que estavam por nascer, nem as outras minudências que ali se declaram.[4] Mas seja, pois, quando a cólera transborda a madre, não tem a língua padre, mestre nem freio que a possa conter. Portanto, não podendo um só afrontar reino, província, cidade, república nem povoação inteira, tira-se em limpo que não há para que tomar vingança do desafio de tal afronta, porque o não é. Pois boa história seria que a cada passo se matassem os da aldeia da Relógia com aqueles que assim a chamam, e a mesma coisa os paneleiros, berinjeleiros, baleatos, saboeiros,[5] mais os de outros nomes e alcunhas que andam por aí na boca dos rapazes e de gente de menos conta. Boa história seria, por certo, que todas essas insignes povoações se vexassem e vingassem e andassem de contínuo com as espadas feitas sacabuxas por causa de qualquer pendência, por pequena que fosse. Não, não, que Deus o não permita nem queira! Os varões prudentes, as repúblicas bem concertadas por quatro coisas hão de tomar as armas e desembainhar as espadas e pôr em risco suas pessoas, vidas e fazendas: a primeira, por defender a fé católica; a segunda, por defender sua vida, que é de lei natural e divina; a terceira, em defesa de sua honra, de sua família e fazenda; a quarta, em serviço de seu rei em guerra justa. E se lhe quisermos juntar uma quinta, que pode entrar na segunda, é em defesa de sua pátria. A estas cinco causas, como capitais, podem-se acrescentar algumas outras que sejam justas e razoáveis e que obriguem a tomar as armas, mas tomá-las por ninharias e por coisas que são antes de riso e passatempo que de afronta, parece que quem as toma carece de todo razoável discurso. Quanto mais que o tomar vingança injusta, pois justa não há nenhuma que o possa ser, vai direitamente contra a santa lei que professamos, a qual nos manda fazer bem a nossos inimigos e amar os que nos odeiam, mandamento que, conquanto pareça algum

---

bien es verdad que el señor don Diego anduvo algo demasiado y aun pasó muy adelante de los límites del reto, porque no tenía para qué retar a los muertos, a las aguas, ni a los panes, ni a los que estaban por nacer, ni a las otras menudencias que allí se declaran; pero vaya, pues cuando la cólera sale de madre, no tiene la lengua padre, ayo ni freno que la corrija. Siendo, pues, esto así, que uno solo no puede afrentar a reino, provincia, ciudad, república, ni pueblo entero, queda en limpio que no hay para qué salir a la venganza del reto de la tal afrenta, pues no lo es; porque bueno sería que se matasen a cada paso los del pueblo de la Reloja con quien se lo llama, ni los cazoleros, berenjeneros, ballenatos, jaboneros, ni los de otros nombres y apellidos que andan por ahí en boca de los muchachos y de gente de poco más a menos. Bueno sería, por cierto, que todos estos insignes pueblos se corriesen y vengasen y anduviesen contino hechas las espadas sacabuches a cualquier pendencia, por pequeña que fuese. ¡No, no, ni Dios lo permita o quiera! Los varones prudentes, las repúblicas bien concertadas, por cuatro cosas han de tomar las armas y desenvainar las espadas y poner a riesgo sus personas, vidas y haciendas: la primera, por defender la fe católica; la segunda, por defender su vida, que es de ley natural y divina; la tercera, en defensa de su honra, de su familia y hacienda; la cuarta, en servicio de su rey en la guerra justa; y si le quisiéremos añadir la quinta (que se puede contar por segunda) es en defensa de su patria. A estas cinco causas, como capitales, se pueden agregar algunas otras que sean justas y razonables y que obliguen a tomar las armas, pero tomarlas por niñerías y por cosas que antes son de risa y pasatiempo que de afrenta, parece que quien las toma carece de todo razonable discurso; cuanto más que el tomar venganza injusta, que justa no puede haber alguna que lo sea, va derechamente contra la santa ley que profesamos, en la cual se nos manda que hagamos bien a nuestros ene-

tanto dificultoso de cumprir, somente o é para aqueles que têm menos de Deus que do mundo e mais de carne que de espírito. Porque Jesus Cristo, Deus e homem verdadeiro, que nunca mentiu, nem pôde nem pode mentir, sendo legislador nosso, disse que seu jugo era suave e sua carga leve, e assim não nos havia de mandar coisa que fosse impossível cumprir.[6] Portanto, meus senhores, por leis divinas e humanas estão vossas mercês obrigados a se assossegar.

— O diabo que me leve — disse então Sancho entre si — se este meu amo não é teólogo, e se o não é, bem o parece como um ovo ao outro.

Tomou D. Quixote um pouco de alento e, vendo que ainda lhe prestavam atenção e silêncio, quis passar avante em sua fala, e teria passado se não se metesse em meio a agudeza de Sancho, o qual, vendo que o seu amo fazia pausa, tomou-lhe a palavra, dizendo:

— Meu senhor D. Quixote de La Mancha, em outro tempo chamado o Cavaleiro da Triste Figura e que agora se chama o Cavaleiro dos Leões, é um fidalgo muito avisado, que sabe latim e romance que nem um bacharel, e em tudo quanto trata e aconselha procede como muito bom soldado, e tem na ponta da língua todas as leis e ordenanças daquilo que chamam duelo. Portanto basta a vossas mercês se deixarem levar pelo que ele disser, e sobre mim caiam se errarem. Quanto mais que está bem dito ser grande asneira se vexarem só de ouvir um zurro, e eu me lembro que, quando rapaz, zurrava quando e quanto me dava na tineta, sem ninguém me ir à mão, e com tanta graça e propriedade que, em zurrando eu, zurravam todos os asnos do lugar, e nem por isso eu deixava de ser filho dos meus pais, que eram honradíssimos, e ainda que por essa habilidade fosse invejado por mais de quatro engomados da minha aldeia, não se me dava uma mínima. E por que vejam

---

migos y que amemos a los que nos aborrecen, mandamiento que aunque parece algo dificultoso de cumplir, no lo es sino para aquellos que tienen menos de Dios que del mundo y más de carne que de espíritu; porque Jesucristo, Dios y hombre verdadero, que nunca mintió, ni pudo ni puede mentir, siendo legislador nuestro, dijo que su yugo era suave y su carga liviana, y así no nos había de mandar cosa que fuese imposible el cumplirla. Así que, mis señores, vuesas mercedes están obligados por leyes divinas y humanas a sosegarse.

— El diablo me lleve — dijo a esta sazón Sancho entre sí — si este mi amo no es tólogo, y si no lo es, que lo parece como un güevo a otro.

Tomó un poco de aliento don Quijote y, viendo que todavía le prestaban silencio, quiso pasar adelante en su plática, como pasara si no se pusiera en medio la agudeza de Sancho, el cual, viendo que su amo se detenía, tomó la mano por él, diciendo:

— Mi señor don Quijote de la Mancha, que un tiempo se llamó "el Caballero de la Triste Figura" y ahora se llama "el Caballero de los Leones", es un hidalgo muy atentado, que sabe latín y romance como un bachiller, y en todo cuanto trata y aconseja procede como muy buen soldado, y tiene todas las leyes y ordenanzas de lo que llaman el duelo en la uña, y, así, no hay más que hacer sino dejarse llevar por lo que él dijere, y sobre mí si lo erraren; cuanto más que ello se está dicho que es necedad correrse por sólo oír un rebuzno, que yo me acuerdo, cuando muchacho, que rebuznaba cada y cuando que se me antojaba, sin que nadie me fuese a la mano, y con tanta gracia y propiedad, que en rebuznando yo rebuznaban todos los asnos del pueblo, y no por eso dejaba de ser hijo de mis padres, que eran honradísimos, y aunque por esta habilidad era invidiado de más de cuatro de los

que falo a verdade, esperem e escutem, pois esta ciência é como a do nadar, que uma vez aprendida nunca se esquece.

E em seguida, tapando o nariz com a mão, começou a zurrar tão rijo, que todos os vales próximos ressoaram. Mas um dos que estavam perto dele, tomando aquilo por zombaria, levantou um varapau que na mão tinha e lhe acertou tamanho golpe que deu com Sancho Pança no chão. D. Quixote, ao ver Sancho tão malparado, arremeteu com a lança em punho contra quem o derrubara. Mas foram tantos os que se lhe puseram no caminho, que não foi possível tomar vingança; antes, vendo que sobre ele chovia uma surriada de pedras e que o ameaçavam mil armadas balestras e não menos quantidade de arcabuzes, virou as rédeas a Rocinante e, a todo o galope que pôde, saiu dentre eles, rogando a Deus de todo coração que daquele perigo o livrasse, temendo a cada passo que alguma bala lhe entrasse pelas costas e lhe saísse pelo peito, e a cada passo tomava alento por ver se lhe faltava.[7]

Mas os do esquadrão se contentaram em vê-lo fugir, sem atirar. Quanto a Sancho, apenas tornou em si, o colocaram sobre o seu jumento e o deixaram ir após seu amo, bem que sem sentido para levar as rédeas; mas o ruço por si seguiu as pegadas de Rocinante, sem o qual não ficava um momento. Então, alongado um bom trecho, D. Quixote virou a cabeça e, vendo que Sancho vinha e ninguém o seguia, esperou por ele.

Os do esquadrão ficaram lá até a noite e, não saindo os seus contrários à batalha, voltaram para a sua aldeia, regozijados e alegres. E se eles soubessem o antigo costume dos gregos, naquele lugar e sítio teriam erguido um troféu.

---

estirados de mi pueblo, no se me daba dos ardites. Y porque se vea que digo verdad, esperen y escuchen, que esta ciencia es como la del nadar, que una vez aprendida, nunca se olvida.

Y luego, puesta la mano en las narices, comenzó a rebuznar tan reciamente, que todos los cercanos valles retumbaron. Pero uno de los que estaban junto a él, creyendo que hacía burla dellos, alzó un varapalo que en la mano tenía y diole tal golpe con él, que, sin ser poderoso a otra cosa, dio con Sancho Panza en el suelo. Don Quijote que vio tan malparado a Sancho, arremetió al que le había dado, con la lanza sobre mano; pero fueron tantos los que se pusieron en medio, que no fue posible vengarle, antes, viendo que llovía sobre él un nublado de piedras y que le amenazaban mil encaradas ballestas y no menos cantidad de arcabuces, volvió las riendas a Rocinante, y a todo lo que su galope pudo se salió de entre ellos, encomendándose de todo corazón a Dios que de aquel peligro le librase, temiendo a cada paso no le entrase alguna bala por las espaldas y le saliese al pecho, y a cada punto recogía el aliento, por ver si le faltaba.

Pero los del escuadrón se contentaron con verle huir, sin tirarle. A Sancho le pusieron sobre su jumento, apenas vuelto en sí, y le dejaron ir tras su amo, no porque él tuviese sentido para regirle; pero el rucio siguió las huellas de Rocinante, sin el cual no se hallaba un punto. Alongado, pues, don Quijote buen trecho, volvió la cabeza y vio que Sancho venía, y atendióle, viendo que ninguno le seguía.

Los del escuadrón se estuvieron allí hasta la noche, y por no haber salido a la batalla sus contrarios, se volvieron a su pueblo, regocijados y alegres; y si ellos supieran la costumbre antigua de los griegos, levantaran en aquel lugar y sitio un trofeo.

Notas

[1] Determinou de se passar ao reino de Aragão: para escapar ao cumprimento das penas pronunciadas em Castela, que não eram aplicáveis naquele reino.

[2] "Não azurraram debalde/ nossos dois bravos alcaides": inversão do ditado "*rebuznaron en balde el uno y el otro alcalde*".

[3] Mordaça: trata-se aqui do instrumento usado pelo Santo Ofício contra os condenados por blasfêmia, uma peça de metal presa à cabeça que apertava a língua e a mantinha fora da boca, impedindo a vítima de falar.

[4] D. Diego Ordóñez de Lara: o episódio aparece em diversos romances tradicionais referentes ao cerco de Zamora pelas tropas de D. Sancho II e à morte deste pela mão de Vellido Dolfos. Diego Ordóñez, primo do rei assassinado, teria jurado vingança desafiando tudo e todos, nos seguintes termos: "*Yo os riepto, los zamoranos, — por traidores fementidos,/ riepto a todos los muertos — y con ellos a los vivos,/ riepto hombres y mugeres, — los por nacer y nacidos,/ riepto a todos los grandes, — a los grandes y a los chicos,/ a las carnes y pescados, y a las aguas de los ríos*".

[5] Aldeia da Relógia [*pueblo de la Reloja*]: trata-se de Espartinas, na província de Sevilha, que devia o epíteto a uma anedota segundo a qual seus vereadores, ao decidir a compra de um relógio para a torre da matriz, deliberaram que fosse fêmea, e de preferência prenhe. *Ballenatos* designava os madrilenhos, que, segundo outra anedota derrisória, correram a caçar uma cuba de vinho que descia boiando pelo rio Manzanares pensando tratar-se de uma baleia, pela má interpretação do grito de seu dono "*una va llena!*" (uma vai cheia) como "*una ballena!*". As demais alcunhas se devem a produtos e ofícios locais, sendo *cazoleros* (paneleiros) os naturais de Valladolid, *berenjeneros* os toledanos e *jaboneros* (saboeiros) os sevilhanos.

[6] ... mandar coisa que fosse impossível cumprir: a tirada remete aos Evangelhos, especialmente a Mateus.

[7] ... tomava alento por ver se lhe faltava: segundo a crença popular, o alento, fluido da alma, podia escapar pelas feridas, junto com o sangue.

CAPÍTULO XXVIII

De coisas que diz Benengeli que as saberá quem as ler, se as ler com atenção

Quando o valente foge, está descoberta a perfídia, e é de varões prudentes guardar-se para melhor ocasião. Essa verdade se verificou em D. Quixote, o qual, deixando atrás a fúria do povo e as más intenções daquele indignado esquadrão, pôs os pés em polvorosa e, sem se lembrar de Sancho nem do perigo em que o deixava, se afastou tanto quanto lhe pareceu bastante para estar seguro. Seguia-o Sancho atravessado em seu jumento, como fica relatado. Chegou enfim, já tornado em seu sentido, e ao chegar se deixou cair do ruço aos pés de Rocinante, todo ansioso, todo moído e todo surrado. Apeou-se D. Quixote para tentear os seus ferimentos, mas, como o achou são dos pés à cabeça, com grande cólera lhe disse:

— Maldita a hora em que soubestes zurrar, Sancho! E donde tirastes que é bem falar de corda em casa de enforcado? Que contraponto a música dos zurros havia de ganhar senão de varapaus? E dai graças a Deus, Sancho, que depois de vos benzerem a pauladas não vos fizeram o *per signum crucis*[1] com um alfanje.

— Não estou para responder — respondeu Sancho —, pois sinto como se falasse pelas costas. Montemos e saiamos daqui, que eu deixarei em silên-

---

CAPÍTULO XXVIII

De cosas que dice Benengeli que las sabrá quien le leyere, si las lee con atención

Cuando el valiente huye, la superchería está descubierta, y es de varones prudentes guardarse para mejor ocasión. Esta verdad se verificó en don Quijote, el cual, dando lugar a la furia del pueblo y a las malas intenciones de aquel indignado escuadrón, puso pies en polvorosa y, sin acordarse de Sancho ni del peligro en que le dejaba, se apartó tanto cuanto le pareció que bastaba para estar seguro. Seguíale Sancho atravesado en su jumento, como queda referido. Llegó, en fin, ya vuelto en su acuerdo, y al llegar se dejó caer del rucio a los pies de Rocinante, todo ansioso, todo molido y todo apaleado. Apeóse don Quijote para catarle las feridas, pero como le hallase sano de los pies a la cabeza, con asaz cólera le dijo:

— ¡Tan enhoramala supistes vos rebuznar, Sancho! ¿Y dónde hallastes vos ser bueno el nombrar la soga en casa del ahorcado? A la música de rebuznos, ¿qué contrapunto se había de llevar sino de varapalos? Y dad gracias a Dios, Sancho, que ya que os santiguaron con un palo, no os hicieron el *per signum crucis* con un alfanje.

cio os meus zurros, mas não o dizer que os cavaleiros andantes fogem e deixam os seus bons escudeiros nas mãos dos inimigos, mais moídos que grão na mó ou no pilão.

— Retirada não é fugida — respondeu D. Quixote. — E hás de saber, Sancho, que a valentia que não se funda sobre a base da prudência se chama temeridade, e as façanhas do temerário mais se devem à boa fortuna que à sua coragem. E assim confesso que me retirei, mas não fugi, e nisto imitei muitos valentes que se guardaram para melhor ocasião, e disto estão cheias as histórias, as quais, por não serem a ti de proveito nem a mim de gosto, não as relato agora.

Então já estava Sancho a cavalo, ajudado por D. Quixote, o qual por sua parte montou em Rocinante, e passo a passo se foram emboscar numa alameda que sobre um quarto de légua dali se avistava. De quando em quando dava Sancho uns ais profundíssimos e uns gemidos dolorosos; e perguntando-lhe D. Quixote a causa de tão amargo sentimento, respondeu que da ponta do espinhaço até a nuca sentia tamanha dor que lhe tirava os sentidos.

— A causa dessa dor — disse D. Quixote — sem dúvida deve de ser que, como o varapau com que te deram era grande e comprido, te colheu todas as costas, onde estão todas essas partes que te doem. E se mais te colhesse, mais te doeria.

— Por Deus — disse Sancho — que vossa mercê me tirou de uma grande dúvida e a declarou em belos termos! Corpo de mim! Tão encoberta estava a causa da minha dor, que foi preciso declarar que me dói tudo quanto recebeu paulada? Se me doessem os tornozelos, ainda valeria andar adivinhando o porquê dessa dor, mas dizer que me dói onde me bateram não é muito adivinhar. À fé, senhor nosso amo, que o mal alheio pesa como um

---

— No estoy para responder — respondió Sancho —, porque me parece que hablo por las espaldas. Subamos y apartémonos de aquí, que yo pondré silencio en mis rebuznos, pero no en dejar de decir que los caballeros andantes huyen y dejan a sus buenos escuderos molidos como alheña o como cibera en poder de sus enemigos.

— No huye el que se retira — respondió don Quijote —, porque has de saber, Sancho, que la valentía que no se funda sobre la basa de la prudencia se llama temeridad, y las hazañas del temerario más se atribuyen a la buena fortuna que a su ánimo. Y así yo confieso que me he retirado, pero no huido, y en esto he imitado a muchos valientes que se han guardado para tiempos mejores, y desto están las historias llenas, las cuales, por no serte a ti de provecho ni a mí de gusto, no te las refiero ahora.

En esto, ya estaba a caballo Sancho, ayudado de don Quijote, el cual asimismo subió en Rocinante, y poco a poco se fueron a emboscar en una alameda que hasta un cuarto de legua de allí se parecía. De cuando en cuando daba Sancho unos ayes profundísimos y unos gemidos dolorosos. Y preguntándole don Quijote la causa de tan amargo sentimiento, respondió que desde la punta del espinazo hasta la nuca del celebro le dolía de manera que le sacaba de sentido.

— La causa dese dolor debe de ser, sin duda — dijo don Quijote —, que como era el palo con que te dieron largo y tendido, te cogió todas las espaldas, donde entran todas esas partes que te duelen, y si más te cogiera, más te doliera.

— ¡Por Dios — dijo Sancho — que vuesa merced me ha sacado de una gran duda, y que me la ha declarado por lindos términos! ¡Cuerpo de mí! ¿Tan encubierta estaba la causa de mi dolor, que ha sido menester decir-

cabelo, e a cada dia vou descobrindo o pouco que posso esperar da companhia de vossa mercê; porque, se desta vez me deixou espancar, outra e outras cem voltaremos às famosas manteações e outras travessuras que, se agora me custaram os costados, depois me custarão os olhos. Muito melhor faria eu, não fosse um bárbaro que nada de bom fará em toda a vida, muito melhor faria eu, volto a dizer, em voltar para minha casa e minha mulher e meus filhos, e sustentá-la e criá-los com o que Deus foi servido de me dar, e não andar atrás de vossa mercê por caminhos sem caminho e por trilhas e carreiras que não têm nenhuma, bebendo mal e comendo pior. Pois vinde provar do meu dormir! Contai, irmão escudeiro, sete palmos de terra ou, se não for bastante, tomai quantos quiserdes, que em vossa mão está, e deitai-vos a toda a vossa vontade. Queimado eu veja e feito pó o primeiro que pôs a andar a andante cavalaria, ou pelo menos o primeiro que quis ser escudeiro de tais tontos como devem de haver sido todos os cavaleiros andantes passados. Dos presentes não digo nada, pois, sendo vossa mercê um deles, quero lhes guardar respeito, e porque sei que vossa mercê sabe um tanto mais que o diabo em tudo quanto fala e pensa.

— Eu bem apostaria, Sancho — disse D. Quixote —, que, agora que ides falando sem ninguém vos ir à mão, não vos dói nada em todo o corpo. Falai, filho meu, tudo aquilo que vos vier ao pensamento e à boca, que a troco de não vos doer nada, terei eu por gosto o pesar que me dão vossas impertinências. E se tanto desejais voltar a vossa casa com vossa mulher e filhos, não permita Deus que eu vo-lo impeça. Dinheiros meus tendes; olhai quanto faz que desta terceira vez saímos da nossa aldeia e olhai o que podeis e deveis ganhar cada mês, e pagai-vos por vossa mão.

— Quando eu servia — respondeu Sancho — a Tomé Carrasco, pai do

---

me que me duele todo todo aquello que alcanzó el palo? Si me dolieran los tobillos, aún pudiera ser que se anduviera adivinando el porqué me dolían, pero dolerme lo que me molieron no es mucho adivinar. A la fe, señor nuestro amo, el mal ajeno de pelo cuelga, y cada día voy descubriendo tierra de lo poco que puedo esperar de la compañía que con vuestra merced tengo; porque si esta vez me ha dejado apalear, otra y otras ciento volveremos a los manteamientos de marras y a otras muchacherías, que si ahora me han salido a las espaldas, después me saldrán a los ojos. Harto mejor haría yo, sino que soy un bárbaro y no haré nada que bueno sea en toda mi vida, harto mejor haría yo, vuelvo a decir, en volverme a mi casa y a mi mujer y a mis hijos, y sustentarla y criarlos con lo que Dios fue servido de darme, y no andarme tras vuesa merced por caminos sin camino y por sendas y carreras que no las tienen, bebiendo mal y comiendo peor. Pues ¡tomadme el dormir! Contad, hermano escudero, siete pies de tierra, y si quisiéredes más, tomad otros tantos, que en vuestra mano está escudillar, y tendeos a todo vuestro buen talante, que quemado vea yo y hecho polvos al primero que dio puntada en la andante caballería, o a lo menos al primero que quiso ser escudero de tales tontos como debieron ser todos los caballeros andantes pasados. De los presentes no digo nada, que, por ser vuestra merced uno dellos, los tengo respeto, y porque sé que sabe vuesa merced un punto más que el diablo en cuanto habla y en cuanto piensa.

— Haría yo una buena apuesta con vos, Sancho — dijo don Quijote —, que ahora que vais hablando sin que nadie os vaya a la mano, que no os duele nada en todo vuestro cuerpo. Hablad, hijo mío, todo aquello que os viniere al pensamiento y a la boca, que a trueco de que a vos no os duela nada, tendré yo por gusto el enfado que me dan vuestras impertinencias; y si tanto deseáis volveros a vuestra casa con vuestra mujer y hijos, no permita

bacharel Sansón Carrasco, que vossa mercê bem conhece, dois ducados ganhava por mês, além da comida. Com vossa mercê não sei quanto possa ganhar, mas sei que tem mais trabalho o escudeiro do cavaleiro andante que o que serve a um lavrador, pois, afinal, os que servimos a lavradores, por mais que trabalhemos de dia, por pior que seja, à noite jantamos quente e dormimos em cama, na qual nunca mais dormi depois que comecei a servir a vossa mercê. Tirando o pouco tempo que estivemos na casa de D. Diego de Miranda, e o bródio que tive com a espuma que tirei dos caldeirões de Camacho, e o que comi e bebi e dormi em casa de Basilio, todo o resto do tempo tenho dormido na dura terra, a céu aberto, sujeito às chamadas inclemências do céu, sustentando-me com lascas de queijo e pão duro, e bebendo águas, ou de ribeiros, ou de fontes, das que encontramos por esses ermos onde andamos.

— Confesso — disse D. Quixote — que seja verdade tudo o que dizes, Sancho. Quanto entendeis que vos devo dar além do que vos dava Tomé Carrasco?

— A meu ver — disse Sancho —, com dois reais por mês que vossa mercê acrescentar, me darei por bem pago. Isso quanto ao salário do meu trabalho; mas quanto à satisfação da palavra e da promessa que vossa mercê me tem feita de me dar o governo de uma ínsula, seria justo que se acrescentassem mais seis reais, o que ao todo daria trinta.

— Está muito bem — replicou D. Quixote. — Contai o salário que vos determinastes, *pro rata* os vinte e cinco dias desde que saímos da nossa aldeia, e olhai quanto vos devo e pagai-vos por vossa mão, como já disse.

— Ah, corpo de mim! — disse Sancho. — Vossa mercê vai muito errado nesta conta, pois o prometimento da ínsula se há de contar desde o dia em que vossa mercê a prometeu até a presente hora em que estamos.

Dios que yo os lo impida: dineros tenéis míos, mirad cuánto ha que esta tercera vez salimos de nuestro pueblo y mirad lo que podéis y debéis ganar cada mes, y pagaos de vuestra mano.

— Cuando yo servía — respondió Sancho — a Tomé Carrasco, el padre del bachiller Sansón Carrasco, que vuestra merced bien conoce, dos ducados ganaba cada mes, amén de la comida. Con vuestra merced no sé lo que puedo ganar, puesto que sé que tiene más trabajo el escudero del caballero andante que el que sirve a un labrador, que, en resolución, los que servimos a labradores, por mucho que trabajemos de día, por mal que suceda, a la noche cenamos olla y dormimos en cama, en la cual no he dormido después que ha que sirvo a vuestra merced. Si no ha sido el tiempo breve que estuvimos en casa de don Diego de Miranda, y la jira que tuve con la espuma que saqué de las ollas de Camacho, y lo que comí y bebí y dormí en casa de Basilio, todo el otro tiempo he dormido en la dura tierra, al cielo abierto, sujeto a lo que dicen inclemencias del cielo, sustentándome con rajas de queso y mendrugos de pan, y bebiendo aguas, ya de arroyos, ya de fuentes, de las que encontramos por esos andurriales donde andamos.

— Confieso — dijo don Quijote — que todo lo que dices, Sancho, sea verdad: ¿cuánto parece que os debo dar más de lo que os daba Tomé Carrasco?

— A mi parecer — dijo Sancho —, con dos reales más que vuestra merced añadiese cada mes me tendría por bien pagado. Esto es cuanto al salario de mi trabajo; pero en cuanto a satisfacerme a la palabra y promesa que vuestra merced me tiene hecha de darme el gobierno de una ínsula, sería justo que se me añadiesen otros seis reales, que por todos serían treinta.

— Mas que tanto tempo faz que a prometi, Sancho? — perguntou D. Quixote.

— Se mal não me lembro — respondeu Sancho —, deve de fazer mais de vinte anos, três dias mais ou menos.

Deu-se D. Quixote uma grande palmada na testa e desatou a rir com muita vontade, dizendo:

— Eu não andei na Serra Morena, nem em todo o discurso das nossas saídas, mais que dois meses, quando muito, e dizes que faz vinte anos que te prometi a ínsula? Pois eu digo, Sancho, que queres que se consuma nos teus salários todo o meu dinheiro que carregas. E se isto é assim e esse é o teu desejo, aqui mesmo to dou, e bom proveito te faça, pois a troco de me ver livre de tão ruim escudeiro, eu muito folgaria de ficar pobre e sem um cobre. Mas diz-me, prevaricador das ordenanças escudeiras da andante cavalaria, onde viste ou leste que algum escudeiro de cavaleiro andante se tenha posto a regatear com seu senhor que "tanto mais tanto me haveis de dar por cada mês que vos sirva"? Entra, malfeitor, patife e monstro, que tudo isto pareces, entra, digo, pelo mare-magnum das suas histórias, e se acaso achares algum escudeiro que tenha dito ou pensado o que aqui disseste, quero que mo lances em rosto e por cima o seles com quatro bofetões. Vira as rédeas, ou o cabresto, ao ruço e volta para tua casa, pois daqui por diante não hás de passar nem mais um passo comigo. Oh pão mal-agradecido! Oh promessas mal-empregadas! Oh homem que tem mais de besta que de gente! Justo agora, quando eu pensava pôr-te em estado, e tal que, apesar da tua mulher, te chamariam "senhoria", te despedes? Agora te vais, quando eu vinha com a intenção firme e valedia de te fazer senhor da melhor ínsula do mundo? Enfim, como tu mesmo disseste outras vezes, não é o mel etc.[2] Asno és, asno

---

— Está muy bien — replicó don Quijote —, y conforme al salario que vos os habéis señalado, veinte y cinco días ha que salimos de nuestro pueblo: contad, Sancho, rata por cantidad, y mirad lo que os debo y pagaos, como os tengo dicho, de vuestra mano.

— ¡Oh, cuerpo de mí! — dijo Sancho —, que va vuestra merced muy errado en esta cuenta, porque en lo de la promesa de la ínsula se ha de contar desde el día que vuestra merced me la prometió hasta la presente hora en que estamos.

— Pues ¿qué tanto ha, Sancho, que os la prometí? — dijo don Quijote.

— Si yo mal no me acuerdo — respondió Sancho —, debe de haber más de veinte años, tres días más a menos.

Diose don Quijote una gran palmada en la frente y comenzó a reír muy de gana y dijo:

— Pues no anduve yo en Sierra Morena, ni en todo el discurso de nuestras salidas, sino dos meses apenas, ¿y dices, Sancho, que ha veinte años que te prometí la ínsula? Ahora digo que quieres que se consuma en tus salarios el dinero que tienes mío; y si esto es así y tú gustas dello, desde aquí te lo doy, y buen provecho te haga, que a trueco de verme sin tan mal escudero, holgaréme de quedarme pobre y sin blanca. Pero dime, prevaricador de las ordenanzas escuderiles de la andante caballería, ¿dónde has tú o leído que ningún escudero de caballero andante se haya puesto con su señor en "cuánto más tanto me habéis de dar cada mes porque os sirva"? Éntrate, éntrate, malandrín, follón y vestiglo, que todo lo pareces, éntrate, digo, por el maremágnum de sus historias, y si hallares que algún escudero haya dicho ni pensado lo que aquí has dicho, quiero que me le claves en la frente y

hás de ser e em asno hás de parar quando se te acabar o curso da vida, do qual tenho para mim que chegará ao seu último termo antes que tu caias e dês na conta de que és uma besta.

Olhava Sancho para D. Quixote de fito a fito enquanto os tais vitupérios lhe dizia. E se compungiu de maneira que lhe vieram as lágrimas aos olhos, e com voz doída e embargada lhe disse:

— Senhor meu, confesso que para ser um asno completo não me falta mais que o rabo. Se vossa mercê mo quiser colocar, eu o darei por bem colocado e o servirei como jumento todos os dias que me restarem de vida. Vossa mercê me perdoe e tenha dó de minha mocidade, e veja que sei pouco e que, se falo muito, isso mais procede de doença que de malícia; mas quem erra e se emenda, a Deus se encomenda.

— Muito me maravilharia, Sancho, se não metesses um ditadozinho no teu colóquio. Pois bem, eu te perdoo, contanto que tomes emenda e daqui em diante não te mostres tão amigo do interesse, mas procures alargar o coração e te alentes e animes a esperar o cumprimento das minhas promessas, que, por mais que se demore, não se impossibilita.

Sancho respondeu que assim faria, bem que tirando forças da fraqueza.

Com isto entraram na alameda, e D. Quixote se acomodou ao pé de um olmo e Sancho ao de uma faia, que essas tais árvores e outras suas semelhantes sempre têm pés, e não mãos. Sancho passou a noite penosamente, pois o varapau mais se fazia sentir com o sereno. D. Quixote a passou em suas contínuas memórias. Mas, contudo, deram os olhos ao sono e, ao romper da aurora, seguiram seu caminho, buscando as ribeiras do famoso Ebro, onde lhes aconteceu o que se contará no capítulo seguinte.

---

por añadidura me hagas cuatro mamonas selladas en mi rostro. Vuelve las riendas, o el cabestro, al rucio, y vuélvete a tu casa, porque un solo paso desde aquí no has de pasar más adelante conmigo. ¡Oh pan mal conocido, oh promesas mal colocadas, oh hombre que tiene más de bestia que de persona! ¿Ahora cuando yo pensaba ponerte en estado, y tal, que a pesar de tu mujer te llamaran "señoría", te despides? ¿Ahora te vas, cuando yo venía con intención firme y valedera de hacerte señor de la mejor ínsula del mundo? En fin, como tú has dicho otras veces, no es la miel, etcétera. Asno eres, y asno has de ser, y en asno has de parar cuando se te acabe el curso de la vida, que para mí tengo que antes llegará ella a su último término que tú caigas y des en la cuenta de que eres bestia.

Miraba Sancho a don Quijote de hito en hito, en tanto que los tales vituperios le decía, y compungióse de manera que le vinieron las lágrimas a los ojos, y con voz dolorida y enferma le dijo:

— Señor mío, yo confieso que para ser del todo asno no me falta más de la cola: si vuestra merced quiere ponérmela, yo la daré por bien puesta, y le serviré como jumento todos los días que me quedan de mi vida. Vuestra merced me perdone y se duela de mi mocedad, y advierta que sé poco, y que si hablo mucho, más procede de enfermedad que de malicia, mas quien yerra y se enmienda, a Dios se encomienda.

— Maravilláreme yo, Sancho, si no mezclaras algún refrancico en tu coloquio. Ahora bien, yo te perdono, con que te enmiendes y con que no te muestres de aquí adelante tan amigo de tu interés, sino que procures ensanchar el corazón y te alientes y animes a esperar el cumplimiento de mis promesas, que, aunque se tarda, no se imposibilita.

Sancho respondió que sí haría, aunque sacase fuerzas de flaqueza.

Notas

[1] *Per signum crucis*: corte em cruz no rosto.

[2] Não é o mel etc.: o provérbio inteiro, tal como Sancho já o citou (ver *DQ* I, cap. LII), diz "não é o mel para a boca do asno".

Con esto se metieron en la alameda, y don Quijote se acomodó al pie de un olmo y Sancho al de una haya, que estos tales árboles y otros sus semejantes siempre tienen pies, y no manos. Sancho pasó la noche penosamente, porque el varapalo se hacía más sentir con el sereno. Don Quijote la pasó en sus continuas memorias. Pero, con todo eso, dieron los ojos al sueño, y al salir del alba siguieron su camino buscando las riberas del famoso Ebro, donde les sucedió lo que se contará en el capítulo venidero.

CAPÍTULO XXIX

DA FAMOSA AVENTURA DO BARCO ENCANTADO

Por seus passos contados e por contar, dois dias depois de deixarem a alameda, chegaram D. Quixote e Sancho ao rio Ebro, e vê-lo foi motivo de grande gosto para D. Quixote, que contemplou e mirou nele a amenidade das suas ribeiras, a claridade das suas águas, o sossego do seu curso e a fartura dos seus líquidos cristais, cuja alegre vista renovou na sua memória mil amorosos pensamentos. Especialmente volveu e revolveu as coisas que vira na gruta de Montesinos, pois, por mais que o macaco de mestre Pedro lhe tivesse dito que parte daquelas coisas eram verdade e parte mentira, ele se atinha mais às verdadeiras que às mentirosas, bem ao contrário de Sancho, que todas tinha pela mesma mentira.

Indo pois dessa maneira, se lhe ofereceu à vista um pequeno barco sem remos nem enxárcia alguma, amarrado na margem ao tronco de uma árvore que na ribeira estava. Olhou D. Quixote por toda a parte e não viu pessoa alguma; e logo sem mais nem mais se apeou de Rocinante e mandou que Sancho fizesse o mesmo do ruço e que amarrasse ambas as bestas bem juntas ao tronco de um álamo ou salgueiro que ali estava. Perguntou-lhe Sancho a causa daquele súbito apear e daquele atamento. Respondeu D. Quixote:

CAPÍTULO XXIX

DE LA FAMOSA AVENTURA DEL BARCO ENCANTADO

Por sus pasos contados y por contar, dos días después que salieron de la alameda llegaron don Quijote y Sancho al río Ebro, y el verle fue de gran gusto a don Quijote, porque contempló y miró en él la amenidad de sus riberas, la claridad de sus aguas, el sosiego de su curso y la abundancia de sus líquidos cristales, cuya alegre vista renovó en su memoria mil amorosos pensamientos. Especialmente fue y vino en lo que había visto en la cueva de Montesinos, que, puesto que el mono de maese Pedro le había dicho que parte de aquellas cosas eran verdad y parte mentira, él se atenía más a las verdaderas que a las mentirosas, bien al revés de Sancho, que todas las tenía por la mesma mentira.

Yendo, pues, desta manera, se le ofreció a la vista un pequeño barco sin remos ni otras jarcias algunas, que estaba atado en la orilla a un tronco de un árbol que en la ribera estaba. Miró don Quijote a todas partes, y no vio persona alguna; y luego sin más ni más se apeó de Rocinante y mandó a Sancho que lo mesmo hiciese del rucio y que a entrambas bestias las atase muy bien juntas al tronco de un álamo o sauce que allí estaba. Preguntóle Sancho la causa de aquel súbito apeamiento y de aquel ligamiento. Respondió don Quijote:

— Hás de saber, Sancho, que este barco que aqui está, direitamente e sem poder ser outra coisa em contrário, me está chamando e convidando a nele entrar e nele ir dar socorro a algum cavaleiro ou a outra necessitada e principal pessoa que deve de estar posta nalguma grande coita. Porque este é estilo dos livros das histórias cavaleirescas e dos encantadores que nelas se intrometem e intervêm: quando algum cavaleiro está posto em trabalhos dos quais não pode ser livrado senão por mão de outro cavaleiro, posto que estejam distantes um do outro duas ou três mil léguas, e até mais, ou o arrebatam numa nuvem, ou lhe deparam um barco onde entrar, e em menos de um abrir de olhos o levam, ou pelos ares, ou pelo mar, aonde querem e hão mister sua ajuda. Portanto, oh Sancho!, este barco está posto aqui para o mesmo efeito, e é isto tão verdade como que agora é dia, e antes que este se passe, amarra juntos o ruço e Rocinante, e à mão de Deus, que nos guie, pois eu não deixarei de me embarcar, ainda que mo viessem pedir frades descalços.

— Se é assim — respondeu Sancho — e a cada passo vossa mercê quer dar com esses que eu não sei se chamo disparates, não há senão obedecer e baixar a cabeça, atendendo ao ditado: "Sê moço bem mandado, e comerás com teu amo o bocado". Mas, para o descargo da minha consciência, devo advertir vossa mercê que a mim me parece que este tal barco não é dos encantados, senão de uns pescadores deste rio, porque nele se pescam as melhores savelhas do mundo.

Isto dizia Sancho enquanto amarrava as bestas, deixando-as à proteção e ao amparo dos encantadores, para grande pesar da sua alma. D. Quixote lhe disse que não se doesse do desamparo daqueles animais, pois aquele que havia de levar a eles dois por tão longínquas sendas e latitudes teria cuidado de os sustentar.

— Has de saber, Sancho, que este barco que aquí está, derechamente y sin poder ser otra cosa en contrario, me está llamando y convidando a que entre en él y vaya en él a dar socorro a algún caballero o a otra necesitada y principal persona que debe de estar puesta en alguna grande cuita. Porque este es estilo de los libros de las historias caballerescas y de los encantadores que en ellas se entremeten y platican: cuando algún caballero está puesto en algún trabajo que no puede ser librado dél sino por la mano de otro caballero, puesto que estén distantes el uno del otro dos o tres mil leguas, y aun más, o le arrebatan en una nube o le deparan un barco donde se entre, y en menos de un abrir y cerrar de ojos le llevan, o por los aires o por la mar, donde quieren y adonde es menester su ayuda. Así que, ¡oh Sancho!, este barco está puesto aquí para el mesmo efecto, y esto es tan verdad como es ahora de día, y antes que este se pase, ata juntos al rucio y a Rocinante, y a la mano de Dios que nos guíe, que no dejaré de embarcarme si me lo pidiesen frailes descalzos.

— Pues así es — respondió Sancho — y vuestra merced quiere dar a cada paso en estos que no sé si los llame disparates, no hay sino obedecer y bajar la cabeza, atendiendo al refrán: "Haz lo que tu amo te manda, y siéntate con él a la mesa"; pero, con todo esto, por lo que toca al descargo de mi conciencia, quiero advertir a vuestra merced que a mí me parece que este tal barco no es de los encantados, sino de algunos pescadores deste río, porque en él se pescan las mejores sabogas del mundo.

Esto decía mientras ataba las bestias Sancho, dejándolas a la proteción y amparo de los encantadores, con harto dolor de su ánima. Don Quijote le dijo que no tuviese pena del desamparo de aquellos animales, que el que los llevaría a ellos por tan longincuos caminos y regiones tendría cuenta de sustentarlos.

— Não entendo isso de *ratitudes* — disse Sancho —, nem nunca ouvi tal vocábulo em todos os dias da minha vida.

— *Latitude* — respondeu D. Quixote — quer dizer largura, e não maravilha que o não entendas, pois não estás obrigado a saber latim, como alguns que presumem de o saber quando o ignoram.

— Já estão amarrados — replicou Sancho. — Que temos de fazer agora?

— Quê? — respondeu D. Quixote. — Benzer-nos e levantar ferros, quero dizer, embarcar-nos e cortar os cabos com que este barco está amarrado.

E saltando para dentro dele, seguido de Sancho, cortou a corda, e o barco aos poucos se foi afastando da ribeira, e quando Sancho se viu cerca de duas varas dentro do rio, começou a tremer, temendo sua perdição, mas nenhuma coisa lhe doeu mais que ouvir o ruço ornejar e ver que Rocinante pelejava para se desatar, e disse ao seu senhor:

— O ruço está zurrando condoído da nossa ausência, e Rocinante peleja por ganhar liberdade para se lançar atrás de nós. Oh caríssimos amigos, ficai em paz, e que a loucura que nos afasta de vós, convertida em desengano, logo nos devolva à vossa presença!

E começou a chorar tão amargamente que D. Quixote, desgostoso e colérico, lhe disse:

— Que temes, cobarde criatura? De que choras, coração de manteiga? Quem te persegue ou te acossa, ânimo de rato caseiro, ou que te falta, desvalido em meio das entranhas da abastança? Acaso vais caminhando a pé e descalço pelos Montes Rifeus,[1] que não sentado numa tábua feito um arquiduque, seguindo o sesgo curso deste agradável rio, donde em breve espaço sairemos ao mar dilatado? E já devemos de ter saído e caminhado pelo menos setecentas ou oitocentas léguas, e se eu tivesse aqui um astrolá-

---

— No entiendo eso de *logicuos* — dijo Sancho —, ni he oído tal vocablo en todos los días de mi vida.

— *Longincuos* — respondió don Quijote — quiere decir "apartados", y no es maravilla que no lo entiendas, que no estás tú obligado a saber latín, como algunos que presumen que lo saben y lo ignoran.

— Ya están atados — replicó Sancho —. ¿Qué hemos de hacer ahora?

— ¿Qué? — respondió don Quijote —. Santiguarnos y levar ferro, quiero decir, embarcarnos y cortar la amarra con que este barco está atado.

Y dando un salto en él, siguiéndole Sancho, cortó el cordel, y el barco se fue apartando poco a poco de la ribera, y cuando Sancho se vio obra de dos varas dentro del río, comenzó a temblar, temiendo su perdición, pero ninguna cosa le dio más pena que el oír roznar al rucio y el ver que Rocinante pugnaba por desatarse, y díjole a su señor:

— El rucio rebuzna condolido de nuestra ausencia y Rocinante procura ponerse en libertad para arrojarse tras nosotros. ¡Oh carísimos amigos, quedaos en paz y la locura que nos aparta de vosotros, convertida en desengaño, nos vuelva a vuestra presencia!

Y en esto comenzó a llorar tan amargamente, que don Quijote, mohíno y colérico, le dijo:

— ¿De qué temes, cobarde criatura? ¿De qué lloras, corazón de mantequillas? ¿Quién te persigue, o quién te acosa, ánimo de ratón casero, o qué te falta, menesteroso en la mitad de las entrañas de la abundancia? ¿Por dicha vas caminando a pie y descalzo por las montañas rifeas, sino sentado en una tabla como un archiduque, por el sesgo curso deste agradable río, de donde en breve espacio saldremos al mar dilatado? Pero ya habemos de

363

bio com que medir a altura do polo, te diria quantas caminhamos, se bem que, ou sei pouco do assunto, ou já cruzamos ou logo haveremos de cruzar a linha equinocial, que divide e corta os dois contrapostos polos em iguais porções.

— E quando chegarmos a essa lenha que vossa mercê diz — perguntou Sancho —, quanto teremos caminhado?

— Muito — replicou D. Quixote —, porque, de trezentos e sessenta graus que contém o globo de água e de terra, segundo o cômputo de Ptolomeu, que foi o maior cosmógrafo de que se tem notícia, já devemos de ter caminhado a metade, chegando à dita linha que eu disse.

— Por Deus — disse Sancho — que vossa mercê me põe por testemunha de ter chamado uma gentil pessoa de puto e gafo, e ainda tolo meu, ou seu, ou de não sei quem.

Riu-se D. Quixote da interpretação que Sancho dera ao nome e ao cômputo e conta do cosmógrafo Ptolomeu e lhe disse:

— Hás de saber, Sancho, que os espanhóis e quantos se embarcam em Cádis para ir às Índias Orientais, um dos sinais que têm para entender que cruzaram a linha equinocial que te disse é morrerem todos os seus piolhos, sem que reste nenhum a ninguém que vai no navio, e em todo ele não achariam um só ainda que o pagassem a ouro; portanto podes, Sancho, passar a mão por uma coxa: se topares coisa viva, sairemos desta dúvida, e se é que não já cruzamos.

— Eu não creio em nada disso — respondeu Sancho —, mas farei o que vossa mercê manda, ainda sabendo que não há necessidade de fazer essas experiências, pois vejo com meus próprios olhos que não nos afastamos da ribeira nem cinco varas, e nem duas nos alongamos donde estão os animais,

---

haber salido y caminado por lo menos setecientas o ochocientas leguas, y si yo tuviera aquí un astrolabio con que tomar la altura del polo, yo te dijera las que hemos caminado: aunque o yo sé poco o ya hemos pasado o pasaremos presto por la línea equinocial, que divide y corta los dos contrapuestos polos en igual distancia.

— Y cuando lleguemos a esa leña que vuestra merced dice — preguntó Sancho —, ¿cuánto habremos caminado?

— Mucho — replicó don Quijote —, porque de trecientos y sesenta grados que contiene el globo del agua y de la tierra, según el cómputo de Ptolomeo, que fue el mayor cosmógrafo que se sabe, la mitad habremos caminado, llegando a la línea que he dicho.

— Por Dios — dijo Sancho —, que vuesa merced me trae por testigo de lo que dice a una gentil persona, puto y gafo, con la añadidura de meón, o meo, o no sé cómo.

Rióse don Quijote de la interpretación que Sancho había dado al nombre y al cómputo y cuenta del cosmógrafo Ptolomeo, y díjole:

— Sabrás, Sancho, que los españoles, y los que se embarcan en Cádiz para ir a las Indias Orientales, una de las señales que tienen para entender que han pasado la línea equinocial que te he dicho es que a todos los que van en el navío se les mueren los piojos, sin que les quede ninguno, ni en todo el bajel le hallaran si le pesan a oro, y así puedes, Sancho, pasear una mano por un muslo, y si topares cosa viva, saldremos desta duda, y si no, pasado habemos.

— Yo no creo nada deso — respondió Sancho —, pero, con todo, haré lo que vuesa merced me manda,

364

porque lá estão Rocinante e o ruço no mesmo lugar onde os deixamos; e tomada a distância a olho, como agora a tomo, voto a tal que não nos movemos nem andamos ao passo de uma formiga.

— Faz, Sancho, a averiguação que te disse, e não cuides em outras, pois não sabes que são coluros, latitudes, paralelos, zodíacos, eclípticas, polos, solstícios, equinócios, planetas, signos, pontos, medidas,[2] que compõem a esfera celeste e terrestre, pois se todas estas coisas soubesses, ou parte delas, verias claramente quantos paralelos já cortamos, quantos signos vimos e quantas constelações deixamos atrás e vamos deixando agora. E torno a dizer que te apalpes e cates, pois tenho para mim que estás mais limpo que uma folha de papel liso e branco.

Apalpou-se Sancho e, chegando a mão com cuidado e tento à dobra da perna esquerda, ergueu a cabeça, fitou seu amo e disse:

— Ou a experiência é falsa, ou ainda não chegamos aonde vossa mercê diz, nem a muitas léguas.

— Como assim? — perguntou D. Quixote. — Topaste algo?

— E até algos! — respondeu Sancho.

E sacudindo os dedos lavou-se toda a mão no rio, no qual sossegadamente deslizava o barco pelo meio da corrente, sem que o movesse inteligência secreta alguma nem algum encantador escondido, senão o mesmo curso da água, então brando e suave.

Nisto descobriram umas grandes azenhas que no meio do rio estavam, e assim como D. Quixote as viu, em voz alta disse a Sancho:

— Olha lá, oh amigo! Aí se descobre a cidade, castelo ou fortaleza onde deve de estar algum cavaleiro oprimido, ou alguma rainha, infanta ou princesa malparada, para cujo socorro aqui fui trazido.

---

aunque no sé para qué hay necesidad de hacer esas experiencias, pues yo veo con mis mismos ojos que no nos habemos apartado de la ribera cinco varas, ni hemos decantado de donde están las alemañas dos varas, porque allí están Rocinante y el rucio en el propio lugar do los dejamos, y tomada la mira, como yo la tomo ahora, voto a tal que no nos movemos ni andamos al paso de una hormiga.

— Haz, Sancho, la averiguación que te he dicho, y no te cures de otra, que tú no sabes qué cosa sean coluros, líneas, paralelos, zodiacos, eclíticas, polos, solsticios, equinocios, planetas, signos, puntos, medidas, de que se compone la esfera celeste y terrestre, que si todas estas cosas supieras, o parte dellas, vieras claramente qué de paralelos hemos cortado, qué de signos visto y qué de imágines hemos dejado atrás y vamos dejando ahora. Y tórnote a decir que te tientes y pesques, que yo para mí tengo que estás más limpio que un pliego de papel liso y blanco.

Tentóse Sancho, y llegando con la mano bonitamente y con tiento hacia la corva izquierda, alzó la cabeza y miró a su amo, y dijo:

— O la experiencia es falsa o no hemos llegado adonde vuesa merced dice, ni con muchas leguas.

— Pues ¿qué — preguntó don Quijote —, has topado algo?

— ¡Y aun algos! — respondió Sancho.

Y, sacudiéndose los dedos, se lavó toda la mano en el río, por el cual sosegadamente se deslizaba el barco por mitad de la corriente, sin que le moviese alguna inteligencia secreta, ni algún encantador escondido, sino el mismo curso del agua, blando entonces y suave.

— Que diabo de cidade, fortaleza ou castelo é esse que vossa mercê diz, senhor? — disse Sancho. — Não vê que aquelas são azenhas postas no rio, onde se mói o trigo?

— Cala-te, Sancho — disse D. Quixote —, pois ainda que pareçam azenhas não o são, e já te disse que todas as coisas os encantamentos mudam e transtornam do seu ser natural. Não quero dizer que as mudem realmente de um em outro ser, senão que assim parece, como a experiência nos mostrou na transformação de Dulcineia, único refúgio das minhas esperanças.

Nisto o barco, colhido pela corrente maior do rio, começou a avançar não mais tão lentamente como até então. Os moleiros das azenhas, vendo vir aquele barco pelo rio a jeito de embocar pela torrente das rodas, saíram com presteza muitos deles armados de longas varas para detê-lo, e como saíam enfarinhados e com o rosto e as roupas cobertos do pó da farinha, representavam uma feia visão. Davam grandes vozes, dizendo:

— Demônios de homens, aonde ides? Estais desesperados, que vos quereis afogar e fazer em pedaços nestas rodas?

— Eu não te disse, Sancho — disse então D. Quixote —, que chegamos ao ponto onde hei de mostrar a quanto chega o valor do meu braço? Olha quantos bandidos e malfeitores saem ao meu encontro, olha quantos monstros se me opõem, quantas más cataduras nos vêm assombrar. Pois agora vereis, velhacos!

E, posto em pé no barco, a grandes vozes começou a ameaçar os moleiros, dizendo-lhes:

— Canalha malvada e pior aconselhada, deixai em sua liberdade e livre arbítrio a pessoa que nessa vossa fortaleza ou prisão tendes oprimida, seja

---

En esto, descubrieron unas grandes aceñas que en la mitad del río estaban, y apenas las hubo visto don Quijote, cuando con voz alta dijo a Sancho:

— ¿Vees? Allí, ¡oh amigo!, se descubre la ciudad, castillo o fortaleza donde debe de estar algún caballero oprimido, o alguna reina, infanta o princesa malparada, para cuyo socorro soy aquí traído.

— ¿Qué diablos de ciudad, fortaleza o castillo dice vuesa merced, señor? — dijo Sancho —. ¿No echa de ver que aquellas son aceñas que están en el río, donde se muele el trigo?

— Calla, Sancho — dijo don Quijote —, que aunque parecen aceñas no lo son, y ya te he dicho que todas las cosas trastruecan y mudan de su ser natural los encantos. No quiero decir que las mudan de en uno en otro ser realmente, sino que lo parece, como lo mostró la experiencia en la transformación de Dulcinea, único refugio de mis esperanzas.

En esto, el barco, entrado en la mitad de la corriente del río, comenzó a caminar no tan lentamente como hasta allí. Los molineros de las aceñas, que vieron venir aquel barco por el río, y que se iba a embocar por el raudal de las ruedas, salieron con presteza muchos dellos con varas largas a detenerle, y como salían enharinados y cubiertos los rostros y los vestidos del polvo de la harina, representaban una mala vista. Daban voces grandes, diciendo:

— ¡Demonios de hombres!, ¿dónde vais? ¿Venís desesperados, que queréis ahogaros y haceros pedazos en estas ruedas?

— ¿No te dije yo, Sancho — dijo a esta sazón don Quijote —, que habíamos llegado donde he de mostrar

366

ela alta ou baixa, de qualquer sorte ou qualidade, pois eu sou D. Quixote de La Mancha, por outro nome chamado "o Cavaleiro dos Leões", a quem está reservado por ordem dos altos céus dar feliz fim a esta aventura.

E dizendo isto meteu mão à espada e a começou a esgrimir no ar contra os moleiros, os quais, ouvindo e não entendendo aquelas sandices, se puseram com suas varas a deter o barco, que já ia entrando na torrente e calha das rodas.

Sancho se pôs de joelhos, pedindo devotamente ao céu que o livrasse de perigo tão manifesto, no que foi atendido pela indústria e presteza dos moleiros, que opondo-se ao barco com suas varas o detiveram; mas não de maneira que o deixassem de virar e dar com D. Quixote e Sancho na água. Contudo não se saiu de todo mal D. Quixote, pois sabia nadar como um pato, mas ainda assim o peso da armadura o levou ao fundo por duas vezes, e não fosse pelos moleiros, que se atiraram na água e puxaram os dois como pesos mortos, ali fora Troia para ambos.[3]

Deitados pois em terra, mais molhados que mortos de sede, Sancho se ajoelhou, com as mãos postas e os olhos cravados no céu, e pediu a Deus·com uma longa e devota prece que dali em diante o livrasse dos atrevidos desejos e cometimentos do seu senhor.

Chegaram então os pescadores donos do barco, já feito em pedaços pelas rodas das azenhas, e vendo o dano arremeteram a despojar Sancho e a pedir a D. Quixote que o pagasse, quem, com grande sossego, como se nada se tivesse passado com ele, disse aos moleiros e pescadores que pagaria o barco de boníssimo grado, à condição de que lhe entregassem livre e quite a pessoa ou pessoas que naquele seu castelo estavam oprimidas.

— Que pessoas e que castelo dizes, homem sem juízo? — respondeu um

---

a dó llega el valor de mi brazo? Mira qué de malandrines y follones me salen al encuentro, mira cuántos vestiglos se me oponen, mira cuántas feas cataduras nos hacen cocos... Pues ¡ahora lo veréis, bellacos!

Y, puesto en pie en el barco, con grandes voces comenzó a amenazar a los molineros, diciéndoles:

— Canalla malvada y peor aconsejada, dejad en su libertad y libre albedrío a la persona que en esa vuestra fortaleza o prisión tenéis oprimida, alta o baja, de cualquiera suerte o calidad que sea, que yo soy don Quijote de la Mancha, llamado "el Caballero de los Leones" por otro nombre, a quien está reservada por orden de los altos cielos el dar fin felice a esta aventura.

Y diciendo esto echó mano a su espada y comenzó a esgrimirla en el aire contra los molineros, los cuales, oyendo y no entendiendo aquellas sandeces, se pusieron con sus varas a detener el barco, que ya iba entrando en el raudal y canal de las ruedas.

Púsose Sancho de rodillas, pidiendo devotamente al cielo le librase de tan manifiesto peligro, como lo hizo por la industria y presteza de los molineros, que oponiéndose con sus palos al barco le detuvieron, pero no de manera que dejasen de trastornar el barco y dar con don Quijote y con Sancho al través en el agua; pero vínole bien a don Quijote, que sabía nadar como un ganso, aunque el peso de las armas le llevó al fondo dos veces, y si no fuera por los molineros, que se arrojaron al agua y los sacaron como en peso a entrambos, allí había sido Troya para los dos.

Puestos, pues, en tierra, más mojados que muertos de sed, Sancho puesto de rodillas, las manos juntas y los ojos clavados al cielo, pidió a Dios con una larga y devota plegaria le librase de allí adelante de los atrevidos deseos y acometimientos de su señor.

dos moleiros. — Queres porventura levar as que vêm moer o trigo nestas azenhas?

— Basta! — disse D. Quixote entre si. — Aqui será pregar no deserto querer por rogos reduzir esta canalha a praticar virtude alguma, e nesta aventura se devem de haver encontrado dois poderosos encantadores, um estorvando o que outro intenta: um me deparou o barco, o outro deu comigo na água. Deus o remedeie, que todo este mundo é máquinas e tramas contrárias umas das outras. Eu não posso mais.

E levantando a voz prosseguiu dizendo e fitando as azenhas:

— Amigos, sejais quem fordes, que nessa prisão ficais trancados, perdoai-me, pois para a minha desgraça e para a vossa eu não vos posso tirar de vossa coita. Para outro cavaleiro deve de estar guardada e reservada esta aventura.

Em dizendo isto se concertou com os pescadores e pagou pelo barco cinquenta reais, os quais deu Sancho de malíssima vontade, dizendo:

— Mais duas barcadas como esta, e todo o nosso cabedal se irá ao fundo.

Os pescadores e moleiros estavam admirados olhando aquelas duas figuras ao parecer tão fora do uso dos outros homens, e não acabavam de entender aonde se encaminhavam as razões e perguntas que D. Quixote lhes dizia, e tendo-os por loucos os deixaram e se recolheram às suas azenhas, e os pescadores aos seus ranchos. Voltaram D. Quixote e Sancho às suas bestas, e a ser bestas, e este fim teve a aventura do encantado barco.

Llegaron en esto los pescadores dueños del barco, a quien habían hecho pedazos las ruedas de las aceñas, y, viéndole roto, acometieron a desnudar a Sancho y a pedir a don Quijote se lo pagase, el cual, con gran sosiego, como si no hubiera pasado nada por él, dijo a los molineros y pescadores que él pagaría el barco de bonísima gana, con condición que le diesen libre y sin cautela a la persona o personas que en aquel su castillo estaban oprimidas.

— ¿Qué personas o qué castillo dices — respondió uno de los molineros —, hombre sin juicio? ¿Quiéreste llevar por ventura las que vienen a moler trigo a estas aceñas?

— ¡Basta! — dijo entre sí don Quijote —, aquí será predicar en desierto querer reducir a esta canalla a que por ruegos haga virtud alguna, y en esta aventura se deben de haber encontrado dos valientes encantadores, y el uno estorba lo que el otro intenta: el uno me deparó el barco y el otro dio conmigo al través. Dios lo remedie, que todo este mundo es máquinas y trazas, contrarias unas de otras. Yo no puedo más.

Y alzando la voz prosiguió diciendo, y mirando a las aceñas:

— Amigos, cualesquiera que seáis, que en esa prisión quedáis encerrados, perdonadme, que por mi desgracia y por la vuestra yo no os puedo sacar de vuestra cuita. Para otro caballero debe de estar guardada y reservada esta aventura.

En diciendo esto, se concertó con los pescadores y pagó por el barco cincuenta reales, que los dio Sancho de muy mala gana, diciendo:

— A dos barcadas como estas, daremos con todo el caudal al fondo.

Notas

[1] Montes Rifeus: os *Riphæi Montes* (montanhas nevadas), proverbialmente inóspitos, situados sem maior precisão na antiga Cítia e tidos, na geografia clássica, como limite oriental da Europa.

[2] Coluros [...], medidas: termos técnicos de astronomia e navegação frequentes no *Tratado da Esfera*, de Sacrobosco, escrito no século XIII e adotado, numa versão ampliada, pelas escolas europeias ao longo dos séculos XVI e XVII.

[3] ... ali fora Troia para ambos: frase proverbial que indica desastre, derrota, felicidade perdida. Provém da *Eneida* (III, 5, vv. 10-11); em português, a expressão tem curso na forma original, *"ubi Troia fuit"*.

Los pescadores y molineros estaban admirados mirando aquellas dos figuras tan fuera del uso al parecer de los otros hombres, y no acababan de entender a dó se encaminaban las razones y preguntas que don Quijote les decía, y teniéndolos por locos les dejaron y se recogieron a sus aceñas, y los pescadores a sus ranchos. Volvieron a sus bestias, y a ser bestias, don Quijote y Sancho, y este fin tuvo la aventura del encantado barco.

CAPÍTULO XXX

DO QUE OCORREU COM D. QUIXOTE E UMA BELA CAÇADORA

Assaz melancólicos e amuados chegaram aos seus animais cavaleiro e escudeiro, especialmente Sancho, a quem doía na alma mexer no cabedal de dinheiro, parecendo-lhe que tudo o que dele se tirava era tirá-lo das meninas dos seus olhos. Finalmente, sem se falarem palavra, montaram e se afastaram do famoso rio: D. Quixote sepultado nos pensamentos dos seus amores e Sancho nos do seu acrescentamento, que então pensava estar bem longe de o ter, pois, apesar de tolo, bem entendia que as ações do seu amo, todas ou as mais delas eram disparates, e buscava a ocasião para, sem entrar em contas nem despedimentos com seu senhor, qualquer dia se desgarrar e ir-se embora para sua casa. Mas a fortuna ordenou as coisas bem ao contrário do que ele temia.

Aconteceu, pois, que no dia seguinte, ao pôr do sol e ao sair de uma selva, alongou D. Quixote a vista por um verde prado e no extremo dele avistou gente, e chegando-se perto conheceu que eram caçadores de altanaria. Chegou-se mais e entre eles viu uma galharda senhora sobre um palafrém ou hacaneia branquíssima, adornada de guarnições verdes e com um silhão de prata. Vinha a senhora também vestida de verde, tão bizarra e ricamente, que a mesma bizarria vinha nela encarnada. Na mão esquerda trazia um açor,

---

CAPÍTULO XXX

DE LO QUE LE AVINO A DON QUIJOTE CON UNA BELLA CAZADORA

Asaz melancólicos y de mal talante llegaron a sus animales caballero y escudero, especialmente Sancho, a quien llegaba al alma llegar al caudal del dinero, pareciéndole que todo lo que dél se quitaba era quitárselo a él de las niñas de sus ojos. Finalmente, sin hablarse palabra, se pusieron a caballo y se apartaron del famoso río, don Quijote sepultado en los pensamientos de sus amores y Sancho en los de su acrecentamiento, que por entonces le parecía que estaba bien lejos de tenerle, porque, maguer era tonto, bien se le alcanzaba que las acciones de su amo, todas o las más, eran disparates, y buscaba ocasión de que, sin entrar en cuentas ni en despedimientos con su señor, un día se desgarrase y se fuese a su casa; pero la fortuna ordenó las cosas muy al revés de lo que él temía.

Sucedió, pues, que otro día, al poner del sol y al salir de una selva, tendió don Quijote la vista por un verde prado, y en lo último dél vio gente y, llegándose cerca, conoció que eran cazadores de altanería. Llegóse más, y entre ellos vio una gallarda señora sobre un palafrén o hacanea blanquísima, adornada de guarniciones verdes y con un sillón de plata. Venía la señora asimismo vestida de verde, tan bizarra y ricamente, que la misma bizarría venía transformada en ella. En la mano izquierda traía un azor, señal que dio a entender a don Quijote ser aquella alguna gran señora, que debía serlo de todos aquellos cazadores, como era la verdad, y así dijo a Sancho:

sinal que deu a entender a D. Quixote ser aquela uma grande senhora, que o devia ser de todos aqueles caçadores, como de verdade o era, e assim disse a Sancho:

— Corre, Sancho meu filho, e vai dizer àquela senhora do palafrém e do açor que eu, o Cavaleiro dos Leões, beija as mãos a sua grande fermosura e que, se sua grandeza me der licença, lá irei beijá-las e servi-la em quanto minhas forças puderem e sua alteza me mandar. E olha bem, Sancho, como falas, e tem conta de não encaixar algum dos teus ditados na tua embaixada.

— Grande encaixador houvera de ser — respondeu Sancho. — Boa história! Como se fosse a primeira vez nesta vida que levo embaixadas a altas e crescidas senhoras!

— Tirando a que levaste à senhora Dulcineia — replicou D. Quixote —, eu não sei que tenhas levado outra, ao menos no meu serviço.

— Isso é verdade — respondeu Sancho —, mas a bom pagador não lhe dói o penhor, e em casa cheia asinha se faz a ceia; quero dizer que a mim não há que dizer nem advertir de nada, pois para tudo tenho e de tudo entendo um pouco.

— Disso não duvido, Sancho — disse D. Quixote. — Vai embora, e Deus te guie.

Partiu Sancho de carreira, tirando o ruço de seu passo, e chegou aonde a bela caçadora estava, e apeando-se, posto de joelhos diante dela, lhe disse:

— Formosa senhora, aquele cavaleiro que lá se mostra, chamado "o Cavaleiro dos Leões", é meu amo, e eu sou um escudeiro seu, em sua casa chamado Sancho Pança. Esse tal Cavaleiro dos Leões, que não há muito se chamava o da Triste Figura, por mim envia a dizer a vossa grandeza que seja servida de lhe dar licença para que, com seu propósito e beneplácito e con-

---

— Corre, hijo Sancho, y di a aquella señora del palafrén y del azor que yo el Caballero de los Leones besa las manos a su gran fermosura y que si su grandeza me da licencia, se las iré a besar y a servirla en cuanto mis fuerzas pudieren y su alteza me mandare. Y mira, Sancho, cómo hablas, y ten cuenta de no encajar algún refrán de los tuyos en tu embajada.

— ¡Hallado os le habéis el encajador! — respondió Sancho —. ¡A mí con eso! ¡Sí, que no es esta la vez primera que he llevado embajadas a altas y crecidas señoras en esta vida!

— Si no fue la que llevaste a la señora Dulcinea — replicó don Quijote —, yo no sé que hayas llevado otra, a lo menos en mi poder.

— Así es verdad — respondió Sancho —, pero al buen pagador no le duelen prendas, y en casa llena presto se guisa la cena: quiero decir que a mí no hay que decirme ni advertirme de nada, que para todo tengo y de todo se me alcanza un poco.

— Yo lo creo, Sancho — dijo don Quijote —: ve en buena hora, y Dios te guíe.

Partió Sancho de carrera, sacando de su paso al rucio, y llegó donde la bella cazadora estaba, y apeándose, puesto ante ella de hinojos, le dijo:

— Hermosa señora, aquel caballero que allí se parece, llamado "el Caballero de los Leones", es mi amo, y yo soy un escudero suyo, a quien llaman en su casa Sancho Panza. Este tal Caballero de los Leones, que no ha mucho que se llamaba el de la Triste Figura, envía por mí a decir a vuestra grandeza sea servida de darle licencia para que, con su propósito y beneplácito y consentimiento, él venga a poner en obra su deseo, que no es otro,

373

sentimento, ele venha a pôr em obra seu desejo, que não é outro, segundo ele diz e eu penso, senão o de servir a vossa subida altanaria e fermosura, pois em dar-lha vossa senhoria fará coisa que redunde em seu prol e ele receberá assinaladíssima mercê e contentamento.

— Por certo, bom escudeiro — respondeu a senhora —, que destes a embaixada vossa com todas aquelas circunstâncias que as tais embaixadas pedem. Levantai-vos do chão, pois escudeiro de tão grande cavaleiro como é o da Triste Figura, de quem já temos por aqui muita notícia, não é justo que esteja de joelhos. Levantai-vos, amigo, e dizei a vosso senhor que venha embora a servir-se de mim e do duque meu marido, numa casa de recreio que aqui temos.

Levantou-se Sancho, admirado assim da formosura da boa senhora como da sua muita distinção e cortesia, e mais ainda de dizer que já tinha notícia do seu senhor o Cavaleiro da Triste Figura, e se o não chamara "o dos Leões" devia de ser porque ele tomara o nome muito novamente. Perguntou-lhe a duquesa (cujo título ainda não se sabe):

— Dizei-me, irmão escudeiro, esse vosso senhor não é um de quem anda impressa uma história chamada do *Engenhoso fidalgo D. Quixote de La Mancha*, que tem por senhora de sua alma uma tal Dulcineia d'El Toboso?

— É ele mesmo, senhora — respondeu Sancho —, e aquele escudeiro seu que anda ou deve de andar na tal história, chamado Sancho Pança, sou eu, se não é que me trocaram no berço, quero dizer, no prelo.

— Tudo isso muito me alegra — disse a duquesa. — Ide, irmão Pança, e dizei ao vosso senhor que ele seja bem-vindo e bem chegado aos meus estados, e que nenhuma coisa me pudera vir que mais contentamento me desse.

---

según él dice y yo pienso, que de servir a vuestra encumbrada altanería y fermosura, que en dársela vuestra señoría hará cosa que redunde en su pro y él recibirá señaladísima merced y contento.

— Por cierto, buen escudero — respondió la señora —, vos habéis dado la embajada vuestra con todas aquellas circunstancias que las tales embajadas piden. Levantaos del suelo, que escudero de tan gran caballero como es el de la Triste Figura, de quien ya tenemos acá mucha noticia, no es justo que esté de hinojos; levantaos, amigo, y decid a vuestro señor que venga mucho enhorabuena a servirse de mí y del duque mi marido, en una casa de placer que aquí tenemos.

Levantóse Sancho, admirado así de la hermosura de la buena señora como de su mucha crianza y cortesía, y más de lo que le había dicho que tenía noticia de su señor el Caballero de la Triste Figura, y que si no le había llamado el de los Leones, debía de ser por habérsele puesto tan nuevamente. Preguntóle la duquesa (cuyo título aún no se sabe):

— Decidme, hermano escudero, este vuestro señor ¿no es uno de quien anda impresa una historia que se llama *del ingenioso hidalgo don Quijote de la Mancha*, que tiene por señora de su alma a una tal Dulcinea del Toboso?

— El mesmo es, señora — respondió Sancho —, y aquel escudero suyo que anda o debe de andar en la tal historia, a quien llaman Sancho Panza, soy yo, si no es que me trocaron en la cuna, quiero decir, que me trocaron en la estampa.

— De todo eso me huelgo yo mucho — dijo la duquesa —. Id, hermano Panza, y decid a vuestro señor que él sea el bien llegado y el bien venido a mis estados, y que ninguna cosa me pudiera venir que más contento me diera.

374

Sancho, com tão agradável resposta, com grandíssimo gosto voltou para junto do seu amo, a quem contou tudo o que a grande senhora lhe dissera, levantando aos céus com seus rústicos termos sua muita fermosura, seu grande donaire e cortesia. D. Quixote se galhardeou na sela, estribou-se com firmeza, ajeitou a viseira, arremeteu Rocinante e com gentil denodo foi a beijar as mãos da duquesa; a qual, enquanto D. Quixote chegava, mandando chamar o duque seu marido, lhe contou toda a embaixada sua, e os dois, por terem lido a primeira parte desta história e dela entendido o disparatado humor de D. Quixote, com grandíssimo gosto e com desejo de o conhecer o esperavam, fazendo tenção de lhe dar trela e concordar com ele em quanto lhes dissesse, tratando-o como a cavaleiro andante nos dias que com eles pousasse, com todas as cerimônias costumadas nos livros de cavalarias que eles tinham lido, dos quais eram bem aficionados.

Nisto chegou D. Quixote, levantada a viseira, e dando mostras de se apear, acudiu Sancho a lhe segurar o estribo; mas foi ele tão desastrado que, ao se apear do ruço, prendeu um pé numa corda da albarda de tal maneira que não foi possível desembaraçá-lo, antes ficou pendurado por ele, com a boca e os peitos no chão. D. Quixote, que não estava acostumado a se apear sem que lhe segurassem o estribo, pensando que Sancho já chegara para o segurar, descarregou o corpo com todo o peso e levou após si a sela de Rocinante, que devia de estar mal cilhado, e a sela e ele foram ao chão, não sem vergonha sua nem muitas maldições que entre dentes lançou contra o pobre Sancho, que ainda tinha o pé atravancado.

O duque mandou seus caçadores acudirem cavaleiro e escudeiro, que levantaram D. Quixote magoado da queda, o qual, coxeando e como pôde, foi-se ajoelhar perante os dois senhores. Mas o duque o não consentiu de

---

Sancho, con esta tan agradable respuesta, con grandísimo gusto volvió a su amo, a quien contó todo lo que la gran señora le había dicho, levantando con sus rústicos términos a los cielos su mucha fermosura, su gran donaire y cortesía. Don Quijote se gallardeó en la silla, púsose bien en los estribos, acomodóse la visera, arremetió a Rocinante y con gentil denuedo fue a besar las manos a la duquesa; la cual, haciendo llamar al duque su marido, le contó, en tanto que don Quijote llegaba, toda la embajada suya, y los dos, por haber leído la primera parte desta historia y haber entendido por ella el disparatado humor de don Quijote, con grandísimo gusto y con deseo de conocerle le atendían, con prosupuesto de seguirle el humor y conceder con él en cuanto les dijese, tratándole como a caballero andante los días que con ellos se detuviese, con todas las ceremonias acostumbradas en los libros de caballerías que ellos habían leído, y aun les eran muy aficionados.

En esto llegó don Quijote, alzada la visera, y dando muestras de apearse, acudió Sancho a tenerle el estribo; pero fue tan desgraciado, que al apearse del rucio se le asió un pie en una soga del albarda, de tal modo, que no fue posible desenredarle, antes quedó colgado dél, con la boca y los pechos en el suelo. Don Quijote, que no tenía en costumbre apearse sin que le tuviesen el estribo, pensando que ya Sancho había llegado a tenérsele, descargó de golpe el cuerpo y llevóse tras sí la silla de Rocinante, que debía de estar mal cinchado, y la silla y él vinieron al suelo, no sin vergüenza suya, y de muchas maldiciones que entre dientes echó al desdichado de Sancho, que aún todavía tenía el pie en la corma.

El duque mandó a sus cazadores que acudiesen al caballero y al escudero, los cuales levantaron a don Quijote maltrecho de la caída, y, renqueando y como pudo, fue a hincar las rodillas ante los dos señores. Pero

nenhuma maneira, antes, apeando-se do seu cavalo, foi abraçar D. Quixote, dizendo-lhe:

— Muito me pesa, senhor Cavaleiro da Triste Figura, que a primeira que vossa mercê fez em minha terra tenha sido tão má como se viu; mas descuidos de escudeiros costumam ser causa de outros piores sucessos.

— O que eu tive em vos ver, valoroso príncipe — respondeu D. Quixote —, é impossível que seja ruim, ainda que minha queda não parasse até o profundo dos abismos, pois de lá me levantaria e me tiraria a glória de vos ter visto. Meu escudeiro, que Deus maldiga, melhor desata a língua para dizer malícias que ata e cilha uma sela para que esteja firme; mas, como quer que eu me ache, caído ou levantado, a pé ou a cavalo, sempre estarei ao serviço vosso e ao de minha senhora a duquesa, digna consorte vossa e digna senhora da formosura e universal princesa da cortesia.

— Alto lá, meu senhor D. Quixote de La Mancha! — disse o duque —, pois onde está minha senhora Dª Dulcineia d'El Toboso não é razão que se gabem outras fermosuras.

Já então estava Sancho Pança livre do laço e, achando-se ali perto, antes que seu amo respondesse, disse:

— Não se pode negar, senão afirmar, que é muito formosa a minha senhora Dulcineia d'El Toboso, mas donde menos se espera é que salta a lebre, pois ouvi dizer que isso que chamam natureza é como um oleiro que faz vasilhas de barro, e quem faz uma bonita também pode fazer duas, ou três, ou cem. Digo isso porque minha senhora a duquesa à fé que não fica atrás da minha ama, a senhora Dulcineia d'El Toboso.

Virou-se D. Quixote para a duquesa e disse:

— Vossa grandeza imagine que cavaleiro andante algum no mundo teve

---

el duque no lo consintió en ninguna manera, antes, apeándose de su caballo, fue a abrazar a don Quijote, diciéndole:

— A mí me pesa, señor Caballero de la Triste Figura, que la primera que vuesa merced ha hecho en mi tierra haya sido tan mala como se ha visto; pero descuidos de escuderos suelen ser causa de otros peores sucesos.

— El que yo he tenido en veros, valeroso príncipe — respondió don Quijote —, es imposible ser malo, aunque mi caída no parara hasta el profundo de los abismos, pues de allí me levantara y me sacara la gloria de haberos visto. Mi escudero, que Dios maldiga, mejor desata la lengua para decir malicias que ata y cincha una silla para que esté firme; pero como quiera que yo me halle, caído o levantado, a pie o a caballo, siempre estaré al servicio vuestro y al de mi señora la duquesa, digna consorte vuestra y digna señora de la hermosura y universal princesa de la cortesía.

— ¡Pasito, mi señor don Quijote de la Mancha! — dijo el duque —, que adonde está mi señora doña Dulcinea del Toboso no es razón que se alaben otras fermosuras.

Ya estaba a esta sazón libre Sancho Panza del lazo, y hallándose allí cerca, antes que su amo respondiese, dijo:

— No se puede negar, sino afirmar, que es muy hermosa mi señora Dulcinea del Toboso, pero donde menos se piensa se levanta la liebre, que yo he oído decir que esto que llaman naturaleza es como un alcaller que hace vasos de barro, y el que hace un vaso hermoso también puede hacer dos y tres y ciento: dígolo porque mi señora la duquesa a fee que no va en zaga a mi ama la señora Dulcinea del Toboso.

Volvióse don Quijote a la duquesa y dijo:

escudeiro mais falador nem mais gracioso do que eu tenho, e ele há de confirmar essa verdade, se por alguns dias vossa grande excelsitude se quiser servir de mim.

Ao que a duquesa respondeu:

— Que Sancho, o bom, seja gracioso eu o estimo em muito, porque é sinal de que é discreto, pois as graças e os donaires, senhor D. Quixote, como vossa mercê bem sabe, não assentam sobre engenhos curtos, e como o bom Sancho é gracioso e donairoso, desde agora o confirmo como discreto.

— E falador — acrescentou D. Quixote.

— Tanto melhor — disse o duque —, porque muitas graças não se podem dizer com poucas palavras. E para não perdermos tempo nelas, que venha o grande Cavaleiro da Triste Figura...

— "Dos Leões" há de dizer vossa alteza — disse Sancho —, pois já não há Triste Figura nem figuro.

— Que seja o dos Leões — prosseguiu o duque. — Digo que venha o senhor Cavaleiro dos Leões a um castelo meu que fica aqui perto, onde se lhe fará o acolhimento que a tão alta pessoa se deve por justiça, e que eu e a duquesa costumamos fazer a todos os cavaleiros andantes que a ele chegam.

Já então Sancho havia adereçado e cilhado bem a sela de Rocinante; e montando nele D. Quixote, e o duque em um formoso cavalo, puseram a duquesa em meio e se encaminharam para o castelo. Mandou a duquesa que Sancho fosse junto dela, porque gostava infinito de ouvir suas discrições. Sancho não se fez de rogar e, entrelaçando-se aos três, se fez quarto na conversa, para grande gosto da duquesa e do duque, que tiveram por grande ventura acolher em seu castelo tal cavaleiro andante e tal escudeiro andado.

— Vuestra grandeza imagine que no tuvo caballero andante en el mundo escudero más hablador ni más gracioso del que yo tengo; y él me sacará verdadero, si algunos días quisiere vuestra gran celsitud servirse de mí.

A lo que respondió la duquesa:

— De que Sancho el bueno sea gracioso lo estimo yo en mucho, porque es señal que es discreto, que las gracias y los donaires, señor don Quijote, como vuesa merced bien sabe, no asientan sobre ingenios torpes, y pues el buen Sancho es gracioso y donairoso, desde aquí le confirmo por discreto.

— Y hablador — añadió don Quijote.

— Tanto que mejor — dijo el duque —, porque muchas gracias no se pueden decir con pocas palabras. Y porque no se nos vaya el tiempo en ellas, venga el gran Caballero de la Triste Figura...

— "De los Leones" ha de decir vuestra alteza — dijo Sancho —, que ya no hay Triste Figura ni figuro.

— Sea el de los Leones — prosiguió el duque —. Digo que venga el señor Caballero de los Leones a un castillo mío que está aquí cerca, donde se le hará el acogimiento que a tan alta persona se debe justamente, y el que yo y la duquesa solemos hacer a todos los caballeros andantes que a él llegan.

Ya en esto Sancho había aderezado y cinchado bien la silla a Rocinante; y subiendo en él don Quijote, y el duque en un hermoso caballo, pusieron a la duquesa en medio y encaminaron al castillo. Mandó la duquesa a Sancho que fuese junto a ella, porque gustaba infinito de oír sus discreciones. No se hizo de rogar Sancho, y entretejióse entre los tres y hizo cuarto en la conversación, con gran gusto de la duquesa y del duque, que tuvieron a gran ventura acoger en su castillo tal caballero andante y tal escudero andado.

CAPÍTULO XXXI

QUE TRATA DE MUITAS E GRANDES COISAS

Suma era a alegria que levava Sancho por se ver, segundo entendia, em privança com a duquesa, pois cuidava que em seu castelo havia de achar o que deixara na casa de D. Diego e na de Basilio e, afeiçoado como era à boa vida, tomava pelos cabelos a ocasião de se regalar sempre e quando se lhe oferecia.

Conta pois a história que, antes de chegarem à casa de recreio ou castelo, adiantou-se o duque e deu instruções a todos os seus criados sobre o modo como haviam de tratar D. Quixote, o qual, em chegando com a duquesa às portas do castelo, de pronto saíram dois lacaios ou palafreneiros vestidos até os pés com roupões de finíssimo e rubro cetim e, tomando-o pelos braços, sem ser visto nem ouvido lhe disseram:

— Vá vossa grandeza apear a senhora duquesa.

D. Quixote assim fez, e houve grandes mesuras entre os dois, mas com efeito venceu a porfia da duquesa, que não quis descer ou baixar do palafrém senão nos braços do duque, dizendo que não se achava digna de dar tão inútil carga a tão grande cavaleiro. Enfim veio o duque a apeá-la, e ao entrarem

---

CAPÍTULO XXXI

QUE TRATA DE MUCHAS Y GRANDES COSAS

Suma era la alegría que llevaba consigo Sancho viéndose, a su parecer, en privanza con la duquesa, porque se le figuraba que había de hallar en su castillo lo que en la casa de don Diego y en la de Basilio, siempre aficionado a la buena vida, y, así, tomaba la ocasión por la melena en esto del regalarse cada y cuando que se le ofrecía.

Cuenta pues la historia que, antes que a la casa de placer o castillo llegasen, se adelantó el duque y dio orden a todos sus criados del modo que habían de tratar a don Quijote, el cual, como llegó con la duquesa a las puertas del castillo, al instante salieron dél dos lacayos o palafreneros vestidos hasta en pies de unas ropas que llaman de levantar, de finísimo raso carmesí, y cogiendo a don Quijote en brazos sin ser oído ni visto, le dijeron:

— Vaya la vuestra grandeza a apear a mi señora la duquesa.

Don Quijote lo hizo, y hubo grandes comedimientos entre los dos sobre el caso, pero en efecto venció la porfía de la duquesa, y no quiso decender o bajar del palafrén sino en los brazos del duque, diciendo que no se hallaba digna de dar a tan gran caballero tan inútil carga. En fin salió el duque a apearla, y al entrar en un gran

em um grande pátio chegaram duas formosas donzelas e puseram sobre os ombros de D. Quixote um grande manto de finíssimo escarlate,[1] e num instante todos os corredores do pátio se coroaram de criados e criadas daqueles senhores, dizendo em altas vozes:

— Bem-vindo seja a flor e a nata dos cavaleiros andantes!

E todos ou os mais derramavam frascos de águas de cheiro sobre D. Quixote e sobre os duques, de tudo admirando-se D. Quixote; e aquele foi o primeiro dia que de todo em todo conheceu e creu ser cavaleiro andante verdadeiro, e não fantástico, vendo-se tratar do mesmo modo que segundo lera se tratavam os tais cavaleiros nos passados séculos.

Sancho, desamparando o ruço, colou-se à duquesa e entrou no castelo, mas, remordido da consciência por deixar o jumento sozinho, chegou-se a uma reverenda ama, que com outras a receber a duquesa tinha saído, e em voz baixa lhe disse:

— Senhora González, ou como seja a graça de vossa mercê...

— Dona Rodríguez de Grijalba me chamo — respondeu a duenha. — Que é que mandais, irmão?

Ao que Sancho respondeu:

— Queria que vossa mercê me fizesse a de sair à porta do castelo, onde achará um asno ruço meu, e seja servida de o mandar guardar ou guardá-lo vossa mercê mesma na estrebaria, porque o pobrezinho é um pouco medroso e de maneira nenhuma gostará de estar só.

— Se tão discreto for o amo quanto o moço — respondeu a ama —, bem arrumadas estamos! Ide, irmão, muito em má hora, para vós e para quem aqui vos trouxe, e cuidai vós mesmo do vosso jumento, que as amas desta casa não somos afeitas a semelhantes fainas.

---

patio llegaron dos hermosas doncellas y echaron sobre los hombros a don Quijote un gran mantón de finísima escarlata, y en un instante se coronaron todos los corredores del patio de criados y criadas de aquellos señores, diciendo a grandes voces:

— ¡Bien sea venido la flor y la nata de los caballeros andantes!

Y todos o los más derramaban pomos de aguas olorosas sobre don Quijote y sobre los duques, de todo lo cual se admiraba don Quijote, y aquel fue el primer día que de todo en todo conoció y creyó ser caballero andante verdadero, y no fantástico, viéndose tratar del mesmo modo que él había leído se trataban los tales caballeros en los pasados siglos.

Sancho, desamparando al rucio, se cosió con la duquesa y se entró en el castillo, y remordiéndole la conciencia de que dejaba al jumento solo, se llegó a una reverenda dueña, que con otras a recebir a la duquesa había salido, y con voz baja le dijo:

— Señora González, o como es su gracia de vuesa merced...

— Doña Rodríguez de Grijalba me llamo — respondió la dueña —. ¿Qué es lo que mandáis, hermano? A lo que respondió Sancho:

— Querría que vuesa merced me la hiciese de salir a la puerta del castillo, donde hallará un asno rucio mío: vuesa merced sea servida de mandarle poner o ponerle en la caballeriza, porque el pobrecito es un poco medroso y no se hallará a estar solo en ninguna de las maneras.

— Si tan discreto es el amo como el mozo — respondió la dueña —, ¡medradas estamos! Andad, herma-

— Pois em verdade — respondeu Sancho — que ouvi dizer do meu senhor, que é entendido das histórias, contando aquela de Lançarote,

> quando da Bretanha vindo,
> que damas curavam dele,
> e duenhas do seu rocim.[2]

Se bem que, no particular do meu asno, eu nunca o trocaria pelo rocim do senhor Lançarote.

— Se sois jogral, irmão — replicou a ama —, guardai as vossas graças para onde o pareçam e lhas paguem, que de mim não recebereis mais que uma figa.

— Ainda bem — respondeu Sancho — que, figa ou figo, será bem mole de madura, pois tem vossa mercê na mão anos sobejos para fechar a quatrinca!

— Filho da puta! — disse a ama, já toda tomada de cólera —, se sou velha ou não, a Deus darei conta, e não a vós, velhaco farto de alhos.

E o disse em voz tão alta que foi ouvida pela duquesa, a qual, virando-se e vendo a ama tão alterada e tão encarniçados seus olhos, lhe perguntou com quem se desentendia.

— Com este bom homem aqui — respondeu a ama —, o qual me pediu encarecidamente que vá guardar na estrebaria um asno seu que está às portas do castelo, trazendo por exemplo que assim o fizeram não sei onde, que umas damas curaram um tal Lançarote e umas duenhas seu rocim e, por cima de tudo, ainda me chamou de velha.

— Isso eu tivera por afronta — respondeu a duquesa — mais que quantas me pudessem dizer.

E falando com Sancho lhe disse:

---

no, mucho de enhoramala para vos y para quien acá os trujo, y tened cuenta con vuestro jumento, que las dueñas desta casa no estamos acostumbradas a semejantes haciendas.

— Pues en verdad — respondió Sancho — que he oído yo decir a mi señor, que es zahorí de las historias, contando aquella de Lanzarote,

> cuando de Bretaña vino,
> que damas curaban dél,
> y dueñas del su rocino,

y que en el particular de mi asno, que no le trocara yo con el rocín del señor Lanzarote.

— Hermano, si sois juglar — replicó la dueña —, guardad vuestras gracias para donde lo parezcan y se os paguen, que de mí no podréis llevar sino una higa.

— ¡Aun bien — respondió Sancho — que será bien madura, pues no perderá vuesa merced la quínola de sus años por punto menos!

— Hijo de puta — dijo la dueña, toda ya encendida en cólera —, si soy vieja o no, a Dios daré la cuenta que no a vos, bellaco harto de ajos.

Y esto dijo en voz tan alta, que lo oyó la duquesa, y volviendo y viendo a la dueña tan alborotada y tan encarnizados los ojos, le preguntó con quién las había.

— Adverti, Sancho amigo, que Dª Rodríguez é muito moça e que essas toucas mais as leva por autoridade e pela usança que pelos anos.

— Malditos sejam os que me restam por viver — respondeu Sancho — se o falei por isso; falei só porque é tão grande o carinho que tenho pelo meu jumento, que me pareceu que não podia encomendá-lo a pessoa mais caridosa que a senhora Dª Rodríguez.

D. Quixote, que tudo ouvia, lhe disse:

— Conversas são estas, Sancho, para este lugar?

— Senhor — respondeu Sancho —, cada qual há de falar dos seus misteres onde quer que esteja. Aqui me lembrei do ruço e aqui falei dele, e se na estrebaria me lembrasse, lá teria falado.

Ao que o duque disse:

— Sancho está no certo, e não há por que culpá-lo de nada. O ruço terá penso a pedir de boca, e que Sancho não se aflija, pois será tratado como sua mesma pessoa.

Em tais conversações, gostosas a todos salvo a D. Quixote, chegaram aos altos e entraram D. Quixote numa sala adornada com riquíssimos reposteiros de ouro e de brocado; seis donzelas o desarmaram e lhe serviram de pajens, todas advertidas e industriadas pelo duque e pela duquesa do que haviam de fazer e de como haviam de tratar D. Quixote para que imaginasse e visse que o tratavam como a um cavaleiro andante. Ficou D. Quixote, depois de desarmado, em seus estreitos calções e em seu gibão de camurça, seco, alto, comprido, com as bochechas que por dentro se beijavam uma à outra, figura que, a não terem conta as donzelas que lhe serviam de dissimular o riso (que foi uma das precisas ordens recebidas dos seus senhores), rebentariam de rir.

— Aquí las he — respondió la dueña — con este buen hombre, que me ha pedido encarecidamente que vaya a poner en la caballeriza a un asno suyo que está a la puerta del castillo, trayéndome por ejemplo que así lo hicieron no sé dónde, que unas damas curaron a un tal Lanzarote, y unas dueñas a su rocino, y, sobre todo, por buen término me ha llamado vieja.

— Eso tuviera yo por afrenta — respondió la duquesa — más que cuantas pudieran decirme.

Y hablando con Sancho le dijo:

— Advertid, Sancho amigo, que doña Rodríguez es muy moza y que aquellas tocas más las trae por autoridad y por la usanza que por los años.

— Malos sean los que me quedan por vivir — respondió Sancho — si lo dije por tanto: sólo lo dije porque es tan grande el cariño que tengo a mi jumento, que me pareció que no podía encomendarle a persona más caritativa que a la señora doña Rodríguez.

Don Quijote, que todo lo oía, le dijo:

— ¿Pláticas son estas, Sancho, para este lugar?

— Señor — respondió Sancho —, cada uno ha de hablar de su menester dondequiera que estuviere. Aquí se me acordó del rucio y aquí hablé dél, y si en la caballeriza se me acordara, allí hablara.

A lo que dijo el duque:

— Sancho está muy en lo cierto, y no hay que culparle en nada: al rucio se le dará recado a pedir de boca, y descuide Sancho, que se le tratará como a su mesma persona.

Pediram-lhe que se deixasse despir para vestir-lhe uma camisa, mas nunca o consentiu, dizendo que tanto quadrava aos cavaleiros andantes a honestidade quanto a valentia. Contudo, pediu que entregassem a camisa a Sancho e, fechando-se com ele numa camarinha onde havia um rico leito, se despiu e vestiu a camisa. E em se vendo a sós com Sancho, lhe disse:

— Diz-me, truão de agora e malhadeiro de sempre, acaso te parece bem desonrar e afrontar uma ama tão veneranda e tão digna de respeito como aquela? Tempos eram aqueles para te lembrares do ruço e senhores são esses de maltratar as bestas, quando tão elegantemente tratam os donos? Por Deus, Sancho, procura comportar-te e não descubras tua estofa de maneira que caiam na conta de que és de vilão e grosseiro pano tecido. Olha, pecador de ti, que em tão maior conta é tido o senhor quantos mais honrados e bem-nascidos criados ele tem, e que uma das maiores vantagens que levam os príncipes sobre os demais homens é se servirem de criados tão bons quanto eles. Não percebes, miserável de ti e desventurado de mim, que, se notarem que és um vilão grosseiro ou um gracioso mentecapto, pensarão que eu sou algum embusteiro ou algum cavaleiro de mofatra? Não, não, Sancho amigo, foge, foge desses inconvenientes, pois quem tropeça em falador e gracioso, tomba ao primeiro pontapé e dá em truão desengraçado. Refreia a língua, considera e rumina as palavras antes que te saiam da boca, e adverte que somos chegados a uma parte de onde, com o favor de Deus e o valor do meu braço, havemos de sair bastantemente melhorados em fama e fazenda.

Sancho lhe prometeu com todas as veras coser a boca ou morder a língua antes de falar palavra que não fosse muito a propósito e bem considerada, como lhe mandava, e que estivesse tranquilo nesse particular, pois por ele jamais se descobriria quem eles eram.

Con estos razonamientos, gustosos a todos sino a don Quijote, llegaron a lo alto y entraron a don Quijote en una sala adornada de telas riquísimas de oro y de brocado; seis doncellas le desarmaron y sirvieron de pajes, todas industriadas y advertidas del duque y de la duquesa de lo que habían de hacer y de cómo habían de tratar a don Quijote para que imaginase y viese que le trataban como caballero andante. Quedó don Quijote, después de desarmado, en sus estrechos greguescos y en su jubón de camuza, seco, alto, tendido, con las quijadas que por de dentro se besaba la una con la otra, figura que, a no tener cuenta las doncellas que le servían con disimular la risa (que fue una de las precisas órdenes que sus señores les habían dado) reventaran riendo.

Pidiéronle que se dejase desnudar para una camisa, pero nunca lo consintió, diciendo que la honestidad parecía tan bien en los caballeros andantes como la valentía. Con todo, dijo que diesen la camisa a Sancho; y encerrándose con él en una cuadra donde estaba un rico lecho, se desnudó y vistió la camisa, y viéndose solo con Sancho le dijo:

— Dime, truhán moderno y majadero antiguo, ¿parécete bien deshonrar y afrentar a una dueña tan veneranda y tan digna de respeto como aquella? ¿Tiempos eran aquellos para acordarte del rucio o señores son estos para dejar mal pasar a las bestias, tratando tan elegantemente a sus dueños? Por quien Dios es, Sancho, que te reportes, y que no descubras la hilaza de manera que caigan en la cuenta de que eres de villana y grosera tela tejido. Mira, pecador de ti, que en tanto más es tenido el señor cuanto tiene más honrados y bien nacidos criados, y que una de las ventajas mayores que llevan los príncipes a los demás hombres es que se sirven de criados tan buenos como ellos. ¿No adviertes, angustiado de ti, y malaventurado de mí, que si veen que tú eres un grosero

Vestiu-se D. Quixote, cingiu o talim com sua espada, pôs o manto de escarlate às costas e na cabeça um gorro de cetim verde que as donzelas lhe deram, e com este adorno saiu para o salão, onde encontrou as donzelas formadas em ala, tantas de um lado como do outro, e todas munidas dos petrechos para lhe dar água às mãos, o qual fizeram com muitas reverências e cerimônias.

Em seguida entraram doze pajens, mais o mestre-sala, para levá-lo a almoçar, pois já os senhores o aguardavam. Rodearam-no e com grande pompa e majestade o levaram a outra sala, onde estava posta uma rica mesa só com quatro serviços. A duquesa e o duque saíram à porta da sala para recebê-lo, e com eles um grave eclesiástico desses que governam as casas dos príncipes; desses que, não tendo nascido príncipes, não acertam a mostrar como o devem de ser os que o são; desses que querem que a grandeza dos grandes se meça com a pequenez do seu espírito; desses que, querendo ensinar os que eles governam a serem continentes, os fazem ser miseráveis. Desses tais digo que devia de ser o grave religioso que com os duques saiu a receber D. Quixote. Fizeram-se mil corteses mesuras e, finalmente, pondo D. Quixote no meio deles, se foram sentar à mesa.

Ofereceu o duque a D. Quixote a cabeceira, que a recusou, mas foram tantas as importunações do duque que a teve de tomar. O eclesiástico se sentou fronteiro, e o duque e a duquesa, aos dois lados.

Tudo presenciou Sancho, embasbacado e atônito de ver as honras que aqueles príncipes faziam ao seu senhor; e vendo as muitas cerimônias e rogos trocados entre o duque e D. Quixote para o sentar à cabeceira da mesa, disse:

— Se suas mercês me dão licença, aqui lhes contarei um caso acontecido na minha aldeia sobre isso dos assentos.

---

villano o un mentecato gracioso, pensarán que yo soy algún echacuervos o algún caballero de mohatra? No, no, Sancho amigo, huye, huye destos inconvinientes, que quien tropieza en hablador y en gracioso, al primer puntapié cae y da en truhán desgraciado. Enfrena la lengua, considera y rumia las palabras antes que te salgan de la boca, y advierte que hemos llegado a parte donde con el favor de Dios y valor de mi brazo hemos de salir mejorados en tercio y quinto en fama y en hacienda.

Sancho le prometió con muchas veras de coserse la boca o morderse la lengua antes de hablar palabra que no fuese muy a propósito y bien considerada, como él se lo mandaba, y que descuidase acerca de lo tal, que nunca por él se descubriría quién ellos eran.

Vistióse don Quijote, púsose su tahalí con su espada, echóse el mantón de escarlata a cuestas, púsose una montera de raso verde que las doncellas le dieron, y con este adorno salió a la gran sala, adonde halló a las doncellas puestas en ala, tantas a una parte como a otra, y todas con aderezo de darle aguamanos, la cual le dieron con muchas reverencias y ceremonias.

Luego llegaron doce pajes, con el maestresala, para llevarle a comer, que ya los señores le aguardaban. Cogiéronle en medio, y lleno de pompa y majestad le llevaron a otra sala, donde estaba puesta una rica mesa con solos cuatro servicios. La duquesa y el duque salieron a la puerta de la sala a recebirle, y con ellos un grave eclesiástico destos que gobiernan las casas de los príncipes, destos que, como no nacen príncipes, no aciertan a enseñar cómo lo han de ser los que lo son; destos que quieren que la grandeza de los grandes se mida con la estrecheza de sus ánimos; destos que, queriendo mostrar a los que ellos gobiernan a ser limitados, les hacen ser miserables.

Em ouvindo isto, D. Quixote tremeu, crendo sem dúvida alguma que Sancho havia de dizer alguma necedade. Sancho o olhou e, entendendo-o, lhe disse:

— Não tema vossa mercê, senhor meu, que eu me desmande nem diga coisa que não faça muito ao caso, pois não me esqueci dos conselhos que agora há pouco vossa mercê me deu sobre o falar muito ou pouco, ou bem ou mal.

— Eu não me lembro de nada, Sancho — respondeu D. Quixote. — Dize o que quiseres, contanto que o digas logo.

— Pois o que eu quero dizer — disse Sancho — é tão verdade que o meu senhor D. Quixote aqui presente não me deixará mentir.

— Por mim, Sancho — replicou D. Quixote —, podes mentir quanto quiseres, que eu não te hei de desmentir, mas vê bem o que vais dizer.

— Tão visto e revisto o tenho, que a seu salvo está quem repica o sino, como se verá.

— Bem será — disse D. Quixote — que vossas grandezas mandem sair este tonto, que dirá mil patacoadas.

— Por vida do duque — disse a duquesa —, que Sancho não se há de arredar de mim um passo. Eu muito o estimo, porque sei que é discretíssimo.

— Discretos dias viva a Vossa Santidade — disse Sancho —, pelo bom crédito que de mim tem, ainda que o não mereça. E o conto que quero dizer é o seguinte: convidou um fidalgo da minha aldeia, muito rico e principal, porque vinha dos Álamos de Medina del Campo, que se casou com Dª Mencia de Quiñones, que era filha de D. Alonso de Marañón, cavaleiro do hábito de Santiago, que se afogou em La Herradura,[3] por causa de quem houve aquela pendência anos atrás no nosso lugar, e pelo que sei meu senhor D.

Destos tales digo que debía de ser el grave religioso que con los duques salió a recebir a don Quijote. Hiciéronse mil corteses comedimientos y, finalmente, cogiendo a don Quijote en medio se fueron a sentar a la mesa.

Convidó el duque a don Quijote con la cabecera de la mesa, y aunque él lo rehusó, las importunaciones del duque fueron tantas, que la hubo de tomar. El eclesiástico se sentó frontero, y el duque y la duquesa, a los dos lados.

A todo estaba presente Sancho, embobado y atónito de ver la honra que a su señor aquellos príncipes le hacían; y viendo las muchas ceremonias y ruegos que pasaron entre el duque y don Quijote para hacerle sentar a la cabecera de la mesa, dijo:

— Si sus mercedes me dan licencia, les contaré un cuento que pasó en mi pueblo acerca desto de los asientos.

Apenas hubo dicho esto Sancho, cuando don Quijote tembló, creyendo sin duda alguna que había de decir alguna necedad. Miróle Sancho, y entendióle, y dijo:

— No tema vuesa merced, señor mío, que yo me desmande ni que diga cosa que no venga muy a pelo, que no se me han olvidado los consejos que poco ha vuesa merced me dio sobre el hablar mucho o poco, o bien o mal.

— Yo no me acuerdo de nada, Sancho — respondió don Quijote —; di lo que quisieres, como lo digas presto.

— Pues lo que quiero decir — dijo Sancho — es tan verdad, que mi señor don Quijote, que está presente, no me dejará mentir.

— Por mí — replicó don Quijote —, miente tú, Sancho, cuanto quisieres, que yo no te iré a la mano, pero mira lo que vas a decir.

— Tan mirado y remirado lo tengo, que a buen salvo está el que repica, como se verá por la obra.

Quixote esteve nela, donde saiu ferido Tomasillo, o Travesso, filho de Balbastro, o ferreiro... Não é verdade tudo isso, senhor nosso amo? Diga, por vida sua, para que estes senhores não me tenham por algum falador mentiroso.

— Até agora — disse o eclesiástico —, mais vos tenho por falador que por mentiroso. Mas daqui em diante não sei pelo que vos terei.

— Citas tantas testemunhas, Sancho, e dás tantos detalhes que não posso deixar de dizer que deves de dizer verdade. Passa avante e encurta o conto, pois levas jeito de não acabar em dois dias.

— Não o há de encurtar — disse a duquesa. — Para me dar gosto, antes o há de contar da maneira que o sabe, ainda que o não acabe em seis dias, que, se tantos fossem, seriam para mim os melhores da minha vida.

— Digo pois, senhores meus — prosseguiu Sancho —, que esse tal fidalgo, que eu conheço como a palma da mão, porque não há da minha casa à dele um tiro de balestra, convidou um lavrador pobre, mas honrado...

— Avante, irmão — disse então o religioso —, que jeito levais de não terminar vosso conto até o outro mundo.

— A menos da metade hei de parar, se Deus for servido — respondeu Sancho. — E assim digo que, chegando o tal lavrador à casa do dito fidalgo convidador, que Deus o tenha em bom pouso, que já é morto, e por sinal dizem que morreu como um anjo, mas eu não estava presente, pois naquele tempo andava em Tembleque para trabalhar na colheita...

— Por vida vossa, filho, voltai logo de Tembleque e, sem enterrar o fidalgo, se não quiserdes outros funerais, terminai vosso conto.

— É pois o caso — replicou Sancho — que, estando os dois prestes a se sentar à mesa, que parece que agora os vejo mais do que nunca...

Grande gosto recebiam os duques do desgosto que mostrava tomar o

---

— Bien será — dijo don Quijote — que vuestras grandezas manden echar de aquí a este tonto, que dirá mil patochadas.

— Por vida del duque — dijo la duquesa —, que no se ha de apartar de mí Sancho un punto: quiérole yo mucho, porque sé que es muy discreto.

— Discretos días — dijo Sancho — viva vuestra santidad por el buen crédito que de mí tiene, aunque en mí no lo haya. Y el cuento que quiero decir es este: convidó a un hidalgo de mi pueblo, muy rico y principal, porque venía de los Álamos de Medina del Campo, que casó con doña Mencía de Quiñones, que fue hija de don Alonso de Marañón, caballero del hábito de Santiago, que se ahogó en la Herradura, por quien hubo aquella pendencia años ha en nuestro lugar, que a lo que entiendo mi señor don Quijote se halló en ella, de donde salió herido Tomasillo el Travieso, el hijo de Balbastro el herrero... ¿No es verdad todo esto, señor nuestro amo? Dígalo por su vida, porque estos señores no me tengan por algún hablador mentiroso.

— Hasta ahora — dijo el eclesiástico — más os tengo por hablador que por mentiroso, pero de aquí adelante no sé por lo que os tendré.

— Tú das tantos testigos, Sancho, y tantas señas, que no puedo dejar de decir que debes de decir verdad. Pasa adelante y acorta el cuento, porque llevas camino de no acabar en dos días.

— No ha de acortar tal — dijo la duquesa —, por hacerme a mí placer, antes le ha de contar de la manera que le sabe, aunque no le acabe en seis días, que si tantos fuesen, serían para mí los mejores que hubiese llevado en mi vida.

386

bom religioso da dilação e das pausas com que Sancho contava seu conto, enquanto D. Quixote se roía de cólera e raiva.

— Digo então — disse Sancho — que estando, como já disse, os dois prestes a se sentarem à mesa, o lavrador pelejava com o fidalgo para que aceitasse a cabeceira da mesa, e o fidalgo também pelejava para que o lavrador a aceitasse, porque em sua casa se havia de fazer o que ele mandava. Mas o lavrador, que presumia de cortês e bem-criado, nunca o quis, até que o fidalgo, amofinado, pondo-lhe as duas mãos sobre os ombros, o fez sentar à força, dizendo: "Sentai de uma vez, bestalhão, que onde quer que eu me sente, será vossa a cabeceira". Era este o conto, e em verdade creio que não foi trazido aqui fora de propósito.

Pôs-se D. Quixote de mil cores, que sobre o moreno o variegavam e se davam a ver. Os senhores dissimularam o riso, porque D. Quixote não se acabasse de avexar, tendo entendido a malícia de Sancho; e para mudar de assunto e evitar que Sancho prosseguisse com mais disparates, perguntou a duquesa a D. Quixote que novas tinha da senhora Dulcineia e se por aqueles dias lhe enviara ele algum presente de gigantes ou malfeitores, pois não podia deixar de ter vencido muitos. Ao que D. Quixote respondeu:

— Senhora minha, minhas desgraças, ainda que tenham princípio, nunca terão fim. Gigantes venci e bandidos e malfeitores lhe enviei. Mas onde a haviam de achar, se ela está encantada e mudada na mais feia lavradora que se possa imaginar?

— Não sei — disse Sancho Pança —, mas a mim me pareceu a mais formosa criatura do mundo: ao menos na ligeireza e no saltar, bem sei que não perde ela de um volteador. À boa-fé, senhora duquesa, que assim salta do chão sobre uma burrica como se fosse um gato.

— Digo pues, señores míos — prosiguió Sancho —, que este tal hidalgo, que yo conozco como a mis manos, porque no hay de mi casa a la suya un tiro de ballesta, convidó un labrador pobre, pero honrado.

— Adelante, hermano — dijo a esta sazón el religioso —, que camino lleváis de no parar con vuestro cuento hasta el otro mundo.

— A menos de la mitad pararé, si Dios fuere servido — respondió Sancho —. Y, así, digo que llegando el tal labrador a casa del dicho hidalgo convidador, que buen poso haya su ánima, que ya es muerto, y por más señas dicen que hizo una muerte de un ángel, que yo no me hallé presente, que había ido por aquel tiempo a segar a Tembleque...

— Por vida vuestra, hijo, que volváis presto de Tembleque, y que sin enterrar al hidalgo, si no queréis hacer más exequias, acabéis vuestro cuento.

— Es pues el caso — replicó Sancho — que estando los dos para asentarse a la mesa, que parece que ahora los veo más que nunca...

Gran gusto recebían los duques del disgusto que mostraba tomar el buen religioso de la dilación y pausas con que Sancho contaba su cuento, y don Quijote se estaba consumiendo en cólera y en rabia.

— Digo así — dijo Sancho — que estando como he dicho los dos para sentarse a la mesa, el labrador porfiaba con el hidalgo que tomase la cabecera de la mesa, y el hidalgo porfiaba también que el labrador la tomase, porque en su casa se había de hacer lo que él mandase; pero el labrador, que presumía de cortés y bien criado, jamás quiso, hasta que el hidalgo, mohíno, poniéndole ambas manos sobre los hombros, le hizo sentar por fuer-

— Também vós a vistes encantada, Sancho? — perguntou o duque.

— E como a vi! — respondeu Sancho. — Pois quem diabos senão eu foi o primeiro a cair no achaque do encantório? Tão encantada está como meu pai!

O eclesiástico, ao ouvir falar de gigantes, de malfeitores e de encantamentos, caiu na conta de que aquele devia de ser D. Quixote de La Mancha, cuja história o duque lia de ordinário, e por isso ele o repreendera muitas vezes, dizendo-lhe ser disparate ler tais disparates; e vendo ser verdade o que suspeitava, com muita cólera, falando com o duque, lhe disse:

— Vossa Excelência, senhor meu, tem de dar conta a Nosso Senhor das coisas que faz este bom homem. Este D. Quixote, ou D. Tolo, ou como se chamar, imagino que não deve de ser tão mentecapto quanto vossa Excelência quer que ele seja dando-lhe ocasião para que leve a termo suas sandices e ridicularias.

E voltando a palavra para D. Quixote lhe disse:

— E a vós, alma de pomba, quem vos meteu na cabeça que sois cavaleiro andante e que venceis gigantes e prendeis bandidos? Ide embora, e então se vos diga: "Voltai à vossa casa e criai os vossos filhos, se os tiverdes, e cuidai da vossa fazenda, e deixai de andar vagando pelo mundo, bebendo vento e dando ocasião de riso a quantos vos conhecem e não conhecem". Onde, eramá, achastes que houve ou há agora cavaleiros andantes? Onde há gigantes na Espanha, ou malfeitores em La Mancha, ou Dulcineias encantadas, e todo o renque de tolices que de vós se contam?

Atento esteve D. Quixote às razões daquele venerável varão e, vendo que já calava, sem guardar respeito pelos duques, com semblante airado e alterado rosto, se pôs em pé e disse...

Mas essa resposta merece um capítulo à parte.

---

za, diciéndole: "Sentaos, majagranzas, que adondequiera que yo me siente será vuestra cabecera". Y este es el cuento, y en verdad que creo que no ha sido aquí traído fuera de propósito.

Púsose don Quijote de mil colores, que sobre lo moreno le jaspeaban y se le parecían; los señores disimularon la risa, porque don Quijote no acabase de correrse, habiendo entendido la malicia de Sancho; y por mudar de plática y hacer que Sancho no prosiguiese con otros disparates, preguntó la duquesa a don Quijote que qué nuevas tenía de la señora Dulcinea y que si le había enviado aquellos días algunos presentes de gigantes o malandrines, pues no podía dejar de haber vencido muchos. A lo que don Quijote respondió:

— Señora mía, mis desgracias, aunque tuvieron principio, nunca tendrán fin. Gigantes he vencido, y follones y malandrines le he enviado, pero ¿adónde la habían de hallar, si está encantada y vuelta en la más fea labradora que imaginar se puede?

— No sé — dijo Sancho Panza —, a mí me parece la más hermosa criatura del mundo, a lo menos en la ligereza y en el brincar, bien sé yo que no dará ella la ventaja a un volteador; a buena fe, señora duquesa, así salta desde el suelo sobre una borrica como si fuera un gato.

— ¿Habéisla visto vos encantada, Sancho? — preguntó el duque.

— ¡Y cómo si la he visto! — respondió Sancho —. Pues ¿quién diablos sino yo fue el primero que cayó en el achaque del encantorio? ¡Tan encantada está como mi padre!

El eclesiástico, que oyó decir de gigantes, de follones y de encantos, cayó en la cuenta de que aquel debía de ser don Quijote de la Mancha, cuya historia leía el duque de ordinario, y él se lo había reprehendido muchas

NOTAS

[1] Manto de finíssimo escarlate: a recepção de D. Quixote se desenvolve conforme o cerimonial consagrado na literatura cavaleiresca.

[2] ... e duenhas do seu rocim: o romance de Lançarote volta aqui pela boca de Sancho sem as deformações a que D. Quixote o submetera para adaptá-lo a sua própria situação (ver *DQ* I, cap. II, nota 6).

[3] ... que se afogou em La Herradura: referência ao grande naufrágio ocorrido nesse porto malaguenho em 19 de outubro de 1562, causando a perda de 4 mil vidas.

---

veces, diciéndole que era disparate leer tales disparates; y enterándose ser verdad lo que sospechaba, con mucha cólera, hablando con el duque, le dijo:

— Vuestra Excelencia, señor mío, tiene que dar cuenta a Nuestro Señor de lo que hace este buen hombre. Este don Quijote, o don Tonto, o como se llama, imagino yo que no debe de ser tan mentecato como Vuestra Excelencia quiere que sea dándole ocasiones a la mano para que lleve adelante sus sandeces y vaciedades.

Y volviendo la plática a don Quijote le dijo:

— Y a vos, alma de cántaro, ¿quién os ha encajado en el celebro que sois caballero andante y que vencéis gigantes y prendéis malandrines? Andad enhorabuena, y en tal se os diga: "Volveos a vuestra casa y criad vuestros hijos, si los tenéis, y curad de vuestra hacienda, y dejad de andar vagando por el mundo, papando viento y dando que reír a cuantos os conocen y no conocen". ¿En dónde nora tal habéis vos hallado que hubo ni hay ahora caballeros andantes? ¿Dónde hay gigantes en España, o malandrines en la Mancha, ni Dulcineas encantadas, ni toda la caterva de las simplicidades que de vos se cuentan?

Atento estuvo don Quijote a las razones de aquel venerable varón, y viendo que ya callaba, sin guardar respeto a los duques, con semblante airado y alborotado rostro, se puso en pie y dijo...

Pero esta respuesta capítulo por sí merece.

CAPÍTULO XXXII

DA RESPOSTA QUE DEU D. QUIXOTE AO SEU REPREENSOR,
MAIS OUTROS GRAVES E ENGRAÇADOS SUCESSOS

Então, levantado em pé D. Quixote, tremendo dos pés à cabeça como azougado, com pressurosa e turbada língua disse:

— O lugar onde estou, a alteza dos presentes e o respeito que sempre tive e tenho pelo estado que vossa mercê professa freiam e atam as mãos da minha justa ira; e assim pelo que tenho dito como por saber que todos sabem que as armas dos togados[1] são as mesmas da mulher, que são a língua, entrarei com a minha em igual batalha com vossa mercê, de quem se houvera de esperar antes bons conselhos que infames vitupérios. As repreensões santas e bem-intencionadas outras circunstâncias requerem e outros momentos pedem. Quando menos, o ter-me repreendido em público e tão asperamente excedeu a todos os limites da boa repreensão, pois as primeiras melhor assentam sobre a brandura que sobre a aspereza, e não é bem, sem ter conhecimento do pecado que se repreende, tachar o pecador, sem mais nem mais, de mentecapto e tolo. Se não, vossa mercê me diga por qual das mentecaptarias que em mim notou me condena e vitupera e me manda voltar à minha casa a cuidar do governo dela e da minha mulher e dos meus filhos, sem saber se a tenho ou os tenho. É o caso então de entrar a trouxe-mouxe nas casas

---

CAPÍTULO XXXII

DE LA RESPUESTA QUE DIO DON QUIJOTE A SU REPREHENSOR,
CON OTROS GRAVES Y GRACIOSOS SUCESOS

Levantado, pues, en pie don Quijote, temblando de los pies a la cabeza como azogado, con presurosa y turbada lengua dijo:

— El lugar donde estoy, y la presencia ante quien me hallo, y el respeto que siempre tuve y tengo al estado que vuesa merced profesa, tienen y atan las manos de mi justo enojo; y así por lo que he dicho como por saber que saben todos que las armas de los togados son las mesmas que las de la mujer, que son la lengua, entraré con la mía en igual batalla con vuesa merced, de quien se debía esperar antes buenos consejos que infames vituperios. Las reprehensiones santas y bienintencionadas otras circunstancias requieren y otros puntos piden: a lo menos, el haberme reprehendido en público y tan ásperamente ha pasado todos los límites de la buena reprehensión, pues las primeras mejor asientan sobre la blandura que sobre la aspereza, y no es bien que sin tener conocimiento del

alheias a governar seus donos? E pode alguém que se criou na estreiteza de um seminário, sem ter visto mais mundo que o que se pode conter em vinte ou trinta léguas de distrito, meter-se de roldão a dar leis à cavalaria e a julgar os cavaleiros andantes? Porventura é cometimento vão ou é tempo malgasto o que se gasta em vagar pelo mundo, não buscando os regalos dele, senão as asperezas por onde os bons sobem ao assento da imortalidade? Se me tivessem por tolo os cavaleiros, os magníficos, os generosos, os altamente nascidos, eu o teria por afronta irreparável. Agora, que me tenham por sandeu os estudiosos, que nunca entraram nem pisaram nas sendas da cavalaria, não se me dá uma mínima; cavaleiro sou e cavaleiro hei de morrer, com a graça do Altíssimo. Há quem siga pelo largo campo da ambição soberba, quem pelo da adulação servil e baixa, quem pelo da hipocrisia enganosa, e alguns pelo da verdadeira religião; mas eu, inclinado da minha estrela, sigo pela estreita senda da cavalaria andante, por cujo exercício desprezo a riqueza, mas não a honra. Tenho satisfeito agravos, endireitado tortos, castigado insolências, vencido gigantes e atropelado monstros; eu sou enamorado somente porque é forçoso aos cavaleiros andantes o serem, e, sendo-o, não sou dos enamorados viciosos, mas dos platônicos continentes. Minhas intenções sempre as dirijo a bons fins, que são fazer bem a todos e mal a ninguém. Se quem isto entende, se quem assim procede, se quem disto trata merece ser chamado de bobo, que o digam vossas grandezas, duque e duquesa excelentes.

— Ufa, por Deus! — disse Sancho. — Não diga mais vossa mercê, senhor e amo meu, em seu abono, porque não há mais que dizer, nem mais que pensar, nem mais que perseverar no mundo. E a mais disso, negando este senhor, como negou, que houve e há no mundo cavaleiros andantes, será muito que ele não saiba nenhuma das coisas que vossa mercê disse?

---

pecado que se reprehende llamar al pecador, sin más ni más, mentecato y tonto. Si no, dígame vuesa merced por cuál de las mentecaterías que en mí ha visto me condena y vitupera y me manda que me vaya a mi casa a tener cuenta en el gobierno della y de mi mujer y de mis hijos, sin saber si la tengo o los tengo. ¿No hay más sino a trochemoche entrarse por las casas ajenas a gobernar sus dueños, y habiéndose criado algunos en la estrecheza de algún pupilaje, sin haber visto más mundo que el que puede contenerse en veinte o treinta leguas de distrito, meterse de rondón a dar leyes a la caballería y a juzgar de los caballeros andantes? ¿Por ventura es asumpto vano o es tiempo mal gastado el que se gasta en vagar por el mundo, no buscando los regalos dél, sino las asperezas por donde los buenos suben al asiento de la inmortalidad? Si me tuvieran por tonto los caballeros, los magníficos, los generosos, los altamente nacidos, tuviéralo por afrenta irreparable; pero de que me tengan por sandio los estudiantes, que nunca entraron ni pisaron las sendas de la caballería, no se me da un ardite: caballero soy, y caballero he de morir, si place al Altísimo. Unos van por el ancho campo de la ambición soberbia, otros por el de la adulación servil y baja, otros por el de la hipocresía engañosa, y algunos por el de la verdadera religión; pero yo, inclinado de mi estrella, voy por la angosta senda de la caballería andante, por cuyo ejercicio desprecio la hacienda, pero no la honra. Yo he satisfecho agravios, enderezado tuertos, castigado insolencias, vencido gigantes y atropellado vestiglos; yo soy enamorado, no más de porque es forzoso que los caballeros andantes lo sean, y, siéndolo, no soy de los enamorados viciosos, sino de los platónicos continentes. Mis intenciones siempre las enderezo a buenos fines, que son de hacer bien a todos y mal a ninguno: si el que esto entiende, si el que esto obra, si el que desto trata merece ser llamado bobo, díganlo vuestras grandezas, duque y duquesa excelentes.

392

— Porventura — disse o eclesiástico — sois vós, irmão, aquele Sancho Pança que dizem, a quem vosso amo tem prometida uma ínsula?

— Sou sim — respondeu Sancho —, e sou quem a merece tanto quanto outro qualquer; sou quem "chega-te aos bons, e serás um deles", e sou daqueles "não com quem nasces, senão com quem pasces" e dos "quem a boa árvore se chega, boa sombra o cobre". Eu me arrimei a bom senhor, e há muitos meses que ando na sua companhia, e hei de ser outro como ele, Deus querendo; e viva ele e viva eu, pois nem a ele faltarão impérios em que mandar, nem a mim ínsulas que governar.

— Não, por certo, Sancho amigo — disse então o duque —, pois eu, em nome do senhor D. Quixote, vos confio o governo de uma que tenho desaparelhada, e de não pequena qualidade.

— Põe-te de joelhos, Sancho — disse D. Quixote —, e beija os pés de Sua Excelência pela mercê que te acaba de fazer.

Assim fez Sancho, o qual visto pelo eclesiástico, deixou a mesa por demais mofino, dizendo:

— Pelo hábito que tenho que estou para dizer que é tão sandeu vossa Excelência como estes pecadores. Como não hão de ser eles loucos, quando os sãos lhes sacramentam as loucuras? Fique vossa Excelência com eles, pois enquanto estiverem em casa eu estarei na minha, escusando-me de reprender o que não posso remediar.

E sem dizer mais nem comer mais se foi, sem que os duques fossem poderosos para o deter com seus rogos, bem que o duque não lhe disse muito, impedido pelo riso que sua impertinente cólera lhe causara. Acabando de rir, disse a D. Quixote:

— Vossa mercê, senhor Cavaleiro dos Leões, respondeu por si tão alta-

---

— ¡Bien, por Dios! — dijo Sancho —. No diga más vuestra merced, señor y amo mío, en su abono, porque no hay más que decir, ni más que pensar, ni más que perseverar en el mundo. Y más que negando este señor, como ha negado, que no ha habido en el mundo, ni los hay, caballeros andantes, ¿qué mucho que no sepa ninguna de las cosas que ha dicho?

— ¿Por ventura — dijo el eclesiástico — sois vos, hermano, aquel Sancho Panza que dicen, a quien vuestro amo tiene prometida una ínsula?

— Sí soy — respondió Sancho —, y soy quien la merece tan bien como otro cualquiera; soy quien "júntate a los buenos, y serás uno de ellos", y soy yo de aquellos "no con quien naces, sino con quien paces", y de los "quien a buen árbol se arrima, buena sombra le cobija". Yo me he arrimado a buen señor, y ha muchos meses que ando en su compañía, y he de ser otro como él, Dios queriendo; y viva él y viva yo, que ni a él le faltarán imperios que mandar, ni a mí ínsulas que gobernar.

— No, por cierto, Sancho amigo — dijo a esta sazón el duque —, que yo, en nombre del señor don Quijote, os mando el gobierno de una que tengo de nones, de no pequeña calidad.

— Híncate de rodillas, Sancho — dijo don Quijote —, y besa los pies a Su Excelencia por la merced que te ha hecho.

Hízolo así Sancho, lo cual visto por el eclesiástico, se levantó de la mesa mohíno además, diciendo:

— Por el hábito que tengo que estoy por decir que es tan sandio Vuestra Excelencia como estos pecadores. ¡Mirad si no han de ser ellos locos, pues los cuerdos canonizan sus locuras! Quédese Vuestra Excelencia con

mente que nada ficou por satisfazer deste que, se bem parece agravo, não o é de nenhuma maneira, porque assim como as mulheres não agravam, não agravam os eclesiásticos, como vossa mercê melhor sabe.

— Assim é — respondeu D. Quixote. — E a causa disso é que quem não pode ser agravado não pode agravar a ninguém. As mulheres, as crianças e os eclesiásticos, como não se podem defender ainda quando ofendidos, não podem ser afrontados. Porque entre o agravo e a afronta há esta diferença, como melhor vossa Excelência sabe: a afronta vem de parte de quem a pode fazer, e a faz, e a sustenta; o agravo pode vir de qualquer parte, sem que afronte. Seja exemplo: está alguém na rua desprevenido, chegam dez com mão armada e, atacando-o a pauladas, mete ele mão à espada e faz o seu dever, mas a multidão dos contrários se lhe opõe e não o deixa levar a termo a sua intenção, que é de tomar vingança. Esse tal fica agravado, mas não afrontado. E o mesmo confirmará outro exemplo: está alguém de costas, chega outro, lhe dá uma paulada e, em lha dando, foge sem esperar, e o atacado o segue e não alcança. Este que recebeu a paulada recebeu agravo, mas não afronta, porque a afronta há de ser sustentada. Se o que lhe deu a paulada, ainda que a furto, metesse mão à sua espada e esperasse quedo, arrostando o inimigo, ficaria o espancado agravado e afrontado juntamente: agravado, porque o golpearam à traição; afrontado, pois quem o golpeou sustentou o feito, sem virar as costas e a pé firme. E assim, segundo as leis do excomungado duelo,[2] eu me posso dar por agravado, mas não por afrontado, porque as crianças não o sentem, nem as mulheres, nem podem fugir, nem têm para que esperar, o mesmo valendo para os constituídos na sacra religião, porque esses três gêneros de gentes carecem de armas ofensivas e defensivas; e assim, por mais que naturalmente estejam obrigados a se defender, não o estão para

---

ellos, que en tanto que estuvieren en casa, me estaré yo en la mía, y me escusaré de reprehender lo que no puedo remediar.

Y sin decir más ni comer más se fue, sin que fuesen parte a detenerle los ruegos de los duques, aunque el duque no le dijo mucho, impedido de la risa que su impertinente cólera le había causado. Acabó de reír, y dijo a don Quijote:

— Vuesa merced, señor Caballero de los Leones, ha respondido por sí tan altamente, que no le queda cosa por satisfacer deste que aunque parece agravio, no lo es en ninguna manera, porque así como no agravian las mujeres, no agravian los eclesiásticos, como vuesa merced mejor sabe.

— Así es — respondió don Quijote —, y la causa es que el que no puede ser agraviado no puede agraviar a nadie. Las mujeres, los niños y los eclesiásticos, como no pueden defenderse aunque sean ofendidos, no pueden ser afrentados. Porque entre el agravio y la afrenta hay esta diferencia, como mejor Vuestra Excelencia sabe: la afrenta viene de parte de quien la puede hacer, y la hace, y la sustenta; el agravio puede venir de cualquier parte, sin que afrente. Sea ejemplo: está uno en la calle descuidado, llegan diez con mano armada, y, dándole de palos, pone mano a la espada y hace su deber, pero la muchedumbre de los contrarios se le opone, y no le deja salir con su intención, que es de vengarse; este tal queda agraviado, pero no afrentado. Y lo mismo confirmará otro ejemplo: está uno vuelto de espaldas, llega otro y dale de palos, y, en dándoselos, huye y no espera, y el otro le sigue y no alcanza; este que recibió los palos recibió agravio, mas no afrenta, porque la afrenta ha de ser sustentada. Si el que le dio los palos, aunque se los dio a hurtacordel, pusiera mano a su espada y se estuvie-

ofender a ninguém. E ainda que há pouco eu tenha dito que me podia dar por agravado, agora digo que não, de nenhuma maneira, pois quem não pode receber afronta, muito menos a pode dar. Pelas quais razões eu não devo sentir nem sinto as que aquele bom homem me disse. Só quisera que ele esperasse algum pouco, para lhe dar a entender o erro em que está em pensar e dizer que não houve nem há cavaleiros andantes no mundo, pois se tal ouvisse Amadis, ou um dos infinitos da sua linhagem, tenha por certo que ele se houvera de arrepender.

— Isso eu bem posso jurar — disse Sancho. — Tamanha espadada lhe dariam que o partiriam de cima a baixo como a uma romã ou um melão bem maduro. Lá estavam eles para engolir semelhantes pulhas! Pela santa cruz que eu tenho por certo que, se Reinaldo de Montalvão tivesse ouvido essas razões do homenzinho, tamanho tapa-boca lhe daria que não falaria em mais de três anos. Ah, não! Que se fosse haver com ele, e veria como voltava!

Desfalecia de rir a duquesa ouvindo Sancho falar, tendo-o em sua opinião por mais gracioso e mais louco que o seu amo, e muitos houve naquele tempo que foram desse mesmo parecer. Finalmente D. Quixote sossegou, e a refeição se acabou, e, em levantando a mesa, entraram quatro donzelas, uma com uma bandeja de prata, outra com um gomil também de prata, outra com duas branquíssimas e riquíssimas toalhas ao ombro e a quarta com os braços descobertos até a metade, e em suas brancas mãos (que sem dúvida eram brancas) uma bola de sabão napolitano.[3] Chegou a da bandeja e com gentil donaire e desenvoltura a encaixou embaixo das barbas de D. Quixote, o qual, sem falar palavra, admirado de semelhante cerimônia, cuidando que havia de ser usança daquela terra lavar as barbas em lugar das mãos, esticou o pescoço o quanto pôde, e no mesmo instante começou a chover do

---

ra quedo, haciendo rostro a su enemigo, quedara el apaleado agraviado y afrentado juntamente: agraviado, porque le dieron a traición; afrentado, porque el que le dio sustentó lo que había hecho, sin volver las espaldas y a pie quedo. Y así, según las leyes del maldito duelo, yo puedo estar agraviado, mas no afrentado, porque los niños no sienten, ni las mujeres, ni pueden huir, ni tienen para qué esperar, y lo mesmo los constituidos en la sacra religión, porque estos tres géneros de gente carecen de armas ofensivas y defensivas; y así, aunque naturalmente estén obligados a defenderse, no lo están para ofender a nadie. Y aunque poco ha dije que yo podía estar agraviado, agora digo que no, en ninguna manera, porque quien no puede recebir afrenta, menos la puede dar. Por las cuales razones yo no debo sentir ni siento las que aquel buen hombre me ha dicho: sólo quisiera que esperara algún poco, para darle a entender en el error en que está en pensar y decir que no ha habido, ni los hay, caballeros andantes en el mundo, que si lo tal oyera Amadís, o uno de los infinitos de su linaje, yo sé que no le fuera bien a su merced.

— Eso juro yo bien — dijo Sancho —: cuchillada le hubieran dado, que le abrieran de arriba abajo como una granada o como a un melón muy maduro. ¡Bonitos eran ellos para sufrir semejantes cosquillas! Para mi santiguada que tengo por cierto que si Reinaldos de Montalbán hubiera oído estas razones al hombrecito, tapaboca le hubiera dado, que no hablara más en tres años. ¡No, sino tomárase con ellos, y viera cómo escapaba de sus manos!

Perecía de risa la duquesa en oyendo hablar a Sancho, y en su opinión le tenía por más gracioso y por más loco que a su amo, y muchos hubo en aquel tiempo que fueron deste mismo parecer. Finalmente don Quijote se

gomil, e a donzela do sabão meteu mãos às suas barbas e pegou a esfregá-las com muita pressa, levantando flocos de neve, que não era menos branca a espuma da ensaboadura, não só pelas barbas, mas por todo o rosto e pelos olhos do obediente cavaleiro, tanto que por força os teve de fechar. O duque e a duquesa, que de nada disso eram sabedores, estavam esperando para ver em que havia de parar tão extraordinário lavatório. A donzela barbeira, quando o teve coberto com um palmo de espuma, fingiu que se acabara a água e mandou a do gomil ir buscar mais, que o senhor D. Quixote esperaria. Assim fez, ficando D. Quixote com a mais estranha e risível figura que se pudesse imaginar.

Olhavam-no todos os que presentes estavam, que eram muitos, e como o viam com meia vara de pescoço, mais que medianamente moreno, os olhos fechados e as barbas cheias de sabão, foi grande maravilha e muita discrição conseguirem dissimular o riso. As donzelas da burla tinham os olhos baixos, sem ousarem olhar para os seus senhores, que estavam com a cólera e o riso a ponto de rebentar, sem saberem que fazer: se castigar o atrevimento das moças ou premiá-las pelo gosto que lhes davam de ver D. Quixote daquele jeito. Finalmente, a donzela do gomil voltou e acabaram de lavar D. Quixote, e em seguida a que trazia as toalhas o limpou e enxugou muito sossegadamente, e fazendo-lhe todas quatro a par uma grande e profunda inclinação e reverência, iam já saindo, mas o duque, por que D. Quixote não percebesse a burla, chamou a donzela da bandeja e lhe disse:

— Vinde lavar-me a mim, e cuidai que não se acabe a água.

A moça, aguda e diligente, chegou-se e lhe pôs a bandeja como a D. Quixote, e dando-se pressa o lavaram e ensaboaram muito bem e, deixando-o enxuto e limpo, fazendo reverências se retiraram. Mais tarde se soube

---

sosegó, y la comida se acabó, y en levantando los manteles llegaron cuatro doncellas, la una con una fuente de plata y la otra con un aguamanil asimismo de plata, y la otra con dos blanquísimas y riquísimas toallas al hombro, y la cuarta descubiertos los brazos hasta la mitad, y en sus blancas manos (que sin duda eran blancas) una redonda pella de jabón napolitano. Llegó la de la fuente, y con gentil donaire y desenvoltura encajó la fuente debajo de la barba de don Quijote, el cual, sin hablar palabra, admirado de semejante ceremonia, creyendo que debía ser usanza de aquella tierra en lugar de las manos lavar las barbas, y, así, tendió la suya todo cuanto pudo, y al mismo punto comenzó a llover el aguamanil, y la doncella del jabón le manoseó las barbas con mucha priesa, levantando copos de nieve, que no eran menos blancas las jabonaduras, no sólo por las barbas, mas por todo el rostro y por los ojos del obediente caballero, tanto, que se los hicieron cerrar por fuerza. El duque y la duquesa, que de nada desto eran sabidores, estaban esperando en qué había de parar tan extraordinario lavatorio. La doncella barbera, cuando le tuvo con un palmo de jabonadura, fingió que se le había acabado el agua y mandó a la del aguamanil fuese por ella, que el señor don Quijote esperaría. Hízolo así, y quedó don Quijote con la más estraña figura y más para hacer reír que se pudiera imaginar.

Mirábanle todos los que presentes estaban, que eran muchos, y como le veían con media vara de cuello, más que medianamente moreno, los ojos cerrados y las barbas llenas de jabón, fue gran maravilla y mucha discreción poder disimular la risa; las doncellas de la burla tenían los ojos bajos, sin osar mirar a sus señores; a ellos les retozaba la cólera y la risa en el cuerpo, y no sabían a qué acudir: o a castigar el atrevimiento de las muchachas o darles premio por el gusto que recibían de ver a don Quijote de aquella suerte. Finalmente la

que o duque jurara, se o não lavassem como a D. Quixote, castigar o atrevimento das criadas, coisa que elas discretamente emendaram ensaboando-o a ele também.

Atento estava Sancho às cerimônias daquele lavatório, e disse para si:

— Valha-me Deus! Será também usança nesta terra lavar as barbas dos escudeiros como as dos cavaleiros? Por Deus e minha alma que o hei bem mister, e até se as rapassem à navalha eu mais o teria por benefício.

— Que dizeis entre vós, Sancho? — perguntou a duquesa.

— Digo, senhora — respondeu ele —, que nas cortes dos outros príncipes sempre ouvi dizer que, em levantando a mesa, dão água às mãos, mas não sabão às barbas, e por isso é bom viver muito, para ver muito; ainda que também digam "quem comprida vida vive muito mal há de passar",[4] bem que passar por um lavatório desses é antes gosto que trabalho.

— Não vos aflijais, amigo Sancho — disse a duquesa —, pois mandarei que minhas donzelas vos lavem, e até vos ponham de molho em barrela, se houver mister.

— Com as barbas me contento — respondeu Sancho —, ao menos por ora, pois andando o tempo só Deus sabe o que será.

— Olhai, mestre-sala — disse a duquesa —, o que o bom Sancho pede e cumpri sua vontade ao pé da letra.

O mestre-sala respondeu que em tudo seria servido o senhor Sancho, e com isto se foi almoçar e levou Sancho consigo, ficando à mesa os duques e D. Quixote falando de muitas e diversas coisas, mas todas tocantes ao exercício das armas e da andante cavalaria.

A duquesa rogou a D. Quixote que lhe delineasse e descrevesse, pois parecia ter feliz memória, a formosura e feições da senhora Dulcineia d'El

---

doncella del aguamanil vino, y acabaron de lavar a don Quijote, y luego la que traía las toallas le limpió y le enjugó muy reposadamente, y haciéndole todas cuatro a la par una grande y profunda inclinación y reverencia, se querían ir, pero el duque, porque don Quijote no cayese en la burla, llamó a la doncella de la fuente, diciéndole:

— Venid y lavadme a mí, y mirad que no se os acabe el agua.

La muchacha, aguda y diligente, llegó y puso la fuente al duque como a don Quijote, y dándose prisa le lavaron y jabonaron muy bien, y dejándole enjuto y limpio, haciendo reverencias se fueron. Después se supo que había jurado el duque que si a él no le lavaran como a don Quijote, había de castigar su desenvoltura, lo cual habían enmendado discretamente con haberle a él jabonado.

Estaba atento Sancho a las ceremonias de aquel lavatorio, y dijo entre sí:

— ¡Válame Dios! ¿Si será también usanza en esta tierra lavar las barbas a los escuderos como a los caballeros? Porque en Dios y en mi ánima que lo he bien menester, y aun que si me las rapasen a navaja, lo tendría a más beneficio.

— ¿Qué decís entre vos, Sancho? — preguntó la duquesa.

— Digo, señora — respondió él —, que en las cortes de los otros príncipes siempre he oído decir que en levantando los manteles dan agua a las manos, pero no lejía a las barbas, y que por eso es bueno vivir mucho, por ver mucho; aunque también dicen que "el que larga vida vive mucho mal ha de pasar", puesto que pasar por un lavatorio de estos antes es gusto que trabajo.

Toboso, que, segundo o que a fama apregoava de sua beleza, tinha por certo que devia de ser a mais bela criatura do orbe, e até de toda La Mancha. Suspirou D. Quixote ao ouvir o que a duquesa lhe mandava, e disse:

— Se eu pudesse tirar meu coração do peito e colocá-lo ante os olhos de vossa grandeza, aqui sobre esta mesa e num prato, escusaria a minha língua o trabalho de dizer o que mal se pode pensar, porque vossa Excelência a veria nele toda retratada. Mas para que pôr-me agora a delinear e descrever ponto por ponto e parte por parte a formosura da sem-par Dulcineia, sendo carga digna de outros ombros que não os meus e empresa em que se deviam ocupar os pincéis de Parrásio, de Timantes e de Apeles, e os buris de Lisipo,[5] para pintá-la e gravá-la em tábuas, em mármores e em bronzes, e a retórica ciceroniana e demostina para louvá-la?

— Que quer dizer "demostina", senhor D. Quixote — perguntou a duquesa —, que é vocábulo que não ouvi em todos os dias de minha vida?

— Retórica demostina — respondeu D. Quixote — é o mesmo que dizer retórica de Demóstenes, assim como ciceroniana de Cícero, que foram os dois maiores retóricos do mundo.

— Assim é — disse o duque —, e andastes desatinada em semelhante pergunta. Mas, contudo, grande gosto nos daria o senhor D. Quixote se no-la pintasse, pois decerto, ainda que seja em rascunho e bosquejo, ela há de sair tal que faça inveja às mais formosas.

— Isto faria, por certo — respondeu D. Quixote —, se a não tivesse varrido da minha ideia a desgraça que há pouco lhe aconteceu, tão grande que mais estou para chorá-la que para descrevê-la. Pois hão de saber vossas grandezas que, indo dias atrás beijar-lhe as mãos e receber sua bênção, beneplácito e licença para esta terceira saída, achei outra em lugar da que bus-

---

— No tengáis pena, amigo Sancho — dijo la duquesa —, que yo haré que mis doncellas os laven, y aun os metan en colada, si fuere menester.

— Con las barbas me contento — respondió Sancho —, por ahora a lo menos, que andando el tiempo Dios dijo lo que será.

— Mirad, maestresala — dijo la duquesa —, lo que el buen Sancho pide, y cumplidle su voluntad al pie de la letra.

El maestresala respondió que en todo sería servido el señor Sancho, y con esto se fue a comer y llevó consigo a Sancho, quedándose a la mesa los duques y don Quijote hablando en muchas y diversas cosas, pero todas tocantes al ejercicio de las armas y de la andante caballería.

La duquesa rogó a don Quijote que le delinease y describiese, pues parecía tener felice memoria, la hermosura y facciones de la señora Dulcinea del Toboso, que, según lo que la fama pregonaba de su belleza, tenía por entendido que debía de ser la más bella criatura del orbe, y aun de toda la Mancha. Sospiró don Quijote oyendo lo que la duquesa le mandaba, y dijo:

— Si yo pudiera sacar mi corazón y ponerle ante los ojos de vuestra grandeza, aquí sobre esta mesa y en un plato, quitara el trabajo a mi lengua de decir lo que apenas se puede pensar, porque Vuestra Excelencia la viera en él toda retratada; pero ¿para qué es ponerme yo ahora a delinear y describir punto por punto y parte por parte la hermosura de la sin par Dulcinea, siendo carga digna de otros hombros que de los míos, empresa en quien se debían ocupar los pinceles de Parrasio, de Timantes y de Apeles, y los buriles de Li-

cava: achei-a encantada e transformada de princesa em lavradora, de formosa em feia, de anjo em diabo, de perfumosa em pestilenta, de bem-falante em rústica, de repousada em saltadora, de luz em trevas e, enfim, de Dulcineia d'El Toboso numa vilã saiaguesa.

— Valha-me Deus! — disse nesse instante o duque, dando uma grande voz. — Quem foi que tanto mal fez ao mundo? Quem tirou dele a beleza que o alegrava, o donaire que o entretinha e a honestidade que o abonava?

— Quem? — respondeu D. Quixote. — Quem pode ser senão algum maligno encantador dos muitos invejosos que me perseguem? Essa raça maldita, nascida no mundo para empanar e aniquilar as façanhas dos bons e para alumiar e levantar as feituras dos maus. Encantadores me têm perseguido, encantadores me perseguem, e encantadores me perseguirão até darem comigo e com minhas altas cavalarias no profundo abismo do esquecimento, e eles me danam e ferem naquela parte onde veem que mais o sinto; porque privar um cavaleiro andante de sua dama é privá-lo dos olhos com que vê, e do sol que lhe dá a luz, e do nutrimento que o conserva. Outras muitas vezes eu já o disse, e agora o torno a dizer: o cavaleiro andante sem dama é como árvore sem folhas, como edifício sem alicerces e como sombra sem corpo do qual provenha.

— Não há mais que dizer — disse a duquesa. — Mas, contudo, se dermos crédito à história do senhor D. Quixote que de poucos dias a esta parte veio à luz do mundo, com geral aplauso das gentes, dela se colige, se mal não me lembro, que vossa mercê nunca viu a senhora Dulcineia e que essa tal senhora não existe no mundo, mas é dama fantástica, que vossa mercê engendrou e pariu em seu entendimento e pintou com todas aquelas graças e perfeições que quis.

---

sipo, para pintarla y grabarla en tablas, en mármoles y en bronces, y la retórica ciceroniana y demostina para alabarla?

— ¿Qué quiere decir *demostina*, señor don Quijote — preguntó la duquesa —, que es vocablo que no le he oído en todos los días de mi vida?

— Retórica demostina — respondió don Quijote — es lo mismo que decir retórica de Demóstenes, como ciceroniana, de Cicerón, que fueron los dos mayores retóricos del mundo.

— Así es — dijo el duque —, y habéis andado deslumbrada en la tal pregunta; pero, con todo eso, nos daría gran gusto el señor don Quijote si nos la pintase, que a buen seguro que aunque sea en rasguño y bosquejo, que ella salga tal, que la tengan invidia las más hermosas.

— Sí hiciera, por cierto — respondió don Quijote —, si no me la hubiera borrado de la idea la desgracia que poco ha que le sucedió, que es tal, que más estoy para llorarla que para describirla. Porque habrán de saber vuestras grandezas que yendo los días pasados a besarle las manos y a recebir su bendición, beneplácito y licencia para esta tercera salida, halló otra de la que buscada: halléla encantada y convertida de princesa en labradora, de hermosa en fea, de ángel en diablo, de olorosa en pestífera, de bien hablada en rústica, de reposada en brincadora, de luz en tinieblas, y, finalmente, de Dulcinea del Toboso en una villana de Sayago.

— ¡Válame Dios! — dando una gran voz, dijo a este instante el duque —. ¿Quién ha sido el que tanto mal ha hecho al mundo? ¿Quién ha quitado dél la belleza que le alegraba, el donaire que le entretenía y la honestidad que le acreditaba?

— Nisso há muito que dizer — respondeu D. Quixote. — Deus sabe se há Dulcineia ou não no mundo, se é fantástica ou não é fantástica; e essas não são coisas cuja averiguação se possa levar até o fim. Nem eu engendrei nem pari minha senhora, porquanto a contemplo como convém a uma dama que em si contém os dotes e partes que a possam fazer famosa em todas as do mundo, como são: formosa sem tacha, grave sem soberba, amorosa com honestidade, agradecida por cortês, cortês por bem-criada e, finalmente, alta por linhagem, uma vez que sobre o bom sangue a formosura resplandece e campeia com mais graus de perfeição que nas formosas humildemente nascidas.

— Assim é — disse o duque —, mas o senhor D. Quixote me há de dar licença para que eu diga o que me força a dizer a história que de suas façanhas li, da qual se infere que, posto que se conceda haver Dulcineia em El Toboso, ou fora dele, e que seja formosa no sumo grau que vossa mercê aqui a pintou, no particular da alteza de linhagem não corre parelhas com as Orianas, com as Alastraxareas, com as Madásimas[6] nem com outras desse jaez, das quais estão cheias as histórias que vossa mercê bem sabe.

— A isso posso responder — disse D. Quixote — que Dulcineia é filha de suas obras, e que as virtudes melhoram o sangue, e que mais é de estimar e considerar um humilde virtuoso que um vicioso levantado, quanto mais que Dulcineia tem lisonjas no brasão que a podem levar a ser rainha de cetro e coroa, pois o mérito de uma mulher formosa e virtuosa a fazer maiores milagres se estende, e, se não formalmente, virtualmente tem em si encerradas maiores venturas.

— Digo, senhor D. Quixote — disse a duquesa —, que em tudo quanto vossa mercê diz caminha pé ante pé e, como se costuma dizer, com o prumo

---

— ¿Quién? — respondió don Quijote —. ¿Quién puede ser sino algún maligno encantador de los muchos invidiosos que me persiguen? Esta raza maldita, nacida en el mundo para escurecer y aniquilar las hazañas de los buenos y para dar luz y levantar los fechos de los malos. Perseguido me han encantadores, encantadores me persiguen, y encantadores me persiguirán hasta dar conmigo y con mis altas caballerías en el profundo abismo del olvido, y en aquella parte me dañan y hieren donde veen que más lo siento; porque quitarle a un caballero andante su dama es quitarle los ojos con que mira y el sol con que se alumbra y el sustento con que se mantiene. Otras muchas veces lo he dicho, y ahora lo vuelvo a decir: que el caballero andante sin dama es como el árbol sin hojas, el edificio sin cimiento y la sombra sin cuerpo de quien se cause.

— No hay más que decir — dijo la duquesa —. Pero si, con todo eso, hemos de dar crédito a la historia que del señor don Quijote de pocos días a esta parte ha salido a la luz del mundo, con general aplauso de las gentes, della se colige, si mal no me acuerdo, que nunca vuesa merced ha visto a la señora Dulcinea, y que esta tal señora no es en el mundo, sino que es dama fantástica, que vuesa merced la engendró y parió en su entendimiento, y la pintó con todas aquellas gracias y perfeciones que quiso.

— En eso hay mucho que decir — respondió don Quijote —. Dios sabe si hay Dulcinea o no en el mundo, o si es fantástica o no es fantástica; y estas no son de las cosas cuya averiguación se ha de llevar hasta el cabo. Ni yo engendré ni parí a mi señora, puesto que la contemplo como conviene que sea una dama que contenga en sí las partes que puedan hacerla famosa en todas las del mundo, como son hermosa sin tacha, grave sin soberbia, amorosa con honestidad, agradecida por cortés, cortés por bien criada, y, finalmente, alta por linaje, a causa que so-

na mão, sondando o fundo, e que daqui por diante eu crerei e farei crer a todos em minha casa, e até ao duque meu senhor, se for mister, que há Dulcineia em El Toboso e que vive hoje em dia, e é formosa, e principalmente nascida, e merecedora de ser servida de um tal cavaleiro como é o senhor D. Quixote, sendo isto o mais que posso e sei encarecer. Mas não posso escusar um escrúpulo e um não sei quê de ojeriza contra Sancho Pança. O escrúpulo é por dizer a referida história que o tal Sancho Pança achou a tal senhora Dulcineia, quando de parte de vossa mercê lhe levou uma epístola, peneirando um fardo de trigo, e por cima vermelho, coisa que me faz duvidar da alteza de sua linhagem.

Ao que D. Quixote respondeu:

— Senhora minha, vossa grandeza há de saber que todas ou as mais coisas que me acontecem vão muito desviadas dos termos ordinários das que aos outros cavaleiros andantes sucedem, quer sejam elas encaminhadas pela vontade inescrutável dos fados, quer venham encaminhadas pela malícia de algum encantador invejoso, sendo coisa já averiguada que todos ou os mais cavaleiros andantes e famosos, uns têm a graça de não poderem ser encantados, outros de terem tão impenetráveis carnes que não podem ser feridos, como foi o famoso Roldão, um dos Doze Pares de França, de quem se conta que não podia ser ferido senão pela planta do pé esquerdo, e ainda isso havia de ser com a ponta de um alfinete grosso, e não com outra sorte de arma alguma, e assim, quando Bernardo del Carpio o matou em Roncesvalles, vendo que o não podia chagar com ferro, o levantou do chão entre os braços e o sufocou, lembrando-se da morte que deu Hércules a Anteu, aquele feroz gigante que diziam ser filho da Terra. Quero inferir do dito que bem pudera ser que eu tivesse alguma dessas graças, não do não poder ser ferido,

---

bre la buena sangre resplandece y campea la hermosura con más grados de perfeción que en las hermosas humildemente nacidas.

— Así es — dijo el duque —, pero hame de dar licencia el señor don Quijote para que diga lo que me fuerza a decir la historia que de sus hazañas he leído, de donde se infiere que, puesto que se conceda que hay Dulcinea en el Toboso, o fuera dél, y que sea hermosa en el sumo grado que vuesa merced nos la pinta, en lo de la alteza del linaje no corre parejas con las Orianas, con las Alastrajareas, con las Madasimas, ni con otras deste jaez, de quien están llenas las historias que vuesa merced bien sabe.

— A eso puedo decir — respondió don Quijote — que Dulcinea es hija de sus obras, y que las virtudes adoban la sangre, y que en más se ha de estimar y tener un humilde virtuoso que un vicioso levantado, cuanto más que Dulcinea tiene un jirón que la puede llevar a ser reina de corona y ceptro, que el merecimiento de una mujer hermosa y virtuosa a hacer mayores milagros se estiende, y, aunque no formalmente, virtualmente tiene en sí encerradas mayores venturas.

— Digo, señor don Quijote — dijo la duquesa —, que en todo cuanto vuestra merced dice va con pie de plomo y, como suele decirse, con la sonda en la mano, y que yo desde aquí adelante creeré y haré creer a todos los de mi casa, y aun al duque mi señor, si fuere menester, que hay Dulcinea en el Toboso, y que vive hoy día, y es hermosa, y principalmente nacida, y merecedora que un tal caballero como es el señor don Quijote la sirva, que es lo más que puedo ni sé encarecer. Pero no puedo dejar de formar un escrúpulo y tener algún no sé qué de ojeriza contra Sancho Panza: el escrúpulo es que dice la historia referida que el tal Sancho Panza halló a la tal señora

porque muitas vezes a experiência me mostrou que sou de carnes brandas e nada impenetráveis, nem a de não poder ser encantado, pois já me vi metido numa jaula onde todo o mundo não fora poderoso a me encerrar, como não fosse à força de encantamentos. Porém, como daquele me livrei, quero crer que não há de haver outro algum que me embargue, e assim, vendo esses encantadores que com minha pessoa não mais podem usar de suas más manhas, vingam-se nas coisas que mais prezo e querem tirar-me a vida maltratando a de Dulcineia, por quem eu vivo. Assim creio que, quando meu escudeiro lhe levou minha embaixada, eles a transformaram em vilã e ocupada em tão baixo exercício como é o de peneirar trigo; mas, como já tenho dito, aquele trigo nem era vermelho nem trigo, senão grãos de pérolas orientais. E para prova desta verdade quero dizer a vossas magnitudes como, entrando há pouco em El Toboso, jamais pude achar os palácios de Dulcineia, e que no dia seguinte, tendo-a visto Sancho, meu escudeiro, em sua mesma figura, que é a mais bela do orbe, a mim me pareceu uma lavradora tosca e feia e nada bem entendida, quando ela é a discrição em pessoa; e como, segundo bom discurso, eu não estou encantado, nem o posso estar, é ela a encantada, a ofendida e a mudada, trocada e transtrocada, e nela se vingaram de mim meus inimigos, e por ela hei de viver em perpétuas lágrimas até vê-la em seu prístino estado. Tudo isto digo para que ninguém repare no que Sancho disse do joeirar ou peneirar de Dulcineia, pois, se a meus olhos a mudaram, não é maravilha que aos dele a trocassem. Dulcineia é principal e bem-nascida, e das fidalgas linhagens que há em El Toboso,[7] que são muitas, antigas e boníssimas, por certo que não pouca parte cabe à sem-par Dulcineia, por quem seu lugar será famoso e nomeado nos vindouros séculos, como são Troia por Helena e Espanha pela Cava,[8] ainda que com melhor título e fama. Por ou-

---

Dulcinea, cuando de parte de vuestra merced le llevó una epístola, ahechando un costal de trigo, y por más señas dice que era rubión, cosa que me hace dudar en la alteza de su linaje.

A lo que respondió don Quijote:

— Señora mía, sabrá la vuestra grandeza que todas o las más cosas que a mí me suceden van fuera de los términos ordinarios de las que a los otros caballeros andantes acontecen, o ya sean encaminadas por el querer inescrutable de los hados, o ya vengan encaminadas por la malicia de algún encantador invidioso; y como es cosa ya averiguada que todos o los más caballeros andantes y famosos, uno tenga gracia de no poder ser encantado, otro de ser de tan impenetrables carnes, que no pueda ser herido, como lo fue el famoso Roldán, uno de los Doce Pares de Francia, de quien se cuenta que no podía ser herido sino por la planta del pie izquierdo, y que esto había de ser con la punta de un alfiler gordo, y no con otra suerte de arma alguna, y así, cuando Bernardo del Carpio le mató en Roncesvalles, viendo que no le podía llagar con fierro, le levantó del suelo entre los brazos, y le ahogó, acordándose entonces de la muerte que dio Hércules a Anteón, aquel feroz gigante que decían ser hijo de la Tierra. Quiero inferir de lo dicho que podría ser que yo tuviese alguna gracia destas, no del no poder ser ferido, porque muchas veces la experiencia me ha mostrado que soy de carnes blandas y nonada impenetrables, ni la de no poder ser encantado, que ya me he visto metido en una jaula donde todo el mundo no fuera poderoso a encerrarme, si no fuera a fuerzas de encantamentos; pero pues de aquel me libré, quiero creer que no ha de haber otro alguno que me empezca, y así, viendo estos encantadores que con mi persona no pueden usar de sus malas mañas, vénganse en las cosas que más quiero, y quieren quitarme la vida maltratando la de Dulcinea, por quien yo vivo;

tra parte, quero que vossas senhorias entendam que Sancho Pança é um dos mais graciosos escudeiros que jamais serviu a cavaleiro andante: ele tem às vezes umas simplicidades tão agudas que pensar se é simples ou agudo causa não pequeno contentamento; tem malícias que o condenam por velhaco e descuidos que o confirmam por bobo, duvida de tudo e crê em tudo; quando penso que se vai despenhar por tolo, sai com umas discrições que o levantam ao céu. Enfim, jamais o trocaria por outro escudeiro, nem que me dessem uma cidade como torna, e portanto estou em dúvida se será bem enviá-lo ao governo com que vossa grandeza lhe fez mercê, ainda que eu veja nele uma certa aptidão para as coisas do governar, e penso que, desbastando um bocadinho seu entendimento, se sairia em qualquer governo como o rei com suas alcavalas, de mais que já por muitas experiências sabemos que não há mister muita habilidade nem muitas letras para ser governador, havendo por aí centenas deles que mal sabem ler e governam como águias. O ponto está em terem boa intenção e desejarem acertar em tudo, pois nunca lhes faltará quem os aconselhe e encaminhe no que hão de fazer, como os governadores cavaleiros e não letrados, que sentenciam com assessor. Eu o aconselharia a não torcer o direito nem tirar proveito, e outras coisinhas que me ficam aqui dentro e que a seu tempo hão de sair, para utilidade de Sancho e prosperidade da ínsula que ele governar.

Nessa parte estavam do colóquio o duque, a duquesa e D. Quixote, quando ouviram muitas vozes e um grande arruído de gente no palácio, e a desoras entrou Sancho na sala todo assustado, trazendo um trapo barreleiro ao pescoço, e atrás dele muitos moços ou, para melhor dizer, bichos da cozinha e outra gente miúda e picaresca, e um deles vinha com um balde de água, que na cor e pouca limpeza mostrava ser de esfregar chãos; seguia-o e perse-

---

y, así, creo que cuando mi escudero le llevó mi embajada, se la convirtieron en villana y ocupada en tan bajo ejercicio como es el de ahechar trigo; pero ya tengo yo dicho que aquel trigo ni era rubión ni trigo, sino granos de perlas orientales, y para prueba desta verdad quiero decir a vuestras magnitudes cómo viniendo poco ha por el Toboso jamás pude hallar los palacios de Dulcinea, y que otro día, habiéndola visto Sancho mi escudero en su mesma figura, que es la más bella del orbe, a mí me pareció una labradora tosca y fea, y nonada bien razonada, siendo la discreción del mundo; y pues yo no estoy encantado, ni lo puedo estar, según buen discurso, ella es la encantada, la ofendida, y la mudada, trocada y trastrocada, y en ella se han vengado de mí mis enemigos, y por ella viviré yo en perpetuas lágrimas hasta verla en su prístino estado. Todo esto he dicho para que nadie repare en lo que Sancho dijo del cernido ni del ahecho de Dulcinea, que pues a mí me la mudaron, no es maravilla que a él se la cambiasen. Dulcinea es principal y bien nacida; y de los hidalgos linajes que hay en el Toboso, que son muchos, antiguos y muy buenos, a buen seguro que no le cabe poca parte a la sin par Dulcinea, por quien su lugar será famoso y nombrado en los venideros siglos, como lo ha sido Troya por Elena, y España por la Cava, aunque con mejor título y fama. Por otra parte, quiero que entiendan vuestras señorías que Sancho Panza es uno de los más graciosos escuderos que jamás sirvió a caballero andante: tiene a veces unas simplicidades tan agudas, que el pensar si es simple o agudo causa no pequeño contento; tiene malicias que le condenan por bellaco y descuidos que le confirman por bobo; duda de todo y créelo todo; cuando pienso que se va a despeñar de tonto, sale con unas discreciones que le levantan al cielo. Finalmente, yo no le trocaría con otro escudero, aunque me diesen de añadidura una ciudad, y, así, estoy en duda si será bien enviarle al gobierno de quien vuestra grandeza le ha he-

guia-o o do balde, procurando com toda solicitude pô-lo e encaixá-lo embaixo das suas barbas, enquanto um outro bicho mostrava querer lavá-las.

— Que é isso, irmãos? — perguntou a duquesa. — Que é isso? Que quereis desse bom homem? Como não considerais que ele foi nomeado governador?

Ao que respondeu o pícaro barbeiro:

— Este senhor não se quer deixar lavar como é usança, e como foi lavado o duque meu senhor e o senhor seu amo.

— Quero sim — respondeu Sancho com muita cólera —, mas quisera que fosse com toalhas mais limpas, com águas mais claras e mãos não tão sujas, pois não há tanta diferença de mim para o meu amo para que ele seja lavado com água de anjo[9] e eu com barrela dos diabos. As usanças das terras e dos palácios dos príncipes tanto são boas quanto não dão pesar; mas o costume do lavatório que aqui se usa é pior que o dos disciplinantes. Eu estou limpo de barbas e não tenho necessidade de semelhantes esfregas, e quem me vier lavar ou tocar um fio de cabelo, digo, de barba, falando com o devido respeito, levará tal punhada que ficará com meu punho encravado no focinho, que estas cirimonhas e ensaboaduras mais parecem momos que mimos de hóspedes.

Desfalecida de rir estava a duquesa vendo a cólera e ouvindo as razões de Sancho, mas a D. Quixote não deu muito gosto vê-lo tão malparado com a pintalgada toalha e tão rodeado de tantos bichos de cozinha, e assim, fazendo uma profunda reverência aos duques, como que pedindo-lhes licença para falar, com voz firme disse à canalha:

— Olhem, senhores cavaleiros! Vossas mercês deixem o mancebo e voltem por onde vieram, ou por onde bem quiserem, que meu escudeiro é tão

---

cho merced, aunque veo en él una cierta aptitud para esto de gobernar: que atusándole tantico el entendimiento, se saldría con cualquiera gobierno, como el rey con sus alcabalas, y más que ya por muchas experiencias sabemos que no es menester ni mucha habilidad ni muchas letras para ser uno gobernador, pues hay por ahí ciento que apenas saben leer, y gobiernan como unos girifaltes; el toque está en que tengan buena intención y deseen acertar en todo, que nunca les faltará quien les aconseje y encamine en lo que han de hacer, como los gobernadores caballeros y no letrados, que sentencian con asesor. Aconsejaríale yo que ni tome cohecho ni pierda derecho, y otras cosillas que me quedan en el estómago, que saldrán a su tiempo, para utilidad de Sancho y provecho de la ínsula que gobernare.

A este punto llegaban de su coloquio el duque, la duquesa y don Quijote, cuando oyeron muchas voces y gran rumor de gente en el palacio, y a deshora entró Sancho en la sala todo asustado, con un cernadero por babador, y tras él muchos mozos o, por mejor decir, pícaros de cocina y otra gente menuda, y uno venía con un artesoncillo de agua, que en la color y poca limpieza mostraba ser de fregar; seguíale y perseguíale el de la artesa, y procuraba con toda solicitud ponérsela y encajársela debajo de las barbas, y otro pícaro mostraba querérselas lavar.

— ¿Qué es esto, hermanos? — preguntó la duquesa —. ¿Qué es esto? ¿Qué queréis a ese buen hombre? ¿Cómo y no consideráis que está electo gobernador?

A lo que respondió el pícaro barbero:

— No quiere este señor dejarse lavar como es usanza, y como se lavó el duque mi señor y el señor su amo.

limpo quanto qualquer outro, e esses baldes são para ele estreitos e penosos púcaros. Tomem meu conselho e deixem-no, porque nem ele nem eu estamos para aturar burlas.

Sancho lhe tomou a palavra da boca e prosseguiu dizendo:

— Não, senão que venham cá fazer burla do magano, que assim a aturarei como agora é noite! Tragam-me aqui um pente, ou o que quiserem, e o passem nestas barbas, e se tirarem delas qualquer coisa que ofenda a limpeza, que me tosquiem em cruz.[10]

Nesse ponto, ainda tomada do riso, disse a duquesa:

— Sancho Pança tem razão em tudo quanto disse, e a terá em tudo quanto disser. Ele é limpo e, como diz, não tem necessidade de se lavar; e se a nossa usança o não contenta, sua alma e sua palma. Quanto mais que vós, ministros da limpeza, andastes por demais remissos e descuidados, e não sei se diga atrevidos, em trazer a tal personagem e a tais barbas, em vez de gomis e bandejas de ouro puro e alemãs toalhas, baldes e dornachos de pau e trapos de cozinha; mas, enfim, sois ruins e malnascidos, e não podeis deixar, como malandantes que sois, de mostrar a ojeriza que tendes dos escudeiros dos andantes cavaleiros.

Pensaram os picarescos ministros, e até o mestre-sala, que vinha com eles, que a duquesa falava de veras e, portanto, tiraram o barreleiro do peito de Sancho, e todos confusos e quase vexados saíram e deixaram o escudeiro; o qual, vendo-se fora daquele, a seu parecer, sumo perigo, se foi ajoelhar ante a duquesa e disse:

— De grandes senhoras, grandes mercês se esperam; esta que vossa mercê me fez hoje não se pode pagar com menos que o desejar ver-me armado cavaleiro andante, para ocupar-me todos os dias de minha vida em servir

---

— Sí quiero — respondió Sancho con mucha cólera —, pero querría que fuese con toallas más limpias, con lejía más clara y con manos no tan sucias, que no hay tanta diferencia de mí a mi amo, que a él le laven con agua de ángeles y a mí con lejía de diablos. Las usanzas de las tierras y de los palacios de los príncipes tanto son buenas cuanto no dan pesadumbre; pero la costumbre del lavatorio que aquí se usa peor es que de diciplinantes. Yo estoy limpio de barbas y no he menester de semejantes refrigerios, y el que se llegare a lavarme ni a tocarme a un pelo de la cabeza, digo, de mi barba, hablando con el debido acatamiento, le daré tal puñada, que le deje el puño engastado en los cascos, que estas tales cirimonias y jabonaduras más parecen burlas que gasajos de huéspedes.

Perecida de risa estaba la duquesa viendo la cólera y oyendo las razones de Sancho, pero no le dio mucho gusto a don Quijote verle tan mal adeliñado con la jaspeada toalla y tan rodeado de tantos entretenidos de cocina, y así, haciendo una profunda reverencia a los duques, como que les pedía licencia para hablar, con voz reposada dijo a la canalla:

— ¡Hola, señores caballeros!, vuesas mercedes dejen al mancebo y vuélvanse por donde vinieron, o por otra parte si se les antojare, que mi escudero es limpio tanto como otro, y esas artesillas son para él estrechos y penantes búcaros. Tomen mi consejo y déjenle, porque ni él ni yo sabemos de achaque de burlas.

Cogióle la razón de la boca Sancho, y prosiguió diciendo:

— ¡No, sino lléguense a hacer burla del mostrenco, que así lo sufriré como ahora es de noche! Traigan aquí un peine, o lo que quisieren, y almohácenme estas barbas, y si sacaren dellas cosa que ofenda a la limpieza, que me trasquilen a cruces.

a tão alta senhora. Lavrador sou, Sancho Pança me chamo, casado sou, filhos tenho e de escudeiro sirvo; se com alguma destas coisas posso servir a vossa grandeza, menos tardarei em obedecer que vossa senhoria em mandar.

— Bem parece, Sancho — respondeu a duquesa —, que aprendestes a ser cortês na escola da mesma cortesia; bem parece, quero dizer, que vos criastes aos peitos do senhor D. Quixote, que deve de ser a nata dos comedimentos e a flor das cerimônias, ou *cirimonhas*, como vós dizeis. Bem haja tal amo e qual moço, um por norte da andante cavalaria, outro por estrela da escudeira fidelidade. Levantai-vos, Sancho amigo, que eu satisfarei vossas cortesias com fazer que o duque meu senhor o mais breve que puder vos cumpra a prometida mercê do governo.

Com isto findou a conversação, e D. Quixote se recolheu a repousar a sesta, e a duquesa pediu a Sancho que, se não tinha muita vontade de dormir, fosse passar a tarde com ela e suas donzelas em uma sala muito fresca. Sancho respondeu que em verdade ele tinha por hábito dormir as sestas de verão por quatro ou cinco horas, mas para servir à sua bondade ele procuraria com todas as forças não dormir nenhuma naquele dia, seguindo obediente ao seu mandado, e se foi. O duque deu novas instruções de como tratar D. Quixote tal qual a um cavaleiro andante, sem se desviar um ponto do estilo como contam que eram tratados os antigos cavaleiros.

A esta sazón, sin dejar la risa, dijo la duquesa:

— Sancho Panza tiene razón en todo cuanto ha dicho, y la tendrá en todo cuanto dijere: él es limpio, y, como él dice, no tiene necesidad de lavarse, y si nuestra usanza no le contenta, su alma en su palma, cuanto más que vosotros, ministros de la limpieza, habéis andado demasiadamente de remisos y descuidados, y no sé si diga atrevidos, a traer a tal personaje y a tales barbas, en lugar de fuentes y aguamaniles de oro puro y de alemanas toallas, artesillas y dornajos de palo y rodillas de aparadores; pero, en fin, sois malos y mal nacidos, y no podéis dejar, como malandrines que sois, de mostrar la ojeriza que tenéis con los escuderos de los andantes caballeros.

Creyeron los apicarados ministros, y aun el maestresala, que venía con ellos, que la duquesa hablaba de veras, y así, quitaron el cernadero del pecho de Sancho, y todos confusos y casi corridos se fueron y le dejaron; el cual, viéndose fuera de aquel a su parecer sumo peligro, se fue a hincar de rodillas ante la duquesa y dijo:

— De grandes señoras, grandes mercedes se esperan: esta que la vuestra merced hoy me ha fecho no puede pagarse con menos sino es con desear verme armado caballero andante, para ocuparme todos los días de mi vida en servir a tan alta señora. Labrador soy, Sancho Panza me llamo, casado soy, hijos tengo y de escudero sirvo: si con alguna destas cosas puedo servir a vuestra grandeza, menos tardaré yo en obedecer que vuestra señoría en mandar.

— Bien parece, Sancho — respondió la duquesa —, que habéis aprendido a ser cortés en la escuela de la misma cortesía: bien parece, quiero decir, que os habéis criado a los pechos del señor don Quijote, que debe de ser la nata de los comedimientos y la flor de las ceremonias, o cirimonias, como vos decís. Bien haya tal señor y

NOTAS

[1] Togados: os homens de letras, fossem jurídicas ou teológicas.

[2] Leis do excomungado duelo: desde o Concílio de Trento, o duelo era condenado pela Igreja, mas nem por isso sua prática e suas normas haviam sido extintas.

[3] Sabão napolitano: sabonete fino e perfumado, usado como xampu ou creme de barbear. O comentário anterior entre parênteses ("que sem dúvida eram brancas") parodia o clichê literário de adjetivar assim as "mãos honradas".

[4] "Quem comprida vida vive muito mal há de passar": versos do romance do Marquês de Mântua (*A la triste madre vuestra — ¿quién la podrá consolar?/ El que larga vida vive — mucho mal ha de pasar*), citado anteriormente por D. Quixote (ver *DQ* I, cap. V, nota 1).

[5] Parrásio, Timantes, Apeles, Lisipo: os três primeiros são pintores gregos; o último, escultor. Seus nomes, muito citados nos textos da época, tinham valor antonomástico.

[6] Oriana, Alastraxarea, Madásima: damas da literatura cavaleiresca, personagens de *Amadis de Gaula* e *Amadís de Grecia*.

[7] ... linhagens que há em El Toboso: provável ironia, pois consta que nessa aldeia quase toda a população tinha ascendência mourisca.

[8] Troia por Helena e Espanha pela Cava: vale lembrar que, se a lenda faz de Helena a responsável indireta pela perda de Troia para os aqueus, o mesmo ocorre com Dª Florinda, dita "La Cava" (a prostituta), em relação à Hispânia visigótica invadida pelos árabes (ver *DQ* I, cap. XLI, nota 5 e *DQ* II, cap. XXI, nota 13).

[9] Água de anjo: água de flor muito apreciada, de formulação complexa e "extremado odor"; valia também como sinônimo de cheiro agradável.

[10] Tosquiar em cruz: fórmula de juramento; rapar o cabelo em cruz era pena infamante que, entre os nobres, se equiparava à capital.

---

tal criado, el uno por norte de la andante caballería, y el otro por estrella de la escuderil fidelidad. Levantaos, Sancho amigo, que yo satisfaré vuestras cortesías con hacer que el duque mi señor lo más presto que pudiere os cumpla la merced prometida del gobierno.

Con esto cesó la plática, y don Quijote se fue a reposar la siesta, y la duquesa pidió a Sancho que, si no tenía mucha gana de dormir, viniese a pasar la tarde con ella y con sus doncellas en una muy fresca sala. Sancho respondió que aunque era verdad que tenía por costumbre dormir cuatro o cinco horas las siestas del verano, que por servir a su bondad él procuraría con todas sus fuerzas no dormir aquel día ninguna, y vendría obediente a su mandado, y fuese. El duque dio nuevas órdenes como se tratase a don Quijote como a caballero andante, sin salir un punto del estilo como cuentan que se trataban los antiguos caballeros.

CAPÍTULO XXXIII

DA SABOROSA CONVERSAÇÃO QUE A DUQUESA E SUAS DONZELAS
TIVERAM COM SANCHO PANÇA,
DIGNA DE SER LIDA E BEM NOTADA

Conta pois a história que Sancho não dormiu aquela sesta, senão que, por cumprir sua palavra, em comendo foi ter com a duquesa, a qual, pelo gosto que tinha de ouvi-lo, o fez sentar ao pé dela numa cadeira baixa, embora Sancho, de puro bem-criado, não se quisesse sentar. Mas a duquesa lhe disse que se sentasse como governador e falasse como escudeiro, pois por ambas as coisas merecia o mesmíssimo escabelo do Cid Ruy Díaz Campeador.[1]

Encolheu Sancho os ombros, obedeceu e se sentou, e todas as donzelas e duenhas da duquesa o rodearam atentas, com grande silêncio, a escutar o que diria. Mas foi a duquesa quem falou primeiro, dizendo:

— Agora que estamos a sós e que aqui ninguém nos ouve, quisera que o senhor governador me resolvesse certas dúvidas que tenho, nascidas da história que do grande D. Quixote anda já impressa, uma das quais dúvidas é que, tendo o bom Sancho jamais visto Dulcineia, digo, a senhora Dulcineia d'El Toboso, nem levado a ela a carta do senhor D. Quixote, que ficou no caderno de anotações na Serra Morena, como se atreveu a fingir a resposta e aquilo de que a achou peneirando trigo, sendo tudo burla e mentira, e muito

---

CAPÍTULO XXXIII

DE LA SABROSA PLÁTICA QUE LA DUQUESA Y SUS DONCELLAS
PASARON CON SANCHO PANZA,
DIGNA DE QUE SE LEA Y DE QUE SE NOTE

Cuenta pues la historia que Sancho no durmió aquella siesta, sino que, por cumplir su palabra, vino en comiendo a ver a la duquesa, la cual, con el gusto que tenía de oírle, le hizo sentar junto a sí en una silla baja, aunque Sancho, de puro bien criado, no quería sentarse; pero la duquesa le dijo que se sentase como gobernador y hablase como escudero, puesto que por entrambas cosas merecía el mismo escaño del Cid Ruy Díaz Campeador.

Encogió Sancho los hombros, obedeció y sentóse, y todas las doncellas y dueñas de la duquesa le rodearon atentas, con grandísimo silencio, a escuchar lo que diría; pero la duquesa fue la que habló primero, diciendo:

— Ahora que estamos solos y que aquí no nos oye nadie, querría yo que el señor gobernador me asolviese ciertas dudas que tengo, nacidas de la historia que del gran don Quijote anda ya impresa, una de las cuales dudas es que pues el buen Sancho nunca vio a Dulcinea, digo, a la señora Dulcinea del Toboso, ni le llevó la carta del señor don Quijote, porque se quedó en el libro de memoria en Sierra Morena, cómo se atrevió a fingir la respues-

em dano da boa opinião da sem-par Dulcineia, coisas todas que não dizem com a qualidade e fidelidade dos bons escudeiros.

A essas razões, sem responder nenhuma, Sancho se levantou da cadeira e, com passos quedos, o corpo encurvado e o dedo posto sobre os lábios, percorreu toda a sala levantando os dosséis, e com isto feito tornou a se sentar, e disse:

— Agora, senhora minha, que sei que ninguém nos escuta à socapa, afora os circunstantes, sem temor nem sobressalto responderei ao que me foi perguntado e a tudo aquilo que me perguntarem. E o primeiro que digo é que eu tenho meu senhor D. Quixote por louco rematado, ainda que às vezes diga coisas que a meu parecer, e ao de todos aqueles que o escutam, são tão discretas e por tão bom carreiro encaminhadas que nem o próprio Satanás as poderia dizer melhores; mas ainda assim, verdadeiramente e sem escrúpulo, tenho por bem assente que é um mentecapto. E tendo isso na ideia, eu me atrevo a lhe fazer crer coisas sem pés nem cabeça, como foi aquilo da resposta da carta, como também o que aconteceu faz coisa de seis ou oito dias, que ainda não está em livro, convém a saber, o caso do encantamento de minha senhora Dª Dulcineia, que eu lhe dei a entender que está encantada, estando isto mais longe da verdade que onde o diabo perdeu as botas.

Rogou a duquesa que lhe contasse aquele encantamento ou burla, e Sancho o contou inteiro do mesmo modo que acontecera, do qual não pouco gosto receberam os ouvintes. E prosseguindo em sua fala, disse a duquesa:

— Disto que o bom Sancho acaba de contar me anda bulindo um escrúpulo na alma, e chega aos meus ouvidos um certo sussurro, que me diz: "Se D. Quixote de La Mancha é louco, parvo e mentecapto, e Sancho Pança seu escudeiro como tal o conhece e ainda assim o serve e o segue, atendo-se

---

ta y aquello de que la halló ahechando trigo, siendo todo burla y mentira, y tan en daño de la buena opinión de la sin par Dulcinea, y cosas todas que no vienen bien con la calidad y fidelidad de los buenos escuderos.

A estas razones, sin responder con alguna, se levantó Sancho de la silla, y con pasos quedos, el cuerpo agobiado y el dedo puesto sobre los labios, anduvo por toda la sala levantando los doseles; y luego esto hecho, se volvió a sentar y dijo:

— Ahora, señora mía, que he visto que no nos escucha nadie de solapa, fuera de los circunstantes, sin temor ni sobresalto responderé a lo que se me ha preguntado y a todo aquello que se me preguntare. Y lo primero que digo es que yo tengo a mi señor don Quijote por loco rematado, puesto que algunas veces dice cosas que a mi parecer, y aun de todos aquellos que le escuchan, son tan discretas y por tan buen carril encaminadas, que el mesmo Satanás no las podría decir mejores; pero, con todo esto, verdaderamente y sin escrúpulo a mí se me ha asentado que es un mentecato. Pues como yo tengo esto en el magín, me atrevo a hacerle creer lo que no lleva pies ni cabeza, como fue aquello de la respuesta de la carta, y lo de habrá seis o ocho días, que aún no está en historia, conviene a saber: lo del encanto de mi señora doña Dulcinea, que le he dado a entender que está encantada, no siendo más verdad que por los cerros de Úbeda.

Rogóle la duquesa que le contase aquel encantamento o burla, y Sancho se lo contó todo del mesmo modo que había pasado, de que no poco gusto recibieron los oyentes; y prosiguiendo en su plática, dijo la duquesa:

— De lo que el buen Sancho me ha contado me anda brincando un escrúpulo en el alma, y un cierto susurro llega a mis oídos, que me dice: "Pues don Quijote de la Mancha es loco, menguado y mentecato, y Sancho

às vãs promessas suas, sem dúvida alguma que deve de ser ele mais louco e tolo que o seu amo; e sendo isto assim, como o é, bom negócio não será, senhora duquesa, dares ao tal Sancho Pança uma ínsula para governar, pois quem não sabe governar a si, como saberá governar outros?".

— Pardeus, senhora — disse Sancho —, que esse escrúpulo vem parido às direitas. Mas vossa mercê lhe diga que, fale claro ou como quiser, conheço que ele diz a verdade, pois se eu fosse discreto há muito que tinha deixado meu amo. Mas esta foi a minha sorte e esta minha malandança; não posso outra coisa, tenho que seguir com ele: somos do mesmo lugar, comi do seu pão, lhe quero bem, é agradecido, me deu os seus jericos, e por cima de tudo eu sou fiel, e por isso é impossível que nos possa separar outra coisa que não seja a pá de terra. E se vossa altanaria não quiser que se me dê o prometido governo, de menos me fez Deus,[2] e pode ser que o não receber redunde em prol da minha consciência, pois apesar de tolo bem entendo aquele ditado que diz "por seu mal nasceram asas à formiga", e até pode ser que mais asinha chegue ao céu o Sancho escudeiro que o Sancho governador. Tão bom pão se faz aqui como na França, e de noite todos os gatos são pardos, e assaz coitada é a pessoa que às duas da tarde ainda não quebrou o jejum, e não há estômago que seja um palmo maior que outro, o qual se pode encher, como dizem, de palha e de feno; e as avezinhas do campo têm a Deus por seu provedor e despenseiro,[3] e mais aquecem quatro varas de pano de Cuenca que outras quatro de lemiste de Segóvia, e quando deixamos este mundo e descemos à terra vai por tão estreita senda o príncipe quanto o ganhadeiro, e não ocupa mais pés de terra o corpo do papa que o do sacristão, ainda quando um é mais alto do que o outro, pois ao descer à cova todos nos ajustamos e encolhemos, ou nos fazem ajustar e encolher, muito ao nosso pesar,

---

Panza su escudero lo conoce, y, con todo eso, le sirve y le sigue y va atenido a las vanas promesas suyas, sin duda alguna debe de ser él más loco y tonto que su amo; y siendo esto así, como lo es, mal contado te será, señora duquesa, si al tal Sancho Panza le das ínsula que gobierne, porque el que no sabe gobernarse a sí ¿cómo sabrá gobernar a otros?".

— Par Dios, señora — dijo Sancho —, que ese escrúpulo viene con parto derecho; pero dígale vuesa merced que hable claro, o como quisiere, que yo conozco que dice verdad, que si yo fuera discreto, días ha que había de haber dejado a mi amo. Pero esta fue mi suerte y esta mi malandanza; no puedo más, seguirle tengo: somos de un mismo lugar, he comido su pan, quiérole bien, es agradecido, diome sus pollinos, y sobre todo yo soy fiel, y así es imposible que nos pueda apartar otro suceso que el de la pala y azadón. Y si vuestra altanería no quisiere que se me dé el prometido gobierno, de menos me hizo Dios, y podría ser que el no dármele redundase en pro de mi conciencia, que, maguera tonto, se me entiende aquel refrán de "por su mal nacieron alas a la hormiga", y aun podría ser que se fuese más aína Sancho escudero al cielo que no Sancho gobernador. Tan buen pan hacen aquí como en Francia, y de noche todos los gatos son pardos, y asaz de desdichada es la persona que a las dos de la tarde no se ha desayunado, y no hay estómago que sea un palmo mayor que otro, el cual se puede llenar, como suele decirse, de paja y de heno; y las avecitas del campo tienen a Dios por su proveedor y despensero, y más calientan cuatro varas de paño de Cuenca que otras cuatro de límiste de Segovia, y al dejar este mundo y meternos la tierra adentro por tan estrecha senda va el príncipe como el jornalero, y no ocupa más pies de tierra el cuerpo del papa que el del sacristán, aunque sea más alto el uno que el otro, que al entrar en el hoyo todos nos ajustamos

e adeus. E torno a dizer que, se vossa senhoria não me quiser dar a ínsula por tolo, eu por discreto saberei que nada se me dê; e já ouvi dizer que atrás da cruz está o diabo, e que nem tudo que reluz é ouro, e que do meio de bois, arados e cangas tiraram o lavrador Bamba para ser rei da Espanha,[4] e do meio de brocados, passatempos e riquezas tiraram Rodrigo para ser comido pelas cobras, se é que as trovas dos romances antigos não mentem.

— Como haviam de mentir? — disse então Dª Rodríguez, que era uma das ouvintes. — Pois se até há um romance que diz que meteram o rei Rodrigo bem vivo num túmulo cheio de sapos, cobras e lagartos, e que dali a dois dias falou o rei lá de dentro do túmulo, com voz gemida e baixa:

> Já me comem, já me comem
> onde mais pecado eu tinha;[5]

e portanto muita razão tem este senhor em dizer que mais quer ser lavrador do que rei, se bicharocos o houverem de comer.

Não pôde a duquesa conter o riso ao ouvir as simplicidades de sua ama, nem deixou de se admirar em ouvir as razões e ditados de Sancho, a quem disse:

— O bom Sancho há de saber que todo cavaleiro procura cumprir o que uma vez prometeu, ainda que à custa de sua vida. O duque meu senhor e marido, se bem não é dos andantes, nem por isso deixa de ser cavaleiro, e portanto cumprirá com a palavra da prometida ínsula, apesar da inveja e da malícia do mundo. Esteja Sancho de bom ânimo, que quando menos esperar se verá assentado na cadeira da sua ínsula e do seu estado, e há de empunhar o seu governo para medrar e subir sempre a mais altos assentos. O que

---

y encogemos, o nos hacen ajustar y encoger, mal que nos pese y a buenas noches. Y torno a decir que si vuestra señoría no me quisiere dar la ínsula por tonto, yo sabré no dárseme nada por discreto; y yo he oído decir que detrás de la cruz está el diablo, y que no es oro todo lo que reluce, y que de entre los bueyes, arados y coyundas sacaron al labrador Bamba para ser rey de España, y de entre los brocados, pasatiempos y riquezas sacaron a Rodrigo para ser comido de culebras, si es que las trovas de los romances antiguos no mienten.

— ¡Y cómo que no mienten! — dijo a esta sazón doña Rodríguez la dueña, que era una de las escuchantes —, que un romance hay que dice que metieron al rey Rodrigo vivo vivo en una tumba llena de sapos, culebras y lagartos, y que de allí a dos días dijo el rey desde dentro de la tumba, con voz doliente y baja:

> Ya me comen, ya me comen
> por do más pecado había;

y según esto mucha razón tiene este señor en decir que quiere más ser labrador que rey, si le han de comer sabandijas.

No pudo la duquesa tener la risa oyendo la simplicidad de su dueña, ni dejó de admirarse en oír las razones y refranes de Sancho, a quien dijo:

— Ya sabe el buen Sancho que lo que una vez promete un caballero procura cumplirlo, aunque le cueste la vida. El duque mi señor y marido, aunque no es de los andantes, no por eso deja de ser caballero, y, así, cum-

eu lhe peço desde agora é que olhe como governa seus vassalos, advertindo que todos são leais e bem-nascidos.

— Quanto a isso de os governar bem — respondeu Sancho — não há para que pedir, porque sou caridoso de nascença e tenho compaixão dos pobres, e a quem coze e amassa, não furtes a fogaça; e pela santa cruz que não me hão de rolar dados falsos: sou cachorro velho e não me fio em assovios, e sei espertar na hora da precisão, e que ninguém me bote areia nos olhos, que eu sei muito bem onde me aperta o sapato; digo isto porque, se os bons hão de ter comigo mão e cabida, os maus, nem pé nem entrada. E a mim me parece que nisso dos governos é tudo questão de começar, e bem pode ser que com quinze dias de governador eu pegue gosto pelo ofício e saiba mais dele que da lide do campo onde me criei.

— Tendes razão, Sancho — disse a duquesa —, pois ninguém nasce sabendo, e dos homens se fazem os bispos, que não das pedras. Mas voltando ao assunto que há pouco tratávamos do encanto da senhora Dulcineia, tenho por coisa certa e mais que averiguada que aquela imaginação que Sancho teve de burlar seu senhor e dar-lhe a entender que a lavradora era Dulcineia e que, se seu senhor a não conhecia, devia de ser por estar encantada, foi toda invenção de algum dos encantadores que perseguem o senhor D. Quixote. Porque real e verdadeiramente eu sei de boa fonte que a vilã que deu o salto sobre a jerica era e é Dulcineia d'El Toboso, e que o bom Sancho, pensando ser o enganador, é o enganado, e não se há de pôr mais dúvida nesta verdade que nas coisas que nunca vimos; e saiba o senhor Sancho Pança que aqui também temos encantadores que nos querem bem e nos dizem o que se passa pelo mundo pura e simplesmente, sem enredos nem maquinações, e creia-me Sancho que a vilã saltadora era e é Dulcineia d'El Toboso, que está en-

---

plirá la palabra de la prometida ínsula, a pesar de la invidia y de la malicia del mundo. Esté Sancho de buen ánimo, que cuando menos lo piense se verá sentado en la silla de su ínsula y en la de su estado, y empuñará su gobierno, que con otro de brocado de tres altos lo deseche. Lo que yo le encargo es que mire cómo gobierna sus vasallos, advirtiendo que todos son leales y bien nacidos.

— Eso de gobernarlos bien — respondió Sancho — no hay para qué encargármelo, porque yo soy caritativo de mío y tengo compasión de los pobres, y a quien cuece y amasa, no le hurtes hogaza; y para mi santiguada que no me han de echar dado falso: soy perro viejo y entiendo todo tus, tus, y sé despabilarme a sus tiempos, y no consiento que me anden musarañas ante los ojos, porque sé dónde me aprieta el zapato; dígolo porque los buenos tendrán conmigo mano y concavidad, y los malos, ni pie ni entrada. Y paréceme a mí que en esto de los gobiernos todo es comenzar, y podría ser que a quince días de gobernador me comiese las manos tras el oficio y supiese más dél que de la labor del campo, en que me he criado.

— Vos tenéis razón, Sancho — dijo la duquesa —, que nadie nace enseñado, y de los hombres se hacen los obispos, que no de las piedras. Pero volviendo a la plática que poco ha tratábamos del encanto de la señora Dulcinea, tengo por cosa cierta y más que averiguada que aquella imaginación que Sancho tuvo de burlar a su señor y darle a entender que la labradora era Dulcinea, y que si su señor no la conocía, debía de ser por estar encantada, toda fue invención de alguno de los encantadores que al señor don Quijote persiguen. Porque real y verdaderamente yo sé de buena parte que la villana que dio el brinco sobre la pollina era y es Dulcinea del Toboso, y que el buen Sancho, pensando ser el engañador, es el engañado, y no hay poner más duda en esta verdad que en

cantada como a mãe que a pariu, e quando menos esperarmos havemos de vê-la em sua própria figura, e então Sancho sairá do engano em que vive.

— Bem pode ser tudo isso — disse Sancho Pança —, e agora estou para acreditar por verdadeiro o que meu amo conta do que viu na gruta de Montesinos, onde diz que viu a senhora Dulcineia d'El Toboso no mesmo traje e hábito que eu disse que a tinha visto quando a encantei só por meu gosto; e tudo deve de ter sido ao contrário, como vossa mercê, senhora minha, diz, porque do meu ruim engenho não se pode nem deve presumir que num instante fabricasse tão agudo embuste, nem eu creio que meu amo seja tão louco que com tão magra e fraca persuasão como a minha cresse numa coisa tão fora de todo termo. Mas, senhora, nem por isso será bem que vossa bondade me tenha por malfazejo, pois um zote como eu não tem obrigação de adivinhar os pensamentos e malícias dos péssimos encantadores. Eu fingi aquilo para escapar do ralho de meu senhor D. Quixote, e não com a intenção de o ofender; e, se saiu ao contrário, está Deus no céu que conhece os corações.[6]

— Assim creio — disse a duquesa. — Mas agora me diga, Sancho, que é isso da gruta de Montesinos, que gostaria de sabê-lo.

Então Sancho Pança lhe contou ponto por ponto o que fica dito acerca da tal aventura. Ouvindo o qual, disse a duquesa:

— Deste sucesso se pode inferir que, como o grande D. Quixote diz que lá viu a mesma lavradora que Sancho viu à saída de El Toboso, sem dúvida ela é Dulcineia, e que andam por aqui os encantadores muito atentos eassaz expeditos.

— O mesmo digo eu — disse Sancho Pança —, e se minha senhora Dulcineia d'El Toboso está encantada, pior para ela, que não tenho por que

---

las cosas que nunca vimos; y sepa el señor Sancho Panza que también tenemos acá encantadores que nos quieren bien, y nos dicen lo que pasa por el mundo pura y sencillamente, sin enredos ni máquinas, y créame Sancho que la villana brincadora era y es Dulcinea del Toboso, que está encantada como la madre que la parió, y cuando menos nos pensemos, la habemos de ver en su propia figura, y entonces saldrá Sancho del engaño en que vive.

— Bien puede ser todo eso — dijo Sancho Panza —, y agora quiero creer lo que mi amo cuenta de lo que vio en la cueva de Montesinos, donde dice que vio a la señora Dulcinea del Toboso en el mesmo traje y hábito que yo dije que la había visto cuando la encanté por solo mi gusto; y todo debió de ser al revés, como vuesa merced, señora mía, dice, porque de mi ruin ingenio no se puede ni debe presumir que fabricase en un instante tan agudo embuste, ni creo yo que mi amo es tan loco, que con tan flaca y magra persuasión como la mía creyese una cosa tan fuera de todo término. Pero, señora, no por esto será bien que vuestra bondad me tenga por malévolo, pues no está obligado un porro como yo a taladrar los pensamientos y malicias de los pésimos encantadores: yo fingí aquello por escaparme de las riñas de mi señor don Quijote, y no con intención de ofenderle; y si ha salido al revés, Dios está en el cielo, que juzga los corazones.

— Así es la verdad — dijo la duquesa —, pero dígame agora Sancho qué es esto que dice de la cueva de Montesinos, que gustaría saberlo.

Entonces Sancho Panza le contó punto por punto lo que queda dicho acerca de la tal aventura. Oyendo lo cual la duquesa, dijo:

— Deste suceso se puede inferir que pues el gran don Quijote dice que vio allí a la mesma labradora que

414

me haver, eu, com os inimigos do meu amo, que devem de ser muitos e maus. Verdade seja que aquela que eu vi foi uma lavradora, e por lavradora a tive, e por tal lavradora a julguei; e se ela era Dulceneia, não há de cair à minha conta nem correr por mim, ou se verão comigo. Não, senão será um andar a cada passo em dize tu direi eu, que "Sancho disse isso, Sancho fez aquilo, Sancho tornou e Sancho voltou", como se Sancho fosse um qualquer,[7] e não este mesmo Sancho Pança aqui, que já anda em livros por este mundo afora, segundo me disse Sansón Carrasco, que quando menos é pessoa bacharelada por Salamanca, e esses tais não podem mentir, como não seja quando lhes dá na tineta ou lhes vem muito a calhar; portanto não há por que ninguém se pegar comigo. E como tenho boa fama e, segundo ouvi meu senhor dizer, mais vale bom nome que muitas riquezas, que me encaixem logo esse governo, e verão maravilhas, pois quem já foi bom escudeiro será bom governador.

— Tudo quanto aqui disse o bom Sancho — disse a duquesa — são sentenças catonianas, ou quando menos tiradas das entranhas mesmas do mesmo Micael Verino,[8] *florentibus occidit annis*. Enfim, enfim, falando ao seu modo, debaixo de ruim capa se esconde o bom bebedor.

— Em verdade, senhora — respondeu Sancho —, nunca na vida bebi por ruindade; com sede bem pode ser, porque não tenho nada de hipócrita: bebo quando tenho vontade e também quando não tenho, e quando me oferecem, para não parecer melindroso ou malcriado, pois, ao brinde de um amigo, que coração há de haver tão de mármore que o não corresponda? E se eu as calço não as sujo;[9] quanto mais que os escudeiros dos cavaleiros andantes quase de ordinário bebem água, porque sempre andam por florestas, selvas e prados, montanhas e penhascos, sem acharem um pingo de vinho, ainda que por ele deem um olho da cara.

Sancho vio a la salida del Toboso, sin duda es Dulcinea, y que andan por aquí los encantadores muy listos y demasiadamente curiosos.

— Eso digo yo — dijo Sancho Panza —, que si mi señora Dulcinea del Toboso está encantada, su daño, que yo no me tengo de tomar, yo, con los enemigos de mi amo, que deben de ser muchos y malos. Verdad sea que la que yo vi fue una labradora, y por labradora la tuve, y por tal labradora la juzgué; y si aquella era Dulcinea, no ha de estar a mi cuenta, ni ha de correr por mí: o sobre ello, morena. No, sino ándense a cada triquete conmigo a dime y direte, "Sancho lo dijo, Sancho lo hizo, Sancho tornó y Sancho volvió", como si Sancho fuese algún quienquiera, y no fuese el mismo Sancho Panza, el que anda ya en libros por ese mundo adelante, según me dijo Sansón Carrasco, que, por lo menos, es persona bachillerada por Salamanca, y los tales no pueden mentir, si no es cuando se les antoja o les viene muy a cuento; así que no hay para que nadie se tome conmigo. Y pues que tengo buena fama y, según oí decir a mi señor, que más vale el buen nombre que las muchas riquezas, encájenme ese gobierno y verán maravillas, que quien ha sido buen escudero será buen gobernador.

— Todo cuanto aquí ha dicho el buen Sancho — dijo la duquesa — son sentencias catonianas, o, por lo menos, sacadas de las mesmas entrañas del mismo Micael Verino, "florentibus occidit annis". En fin, en fin, hablando a su modo, debajo de mala capa suele haber buen bebedor.

— En verdad, señora — respondió Sancho —, que en mi vida he bebido de malicia; con sed bien podría ser, porque no tengo nada de hipócrita: bebo cuando tengo gana, y cuando no la tengo, y cuando me lo dan, por no parecer o melindroso o mal criado, que a un brindis de un amigo ¿qué corazón ha de haber tan de mármol,

— Bem creio que assim seja — respondeu a duquesa. — E agora vá Sancho repousar, que depois falaremos mais delongado e concertaremos tudo para, como ele diz, encaixar-lhe logo aquele governo.

Tornou Sancho a beijar as mãos da duquesa, suplicando que lhe fizesse a mercê de ter boa conta do seu ruço, porque era a luz dos seus olhos.

— Que ruço é esse? — perguntou a duquesa.

— Meu asno — respondeu Sancho —, que, para o não chamar por esse nome, o costumo chamar de ruço; e a esta senhora duenha já roguei, quando entrei neste castelo, que tivesse conta dele, mas ela se enfureceu como se eu lhe tivesse dito que era feia ou velha, devendo ser mais próprio e natural das duenhas pensar jumentos que honrar as salas. Ah, valha-me Deus, e como se dava tão mal com essas senhoras um fidalgo do meu lugar!

— Devia de ser algum vilão — disse Dª Rodríguez, a duenha —, pois se fosse fidalgo e bem-nascido, houvera de as pôr nos cornos da lua.

— Já basta — disse a duquesa. — Cale-se Dª Rodríguez e sossegue o senhor Pança, e fique a meu cargo o regalo do ruço, que por ser joia de Sancho o porei sobre as meninas dos meus olhos.

— Na estrebaria basta que esteja — respondeu Sancho —, pois sobre as meninas dos olhos de vossa grandeza nem ele nem eu somos dignos de estar um só momento, e assim eu o consentiria como a me dar punhaladas; pois por mais que o meu senhor diga que nas cortesias mais vale perder por carta de mais que de menos, nas jumentais e asininas se há de ir com o compasso na mão e com medido termo.

— Pois que Sancho o leve ao seu governo — disse a duquesa —, e lá o poderá regalar como quiser, e até o aposentar do trabalho.

— Não pense vossa mercê, senhora duquesa, que disse muito — disse

---

que no haga la razón? Pero aunque las calzo, no las ensucio; cuanto más que los escuderos de los caballeros andantes casi de ordinario beben agua, porque siempre andan por florestas, selvas y prados, montañas y riscos, sin hallar una misericordia de vino, si dan por ella un ojo.

— Yo lo creo así — respondió la duquesa —, y por ahora váyase Sancho a reposar, que después hablaremos más largo y daremos orden como vaya presto a encajarse, como él dice, aquel gobierno.

De nuevo le besó las manos Sancho a la duquesa, y le suplicó le hiciese merced de que se tuviese buena cuenta con su rucio, porque era la lumbre de sus ojos.

— ¿Qué rucio es este? — preguntó la duquesa.

— Mi asno — respondió Sancho —, que por no nombrarle con este nombre, le suelo llamar "el rucio"; y a esta señora dueña le rogué, cuando entré en este castillo, tuviese cuenta con él, y azoróse de manera como si la hubiera dicho que era fea o vieja, debiendo ser más propio y natural de las dueñas pensar jumentos que autorizar las salas. ¡Oh, válame Dios, y cuán mal estaba con estas señoras un hidalgo de mi lugar!

— Sería algún villano — dijo doña Rodríguez la dueña —, que si él fuera hidalgo y bien nacido, él las pusiera sobre el cuerno de la luna.

— Agora bien — dijo la duquesa —, no haya más: calle doña Rodríguez, y sosiéguese el señor Panza, y quédese a mi cargo el regalo del rucio, que por ser alhaja de Sancho le pondré yo sobre las niñas de mis ojos.

— En la caballeriza basta que esté — respondió Sancho —, que sobre las niñas de los ojos de vuestra grandeza ni él ni yo somos dignos de estar solo un momento, y así lo consintiría yo como darme de puñaladas, que

Sancho —, pois já vi mais de dois asnos subirem a governos, e eu subir levando o meu não seria coisa nova.

As razões de Sancho renovaram na duquesa o riso e o contentamento; e mandando-o repousar, foi ela dar conta ao duque do que com ele havia tratado, e entre os dois tramaram e concertaram fazer uma burla a D. Quixote que fosse famosa e bem ao estilo cavaleiresco, no qual lhe fizeram muitas tão próprias e discretas que são das melhores aventuras que esta grande história contém.

---

aunque dice mi señor que en las cortesías antes se ha de perder por carta de más que de menos, en las jumentiles y asininas se ha de ir con el compás en la mano y con medido término.

— Llévele — dijo la duquesa — Sancho al gobierno, y allá le podrá regalar como quisiere, y aun jubilarle del trabajo.

— No piense vuesa merced, señora duquesa, que ha dicho mucho — dijo Sancho —, que yo he visto ir más de dos asnos a los gobiernos, y que llevase yo el mío no sería cosa nueva.

Las razones de Sancho renovaron en la duquesa la risa y el contento; y enviándole a reposar, ella fue a dar cuenta al duque de lo que con él había pasado, y entre los dos dieron traza y orden de hacer una burla a don Quijote que fuese famosa y viniese bien con el estilo caballeresco, en el cual le hicieron muchas tan propias y discretas, que son las mejores aventuras que en esta grande historia se contienen.

Notas

[1] Escabelo do Cid: a expressão, que vale como "posto de honra", provém da lenda de El Cid, por alusão ao banco de marfim que o protagonista teria tomado do rei mouro Búcar na conquista de Valência e dado a Alfonso VI. Mais tarde, ao receber a visita do Campeador, o rei lhe ofereceria assento no mesmo escabelo, em sinal de reconhecimento, como consta no *Poema de mio Cid*: *"El rey dixo al Çid venid acá ser Campeador/ en aqueste escaño que me diestes vos en don/ [...]/ Sed en vuestro escaño como rey e señor"* (III, vv. 3114-3115 e 3118). De resto, tudo o que dizia respeito a El Cid se revestia de valor proverbial.

[2] ... de menos me fez Deus: o ditado inteiro reza *"de menos nos hizo Dios, que nos hizo de la nada"*.

[3] ... as avezinhas [...] têm a Deus por seu provedor e despenseiro: reminiscência do Evangelho (Mateus, 6, 26).

[4] Rei Bamba [ou Wamba]: a lenda do rei Bamba, segundo a qual este foi guindado ao trono da Hispânia visigótica depois de uma revelação divina que o apontou entre lavradores, foi de fato decantada no romanceiro velho (ver *DQ* I, cap. XXVII, nota 1).

[5] "Já me comem, já me comem/ onde mais pecado eu tinha": os versos *"ya me comen, ya me comen — por do más pecado había"* devem provir de uma variante perdida do romance "La penitencia del rey Rodrigo", que numa das versões sobreviventes diz *"¿Cómo te va, penitente, — penitente aventajado?/ Vaime bien, que la culebra — a comerme ha comenzado; ha comenzado a comerme — por onde más he pecado"*.

[6] Deus no céu que conhece os corações: citação do Evangelho (Lucas, 16, 15).

[7] ... como se Sancho fosse um qualquer: o nome "Sancho" valia também para denominar um indivíduo indeterminado.

[8] Micael Verino: o poeta florentino Michele Verino (1469-1487) ficou conhecido sobretudo como autor de um livro de sentenças morais destinado à educação infantil, com ampla difusão na Espanha desde fins do século XV. *Florentibus occidit annis* (morreu na flor da idade) são palavras do epitáfio a ele dedicado pelo humanista Angelo Poliziano (1454-1494), que encabeçavam os textos escolares. As "sentenças catonianas" citadas pela duquesa podem se referir tanto aos *Disticha* de Dionísio Catão como aos conselhos a ele atribuídos que então circulavam em folhetos de cordel.

[9] ... se eu as calço não as sujo: referência atenuada ao ditado *"ninguno las calza que no las caga"* (ninguém as calça que não as borre).

CAPÍTULO XXXIV

QUE CONTA DA NOTÍCIA QUE SE TEVE
DE COMO SE HAVIA DE DESENCANTAR
A SEM-PAR DULCINEIA D'EL TOBOSO,
QUE É UMA DAS MAIS FAMOSAS AVENTURAS DESTE LIVRO

Grande era o gosto que recebiam o duque e a duquesa da conversação de D. Quixote e de Sancho Pança; e confirmando-se na intenção que tinham de lhes fazer algumas burlas que levassem jeito e aparência de aventuras, tomaram motivo da que D. Quixote já lhes contara da gruta de Montesinos para lhe fazer uma que fosse famosa. Mas do que mais a duquesa se admirava era que a simplicidade de Sancho fosse tamanha que ele chegasse a crer ser verdade infalível estar Dulcineia d'El Toboso encantada, tendo sido ele próprio o encantador e o embusteiro daquele negócio. E assim, tendo instruído seus criados de tudo o que haviam de fazer, dali a seis dias o levaram a uma caça de montaria, com tanto aparato de monteiros e caçadores quanto poderia levar um rei coroado. Deram a D. Quixote uma roupa de montear, e a Sancho outra verde[1] de finíssimo pano, mas D. Quixote não a quis vestir, dizendo que logo haveria de voltar ao duro exercício das armas e que não poderia levar consigo nenhum fausto de trajes nem baixela. Sancho sim aceitou o que lhe deram, com a intenção de o vender na primeira ocasião que pudesse.

CAPÍTULO XXXIV

QUE CUENTA DE LA NOTICIA QUE SE TUVO
DE CÓMO SE HABÍA DE DESENCANTAR
LA SIN PAR DULCINEA DEL TOBOSO,
QUE ES UNA DE LAS AVENTURAS MÁS FAMOSAS DESTE LIBRO

Grande era el gusto que recebían el duque y la duquesa de la conversación de don Quijote y de la de Sancho Panza; y confirmándose en la intención que tenían de hacerles algunas burlas que llevasen vislumbres y apariencias de aventuras, tomaron motivo de la que don Quijote ya les había contado de la cueva de Montesinos, para hacerle una que fuese famosa. Pero de lo que más la duquesa se admiraba era que la simplicidad de Sancho fuese tanta, que hubiese venido a creer ser verdad infalible que Dulcinea del Toboso estuviese encantada, habiendo sido él mesmo el encantador y el embustero de aquel negocio. Y, así, habiendo dado orden a sus criados de todo lo que habían de hacer, de allí a seis días le llevaron a caza de montería, con tanto aparato de monteros y cazadores como pudiera llevar un rey coronado. Diéronle a don Quijote un vestido de monte, y a Sancho otro verde de finísimo paño, pero don Quijote no se le quiso poner, diciendo que otro día había de volver al duro ejer-

Chegado pois o esperado dia, armou-se D. Quixote, vestiu-se Sancho e, em cima de seu ruço, que ele não quis deixar, ainda que lhe oferecessem um cavalo, se meteu entre a tropa dos monteiros. A duquesa saiu bizarramente ataviada, e D. Quixote, muito cortês e mesurado, tomou as rédeas do palafrém, por mais que o duque o não quisesse consentir, e finalmente chegaram a um bosque que entre duas altíssimas montanhas estava, onde, tomados os postos, esperas e trilhas, e repartida a gente por diversos postos, começou a caçada com grande estrondo, grita e vozaria, de maneira que uns a outros não se podiam ouvir, assim pelo latido dos cães como pelo som das buzinas.

Apeou-se a duquesa e, com um agudo venábulo nas mãos, postou-se em uma trilha por onde ela sabia que costumavam vir alguns javalis. Apeou-se também o duque e D. Quixote, e se puseram aos lados dela; Sancho se pôs atrás de todos, sem se apear do ruço, a quem não ousava desamparar, porque não lhe acontecesse alguma desgraça. E mal haviam assentado o pé e se posto em ala com outros muitos criados seus, quando viram que vinha a eles, acossado pelos cães e perseguido pelos caçadores, um desmesurado javali, rangendo dentes e presas e botando espuma pela boca; e em o vendo, embraçando seu escudo e metendo mão à espada, adiantou-se D. Quixote a recebê-lo. O mesmo fez o duque com seu venábulo, mas a todos se teria adiantado a duquesa, se o duque não o estorvasse. Só Sancho, em vendo o valente animal, desamparou o ruço e deu a correr o quanto pôde e, tentando subir em um alto carvalho, não conseguiu, pois estando já na metade dele, agarrado de um ramo, pelejando para subir ao topo, foi tão falto de ventura e tão desgraçado que o ramo se quebrou e, ao despencar, ficou ele suspenso no ar, preso a um gancho da árvore, sem poder chegar ao chão. E vendo-se assim, e que a roupa verde se lhe rasgava, e parecendo-lhe que se aquele

---

cicio de las armas y que no podía llevar consigo guardarropas ni reposterías. Sancho sí tomó el que le dieron, con intención de venderle en la primera ocasión que pudiese.

Llegado, pues, el esperado día, armóse don Quijote, vistióse Sancho, y encima de su rucio, que no le quiso dejar aunque le daban un caballo, se metió entre la tropa de los monteros. La duquesa salió bizarramente aderezada, y don Quijote, de puro cortés y comedido, tomó la rienda de su palafrén, aunque el duque no quería consentirlo, y finalmente llegaron a un bosque que entre dos altísimas montañas estaba, donde tomados los puestos, paranzas y veredas, y repartida la gente por diferentes puestos, se comenzó la caza con grande estruendo, grita y vocería, de manera que unos a otros no podían oírse, así por el ladrido de los perros como por el son de las bocinas.

Apeóse la duquesa, y, con un agudo venablo en las manos, se puso en un puesto por donde ella sabía que solían venir algunos jabalíes. Apeóse asimismo el duque, y don Quijote, y pusiéronse a sus lados; Sancho se puso detrás de todos, sin apearse del rucio, a quien no osara desamparar, porque no le sucediese algún desmán. Y apenas habían sentado el pie y puesto en ala con otros muchos criados suyos, cuando, acosado de los perros y seguido de los cazadores, vieron que hacia ellos venía un desmesurado jabalí, crujiendo dientes y colmillos y arrojando espuma por la boca; y en viéndole, embrazando su escudo y puesta mano a su espada, se adelantó a recibirle don Quijote. Lo mesmo hizo el duque con su venablo, pero a todos se adelantara la duquesa, si el duque no se lo estorbara. Sólo Sancho, en viendo al valiente animal, desamparó al rucio y dio a correr cuanto pudo, y procurando subirse sobre una alta encina, no fue posible, antes estando ya a la mitad della, asido de una rama, pugnando por subir a la cima, fue tan corto de ventura y tan desgraciado, que se desgajó la rama, y al venir al suelo, se que-

fero animal lá chegasse o poderia alcançar, começou a dar tantos gritos e a pedir socorro com tanto afinco que todos os que o ouviam e não o viam pensaram que estava entre os dentes de alguma fera.

Finalmente, o dentudo javali ficou atravessado pelos ferrões de muitos venábulos que se lhe puseram diante; e virando D. Quixote a cabeça para os gritos de Sancho, que já por eles o conhecera, viu-o pendurado do carvalho de cabeça para baixo, e ao pé dele o ruço, que o não desamparou em sua calamidade, e diz Cide Hamete que poucas vezes viu Sancho Pança sem ver o ruço, nem o ruço sem ver Sancho, tal era a amizade e boa-fé que entre os dois se guardavam.

Chegou D. Quixote e despendurou Sancho, o qual, vendo-se livre e no chão, olhou o rasgo em sua roupa de montear e lhe doeu na alma, pois pensava ter naquele traje todo um morgadio. Nisto atravessaram o poderoso javali sobre uma azêmola e, cobrindo-o com ramos de alecrim e de murta, o levaram como em sinal de vitoriosos despojos a umas grandes tendas de campanha que no meio do bosque estavam armadas, onde acharam as mesas postas e o banquete amanhado, tão suntuoso e grande que nele bem se dava a ver a grandeza e magnificência de quem o oferecia. Sancho, mostrando à duquesa as chagas do seu roto vestido, disse:

— Se esta caçada fosse de lebres ou de passarinhos, livre estaria minha roupa de se ver neste estado. Eu não sei que gosto se recebe de esperar um animal que, se vos alcança com uma presa, vos pode tirar a vida. Eu me lembro de ter ouvido cantar um romance antigo que diz:

Dos ursos sejas comido
como Fávila afamado.[2]

---

dó en el aire, asido de un gancho de la encina, sin poder llegar al suelo. Y viéndose así, y que el sayo verde se le rasgaba, y pareciéndole que si aquel fiero animal allí allegaba le podía alcanzar, comenzó a dar tantos gritos y a pedir socorro con tanto ahínco, que todos los que le oían y no le veían creyeron que estaba entre los dientes de alguna fiera.

Finalmente, el colmilludo jabalí quedó atravesado de las cuchillas de muchos venablos que se le pusieron delante; y volviendo la cabeza don Quijote a los gritos de Sancho, que ya por ellos le había conocido, viole pendiente de la encina y la cabeza abajo, y al rucio junto a él, que no le desamparó en su calamidad, y dice Cide Hamete que pocas veces vio a Sancho Panza sin ver al rucio, ni al rucio sin ver a Sancho, tal era la amistad y buena fe que entre los dos se guardaban.

Llegó don Quijote y descolgó a Sancho, el cual viéndose libre y en el suelo miró lo desgarrado del sayo de monte, y pesóle en el alma, que pensó que tenía en el vestido un mayorazgo. En esto atravesaron al jabalí poderoso sobre una acémila, y, cubriéndole con matas de romero y con ramas de mirto, le llevaron, como en señal de vitoriosos despojos, a unas grandes tiendas de campaña que en la mitad del bosque estaban puestas, donde hallaron las mesas en orden y la comida aderezada, tan sumptuosa y grande, que se echaba bien de ver en ella la grandeza y magnificencia de quien la daba. Sancho, mostrando las llagas a la duquesa de su roto vestido, dijo:

— Si esta caza fuera de liebres o de pajarillos, seguro estuviera mi sayo de verse en este estremo. Yo no sé qué gusto se recibe de esperar a un animal que, si os alcanza con un colmillo, os puede quitar la vida. Yo me acuerdo haber oído cantar un romance antiguo que dice:

— Esse foi um rei godo — disse D. Quixote — que numa caçada foi comido por um urso.

— Por isso mesmo eu digo — respondeu Sancho — que não quisera que os príncipes e os reis se pusessem em semelhantes perigos, a troco dum gosto que parece não poder dar nenhum, pois consiste em matar um animal de todo inocente.

— Antes vos enganais, Sancho — respondeu o duque —, porque o exercício da caça de montaria é o mais conveniente e necessário aos reis e príncipes que outro algum. A caça é uma imagem da guerra: há nela estratagemas, astúcias, insídias para vencer o inimigo a seu salvo; padecem-se nela frios grandíssimos e calores intoleráveis; diminui-se o ócio e o sono, corroboram-se as forças, agilitam-se os membros de quem a pratica, e, em conclusão, é exercício que se pode fazer sem prejuízo de ninguém e com gosto de muitos; e o melhor que ele tem é o não ser para todos, como é o dos outros gêneros de caça, exceto o da volataria, que também é só para reis e grandes senhores. Portanto, oh Sancho, mudai de opinião e quando fordes governador ocupai-vos da caça e vereis como vos vale um reino.

— Isso não! — respondeu Sancho. — O bom governador, em casa e de perna quebrada. Bonito seria que viessem os negociantes aflitos à sua procura, e ele estivesse folgando no bosque! Muito errado andaria o governo! Bem creio, senhor, que a caça e os passatempos são mais para os vadios que para os governadores. Com o que eu penso me entreter é jogando truque de vez em quando e jogo da bola de quando em vez, pois essas caças e caços não dizem com a minha condição nem tocam à minha consciência.

— Praza a Deus, Sancho, que assim seja, porque do dito ao feito há grande eito.

De los osos seas comido
como Favila el nombrado.

— Ese fue un rey godo — dijo don Quijote — que yendo a caza de montería le comió un oso.

— Eso es lo que yo digo — respondió Sancho —, que no querría yo que los príncipes y los reyes se pusiesen en semejantes peligros, a trueco de un gusto que parece que no le había de ser, pues consiste en matar a un animal que no ha cometido delito alguno.

— Antes os engañáis, Sancho — respondió el duque —, porque el ejercicio de la caza de monte es el más conveniente y necesario para los reyes y príncipes que otro alguno. La caza es una imagen de la guerra: hay en ella estratagemas, astucias, insidias, para vencer a su salvo al enemigo; padécense en ella fríos grandísimos y calores intolerables; menoscábase el ocio y el sueño, corróboranse las fuerzas, agilítanse los miembros del que la usa, y, en resolución, es ejercicio que se puede hacer sin perjuicio de nadie y con gusto de muchos; y lo mejor que él tiene es que no es para todos, como lo es el de los otros géneros de caza, excepto el de la volatería, que también es sólo para reyes y grandes señores. Así que, ¡oh Sancho!, mudad de opinión, y cuando seáis gobernador, ocupaos en la caza y veréis como os vale un pan por ciento.

— Eso no — respondió Sancho —: el buen gobernador, la pierna quebrada, y en casa. ¡Bueno sería que viniesen los negociantes a buscarle fatigados, y él estuviese en el monte holgándose! ¡Así enhoramala andaría el gobierno! Mía fe, señor, la caza y los pasatiempos más han de ser para los holgazanes que para los gobernadores.

422

— Haja o que houver — replicou Sancho —, pois a bom pagador não lhe dói o penhor, e mais vale quem Deus ajuda que quem muito madruga, e são as tripas que levam os pés, e não os pés que levam as tripas. Quero dizer que, se Deus me ajudar e eu fizer o que devo com boa intenção, sem dúvida que governarei melhor que uma águia, senão que me metam o dedo na boca, e vejam se não mordo!

— Maldito sejas de Deus e de todos seus santos, Sancho maldito — disse D. Quixote. — Quando será o dia, como tantas vezes já perguntei, em que eu te verei falar sem ditados uma razão corrente e concertada! Vossas grandezas, senhores meus, deixem esse tonto falar, que lhes moerá a alma, posta não só entre dois, mas entre dois mil ditados, trazidos tão ao caso e a tempo quanto Deus lhe dê saúde, a ele, ou a mim, se os quisesse escutar.

— Os ditados de Sancho Pança — disse a duquesa —, posto que sejam mais que os do Comendador Grego,[3] nem por isso são menos de estimar, pela brevidade das sentenças. De mim posso dizer que me dão mais gosto que outros, ainda quando sejam mais bem trazidos e com mais propriedade acomodados.

Com essas e outras divertidas conversações, saíram da tenda para o bosque, e em procurar algumas esperas e postos de caça se lhes passou o dia e se lhes veio a noite, e não tão clara nem tão sossegada como a estação do tempo pedia, que era a metade do verão; mas um certo claro-escuro que trouxe consigo ajudou muito a intenção dos duques, e assim como começou a anoitecer um pouco mais adiante do crepúsculo, a desoras pareceu que todo o bosque por todas as quatro partes ardia, e logo se ouviram por aqui e por ali, e por cá e acolá, infinitas cornetas e outros instrumentos de guerra, como de muitas tropas de cavalaria que pelo bosque passassem. A luz do fogo, o

---

En lo que yo pienso entretenerme es en jugar al triunfo envidado las pascuas, y a los bolos los domingos y fiestas, que esas cazas ni cazos no dicen con mi condición ni hacen con mi conciencia.

— Plega a Dios, Sancho, que así sea, porque del dicho al hecho hay gran trecho.

— Haya lo que hubiere — replicó Sancho —, que al buen pagador no le duelen prendas, y más vale al que Dios ayuda que al que mucho madruga, y tripas llevan pies, que no pies a tripas; quiero decir que si Dios me ayuda, y yo hago lo que debo con buena intención, sin duda que gobernaré mejor que un gerifalte. ¡No, sino pónganme el dedo en la boca, y verán si aprieto o no!

— ¡Maldito seas de Dios y de todos sus santos, Sancho maldito — dijo don Quijote —, y cuándo será el día, como otras muchas veces he dicho, donde yo te vea hablar sin refranes una razón corriente y concertada! Vuestras grandezas dejen a este tonto, señores míos, que les molerá las almas, no sólo puestas entre dos, sino entre dos mil refranes, traídos tan a sazón y tan a tiempo cuanto le dé Dios a él la salud, o a mí si los querría escuchar.

— Los refranes de Sancho Panza — dijo la duquesa —, puesto que son más que los del Comendador Griego, no por eso son en menos de estimar, por la brevedad de las sentencias. De mí sé decir que me dan más gusto que otros, aunque sean mejor traídos y con más sazón acomodados.

Con estos y otros entretenidos razonamientos, salieron de la tienda al bosque, y en requerir algunas paranzas y puestos se les pasó el día y se les vino la noche, y no tan clara ni tan sesga como la sazón del tiempo pedía, que era en la mitad del verano; pero un cierto claroescuro que trujo consigo ayudó mucho a la intención de los duques, y así como comenzó a anochecer un poco más adelante del crepúsculo, a deshora pareció que todo el

som dos bélicos instrumentos quase cegaram e atroaram os olhos e ouvidos dos circunstantes, e ainda de todos os que no bosque estavam.

Logo se ouviu infinita algazarra, ao modo dos mouros quando entram em batalha; soaram trombetas e clarins, retumbaram tambores, ressoaram pífaros, quase todos a um tempo, tão de contínuo e depressa que não tivera sentido quem não ficasse sem ele ao som confuso de tantos instrumentos. Pasmou-se o duque, suspendeu-se a duquesa, admirou-se D. Quixote, tremeu Sancho Pança e, finalmente, até os próprios sabedores da causa se espantaram. Com o temor os assaltou o silêncio e um postilhão que em trajes de demônio lhes passou por diante, tocando, em voz de corneta, um oco e desmesurado corno, que um rouco e pavoroso som desprendia.

— Olá, irmão correio — disse o duque —, quem sois, aonde ides e que gente de guerra é essa que o bosque parece atravessar?

Ao que o correio respondeu com voz horríssona e desenvolta:

— Eu sou o Diabo, ando em busca de D. Quixote de La Mancha; as gentes que por aqui vêm são seis tropas de encantadores que sobre um carro triunfante trazem a sem-par Dulcineia d'El Toboso. Encantada vem com o galhardo francês Montesinos, para dar ordem a D. Quixote de como há de ser desencantada a tal senhora.

— Se vós fôsseis diabo, como dizeis e como vossa figura o mostra, já teríeis conhecido o tal cavaleiro D. Quixote de La Mancha, pois o tendes diante.

— Por Deus e minha consciência — respondeu o Diabo — que não reparava nisso, pois trago os pensamentos distraídos em tantas coisas, que da principal a que eu vinha me esquecia.

— Sem dúvida — disse Sancho — que esse demônio deve de ser homem de bem e bom cristão, pois se o não fosse não teria jurado "por Deus e mi-

---

bosque por todas cuatro partes se ardía, y luego se oyeron por aquí y por allí, y por acá y por acullá, infinitas cornetas y otros instrumentos de guerra, como de muchas tropas de caballería que por el bosque pasaba. La luz del fuego, el son de los bélicos instrumentos casi cegaron y atronaron los ojos y los oídos de los circunstantes, y aun de todos los que en el bosque estaban.

Luego se oyeron infinitos lelilíes, al uso de moros cuando entran en las batallas; sonaron trompetas y clarines, retumbaron tambores, resonaron pífaros, casi todos a un tiempo, tan contino y tan apriesa, que no tuviera sentido el que no quedara sin él al son confuso de tantos instrumentos. Pasmóse el duque, suspendióse la duquesa, admiróse don Quijote, tembló Sancho Panza, y, finalmente, aun hasta los mesmos sabidores de la causa se espantaron. Con el temor les cogió el silencio, y un postillón que en traje de demonio les pasó por delante, tocando en voz de corneta un hueco y desmesurado cuerno, que un ronco y espantoso son despedía.

— Hola, hermano correo — dijo el duque —, ¿quién sois, adónde vais, y qué gente de guerra es la que por este bosque parece que atraviesa?

A lo que respondió el correo con voz horrísona y desenfadada:

— Yo soy el Diablo, voy a buscar a don Quijote de la Mancha, la gente que por aquí viene son seis tropas de encantadores que sobre un carro triunfante traen a la sin par Dulcinea del Toboso. Encantada viene con el gallardo francés Montesinos, a dar orden a don Quijote de cómo ha de ser desencantada la tal señora.

— Si vos fuérades diablo, como decís y como vuestra figura muestra, ya hubiérades conocido al tal caballero don Quijote de la Mancha, pues le tenéis delante.

nha consciência". Agora eu tenho para mim que até no próprio inferno deve de haver boa gente.

Logo o demônio, sem se apear, dirigiu a vista para D. Quixote e disse:

— A ti, Cavaleiro dos Leões (que entre as garras deles te veja eu), me envia o desventurado mas valente cavaleiro Montesinos, mandando-me que de sua parte te diga que o esperes no mesmo lugar que eu te encontrar, pois ele vem trazendo consigo a chamada Dulcineia d'El Toboso, com ordem de dar-te a que é mister para desencantá-la. E por não ser para mais minha vinda, não há de ser mais minha estada. Que os demônios como eu fiquem contigo, e os anjos bons com estes senhores.

E em dizendo isso, tocou o desmesurado corno, virou as costas e se foi, sem esperar resposta de ninguém.

Renovou-se a admiração em todos, especialmente em Sancho e D. Quixote: em Sancho, por ver que a despeito da verdade queriam que Dulcineia estivesse encantada; em D. Quixote, por não se poder certificar se era verdade ou não o que lhe acontecera na gruta de Montesinos. E estando absorto nesses pensamentos, o duque lhe disse:

— Pensa vossa mercê esperar, senhor D. Quixote?

— Como não? — respondeu ele. — Aqui esperarei intrépido e forte, ainda que me venha investir o inferno todo.

— Pois eu, se vejo outro diabo e ouço outro corno como o passado, assim esperarei aqui como em Flandres — disse Sancho.

Então se acabou de cerrar a noite e começaram a discorrer muitas luzes pelo bosque, bem assim como discorrem pelo céu as exalações secas da terra que à nossa vista parecem estrelas que caem. Ouviu-se igualmente um medonho ruído, ao modo daquele causado pelas rodas maciças que costu-

---

— En Dios y en mi conciencia — respondió el Diablo — que no miraba en ello, porque traigo en tantas cosas divertidos los pensamientos, que de la principal a que venía se me olvidaba.

— Sin duda — dijo Sancho — que este demonio debe de ser hombre de bien y buen cristiano, porque a no serlo no jurara "en Dios y en mi conciencia". Ahora yo tengo para mí que aun en el mesmo infierno debe de haber buena gente.

Luego el demonio, sin apearse, encaminando la vista a don Quijote, dijo:

— A ti el Caballero de los Leones (que entre las garras dellos te vea yo), me envía el desgraciado pero valiente caballero Montesinos, mandándome que de su parte te diga que le esperes en el mismo lugar que te topare, a causa que trae consigo a la que llaman Dulcinea del Toboso, con orden de darte la que es menester para desencantarla. Y por no ser para más mi venida, no ha de ser más mi estada: los demonios como yo queden contigo, y los ángeles buenos con estos señores.

Y en diciendo esto tocó el desaforado cuerno, y volvió las espaldas y fuese, sin esperar respuesta de ninguno.

Renovóse la admiración en todos, especialmente en Sancho y don Quijote: en Sancho, en ver que a despecho de la verdad querían que estuviese encantada Dulcinea; en don Quijote, por no poder asegurarse si era verdad o no lo que le había pasado en la cueva de Montesinos. Y estando elevado en estos pensamientos, el duque le dijo:

— ¿Piensa vuestra merced esperar, señor don Quijote?

— Pues ¿no? — respondió él —. Aquí esperaré intrépido y fuerte, si me viniese a embestir todo el infierno.

mam trazer os carros de bois, de cujo gemido áspero e contínuo se diz que fogem os lobos e os ursos, quando os há por onde passam. Juntou-se a toda essa tempestade outra que a todas aumentou, e foi que verdadeiramente parecia se darem a um mesmo tempo quatro encontros ou batalhas nos quatro cantos do bosque, porque lá soava o duro estrondo de espantosa artilharia, acolá se disparavam infinitas espingardas, perto quase soavam as vozes dos combatentes, longe se reiterava a algazarra agarena.

Enfim, as cornetas, os cornos, as buzinas, os clarins, as trombetas, os tambores, a artilharia, os arcabuzes, e acima de tudo o temeroso ruído dos carros, formavam todos juntos um som tão confuso e tão horrendo que foi preciso a D. Quixote valer-se de todo o seu coração para o suportar; mas o de Sancho veio ao chão e deu com ele desmaiado nas saias da duquesa, a qual o recebeu nelas e com grande pressa mandou que lhe deitassem água no rosto. Assim se fez, e ele recobrou os sentidos ao tempo em que um carro das rangedoras rodas já chegava àquele posto.

Vinha tirado por quatro vagarosos bois, todos cobertos de paramentos negros; em cada chifre traziam presa e acesa uma grande tocha de cera, e em cima do carro vinha montado um alto assento, sobre o qual estava sentado um venerável velho com uma barba mais branca que a mesma neve, e tão comprida que lhe chegava abaixo da cintura; sua vestidura era uma longa túnica de negro bocaxim, o qual por vir o carro cheio de infinitas luzes se podia bem divisar e discernir, assim como tudo o que vinha nele. Guiavam-no dois feios demônios vestidos do mesmo bocaxim, com rostos tão feios que Sancho, depois de os ver uma vez, fechou os olhos para os não ver outra. Chegando pois o carro junto ao posto, levantou-se do seu alto assento o velho venerável e, posto em pé, dando uma grande voz disse:

— Pues si yo veo otro diablo y oigo otro cuerno como el pasado, así esperaré yo aquí como en Flandes — dijo Sancho.

En esto se cerró más la noche y comenzaron a discurrir muchas luces por el bosque, bien así como discurren por el cielo las exhalaciones secas de la tierra que parecen a nuestra vista estrellas que corren. Oyóse asimismo un espantoso ruido, al modo de aquel que se causa de las ruedas macizas que suelen traer los carros de bueyes, de cuyo chirrío áspero y continuado se dice que huyen los lobos y los osos, si los hay por donde pasan. Añadióse a toda esta tempestad otra que las aumentó todas, que fue que parecía verdaderamente que a las cuatro partes del bosque se estaban dando a un mismo tiempo cuatro rencuentros o batallas, porque allí sonaba el duro estruendo de espantosa artillería, acullá se disparaban infinitas escopetas, cerca casi sonaban las voces de los combatientes, lejos se reiteraban los lililíes agarenos.

Finalmente, las cornetas, los cuernos, las bocinas, los clarines, las trompetas, los tambores, la artillería, los arcabuces, y sobre todo el temeroso ruido de los carros, formaban todos juntos un son tan confuso y tan horrendo, que fue menester que don Quijote se valiese de todo su corazón para sufrirle; pero el de Sancho vino a tierra y dio con él desmayado en las faldas de la duquesa, la cual le recibió en ellas y a gran priesa mandó que le echasen agua en el rostro. Hízose así, y él volvió en su acuerdo a tiempo que ya un carro de las rechinantes ruedas llegaba a aquel puesto.

Tirábanle cuatro perezosos bueyes, todos cubiertos de paramentos negros; en cada cuerno traían atada y encendida una grande hacha de cera, y encima del carro venía hecho un asiento alto, sobre el cual venía sentado

— Eu sou o sábio Lirgandeu.[4]

E, sem dizer mais palavra, passou o carro adiante. Atrás deste veio outro carro da mesma maneira e com outro velho entronizado, o qual, mandando o carro parar, com voz não menos grave que o outro disse:

— Eu sou o sábio Alquife, o grande amigo de Urganda,[5] a Desconhecida.

E passou adiante.

Em seguida, do mesmo jeito, chegou outro carro, mas quem vinha sentado no trono não era velho como os demais, mas homenzarrão robusto e de má catadura; o qual, em chegando, levantou-se em pé como os outros e disse com voz mais rouca e mais endiabrada:

— Eu sou Arcalaus,[6] o encantador, inimigo mortal de Amadis de Gaula e de toda sua parentela.

E passou adiante. Pouco apartados dali fizeram alto esses três carros, e cessou o aflitivo ruído das suas rodas, e logo se ouviu outro, não ruído, mas som de suave e concertada música formado, com o qual Sancho se alegrou e o teve por bom sinal, e assim o disse à duquesa, de quem não se afastava um ponto nem um passo:

— Senhora, onde há música não pode haver coisa ruim.

— Tampouco onde há luzes e claridade — respondeu a duquesa.

Ao que Sancho replicou:

— Luz dá o fogo e claridade as fogueiras, como vemos nas que nos cercam, e bem pudera ser que nos abrasassem. Mas a música é sempre indício de regozijos e de festas.

— Isso veremos — disse D. Quixote, que tudo escutava.

E disse bem, como se mostra no próximo capítulo.

---

un venerable viejo con una barba más blanca que la mesma nieve, y tan luenga, que le pasaba de la cintura; su vestidura era una ropa larga de negro bocací, que por venir el carro lleno de infinitas luces se podía bien divisar y discernir todo lo que en él venía. Guiábanle dos feos demonios vestidos del mesmo bocací, con tan feos rostros, que Sancho, habiéndolos visto una vez, cerró los ojos por no verlos otra. Llegando, pues, el carro a igualar al puesto, se levantó de su alto asiento el viejo venerable y, puesto en pie, dando una gran voz dijo:

— Yo soy el sabio Lirgandeo.

Y pasó el carro adelante, sin hablar más palabra. Tras este pasó otro carro de la misma manera con otro viejo entronizado, el cual, haciendo que el carro se detuviese, con voz no menos grave que el otro dijo:

— Yo soy el sabio Alquife, el grande amigo de Urganda la Desconocida.

Y pasó adelante.

Luego, por el mismo continente, llegó otro carro, pero el que venía sentado en el trono no era viejo como los demás, sino hombrón robusto y de mala catadura; el cual, al llegar, levantándose en pie como los otros, dijo con voz más ronca y más endiablada:

— Yo soy Arcalaús el encantador, enemigo mortal de Amadís de Gaula y de toda su parentela.

Y pasó adelante. Poco desviados de allí hicieron alto estos tres carros, y cesó el enfadoso ruido de sus ruedas, y luego se oyó otro, no ruido, sino un son de una suave y concertada música formado, con que Sancho se alegró, y lo tuvo a buena señal, y así dijo a la duquesa, de quien un punto ni un paso se apartaba:

— Señora, donde hay música no puede haber cosa mala.

Notas

[1] Roupa verde: na caça grossa, as roupas de cor verde eram usadas pelos batedores e caçadores a pé.

[2] "Dos ursos sejas comido/ como Fávila afamado" ["*De los osos seas comido,/ como Favila el nombrado*"]: versos de um romance intitulado "Las maldiciones de Salaya", publicado no século XVI em folheto de cordel. O personagem citado, rei de Astúrias entre 737 e 739, morreu, segundo a lenda, nas garras de um urso.

[3] Comendador Grego: Hernán Núñez de Toledo y Guzmán (1475?-1553), catedrático das universidades de Alcalá e Salamanca, autor de um alentado adagiário intitulado *Refranes y proverbios en romance* (Salamanca, 1555), com mais de 8 mil entradas. Recebeu esse epíteto por ser comendador da Ordem de Santiago e eminente helenista.

[4] Lirgandeu: personagem e narrador fictício da série do Cavaleiro do Febo (ver *DQ* I, cap. XLIII, nota 6).

[5] Alquife e Urganda: casal de sábios magos de grande importância nos livros de Amadis (para o primeiro, ver *DQ* I, cap. V, nota 7 e cap. XLIII, nota 6; para a segunda, *DQ* I, versos preliminares, nota 1).

[6] Arcalaus: o mago inimigo de Amadis de Gaula já evocado por D. Quixote no primeiro livro (cap. XV).

— Tampoco donde hay luces y claridad — respondió la duquesa.

A lo que replicó Sancho:

— Luz da el fuego, y claridad las hogueras, como lo vemos en las que nos cercan y bien podría ser que nos abrasasen; pero la música siempre es indicio de regocijos y de fiestas.

— Ello dirá — dijo don Quijote, que todo lo escuchaba.

Y dijo bien, como se muestra en el capítulo siguiente.

CAPÍTULO XXXV

ONDE SE PROSSEGUE A NOTÍCIA QUE TEVE D. QUIXOTE
DO DESENCANTAMENTO DE DULCINEIA,
MAIS OUTROS ADMIRÁVEIS SUCESSOS

Ao compasso da agradável música viram que a eles vinha um carro dos que chamam triunfais,[1] tirado por seis mulas pardas, cobertas porém de linho branco, e sobre cada uma vinha um disciplinante de luz,[2] também vestido de branco, trazendo acesa na mão uma grande tocha de cera. Era o carro duas ou até três vezes maior que os passados, e os lados e a cima dele eram ocupados por doze outros disciplinantes alvos como a neve, todos com suas tochas acesas, visão que admirava e espantava por junto; e num levantado trono vinha sentada uma ninfa, vestida de mil véus tecidos de prata, brilhando por todos eles infinitas folhas de argentaria de ouro, que a faziam, se não rica, ao menos vistosamente vestida. Trazia o rosto coberto com um transparente e delicado cendal, de modo que, sem impedi-lo seus liços, por entre eles se descobria um formosíssimo rosto de donzela, e as muitas luzes davam lugar para distinguir sua beleza e juventude, que ao parecer não passavam dos vinte nem baixavam dos dezessete os seus anos.

Junto dela vinha uma figura vestida com uma roupa das que chamam roçagantes, longa até os pés, coberta a cabeça com um véu negro. Mas quan-

---

CAPÍTULO XXXV

DONDE SE PROSIGUE LA NOTICIA QUE TUVO DON QUIJOTE
DEL DESENCANTO DE DULCINEA,
CON OTROS ADMIRABLES SUCESOS

Al compás de la agradable música vieron que hacia ellos venía un carro de los que llaman triunfales, tirado de seis mulas pardas, encubertadas empero de lienzo blanco, y sobre cada una venía un diciplinante de luz, asimesmo vestido de blanco, con una hacha de cera grande, encendida, en la mano. Era el carro dos veces y aun tres mayor que los pasados, y los lados y encima dél ocupaban doce otros diciplinantes albos como la nieve, todos con sus hachas encendidas, vista que admiraba y espantaba juntamente; y en un levantado trono venía sentada una ninfa, vestida de mil velos de tela de plata, brillando por todos ellos infinitas hojas de argentería de oro, que la hacían, si no rica, a lo menos vistosamente vestida. Traía el rostro cubierto con un transparente y delicado cendal, de modo que, sin impedirlo sus lizos, por entre ellos se descubría un hermosísimo rostro de doncella, y las muchas luces daban lugar para distinguir la belleza y los años, que al parecer no llegaban a veinte ni bajaban de diez y siete.

do o carro chegou a estar defronte aos duques e a D. Quixote, cessou a música das charamelas, e depois a das harpas e alaúdes que no carro soavam, e, levantando-se em pé a figura coberta, abriu-a e, tirando o véu do rosto, mostrou patentemente ser a mesma figura da morte, descarnada e feia, do que D. Quixote recebeu grande pesar e Sancho medo, e os duques afetaram um certo temor. Erguida e posta em pé essa morte viva, com voz um tanto dormente e com língua não muito desperta, começou a dizer desta maneira:

— Merlim eu sou, aquele que as histórias
afirmam ter por pai o próprio diabo
(mentira autorizada pelos tempos),
príncipe sou da mágica e monarca,
e arquivo do saber de Zoroastro,
êmulo das idades e dos séculos
que solapar pretendem as façanhas
dos andantes e bravos cavaleiros,
por quem grande carinho tive e tenho.
E bem que seja dos encantadores,
dos mágicos ou magos ordinária
a dura condição, áspera e forte,
a minha é terna, branda e amorosa,
e dada a fazer bem a toda a gente.

Nas lôbregas cavernas de Plutão,
estando com minh'alma abstraída
em formar certos signos e figuras,

Junto a ella venía una figura vestida de una ropa de las que llaman rozagantes, hasta los pies, cubierta la cabeza con un velo negro; pero al punto que llegó el carro a estar frente a frente de los duques y de don Quijote, cesó la música de las chirimías, y luego la de las harpas y laúdes que en el carro sonaban, y levantándose en pie la figura de la ropa, la apartó a entrambos lados, y quitándose el velo del rostro, descubrió patentemente ser la mesma figura de la muerte, descarnada y fea, de que don Quijote recibió pesadumbre y Sancho miedo, y los duques hicieron algún sentimiento temeroso. Alzada y puesta en pie esta muerte viva, con voz algo dormida y con lengua no muy despierta, comenzó a decir desta manera:

— Yo soy Merlín, aquel que las historias
dicen que tuve por mi padre al diablo
(mentira autorizada de los tiempos),
príncipe de la mágica y monarca
y archivo de la ciencia zoroástrica,
émulo a las edades y a los siglos
que solapar pretenden las hazañas
de los andantes bravos caballeros,
a quien yo tuve y tengo gran cariño.
Y puesto que es de los encantadores,

de los magos o mágicos contino
dura la condición, áspera y fuerte,
la mía es tierna, blanda y amorosa,
y amiga de hacer bien a todas gentes.

En las cavernas lóbregas de Dite,
donde estaba mi alma entretenida
en formar ciertos rombos y carácteres,
llegó la voz doliente de la bella
y sin par Dulcinea del Toboso.

chegou-me a voz sentida da formosa
e sem-par Dulcineia d'El Toboso.
Soube do seu feitiço e sua desgraça:
ser da mais gentil dama transformada
em rústica aldeã; compadeci-me
e, encerrando o espírito no oco
desta carcaça horrenda e pavorosa,
depois de vasculhar uns cem mil livros
da minha ciência endemoniada e torpe,
venho a dar o remédio que convém
a tão grande pesar, a mal tamanho.

Oh tu, glória e orgulho dos que vestem
as túnicas de aço e de diamante,
luz e farol, vereda, norte e guia
daqueles que, deixando o lerdo sono
e as ociosas penas, bem se acolhem
a usar o exercício intolerável
das armas sanguinosas e pesadas!
A ti digo, varão como se deve
nunca jamais louvado! A ti, valente
por junto e tão discreto D. Quixote,
de La Mancha esplendor, da Espanha estrela,
que para recobrar o estado primo
a sem-par Dulcineia d'El Toboso
mister é que o escudeiro Sancho Pança

Supe su encantamento y su desgracia,
y su trasformación de gentil dama
en rústica aldeana; condolíme,
y encerrando mi espíritu en el hueco
desta espantosa y fiera notomía,
después de haber revuelto cien mil libros
desta mi ciencia endemoniada y torpe,
vengo a dar el remedio que conviene
a tamaño dolor, a mal tamaño.

¡Oh tú, gloria y honor de cuantos visten
las túnicas de acero y de diamante,
luz y farol, sendero, norte y guía
de aquellos que, dejando el torpe sueño
y las ociosas plumas, se acomodan
a usar el ejercicio intolerablede
las sangrientas y pesadas armas!
A ti digo, ¡oh varón como se debe

por jamás alabado!, a ti, valiente
juntamente y discreto don Quijote,
de la Mancha esplendor, de España estrella,
que para recobrar su estado primo
la sin par Dulcinea del Tobosoes
menester que Sancho tu escudero
se dé tres mil azotes y trecientos
en ambas sus valientes posaderas,
al aire descubiertas, y de modo,
que le escuezan, le amarguen y le enfaden.
Y en esto se resuelven todos cuantos
de su desgracia han sido los autores,
y a esto es mi venida, mis señores.

se dê três mil açoites e trezentos
no seu grande e valente par de alcatras,
aos ares descoberto, e de maneira
que o cocem, e o magoem, e o enfadem.
Com isto se contentam todos quantos
de tão grande desgraça são autores,
e vindo fui por isto, meus senhores.

— Voto a tal! — disse então Sancho. — Assim me darei, nem digo três mil, mas três açoites como três punhaladas. Valha-te o diabo por modo de desencantar! Eu não sei que é que os meus quartos têm que ver com os encantamentos! Pardeus que, se o senhor Merlim não achou outra maneira de desencantar a senhora Dulcineia d'El Toboso, encantada poderá ela descer à sepultura!

— Pois eu vos pegarei — disse D. Quixote —, dom vilão farto de alhos, e vos amarrarei a um árvore, nu como vossa mãe vos pariu, e, já não digo três mil e trezentos, mas seis mil e seiscentos açoites vos pregarei, e tão bem pregados que não se hão de soltar com três mil e trezentos ganchos. E não me repliqueis mais palavra, que vos arrancarei a alma.

Em ouvindo o qual, Merlim disse:

— Não há de ser assim, porque os açoites que há de receber o bom Sancho hão de vir por própria vontade, e não por força, e no tempo que ele quiser, pois não se lhe assinala prazo. Mas se ele quiser redimir sua vexação em metade desse flagelo, é-lhe permitido recebê-los de mão alheia, ainda que seja um tanto pesada.

— Nem alheia nem própria, nem pesada nem por pesar — replicou

---

— ¡Voto a tal! — dijo a esta sazón Sancho —. No digo yo tres mil azotes, pero así me daré yo tres como tres puñaladas. ¡Válate el diablo por modo de desencantar! ¡Yo no sé qué tienen que ver mis posas con los encantos! ¡Par Dios que si el señor Merlín no ha hallado otra manera como desencantar a la señora Dulcinea del Toboso, encantada se podrá ir a la sepultura!

— Tomaros he yo — dijo don Quijote —, don villano, harto de ajos, y amarraros he a un árbol, desnudo como vuestra madre os parió, y no digo yo tres mil y trecientos, sino seis mil y seiscientos azotes os daré, tan bien pegados, que no se os caigan a tres mil y trecientos tirones. Y no me repliquéis palabra, que os arrancaré el alma.

Oyendo lo cual Merlín, dijo:

— No ha de ser así, porque los azotes que ha de recebir el buen Sancho han de ser por su voluntad, y no por fuerza, y en el tiempo que él quisiere, que no se le pone término señalado; pero permítesele que si él quisiere redimir su vejación por la mitad de este vapulamiento, puede dejar que se los dé ajena mano, aunque sea algo pesada.

— Ni ajena ni propia, ni pesada ni por pesar — replicó Sancho —: a mí no me ha de tocar alguna mano. ¿Parí yo por ventura a la señora Dulcinea del Toboso, para que paguen mis posas lo que pecaron sus ojos? El señor mi amo sí que es parte suya, pues la llama a cada paso "mi vida", "mi alma", sustento y arrimo suyo, se puede y debe azotar por ella y hacer todas las diligencias necesarias para su desencanto. Pero ¿azotarme yo? ¡Abernuncio!

Sancho. — A mim não me há de tocar mão alguma. Acaso eu pari a senhora Dulcineia d'El Toboso, para que meus quartos paguem o que pecaram seus olhos? Já o senhor meu amo, sendo parte dela, pois a cada passo a chama "minha vida", "minha alma", sustento e arrimo seu, pode e deve açoitar-se por ela e fazer todas as diligências necessárias para o seu desencantamento. Mas açoitar-me eu? Abernúncio!

Mal acabara de dizer isso Sancho, quando, levantando-se em pé a argentada ninfa que junto do espírito de Merlim vinha, tirando o sutil véu do rosto, descobriu-o tal que a todos pareceu mais que bastantemente formoso; e com desenvoltura varonil e uma voz não muito adamada, falando diretamente a Sancho Pança, disse:

— Oh, mal-aventurado escudeiro, alma de cântaro, coração de carvalho, de entranhas seixosas e empedernecidas! Se te mandassem, ladrão perverso, que te atirasses de uma alta torre ao chão; se te pedissem, inimigo do gênero humano, que comesses uma dúzia de sapos, duas de lagartos e três de cobras; se te persuadissem a que matasses tua mulher e teus filhos com algum truculento e agudo alfanje, não fora maravilha que te mostrasses melindroso e esquivo; mas fazer caso de três mil e trezentos açoites, quando não há pupilo, por pior que seja, que os não leve a cada mês, admira, pasma, espanta todas as entranhas piedosas de quem vos escuta, e até as de todos aqueles que o souberem com o discurso do tempo. Põe, oh miserável e endurecido animal, põe, digo, esses teus olhos de jerico espantadiço nas meninas destes meus, comparados a rutilantes estrelas, e os vereis chorar fio a fio e madeixa a madeixa, deixando sulcos, carreiras e sendas nos formosos campos de minhas faces. Arre, socarrão e mal-intencionado monstro! Que esta minha idade tão florida, ainda na casa dos dez e tantos, pois tenho dezenove

---

Apenas acabó de decir esto Sancho, cuando levantándose en pie la argentada ninfa que junto al espíritu de Merlín venía, quitándose el sutil velo del rostro, le descubrió tal, que a todos pareció más que demasiadamente hermoso; y con un desenfado varonil y con una voz no muy adamada, hablando derechamente con Sancho Panza, dijo:

— ¡Oh malaventurado escudero, alma de cántaro, corazón de alcornoque, de entrañas guijeñas y apedernaladas! Si te mandaran, ladrón, desuellacaras, que te arrojaras de una alta torre al suelo; si te pidieran, enemigo del género humano, que te comieras una docena de sapos, dos de lagartos y tres de culebras; si te persuadieran a que mataras a tu mujer y a tus hijos con algún truculento y agudo alfanje, no fuera maravilla que te mostraras melindroso y esquivo; pero hacer caso de tres mil y trecientos azotes, que no hay niño de la doctrina, por ruin que sea, que no se los lleve cada mes, admira, adarva, espanta a todas las entrañas piadosas de los que lo escuchan, y aun las de todos aquellos que lo vinieren a saber con el discurso del tiempo. Pon, ¡oh miserable y endurecido animal!, pon, digo, esos tus ojos de machuelo espantadizo en las niñas destos míos, comparados a rutilantes estrellas, y veráslos llorar hilo a hilo y madeja a madeja, haciendo surcos, carreras y sendas por los hermosos campos de mis mejillas. Muévate, socarrón y malintencionado monstro, que la edad tan florida mía, que aún se está todavía en el diez y... de los años, pues tengo diez y nueve y no llego a veinte, se consume y marchita debajo de la corteza de una rústica labradora; y si ahora no lo parezco, es merced particular que me ha hecho el señor Merlín, que está presente, sólo porque te enternezca mi belleza, que las lágrimas de una afligida hermosura vuelven en algodón los riscos, y los tigres, en ovejas. Date, date en esas carnazas, bestión indómito, y saca de harón ese brío,

e não chego a vinte, se consome e murcha sob a casca de uma rústica lavradora; e se agora o não pareço é por mercê particular que me fez o senhor Merlim aqui presente, só por que minha beleza te enterneça, pois as lágrimas de uma aflita formosura mudam as rochas em algodão e os tigres em ovelhas. Bate, bate nessas carnaças, bastião indômito, e esperta o brio, que só a comer e mais comer te inclina, e põe em liberdade a lisura das minhas carnes, a meiguice da minha condição e a beleza do meu rosto; e se por mim não te queres abrandar nem reduzir a um razoável termo, faze-o por esse pobre cavaleiro que a teu lado tens; por teu amo, digo, do qual estou vendo a alma, que a tem atravessada na garganta a menos de dez dedos dos lábios, só esperando tua rija ou branda resposta, ou para sair pela boca, ou para voltar ao estômago.

Em ouvindo isto, apalpou-se D. Quixote a garganta e disse, virando-se para o duque:

— Por Deus, senhor, que Dulcineia disse a verdade, pois aqui tenho a alma atravessada na garganta, como uma noz de balestra.[3]

— Que dizeis a isto, Sancho? — perguntou a duquesa.

— Digo, senhora — respondeu Sancho —, o que tenho dito: que dos açoites, abernúncio.

— *Abrenúncio* haveis de dizer, Sancho, e não como dizeis — disse o duque.

— Deixe-me vossa grandeza — respondeu Sancho —, que agora não tenho olhos para sutilezas nem letras a mais ou a menos, pois tão atarantado estou com esses açoites que me hão de dar, ou me tenho de dar, que não sei o que digo nem o que faço. Mas quisera eu saber da senhora minha senhora Dª Dulcineia d'El Toboso onde ela aprendeu esse jeito de pedir, vindo dizer

---

que a sólo comer y más comer te inclina, y pon en libertad la lisura de mis carnes, la mansedumbre de mi condición y la belleza de mi faz; y si por mí no quieres ablandarte ni reducirte a algún razonable término, hazlo por ese pobre caballero que a tu lado tienes: por tu amo, digo, de quien estoy viendo el alma, que la tiene atravesada en la garganta, no diez dedos de los labios, que no espera sino tu rígida o blanda respuesta, o para salirse por la boca, o para volverse al estómago.

Tentóse oyendo esto la garganta don Quijote, y dijo, volviéndose al duque:

— Por Dios, señor, que Dulcinea ha dicho la verdad, que aquí tengo el alma atravesada en la garganta, como una nuez de ballesta.

— ¿Qué decís vos a esto, Sancho? — preguntó la duquesa.

— Digo, señora — respondió Sancho —, lo que tengo dicho: que de los azotes, abernuncio.

— *Abrenuncio* habéis de decir, Sancho, y no como decís — dijo el duque.

— Déjeme vuestra grandeza — respondió Sancho —, que no estoy agora para mirar en sotilezas ni en letras más a menos, porque me tienen tan turbado estos azotes que me han de dar o me tengo de dar, que no sé lo que me digo ni lo que me hago. Pero querría yo saber de la señora mi señora doña Dulcinea del Toboso adónde aprendió el modo de rogar que tiene: viene a pedirme que me abra las carnes a azotes, y llámame "alma de cántaro" y "bestión indómito", con una tiramira de malos nombres, que el diablo los sufra. ¿Por ventura son mis carnes de bronce, o vame a mí algo en que se desencante o no? ¿Qué canasta de ropa blanca, de camisas, de tocadores y de escarpines (aunque no los gasto) trae delante de sí para ablandarme, sino un vituperio y otro, sabiendo

que eu abra as minhas carnes à força de açoites e chamando-me "alma de cântaro" e "bestão indômito", mais um renque de nomes feios que nem o diabo aturava. Acaso são as minhas carnes de bronze ou algo me vai em que ela se desencante ou deixe de desencantar? Que canastra de roupa-branca, de camisas, de toucas e de escarpins (inda que eu não os use) traz ela para me agradar? Traz é um vitupério atrás do outro, sabendo aquele ditado que dizem por aí, que um burro carregado de ouro sobe ligeiro um monte, e que dádivas quebrantam penhas, e a Deus rogando e com o malho dando, e que mais vale um "toma" que dois "te darei"! Pois o senhor meu amo, que me houvera de passar a mão pelos lombos e me afagar para me deixar feito lã e algodão cardados, chega e diz que, se me pega, me amarra nu a uma árvore e me dobra a parada dos açoites; e haviam de considerar estes lesados senhores que não só estão pedindo que se açoite um escudeiro, mas um governador, como quem diz "toma que é doce!". Aprendam, aprendam, muitieramá, a saber rogar e a saber pedir e a ser bem-criados, que nem todo tempo é tempo e nem sempre estão os homens de bom humor. Justo agora que estou morrendo de dó por ver meu saio verde rasgado, vêm me pedir que me açoite por minha vontade, estando ela tão longe disso como de me fazer cacique.

— Pois em verdade, amigo Sancho — disse o duque —, que se vos não abrandardes mais que um figo temporão, não haveis de empunhar o governo. Bom seria que eu enviasse aos meus insulanos um governador cruel, de entranhas pedernais, que não se dobra a lágrimas de aflitas donzelas, nem a rogos de discretos, imperiosos e vetustos encantadores e sábios! Enfim, Sancho, ou vos haveis de dar açoite, ou vos hão de açoitar, ou não sereis governador.

---

aquel refrán que dicen por ahí, que un asno cargado de oro sube ligero por una montaña, y que dádivas quebrantan peñas, y a Dios rogando y con el mazo dando, y que más vale un "toma" que dos "te daré"? Pues el señor mi amo, que había de traerme la mano por el cerro y halagarme para que yo me hiciese de lana y de algodón cardado, dice que si me coge me amarrará desnudo a un árbol y me doblará la parada de los azotes; y habían de considerar estos lastimados señores que no solamente piden que se azote un escudero, sino un gobernador, como quien dice: "bebe con guindas". Aprendan, aprendan mucho de enhoramala a saber rogar y a saber pedir y a tener crianza, que no son todos los tiempos unos, ni están los hombres siempre de un buen humor. Estoy yo ahora reventando de pena por ver mi sayo verde roto, y vienen a pedirme que me azote de mi voluntad, estando ella tan ajena dello como de volverme cacique.

— Pues en verdad, amigo Sancho — dijo el duque —, que si no os ablandáis más que una breva madura, que no habéis de empuñar el gobierno. ¡Bueno sería que yo enviase a mis insulanos un gobernador cruel, de entrañas pedernalinas, que no se doblega a las lágrimas de las afligidas doncellas, ni a los ruegos de discretos, imperiosos y antiguos encantadores y sabios! En resolución, Sancho, o vos habéis de ser azotado o os han de azotar, o no habéis de ser gobernador.

— Señor — respondió Sancho —, ¿no se me darían dos días de término para pensar lo que me está mejor?

— No, en ninguna manera — dijo Merlín —. Aquí, en este instante y en este lugar, ha de quedar asentado lo que ha de ser deste negocio: o Dulcinea volverá a la cueva de Montesinos y a su prístino estado de labradora, o ya, en el ser que está, será llevada a los elíseos campos, donde estará esperando se cumpla el número del vápulo.

— Senhor — respondeu Sancho —, não me podem dar dois dias de prazo para pensar no caso?

— Não, de nenhuma maneira — disse Merlim. — Aqui, neste instante e neste lugar, há de ficar assentado o termo deste negócio: ou Dulcineia voltará à gruta de Montesinos e a seu prístino estado de lavradora, ou no ser em que está será levada aos elísios campos, onde ficará esperando que se cumpra o número do flagelo.

— Eia, meu bom Sancho — disse a duquesa. — Mostrai bom ânimo e boa correspondência ao pão que comestes do senhor D. Quixote, a quem todos devemos servir e agradar por sua boa condição e suas altas cavalarias. Dai o sim ao tal açoitamento, filho, e vá-se o diabo para o diabo e o temor para o mesquinho, que bom coração quebranta má ventura, como vós bem sabeis.

A essas razões respondeu Sancho com estas disparatadas, perguntando a Merlim:

— Diga-me vossa mercê, senhor Merlim: quando chegou aqui o diabo correio, deu a meu amo um recado do senhor Montesinos, mandando-lhe de sua parte que o esperasse aqui, porque lhe vinha dar ordem de como a senhora Dª Dulcineia d'El Toboso havia de ser desencantada, mas até agora não vimos nem sombra de Montesinos.

Ao que Merlim respondeu:

— O Diabo, amigo Sancho, é um ignorante e um grandíssimo velhaco. Eu o enviei em busca de vosso amo, mas não com recado de Montesinos, senão meu, porque Montesinos está em sua gruta atendendo, ou, para melhor dizer, esperando seu desencantamento, que ainda lhe falta o mais duro de esfolar. Se ele vos deve algo ou tendes alguma coisa a tratar com ele, eu

---

— Ea, buen Sancho — dijo la duquesa —, buen ánimo y buena correspondencia al pan que habéis comido del señor don Quijote, a quien todos debemos servir y agradar por su buena condición y por sus altas caballerías. Dad el sí, hijo, desta azotaina, y váyase el diablo para diablo y el temor para mezquino, que un buen corazón quebranta mala ventura, como vos bien sabéis.

A estas razones respondió con estas disparatadas Sancho, que, hablando con Merlín, le preguntó:

— Dígame vuesa merced, señor Merlín: cuando llegó aquí el diablo correo y dio a mi amo un recado del señor Montesinos, mandándole de su parte que le esperase aquí, porque venía a dar orden de que la señora doña Dulcinea del Toboso se desencantase, y hasta agora no hemos visto a Montesinos ni a sus semejas.

A lo cual respondió Merlín:

— El Diablo, amigo Sancho, es un ignorante y un grandísimo bellaco: yo le envié en busca de vuestro amo, pero no con recado de Montesinos, sino mío, porque Montesinos se está en su cueva entendiendo, o, por mejor decir, esperando su desencanto, que aún le falta la cola por desollar. Si os debe algo o tenéis alguna cosa que negociar con él, yo os lo traeré y pondré donde vos más quisiéredes. Y por agora acabad de dar el sí desta diciplina y creedme que os será de mucho provecho, así para el alma como para el cuerpo: para el alma, por la caridad con que la haréis; para el cuerpo, porque yo sé que sois de complexión sanguínea, y no os podrá hacer daño sacaros un poco de sangre.

— Muchos médicos hay en el mundo: hasta los encantadores son médicos — replicó Sancho —. Pero pues todos me lo dicen, aunque yo no me lo veo, digo que soy contento de darme los tres mil y trecientos azo-

437

vo-lo trarei e o porei onde quiserdes. Mas agora acabai de dar o sim desta disciplina, e crede que vos será de muito proveito, assim para a alma como para o corpo: para a alma, pela caridade com que a fareis; para o corpo, porque eu sei que sois de compleição sanguínea, e alguma sangradura não vos há de fazer mal.

— Muitos médicos há no mundo: até os encantadores são médicos — replicou Sancho. — Mas como todos estão dizendo, por mais que eu não o veja assim, digo que concordo em me dar os três mil e trezentos açoites, à condição de que sejam a cada quando e quantos eu quiser, sem ditarem prazo nem cota diária, que eu procurarei pagar a dívida o quanto antes, por que goze o mundo da formosura da senhora Dª Dulcineia d'El Toboso, que, diferente do que eu pensava, parece que é de feito formosa. Há de ser também condição que não hei de estar obrigado a tirar sangue com as disciplinas, e que, se alguns açoites forem mais espanadelas, não deixem de entrar na conta. Item: se eu errar no número, o senhor Merlim, como sabe tudo, há de ter o cuidado de os contar e me avisar quantos faltam ou sobram.

— Das sobras não haverá que dar aviso — respondeu Merlim —, porque, chegando ao cabal número, logo de improviso a senhora Dulcineia ficará desencantada e, como bem-agradecida, virá procurar o bom Sancho para dar-lhe graças e até prêmios pela boa obra. Portanto não há por que ter escrúpulo das sobras nem das faltas, nem o céu permita que eu engane a ninguém, ainda que fosse num fio de cabelo.

— Eia pois, à mão de Deus! — disse Sancho. — Eu consinto em minha má ventura; digo que aceito a penitência, com as condições ditas.

Mal Sancho havia dito essas palavras, quando tornaram a soar a música das charamelas e os disparos de infinitos arcabuzes, e D. Quixote se abra-

---

tes, con condición que me los tengo de dar cada y cuando que yo quisiere, sin que se me ponga tasa en los días ni en el tiempo, y yo procuraré salir de la deuda lo más presto que sea posible, porque goce el mundo de la hermosura de la señora doña Dulcinea del Toboso, pues según parece, al revés de lo que yo pensaba, en efecto es hermosa. Ha de ser también condición que no he de estar obligado a sacarme sangre con la diciplina, y que si algunos azotes fueren de mosqueo, se me han de tomar en cuenta. Iten, que si me errare en el número, el señor Merlín, pues lo sabe todo, ha de tener cuidado de contarlos y de avisarme los que me faltan o los que me sobran.

— De las sobras no habrá que avisar — respondió Merlín —, porque llegando al cabal número, luego quedará de improviso desencantada la señora Dulcinea, y vendrá a buscar, como agradecida, al buen Sancho, y a darle gracias y aun premios por la buena obra. Así que no hay de qué tener escrúpulo de las sobras ni de las faltas, ni el cielo permita que yo engañe a nadie, aunque sea en un pelo de la cabeza.

— ¡Ea pues, a la mano de Dios! — dijo Sancho —. Yo consiento en mi mala ventura; digo que yo acepto la penitencia, con las condiciones apuntadas.

Apenas dijo estas últimas palabras Sancho, cuando volvió a sonar la música de las chirimías y se volvieron a disparar infinitos arcabuces, y don Quijote se colgó del cuello de Sancho, dándole mil besos en la frente y en las mejillas. La duquesa y el duque y todos los circunstantes dieron muestras de haber recebido grandísimo contento, y el carro comenzó a caminar; y al pasar la hermosa Dulcinea, inclinó la cabeza a los duques y hizo una gran reverencia a Sancho.

çou do pescoço de Sancho, dando-lhe mil beijos na testa e no rosto. A duquesa e o duque e todos os circunstantes deram mostras de ter recebido grandíssimo contento, e o carro começou a andar; e, ao passar, a formosa Dulcineia inclinou a cabeça para os duques e fez uma grande reverência para Sancho.

E já então ia chegando a alvorada, alegre e risonha; as florzinhas dos campos se desabrochavam e erguiam, e os líquidos cristais dos regatos, murmurando por entre brancos e pardos seixos, iam dar tributo aos rios que os esperavam. A terra alegre, o céu claro, o ar limpo, a luz serena, cada coisa por si e todas juntas davam manifestos sinais de que o dia que da aurora vinha pisando as saias havia de ser sereno e claro. E satisfeitos os duques da caçada e de terem saído tão discreta e felizmente com sua intenção, voltaram para o seu castelo, com o propósito de dar seguimento às suas burlas, pois para eles não havia veras que mais gosto lhes dessem.

Notas

[1] ... carro dos que chamam triunfais: por imitarem os triunfos romanos, recebiam esse nome os carros usados em festas públicas, muito amplos, geralmente com espaço para músicos e representantes.

[2] Disciplinante de luz: os confrades que nas procissões portavam círios ou tochas, em penitência ou pagamento de promessa, geralmente cobertos com túnicas e carapuças brancas. Também se chamavam assim os condenados à vexação pública.

[3] Noz de balestra: pivô que retém a corda da balestra quando armada.

Y ya en esto se venía a más andar el alba, alegre y risueña; las florecillas de los campos se descollaban y erguían, y los líquidos cristales de los arroyuelos, murmurando por entre blancas y pardas guijas, iban a dar tributo a los ríos que los esperaban. La tierra alegre, el cielo claro, el aire limpio, la luz serena, cada uno por sí y todos juntos daban manifiestas señales que el día que al aurora venía pisando las faldas había de ser sereno y claro. Y satisfechos los duques de la caza, y de haber conseguido su intención tan discreta y felicemente, se volvieron a su castillo, con prosupuesto de segundar en sus burlas, que para ellos no había veras que más gusto les diesen.

CAPÍTULO XXXVI

ONDE SE CONTA A ESTRANHA E NUNCA IMAGINADA
AVENTURA DA DUENHA DOLORIDA, DITA A CONDESSA TRIFRALDI,
MAIS UMA CARTA QUE SANCHO PANÇA
ESCREVEU A SUA MULHER, TERESA PANÇA

Tinha o duque um mordomo de engenho muito burlesco e desenvolto, o qual havia feito a figura de Merlim e dirigido todo o aparato da aventura passada, compôs os versos e pôs um pajem para fazer de Dulcineia. Finalmente, a mando de seus senhores, preparou outra do mais engraçado e estranho artifício que se pode imaginar.

Perguntou a duquesa a Sancho no dia seguinte se ele tinha dado início à penitência que havia de fazer pelo desencantamento de Dulcineia. Disse ele que sim, e que naquela noite se dera cinco açoites. Perguntou-lhe a duquesa com que os dera. Respondeu Sancho que com a mão.

— Isso — replicou a duquesa — mais é dar-se palmadas que açoites. Eu tenho para mim que o sábio Merlim não se há de contentar com tanta molícia; mister será que o bom Sancho se dê com alguma disciplina de abrolhos ou de canelões,[1] que se façam sentir, porque a letra com sangue entra, e não se há de dar tão barata a liberdade de uma tão grande senhora como é Dulcineia, por tão pouco preço. E advirta Sancho que as obras de caridade que se fazem tíbia e frouxamente não têm mérito nem valor algum.[2]

CAPÍTULO XXXVI

DONDE SE CUENTA LA ESTRAÑA Y JAMÁS IMAGINADA AVENTURA
DE LA DUEÑA DOLORIDA, ALIAS DE LA CONDESA TRIFALDI,
CON UNA CARTA QUE SANCHO PANZA
ESCRIBIÓ A SU MUJER TERESA PANZA

Tenía un mayordomo el duque de muy burlesco y desenfadado ingenio, el cual hizo la figura de Merlín y acomodó todo el aparato de la aventura pasada, compuso los versos y hizo que un paje hiciese a Dulcinea. Finalmente, con intervención de sus señores ordenó otra del más gracioso y estraño artificio que puede imaginarse.

Preguntó la duquesa a Sancho otro día si había comenzado la tarea de la penitencia que había de hacer por el desencanto de Dulcinea. Dijo que sí, y que aquella noche se había dado cinco azotes. Preguntóle la duquesa que con qué se los había dado. Respondió que con la mano.

— Eso — replicó la duquesa — más es darse de palmadas que de azotes. Yo tengo para mí que el sabio Merlín no estará contento con tanta blandura: menester será que el buen Sancho haga alguna diciplina de abro-

Ao que Sancho respondeu:

— Dê-me vossa senhoria alguma disciplina ou correia conveniente, que eu me darei com ela, contanto que não me doa a mais da conta, pois faço saber a vossa mercê que, apesar de eu ser rústico, minhas carnes têm mais de algodão que de esparto, e não será bem que me coce por proveito alheio.

— Seja embora — respondeu a duquesa. — Eu vos darei amanhã umas disciplinas que vos venham muito ao justo e se acomodem à ternura de vossas carnes como se fossem suas próprias irmãs.

Ao que Sancho disse:

— Saiba agora vossa alteza, senhora minha da minh'alma, que eu tenho escrita uma carta para minha mulher Teresa Pança, dando-lhe conta de tudo o que me aconteceu depois desde que me afastei dela. Aqui a tenho no peito, e só lhe falta o sobrescrito. Queria que vossa discrição a lesse, porque me parece que vai conforme a um governador, digo, ao modo que devem de escrever os governadores.

— E quem a compôs? — perguntou a duquesa.

— Quem a houvera de compor senão eu, pecador de mim? — respondeu Sancho.

— E vós a escrevestes? — disse a duquesa.

— Nem por pensamento — respondeu Sancho —, porque eu não sei ler nem escrever, bem que saiba assinar.

— Vejamos o que diz — disse a duquesa —, pois decerto mostrareis nela a qualidade e suficiência do vosso engenho.

Tirou Sancho uma carta aberta do peito, e tomando-a a duquesa, viu que dizia desta maneira:

---

jos, o de las de canelones, que se dejen sentir, porque la letra con sangre entra, y no se ha de dar tan barata la libertad de una tan gran señora como lo es Dulcinea, por tan poco precio; y advierta Sancho que las obras de caridad que se hacen tibia y flojamente no tienen mérito ni valen nada.

A lo que respondió Sancho:

— Déme vuestra señoría alguna diciplina o ramal conveniente, que yo me daré con él, como no me duela demasiado; porque hago saber a vuesa merced que, aunque soy rústico, mis carnes tienen más de algodón que de esparto, y no será bien que yo me descríe por el provecho ajeno.

— Sea en buena hora — respondió la duquesa —: yo os daré mañana una diciplina que os venga muy al justo y se acomode con la ternura de vuestras carnes, como si fueran sus hermanas propias.

A lo que dijo Sancho:

— Sepa vuestra alteza, señora mía de mi ánima, que yo tengo escrita una carta a mi mujer Teresa Panza dándole cuenta de todo lo que me ha sucedido después que me aparté della. Aquí la tengo en el seno, que no le falta más de ponerle el sobre escrito. Querría que vuestra discreción la leyese, porque me parece que va conforme a lo de gobernador, digo, al modo que deben de escribir los gobernadores.

— ¿Y quién la notó? — preguntó la duquesa.

— ¿Quién la había de notar sino yo, pecador de mí? — respondió Sancho.

— ¿Y escribístesla vos? — dijo la duquesa.

— Ni por pienso — respondió Sancho —, porque yo no sé leer ni escribir, puesto que sé firmar.

CARTA DE SANCHO PANÇA A SUA MULHER, TERESA PANÇA

Se bons açoites me davam, bem a cavaleiro eu ia;[3] se bom governo eu levo, bons açoites me custa. Não entenderás isto agora, Teresa minha, outro dia o saberás. Hás de saber, Teresa, que tenho determinado que andes em coche, que é o que vem mais a propósito, pois todo outro andar é andar de gatinhas. Mulher de um governador és, olha se alguém te há de tosar na pele! Aí te mando uma roupa verde de caçador que me deu minha senhora a duquesa; trata de arrumá-la de maneira que dê uma saia e um corpinho para nossa filha. D. Quixote, meu amo, segundo ouvi dizer nesta terra, é um louco são e um mentecapto gracioso, e eu não lhe fico atrás. Estivemos na gruta de Montesinos, e o sábio Merlim me tomou para o desencantamento de Dulcineia d'El Toboso, aí chamada Aldonza Lorenzo; com três mil e trezentos açoites, menos cinco, que me hei de dar, ficará ela desencantada como a mãe que a pariu. Mas não digas nada disso a ninguém, pois põe o teu em conselho, uns dirão que é branco, outros que é negro. Daqui a poucos dias partirei para o governo, aonde vou com grandíssimo desejo de fazer dinheiro, porque me disseram que todos os governadores novos vão com esse mesmo desejo; tomarei pulso ao negócio e te avisarei se hás de vir comigo ou não. O ruço está bem e te manda muitas recomendações, e não o penso deixar ainda que me levem a ser Grão-Turco. A duquesa minha senhora te beija mil vezes as mãos; manda-lhe dois mil beijos de volta, pois, segundo diz meu amo, não há coisa que custe menos nem valha mais ba-

---

— Veámosla — dijo la duquesa —, que a buen seguro que vos mostréis en ella la calidad y suficiencia de vuestro ingenio.

Sacó Sancho una carta abierta del seno, y tomándola la duquesa, vio que decía desta manera:

CARTA DE SANCHO PANZA A SU MUJER TERESA PANZA

Si buenos azotes me daban, bien caballero me iba; si buen gobierno me tengo, buenos azotes me cuesta. Esto no lo entenderás tú, Teresa mía, por ahora; otra vez lo sabrás. Has de saber, Teresa, que tengo determinado que andes en coche, que es lo que hace al caso, porque todo otro andar es andar a gatas. Mujer de un gobernador eres: ¡mira si te roerá nadie los zancajos! Ahí te envío un vestido verde de cazador que me dio mi señora la duquesa; acomódale en modo que sirva de saya y cuerpos a nuestra hija. Don Quijote mi amo, según he oído decir en esta tierra, es un loco cuerdo y un mentecato gracioso, y que yo no le voy en zaga. Hemos estado en la cueva de Montesinos, y el sabio Merlín ha echado mano de mí para el desencanto de Dulcinea del Toboso, que por allá se llama Aldonza Lorenzo: con tres mil y trecientos azotes, menos cinco, que me he de dar, quedará desencantada como la madre que la parió. No dirás desto nada a nadie, porque pon lo tuyo en concejo, y unos dirán que es blanco y otros que es negro. De aquí a pocos días me partiré al gobierno, adonde voy con grandísimo deseo de hacer dineros, porque me han dicho que

rata que as cortesias. Não foi Deus servido de me deparar outra maleta com outros cem escudos como aquela que sabes, mas não tenhas pena, Teresa minha, que a seu salvo está quem repica o sino, e não há de dar o governo em água de barrela. O que muito me pesou foi ouvir dizer que, quando eu provar desse melado, hei de lamber as unhas até roer as mãos, e aí o negócio não me sairá muito barato, se bem que os aleijados e mancos têm a ganhança garantida na esmola que pedem; portanto, de um jeito ou de outro, tu hás de ser rica e ter boa ventura. Deus ta dê como pode, e a mim me guarde para te servir.

Deste castelo, a vinte de julho de 1614.
Teu marido o governador

Sancho Pança

Acabando a duquesa de ler a carta, disse a Sancho:

— Em duas coisas anda um pouco desencaminhado o bom governador: uma em dizer ou dar a entender que este governo lhe foi dado pelos açoites que se há de dar, sabendo ele, como o não pode negar, que quando o duque meu senhor lho prometeu nem se sonhava haver tais açoites no mundo; a outra é mostrar-se nela muito cobiçoso, e espero que tal não medre, porque a cobiça rompe o saco, e o governador cobiçoso faz a justiça desgovernada.

— Não foi por isso que o disse, senhora — respondeu Sancho —, e se vossa mercê acha que a tal carta não é como devia ser, basta rasgá-la e fazer outra nova, e podia ser que fosse pior, se a deixassem toda à minha conta.

— Não, não — replicou a duquesa —, está boa como está, e assim quero que o duque a veja.

---

todos los gobernadores nuevos van con este mesmo deseo; tomaréle el pulso, y avisaréte si has de venir a estar conmigo o no. El rucio está bueno y se te encomienda mucho, y no le pienso dejar aunque me llevaran a ser Gran Turco. La duquesa mi señora te besa mil veces las manos: vuélvele el retorno con dos mil, que no hay cosa que menos cueste ni valga más barata, según dice mi amo, que los buenos comedimientos. No ha sido Dios servido de depararme otra maleta con otros cien escudos como la de marras, pero no te dé pena, Teresa mía, que en salvo está el que repica, y todo saldrá en la colada del gobierno; sino que me ha dado gran pena que me dicen que si una vez le pruebo, que me tengo de comer las manos tras él, y si así fuese, no me costaría muy barato, aunque los estropeados y mancos ya se tienen su calonjía en la limosna que piden; así que por una vía o por otra tú has de ser rica y de buena ventura. Dios te la dé, como puede, y a mí me guarde para servirte.

Deste castillo, a veinte de julio 1614.
Tu marido el gobernador

Sancho Panza

En acabando la duquesa de leer la carta, dijo a Sancho:
— En dos cosas anda un poco descaminado el buen gobernador: la una, en decir o dar a entender que este gobierno se le han dado por los azotes que se ha de dar, sabiendo él, que no lo puede negar, que cuando el duque

Com isto saíram para um jardim onde aquele dia haviam de almoçar. A duquesa mostrou ao duque a carta de Sancho, da qual recebeu grandíssimo contento. Comeram e, depois de levantada a mesa e de folgarem por um bom espaço com a saborosa conversa de Sancho, ouviram de improviso o som tristíssimo de um pífaro e o de um rouco e desafinado tambor.[4] Todos deram mostras de se inquietar com a confusa, marcial e triste harmonia, especialmente D. Quixote, que de puro alvoroçado não cabia em seu assento. De Sancho não há que dizer senão que o medo o levou ao seu costumado refúgio, que era ao pé ou às saias da duquesa, porque real e verdadeiramente o som que se escutava era tristíssimo e malencônico.

E estando todos assim suspensos, viram entrar pelo jardim adentro dois homens vestidos de luto, tão grande e comprido que arrastava pelo chão. Estes vinham tocando dois grandes tambores, igualmente cobertos de negro. Ao seu lado vinha o pífaro, negro como breu à maneira dos demais. Seguia os três um personagem de corpo agigantado, mais que vestido, amantado com uma negríssima loba, cujas fraldas eram também desmesuradamente grandes. Por cima da loba o cingia e atravessava um largo talim, outrossim negra, da qual pendia um desmesurado alfanje, de guarnições e bainha negra. Trazia o rosto coberto com um transparente véu negro, pelo qual se entremostrava uma longuíssima barba, branca como a neve. Cadenciava o passo ao som dos tambores com muita gravidade e repouso. Enfim, sua grandeza, seu meneio, sua negrura e seu acompanhamento poderiam e puderam suspender a todos aqueles que sem o reconhecer o viram.

Chegou pois com o referido vagar e prosápia, para se ajoelhar diante do duque que, em pé com os demais que lá estavam, o esperava. Mas o duque de nenhuma maneira lhe consentiu falar enquanto não se levantasse.

---

mi señor se le prometió, no se soñaba haber azotes en el mundo; la otra es que se muestra en ella muy codicioso, y no querría que orégano fuese, porque la codicia rompe el saco, y el gobernador codicioso hace la justicia desgobernada.

— Yo no lo digo por tanto, señora — respondió Sancho —, y si a vuesa merced le parece que la tal carta no va como ha de ir, no hay sino rasgarla y hacer otra nueva, y podría ser que fuese peor, si me lo dejan a mi caletre.

— No, no — replicó la duquesa —, buena está esta, y quiero que el duque la vea.

Con esto, se fueron a un jardín donde habían de comer aquel día. Mostró la duquesa la carta de Sancho al duque, de que recibió grandísimo contento. Comieron, y después de alzados los manteles, y después de haberse entretenido un buen espacio con la sabrosa conversación de Sancho, a deshora se oyó el son tristísimo de un pífaro y el de un ronco y destemplado tambor. Todos mostraron alborotarse con la confusa, marcial y triste armonía, especialmente don Quijote, que no cabía en su asiento, de puro alborotado; de Sancho no hay que decir sino que el miedo le llevó a su acostumbrado refugio, que era el lado o faldas de la duquesa, porque real y verdaderamente el son que se escuchaba era tristísimo y malencólico.

Y estando todos así suspensos, vieron entrar por el jardín adelante dos hombres vestidos de luto, tan luengo y tendido, que les arrastraba por el suelo. Estos venían tocando dos grandes tambores, asimismo cubiertos de negro. A su lado venía el pífaro negro y pizmiento como los demás. Seguía a los tres un personaje de cuerpo agigantado, amantado, no que vestido, con una negrísima loba, cuya falda era asimismo desaforada de grande. Por

Assim fez o prodigioso espantalho e, posto em pé, suspendeu o véu do rosto, descobrindo a mais horrenda, a mais longa, a mais branca e mais basta barba que até então humanos olhos jamais viram, e então puxou e arrancou do largo e dilatado peito uma voz grave e sonora e, pondo os olhos no duque, disse:

— Altíssimo e poderoso senhor, chamam-me "Trifraldim,[5] o da Barba Branca"; sou escudeiro da condessa Trifraldi, por outro nome chamada "a duenha Dolorida", de parte da qual trago a vossa grandeza uma embaixada, e é que vossa magnificência seja servida de lhe dar faculdade e licença para entrar e declarar sua coita, que é uma das mais novas e mais admiráveis que o mais coitado pensamento do orbe possa ter pensado. Mas ela quer antes saber se está neste vosso castelo o valoroso e jamais vencido cavaleiro D. Quixote de La Mancha, em busca do qual vem a pé e em jejum desde o reino de Candaia[6] até este vosso estado, coisa que se pode e deve de ter por milagre ou obra de encantamento. Ela está à porta desta fortaleza ou casa de campo, e não aguarda para entrar mais que o vosso beneplácito. Tenho dito.

Em seguida tossiu e alisou a barba de cima a baixo com ambas as mãos, e com muito sossego ficou esperando a resposta do duque, que foi:

— Já há muitos dias, bom escudeiro Trifraldim da Branca Barba, que temos notícia da desgraça de minha senhora a condessa Trifraldi, que os encantadores fazem chamar "a duenha Dolorida". Bem podeis, estupendo escudeiro, dizer a ela que entre, pois aqui está o valente cavaleiro D. Quixote de La Mancha, de cuja condição generosa se pode com certeza prometer todo amparo e toda ajuda; e também lhe podeis dizer de minha parte que, se necessário, não lhe há de faltar meu favor, que já estou obrigado a lho dar por ser cavaleiro, a quem é anexo e concernente favorecer a toda sorte de mu-

---

encima de la loba le ceñía y atravesaba un ancho tahelí, también negro, de quien pendía un desmesurado alfanje de guarniciones y vaina negra. Venía cubierto el rostro con un trasparente velo negro, por quien se entreparecía una longísima barba, blanca como la nieve. Movía el paso al son de los tambores con mucha gravedad y reposo. En fin, su grandeza, su contoneo, su negrura y su acompañamiento pudiera y pudo suspender a todos aquellos que sin conocerle le miraron.

Llegó pues con el espacio y prosopopeya referida, a hincarse de rodillas ante el duque, que en pie con los demás que allí estaban le atendía. Pero el duque en ninguna manera le consintió hablar hasta que se levantase. Hízolo así el espantajo prodigioso, y puesto en pie alzó el antifaz del rostro y hizo patente la más horrenda, la más larga, la más blanca y más poblada barba que hasta entonces humanos ojos habían visto, y luego desencajó y arrancó del ancho y dilatado pecho una voz grave y sonora, y poniendo los ojos en el duque dijo:

— Altísimo y poderoso señor, a mí me llaman "Trifaldín el de la Barba Blanca"; soy escudero de la condesa Trifaldi, por otro nombre llamada "la dueña Dolorida", de parte de la cual traigo a vuestra grandeza una embajada, y es que la vuestra magnificencia sea servida de darla facultad y licencia para entrar a decirle su cuita, que es una de las más nuevas y más admirables que el más cuitado pensamiento del orbe pueda haber pensado. Y primero quiere saber si está en este vuestro castillo el valeroso y jamás vencido caballero don Quijote de la Mancha, en cuya busca viene a pie y sin desayunarse desde el reino de Candaya hasta este vuestro estado, cosa que se puede y debe tener a milagro o a fuerza de encantamento. Ella queda a la puerta desta fortaleza o casa de campo, y no aguarda para entrar sino vuestro beneplácito. Dije.

lheres, especialmente as duenhas viúvas, menoscabadas e doloridas, qual deve de estar sua senhoria.

Ouvindo o qual, Trifraldim dobrou o joelho até o chão e, fazendo ao pífaro e aos tambores sinal para que tocassem, ao mesmo som e ao mesmo passo que havia entrado tornou a sair do jardim, deixando a todos admirados da sua presença e compostura. E virando-se o duque para D. Quixote, lhe disse:

— Enfim, famoso cavaleiro, não podem as trevas da malícia e da ignorância encobrir e escurecer a luz do valor e da virtude. Digo isto porque há apenas seis dias que vossa bondade está neste castelo, e já vos vêm procurar de longes e apartadas terras, e não em coches nem dromedários, mas a pé e em jejum, os tristes, os aflitos, certos de achar nesse fortíssimo braço o remédio de suas coitas e trabalhos, por mercê de vossas grandes façanhas, que correm e rodeiam todo o descoberto da terra.

— Quisera eu, senhor duque — respondeu D. Quixote —, que estivesse aqui presente aquele bendito religioso que outro dia à mesa mostrou tanta má vontade e ojeriza contra os cavaleiros andantes, para que visse por próprios olhos se os tais cavaleiros são necessários no mundo; quando menos tentearia que, em casos grandes e em desditas enormes, os extraordinariamente aflitos e desconsolados não vão buscar remédio na casa dos letrados, nem na dos sacristães das aldeias, nem do cavaleiro que nunca acertou de sair dos termos de seu lugar, nem do preguiçoso cortesão que prefere buscar novas para referir e contar, em vez de fazer obras e façanhas para que outros contem e escrevam. O remédio das coitas, o socorro das necessidades, o amparo das donzelas, o consolo das viúvas, em nenhuma sorte de pessoas se acha melhor que nos cavaleiros andantes, e de sê-lo eu dou infinitas

---

Y tosió luego, y manoseóse la barba de arriba abajo con entrambas manos, y con mucho sosiego estuvo atendiendo la respuesta del duque, que fue:

— Ya, buen escudero Trifaldín de la Blanca Barba, ha muchos días que tenemos noticia de la desgracia de mi señora la condesa Trifaldi, a quien los encantadores la hacen llamar "la dueña Dolorida": bien podéis, estupendo escudero, decirle que entre y que aquí está el valiente caballero don Quijote de la Mancha, de cuya condición generosa puede prometerse con seguridad todo amparo y toda ayuda; y asimismo le podréis decir de mi parte que si mi favor le fuere necesario, no le ha de faltar, pues ya me tiene obligado a dársele el ser caballero, a quien es anejo y concerniente favorecer a toda suerte de mujeres, en especial a las dueñas viudas, menoscabadas y doloridas, cual lo debe estar su señoría.

Oyendo lo cual Trifaldín, inclinó la rodilla hasta el suelo, y haciendo al pífaro y tambores señal que tocasen, al mismo son y al mismo paso que había entrado se volvió a salir del jardín, dejando a todos admirados de su presencia y compostura. Y volviéndose el duque a don Quijote, le dijo:

— En fin, famoso caballero, no pueden las tinieblas de la malicia ni de la ignorancia encubrir y escurecer la luz del valor y de la virtud. Digo esto porque apenas ha seis días que la vuestra bondad está en este castillo, cuando ya os vienen a buscar de lueñas y apartadas tierras, y no en carrozas ni en dromedarios, sino a pie y en ayunas, los tristes, los afligidos, confiados que han de hallar en ese fortísimo brazo el remedio de sus cuitas y trabajos, merced a vuestras grandes hazañas, que corren y rodean todo lo descubierto de la tierra.

— Quisiera yo, señor duque — respondió don Quijote —, que estuviera aquí presente aquel bendito reli-

graças ao céu, e dou por muito bem empregado qualquer dano ou trabalho que em tão honroso exercício me possa acontecer. Que venha essa duenha e peça o que quiser, que eu lhe remirei seu remédio com a força de meu braço e a intrépida resolução de meu animoso espírito.

Notas

[1] Abrolhos, canelões: arremates dos açoites penitenciais (disciplinas) para aumentar a dor. Os primeiros eram bolinhas de metal; os segundos, feixes retorcidos e endurecidos dos próprios ramais do flagelo. Recorde-se que as disciplinas eram usadas também para castigar estudantes.

[2] ... as obras de caridade que se fazem [...] frouxamente não têm mérito nem valor algum: a partir de 1616, essa frase foi expurgada das edições espanholas e flamengas pela Inquisição, só sendo reincorporada ao texto em castelhano em meados do século XIX. Tal censura talvez se devesse à suspeita de que o trecho atentava contra o preceito católico segundo o qual as boas obras, mesmo quando realizadas sem autêntico fervor, aumentam a graça.

[3] ... se bons açoites me davam, bem a cavaleiro eu ia: expressão proverbial, provavelmente alusiva à pena de vexação pública que consistia em exibir o condenado montado num asno; no contexto, pode ser tomada ao pé da letra.

[4] Desafinado tambor: em sinal de luto, costumava-se desafinar os tambores ou as caixas afrouxando-lhes a pele.

[5] Trifraldim [Trifaldín]: além de jogar com o nome de sua "senhora", o do falso escudeiro evoca Truffaldino — literalmente, "trapaceiro" —, personagem dos dois *Orlandos*.

[6] Candaia: reino oriental fabuloso, de provável invenção cervantina. Ecoa talvez o de Cambaia, no noroeste da Índia, já citado por Marco Polo e referido por diversos autores portugueses, entre eles Camões e João de Barros.

---

gioso que a la mesa, el otro día, mostró tener tan mal talante y tan mala ojeriza contra los caballeros andantes, para que viera por vista de ojos si los tales caballeros son necesarios en el mundo: tocara por lo menos con la mano que los extraordinariamente afligidos y desconsolados, en casos grandes y en desdichas inormes no van a buscar su remedio a las casas de los letrados, ni a la de los sacristanes de las aldeas, ni al caballero que nunca ha acertado a salir de los términos de su lugar, ni al perezoso cortesano que antes busca nuevas para referirlas y contarlas que procura hacer obras y hazañas para que otros las cuenten y las escriban: el remedio de las cuitas, el socorro de las necesidades, el amparo de las doncellas, el consuelo de las viudas, en ninguna suerte de personas se halla mejor que en los caballeros andantes, y de serlo yo doy infinitas gracias al cielo, y doy por muy bien empleado cualquier desmán y trabajo que en este tan honroso ejercicio pueda sucederme. Venga esta dueña y pida lo que quisiere, que yo le libraré su remedio en la fuerza de mi brazo y en la intrépida resolución de mi animoso espíritu.

CAPÍTULO XXXVII

ONDE SE PROSSEGUE A FAMOSA AVENTURA DA DUENHA DOLORIDA

Em extremo folgaram o duque e a duquesa de ver quão bem D. Quixote ia correspondendo à sua intenção, e nesse ponto disse Sancho:

— Temo que essa tal senhora duenha venha meter algum tropecilho à promessa do meu governo, pois ouvi dizer de um boticário toledano, que falava feito um pintassirgo, que donde entram duenhas coisa boa não pode acontecer. Valha-me Deus, como se dava mal com elas aquele boticário! Donde eu tiro que, sendo todas as duenhas, de qualquer qualidade e condição que sejam, molestas e impertinentes, como não serão as doloridas, das que dizem ser esta condessa Três Fraldas, ou Três Rabos de Saia. Que na minha terra fraldas e rabos, rabos e fraldas, tudo é um.

— Cala-te, Sancho amigo — disse D. Quixote —, pois como esta senhora duenha de tão longes terras me vem buscar, não deve ser daquelas que o boticário tinha em sua conta, quanto mais que esta é condessa, e quando as condessas servem de duenhas há de ser no serviço de rainhas e imperatrizes, e em suas casas são senhoríssimas que se servem de outras duenhas.

A isto respondeu Dª Rodríguez, que estava presente:

— Duenhas tem a seu serviço minha senhora a duquesa que bem puderam ser condessas, se a fortuna assim o quisesse. Mas lá vão leis onde que-

---

CAPÍTULO XXXVII

DONDE SE PROSIGUE LA FAMOSA AVENTURA DE LA DUEÑA DOLORIDA

En estremo se holgaron el duque y la duquesa de ver cuán bien iba respondiendo a su intención don Quijote, y a esta sazón dijo Sancho:

— No querría yo que esta señora dueña pusiese algún tropiezo a la promesa de mi gobierno; porque yo he oído decir a un boticario toledano, que hablaba como un silguero, que donde interviniesen dueñas no podía suceder cosa buena. ¡Válame Dios y qué mal estaba con ellas el tal boticario! De lo que yo saco que pues todas las dueñas son enfadosas e impertinentes, de cualquiera calidad y condición que sean, ¿qué serán las que son doloridas, como han dicho que es esta condesa Tres Faldas, o Tres Colas? Que en mi tierra faldas y colas, colas y faldas, todo es uno.

— Calla, Sancho amigo — dijo don Quijote —, que pues esta señora dueña de tan lueñes tierras viene a buscarme, no debe ser de aquellas que el boticario tenía en su número, cuanto más que esta es condesa, y cuando las condesas sirven de dueñas, será sirviendo a reinas y a emperatrices, que en sus casas son señorísimas que se sirven de otras dueñas.

rem reis, e que ninguém diga mal das duenhas, menos ainda das antigas e donzelas, pois, ainda que eu não o seja, bem se me alcança e se me transluz a vantagem que leva uma duenha donzela sobre uma duenha viúva; e quem nos tosquiou ficou com as tesouras na mão.

— Bem que — replicou Sancho —, segundo o meu barbeiro, há tanto que tosquiar nas duenhas que é melhor não mexer o arroz, ainda que cheire a esturro.

— Sempre os escudeiros — respondeu Dª Rodríguez — foram inimigos nossos, pois como são duendes das antessalas e nos veem a cada passo, as horas em que não rezam (que são muitas) eles as gastam em murmurar de nós, desenterrando-nos os ossos para enterrar a nossa fama. Por mim, que vão todos remar nas galés, pois, muito ao seu pesar, nós havemos de viver no mundo e nas casas principais, ainda que morramos de fome e com um negro mongil cubramos nossas delicadas ou não delicadas carnes, como quem cobre ou tapa um muladar com um tapete em dia de procissão. À fé que, se me fosse dado e o tempo assim o permitisse, eu bem daria a entender, não só aos presentes, mas a todo o mundo, como não há virtude que não se encerre numa duenha.

— Eu creio — disse a duquesa — que minha boa Dª Rodríguez tem razão, e muito grande, mas convém que aguarde o tempo de defender a si e às demais duenhas, para confundir a má opinião daquele ruim boticário e desarraigar a que o grande Sancho Pança tem no peito.

Ao que Sancho respondeu:

— Desde que tenho meus fumos de governador não sofro mais tonturas de escudeiro, e não se me dá uma figa por quantas duenhas há no mundo.

Longe teria parado a conversação duenhesca, se não ouvissem que o pífaro e os tambores tornavam a soar, donde entenderam que a duenha Do-

---

A esto respondió doña Rodríguez, que se halló presente:

— Dueñas tiene mi señora la duquesa en su servicio que pudieran ser condesas, si la fortuna quisiera; pero allá van leyes do quieren reyes, y nadie diga mal de las dueñas, y más de las antiguas y doncellas, que aunque yo no lo soy, bien se me alcanza y se me trasluce la ventaja que hace una dueña doncella a una dueña viuda; y quien a nosotras trasquiló, las tijeras le quedaron en la mano.

— Con todo eso — replicó Sancho —, hay tanto que trasquilar en las dueñas, según mi barbero, cuanto será mejor no menear el arroz, aunque se pegue.

— Siempre los escuderos — respondió doña Rodríguez — son enemigos nuestros, que como son duendes de las antesalas y nos veen a cada paso, los ratos que no rezan, que son muchos, los gastan en murmurar de nosotras, desenterrándonos los huesos y enterrándonos la fama. Pues mándoles yo a los leños movibles, que mal que les pese hemos de vivir en el mundo, y en las casas principales, aunque muramos de hambre y cubramos con un negro monjil nuestras delicadas o no delicadas carnes, como quien cubre o tapa un muladar con un tapiz en día de procesión. A fe que si me fuera dado y el tiempo lo pidiera, que yo diera a entender, no sólo a los presentes, sino a todo el mundo, como no hay virtud que no se encierre en una dueña.

— Yo creo — dijo la duquesa — que mi buena doña Rodríguez tiene razón, y muy grande, pero conviene que aguarde tiempo para volver por sí y por las demás dueñas, para confundir la mala opinión de aquel mal boticario, y desarraigar la que tiene en su pecho el gran Sancho Panza.

A lo que Sancho respondió:

450

lorida ia entrando. Perguntou a duquesa ao duque se seria bem irem rece-bê-la, pois era condessa e pessoa principal.

— Pelo que ela tem de condessa — respondeu Sancho, antes que o duque respondesse —, bem me parece que vossas grandezas a vão receber; mas, pelo que de duenha, sou de parecer que não deem um passo.

— E quem te manda meter nesse assunto, Sancho? — disse D. Quixote.

— Quem, senhor? — respondeu Sancho. — Eu me meto sozinho, pois posso me meter, como escudeiro que aprendeu os termos da cortesia na escola de vossa mercê, que é o mais cortês e bem-criado cavaleiro que há em toda a cortesania; e nessas coisas, segundo ouvi vossa mercê dizer, tanto se perde por carta de mais como por carta de menos, e a bom entendedor, poucas palavras.

— Assim é como diz Sancho — disse o duque. — Vejamos a apostura da condessa e por ela tentearemos a cortesia que se lhe deve.

Nisto entraram os tambores e o pífaro como da vez primeira.

E aqui deu fim o autor a este breve capítulo e começou o outro, seguindo a mesma aventura, que é uma das mais notáveis da história.

— Después que tengo humos de gobernador se me han quitado los váguidos de escudero y no se me da por cuantas dueñas hay un cabrahígo.

Adelante pasaran con el coloquio dueñesco, si no oyeran que el pífaro y los tambores volvían a sonar, por donde entendieron que la dueña Dolorida entraba. Preguntó la duquesa al duque si sería bien ir a recebirla, pues era condesa y persona principal.

— Por lo que tiene de condesa — respondió Sancho, antes que el duque respondiese —, bien estoy en que vuestras grandezas salgan a recebirla; pero por lo de dueña, soy de parecer que no se muevan un paso.

— ¿Quién te mete a ti en esto, Sancho? — dijo don Quijote.

— ¿Quién, señor? — respondió Sancho —. Yo me meto, que puedo meterme, como escudero que ha aprendido los términos de la cortesía en la escuela de vuesa merced, que es el más cortés y bien criado caballero que hay en toda la cortesanía; y en estas cosas, según he oído decir a vuesa merced, tanto se pierde por carta de más como por carta de menos, y al buen entendedor, pocas palabras.

— Así es, como Sancho dice — dijo el duque —: veremos el talle de la condesa, y por él tantearemos la cortesía que se le debe.

En esto entraron los tambores y el pífaro como la vez primera.

Y aquí con este breve capítulo dio fin el autor, y comenzó el otro, siguiendo la mesma aventura, que es una de las más notables de la historia.

CAPÍTULO XXXVIII

ONDE SE CONTA A QUE DEU A DUENHA DOLORIDA DE SUA MAL-ANDANÇA

Atrás dos tristes músicos começou a chegar pelo jardim adentro um número de doze duenhas mais ou menos, repartidas em duas fileiras, todas vestidas de uns largos mongis, ao parecer de estamenha pisoada, com umas toucas brancas de fina cambraia, tão compridas que só a barra do mongil deixavam à mostra. Atrás delas vinha a condessa Trifraldi, pela mão do escudeiro Trifraldim da Branca Barba, vestida com finíssima e negra baeta de pelo sem frisar, o qual, se fora frisado, mostraria cada riço da grandeza de um grão-de-bico dos bons. O rabo ou fralda, ou como o quiserem chamar, se rematava em três pontas, as quais vinham sustentadas nas mãos de três pajens igualmente vestidos de luto, fazendo uma vistosa e matemática figura com aqueles três ângulos agudos que as três pontas formavam, donde concluíram todos os que a saia pontiaguda olhavam que por causa dela a condessa se devia chamar Trifraldi, como quem diz a condessa "das Três Fraldas", e assim diz Benengeli que foi verdade, e que por seu próprio sobrenome se chamava a condessa Lobeira, por se criarem em seu condado muitos lobos, e que, se em vez de lobos fossem raposas, seria chamada a condessa Raposeira,[1] por ser costume naquelas regiões os senhores tomarem a

---

CAPÍTULO XXXVIII

DONDE SE CUENTA LA QUE DIO DE SU MALA ANDANZA LA DUEÑA DOLORIDA

Detrás de los tristes músicos comenzaron a entrar por el jardín adelante hasta cantidad de doce dueñas, repartidas en dos hileras, todas vestidas de unos monjiles anchos, al parecer de anascote batanado, con unas tocas blancas de delgado canequí, tan luengas, que sólo el ribete del monjil descubrían. Tras ellas venía la condesa Trifaldi, a quien traía de la mano el escudero Trifaldín de la Blanca Barba, vestida de finísima y negra bayeta por frisar, que a venir frisada descubriera cada grano del grandor de un garbanzo de los buenos de Martos. La cola o falda, o como llamarla quisieren, era de tres puntas, las cuales se sustentaban en las manos de tres pajes asimesmo vestidos de luto, haciendo una vistosa y matemática figura con aquellos tres ángulos acutos que las tres puntas formaban, por lo cual cayeron todos los que la falda puntiaguda miraron que por ella se debía llamar la condesa Trifaldi, como si dijésemos la condesa "de las Tres Faldas", y así dice Benengeli que fue verdad, y que de su pro-

denominação dos seus nomes da coisa ou coisas mais abundantes nos seus estados. Mas essa condessa, para favorecer a novidade do seu traje, deixou o Lobeira e tomou o Trifraldi.

Vinham as doze duenhas e a senhora a passo de procissão, cobertos os rostos com véus negros, não transparentes como o de Trifraldim, mas tão cerrados que nenhuma coisa transluziam.

Assim como acabou de aparecer o duenhesco esquadrão, o duque, a duquesa e D. Quixote se puseram em pé, e o mesmo fizeram todos aqueles que a cadenciosa procissão olhavam. Pararam as doze duenhas e abriram alas, pelo meio das quais avançou a Dolorida, sempre de mãos dadas com Trifraldim, vendo o qual, o duque, a duquesa e D. Quixote avançaram cerca de doze passos para recebê-la. Ela, posta de joelhos no chão, com voz antes rude e rouca que sutil e delicada, disse:

— Vossas grandezas sejam servidas de não fazer tantas cortesias a este seu criado, digo, a esta sua criada, pois tão dolorida estou que não acertarei a corresponder como devo, dado que minha estranha e jamais vista desdita me levou o entendimento não sei aonde, e deve de ser muito longe, pois quanto mais o procuro, menos o acho.

— Sem ele estaria — respondeu o duque —, senhora condessa, quem não descobrisse em vossa presença vosso valor, o qual, sem mais ver, é merecedor de toda a nata da cortesia e de toda a flor das bem-criadas cerimônias.

E levantando-a pela mão levou-a a sentar numa cadeira ao lado da duquesa, a qual também a recebeu com muitas mesuras.

D. Quixote calava e Sancho morria por ver o rosto da Trifaldi e de alguma de suas muitas duenhas, mas isto não foi possível até que elas de seu grado e vontade se descobriram.

---

pio apellido se llamaba la condesa Lobuna, a causa que se criaban en su condado muchos lobos, y que si como eran lobos fueran zorras, la llamaran la condesa Zorruna, por ser costumbre en aquellas partes tomar los señores la denominación de sus nombres de la cosa o cosas en que más sus estados abundan; empero esta condesa, por favorecer la novedad de su falda, dejó el Lobuna y tomó el Trifaldi.

Venían las doce dueñas y la señora a paso de procesión, cubiertos los rostros con unos velos negros, y no trasparentes como el de Trifaldín, sino tan apretados, que ninguna cosa se traslucían.

Así como acabó de parecer el dueñesco escuadrón, el duque, la duquesa y don Quijote se pusieron en pie, y todos aquellos que la espaciosa procesión miraban. Pararon las doce dueñas y hicieron calle, por medio de la cual la Dolorida se adelantó, sin dejarla de la mano Trifaldín, viendo lo cual el duque, la duquesa y don Quijote se adelantaron obra de doce pasos a recebirla. Ella, puesta las rodillas en el suelo, con voz antes basta y ronca que sutil y delicada, dijo:

— Vuestras grandezas sean servidas de no hacer tanta cortesía a este su criado, digo, a esta su criada, porque, según soy de dolorida, no acertaré a responder a lo que debo, a causa que mi estraña y jamás vista desdicha me ha llevado el entendimiento no sé adónde, y debe de ser muy lejos, pues cuanto más le busco, menos le hallo.

— Sin él estaría — respondió el duque —, señora condesa, el que no descubriese por vuestra persona vuestro valor, el cual, sin más ver, es merecedor de toda la nata de la cortesía y de toda la flor de las bien criadas ceremonias.

Sossegados todos e postos em silêncio estavam esperando quem o havia de romper, e foi a duenha Dolorida, com estas palavras:

— Confiada estou, senhor poderosíssimo, formosíssima senhora e discretíssimos circunstantes, que em vossos valorosíssimos peitos minha coitíssima há de achar acolhimento, não menos plácido que generoso e doloroso, porque ela é tal que basta para enternecer o mármore, e abrandar o diamante, e amolecer o aço dos mais endurecidos corações do mundo. Mas antes que ela saia à praça de vossos ouvidos (para não dizer orelhas), quisera que me fizessem sabedora se está nesta junta, roda e companhia o acendradíssimo cavaleiro D. Quixote de La Manchíssima e seu escudeiríssimo Pança.

— O Pança — disse Sancho, antes que algum outro respondesse — aqui está, e o D. Quixotíssimo também, e assim podereis, dolorosíssima duenhíssima, dizer o que quiseredíssimis, pois todos estamos prontos e aparelhadíssimos para ser vossos servidoríssimos.

Nisto se levantou D. Quixote e, dirigindo suas razões à Dolorida duenha, disse:

— Se vossas coitas, angustiada senhora, se podem prometer alguma esperança de remédio por algum valor ou forças de algum andante cavaleiro, aqui estão as minhas que, conquanto fracas e breves, serão todas empregadas em vosso serviço. Eu sou D. Quixote de La Mancha, cujo cometimento é acudir a toda sorte de necessitados, e sendo isto assim, como o é, não haveis mister, senhora, de granjear benevolências nem buscar preâmbulos, senão direta e lhanamente dizei vossos males, pois ouvidos vos escutam que saberão, se não remediá-los, doer-se deles.

Ouvindo o qual a Dolorida duenha, fez sinal de se querer atirar aos pés de D. Quixote, e até se chegou a atirar, e pelejando para os abraçar dizia:

Y levantándola de la mano la llevó a sentar en una silla junto a la duquesa, la cual la recibió asimismo con mucho comedimiento.

Don Quijote callaba y Sancho andaba muerto por ver el rostro de la Trifaldi y de alguna de sus muchas dueñas, pero no fue posible hasta que ellas de su grado y voluntad se descubrieron.

Sosegados todos y puestos en silencio estaban esperando quién le había de romper, y fue la dueña Dolorida, con estas palabras:

— Confiada estoy, señor poderosísimo, hermosísima señora y discretísimos circunstantes, que ha de hallar mi cuitísima en vuestros valorosísimos pechos acogimiento, no menos plácido que generoso y doloroso, porque ella es tal, que es bastante a enternecer los mármoles, y a ablandar los diamantes, y a molificar los aceros de los más endurecidos corazones del mundo; pero antes que salga a la plaza de vuestros oídos (por no decir orejas), quisiera que me hicieran sabidora si está en este gremio, corro y compañía el acendradísimo caballero don Quijote de la Manchísima y su escuderísimo Panza.

— El Panza — antes que otro respondiese, dijo Sancho — aquí está y el don Quijotísimo asimismo, y así podréis, dolorosísima dueñísima, decir lo que quisieridísimis, que todos estamos prontos y aparejadísimos a ser vuestros servidorísimos.

En esto se levantó don Quijote y, encaminando sus razones a la Dolorida dueña, dijo:

— Si vuestras cuitas, angustiada señora, se pueden prometer alguna esperanza de remedio por algún valor o fuerzas de algún andante caballero, aquí están las mías, que, aunque flacas y breves, todas se emplearán en

— A estes pés e pernas me lanço, oh cavaleiro invicto, por serem os que são as bases e colunas da andante cavalaria! Estes pés quero beijar, de cujos passos pende e depende todo o remédio da minha desgraça, oh valoroso andante, cujas verdadeiras façanhas superam e empanam as fabulosas dos Amadises, Esplandiães e Belianises!

E deixando D. Quixote, virou-se para Sancho Pança e, tomando-lhe as mãos, lhe disse:

— Oh tu, o mais leal escudeiro que jamais serviu a cavaleiro andante nos presentes nem nos passados séculos, mais basto em bondade que a barba de Trifraldim, meu acompanhador aqui presente! Bem te podes timbrar em, servindo ao grande D. Quixote, servires em cifra a toda a caterva de cavaleiros que no mundo menearam as armas. Conjuro-te, pelo que deves a tua bondade fidelíssima, que me sejas bom intercessor junto ao teu amo, para que ele logo favoreça esta humilíssima e desditosíssima condessa.

Ao que Sancho respondeu:

— Não é conta do meu rosário, senhora minha, o ser a minha bondade tão basta e longa quanto a barba do vosso escudeiro; que barbada e bigodada eu tenha a minha alma quando partir desta vida, é isso que importa, pois nas barbas desta banda pouco ou nada cuido. Mas sem tanto rogo nem engodo pedirei ao meu amo, pois sei que me quer bem, e mais agora que precisa de mim para certo negócio, que favoreça e ajude a vossa mercê em tudo que ele puder. Vossa mercê desembuche e conte a sua coita, e deixe estar, que todos nos entenderemos.

Rebentavam de rir com essas coisas os duques, tendo tomado o pulso à tal aventura, e aplaudiam entre si a agudeza e dissimulação da Trifraldi, a qual, tornando a sentar, disse:

---

vuestro servicio. Yo soy don Quijote de la Mancha, cuyo asumpto es acudir a toda suerte de menesterosos, y siendo esto así, como lo es, no habéis menester, señora, captar benevolencias, ni buscar preámbulos, sino a la llana y sin rodeos decid vuestros males, que oídos os escuchan que sabrán, si no remediarlos, dolerse dellos.

Oyendo lo cual la Dolorida dueña hizo señal de querer arrojarse a los pies de don Quijote, y aun se arrojó, y pugnando por abrazárselos decía:

— Ante estos pies y piernas me arrojo, ¡oh caballero invicto!, por ser los que son basas y colunas de la andante caballería: estos pies quiero besar, de cuyos pasos pende y cuelga todo el remedio de mi desgracia, ¡oh valeroso andante, cuyas verdaderas fazañas dejan atrás y escurecen las fabulosas de los Amadises, Esplandianes y Belianises!

Y dejando a don Quijote, se volvió a Sancho Panza y, asiéndole de las manos, le dijo:

— ¡Oh tú, el más leal escudero que jamás sirvió a caballero andante en los presentes ni en los pasados siglos, más luengo en bondad que la barba de Trifaldín, mi acompañador, que está presente! Bien puedes preciarte que en servir al gran don Quijote sirves en cifra a toda la caterva de caballeros que han tratado las armas en el mundo. Conjúrote, por lo que debes a tu bondad fidelísima, me seas buen intercesor con tu dueño, para que luego favorezca a esta humilísima y desdichadísima condesa.

A lo que respondió Sancho:

— De que sea mi bondad, señoría mía, tan larga y grande como la barba de vuestro escudero, a mí me hace muy poco al caso: barbada y con bigotes tenga yo mi alma cuando desta vida vaya, que es lo que impor-

— Do famoso reino de Candaia, que fica entre a grande Taprobana e o mar do Sul, duas léguas além do cabo Comorim, foi senhora a rainha Dª Magúncia, viúva do rei Arquipela, seu senhor e marido, de cujo casamento tiveram e procriaram a infanta Antonomásia, herdeira do reino, a qual dita infanta Antonomásia se criou e cresceu debaixo de minha tutela e doutrina, por ser eu a mais antiga e mais principal duenha de sua mãe. Sucedeu pois que, com o andar e correr dos dias, a menina Antonomásia chegou à idade de catorze anos com tal perfeição de formosura que a natureza a não pôde subir mais um grau. E quem diz que em discrição era miúda? Assim era discreta como bela, e era a mais bela do mundo, e ainda o é, se já os fados invejosos e as parcas endurecidas não lhe cortaram o estame da vida. Mas tal não será, pois não permitirão os céus que se faça tão grande mal ao mundo como seria levarem ainda verde e em agraz o cacho da mais formosa vide da terra. Desta formosura, e não como se deve encarecida por minha pobre língua, se enamorou um número infinito de príncipes, assim naturais como estrangeiros, entre os quais ousou levantar os pensamentos ao céu de tanta beleza um cavaleiro particular que na corte estava, confiado em sua mocidade, e em sua bizarria, e em suas muitas habilidades e graças e facilidade e felicidade de engenho. Porque faço saber a vossas grandezas, se o não tiverem a mal, que ele tocava a guitarra como se a fizesse falar, e por cima de tudo isto era poeta e grande bailador e sabia fazer umas gaiolas de pássaros que só com fazê-las poderia ganhar a vida, caso se visse em extrema necessidade, prendas e graças bastantes para derribar uma montanha, que dirá uma delicada donzela. Mas toda sua gentileza e bom donaire e todas suas graças e habilidades teriam sido pouco ou nada poderosas para render a fortaleza da minha menina, se o ladrão abusado não se valesse do ardil de primeiro

---

ta, que de las barbas de acá poco o nada me curo, pero sin esas socaliñas ni plegarias yo rogaré a mi amo, que sé que me quiere bien, y más agora que me ha menester para cierto negocio, que favorezca y ayude a vuesa merced en todo lo que pudiere. Vuesa merced desembaúle su cuita, y cuéntenosla, y deje hacer, que todos nos entenderemos.

Reventaban de risa con estas cosas los duques, como aquellos que habían tomado el pulso a la tal aventura, y alababan entre sí la agudeza y disimulación de la Trifaldi, la cual, volviéndose a sentar, dijo:

— Del famoso reino de Candaya, que cae entre la gran Trapobana y el mar del Sur, dos leguas más allá del cabo Comorín, fue señora la reina doña Maguncia, viuda del rey Archipiela, su señor y marido, de cuyo matrimonio tuvieron y procrearon a la infanta Antonomasia, heredera del reino, la cual dicha infanta Antonomasia se crió y creció debajo de mi tutela y doctrina, por ser yo la más antigua y la más principal dueña de su madre. Sucedió pues que yendo días y viniendo días la niña Antonomasia llegó a edad de catorce años con tan gran perfeción de hermosura, que no la pudo subir más de punto la naturaleza. ¡Pues digamos agora que la discreción era mocosa! Así era discreta como bella, y era la más bella del mundo, y lo es, si ya los hados invidiosos y las parcas endurecidas no la han cortado la estambre de la vida. Pero no habrán, que no han de permitir los cielos que se haga tanto mal a la tierra como sería llevarse en agraz el racimo del más hermoso veduño del suelo. De esta hermosura, y no como se debe encarecida de mi torpe lengua, se enamoró un número infinito de príncipes, así naturales como estranjeros, entre los cuales osó levantar los pensamientos al cielo de tanta belleza un caballero particular que en la corte estaba, confiado en su mocedad, y en su bizarría, y en sus muchas habilidades y gracias, y facili-

me render a mim. Primeiro quis o bandido e desalmado vagamundo granjear-me a vontade e comprar-me o gosto, para que eu, mau alcaide, lhe entregasse as chaves da fortaleza que guardava. Em conclusão, ele me adulou o entendimento e me rendeu a vontade com não sei que pendericalhos e brincos que me deu; mas o que mais me fez prostrar e dar comigo pelo chão foram umas coplas que o ouvi cantar uma noite, por uma grade que dava para uma ruela onde ele estava, que, se mal não me lembro, diziam:

> Da doce minha inimiga
> nasce um mal que a alma fere
> e por mais tormento quere
> que se sinta e não se diga.[2]

Pareceu-me a trova uma autêntica pérola e sua voz, um mel, e de lá para cá, digo, desde então, vendo o mal em que caí por causa destes e outros semelhantes versos, tenho considerado que, como aconselhava Platão, das boas e concertadas repúblicas se haviam de desterrar os poetas, ou ao menos os lascivos, por escreverem umas coplas, não como as do marquês de Mântua,[3] que entretêm e fazem as crianças e as mulheres chorarem, senão umas agudezas que a modo de brandos espinhos vos atravessam a alma e como raios vos ferem nela sem tocar os vestidos. E outra vez cantou:

> Vem, morte, toda escondida,
> de maneira a te não ver,
> por que o gosto de morrer
> não me torne a dar a vida.[4]

---

dad y felicidad de ingenio. Porque hago saber a vuestras grandezas, si no lo tienen por enojo, que tocaba una guitarra, que la hacía hablar, y más que era poeta y gran bailarín, y sabía hacer una jaula de pájaros, que solamente a hacerlas pudiera ganar la vida, cuando se viera en estrema necesidad, que todas estas partes y gracias son bastantes a derribar una montaña, no que una delicada doncella. Pero toda su gentileza y buen donaire y todas sus gracias y habilidades fueran poca o ninguna parte para rendir la fortaleza de mi niña, si el ladrón desuellacaras no usara del remedio de rendirme a mí primero. Primero quiso el malandrín y desalmado vagamundo granjearme la voluntad y cohecharme el gusto, para que yo, mal alcaide, le entregase las llaves de la fortaleza que guardaba. En resolución, él me aduló el entendimiento y me rindió la voluntad con no sé qué dijes y brincos que me dio; pero lo que más me hizo postrar y dar conmigo por el suelo fueron unas coplas que le oí cantar una noche desde una reja que caía a una callejuela donde él estaba, que si mal no me acuerdo decían:

> De la dulce mi enemiga
> nace un mal que al alma hiere
> y por más tormento quiere
> que se sienta y no se diga.

Parecióme la trova de perlas, y su voz, de almíbar, y después acá, digo, desde entonces, viendo el mal en que caí por estos y otros semejantes versos, he considerado que de las buenas y concertadas repúblicas se habían de

458

E deste jaez outras coplinhas e estrambotos, que cantados encantam e escritos espantam. E que dizer quando eles se humilham a compor um gênero de verso muito usado em Candaia, chamado "seguidilhas"? Então tudo é o brincar das almas, o retouçar do riso, o desassossego dos corpos e, enfim, o espevitar de todos os sentidos. E assim digo, senhores meus, que os tais trovadores com justiça deviam ser desterrados para as ilhas dos Lagartos. Mas não é deles a culpa, senão dos simples que os elogiam e das bobas que os creem; e se eu fosse a boa duenha que devia, não me haviam de mover seus cansados conceitos, nem havia de crer ser verdade aquele dizer de que "vivo morrendo, ardo no gelo, tremo no fogo, espero sem esperança, parto e fico", mais outros impossíveis dessa mesma laia, dos quais seus escritos estão cheios. E quando prometem o fênix da Arábia, a coroa de Ariadne, os cavalos do Sol, do Sul as pérolas, de Tíbar o ouro e de Pancaia o bálsamo?[5] É aí que eles mais estendem a pena, pois nenhuma lhes custa prometer o que jamais pensam nem podem cumprir. Mas por onde me desvio? Ai, pobre de mim! Que loucura ou que desatino me leva a contar as alheias faltas, tendo tanto que dizer das minhas? Ai de mim, outra vez, sem ventura, pois não me renderam os versos, senão minha simplicidade; não me abrandaram as músicas, senão minha leviandade; minha muita ignorância e meu pouco aviso abriram o caminho e desimpediram a senda para os passos de D. Cravijo, que este é o nome do referido cavaleiro. E assim, sendo eu a medianeira, ele se achou uma e muitíssimas vezes no aposento da por mim e não por ele enganada Antonomásia, a título de verdadeiro esposo, pois, bem que pecadora, eu jamais lhe consentiria que, sem ser seu marido, ele chegasse à vira da sola de suas sapatilhas. Não, não, isso não. O casamento há de vir primeiro em qualquer negócio destes que por mim se tratar! Somente houve um dano neste

---

desterrar los poetas, como aconsejaba Platón, a lo menos los lascivos, porque escriben unas coplas, no como las del marqués de Mantua, que entretienen y hacen llorar los niños y a las mujeres, sino unas agudezas que a modo de blandas espinas os atraviesan el alma y como rayos os hieren en ella, dejando sano el vestido. Y otra vez cantó:

> Ven, muerte, tan escondida,
> que no te sienta venir,
> porque el placer del morir
> no me torne a dar la vida.

Y deste jaez otras coplitas y estrambotes, que cantados encantan y escritos suspenden. Pues ¿qué cuando se humillan a componer un género de verso que en Candaya se usaba entonces, a quien ellos llamaban "seguidillas"? Allí era el brincar de las almas, el retozar de la risa, el desasosiego de los cuerpos y finalmente el azogue de todos los sentidos. Y así digo, señores míos, que los tales trovadores con justo título los debían desterrar a las islas de los Lagartos. Pero no tienen ellos la culpa, sino los simples que los alaban y las bobas que los creen; y si yo fuera la buena dueña que debía, no me habían de mover sus trasnochados conceptos, ni había de creer ser verdad aquel decir "vivo muriendo, ardo en el yelo, tiemblo en el fuego, espero sin esperanza, pártome y quédome", con otros imposibles desta ralea, de que están sus escritos llenos. Pues ¿qué cuando prometen el fénix de Arabia, la corona

negócio, que foi o da desigualdade, por ser D. Cravijo um cavaleiro particular, e a infanta Antonomásia, como já disse, herdeira do reino. Alguns dias esteve este enredo encoberto e solapado na sagacidade do meu recato, até que me pareceu que aos poucos se ia descobrindo em certo inchaço do ventre de Antonomásia, por temor do qual os três entramos em conselho, e nele se assentou que, antes que o mau passo viesse à luz, D. Cravijo haveria de pedir Antonomásia por mulher perante o vigário, em fé de uma cédula que de ser sua esposa[6] a infanta lhe tinha feito, composta por meu engenho com tanta força que nem as de Sansão poderiam romper. Fizeram-se as diligências, viu o vigário a cédula, tomou o tal vigário a confissão da senhora, confessou ela de todo em todo, mandou depositá-la na casa de um meirinho da corte muito honrado...

Neste ponto disse Sancho:

— Também em Candaia há meirinhos, poetas e seguidilhas! Disso posso jurar que imagino que todo o mundo é um. Mas dê-se pressa vossa mercê, senhora Trifraldi, que já é tarde e estou morrendo por saber o fim dessa tão longa história.

— Assim farei — respondeu a condessa.

---

de Ariadna, los caballos del Sol, del Sur las perlas, de Tíbar el oro y de Pancaya el bálsamo? Aquí es donde ellos alargan más la pluma, como les cuesta poco prometer lo que jamás piensan ni pueden cumplir. Pero ¿dónde me divierto? ¡Ay de mí, desdichada! ¿Qué locura o qué desatino me lleva a contar las ajenas faltas, teniendo tanto que decir de las mías? ¡Ay de mí, otra vez, sin ventura!, que no me rindieron los versos, sino mi simplicidad, no me ablandaron las músicas, sino mi liviandad: mi mucha ignorancia y mi poco advertimiento abrieron el camino y desembarazaron la senda a los pasos de don Clavijo, que este es el nombre del referido caballero. Y así, siendo yo la medianera, él se halló una y muy muchas veces en la estancia de la por mí y no por él engañada Antonomasia, debajo del título de verdadero esposo, que, aunque pecadora, no consintiera que sin ser su marido la llegara a la vira de la suela de sus zapatillas. ¡No, no, eso no: el matrimonio ha de ir adelante en cualquier negocio destos que por mí se tratare! Solamente hubo un daño en este negocio, que fue el de la desigualdad, por ser don Clavijo un caballero particular, y la infanta Antonomasia heredera, como ya he dicho, del reino. Algunos días estuvo encubierta y solapada en la sagacidad de mi recato esta maraña, hasta que me pareció que la iba descubriendo a más andar en no sé qué hinchazón del vientre de Antonomasia, cuyo temor nos hizo entrar en bureo a los tres, y salió dél que, antes que se saliese a luz el mal recado, don Clavijo pidiese ante el vicario por su mujer a Antonomasia, en fe de una cédula que de ser su esposa la infanta le había hecho, notada por mi ingenio con tanta fuerza, que las de Sansón no pudieran romperla. Hiciéronse las diligencias, vio el vicario la cédula, tomó el tal vicario la confesión a la señora, confesó de plano, mandóla depositar en casa de un alguacil de corte muy honrado...

A esta sazón dijo Sancho:

Notas

[1] Lobeira, Raposeira: reconheceu-se nas duas alcunhas em castelhano — *Lobuna* e *Zorruna* — uma alusão velada à casa de Osuna, poderosíssima nos tempos de Felipe III. Para reforçar essa interpretação, apontou-se nas "três caudas" uma referência aos três girões do brasão ducal.

[2] "Da doce minha inimiga/ [...]/ que se sinta e não se diga": versos de uma cantiga musicada, incluída nos cancioneiros da virada do século XV para o XVI. São tradução das redondilhas do poeta italiano Serafino de Ciminelli (1466-1500): *"Dalla dolce mia nemica/ nasce un dol che esser non suole/ e per più tormento vuole/ che si senta e non si dica"*.

[3] Coplas [...] do marquês de Mântua: trata-se do longuíssimo romance tradicional "De Mantua salió el marqués", já mencionado anteriormente (ver cap. XXIII, nota 10 e *DQ* I, cap. V, nota 1).

[4] "Vem, morte, toda escondida,/ [...]/ não me torne a dar a vida": variante de uma cantiga famosa do "Comendador Escrivá", poeta valenciano do século XV, que desde meados do XVI passou a ser citada, com pequenas alterações, como sendo de autoria anônima.

[5] Fênix da Arábia [...] de Pancaia o bálsamo: série de lugares-comuns recorrentes na poesia contemporânea a Cervantes. A Arábia, segundo a fábula, era o berço da ave fênix; a coroa de Ariadne, o presente que esta recebeu de Vênus quando de seu casamento com Dionísio, mais tarde transformada numa constelação; os cavalos do Sol são os que puxavam o carro de Apolo; pérolas do Sul, as que provinham dos mares que banham as costas da Etiópia, tidas como excelentes. Tíbar era um país fabuloso onde, a par da Arábia, estaria o ouro mais puro; Pancaia, uma região também fabulosa, citada por Virgílio, produtora de substâncias balsâmicas.

[6] ... cédula que de ser sua esposa...: refere-se à "cédula de casamento", papel em que o pretendente registrava sua promessa de matrimônio. Antes dos decretos de Trento, o documento facultava o reconhecimento legal do enlace; quando havia oposição por parte da família, a decisão era delegada ao vigário, que no ínterim recolhia a nubente em local de sua confiança.

— También en Candaya hay alguaciles de corte, poetas y seguidillas, por lo que puedo jurar que imagino que todo el mundo es uno. Pero dése vuesa merced priesa, señora Trifaldi, que es tarde y ya me muero por saber el fin desta tan larga historia.

— Sí haré — respondió la condesa.

CAPÍTULO XXXIX

ONDE A TRIFRALDI PROSSEGUE
SUA ESTUPENDA E MEMORÁVEL HISTÓRIA

De qualquer palavra que Sancho dizia, a duquesa recebia tanto gosto quanto se desesperava D. Quixote; e depois que este o mandou calar, a Dolorida prosseguiu, dizendo:

— Enfim, ao cabo de muitas demandas e respostas, como a infanta estivesse de pedra e cal, sem sair nem variar da primeira declaração, o vigário sentenciou em favor de D. Cravijo e lha entregou por sua legítima esposa, do que a rainha Dª Magúncia, mãe da infanta Antonomásia, recebeu tanta mágoa que dali a três dias a enterramos.

— Deve de ter morrido, sem dúvida — disse Sancho.

— Claro está — respondeu Trifraldim —, pois em Candaia não se enterram as pessoas vivas, senão as mortas!

— Já se viu, senhor escudeiro — replicou Sancho —, enterrarem um desmaiado pensando que estava morto, e eu tinha cá para mim que a rainha Magúncia estava obrigada a desmaiar antes que a morrer, pois com a vida muitas coisas se arranjam, e o disparate da infanta não foi tão grande que a obrigasse a sentir tanto. Se essa senhora se tivesse casado com algum pajem ou outro criado da sua casa, como fizeram outras muitas, segundo ouvi di-

---

CAPÍTULO XXXIX

DONDE LA TRIFALDI PROSIGUE
SU ESTUPENDA Y MEMORABLE HISTORIA

De cualquiera palabra que Sancho decía, la duquesa gustaba tanto como se desesperaba don Quijote; y mandándole que callase, la Dolorida prosiguió, diciendo:

— En fin, al cabo de muchas demandas y respuestas, como la infanta se estaba siempre en sus trece, sin salir ni variar de la primera declaración, el vicario sentenció en favor de don Clavijo y se la entregó por su legítima esposa, de lo que recibió tanto enojo la reina doña Maguncia, madre de la infanta Antonomasia, que dentro de tres días la enterramos.

— Debió de morir, sin duda — dijo Sancho.

— ¡Claro está — respondió Trifaldín — que en Candaya no se entierran las personas vivas, sino las muertas!

— Ya se ha visto, señor escudero — replicó Sancho —, enterrar un desmayado creyendo ser muerto, y parecíame a mí que estaba la reina Maguncia obligada a desmayarse antes que a morirse, que con la vida muchas

zer, seria o dano sem remédio. Mas casar-se com um cavaleiro tão gentil-homem e tão entendido como nos pintaram aqui, em verdade, em verdade que, ainda sendo necedade, não foi tão grande como se pensa, porque, segundo as regras do meu senhor aqui presente, que não me deixará mentir, assim como dos homens letrados se fazem os bispos, dos cavaleiros, e mais se são andantes, bem se podem fazer os reis e os imperadores.

— Tens razão, Sancho — disse D. Quixote —, porque um cavaleiro andante, como tenha dois dedos de ventura, está em potência propínqua de ser o maior senhor do mundo. Mas passe adiante a senhora Dolorida, pois a mim se me transluz que lhe falta contar o amargo desta até aqui doce história.

— E como fica o amargo! — respondeu a condessa. — Tão amargo que, em sua comparação, são doces os coloquintos e saborosos os aloendros. Então, morta a rainha, e não desmaiada, a enterramos; e apenas a cobrimos com a terra e lhe demos o último *vale*, quando (*quis talia fando temperet a lacrimis?*[1]), montado num cavalo de madeira, apareceu sobre a sepultura da rainha o gigante Malambruno, primo-irmão de Magúncia, que sobre cruel era encantador, o qual com suas artes, em vingança da morte de sua prima, e castigo do atrevimento de D. Cravijo, e despeito da demasia de Antonomásia, os deixou encantados sobre a mesma sepultura, ela transformada numa bugia de bronze, ele, num medonho crocodilo de um metal não conhecido, e entre os dois há um marco também de metal, e nele escritas em língua siríaca umas letras que, vertidas à candaiesca e agora à nossa, encerram esta sentença: "Não cobrarão sua primeira forma estes dois atrevidos amantes até que o valoroso manchego venha comigo às mãos em singular batalha, pois só para seu grande valor guardam os fados esta nunca vista aventura". Feito isto, desembainhou um largo e desmesurado alfanje e, agarrando-me pelos

---

cosas se remedian y no fue tan grande el disparate de la infanta, que obligase a sentirle tanto. Cuando se hubiera casado esa señora con algún paje suyo o con otro criado de su casa, como han hecho otras muchas, según he oído decir, fuera el daño sin remedio; pero el haberse casado con un caballero tan gentilhombre y tan entendido como aquí nos le han pintado, en verdad en verdad que, aunque fue necedad, no fue tan grande como se piensa, porque según las reglas de mi señor, que está presente y no me dejará mentir, así como se hacen de los hombres letrados los obispos, se pueden hacer de los caballeros, y más si son andantes, los reyes y los emperadores.

— Razón tienes, Sancho — dijo don Quijote —, porque un caballero andante, como tenga dos dedos de ventura, está en potencia propincua de ser el mayor señor del mundo. Pero pase adelante la señora Dolorida, que a mí se me trasluce que le falta por contar lo amargo desta hasta aquí dulce historia.

— ¡Y cómo si queda lo amargo! — respondió la condesa —, y tan amargo, que en su comparación son dulces las tueras y sabrosas las adelfas. Muerta, pues, la reina, y no desmayada, la enterramos; y apenas la cubrimos con la tierra y apenas le dimos el último *vale*, cuando (*quis talia fando temperet a lacrimis?*) puesto sobre un caballo de madera pareció encima de la sepultura de la reina el gigante Malambruno, primo cormano de Maguncia, que junto con ser cruel era encantador, el cual con sus artes, en venganza de la muerte de su cormana y por castigo del atrevimiento de don Clavijo y por despecho de la demasía de Antonomasia, los dejó encantados sobre la mesma sepultura, a ella convertida en una jimia de bronce, y a él, en un espantoso cocodrilo de un metal no conocido, y entre los dos está un padrón asimismo de metal, y en él escritas en lengua siríaca unas letras, que habiéndose declarado en la candayesca, y ahora en la castellana, encierran esta sentencia: "No cobrarán su primera

cabelos, fez finta de me querer ceifar a gola e cortar cerce minha cabeça. Turbada, com a voz presa na garganta, amofinei-me em todo extremo, mas ainda assim me esforcei o mais que pude e com voz trêmula e gemente lhe disse tantas e tais coisas que o fizeram suspender a execução de tão rigoroso castigo. Finalmente, mandou trazer ante si todas as duenhas de palácio, que foram estas aqui presentes, e depois de exagerar nossa culpa e vituperar a condição das duenhas, suas más manhas e piores traças, e punindo a nós todas pela culpa que só eu tinha, disse que não queria com pena capital nos castigar, senão com outras penas dilatadas, que nos dessem uma morte civil[2] e contínua; e naquele mesmo momento e ponto que acabou de dizer isto, sentimos todas que se nos abriam os poros da cara e que por toda ela nos pungiam como pontas de agulhas. Acudimos logo com as mãos ao rosto e nos achamos da maneira que agora vereis.

E então a Dolorida e as demais duenhas suspenderam os véus com que cobriam o rosto e o descobriram todo cheio de barbas, umas louras, outras pretas, umas brancas e outras ruças, de cuja vista mostraram ficar admirados o duque e a duquesa, pasmados D. Quixote e Sancho e atônitos todos os presentes.

E a Trifraldi prosseguiu:

— Desta maneira nos castigou aquele patife e mal-intencionado Malambruno, cobrindo a lisura e maciez de nossos rostos com a aspereza destas cerdas, e prouvesse ao céu que antes com seu desmesurado alfanje nos tivesse derrubado a testa, mas não assombrasse a luz de nossas faces com esta borra que nos cobre. Porque, se pensarmos bem, senhores meus (e isto que vou dizer agora o quisera dizer com meus olhos feitos fontes, mas a consideração de nossa desgraça e os mares que até aqui eles choveram os têm sem

---

forma estos dos atrevidos amantes hasta que el valeroso manchego venga conmigo a las manos en singular batalla, que para sólo su gran valor guardan los hados esta nunca vista aventura". Hecho esto, sacó de la vaina un ancho y desmesurado alfanje, y asiéndome a mí por los cabellos, hizo finta de querer segarme la gola y cortarme cercen la cabeza. Turbéme, pegóseme la voz a la garganta, quedé mohína en todo estremo, pero, con todo, me esforcé lo más que pude y con voz tembladora y doliente le dije tantas y tales cosas, que le hicieron suspender la ejecución de tan riguroso castigo. Finalmente, hizo traer ante sí todas las dueñas de palacio, que fueron estas que están presentes, y después de haber exagerado nuestra culpa y vituperado las condiciones de las dueñas, sus malas mañas y peores trazas, y cargando a todas la culpa que yo sola tenía, dijo que no quería con pena capital castigarnos, sino con otras penas dilatadas, que nos diesen una muerte civil y continua; y en aquel mismo momento y punto que acabó de decir esto, sentimos todas que se nos abrían los poros de la cara y que por toda ella nos punzaban como con puntas de agujas. Acudimos luego con las manos a los rostros y hallámonos de la manera que ahora veréis.

Y luego la Dolorida y las demás dueñas alzaron los antifaces con que cubiertas venían, y descubrieron los rostros todos poblados de barbas, cuáles rubias, cuáles negras, cuáles blancas y cuáles albarrazadas, de cuya vista mostraron quedar admirados el duque y la duquesa, pasmados don Quijote y Sancho, y atónitos todos los presentes.

Y la Trifaldi prosiguió:

— Desta manera nos castigó aquel follón y malintencionado de Malambruno, cubriendo la blandura y

humor e secos como palha, e assim o direi sem lágrimas); digo, pois, que aonde pode ir uma duenha barbada? Que pai ou que mãe se doerá dela? Quem lhe dará ajuda? Pois se, ainda quando tem a tez lisa e o rosto martirizado com mil sortes de badulaques e arrebiques, a duras penas acha quem a queira bem, que fará quando mostrar o rosto feito um matagal? Oh duenhas e companheiras minhas, maldito o dia em que nascemos, minguada a hora em que nossos pais nos geraram!

E dizendo isto deu sinais de desmaiar.

Notas

[1] *Quis talia fando temperet a lacrimis?*: "quem, ouvindo isto, conterá as lágrimas?"; é citação abreviada da *Eneida* (II, 6-8).

[2] Morte civil: num contexto como este, além do significado jurídico, "civil" podia também comportar o de "cruel".

---

morbidez de nuestros rostros con la aspereza destas cerdas, que pluguiera al cielo que antes con su desmesurado alfanje nos hubiera derribado las testas, que no que nos asombrara la luz de nuestras caras con esta borra que nos cubre. Porque si entramos en cuenta, señores míos (y esto que voy a decir agora lo quisiera decir hechos mis ojos fuentes, pero la consideración de nuestra desgracia y los mares que hasta aquí han llovido los tienen sin humor y secos como aristas, y, así, lo diré sin lágrimas), digo, pues, que ¿adónde podrá ir una dueña con barbas? ¿Qué padre o qué madre se dolerá della? ¿Quién la dará ayuda? Pues aun cuando tiene la tez lisa y el rostro martirizado con mil suertes de menjurjes y mudas apenas halla quien bien la quiera, ¿qué hará cuando descubra hecho un bosque su rostro? ¡Oh dueñas y compañeras mías, en desdichado punto nacimos, en hora menguada nuestros padres nos engendraron!

Y diciendo esto dio muestras de desmayarse.

CAPÍTULO XL

DE COISAS QUE TANGEM E TOCAM A ESTA AVENTURA
E A ESTA MEMORÁVEL HISTÓRIA

Real e verdadeiramente, todos os que gostam de histórias tais como esta devem gratidão a Cide Hamete, seu autor primeiro, pela curiosidade que teve em nos contar as semínimas dela, sem deixar coisa, por menor que fosse, que não trouxesse distintamente à luz: pinta os pensamentos, descobre as imaginações, responde às tácitas, esclarece as dúvidas, resolve os argumentos; enfim, todos os átomos do mais curioso desejo manifesta. Oh autor celebérrimo! Oh D. Quixote ditoso! Oh Dulcineia famosa! Oh Sancho Pança gracioso! Que todos juntos e cada um por si vivais séculos infinitos, para gosto e geral passatempo dos viventes.

Diz pois a história que, assim como Sancho viu a Dolorida desmaiada, disse:

— Juro à fé de homem de bem, e pela memória de todos os meus passados os Panças, que jamais ouvi nem vi, nem meu amo me contou, nem em seu pensamento coube semelhante aventura como esta. Valha-te mil satanases, Malambruno, para não te amaldiçoar por encantador e gigante! Não podias achar outro gênero de castigo para essas pecadoras que não o barbar

---

CAPÍTULO XL

DE COSAS QUE ATAÑEN Y TOCAN A ESTA AVENTURA
Y A ESTA MEMORABLE HISTORIA

Real y verdaderamente, todos los que gustan de semejantes historias como esta deben de mostrarse agradecidos a Cide Hamete, su autor primero, por la curiosidad que tuvo en contarnos las semínimas della, sin dejar cosa, por menuda que fuese, que no la sacase a luz distintamente: pinta los pensamientos, descubre las imaginaciones, responde a las tácitas, aclara las dudas, resuelve los argumentos; finalmente, los átomos del más curioso deseo manifesta. ¡Oh autor celebérrimo! ¡Oh don Quijote dichoso! ¡Oh Dulcinea famosa! ¡Oh Sancho Panza gracioso! Todos juntos y cada uno de por sí viváis siglos infinitos, para gusto y general pasatiempo de los vivientes.

Dice pues la historia que así como Sancho vio desmayada a la Dolorida, dijo:

— Por la fe de hombre de bien juro, y por el siglo de todos mis pasados los Panzas, que jamás he oído ni visto, ni mi amo me ha contado, ni en su pensamiento ha cabido semejante aventura como esta. Válgate mil satanases, por no maldecirte por encantador y gigante, Malambruno, ¿y no hallaste otro género de castigo que dar a estas pecadoras sino el de barbarlas? ¿Cómo y no fuera mejor y a ellas les estuviera más a cuento quitarles

seu rosto? Não seria melhor e mais ajustado a elas tirar-lhes metade do nariz, do meio para cima, ainda que depois falassem fanhoso, que não lhes plantar essas barbas? Aposto que nem dinheiro têm para pagar quem as rape.

— É verdade, senhor — respondeu uma das doze —, que não temos dinheiro para nos barbear, e assim algumas de nós tomamos por remédio barato usar de uns grudes ou emplastros pegajosos e, aplicando-os ao rosto e puxando-os com força, ficamos mais rasas e lisas que fundo de pilão, pois, ainda que em Candaia haja mulheres que vão de casa em casa tirando o buço e arrumando as sobrancelhas e trazendo outras bufarinhas tocantes às mulheres, nós as duenhas da minha senhora nunca as quisemos admitir, porque as mais delas se dão às comadrices sem serem comadres nossas; e, se pelo senhor D. Quixote não formos remediadas, barbadas desceremos à sepultura.

— Eu arrancarei as minhas em terra de mouros[1] — disse D. Quixote —, se não remediar as vossas.

Neste ponto acordou a Trifaldi do seu desmaio e disse:

— O eco dessa promessa, valoroso cavaleiro, no meio do meu desmaio chegou aos meus ouvidos e teve o condão de me acordar e devolver todos os meus sentidos; e, assim, outra vez vos suplico, ínclito andante e senhor indomável, vossa obra não fique em graciosa promessa.

— Por mim não há de ficar — respondeu D. Quixote. — Vede, senhora, que é o que tenho de fazer, que o meu ânimo está pronto para vos servir.

— O caso — respondeu a Dolorida — é que daqui até o reino de Candaia há, por terra, cinco mil léguas, duas mais ou menos; mas, indo pelo ar e em linha reta, são só três mil duzentas e vinte e sete. Também é de saber que Malambruno me disse que, quando a sorte me deparasse o cavaleiro

---

la mitad de las narices, de medio arriba, aunque hablaran gangoso, que no ponerles barbas? Apostaré yo que no tienen hacienda para pagar a quien las rape.

— Así es la verdad, señor — respondió una de las doce —, que no tenemos hacienda para mondarnos, y así hemos tomado algunas de nosotras por remedio ahorrativo de usar de unos pegotes o parches pegajosos, y aplicándolos a los rostros, y tirando de golpe, quedamos rasas y lisas como fondo de mortero de piedra, que puesto que hay en Candaya mujeres que andan de casa en casa a quitar el vello y a pulir las cejas y hacer otros menjurjes tocantes a mujeres, nosotras las dueñas de mi señora por jamás quisimos admitirlas, porque las más oliscan a terceras, habiendo dejado de ser primas, y si por el señor don Quijote no somos remediadas, con barbas nos llevarán a la sepultura.

— Yo me pelaría las mías — dijo don Quijote — en tierra de moros, si no remediase las vuestras.

A este punto volvió de su desmayo la Trifaldi y dijo:

— El retintín desa promesa, valeroso caballero, en medio de mi desmayo llegó a mis oídos y ha sido parte para que yo dél vuelva y cobre todos mis sentidos; y, así, de nuevo os suplico, andante ínclito y señor indomable, vuestra graciosa promesa se convierta en obra.

— Por mí no quedará — respondió don Quijote —. Ved, señora, qué es lo que tengo de hacer, que el ánimo está muy pronto para serviros.

— Es el caso — respondió la Dolorida — que desde aquí al reino de Candaya, si se va por tierra, hay cinco mil leguas, dos más a menos; pero si se va por el aire y por la línea recta, hay tres mil y docientas y veinte y

nosso libertador, ele mesmo lhe enviaria uma cavalgadura muito melhor e menos manhosa que as de aluguel, porque será aquele mesmo cavalo de madeira sobre o qual o valoroso Pierres levou roubada a linda Magalona,[2] o qual cavalo é guiado por uma cravelha que tem na testa, que lhe serve de freio, e voa pelos ares com tanta ligeireza que parece que os próprios diabos o levam. Esse tal cavalo, segundo é tradição antiga, foi fabricado por aquele sábio Merlim, e este o emprestou a Pierres, que era seu amigo, o qual sobre ele fez grandes viagens e roubou, como já foi dito, a linda Magalona, levando-a pelos ares na garupa, deixando abismados a todos que da terra os olhavam, e somente o emprestava a quem ele bem queria ou melhor lhe pagava, e desde o grande Pierres até agora não sabemos de ninguém que o tenha montado. De lá o tirou Malambruno com suas artes e agora o tem em seu poder, e se serve dele nas viagens que faz de contínuo por diversas partes do mundo, que hoje está aqui e amanhã na França e depois em Potosi, e o melhor é que o tal cavalo não come, nem dorme, nem gasta ferraduras[3] e, sem ter asas, toma esse passeiro tal andadura pelos ares que, de tão mansa e repousada, quem vai montado nele pode levar na mão uma taça cheia de água sem derramar uma gota, pelo qual motivo a linda Magalona gostava muito de o cavalgar.

Nisto disse Sancho:

— Para andar repousado e manso, ninguém melhor que o meu ruço, se bem não ande pelos ares; mas pela terra corre parelhas com quantos passeiros há no mundo.

Riram-se todos, e a Dolorida prosseguiu:

— E esse tal cavalo (se é que Malambruno quer pôr fim à nossa desgraça), antes que seja meia hora entrada a noite, estará na nossa presença, por-

---

siete. Es también de saber que Malambruno me dijo que cuando la suerte me deparase al caballero nuestro libertador, que él le enviaría una cabalgadura harto mejor y con menos malicias que las que son de retorno, porque ha de ser aquel mesmo caballo de madera sobre quien llevó el valeroso Pierres robada a la linda Magalona, el cual caballo se rige por una clavija que tiene en la frente, que le sirve de freno, y vuela por el aire con tanta ligereza, que parece que los mesmos diablos le llevan. Este tal caballo, según es tradición antigua, fue compuesto por aquel sabio Merlín, prestósele a Pierres, que era su amigo, con el cual hizo grandes viajes y robó, como se ha dicho, a la linda Magalona, llevándola a las ancas por el aire, dejando embobados a cuantos desde la tierra los miraban, y no le prestaba sino a quien él quería o el mejor se lo pagaba, y desde el gran Pierres hasta ahora no sabemos que haya subido alguno en él. De allí le ha sacado Malambruno con sus artes y le tiene en su poder, y se sirve dél en sus viajes, que los hace por momentos por diversas partes del mundo, y hoy está aquí y mañana en Francia y otro día en Potosí; y es lo bueno que el tal caballo ni come, ni duerme, ni gasta herraduras, y lleva un portante por los aires sin tener alas, que el que lleva encima puede llevar una taza llena de agua en la mano sin que se le derrame gota, según camina llano y reposado, por lo cual la linda Magalona se holgaba mucho de andar caballera en él.

A esto dijo Sancho:

— Para andar reposado y llano, mi rucio, puesto que no anda por los aires; pero por la tierra, yo le cutiré con cuantos portantes hay en el mundo.

Riéronse todos, y la Dolorida prosiguió:

— Y este tal caballo, si es que Malambruno quiere dar fin a nuestra desgracia, antes que sea media hora

que ele me significou que o sinal para eu entender que havia achado o cavaleiro que buscava seria enviar-me o cavalo aonde quer que ele estivesse, com toda a comodidade e presteza.

— E quantos cabem nesse cavalo? — perguntou Sancho.

A Dolorida respondeu:

— Duas pessoas, uma na sela e outra na garupa. E pela maior parte essas duas pessoas são cavaleiro e escudeiro, quando falta alguma roubada donzela.

— Queria agora saber, senhora Dolorida — disse Sancho —, que nome tem esse cavalo.

— Seu nome — respondeu a Dolorida — não é como o do cavalo de Belerofonte, que se chamava Pégaso, nem como o do Magno Alexandre, chamado Bucéfalo, nem como o do furioso Orlando, cujo nome foi Bridadoiro, nem menos Baiarte, que foi o de Reinaldo de Montalvão, nem Frontino, como o de Rogério, nem Bootes nem Pirítoo,[4] como dizem que se chamam os do Sol, nem tampouco se chama Orélia, como o cavalo em que o desventurado Rodrigo, último rei dos godos, entrou na batalha em que perdeu a vida e o reino.

— Posso apostar — disse Sancho — que, como não lhe deram nenhum desses famosos nomes de cavalos tão conhecidos, também não lhe devem de haver dado o do meu amo, Rocinante, que é mais próprio que todos os deles.

— Assim é — respondeu a barbada condessa —, mas contudo bem lhe quadra, porque se chama Cravilenho, o Alígero, nome este que condiz com o ser ele feito de lenho e ter uma cravelha na testa e com a ligeireza com que caminha. E assim, no nome, bem pode competir com o famoso Rocinante.

---

entrada la noche estará en nuestra presencia, porque él me significó que la señal que me daría por donde yo entendiese que había hallado el caballero que buscaba sería enviarme el caballo donde fuese con comodidad y presteza.

— ¿Y cuántos caben en ese caballo? — preguntó Sancho.

La Dolorida respondió:

— Dos personas, la una en la silla y la otra en las ancas, y por la mayor parte estas tales dos personas son caballero y escudero, cuando falta alguna robada doncella.

— Querría yo saber, señora Dolorida — dijo Sancho —, qué nombre tiene ese caballo.

— El nombre — respondió la Dolorida — no es como el caballo de Belerofonte, que se llamaba Pegaso, ni como el del Magno Alejandro, llamado Bucéfalo, ni como el del furioso Orlando, cuyo nombre fue Brilladoro, ni menos Bayarte, que fue el de Reinaldos de Montalbán, ni Frontino, como el de Rugero, ni Bootes ni Pirítoo, como dicen que se llaman los del Sol, ni tampoco se llama Orelia, como el caballo en que el desdichado Rodrigo, último rey de los godos, entró en la batalla donde perdió la vida y el reino.

— Yo apostaré — dijo Sancho — que pues no le han dado ninguno desos famosos nombres de caballos tan conocidos, que tampoco le habrán dado el de mi amo, Rocinante, que en ser propio excede a todos los que se han nombrado.

— Así es — respondió la barbada condesa —, pero todavía le cuadra mucho, porque se llama Clavileño el Alígero, cuyo nombre conviene con el ser de leño y con la clavija que trae en la frente y con la ligereza con que camina; y así, en cuanto al nombre bien puede competir con el famoso Rocinante.

— O nome não me descontenta — replicou Sancho. — Mas com que freio ou cabresto se governa?

— Já disse — respondeu a Trifraldi — que é com a cravelha, pois, girando-a para um lado ou para o outro, o cavaleiro que vai montado nele o faz caminhar como quer, seja pelos ares, seja rasando e quase varrendo a terra, ou pelo meio, que é o que se há de buscar e manter em todas as ações bem ordenadas.

— Eu já queria ver o tal — respondeu Sancho —, mas esperar que eu monte nele, na sela ou na garupa, é pedir figos à ameixeira. Se eu mal consigo montar meu ruço, e ainda sobre uma albarda mais macia que a própria seda, agora querem que monte numa garupa de tábua, sem coxim nem almofada alguma! Pardeus que não me penso moer para tirar as barbas de ninguém, cada um que se rape como melhor entender e puder, que eu não penso acompanhar meu senhor em tão longa viagem. Quanto mais que não devo de fazer falta para a rapadura dessas barbas como faço para o desencantamento da minha senhora Dulcineia.

— Sim fazeis, amigo — respondeu a Trifraldi —, e tanta que, sem a vossa presença, cuido que não conseguiremos coisa alguma.

— Aqui del rei! — disse Sancho. — Que têm que ver os escudeiros com as aventuras dos seus senhores? Hão de levar eles a fama das que acabam e nós o trabalho? Corpo de mim! Ainda se os historiadores dissessem "o tal cavaleiro acabou tal e tal aventura, mas foi com a ajuda de fulano, seu escudeiro, sem o qual teria sido impossível acabá-la"... Mas que só escrevam "D. Paralipomenão das Três Estrelas[5] acabou a aventura dos seis avejões", sem nem citar a pessoa do seu escudeiro, que em tudo se achava presente, como se não fosse nascida! Agora, senhores, torno a dizer que o meu senhor

---

— No me descontenta el nombre — replicó Sancho —; pero ¿con qué freno o con qué jáquima se gobierna?

— Ya he dicho — respondió la Trifaldi — que con la clavija, que volviéndola a una parte o a otra el caballero que va encima la hace caminar como quiere, o ya por los aires, o ya rastreando y casi barriendo la tierra, o por el medio, que es el que se busca y se ha de tener en todas las acciones bien ordenadas.

— Ya lo querría ver — respondió Sancho —, pero pensar que tengo de subir en él, ni en la silla ni en las ancas, es pedir peras al olmo. ¡Bueno es que apenas puedo tenerme en mi rucio, y sobre un albarda más blanda que la mesma seda, y querrían ahora que me tuviese en unas ancas de tabla, sin cojín ni almohada alguna! Pardiez, yo no me pienso moler por quitar las barbas a nadie, cada cual se rape como más le viniere a cuento, que yo no pienso acompañar a mi señor en tan largo viaje. Cuanto más que yo no debo de hacer al caso para el rapamiento destas barbas como lo soy para el desencanto de mi señora Dulcinea.

— Sí sois, amigo — respondió la Trifaldi —, y tanto, que sin vuestra presencia entiendo que no haremos nada.

— ¡Aquí del rey! — dijo Sancho —. ¿Qué tienen que ver los escuderos con las aventuras de sus señores? ¿Hanse de llevar ellos la fama de las que acaban y hemos de llevar nosotros el trabajo? ¡Cuerpo de mí! Aun si dijesen los historiadores "El tal caballero acabó la tal y tal aventura, pero con ayuda de fulano su escudero, sin el cual fuera imposible el acabarla...". Pero ¡que escriban a secas "Don Paralipómenon de las Tres Estrellas acabó la aventura de los seis vestiglos", sin nombrar la persona de su escudero, que se halló presente a todo, como si no fuera en el mundo! Ahora, señores, vuelvo a decir que mi señor se puede ir solo, y buen provecho le haga, que yo

pode partir só, e bom proveito lhe faça, que eu ficarei aqui na companhia da duquesa minha senhora, e pode ser que na volta ele encontre em extremo melhorada a causa da senhora Dulcineia, pois penso nas horas ociosas e desocupadas dar-me uma boa mão de açoites que arranquem o pelo.

— Contudo, meu bom Sancho, vós o haveis de acompanhar se for necessário, atendendo ao rogo dos bons, pois os rostos destas senhoras não hão de ficar assim peludos por vosso inútil temor, o que sem dúvida seria um grande dano.

— Aqui del rei outra vez! — replicou Sancho. — Se a caridade fosse para umas donzelas recolhidas ou umas meninas órfãs, ainda poderia o homem se aventurar a qualquer trabalho. Mas aturá-lo para desbarbar umas duenhas, nem morto! Nem que as visse todas barbadas, desde a maior até a menor e da mais melindrosa até a mais arrebitada.

— Mal estais com as duenhas, Sancho amigo — disse a duquesa —, e segues demais a opinião do boticário toledano, mas à fé que estais enganado, pois duenhas há na minha casa que podem ser exemplo de duenhas, e aqui está minha D\ª Rodríguez que não me deixará dizer outra coisa.

— Ainda que vossa Excelência a diga — disse Rodríguez —, Deus sabe a verdade de tudo; e boas ou más, barbadas ou lampinhas que sejamos as duenhas, também nos pariu nossa mãe como a qualquer mulher; e pois que Deus nos pôs no mundo, Ele sabe para quê, e à sua misericórdia me atenho, que não às barbas de ninguém.

— Ora bem, senhora Rodríguez — disse D. Quixote —, e senhora Trifraldi e companhia, espero no céu que há de olhar vossas coitas com bons olhos, pois Sancho há de fazer o que eu mandar, já viesse Cravilenho e já eu me visse com Malambruno, pois sei que não haverá navalha que com mais

---

me quedaré aquí en compañía de la duquesa mi señora, y podría ser que cuando volviese hallase mejorada la causa de la señora Dulcinea en tercio y quinto, porque pienso en los ratos ociosos y desocupados darme una tanda de azotes, que no me la cubra pelo.

— Con todo eso, le habéis de acompañar si fuere necesario, buen Sancho, porque os lo rogarán buenos, que no han de quedar por vuestro inútil temor tan poblados los rostros destas señoras, que cierto sería mal caso.

— ¡Aquí del rey otra vez! — replicó Sancho —. Cuando esta caridad se hiciera por algunas doncellas recogidas o por algunas niñas de la doctrina, pudiera el hombre aventurarse a cualquier trabajo; pero que lo sufra por quitar las barbas a dueñas, ¡mal año!, mas que las viese yo a todas con barbas, desde la mayor hasta la menor y de la más melindrosa hasta la más repulgada.

— Mal estáis con las dueñas, Sancho amigo — dijo la duquesa —, mucho os vais tras la opinión del boticario toledano, pues a fe que no tenéis razón, que dueñas hay en mi casa que pueden ser ejemplo de dueñas, que aquí está mi doña Rodríguez que no me dejará decir otra cosa.

— Mas que la diga Vuestra Excelencia — dijo Rodríguez —, que Dios sabe la verdad de todo, y buenas o malas, barbadas o lampiñas que seamos las dueñas, también nos parió nuestras madres como a las otras mujeres; y pues Dios nos echó en el mundo, Él sabe para qué, y a su misericordia me atengo, y no a las barbas de nadie.

— Ahora bien, señora Rodríguez — dijo don Quijote —, y señora Trifaldi y compañía, yo espero en el cielo que mirará con buenos ojos vuestras cuitas, que Sancho hará lo que yo le mandare, ya viniese Clavileño y ya me viese con Malambruno, que yo sé que no habría navaja que con más facilidad rapase a vuestras mercedes

facilidade rape vossas mercês como minha espada rapará dos ombros a cabeça de Malambruno, que Deus suporta os maus, mas não para sempre.[6]

— Ai! — disse neste ponto a Dolorida. — Com benignos olhos olhem vossa grandeza, valoroso cavaleiro, todas as estrelas das regiões celestes, e no vosso ânimo infundam toda a prosperidade e valentia para ser escudo e amparo do vituperioso e abatido gênero duenhesco, abominado por boticários, murmurado por escudeiros e engodado por pajens, pois mal haja a velhaca que na flor da idade não se meteu antes a ser freira que a ser duenha. Pobres de nós, as duenhas, pois ainda quando descendemos por linha direta, de varão em varão, do mesmíssimo Heitor, o troiano, não deixam nossas senhoras de nos tratar com desdém, pensando com isso ser rainhas! Oh gigante Malambruno, que, apesar de encantador, és certíssimo nas tuas promessas, envia-nos já o sem-par Cravilenho, para que nossa desgraça se acabe; pois se estas nossas barbas durarem até chegar o calor, guai de nossa ventura!

Isto disse a Trifraldi com tanto sentimento que arrancou lágrimas dos olhos de todos os circunstantes, e até arrasou os de Sancho, que se propôs no coração a acompanhar seu senhor até as últimas partes do mundo, se disso dependesse deslanar aqueles veneráveis rostos.

---

como mi espada raparía de los hombros la cabeza de Malambruno, que Dios sufre a los malos, pero no para siempre.

— ¡Ay! — dijo a esta sazón la Dolorida —, con benignos ojos miren a vuestra grandeza, valeroso caballero, todas las estrellas de las regiones celestes, y infundan en vuestro ánimo toda prosperidad y valentía para ser escudo y amparo del vituperoso y abatido género dueñesco, abominado de boticarios, murmurado de escuderos y socaliñado de pajes, que mal haya la bellaca que en la flor de su edad no se metió primero a ser monja que a dueña. ¡Desdichadas de nosotras las dueñas, que aunque vengamos por línea recta, de varón en varón, del mismo Héctor el troyano, no dejarán de echaros un vos nuestras señoras, si pensasen por ello ser reinas! ¡Oh gigante Malambruno, que, aunque eres encantador, eres certísimo en tus promesas!, envíanos ya al sin par Clavileño, para que nuestra desdicha se acabe; que si entra el calor y estas nuestras barbas duran, ¡guay de nuestra ventura!

Dijo esto con tanto sentimiento la Trifaldi, que sacó las lágrimas de los ojos de todos los circunstantes, y aun arrasó los de Sancho, y propuso en su corazón de acompañar a su señor hasta las últimas partes del mundo, si es que en ello consistiese quitar la lana de aquellos venerables rostros.

NOTAS

[1] ... arrancarei as minhas [barbas] em terras de mouros: a jura é potencializada pelo fato de que nos reinos árabes, especialmente no de Argel, a ausência de barba era estigma dos estratos mais baixos.

[2] A linda Magalona: alusão à *Historia de la linda Magalona, hija del rey de Nápoles, y de Pierres, hijo del conde de Provenza* (Burgos, 1519), tradução espanhola de uma narrativa provençal do século XV, que por sua vez teria enorme difusão em folhetos de cordel, inclusive no Brasil e até os dias atuais. Como nela, porém, o cavalo em que os amantes fogem carece de dons sobrenaturais, aponta-se como fonte direta mais provável do motivo deste e do próximo capítulo um outro livro, a *Historia del muy valiente y esforzado caballero Clamades, hijo del rey de Castilla, y de la linda Clarmonda, hija del rey de Toscana* (Burgos, 1521), ou um cruzamento das duas histórias que tivesse incorporado à primeira o episódio do cavalo mágico. Seja como for, o tema aqui parodiado era frequente em narrações medievais e parece ter origem num dos contos compilados nas *Mil e uma noites*.

[3] ... cavalo não come, nem dorme, nem gasta ferraduras: evocando o dito popular "*caballito de Bamba, que ni come, ni bebe, ni anda*", que moteja pessoa ou coisa inútil.

[4] Pirítoo e Bootes: os cavalos que puxavam o carro de Febo-Apolo, segundo Ovídio, chamavam-se Éton, Pírois, Flégon e Eoo. Pirítoo, o grande amigo de Teseu, era meio-irmão dos centauros; Bootes é o nome latino da constelação do Boieiro, próxima à Ursa Maior. Por essas alusões zoológicas, vê-se na troca uma deformação burlesca.

[5] D. Paralipomenão das Três Estrelas: o nome ecoa os *Paralipômenos*, como eram chamados os dois livros das Crônicas na Bíblia grega e na vulgata. No contexto, o gracejo é reforçado pelo significado etimológico da palavra: literalmente, "coisas omitidas".

[6] Deus suporta os maus, mas não para sempre: recomposição do ditado "Deus consente, mas não para sempre".

CAPÍTULO XLI

DA VINDA DE CRAVILENHO,
MAIS O FIM DESTA DILATADA AVENTURA

Chegou nisto a noite, e com ela o ponto determinado em que viria o famoso cavalo Cravilenho, cuja tardança já ia agastando a D. Quixote, por lhe parecer que, se Malambruno demorava a mandá-lo, ou ele não era o cavaleiro para quem estava guardada aquela aventura, ou Malambruno não ousava enfrentá-lo em singular batalha. Mas eis que a desoras entraram pelo jardim quatro selvagens, vestidos todos de verde hera, trazendo sobre os ombros um grande cavalo de madeira. Puseram-no de quatro patas no chão, e um dos selvagens disse:

— Monte nesta máquina quem tiver ânimo para tanto...

— Aí eu não subo — disse Sancho —, pois nem tenho ânimo, nem sou cavaleiro.

E o selvagem prosseguiu dizendo:

— E ocupe a garupa seu escudeiro, se é que o tem, e se fie do valoroso Malambruno, que, a não ser por sua espada, por nenhuma outra nem por outra malícia alguma será ofendido; e não há mais que torcer esta cravelha que sobre o pescoço traz posta, que ele os levará pelos ares até onde Malam-

---

CAPÍTULO XLI

DE LA VENIDA DE CLAVILEÑO,
CON EL FIN DESTA DILATADA AVENTURA

Llegó en esto la noche, y con ella el punto determinado en que el famoso caballo Clavileño viniese, cuya tardanza fatigaba ya a don Quijote, pareciéndole que pues Malambruno se detenía en enviarle, o que él no era el caballero para quien estaba guardada aquella aventura o que Malambruno no osaba venir con él a la singular batalla. Pero veis aquí cuando a deshora entraron por el jardín cuatro salvajes, vestidos todos de verde yedra, que sobre sus hombros traían un gran caballo de madera. Pusiéronle de pies en el suelo y uno de los salvajes dijo:

— Suba sobre esta máquina el que tuviere ánimo para ello.

— Aquí — dijo Sancho — yo no subo, porque ni tengo ánimo ni soy caballero.

Y el salvaje prosiguió diciendo:

— Y ocupe las ancas el escudero, si es que lo tiene, y fíese del valeroso Malambruno, que, si no fuere de su espada, de ninguna otra ni de otra malicia será ofendido; y no hay más que torcer esta clavija que sobre el cuello trae puesta, que él los llevará por los aires adonde los atiende Malambruno; pero porque la alteza y sublimidad

bruno os espera; mas, por que a alteza e sublimidade do caminho não lhes cause vertigem, hão de tapar os olhos até o cavalo relinchar, que será o sinal de que sua viagem chegou ao fim.

Isto dito, deixando Cravilenho, com gentil compostura se foram por onde tinham vindo. A Dolorida, assim como viu o cavalo, quase às lágrimas disse a D. Quixote:

— Valoroso cavaleiro, as promessas de Malambruno eram certas: o cavalo está em casa, nossas barbas crescem, e todas nós com cada fio delas te suplicamos que nos rapes e tosquies, pois agora basta que montes nele com teu escudeiro e dês feliz princípio a vossa nova viagem.

— Isto farei, senhora condessa Trifraldi, de muito bom grado e melhor vontade, sem me deter a buscar assento nem calçar esporas, para não me demorar, tão grande é meu desejo de vos ver a vós, senhora, e a todas essas duenhas de cara lisa e limpa.

— Isto eu não farei — disse Sancho —, nem de má nem de boa vontade, nem de maneira alguma, e se essa rapadura não pode ser feita sem que eu monte na garupa, bem pode buscar o meu senhor outro escudeiro que o acompanhe, e estas senhoras outro modo de alisar a cara, que eu não sou bruxo para gostar de andar pelos ares. E que dirão meus insulanos quando souberem que seu governador anda passeando pelos ventos? E mais uma coisa: como são três mil e tantas léguas daqui até Candaia, se o cavalo cansar ou o gigante se aborrecer, nossa volta levará meia dúzia de anos, e então não haverá mais ínsula nem ínsulos no mundo que me conheçam; e, como se diz comumente que na tardança está o perigo e que, quando te derem o bacorinho, vai logo com o baracinho, as barbas destas senhoras que me perdoem, mas bem está São Pedro em Roma,[1] quero dizer, que bem estou nesta

---

del camino no les cause váguidos, se han de cubrir los ojos hasta que el caballo relinche, que será señal de haber dado fin a su viaje.

Esto dicho, dejando a Clavileño, con gentil continente se volvieron por donde habían venido. La Dolorida, así como vio al caballo, casi con lágrimas dijo a don Quijote:

— Valeroso caballero, las promesas de Malambruno han sido ciertas: el caballo está en casa, nuestras barbas crecen, y cada una de nosotras y con cada pelo dellas te suplicamos nos rapes y tundas, pues no está en más sino en que subas en él con tu escudero y des felice principio a vuestro nuevo viaje.

— Eso haré yo, señora condesa Trifaldi, de muy buen grado y de mejor talante, sin ponerme a tomar cojín ni calzarme espuelas, por no detenerme, tanta es la gana que tengo de veros a vos, señora, y a todas estas dueñas rasas y mondas.

— Eso no haré yo — dijo Sancho —, ni de malo ni de buen talante, en ninguna manera, y si es que este rapamiento no se puede hacer sin que yo suba a las ancas, bien puede buscar mi señor otro escudero que le acompañe, y estas señoras otro modo de alisarse los rostros, que yo no soy brujo, para gustar de andar por los aires. ¿Y qué dirán mis insulanos cuando sepan que su gobernador se anda paseando por los vientos? Y otra cosa más: que habiendo tres mil y tantas leguas de aquí a Candaya, si el caballo se cansa o el gigante se enoja, tardaremos en dar la vuelta media docena de años, y ya ni habrá ínsula, ni ínsulos en el mundo que me conozcan; y pues se dice comúnmente que en la tardanza va el peligro y que cuando te dieren la vaquilla acudas con la soguilla, perdónenme las barbas destas señoras, que bien se está San Pedro en Roma, quiero decir, que

casa onde tantas mercês me fazem e de cujo dono espero tão grande bem como o de me ver governador.

Ao que o duque disse:

— Sancho amigo, a ínsula que vos tenho prometida não é móvel nem fugitiva;[2] raízes tem tão fundas, fincadas nos abismos da terra, que a não arrancarão ou mudarão de onde está nem a gancho. E pois sabeis que eu sei que não há nenhum gênero de ofício entre os de maior proveito que se granjeie sem alguma sorte de peita, de mais ou menos monta, a que eu quero levar por esse governo é que vades com vosso senhor D. Quixote dar cabo e cima a esta memorável aventura. E ora volteis sobre Cravilenho com a brevidade que sua ligeireza promete, ora a contrária fortuna vos traga e torne a pé, feito romeiro, de pousada em pousada e de estalagem em estalagem, sempre que voltardes achareis vossa ínsula onde a deixais, e a vossos insulanos com o mesmo desejo de vos receber por seu governador que sempre tiveram, e minha vontade será a mesma. E não ponhais em dúvida esta verdade, senhor Sancho, pois seria fazer notório agravo ao desejo que de vos servir tenho.

— Basta, senhor — disse Sancho. — Eu sou um pobre escudeiro e não posso com tantas cortesias. Monte meu amo, tapem-me estes olhos e encomendem-me a Deus, e só me digam se quando formos por essas altanarias me poderei encomendar a Nosso Senhor[3] ou invocar o favor dos anjos.

Ao que respondeu Trifraldi:

— Bem vos podeis encomendar a Deus ou a quem quiserdes, Sancho, pois Malambruno, ainda que seja encantador, é cristão e faz seus encantamentos com muita sagacidade e com muito tento, sem se meter com ninguém.

— Eia, pois — disse Sancho. — Deus que me ajude e a Santíssima Trindade de Gaeta.

---

bien me estoy en esta casa donde tanta merced se me hace y de cuyo dueño tan gran bien espero como es verme gobernador.

A lo que el duque dijo:

— Sancho amigo, la ínsula que yo os he prometido no es movible ni fugitiva: raíces tiene tan hondas, echadas en los abismos de la tierra, que no la arrancarán ni mudarán de donde está a tres tirones; y pues vos sabéis que sé yo que no hay ninguno género de oficio destos de mayor cantía que no se granjee con alguna suerte de cohecho, cuál más, cuál menos, el que yo quiero llevar por este gobierno es que vais con vuestro señor don Quijote a dar cima y cabo a esta memorable aventura. Que ahora volváis sobre Clavileño con la brevedad que su ligereza promete, ora la contraria fortuna os traiga y vuelva a pie, hecho romero, de mesón en mesón y de venta en venta, siempre que volviéredes hallaréis vuestra ínsula donde la dejáis, y a vuestros insulanos con el mesmo deseo de recebiros por su gobernador que siempre han tenido, y mi voluntad será la mesma, y no pongáis duda en esta verdad, señor Sancho, que sería hacer notorio agravio al deseo que de serviros tengo.

— No más, señor — dijo Sancho —: yo soy un pobre escudero y no puedo llevar a cuestas tantas cortesías; suba mi amo, tápenme estos ojos y encomiéndenme a Dios, y avísenme si cuando vamos por esas altanerías podré encomendarme a Nuestro Señor o invocar los ángeles que me favorezcan.

A lo que respondió Trifaldi:

— Sancho, bien podéis encomendaros a Dios o a quien quisiéredes, que Malambruno, aunque es encantador, es cristiano y hace sus encantamentos con mucha sagacidad y con mucho tiento, sin meterse con nadie.

— Desde a memorável aventura dos pisões — disse D. Quixote — nunca vi Sancho com tanto temor como agora, e se eu fosse tão agoureiro como outros, sua pusilanimidade me daria uma comichão no ânimo. Mas chegai-vos aqui, Sancho, que com a licença destes senhores vos quero falar duas palavras à parte.

E apartando Sancho para umas árvores do jardim, tomando-lhe ambas as mãos, lhe disse:

— Já vês, Sancho irmão, a longa viagem que nos espera, e que só Deus sabe quando voltaremos dela, nem a comodidade e espaço que o negócio nos dará, portanto queria que agora te retirasses ao teu aposento, como se fosses buscar alguma coisa necessária para o caminho, e num abrir de olhos te desses, à conta dos três mil trezentos açoites a que estás obrigado, pelo menos quinhentos, que assim partirias com algum tanto já dado, e trabalho bem começado é meio acabado.

— Pardeus — disse Sancho — que vossa mercê deve de estar variando! Isto é como aquilo que dizem: "Em trabalhos me vês, e donzelice me demandas!". Justo agora que tenho de ir sentado numa tábua rasa quer vossa mercê que eu castigue os meus fundilhos? Em verdade, em verdade que não tem vossa mercê razão. Vamos logo rapar essas duenhas, que na volta eu prometo a vossa mercê, por quem sou, de me dar tanta pressa quanta vossa mercê quiser por sair da minha obrigação, e não digo mais.

E D. Quixote respondeu:

— Com essa promessa, meu bom Sancho, parto consolado, e não duvido que a cumprirás, porque, de feito, apesar de tolo, és homem verídico.

— Não sou verdico, mas moreno curtido — disse Sancho —, e ainda que fosse malhado cumpriria a minha palavra.

— Ea, pues — dijo Sancho —, Dios me ayude y la Santísima Trinidad de Gaeta.

— Desde la memorable aventura de los batanes — dijo don Quijote — nunca he visto a Sancho con tanto temor como ahora, y si yo fuera tan agorero como otros, su pusilanimidad me hiciera algunas cosquillas en el ánimo. Pero llegaos aquí, Sancho, que con licencia destos señores os quiero hablar aparte dos palabras.

Y apartando a Sancho entre unos árboles del jardín y asiéndole ambas las manos, le dijo:

— Ya vees, Sancho hermano, el largo viaje que nos espera y que sabe Dios cuándo volveremos dél, ni la comodidad y espacio que nos darán los negocios, y así querría que ahora te retirases en tu aposento, como que vas a buscar alguna cosa necesaria para el camino, y en un daca las pajas te dieses, a buena cuenta de los tres mil y trecientos azotes a que estás obligado, siquiera quinientos, que dados te los tendrás, que el comenzar las cosas es tenerlas medio acabadas.

— ¡Par Dios — dijo Sancho — que vuestra merced debe de ser menguado! Esto es como aquello que dicen: "¡En priesa me vees, y doncellez me demandas!". ¿Ahora que tengo de ir sentado en una tabla rasa quiere vuestra merced que me lastime las posas? En verdad en verdad que no tiene vuestra merced razón. Vamos ahora a rapar estas dueñas, que a la vuelta yo le prometo a vuestra merced, como quien soy, de darme tanta priesa a salir de mi obligación, que vuestra merced se contente, y no le digo más.

Y don Quijote respondió:

— Pues con esa promesa, buen Sancho, voy consolado, y creo que la cumplirás, porque, en efecto, aunque tonto, eres hombre verídico.

E então voltaram para montar em Cravilenho, e ao montar disse D. Quixote:

— Tapai-vos, Sancho, e montai, Sancho, que quem de tão longes terras envia por nós não será para nos enganar, pela pouca glória que lhe pode redundar o engano de quem dele se fia, e ainda que tudo acontecesse ao contrário do que imagino, a glória de ter empreendido esta façanha não a poderá ofuscar malícia alguma.

— Vamos embora, senhor — disse Sancho —, que tenho as barbas e lágrimas destas senhoras cravadas no coração, e não comerei bocado que bem me saiba enquanto não se mostrarem em sua primeira lisura. Monte vossa mercê e tape-se primeiro, pois, se eu tenho de ir na garupa, claro está que primeiro há de montar quem for na sela.

— Isso é verdade — replicou D. Quixote.

E tirando um lenço da algibeira, pediu à Dolorida que lhe tapasse muito bem os olhos; e, depois de cobertos, tornou a se descobrir e disse:

— Se mal não me lembro, li em Virgílio aquilo do Paládio de Troia,[4] que foi um cavalo de madeira que os gregos presentearam à deusa Palas, o qual ia prenhe de cavaleiros armados que depois foram a total ruína de Troia. Portanto, será bem primeiro olharmos o que Cravilenho traz na barriga.

— Não há para quê — disse a Dolorida —, pois eu me dou por fiadora, sabendo que Malambruno não tem nada de malfazejo nem de traidor. Vossa mercê, senhor D. Quixote, monte sem pavor algum, e por meu dano seja se algum lhe acontecer.

Pareceu a D. Quixote que replicar qualquer coisa acerca da sua segurança seria em detrimento da sua valentia. E, assim, sem mais altercar, montou sobre Cravilenho e apalpou sua cravelha, que se movia facilmente; e,

---

— No soy verde, sino moreno — dijo Sancho —, pero aunque fuera de mezcla, cumpliera mi palabra.

Y con esto se volvieron a subir en Clavileño, y al subir dijo don Quijote:

— Tapaos, Sancho, y subid, Sancho, que quien de tan lueñes tierras envía por nosotros no será para engañarnos, por la poca gloria que le puede redundar de engañar a quien dél se fía, y puesto que todo sucediese al revés de lo que imagino, la gloria de haber emprendido esta hazaña no la podrá escurecer malicia alguna.

— Vamos, señor — dijo Sancho —, que las barbas y lágrimas destas señoras las tengo clavadas en el corazón, y no comeré bocado que bien me sepa hasta verlas en su primera lisura. Suba vuesa merced, y tápese primero, que si yo tengo de ir a las ancas, claro está que primero sube el de la silla.

— Así es la verdad — replicó don Quijote.

Y sacando un pañuelo de la faldriquera, pidió a la Dolorida que le cubriese muy bien los ojos; y habiéndoselos cubierto, se volvió a descubrir y dijo:

— Si mal no me acuerdo, yo he leído en Virgilio aquello del Paladión de Troya, que fue un caballo de madera que los griegos presentaron a la diosa Palas, el cual iba preñado de caballeros armados, que después fueron la total ruina de Troya; y, así, será bien ver primero lo que Clavileño trae en su estómago.

— No hay para qué — dijo la Dolorida —, que yo le fío y sé que Malambruno no tiene nada de malicioso ni de traidor. Vuesa merced, señor don Quijote, suba sin pavor alguno, y a mi daño si alguno le sucediere.

Parecióle a don Quijote que cualquiera cosa que replicase acerca de su seguridad sería poner en detrimento su valentía. Y, así, sin más altercar, subió sobre Clavileño y le tentó la clavija, que fácilmente se rodeaba;

como por falta de estribos ficava com as pernas pendentes, parecia tal qual uma figura de tela ou tapete flamengo representando algum romano triunfo.[5] De má vontade e muito aos poucos, Sancho se chegou para montar e, acomodando-se o melhor que pôde na garupa, achou-a algum tanto dura e nada macia, e pediu então ao duque que, se fosse possível, lhe facilitassem alguma almofada ou travesseiro, ainda que fosse do estrado de sua senhora a duquesa ou da cama de algum pajem, pois a garupa daquele cavalo mais parecia de mármore que de lenho. A isto respondeu a Trifraldi que Cravilenho não suportava sobre si nenhum jaez nem gênero algum de adorno e o que ele podia fazer era montar à amazona, que assim não sentiria tanto a dureza. Assim fez Sancho e, dizendo "a Deus", se deixou vendar os olhos, mas já depois de vendados se tornou a descobrir e, olhando para todos os que estavam no jardim ternamente e às lágrimas, pediu que cada um o ajudasse naquele transe com padres-nossos e ave-marias, para que amanhã Deus lhes deparasse quem por eles os rezasse quando em semelhantes transes se vissem. Ao que disse D. Quixote:

— Ladrão! Porventura estás ao pé da forca ou no último termo da vida para usar de semelhantes súplicas? Não estás, desalmada e cobarde criatura, no mesmo lugar que ocupou a linda Magalona, do qual desceu, não à sepultura, mas a ser rainha da França, se as histórias não mentem? E eu, que vou ao teu lado, acaso não me posso pôr ao do valoroso Pierres, que oprimiu este mesmo lugar que eu agora oprimo? Cobre-te, cobre-te, animal descorçoado, e não te venha à boca o medo que tens, ao menos na minha presença.

— Tapem-me — respondeu Sancho —, e já que não querem que eu me encomende nem que seja encomendado a Deus, será muito meu medo de que

---

y como no tenía estribos y le colgaban las piernas, no parecía sino figura de tapiz flamenco, pintada o tejida, en algún romano triunfo. De mal talante y poco a poco llegó a subir Sancho, y acomodándose lo mejor que pudo en las ancas, las halló algo duras y nonada blandas, y pidió al duque que si fuese posible le acomodasen de algún cojín o de alguna almohada, aunque fuese del estrado de su señora la duquesa o del lecho de algún paje, porque las ancas de aquel caballo más parecían de mármol que de leño. A esto dijo la Trifaldi que ningún jaez ni ningún género de adorno sufría sobre sí Clavileño, que lo que podía hacer era ponerse a mujeriegas y que así no sentiría tanto la dureza. Hízolo así Sancho, y, diciendo "a Dios", se dejó vendar los ojos, y ya después de vendados se volvió a descubrir y, mirando a todos los del jardín tiernamente y con lágrimas, dijo que le ayudasen en aquel trance con sendos paternostres y sendas avemarías, porque Dios deparase quien por ellos los dijese cuando en semejantes trances se viesen. A lo que dijo don Quijote:

— Ladrón, ¿estás puesto en la horca por ventura o en el último término de la vida, para usar de semejantes plegarias? ¿No estás, desalmada y cobarde criatura, en el mismo lugar que ocupó la linda Magalona, del cual decendió, no a la sepultura, sino a ser reina de Francia, si no mienten las historias? Y yo, que voy a tu lado, ¿no puedo ponerme al del valeroso Pierres, que oprimió este mismo lugar que yo ahora oprimo? Cúbrete, cúbrete, animal descorazonado, y no te salga a la boca el temor que tienes, a lo menos en presencia mía.

— Tápenme — respondió Sancho —, y pues no quieren que me encomiende a Dios ni que sea encomendado, ¿qué mucho que tema no ande por aquí alguna región de diablos, que den con nosotros en Peralvillo?

ande por aqui alguma legião de diabos que nos levem a dar com os ossos em Peralvillo?[6]

Cobriram-se, e sentindo D. Quixote que estava como havia de estar, apalpou a cravelha e, mal pôs os dedos nela, todas as duenhas e quantos estavam presentes levantaram as vozes, dizendo:

— Deus te guie, valoroso cavaleiro!

— Deus seja contigo, escudeiro intrépido!

— Já ides, já ides pelos ares, rompendo-os mais rápido que uma flecha!

— Já começais a suspender e admirar a quantos da terra vos estão olhando!

— Segura-te, valoroso Sancho, que te bamboleias! Cuida para não cair, pois será pior tua queda que a do atrevido moço que quis reger o carro do Sol,[7] seu pai!

Ouviu Sancho as vozes e, apertando-se a seu amo e cingindo-o com os braços, lhe disse:

— Senhor, como pode essa gente dizer que vamos tão alto, se nos chegam suas vozes e parece que estão falando aqui bem junto de nós?

— Não repares nisso, Sancho, pois, como estas coisas e estas volatarias correm fora dos cursos ordinários, a mil léguas verás e ouvirás o que quiseres. E não me apertes tanto, que me derrubas; e em verdade que não sei o que tanto te perturba e te assusta, pois ouso jurar que em todos os dias da minha vida nunca montei em cavalgadura de passo assim tão manso, tanto que parece que não saímos do lugar. Desterra o medo, amigo, que de feito a coisa vai como há de ir, e o vento trazemos em popa.

— Isso é verdade — respondeu Sancho —, pois sinto bater aqui um vento tão rijo que parece que me estão soprando com mil foles.

Cubriéronse, y sintiendo don Quijote que estaba como había de estar, tentó la clavija, y apenas hubo puesto los dedos en ella cuando todas las dueñas y cuantos estaban presentes levantaron las voces, diciendo:

— ¡Dios te guíe, valeroso caballero!

— ¡Dios sea contigo, escudero intrépido!

— ¡Ya, ya vais por esos aires, rompiéndolos con más velocidad que una saeta!

— ¡Ya comenzáis a suspender y admirar a cuantos desde la tierra os están mirando!

— ¡Tente, valeroso Sancho, que te bamboleas! ¡Mira no cayas, que será peor tu caída que la del atrevido mozo que quiso regir el carro del Sol su padre!

Oyó Sancho las voces, y apretándose con su amo y ciñiéndole con los brazos, le dijo:

— Señor, ¿cómo dicen estos que vamos tan altos, si alcanzan acá sus voces y no parecen sino que están aquí hablando junto a nosotros?

— No repares en eso, Sancho, que como estas cosas y estas volaterías van fuera de los cursos ordinarios, de mil leguas verás y oirás lo que quisieres. Y no me aprietes tanto, que me derribas, y en verdad que no sé de qué te turbas ni te espantas, que osaré jurar que en todos los días de mi vida he subido en cabalgadura de paso más llano: no parece sino que no nos movemos de un lugar. Destierra, amigo, el miedo, que, en efecto, la cosa va como ha de ir y el viento llevamos en popa.

— Así es la verdad — respondió Sancho —, que por este lado me da un viento tan recio, que parece que con mil fuelles me están soplando.

E assim era de feito, pois uns grandes foles lhe estavam fazendo vento: tão bem traçada estava a tal aventura pelo duque e pela duquesa e seu mordomo, que nada lhe faltou para ser perfeita.

Sentindo o sopro D. Quixote, disse:

— Sem dúvida alguma, Sancho, já devemos de ter chegado à segunda região do ar, onde se engendram o granizo e as neves; os trovões, os relâmpagos e os raios se engendram na terceira região; e se é que desta maneira vamos subindo, logo chegaremos à região do fogo,[8] e eu não sei como manejar esta cravelha para não subirmos aonde nos abrasemos.

Então, de longe, com umas estopas fáceis de acender e de apagar penduradas de uma vara, começaram a lhes esquentar o rosto. Sancho, sentindo o calor, disse:

— Que me matem se já não estamos no lugar do fogo, ou bem perto, pois uma grande parte da minha barba se chamuscou, e estou, senhor, a ponto de me descobrir para olhar em que parte estamos.

— Não faças tal coisa — respondeu D. Quixote — e lembra-te do verdadeiro caso do licenciado Torralba,[9] a quem os diabos levaram em bolandas pelos ares montado numa vara, com os olhos fechados, e em doze horas chegou a Roma, e se apeou na Torre de Nona,[10] que é uma cadeia da cidade, e viu todo o fracasso e assalto e morte do Bourbon, e na manhã seguinte já estava de volta em Madri, onde deu conta de tudo o que tinha visto, dizendo também que, quando ia pelos ares, o diabo lhe mandou abrir os olhos, e ele os abriu e, a seu parecer, se viu tão perto dos cornos da lua que a pudera tocar com a mão, e que não ousou olhar para a terra para não desfalecer. Portanto, Sancho, não há para que nos descobrirmos, pois quem nos leva a seu cargo há de ter conta de nós, e quiçá estejamos volteando e subindo a

---

Y así era ello, que unos grandes fuelles le estaban haciendo aire: tan bien trazada estaba la tal aventura por el duque y la duquesa y su mayordomo, que no le faltó requisito que la dejase de hacer perfecta.

Sintiéndose, pues, soplar don Quijote, dijo:

— Sin duda alguna, Sancho, que ya debemos de llegar a la segunda región del aire, adonde se engendra el granizo y las nieves; los truenos, los relámpagos y los rayos se engendran en la tercera región; y si es que desta manera vamos subiendo, presto daremos en la región del fuego, y no sé yo cómo templar esta clavija para que no subamos donde nos abrasemos.

En esto, con unas estopas ligeras de encenderse y apagarse, desde lejos, pendientes de una caña, les calentaban los rostros. Sancho, que sintió el calor, dijo:

— Que me maten si no estamos ya en el lugar del fuego o bien cerca, porque una gran parte de mi barba se me ha chamuscado, y estoy, señor, por descubrirme y ver en qué parte estamos.

— No hagas tal — respondió don Quijote — y acuérdate del verdadero cuento del licenciado Torralba, a quien llevaron los diablos en volandas por el aire caballero en una caña, cerrados los ojos, y en doce horas llegó a Roma, y se apeó en Torre de Nona, que es una calle de la ciudad, y vio todo el fracaso y asalto y muerte de Borbón, y por la mañana ya estaba de vuelta en Madrid, donde dio cuenta de todo lo que había visto, el cual asimismo dijo que, cuando iba por el aire le mandó el diablo que abriese los ojos, y los abrió y se vio tan cerca, a su parecer, del cuerno de la luna, que la pudiera asir con la mano, y que no osó mirar a la tierra por no desvanecerse. Así que, Sancho, no hay para qué descubrirnos, que el que nos lleva a cargo, él dará cuenta de nosotros, y

pino para mergulharmos a prumo sobre o reino de Candaia, como faz o sacre ou nebri[11] sobre a garça para apanhá-la por mais que se remonte; e se bem nos pareça que não faz nem meia hora que partimos do jardim, podes crer que já devemos de ter feito grande parte do caminho.

— Eu não sei o que é — respondeu Sancho Pança. — Só sei dizer que, se a senhora Magalhães, ou Magalona, se contentou com esta garupa, não devia de ter as carnes lá muito delicadas.

Todas estas conversações dos dois valentes ouviam o duque e a duquesa e toda a gente do jardim, do que recebiam extraordinário gosto. E, querendo dar cima à estranha e bem fabricada aventura, atearam fogo ao rabo de Cravilenho com umas estopas, e, no mesmo instante, por estar cheio de bombas de estrondo, voou o cavalo pelos ares com estranho ruído e deu com D. Quixote e Sancho Pança no chão meio chamuscados.

Nesse tempo já desaparecera do jardim todo o barbado esquadrão das duenhas, com a Trifraldi e tudo, e os que estavam no jardim ficaram como desmaiados, estirados pelo chão. D. Quixote e Sancho se levantaram alquebrados e, olhando por toda a parte, ficaram atônitos por se verem no mesmo jardim donde haviam partido e de verem deitado por terra tanto número de gente. E mais cresceu sua admiração quando num canto do jardim viram fincada no chão uma grande lança, e pendente dela e de dois cadarços de seda verde um pergaminho liso e branco, no qual em grandes letras de ouro estava escrito o seguinte:

O ínclito cavaleiro D. Quixote de La Mancha rematou e acabou a aventura da condessa Trifraldi, por outro nome chamada a duenha Dolorida, e companhia, só de tentá-la.

---

quizá vamos tomando puntas y subiendo en alto para dejarnos caer de una sobre el reino de Candaya, como hace el sacre o el neblí sobre la garza para cogerla por más que se remonte, y aunque nos parece que no ha media hora que nos partimos del jardín, créeme que debemos de haber hecho gran camino.

— No sé lo que es — respondió Sancho Panza —: sólo sé decir que si la señora Magallanes, o Magalona, se contentó destas ancas, que no debía de ser muy tierna de carnes.

Todas estas pláticas de los dos valientes oían el duque y la duquesa y los del jardín, de que recibían extraordinario contento; y queriendo dar remate a la estraña y bien fabricada aventura, por la cola de Clavileño le pegaron fuego con unas estopas, y al punto, por estar el caballo lleno de cohetes tronadores, voló por los aires con estraño ruido y dio con don Quijote y con Sancho Panza en el suelo medio chamuscados.

En este tiempo ya se habían desparecido del jardín todo el barbado escuadrón de las dueñas, y la Trifaldi y todo, y los del jardín quedaron como desmayados, tendidos por el suelo. Don Quijote y Sancho se levantaron maltrechos y, mirando a todas partes, quedaron atónitos de verse en el mesmo jardín de donde habían partido y de ver tendido por tierra tanto número de gente; y creció más su admiración cuando a un lado del jardín vieron hincada una gran lanza en el suelo, y pendiente della y de dos cordones de seda verde un pergamino liso y blanco, en el cual con grandes letras de oro estaba escrito lo siguiente:

El ínclito caballero don Quijote de la Mancha feneció y acabó la aventura de la condesa Trifaldi, por otro nombre llamada la dueña Dolorida, y compañía, con sólo intentarla.

Malambruno se dá por contente e satisfeito em toda sua vontade, e as barbas das duenhas já estão lisas e rasas, e os reis D. Cravijo e Antonomásia, em seu prístino estado. E quando se cumprir o escudeiril flagelo, a branca pomba se verá livre dos pestíferos gaviões que a perseguem e nos braços do seu querido arrulhador, pois assim foi determinado pelo sábio Merlim, protoencantador dos encantadores.

Acabando de ler D. Quixote as letras do pergaminho, entendeu bem claro que do desencantamento de Dulcineia falavam e, dando muitas graças aos céus por com tão pouco perigo ter acabado tão grande feito, devolvendo à sua passada tez os rostos das veneráveis duenhas, que já não se viam, foi até onde o duque e a duquesa ainda não haviam tornado em seu sentido e, travando da mão do duque, lhe disse:

— Eia, meu bom senhor! Ânimo, ânimo, que tudo é nada! A aventura é já acabada sem dano algum, como bem claro o mostra o escrito que naquele marco está posto.

O duque, aos poucos e como quem de um pesado sono acordasse, foi tornando a si, e pelo mesmo teor a duquesa e todos os que pelo jardim estavam caídos, com tais mostras de maravilha e de espanto que quase se podiam convencer que de verdade lhes acontecera a mentira que tão bem sabiam fingir. Leu o duque o cartaz com os olhos meio fechados e em seguida, com os braços abertos, foi abraçar D. Quixote, dizendo-lhe ser ele o melhor cavaleiro que em nenhum século jamais se vira.

Sancho andava procurando pela Dolorida, para ver que rosto ela teria sem as barbas e se livre delas era tão formosa como sua galharda disposição

---

Malambruno se da por contento y satisfecho a toda su voluntad, y las barbas de las dueñas ya quedan lisas y mondas, y los reyes don Clavijo y Antonomasia, en su prístino estado. Y cuando se cumpliere el escuderil vápulo, la blanca paloma se verá libre de los pestíferos girifaltes que la persiguen y en brazos de su querido arrullador, que así está ordenado por el sabio Merlín, protoencantador de los encantadores.

Habiendo, pues, don Quijote leído las letras del pergamino, claro entendió que del desencanto de Dulcinea hablaban; y dando muchas gracias al cielo de que con tan poco peligro hubiese acabado tan gran fecho, reduciendo a su pasada tez los rostros de las venerables dueñas, que ya no parecían, se fue adonde el duque y la duquesa aún no habían vuelto en sí, y trabando de la mano al duque le dijo:

— ¡Ea, buen señor, buen ánimo, buen ánimo, que todo es nada! La aventura es ya acabada sin daño de barras, como lo muestra claro el escrito que en aquel padrón está puesto.

El duque, poco a poco y como quien de un pesado sueño recuerda, fue volviendo en sí, y por el mismo tenor la duquesa y todos los que por el jardín estaban caídos, con tales muestras de maravilla y espanto, que casi se podían dar a entender haberles acontecido de veras lo que tan bien sabían fingir de burlas. Leyó el duque el cartel con los ojos medio cerrados y luego con los brazos abiertos fue a abrazar a don Quijote, diciéndole ser el más buen caballero que en ningún siglo se hubiese visto.

Sancho andaba mirando por la Dolorida, por ver qué rostro tenía sin las barbas y si era tan hermosa sin

prometia; mas lhe disseram que, assim como Cravilenho descera ardendo pelos ares e dera no chão, todo o esquadrão das duenhas, mais a Trifraldi, havia desaparecido, indo-se todas embora bem barbeadas e escanhoadas. Perguntou a duquesa a Sancho como tinha sido sua longa viagem. Ao que Sancho respondeu:

— Eu, senhora, senti que íamos voando pela região do fogo, segundo meu senhor me disse, e quis descobrir um pouco os olhos, porém meu amo, a quem pedi licença para me descobrir, não a consentiu. Mas eu, que tenho não sei que pontas de curioso e de querer saber tudo o que me impedem e estorvam, de manso e sem ninguém o ver, rente às ventas afastei um pouco o lencinho que me tapava os olhos e por ali espiei para a terra, e me pareceu que toda ela não era maior que um grão de mostarda, e os homens que andavam sobre ela, pouco maiores que avelãs, para que se veja a quantas alturas devíamos de ir então.

A isto disse a duquesa:

— Sancho amigo, olhai bem o que dizeis, que assim parece que não vistes a terra, mas só os homens que andavam sobre ela; pois está claro que, se a terra vos pareceu como um grão de mostarda e cada homem como uma avelã, um só homem houvera de cobrir a terra toda.

— É verdade — respondeu Sancho. — Mas, ainda assim, eu a descobri por um ladinho e a vi inteira.

— Olhai, Sancho — disse a duquesa —, que por um ladinho não se pode ver o todo daquilo que se olha.

— Eu não sei dessas olhadas — replicou Sancho. — Só sei que será bem vossa senhoria entender que, como voávamos por encantamento, por encantamento eu bem podia ver a terra toda e todos os homens por onde quer que

---

ellas como su gallarda disposición prometía; pero dijéronle que así como Clavileño bajó ardiendo por los aires y dio en el suelo, todo el escuadrón de las dueñas, con la Trifaldi, había desaparecido y que ya iban rapadas y sin cañones. Preguntó la duquesa a Sancho que cómo le había ido en aquel largo viaje. A lo cual Sancho respondió:

— Yo, señora, sentí que íbamos, según mi señor me dijo, volando por la región del fuego, y quise descubrirme un poco los ojos, pero mi amo, a quien pedí licencia para descubrirme, no la consintió; mas yo, que tengo no sé qué briznas de curioso y de desear saber lo que se me estorba y impide, bonitamente y sin que nadie lo viese, por junto a las narices aparté tanto cuanto el pañizuelo que me tapaba los ojos y por allí miré hacia la tierra, y parecióme que toda ella no era mayor que un grano de mostaza, y los hombres que andaban sobre ella, poco mayores que avellanas, porque se vea cuán altos debíamos de ir entonces.

A esto dijo la duquesa:

— Sancho amigo, mirad lo que decís, que, a lo que parece, vos no vistes la tierra, sino los hombres que andaban sobre ella; y está claro que si la tierra os pareció como un grano de mostaza y cada hombre como una avellana, un hombre solo había de cubrir toda la tierra.

— Así es verdad — respondió Sancho —, pero, con todo eso, la descubrí por un ladito y la vi toda.

— Mirad, Sancho — dijo la duquesa —, que por un ladito no se vee el todo de lo que se mira.

— Yo no sé esas miradas — replicó Sancho —: sólo sé que será bien que vuestra señoría entienda que, pues volábamos por encantamento, por encantamento podía yo ver toda la tierra y todos los hombres por doquiera que los mirara; y si esto no se me cree, tampoco creerá vuestra merced cómo, descubriéndome por junto a las cejas,

os olhasse. E se tal não me acreditam, também não me há de acreditar vossa mercê que, descobrindo-me e espiando rente às sobrancelhas, me vi tão perto do céu, que de mim para ele não havia nem palmo e meio, podendo por isso jurar, senhora minha, que ele é por demais enorme. E aconteceu que, como fomos pelo lado onde estão as sete cabrinhas,[12] por Deus e minh'alma que, como de menino fui cabreiro na minha terra, apenas as vi me deu vontade de brincar com elas, e tanta que, se a não atendesse, acho que rebentava. Então vou e pego, e sabem quê? Sem dizer nada a ninguém, nem a meu senhor, de manso e pé ante pé desci de Cravilenho e fui brincar com as cabrinhas, que são mimosas como flores, por quase três quartos de hora, e Cravilenho não saiu do lugar nem passou adiante.

— E enquanto o bom Sancho brincava com as cabras — perguntou o duque —, em que se entretinha o senhor D. Quixote?

Ao que D. Quixote respondeu:

— Como todas essas coisas e esses tais sucessos correm fora da ordem natural, não é muito que Sancho diga o que diz. De mim sei dizer que não me descobri nem por cima nem por baixo, nem vi o céu nem a terra, nem o mar nem as areias. Bem é verdade que senti que passava pela região do ar e até que raiava a do fogo, mas que tenhamos passado além não posso acreditar, pois estando a região do fogo entre o céu da lua e a última região do ar, não podíamos chegar ao céu onde estão as sete cabrinhas[13] que Sancho diz sem nos abrasarmos, e, como não nos esturramos, ou Sancho mente, ou Sancho sonha.

— Não minto nem sonho — respondeu Sancho. — Se não, que me perguntem os sinais das tais cabras, e por eles verão se digo a verdade ou não.

— Diga-os então, Sancho — disse a duquesa.

---

me vi tan junto al cielo, que no había de mí a él palmo y medio, y por lo que puedo jurar, señora mía, que es muy grande además. Y sucedió que íbamos por parte donde están las siete cabrillas, y en Dios y en mi ánima que como yo en mi niñez fui en mi tierra cabrerizo, que así como las vi, me dio una gana de entretenerme con ellas un rato, que si no la cumpliera me parece que reventara. Vengo, pues, y tomo ¿y qué hago? Sin decir nada a nadie, ni a mi señor tampoco, bonita y pasitamente me apeé de Clavileño y me entretuve con las cabrillas, que son como unos alhelíes y como unas flores, casi tres cuartos de hora, y Clavileño no se movió de un lugar ni pasó adelante.

— Y en tanto que el buen Sancho se entretenía con las cabras — preguntó el duque —, ¿en qué se entretenía el señor don Quijote?

A lo que don Quijote respondió:

— Como todas estas cosas y estos tales sucesos van fuera del orden natural, no es mucho que Sancho diga lo que dice. De mí sé decir que ni me descubrí por alto ni por bajo, ni vi el cielo ni la tierra, ni la mar ni las arenas. Bien es verdad que sentí que pasaba por la región del aire y aun que tocaba a la del fuego, pero que pasásemos de allí no lo puedo creer, pues estando la región del fuego entre el cielo de la luna y la última región del aire, no podíamos llegar al cielo donde están las siete cabrillas que Sancho dice sin abrasarnos; y pues no nos asuramos, o Sancho miente o Sancho sueña.

— Ni miento ni sueño — respondió Sancho —: si no, pregúntenme las señas de las tales cabras, y por ellas verán si digo verdad o no.

— Dígalas, pues, Sancho — dijo la duquesa.

— São — respondeu Sancho — duas delas verdes, duas encarnadas, duas azuis e uma malhada.

— Novo gênero de cabras é esse — disse o duque —, e por esta nossa região da terra não se usam tais cores, digo, cabras de tais cores.

— Claro que não — disse Sancho —, pois alguma diferença há de haver entre as cabras do céu e as da terra.

— Dizei-me, Sancho — perguntou o duque —, vistes lá entre essas cabras algum cabrão?

— Não, senhor — respondeu Sancho —, mas ouvi dizer que nenhum vai além dos cornos da lua.

Não lhe quiseram perguntar mais da sua viagem, por entenderem que Sancho levava jeito de passear por todos os céus e dar novas de quanto lá se passava sem sequer ter saído do jardim.

Em conclusão, foi este o fim da aventura da duenha Dolorida, que deu muito que rir aos duques, não só naquele tempo, mas no de toda sua vida, e a Sancho que contar por séculos, se os vivesse. E chegando-se D. Quixote a Sancho, ao ouvido lhe disse:

— Como quereis, Sancho, que se acredite por verdadeiro o que vistes no céu, assim quero que acrediteis o que eu vi na gruta de Montesinos. E não digo mais.

— Son — respondió Sancho — las dos verdes, las dos encarnadas, las dos azules y la una de mezcla.

— Nueva manera de cabras es esa — dijo el duque —, y por esta nuestra región del suelo no se usan tales colores, digo cabras de tales colores.

— Bien claro está eso — dijo Sancho —, sí, que diferencia ha de haber de las cabras del cielo a las del suelo.

— Decidme, Sancho — preguntó el duque —: ¿vistes allá entre esas cabras algún cabrón?

— No, señor — respondió Sancho —, pero oí decir que ninguno pasaba de los cuernos de la luna.

No quisieron preguntarle más de su viaje, porque les pareció que llevaba Sancho hilo de pasearse por todos los cielos y dar nuevas de cuanto allá pasaba sin haberse movido del jardín.

En resolución, este fue el fin de la aventura de la dueña Dolorida, que dio que reír a los duques, no sólo aquel tiempo, sino elde toda su vida, y que contar a Sancho siglos, si los viviera. Y llegándose don Quijote a Sancho, al oído le dijo:

— Sancho, pues vos queréis que se os crea lo que habéis visto en el cielo, yo quiero que vos me creáis a mí lo que vi en la cueva de Montesinos. Y no os digo más.

Notas

[1] ... bem está São Pedro em Roma: o ditado em castelhano termina "*si no le quitan la corona*"; em português, "se ele tem o que coma".

[2] ... ínsula [...] não é móvel nem fugitiva: alusão às "ilhas movediças" frequentes nos relatos e mapas medievais. Subentende-se a contraposição com a Ínsula Firme de Amadis de Gaula, da qual Gandalim, seu escudeiro, chegou a ser conde, segundo comentário anterior do próprio D. Quixote.

[3] ... se me poderei encomendar a Nosso Senhor: o comentário encerra o temor de que a invocação da Providência divina ou de seus mensageiros, os anjos, pudesse romper o feitiço que faria o cavalo voar.

[4] Paládio: em sentido estrito, a imagem de Palas Atena ou o seu santuário, mas era usual na época chamar assim o cavalo de Troia, já que, segundo a épica antiga, seu estratagema foi concebido por inspiração da deusa.

[5] ... algum romano triunfo: a comparação com uma estátua equestre romana faz sentido pelo fato de os antigos desconhecerem os estribos, cujo uso só é documentado a partir do século VIII da nossa era.

[6] Peralvillo: localidade próxima de Ciudad Real famosa pelas execuções sumárias nela realizadas pela Santa Irmandade (ver *DQ* I, cap. X, nota 2). A rapidez desses "justiçamentos" foi motivo de uma série de refrões segundo os quais a "justiça de Peralvillo" só investigava o delito depois de matar o suspeito.

[7] ... moço que quis reger o carro do Sol: Faeton, filho de Febo, pegou emprestado o carro do pai, mas o guiou tão canhestramente que, depois de queimar grandes áreas da Terra, foi atirado por Zeus no rio Pó.

[8] Região do fogo: toda a tirada segue certa vulgarização do sistema geocêntrico de Ptolomeu em circulação na época, segundo a qual a primeira esfera, localizada entre a Terra e a Lua, se subdividia em quatro regiões: do ar, do frio, da água e do fogo. Aponta-se aqui também certa convergência com Camões (*Os Lusíadas*, X, vv. 89-91)

[9] Licenciado Torralba: réu da Inquisição entre 1528 e 1531 sob a acusação de bruxaria. Em sua confissão perante o tribunal, declarou que, montado num bastão encantado por um espírito tutelar, havia feito uma viagem aérea a Roma, onde teria assistido ao saqueio da cidade pelas tropas de Carlos V e à morte de seu comandante, o duque de Bourbon. Muitos indícios, porém, sugerem que Cervantes se ateve ao relato popular, sem recorrer ao texto registrado nos autos.

[10] Torre de Nona: prédio antigo situado às margens do Tíber, defronte ao castelo de Sant'Angelo. Desde fins do século XIV era utilizado como prisão. Foi demolido em 1690.

[11] Sacre, nebri: duas variedades de falcões muito apreciados na cetraria.

[12] Sete cabrinhas: um dos nomes populares da constelação das Plêiades.

[13] Céu onde estão as sete cabrinhas: chamava-se *cielo de las siete cabrillas* a oitava e última esfera celeste, o firmamento, que na ordem ptolomaica continha as "estrelas fixas".

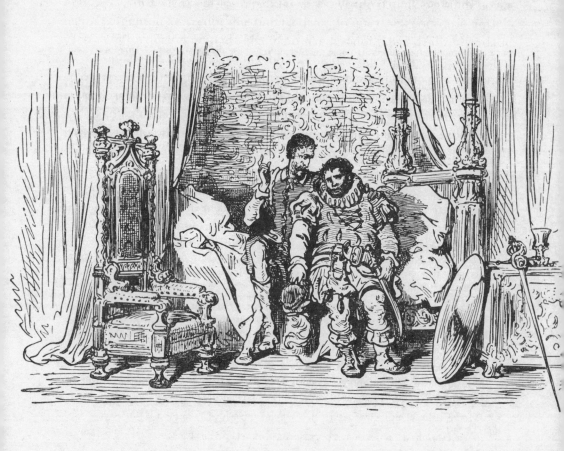

CAPÍTULO XLII

DOS CONSELHOS QUE DEU D. QUIXOTE A SANCHO PANÇA
ANTES QUE FOSSE GOVERNAR A ÍNSULA,
MAIS OUTRAS COISAS BEM CONSIDERADAS

Tão contentes ficaram os duques com o feliz e gracioso sucesso da aventura da Dolorida que resolveram levar suas burlas avante, vendo a cômoda ocasião que tinham para que as tomassem por veras; e assim, tendo dado as ordens e desígnios que seus criados e vassalos haviam de guardar com Sancho no governo da ínsula prometida, ao outro dia, que foi o seguinte ao do voo de Cravilenho, disse o duque a Sancho que se arrumasse e compusesse para ir ser governador, pois seus insulanos já o estavam esperando como às águas de maio.[1] Sancho humilhou-se a seus pés e lhe disse:

— Depois que desci do céu, e depois que do seu alto cume olhei para a terra e a vi tão pequena, sossegou-se em parte a grande vontade que eu tinha de ser governador. Pois que grande coisa é mandar num grão de mostarda? Que dignidade ou império o governar meia dúzia de homens tamanhos como avelãs, que a meu parecer não havia mais em toda a terra? Se vossa senhoria fosse servido de me dar um bocadinho do céu, ainda que não tivesse mais que meia légua, eu o tomaria com mais vontade que a maior ínsula do mundo.

CAPÍTULO XLII

DE LOS CONSEJOS QUE DIO DON QUIJOTE A SANCHO PANZA
ANTES QUE FUESE A GOBERNAR LA ÍNSULA,
CON OTRAS COSAS BIEN CONSIDERADAS

Con el felice y gracioso suceso de la aventura de la Dolorida quedaron tan contentos los duques, que determinaron pasar con las burlas adelante, viendo el acomodado sujeto que tenían para que se tuviesen por veras; y así, habiendo dado la traza y órdenes que sus criados y sus vasallos habían de guardar con Sancho en el gobierno de la ínsula prometida, otro día, que fue el que sucedió al vuelo de Clavileño, dijo el duque a Sancho que se adeliñase y compusiese para ir a ser gobernador, que ya sus insulanos le estaban esperando como el agua de mayo. Sancho se le humilló y le dijo:

— Después que bajé del cielo, y después que desde su alta cumbre miré la tierra y la vi tan pequeña, se templó en parte en mí la gana que tenía tan grande de ser gobernador, porque ¿qué grandeza es mandar en un grano de mostaza, o qué dignidad o imperio el gobernar a media docena de hombres tamaños como avellanas,

— Olhai, amigo Sancho — respondeu o duque —, eu não posso dar parte do céu a ninguém, ainda que não fosse maior que uma unha, pois só a Deus estão reservadas tais mercês e graças. O que eu posso vos dar vos dou, que é uma ínsula boa e cabal, redonda e bem proporcionada e sobremaneira fértil e abundosa, onde, se vos souberdes dar manha, podereis com as riquezas da terra granjear as do céu.

— Sendo assim — respondeu Sancho —, que venha essa ínsula, e eu batalharei por ser tal governador que, apesar de todos os velhacos, vá para o céu, e isto não é por cobiça que eu tenha de sair do meu lugar e me engrimpar a mais altos, mas pelo desejo de provar o sabor de governar.

— Depois que dele provardes, Sancho — disse o duque —, lamber-vos-eis os dedos por seguir governando, pois é dulcíssima coisa o mandar e ser obedecido. E tenho por certo que, quando o vosso amo chegar a ser imperador (que sem dúvida o será, segundo as suas coisas vão encaminhadas), não será fácil arrancar-lhe o cetro, e lhe haverá de doer e pesar no fundo da alma todo o tempo que antes o não tivera.

— Senhor — replicou Sancho —, eu imagino que é bom mandar, ainda que seja um rebanho de ovelhas.

— Convosco quero que me enterrem, Sancho, pois tudo sabeis — respondeu o duque —, e espero que sejais tão bom governador quanto o vosso juízo promete. Fique isto aqui, mas lembrai que amanhã mesmo haveis de ir ao governo da ínsula e esta tarde vos facilitarão os trajes convenientes que haveis de levar, mais todas as coisas necessárias para a vossa partida.

— Que me vistam como quiserem — disse Sancho —, pois, de qualquer maneira como eu for vestido, serei Sancho Pança.

— Assim é verdade — disse o duque —, mas os trajes se devem acomo-

---

que a mi parecer no había más en toda la tierra? Si vuestra señoría fuese servido de darme una tantica parte del cielo, aunque no fuese más de media legua, la tomaría de mejor gana que la mayor ínsula del mundo.

— Mirad, amigo Sancho — respondió el duque —, yo no puedo dar parte del cielo a nadie, aunque no sea mayor que una uña, que a sólo Dios están reservadas esas mercedes y gracias. Lo que puedo dar os doy, que es una ínsula hecha y derecha, redonda y bien proporcionada y sobremanera fértil y abundosa, donde, si vos os sabéis dar maña, podéis con las riquezas de la tierra granjear las del cielo.

— Ahora bien — respondió Sancho —, venga esa ínsula, que yo pugnaré por ser tal gobernador, que, a pesar de bellacos, me vaya al cielo; y esto no es por codicia que yo tenga de salir de mis casillas ni de levantarme a mayores, sino por el deseo que tengo de probar a qué sabe el ser gobernador.

— Si una vez lo probáis, Sancho — dijo el duque —, comeros heis las manos tras el gobierno, por ser dulcísima cosa el mandar y ser obedecido. A buen seguro que cuando vuestro dueño llegue a ser emperador (que lo será sin duda, según van encaminadas sus cosas) que no se lo arranquen como quiera, y que le duela y le pese en la mitad del alma del tiempo que hubiere dejado de serlo.

— Señor — replicó Sancho —, yo imagino que es bueno mandar, aunque sea a un hato de ganado.

— Con vos me entierren, Sancho, que sabéis de todo — respondió el duque —, y yo espero que seréis tal gobernador como vuestro juicio promete; y quédese esto aquí, y advertid que mañana en ese mesmo día habéis de ir al gobierno de la ínsula, y esta tarde os acomodarán del traje conveniente que habéis de llevar y de todas las cosas necesarias a vuestra partida.

dar ao ofício ou dignidade que se professa, pois não seria bem um jurisconsulto se vestir como um soldado, nem um soldado como um sacerdote. Vós, Sancho, ireis vestido parte de letrado e parte de capitão, porque na ínsula que vos dou tanto são mister as armas como as letras, e as letras como as armas.

— Letras poucas tenho — respondeu Sancho —, porque ainda não sei o á-bê-cê, mas para ser bom governador me basta o *Christus*[2] que tenho na memória. Das armas, manejarei as que me derem, até cair, e Deus que me valha.

— Com tão boa memória — disse o duque —, não poderá Sancho errar em nada.

Nisto chegou D. Quixote e, ao saber o que ali se conversava e a celeridade com que Sancho teria de partir para o seu governo, com licença do duque o tomou pela mão e se foi com ele ao seu quarto, com intenção de lhe aconselhar como se havia de haver em seu ofício.

Entrados, pois, em seu aposento, fechou a porta atrás de si e quase à força fez que Sancho se sentasse junto dele, e com repousada voz lhe disse:

— Infinitas graças dou ao céu, Sancho amigo, porque, antes e primeiro que me colhesse a boa sorte, saiu a boa fortuna a te receber e encontrar. Eu, que à minha boa ventura tinha confiada a paga dos teus serviços, ainda me vejo nos princípios do meu melhoramento, e tu, contra a lei do razoável discurso, antes do tempo vês premiados os teus desejos. Muitos peitam, importunam, solicitam, madrugam, suplicam, porfiam, mas não conseguem o que pretendem, e vem outro e, sem saber como nem por quê, se vê com o cargo e o ofício que tantos pretenderam; e aqui entra e calha bem o dizer que há boa e má fortuna nas pretensões. Tu, que para mim sem nenhuma dúvida és

---

— Vístanme — dijo Sancho — como quisieren, que de cualquier manera que vaya vestido seré Sancho Panza.

— Así es verdad — dijo el duque —, pero los trajes se han de acomodar con el oficio o dignidad que se profesa, que no sería bien que un jurisperito se vistiese como soldado, ni un soldado como un sacerdote. Vos, Sancho, iréis vestido parte de letrado y parte de capitán, porque en la ínsula que os doy tanto son menester las armas como las letras, y las letras como las armas.

— Letras — respondió Sancho —, pocas tengo, porque aun no sé el abecé, pero bástame tener el Christus en la memoria para ser buen gobernador. De las armas manejaré las que me dieren, hasta caer, y Dios delante.

— Con tan buena memoria — dijo el duque —, no podrá Sancho errar en nada.

En esto llegó don Quijote y, sabiendo lo que pasaba y la celeridad con que Sancho se había de partir a su gobierno, con licencia del duque le tomó por la mano y se fue con él a su estancia, con intención de aconsejarle cómo se había de haber en su oficio.

Entrados, pues, en su aposento, cerró tras sí la puerta y hizo casi por fuerza que Sancho se sentase junto a él, y con reposada voz le dijo:

— Infinitas gracias doy al cielo, Sancho amigo, de que antes y primero que yo haya encontrado con alguna buena dicha te haya salido a ti a recebir y a encontrar la buena ventura. Yo, que en mi buena suerte te tenía librada la paga de tus servicios, me veo en los principios de aventajarme, y tú, antes de tiempo, contra la ley del razonable discurso, te vees premiado de tus deseos. Otros cohechan, importunan, solicitan, madrugan, ruegan, por-

um zote, sem madrugar nem tresnoitar e sem fazer diligência alguma, só com o bafejo que te tocou da andante cavalaria, sem mais nem mais te vês governador de uma ínsula, nada menos. Tudo isto digo, oh Sancho, para que não atribuas a mercê recebida aos teus merecimentos, mas dês graças ao céu, que dispõe as coisas suavemente, e depois as darás à grandeza que em si encerra a profissão da cavalaria andante. Disposto pois o coração a crer o que te disse, ouve com atenção, oh filho, este teu Catão[3] que te quer aconselhar e ser o norte e guia que te encaminhe e tire a seguro porto deste mar proceloso onde te vais engolfar, pois os ofícios e grandes cargos não são outra coisa senão um golfo profundo de confusões.

"Primeiramente, oh filho, hás de temer a Deus, porque em temê-lo está a sabedoria, e sendo sábio não poderás errar em nada.

"Segundo, hás de ter os olhos sempre bem postos em quem és, procurando conhecer a ti mesmo, que é o mais difícil conhecimento que se pode imaginar. De te conheceres virá o não te inflares como a rã que se quis igualar ao boi, e assim terás teu pé de pavão e recolherás a roda da tua vaidade na lembrança de que em tua terra já foste guardador de porcos.

— Isso é verdade — respondeu Sancho —, mas foi quando eu era menino. Depois, já rapazinho, foram gansos que guardei, que não porcos. Mas acho que isto não faz ao caso, pois nem todos os que governam vêm de casta de reis.

— É verdade — replicou D. Quixote —, e por esta razão os que não têm ascendência nobre devem acompanhar a gravidade do cargo que exercem com uma branda suavidade que, norteada pela prudência, os livre da murmuração maliciosa, da qual não há estado que escape.

"Faz gala, Sancho, da humildade da tua linhagem, e não te pese dizer

---

fían, y no alcanzan lo que pretenden, y llega otro y, sin saber cómo ni cómo no, se halla con el cargo y oficio que otros muchos pretendieron; y aquí entra y encaja bien el decir que hay buena y mala fortuna en las pretensiones. Tú, que para mí sin duda alguna eres un porro, sin madrugar ni trasnochar y sin hacer diligencia alguna, con solo el aliento que te ha tocado de la andante caballería, sin más ni más te vees gobernador de una ínsula, como quien no dice nada. Todo esto digo, ¡oh Sancho!, para que no atribuyas a tus merecimientos la merced recibida, sino que des gracias al cielo, que dispone suavemente las cosas, y después las darás a la grandeza que en sí encierra la profesión de la caballería andante. Dispuesto pues el corazón a creer lo que te he dicho, está, oh hijo, atento a este tu Catón, que quiere aconsejarte y ser norte y guía que te encamine y saque a seguro puerto deste mar proceloso donde vas a engolfarte, que los oficios y grandes cargos no son otra cosa sino un golfo profundo de confusiones.

"Primeramente, oh hijo, has de temer a Dios, porque en el temerle está la sabiduría y siendo sabio no podrás errar en nada.

"Lo segundo, has de poner los ojos en quien eres, procurando conocerte a ti mismo, que es el más difícil conocimiento que puede imaginarse. Del conocerte saldrá el no hincharte como la rana que quiso igualarse con el buey, que si esto haces, vendrá a ser feos pies de la rueda de tu locura la consideración de haber guardado puercos en tu tierra.

— Así es la verdad — respondió Sancho —, pero fue cuando muchacho; pero después, algo hombrecillo, gansos fueron los que guardé, que no puercos. Pero esto paréceme a mí que no hace al caso, que no todos los que gobiernan vienen de casta de reyes.

que vens de lavradores, porque, vendo que não te corres disso, ninguém te há de correr, e preza-te mais de ser humilde virtuoso que pecador soberbo. Inumeráveis são aqueles que, de baixa estirpe nascidos, subiram à suma dignidade pontifícia e imperatória, e desta verdade te poderia trazer tantos exemplos que te cansariam.

"Olha, Sancho: se tomares por meio a virtude e te prezares de fazer feitos virtuosos, não haverá por que invejar os que vêm de príncipes e senhores, porque o sangue se herda e a virtude se conquista, e a virtude vale por si só o que não vale o sangue.

"Sendo isto assim, como é, se acaso algum dos teus parentes te for visitar quando estiveres na tua ínsula, não o enjeites nem o afrontes, antes o hás de acolher, agasalhar e regalar, pois com isto satisfarás o céu, que gosta de que ninguém se despreze do que ele fez, e assim corresponderás ao que deves à natureza bem concertada.

"Se trouxeres tua mulher contigo (pois não é bem que quem está no governo fique por muito tempo sem a própria), procura ensiná-la, doutriná-la e desbastá-la da sua natural rudeza, porque tudo o que sói adquirir um governador discreto sói perder e derramar uma mulher rústica e tola.

"Se acaso enviuvares (coisa que bem pode acontecer) e com o cargo melhorares de consorte, não a tomes tal que te sirva de isca e anzol nem do "não quero, não quero, mas deitai-mo no capelo",[4] porque em verdade te digo que de tudo o que a mulher do juiz recebe há de prestar contas o marido no dia da conta universal, quando na morte pagará por quatro cada favor descuidado em vida.

"Nunca te guies pela lei do arbítrio, que sói ter muita cabida com os ignorantes que presumem de agudos.

— Así es verdad — replicó don Quijote —, por lo cual los no de principios nobles deben acompañar la gravedad del cargo que ejercitan con una blanda suavidad que, guiada por la prudencia, los libre de la murmuración maliciosa, de quien no hay estado que se escape.

"Haz gala, Sancho, de la humildad de tu linaje, y no te desprecies de decir que vienes de labradores, porque viendo que no te corres, ninguno se pondrá a correrte, y préciate más de ser humilde virtuoso que pecador soberbio. Inumerables son aquellos que de baja estirpe nacidos, han subido a la suma dignidad pontificia e imperatoria, y desta verdad te pudiera traer tantos ejemplos, que te cansaran.

"Mira, Sancho: si tomas por medio a la virtud y te precias de hacer hechos virtuosos, no hay para qué tener envidia a los que vienen de príncipes y señores, porque la sangre se hereda y la virtud se aquista, y la virtud vale por sí sola lo que la sangre no vale.

"Siendo esto así, como lo es, que si acaso viniere a verte cuando estés en tu ínsula alguno de tus parientes, no le deseches ni le afrontes, antes le has de acoger, agasajar y regalar, que con esto satisfarás al cielo, que gusta que nadie se desprecie de lo que él hizo y corresponderás a lo que debes a la naturaleza bien concertada.

"Si trujeres a tu mujer contigo (porque no es bien que los que asisten a gobiernos de mucho tiempo estén sin las propias) enséñala, doctrínala y desbástala de su natural rudeza, porque todo lo que suele adquirir un gobernador discreto suele perder y derramar una mujer rústica y tonta.

"Si acaso enviudares (cosa que puede suceder) y con el cargo mejorares de consorte, no la tomes tal que te sirva de anzuelo y de caña de pescar, y del "no quiero de tu capilla", porque en verdad te digo que de todo aque-

"Achem em ti mais compaixão as lágrimas do pobre, porém não mais justiça que as alegações do rico.

"Procura descobrir a verdade tanto por entre as promessas e dádivas do rico como por entre os soluços e importunidades do pobre.

"Quando possa e deva ter lugar a equidade, não carregues todo o rigor da lei no delinquente, pois não é melhor a fama do juiz rigoroso que a do compassivo.

"Se acaso dobrares a vara da justiça, não seja sob o peso da dádiva, mas da misericórdia.

"Quando te acontecer julgar o pleito de algum teu inimigo, afasta o pensamento da tua injúria e coloca-o na verdade do caso.

"Não te cegue a paixão própria na causa alheia, pois os erros que nela fizeres as mais vezes serão sem remédio, e ainda quando o tenham, será à custa do teu crédito e até da tua fazenda.

"Se alguma mulher formosa te vier pedir justiça, fecha os olhos às suas lágrimas e os ouvidos aos seus gemidos, e considera sem pressa a substância do que ela pede, se não queres que se afogue a tua razão em seu pranto e a tua bondade em seus suspiros.

"Não maltrates com palavras a quem hás de castigar com obras, pois ao desditoso basta a pena do suplício, sem o acréscimo das más razões.

"Considera o culpado que cair na tua jurisdição um homem miserável, sujeito às condições da depravada natureza nossa, e em tudo quanto for da tua parte, sem fazer agravo à contrária, usa de piedade e clemência para com ele, porque, se bem os atributos de Deus são todos iguais, ao nosso ver mais resplandece e campeia o da misericórdia que o da justiça.

"Se estes preceitos e estas regras seguires, Sancho, serão longos os teus

---

llo que la mujer del juez recibiere ha de dar cuenta el marido en la residencia universal, donde pagará con el cuatro tanto en la muerte las partidas de que no se hubiere hecho cargo en la vida.

"Nunca te guíes por la ley del encaje, que suele tener mucha cabida con los ignorantes que presumen de agudos.

"Hallen en ti más compasión las lágrimas del pobre, pero no más justicia que las informaciones del rico.

"Procura descubrir la verdad por entre las promesas y dádivas del rico como por entre los sollozos e importunidades del pobre.

"Cuando pudiere y debiere tener lugar la equidad, no cargues todo el rigor de la ley al delincuente, que no es mejor la fama del juez riguroso que la del compasivo.

"Si acaso doblares la vara de la justicia, no sea con el peso de la dádiva, sino con el de la misericordia.

"Cuando te sucediere juzgar algún pleito de algún tu enemigo, aparta las mientes de tu injuria y ponlas en la verdad del caso.

"No te ciegue la pasión propia en la causa ajena, que los yerros que en ella hicieres las más veces serán sin remedio, y si le tuvieren, será a costa de tu crédito, y aun de tu hacienda.

"Si alguna mujer hermosa viniere a pedirte justicia, quita los ojos de sus lágrimas y tus oídos de sus gemidos, y considera de espacio la sustancia de lo que pide, si no quieres que se anegue tu razón en su llanto y tu bondad en sus suspiros.

"Al que has de castigar con obras no trates mal con palabras, pues le basta al desdichado la pena del suplicio, sin la añadidura de las malas razones.

dias, a tua fama será eterna, os teus prêmios copiosos, a tua felicidade indizível; casarás os teus filhos como quiseres, títulos terão eles e teus netos, viverás em paz e no beneplácito das gentes, e nos últimos passos da vida te alcançará o da morte em velhice suave e madura, e fecharão teus olhos as tenras e delicadas mãos dos teus trinetinhos. Isto que até aqui tenho dito são ensinamentos que hão de adornar a tua alma; escuta agora os que hão de servir para adorno do teu corpo.

NOTAS

[1] Águas de maio: a primeira chuva da primavera, esperadíssima e portadora de fartura, como se exalta em diversos provérbios rurais.

[2] *Christus*: a imagem da cruz que as cartilhas de alfabetização traziam impressa no frontispício.

[3] Este teu Catão: com o sentido de "teu mentor", "aquele do qual aprenderás", por alusão ao folheto de conselhos morais *Castigos y ejemplos de Catón*, difundidíssimo na época, usado para alfabetizar e doutrinar as crianças. Os conselhos de D. Quixote reúnem e entrecruzam uma sortida série de sentenças bíblicas, preceitos clássicos, fábulas moralizantes, normas de manuais e ideias do senso comum.

[4] "... não quero, mas deitai-mo no capelo": o sentido da frase feita *"no quiero, no quiero, mas échamelo en la capilla"*, que denota o fingido embaraço de quem se faz de rogado, sobretudo em receber propinas, é reforçado com a prévia alusão a *"ni el anzuelo ni la caña, mas el cebo que las engaña"* (nem o anzol nem a vara, mas a isca que as engana).

"Al culpado que cayere debajo de tu juridición considérale hombre miserable, sujeto a las condiciones de la depravada naturaleza nuestra, y en todo cuanto fuere de tu parte, sin hacer agravio a la contraria, muéstratele piadoso y clemente, porque aunque los atributos de Dios todos son iguales, más resplandece y campea a nuestro ver el de la misericordia que el de la justicia.

"Si estos preceptos y estas reglas sigues, Sancho, serán luengos tus días, tu fama será eterna, tus premios colmados, tu felicidad indecible, casarás tus hijos como quisieres, títulos tendrán ellos y tus nietos, vivirás en paz y beneplácito de las gentes, y en los últimos pasos de la vida te alcanzará el de la muerte en vejez suave y madura, y cerrarán tus ojos las tiernas y delicadas manos de tus terceros netezuelos. Esto que hasta aquí te he dicho son documentos que han de adornar tu alma; escucha ahora los que han de servir para adorno del cuerpo.

CAPÍTULO XLIII

Dos segundos conselhos
que deu D. Quixote a Sancho Pança

Quem ouvira o anterior arrazoado de D. Quixote que o não tivesse por pessoa muito sensata e melhor intencionada? Mas, como muitas vezes ficou dito no progresso desta grande história, ele só disparava em sua loucura quando lhe tocavam na cavalaria, e nos demais discursos mostrava ter claro e desenvolto entendimento, de maneira que a cada passo as suas obras desmentiam o seu juízo, e o seu juízo as suas obras. Mas nesta, destes segundos ensinamentos que deu a Sancho, mostrou ter grande donaire, pondo a sua discrição e a sua loucura num levantado ponto.

Atentissimamente o escutava Sancho e procurava guardar os seus conselhos na memória, como quem pensava observá-los e com eles sair a bom parto da prenhez do seu governo. Prosseguiu pois D. Quixote, dizendo:

— No que toca a como hás de governar a tua pessoa e a tua casa, Sancho, o primeiro que te digo é que sejas limpo e que apares as unhas, sem as deixar crescer, como fazem alguns aos quais a ignorância lhes deu a entender que as unhas longas embelezam as mãos,[1] como se aquela crescença e excrescência que se deixam de cortar fosse unha, sendo antes garras de gavião lagarteiro, porco e extraordinário abuso.

CAPÍTULO XLIII

De los consejos segundos
que dio don Quijote a Sancho Panza

¿Quién oyera el pasado razonamiento de don Quijote que no le tuviera por persona muy cuerda y mejor intencionada? Pero, como muchas veces en el progreso desta grande historia queda dicho, solamente disparaba en tocándole en la caballería, y en los demás discursos mostraba tener claro y desenfadado entendimiento, de manera que a cada paso desacreditaban sus obras su juicio, y su juicio sus obras; pero en esta destos segundos documentos que dio a Sancho mostró tener gran donaire y puso su discreción y su locura en un levantado punto.

Atentísimamente le escuchaba Sancho y procuraba conservar en la memoria sus consejos, como quien pensaba guardarlos y salir por ellos a buen parto de la preñez de su gobierno. Prosiguió pues don Quijote y dijo:

— En lo que toca a cómo has de gobernar tu persona y casa, Sancho, lo primero que te encargo es que seas limpio y que te cortes las uñas, sin dejarlas crecer, como algunos hacen a quien su ignorancia les ha dado a entender que las uñas largas les hermosean las manos, como si aquel escremento y añadidura que se dejan de cortar fuese uña, siendo antes garras de cernícalo lagartijero, puerco y extraordinario abuso.

"Não andes, Sancho, com a roupa descingida e solta, pois o seu desalinho dá indícios de ânimo desmazelado, isto quando o desmancho e a soltura não caem à conta de velhacaria, como se julgou de Júlio César.[2]

"Toma com tento o pulso do que possa valer o teu ofício e, se ele te permitir dar libré aos teus criados, cuida de que seja digna e cômoda mais que vistosa e bizarra, e de a repartir entre os teus criados e os pobres. Quero dizer que, se hás de vestir seis pajens, veste três deles e outros três pobres, e assim terás pajens para o céu e para a terra; e este novo modo de dar libré não alcançam os vangloriosos.

"Não comas alhos nem cebolas,[3] para que pelo cheiro não conheçam que és vilão.

"Anda devagar, fala repousado, mas não de maneira que pareça que te escutas a ti mesmo, pois toda afetação é ruim.

"Almoça pouco e janta menos, pois a saúde de todo o corpo se forja na oficina do estômago.

"Tem moderação no beber, considerando que o vinho em demasia não guarda segredo nem cumpre palavra.

"Cuida, Sancho, de não atochar a boca ao comer nem de eructar diante de ninguém.

— Isso de eructar eu não entendo — disse Sancho.

E D. Quixote lhe disse:

— Eructar, Sancho, quer dizer arrotar, mas este vocábulo, ainda que muito significativo, é hoje tido como torpe, e assim a gente curiosa recorreu à fonte do latim, e em vez de "arrotar" diz "eructar", e em vez de "arroto", "eructação", e ainda que alguns não entendam estes termos, importa pouco, pois o uso os poderá introduzir com o tempo, até que com facilida-

---

"No andes, Sancho, desceñido y flojo, que el vestido descompuesto da indicios de ánimo desmazalado, si ya la descompostura y flojedad no cae debajo de socarronería, como se juzgó en la de Julio César.

"Toma con discreción el pulso a lo que pudiere valer tu oficio, y si sufriere que des librea a tus criados, dásela honesta y provechosa más que vistosa y bizarra, y repártela entre tus criados y los pobres: quiero decir que si has de vestir seis pajes, viste tres y otros tres pobres, y así tendrás pajes para el cielo y para el suelo; y este nuevo modo de dar librea no le alcanzan los vanagloriosos.

"No comas ajos ni cebollas, porque no saquen por el olor tu villanería.

"Anda despacio, habla con reposo, pero no de manera que parezca que te escuchas a ti mismo, que toda afectación es mala.

"Come poco y cena más poco, que la salud de todo el cuerpo se fragua en la oficina del estómago.

"Sé templado en el beber, considerando que el vino demasiado ni guarda secreto ni cumple palabra.

"Ten cuenta, Sancho, de no mascar a dos carrillos ni de erutar delante de nadie.

— Eso de *erutar* no entiendo — dijo Sancho.

Y don Quijote le dijo:

— *Erutar*, Sancho, quiere decir "regoldar", y este es uno de los más torpes vocablos que tiene la lengua castellana, aunque es muy sinificativo, y así la gente curiosa se ha acogido al latín, y al *regoldar* dice *erutar*, y a los *regüeldos*, *erutaciones*, y cuando algunos no entienden estos términos, importa poco, que el uso los irá introduciendo con el tiempo, que con facilidad se entiendan, y esto es enriquecer la lengua, sobre quien tiene poder el vulgo y el uso.

de se entendam, e isto é enriquecer a língua, sobre a qual têm poder o vulgo e o uso.

— Em verdade, senhor — disse Sancho —, que um dos conselhos e avisos que penso levar na memória há de ser o de não arrotar, porque é das coisas que mais costumo fazer.

— *Eructar*, Sancho, não *arrotar* — disse D. Quixote.

— *Eructar* direi daqui em diante — respondeu Sancho —, e à fé que não me esqueça disso.

— Também, Sancho, não hás de misturar no teu falar a multidão de ditados que costumas, pois, se bem os ditados são sentenças breves, muitas vezes os trazes tão pelos cabelos que mais parecem disparates que sentenças.

— Isso Deus pode remediar — respondeu Sancho —, porque sei mais ditados que um livro, e quando falo me vêm tantos juntos à boca que brigam uns com os outros para sair, mas a língua vai soltando os primeiros que encontra, ainda que não venham a pelo. Mas daqui em diante terei conta de dizer os que convenham à gravidade do meu cargo, pois em casa cheia, asinha se faz a ceia, e quem parte não baralha, e a seu salvo está quem repica o sino, e para dar e para ter, muito siso é mister.

— Isso, Sancho! — disse D. Quixote. — Encaixa, engasta, enfia teus ditados, que ninguém te vai à mão! Minha mãe a me castigar, e eu fazendo troça! Estou-te dizendo que escuses ditados, e num instante já despejaste um chorrilho deles, que assim entram no que vamos tratando como Pilatos no credo. Olha, Sancho, não digo que me pareça mal um ditado trazido a propósito; mas disparar e enfiar ditados a trouxe-mouxe faz a conversação enfadonha e baixa.

"Quando montares a cavalo, não vás jogando o corpo sobre o arção

---

— En verdad, señor — dijo Sancho —, que uno de los consejos y avisos que pienso llevar en la memoria ha de ser el de no regoldar, porque lo suelo hacer muy a menudo.

— Erutar, *Sancho, que no regoldar* — dijo don Quijote.

— *Erutar* diré de aquí adelante — respondió Sancho —, y a fee que no se me olvide.

— También, Sancho, no has de mezclar en tus pláticas la muchedumbre de refranes que sueles, que, puesto que los refranes son sentencias breves, muchas veces los traes tan por los cabellos, que más parecen disparates que sentencias.

— Eso Dios lo puede remediar — respondió Sancho —, porque sé más refranes que un libro, y viéneseme tantos juntos a la boca cuando hablo, que riñen por salir unos con otros, pero la lengua va arrojando los primeros que encuentra, aunque no vengan a pelo. Mas yo tendré cuenta de aquí adelante de decir los que convengan a la gravedad de mi cargo, que en casa llena, presto se guisa la cena, y quien destaja, no baraja, y a buen salvo está el que repica, y el dar y el tener, seso ha menester.

— ¡Eso sí, Sancho! — dijo don Quijote —. ¡Encaja, ensarta, enhila refranes, que nadie te va a la mano! ¡Castígame mi madre, y yo trómpogelas! Estoyte diciendo que escuses refranes, y en un instante has echado aquí una letanía dellos, que así cuadran con lo que vamos tratando como por los cerros de Úbeda. Mira, Sancho, no te digo yo que parece mal un refrán traído a propósito; pero cargar y ensartar refranes a troche moche hace la plática desmayada y baja.

"Cuando subieres a caballo, no vayas echando el cuerpo sobre el arzón postrero, ni lleves las piernas tie-

traseiro, nem leves as pernas tesas, esticadas e apartadas da barriga do cavalo, nem tampouco vás tão frouxo que pareça que vais sobre o ruço, pois o andar a cavalo a uns faz cavaleiros, a outros, cavalariços.

"Seja moderado o teu sono, pois quem não madruga com o sol não goza do dia; e adverte, oh Sancho, que a diligência é mãe da boa ventura, e a preguiça, sua contrária, jamais chegou ao termo que pode um bom desejo.

"Este último conselho que te quero dar agora, ainda que não sirva para adorno do corpo, quero que o leves muito na memória, pois creio que não te será de menos proveito que os que já te dei, e é que jamais te metas em disputas de linhagens, ao menos comparando-as entre si, pois por força uma das que se comparam há de ser melhor, e serás detestado de quem abateres, mas de nenhuma maneira premiado de quem levantares.

"Teu traje será calça inteira, gibão comprido, ferragoulo um pouco mais comprido; calções, nem por pensamento, pois não vão bem nem aos cavaleiros, nem aos governadores.

"Por ora, Sancho, é isto o que se me ofereceu para te aconselhar. Andará o tempo, e segundo as ocasiões serão meus avisos, sempre que tiveres cuidado de me dar notícia do estado em que te achas.

— Senhor — respondeu Sancho —, bem vejo que tudo quanto vossa mercê me disse são coisas boas, santas e proveitosas, mas de que me servirão, se não me lembro de nenhuma? Verdade seja que aquilo de não deixar crescer as unhas e de me casar de novo, em se oferecendo, não me passará do pensamento; mas desses outros badulaques, enredos e mexidos, desses não me lembro nem me lembrarei mais que das nuvens de antanho, e assim será mister que mos deem por escrito, que eu, como não sei ler nem escrever, os darei ao meu confessor para que mos repasse quando quadrar e for mister.

---

sas y tiradas y desviadas de la barriga del caballo, ni tampoco vayas tan flojo, que parezca que vas sobre el rucio, que el andar a caballo a unos hace caballeros, a otros caballerizos.

"Sea moderado tu sueño, que el que no madruga con el sol no goza del día; y advierte, ¡oh Sancho!, que la diligencia es madre de la buena ventura, y la pereza, su contraria, jamás llegó al término que pide un buen deseo.

"Este último consejo que ahora darte quiero, puesto que no sirva para adorno del cuerpo, quiero que le lleves muy en la memoria, que creo que no te será de menos provecho que los que hasta aquí te he dado, y es que jamás te pongas a disputar de linajes, a lo menos comparándolos entre sí, pues por fuerza en los que se comparan uno ha de ser el mejor, y del que abatieres serás aborrecido, y del que levantares en ninguna manera premiado.

"Tu vestido será calza entera, ropilla larga, herreruelo un poco más largo; greguescos, ni por pienso, que no les están bien ni a los caballeros ni a los gobernadores.

"Por ahora, esto se me ha ofrecido, Sancho, que aconsejarte: andará el tiempo, y según las ocasiones, así serán mis documentos, como tú tengas cuidado de avisarme el estado en que te hallares.

— Señor — respondió Sancho —, bien veo que todo cuanto vuestra merced me ha dicho son cosas buenas, santas y provechosas, pero ¿de qué han de servir, si de ninguna me acuerdo? Verdad sea que aquello de no dejarme crecer las uñas y de casarme otra vez, si se ofreciere, no se me pasará del magín; pero esotros badulaques y enredos y revoltillos, no se me acuerda ni acordará más dellos que de las nubes de antaño, y, así, será menester que se me den por escrito, que, puesto que no sé leer ni escribir, yo se los daré a mi confesor para que me los encaje y recapacite cuando fuere menester.

— Ah, pecador de mim — respondeu D. Quixote —, quão mal parece num governador não saber ler nem escrever! Porque hás de saber, oh Sancho, que não saber um homem ler ou ser canhoto argui uma de duas coisas: ou que foi filho de pais em extremo humildes e baixos, ou ele próprio tão travesso e ruim que não pôde entrar no bom uso nem na boa doutrina. Grande falta é a que levas contigo, e por isso quisera que ao menos aprendesses a assinar.

— Bem sei assinar o meu nome — respondeu Sancho —, pois quando fui zelador da minha confraria aprendi a fazer umas letras grandes como marca de fardo, que diziam que dizia o meu nome; e a mais fingirei ter a mão direita estropiada e farei um outro assinar por mim, pois tudo tem remédio, menos a morte, e tendo eu o poder e a vara, farei o que quiser, quanto mais que quem tem pai alcaide.[4] E, sendo eu governador, que é mais que ser alcaide, vinde, e vereis! Não, senão provem fazer pouco e calúnia de mim, que virão buscar lã e voltarão tosquiados, e a quem Deus quer bem, o vento lhe apanha a lenha, e as necedades do rico passam no mundo por sentenças, e quando eu o for, sendo juntamente governador e liberal, como penso ser, ninguém me verá falta nenhuma. Não, senão fazei-vos mel, e comer-vos-ão as moscas; tanto vales, quanto tens, como dizia minha avó, e do homem abastado não te verás vingado.

— Maldito sejas de Deus, Sancho! — disse então D. Quixote. — Sessenta mil satanases te levem a ti e aos teus ditados! Faz uma hora que os estás desfiando e atormentando-me com cada um deles. Eu te asseguro que esses ditados ainda te hão de levar à forca, e por causa deles teus vassalos te hão de arrancar o governo, ou entre eles há de haver levantes. Dize-me, ignorante, onde os achas? E como os aplicas, mentecapto? Pois eu, para dizer um e aplicá-lo bem, suo e trabalho como se cavasse.

— ¡Ah pecador de mí — respondió don Quijote —, y qué mal parece en los gobernadores el no saber leer ni escribir! Porque has de saber, ¡oh Sancho!, que no saber un hombre leer o ser zurdo arguye una de dos cosas: o que fue hijo de padres demasiado de humildes y bajos, o él tan travieso y malo, que no pudo entrar en el buen uso ni la buena doctrina. Gran falta es la que llevas contigo, y, así, querría que aprendieses a firmar siquiera.

— Bien sé firmar mi nombre — respondió Sancho —, que cuando fui prioste en mi lugar aprendí a hacer unas letras como de marca de fardo, que decían que decía mi nombre; cuanto más que fingiré que tengo tullida la mano derecha y haré que firme otro por mí, que para todo hay remedio, si no es para la muerte, y teniendo yo el mando y el palo, haré lo que quisiere, cuanto más que el que tiene el padre alcalde... Y siendo yo gobernador, que es más que ser alcalde, ¡llegaos, que la dejan ver! No, sino popen y calónenme, que vendrán por lana y volverán trasquilados, y a quien Dios quiere bien, la casa le sabe, y las necedades del rico por sentencias pasan en el mundo, y siéndolo yo, siendo gobernador y juntamente liberal, como lo pienso ser, no habrá falta que se me parezca. No, sino haceos miel, y paparos han moscas; tanto vales cuanto tienes, decía una mi agüela, y del hombre arraigado no te verás vengado.

— ¡Oh, maldito seas de Dios, Sancho! — dijo a esta sazón don Quijote —. ¡Sesenta mil satanases te lleven a ti y a tus refranes! Una hora ha que los estás ensartando y dándome con cada uno tragos de tormento. Yo te aseguro que estos refranes te han de llevar un día a la horca, por ellos te han de quitar el gobierno tus vasallos y ha de haber entre ellos comunidades. Dime, ¿dónde los hallas, ignorante, o cómo los aplicas, mentecato? Que para decir yo uno y aplicarle bien, sudo y trabajo como si cavase.

— Por Deus, senhor nosso amo — replicou Sancho —, que vossa mercê se queixa de coisas poucas. Por que diabos se azeda de que eu me sirva da minha curta riqueza, quando nenhuma outra tenho, nem outro bem algum, senão ditados e mais ditados? E agora mesmo me lembro de quatro que cairiam aqui como luvas, ou como sopa no mel, mas não os direi, porque ao bom calar chamam santo, ou Sancho.[5]

— Esse Sancho não és tu — disse D. Quixote —, porque não és santo nem bom calar, senão mal falar e mal porfiar, mas ainda assim quisera saber que quatro ditados são esses que te ocorreram à memória e vinham aqui tão a propósito, pois eu ando vasculhando a minha, que a tenho boa, e nenhum se me oferece.

— Quais melhores — respondeu Sancho — que "o dedo não metais entre dois dentes queixais",[6] e "a fora da minha casa! e que queres com a minha mulher? não há o que responder", e "se o cântaro bate na pedra ou a pedra no cântaro, mal para o cântaro", todos os quais vêm muito a pelo? Pois que ninguém se meta com o seu governador nem com quem lhe manda, porque sairá machucado, tal qual quem mete o dedo entre dois dentes queixais (ou ainda que não sejam queixais, como sejam dentes), e ao que diz o governador, não há o que replicar, como ao "fora da minha casa!" e "que queres com a minha mulher?". Já o da pedra no cântaro até um cego o vê: assim é mister que quem vê o cisco no olho alheio veja a trave no seu,[7] para que dele não se diga, "riu-se o roto do esfarrapado", e vossa mercê bem sabe que sabe mais o néscio na sua casa que o sábio na alheia.

— Isso não, Sancho — respondeu D. Quixote —, que o néscio em sua casa nem na alheia sabe nada, porquanto sobre o alicerce da necedade não assenta nenhum discreto edifício. E não passemos adiante, Sancho, pois, se

---

— Por Dios, señor nuestro amo — replicó Sancho —, que vuesa merced se queja de bien pocas cosas. ¿A qué diablos se pudre de que yo me sirva de mi hacienda, que ninguna otra tengo, ni otro caudal alguno, sino refranes y más refranes? Y ahora se me ofrecen cuatro que venían aquí pintiparados, o como peras en tabaque, pero no los diré, porque al buen callar llaman Sancho.

— Ese Sancho no eres tú — dijo don Quijote —, porque no sólo no eres buen callar, sino mal hablar y mal porfiar y con todo eso querría saber qué cuatro refranes te ocurrían ahora a la memoria, que venían aquí a propósito, que yo ando recorriendo la mía, que la tengo buena, y ninguno se me ofrece.

— ¿Qué mejores — dijo Sancho — que "entre dos muelas cordales nunca pongas tus pulgares", y "a idos de mi casa y qué queréis con mi mujer, no hay responder", y "si da el cántaro en la piedra o la piedra en el cántaro, mal para el cántaro", todos los cuales vienen a pelo? Que nadie se tome con su gobernador ni con el que le manda, porque saldrá lastimado, como el que pone el dedo entre dos muelas cordales (y aunque no sean cordales, como sean muelas, no importa), y a lo que dijere el gobernador, no hay que replicar, como al "salíos de mi casa y qué queréis con mi mujer". Pues lo de la piedra en el cántaro un ciego lo verá: así que es menester que el que vee la mota en el ojo ajeno vea la viga en el suyo, porque no se diga por él, "espantóse la muerta de la degollada", y vuestra merced sabe bien que más sabe el necio en su casa que el cuerdo en la ajena.

— Eso no, Sancho — respondió don Quijote —, que el necio en su casa ni en la ajena sabe nada, a causa que sobre el cimiento de la necedad no asienta ningún discreto edificio. Y dejemos esto aquí, Sancho, que si mal gobernares, tuya será la culpa y mía la vergüenza; mas consuélome que he hecho lo que debía en aconsejarte con

mal governares, tua será a culpa e minha a vergonha. Meu consolo é ter feito o que devia em te aconselhar com todas as veras e com a discrição a mim possível; com isto cumpro com a minha obrigação e a minha promessa. Deus te guie, Sancho, e te governe no teu governo, e a mim me tire o escrúpulo que me fica de que ponhas toda a ínsula de pernas para o ar, coisa que eu bem pudera escusar descobrindo ao duque quem és, dizendo-lhe que toda essa gordura e essa figurilha que tens não passa de um fardo de malícias e ditados.

— Senhor — replicou Sancho —, se vossa mercê é de parecer que não sou de prol para este governo, desde agora o largo, pois mais quero uma ponta da unha da minh'alma que todo o meu corpo, e assim me sustentarei Sancho puro e simples com pão e cebola como governador com perdizes e capões, a mais que, quando se dorme, todos são iguais, os grandes e os menores, os pobres e os ricos, e se vossa mercê cuidar nisso, verá que só vossa mercê me pôs nisto de governar, pois eu não sei mais de governos de ínsulas que um abutre, e se imagina que por ser governador me há de levar o diabo, mais quero ir Sancho para o céu que governador para o inferno.

— Por Deus, Sancho — disse D. Quixote —, que só por estas últimas razões que disseste julgo que mereces ser governador de mil ínsulas; boa natureza tens, sem a qual não há ciência que valha. Encomenda-te a Deus e procura não errar na primeira intenção; quero dizer que tenhas sempre tenção e firme propósito de acertar em quantos negócios te ocorrerem, porque o céu sempre favorece os bons desejos. E vamos almoçar, pois creio que estes senhores já nos esperam.

---

las veras y con la discreción a mí posible: con esto salgo de mi obligación y de mi promesa. Dios te guíe, Sancho, y te gobierne en tu gobierno, y a mí me saque del escrúpulo que me queda que has de dar con toda la ínsula patas arriba; cosa que pudiera yo escusar con descubrir al duque quién eres, diciéndole que toda esa gordura y esa personilla que tienes no es otra cosa que un costal lleno de refranes y de malicias.

    — Señor — replicó Sancho —, si a vuestra merced le parece que no soy de pro para este gobierno, desde aquí le suelto, que más quiero un solo negro de la uña de mi alma que a todo mi cuerpo, y así me sustentaré Sancho a secas con pan y cebolla como gobernador con perdices y capones, y más que mientras se duerme todos son iguales, los grandes y los menores, los pobres y los ricos, y si vuestra merced mira en ello, verá que solo vuestra merced me ha puesto en esto de gobernar, que yo no sé más de gobiernos de ínsulas que un buitre, y si se imagina que por ser gobernador me ha de llevar el diablo, más me quiero ir Sancho al cielo que gobernador al infierno.

    — Por Dios, Sancho — dijo don Quijote —, que por solas estas últimas razones que has dicho juzgo que mereces ser gobernador de mil ínsulas: buen natural tienes, sin el cual no hay ciencia que valga. Encomiéndate a Dios, y procura no errar en la primera intención: quiero decir que siempre tengas intento y firme propósito de acertar en cuantos negocios te ocurrieren, porque siempre favorece el cielo los buenos deseos. Y vámonos a comer, que creo que ya estos señores nos aguardan.

Notas

[1] ... as unhas longas embelezam as mãos: considerava-se sinal de distinção mantê-las compridas, por impedirem o indigno trabalho manual.

[2] ... como se julgou de Júlio César: na época, zombar da roupa frouxa do imperador chegara a ser um clichê, que remontava a comentários de Cícero e, sobretudo, a uma frase que Suetônio, em sua *Vida dos Césares*, atribui ao general Sila: "desconfiai desse rapaz mal cingido".

[3] ... não comas alhos nem cebolas: consideravam-se alimentos baixos, próprios da plebe, a ponto de serem vedados nos estatutos de certas ordens de cavalaria.

[4] Quem tem pai alcaide...: o ditado inteiro diz, em castelhano, "*el que tiene padre alcalde seguro va al juicio*"; em português, termina "... não cura nem faz". Seu sentido é o mesmo nas duas línguas: quem conta com a cobertura de poderosos não tem maiores preocupações nem cuidados com o próprio futuro.

[5] ... ao bom calar chamam [...] Sancho: como se explica no primeiro adagiário castelhano, a frase feita "*al buen callar llaman Sancho*" era muito usada "para elogiar o guardar silêncio e segredo e enaltecer os benefícios que traz e os danos do seu contrário, o ser palrador [...] Alguns, por não entenderem o mistério de 'Sancho', dizem: 'Ao bom calar chamam santo', mas não é mister mudar a lição antiga, senão saber que 'Sancho', se bem por uma parte é nome próprio, por outra significa 'santo'" (*Refranes que dicen las viejas tras el fuego*, atribuído ao Marquês de Santillana, Medina del Campo, 1508).

[6] "O dedo não metais entre dois dentes queixais": neste e em outros ditados parecidos, os dentes são metáfora de "parentes".

[7] Quem vê o cisco no olho alheio veja a trave no seu: frase do Evangelho (Mateus, 7, 3-5) que adquiriu valor proverbial.

CAPÍTULO XLIV

*Como Sancho Pança foi levado ao governo,
e da estranha aventura
que no castelo aconteceu a D. Quixote*

Dizem que no próprio original desta história se lê que, chegando Cide Hamete a escrever este capítulo, seu intérprete não o traduziu como o escrevera, que foi um modo de queixa que o mouro teve de si mesmo por ter tomado entre mãos uma história tão seca e tão limitada como esta de D. Quixote, parecendo-lhe que sempre havia de falar dele e de Sancho, sem ousar estender-se a outras digressões e episódios mais graves e mais ligeiros; e dizia que levar o entendimento, a mão e a pena cingidos a sempre escrever de um só assunto e a falar pela boca de poucas pessoas era um trabalho incomportável, cujo fruto não redundava no de seu autor, e que por fugir desse inconveniente usara na primeira parte do artifício de algumas novelas, como foram a do *Curioso impertinente* e a do *Capitão cativo*, que estão como que separadas da história, já que as demais que lá se contam são casos acontecidos ao próprio D. Quixote, que não se podiam deixar de escrever. Também pensou, como ele diz, que muitos, levados da atenção que pedem as façanhas de D. Quixote, não a prestariam às novelas e por elas passariam, ou com pressa, ou com enfado, sem advertirem a gala e o artifício que elas

---

CAPÍTULO XLIV

*Cómo Sancho Panza fue llevado al gobierno,
y de la estraña aventura
que en el castillo sucedió a don Quijote*

Dicen que en el propio original desta historia se lee que llegando Cide Hamete a escribir este capítulo no le tradujo su intérprete como él le había escrito, que fue un modo de queja que tuvo el moro de sí mismo por haber tomado entre manos una historia tan seca y tan limitada como esta de don Quijote, por parecerle que siempre había de hablar dél y de Sancho, sin osar estenderse a otras digresiones y episodios más graves y más entretenidos; y decía que el ir siempre atenido el entendimiento, la mano y la pluma a escribir de un solo sujeto y hablar por las bocas de pocas personas era un trabajo incomportable, cuyo fruto no redundaba en el de su autor, y que por huir deste inconveniente había usado en la primera parte del artificio de algunas novelas, como fueron la del Curioso impertinente y la del Capitán cautivo, que están como separadas de la historia, puesto que las demás que allí se cuentan son casos sucedidos al mismo don Quijote, que no podían dejar de escribirse. También pensó, como

em si contêm, o qual se mostraria bem ao descoberto quando por si sós, sem se arrimarem às loucuras de D. Quixote nem às sandices de Sancho, saíssem à luz. E, assim, nesta segunda parte não quis ingerir novelas soltas nem de mistura, senão alguns episódios que tais parecessem, nascidos dos mesmos sucessos que a verdade oferece, e ainda estes limitadamente e só com as palavras bastantes para os declarar; e pois se contém e encerra nos estreitos limites da narração, tendo habilidade, suficiência e entendimento para tratar do universo todo, pede que não se despreze o seu trabalho e o cubram de elogios, não pelo que escreve, mas pelo que deixou de escrever.

E depois prossegue a história, dizendo que, em acabando de almoçar D. Quixote no mesmo dia em que dera os conselhos a Sancho, à tarde lhos deu por escrito, para que ele depois procurasse quem os lesse. Mas apenas Sancho os recebeu, caíram das suas mãos e chegaram às do duque, que os mostrou à duquesa, e os dois de novo se admiraram da loucura e do engenho de D. Quixote. E assim, levando avante as suas burlas, naquela mesma tarde enviaram Sancho com grande acompanhamento ao lugar que para ele havia de ser ínsula.

Aconteceu, então, que quem o levava ao seu cargo era um mordomo do duque, muito discreto e muito engraçado (pois não pode haver graça onde não há discrição), o qual havia feito a pessoa da condessa Trifaldi com o donaire que fica relatado; e por isto, e por ir industriado pelos seus senhores sobre como se havia de haver com Sancho, conseguiu o seu intento maravilhosamente. Digo, pois, que aconteceu que, assim como Sancho pôs os olhos no tal mordomo, viu no seu rosto o mesmo da Trifaldi e, virando-se para o seu senhor, lhe disse:

— Senhor, o diabo que me leve num credo e sem confissão se vossa

---

él dice, que muchos, llevados de la atención que piden las hazañas de don Quijote, no la darían a las novelas, y pasarían por ellas, o con priesa, o con enfado, sin advertir la gala y artificio que en sí contienen, el cual se mostrara bien al descubierto, cuando por sí solas, sin arrimarse a las locuras de don Quijote ni a las sandeces de Sancho, salieran a luz. Y, así, en esta segunda parte no quiso ingerir novelas sueltas ni pegadizas, sino algunos episodios que lo pareciesen, nacidos de los mesmos sucesos que la verdad ofrece, y aun estos limitadamente y con solas las palabras que bastan a declararlos, y pues se contiene y cierra en los estrechos límites de la narración, teniendo habilidad, suficiencia y entendimiento para tratar del universo todo, pide no se desprecie su trabajo, y se le den alabanzas, no por lo que escribe, sino por lo que ha dejado de escribir.

Y luego prosigue la historia, diciendo que en acabando de comer don Quijote el día que dio los consejos a Sancho, aquella tarde se los dio escritos, para que él buscase quien se los leyese, pero apenas se los hubo dado, cuando se le cayeron y vinieron a manos del duque, que los comunicó con la duquesa, y los dos se admiraron de nuevo de la locura y del ingenio de don Quijote; y así, llevando adelante sus burlas, aquella tarde enviaron a Sancho con mucho acompañamiento al lugar que para él había de ser ínsula.

Acaeció, pues, que el que la llevaba a cargo era un mayordomo del duque, muy discreto y muy gracioso — que no puede haber gracia donde no hay discreción —, el cual había hecho la persona de la condesa Trifaldi con el donaire que queda referido; y con esto, y con ir industriado de sus señores de cómo se había de haber con Sancho, salió con su intento maravillosamente. Digo, pues, que acaeció que así como Sancho vio al tal mayordomo, se le figuró en su rostro el mesmo de la Trifaldi, y volviéndose a su señor le dijo:

mercê não confessar que a cara desse mordomo do duque, que aí está, é a mesma da Dolorida.

Olhou D. Quixote atentamente o mordomo e, depois de o ter olhado, disse a Sancho:

— Não há para que o diabo te levar, Sancho, seja num credo ou sem confissão (que não sei o que queres dizer), pois a cara da Dolorida é, sim, a do mordomo, mas nem por isso o mordomo é a Dolorida, pois semelhante coisa implicaria contradição muito grande, e agora não é tempo de fazer tais averiguações, que seria entrarmos em intricados labirintos. Crê-me, amigo, que muito deveras havemos de rogar ao Nosso Senhor que nos livre a nós dois de maus feiticeiros e de maus encantadores.

— Não é troça, senhor — replicou Sancho —, senão que já dantes ouvi esse mordomo falar e me pareceu que era a mesma voz da Trifraldi que me soava nos ouvidos. Agora não digo mais, mas não deixarei de andar atento daqui em diante, a ver se ele descobre outro sinal que confirme ou desfaça a minha suspeita.

— Assim hás de fazer, Sancho — disse D. Quixote —, e me dareis aviso de tudo quanto neste caso descobrires e de tudo aquilo que no governo te acontecer.

Saiu enfim Sancho acompanhado de muita gente, vestido como letrado, e por cima um gabão muito largo de chamalote de águas leonado, com um gorro do mesmo pano, montado em um mulo à gineta, e atrás dele, por ordem do duque, ia o ruço com jaez e paramentos jumentais de seda e reluzindo de novos. Virava Sancho a cabeça de quando em quando para olhar o seu asno, em cuja companhia ia tão contente que não trocaria de posto com o imperador da Alemanha.

— Señor, o a mí me ha de llevar el diablo de aquí de donde estoy en justo y en creyente, o vuestra merced me ha de confesar que el rostro deste mayordomo del duque que aquí está es el mesmo de la Dolorida.

Miró don Quijote atentamente al mayordomo y, habiéndole mirado, dijo a Sancho:

— No hay para qué te lleve el diablo, Sancho, ni en justo ni en creyente (que no sé lo que quieres decir) que el rostro de la Dolorida es el del mayordomo, pero no por eso el mayordomo es la Dolorida, que a serlo, implicaría contradición muy grande, y no es tiempo ahora de hacer estas averiguaciones, que sería entrarnos en intricados laberintos. Créeme, amigo, que es menester rogar a Nuestro Señor muy de veras que nos libre a los dos de malos hechiceros y de malos encantadores.

— No es burla, señor — replicó Sancho —, sino que denantes le oí hablar, y no pareció sino que la voz de la Trifaldi me sonaba en los oídos. Ahora bien, yo callaré, pero no dejaré de andar advertido de aquí adelante, a ver si descubre otra señal que confirme o desfaga mi sospecha.

— Así lo has de hacer, Sancho — dijo don Quijote —, y darásme aviso de todo lo que en este caso descubrieres y de todo aquello que en el gobierno te sucediere.

Salió en fin Sancho acompañado de mucha gente, vestido a lo letrado, y encima un gabán muy ancho de chamelote de aguas leonado, con una montera de lo mesmo, sobre un macho a la jineta, y detrás dél, por orden del duque, iba el rucio con jaeces y ornamentos jumentiles de seda y flamantes. Volvía Sancho la cabeza de cuando en cuando a mirar a su asno, con cuya compañía iba tan contento, que no se trocara con el emperador de Alemaña.

Ao se despedir dos duques, lhes beijou as mãos e tomou a bênção do seu senhor, que lha deu com lágrimas, e Sancho a recebeu fazendo beicinho.

Deixa, leitor amável, o bom Sancho seguir em paz e embora, e espera as duas fangas de risadas que te há de causar o saber como ele se portou no seu cargo, e entretanto atende a saber o que se passou com seu amo naquela noite, pois, se com isso não rires, quando menos hás de descerrar os lábios num sorriso amarelo, porque os sucessos de D. Quixote ou se hão de celebrar com admiração ou com riso.

Conta-se, pois, que não era bem partido Sancho quando D. Quixote sentiu saudade dele, e tanta que, se lhe fosse possível revogar a licença e tirar-lhe o governo, assim teria feito. Percebeu a duquesa sua melancolia e perguntou-lhe que era que o entristecia, pois, se fosse a ausência de Sancho, escudeiros, duenhas e donzelas havia na sua casa que o serviriam muito em satisfação do seu desejo.

— É verdade, senhora minha — respondeu D. Quixote —, que sinto a falta de Sancho, mas não é essa a causa principal que me faz parecer que estou triste. Dos muitos oferecimentos que Vossa Excelência me faz, somente aceito e escolho o da vontade com que mos fazem, e no mais suplico a Vossa Excelência que dentro do meu aposento consinta e permita que só eu seja quem me serve.

— Em verdade, senhor D. Quixote — disse a duquesa —, que não há de ser assim, pois hão de servi-lo quatro donzelas das minhas, formosas como flores.

— Para mim — respondeu D. Quixote — não serão elas como flores, senão como espinhos que me pungem a alma. Assim entrarão elas no meu aposento, ou coisa que se pareça, como podem voar. Se é que vossa grande-

---

Al despedirse de los duques, les besó las manos, y tomó la bendición de su señor, que se la dio con lágrimas, y Sancho la recibió con pucheritos.

Deja, lector amable, ir en paz y enhorabuena al buen Sancho, y espera dos fanegas de risa que te ha de causar el saber cómo se portó en su cargo, y en tanto atiende a saber lo que le pasó a su amo aquella noche, que si con ello no rieres, por lo menos desplegarás los labios con risa de jimia, porque los sucesos de don Quijote o se han de celebrar con admiración o con risa.

Cuéntase, pues, que apenas se hubo partido Sancho, cuando don Quijote sintió su soledad, y si le fuera posible revocarle la comisión y quitarle el gobierno, lo hiciera. Conoció la duquesa su melancolía y preguntóle que de qué estaba triste, que si era por la ausencia de Sancho, que escuderos, dueñas y doncellas había en su casa que le servirían muy a satisfación de su deseo.

— Verdad es, señora mía — respondió don Quijote —, que siento la ausencia de Sancho, pero no es esa la causa principal que me hace parecer que estoy triste, y de los muchos ofrecimientos que Vuestra Excelencia me hace solamente acepto y escojo el de la voluntad con que se me hacen, y en lo demás suplico a Vuestra Excelencia que dentro de mi aposento consienta y permita que yo solo sea el que me sirva.

— En verdad — dijo la duquesa —, señor don Quijote, que no ha de ser así, que le han de servir cuatro doncellas de las mías, hermosas como unas flores.

— Para mí — respondió don Quijote — no serán ellas como flores, sino como espinas que me puncen el alma. Así entrarán ellas en mi aposento, ni cosa que lo parezca, como volar. Si es que vuestra grandeza quiere lle-

za quer levar avante o me fazer mercê sem eu a merecer, deixe que das minhas portas adentro só eu cuide de mim e me sirva, pondo uma muralha entre os meus desejos e a minha honestidade, costume este que não quero perder pela liberalidade que vossa alteza quer mostrar comigo. Enfim, antes dormirei vestido que deixarei alguém me despir.

— Basta, senhor D. Quixote, basta — replicou a duquesa. — Por mim digo que darei ordem para que não entre no seu quarto, não digo uma donzela, mas nem sequer uma mosca. Não sou eu tal pessoa que por minha culpa venha a desandar a decência do senhor D. Quixote, pois, segundo se me transluziu, a que mais campeia entre suas muitas virtudes é a da honestidade. Dispa-se vossa mercê e vista-se a sós consigo e ao seu modo como e quando quiser, que não haverá quem o impeça, pois dentro do seu aposento achará os vasos necessários ao mister de quem dorme a portas fechadas, por que nenhuma natural necessidade o obrigue a abri-las. Viva mil séculos a grande Dulcineia d'El Toboso e seja o seu nome estendido por toda a redondeza da terra, pois mereceu ser amada de tão valente e tão honesto cavaleiro, e que os benignos céus infundam no coração de Sancho Pança, nosso governador, o desejo de em breve tempo acabar suas disciplinas, para que torne o mundo a gozar da beleza de tão grande senhora.

Ao que disse D. Quixote:

— Vossa altitude falou como quem é, pois na boca das boas senhoras não há de haver nenhuma que seja ruim; e mais venturosa e mais conhecida será no mundo Dulcineia pelo elogio que lhe fez vossa grandeza que por todos os que lhe possam dar os mais eloquentes da terra.

— Pois bem, senhor D. Quixote — replicou a duquesa —, a hora de jantar se chega, e o duque já nos deve de esperar. Venha vossa mercê e jante-

---

var adelante el hacerme merced sin yo merecerla, déjeme que yo me las haya conmigo y que yo me sirva de mis puertas adentro, que yo ponga una muralla en medio de mis deseos y de mi honestidad, y no quiero perder esta costumbre por la liberalidad que vuestra alteza quiere mostrar conmigo. Y, en resolución, antes dormiré vestido que consentir que nadie me desnude.

— No más, no más, señor don Quijote — replicó la duquesa —. Por mí digo que daré orden que ni aun una mosca entre en su estancia, no que una doncella: no soy yo persona que por mí se ha de descabalar la decencia del señor don Quijote, que, según se me ha traslucido, la que más campea entre sus muchas virtudes es la de la honestidad. Desnúdese vuesa merced y vístase a sus solas y a su modo como y cuando quisiere, que no habrá quien lo impida, pues dentro de su aposento hallará los vasos necesarios al menester del que duerme a puerta cerrada, porque ninguna natural necesidad le obligue a que la abra. Viva mil siglos la gran Dulcinea del Toboso, y sea su nombre estendido por toda la redondez de la tierra, pues mereció ser amada de tan valiente y tan honesto caballero, y los benignos cielos infundan en el corazón de Sancho Panza, nuestro gobernador, un deseo de acabar presto sus diciplinas, para que vuelva a gozar el mundo de la belleza de tan gran señora.

A lo cual dijo don Quijote:

— Vuestra altitud ha hablado como quien es, que en la boca de las buenas señoras no ha de haber ninguna que sea mala; y más venturosa y más conocida será en el mundo Dulcinea por haberla alabado vuestra grandeza que por todas las alabanzas que puedan darle los más elocuentes de la tierra.

— Agora bien, señor don Quijote — replicó la duquesa —, la hora de cenar se llega y el duque debe de

mos, e assim se deitará cedo, pois a viagem que ontem fez a Candaia não foi tão curta que o não tenha moído algum tanto.

— Não sinto moedura nenhuma, senhora — respondeu D. Quixote —, e ousaria jurar a Vossa Excelência que na minha vida jamais montei um animal mais repousado nem de melhor passo que Cravilenho, e não sei o que pode ter movido Malambruno a se desfazer de tão ligeira e tão gentil cavalgadura e abrasá-la assim, sem mais nem mais.

— Disto se pode imaginar — respondeu a duquesa — que, arrependido do mal que fizera à Trifraldi e companhia, e a outras pessoas, e das maldades que como feiticeiro e encantador decerto cometeu, quis destruir todos os instrumentos do seu ofício, e como ao principal deles e que mais o trazia desassossegado, vagando de terra em terra, quis abrasar Cravilenho, e com suas abrasadas cinzas e com o troféu do cartaz eternizou o valor do grande D. Quixote de La Mancha.

De novo D. Quixote renovou seus agradecimentos à duquesa e, depois de jantar, se recolheu sozinho a seu aposento, sem consentir que ninguém entrasse com ele a servi-lo, tanto se temia de achar ocasiões que o movessem ou forçassem a perder o honesto decoro que à sua senhora Dulcineia guardava, sempre posta em sua imaginação a bondade de Amadis, flor e espelho dos andantes cavaleiros. Fechou a porta atrás de si e à luz de duas velas de cera se despiu, e ao se descalçar (oh desgraça indigna de tal pessoa!), puxou, não suspiros do fundo das entranhas nem outra coisa que pudesse desacreditar sua limpeza e polidez, mas o fio de uma das meias, desmanchando bem duas dúzias de pontos e deixando-a feita gelosia. Afligiu-se em extremo o bom senhor, e teria dado uma onça de prata por ter à mão um adarme de seda verde (digo seda verde porque as meias eram verdes).

---

esperar: venga vuesa merced y cenemos, y acostaráse temprano, que el viaje que ayer hizo de Candaya no fue tan corto que no haya causado algún molimiento.

— No siento ninguno, señora — respondió don Quijote —, porque osaré jurar a Vuestra Excelencia que en mi vida he subido sobre bestia más reposada ni de mejor paso que Clavileño, y no sé yo qué le pudo mover a Malambruno para deshacerse de tan ligera y tan gentil cabalgadura y abrasarla así, sin más ni más.

— A eso se puede imaginar — respondió la duquesa — que arrepentido del mal que había hecho a la Trifaldi y compañía, y a otras personas, y de las maldades que como hechicero y encantador debía de haber cometido, quiso concluir con todos los instrumentos de su oficio, y como a principal y que más le traía desasosegado, vagando de tierra en tierra, abrasó a Clavileño, que con sus abrasadas cenizas y con el trofeo del cartel queda eterno el valor del gran don Quijote de la Mancha.

De nuevo nuevas gracias dio don Quijote a la duquesa, y en cenando don Quijote se retiró en su aposento solo, sin consentir que nadie entrase con él a servirle, tanto se temía de encontrar ocasiones que le moviesen o forzasen a perder el honesto decoro que a su señora Dulcinea guardaba, siempre puesta en la imaginación la bondad de Amadís, flor y espejo de los andantes caballeros. Cerró tras sí la puerta, y a la luz de dos velas de cera se desnudó, y al descalzarse (oh desgracia indigna de tal persona) se le soltaron, no suspiros ni otra cosa que desacreditasen la limpieza de su policía, sino hasta dos docenas de puntos de una media, que quedó hecha celosía. Afligióse en extremo el buen señor, y diera él por tener allí un adarme de seda verde una onza de plata (digo seda verde porque las medias eran verdes).

Aqui exclamou Benengeli e, escrevendo, disse: "Oh pobreza, pobreza! Não sei com que razão se moveu aquele grande poeta cordovês a chamar-te 'dádiva santa não agradecida'![1] Eu, apesar de mouro, bem sei, pelo trato que tive com cristãos, que a santidade consiste em caridade, humildade, fé, obediência e pobreza. Mas, contudo, digo que há de ter muito de Deus quem se contenta em ser pobre, como não seja daquele modo de pobreza do qual diz um dos seus maiores santos: 'Tende todas as coisas como se as não tivésseis',[2] e a isto chamam pobreza de espírito. Mas tu, segunda pobreza (que és da qual falo agora), por que queres atropelar os fidalgos e bem-nascidos mais que as outras gentes? Por que os obrigas a curar os sapatos com negro de fumo e a que os botões do seu gibão sejam uns de seda, outros de cerdas e outros de vidro? Por que suas gorjeiras hão de ser pela maior parte sempre frisadas, e não abertas em molde?". (E nisto se dará a ver que é antigo o uso da goma e das gorjeiras encanudadas.) E prosseguiu: "Coitado do bem-nascido que a duras penas sustenta sua honra, comendo mal e desacompanhado, tornando hipócrita o palito de dentes[3] com que sai para a rua depois de não ter comido coisa que o obrigue a limpá-los! Coitado daquele, digo, que tem a honra espantadiça e teme que a uma légua se lhe descubra o remendo do sapato, o sebo do chapéu, a desfiadura do gabão e a fome do seu estômago!".

Tudo isso se renovou a D. Quixote no puxar daquele fio, mas ele se consolou ao ver que Sancho lhe deixara umas botas de caminho,[4] que pensou calçar no dia seguinte. Finalmente se deitou, pensativo e pesaroso, assim da falta que Sancho lhe fazia como do irreparável desastre das suas meias, que ele teria cerzido ainda que fosse com seda de outra cor, que é um dos maiores sinais de miséria que um fidalgo pode dar no discurso da sua castigada estreiteza. Apagou as velas; fazia calor e não conseguia dormir; levan-

---

Aquí exclamó Benengeli y, escribiendo, dijo: "¡Oh pobreza, pobreza! ¡No sé yo con qué razón se movió aquel gran poeta cordobés a llamarte "dádiva santa desagradecida"! Yo, aunque moro, bien sé, por la comunicación que he tenido con cristianos, que la santidad consiste en la caridad, humildad, fee, obediencia y pobreza; pero, con todo eso, digo que ha de tener mucho de Dios el que se viniere a contentar con ser pobre, si no es de aquel modo de pobreza de quien dice uno de sus mayores santos: "Tened todas las cosas como si no las tuviésedes", y a esto llaman pobreza de espíritu. Pero tú, segunda pobreza (que eres de la que yo hablo) ¿por qué quieres estrellarte con los hidalgos y bien nacidos más que con la otra gente? ¿Por qué los obligas a dar pantalla a los zapatos y a que los botones de sus ropillas unos sean de seda, otros de cerdas y otros de vidro? ¿Por qué sus cuellos por la mayor parte han de ser siempre escarolados, y no abiertos con molde?". (Y en esto se echará de ver que es antiguo el uso del almidón y de los cuellos abiertos.) Y prosiguió: "¡Miserable del bien nacido que va dando pistos a su honra, comiendo mal y a puerta cerrada, haciendo hipócrita al palillo de dientes con que sale a la calle después de no haber comido cosa que le obligue a limpiárselos! ¡Miserable de aquel, digo, que tiene la honra espantadiza y piensa que desde una legua se le descubre el remiendo del zapato, el trasudor del sombrero, la hilaza del herreruelo y la hambre de su estómago!".

Todo esto se le renovó a don Quijote en la soltura de sus puntos, pero consolóse con ver que Sancho le había dejado unas botas de camino, que pensó ponerse otro día. Finalmente él se recostó pensativo y pesaroso, así de la falta que Sancho le hacía como de la inreparable desgracia de sus medias, a quien tomara los puntos aunque fuera con seda de otra color, que es una de las mayores señales de miseria que un hidalgo puede dar en

tou-se do leito e abriu um pouco a janela de grade que dava para um lindo jardim, e ao abri-la sentiu e ouviu que andava e falava gente embaixo. Pôs-se a escutar atentamente. As vozes do jardim então se levantaram, e tanto que pôde ouvir estas razões:

— Não me porfies, oh Emerencia, por que eu cante, pois sabes que desde o ponto em que esse forasteiro entrou neste castelo e nele fitei os meus olhos já não sei cantar, senão chorar; a mais, o sono da minha senhora é mais leve que pesado, e por nenhum tesouro deste mundo quisera que nos achasse aqui. E, em caso que ela durma e não desperte, em vão será o meu canto se dorme e não despertar para ouvi-lo este novo Eneias,[5] que a minhas regiões chegou para deixar-me escarnida.

— Não temas disso, Altisidora amiga — responderam —, pois sem dúvida a duquesa e quantos há nesta casa dormem, tirando o senhor do teu coração e despertador da tua alma, pois acabo de ouvir que abriu a janela do seu quarto, e sem dúvida deve de estar desperto. Canta, ferida amiga, em tom baixo e suave, ao som da tua harpa, e, se a duquesa nos ouvir, achacaremos a saída a este calor que faz.

— Não é este o ponto, oh Emerencia — respondeu Altisidora —, senão que não quero que o meu canto descubra o meu coração e eu seja então julgada por donzela caprichosa e leviana pelos que não têm notícia das forças poderosas de amor. Mas venha o que vier, pois mais vale vergonha no rosto que mágoa no coração.

Nisto se ouviu tocar uma harpa suavissimamente. Escutando o qual, abismou-se D. Quixote, porque no mesmo instante lhe vieram à memória as infinitas aventuras semelhantes àquela, de janelas, grades e jardins, músicas, requestas e desvarios que nos seus desvairados livros de cavalarias tinha lido.

---

el discurso de su prolija estrecheza. Mató las velas; hacía calor y no podía dormir; levantóse del lecho y abrió un poco la ventana de una reja que daba sobre un hermoso jardín, y al abrirla sintió y oyó que andaba y hablaba gente en el jardín. Púsose a escuchar atentamente. Levantaron la voz los de abajo, tanto que pudo oír estas razones:

— No me porfíes, oh Emerencia, que cante, pues sabes que desde el punto que este forastero entró en este castillo y mis ojos le miraron, yo no sé cantar, sino llorar; cuanto más que el sueño de mi señora tiene más de ligero que de pesado, y no querría que nos hallase aquí por todo el tesoro del mundo; y puesto caso que durmiese y no despertase, en vano sería mi canto si duerme y no despierta para oírle este nuevo Eneas, que ha llegado a mis regiones para dejarme escarnida.

— No des en eso, Altisidora amiga — respondieron —, que sin duda la duquesa y cuantos hay en esta casa duermen, si no es el señor de tu corazón y el despertador de tu alma, porque ahora sentí que abría la ventana de la reja de su estancia, y sin duda debe de estar despierto. Canta, lastimada mía, en tono bajo y suave, al son de tu harpa, y cuando la duquesa nos sienta, le echaremos la culpa al calor que hace.

— No está en eso el punto, ¡oh Emerencia! — respondió la Altisidora —, sino en que no querría que mi canto descubriese mi corazón, y fuese juzgada de los que no tienen noticia de las fuerzas poderosas de amor por doncella antojadiza y liviana. Pero venga lo que viniere, que más vale vergüenza en cara que mancilla en corazón.

Y en esto se sintió tocar una harpa suavísimamente. Oyendo lo cual quedó don Quijote pasmado, porque en aquel instante se le vinieron a la memoria las infinitas aventuras semejantes a aquella, de ventanas, rejas

Logo imaginou que alguma donzela da duquesa estava dele enamorada e que a honestidade a forçava a manter sua vontade em segredo; temeu que o rendesse e se propôs em pensamento a não se deixar vencer; e encomendando-se de todo bom ânimo e bom talante a sua senhora Dulcineia d'El Toboso, determinou de escutar a música, e para dar a entender que lá estava deu um fingido espirro, o qual não pouco alegrou as donzelas, pois outra coisa não desejavam senão que D. Quixote as ouvisse. Afinada a harpa e percorridas suas cordas, Altisidora deu princípio a este romance:

> — Oh tu, que estás no teu leito,
> deitado em lençóis de holanda,
> a perna solta dormindo
> adentro na madrugada,
>
> cavaleiro o mais valente
> já produzido em La Mancha,
> mais honesto e mais bendito
> que o ouro fino da Arábia!
>
> Ouve uma triste donzela
> bem crescida e mal lograda,
> que à luz do teu par de sóis
> sente abrasar-se-lhe a alma.
>
> Buscas tuas aventuras
> e alheias desditas achas,
> dás mil feridas e negas
> o remédio pra sará-las.

---

y jardines, músicas, requiebros y desvanecimientos que en los sus desvanecidos libros de caballerías había leído. Luego imaginó que alguna doncella de la duquesa estaba dél enamorada, y que la honestidad la forzaba a tener secreta su voluntad; temió no le rindiese y propuso en su pensamiento el no dejarse vencer; y encomendándose de todo buen ánimo y buen talante a su señora Dulcinea del Toboso, determinó de escuchar la música, y para dar a entender que allí estaba dio un fingido estornudo, de que no poco se alegraron las doncellas, que otra cosa no deseaban sino que don Quijote las oyese. Recorrida, pues, y afinada la harpa, Altisidora dio principio a este romance:

> — ¡Oh tú, que estás en tu lecho,
> entre sábanas de holanda,
> durmiendo a pierna tendida
> de la noche a la mañana,
>
> caballero el más valiente
> que ha producido la Mancha,
> más honesto y más bendito
> que el oro fino de Arabia!

> Oye a una triste doncella
> bien crecida y mal lograda,
> que en la luz de tus dos soles
> se siente abrasar el alma.
>
> Tú buscas tus aventuras
> y ajenas desdichas hallas,
> das las feridas y niegas
> el remedio de sanarlas.

Diz-me, valoroso jovem,
que Deus te prospere as ânsias,
se te criaste na Líbia
ou nas montanhas de Jaca,[6]

se serpes te deram leite,
se acaso foram tuas amas
as asperezas das selvas
e os horrores das montanhas.[7]

Bem pode a sã Dulcineia,
donzela roliça e alta,
prezar-se de ter rendido
uma fera tigre e brava.

Por isso será famosa
do Henares até o Jarama,
do Tejo até o Manzanares,
do Pisuerga até o Arlanza.[8]

Bem me trocara eu com ela,
e dera ainda uma saia,
das minhas a mais vistosa,
com listras de ouro adornada.

Oh quem se vira em teus braços
ou arrimada a tua cama,
alisando-te a cabeça
e catando tuas caspas!

Dime, valeroso joven,
que Dios prospere tus ansias,
si te criaste en la Libia
o en las montañas de Jaca,

si sierpes te dieron leche,
si a dicha fueron tus amas
la aspereza de las selvas
y el horror de las montañas.

Muy bien puede Dulcinea,
doncella rolliza y sana,
preciarse de que ha rendido
a una tigre y fiera brava.

Por esto será famosa
desde Henares a Jarama,
desde el Tajo a Manzanares,
desde Pisuerga hasta Arlanza.

Trocárame yo por ella,
y diera encima una saya,
de las más gayadas mías,
que de oro le adornan franjas.

¡Oh, quién se viera en tus brazos,
o si no, junto a tu cama,
rascándote la cabeza
y matándote la caspa!

Mucho pido y no soy digna
de merced tan señalada,
los pies quisiera traerte,
que a una humilde esto le basta.

¡Oh, qué de cofias te diera,
qué de escarpines de plata,
qué de calzas de damasco,
qué de herreruelos de Holanda!

Muito peço e não sou digna
de mercê tão sinalada,
os pés quisera afagar-te,
pois isso à humilde já basta.

Oh quantas coifas te dera,
quantos escarpins de prata,
quantas calças de damasco,
e ferragoulos de holanda!

Quantas pérolas formosas,
como bugalhos tamanhas,
que, não tendo companheiras,
las solas bem as chamaram![9]

Não mires de tua Tarpeia[10]
este incêndio que me abrasa,
Nero manchego do mundo,
nem o avives com tua sanha.

Nova sou, tenra pucela,
aos quinze inda não chegada,
catorze tenho e três meses,[11]
te juro em Deus e minh'alma.

Não sou maneta nem coxa,
nem tenho nenhuma tara,
os cabelos, como lírios,
que em pé pelo chão se arrastam;

¡Qué de finísimas perlas,
cada cual como una agalla,
que a no tener compañeras,
"las solas" fueran llamadas!

No mires de tu Tarpeya
este incendio que me abrasa,
Nerón manchego del mundo,
ni le avives con tu saña.

Niña soy, pulcela tierna,
mi edad de quince no pasa,
catorce tengo y tres meses,
te juro en Dios y en mi ánima.

No soy renca, ni soy coja,
ni tengo nada de manca,
los cabellos, como lirios,
que en pie por el suelo arrastran;

y aunque es mi boca aguileña
y la nariz algo chata,
ser mis dientes de topacios
mi belleza al cielo ensalza.

Mi voz, ya ves, si me escuchas,
que a la que es más dulce iguala,
y soy de disposición
algo menos que mediana.

Estas y otras gracias mías
son despojos de tu aljaba,
desta casa soy doncella
y Altisidora me llaman.

bem que a boca é feita um bico
e o nariz feito batata,
meus dentes, como topázios,
por bela ao céu me levantam.

A voz, já vês se me escutas,
é tal que a mais doce iguala,
e tenho a corporatura
pouco menos que mediana.

Estas e outras graças minhas
são presa da tua aljava,
desta casa sou donzela
e Altisidora me chamam.

Aqui findou o canto da malferida Altisidora e começou o assombro do requestado D. Quixote, o qual, dando um grande suspiro, disse entre si: "Serei tão desditoso andante que não há de haver donzela que me veja que de mim não se enamore? Será tão falta de ventura a sem-par Dulcineia d'El Toboso que a não deixarão gozar a sós da incomparável firmeza minha? Que quereis dela, rainhas? Por que a perseguis, imperatrizes? Para que a acossais, donzelas de catorze a quinze anos? Deixai, deixai que a coitada triunfe, desfrute e se ufane da sorte que Amor lhe quis dar em lhe render meu coração e lhe entregar minha alma. Olhai, caterva enamorada, que só para Dulcineia sou de massa e de alfenim, e para todas as demais sou de pederneira; para ela sou mel, para vós outras, losna; para mim só Dulcineia é a formosa, a discreta, a honesta, a galharda e a bem-nascida, e as demais, as feias, as nés-

Aquí dio fin el canto de la malferida Altisidora y comenzó el asombro del requirido don Quijote, el cual, dando un gran suspiro, dijo entre sí: "¡Que tengo de ser tan desdichado andante que no ha de haber doncella que me mire que de mí no se enamore! ¡Que tenga de ser tan corta de ventura la sin par Dulcinea del Toboso que no la han de dejar a solas gozar de la incomparable firmeza mía! ¿Qué la queréis, reinas? ¿A qué la perseguís, emperatrices? ¿Para qué la acosáis, doncellas de a catorce a quince años? Dejad, dejad a la miserable que triunfe, se goce y ufane con la suerte que Amor quiso darle en rendirle mi corazón y entregarle mi alma. Mirad, caterva enamorada, que para sola Dulcinea soy de masa y de alfenique, y para todas las demás soy de pedernal; para ella soy miel, y para vosotras acíbar; para mí sola Dulcinea es la hermosa, la discreta, la honesta, la gallarda y la bien nacida, y las demás, las feas, las necias, las livianas y las de peor linaje; para ser yo suyo, y no de otra alguna, me arrojó la naturaleza al mundo. Llore o cante Altisidora, desespérese Madama por quien me aporrearon en el castillo del moro encantado, que yo tengo de ser de Dulcinea, cocido o asado, limpio, bien criado y honesto, a pesar de todas las potestades hechiceras de la tierra".

Y con esto cerró de golpe la ventana y, despechado y pesaroso como si le hubiera acontecido alguna gran desgracia, se acostó en su lecho, donde le dejaremos por ahora, porque nos está llamando el gran Sancho Panza, que quiere dar principio a su famoso gobierno.

cias, as levianas e as de pior linhagem. Para ser só dela, e não de outra alguma, foi que a natureza me deitou ao mundo. Chore ou cante Altisidora, desespere a dama por quem me espancaram no castelo do mouro encantado, pois eu tenho de ser de Dulcineia, cozido ou assado, limpo, bem-criado e honesto, apesar de todas as potestades feiticeiras da terra".

E com isto fechou a janela de um golpe e, despeitado e pesaroso como se tivesse sofrido alguma grande desgraça, deitou-se em seu leito, onde o deixaremos por ora, porque nos está chamando o grande Sancho Pança, que quer dar princípio ao seu famoso governo.

Notas

[2] "Dádiva santa não agradecida": verso de *Laberinto de Fortuna*, de Juan de Mena (1411-1456), que ecoa o Sermão da Montanha: "*¡O vida segura la mansa pobreza,/ dádiva santa desagradesçida!/ Rica se llama, non pobre, la vida/ del que se contenta bevir sin riqueza...*" (estrofe 227).

[2] "Tende todas as coisas como se as não tivésseis": tradução de palavras de São Paulo (I Coríntios, 7, 31).

[3] ... tornando hipócrita o palito de dentes: na época era bem-visto o uso de palitos de dentes, bem maiores que os atuais e de confecção laboriosa, por vezes de prata ou de ouro. O motivo do "*palillo hipócrita*", frequente na literatura do Século de Ouro espanhol, zombava do costume de palitar os dentes ostentosamente com que os fidalgos pobres costumavam disfarçar a própria penúria, dando a entender que dispunham de mesa farta.

[4] Botas de caminho: aquelas apropriadas para caminhadas, de cano alto e flexível.

[5] Novo Eneias: alude ao desprezo que o herói virgiliano mostrou pela Rainha Dido (Elisa).

[6] Montanhas de Jaca: referência ao romance "Por las Montañas de Jaca", também citado no *Entremés de los Romances* (ver *DQ* I, cap. V, nota 1). As montanhas em questão ladeiam o vale e a comarca de mesmo nome, nos Pirineus aragoneses, junto à fronteira com a França; consta que, quando da entrada dos mouros nesse território, serviram de refúgio para os cristãos que mais tarde fundariam o reino. Esse espaço, presumivelmente próximo do palácio dos duques, é contraposto aos tópicos desertos da Líbia, que a literatura dava como território de animais peçonhentos.

[7] "Se serpes te deram leite,/ [...]/ e os horrores das montanhas": provável deformação burlesca da maldição que Dido lança a Eneias, "*Nec tibi diva parens, generis nec Dardanus auctor,/ perfide; sed duris genuit te cautibus horrens/ Caucasus, Hyrcanæque admorunt ubera tigris*" (*Eneida*, IV, 365-367). Na tradução de Odorico Mendes, "Nem mãe deusa, nem Dárdano hás por tronco,/ Gerou-te o Cáucaso em penhascos duros,/ Traidor! mamaste nas hircanas tigres".

[8] Henares, Jarama, Tejo, Manzanares, Pisuerga, Arlanza: a lista de rios espanhóis, próximos e familiares, parodia a delimitação tópica dos espaços literários por rios distantes ou míticos.

[9] *Las solas*: *La Sola*, também conhecida como *La Peregrina* ou *La Huérfana*, por não ter igual, era certa pérola excepcionalmente grande que se destacava entre as joias da coroa. Aparece em retratos de Margarida de Áustria e Felipe III pintados por Velázquez.

[10] Não mires de tua Tarpeia: joga-se aí com o romance antigo "Mira Nero de Tarpeya"; Tarpeia é a rocha da colina do Capitólio de onde o imperador teria supostamente assistido ao incêndio de Roma.

[11] ... catorze tenho e três meses: além de precisar a idade, "três meses" poderia indicar que a moça só menstruara três vezes, para reforçar sua juventude.

CAPÍTULO XLV

DE COMO O GRANDE SANCHO PANÇA
TOMOU POSSE DA SUA ÍNSULA
E DO MODO QUE COMEÇOU A GOVERNAR

Oh perpétuo descobridor dos antípodas, archote do mundo, olho do céu, doce meneador das cantimploras, timbriano aqui, Febo ali, frecheiro cá, médico acolá, pai da poesia, inventor da música, tu que sempre sais e, ainda que tal pareça, nunca te pões! A ti digo, oh sol, que ajudas o homem a gerar o homem,[1] a ti digo que me favoreças e ilumines a escuridão do meu engenho, para que eu possa alinhavar a tento a narração do governo do grande Sancho Pança, pois sem ti eu me sinto tíbio, desmazelado e confuso.

Digo, pois, que com todo o seu acompanhamento chegou Sancho a um lugar com cerca de mil moradores, que era dos melhores que o duque tinha nos seus domínios. Disseram-lhe que se chamava "a ínsula Baratária", ou porque o lugar se chamava Baratário, ou pelo barato com que se lhe dera o governo.[2] Chegando às portas da vila, que era amuralhada, saiu a vereança a recebê-lo, repicaram os sinos e todos os moradores deram mostras de geral alegria e com muita pompa o levaram à igreja matriz para dar graças a Deus, e em seguida com algumas ridículas cerimônias lhe entregaram as chaves da povoação e o admitiram como perpétuo governador da ínsula Baratária.

CAPÍTULO XLV

DE CÓMO EL GRAN SANCHO PANZA
TOMÓ LA POSESIÓN DE SU ÍNSULA
Y DEL MODO QUE COMENZÓ A GOBERNAR

¡Oh perpetuo descubridor de los antípodas, hacha del mundo, ojo del cielo, meneo dulce de las cantimploras, Timbrio aquí, Febo allí, tirador acá, médico acullá, padre de la poesía, inventor de la música, tú que siempre sales y, aunque lo parece, nunca te pones! A ti digo, ¡oh sol, con cuya ayuda el hombre engendra al hombre!, a ti digo que me favorezcas y alumbres la escuridad de mi ingenio, para que pueda discurrir por sus puntos en la narración del gobierno del gran Sancho Panza, que sin ti yo me siento tibio, desmazalado y confuso.

Digo, pues, que con todo su acompañamiento llegó Sancho a un lugar de hasta mil vecinos, que era de los mejores que el duque tenía. Diéronle a entender que se llamaba "la ínsula Barataria", o ya porque el lugar se llamaba "Baratario" o ya por el barato con que se le había dado el gobierno. Al llegar a las puertas de la villa, que era cercada, salió el regimiento del pueblo a recebirle, tocaron las campanas y todos los vecinos dieron muestras de general alegría y con mucha pompa le llevaron a la iglesia mayor a dar gracias a Dios, y luego con algunas ridículas ceremonias le entregaron las llaves del pueblo y le admitieron por perpetuo gobernador de la ínsula Barataria.

O traje, as barbas, a gordura e baixura do novo governador tinha admirada toda a gente que o busílis do conto não sabia, e até aqueles que o sabiam, que eram muitos. Finalmente, tirando-o da igreja, o levaram até a casa da audiência e o sentaram na cadeira do juiz, e o mordomo do duque lhe disse:

— É costume antigo nesta famosa ínsula, senhor governador, que quem vem tomar posse dela seja obrigado a responder a uma pergunta algum tanto intricada e dificultosa, de cuja resposta o povo toca e toma o pulso do engenho do seu novo governador e, assim, ou se alegra ou se entristece com a sua vinda.

Enquanto o mordomo dizia isto a Sancho, ele estava olhando umas grandes e muitas letras que na parede defronte à sua cadeira estavam escritas e, como não sabia ler, perguntou que eram aquelas pinturas que naquela parede estavam. Foi-lhe respondido:

— Senhor, aí está escrito e registrado o dia em que vossa senhoria tomou posse desta ínsula, e diz a inscrição: "Hoje, dia tanto do mês tal e do ano tal, tomou posse desta ínsula o senhor D. Sancho Pança, que muitos anos a desfrute".

— E a quem chamam "D. Sancho Pança"? — perguntou Sancho.

— A vossa senhoria — respondeu o mordomo —, pois nesta ínsula nunca entrou nenhum Pança que não fosse o que nessa cadeira está sentado.

— Pois então olhai, irmão — disse Sancho —, que eu não tenho "dom", e ninguém em toda a minha linhagem nunca o teve. Sancho Pança me chamam, sem mais, e Sancho se chamou meu pai, e Sancho meu avô, e todos foram Panças, sem ensanchas de dons nem donas,[3] e eu imagino que nesta ínsula deve de haver mais dons que pedras. Mas basta: Deus me entende, e

---

El traje, las barbas, la gordura y pequeñez del nuevo gobernador tenía admirada a toda la gente que el busilis del cuento no sabía, y aun a todos los que lo sabían, que eran muchos. Finalmente, en sacándole de la iglesia le llevaron a la silla del juzgado y le sentaron en ella, y el mayordomo del duque le dijo:

— Es costumbre antigua en esta ínsula, señor gobernador, que el que viene a tomar posesión desta famosa ínsula está obligado a responder a una pregunta que se le hiciere que sea algo intricada y dificultosa, de cuya respuesta el pueblo toma y toca el pulso del ingenio de su nuevo gobernador y, así, o se alegra o se entristece con su venida.

En tanto que el mayordomo decía esto a Sancho, estaba él mirando unas grandes y muchas letras que en la pared frontera de su silla estaban escritas, y como él no sabía leer, preguntó que qué eran aquellas pinturas que en aquella pared estaban. Fuele respondido:

— Señor, allí está escrito y notado el día en que vuestra señoría tomó posesión desta ínsula, y dice el epitafio: "Hoy día, a tantos de tal mes y de tal año, tomó la posesión desta ínsula el señor don Sancho Panza, que muchos años la goce".

— ¿Y a quién llaman don Sancho Panza? — preguntó Sancho.

— A vuestra señoría — respondió el mayordomo —, que en esta ínsula no ha entrado otro Panza sino el que está sentado en esa silla.

— Pues advertid, hermano — dijo Sancho —, que yo no tengo don, ni en todo mi linaje le ha habido: Sancho Panza me llaman a secas, y Sancho se llamó mi padre, y Sancho mi agüelo, y todos fueron Panzas, sin añadi-

pode ser que, se o governo me durar quatro dias, eu chegue a arrancar esses dons, que por sua multidão devem de irritar como mosquitos. Passe adiante com a sua pergunta o senhor mordomo, que eu responderei o melhor que souber, quer se entristeça ou não se entristeça o povo.

Nesse instante entraram na audiência dois homens, um vestido de lavrador e o outro de alfaiate, trazendo umas tesouras na mão, e o alfaiate disse:

— Senhor governador, eu e este homem lavrador vimos à presença de vossa mercê por causa de que este bom homem[4] chegou ontem à minha oficina, pois eu, com o perdão dos presentes, sou alfaiate examinado,[5] bendito seja Deus, e, pondo-me um pedaço de pano nas mãos, me perguntou: "Senhor, haveria aqui pano bastante para me fazer uma carapuça?". Eu, examinando o pano, lhe respondi que sim; ele deve de ter imaginado, segundo eu imagino, e imaginei bem, que sem dúvida eu lhe queria furtar uma parte do pano, estribado na sua malícia e na má opinião que se tem dos alfaiates, e me replicou que eu então olhasse se havia para duas. Adivinhei o seu pensamento e disse que sim, e ele, levado a galope de sua danada e primeira intenção, foi acrescentando carapuças, e eu acrescentando sim sobre sim, até que chegamos a cinco carapuças. Há pouco as veio buscar, eu lhas entreguei, e agora ele não me quer pagar a feitura, antes me pede que lhe pague ou devolva o seu pano.

— Fui tudo assim mesmo, irmão? — perguntou Sancho.

— Sim, senhor — respondeu o homem. — Mas agora vossa mercê lhe peça que mostre as cinco carapuças que me fez.

— De bom grado — respondeu o alfaiate.

E, tirando incontinente a mão de baixo do ferragoulo, mostrou nela cinco carapuças postas nas cinco cabeças dos dedos da mão, e disse:

---

duras de dones ni donas; y yo imagino que en esta ínsula debe de haber más dones que piedras; pero basta, Dios me entiende, y podrá ser que si el gobierno me dura cuatro días yo escardaré estos dones, que por la muchedumbre deben de enfadar como los mosquitos. Pase adelante con su pregunta el señor mayordomo, que yo responderé lo mejor que supiere, ora se entristezca o no se entristezca el pueblo.

A este instante entraron en el juzgado dos hombres, el uno vestido de labrador y el otro de sastre, porque traía unas tijeras en la mano, y el sastre dijo:

— Señor gobernador, yo y este hombre labrador venimos ante vuestra merced en razón que este buen hombre llegó a mi tienda ayer, que yo, con perdón de los presentes, soy sastre examinado, que Dios sea bendito, y poniéndome un pedazo de paño en las manos, me preguntó: "Señor, ¿habría en esto paño harto para hacerme una caperuza?". Yo, tanteando el paño, le respondí que sí; él debióse de imaginar, a lo que yo imagino, y imaginé bien, que sin duda yo le quería hurtar alguna parte del paño, fundándose en su malicia y en la mala opinión de los sastres, y replicóme que mirase si habría para dos. Adivinéle el pensamiento y díjele que sí, y él, caballero en su dañada y primera intención, fue añadiendo caperuzas, y yo añadiendo síes, hasta que llegamos a cinco caperuzas, y ahora en este punto acaba de venir por ellas, yo se las doy, y no me quiere pagar la hechura, antes me pide que le pague o vuelva su paño.

— ¿Es todo esto así, hermano? — preguntó Sancho.

— Sí, señor — respondió el hombre —, pero hágale vuestra merced que muestre las cinco caperuzas que me ha hecho.

— Eis aqui as cinco carapuças que este bom homem me pede, e em Deus e em minha consciência que não me restou nada do pano, e aqui deixo a obra para a vistoria dos vedores do ofício.

Todos os presentes se riram da multidão de carapuças e do insólito pleito. Sancho, depois de considerar um pouco, disse:

— Parece-me que neste pleito não há de haver longas dilações, senão julgar logo a juízo de bom varão; e assim eu dou por sentença que o alfaiate perca as feituras, e o lavrador o pano, e as carapuças sejam doadas aos presos da cadeia, e não se fala mais no caso.

Se a sentença da bolsa do porqueiro poria admiração aos circunstantes, esta lhes provocou o riso, mas por fim se fez o que o governador mandou. Logo se apresentaram diante dele dois homens idosos, um deles trazendo uma bengala de bambu, e o que vinha sem bengala disse:

— Senhor, dias há que emprestei a este bom homem dez escudos de ouro em ouro,[6] por lhe fazer favor e boa obra, à condição de que os voltasse quando o pedisse. Por muitos dias evitei de os pedir, para o não deixar com a volta em maior necessidade que a que ele estava quando os emprestei. Mas, por me parecer que se descuidava da paga, lhos pedi uma e muitas vezes, e ele não só não mos quer voltar, como nega meu favor e diz que nunca tais dez escudos lhe emprestei, e que, se acaso lhos emprestei, já mos voltou. Eu não tenho testemunhas nem do empréstimo nem da volta, pois tal não houve. Queria que vossa mercê lhe tomasse juramento, e, se ele jurar que mos voltou, eu lhe perdoo a dívida aqui e perante Deus.

— Que dizeis vós disso, bom velho da bengala? — disse Sancho.

Ao que o velho respondeu:

— Eu, senhor, confesso que ele mos emprestou, e vossa mercê baixe aqui

---

— De buena gana — respondió el sastre.

Y sacando encontinente la mano de bajo del herreruelo mostró en ella cinco caperuzas puestas en las cinco cabezas de los dedos de la mano, y dijo:

— He aquí las cinco caperuzas que este buen hombre me pide, y en Dios y en mi conciencia que no me ha quedado nada del paño, y yo daré la obra a vista de veedores del oficio.

Todos los presentes se rieron de la multitud de las caperuzas y del nuevo pleito. Sancho se puso a considerar un poco, y dijo:

— Paréceme que en este pleito no ha de haber largas dilaciones, sino juzgar luego a juicio de buen varón; y así, o doy por sentencia que el sastre pierda las hechuras, y el labrador el paño, y las caperuzas se lleven a los presos de la cárcel, y no haya más.

Si la sentencia pasada de la bolsa del ganadero movió a admiración a los circunstantes, esta les provocó a risa, pero en fin se hizo lo que mandó el gobernador. Ante el cual se presentaron dos hombres ancianos; el uno traía una cañaheja por báculo, y el sin báculo dijo:

— Señor, a este buen hombre le presté días ha diez escudos de oro en oro, por hacerle placer y buena obra, con condición que me los volviese cuando se los pidiese. Pasáronse muchos días sin pedírselos, por no ponerle en mayor necesidad de volvérmelos que la que él tenía cuando yo se los presté; pero por parecerme que se descuidaba en la paga se los he pedido una y muchas veces, y no solamente no me los vuelve, pero me los niega y dice que nunca tales diez escudos le presté, y que si se los presté, que ya me los ha vuelto. Yo no tengo testigos ni del pres-

a vara,[7] pois se ele faz fé no meu juramento, eu juro que lhe voltei e paguei os dez escudos real e verdadeiramente.

Baixou o governador a vara, e nesse ínterim o velho da bengala entregou a bengala ao outro velho, para que a segurasse enquanto ele jurava, como se muito o estorvasse, e em seguida pôs a mão sobre a cruz da vara, dizendo que era verdade que lhe haviam emprestado aqueles dez escudos que lhe pediam, mas que já os voltara de mão para mão, e que o outro, por não se lembrar disso, tornava a pedi-los repetidas vezes. Vendo o qual, o grande governador perguntou ao credor que tinha a dizer do que o seu contrário afirmava, e ele disse que sem dúvida alguma o seu devedor devia de dizer verdade, pois o tinha por homem de bem e bom cristão, e que ele devia de ter esquecido o como e o quando lhe voltara as moedas, e que dali em adiante jamais lhe pediria nada. Tornou a tomar sua bengala o devedor e, baixando a cabeça, deixou a audiência. Visto o qual por Sancho, e que sem mais nem mais partia, e vendo também a paciência do demandante, inclinou a cabeça sobre o peito e, pondo o indicador da mão direita nas sobrancelhas e no nariz, ficou como pensativo por um breve espaço, depois ergueu a cabeça e mandou chamar o velho da bengala, que já partira.

Trouxeram-no, e em o vendo Sancho lhe disse:

— Dai-me, bom homem, essa bengala, que hei mister dela.

— De muito bom grado — respondeu o velho. — Ei-la aqui, senhor.

E a pôs nas mãos de Sancho. Este a tomou e, entregando-a ao outro velho, lhe disse:

— Ide com Deus, que já vais pago.

— Como assim, senhor? — respondeu o velho. — Acaso este caniço vale dez escudos de ouro?

---

tado ni de la vuelta, porque no me los ha vuelto. Querría que vuestra merced le tomase juramento, y si jurare que me los ha vuelto, yo se los perdono para aquí y para delante de Dios.

— ¿Qué decís vos a esto, buen viejo del báculo? — dijo Sancho.

A lo que dijo el viejo:

— Yo, señor, confieso que me los prestó, y baje vuestra merced esa vara, y pues él lo deja en mi juramento, yo juraré como se los he vuelto y pagado real y verdaderamente.

Bajó el gobernador la vara, y, en tanto, el viejo del báculo dio el báculo al otro viejo, que se le tuviese en tanto que juraba, como si le embarazara mucho, y luego puso la mano en la cruz de la vara, diciendo que era verdad que se le habían prestado aquellos diez escudos que se le pedían, pero que él se los había vuelto de su mano a la suya, y que por no caer en ello se los volvía a pedir por momentos. Viendo lo cual el gran gobernador, preguntó al acreedor qué respondía a lo que decía su contrario, y dijo que sin duda alguna su deudor debía de decir verdad, porque le tenía por hombre de bien y buen cristiano, y que a él se le debía de haber olvidado el cómo y cuándo se los había vuelto, y que desde allí en adelante jamás le pidiría nada. Tornó a tomar su báculo el deudor y, bajando la cabeza, se salió del juzgado. Visto lo cual por Sancho, y que sin más ni más se iba, y viendo también la paciencia del demandante, inclinó la cabeza sobre el pecho y, poniéndose el índice de la mano derecha sobre las cejas y las narices, estuvo como pensativo un pequeño espacio, y luego alzó la cabeza y mandó que le llamasen al viejo del báculo, que ya se había ido.

Trujéronsele, y en viéndole Sancho le dijo:

— Vale sim — disse o governador —, ou, se não, eu sou o maior zote deste mundo, e agora se verá se tenho ou não tutano para governar todo um reino.

E mandou que ali, diante de todos, se quebrasse e abrisse a cana. Assim se fez, e no coração dela acharam dez escudos de ouro; ficaram todos admirados e tiveram seu governador por um novo Salomão.

Perguntaram-lhe donde coligira que naquele caniço estavam aqueles dez escudos, e Sancho respondeu que, tendo visto o velho que jurava dar ao seu contrário aquela bengala enquanto fazia o juramento, e jurar que lhos dera real e verdadeiramente, e, em acabando de jurar, pedir a bengala de volta, lhe veio à imaginação que dentro dela estava a paga que lhe pediam. Donde se podia coligir que os que governam, ainda quando sejam uns tolos, talvez Deus os encaminhe nos seus juízos; de mais que ouvira o padre da sua aldeia contar outro caso como aquele, e sua memória era tão grande que, se não esquecesse tudo aquilo que queria lembrar, não haveria memória igual à dele em toda a ínsula. Finalmente, o velho vexado e o outro pago se foram, e os presentes ficaram admirados, e quem escrevia as palavras, atos e movimentos de Sancho não conseguia decidir se o teria e daria por tolo ou por discreto.

Não era bem acabado esse pleito, quando entrou na audiência uma mulher fortemente agarrada de um homem vestido de porqueiro rico, a qual vinha dando grandes vozes, dizendo:

— Justiça, senhor governador, justiça! E se a não achar na terra, irei buscá-la no céu! Senhor governador da minha alma, este mau homem me apanhou no meio desses campos e se aproveitou do meu corpo como se fosse um trapo mal-lavado, e, pobre de mim, me levou aquilo que eu tinha guar-

---

— Dadme, buen hombre, ese báculo, que le he menester.

— De muy buena gana — respondió el viejo —: hele aquí, señor.

Y púsosele en la mano. Tomóle Sancho, y, dándosele al otro viejo, le dijo:

— Andad con Dios, que ya vais pagado.

— ¿Yo, señor? — respondió el viejo —. Pues ¿vale esta cañaheja diez escudos de oro?

— Sí — dijo el gobernador —, o, si no, yo soy el mayor porro del mundo, y ahora se verá si tengo yo caletre para gobernar todo un reino.

Y mandó que allí, delante de todos, se rompiese y abriese la caña. Hízose así, y en el corazón della hallaron diez escudos en oro; quedaron todos admirados y tuvieron a su gobernador por un nuevo Salomón.

Preguntáronle de dónde había colegido que en aquella cañaheja estaban aquellos diez escudos, y respondió que de haberle visto dar el viejo que juraba a su contrario aquel báculo, en tanto que hacía el juramento, y jurar que se los había dado real y verdaderamente, y que en acabando de jurar le tornó a pedir el báculo, le vino a la imaginación que dentro dél estaba la paga de lo que pedían. De donde se podía colegir que los que gobiernan, aunque sean unos tontos, tal vez los encamina Dios en sus juicios; y más que él había oído contar otro caso como aquel al cura de su lugar, y que él tenía tan gran memoria, que a no olvidársele todo aquello de que quería acordarse, no hubiera tal memoria en toda la ínsula. Finalmente, el un viejo corrido y el otro pagado se fueron, y los presentes quedaron admirados, y el que escribía las palabras, hechos y movimientos de Sancho no acababa de determinarse si le tendría y pondría por tonto o por discreto.

dado há mais de vinte e três anos, defendendo-o de mouros e cristãos, de naturais e estrangeiros, e eu sempre firme como uma rocha, conservando-me inteira como a salamandra no fogo ou como lã entre sarças,[8] para que este bom homem viesse agora bulir comigo às mãos lavadas.

— Isso ainda se há de averiguar, se tem ou não as mãos limpas esse galã — disse Sancho.

E virando-se para o homem, lhe perguntou que dizia e respondia à querela daquela mulher. O qual, todo turbado, respondeu:

— Senhores, eu sou um pobre criador de porcos, com o perdão da má palavra, e esta manhã ia saindo deste lugar depois de vender quatro animais, que entre alcavalas e peitas me levaram pouco menos do que eles valiam. Voltava eu para minha aldeia, topei no caminho com esta boa mulher, e o diabo, que tudo arma e tudo enreda, fez que folgássemos juntos; paguei-lhe o bastante, mas ela, descontente, me agarrou e arrastou até aqui. Diz que a forcei, mas ela mente, por tudo o que juro e penso jurar; e esta é toda a verdade, sem faltar mealha.

Então o governador lhe perguntou se trazia consigo algum dinheiro em prata; ele disse ter cerca de vinte ducados guardados no peito, numa bolsa de couro. Mandou que a tirasse e a entregasse assim como estava à querelante, coisa que ele fez tremendo. Apanhou-a a mulher e, fazendo mil salamaleques a todos e pedindo a Deus pela vida e saúde do senhor governador, que tanto olhava pelas órfãs desvalidas e donzelas, deixou a audiência levando a bolsa aferrada com ambas as mãos, não sem antes ver se era mesmo de prata a moeda que tinha dentro.

Mal partira, quando Sancho disse ao porqueiro, que já estava com lágrimas nos olhos, os quais se lhe iam na bolsa junto com o seu coração:

Luego acabado este pleito, entró en el juzgado una mujer asida fuertemente de un hombre vestido de ganadero rico, la cual venía dando grandes voces, diciendo:

— ¡Justicia, señor gobernador, justicia, y si no la hallo en la tierra, la iré a buscar al cielo! Señor gobernador de mi ánima, este mal hombre me ha cogido en la mitad dese campo y se ha aprovechado de mi cuerpo como si fuera trapo mal lavado, y, ¡desdichada de mí!, me ha llevado lo que yo tenía guardado más de veinte y tres años ha, defendiéndolo de moros y cristianos, de naturales y estranjeros, y yo siempre dura como un alcornoque, conservándome entera como la salamanquesa en el fuego o como la lana entre las zarzas, para que este buen hombre llegase ahora con sus manos limpias a manosearme.

— Aun eso está por averiguar, si tiene limpias o no las manos este galán — dijo Sancho.

Y volviéndose al hombre, le dijo qué decía y respondía a la querella de aquella mujer. El cual, todo turbado, respondió:

— Señores, yo soy un pobre ganadero de ganado de cerda, y esta mañana salía deste lugar de vender, con perdón sea dicho, cuatro puercos, que me llevaron de alcabalas y socaliñas poco menos de lo que ellos valían. Volvíame a mi aldea, topé en el camino a esta buena dueña, y el diablo, que todo lo añasca y todo lo cuece, hizo que yogásemos juntos; paguéle lo soficiente, y ella, mal contenta, asió de mí y no me ha dejado hasta traerme a este puesto. Dice que la forcé, y miente, para el juramento que hago o pienso hacer; y esta es toda la verdad, sin faltar meaja.

Entonces el gobernador le preguntó si traía consigo algún dinero en plata; él dijo que hasta veinte ducados tenía en el seno, en una bolsa de cuero. Mandó que la sacase y se la entregase así como estaba a la querellan-

— Bom homem, segui aquela mulher e tirai-lhe a bolsa, por mais que ela não queira, e voltai aqui com ela.

E não o disse a tolo nem a surdo, pois o porqueiro logo partiu como um raio e foi fazer o que lhe mandavam. Todos os presentes estavam suspensos, esperando o fim daquele pleito, e dali a pouco voltaram o homem e a mulher, mais agarrados e aferrados que da vez primeira, ela com o saial arregaçado entrouxando a bolsa, e o homem pelejando por tirá-la dela, mas não era possível, tal a sanha com que a mulher a defendia, dizendo em altas vozes:

— Justiça de Deus e do mundo! Olhe vossa mercê, senhor governador, a pouca vergonha e o pouco temor deste desalmado, que no meio do povoado e no meio da rua me quis tirar a bolsa que vossa mercê lhe mandou me dar.

— E ele a tirou? — perguntou o governador.

— Aqui que a tirou! — tornou a mulher. — Antes me deixara tirar a vida que a bolsa. Boa história! Venham com outras ronhas, que não a deste miserável tinhoso! Tenazes e martelos, maços e escopros não bastarão para me tirar a bolsa das unhas, nem garras de leões! Antes me arrancam a alma de meio a meio das carnes!

— Ela tem razão — disse o homem —, e eu me dou por vencido e sem forças, e confesso que as minhas não são bastantes para lhe tomar a bolsa, e assim a deixo.

Então o governador disse à mulher:

— Mostrai-me essa tal bolsa, honrada e valente mulher.

Ela a entregou ao governador, e este a voltou ao homem, dizendo à esforçada, e não forçada:

— Minha irmã, se o mesmo vigor e brio que mostrastes na defesa desta bolsa, ou pelo menos metade, mostrásseis na defesa do vosso corpo, nem as

---

te; él lo hizo temblando; tomóla la mujer, y haciendo mil zalemas a todos y rogando a Dios por la vida y salud del señor gobernador, que así miraba por las huérfanas menesterosas y doncellas, y con esto se salió del juzgado, llevando la bolsa asida con entrambas manos, aunque primero miró si era de plata la moneda que llevaba dentro.

Apenas salió, cuando Sancho dijo al ganadero, que ya se le saltaban las lágrimas, y los ojos y el corazón se iban tras su bolsa:

— Buen hombre, id tras aquella mujer y quitadle la bolsa, aunque no quiera, y volved aquí con ella.

Y no lo dijo a tonto ni a sordo, porque luego partió como un rayo y fue a lo que se le mandaba. Todos los presentes estaban suspensos, esperando el fin de aquel pleito, y de allí a poco volvieron el hombre y la mujer, más asidos y aferrados que la vez primera, ella la saya levantada y en el regazo puesta la bolsa, y el hombre pugnando por quitársela, mas no era posible, según la mujer la defendía, la cual daba voces diciendo:

— ¡Justicia de Dios y del mundo! Mire vuestra merced, señor gobernador, la poca vergüenza y el poco temor deste desalmado, que en mitad de poblado y en mitad de la calle me ha querido quitar la bolsa que vuestra merced mandó darme.

— ¿Y háosla quitado? — preguntó el gobernador.

— ¿Cómo quitar? — respondió la mujer —. Antes me dejara yo quitar la vida que me quiten la bolsa. ¡Bonita es la niña! ¡Otros gatos me han de echar a las barbas, que no este desventurado y asqueroso! Tenazas y martillos, mazos y escoplos, no serán bastantes a sacármela de las uñas, ni aun garras de leones. Antes el ánima de en mitad en mitad de las carnes!

forças de Hércules vos forçariam. Ide com Deus, e muito em má hora, e não pareis em toda esta ínsula nem por seis léguas em redondo, sob pena de duzentos açoites. Andai logo, repito, embusteira, desavergonhada e embaidora!

Espantou-se a mulher e se foi cabisbaixa e malcontente, e o governador disse ao homem:

— Ide com Deus, bom homem, ao vosso lugar com o vosso dinheiro, mas, se o não quiserdes perder, procurai que daqui em diante não vos venha a vontade de folgar com ninguém.

O homem agradeceu o pior que pôde e se foi embora, e os circunstantes ficaram de novo admirados dos juízos e sentenças do seu novo governador. Todo o qual, registrado por seu cronista, foi logo escrito ao duque, que com grande desejo o estava esperando.

E deixemos aqui o bom Sancho, pois é muita a pressa que nos dá seu amo, alvoroçado com a música de Altisidora.

— Ella tiene razón — dijo el hombre —, y yo me doy por rendido y sin fuerzas, y confieso que las mías no son bastantes para quitársela, y déjola.

Entonces el gobernador dijo a la mujer:

— Mostrad, honrada y valiente, esa bolsa.

Ella se la dio luego, y el gobernador se la volvió al hombre y dijo a la esforzada, y no forzada:

— Hermana mía, si el mismo aliento y valor que habéis mostrado para defender esta bolsa le mostrárades, y aun la mitad menos, para defender vuestro cuerpo, las fuerzas de Hércules no os hicieran fuerza. Andad con Dios, y mucho de enhoramala, y no paréis en toda esta ínsula ni en seis leguas a la redonda, so pena de docientos azotes. ¡Andad luego, digo, churrillera, desvergonzada y embaidora!

Espantóse la mujer y fuese cabizbaja y mal contenta, y el gobernador dijo al hombre:

— Buen hombre, andad con Dios a vuestro lugar con vuestro dinero, y de aquí adelante, si no le queréis perder, procurad que no os venga en voluntad de yogar con nadie.

El hombre le dio las gracias lo peor que supo, y fuese, y los circunstantes quedaron admirados de nuevo de los juicios y sentencias de su nuevo gobernador. Todo lo cual, notado de su coronista, fue luego escrito al duque, que con gran deseo lo estaba esperando.

Y quédese aquí el buen Sancho, que es mucha la priesa que nos da su amo, alborotado con la música de Altisidora.

Notas

[1] ... ajudas o homem a gerar o homem: lugar-comum originado num preceito da *Física* de Aristóteles (*"Deus, sol et homo generant hominem"*). No trecho que a frase encerra encadeia-se uma série de clichês literários para referir-se a Apolo, como "timbriano", de Tímbria, cidade da Frígia consagrada a seu culto; "frecheiro", porque o deus asseteou os filhos de Níobe e Anfion; além daqueles que lhe dão a paternidade da música, da poesia e da medicina. Na tirada se encaixa burlescamente o "doce meneador das cantimploras", que alude ao prosaico recipiente em que se punham a resfriar bebidas, dentro de um balde de neve.

[2] ... barato com que se lhe dera o governo: "barato" significa aqui a comissão ou propina que o jogador dava ao dono da casa de jogo ou aos assistentes que o favorecessem.

[3] ... dons nem donas: o jogo de palavras, em castelhano, é potencializado pela dupla acepção de *donas*, que significa também dote de casamento.

[4] Bom homem: era tratamento depreciativo.

[5] Alfaiate examinado: aquele que, após avaliação dos oficiais, era admitido na corporação. O pedido de perdão do alfaiate antes de fazer seu autoelogio se deve à má fama da categoria, que o próprio comenta em seguida e o leva a pronunciar a fórmula "bendito seja Deus", usada quando se ouve uma blasfêmia.

[6] Escudos de ouro em ouro: isto é, o valor equivalente a dez escudos de ouro não em moedas de prata nem de bolhão, mas de ouro mesmo.

[7] ... baixe [...] essa vara: era procedimento normal jurar com a mão posta na vara da justiça, que por via de regra tinha uma cruz incrustada ou gravada para esse fim.

[8] ... inteira como salamandra no fogo ou como lã entre sarças: segundo a crença tradicional, a salamandra resiste ao fogo e até se regenera quando exposta a ele. A frase seguinte alude maliciosamente ao ditado *"poca lana, y ésa en zarzas"*, que se aplica a um bem escasso dado como perdido ou imprestável. Recorde-se que "inteira", no contexto, significa também "virgem".

CAPÍTULO XLVI

DO TEMEROSO ESPANTO CHOCALHEIRO E GATUM
QUE RECEBEU D. QUIXOTE
NO DISCURSO DOS AMORES DA ENAMORADA ALTISIDORA

Deixamos o grande D. Quixote envolto nos pensamentos que lhe causara a música da enamorada donzela Altisidora; deitou-se com eles, e como se fossem pulgas não o deixaram dormir nem sossegar um ponto, juntando-se aos que lhe faltavam de suas meias. Mas como o tempo é ligeiro e não há barranco que o detenha, correu cavaleiro das horas, e com muita presteza chegou a da manhã. O qual visto por D. Quixote, deixou as brandas penas e nada preguiçoso vestiu seu camurçado traje e calçou suas botas de caminho, para encobrir o desastre de suas meias; cobriu-se com seu manto de escarlate e pôs na cabeça um gorro de veludo verde, guarnecido de passamanes de prata; pendurou o talim dos ombros com sua boa e cortadora espada, apanhou um grande rosário que de contínuo levava consigo, e com grande prosápia e meneio tomou o rumo da antessala, onde o duque e a duquesa estavam já vestidos e como que a esperá-lo. Mas, ao passar por uma galeria, estavam à espreita dele Altisidora e a outra donzela sua amiga, e, assim como Altisidora viu D. Quixote, fingiu desmaiar, e sua amiga a ampa-

---

CAPÍTULO XLVI

DEL TEMEROSO ESPANTO CENCERRIL Y GATUNO
QUE RECIBIÓ DON QUIJOTE
EN EL DISCURSO DE LOS AMORES DE LA ENAMORADA ALTISIDORA

Dejamos al gran don Quijote envuelto en los pensamientos que le habían causado la música de la enamorada doncella Altisidora; acostóse con ellos, y como si fueran pulgas no le dejaron dormir ni sosegar un punto, y juntábansele los que le faltaban de sus medias. Pero como es ligero el tiempo y no hay barranco que le detenga, corrió caballero en las horas, y con mucha presteza llegó la de la mañana. Lo cual visto por don Quijote, dejó las blandas plumas y nonada perezoso se vistió su acamuzado vestido y se calzó sus botas de camino, por encubrir la desgracia de sus medias; arrojóse encima su mantón de escarlata y púsose en la cabeza una montera de terciopelo verde, guarnecida de pasamanos de plata; colgó el tahelí de sus hombros con su buena y tajadora espada, asió un gran rosario que consigo contino traía, y con gran prosopopeya y contoneo salió a la antesala, donde el duque y la duquesa estaban ya vestidos y como esperándole. Y al pasar por una galería estaban aposta esperándole Altisidora y la otra doncella su amiga, y así como Altisidora vio a don Quijote fingió desmayarse, y su ami-

rou no seu regaço e com grande presteza ia-lhe descingir o peito. Ao ver a cena, D. Quixote se chegou a elas e disse:

— Eu sei qual é a razão destes acidentes.

— Pois eu não sei — respondeu a amiga —, porque Altisidora é a donzela mais saudável de toda esta casa, e desde que a conheço nunca lhe ouvi um ai. Malditos sejam quantos cavaleiros andantes há no mundo, se todos são assim ingratos! Vá-se embora, senhor D. Quixote, pois esta pobre menina não tornará a si enquanto vossa mercê aqui estiver.

Ao que D. Quixote respondeu:

— Trate vossa mercê, senhora, de que esta noite ponham um alaúde no meu aposento, que eu consolarei esta ferida donzela o melhor que puder, pois nos princípios amorosos os prontos desenganos soem ser qualificado remédio.

E com isto se foi, para não ser malvisto pelos que ali o vissem. Não era bem afastado quando, tornando a si, a desmaiada Altisidora disse à companheira:

— Mister será pôr-lhe o alaúde, pois sem dúvida D. Quixote nos quer dar música, e sendo dele não há de ser ruim.

Foram logo dar conta à duquesa do que se passava e do alaúde que D. Quixote pedia, e ela, sobremodo alegre, concertou com o duque e com suas donzelas de lhe fazer uma burla que fosse mais risonha que danosa, e muito contentes esperavam a noite, que veio tão depressa como viera o dia, o qual os duques passaram em saborosas conversações com D. Quixote. E naquele dia a duquesa real e verdadeiramente despachou um pajem seu — o mesmo que no bosque fizera a figura encantada de Dulcineia — para Teresa Pança, com a carta de seu marido Sancho Pança e com a trouxa de roupa que ele

---

ga la recogió en sus faldas y con gran presteza la iba a desabrochar el pecho. Don Quijote que lo vio, llegándose a ellas dijo:

— Ya sé yo de qué proceden estos accidentes.

— No sé yo de qué — respondió la amiga —, porque Altisidora es la doncella más sana de toda esta casa, y yo nunca la he sentido un ¡ay! en cuanto ha que la conozco: que mal hayan cuantos caballeros andantes hay en el mundo, si es que todos son desagradecidos. Váyase vuesa merced, señor don Quijote, que no volverá en sí esta pobre niña en tanto que vuesa merced aquí estuviere.

A lo que respondió don Quijote:

— Haga vuesa merced, señora, que se me ponga un laúd esta noche en mi aposento, que yo consolaré lo mejor que pudiere a esta lastimada doncella, que en los principios amorosos los desengaños prestos suelen ser remedios calificados.

Y con esto se fue, porque no fuese notado de los que allí le viesen. No se hubo bien apartado, cuando volviendo en sí la desmayada Altisidora dijo a su compañera:

— Menester será que se le ponga el laúd, que sin duda don Quijote quiere darnos música, y no será mala, siendo suya.

Fueron luego a dar cuenta a la duquesa de lo que pasaba y del laúd que pedía don Quijote, y ella, alegre sobremodo, concertó con el duque y con sus doncellas de hacerle una burla que fuese más risueña que dañosa, y con mucho contento esperaban la noche, que se vino tan apriesa como se había venido el día, el cual pasaron los

deixara para que lhe enviassem, encomendando-lhe trazer boa relação de tudo o que com ela tratasse.

Feito isso e chegadas as onze horas da noite, achou D. Quixote uma *vihuela* no seu aposento. Dedilhou-a, abriu a janela e ouviu que havia gente no jardim, e, tendo percorrido os trastes da *vihuela* e afinado suas cordas o melhor que soube, cuspiu e limpou o peito. Então, com uma voz rouque-nha porém afinada, cantou o seguinte romance, que ele mesmo naquele dia compusera:

> — Soem as forças de amor
> desencaminhar as almas,
> tomando por instrumento
> a folga mais descuidada.
>
> Sói o coser e o lavrar
> e o estar sempre ocupada
> ser antídoto ao veneno
> das apaixonadas ânsias.
>
> As donzelas recolhidas,
> que aspiram a ser casadas,
> têm na honestidade o dote
> e a voz por que são louvadas.
>
> Os andantes cavaleiros
> e os que pela corte andam
> sempre requebram as livres,
> mas co' as honestas se casam.

---

duques en sabrosas pláticas con don Quijote. Y la duquesa aquel día real y verdaderamente despachó a un paje suyo — que había hecho en la selva la figura encantada de Dulcinea — a Teresa Panza, con la carta de su marido Sancho Panza y con el lío de ropa que había dejado para que se le enviase, encargándole le trujese buena relación de todo lo que con ella pasase.

Hecho esto y llegadas las once horas de la noche, halló don Quijote una vihuela en su aposento. Templóla, abrió la reja y sintió que andaba gente en el jardín; y habiendo recorrido los trastes de la vihuela y afinádola lo mejor que supo, escupió y remondóse el pecho, y luego, con una voz ronquilla aunque entonada, cantó el siguien-te romance, que él mismo aquel día había compuesto:

> — Suelen las fuerzas de amor
> sacar de quicio a las almas,
> tomando por instrumento
> la ociosidad descuidada.
>
> Suele el coser y el labrar
> y el estar siempre ocupada
> ser antídoto al veneno
> de las amorosas ansias.

> Las doncellas recogidas
> que aspiran a ser casadas,
> la honestidad es la dote
> y voz de sus alabanzas.
>
> Los andantes caballeros
> y los que en la corte andan
> requiébranse con las libres,
> con las honestas se casan.

Amores há de levante,
que entre hóspedes se tratam,
e chegam logo ao poente,
pois na partida se acabam.

O amor que hoje é chegado,
e amanhã parte à calada,
as imagens nunca deixa
na alma bem estampadas.

Pintura sobre pintura
nem se mostra nem sinala:
é dom da prima beleza
à segunda não dar vaza.

Dulcineia d'El Toboso
da alma na tábua rasa
tenho pintada de modo
que ninguém pode apagá-la.

A firmeza nos amantes
é a prenda mais prezada,
por quem faz amor milagres
e a si mesmo os alevanta.

A este ponto do seu canto chegava D. Quixote, a quem estavam escutando o duque e a duquesa, Altisidora e quase toda a gente do castelo,
quando de improviso, de cima de um corredor que sobre a janela de D.

Hay amores de levante,
que entre huéspedes se tratan,
que llegan presto al poniente,
porque en el partirse acaban.

El amor recién venido,
que hoy llegó y se va mañana,
las imágines no deja
bien impresas en el alma.

Pintura sobre pintura
ni se muestra ni señala,
y do hay primera belleza,
la segunda no hace baza.

Dulcinea del Toboso
del alma en la tabla rasa
tengo pintada de modo
que es imposible borrarla.

La firmeza en los amantes
es la parte más preciada,
por quien hace amor milagros
y a sí mesmo los levanta.

Aquí llegaba don Quijote de su canto, a quien estaban escuchando el duque y la duquesa, Altisidora y casi
toda la gente del castillo, cuando de improviso, desde encima de un corredor que sobre la reja de don Quijote a
plomo caía, descolgaron un cordel donde venían más de cien cencerros asidos, y luego tras ellos derramaron un

Quixote caía a prumo, soltaram um cordel onde vinham amarrados mais de cem chocalhos, e logo atrás deles derramaram um grande saco de gatos, que também traziam chocalhos menores atados ao rabo. Foi tão grande o ruído dos chocalhos e o miar dos gatos que, se bem eram os duques os inventores da burla, ainda assim se sobressaltaram, ficando pasmo o temeroso D. Quixote. E quis a sorte que dois ou três gatos entrassem pela janela do seu quarto, e correndo de uma parte a outra parecia que uma legião de diabos andava nele: apagaram as velas que no aposento ardiam e andavam buscando por onde escapar. O descer e subir do cordel dos grandes chocalhos não cessava; a maior parte da gente do castelo, que não sabia a verdade do caso, estava suspensa e admirada. Levantou-se D. Quixote em pé e, metendo mão à espada, começou a deitar estocadas pela janela e a dizer a grandes vozes:

— Fora, malignos encantadores! Fora, canalha feiticeira, que eu sou D. Quixote de La Mancha, contra quem não valem nem têm força vossas más intenções!

E, virando-se para os gatos que andavam pelo aposento, lançou-lhes muitas cutiladas. Todos acudiram à janela e por ali saíram, menos um que, vendo-se tão acuado pela espada de D. Quixote, saltou no seu rosto e lhe aferrou as ventas com unhas e dentes, por cuja dor D. Quixote começou a dar os maiores gritos que pôde. Ouvindo o qual o duque e a duquesa, e considerando o que podia ser, com muita presteza acudiram ao seu quarto e, abrindo a porta com chave mestra, viram o pobre cavaleiro pelejando com todas as forças por arrancar o gato do rosto. Entraram com luzes e viram a desigual contenda; acudiu o duque a apartá-la, e D. Quixote disse aos brados:

— Ninguém o toque! Deixem-me sozinho com este demônio, com este

---

gran saco de gatos, que asimismo traían cencerros menores atados a las colas. Fue tan grande el ruido de los cencerros y el mayar de los gatos, que aunque los duques habían sido inventores de la burla, todavía les sobresaltó, y temeroso don Quijote quedó pasmado. Y quiso la suerte que dos o tres gatos se entraron por la reja de su estancia, y dando de una parte a otra parecía que una región de diablos andaba en ella: apagaron las velas que en el aposento ardían y andaban buscando por do escaparse. El descolgar y subir del cordel de los grandes cencerros no cesaba; la mayor parte de la gente del castillo, que no sabía la verdad del caso, estaba suspensa y admirada. Levantóse don Quijote en pie y, poniendo mano a la espada, comenzó a tirar estocadas por la reja y a decir a grandes voces:

— ¡Afuera, malignos encantadores! ¡Afuera, canalla hechiceresca, que yo soy don Quijote de la Mancha, contra quien no valen ni tienen fuerza vuestras malas intenciones!

Y volviéndose a los gatos que andaban por el aposento les tiró muchas cuchilladas. Ellos acudieron a la reja y por allí se salieron, aunque uno, viéndose tan acosado de las cuchilladas de don Quijote, le saltó al rostro y le asió de las narices con las uñas y los dientes, por cuyo dolor don Quijote comenzó a dar los mayores gritos que pudo. Oyendo lo cual el duque y la duquesa, y considerando lo que podía ser, con mucha presteza acudieron a su estancia y, abriendo con llave maestra, vieron al pobre caballero pugnando con todas sus fuerzas por arrancar el gato de su rostro. Entraron con luces y vieron la desigual pelea; acudió el duque a despartirla, y don Quijote dijo a voces:

— ¡No me le quite nadie! ¡Déjenme mano a mano con este demonio, con este hechicero, con este encantador, que yo le daré a entender de mí a él quién es don Quijote de la Mancha!

feiticeiro, com este encantador, que mano a mano lhe mostrarei quem é D. Quixote de La Mancha!

Mas o gato, sem fazer caso dessas ameaças, grunhia e se fincava; até que por fim o duque o desarraigou e o botou janela afora.

Ficou D. Quixote com o rosto crivado e o nariz não muito são, mas muito despeitado por não o terem deixado rematar a batalha que tão travada tinha com aquele feiticeiro malfeitor. Mandaram trazer óleo de Aparício,[1] e a própria Altisidora com suas branquíssimas mãos lhe pôs umas vendas por toda a parte ferida e, ao pô-las, em voz baixa lhe disse:

— Todas estas mal-andanças te acontecem, empedernido cavaleiro, pelo pecado da tua dureza e pertinácia; e praza a Deus que Sancho teu escudeiro se esqueça dos açoites que deve, para que essa tua tão amada Dulcineia nunca veja o seu desencantamento, nem tu o desfrutes, nem chegues ao tálamo com ela, ao menos enquanto eu, que te adoro, for viva.

A tudo isto não respondeu D. Quixote palavra, senão deu um profundo suspiro e logo se deitou em seu leito, agradecendo aos duques a mercê, não porque ele temesse aquela canalha gatesca, encantadora e chocalheira, mas por conhecer a boa intenção com que o vieram socorrer. Os duques o deixaram sossegar e se foram remordidos pelo mau sucesso da burla, pois não cuidaram que tão pesada e custosa seria para D. Quixote aquela aventura, que lhe custou cinco dias de recolhimento e de cama, onde lhe aconteceu outra aventura de mais gosto que a passada, a qual não quer seu historiador contar agora, para acudir a Sancho Pança, que andava muito solícito e muito gracioso no seu governo.

Pero el gato, no curándose destas amenazas, gruñía y apretaba; mas en fin el duque se le desarraigó y le echó por la reja.

Quedó don Quijote acribado el rostro y no muy sanas las narices, aunque muy despechado porque no le habían dejado fenecer la batalla que tan trabada tenía con aquel malandrín encantador. Hicieron traer aceite de Aparicio, y la misma Altisidora con sus blanquísimas manos le puso unas vendas por todo lo herido y, al ponérselas, con voz baja le dijo:

— Todas estas malandanzas te suceden, empedernido caballero, por el pecado de tu dureza y pertinacia; y plega a Dios que se le olvide a Sancho tu escudero el azotarse, porque nunca salga de su encanto esta tan amada tuya Dulcinea, ni tú lo goces, ni llegues a tálamo con ella, a lo menos viviendo yo, que te adoro.

A todo esto no respondió don Quijote otra palabra sino fue dar un profundo suspiro, y luego se tendió en su lecho, agradeciendo a los duques la merced, no porque él tenía temor de aquella canalla gatesca, encantadora y cencerruna, sino porque había conocido la buena intención con que habían venido a socorrerle. Los duques le dejaron sosegar y se fueron pesarosos del mal suceso de la burla, que no creyeron que tan pesada y costosa le saliera a don Quijote aquella aventura, que le costó cinco días de encerramiento y de cama, donde le sucedió otra aventura más gustosa que la pasada, la cual no quiere su historiador contar ahora, por acudir a Sancho Panza, que andaba muy solícito y muy gracioso en su gobierno.

Nota

[1] Óleo de Aparício: bálsamo para curar ferimentos supostamente formulado, no século XVI, por um certo Aparicio de Zubia. Seu custo era tão alto que deu lugar à expressão "*caro como aceite de Aparicio*".

CAPÍTULO XLVII

Onde se prossegue como se portava Sancho Pança no seu governo

Conta a história que, da casa da audiência, levaram Sancho Pança a um suntuoso palácio, onde numa grande sala estava posta uma real e limpíssima mesa; e assim como Sancho entrou na sala, soaram charamelas e saíram quatro pajens para lhe dar água às mãos, que Sancho recebeu com muita gravidade.

Cessou a música, sentou-se Sancho à cabeceira da mesa, pois não havia outra cadeira nem outro serviço em toda ela. Postou-se ao seu lado um personagem, que depois mostrou ser médico, com uma vareta na mão. Levantaram uma riquíssima e branca toalha com que estavam cobertas as frutas e muita diversidade de pratos de diversos manjares. Um moço que parecia seminarista deitou a bênção, e um pajem pôs um babador rendado em Sancho; outro que fazia o ofício de mestre-sala chegou um prato de fruta à sua frente, mas, quando mal provara um bocado, tocou o da vareta com ela no prato e lho tiraram de perto com grandíssima celeridade; mas o mestre--sala lhe chegou outro de outro manjar. Sancho o ia provando, mas, antes que o pudesse alcançar e comer dele, já o havia tocado a vareta e um pajem o levantara com tanta pressa quanta o da fruta. Em vendo o qual, Sancho

---

CAPÍTULO XLVII

Donde se prosigue cómo se portaba Sancho Panza en su gobierno

Cuenta la historia que desde el juzgado llevaron a Sancho Panza a un suntuoso palacio, adonde en una gran sala estaba puesta una real y limpísima mesa; y así como Sancho entró en la sala, sonaron chirimías y salieron cuatro pajes a darle aguamanos, que Sancho recibió con mucha gravedad.

Cesó la música, sentóse Sancho a la cabecera de la mesa, porque no había más de aquel asiento, y no otro servicio en toda ella. Púsose a su lado en pie un personaje, que después mostró ser médico, con una varilla de ballena en la mano. Levantaron una riquísima y blanca toalla con que estaban cubiertas las frutas y mucha diversidad de platos de diversos manjares. Uno que parecía estudiante echó la bendición y un paje puso un babador randado a Sancho; otro que hacía el oficio de maestresala llegó un plato de fruta delante, pero apenas hubo comido un bocado, cuando, el de la varilla tocando con ella en el plato, se le quitaron de delante con grandísima celeridad; pero el maestresala le llegó otro de otro manjar; iba a probarle Sancho, pero, antes que llegase a él ni le gustase, ya la varilla había tocado en él, y un paje alzádole con tanta presteza como el de la fruta. Visto lo cual por Sancho, quedó suspenso y, mirando a todos, preguntó si se había de comer aquella comida como juego de maesecoral. A lo cual respondió el de la vara:

ficou suspenso e, olhando para todos, perguntou se aquela comida se havia de comer como em jogo de passe-passe. Ao que respondeu o da vara:

— Não se há de comer, senhor governador, senão como é uso e costume nas outras ínsulas onde há governadores. Eu, senhor, sou médico e estou assalariado nesta ínsula para o ser dos governadores dela, e olho por sua saúde muito mais que pela minha, estudando noite e dia e tenteando a compleição do governador para acertar a curá-lo quando cair doente; e o principal que faço é assistir aos seus almoços e jantares, deixando-lhe comer daquilo que me parece que lhe convém e tirando-lhe o que imagino que lhe há de fazer mal e ser nocivo ao seu estômago; e assim mandei tirar o prato de fruta por ser demasiadamente úmida, e o prato do outro manjar também o mandei tirar por ser demasiadamente quente e ter demasiadas especiarias, que aumentam a sede, e quem bebe muito mata e consome a umidade radical,[1] onde reside a vida.

— Dessa maneira, aquele prato de perdizes que estão ali assadas, e a meu parecer bem temperadas, não me farão mal algum.

Ao que o médico respondeu:

— Essas não comerá o senhor governador enquanto eu for vivo.

— Mas por quê? — disse Sancho.

E o médico respondeu:

— Porque nosso mestre Hipócrates, norte e luz da medicina, diz em um aforismo: "*Omnis saturatio mala, perdicis autem pessima*". Quer dizer: "Toda fartação é ruim, mas a de perdizes, péssima".[2]

— Se é assim — respondeu Sancho —, veja o senhor doutor qual dos manjares desta mesa me fará mais proveito e menos mal e me deixe comer dele sem mais me varejar; pois por vida do governador, que Deus ma deixe

---

— No se ha de comer, señor gobernador, sino como es uso y costumbre en las otras ínsulas donde hay gobernadores. Yo, señor, soy médico y estoy asalariado en esta ínsula para serlo de los gobernadores della, y miro por su salud mucho más que por la mía, estudiando de noche y de día y tanteando la complexión del gobernador, para acertar a curarle cuando cayere enfermo; y lo principal que hago es asistir a sus comidas y cenas, y a dejarle comer de lo que me parece que le conviene y a quitarle lo que imagino que le ha de hacer daño y ser nocivo al estómago; y así mandé quitar el plato de la fruta, por ser demasiadamente húmeda, y el plato del otro manjar también le mandé quitar, por ser demasiadamente caliente y tener muchas especies, que acrecientan la sed, y el que mucho bebe mata y consume el húmedo radical, donde consiste la vida.

— Desa manera, aquel plato de perdices que están allí asadas, y a mi parecer bien sazonadas, no me harán algún daño.

A lo que el médico respondió:

— Ésas no comerá el señor gobernador en tanto que yo tuviere vida.

— Pues ¿por qué? — dijo Sancho.

Y el médico respondió:

— Porque nuestro maestro Hipócrates, norte y luz de la medicina, en un aforismo suyo dice: "*Omnis saturatio mala, perdicis autem pessima*". Quiere decir: "Toda hartazga es mala, pero la de las perdices malísima".

— Si eso es así — dijo Sancho —, vea el señor doctor de cuantos manjares hay en esta mesa cuál me hará más provecho y cuál menos daño, y déjeme comer dél sin que me le apalee; porque por vida del gobernador, y así

gozar, estou morrendo de fome, e o negar-me a comida, por muito que isso pese ao senhor doutor e ele mais me diga, antes será tirar-me a vida que aumentá-la.

— Vossa mercê tem razão, senhor governador — respondeu o médico —, e assim é meu parecer que vossa mercê não coma daqueles coelhos guisados que lá estão, porque esse é manjar tão piloso quanto perigoso. Daquela vitela, não fosse ela assada e adubada, até poderia provar, mas assim, jamais.

E Sancho disse:

— Aquele pratarrão que está lá adiante fumegando parece que é olha-podrida, e, pela diversidade de coisas que há nas tais olhas, sem dúvida que hei de topar com alguma que me seja de gosto e proveito.

— *Absit!*[3] — disse o médico. — Arrede tão mau pensamento! Não há coisa no mundo de pior nutrimento que uma olha-podrida. Fiquem lá as olhas-podridas para os cônegos ou para os reitores de colégios ou para as bodas lavradorescas, e deixem-nos livres as mesas dos governadores, onde há de assistir todo o primor e todo o apuro; e a razão é porque sempre, onde e de quem quer que seja são mais estimados os medicamentos simples que os compostos, porque nos simples não se pode errar, enquanto nos compostos sim, alterando a quantidade das coisas de que são compostos. O que eu sei que o senhor governador há de comer agora para conservar e fortalecer sua saúde é um cento de canudos de hóstia e umas finas fatiazinhas de marmelada que lhe assentem o estômago e lhe auxiliem a digestão.

Ouvindo isto, Sancho se recostou no espaldar da cadeira e olhou fito a fito para o tal médico, e com voz grave lhe perguntou como se chamava e onde havia estudado. Ao que ele respondeu:

— Eu, senhor governador, me chamo doutor Pedro Recio de Agüero,[4]

Dios me le deje gozar, que me muero de hambre, y el negarme la comida, aunque le pese al señor doctor y él más me diga, antes será quitarme la vida que aumentármela.

— Vuestra merced tiene razón, señor gobernador — respondió el médico —, y, así, es mi parecer que vuestra merced no coma de aquellos conejos guisados que allí están, porque es manjar peliagudo. De aquella ternera, si no fuera asada y en adobo, aun se pudiera probar, pero no hay para qué.

Y Sancho dijo:

— Aquel platonazo que está más adelante vahando me parece que es olla podrida, que, por la diversidad de cosas que en las tales ollas podridas hay, no podré dejar de topar con alguna que me sea de gusto y de provecho.

— ¡*Absit*! — dijo el médico —. Vaya lejos de nosotros tan mal pensamiento, no hay cosa en el mundo de peor mantenimiento que una olla podrida. Allá las ollas podridas para los canónigos o para los retores de colegios o para las bodas labradorescas, y déjennos libres las mesas de los gobernadores, donde ha de asistir todo primor y toda atildadura; y la razón es porque siempre y a doquiera y de quienquiera son más estimadas las medicinas simples que las compuestas, porque en las simples no se puede errar, y en las compuestas sí, alterando la cantidad de las cosas de que son compuestas. Mas lo que yo sé que ha de comer el señor gobernador ahora para conservar su salud y corroborarla, es un ciento de cañutillos de suplicaciones y unas tajadicas subtiles de carne de membrillo, que le asienten el estómago y le ayuden a la digestión.

Oyendo esto Sancho, se arrimó sobre el espaldar de la silla y miró de hito en hito al tal médico, y con voz grave le preguntó cómo se llamaba y dónde había estudiado. A lo que él respondió:

e sou natural de um lugar chamado Tirteafuera,[5] que fica entre Caracuel e Almodóvar del Campo, à mão direita, e tenho o grau de doutor pela universidade de Osuna.

Ao que Sancho respondeu, tomado de cólera:

— Pois então, senhor doutor Pedro Recio de mau agouro, natural de Tirteafuera, lugar que fica à direita mão de quem vai de Caracuel a Almodóvar del Campo, graduado em Osuna: saia já da minha vista! Se não, voto ao sol que agarro de um bordão e às bordoadas, começando por sua mercê, não me há de restar um médico em toda a ínsula, ou pelo menos daqueles que eu entenda que são ignorantes, pois os médicos sábios, prudentes e discretos eu os porei num altar e honrarei como a pessoas divinas.[6] E torno a dizer que Pedro Recio saia daqui; se não, agarro desta cadeira onde estou sentado e a quebro na sua cabeça, e a quem me vier pedir contas direi a meu descargo que fiz um serviço a Deus em matar um mau médico, carrasco da república. E que me deem logo de comer, ou se não tomem de volta este governo, pois ofício que não dá de comer ao dono não vale duas favas.

Assustou-se o doutor ao ver o governador tão colérico e já queria tirar-se da sala, quando soou na rua uma corneta de correio, e, olhando o mestre-sala pela janela, voltou dizendo:

— É correio que vem do duque meu senhor, que algum despacho de importância deve de trazer.

Entrou o correio suando e alvoroçado e, tirando um papel do peito, o entregou em mãos do governador, e Sancho o pôs nas do mordomo, a quem mandou ler o sobrescrito, que dizia assim: "A D. Sancho Pança, governador da ínsula Baratária, em suas próprias mãos ou nas do seu secretário". Ouvindo o qual, Sancho disse:

— Yo, señor gobernador, me llamo el doctor Pedro Recio de Agüero, y soy natural de un lugar llamado Tirteafuera, que está entre Caracuel y Almodóvar del Campo, a la mano derecha, y tengo el grado de doctor por la universidad de Osuna.

A lo que respondió Sancho, todo encendido en cólera:

— Pues, señor doctor Pedro Recio de Mal Agüero, natural de Tirteafuera, lugar que está a la derecha mano como vamos de Caracuel a Almodóvar del Campo, graduado en Osuna, quíteseme luego delante, si no, voto al sol que tome un garrote y que a garrotazos, comenzando por él, no me ha de quedar médico en toda la ínsula, a lo menos de aquellos que yo entienda que son ignorantes, que a los médicos sabios, prudentes y discretos los pondré sobre mi cabeza y los honraré como a personas divinas. Y vuelvo a decir que se me vaya Pedro Recio de aquí, si no, tomaré esta silla donde estoy sentado y se la estrellaré en la cabeza, y pídanmelo en residencia, que yo me descargaré con decir que hice servicio a Dios en matar a un mal médico, verdugo de la república. Y denme de comer o, si no, tómense su gobierno, que oficio que no da de comer a su dueño no vale dos habas.

Alborotóse el doctor viendo tan colérico al gobernador y quiso hacer tirteafuera de la sala, sino que en aquel instante sonó una corneta de posta en la calle, y asomándose el maestresala a la ventana, volvió diciendo:

— Correo viene del duque mi señor, algún despacho debe de traer de importancia.

Entró el correo sudando y asustado, y, sacando un pliego del seno, le puso en las manos del gobernador, y Sancho le puso en las del mayordomo, a quien mandó leyese el sobreescrito, que decía así: *A don Sancho Panza, gobernador de la ínsula Barataria, en su propia mano o en las de su secretario.* Oyendo lo cual Sancho, dijo:

— Quem é aqui meu secretário?

E um dos presentes respondeu:

— Eu, senhor, porque sei ler e escrever, e sou vascongado.[7]

— Com esse arremate — disse Sancho — bem podeis ser secretário do próprio imperador. Abri essa carta e olhai o que diz.

Assim fez o recém-nascido secretário e, tendo lido o que dizia, disse que era um negócio para ser tratado a sós. Mandou Sancho esvaziar a sala e que ficassem somente o mordomo e o mestre-sala, e os demais e o médico se foram; e logo o secretário leu a carta, que assim dizia:

Chegou à minha notícia, senhor D. Sancho Pança, que uns inimigos meus e dessa ínsula estão prestes a lhe dar um furioso assalto não sei que noite: convém velar e estar alerta, por que a não apanhem desprevenida. Sei também por espiões de confiança que já entraram nesse lugar quatro pessoas disfarçadas para vos tirar a vida, porque se temem do vosso engenho: abri o olho e vede bem quem se chega para vos falar, e não comais de coisa que vos presentearem. Eu terei cuidado de vos socorrer se vos virdes em trabalhos, e em tudo fareis como se espera do vosso entendimento. Deste lugar, a dezesseis de agosto, às quatro da manhã.

Vosso amigo,

O Duque

Ficou atônito Sancho, e deram mostras os circunstantes de ficar tal como ele, que virando-se para o mordomo lhe disse:

— O que agora se há de fazer, e há de ser logo, é meter o doutor Recio

---

— ¿Quién es aquí mi secretario?

Y uno de los que presentes estaban respondió:

— Yo, señor, porque sé leer y escribir, y soy vizcaíno.

— Con esa añadidura — dijo Sancho — bien podéis ser secretario del mismo emperador. Abrid ese pliego y mirad lo que dice.

Hízolo así el recién nacido secretario y, habiendo leído lo que decía, dijo que era negocio para tratarle a solas. Mandó Sancho despejar la sala y que no quedasen en ella sino el mayordomo y el maestresala, y los demás y el médico se fueron; y luego el secretario leyó la carta, que así decía:

A mi noticia ha llegado, señor don Sancho Panza, que unos enemigos míos y desa ínsula la han de dar un asalto furioso no sé qué noche: conviene velar y estar alerta, porque no le tomen desapercebido. Sé también por espías verdaderas que han entrado en ese lugar cuatro personas disfrazadas para quitaros la vida, porque se temen de vuestro ingenio: abrid el ojo y mirad quién llega a hablaros, y no comáis de cosa que os presentaren. Yo tendré cuidado de socorreros si os viéredes en trabajo, y en todo haréis como se espera de vuestro entendimiento. Deste lugar, a diez y seis de agosto, a las cuatro de la mañana.

Vuestro amigo,

El Duque

548

num calabouço, pois se há alguém aqui que me pode matar é ele, e de morte adminícula e péssima, como é a da fome.

— Também sou de parecer — disse o mestre-sala — que vossa mercê não coma de nada do que está nesta mesa, porque tudo é presente de umas freiras, e, como se costuma dizer, atrás da cruz está o diabo.

— Isso não nego — respondeu Sancho. — Mas agora me deem um pedaço de pão e umas quatro libras de uvas, que nelas não poderá vir veneno; pois, com efeito, não posso passar sem comer, e se é que temos de estar prontos para essas batalhas que nos ameaçam, há mister estarmos bem fornidos, pois as tripas levam o coração, não o coração as tripas. E vós, secretário, respondei ao duque meu senhor e dizei-lhe que se cumprirá o que ele manda e como o manda, ponto por ponto; e dê da minha parte um beija-mão à minha senhora a duquesa, e diga que lhe suplico não se esqueça de mandar por um portador a minha carta e a minha trouxa para minha mulher, Teresa Pança, que nisso me fará grande mercê, e eu tratarei de a servir em tudo que minhas forças puderem; e de caminho podeis encaixar um beija-mão ao meu senhor D. Quixote de La Mancha, para que veja que sou bem-agradecido; e vós, como bom secretário e bom vascongado, podeis acrescentar tudo o que quiserdes e mais vier ao caso. E levantem logo este banquete e me deem algo de comer, que eu enfrentarei quantos espiões e matadores e encantadores vierem contra mim e sobre minha ínsula.

Nisto entrou um pajem e disse:

— Aqui está um lavrador negociante que quer tratar com vossa senhoria de um negócio, segundo ele diz, de muita importância.

— Estranho caso o destes negociantes — disse Sancho. — É possível que sejam tão néscios que não percebam que não é em semelhantes horas como

---

Quedó atónito Sancho, y mostraron quedarlo asimismo los circunstantes, y volviéndose al mayordomo le dijo:

— Lo que agora se ha de hacer, y ha de ser luego, es meter en un calabozo al doctor Recio, porque si alguno me ha de matar ha de ser él, y de muerte adminícula y pésima, como es la de la hambre.

— También — dijo el maestresala — me parece a mí que vuesa merced no coma de todo lo que está en esta mesa, porque lo han presentado unas monjas, y, como suele decirse, detrás de la cruz está el diablo.

— No lo niego — respondió Sancho —, y por ahora denme un pedazo de pan y obra de cuatro libras de uvas, que en ellas no podrá venir veneno; porque, en efecto, no puedo pasar sin comer, y si es que hemos de estar prontos para estas batallas que nos amenazan, menester será estar bien mantenidos, porque tripas llevan corazón, que no corazón tripas. Y vos, secretario, responded al duque mi señor y decidle que se cumplirá lo que manda como lo manda, sin faltar punto; y daréis de mi parte un besamanos a mi señora la duquesa, y que le suplico no se le olvide de enviar con un propio mi carta y mi lío a mi mujer Teresa Panza, que en ello recibiré mucha merced, y tendré cuidado de servirla con todo lo que mis fuerzas alcanzaren; y de camino podéis encajar un besamanos a mi señor don Quijote de la Mancha, porque vea que soy pan agradecido; y vos, como buen secretario y como buen vizcaíno, podéis añadir todo lo que quisiéredes y más viniere a cuento. Y álcense estos manteles y denme a mí de comer, que yo me avendré con cuantas espías y matadores y encantadores vinieren sobre mí y sobre mi ínsula.

En esto entró un paje y dijo:

estas que se deve vir negociar? Porventura os que governamos, os que somos juízes, não somos homens de carne e osso, sendo mister que nos deixem descansar o tempo que a necessidade pede, ou pensam eles que somos feitos de pedra mármore? Por Deus e em minha consciência que, se o governo me durar (que, segundo desconfio, não durará), porei na linha mais de um negociante. Agora mandai esse bom homem entrar, mas antes se veja se não é ele algum espia ou matador meu.

— Não é, senhor — respondeu o pajem —, porque parece uma alma de pomba e, ou eu sei pouco, ou ele é bom como o bom pão.

— Não há o que temer — disse o mordomo —, pois aqui estamos todos.

— Seria possível, mestre-sala — disse Sancho —, agora que não está aqui o doutor Pedro Recio, eu comer alguma coisa de peso e de sustância, nem que fosse um pedaço de pão e uma cebola?

— Esta noite no jantar se satisfará a falta da comida, e ficará vossa senhoria satisfeito e pago — disse o mestre-sala.

— Assim queira Deus — respondeu Sancho.

E nisto entrou o lavrador, que tinha muito boa presença, e a mil léguas se dava a ver que era uma boa alma. A primeira coisa que disse foi:

— Quem é aqui o senhor governador?

— Quem há de ser — respondeu o secretário —, senão quem está sentado na cadeira?

— Pois me humilho a seus pés — disse o lavrador.

E, pondo-se de joelhos, lhe pediu a mão para a beijar. Negou-lha Sancho e o mandou levantar e dizer o que queria. Assim fez o lavrador, dizendo:

— Eu, senhor, sou lavrador, natural de Miguel Turra, um lugar que fica a duas léguas de Ciudad Real.

— Aquí está un labrador negociante que quiere hablar a vuestra señoría en un negocio, según él dice, de mucha importancia.

— Estraño caso es este — dijo Sancho — destos negociantes. ¿Es posible que sean tan necios, que no echen de ver que semejantes horas como estas no son en las que han de venir a negociar? ¿Por ventura los que gobernamos, los que somos jueces, no somos hombres de carne y de hueso, y que es menester que nos dejen descansar el tiempo que la necesidad pide, sino que quieren que seamos hechos de piedra mármol? Por Dios y en mi conciencia que si me dura el gobierno (que no durará, según se me trasluce) que yo ponga en pretina a más de un negociante. Agora decid a ese buen hombre que entre, pero adviértase primero no sea alguno de los espías o matador mío.

— No, señor — respondió el paje —, porque parece una alma de cántaro, y yo sé poco o él es tan bueno como el buen pan.

— No hay que temer — dijo el mayordomo —, que aquí estamos todos.

— ¿Sería posible — dijo Sancho —, maestresala, que agora que no está aquí el doctor Pedro Recio, que comiese yo alguna cosa de peso y de sustancia, aunque fuese un pedazo de pan y una cebolla?

— Esta noche a la cena se satisfará la falta de la comida y quedará vuestra señoría satisfecho y pagado — dijo el maestresala.

— Dios lo haga — respondió Sancho.

Y en esto entró el labrador, que era de muy buena presencia, y de mil leguas se le echaba de ver que era bueno y buena alma. Lo primero que dijo fue:

— Outro Tirteafuera temos! — disse Sancho. — Dizei lá, irmão, pois o que eu vos posso dizer é que conheço muito bem Miguel Turra e que não fica muito longe da minha aldeia.

— É pois o caso, senhor — prosseguiu o lavrador —, que eu, pela misericórdia de Deus, sou casado na lei e na grei da santa Igreja Católica Romana; tenho dois filhos estudantes, o mais novo estudando para bacharel e o mais velho para licenciado; sou viúvo, porque minha mulher morreu, ou, para melhor dizer, foi morta por um mau médico, que a purgou estando prenhe, e se por graça de Deus o parto saísse à luz e fosse filho, eu o faria estudar para doutor, por que não tivesse inveja dos seus irmãos o bacharel e o licenciado.

— De modo que — disse Sancho —, se vossa mulher não tivesse morrido, ou não lhe houvessem dado morte, agora não seríeis viúvo?

— Não, senhor, de maneira nenhuma — respondeu o lavrador.

— Vamos bem! — replicou Sancho. — Adiante, irmão, que são horas de dormir mais que de negociar.

— Digo, pois — disse o lavrador —, que esse meu filho que há de ser bacharel se tomou de amores por uma donzela da mesma aldeia chamada Clara Perolita, filha de Andrés Perolito, lavrador riquíssimo; e este sobrenome de "Perolitos" não lhes vem de estirpe nem linhagem alguma, mas de serem todos os dessa família paralíticos, e para melhorar o nome os chamam Perolitos. Bem que, se se vai dizer a verdade, a donzela é como uma pérola oriental, e olhada pelo lado direito parece uma flor do campo; pelo esquerdo nem tanto, porque lhe falta um olho, rebentado de varíola; e se bem as bexigas do seu rosto são muitas e grandes, dizem os que a querem bem que aquelas não são bexigas, mas sepulturas onde se sepultam as almas dos seus

---

— ¿Quién es aquí el señor gobernador?

— ¿Quién ha de ser — respondió el secretario —, sino el que está sentado en la silla?

— Humíllome, pues, a su presencia — dijo el labrador.

Y, poniéndose de rodillas, le pidió la mano para besársela. Negósela Sancho y mandó que se levantase y dijese lo que quisiese. Hízolo así el labrador y luego dijo:

— Yo, señor, soy labrador, natural de Miguel Turra, un lugar que está dos leguas de Ciudad Real.

— ¡Otro Tirteafuera tenemos! — dijo Sancho —. Decid, hermano, que lo que yo os sé decir es que sé muy bien a Miguel Turra y que no está muy lejos de mi pueblo.

— Es pues el caso, señor — prosiguió el labrador —, que yo, por la misericordia de Dios, soy casado en paz y en haz de la santa Iglesia Católica Romana; tengo dos hijos estudiantes, que el menor estudia para bachiller y el mayor para licenciado; soy viudo, porque se murió mi mujer, o, por mejor decir, me la mató un mal médico, que la purgó estando preñada, y si Dios fuera servido que saliera a luz el parto y fuera hijo, yo le pusiera a estudiar para doctor, porque no tuviera invidia a sus hermanos el bachiller y el licenciado.

— ¿De modo — dijo Sancho — que si vuestra mujer no se hubiera muerto, o la hubieran muerto, vos no fuérades agora viudo?

— No, señor, en ninguna manera — respondió el labrador.

— ¡Medrados estamos! — replicó Sancho —. Adelante, hermano, que es hora de dormir más que de negociar.

amantes. É tão limpa que, para não sujar o rosto, traz as ventas, como dizem, arreganhadas, que mais parecem fugir da boca; e ainda assim é formosa por extremo, pois tem a boca grande, a qual, não lhe faltassem dez ou doze dentes, pudera igualar e avantajar as mais bem-formadas. Dos lábios nem tenho que dizer, porque são tão sutis e delicados que, se fosse uso fiar lábios, bem se pudera fazer deles uma madeixa; mas como têm diferente cor da que nos lábios comumente se usa, parecem milagrosos, pois são salpicados de azul, e verde, e roxo-berinjela. E me perdoe o senhor governador se tão por miúdo vou pintando as prendas dessa que afinal há de ser minha filha, que quero bem e não me parece mal.

— Pintai o que quiserdes — disse Sancho —, pois eu me vou recreando na pintura e, se tivesse almoçado, para mim não haveria melhor sobremesa que o vosso retrato.

— Esta ainda está para ser servida — respondeu o lavrador —, mas tempo virá em que o sejamos, se agora não somos. E digo, senhor, que, se fosse possível pintar a sua gentileza e a altura do seu corpo, seria coisa de grande admiração, mas não é, por causa de ela estar corcovada e tolhida, tendo a boca rente aos joelhos, mas ainda assim bem se dá a ver que, se se pudesse endireitar, daria com a cabeça no teto; e ela já teria dado a mão de esposa ao meu bacharel, não fosse porque a não pode estender, pois a tem troncha, mas, ainda assim, nas unhas compridas e estriadas se mostra a sua bondade e boa feição.

— Está bem — disse Sancho. — Agora fazei conta, irmão, que já a pintastes dos pés até a cabeça. Que é o que quereis de mim? Ide logo ao ponto sem rodeios nem ruelas, nem retalhos nem ensanchas.

— Gostaria, senhor — respondeu o lavrador —, que vossa mercê me

---

— Digo, pues — dijo el labrador —, que este mi hijo que ha de ser bachiller se enamoró en el mesmo pueblo de una doncella llamada Clara Perlerina, hija de Andrés Perlerino, labrador riquísimo; y este nombre de Perlerines no les viene de abolengo ni otra alcurnia, sino porque todos los deste linaje son perláticos, y por mejorar el nombre los llaman Perlerines. Aunque, si va a decir la verdad, la doncella es como una perla oriental, y mirada por el lado derecho parece una flor del campo; por el izquierdo no tanto, porque le falta aquel ojo, que se le saltó de viruelas; y aunque los hoyos del rostro son muchos y grandes, dicen los que la quieren bien que aquellos no son hoyos, sino sepulturas donde se sepultan las almas de sus amantes. Es tan limpia, que por no ensuciar la cara trae las narices, como dicen, arremangadas, que no parece sino que van huyendo de la boca; y, con todo esto, parece bien por estremo, porque tiene la boca grande, y, a no faltarle diez o doce dientes y muelas, pudiera pasar y echar raya entre las más bien formadas. De los labios no tengo que decir, porque son tan sutiles y delicados, que, si se usaran aspar labios, pudieran hacer dellos una madeja; pero como tienen diferente color de la que en los labios se usa comúnmente, parecen milagrosos, porque son jaspeados de azul y verde y aberenjenado. Y perdóneme el señor gobernador si por tan menudo voy pintando las partes de la que al fin al fin ha de ser mi hija, que la quiero bien y no me parece mal.

— Pintad lo que quisiéredes — dijo Sancho —, que yo me voy recreando en la pintura, y, si hubiera comido, no hubiera mejor postre para mí que vuestro retrato.

— Eso tengo yo por servir — respondió el labrador —, pero tiempo vendrá en que seamos, si ahora no somos. Y digo, señor, que si pudiera pintar su gentileza y la altura de su cuerpo, fuera cosa de admiración, pero

fizesse a mercê de me dar uma carta de favor para o meu consogro, suplicando-lhe seja servido que este casamento se faça, pois não somos desiguais nos bens de fortuna, nem nos da natureza. Porque, para dizer a verdade, senhor governador, o meu filho é endemoninhado, e não há dia que três ou quatro vezes não o atormentem os malignos espíritos, e por ter caído uma vez no fogo tem o rosto amarfanhado feito um pergaminho e os olhos algum tanto chorosos e mananciais; mas tem a condição de um anjo e, não sendo porque se aporreia e dá punhadas nele mesmo, seria um bendito.

— Quereis dizer mais alguma coisa, bom homem? — replicou Sancho.

— Outra coisa quisera — disse o lavrador —, que não me atrevo a dizer; mas vá lá, pois mais vale que não me apodreça no peito, pegue ou não pegue. Digo, senhor, que quisera que vossa mercê me desse uma ajuda de trezentos ou seiscentos ducados para o dote do meu bacharel; digo, de ajuda para montar sua casa, pois enfim hão de viver por si, sem estarem sujeitos às impertinências dos sogros.

— Cuidai se quereis mais alguma coisa — disse Sancho — e não a deixeis de dizer por pejo nem por vergonha.

— Não, por certo — respondeu o lavrador.

E apenas disse isto, quando, levantando-se em pé o governador, agarrou da cadeira em que estava sentado e disse:

— Voto a tal, dom vilão rústico e maldoso, que se não vos baterdes e sumirdes já da minha presença, com esta cadeira vos quebro e parto a cabeça! Fideputa velhaco, pintor do mesmo demônio, a estas horas vens aqui me pedir seiscentos ducados? Onde eu tenho esse dinheiro, hediondo? E ainda que o tivesse, por que o houvera de dar a ti, socarrão e mentecapto? Que se me dá de Miguel Turra e de toda a linhagem dos Perolitos? Fora daqui, repi-

---

no puede ser, a causa de que ella está agobiada y encogida, y tiene las rodillas con la boca, y, con todo eso, se echa bien de ver que si se pudiera levantar, diera con la cabeza en el techo; y ya ella hubiera dado la mano de esposa a mi bachiller, sino que no la puede estender, que está añudada, y, con todo, en las uñas largas y acanaladas se muestra su bondad y buena hechura.

— Está bien — dijo Sancho —, y haced cuenta, hermano, que ya la habéis pintado de los pies a la cabeza. ¿Qué es lo que queréis ahora? Y venid al punto sin rodeos ni callejuelas, ni retazos ni añadiduras.

— Querría, señor — respondió el labrador —, que vuestra merced me hiciese merced de darme una carta de favor para mi consuegro, suplicándole sea servido de que este casamiento se haga, pues no somos desiguales en los bienes de fortuna, ni en los de la naturaleza, porque, para decir la verdad, señor gobernador, mi hijo es endemoniado, y no hay día que tres o cuatro veces no le atormenten los malignos espíritus, y de haber caído una vez en el fuego tiene el rostro arrugado como pergamino y los ojos algo llorosos y manantiales; pero tiene una condición de un ángel, y si no es que se aporrea y se da de puñadas él mesmo a sí mesmo, fuera un bendito.

— ¿Queréis otra cosa, buen hombre? — replicó Sancho.

— Otra cosa querría — dijo el labrador —, sino que no me atrevo a decirlo; pero vaya, que, en fin, no se me ha de podrir en el pecho, pegue o no pegue. Digo, señor, que querría que vuesa merced me diese trecientos o seiscientos ducados para ayuda a la dote de mi bachiller; digo, para ayuda de poner su casa, porque, en fin, han de vivir por sí, sin estar sujetos a las impertinencias de los suegros.

— Mirad si queréis otra cosa — dijo Sancho — y no la dejéis de decir por empacho ni por vergüenza.

to; se não, por vida do duque meu senhor que faço o que tenho dito! Tu não deves de ser de Miguel Turra, mas algum socarrão mandado dos infernos para me tentar. Dize aqui, desalmado, não faz nem dia e meio que tenho o governo, e já queres que eu tenha seiscentos ducados?

Fez sinais o mestre-sala ao lavrador para que saísse da sala, coisa que este fez cabisbaixo e ao parecer temeroso de que o governador executasse a sua cólera, pois o velhacão soube fazer muito bem o seu ofício.

Mas deixemos Sancho com sua cólera, e fique a audiência em paz, e voltemos a D. Quixote, que o deixamos com o rosto vendado e curando-se das gatunas feridas, das quais não sarou em oito dias, num dos quais lhe aconteceu o que Cide Hamete promete contar usando da pontualidade e verdade com que sói contar as coisas desta história, por mínimas que sejam.

— No, por cierto — respondió el labrador.

Y apenas dijo esto, cuando levantándose en pie el gobernador, asió de la silla en que estaba sentado y dijo:

— ¡Voto a tal, don patán rústico y malmirado, que si no os apartáis y ascondéis luego de mi presencia, que con esta silla os rompa y abra la cabeza! Hideputa bellaco, pintor del mesmo demonio, ¿y a estas horas te vienes a pedirme seiscientos ducados? ¿Y dónde los tengo yo, hediondo? ¿Y por qué te los había de dar aunque los tuviera, socarrón y mentecato? ¿Y qué se me da a mí de Miguel Turra ni de todo el linaje de los Perlerines? ¡Va de mí, digo; si no, por vida del duque mi señor que haga lo que tengo dicho! Tú no debes de ser de Miguel Turra, sino algún socarrón que para tentarme te ha enviado aquí el infierno. Dime, desalmado, aún no ha día y medio que tengo el gobierno, ¿y ya quieres que tenga seiscientos ducados?

Hizo de señas el maestresala al labrador que se saliese de la sala, el cual lo hizo cabizbajo y al parecer temeroso de que el gobernador no ejecutase su cólera, que el bellacón supo hacer muy bien su oficio.

Pero dejemos con su cólera a Sancho, y ándese la paz en el corro, y volvamos a don Quijote, que le dejamos vendado el rostro y curado de las gatescas heridas, de las cuales no sanó en ocho días, en uno de los cuales le sucedió lo que Cide Hamete promete de contar con la puntualidad y verdad que suele contar las cosas desta historia, por mínimas que sean.

Notas

[1] Umidade radical: denominação eufemística do sêmen, que a fisiologia medieval considerava suporte líquido dos quatro humores galênicos.

[2] "Toda fartação é ruim, mas a de perdizes, péssima": a máxima médica então em voga, atribuída a Hipócrates como todas na época, dizia *panis* (de pão) onde aqui consta *perdicis* (de perdizes).

[3] *Absit!*: o particípio presente de *absum* (ausentar, afastar) vale aqui como "mantenha distância!", "longe disso".

[4] Pedro Recio de Agüero: o nome do médico encerra um gracejo, pois traduzido ficaria Pedro Rijo de Agouro.

[5] Tirteafuera: o nome dessa aldeia manchega próxima de Ciudad Real pode ser lido como "*tirte afuera*" (fora daqui!), expressão usada para esconjurar o azar ou o mau agouro.

[6] ... os médicos sábios [...] honrarei como a pessoas divinas: eco do Eclesiastes (38, 1).

[7] Vascongado: entre os funcionários da burocracia oficial, era frequente a presença de naturais das províncias vascongadas, a ponto de um dicionário como o *Tesoro de la Lengua Castellana* registrar que "em letras e em matéria de governo e conta e razão, [os vascongados] avantajam todos os demais da Espanha, sendo muito fiéis e sofridos e perseverantes no trabalho".

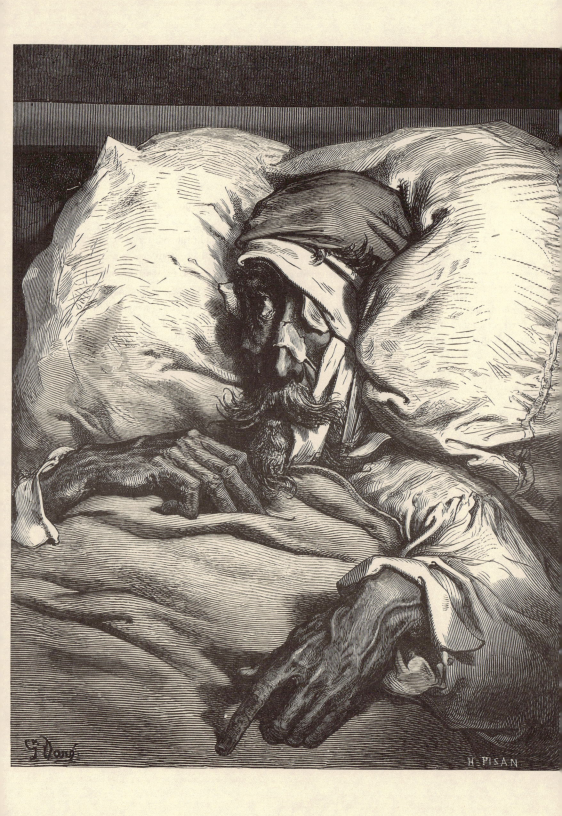

CAPÍTULO XLVIII

DO QUE ACONTECEU COM D. QUIXOTE
E Dª RODRÍGUEZ, A DUENHA DA DUQUESA,
MAIS OUTROS ACONTECIMENTOS
DIGNOS DE ESCRITURA E DE MEMÓRIA ETERNA

Assaz mofino e malencônico estava o malferido D. Quixote, vendado seu rosto e assinalado, não pela mão de Deus, mas pelas unhas de um gato, desditas anexas à andante cavalaria. Seis dias esteve sem sair em público, numa de cujas noites, estando desperto e desvelado, pensando nas suas desgraças e na perseguição de Altisidora, ouviu que com uma chave abriam a porta do seu aposento e logo imaginou que a enamorada donzela vinha sobressaltar sua honestidade e pô-lo em risco de faltar à fé que guardar devia à sua senhora Dulcineia d'El Toboso.

— Não! — disse ele, acreditando sua imaginação e com voz que pudesse ser ouvida. — Não há de ter força a maior formosura da terra para que eu deixe de adorar a que tenho gravada e estampada no meio do coração e no mais escondido das entranhas, ora estejas, senhora minha, transformada em repolhuda lavradora, ora em ninfa do dourado Tejo, tecendo panos de ouro e seda compostos, ora te tenha Merlim ou Montesinos onde eles quiserem: pois onde quer que seja és minha e onde quer que seja eu fui e hei de ser teu.

CAPÍTULO XLVIII

DE LO QUE LE SUCEDIÓ A DON QUIJOTE
CON DOÑA RODRÍGUEZ, LA DUEÑA DE LA DUQUESA,
CON OTROS ACONTECIMIENTOS
DIGNOS DE ESCRITURA Y DE MEMORIA ETERNA

Además estaba mohíno y malencólico el malferido don Quijote, vendado el rostro y señalado, no por la mano de Dios, sino por las uñas de un gato, desdichas anejas a la andante caballería. Seis días estuvo sin salir en público, en una noche de las cuales, estando despierto y desvelado, pensando en sus desgracias y en el perseguimiento de Altisidora, sintió que con una llave abrían la puerta de su aposento, y luego imaginó que la enamorada doncella venía para sobresaltar su honestidad y ponerle en condición de faltar a la fee que guardar debía a su señora Dulcinea del Toboso.

— No — dijo, creyendo a su imaginación, y esto con voz que pudiera ser oída —, no ha de ser parte la mayor hermosura de la tierra para que yo deje de adorar la que tengo grabada y estampada en la mitad de mi

O acabar essas razões e o abrir da porta foi tudo num mesmo tempo. Pôs-se ele em pé sobre a cama, envolto de cima a baixo numa colcha de cetim amarelo, um gorro na cabeça e o rosto e os bigodes enfaixados — o rosto, por causa das arranhaduras; os bigodes, para que não se lhe desmaiassem e caíssem —, no qual traje parecia o mais extraordinário fantasma que se pudesse pensar.

Cravou os olhos na porta e, quando esperava ver entrar por ela a rendida e lastimada Altisidora, viu entrar uma reverendíssima duenha com umas toucas brancas refolhadas e longas, tanto que a cobriam e emantavam desde os pés até a cabeça. Entre os dedos da mão esquerda trazia meia vela acesa, e com a direita se fazia sombra para que a luz não lhe ferisse os olhos, os quais cobriam uns grandíssimos óculos. Vinha pisando leve e movia os pés brandamente.

Fitou-a D. Quixote da sua atalaia e quando viu seu atavio e notou seu silêncio, pensou que alguma bruxa ou maga vinha naqueles trajes fazer nele algum malefício e começou a se benzer com muita pressa. Foi-se chegando a visão e, quando chegou no meio do aposento, ergueu os olhos e viu a pressa com que D. Quixote se estava fazendo cruzes, e se ele ficou medroso em ver tal figura, ela ficou espantada em ver a dele, porque assim como o viu tão alto e tão amarelo, com a colcha e com as faixas que o desfiguravam, deu um grande grito, dizendo:

— Jesus! Que é que vejo?

E com o sobressalto deixou cair a vela e, vendo-se às escuras, virou as costas para se ir, e com o medo tropeçou em suas saias e levou uma grande queda. D. Quixote, temeroso, começou a dizer:

— Conjuro-te, fantasma, ou o que fores, a me dizeres quem és e que é

---

corazón y en lo más escondido de mis entrañas, ora estés, señora mía, transformada en cebolluda labradora, ora en ninfa del dorado Tajo, tejiendo telas de oro y sirgo compuestas, ora te tenga Merlín o Montesinos donde ellos quisieren: que adondequiera eres mía y adoquiera he sido yo y he de ser tuyo.

El acabar estas razones y el abrir de la puerta fue todo uno. Púsose en pie sobre la cama, envuelto de arriba abajo en una colcha de raso amarillo, una galocha en la cabeza, y el rostro y los bigotes vendados — el rostro, por los aruños; los bigotes, porque no se le desmayasen y cayesen —, en el cual traje parecía la más extraordinaria fantasma que se pudiera pensar.

Clavó los ojos en la puerta, y cuando esperaba ver entrar por ella a la rendida y lastimada Altisidora, vio entrar a una reverendísima dueña con unas tocas blancas repulgadas y luengas, tanto, que la cubrían y enmantaban desde los pies a la cabeza. Entre los dedos de la mano izquierda traía una media vela encendida, y con la derecha se hacía sombra, porque no le diese la luz en los ojos, a quien cubrían unos muy grandes antojos. Venía pisando quedito y movía los pies blandamente.

Miróla don Quijote desde su atalaya, y cuando vio su adeliño y notó su silencio, pensó que alguna bruja o maga venía en aquel traje a hacer en él alguna mala fechuría y comenzó a santiguarse con mucha priesa. Fuese llegando la visión, y cuando llegó a la mitad del aposento, alzó los ojos y vio la priesa con que se estaba haciendo cruces don Quijote; y si él quedó medroso en ver tal figura, ella quedó espantada en ver la suya, porque así como le vio tan alto y tan amarillo, con la colcha y con las vendas que le desfiguraban, dio una gran voz, diciendo:

— ¡Jesús! ¿Qué es lo que veo?

o que de mim queres. Dize-me se és alma penada, que eu farei por ti tudo quanto minhas forças alcançarem, pois sou católico cristão e amigo de fazer bem a todo o mundo, e para isso tomei a ordem da cavalaria andante que professo, cujo exercício até a fazer bem às almas do purgatório se estende.

A turbada duenha, que se ouviu conjurar, por seu temor coligiu o de D. Quixote e com voz aflita e baixa lhe respondeu:

— Senhor D. Quixote, se é que vossa mercê é D. Quixote, eu não sou fantasma, nem aparição, nem alma do purgatório, como vossa mercê deve de ter pensado, mas Dª Rodríguez, a duenha de honra da minha senhora a duquesa, e venho aqui com uma necessidade das que vossa mercê sói remediar.

— Diga-me, senhora Dª Rodríguez — disse D. Quixote —, porventura vem vossa mercê terçar amores? Pois saiba que eu não sou de proveito para ninguém, por mercê da sem-par beleza da minha senhora Dulcineia d'El Toboso. Digo enfim, senhora Dª Rodríguez, que, se vossa mercê salvar e deixar de parte todo recado amoroso, pode voltar a acender a sua vela, e voltando aqui trataremos de tudo o que mais mandar e for do seu gosto, salvo, como digo, todo incitativo melindre.

— Eu a recado de alguém, senhor meu? — respondeu a duenha. — Pois sim! Vossa mercê mal me conhece, que ainda não estou em idade tão avançada para me dar a semelhantes enredos, pois, Deus louvado, tenho meu viço nas carnes e todos meus dentes e queixais na boca, afora alguns poucos usurpados por uns catarros, muito ordinários nesta terra de Aragão. Mas vossa mercê me espere um pouco, vou acender a minha vela e voltarei num instante para contar as minhas coitas, como ao remediador de todas as do mundo.

E sem esperar resposta saiu do aposento, onde ficou D. Quixote sossegado e pensativo à sua espera. Mas logo lhe sobrevieram mil pensamentos

---

Y con el sobresalto se le cayó la vela de las manos, y, viéndose a escuras, volvió las espaldas para irse y con el miedo tropezó en sus faldas y dio consigo una gran caída. Don Quijote, temeroso, comenzó a decir:

— Conjúrote, fantasma, o lo que eres, que me digas quién eres y que me digas qué es lo que de mí quieres. Si eres alma en pena, dímelo, que yo haré por ti todo cuanto mis fuerzas alcanzaren, porque soy católico cristiano y amigo de hacer bien a todo el mundo, que para esto tomé la orden de la caballería andante que profeso, cuyo ejercicio aun hasta hacer bien a las ánimas de purgatorio se estiende.

La brumada dueña, que oyó conjurarse, por su temor coligió el de don Quijote, y con voz afligida y baja le respondió:

— Señor don Quijote, si es que acaso vuestra merced es don Quijote, yo no soy fantasma, ni visión, ni alma de purgatorio, como vuestra merced debe de haber pensado, sino doña Rodríguez, la dueña de honor de mi señora la duquesa, que con una necesidad de aquellas que vuestra merced suele remediar a vuestra merced vengo.

— Dígame, señora doña Rodríguez — dijo don Quijote —, ¿por ventura viene vuestra merced a hacer alguna tercería? Porque le hago saber que no soy de provecho para nadie, merced a la sin par belleza de mi señora Dulcinea del Toboso. Digo, en fin, señora doña Rodríguez, que, como vuestra merced salve y deje a una parte todo recado amoroso, puede volver a encender su vela, y vuelva y departiremos de todo lo que más mandare y más en gusto le viniere, salvando, como digo, todo incitativo melindre.

— ¿Yo recado de nadie, señor mío? — respondió la dueña —. Mal me conoce vuestra merced, sí, que aún no estoy en edad tan prolongada, que me acoja a semejantes niñerías, pues, Dios loado, mi alma me tengo en las

acerca daquela nova aventura, e pareceu-lhe ser mal feito e pior pensado pôr-
-se em perigo de romper a fé prometida à sua senhora, e disse para si:

— Quem sabe se o diabo, que é sutil e manhoso, não quer confundir-me
agora com uma duenha o que não conseguiu com imperatrizes, rainhas, duquesas, marquesas nem condessas? Pois já muitas vezes e de muitos discretos ouvi dizer que, podendo, ele tenta com a feia antes que com a bonita. E
quem sabe se esta solidão, esta ocasião e este silêncio não podem despertar
meus desejos adormecidos e fazer que ao cabo dos meus anos venha a cair
onde nunca tropecei? E em casos semelhantes é melhor fugir que esperar a
batalha. Mas eu não devo de estar no meu juízo, que tais disparates digo e
penso, pois não é possível que uma duenha tão brancamente toucada, esti-
rada e antolhada possa mover nem levantar pensamento lascivo no mais
desalmado peito do mundo. Porventura há duenha na terra que tenha boas
carnes? Porventura há duenha no orbe não seja impertinente, encrespada e
melindrosa? Fora então, caterva duenhesca, inútil para todo humano regalo! Oh quão bem fazia aquela senhora de quem se diz que ao pé do seu estrado tinha duas duenhas de fábrica, com seus óculos e almofadinhas, como
se estivessem fazendo lavores, e tanto lhe serviam para o aparato da sala
aquelas estátuas como duenhas verdadeiras.

E dizendo isto se lançou fora do leito com intenção de trancar a porta
e não deixar entrar a senhora Rodríguez; mas quando estava para trancá-la,
já a senhora Rodríguez voltava, acesa uma vela de cera branca, e quando viu
D. Quixote mais de perto, envolto na colcha, com as ataduras e o gorro, ou
barrete, temeu de novo e, recuando como dois passos, disse:

— Posso entrar segura, senhor cavaleiro? Que não tenho por muito
honesto sinal ter-se vossa mercê levantado do seu leito.

---

carnes, y todos mis dientes y muelas en la boca, amén de unos pocos que me han usurpado unos catarros, que en
esta tierra de Aragón son tan ordinarios. Pero espéreme vuestra merced un poco: saldré a encender mi vela y volveré en un instante a contar mis cuitas, como a remediador de todas las del mundo.

Y sin esperar respuesta se salió del aposento, donde quedó don Quijote sosegado y pensativo esperándo-
la; pero luego le sobrevinieron mil pensamientos acerca de aquella nueva aventura, y parecíale ser mal hecho y
peor pensado ponerse en peligro de romper a su señora la fee prometida, y decíase a sí mismo:

— ¿Quién sabe si el diablo, que es sutil y mañoso, querrá engañarme ahora con una dueña lo que no ha
podido con emperatrices, reinas, duquesas, marquesas ni condesas? Que yo he oído decir muchas veces y a muchos discretos que, si él puede, antes os la dará roma que aguileña. ¿Y quién sabe si esta soledad, esta ocasión y
este silencio despertará mis deseos que duermen, y harán que al cabo de mis años venga a caer donde nunca he
tropezado? Y en casos semejantes mejor es huir que esperar la batalla. Pero yo no debo de estar en mi juicio, pues
tales disparates digo y pienso, que no es posible que una dueña toquiblanca, larga y antojuna pueda mover ni levantar pensamiento lascivo en el más desalmado pecho del mundo. ¿Por ventura hay dueña en la tierra que tenga
buenas carnes? ¿Por ventura hay dueña en el orbe que deje de ser impertinente, fruncida y melindrosa? ¡Afuera,
pues, caterva dueñesca, inútil para ningún humano regalo! ¡Oh, cuán bien hacía aquella señora de quien se dice
que tenía dos dueñas de bulto con sus antojos y almohadillas al cabo de su estrado, como que estaban labrando,
y tanto le servían para la autoridad de la sala aquellas estatuas como las dueñas verdaderas!

Y diciendo esto se arrojó del lecho con intención de cerrar la puerta y no dejar entrar a la señora Rodríguez;

561

— O mesmo é bem que eu pergunte, senhora — respondeu D. Quixote —, e assim pergunto se estarei seguro de ser acometido e forçado.

— De quem ou a quem pedis tal segurança, senhor cavaleiro? — respondeu a duenha.

— A vós e de vós a peço — replicou D. Quixote —, porque nem eu sou de mármore, nem vós de bronze, nem agora são dez horas, senão meia-noite, e até um pouco mais, segundo imagino, e num aposento mais fechado e secreto do que devia ser a gruta onde o traidor e atrevido Eneias desfrutou da formosa e piedosa Dido. Mas dai-me, senhora, a mão, que eu não quero outra segurança maior que a da minha continência e recato e a que as vossas reverendíssimas toucas oferecem.

E dizendo isto beijou sua própria mão direita e tomou a dela, que lha deu com as mesmas cerimônias.

Aqui faz Cide Hamete um parêntese e diz, por Maomé, que para ver o par assim tomado e enlaçado ir da porta ao leito daria o melhor cafetã dos dois que tinha.

Entrou enfim D. Quixote em seu leito, e ficou Dª Rodríguez sentada numa cadeira algum tanto afastada da cama, não se despojando dos óculos nem da vela. D. Quixote se encolheu e se cobriu todo, não deixando mais que o rosto descoberto, e tendo-se os dois sossegado, o primeiro a romper o silêncio foi D. Quixote, dizendo:

— Pode vossa mercê agora, minha senhora Dª Rodríguez, descoser-se e desembuchar tudo aquilo que tem dentro do seu coitado coração e lastimadas entranhas, que será por mim escutada com castos ouvidos e socorrida com piedosas obras.

— Assim creio — respondeu a duenha —, pois da gentil e grata presen-

---

mas cuando la llegó a cerrar, ya la señora Rodríguez volvía, encendida una vela de cera blanca, y cuando ella vio a don Quijote de más cerca, envuelto en la colcha, con las vendas, galocha o becoquín, temió de nuevo y, retirándose atrás como dos pasos, dijo:

— ¿Estamos seguras, señor caballero? Porque no tengo a muy honesta señal haberse vuesa merced levantado de su lecho.

— Eso mesmo es bien que yo pregunte, señora — respondió don Quijote —, y, así, pregunto si estaré yo seguro de ser acometido y forzado.

— ¿De quién o a quién pedís, señor caballero, esa seguridad? — respondió la dueña.

— A vos y de vos la pido — replicó don Quijote —, porque ni yo soy de mármol, ni vos de bronce, ni ahora son las diez del día, sino media noche, y aun un poco más, según imagino, y en una estancia más cerrada y secreta que lo debió de ser la cueva donde el traidor y atrevido Eneas gozó a la hermosa y piadosa Dido. Pero dadme, señora, la mano, que yo no quiero otra seguridad mayor que la de mi continencia y recato y la que ofrecen esas reverendísimas tocas.

Y diciendo esto besó su derecha mano y le asió de la suya, que ella le dio con las mesmas ceremonias.

Aquí hace Cide Hamete un paréntesis y dice que por Mahoma que diera por ver ir a los dos así asidos y trabados desde la puerta al lecho la mejor almalafa de dos que tenía.

Entróse, en fin, don Quijote en su lecho, y quedóse doña Rodríguez sentada en una silla algo desviada de la cama, no quitándose los antojos ni la vela. Don Quijote se acorrucó y se cubrió todo, no dejando más

ça de vossa mercê não se podia esperar senão tão cristã resposta. É pois o caso, senhor D. Quixote, que, conquanto vossa mercê me veja sentada nesta cadeira, em pleno reino de Aragão e em hábito de duenha aniquilada e castigada, sou natural das Astúrias de Oviedo,[1] e de tal linhagem que por ela atravessam muitas das melhores daquela província. Mas minha escassa sorte e o descuido dos meus pais, que empobreceram antes do tempo, sem saber como nem como não, me trouxeram à corte em Madri, onde, por bem de paz e por escusar maiores desventuras, me acomodaram no serviço de donzela de uma principal senhora; e quero fazer sabedor a vossa mercê de que em fazer debruns e lavor branco nenhuma me avantajou em toda a vida. Meus pais me deixaram servindo e se tornaram para sua terra, e dali a poucos anos lhes coube subir ao céu, porque eram boníssimos e católicos cristãos. Fiquei órfã e dependente do miserável salário e das estreitas mercês que às tais criadas se sói dar em palácio, e neste tempo, sem que eu desse ocasião para tanto, se enamorou de mim um escudeiro da casa, homem já entrado em dias, barbudo e apessoado e, por cima, fidalgo como o mesmo rei, porque era montanhês.[2] Não tratamos os nossos amores tão secretamente que não chegassem à notícia da minha senhora, a qual, por escusar mexericos, nos casou em paz e perante a santa madre Igreja Católica Romana, de cujo matrimônio nasceu uma filha para aniquilar a minha ventura, se alguma eu tinha, não porque morresse do parto, que o tive direito e no tempo certo, mas porque dali a pouco morreu o meu esposo de um certo susto que teve, que, a ter agora lugar para contá-lo, sei que vossa mercê se admiraria.

E nisto começou a chorar ternamente, e disse:

— Vossa mercê me perdoe, senhor D. Quixote, que isto não está em minha mão, pois todas as vezes que me lembro do meu malogrado se me

---

de el rostro descubierto; y, habiéndose los dos sosegado, el primero que rompió el silencio fue don Quijote, diciendo:

— Puede vuesa merced ahora, mi señora doña Rodríguez, descoserse y desbuchar todo aquello que tiene dentro de su cuitado corazón y lastimadas entrañas, que será de mí escuchada con castos oídos y socorrida con piadosas obras.

— Así lo creo yo — respondió la dueña —, que de la gentil y agradable presencia de vuesa merced no se podía esperar sino tan cristiana respuesta. Es, pues, el caso, señor don Quijote, que aunque vuesa merced me vee sentada en esta silla y en la mitad del reino de Aragón y en hábito de dueña aniquilada y asendereada, soy natural de las Asturias de Oviedo, y de linaje, que atraviesan por él muchos de los mejores de aquella provincia. Pero mi corta suerte y el descuido de mis padres, que empobrecieron antes de tiempo, sin saber cómo ni cómo no, me trujeron a la corte a Madrid, donde, por bien de paz y por escusar mayores desventuras, mis padres me acomodaron a servir de doncella de labor a una principal señora; y quiero hacer sabidor a vuesa merced que en hacer vainillas y labor blanca ninguna me ha echado el pie adelante en toda la vida. Mis padres me dejaron sirviendo y se volvieron a su tierra, y de allí a pocos años se debieron de ir al cielo, porque eran además buenos y católicos cristianos. Quedé huérfana y atenida al miserable salario y a las angustiadas mercedes que a las tales criadas se suele dar en palacio; y en este tiempo, sin que diese yo ocasión a ello, se enamoró de mí un escudero de casa, hombre ya en días, barbudo y apersonado, y, sobre todo, hidalgo como el rey, porque era montañés. No tratamos tan secretamente nuestros amores, que no viniesen a noticia de mi señora, la cual, por escusar dimes y diretes, nos

arrasam os olhos de lágrimas. Valha-me Deus, com que autoridade ele levava a minha senhora às ancas de uma poderosa mula, negra como o mesmo azeviche! Pois então não se usavam andas nem cadeirinhas, como agora dizem que se usam, e as senhoras iam às ancas dos seus escudeiros. E ao menos isto não posso deixar de contar, para que se note a criação e pontualidade do meu bom marido: ao entrar na rua de Santiago em Madri, que é um tanto estreita, vinha saindo por ela um meirinho da corte com dois quadrilheiros[3] à frente, e assim como meu bom escudeiro o viu, virou as rédeas à mula, dando sinal de voltar para acompanhá-lo.[4] Minha senhora, que ia às ancas, com voz baixa lhe disse: "Que fazeis, maldito? Não vedes que vou aqui?". O meirinho, por cortesia, colheu as rédeas ao cavalo e disse: "Segui o vosso caminho, senhor, pois sou eu quem deve acompanhar minha senhora Dª Casilda", que esse era o nome da minha ama. Ainda porfiava meu marido, com o gorro na mão, em querer acompanhar o meirinho; vendo o qual minha senhora, cheia de cólera e raiva, tirou um alfinete grosso ou talvez um ferrão do estojo e o cravou pelos lombos do meu marido, de maneira que ele deu uma grande voz e torceu o corpo de sorte que deu com sua senhora no chão. Acudiram dois lacaios dela a levantá-la, e o mesmo fez o meirinho e os quadrilheiros; alvoroçou-se a Porta de Guadalajara,[5] digo, a gente vadia que nela estava; veio-se a pé a minha ama, e o meu marido acudiu à casa de um barbeiro, dizendo que levava as entranhas varadas de parte a parte. Divulgou-se a cortesia do meu esposo, tanto que os rapazes zombavam dele pelas ruas, e por isso, e por ter a vista um tanto curta, minha senhora a duquesa o despediu, de cujo pesar sem dúvida alguma tenho para mim que se causou o mal da sua morte. Fiquei viúva e desamparada, e com filha para sustentar, a qual ia crescendo em formosura como a espuma do mar. Final-

---

casó en paz y en haz de la santa madre Iglesia Católica Romana, de cuyo matrimonio nació una hija para rematar con mi ventura, si alguna tenía, no porque yo muriese del parto, que le tuve derecho y en sazón, sino porque desde allí a poco murió mi esposo de un cierto espanto que tuvo, que, a tener ahora lugar para contarle, yo sé que vuestra merced se admirara.

Y en esto, comenzó a llorar tiernamente, y dijo:

— Perdóneme vuestra merced, señor don Quijote, que no va más en mi mano, porque todas las veces que me acuerdo de mi mal logrado se me arrasan los ojos de lágrimas. ¡Válame Dios, y con qué autoridad llevaba a mi señora a las ancas de una poderosa mula, negra como el mismo azabache! Que entonces no se usaban coches ni sillas, como agora dicen que se usan, y las señoras iban a las ancas de sus escuderos. Esto a lo menos no puedo dejar de contarlo, porque se note la crianza y puntualidad de mi buen marido. Al entrar de la calle de Santiago en Madrid, que es algo estrecha, venía a salir por ella un alcalde de corte con dos alguaciles delante, y así como mi buen escudero le vio, volvió las riendas a la mula, dando señal de volver a acompañarle. Mi señora, que iba a las ancas, con voz baja le decía: "¿Qué hacéis, desventurado? ¿No veis que voy aquí?" El alcalde, de comedido, detuvo la rienda al caballo y díjole: "Seguid, señor, vuestro camino, que yo soy el que debo acompañar a mi señora doña Casilda", que así era el nombre de mi ama. Todavía porfiaba mi marido, con la gorra en la mano, a querer ir acompañando al alcalde; viendo lo cual mi señora, llena de cólera y enojo, sacó un alfiler gordo o creo que un punzón del estuche, y clavósele por los lomos, de manera que mi marido dio una gran voz y torció el cuerpo de suerte que dio con su señora en el suelo. Acudieron dos lacayos suyos a levantarla, y lo mismo hizo el alcalde y

mente, como eu tivesse fama de grande lavradeira, minha senhora a duquesa, que estava recém-casada com o duque meu senhor, quis trazer-me consigo a este reino de Aragão, e à minha filha nem mais nem menos, onde, dias indo e dias vindo, cresceu minha filha, e com ela todo o donaire do mundo. Canta como uma cotovia, dança como o pensamento, baila como uma perdida,[6] lê e escreve como um mestre-escola e conta como um avarento. Da sua limpeza não digo nada, pois a água que corre não é mais limpa, e deve de ter agora, se mal não me lembro, dezesseis anos, cinco meses e três dias, um mais ou menos. Em conclusão, dessa minha menina se tomou de amores o filho de um lavrador riquíssimo que vive numa aldeia do duque meu senhor, não muito longe daqui. Com efeito, não sei como nem como não, eles se juntaram, e com a palavra de ser seu esposo abusou da minha filha, e agora não a quer cumprir, e apesar de o duque meu senhor saber disso, porque a ele me queixei, não uma, mas muitas vezes, pedindo-lhe que mandasse o tal lavrador se casar com minha filha, faz orelhas de mercador e mal me quer ouvir, e a causa disso é que, como o pai do burlador é muito rico e lhe empresta dinheiro e de contínuo sai por fiador de suas dívidas, não o quer descontentar nem contrariar em nenhum modo. Quisera pois, senhor meu, que vossa mercê tomasse a seu cargo o desfazer este agravo, seja por rogos ou já por armas, pois, segundo todo o mundo diz, vossa mercê nasceu nele para os desfazer e para endireitar os tortos e amparar os miseráveis, e mire vossa mercê a orfandade da minha filha, sua gentileza, sua mocidade, mais todas suas boas prendas já ditas, que em Deus e minha consciência, de quantas donzelas tem a minha senhora, não há nenhuma que chegue à sola do seu sapato, e uma que chamam Altisidora, que é a que se tem por mais desenvolta e galharda, posta em comparação com a minha filha não lhe chega a

---

los alguaciles; alborotóse la Puerta de Guadalajara, digo, la gente baldía que en ella estaba; vínose a pie mi ama, y mi marido acudió en casa de un barbero, diciendo que llevaba pasadas de parte a parte las entrañas. Divulgóse la cortesía de mi esposo, tanto, que los muchachos le corrían por las calles; y por esto, y porque él era algún tanto corto de vista, mi señora la duquesa le despidió, de cuyo pesar sin duda alguna tengo para mí que se le causó el mal de la muerte. Quedé yo viuda y desamparada, y con hija a cuestas, que iba creciendo en hermosura como la espuma de la mar. Finalmente, como yo tuviese fama de gran labrandera, mi señora la duquesa, que estaba recién casada con el duque mi señor, quiso traerme consigo a este reino de Aragón, y a mi hija ni más ni menos, adonde, yendo días y viniendo días, creció mi hija, y con ella todo el donaire del mundo. Canta como una calandria, danza como el pensamiento, baila como una perdida, lee y escribe como un maestro de escuela y cuenta como un avariento. De su limpieza no digo nada, que el agua que corre no es más limpia; y debe de tener agora, si mal no me acuerdo, diez y seis años, cinco meses y tres días, uno más a menos. En resolución, desta mi muchacha se enamoró un hijo de un labrador riquísimo que está en una aldea del duque mi señor, no muy lejos de aquí. En efecto, no sé cómo ni cómo no, ellos se juntaron, y debajo de la palabra de ser su esposo burló a mi hija, y no se la quiere cumplir; y aunque el duque mi señor lo sabe, porque yo me he quejado a él, no una, sino muchas veces, y pedídole mande que el tal labrador se case con mi hija, hace orejas de mercader y apenas quiere oírme, y es la causa que como el padre del burlador es tan rico y le presta dineros y le sale por fiador de sus trampas por momentos, no le quiere descontentar ni dar pesadumbre en ningún modo. Querría, pues, señor mío, que vuesa merced tomase a cargo el deshacer este agravio o ya por ruegos o ya por armas, pues, según todo el mundo dice, vuesa merced nació

duas léguas. E quero que vossa mercê saiba, senhor meu, que nem tudo que reluz é ouro, porque essa Altisidorelha tem mais de presunção que de formosura, e mais de desenvolta que de recatada, e por cima não está lá muito sã, pois tem um certo mau hálito que faz insofrível o estar junto dela um momento que seja. E até minha senhora a duquesa... quero calar, pois se costuma dizer que as paredes têm ouvidos.

— Que tem minha senhora a duquesa, por vida minha, senhora Dª Rodríguez? — perguntou D. Quixote.

— Com esse conjuro — respondeu a duenha —, não posso deixar de responder à sua pergunta com toda a verdade. Vê vossa mercê, senhor D. Quixote, a formosura da minha senhora a duquesa, aquela tez do seu rosto, que não parece senão de uma espada tersa e brunida, com aquelas duas faces de leite e de carmim, que numa tem o sol e na outra a lua, e aquela galhardia com que vai pisando e até desprezando o chão, que não parece senão que vai derramando saúde por onde passa? Pois saiba vossa mercê que tudo isso ela o pode agradecer primeiro a Deus, mas logo a duas fontes que tem nas pernas, por onde se deságua todo o mau humor do qual dizem os médicos que está cheia.[7]

— Virgem santa! — disse D. Quixote. — É possível que minha senhora a duquesa tenha tais desaguadouros? Não crera nisso ainda que mo dissessem frades descalços; mas sendo a senhora Dª Rodríguez quem o diz, assim deve de ser. Bem que tais fontes e em tais lugares não devem de manar humor, senão âmbar líquido. Verdadeiramente, agora acabo de crer que o abrir tais fontes deve de ser coisa importante para a saúde.

Mal acabara D. Quixote de dizer esta razão, quando com um grande golpe abriram as portas do aposento, e com o sobressalto deixou D^a Ro-

---

en él para deshacerlos y para enderezar los tuertos y amparar los miserables; y póngasele a vuesa merced por delante la orfandad de mi hija, su gentileza, su mocedad, con todas las buenas partes que he dicho que tiene, que en Dios y en mi conciencia que de cuantas doncellas tiene mi señora, que no hay ninguna que llegue a la suela de su zapato, y que una que llaman Altisidora, que es la que tienen por más desenvuelta y gallarda, puesta en comparación de mi hija no la llega con dos leguas. Porque quiero que sepa vuesa merced, señor mío, que no es todo oro lo que reluce, porque esta Altisidorilla tiene más de presunción que de hermosura, y más de desenvuelta que de recogida, además que no está muy sana, que tiene un cierto aliento cansado, que no hay sufrir el estar junto a ella un momento. Y aun mi señora la duquesa... Quiero callar, que se suele decir que las paredes tienen oídos.

— ¿Qué tiene mi señora la duquesa, por vida mía, señora doña Rodríguez? — preguntó don Quijote.

— Con ese conjuro — respondió la dueña —, no puedo dejar de responder a lo que se me pregunta con toda verdad. ¿Vee vuesa merced, señor don Quijote, la hermosura de mi señora la duquesa, aquella tez de rostro, que no parece sino de una espada acicalada y tersa, aquellas dos mejillas de leche y de carmín, que en la una tiene el sol y en la otra la luna, y aquella gallardía con que va pisando y aun despreciando el suelo, que no parece sino que va derramando salud donde pasa? Pues sepa vuesa merced que lo puede agradecer primero a Dios y luego, a dos fuentes que tiene en las dos piernas, por donde se desagua todo el mal humor de quien dicen los médicos que está llena.

— ¡Santa María! — dijo don Quijote —. ¿Y es posible que mi señora la duquesa tenga tales desaguaderos? No lo creyera si me lo dijeran frailes descalzos; pero pues la señora doña Rodríguez lo dice, debe de ser así.

dríguez cair a vela, e ficou o quarto feito boca de lobo, como se costuma dizer. Logo sentiu a pobre duenha que lhe agarravam a garganta com duas mãos, tão fortemente que sequer a deixavam ganir, e que outra pessoa com muita presteza, sem falar palavra, levantava suas saias e com uma que parecia chinela começava a lhe dar tantos açoites que fazia dó; e posto que D. Quixote o sentisse, não se movia do leito, e sem saber o que podia ser aquilo ficava quieto e calado, temendo que também viesse por ele toda a turma e tunda açoitesca. E não foi vão seu temor, porque, depois de os calados carrascos moerem a duenha (a qual não ousava se queixar), acudiram a D. Quixote e, despojando-o do lençol e da colcha, o beliscaram tão miúda e rijamente que não pôde deixar de se defender às punhadas, e tudo isto em silêncio admirável. Durou a batalha quase meia hora, foram-se os fantasmas, recolheu Dª Rodríguez as saias e, gemendo sua desgraça, se foi pela porta afora, sem dizer palavra a D. Quixote, o qual, doloroso e beliscado, confuso e pensativo, ficou só, onde o deixaremos desejoso de saber quem era o perverso encantador que assim o havia deixado. Mas isso se dirá a seu tempo, que Sancho Pança nos chama e o bom concerto da história o pede.

Pero tales fuentes y en tales lugares no deben de manar humor, sino ámbar líquido. Verdaderamente que ahora acabo de creer que esto de hacerse fuentes debe de ser cosa importante para salud.

    Apenas acabó don Quijote de decir esta razón, cuando con un gran golpe abrieron las puertas del aposento, y del sobresalto del golpe se le cayó a doña Rodríguez la vela de la mano, y quedó la estancia como boca de lobo, como suele decirse. Luego sintió la pobre dueña que la asían de la garganta con dos manos, tan fuertemente que no la dejaban gañir, y que otra persona con mucha presteza, sin hablar palabra, le alzaba las faldas, y con una al parecer chinela le comenzó a dar tantos azotes, que era una compasión; y aunque don Quijote se la tenía, no se meneaba del lecho, y no sabía qué podía ser aquello y estábase quedo y callando, y aun temiendo no viniese por él la tanda y tunda azotesca. Y no fue vano su temor, porque en dejando molida a la dueña los callados verdugos (la cual no osaba quejarse) acudieron a don Quijote y, desenvolviéndole de la sábana y de la colcha, le pellizcaron tan a menudo y tan reciamente, que no pudo dejar de defenderse a puñadas, y todo esto en silencio admirable. Duró la batalla casi media hora, saliéronse las fantasmas, recogió doña Rodríguez sus faldas y, gimiendo su desgracia, se salió por la puerta afuera, sin decir palabra a don Quijote, el cual, doloroso y pellizcado, confuso y pensativo, se quedó solo, donde le dejaremos deseoso de saber quién había sido el perverso encantador que tal le había puesto. Pero ello se dirá a su tiempo, que Sancho Panza nos llama y el buen concierto de la historia lo pide.

Notas

[1] Astúrias de Oviedo: a parte ocidental das Montanhas de Leão, tida como berço da nobreza espanhola de ascendência visigótica (ver *DQ* I, cap. XXXIX, nota 1).

[2] ... fidalgo como o mesmo rei, porque era montanhês: a presunção de alta estirpe dos montanheses de Leão era frequente motivo de zombaria na literatura da época.

[3] Quadrilheiros: membros da Santa Irmandade, espécie de polícia das estradas (ver *DQ* I, cap. X, nota 2; cap. XVI, notas 3 e 4).

[4] ... voltar para acompanhá-lo: considerava-se um gesto de deferência para com as pessoas respeitáveis, ou das quais se queria obter algum favor.

[5] Porta de Guadalajara: zona comercial de Madri próxima à praça da Villa, defronte à embocadura da rua de Santiago, onde costumavam reunir-se grupos de desocupados. Era um dos quatro pontos da cidade onde se liam éditos e pregões públicos.

[6] ... dança como o pensamento, baila como uma perdida: havia uma grande diferença entre *danza* e *baile*; a primeira correspondia aos nobres e se desenvolvia com movimentos contidos e regrados, sobretudo dos pés; o segundo, próprio das classes populares, permitia evoluções mais amplas, envolvendo braços, cintura e ombros, e era considerado obsceno pela elite aristocrática.

[7] Fontes: chamavam-se assim as chagas supurantes ou as incisões que os médicos faziam nas pernas para drenar o "mau humor".

CAPÍTULO XLIX

Do que aconteceu com Sancho Pança
rondando a sua ínsula

Deixamos o grande governador agastado e mofino com o lavrador pintor e socarrão, o qual, industriado pelo mordomo, e o mordomo pelo duque, faziam todos burla de Sancho; mas ele, apesar de tolo, bronco e grosso, a todos arrostava firme e disse aos que com ele estavam, e ao doutor Pedro Recio, que em se acabando o segredo da carta do duque voltara a entrar na sala:

— Agora verdadeiramente entendo que os juízes e governadores devem de ser ou hão de ser de bronze para não sentir as importunidades dos negociantes, que a toda hora e a todo tempo querem que os escutem e despachem, só atendendo ao seu negócio, venha o que vier, e se o pobre do juiz não os escuta e despacha, ou porque não pode ou porque não é aquele o tempo sinalado para lhes dar audiência, logo os maldizem e murmuram e os roem até os ossos, e por cima lhes deslindam as linhagens. Negociante néscio, negociante mentecapto, não te apresses; espera a sazão e conjuntura para negociar: não venhas à hora de comer nem de dormir, que os juízes são de carne e osso e hão de dar à natureza o que ela naturalmente lhes pede, salvo eu, que não dou de comer à minha por mercê do senhor doutor Pedro Recio Tirteafuera, aqui presente, que quer que eu morra de fome e afirma que esta

---

CAPÍTULO XLIX

De lo que le sucedió a Sancho Panza
rondando su ínsula

Dejamos al gran gobernador enojado y mohíno con el labrador pintor y socarrón, el cual industriado del mayordomo, y el mayordomo, del duque, se burlaban de Sancho; pero él se las tenía tiesas a todos, maguera tonto, bronco y rollizo, y dijo a los que con él estaban, y al doctor Pedro Recio, que como se acabó el secreto de la carta del duque había vuelto a entrar en la sala:

— Ahora verdaderamente que entiendo que los jueces y gobernadores deben de ser o han de ser de bronce para no sentir las importunidades de los negociantes, que a todas horas y a todos tiempos quieren que los escuchen y despachen, atendiendo sólo a su negocio, venga lo que viniere; y si el pobre del juez no los escucha y despacha, o porque no puede o porque no es aquel el tiempo diputado para darles audiencia, luego les maldicen y murmuran, y les roen los huesos, y aun les deslindan los linajes. Negociante necio, negociante mentecato, no te apresu-

morte é vida, que Deus assim a dê a ele e a todos os da sua laia, digo à dos maus médicos, pois a dos bons palmas e lauros merece.

Todos os que conheciam Sancho Pança se admiravam ouvindo-o falar tão elegantemente, e não sabiam a que atribuí-lo, senão a que os ofícios e cargos graves ou apuram ou entorpecem o entendimento. Finalmente, o doutor Pedro Recio Agüero de Tirteafuera prometeu que lhe iria dar de comer naquela noite, ainda que atropelasse todos os aforismos de Hipócrates. Com isto ficou contente o governador, esperando com grande ânsia a chegada da noite e a hora de jantar; e ainda que o tempo, ao seu parecer, estivesse quedo, sem se mover do lugar, por fim lhe chegou o que ele tanto desejava, no qual lhe deram de jantar um salpicão de vaca com cebola e umas mãos cozidas de vitela algum tanto entrada em dias. Tudo atacou com mais gosto que se lhe tivessem servido francolins de Milão, faisões de Roma, vitelas de Sorrento, perdizes de Morón ou gansos de Lavajos, e durante o jantar, tornando-se para o doutor, lhe disse:

— Olhai, senhor doutor: daqui em diante é bem que vos não cureis em me dar de comer coisas regaladas e manjares curiosos, pois tudo isso só fará desandar o meu estômago, que está acostumado a cabra, vaca, toucinho, chacina, nabos e cebolas, e se acaso lhe dão outros manjares de palácio, ele os recebe com melindre e até com ânsias. O que o mestre-sala pode fazer é trazer-me essas que chamam olhas-podridas, que quanto mais podres melhor cheiram, e nelas pode meter e encerrar tudo o que quiser, como seja de comer, que eu um dia lhe hei de agradecer e pagar; e que ninguém faça burla de mim, porque ou somos ou não somos: vivamos todos e comamos em boa paz e companhia, pois quando Deus manda chuva, é para todos. Eu governarei esta ínsula sem perdoar direito nem tirar proveito, e que todo o mun-

---

res: espera sazón y coyuntura para negociar; no vengas a la hora del comer ni a la del dormir, que los jueces son de carne y de hueso y han de dar a la naturaleza lo que naturalmente les pide, si no es yo, que no le doy de comer a la mía, merced al señor doctor Pedro Recio Tirteafuera, que está delante, que quiere que muera de hambre y afirma que esta muerte es vida, que así se la dé Dios a él y a todos los de su ralea, digo a la de los malos médicos, que la de los buenos palmas y lauros merecen.

Todos los que conocían a Sancho Panza se admiraban oyéndole hablar tan elegantemente y no sabían a qué atribuirlo, sino a que los oficios y cargos graves o adoban o entorpecen los entendimientos. Finalmente, el doctor Pedro Recio Agüero de Tirteafuera prometió de darle de cenar aquella noche, aunque excediese de todos los aforismos de Hipócrates. Con esto quedó contento el gobernador y esperaba con grande ansia llegase la noche y la hora de cenar; y aunque el tiempo, al parecer suyo, se estaba quedo, sin moverse de un lugar, todavía se llegó el por él tanto deseado, donde le dieron de cenar un salpicón de vaca con cebola y unas manos cocidas de ternera algo entrada en días. Entregóse en todo, con más gusto que si le hubieran dado francolines de Milán, faisanes de Roma, ternera de Sorrento, perdices de Morón o gansos de Lavajos, y entre la cena, volviéndose al doctor, le dijo:

— Mirad, señor doctor, de aquí adelante no os curéis de darme a comer cosas regaladas ni manjares esquisitos, porque será sacar a mi estómago de sus quicios, el cual está acostumbrado a cabra, a vaca, a tocino, a cecina, a nabos y a cebollas, y si acaso le dan otros manjares de palacio, los recibe con melindre y algunas veces con asco. Lo que el maestresala puede hacer es traerme estas que llaman ollas podridas, que mientras más podri-

do ande de olho alerta e cada qual olhe o seu, pois lhes faço saber que o diabo está em Cantillana[1] e que, se me derem ocasião, logo hão de ver maravilhas. Não, senão fazei-vos mel, e comer-vos-ão as moscas.

— Sem dúvida, senhor governador — disse o mestre-sala —, que vossa mercê tem muita razão em tudo quanto disse, e eu afirmo em nome de todos os insulanos desta ínsula que hão de servir a vossa mercê com toda a pontualidade, amor e benevolência, pois o suave modo de governar que vossa mercê mostrou nestes princípios não lhes dá lugar a fazer nem a pensar coisa que em desserviço de vossa mercê redunde.

— Assim creio — respondeu Sancho —, e seriam eles uns néscios se outra coisa fizessem ou pensassem, e torno a dizer que se tenha conta no meu sustento e no do meu ruço, que é o que neste negócio importa e faz mais ao caso; e quando for chegada a hora, vamos rondar,[2] que é minha intenção limpar esta ínsula de todo gênero de imundícia e de gente vagamunda, gandaieira e mal ocupada. Pois quero que saibais, amigos, que a gente vadia e preguiçosa é na república o mesmo que os zangões nas colmeias, que comem o mel feito pelas trabalhadoras abelhas. Penso favorecer os lavradores, guardar as preeminências dos fidalgos, premiar os virtuosos e, sobretudo, ter respeito à religião e à honra dos religiosos. Que vos parece, amigos? Digo algo ou falo vento?

— Diz tanto vossa mercê, senhor governador — disse o mordomo —, que estou admirado de ver um homem tão sem letras como vossa mercê, que segundo creio não tem nenhuma, dizer tais e tantas coisas cheias de sentenças e de avisos, tão fora de tudo aquilo que do engenho de vossa mercê esperavam os que nos enviaram e os que aqui viemos. A cada dia se veem coisas novas no mundo: as burlas se tornam em veras, e os burladores se acham burlados.

---

das son mejor huelen, y en ellas puede embaular y encerrar todo lo que él quisiere, como sea de comer, que yo se lo agradeceré y se lo pagaré algún día; y no se burle nadie conmigo, porque o somos o no somos: vivamos todos y comamos en buena paz compaña, pues cuando Dios amanece, para todos amanece. Yo gobernaré esta ínsula sin perdonar derecho ni llevar cohecho, y todo el mundo traiga el ojo alerta y mire por el virote, porque les hago saber que el diablo está en Cantillana y que si me dan ocasión han de ver maravillas. No, sino haceos miel, y comeros han moscas.

— Por cierto, señor gobernador — dijo el maestresala —, que vuesa merced tiene mucha razón en cuanto ha dicho, y que yo ofrezco en nombre de todos los insulanos desta ínsula que han de servir a vuestra merced con toda puntualidad, amor y benevolencia, porque el suave modo de gobernar que en estos principios vuesa merced ha dado no les da lugar de hacer ni de pensar cosa que en deservicio de vuesa merced redunde.

— Yo lo creo — respondió Sancho —, y serían ellos unos necios si otra cosa hiciesen o pensasen, y vuelvo a decir que se tenga cuenta con mi sustento y con el de mi rucio, que es lo que en este negocio importa y hace más al caso; y en siendo hora, vamos a rondar, que es mi intención limpiar esta ínsula de todo género de inmundicia y de gente vagamunda, holgazanes y mal entretenida. Porque quiero que sepáis, amigos, que la gente baldía y perezosa es en la república lo mesmo que los zánganos en las colmenas, que se comen la miel que las trabajadoras abejas hacen. Pienso favorecer a los labradores, guardar sus preeminencias a los hidalgos, premiar los virtuosos y, sobre todo, tener respeto a la religión y a la honra de los religiosos. ¿Qué os parece desto, amigos? ¿Digo algo o quiébrome la cabeza?

Chegou a noite e jantou o governador, com licença do senhor doutor Recio. Aparelharam-se para a ronda; saiu com o mordomo, o secretário e o mestre-sala, mais o cronista, que tinha o cuidado de pôr em memória seus feitos, e meirinhos e escrivães, tantos que podiam formar um mediano esquadrão. Ia Sancho entre todos com sua vara, que era muito para ver, e andando poucas ruas do lugar ouviram rumor de espadas; acudiram lá e viram que eram só dois homens os que brigavam, os quais ao verem chegar a justiça se aquietaram, e um deles disse:

— Aqui de Deus! Aqui del rei! Como se há de suportar que roubem neste lugar em povoado e saiam a saltear no meio das suas ruas?

— Sossegai-vos, homem de bem — disse Sancho —, e contai-me qual é a causa desta pendência, que eu sou o governador.

O outro contrário disse:

— Senhor governador, eu a direi com toda a brevidade. Vossa mercê há de saber que este gentil-homem acaba agora de ganhar, sabe Deus como, mais de mil reais nesta casa de jogo aqui fronteira; e achando-me eu presente julguei em seu favor mais de uma sorte duvidosa, contra tudo o que me ditava a consciência; ele se retirou com o ganho e, quando eu esperava que me desse ao menos um escudo de barato, como é uso e costume dar aos homens principais que como eu estamos assistentes para o bem e o mal passar e para apoiar sem-razões e evitar pendências, ele embolsou seu dinheiro e se foi da casa. Eu saí despeitado atrás dele, e com boas e corteses palavras lhe pedi que me desse pelo menos oito reais, pois sabe que eu sou homem honrado, e se não tenho ofício nem benefício é porque meus pais não mo ensinaram nem deixaram; e o socarrão, que não é mais ladrão que Caco nem mais magano que o cujo, não queria me dar mais que quatro reais... Para que veja vossa

---

— Dice tanto vuesa merced, señor gobernador — dijo el mayordomo —, que estoy admirado de ver que un hombre tan sin letras como vuesa merced, que a lo que creo no tiene ninguna, diga tales y tantas cosas llenas de sentencias y de avisos, tan fuera de todo aquello que del ingenio de vuesa merced esperaban los que nos enviaron y los que aquí venimos. Cada día se veen cosas nuevas en el mundo: las burlas se vuelven en veras y los burladores se hallan burlados.

Llegó la noche y cenó el gobernador, con licencia del señor doctor Recio. Aderezáronse de ronda; salió con el mayordomo, secretario y maestresala, y el coronista que tenía cuidado de poner en memoria sus hechos, y alguaciles y escribanos, tantos, que podían formar un mediano escuadrón. Iba Sancho en medio con su vara, que no había más que ver, y, pocas calles andadas del lugar, sintieron ruido de cuchilladas; acudieron allá y hallaron que eran dos solos hombres los que reñían, los cuales, viendo venir a la justicia, se estuvieron quedos, y el uno dellos dijo:

— ¡Aquí de Dios y del rey! ¿Cómo y que se ha de sufrir que roben en poblado en este pueblo y que salgan a saltear en él en la mitad de las calles?

— Sosegaos, hombre de bien — dijo Sancho —, y contadme qué es la causa desta pendencia, que yo soy el gobernador.

El otro contrario dijo:

— Señor gobernador, yo la diré con toda brevedad. Vuestra merced sabrá que este gentilhombre acaba de ganar ahora en esta casa de juego que está aquí frontero más de mil reales, y sabe Dios cómo; y, hallándome yo

mercê, senhor governador, a pouca-vergonha e pouca consciência deste tal! Mas à fé que, se vossa mercê não chegasse, eu o faria vomitar o ganho e ele havia de saber com quantos paus se faz uma cangalha.

— Que dizeis disso? — perguntou Sancho.

E o outro respondeu que era verdade tudo quanto seu contrário dizia e que não lhe quisera dar mais que quatro reais, porque lhos dava muitas vezes, e os que esperam barato devem de ser comedidos e receber com rosto alegre o que lhes derem de grado, sem entrarem em contas com os ganhosos, se já não souberem de certo que são trapaceiros e que o que ganham é mal ganho; e que por sinal de que ele era homem de bem, e não ladrão como o outro dizia, nenhum havia maior que o não lhe ter querido dar nada, pois sempre os maganos são tributários dos mirões que os conhecem.

— Assim é — disse o mordomo. — Veja vossa mercê, senhor governador, que é que se há de fazer destes homens.

— O que se há de fazer é isto — respondeu Sancho: — vós, ganhoso bom, ou mau, ou indiferente, dai a este vosso afoito espadista logo cem reais, mais trinta que haveis de desembolsar para os pobres da prisão; e vós que não tendes ofício nem benefício, e errais vadio nesta ínsula, tomai logo esses cem reais e no dia de amanhã, sem falta, deixai esta ínsula desterrado por dez anos, sob pena, se desobedecerdes, de os cumprir na outra vida, pendurado que sereis numa picota por minha própria mão, ou do carrasco por mim mandado; e que ninguém me replique, pois comigo se verá.

Desembolsou um, recebeu o outro; este se foi da ínsula e aquele para sua casa, e o governador ficou dizendo:

— E agora, se não posso pouco, fecharei essas casas de jogo, pois tenho para mim que são muito prejudiciais.

---

presente, juzgué más de una suerte dudosa en su favor, contra todo aquello que me dictaba la conciencia; alzóse con la ganancia, y cuando esperaba que me había de dar algún escudo por lo menos de barato, como es uso y costumbre darle a los hombres principales como yo que estamos asistentes para bien y mal pasar, y para apoyar sinrazones y evitar pendencias, él embolsó su dinero y se salió de la casa. Yo vine despechado tras él, y con buenas y corteses palabras le he pedido que me diese siquiera ocho reales, pues sabe que yo soy hombre honrado y que no tengo oficio ni beneficio, porque mis padres no me le enseñaron ni me le dejaron; y el socarrón, que no es más ladrón que Caco ni más fullero que Andradilla, no quería darme más de cuatro reales... ¡Porque vea vuestra merced, señor gobernador, qué poca vergüenza y qué poca conciencia! Pero a fee que si vuesa merced no llegara, que yo le hiciera vomitar la ganancia y que había de saber con cuántas entraba la romana.

— ¿Qué decís vos a esto? — preguntó Sancho.

Y el otro respondió que era verdad cuanto su contrario decía y no había querido darle más de cuatro reales, porque se los daba muchas veces, y los que esperan barato han de ser comedidos y tomar con rostro alegre lo que les dieren, sin ponerse en cuentas con los gananciosos, si ya no supiesen de cierto que son fulleros y que lo que ganan es mal ganado; y que para señal que él era hombre de bien, y no ladrón como decía, ninguna había mayor que el no haberle querido dar nada, que siempre los fulleros son tributarios de los mirones que los conocen.

— Así es — dijo el mayordomo —. Vea vuestra merced, señor gobernador, qué es lo que se ha de hacer destos hombres.

— Ao menos esta — disse um escrivão — não poderá vossa mercê fechar, porque é de um grande personagem, e é sem comparação o que ele perde por ano com o que tira do baralho. Contra outros garitos de menos conta poderá vossa mercê mostrar o seu poder, que são os que mais dano fazem e mais insolências encobrem, que nas casas dos cavaleiros principais e dos senhores não se atrevem os famosos trapaceiros a usar de suas tretas; e pois o vício do jogo já se fez exercício comum, melhor é que se jogue em casas principais, e não na de algum oficial,[3] onde apanham os coitados à noite alta e os esfolam vivos.

— Agora, escrivão — disse Sancho —, vejo que há muito que dizer disso.

E nisto chegou um beleguim trazendo um moço pela mão, e disse:

— Senhor governador, este mancebo vinha para nós e, assim como avistou a justiça, virou as costas e pegou a correr feito um gamo: sinal de que deve ser algum delinquente; eu parti atrás dele, e se não fosse porque tropeçou e caiu, nunca o alcançaria.

— Por que fugias, homem? — perguntou Sancho.

Ao que o moço respondeu:

— Senhor, por escusar de responder às muitas perguntas que as justiças fazem.

— Que ofício tens?

— Tecelão.

— E que teces?

— Varas de lanças, com boa licença de vossa mercê.

— Com graças respondeis? De chocarreiro figurais? Muito bem! E agora aonde íeis?

— A tomar ar, senhor.

— Lo que se ha de hacer es esto — respondió Sancho —: vos, ganancioso, bueno o malo o indiferente, dad luego a este vuestro acuchillador cien reales, y más habéis de desembolsar treinta para los pobres de la cárcel; y vos que no tenéis oficio ni beneficio, y andáis de nones en esta ínsula, tomad luego esos cien reales y mañana en todo el día salid desta ínsula desterrado por diez años, so pena, si lo quebrantáredes, los cumpláis en la otra vida, colgándoos yo de una picota, o a lo menos el verdugo por mi mandado; y ninguno me replique, que le asentaré la mano.

Desembolsó el uno, recibió el otro, este se salió de la ínsula y aquel se fue a su casa, y el gobernador quedó diciendo:

— Ahora, yo podré poco o quitaré estas casas de juego, que a mí se me trasluce que son muy perjudiciales.

— Ésta a lo menos — dijo un escribano — no la podrá vuesa merced quitar, porque la tiene un gran personaje, y más es sin comparación lo que él pierde al año que lo que saca de los naipes. Contra otros garitos de menor cantía podrá vuestra merced mostrar su poder, que son los que más daño hacen y más insolencias encubren, que en las casas de los caballeros principales y de los señores no se atreven los famosos fulleros a usar de sus tretas; y pues el vicio del juego se ha vuelto en ejercicio común, mejor es que se juegue en casas principales que no en la de algún oficial, donde cogen a un desdichado de media noche abajo y le desuellan vivo.

— Agora, escribano — dijo Sancho —, yo sé que hay mucho que decir en eso.

Y en esto llegó un corchete que traía asido a un mozo y dijo:

— Señor gobernador, este mancebo venía hacia nosotros, y así como columbró la justicia, volvió las es-

— E onde se toma o ar nesta ínsula?

— Onde ele sopra.

— Bom, respondeis muito a propósito! E já que sois tão discreto, mancebo, fazei conta que eu sou o ar e que vos sopro em popa e vos encaminho à prisão. Eia, apanhai-o e levai-o, que esta noite o farei dormir lá sem ar!

— Pardeus — disse o moço —, que assim me fará vossa mercê dormir na prisão como me fará rei!

— E por que eu não te faria dormir na prisão? — respondeu Sancho. — Não tenho poder para te prender e soltar sempre e quando eu quiser?

— Por mais poder que vossa mercê tenha — disse o moço —, não será bastante para me fazer dormir na prisão.

— Como não? — replicou Sancho. — Levai-o logo aonde com seus olhos veja o desengano, por muito que o meirinho queira usar com ele da sua interesseira liberalidade, pois lhe porei pena de dois mil ducados se ele o deixar arredar um passo da prisão.

— Tudo isso é coisa de riso — respondeu o moço. — Pois digo e afirmo que quantos hoje vivem não me farão dormir na prisão.

— Vem cá, demônio — disse Sancho —, tens acaso algum anjo que te livre e tire os grilhões que te penso mandar pôr?

— Ora, senhor governador — respondeu o moço com muito bom donaire —, entremos em razão e vamos ao ponto. Suponha vossa mercê que me manda levar à prisão e que nela me põem grilhões e cadeias e que me metem num calabouço, e põem ao meirinho graves penas se me deixar sair, e que ele tudo cumpre como lhe mandam. Apesar de tudo isto, se eu não quiser dormir e resolver ficar a noite toda desperto e sem pegar o olho, será vossa mercê poderoso o bastante para me fazer dormir, se eu não quiser?

---

paldas y comenzó a correr como un gamo: señal que debe de ser algún delincuente; yo partí tras él, y si no fuera porque tropezó y cayó, no le alcanzara jamás.

— ¿Por qué huías, hombre? — preguntó Sancho.

A lo que el mozo respondió:

— Señor, por escusar de responder a las muchas preguntas que las justicias hacen.

— ¿Qué oficio tienes?

— Tejedor.

— ¿Y qué tejes?

— Hierros de lanzas, con licencia buena de vuestra merced.

— ¿Graciosico me sois? ¿De chocarrero os picáis? ¡Está bien! ¿Y adónde íbades ahora?

— Señor, a tomar el aire.

— ¿Y adónde se toma el aire en esta ínsula?

— Adonde sopla.

— ¡Bueno, respondéis muy a propósito! Discreto sois, mancebo, pero haced cuenta que yo soy el aire y que os soplo en popa y os encamino a la cárcel. ¡Asilde, hola, y llevalde, que yo haré que duerma allí sin aire esta noche!

— ¡Par Dios — dijo el mozo —, así me haga vuestra merced dormir en la cárcel como hacerme rey!

— Pues ¿por qué no te haré yo dormir en la cárcel? — respondió Sancho —. ¿No tengo yo poder para prenderte y soltarte cada y cuando que quisiere?

— Não, por certo — disse o secretário —, e o homem se saiu com bem com sua intenção.

— De modo — disse Sancho — que não deixareis de dormir por outra coisa que não seja vossa vontade, e não para contrariar a minha.

— Não, senhor — disse o moço —, nem por pensamento.

— Pois ide com Deus — disse Sancho — a dormir em vossa casa, e Deus vos dê bom sonho, que eu não vo-lo quero tirar; mas vos aconselho a daqui em diante não fazer burla da justiça, pois topareis com alguma que vo-la tornará dobrada.

Foi-se o moço, e o governador prosseguiu sua ronda, e dali a pouco vieram dos beleguins trazendo um homem, dizendo:

— Senhor governador, este que parece homem o não é, senão mulher, e não feia, que vem vestida em trajes de homem.

Chegaram-lhe aos olhos duas ou três lanternas, a cujas luzes se mostrou um rosto mulher, ao parecer de dezesseis ou poucos mais anos, presos os cabelos numa redinha de ouro e seda verde, formosa como mil pérolas. Olharam-na de cima a baixo e viram que trazia meias de seda encarnada com ligas de tafetá branco e franjas de ouro e aljôfar; os calções eram verdes, de tecido de ouro, e uma saltimbarca[4] ou roupeta do mesmo, folgada, embaixo da qual trazia uma finíssima camisa de ouro e seda branca, e os sapatos também brancos e de homem; não levava espada cingida, mas uma riquíssima adaga, e nos dedos muitos e boníssimos anéis. Enfim, a moça parecia bem a todos, e ninguém de quantos a viram a conheceu, e os naturais do lugar disseram que não podiam imaginar quem fosse, e os consabedores das burlas que se haviam de fazer a Sancho foram os que mais se admiraram, porque aquele sucesso e achamento não vinha preparado por eles, e assim estavam

---

— Por más poder que vuestra merced tenga — dijo el mozo —, no será bastante para hacerme dormir en la cárcel.

— ¿Cómo que no? — replicó Sancho —. Llevalde luego donde verá por sus ojos el desengaño, aunque más el alcaide quiera usar con él de su interesal liberalidad, que yo le pondré pena de dos mil ducados si te deja salir un paso de la cárcel.

— Todo eso es cosa de risa — respondió el mozo —. El caso es que no me harán dormir en la cárcel cuantos hoy viven.

— Dime, demonio — dijo Sancho —, ¿tienes algún ángel que te saque y que te quite los grillos que te pienso mandar echar?

— Ahora, señor gobernador — respondió el mozo con muy buen donaire —, estemos a razón y vengamos al punto. Prosuponga vuestra merced que me manda llevar a la cárcel y que en ella me echan grillos y cadenas y que me meten en un calabozo, y se le ponen al alcaide graves penas si me deja salir, y que él lo cumple como se le manda. Con todo esto, si yo no quiero dormir, y estarme despierto toda la noche sin pegar pestaña, ¿será vuestra merced bastante con todo su poder para hacerme dormir, si yo no quiero?

— No, por cierto — dijo el secretario —, y el hombre ha salido con su intención.

— De modo — dijo Sancho — que no dejaréis de dormir por otra cosa que por vuestra voluntad, y no por contravenir a la mía.

— No, señor — dijo el mozo —, ni por pienso.

duvidosos, esperando que fim teria o caso. Sancho ficou pasmo com a formosura da moça e lhe perguntou quem era, aonde ia e que ocasião a movera a se vestir naquele hábito. Ela, postos os olhos no chão com honestíssima vergonha, respondeu:

— Não posso, senhor, dizer tão em público o que tanto me importava fosse segredo. Uma coisa quero que se entenda: que não sou ladrão nem pessoa facinorosa, senão uma donzela infeliz, a quem a força dos ciúmes fez quebrar o decoro que à honestidade se deve.

Ouvindo isto o mordomo, disse a Sancho:

— Faça, senhor governador, afastar o povo, porque esta senhora com menos embaraço possa dizer o que quiser.

Assim mandou o governador, afastaram-se todos, a não ser o mordomo, o mestre-sala e o secretário. Vendo-se então sós, a donzela prosseguiu dizendo:

— Eu, senhores, sou filha de Pedro Pérez Mazorca, arrendador das lãs deste lugar,[5] o qual sói muitas vezes ir em casa do meu pai.

— Isso não pode ser, senhora — disse o mordomo —, porque eu conheço Pedro Pérez muito bem e sei que não tem filho nenhum, nem varão nem fêmea; e a mais dizeis que é ele vosso pai, mas logo acrescentais que sói ir muitas vezes em casa do vosso pai.

— Eu também já havia reparado nisso — disse Sancho.

— Agora, senhores, estou tão confusa que não sei o que digo — respondeu a donzela —, mas a verdade é que eu sou filha de Diego de la Llana, que vossas mercês todos devem de conhecer.

— Isso já pode ser — respondeu o mordomo —, pois eu conheço Diego de la Llana e sei que é um fidalgo principal e rico e que tem um filho e uma

---

— Pues andad con Dios — dijo Sancho —, idos a dormir a vuestra casa, y Dios os dé buen sueño, que yo no quiero quitárosle; pero aconséjoos que de aquí adelante no os burléis con la justicia, porque toparéis con alguna que os dé con la burla en los cascos.

Fuese el mozo y el gobernador prosiguió con su ronda, y de allí a poco vinieron dos corchetes que traían a un hombre asido y dijeron:

— Señor gobernador, este que parece hombre no lo es, sino mujer, y no fea, que viene vestida en hábito de hombre.

Llegáronle a los ojos dos o tres lanternas, a cuyas luces descubrieron un rostro de una mujer, al parecer de diez y seis o pocos más años, recogidos los cabellos con una redecilla de oro y seda verde, hermosa como mil perlas. Miráronla de arriba abajo y vieron que venía con unas medias de seda encarnada con ligas de tafetán blanco y rapacejos de oro y aljófar; los greguescos eran verdes, de tela de oro, y una saltaembarca o ropilla de lo mesmo suelta, debajo de la cual traía un jubón de tela finísima de oro y blanco, y los zapatos eran blancos y de hombre; no traía espada ceñida, sino una riquísima daga, y en los dedos, muchos y muy buenos anillos. Finalmente, la moza parecía bien a todos, y ninguno la conoció de cuantos la vieron, y los naturales del lugar dijeron que no podían pensar quién fuese, y los consabidores de las burlas que se habían de hacer a Sancho fueron los que más se admiraron, porque aquel suceso y hallazgo no venía ordenado por ellos, y, así, estaban dudosos, esperando en qué pararía el caso. Sancho quedó pasmado de la hermosura de la moza y preguntóle quién era, adónde iba y qué ocasión le había movido para vestirse en aquel hábito. Ella, puestos los ojos en tierra con honestísima vergüenza, respondió:

577

filha, e que depois que enviuvou não há ninguém em todo este lugar que possa dizer que viu o rosto da sua filha, a qual ele mantém tão encerrada que não dá lugar ao sol para que a veja, e diz a fama que é em extremo formosa.

— Isso é verdade — respondeu a donzela —, e essa filha sou eu; se a fama mente ou não na minha formosura, já vos haveis de ter desenganado, senhores, pois já me vistes.

E nisto começou a chorar brandamente, em vista do qual o secretário se chegou ao ouvido do mestre-sala e lhe disse muito baixo:

— Sem dúvida alguma que a esta pobre donzela deve de ter acontecido alguma coisa de importância, pois, sendo tão principal, em tal traje e a tais horas anda fora da sua casa.

— Disso não há o que duvidar — respondeu o mestre-sala —, a mais que essa suspeita é confirmada por suas lágrimas.

Sancho a consolou com as melhores razões que soube e lhe pediu que sem temor algum lhes dissesse o que lhe acontecera, que todos procurariam remediá-lo com muitas veras e por todos os meios possíveis.

— É o caso, senhores — respondeu ela —, que meu pai me teve encerrada por dez anos, que são os mesmos que minha mãe está debaixo da terra. Em casa dizem missa num rico oratório, e em todo este tempo eu não tenho visto mais que o sol do céu de dia e a lua e as estrelas de noite, nem sei que são ruas, praças nem templos, nem tampouco homens, afora meu pai e um irmão meu, mais Pedro Pérez, o arrendador, que por entrar de ordinário em minha casa se me deu de dizer que era meu pai, para não revelar o meu. Esta clausura e este negar-me o sair de casa, sequer à igreja, há muitos dias e meses que me tem muito desconsolada. Quisera eu ver o mundo, ou ao menos o lugar onde nasci, parecendo-me que este desejo não ia contra o bom

---

— No puedo, señor, decir tan en público lo que tanto me importaba fuera secreto. Una cosa quiero que se entienda: que no soy ladrón ni persona facinorosa, sino una doncella desdichada, a quien la fuerza de unos celos ha hecho romper el decoro que a la honestidad se debe.

Oyendo esto el mayordomo, dijo a Sancho:

— Haga, señor gobernador, apartar la gente, porque esta señora con menos empacho pueda decir lo que quisiere.

Mandólo así el gobernador, apartáronse todos, si no fueron el mayordomo, maestresala y el secretario. Viéndose, pues, solos, la doncella prosiguió diciendo:

— Yo, señores, soy hija de Pedro Pérez Mazorca, arrendador de las lanas deste lugar, el cual suele muchas veces ir en casa de mi padre.

— Eso no lleva camino — dijo el mayordomo —, señora, porque yo conozco muy bien a Pedro Pérez y sé que no tiene hijo ninguno, ni varón ni hembra; y más que decís que es vuestro padre y luego añadís que suele ir muchas veces en casa de vuestro padre.

— Ya yo había dado en ello — dijo Sancho.

— Ahora, señores, yo estoy turbada y no sé lo que me digo — respondió la doncella —, pero la verdad es que yo soy hija de Diego de la Llana, que todos vuesas mercedes deben de conocer.

— Aun eso lleva camino — respondió el mayordomo —, que yo conozco a Diego de la Llana y sé que es un hidalgo principal y rico y que tiene un hijo y una hija, y que después que enviudó no ha habido nadie en todo

decoro que as donzelas principais devem guardar para si mesmas. Quando ouvia dizer que corriam touros e jogavam canas[6] e se representavam comédias, pedia ao meu irmão, que é um ano mais novo que eu, que me dissesse que coisas eram aquelas, e outras muitas que eu nunca vi; ele mo declarava pelos melhores modos que sabia, mas tudo só fazia atiçar o desejo de o ver. Finalmente, para abreviar o conto da minha perdição, digo que roguei e pedi ao meu irmão, e antes jamais o tivesse pedido nem rogado...

E tornou a renovar seu pranto. O mordomo lhe disse:

— Prossiga vossa mercê, senhora, e acabe de nos dizer o que lhe aconteceu, pois suas palavras e suas lágrimas nos têm a todos suspensos.

— Poucas me ficam por dizer — respondeu a donzela —, mas muitas lágrimas, sim, por chorar, porque os desejos mal encaminhados só podem trazer consigo outros danos dessa monta.

Tomara assento na alma do mestre-sala a beleza da donzela, e chegou ele outra vez sua lanterna para vê-la de novo, e pareceu-lhe que não eram lágrimas que chorava, mas aljôfar ou orvalho dos prados, e até as levantava um ponto e guindava a pérolas orientais, e estava desejando que a sua desgraça não fosse tanta como davam a entender os indícios do seu pranto e dos seus suspiros. Desesperava o governador da tardança que levava a moça em dilatar a sua história, e lhe disse que acabasse de os ter assim suspensos, pois era tarde e faltava muito que andar do povoado. Ela, entre interruptos soluços e mal formados suspiros, disse:

— Não é outra minha desgraça, nem meu infortúnio é outro senão ter rogado ao meu irmão que me emprestasse suas roupas para vestir-me em hábitos de homem e me levasse uma noite para ver todo o povoado, quando nosso pai dormisse; ele, importunado dos meus rogos, condescendeu com o

---

este lugar que pueda decir que ha visto el rostro de su hija, que la tiene tan encerrada, que no da lugar al sol que la vea, y, con todo esto, la fama dice que es en estremo hermosa.

— Así es la verdad — respondió la doncella —, y esa hija soy yo; si la fama miente o no en mi hermosura, ya os habréis, señores, desengañado, pues me habéis visto.

Y en esto comenzó a llorar tiernamente, viendo lo cual el secretario se llegó al oído del maestresala y le dijo muy paso:

— Sin duda alguna que a esta pobre doncella le debe de haber sucedido algo de importancia, pues en tal traje y a tales horas, y siendo tan principal, anda fuera de su casa.

— No hay dudar en eso — respondió el maestresala —, y más que esa sospecha la confirman sus lágrimas.

Sancho la consoló con las mejores razones que él supo y le pidió que sin temor alguno les dijese lo que le había sucedido, que todos procurarían remediarlo con muchas veras y por todas las vías posibles.

— Es el caso, señores — respondió ella —, que mi padre me ha tenido encerrada diez años ha, que son los mismos que a mi madre come la tierra. En casa dicen misa en un rico oratorio, y yo en todo este tiempo no he visto que el sol del cielo de día, y la luna y las estrellas de noche, ni sé qué son calles, plazas ni templos, ni aun hombres, fuera de mi padre y de un hermano mío, y de Pedro Pérez el arrendador, que por entrar de ordinario en mi casa se me antojó decir que era mi padre, por no declarar el mío. Este encerramiento y este negarme el salir de casa, siquiera a la iglesia, ha muchos días y meses que me trae muy desconsolada. Quisiera yo ver el mundo, o a lo menos el pueblo donde nací, pareciéndome que este deseo no iba contra el buen decoro que las doncellas prin-

meu desejo e, pondo-me eu estas roupas e vestindo-se ele de outras minhas, que lhe caíram como fossem dele, porque não tem pelo de barba e parece tal e qual uma donzela formosíssima, esta noite, faz coisa de uma hora, pouco mais ou menos, saímos de casa e, guiados pelo nosso jovem e desbaratado discurso, rodeamos todo o povoado, e quando íamos voltando para casa vimos chegar um grande tropel de gente, e o meu irmão me disse: "Irmã, esta deve de ser a ronda; aligeira e põe asas nos pés, e vem correndo atrás de mim por que não nos conheçam, pois tal nos será grande dano". E dizendo isto virou as costas e começou, não digo a correr, mas a voar; eu, com o sobressalto, a menos de seis passos caí, e então chegou o ministro da justiça, que me trouxe até vossas mercês, onde por má e caprichosa me vejo envergonhada perante tanta gente.

— Tendes certeza, senhora — disse Sancho —, que não vos sucedeu outro dano algum, nem ânsias vos tiraram da vossa casa, como no princípio do vosso conto dissestes?

— Não me sucedeu nada nem me tirou de casa ânsia alguma senão o desejo de ver o mundo, que não se estendia a mais que a ver as ruas deste lugar.

E para acabar de confirmar a verdade do que a donzela dizia, chegaram os beleguins trazendo preso o irmão dela, que um deles alcançara ao se escapulir da irmã. Não trazia senão um rico fraldelim e uma mantilha de damasco azul com passamanes de ouro fino, a cabeça sem touca nem outra coisa adornada que não seus próprios cabelos, que eram anéis de ouro, segundo eram louros e riçados. Apartaram-se com ele governador, mordomo e mestre-sala, e sem que o ouvisse sua irmã lhe perguntaram por que vinha naqueles trajes, e ele, com não menos vergonha e embaraço, contou o mes-

---

cipales deben guardar a sí mesmas. Cuando oía decir que corrían toros y jugaban cañas y se representaban comedias, preguntaba a mi hermano, que es un año menor que yo, que me dijese qué cosas eran aquellas, y otras muchas que yo no he visto; él me lo declaraba por los mejores modos que sabía, pero todo era encenderme más el deseo de verlo. Finalmente, por abreviar el cuento de mi perdición, digo que yo rogué y pedí a mi hermano, que nunca tal pidiera ni tal rogara...

Y tornó a renovar el llanto. El mayordomo le dijo:

— Prosiga vuestra merced, señora, y acabe de decirnos lo que le ha sucedido, que nos tienen a todos suspensos sus palabras y sus lágrimas.

— Pocas me quedan por decir — respondió la doncella —, aunque muchas lágrimas sí que llorar, porque los mal colocados deseos no pueden traer consigo otros descuentos que los semejantes.

Habíase sentado en el alma del maestresala la belleza de la doncella, y llegó otra vez su lanterna para verla de nuevo, y parecióle que no eran lágrimas las que lloraba, sino aljófar o rocío de los prados, y aun las subía de punto y las llegaba a perlas orientales, y estaba deseando que su desgracia no fuese tanta como daban a entender los indicios de su llanto y de sus suspiros. Desesperábase el gobernador de la tardanza que tenía la moza en dilatar su historia, y díjole que acabase de tenerlos más suspensos, que era tarde y faltaba mucho que andar del pueblo. Ella, entre interrotos sollozos y mal formados suspiros, dijo:

— No es otra mi desgracia, ni mi infortunio es otro sino que yo rogué a mi hermano que me vistiese en hábitos de hombre con uno de sus vestidos y que me sacase una noche a ver todo el pueblo, cuando nuestro padre

mo que sua irmã havia contado, do qual recebeu grande gosto o enamorado mestre-sala. Mas o governador lhes disse:

— Por certo, senhores, que esta foi só uma grande travessura, e para contar tal necedade e atrevimento não eram mister tantas delongas nem tantas lágrimas e suspiros, pois com dizer "somos fulano e fulana, que com esta manobra saímos da casa dos nossos pais a espairecer, só por curiosidade e sem outro desígnio algum" estava acabado o conto, sem tamanho rosário de gemidos e choramingos.

— Isto é verdade — respondeu a donzela —, mas saibam vossas mercês que foi tanta a minha confusão, que me não deixou guardar os termos devidos.

— Não se perdeu nada — respondeu Sancho. — Vamos, e deixaremos vossas mercês na casa do seu pai: talvez não vos tenha dado por falta. E daqui em diante não se mostrem tão crianças nem tão desejosos de ver mundo, pois a donzela honrada, em casa e de perna quebrada, e a mulher e a galinha por andar se perdem asinha, e a que é desejosa de ver, também tem desejo de ser vista. E não digo mais.

O mancebo agradeceu ao governador a mercê que lhes queria fazer de torná-los à sua casa, e assim se encaminharam para ela, pois não ficava muito longe dali. Chegaram, pois, e atirando o irmão uma pedrinha numa janela, logo desceu uma criada, que os estava esperando, e lhes abriu a porta, e eles entraram, deixando a todos admirados assim da sua gentileza e formosura como do desejo que tinham de ver mundo de noite e sem sair do lugar; mas tudo o atribuíram à sua pouca idade.

Ficou o mestre-sala com o coração trespassado e se resolveu a logo no dia seguinte pedi-la ao seu pai por mulher, tendo por certo que não lha ne-

---

durmiese; él, importunado de mis ruegos, condecendió con mi deseo y, poniéndome este vestido y él vistiéndose de otro mío, que le está como nacido, porque él no tiene pelo de barba y no parece sino una doncella hermosísima, esta noche, debe de haber una hora, poco más o menos, nos salimos de casa y, guiados de nuestro mozo y desbaratado discurso, hemos rodeado todo el pueblo, y cuando queríamos volver a casa, vimos venir un gran tropel de gente y mi hermano me dijo: "Hermana, esta debe de ser la ronda: aligera los pies y pon alas en ellos, y vente tras mí corriendo, porque no nos conozcan, que nos será mal contado". Y, diciendo esto, volvió las espaldas y comenzó, no digo a correr, sino a volar; yo a menos de seis pasos caí, con el sobresalto, y entonces llegó el ministro de la justicia, que me trujo ante vuestras mercedes, adonde por mala y antojadiza me veo avergonzada ante tanta gente.

— ¿En efecto, señora — dijo Sancho —, no os ha sucedido otro desmán alguno, ni celos, como vos al principio de vuestro cuento dijistes, no os sacaron de vuestra casa?

— No me ha sucedido nada, ni me sacaron celos, sino sólo el deseo de ver mundo, que no se estendía a más que a ver las calles de este lugar.

Y acabó de confirmar ser verdad lo que la doncella decía llegar los corchetes con su hermano preso, a quien alcanzó uno dellos cuando se huyó de su hermana. No traía sino un faldellín rico y una mantellina de damasco azul con pasamanos de oro fino, la cabeza sin toca ni con otra cosa adornada que con sus mesmos cabellos, que eran sortijas de oro, según eran rubios y enrizados. Apartáronse con él gobernador, mayordomo y maestresala, y sin que lo oyese su hermana le preguntaron cómo venía en aquel traje, y él, con no menos vergüenza y empacho,

garia, por ser ele criado do duque; e até Sancho acalentou desejos e tenções de casar o moço com Sanchica, sua filha, e determinou de o pôr em prática no devido tempo, convencido de que à filha de um governador nenhum marido se lhe podia negar.

Com isto se acabou a ronda daquela noite, e dali a dois dias o governo, com o qual se esboroaram e apagaram todos os seus desígnios, como se verá adiante.

---

contó lo mesmo que su hermana había contado, de que recibió gran gusto el enamorado maestresala. Pero el gobernador les dijo:

— Por cierto, señores, que esta ha sido una gran rapacería, y para contar esta necedad y atrevimiento no eran menester tantas largas ni tantas lágrimas y suspiros, que con decir "Somos fulano y fulana, que nos salimos a espaciar de casa de nuestros padres con esta invención, sólo por curiosidad, sin otro designio alguno", se acabara el cuento, y no gemidicos y lloramicos, y darle.

— Así es la verdad — respondió la doncella —, pero sepan vuesas mercedes que la turbación que he tenido ha sido tanta, que no me ha dejado guardar el término que debía.

— No se ha perdido nada — respondió Sancho —. Vamos, y dejaremos a vuesas mercedes en casa de su padre: quizá no los habrá echado menos. Y de aquí adelante no se muestren tan niños, ni tan deseosos de ver mundo, que la doncella honrada, la pierna quebrada, y en casa, y la mujer y la gallina, por andar se pierden aína, y la que es deseosa de ver, también tiene deseo de ser vista. No digo más.

El mancebo agradeció al gobernador la merced que quería hacerles de volverlos a su casa, y, así, se encaminaron hacia ella, que no estaba muy lejos de allí. Llegaron, pues, y, tirando el hermano una china a una reja, al momento bajó una criada, que los estaba esperando y les abrió la puerta, y ellos se entraron, dejando a todos admirados así de su gentileza y hermosura como del deseo que tenían de ver mundo de noche y sin salir del lugar; pero todo lo atribuyeron a su poca edad.

Quedó el maestresala traspasado su corazón y propuso de luego otro día pedírsela por mujer a su padre,

NOTAS

[1] ... o diabo está em Cantillana: o ditado, que indica a iminência de confusões, termina "... *urdiendo la tela y tramando la lana*" (urdindo o tecido e tramando a lã).

[2] ... vamos rondar: era prática comum as autoridades exercerem diretamente a vigilância, acompanhando a ronda noturna.

[3] Oficial: aquele que exerce um ofício, artífice, aqui contraposto aos nobres, aos quais o trabalho manual era vedado (cf. *DQ* I, prólogo, nota 3).

[4] Saltimbarca: capote rústico, aberto dos lados, semelhante ao dos marinheiros.

[5] Arrendador das lãs: funcionário que arrendava a negociação da lã e cobrava os impostos sobre a mercadoria.

[6] ... jogavam canas: o jogo de canas era uma justa festiva em que os cavaleiros, em vez de lança, portavam caniços frágeis, que se quebravam ao primeiro contato, sem causar dano.

---

teniendo por cierto que no se la negaría, por ser él criado del duque; y aun a Sancho le vinieron deseos y barruntos de casar al mozo con Sanchica, su hija, y determinó de ponerlo en plática a su tiempo, dándose a entender que a una hija de un gobernador ningún marido se le podía negar.

Con esto se acabó la ronda de aquella noche, y de allí a dos días el gobierno, con que se destroncaron y borraron todos sus designios, como se verá adelante.

CAPÍTULO L

ONDE SE DECLARA QUEM ERAM OS ENCANTADORES
E CARRASCOS QUE AÇOITARAM A DUENHA
E BELISCARAM E ARRANHARAM D. QUIXOTE,
MAIS O SUCESSO QUE TEVE O PAJEM QUE LEVOU A CARTA
A TERESA SANCHA, MULHER DE SANCHO PANÇA

Diz Cide Hamete, pontualíssimo esquadrinhador dos átomos desta verdadeira história, que, quando Dª Rodríguez saiu do seu aposento para ir ao quarto de D. Quixote, outra duenha que com ela dormia a ouviu e, como todas as duenhas são amigas de saber, entender e cheirar a vida alheia, se foi atrás dela, e com tanto silêncio que a boa da Rodríguez não se deu conta; e assim como a duenha a viu entrar no quarto de D. Quixote, por que não faltasse nela o geral costume que todas as duenhas têm de serem mexeriqueiras, no mesmo instante correu a soprar à sua senhora a duquesa que Dª Rodríguez andava no aposento de D. Quixote.

A duquesa o contou ao duque e lhe pediu licença para que ela e Altisidora fossem ver o que aquela duenha queria com D. Quixote; o duque lha deu, e as duas, com grande tento e sossego, pé ante pé se foram pôr junto à porta do aposento, e tão perto que ouviam tudo o que dentro falavam, e quando a duquesa ouviu que a Rodríguez ia apregoando a abundância das

---

CAPÍTULO L

DONDE SE DECLARA QUIÉN FUERON LOS ENCANTADORES
Y VERDUGOS QUE AZOTARON A LA DUEÑA
Y PELLIZCARON Y ARAÑARON A DON QUIJOTE,
CON EL SUCESO QUE TUVO EL PAJE QUE LLEVÓ LA CARTA
A TERESA SANCHA, MUJER DE SANCHO PANZA

Dice Cide Hamete, puntualísimo escudriñador de los átomos desta verdadera historia, que al tiempo que doña Rodríguez salió de su aposento para ir a la estancia de don Quijote, otra dueña que con ella dormía lo sintió, y que, como todas las dueñas son amigas de saber, entender y oler, se fue tras ella, con tanto silencio, que la buena Rodríguez no lo echó de ver; y así como la dueña la vio entrar en la estancia de don Quijote, porque no faltase en ella la general costumbre que todas las dueñas tienen de ser chismosas, al momento lo fue a poner en pico a su señora la duquesa, de como doña Rodríguez quedaba en el aposento de don Quijote.

La duquesa se lo dijo al duque y le pidió licencia para que ella y Altisidora viniesen a ver lo que aquella dueña quería con don Quijote; el duque se la dio, y las dos, con gran tiento y sosiego, paso ante paso llegaron a ponerse junto a la puerta del aposento, y tan cerca, que oían todo lo que dentro hablaban, y cuando oyó la duquesa que Rodríguez había echado en la calle el Aranjuez de sus fuentes, no lo pudo sufrir, ni menos Altisidora, y

suas fontes, não se pôde conter, nem menos Altisidora, e assim cheias de cólera e desejosas de vingança entraram em tropel no aposento e crivaram D. Quixote e vapularam a duenha do modo que foi contado; porque as afrontas que vão direitas contra a formosura e vaidade das mulheres despertam nelas grande ira e lhes acendem o desejo de vingança.

Contou a duquesa ao duque o que lhe acontecera, com o que ele muito folgou, e a duquesa, prosseguindo com sua intenção de fazer burla e tomar passatempo de D. Quixote, despachou o pajem que havia feito a figura de Dulcineia no concerto do seu desencantamento (por então bem esquecido de Sancho Pança, lá muito ocupado com seu governo) para levar a Teresa Pança, sua mulher, a carta do seu marido, mais outra dela própria e um grande ramal de ricos corais presenteado.

Diz pois a história que o pajem era muito discreto e agudo, e com desejo de servir aos seus senhores partiu de muito bom grado para o lugar de Sancho, e antes de entrar nele viu num regato lavando roupa grande quantidade de mulheres, às quais perguntou se lhe saberiam dizer se naquele lugar morava uma mulher chamada Teresa Pança, mulher de um certo Sancho Pança, escudeiro de um cavaleiro chamado D. Quixote de La Mancha; a cuja pergunta se levantou em pé uma mocinha que estava lavando e disse:

— Essa Teresa Pança é minha mãe, e esse tal Sancho, meu senhor pai, e o tal cavaleiro, nosso amo.

— Pois então vinde, donzela — disse o pajem —, e mostrai-me a vossa mãe, porque lhe trago uma carta e um presente do tal vosso pai.

— Isso farei de muito bom grado, senhor meu — respondeu a moça, que mostrava ser de idade de catorze anos, pouco mais ou menos.

E deixando a roupa que lavava com outra companheira, sem se toucar

---

así, llenas de cólera y deseosas de venganza, entraron de golpe en el aposento y acrebillaron a don Quijote y vapularon a la dueña del modo que queda contado: porque las afrentas que van derechas contra la hermosura y presunción de las mujeres despierta en ellas en gran manera la ira y enciende el deseo de vengarse.

Contó la duquesa al duque lo que le había pasado, de lo que se holgó mucho, y la duquesa, prosiguiendo con su intención de burlarse y recibir pasatiempo con don Quijote, despachó al paje que había hecho la figura de Dulcinea en el concierto de su desencanto (que tenía bien olvidado Sancho Panza con la ocupación de su gobierno) a Teresa Panza, su mujer, con la carta de su marido y con otra suya, y con una gran sarta de corales ricos presentados.

Dice, pues, la historia, que el paje era muy discreto y agudo, y con deseo de servir a sus señores partió de muy buena gana al lugar de Sancho, y antes de entrar en él vio en un arroyo estar lavando cantidad de mujeres, a quien preguntó si le sabrían decir si en aquel lugar vivía una mujer llamada Teresa Panza, mujer de un cierto Sancho Panza, escudero de un caballero llamado don Quijote de la Mancha; a cuya pregunta se levantó en pie una mozuela que estaba lavando y dijo:

— Esa Teresa Panza es mi madre, y ese tal Sancho, mi señor padre, y el tal caballero, nuestro amo.

— Pues venid, doncella — dijo el paje —, y mostradme a vuestra madre, porque le traigo una carta y un presente del tal vuestro padre.

— Eso haré yo de muy buena gana, señor mío — respondió la moza, que mostraba ser de edad de catorce años, poco más a menos.

nem calçar, pois estava de pernas nuas e desgrenhada, saltou diante da cavalgadura do pajem e disse:

— Venha cá vossa mercê, que à entrada do povoado está a nossa casa, e a minha mãe nela, com grande pena por não ter novas do senhor meu pai há muitos dias.

— Pois eu lhas levo tão boas — disse o pajem —, que terá de dar graças a Deus por elas.

Finalmente, saltando, correndo e pulando, chegou a rapariga ao povoado, e antes de entrar em sua casa disse a brados da porta:

— Saia, mãe Teresa, saia, saia, que aqui vem um senhor trazendo cartas e outras coisas do meu bom pai.

A cujos brados saiu Teresa Pança, sua mãe, fiando um floco de estopa, com uma saia parda (parecia, por tão curta, que a tivessem cortado por vergonhoso lugar[1]), com um corpinho também pardo e uma camisa decotada. Não era muito velha, posto que mostrasse passar dos quarenta, mas forte, rija, nervuda e enxuta; a qual vendo sua filha, e o pajem a cavalo, disse àquela:

— Que é isso, menina? Que senhor é esse?

— É um servidor da minha senhora Dª Teresa Pança — respondeu o pajem.

E dizendo e fazendo saltou do cavalo abaixo e se foi com muita humildade pôr de joelhos aos pés da senhora Teresa, dizendo:

— Dê-me vossa mercê suas mãos, minha senhora Dª Teresa, bem assim como mulher legítima e particular do senhor D. Sancho Pança, governador próprio da ínsula Baratária.

— Ai, senhor meu, levante-se daí, não faça isso — respondeu Teresa —,

---

Y dejando la ropa que lavaba a otra compañera, sin tocarse ni calzarse, que estaba en piernas y desgreñada, saltó delante de la cabalgadura del paje y dijo:

— Venga vuesa merced, que a la entrada del pueblo está nuestra casa, y mi madre en ella, con harta pena por no haber sabido muchos días ha de mi señor padre.

— Pues yo se las llevo tan buenas — dijo el paje —, que tiene que dar bien gracias a Dios por ellas.

Finalmente, saltando, corriendo y brincando, llegó al pueblo la muchacha, y antes de entrar en su casa dijo a voces desde la puerta:

— Salga, madre Teresa, salga, salga, que viene aquí un señor que trae cartas y otras cosas de mi buen padre.

A cuyas voces salió Teresa Panza, su madre, hilando un copo de estopa, con una saya parda — parecía, según era de corta, que se la habían cortado por vergonzoso lugar —, con un corpezuelo asimismo pardo y una camisa de pechos. No era muy vieja, aunque mostraba pasar de los cuarenta, pero fuerte, tiesa, nervuda y avellanada; la cual viendo a su hija, y al paje a caballo, le dijo:

— ¿Qué es esto, niña? ¿Qué señor es este?

— Es un servidor de mi señora doña Teresa Panza — respondió el paje.

Y, diciendo y haciendo, se arrojó del caballo y se fue con mucha humildad a poner de hinojos ante la señora Teresa, diciendo:

— Déme vuestra merced sus manos, mi señora doña Teresa, bien así como mujer legítima y particular del señor don Sancho Panza, gobernador propio de la ínsula Barataria.

que eu não sou nada palaciana, mas apenas uma pobre lavradora, filha de um ganhão e mulher de um escudeiro andante, e não de governador algum.

— Vossa mercê — respondeu o pajem — é mulher digníssima de um governador arquidigníssimo, e para prova desta verdade receba vossa mercê esta carta e este presente.

E tirou no mesmo instante da algibeira um ramal de corais com padres-nossos de ouro e o lançou ao seu pescoço, dizendo:

— Esta carta é do senhor governador, e outra que trago e estes corais são da minha senhora a duquesa, que a vossa mercê me envia.

Ficou pasma Teresa, e sua filha nem mais nem menos, e a moça disse:

— Que me matem se não anda nisso o nosso senhor amo D. Quixote, que deve de ter dado ao pai o governo ou condado que tantas vezes lhe havia prometido.

— Isso é verdade — respondeu o pajem —, pois por respeito do senhor D. Quixote é agora o senhor Sancho governador da ínsula Baratária, como se verá nesta carta.

— Leia vossa mercê essas letras, senhor gentil-homem — disse Teresa —, porque, ainda que eu saiba fiar, não sei ler migalha.

— Nem eu — acrescentou Sanchica —, mas esperem aqui, que eu irei chamar quem a leia, ora seja o padre mesmo ou o bacharel Sansón Carrasco, que virão de muito bom grado a saber novas do meu pai.

— Não há para que chamar ninguém, pois eu não sei fiar, mas sei ler e a lerei.

E assim lhes leu toda a carta de Sancho, que por já referida não se põe aqui, e logo tirou outra da duquesa, que dizia desta maneira:

— ¡Ay, señor mío, quítese de ahí, no haga eso — respondió Teresa —, que yo no soy nada palaciega, sino una pobre labradora, hija de un estripaterrones y mujer de un escudero andante, y no de gobernador alguno!

— Vuesa merced — respondió el paje — es mujer dignísima de un gobernador archidignísimo, y para prueba desta verdad reciba vuesa merced esta carta y este presente.

Y sacó al instante de la faldriquera una sarta de corales con estremos de oro, y se la echó al cuello y dijo:

— Esta carta es del señor gobernador, y otra que traigo y estos corales son de mi señora la duquesa, que a vuestra merced me envía.

Quedó pasmada Teresa, y su hija ni más ni menos, y la muchacha dijo:

— Que me maten si no anda por aquí nuestro señor amo don Quijote, que debe de haber dado a padre el gobierno o condado que tantas veces le había prometido.

— Así es la verdad — respondió el paje —, que por respeto del señor don Quijote es ahora el señor Sancho gobernador de la ínsula Barataria, como se verá por esta carta.

— Léamela vuesa merced, señor gentilhombre — dijo Teresa —, porque, aunque yo sé hilar, no sé leer migaja.

— Ni yo tampoco — añadió Sanchica —, pero espérenme aquí, que yo iré a llamar quien la lea, ora sea el cura mesmo o el bachiller Sansón Carrasco, que vendrán de muy buena gana por saber nuevas de mi padre.

— No hay para qué se llame a nadie, que yo no sé hilar, pero sé leer y la leeré.

Y, así, se la leyó toda, que por quedar ya referida no se pone aquí, y luego sacó otra de la duquesa, que decía desta manera:

Amiga Teresa: As boas prendas da bondade e do engenho do vosso marido Sancho me moveram e obrigaram a pedir ao meu marido o duque lhe desse um governo de uma ínsula, das muitas que tem. Tenho notícia de que ele governa como uma águia, pelo que estou muito contente, e o duque meu senhor pelo conseguinte, e assim dou muitas graças ao céu por me não ter enganado em escolhê-lo para o tal governo; porque quero que saiba a senhora Teresa que com dificuldade se acha um bom governador no mundo, e tomara Deus me agasalhe como Sancho governa.

Aí lhe envio, querida minha, um ramal de corais com padres-nossos de ouro: mais me folgara que fosse de pérolas orientais, mas quem te dá um osso não te quer ver morta; tempo virá em que nos conheçamos e nos comuniquemos, e Deus sabe o que será. Encomende-me a Sanchica sua filha e diga-lhe da minha parte que se vá aparelhando, que a hei de casar altamente quando ela menos o pensar.

Dizem que nesse lugar há gordas bolotas: envie-me umas duas dúzias, que as estimarei em muito por serem da sua mão, e escreva-me largo avisando-me da sua saúde e do seu bem-estar; e se houver mister alguma coisa, bastará pedir por boca, que a receberá à sua medida, e Deus a guarde.

Deste lugar, sua amiga que lhe quer bem,

A Duquesa

— Ai — disse Teresa em ouvindo a carta —, que senhora mais boa, lhana e humilde! Com essas tais senhoras quero que me enterrem, e não com as fidalgas ordinárias neste povoado, que pensam que por serem fidalgas nem

---

Amiga Teresa: Las buenas partes de la bondad y del ingenio de vuestro marido Sancho me movieron y obligaron a pedir a mi marido el duque le diese un gobierno de una ínsula, de muchas que tiene. Tengo noticia que gobierna como un girifalte, de lo que yo estoy muy contenta, y el duque mi señor por el consiguiente, por lo que doy muchas gracias al cielo de no haberme engañado en haberle escogido para el tal gobierno; porque quiero que sepa la señora Teresa que con dificultad se halla un buen gobernador en el mundo, y tal me haga a mí Dios como Sancho gobierna.

Ahí le envío, querida mía, una sarta de corales con estremos de oro: yo me holgara que fuera de perlas orientales, pero quien te da el hueso no te querría ver muerta; tiempo vendrá en que nos conozcamos y nos comuniquemos, y Dios sabe lo que será. Encomiéndeme a Sanchica su hija y dígale de mi parte que se apareje, que la tengo de casar altamente cuando menos lo piense.

Dícenme que en ese lugar hay bellotas gordas: envíeme hasta dos docenas, que las estimaré en mucho, por ser de su mano, y escríbame largo, avisándome de su salud y de su bienestar; y si hubiere menester alguna cosa, no tiene que hacer más que boquear, que su boca será medida, y Dios me la guarde.

Deste lugar, su amiga que bien la quiere,

La Duquesa

o vento as há de tocar e vão para a igreja com tanta fantasia como se fossem rainhas, que parecem ter por desonra olhar para uma lavradora; e olhai aqui como esta boa senhora, com ser duquesa, me chama amiga e me trata como se eu fosse a sua igual, quando aqui a vejo igual ao mais alto campanário que há em La Mancha. E no que toca às bolotas, senhor meu, eu enviarei à sua senhoria um celamim das que por gordas são de ver e admirar. E agora, Sanchica, cuida que este senhor se regale: põe seu cavalo em ordem e traz ovos do estábulo e corta toucinho à farta, que vamos dar-lhe de comer como a um príncipe, pois pelas boas-novas que nos trouxe e pela boa cara que tem ele tudo merece; e entretanto vou dar às minhas vizinhas as novas do nosso contento, e também ao padre-cura e a mestre Nicolás, o barbeiro, que tão amigos são e têm sido do teu pai.

— Assim farei, mãe — respondeu Sanchica —, mas olhe que me há de dar metade desse ramal, pois não tenho minha senhora a duquesa por tão boba que a tenha enviado inteira a vossa mercê.

— É toda para ti, filha — respondeu Teresa —, mas deixa apenas que eu a leve alguns dias ao pescoço, pois verdadeiramente parece que me alegra o coração.

— Também se alegrarão — disse o pajem — quando virem que a trouxa que trago aqui é de uma roupa de pano finíssimo que o governador somente um dia levou à caça, e que a envia toda para a senhora Sanchica.

— Que viva ele mil anos — respondeu Sanchica —, e quem a traz nem mais nem menos, e até dois mil se for necessidade.

Saiu-se então Teresa fora de casa com as cartas e com o ramal ao pescoço, e ia tangendo as cartas como se fossem um pandeiro; e encontrando-se por acaso com o padre e Sansón Carrasco, começou a bailar e a dizer:

— ¡Ay — dijo Teresa en oyendo la carta —, y qué buena y qué llana y qué humilde señora! Con estas tales señoras me entierren a mí, y no las hidalgas que en este pueblo se usan, que piensan que por ser hidalgas no las ha de tocar el viento, y van a la iglesia con tanta fantasía como si fuesen las mesmas reinas, que no parece sino que tienen a deshonra el mirar a una labradora; y veis aquí donde esta buena señora, con ser duquesa, me llama amiga y me trata como si fuera su igual, que igual la vea yo con el más alto campanario que hay en la Mancha. Y en lo que toca a las bellotas, señor mío, yo le enviaré a su señoría un celemín, que por gordas las pueden venir a ver a la mira y a la maravilla. Y por ahora, Sanchica, atiende a que se regale este señor: pon en orden este caballo y saca de la caballeriza güevos y corta tocino adunia, y démosle de comer como a un príncipe, que las buenas nuevas que nos ha traído y la buena cara que él tiene lo merece todo; y en tanto saldré yo a dar a mis vecinas las nuevas de nuestro contento, y al padre cura y a maese Nicolás el barbero, que tan amigos son y han sido de tu padre.

— Sí haré, madre — respondió Sanchica —, pero mire que me ha de dar la mitad desa sarta, que no tengo yo por tan boba a mi señora la duquesa, que se la había de enviar a ella toda.

— Todo es para ti, hija — respondió Teresa —, pero déjamela traer algunos días al cuello, que verdaderamente parece que me alegra el corazón.

— También se alegrarán — dijo el paje — cuando vean el lío que viene en este portamanteo, que es un vestido de paño finísimo que el gobernador sólo un día llevó a caza, el cual todo le envía para la señora Sanchica.

— À fé que agora não há parente pobre! Governinho temos! Pois que se venha a ver comigo a mais pintada fidalga, e farei que se arrependa!

— Que é isso, Teresa Pança? Que loucuras são estas e que papéis são esses?

— Não é outra a loucura senão que estas são cartas de duquesas e de governadores, e estes que trago ao pescoço são corais finos as ave-marias, e os padres-nossos ouro de martelo, e eu sou governadora.

— De Deus abaixo ninguém há que vos entenda, Teresa, nem saiba que coisas dizeis.

— Pois aí o podem ver — respondeu Teresa.

E lhes entregou as cartas. Leu-as o padre de modo que as ouviu Sansón Carrasco, e Sansón e o padre se olharam um ao outro como admirados do que liam, e perguntou o bacharel quem trouxera aquelas cartas. Respondeu Teresa que fossem com ela até sua casa e veriam o mensageiro, que era um mancebo como um pino de ouro, e que trazia outro presente de mais valor ainda. Tirou-lhe o padre os corais do pescoço e os mirou e remirou, e certificando-se de que eram finos tornou a se admirar de novo e disse:

— Por meu hábito que não sei o que diga nem o que pense destas cartas e destes presentes: por um lado, vejo e toco a fineza destes corais, e por outro leio que uma duquesa manda pedir duas dúzias de bolotas.

— Vai tudo muito fora das medidas! — disse então Carrasco. — Pois bem, vamos lá ver o portador destas folhas, que dele averiguaremos as dificuldades que se nos oferecem.

Assim fizeram, e se voltou Teresa com eles. Acharam o pajem peneirando um pouco de cevada para a sua cavalgadura e Sanchica cortando um bom naco de toucinho para o mexer com ovos e dar de comer ao pajem, cuja pre-

---

— Que me viva él mil años — respondió Sanchica —, y el que lo trae ni más ni menos, y aun dos mil si fuere necesidad.

Salióse en esto Teresa fuera de casa con las cartas, y con la sarta al cuello, y iba tañendo en las cartas como si fuera en un pandero; y encontrándose acaso con el cura y Sansón Carrasco, comenzó a bailar y a decir:

— ¡A fee que agora que no hay pariente pobre! ¡Gobiernito tenemos! ¡No, sino tómese conmigo la más pintada hidalga, que yo la pondré como nueva!

— ¿Qué es esto, Teresa Panza? ¿Qué locuras son estas y qué papeles son esos?

— No es otra la locura sino que estas son cartas de duquesas y de gobernadores, y estos que traigo al cuello son corales finos las avemarías, y los padres nuestros son de oro de martillo, y yo soy gobernadora.

— De Dios en ayuso, no os entendemos, Teresa, ni sabemos lo que os decís.

— Ahí lo podrán ver ellos — respondió Teresa.

Y dioles las cartas. Leyólas el cura de modo que las oyó Sansón Carrasco, y Sansón y el cura se miraron el uno al otro como admirados de lo que habían leído, y preguntó el bachiller quién había traído aquellas cartas. Respondió Teresa que se viniesen con ella a su casa y verían el mensajero, que era un mancebo como un pino de oro, y que le traía otro presente que valía más de tanto. Quitóle el cura los corales del cuello, y mirólos y remirólos, y certificándose que eran finos tornó a admirarse de nuevo y dijo:

— Por el hábito que tengo que no sé qué me diga ni qué me piense de estas cartas y destos presentes: por una parte, veo y toco la fineza de estos corales, y, por otra, leo que una duquesa envía a pedir dos docenas de bellotas.

sença e bom adorno muito contentou aos dois; e depois de o saudarem cortesmente, e ele a eles, pediu-lhe Sansón novas assim de D. Quixote como de Sancho Pança, pois, tendo lido as cartas de Sancho e da senhora duquesa, ainda estavam confusos e não acabavam de atinar com o que seria aquilo do governo de Sancho, e muito menos de uma ínsula, sendo todas ou as mais que há no mar Mediterrâneo de Sua Majestade. Ao que o pajem respondeu:

— De que o senhor Sancho Pança seja governador, não há o que duvidar; de que seja ou não ínsula o que ele governa, nisso não me intrometo, bastando que seja um lugar de mais de mil vizinhos; e quanto às bolotas, digo que minha senhora a duquesa é tão lhana e tão humilde que nem diria o mandar pedir bolotas a uma lavradora, mas por vezes mandava pedir um pente emprestado a uma vizinha sua. Pois quero que vossas mercês saibam que as senhoras de Aragão, com serem tão principais, não são tão melindrosas e emproadas quanto as senhoras castelhanas; com mais lhaneza sabem tratar as gentes.

Estando no meio dessas conversações, entrou Sanchica com uma arregaçada de ovos e perguntou ao pajem:

— Diga-me, senhor: desde que é governador, meu senhor pai porventura usa calças bufantes?

— Nisso não reparei — respondeu o pajem —, mas os deve de usar, sim.

— Ai, meu Deus — replicou Sanchica —, será muito para ver o meu pai com peidorreiras! Sabem que desde que nasci queria ver o meu pai com calças atacadas?[2]

— Com essas e muitas mais coisas o verá vossa mercê se viver — respondeu o pajem. — Pardeus que ele leva jeito de encasquetar boas carapuças, com só dois meses que o seu governo durar.

— ¡Aderézame esas medidas! — dijo entonces Carrasco —. Agora bien, vamos a ver al portador deste pliego, que dél nos informaremos de las dificultades que se nos ofrecen.

Hiciéronlo así, y volvióse Teresa con ellos. Hallaron al paje cribando un poco de cebada para su cabalgadura y a Sanchica cortando un torrezno para empedrarle con güevos y dar de comer al paje, cuya presencia y buen adorno contentó mucho a los dos; y después de haberle saludado cortésmente, y él a ellos, le preguntó Sansón les dijese nuevas así de don Quijote como de Sancho Panza, que, puesto que habían leído las cartas de Sancho y de la señora duquesa, todavía estaban confusos y no acababan de atinar qué sería aquello del gobierno de Sancho, y más de una ínsula, siendo todas o las más que hay en el mar Mediterráneo de Su Majestad. A lo que el paje respondió:

— De que el señor Sancho Panza sea gobernador, no hay que dudar en ello; de que sea ínsula o no la que gobierna, en eso no me entremeto, pero basta que sea un lugar de más de mil vecinos; y en cuanto a lo de las bellotas, digo que mi señora la duquesa es tan llana y tan humilde, que no decía el enviar a pedir bellotas a una labradora, pero que le acontecía enviar a pedir un peine prestado a una vecina suya). Porque quiero que sepan vuestras mercedes que las señoras de Aragón, aunque son tan principales, no son tan puntuosas y levantadas como las señoras castellanas: con más llaneza tratan con las gentes.

Estando en la mitad destas pláticas, saltó Sanchica con un halda de güevos y preguntó al paje:

— Dígame, señor: ¿mi señor padre trae por ventura calzas atacadas después que es gobernador?

— No he mirado en ello — respondió el paje —, pero sí debe de traer.

Bem viram o padre e o bacharel que o pajem falava por mofa; mas tudo contrariava a fineza dos corais e da roupa de caça que Sancho enviava (que já Teresa lhes mostrara), e não deixaram de se rir do desejo de Sanchica, e mais quando Teresa disse:

— Senhor padre, veja se há por aí alguém que vá a Madri ou a Toledo para que me compre uma saia de roda, de boa obra e feitio, que seja ao uso e das melhores que houver, pois em verdade, em verdade que tenho de honrar o governo do meu marido em tudo quanto eu puder, e querendo ou não me toca ir a essa corte a andar de coche como todas, que mulher de marido governador o pode muito bem ter e sustentar.

— E como, mãe! — disse Sanchica. — Quisera Deus que antes fosse hoje que amanhã, por mais que dissesse quem me visse sentada com a minha senhora mãe naquele coche: "Olhai aquela tal, filha do farto de alhos, como vai no coche metida e engomada, como se fosse uma papisa!". Mas eles que pisem a lama, e ande eu no meu coche, levantados os pés do chão. Mau ano e mau mês para quantos murmuradores há no mundo, e ande eu quente, e ria-se a gente! Digo bem, minha mãe?

— E como dizes bem, filha! — respondeu Teresa. — E todas essas venturas, e até maiores, já me profetizou o meu bom Sancho, e verás, filha, como ele não para até me fazer condessa, pois tudo é começar a ser venturosas. E como muitas vezes ouvi dizer do teu bom pai (que assim é teu como dos ditados), quando te derem o bacorinho, corre com o baracinho: quando te derem um governo, apanha-o; quando te derem um condado, agarra-o; e quando te assoviarem com alguma boa dádiva, embucha o que vier. Não, senão dormi e não respondais às venturas e ditas que estão chamando à porta da vossa casa!

— ¡Ay, Dios mío — replicó Sanchica —, y qué será de ver a mi padre con pedorreras! ¿No es bueno sino que desde que nací tengo deseo de ver a mi padre con calzas atacadas?

— Como con esas cosas le verá vuestra merced si vive — respondió el paje —. Par Dios, términos lleva de caminar con papahígo, con solos dos meses que le dure el gobierno.

Bien echaron de ver el cura y el bachiller que el paje hablaba socarronamente; pero la fineza de los corales y el vestido de caza que Sancho enviaba lo deshacía todo (que ya Teresa les había mostrado el vestido), y no dejaron de reírse del deseo de Sanchica, y más cuando Teresa dijo:

— Señor cura, eche cata por ahí si hay alguien que vaya a Madrid o a Toledo, para que me compre un verdugado redondo, hecho y derecho, y sea al uso y de los mejores que hubiere, que en verdad en verdad que tengo de honrar el gobierno de mi marido en cuanto yo pudiere, y aun que si me enojo me tengo de ir a esa corte y echar un coche como todas, que la que tiene marido gobernador muy bien le puede traer y sustentar.

— ¡Y cómo, madre! — dijo Sanchica —. Pluguiese a Dios que fuese antes hoy que mañana, aunque dijesen los que me viesen ir sentada con mi señora madre en aquel coche: "¡Mirad la tal por cual, hija del harto de ajos, y cómo va sentada y tendida en el coche, como si fuera una papesa!". Pero pisen ellos los lodos, y ándeme yo en mi coche, levantados los pies del suelo. ¡Mal año y mal mes para cuantos murmuradores hay en el mundo, y ándeme yo caliente, y ríase la gente! ¿Digo bien, madre mía?

— ¡Y cómo que dices bien, hija! — respondió Teresa —. Y todas estas venturas, y aun mayores, me las tiene profetizadas mi buen Sancho, y verás tú, hija, como no para hasta hacerme condesa, que todo es comenzar

— Pois a mim não se me dá uma mínima — acrescentou Sanchica — que diga quem quiser, quando me veja toda arrebicada e pomposa, "lá vai a gralha com penas de pavão...", e tudo o mais.

Ouvindo o qual, disse o padre:

— Eu só me posso dar a crer que todos os desta linhagem dos Panças nasceram cada um com um fardo de ditados no corpo: não vi nenhum deles que não os derrame a todas as horas e em todas as conversações que tem.

— Isso é verdade — disse o pajem —, pois o senhor governador Sancho a cada passo solta um; e ainda que muitos não venham a propósito, sempre dão gosto, e minha senhora a duquesa e o duque muito os festejam.

— Ainda porfia vossa mercê, senhor meu — disse o bacharel —, ser verdade isso do governo de Sancho e de que há duquesa no mundo que lhe envia presentes e lhe escreve? Porque nós aqui, por mais que toquemos os presentes e leiamos as cartas, não o podemos crer, e pensamos que esta é uma das coisas de D. Quixote, nosso conterrâneo, que todas pensa serem feitas por encantamento; e assim estou para dizer que quero tocar e apalpar vossa mercê, para ver se é embaixador fantástico ou homem de carne e osso.

— Senhores, eu só sei dizer de mim — respondeu o pajem — que sou embaixador verdadeiro, e do senhor Sancho Pança que é governador efetivo, e que meus senhores duque e duquesa lhe podem dar e deram o tal governo, e que ouvi dizer que o tal Sancho Pança nele se porta valentissimamente. Se nisto há encantamento ou não, vossas mercês o disputem lá entre si, que eu não sei outra coisa alguma, com juramento por vida de meus pais, que os tenho vivos e os amo e lhes quero muito bem.

— Bem poderá ser assim — replicou o bacharel —, mas *dubitat Augustinus*.[3]

---

a ser venturosas. Y como yo he oído decir muchas veces a tu buen padre, que así como lo es tuyo lo es de los refranes, cuando te dieren la vaquilla, corre con la soguilla: cuando te dieren un gobierno, cógele; cuando te dieren un condado, agárrale; y cuando te hicieren tus, tus, con alguna buena dádiva, envásala. ¡No, sino dormíos y no respondáis a las venturas y buenas dichas que están llamando a la puerta de vuestra casa!

— ¿Y qué se me da a mí — añadió Sanchica — que diga el que quisiere, cuando me vea entonada y fantasiosa, "Viose el perro en bragas de cerro...", y lo demás?

Oyendo lo cual el cura, dijo:

— Yo no puedo creer sino que todos los deste linaje de los Panzas nacieron cada uno con un costal de refranes en el cuerpo: ninguno dellos he visto que no los derrame a todas horas y en todas las pláticas que tienen.

— Así es la verdad — dijo el paje —, que el señor gobernador Sancho a cada paso los dice; y aunque muchos no vienen a propósito, todavía dan gusto, y mi señora la duquesa y el duque los celebran mucho.

— ¿Que todavía se afirma vuestra merced, señor mío — dijo el bachiller —, ser verdad esto del gobierno de Sancho y de que hay duquesa en el mundo que le envíe presentes y le escriba? Porque nosotros, aunque tocamos los presentes y hemos leído las cartas, no lo creemos, y pensamos que esta es una de las cosas de don Quijote nuestro compatrioto, que todas piensa que son hechas por encantamiento; y, así, estoy por decir que quiero tocar y palpar a vuestra merced, por ver si es embajador fantástico o hombre de carne y hueso.

— Señores, yo no sé más de mí — respondió el paje — sino que soy embajador verdadero, y que el señor Sancho Panza es gobernador efectivo, y que mis señores duque y duquesa pueden dar y han dado el tal gobierno,

— Duvide quem duvidar — respondeu o pajem —, a verdade é a que tenho dito, que há de andar sempre sobre a mentira, como o óleo sobre a água; se não, "*operibus credite, et non verbis*":[4] que algum de vossas mercês venha comigo e verá com os olhos o que não creem pelos ouvidos.

— Essa ida toca a mim — disse Sanchica. — Leve-me vossa mercê, senhor, às ancas do seu rocim, que eu irei de muito bom grado a ver o meu senhor pai.

— As filhas dos governadores não hão de ir sozinhas pelos caminhos, senão acompanhadas de carroças e liteiras e de grande número de serventes.

— Pardeus — respondeu Sancha — que eu posso ir tão bem sobre uma jerica como sobre um coche. Muito melindrosa houvera de ser!

— Calada, mocinha — disse Teresa —, que não sabes o que dizes, e este senhor está no certo, pois conforme o tempo, assim o tento: quando Sancho, Sancha, e quando governador, senhora, e não sei se diga algo.

— Mais diz a senhora Teresa do que pensa — disse o pajem. — E deem-me de comer e despachem-me logo, pois penso voltar esta tarde.

Ao que disse o padre:

— Vossa mercê virá fazer penitência comigo, pois a senhora Teresa tem mais vontade do que baixela para servir a tão bom hóspede.

Recusou o pajem o convite, mas por seu bem teve de o aceitar, e o padre o levou consigo de bom grado, por tomar ocasião de lhe perguntar por miúdo de D. Quixote e suas façanhas.

O bacharel se ofereceu para escrever a Teresa as cartas da resposta, mas ela não quis que o bacharel se metesse em suas coisas, pois o achava um tanto quanto pulhista, e assim deu um bolo e dois ovos a um coroinha que sabia escrever, o qual lhe escreveu duas cartas, uma para seu marido e outra para

---

y que he oído decir que en él se porta valentísimamente el tal Sancho Panza. Si en esto hay encantamento o no, vuestras mercedes lo disputen allá entre ellos, que yo no sé otra cosa, para el juramento que hago, que es por vida de mis padres, que los tengo vivos y los amo y los quiero mucho.

— Bien podrá ello ser así — replicó el bachiller —, pero *dubitat Augustinus*.

— Dude quien dudare — respondió el paje —, la verdad es la que he dicho, y es la que ha de andar siempre sobre la mentira, como el aceite sobre el agua; y si no, "operibus credite, et non verbis": véngase alguno de vuesas mercedes conmigo y verán con los ojos lo que no creen por los oídos.

— Esa ida a mí toca — dijo Sanchica —: lléveme vuestra merced, señor, a las ancas de su rocín, que yo iré de muy buena gana a ver a mi señor padre.

— Las hijas de los gobernadores no han de ir solas por los caminos, sino acompañadas de carrozas y literas y de gran número de sirvientes.

— Par Dios — respondió Sancha —, tan bien me vaya yo sobre una pollina como sobre un coche. ¡Hallado la habéis la melindrosa!

— Calla, mochacha — dijo Teresa —, que no sabes lo que te dices, y este señor está en lo cierto, que tal el tiempo, tal el tiento: cuando Sancho, Sancha, y cuando gobernador, señora, y no sé si diga algo.

— Más dice la señora Teresa de lo que piensa — dijo el paje —; y denme de comer y despáchenme luego, porque pienso volverme esta tarde.

A lo que dijo el cura:

a duquesa, ditadas da sua própria cachimônia, que não são das piores que nesta grande história se põem, como adiante se verá.

NOTAS

[1] ... saia [cortada] por vergonhoso lugar: entre os castigos infamantes reservados às prostitutas estava o de cortar suas saias, como se diz no romanceiro, *"por vergonzoso lugare"*, que se transformara em frase proverbial de caráter cômico.

[2] Peidorreiras: chamavam-se burlescamente *pedorreras* as calças bufantes. Calças atacadas: as que traziam presilhas para serem amarradas ao gibão, de preço proibitivo para os mais pobres.

[3] *Dubitat Augustinus*: "Santo Agostinho o põe em dúvida", bordão dos exercícios estudantis de dialética e filosofia.

[4] *Operibus credite, et non verbis*: "acreditai nas obras, e não nas palavras", frase já citada no capítulo XV (nota 9).

— Vuestra merced se vendrá a hacer penitencia conmigo, que la señora Teresa más tiene voluntad que alhajas para servir a tan buen huésped.

Rehusólo el paje, pero en efecto lo hubo de conceder por su mejora, y el cura le llevó consigo de buena gana, por tener lugar de preguntarle de espacio por don Quijote y sus hazañas.

El bachiller se ofreció de escribir las cartas a Teresa de la respuesta, pero ella no quiso que el bachiller se metiese en sus cosas, que le tenía por algo burlón, y, así, dio un bollo y dos huevos a un monacillo que sabía escribir, el cual le escribió dos cartas, una para su marido y otra para la duquesa, notadas de su mismo caletre, que no son las peores que en esta grande historia se ponen, como se verá adelante.

CAPÍTULO LI

DO PROGRESSO DO GOVERNO DE SANCHO PANÇA,
MAIS OUTROS SUCESSOS IGUALMENTE BONS

Amanheceu o dia seguinte à noite da ronda do governador, a qual o mestre-sala passou sem dormir, ocupado seu pensamento no rosto, brio e beleza da disfarçada donzela; e o mordomo ocupou o que dela restava em escrever aos seus senhores o que Sancho Pança fazia e dizia, tão admirado de seus feitos como de seus ditos, pois andavam misturadas suas palavras e suas ações com assomos discretos e tolos.

Levantou-se enfim o senhor governador, e por ordem do doutor Pedro Recio lhe deram em desjejum alguma fruta cristalizada e quatro goles de água fria,[1] coisa que Sancho bem trocara por um pedaço de pão e um cacho de uvas; mas vendo que ali entrava mais a força que a vontade, passou aquilo com muita dor da sua alma e fadiga do seu estômago, fazendo-lhe crer Pedro Recio que os manjares poucos e delicados espertavam o engenho, que era o que mais convinha às pessoas constituídas em cargos e em ofícios graves, onde aproveitam não tanto as forças corporais quanto as do entendimento.

Com esta sofistaria padecia fome Sancho, e tanta que em segredo amaldiçoava o governo, e também a quem lho dera; mas com sua fome e sua conserva se pôs a julgar aquele dia, e a primeira coisa que se lhe ofereceu foi uma

---

CAPÍTULO LI

DEL PROGRESO DEL GOBIERNO DE SANCHO PANZA,
CON OTROS SUCESOS TALES COMO BUENOS

Amaneció el día que se siguió a la noche de la ronda del gobernador, la cual el maestresala pasó sin dormir, ocupado el pensamiento en el rostro, brío y belleza de la disfrazada doncella; y el mayordomo ocupó lo que della faltaba en escribir a sus señores lo que Sancho Panza hacía y decía, tan admirado de sus hechos como de sus dichos, porque andaban mezcladas sus palabras y sus acciones con asomos discretos y tontos.

Levantóse, en fin, el señor gobernador, y por orden del doctor Pedro Recio le hicieron desayunar con un poco de conserva y cuatro tragos de agua fría, cosa que la trocara Sancho con un pedazo de pan y un racimo de uvas; pero viendo que aquello era más fuerza que voluntad, pasó por ello con harto dolor de su alma y fatiga de su estómago, haciéndole creer Pedro Recio que los manjares pocos y delicados avivaban el ingenio, que era lo que más convenía a las personas constituidas en mandos y en oficios graves, donde se han de aprovechar no tanto de las fuerzas corporales como de las del entendimiento.

pergunta que um forasteiro lhe fez, estando a tudo presentes o mordomo e os demais acólitos, que foi:

— Senhor, um caudaloso rio dividia dois termos de um mesmo senhorio (e esteja vossa mercê atento, porque o caso é de importância e algum tanto dificultoso). Digo, pois, que sobre esse rio havia uma ponte, e ao cabo dela uma forca e uma que parecia casa de audiência, na qual de ordinário havia quatro juízes que julgavam a lei posta pelo dono do rio, da ponte e do senhorio, que era nesta forma: "Se alguém passar por esta ponte de uma parte a outra, há de jurar primeiro aonde e a que vai; e se jurar verdade, que o deixem passar, e se disser mentira, morra por isso enforcado na forca que lá se mostra, sem remissão alguma". Sabida essa lei e a rigorosa condição dela, passavam muitos, e já na jura se dava a ver que diziam verdade, e os juízes os deixavam passar livremente. Aconteceu, pois, que, tomando juramento de um homem, este jurou e deu por jura que ia para morrer naquela forca que lá estava, e não outra coisa. Repararam os juízes no juramento e disseram: "Se deixarmos este homem passar livremente, terá mentido no seu juramento, e conforme a lei deve morrer; e se o enforcarmos, como ele jurou que ia para morrer naquela forca, terá jurado verdade, e pela mesma lei deve ser livre". Pede-se a vossa mercê, senhor governador, que farão os juízes do tal homem, que até agora estão duvidosos e suspensos e, tendo notícia do agudo e elevado entendimento de vossa mercê, me enviaram para que da sua parte suplicasse a vossa mercê desse o seu parecer em tão intricado e duvidoso caso.

Ao que Sancho respondeu:

— Por certo que esses senhores juízes que a mim vos enviam poderiam ter escusado o trabalho, porque eu sou homem que tem mais de mostrengo

---

Con esta sofistería padecía hambre Sancho, y tal, que en su secreto maldecía el gobierno, y aun a quien se le había dado; pero con su hambre y con su conserva se puso a juzgar aquel día, y lo primero que se le ofreció fue una pregunta que un forastero le hizo, estando presentes a todo el mayordomo y los demás acólitos, que fue:

— Señor, un caudaloso río dividía dos términos de un mismo señorío (y esté vuestra merced atento, porque el caso es de importancia y algo dificultoso). Digo, pues, que sobre este río estaba una puente, y al cabo della una horca y una como casa de audiencia, en la cual de ordinario había cuatro jueces que juzgaban la ley que puso el dueño del río, de la puente y del señorío, que era en esta forma: "Si alguno pasare por esta puente de una parte a otra, ha de jurar primero adónde y a qué va; y si jurare verdad, déjenle pasar, y si dijere mentira, muera por ello ahorcado en la horca que allí se muestra, sin remisión alguna". Sabida esta ley y la rigurosa condición della, pasaban muchos, y luego en lo que juraban se echaba de ver que decían verdad, y los jueces los dejaban pasar libremente. Sucedió, pues, que tomando juramento a un hombre juró y dijo que para el juramento que hacía, que iba a morir en aquella horca que allí estaba, y no a otra cosa. Repararon los jueces en el juramento y dijeron: "Si a este hombre le dejamos pasar libremente, mintió en su juramento, y conforme a la ley debe morir; y si le ahorcamos, él juró que iba a morir en aquella horca, y, habiendo jurado verdad, por la misma ley debe ser libre". Pídese a vuesa merced, señor gobernador, qué harán los jueces del tal hombre, que aún hasta agora están dudosos y suspensos, y, habiendo tenido noticia del agudo y elevado entendimiento de vuestra merced, me enviaron a mí a que suplicase a vuestra merced de su parte diese su parecer en tan intricado y dudoso caso.

A lo que respondió Sancho:

que de agudo; mas, contudo, repeti-me outra vez o negócio de maneira que eu o entenda: até poderia ser que desse com a malha no fito.

Tornou outra e mais outra vez o perguntante a referir o que primeiro dissera, e Sancho disse:

— A meu parecer, esse negócio o declararei em duas palhetadas, e desta maneira: o tal homem jura que vai para morrer na forca, e se morrer nela, jurou verdade e pela lei posta merece ser livre e passar a ponte; e se não o enforcarem, jurou mentira e pela mesma lei merece que o enforquem.

— Assim é como o senhor governador diz — disse o mensageiro —, e quanto ao inteiro entendimento do caso não há mais que pedir nem que duvidar.

— Pois eu digo agora — replicou Sancho — que deixem passar aquela parte desse homem que jurou verdade, e a que disse mentira a enforquem, e desta maneira se cumprirá ao pé da letra a condição da passagem.

— Então, senhor governador — replicou o perguntador —, será necessário dividir o tal homem em duas partes, uma mentirosa e outra verdadeira; e se ele for dividido, por força há de morrer, e assim não se conseguirá coisa alguma do que a lei pede, quando é de expressa necessidade que se cumpra com ela.

— Vinde cá, senhor bom homem — respondeu Sancho —, esse passante que dizeis, ou eu sou um zote, ou ele tem a mesma razão para morrer que para viver e passar a ponte, pois se a verdade o salva, a mentira o condena; e sendo isto assim, como é, sou de parecer que digais a esses senhores que para mim vos enviaram que, postas em balança e pesando igualmente as razões de o condenar ou absolver, eles o deixem passar livremente, pois sempre é mais louvado o fazer bem que mal. E isto eu o daria assinado com meu

---

— Por cierto que esos señores jueces que a mí os envían lo pudieran haber escusado, porque yo soy un hombre que tengo más de mostrenco que de agudo; pero, con todo eso, repetidme otra vez el negocio de modo que yo le entienda: quizá podría ser que diese en el hito.

Volvió otra y otra vez el preguntante a referir lo que primero había dicho, y Sancho dijo:

— A mi parecer, este negocio en dos paletas le declararé yo, y es así: el tal hombre jura que va a morir en la horca, y si muere en ella, juró verdad y por la ley puesta merece ser libre y que pase la puente; y si no le ahorcan, juró mentira y por la misma ley merece que le ahorquen.

— Así es como el señor gobernador dice — dijo el mensajero —, y cuanto a la entereza y entendimiento del caso, no hay más que pedir ni que dudar.

— Digo yo pues agora — replicó Sancho — que deste hombre aquella parte que juró verdad la dejen pasar, y la que dijo mentira la ahorquen, y desta manera se cumplirá al pie de la letra la condición del pasaje.

— Pues, señor gobernador — replicó el preguntador —, será necesario que el tal hombre se divida en partes, en mentirosa y verdadera; y si se divide, por fuerza ha de morir, y así no se consigue cosa alguna de lo que la ley pide, y es de necesidad espresa que se cumpla con ella.

— Venid acá, señor buen hombre — respondió Sancho —, este pasajero que decís, o yo soy un porro, o él tiene la misma razón para morir que para vivir y pasar la puente, porque si la verdad le salva, la mentira le condena igualmente; y siendo esto así, como lo es, soy de parecer que digáis a esos señores que a mí os enviaron que, pues están en un fil las razones de condenarle o asolverle, que le dejen pasar libremente, pues siempre es alabado

próprio nome, se soubesse assinar, e neste caso não falei de meu tino, mas de um preceito que me veio à memória, entre outros muitos que me deu meu amo D. Quixote a noite antes de eu vir a ser governador desta ínsula, e foi que quando a justiça estivesse em dúvida eu me decantasse e acolhesse à misericórdia, e Deus quis que agora o lembrasse, por cair como luva neste caso.

— Assim é — respondeu o mordomo —, e tenho para mim que o próprio Licurgo, que deu leis aos lacedemônios, não pudera dar melhor sentença que a que o grande Pança deu neste ponto. E com isto se acabe a audiência desta manhã, e eu darei ordem para que o senhor governador coma muito a seu gosto.

— Isso peço, sem engano — disse Sancho. — Que me deem de comer, e chovam casos e dúvidas sobre mim, que eu tudo aparo no ar.

Cumpriu sua palavra o mordomo, parecendo-lhe ser cargo de consciência matar de fome um tão discreto governador, de mais que pensava concluir com ele aquela mesma noite fazendo-lhe a última burla que trazia encomendada.

Sucedeu, pois, que, tendo comido aquele dia contra as regras e aforismos do doutor Tirteafuera, ao levantar da mesa entrou um correio com uma carta de D. Quixote para o governador. Mandou Sancho que o secretário a lesse para si e, como não viesse nela alguma coisa digna de segredo, a lesse em voz alta. Assim fez o secretário, e, depois de a repassar, disse:

— Bem se pode ler em voz alta, pois o que o senhor D. Quixote escreve a vossa mercê merece estar estampado e escrito com letras de ouro, e diz assim:

---

más el hacer bien que mal. Y esto lo diera firmado de mi nombre si supiera firmar, y yo en este caso no he hablado de mío, sino que se me vino a la memoria un precepto, entre otros muchos que me dio mi amo don Quijote la noche antes que viniese a ser gobernador desta ínsula, que fue que cuando la justicia estuviese en duda me decantase y acogiese a la misericordia, y ha querido Dios que agora se me acordase, por venir en este caso como de molde.

— Así es — respondió el mayordomo —, y tengo para mí que el mismo Licurgo, que dio leyes a los lacedemonios, no pudiera dar mejor sentencia que la que el gran Panza ha dado. Y acábese con esto la audiencia desta mañana, y yo daré orden como el señor gobernador coma muy a su gusto.

— Eso pido, y barras derechas — dijo Sancho —: denme de comer, y lluevan casos y dudas sobre mí, que yo las despabilaré en el aire.

Cumplió su palabra el mayordomo, pareciéndole ser cargo de conciencia matar de hambre a tan discreto gobernador, y más, que pensaba concluir con él aquella misma noche haciéndole la burla última que traía en comisión de hacerle.

Sucedió, pues, que habiendo comido aquel día contra las reglas y aforismos del doctor Tirteafuera, al levantar de los manteles entró un correo con una carta de don Quijote para el gobernador. Mandó Sancho al secretario que la leyese para sí, y que si no viniese en ella alguna cosa digna de secreto, la leyese en voz alta. Hízolo así el secretario, y, repasándola primero, dijo:

— Bien se puede leer en voz alta, que lo que el señor don Quijote escribe a vuestra merced merece estar estampado y escrito con letras de oro, y dice así:

CARTA DE D. QUIXOTE DE LA MANCHA
A SANCHO PANÇA,
GOVERNADOR DA ÍNSULA BARATÁRIA

Quando esperava ouvir novas dos teus descuidos e impertinências, Sancho amigo, as ouvi das tuas discrições, dando eu por isso particulares graças ao céu, que do esterco sabe levantar os pobres,[2] e dos tolos fazer discretos. Aqui me dizem que governas como se fosses homem, e que és homem como se fosses besta, segundo é a humildade com que te tratas: e quero que advirtas, Sancho, que muitas vezes convém e é necessário, pela autoridade do ofício, ir contra a humildade do coração, porque o bom adorno da pessoa que está posta em graves cargos há de ser conforme ao que eles pedem, e não à medida do que o inclina sua humilde condição. Trata de vestir bem, pois um poste adornado não parece poste: não digo que uses pendericalhos nem galas, nem que, sendo juiz, te vistas como soldado, mas que te atavies com o hábito que o teu ofício requer, o qual cumpre ser limpo e bem-composto.

Para ganhar a vontade do povo que governas, entre outras hás de fazer duas coisas: uma, ser bem-criado com todos, conselho este que já te dei antes; e a outra, procurar a fartura dos mantimentos, pois não há coisa que mais fatigue o coração dos pobres que a fome e a carestia.

Não faças muitas pragmáticas[3] e, se as fizeres, trata de que sejam boas, e sobretudo que se guardem e cumpram, pois as pragmáticas que não se guardam é como se não existissem, antes dão

---

CARTA DE DON QUIJOTE DE LA MANCHA
A SANCHO PANZA,
GOBERNADOR DE LA ÍNSULA BARATARIA

Cuando esperaba oír nuevas de tus descuidos e impertinencias, Sancho amigo, las oí de tus discreciones, de que di por ello gracias particulares al cielo, el cual del estiércol sabe levantar los pobres, y de los tontos hacer discretos. Dícenme que gobiernas como si fueses hombre, y que eres hombre como si fueses bestia, según es la humildad con que te tratas: y quiero que adviertas, Sancho, que muchas veces conviene y es necesario, por la autoridad del oficio, ir contra la humildad del corazón, porque el buen adorno de la persona que está puesta en graves cargos ha de ser conforme a lo que ellos piden, y no a la medida de lo que su humilde condición le inclina. Vístete bien, que un palo compuesto no parece palo: no digo que traigas dijes ni galas, ni que siendo juez te vistas como soldado, sino que te adornes con el hábito que tu oficio requiere, con tal que sea limpio y bien compuesto.

Para ganar la voluntad del pueblo que gobiernas, entre otras has de hacer dos cosas: la una, ser bien criado con todos, aunque esto ya otra vez te lo he dicho; y la otra, procurar la abundancia de los mantenimientos, que no hay cosa que más fatigue el corazón de los pobres que la hambre y la carestía.

a entender que o príncipe que teve discrição e autoridade para as fazer não teve valor para fazer que se guardassem; e as leis que intimidam e não se executam vêm a ser como o tronco, rei das rãs,[4] que de princípio as espantou, mas com o tempo o menosprezaram e montaram sobre ele.

Sê pai das virtudes e padrasto dos vícios. Não sejas sempre rigoroso nem sempre brando, escolhendo o meio entre esses dois extremos, pois aí está o ponto da discrição. Visita as prisões, os açougues e as feiras, pois a presença do governador em tais lugares é de muita importância: consola os presos, que esperam a brevidade do seu livramento; é terror dos açougueiros, que diante dele acertam os pesos, e espantalho das mercadeiras, pela mesma razão. Não te mostres (ainda que porventura o sejas, o qual não creio) cobiçoso, mulherengo nem glutão; porque em sabendo o povo e os que te tratam da tua determinada inclinação, por ali te darão bateria, até derrubar-te no profundo da perdição.

Mira e remira, passa e repassa os conselhos e documentos que te dei por escrito antes que daqui partisses para o teu governo, e verás como neles encontrarás, se os guardares, uma ajuda de custa que te alivie os trabalhos e dificuldades que a cada passo se oferecem aos governadores. Escreve aos teus senhores e mostra-te agradecido a eles, pois a ingratidão é filha da soberba e um dos maiores pecados que se conhecem, e a pessoa que é agradecida àqueles que bem lhe fazem dá indícios de que também o será a Deus, que tantos bens lhe fez e de contínuo lhe faz.

A senhora duquesa despachou um emissário com a tua rou-

No hagas muchas pragmáticas, y si las hicieres, procura que sean buenas, y sobre todo que se guarden y cumplan, que las pragmáticas que no se guardan lo mismo es que si no lo fuesen, antes dan a entender que el príncipe que tuvo discreción y autoridad para hacerlas no tuvo valor para hacer que se guardasen; y las leyes que atemorizan y no se ejecutan, vienen a ser como la viga, rey de las ranas, que al principio las espantó, y con el tiempo la menospreciaron y se subieron sobre ella.

Sé padre de las virtudes y padrastro de los vicios. No seas siempre riguroso, ni siempre blando, y escoge el medio entre estos dos estremos, que en esto está el punto de la discreción. Visita las cárceles, las carnicerías y las plazas, que la presencia del gobernador en lugares tales es de mucha importancia: consuela a los presos, que esperan la brevedad de su despacho; es coco a los carniceros, que por entonces igualan los pesos, y es espantajo a las placeras, por la misma razón. No te muestres (aunque por ventura lo seas, lo cual yo no creo) codicioso, mujeriego ni glotón; porque en sabiendo el pueblo y los que te tratan tu inclinación determinada, por allí te darán batería, hasta derribarte en el profundo de la perdición.

Mira y remira, pasa y repasa los consejos y documentos que te di por escrito antes que de aquí partieses a tu gobierno, y verás como hallas en ellos, si los guardas, una ayuda de costa que te sobrelleve los trabajos y dificultades que a cada paso a los gobernadores se les ofrecen. Escribe a tus señores y muéstrateles agradecido, que la ingratitud es hija de la soberbia y uno de los mayores

*pa e outro presente para a tua mulher Teresa Pança; ora estamos
à espera da resposta.*

*Eu andei um pouco indisposto por causa de um certo gatea-
mento do meu nariz que me aconteceu não muito a propósito, mas
não foi nada, pois se há encantadores que me maltratem, também
os há que me defendam.*

*Avisa-me se o mordomo que está contigo teve parte nas ações
da Trifraldi, como tu suspeitaste; e de tudo o que te acontecer me
irás dando aviso, já que o caminho é tão curto: quanto mais que
eu penso logo deixar esta vida ociosa em que estou, pois não nasci para ela.*

*Um negócio se me ofereceu, que creio que me há de pôr em
desgraça com estes senhores; mas posto que se me dá muito, não
se me dá nada, pois, enfim, enfim, tenho de cumprir antes com minha profissão do que com seu gosto, conforme ao que se costuma
dizer: "Amicus Plato, sed magis amica veritas".[5] Digo-te este latim porque me dou a entender que desde que és governador o terás aprendido. E a Deus, o qual te guarde de que ninguém tenha
dó de ti.*

Teu amigo

D. Quixote de La Mancha

Ouviu Sancho a carta com muita atenção, e foi celebrada e tida por discreta por todos que a ouviram, e logo Sancho se levantou da mesa e, chamando o secretário, se fechou com ele em sua sala, e sem mais dilação quis responder logo ao seu senhor D. Quixote, dizendo ao secretário que, sem tirar

---

*pecados que se sabe, y la persona que es agradecida a los que bien le han hecho da indicio que tam-
bién lo será a Dios, que tantos bienes le hizo y de contino le hace.*

*La señora duquesa despachó un propio con tu vestido y otro presente a tu mujer Teresa
Panza; por momentos esperamos respuesta.*

*Yo he estado un poco mal dispuesto de un cierto gateamiento que me sucedió no muy a
cuento de mis narices, pero no fue nada, que si hay encantadores que me maltraten, también los
hay que me defiendan.*

*Avísame si el mayordomo que está contigo tuvo que ver en las acciones de la Trifaldi, como
tú sospechaste; y de todo lo que te sucediere me irás dando aviso, pues es tan corto el camino:
cuanto más que yo pienso dejar presto esta vida ociosa en que estoy, pues no nací para ella.*

*Un negocio se me ha ofrecido, que creo que me ha de poner en desgracia destos señores;
pero aunque se me da mucho, no se me da nada, pues, en fin en fin, tengo de cumplir antes con mi
profesión que con su gusto, conforme a lo que suele decirse: "Amicus Plato, sed magis amica
veritas". Dígote este latín porque me doy a entender que después que eres gobernador lo habrás
aprendido. Y a Dios, el cual te guarde de que ninguno te tenga lástima.*

Tu amigo

Don Quijote de la Mancha

nem pôr coisa alguma, fosse escrevendo o que ele lhe dissesse, e assim o fez; e a carta da resposta foi do teor seguinte:

CARTA DE SANCHO PANÇA
A D. QUIXOTE DE LA MANCHA

A ocupação dos meus negócios é tão grande que não tenho lugar para coçar a cabeça nem para cortar as unhas, e assim as trago tão crescidas que só Deus lhes dá remédio. Digo isto, senhor meu da minha alma, por que vossa mercê não se espante se até agora não lhe dei aviso do meu bem ou mal-estar neste governo, no qual padeço mais fome que quando nós dois andávamos por selvas e despovoados.

Dia desses me escreveu o duque meu senhor, dando-me aviso de que tinham entrado nesta ínsula uns certos espiões para me matar, mas até agora não descobri outro senão um certo doutor que está neste lugar assalariado para matar a quantos governadores aqui vierem; chama-se o doutor Pedro Recio e é natural de Tirteafuera: para que vossa mercê veja se não é nome para eu temer morrer por suas mãos! Este tal doutor diz ele mesmo de si mesmo que não cura as doença quando as há, senão que as previne para que não venham; e os medicamentos que ele usa são dieta e mais dieta, até deixar a pessoa nos ossos, como se não fosse maior mal a magreza que o fastio. Enfim, ele me vai matando de fome, e eu me vou morrendo de despeito, pois quando pensei que vinha para este governo a comer quente e beber frio e a recrear o corpo

Oyó Sancho la carta con mucha atención, y fue celebrada y tenida por discreta de los que la oyeron, y luego Sancho se levantó de la mesa y, llamando al secretario, se encerró con él en su estancia, y sin dilatarlo más quiso responder luego a su señor don Quijote y dijo al secretario que, sin añadir ni quitar cosa alguna, fuese escribiendo lo que él le dijese, y así lo hizo; y la carta de la respuesta fue del tenor siguiente:

CARTA DE SANCHO PANZA
A DON QUIJOTE DE LA MANCHA

La ocupación de mis negocios es tan grande, que no tengo lugar para rascarme la cabeza, ni aun para cortarme las uñas, y así las traigo tan crecidas cual Dios lo remedie. Digo esto, señor mío de mi alma, porque vuesa merced no se espante si hasta agora no he dado aviso de mi bien o mal estar en este gobierno, en el cual tengo más hambre que cuando andábamos los dos por las selvas y por los despoblados.

Escribióme el duque mi señor el otro día, dándome aviso que habían entrado en esta ínsula ciertas espías para matarme, y hasta agora yo no he descubierto otra que un cierto doctor que está en este lugar asalariado para matar a cuantos gobernadores aquí vinieren: llámase el doctor Pedro Recio y es natural de Tirteafuera, ¡porque vea vuesa merced qué nombre para no temer que he de morir a sus manos! Este tal doctor dice él mismo de sí mismo que él no cura las enfermeda-

entre lençóis de holanda, sobre colchões de plumas, vim a fazer penitência como se fosse ermitão, e como a não faço de vontade, penso que ao cabo do cabo me há de levar o diabo.

Até agora não tirei proveito nem toquei direitos, e não posso entender como seja isso, porque aqui me disseram que os governadores que a esta ínsula costumam vir, antes de entrarem nela, ou lhes deram, ou lhes emprestaram os moradores muitos dinheiros, e que esta é ordinária usança nos demais que sobem a governos, não somente neste.

Ontem à noite andando de ronda, topei uma muito formosa donzela em trajes de varão e um irmão seu em hábitos de mulher: da moça se enamorou o meu mestre-sala, e a escolheu na imaginação para sua mulher, segundo ele mesmo disse, e eu escolhi o moço para meu genro; hoje os dois iremos a declarar os nossos pensamentos ao pai deles ambos, que é um tal Diego de la Llana, fidalgo e cristão-velho a mais não poder.

Eu tenho visitado as feiras, como vossa mercê me aconselha, e ontem achei uma mercadeira que vendia avelãs novas e dela averiguei que havia misturado com uma fanga de avelãs novas outra de velhas, chochas e podres; doei-as todas para os meninos órfãos, que as saberiam bem distinguir, e a sentenciei a que por quinze dias não entrasse na feira. Disseram que o fiz valorosamente; o que posso dizer a vossa mercê é que é fama neste povoado que não há gente mais ruim que as mercadeiras, porque são todas desavergonhadas, desalmadas e atrevidas, e eu assim o creio, pelas que já tenho visto em outros lugares.

---

des cuando las hay, sino que las previene, para que no vengan; y las medecinas que usa son dieta y más dieta, hasta poner la persona en los huesos mondos, como si no fuese mayor mal la flaqueza que la calentura. Finalmente, él me va matando de hambre y yo me voy muriendo de despecho, pues cuando pensé venir a este gobierno a comer caliente y a beber frío, y a recrear el cuerpo entre sábanas de holanda, sobre colchones de pluma, he venido a hacer penitencia, como si fuera ermitaño, y como no la hago de mi voluntad, pienso que al cabo al cabo me ha de llevar el diablo.

Hasta agora no he tocado derecho ni llevado cohecho, y no puedo pensar en qué va esto, porque aquí me han dicho que los gobernadores que a esta ínsula suelen venir, antes de entrar en ella o les han dado o les han prestado los del pueblo muchos dineros, y que esta es ordinaria usanza en los demás que van a gobiernos, no solamente en este.

Anoche andando de ronda, topé una muy hermosa doncella en traje de varón y un hermano suyo en hábito de mujer: de la moza se enamoró mi maestresala, y la escogió en su imaginación para su mujer, según él ha dicho, y yo escogí al mozo para mi yerno; hoy los dos pondremos en plática nuestros pensamientos con el padre de entrambos, que es un tal Diego de la Llana, hidalgo y cristiano viejo cuanto se quiere.

Yo visito las plazas, como vuestra merced me lo aconseja, y ayer hallé una tendera que vendía avellanas nuevas, y averigüéle que había mezclado con una hanega de avellanas nuevas otra de viejas, vanas y podridas; apliquélas todas para los niños de la doctrina, que las sabrían bien distin-

De que a minha senhora a duquesa tenha escrito para a minha mulher Teresa Pança e enviado a ela o presente que vossa mercê diz estou muito satisfeito, e procurarei mostrar-me agradecido no tempo certo: beije-lhe vossa mercê as mãos da minha parte, dizendo que eu digo que o não deitou em saco roto, como logo o há de ver.

Não quisera que vossa mercê entrasse em desavenças de desgosto com esses meus senhores, porque se vossa mercê ficar mal com eles, claro está que isso há de redundar em meu dano, e não será bem que, tendo-me dado por conselho que seja agradecido, vossa mercê o não seja com quem tantas mercês lhe tem feito e com tanto regalo o tem tratado no seu castelo.

Aquilo do gateado eu não entendo, mas imagino que deve de ser algum dos malfeitos que com vossa mercê costumam usar os maus encantadores; logo o hei de saber quando nos virmos.

Queria enviar alguma coisa a vossa mercê, mas não sei o que lhe envie, a não ser alguns canudos para gaitas que fazem nesta ínsula muito curiosos; mas se o cargo me durar, eu buscarei alguma coisa para lhe enviar, seja da feição que for, por cima ou por baixo da capa.

Se minha mulher Teresa Pança me escrever, pague vossa mercê o porte e envie-me a carta, pois tenho grandíssimo desejo de saber do estado da minha casa, da minha mulher e dos meus filhos. E, com isto, Deus livre a vossa mercê de mal-intencionados encantadores e a mim me tire melhorado e em paz deste governo, coisa que

---

guir, y sentenciéla que por quince días no entrase en la plaza. Hanme dicho que lo hice valerosamente; lo que sé decir a vuestra merced es que es fama en este pueblo que no hay gente más mala que las placeras, porque todas son desvergonzadas, desalmadas y atrevidas, y yo así lo creo, por las que he visto en otros pueblos.

De que mi señora la duquesa haya escrito a mi mujer Teresa Panza y enviádole el presente que vuestra merced dice, estoy muy satisfecho, y procuraré de mostrarme agradecido a su tiempo: bésele vuestra merced las manos de mi parte, diciendo que digo yo que no lo ha echado en saco roto, como lo verá por la obra.

No querría que vuestra merced tuviese trabacuentas de disgusto con esos mis señores, porque si vuestra merced se enoja con ellos, claro está que ha de redundar en mi daño, y no será bien que pues se me da a mí por consejo que sea agradecido, que vuestra merced no lo sea con quien tantas mercedes le tiene hechas y con tanto regalo ha sido tratado en su castillo.

Aquello del gateado no entiendo, pero imagino que debe de ser alguna de las malas fechorías que con vuestra merced suelen usar los malos encantadores; yo lo sabré cuando nos veamos.

Quisiera enviarle a vuestra merced alguna cosa, pero no sé qué envíe, si no es algunos cañutos de jeringas que para con vejigas los hacen en esta ínsula muy curiosos; aunque si me dura el oficio, yo buscaré qué enviar, de haldas o de mangas.

Si me escribiere mi mujer Teresa Panza, pague vuestra merced el porte y envíeme la carta,

eu duvido, pois levo jeito de o deixar com a vida, segundo me trata o doutor Pedro Recio.

Criado de vossa mercê,

Sancho Pança o Governador

Fechou a carta o secretário e a despachou em seguida pelo correio; e juntando-se os burladores de Sancho, concertaram entre si como o despachar do governo; e aquela tarde Sancho a passou fazendo algumas ordenanças tocantes ao bom governo daquela que ele imaginava ser ínsula, e ordenou que não houvesse regatões de mantimentos na república e que pudessem entrar nela vinho trazido de onde quisessem, contanto que declarassem o lugar de onde era, para lhe pôr o preço segundo sua estimação, bondade e fama, e quem o aguasse ou lhe trocasse o nome perdesse a vida por isso.

Moderou o preço de todo calçado, principalmente o dos sapatos, por lhe parecer que corria com exorbitância; regulou o salário dos criados, que andavam a rédea solta pelo caminho do interesse; pôs gravíssimas penas aos que cantassem cantares lascivos e indecentes, nem de noite nem de dia; ordenou que nenhum cego cantasse milagre em coplas se não trouxesse testemunho autêntico de ser verdadeiro, por lhe parecer que os mais que os cegos cantam são fingidos, em prejuízo dos verdadeiros.

Fez e criou um meirinho de pobres, não para que os perseguisse, mas para que os examinasse se o eram, porque à sombra do aleijão fingido e da chaga falsa andam os braços ladrões e a saúde bêbada. Em suma, ele ordenou coisas tão boas, que até hoje se guardam naquele lugar, com o nome de "As constituições do grande governador Sancho Pança".

---

que tengo grandísimo deseo de saber del estado de mi casa, de mi mujer y de mis hijos. Y, con esto, Dios libre a vuestra merced de malintencionados encantadores y a mí me saque con bien y en paz deste gobierno, que lo dudo, porque le pienso dejar con la vida, según me trata el doctor Pedro Recio.

Criado de vuestra merced,

Sancho Panza el Gobernador

Cerró la carta el secretario y despachó luego al correo; y juntándose los burladores de Sancho, dieron orden entre sí cómo despacharle del gobierno; y aquella tarde la pasó Sancho en hacer algunas ordenanzas tocantes al buen gobierno de la que él imaginaba ser ínsula, y ordenó que no hubiese regatones de los bastimentos en la república, y que pudiesen meter en ella vino de las partes que quisiesen, con aditamento que declarasen el lugar de donde era, para ponerle el precio según su estimación, bondad y fama, y el que lo aguase o le mudase el nombre perdiese la vida por ello.

Moderó el precio de todo calzado, principalmente el de los zapatos, por parecerle que corría con exorbitancia; puso tasa en los salarios de los criados, que caminaban a rienda suelta por el camino del interese; puso gravísimas penas a los que cantasen cantares lascivos y descompuestos, ni de noche ni de día; ordenó que ningún ciego cantase milagro en coplas si no trujese testimonio auténtico de ser verdadero, por parecerle que los más que los ciegos cantan son fingidos, en perjuicio de los verdaderos.

NOTAS

[1] ... fruta cristalizada, água fria: o desjejum mais popular entre os espanhóis da época consistia numa dose de aguardente e umas lascas de *letuario* (casca de laranja glaçada com mel). Aqui o "doutor" tratou de substituir o álcool por uma bebida luxuosa em moda entre os ricos e apreciada por suas supostas propriedades medicinais: a água esfriada com neve.

[2] ... do esterco sabe levantar os pobres: frase bíblica (Samuel, 2, 8; Salmos, 112, 7) revestida de valor proverbial.

[3] Pragmáticas: éditos ou decretos não integrados ao corpo do direito real, geralmente visando conter abusos.

[4] Rei das rãs: alusão à fábula de Esopo "As rãs em busca de rei", recriada por Fedro.

[5] "*Amicus Plato, sed magis amica veritas*": literalmente, "amigo Platão, porém mais amiga a verdade"; recriação do grego "amigo Sócrates, amigo Platão, mas mais amiga a razão".

Hizo y creó un alguacil de pobres, no para que los persiguiese, sino para que los examinase si lo eran, porque a la sombra de la manquedad fingida y de la llaga falsa andan los brazos ladrones y la salud borracha. En resolución, él ordenó cosas tan buenas, que hasta hoy se guardan en aquel lugar, y se nombran "Las constituciones del gran gobernador Sancho Panza".

CAPÍTULO LII

*ONDE SE CONTA A AVENTURA
DA SEGUNDA DUENHA DOLORIDA, OU ANGUSTIADA,
POR OUTRO NOME CHAMADA Dª RODRÍGUEZ*

Conta Cide Hamete que, estando D. Quixote já curado dos seus arranhões, lhe pareceu que a vida que naquele castelo tinha contrariava toda a ordem de cavalaria que professava, e assim determinou de pedir licença aos duques para partir a Saragoça, cujas festas já chegavam perto, onde pensava ganhar o arnês que nas tais festas se conquista.

E estando um dia à mesa com os duques e começando a pôr em obra sua intenção e a pedir a licença, eis que a desoras vemos entrar pela porta da grande sala duas mulheres (como depois se deu a conhecer) cobertas de luto dos pés à cabeça; e uma delas, chegando-se a D. Quixote, se deitou e estirou aos pés dele, cosida a boca aos pés de D. Quixote, dando uns gemidos tão tristes, tão profundos e tão dolorosos, que deixou confusos a todos os que a ouviam e olhavam. E posto que os duques pensassem ser alguma burla que os seus criados queriam fazer a D. Quixote, vendo o afinco com que a mulher suspirava, gemia e chorava, ficaram eles duvidosos e suspensos, até que D. Quixote, compassivo, a levantou do chão e fez que se descobrisse e tirasse o manto de sobre a face chorosa.

CAPÍTULO LII

*DONDE SE CUENTA LA AVENTURA
DE LA SEGUNDA DUEÑA DOLORIDA, O ANGUSTIADA,
LLAMADA POR OTRO NOMBRE DOÑA RODRÍGUEZ*

Cuenta Cide Hamete que estando ya don Quijote sano de sus aruños, le pareció que la vida que en aquel castillo tenía era contra toda la orden de caballería que profesaba, y así determinó de pedir licencia a los duques para partirse a Zaragoza, cuyas fiestas llegaban cerca, adonde pensaba ganar el arnés que en las tales fiestas se conquista.

Y estando un día a la mesa con los duques y comenzando a poner en obra su intención y pedir la licencia, veis aquí a deshora entrar por la puerta de la gran sala dos mujeres (como después pareció) cubiertas de luto de los pies a la cabeza; y la una dellas, llegándose a don Quijote, se le echó a los pies tendida de largo a largo, la boca cosida con los pies de don Quijote, y daba unos gemidos tan tristes, tan profundos y tan dolorosos, que puso en confusión a todos los que la oían y miraban. Y aunque los duques pensaron que sería alguna burla que sus

Ela assim fez e mostrou ser quem jamais se pensaria, porque descobriu o rosto de Dª Rodríguez, a duenha da casa, e a outra enlutada era sua filha, a enganada pelo filho do lavrador rico. Admiraram-se todos aqueles que a conheciam, e mais que ninguém os duques, pois por mais cândida e boba que a julgassem, não cuidavam que chegasse ao ponto de fazer loucuras. Finalmente, Dª Rodríguez, virando-se para os senhores, lhes disse:

— Vossas excelências sejam servidos de me dar licença para falar um pouco com este cavaleiro, pois assim convém para sair melhorada do negócio em que me pôs o atrevimento de um mal-intencionado vilão.

O duque disse que lha dava e que podia falar com o senhor D. Quixote quanto desejasse. Ela, dirigindo a voz e o rosto para D. Quixote, disse:

— Dias há, valoroso cavaleiro, que vos tenho dada conta da sem-razão e aleivosia que um ruim lavrador fez à minha mui querida e amada filha, que é esta desditosa aqui presente, e vós me prometestes de tomar sua defesa, endireitando o torto que lhe têm feito, e agora chegou à minha notícia que vos quereis partir deste castelo, em busca das boas venturas que Deus vos deparar; e assim quisera que antes que escapulísseis por esses caminhos desafiásseis esse rústico indômito e o fizésseis casar com minha filha, em cumprimento da palavra que lhe deu de ser seu esposo antes e primeiro que com ela folgasse: porque pensar que o duque meu senhor me há de fazer justiça é como pedir figos à ameixeira, pela ocasião que já a vossa mercê em puridade declarei. E com isto Nosso Senhor dê a vossa mercê muita saúde, e a nós outras não nos desampare.

A cujas razões respondeu D. Quixote, com muita gravidade e prosápia:

— Boa duenha, mitigai as vossas lágrimas ou, para melhor dizer, enxugai-as e poupai os vossos suspiros, pois eu tomo a meu cargo o remédio da

---

criados querían hacer a don Quijote, todavía, viendo con el ahínco que la mujer suspiraba, gemía y lloraba, los tuvo dudosos y suspensos, hasta que don Quijote, compasivo, la levantó del suelo y hizo que se descubriese y quitase el manto de sobre la faz llorosa.

Ella lo hizo así y mostró ser lo que jamás se pudiera pensar, porque descubrió el rostro de doña Rodríguez, la dueña de casa, y la otra enlutada era su hija, la burlada del hijo del labrador rico. Admiráronse todos aquellos que la conocían, y más los duques que ninguno, que, puesto que la tenían por boba y de buena pasta, no por tanto que viniese a hacer locuras. Finalmente, doña Rodríguez, volviéndose a los señores, les dijo:

— Vuesas excelencias sean servidos de darme licencia que yo departa un poco con este caballero, porque así conviene para salir con bien del negocio en que me ha puesto el atrevimiento de un malintencionado villano.

El duque dijo que él se la daba, y que departiese con el señor don Quijote cuanto le viniese en deseo. Ella, enderezando la voz y el rostro a don Quijote, dijo:

— Días ha, valeroso caballero, que os tengo dada cuenta de la sinrazón y alevosía que un mal labrador tiene fecha a mi muy querida y amada fija, que es esta desdichada que aquí está presente, y vos me habedes prometido de volver por ella, enderezándole el tuerto que le tienen fecho, y agora ha llegado a mi noticia que os queredes partir deste castillo, en busca de las buenas venturas que Dios os depare; y así querría que antes que os escurriésedes por esos caminos desafiásedes a este rústico indómito y le hiciésedes que se casase con mi hija, en cumplimiento de la palabra que le dio de ser su esposo antes y primero que yogase con ella: porque pensar que el

vossa filha, à qual fora melhor não ter sido tão fácil em crer promessas de namorados, as quais pela maior parte são ligeiras de prometer e muito pesadas de cumprir; e assim, com licença do duque meu senhor, eu logo partirei em busca desse desalmado mancebo, e o acharei e desafiarei, e o matarei se acaso se esquivar de cumprir a prometida palavra. Pois o principal cometimento da minha profissão é perdoar os humildes e castigar os soberbos, quero dizer, acorrer aos miseráveis e destruir os despiedosos.

— Não é mister — respondeu o duque — que vossa mercê se dê ao trabalho de procurar o rústico do qual esta boa duenha se queixa, nem tampouco é mister que vossa mercê me peça licença para o desafiar, pois eu já o dou por desafiado e tomo a meu cargo o fazer-lhe saber deste desafio e que o aceite e venha a responder por si neste meu castelo, onde a ambos os dois darei campo seguro, guardando todas as condições que em tais atos se costumam e devem guardar, guardando igualmente a justiça a cada um, como estão obrigados a guardá-la todos aqueles príncipes que dão campo franco aos que se combatem dentro dos seus senhorios.

— Com tal caução e com a boa licença de vossa grandeza — replicou D. Quixote —, desde agora digo que por uma vez renuncio à minha fidalguia e me abaixo e ajusto à baixeza do danador e me faço igual com ele, habilitando-o a poder combater comigo; e assim, se bem ausente, eu o desafio e repto em razão do mal que ele fez em enganar esta pobre que foi donzela e já por culpa dele o não é, e que há de cumprir a palavra que lhe deu de ser seu legítimo esposo ou morrer na demanda.

E em seguida, descalçando uma luva, atirou-a no meio da sala, e o duque a levantou dizendo que, como já dissera, ele aceitava o tal desafio em nome do seu vassalo e sinalava o prazo dali a seis dias, e o campo, na praça

---

duque mi señor me ha de hacer justicia es pedir peras al olmo, por la ocasión que ya a vuesa merced en puridad tengo declarada. Y con esto Nuestro Señor dé a vuesa merced mucha salud, y a nosotras no nos desampare.

A cuyas razones respondió don Quijote, con mucha gravedad y prosopopeya:

— Buena dueña, templad vuestras lágrimas o, por mejor decir, enjugadlas y ahorrad de vuestros suspiros, que yo tomo a mi cargo el remedio de vuestra hija, a la cual le hubiera estado mejor en haber sido tan fácil en creer promesas de enamorados, las cuales por la mayor parte son ligeras de prometer y muy pesadas de cumplir; y así, con licencia del duque mi señor, yo me partiré luego en busca dese desalmado mancebo, y le hallaré y le desafiaré y le mataré cada y cuando que se escusare de cumplir la prometida palabra. Que el principal asumpto de mi profesión es perdonar a los humildes y castigar a los soberbios, quiero decir, acorrer a los miserables y destruir a los rigurosos.

— No es menester — respondió el duque — que vuesa merced se ponga en trabajo de buscar al rústico de quien esta buena dueña se queja, ni es menester tampoco que vuesa merced me pida a mí licencia para desafiarle, que yo le doy por desafiado y tomo a mi cargo de hacerle saber este desafío y que le acete y venga a responder por sí a este mi castillo, donde a entrambos daré campo seguro, guardando todas las condiciones que en tales actos suelen y deben guardarse, guardando igualmente su justicia a cada uno, como están obligados a guardarla todos aquellos príncipes que dan campo franco a los que se combaten en los términos de sus señoríos.

— Pues con ese seguro, y con buena licencia de vuestra grandeza — replicó don Quijote —, desde aquí digo que por esta vez renuncio mi hidalguía y me allano y ajusto con la llaneza del dañador y me hago igual con

daquele castelo, e as armas, as acostumadas dos cavaleiros: lança, escudo e arnês trançado,[1] mais todas as demais peças, sem engano, fraude nem superstição alguma, examinadas e vistas pelos juízes do campo.

— Mas sobre todas coisas é mister que esta boa duenha e esta má donzela ponham o direito da sua justiça nas mãos do senhor D. Quixote, pois de outra maneira não se fará nada, nem se dará a devida execução a tal desafio.

— Eu ponho, sim — respondeu a duenha.

— E eu também — acrescentou a filha, toda chorosa e toda vergonhosa e constrangida.

Tomado esse preito, e tendo o duque imaginado o que havia de fazer no caso, as enlutadas se foram, e ordenou a duquesa que dali em diante elas não fossem tratadas como suas criadas, mas como senhoras aventureiras[2] vindas à sua casa para pedir justiça; e assim lhes deram aposento à parte e as serviram como a forasteiras, não sem espanto das demais criadas, que não sabiam em que havia de parar a sandice e desenvoltura de Dª Rodríguez e de sua mal-andante filha.

Estando nisso, para acabar de regozijar a festa e dar bom fim à refeição, eis que vemos entrar na sala o pajem que levara as cartas e presentes a Teresa Pança, mulher do governador Sancho Pança, de cuja chegada receberam os duques grande contentamento, desejosos de saber o que lhe sucedera em sua viagem, e perguntando-lho respondeu o pajem que o não podia dizer tão em público nem com breves palavras, que suas excelências fossem servidos de o deixar para quando estivessem a sós, e que entretanto se entretivessem com aquelas cartas; e tirando duas cartas as pôs em mãos da duquesa. Uma delas dizia no sobrescrito: "Carta para minha senhora a duque-

---

él, habilitándole para poder combatir conmigo; y así, aunque ausente, le desafío y repto, en razón de que hizo mal en defraudar a esta pobre que fue doncella y ya por su culpa no lo es, y que le ha de cumplir la palabra que le dio de ser su legítimo esposo o morir en la demanda.

Y luego, descalzándose un guante, le arrojó en mitad de la sala, y el duque le alzó diciendo que, como ya había dicho, él acetaba el tal desafío en nombre de su vasallo y señalaba el plazo de allí a seis días, y el campo, en la plaza de aquel castillo, y las armas, las acostumbradas de los caballeros: lanza y escudo, y arnés tranzado, con todas las demás piezas, sin engaño, superchería o superstición alguna, examinadas y vistas por los jueces del campo.

— Pero ante todas cosas es menester que esta buena dueña y esta mala doncella pongan el derecho de su justicia en manos del señor don Quijote, que de otra manera no se hará nada, ni llegará a la debida ejecución el tal desafío.

— Yo sí pongo — respondió la dueña.

— Y yo también — añadió la hija, toda llorosa y toda vergonzosa y de mal talante.

Tomado pues este apuntamiento, y habiendo imaginado el duque lo que había de hacer en el caso, las enlutadas se fueron, y ordenó la duquesa que de allí adelante no las tratasen como a sus criadas, sino como a señoras aventureras que venían a pedir justicia a su casa; y así les dieron cuarto aparte y las sirvieron como a forasteras, no sin espanto de las demás criadas, que no sabían en qué había de parar la sandez y desenvoltura de doña Rodríguez y de su malandante hija.

sa tal de não sei onde"; e a outra: "Para meu marido Sancho Pança, governador da ínsula Baratária, que Deus prospere mais anos que a mim". Mordia-se a duquesa, como se costuma dizer, de curiosidade por ler sua carta; e depois de a abrir e ler para si, vendo que a podia ler em voz alta para que o duque e os circunstantes a ouvissem, leu desta maneira:

CARTA DE TERESA PANÇA À DUQUESA

Muito contentamento me deu, senhora minha, a carta que vossa grandeza me escreveu, pois em verdade que bem a estava desejando. O ramal de corais é muito bom, e a roupa de caça do meu marido não lhe fica atrás. A notícia de que vossa senhoria fez meu consorte Sancho governador deu muito gosto a todo este lugar, ainda que ninguém creia ser verdade, principalmente o padre e mestre Nicolás, o barbeiro, e Sansón Carrasco, o bacharel; mas a mim não se me dá uma mínima, pois como isso seja assim, como é, pode cada um falar o que quiser: bem que, se se vai dizer verdade, se não tivesse recebido os corais e a roupa eu também duvidaria, porque nesta aldeia todos têm o meu marido por um zote que, tirante o governar um fato de cabras, não podem imaginar para que governo ele possa ser bom. Que Deus tudo faça e encaminhe como vê que hão mister os seus filhos.

Eu, senhora da minha alma, estou determinada, com licença de vossa mercê, a meter esse bom dia na minha casa,[3] indo para a corte a me estirar num coche, e quebrar o olho grande aos mil invejosos que já tenho; e assim suplico a vossa excelência mande o

---

Estando en esto, para acabar de regocijar la fiesta y dar buen fin a la comida, veis aquí donde entró por la sala el paje que llevó las cartas y presentes a Teresa Panza, mujer del gobernador Sancho Panza, de cuya llegada recibieron gran contento los duques, deseosos de saber lo que le había sucedido en su viaje, y preguntándoselo respondió el paje que no lo podía decir tan en público ni con breves palabras, que sus excelencias fuesen servidos de dejarlo para a solas y que entre tanto se entretuviesen con aquellas cartas; y sacando dos cartas las puso en manos de la duquesa. La una decía en el sobre escrito: "Carta para mi señora la duquesa tal de no sé dónde"; y la otra: "A mi marido Sancho Panza, gobernador de la ínsula Barataria, que Dios prospere más años que a mí". No se le cocía el pan, como suele decirse, a la duquesa hasta leer su carta; y abriéndola y leído para sí, y viendo que la podía leer en voz alta para que el duque y los circunstantes la oyesen, leyó desta manera:

CARTA DE TERESA PANZA A LA DUQUESA

Mucho contento me dio, señora mía, la carta que vuesa grandeza me escribió, que en verdad que la tenía bien deseada. La sarta de corales es muy buena, y el vestido de caza de mi marido no le va en zaga. De que vuestra señoría haya hecho gobernador a Sancho mi consorte ha recebido mucho gusto todo este lugar, puesto que no hay quien lo crea, principalmente el cura y mase Nicolás el barbero y Sansón Carrasco el bachiller; pero a mí no se me da nada, que como ello sea así, como lo es, diga cada uno lo que quisiere: aunque, si va a decir verdad, a no venir los corales y el

613

meu marido me enviar algum dinheirinho, que seja mais que cobres trocados, porque na corte o gasto é muito: lá o pão vale a real, e a carne, a trinta maravedis a libra, que é um abuso; e se ele quiser que eu não vá, que me avise com tempo, porque estou com meus pés bulindo para me pôr em caminho, e já as minhas amigas e vizinhas dizem que, se eu e a minha filha andarmos faceiras e pomposas na corte, mais virá o meu marido a ser conhecido por mim do que eu por ele, sendo forçoso que muitos perguntem: "Quem são estas senhoras neste coche?", e um criado meu responder: "A mulher e a filha de Sancho Pança, governador da ínsula Baratária", e desta maneira será conhecido Sancho, e eu serei estimada, e todos medrados.

Pesa-me com todo o pesar que este ano não se tenham colhido bolotas neste lugar; ainda assim envio a vossa alteza perto de meio celamim, que eu mesma fui colher e escolher no mato uma por uma, e não as achei mais maiores, quando eu quisera que fossem como ovos de avestruz.

Não se esqueça a vossa pomposidade de me escrever, que eu terei cuidado da resposta, avisando da minha saúde e de tudo o que houver a avisar deste lugar, onde fico rogando a Nosso Senhor guarde a vossa grandeza, e de mim não se esqueça. Sancha minha filha e meu filho beijam a vossa mercê as mãos.

Sua criada, que mais desejo tem de ver vossa senhoria que de lhe escrever,

Teresa Pança

---

vestido tampoco yo lo creyera, porque en este pueblo todos tienen a mi marido por un porro, y que, sacado de gobernar un hato de cabras, no pueden imaginar para qué gobierno pueda ser bueno. Dios lo haga y lo encamine como vee que lo han menester sus hijos.

Yo, señora de mi alma, estoy determinada, con licencia de vuesa merced, de meter este buen día en mi casa, yéndome a la corte a tenderme en un coche, para quebrar los ojos a mil envidiosos que ya tengo; y así suplico a vuesa excelencia mande a mi marido me envíe algún dinerillo, y que sea algo qué, porque en la corte son los gastos grandes: que el pan vale a real, y la carne, la libra a treinta maravedís, que es un juicio; y si quisiere que no vaya, que me lo avise con tiempo, porque me están bullendo los pies por ponerme en camino, que me dicen mis amigas y mis vecinas que si yo y mi hija andamos orondas y pomposas en la corte, vendrá a ser conocido mi marido por mí más que yo por él, siendo forzoso que pregunten muchos: "¿Quién son estas señoras deste coche?", y un criado mío responder: "La mujer y la hija de Sancho Panza, gobernador de la ínsula Barataria", y desta manera será conocido Sancho, y yo seré estimada, y a Roma por todo.

Pésame cuanto pesarme puede que este año no se han cogido bellotas en este pueblo; con todo eso, envío a vuesa alteza hasta medio celemín, que una a una las fui yo a coger y a escoger al monte, y no las hallé más mayores: yo quisiera que fueran como huevos de avestruz.

No se le olvide a vuestra pomposidad de escribirme, que yo tendré cuidado de la respuesta, avisando de mi salud y de todo lo que hubiere que avisar deste lugar, donde quedo rogando a

Grande foi o gosto que todos receberam de ouvir a carta de Teresa Pança, principalmente os duques, e a duquesa pediu parecer a D. Quixote se seria bem abrir a carta para o governador, que imaginava devia de ser boníssima. D. Quixote disse que ele a abriria para lhe dar gosto, e assim o fez e viu que dizia desta maneira:

CARTA DE TERESA PANÇA
A SANCHO PANÇA SEU MARIDO

Tua carta recebi, Sancho meu da minha alma, e eu te prometo e te juro como católica cristã que me faltou menos que um triz para ficar louca de contentamento. Olha, irmão: quando eu ouvi que és governador, pensei que ali mesmo cairia morta de puro gosto, pois já sabes que dizem que tanto mata a alegria súbita como a dor grande. Sanchica tua filha se desaguou sem sentir, de puro contentamento. A roupa que me enviaste eu tinha diante, e os corais que me enviou minha senhora a duquesa no pescoço, e as cartas nas mãos, e o portador delas lá presente, mas com tudo isso eu ainda acreditava e pensava que era tudo sonho o que via e o que tocava, pois quem podia pensar que um pastor de cabras havia de vir a ser governador de ínsulas? Como tu sabes, amigo, a minha mãe dizia que era mister viver muito para ver muito; digo isso porque penso mais ver se mais viver, pois não penso parar até te ver arrendador ou alcavaleiro, ofícios que, se o diabo leva a quem mal os usa, enfim, enfim, sempre têm e manejam dinheiros. Minha senhora a duquesa já te dirá o desejo que tenho de ir à corte: cui-

---

Nuestro Señor guarde a vuestra grandeza, y a mí no olvide. Sancha mi hija y mi hijo besan a vuestra merced las manos.
   La que tiene más deseo de ver a vuestra señoría que de escribirla, su criada
Teresa Panza

Grande fue el gusto que todos recibieron de oír la carta de Teresa Panza, principalmente los duques, y la duquesa pidió parecer a don Quijote si sería bien abrir la carta que venía para el gobernador, que imaginaba debía de ser bonísima. Don Quijote dijo que él la abriría por darles gusto, y así lo hizo y vio que decía desta manera:

CARTA DE TERESA PANZA A SANCHO PANZA SU MARIDO

Tu carta recibí, Sancho mío de mi alma, y yo te prometo y juro como católica cristiana que no faltaron dos dedos para volverme loca de contento. Mira, hermano: cuando yo llegué a oír que eres gobernador, me pensé allí caer muerta de puro gozo, que ya sabes tú que dicen que así mata la alegría súbita como el dolor grande. A Sanchica tu hija se le fueron las aguas sin sentirlo de puro contento. El vestido que me enviaste tenía delante, y los corales que me envió mi señora la duquesa al cuello, y las cartas en las manos, y el portador dellas allí presente, y, con todo eso, creía y pensaba que era todo sueño lo que veía y lo que tocaba, porque ¿quién podía pensar que un pas-

615

da nisso e avisa-me do teu gosto, que eu lá te procurarei honrar andando em coche.

O padre, o barbeiro, o bacharel e até o sacristão não podem crer que és governador e dizem que é tudo engodo ou coisa de encantamento, como são todas as de D. Quixote teu amo; e diz Sansón que te há de procurar para tirar-te o governo da cabeça, e a D. Quixote a loucura do casco. Eu não faço senão rir e olhar o meu ramal e imaginar a roupa que hei de fazer da tua para a nossa filha.

Umas bolotas enviei a minha senhora a duquesa, que eu quisera que fossem de ouro. Envia-me tu alguns ramais de pérolas, se é que se usam nessa ínsula.

As novas daqui são que a Berrueca casou a filha com um pintor de mão ruim que veio a este lugar para pintar o que saísse; mandou-lhe a vereação pintar as armas de Sua Majestade sobre as portas do Conselho, pediu ele dois ducados, que lhe pagaram adiantados, trabalhou oito dias, ao cabo dos quais não pintou nada e disse que não acertava a pintar tamanha tralha; tornou o dinheiro, mas ainda assim se casou a título de bom oficial: verdade é que já largou o pincel e tomou da enxada, e vai ao campo como gentil-homem. O filho de Pedro de Lobo se ordenou de graus e coroa,[4] com intenção de se fazer clérigo; soube do caso Minguita, a neta de Mingo Silbato, e lhe pôs demanda de que lhe tem dada a palavra de casamento; dizem as más línguas que ela está prenhe dele, mas ele o nega de pés juntos.

Ogano não temos azeitonas, nem se acha uma gota de vinagre em todo este povoado. Por aqui passou uma companhia de

---

tor de cabras había de venir a ser gobernador de ínsulas? Ya sabes tú, amigo, que decía mi madre que era menester vivir mucho para ver mucho: dígolo porque pienso ver más si vivo más, porque no pienso parar hasta verte arrendador o alcabalero, que son oficios que aunque lleva el diablo a quien mal los usa, en fin en fin, siempre tienen y manejan dineros. Mi señora la duquesa te dirá el deseo que tengo de ir a la corte: mírate en ello y avísame de tu gusto, que yo procuraré honrarte en ella andando en coche.

El cura, el barbero, el bachiller y aun el sacristán no pueden creer que eres gobernador y dicen que todo es embeleco o cosas de encantamento, como son todas las de don Quijote tu amo; y dice Sansón que ha de ir a buscarte y a sacarte el gobierno de la cabeza, y a don Quijote, la locura de los cascos. Yo no hago sino reírme y mirar mi sarta y dar traza del vestido que tengo de hacer del tuyo a nuestra hija.

Unas bellotas envié a mi señora la duquesa: yo quisiera que fueran de oro. Envíame tú algunas sartas de perlas, si se usan en esa ínsula.

Las nuevas deste lugar son que la Berrueca casó a su hija con un pintor de mala mano que llegó a este pueblo a pintar lo que saliese; mandóle el Concejo pintar las armas de Su Majestad sobre las puertas del Ayuntamiento, pidió dos ducados, diéronselos adelantados, trabajó ocho días, al cabo de los cuales no pintó nada y dijo que no acertaba a pintar tantas baratijas; volvió el dinero, y, con todo eso, se casó a título de buen oficial: verdad es que ya ha dejado el pincel y tomado el

soldados, que levaram de caminho três moças do lugar; não te quero dizer quem são elas, pois talvez voltem e não faltará quem as tome por mulheres, com suas tachas boas ou más.

Sanchica anda fazendo lavores de renda; ganha a cada dia oito maravedis limpos, que os vai pondo num mealheiro para ajudar com seu enxoval, mas agora que é filha de um governador, tu lhe darás o dote sem que ela o trabalhe. O chafariz da praça secou, um raio caiu na picota, e tanto se me dá como se me deu.

Espero resposta desta, e a resolução da minha ida à corte; e com isto Deus te guarde mais anos que a mim, ou tantos, porque não te quisera deixar neste mundo sem mim.

Tua mulher

Teresa Pança

As cartas foram solenizadas, ridas, estimadas e admiradas; e para acabar de pôr o selo chegou o correio trazendo a que Sancho enviava a D. Quixote, que também foi lida publicamente, a qual pôs em dúvida a sandice do governador.

Apartou-se a duquesa com o pajem para dele saber o que lhe sucedera na aldeia de Sancho, contando ele tudo muito por extenso, sem deixar circunstância por referir; entregou-lhe as bolotas, e mais um queijo que Teresa lhe deu, por ser muito bom, que avantajava os de Tronchón;[5] recebeu-o a duquesa com grandíssimo gosto, com o qual a deixamos para contar o fim que teve o governo do grande Sancho Pança, flor e espelho de todos os insulanos governadores.

---

azada, y va al campo como gentilhombre. El hijo de Pedro de Lobo se ha ordenado de grados y corona, con intención de hacerse clérigo; súpolo Minguilla, la nieta de Mingo Silbato, y hale puesto demanda de que la tiene dada palabra de casamiento; malas lenguas quieren decir que ha estado encinta dél, pero él lo niega a pies juntillas.

Hogaño no hay aceitunas, ni se halla una gota de vinagre en todo este pueblo. Por aquí pasó una compañía de soldados: lleváronse de camino tres mozas deste pueblo; no te quiero decir quién son: quizá volverán y no faltará quien las tome por mujeres, con sus tachas buenas o malas.

Sanchica hace puntas de randas; gana cada día ocho maravedís horros, que los va echando en una alcancía para ayuda a su ajuar, pero ahora que es hija de un gobernador, tú le darás la dote sin que ella lo trabaje. La fuente de la plaza se secó, un rayo cayó en la picota, y allí me las den todas.

Espero respuesta desta, y la resolución de mi ida a la corte; y con esto Dios te me guarde más años que a mí, o tantos, porque no querría dejarte sin mí en este mundo.

Tu mujer

Teresa Panza

Las cartas fueron solenizadas, reídas, estimadas y admiradas; y para acabar de echar el sello llegó el correo que traía la que Sancho enviaba a don Quijote, que asimesmo se leyó públicamente, la cual puso en duda la sandez del gobernador.

Notas

[1] Arnês trançado: armadura composta de várias peças articuladas.

[2] Senhoras aventureiras: o adjetivo é ambivalente, pois tanto podia qualificar a pessoa intro-metida, como aquela entregue à própria ventura, sem amparo.

[3] ... meter esse bom dia na minha casa: alude ao refrão "o bom dia, mete-o em casa".

[4] ... se ordenou de graus e coroa: recebeu as quatro primeiras ordens (ver cap. III, nota 2, e *DQ* I, cap. XIX, nota 3) e a tonsura.

[5] Tronchón: povoado aragonês da atual província de Teruel, diocese de Saragoça, onde se produz um queijo de ovelha muito apreciado.

Retiróse la duquesa para saber del paje lo que le había sucedido en el lugar de Sancho, el cual se lo contó muy por estenso, sin dejar circunstancia que no refiriese; diole las bellotas, y más un queso que Teresa le dio, por ser muy bueno, que se aventajaba a los de Tronchón; recibiólo la duquesa con grandísimo gusto, con el cual la dejaremos, por contar el fin que tuvo el gobierno del gran Sancho Panza, flor y espejo de todos los insulanos gobernadores.

CAPÍTULO LIII

DO CONTURBADO FIM E REMATE
QUE TEVE O GOVERNO DE SANCHO PANÇA

"Pensar que nesta vida as coisas dela hão de durar sempre num estado é escusado pensamento, antes parece que ela anda tudo em redondo, digo, em roda: a primavera persegue o verão, o verão o estio,[1] o estio o outono, o outono o inverno, e o inverno a primavera, e assim torna a andar o tempo nessa roda contínua; só a vida humana corre para seu fim ligeira, mais que o tempo, sem esperar renovar-se a não ser na outra, que não tem termos que a limitem." Isso diz Cide Hamete, filósofo maomético, porque nisso de entender a ligeireza e instabilidade da vida presente, e da duração da eterna que se espera, muitos sem lume de fé, senão com sua luz natural, o têm entendido; mas aqui o nosso autor o diz por causa da presteza com que se acabou, se consumiu, se desfez e se foi como em sombra e fumo o governo de Sancho.

O qual, estando em sua cama na sétima noite dos dias do seu governo, não farto de pão nem de vinho, senão de julgar e dar pareceres e de fazer estatutos e pragmáticas, quando o sono, a despeito e pesar da fome, lhe começava a fechar os olhos, ouviu tão grande arruído de sinos e de vozes, que não parecia senão que toda a ínsula se afundava. Sentou-se na cama e esteve atento e escutando para ver se dava na conta do que podia ser a causa de

---

CAPÍTULO LIII

DEL FATIGADO FIN Y REMATE
QUE TUVO EL GOBIERNO DE SANCHO PANZA

"Pensar que en esta vida las cosas della han de durar siempre en un estado es pensar en lo escusado, antes parece que ella anda todo en redondo, digo a la redonda: la primavera sigue al verano, el verano al estío, el estío al otoño, y el otoño al invierno, y el invierno a la primavera, y así torna a andarse el tiempo con esta rueda continua; sola la vida humana corre a su fin ligera, más que el tiempo, sin esperar renovarse si no es en la otra, que no tiene términos que la limiten." Esto dice Cide Hamete, filósofo mahomético, porque esto de entender la ligereza e instabilidad de la vida presente, y de la duración de la eterna que se espera, muchos sin lumbre de fe, sino con la luz natural, lo han entendido; pero aquí nuestro autor lo dice por la presteza con que se acabó, se consumió, se deshizo, se fue como en sombra y humo el gobierno de Sancho.

El cual, estando la séptima noche de los días de su gobierno en su cama, no harto de pan ni de vino, sino de juzgar y dar pareceres y de hacer estatutos y pragmáticas, cuando el sueño, a despecho y pesar de la hambre, le comenzaba a cerrar los párpados, oyó tan gran ruido de campanas y de voces, que no parecía sino que toda la

tamanho alvoroço, mas não só o não soube, como, ao crescer o arruído de vozes e sinos junto com o de infinitas trombetas e tambores, ficou mais confuso e cheio de temor e espanto; e levantando-se em pé calçou umas chinelas, por causa da umidade do chão, e sem vestir roupão algum, nem coisa que se parecesse, saiu à porta do seu aposento a tempo de ver chegar por uns corredores mais de vinte pessoas com tochas acesas nas mãos e com as espadas desembainhadas, gritando todos a grandes vozes:

— Às armas, às armas, senhor governador! Às armas, que entraram infinitos inimigos na ínsula, e estaremos perdidos se a vossa indústria e valor não nos socorrer!

Com esse arruído, fúria e alvoroço chegaram aonde Sancho estava, atônito e embasbacado com o que ouvia e via, e ao chegarem lhe disse um deles:

— Arme-se logo vossa senhoria, se não quiser se perder e que toda esta ínsula se perca!

— Que me tenho de armar — respondeu Sancho —, se não sei de armas nem de socorros? Mais vale deixar essas coisas para o meu amo D. Quixote, que em duas palhetadas as despachará e porá em cobro, pois eu, pecador que sou, não entendo nada dessas bulhas.

— Ah, senhor governador! — disse outro. — Que molúria é essa? Arme-se vossa mercê, que aqui lhe trazemos armas ofensivas e defensivas, e saia a essa praça e seja nosso guia e capitão, pois de direito lhe toca sê-lo, sendo nosso governador.

— Pois que me armem embora — replicou Sancho.

E no mesmo momento lhe trouxeram dois paveses, dos quais já vinham providos, e lhos colocaram por cima do camisão, sem lhe deixar tomar outra roupa, um pavês por diante e outro por detrás, e por umas concavidades que

---

ínsula se hundía. Sentóse en la cama y estuvo atento y escuchando por ver si daba en la cuenta de lo que podía ser la causa de tan grande alboroto, pero no no sólo no lo supo, pero añadiéndose al ruido de voces y campanas el de infinitas trompetas y atambores quedó más confuso y lleno de temor y espanto; y levantándose en pie se puso unas chinelas, por la humedad del suelo, y sin ponerse sobrerropa de levantar, ni cosa que se pareciese, salió a la puerta de su aposento a tiempo cuando vio venir por unos corredores más de veinte personas con hachas encendidas en las manos y con las espadas desenvainadas, gritando todos a grandes voces:

— ¡Arma, arma, señor gobernador, arma, que han entrado infinitos enemigos en la ínsula, y somos perdidos si vuestra industria y valor no nos socorre!

Con este ruido, furia y alboroto llegaron donde Sancho estaba atónito y embelesado de lo que oía y veía, y cuando llegaron a él, uno le dijo:

— ¡Ármese luego vuestra señoría si no quiere perderse y que toda esta ínsula se pierda!

— ¿Qué me tengo de armar — respondió Sancho —, ni qué sé yo de armas ni de socorros? Estas cosas mejor será dejarlas para mi amo don Quijote, que en dos paletas las despachará y pondrá en cobro, que yo, pecador fui a Dios, no se me entiende nada destas priesas.

— ¡Ah, señor gobernador! — dijo otro —. ¿Qué relente es ese? Ármese vuesa merced, que aquí le traemos armas ofensivas y defensivas, y salga a esa plaza y sea nuestra guía y nuestro capitán, pues de derecho le toca el serlo, siendo nuestro gobernador.

— Ármenme norabuena — replicó Sancho.

traziam feitas lhe passaram os braços, e o amarraram muito bem com uns cordéis, de modo que ficou entalado e emparedado, direito como um fuso, sem poder dobrar os joelhos nem menear um só passo. Puseram-lhe nas mãos uma lança, na qual se escorou para se poder manter em pé. Quando o tiveram assim lhe disseram que caminhasse e os guiasse e animasse a todos, pois sendo ele seu norte, seu farol e seu luzeiro, teriam bom fim os seus negócios.

— Como vou caminhar, desventurado de mim — respondeu Sancho —, se nem posso mexer a roda do joelho, impedido que estou por essas tábuas que tão costuradas tenho às minhas carnes? O que hão de fazer é me levar em braços e pôr-me atravessado ou em pé nalgum postigo, que eu o guardarei ou com esta lança ou com meu corpo.

— Ande, senhor governador — disse outro —, que é mais o medo que as tábuas o que lhe impede o passo. Mexa-se de uma vez, que é tarde, e os inimigos crescem, e as vozes aumentam, e o perigo investe!

Por cujas persuasões e vitupérios tentou o pobre governador se mover, dando consigo no chão tamanho tombo que pensou que se havia feito em pedaços. Ficou feito uma tartaruga, fechado e coberto com seus cascos, ou como meio toucinho entalado entre duas salgadeiras, ou bem assim como barca varada na areia; mas nem por vê-lo caído aquela gente burladora lhe teve compaixão alguma, antes, apagando as tochas, tornaram a reforçar as vozes e a reiterar a alarma com tão grande bulha, passando por cima do pobre Sancho, dando-lhe infinitas espadadas contra os paveses, que, a não se recolher e encolher, sumindo a cabeça entre os paveses, muito mau bocado teria passado o pobre governador, o qual, naquela estreiteza recolhido, suava e tressuava e de todo coração se encomendava a Deus por que daquele perigo o tirasse.

Y al momento le trujeron dos paveses, que venían proveídos dellos, y le pusieron encima de la camisa, sin dejarle tomar otro vestido, un pavés delante y otro detrás, y por unas concavidades que traían hechas le sacaron los brazos, y le liaron muy bien con unos cordeles, de modo que quedó emparedado y entablado, derecho como un huso, sin poder doblar las rodillas ni menearse un solo paso. Pusiéronle en las manos una lanza, a la cual se arrimó para poder tenerse en pie. Cuando así le tuvieron, le dijeron que caminase y los guiase y animase a todos, que siendo él su norte, su lanterna y su lucero, tendrían buen fin sus negocios.

— ¿Cómo tengo de caminar, desventurado yo — respondió Sancho —, que no puedo jugar las choquezuelas de las rodillas, porque me lo impiden estas tablas que tan cosidas tengo con mis carnes? Lo que han de hacer es llevarme en brazos y ponerme atravesado o en pie en algún postigo, que yo le guardaré o con esta lanza o con mi cuerpo.

— Ande, señor gobernador — dijo otro —, que más el miedo que las tablas le impiden el paso: acabe y menéese, que es tarde, y los enemigos crecen, y las voces se aumentan, y el peligro carga.

Por cuyas persuasiones y vituperios probó el pobre gobernador a moverse, y fue dar consigo en el suelo tan gran golpe, que pensó que se había hecho pedazos. Quedó como galápago, encerrado y cubierto con sus conchas, o como medio tocino metido entre dos artesas, o bien así como barca que da al través en la arena; y no por verle caído aquella gente burladora le tuvieron compasión alguna, antes, apagando las antorchas, tornaron a reforzar las voces y a reiterar el "¡arma!" con tan gran priesa, pasando por encima del pobre Sancho, dándole infinitas cuchilladas sobre los paveses, que si él no se recogiera y encogiera metiendo la cabeza entre los paveses, lo

Uns tropeçavam nele, outros caíam, e houve um que se lhe pôs em cima um bom tempo e dali, como subido numa atalaia, governava os exércitos e a grandes brados dizia:

— Aqui dos nossos, que por esta parte mais atacam os inimigos! Aquela portilha se guarde, aquele portão se feche, aquelas escadas se derrubem! Venham alcanzias, pez e resina em caldeiras de óleo ardente! Trincheirem-se as ruas com colchões!

Enfim, ele nomeava com todo afinco todas as tralhas, instrumentos e petrechos de guerra com que se sói estorvar o assalto de uma cidade, e o moído Sancho, que tudo escutava e suportava, dizia entre si: "Oh se meu Senhor fosse servido que se acabasse já de perder esta ínsula e eu me visse, ou morto, ou fora desta grande angústia!". Ouviu o céu o seu pedido, e quando menos o esperava ouviu vozes que diziam:

— Vitória, vitória, os inimigos se retiram! Eia, senhor governador, levante-se vossa mercê e venha gozar do vencimento e repartir os despojos tomados dos inimigos pelo valor desse invencível braço!

— Levantem-me — disse com voz dolente o dolorido Sancho.

Ajudaram-no a levantar, e posto em pé disse:

— Que me ponham aqui diante o inimigo que eu tiver vencido. Eu não quero repartir despojos de inimigos, mas só pedir e suplicar a algum amigo, se é que o tenho, que me dê um gole de vinho, que estou seco, e me enxugue este suor, que sou todo água.

Limparam-no, trouxeram-lhe o vinho, desamarraram-lhe os paveses, sentou-se sobre seu leito e desmaiou do temor, do sobressalto e da aflição. Já pesava aos feitores da burla tê-la feito tão pesada, mas ao verem Sancho tornar em si aplacou-se a pena que lhes dera o seu desmaio. Perguntou ele

---

pasara muy mal el pobre gobernador, el cual, en aquella estrecheza recogido, sudaba y trasudaba y de todo corazón se encomendaba a Dios que de aquel peligro le sacase.

Unos tropezaban en él, otros caían, y tal hubo que se puso encima un buen espacio y desde allí, como desde atalaya, gobernaba los ejércitos y a grandes voces decía:

— ¡Aquí de los nuestros, que por esta parte cargan más los enemigos! ¡Aquel portillo se guarde, aquella puerta se cierre, aquellas escalas se tranquen! ¡Vengan alcancías, pez y resina en calderas de aceite ardiendo! ¡Trinchéense las calles con colchones!

En fin, él nombraba con todo ahínco todas las baratijas e instrumentos y pertrechos de guerra con que suele defenderse el asalto de una ciudad, y el molido Sancho, que lo escuchaba y sufría todo, decía entre sí: "¡Oh, si mi Señor fuese servido que se acabase ya de perder esta ínsula y me viese yo o muerto o fuera desta grande angustia!". Oyó el cielo su petición, y cuando menos lo esperaba oyó voces que decían:

— ¡Vitoria, vitoria, los enemigos van de vencida! ¡Ea, señor gobernador, levántese vuesa merced y venga a gozar del vencimiento y a repartir los despojos que se han tomado a los enemigos por el valor dese invencible brazo!

— Levántenme — dijo con voz doliente el dolorido Sancho.

Ayudáronle a levantar, y puesto en pie dijo:

— El enemigo que yo hubiere vencido quiero que me le claven en la frente. Yo no quiero repartir despojos de enemigos, sino pedir y suplicar a algún amigo, si es que le tengo, que me dé un trago de vino, que me seco, y me enjugue este sudor, que me hago agua.

que horas eram, responderam-lhe que já amanhecia. Calou-se, e sem dizer mais nada começou a se vestir, todo sepultado em silêncio, e todos o olhavam e esperavam em que havia de dar a pressa com que se vestia. Vestiu-se enfim, e pouco a pouco, porque estava moído e não podia andar muito a muito, se foi para a cavalariça, seguido de todos os que ali se achavam, e chegando-se ao ruço o abraçou e lhe deu um beijo de paz na testa, e não sem lágrimas nos olhos lhe disse:

— Vinde cá, meu companheiro e amigo, meu parceiro de trabalhos e misérias: quando eu andava junto a vós e não tinha outros pensamentos que os que me davam os cuidados de remendar vossos arreios e sustentar vosso corpinho, benditas eram minhas horas, meus dias e meus anos; mas depois que vos deixei e me subi sobre as torres da ambição e da soberba, me entraram pela alma adentro mil misérias, mil trabalhos e quatro mil desassossegos.

E enquanto essas razões ia dizendo, ia também albardando o asno, sem que ninguém lhe dissesse nada. Uma vez albardado o ruço, com grande pena e pesar montou nele, e dirigindo suas palavras e razões para o mordomo, o secretário, o mestre-sala e Pedro Recio, o doutor, e para outros muitos que ali presentes estavam, disse:

— Abri caminho, senhores meus, e deixai-me voltar à minha antiga liberdade: deixai-me ir em busca da vida passada, para ressuscitar desta morte presente. Eu não nasci para ser governador nem para defender ínsulas ou cidades dos inimigos que as quiserem atacar. Mais entendo de arar e cavar, podar e plantar as vinhas que de dar leis e defender províncias ou reinos. Bem está São Pedro em Roma; quero dizer que bem está cada um fazendo o ofício para o qual foi nascido. Melhor me está uma foice na mão que um cetro de governador, mais me quero fartar de alhadas que andar sujeito à miséria

---

Limpiáronle, trujéronle el vino, desliáronle los paveses, sentóse sobre su lecho y desmayóse del temor, del sobresalto y del trabajo. Ya les pesaba a los de la burla de habérsela hecho tan pesada, pero el haber vuelto en sí Sancho les templó la pena que les había dado su desmayo. Preguntó qué hora era, respondiéronle que ya amanecía. Calló, y sin decir otra cosa comenzó a vestirse, todo sepultado en silencio, y todos le miraban y esperaban en qué había de parar la priesa con que se vestía. Vistióse en fin, y poco a poco, porque estaba molido y no podía ir mucho a mucho, se fue a la caballeriza, siguiéndole todos los que allí se hallaban, y llegándose al rucio le abrazó y le dio un beso de paz en la frente, y no sin lágrimas en los ojos le dijo:

— Venid vos acá, compañero mío y amigo mío y conllevador de mis trabajos y miserias: cuando yo me avenía con vos y no tenía otros pensamientos que los que me daban los cuidados de remendar vuestros aparejos y de sustentar vuestro corpezuelo, dichosas eran mis horas, mis días y mis años; pero después que os dejé y me subí sobre las torres de la ambición y de la soberbia, se me han entrado por el alma adentro mil miserias, mil trabajos y cuatro mil desasosiegos.

Y en tanto que estas razones iba diciendo, iba asimesmo enalbardando el asno, sin que nadie nada le dijese. Enalbardado pues el rucio, con gran pena y pesar subió sobre él, y encaminando sus palabras y razones al mayordomo, al secretario, al maestresala y a Pedro Recio el doctor, y a otros muchos que allí presentes estaban, dijo:

— Abrid camino, señores míos, y dejadme volver a mi antigua libertad: dejadme que vaya a buscar la vida pasada, para que me resucite de esta muerte presente. Yo no nací para ser governador ni para defender ínsulas ni ciudades de los enemigos que quisieren acometerlas. Mejor se me entiende a mí de arar y cavar, podar y ensarmen-

de um médico impertinente que me mate de fome, e mais me quero recostar à sombra de um carvalho no verão e me cobrir com uma samarra grossa no inverno, na minha liberdade, que me deitar com o peso da governança entre lençóis de holanda e me vestir de martas cebolinas. Vossas mercês fiquem com Deus e digam ao duque meu senhor que nu entrei no mundo e nu me acho: não perco nem ganho; quero dizer que sem um cobre entrei neste governo e dele saio sem nenhum, bem ao contrário de como costumam sair os governadores de outras ínsulas. E agora vossas mercês se afastem e me deixem ir, que me vou emplastrar, pois cuido que tenho todas as costelas amassadas, por mercê dos inimigos que esta noite se passearam sobre mim.

— Não há de ser assim, senhor governador — disse o doutor Recio —, pois eu darei a vossa mercê uma bebida contra quedas e pisaduras que logo o tornará à sua prístina inteireza e vigor, e quanto à comida, prometo a vossa mercê de me emendar, deixando-o comer abundantemente de tudo aquilo que quiser.

— Tarde piaste! — respondeu Sancho. — Assim deixarei de ir-me embora como me farei turco. Não são estas burlas para sofrer duas vezes. Por Deus que assim fico neste ou aceito outro governo, ainda que mo entregassem de bandeja, como posso voar para o céu sem asas. Eu sou da linhagem dos Panças, que são todos cabeçudos, e se uma vez dizem nones, nones há de ser, ainda que sejam pares,[2] apesar de todo o mundo. Fiquem nesta cavalariça as asas da formiga,[3] que me levantaram no ar para que me comessem gralhas e outros pássaros, e voltemos a andar pela terra com os pés no chão, que, se não os adornassem finos sapatos de cordovão, não lhe faltarão toscas alpercatas de corda. Cada ovelha com sua parelha, e ninguém estique a perna para além do lençol; e agora me deixem passar, que se faz tarde.

---

tar las viñas, que de dar leyes ni de defender provincias ni reinos. Bien se está San Pedro en Roma: quiero decir que bien se está cada uno usando el oficio para que fue nacido. Mejor me está á mí una hoz en la mano que un cetro de gobernador, más quiero hartarme de gazpachos que estar sujeto a la miseria de un médico impertinente que me mate de hambre, y más quiero recostarme a la sombra de una encina en el verano y arroparme con un zamarro de dos pelos en el invierno, en mi libertad, que acostarme con la sujeción del gobierno entre sábanas de holanda y vestirme de martas cebollinas. Vuestras mercedes se queden con Dios y digan al duque mi señor que desnudo nací, desnudo me hallo: ni pierdo ni gano; quiero decir que sin blanca entré en este gobierno y sin ella salgo, bien al revés de como suelen salir los gobernadores de otras ínsulas. Y apártense, déjenme ir, que me voy a bizmar, que creo que tengo brumadas todas las costillas, merced a los enemigos que esta noche se han paseado sobre mí.

— No ha de ser así, señor gobernador — dijo el doctor Recio —, que yo le daré a vuesa merced una bebida contra caídas y molimientos que luego le vuelva en su prístina entereza y vigor, y en lo de la comida, yo prometo a vuesa merced de enmendarme, dejándole comer abundantemente de todo aquello que quisiere.

— ¡Tarde piache! — respondió Sancho —. Así dejaré de irme como volverme turco. No son estas burlas para dos veces. Por Dios que así me quede en este ni admita otro gobierno, aunque me le diesen entre dos platos, como volar al cielo sin alas. Yo soy del linaje de los Panzas, que todos son testarudos, y si una vez dicen nones, nones han de ser, aunque sean pares, a pesar de todo el mundo. Quédense en esta caballeriza las alas de la hormiga, que me levantaron en el aire para que me comiesen vencejos y otros pájaros, y volvámonos a andar por el suelo con pie llano, que si no le adornaren zapatos picados de cordobán, no le faltarán alpargatas toscas de

Ao que o mordomo disse:

— Senhor governador, de muito bom grado deixaríamos vossa mercê partir, por muito que nos pese perdê-lo, pois seu engenho e seu cristão proceder obrigam a desejar que fique; mas, como já se sabe, todo governador está obrigado, antes de se ausentar da terra onde governou, a primeiro prestar contas. Preste-as vossa mercê dos dez dias que leva de governo, e vá com Deus e em paz.

— Ninguém mas pode pedir — respondeu Sancho —, como não seja por ordem do duque meu senhor; eu lá me vou ter com ele, e a ele as darei inteiras; quanto mais que saindo eu nu como saio, não é mister outro sinal para mostrar que governei como um anjo.

— Pardeus que tem razão o grande Sancho — disse o doutor Recio —, e sou de parecer que o deixemos ir, porque o duque há de gostar imenso de vê-lo.

Todos estiveram de acordo e o deixaram ir, não sem antes lhe oferecer acompanhamento e tudo aquilo que quisesse para o regalo da sua pessoa e a comodidade da sua viagem. Sancho disse que não queria mais que um pouco de cevada para o ruço e meio queijo e meio pão para ele, já que, sendo tão curto o caminho, não havia mister maior nem melhor farnel. Abraçaram-no todos, e ele, chorando, abraçou a todos, e os deixou admirados, assim das suas razões como da sua determinação tão resoluta e tão discreta.

---

cuerda. Cada oveja con su pareja, y nadie tienda más la pierna de cuanto fuere larga la sábana; y déjenme pasar, que se me hace tarde.

A lo que el mayordomo dijo:

— Señor gobernador, de muy buena gana dejáramos ir a vuesa merced, puesto que nos pesará mucho de perderle, que su ingenio y su cristiano proceder obligan a desearle; pero ya se sabe que todo gobernador está obligado, antes que se ausente de la parte donde ha gobernado, dar primero residencia: déla vuesa merced de los diez días que ha que tiene el gobierno, y váyase a la paz de Dios.

— Nadie me la puede pedir — respondió Sancho — si no es quien ordenare el duque mi señor; yo voy a verme con él, y a él se la daré de molde; cuanto más que saliendo yo desnudo como salgo, no es menester otra señal para dar a entender que he gobernado como un ángel.

— Par Dios que tiene razón el gran Sancho — dijo el doctor Recio — y que soy de parecer que le dejemos ir, porque el duque ha de gustar infinito de verle.

Todos vinieron en ello, y le dejaron ir ofreciéndole primero compañía y todo aquello que quisiese para el regalo de su persona y para la comodidad de su viaje. Sancho dijo que no quería más de un poco de cebada para el rucio y medio queso y medio pan para él, que pues el camino era tan corto, no había menester mayor ni mejor repostería. Abrazáronle todos, y él, llorando, abrazó a todos, y los dejó admirados, así de sus razones como de su determinación tan resoluta y tan discreta.

NOTAS

[1] Verão, estio: as cinco estações enumeradas seguem certa subdivisão arcaica do ano, fundada não nas estações astronômicas, mas nos ciclos agrícolas, em que o estio corresponde ao auge do verão.

[2] Nones, pares: jogo de palavras com a dupla acepção de *nones*, como "negativa veemente" e como "ímpar". Também Gregório de Matos lançou mão do trocadilho, nos versos "e a quantos homens topava/ [...]/ que não sabe dizer nones,/ e assim aos pares se dava" (*Crônica do viver baiano seiscentista*, III, 24).

[3] Asas da formiga: alusão ao ditado "por seu mal nasceram asas à formiga", já citado anteriormente pelo próprio Sancho.

CAPÍTULO LIV

*QUE TRATA DE COISAS TOCANTES A ESTA HISTÓRIA,
E NÃO A OUTRA ALGUMA*

Resolveram o duque e a duquesa que o desafio que D. Quixote fizera ao seu vassalo pela causa já referida passasse adiante; e como o moço estava em Flandres, aonde fugira para não ter Dª Rodríguez por sogra, deram ordem para pôr no seu lugar um lacaio gascão chamado Tosilos, tratando de primeiro o industriar muito bem de tudo o que havia de fazer. Dali a dois dias disse o duque a D. Quixote como dali a quatro viria o seu contrário a se apresentar no campo, armado como cavaleiro, e sustentar que a donzela mentia de cara lavada, e até bem deslavada, se porfiasse em afirmar que ele lhe dera palavra de casamento. D. Quixote recebeu as tais novas com muito gosto, e prometeu a si mesmo de fazer maravilhas no caso, e teve por grande ventura ter-se-lhe oferecido ocasião onde aqueles senhores pudessem ver até onde se estendia o valor do seu poderoso braço; e com esse alvoroço e contento esperava os quatro dias, que à conta do seu desejo se lhe iam fazendo quatrocentos séculos.

Deixemo-los passar (como deixamos passar outras coisas), e vamos acompanhar Sancho, que entre alegre e triste vinha caminhando sobre o ruço

---

CAPÍTULO LIV

*QUE TRATA DE COSAS TOCANTES A ESTA HISTORIA,
Y NO A OTRA ALGUNA*

Resolviéronse el duque y la duquesa de que el desafío que don Quijote hizo a su vasallo por la causa ya referida pasase adelante; y puesto que el mozo estaba en Flandes, adonde se había ido huyendo por no tener por suegra a doña Rodríguez, ordenaron de poner en su lugar a un lacayo gascón, que se llamaba Tosilos, industriándole primero muy bien de todo lo que había de hacer.

De allí a dos días dijo el duque a don Quijote como desde allí a cuatro vendría su contrario y se presentaría en el campo, armado como caballero, y sustentaría como la doncella mentía por mitad de la barba, y aun por toda la barba entera, si se afirmaba que él le hubiese dado palabra de casamiento. Don Quijote recibió mucho gusto con las tales nuevas, y se prometió a sí mismo de hacer maravillas en el caso, y tuvo a gran ventura habérsele ofrecido ocasión donde aquellos señores pudiesen ver hasta dónde se estendía el valor de su poderoso brazo; y así, con alborozo y contento, esperaba los cuatro días, que se le iban haciendo, a la cuenta de su deseo, cuatrocientos siglos.

ao encontro do seu amo, cuja companhia lhe agradava mais que ser governador de todas as ínsulas do mundo.

Aconteceu pois que, ainda não muito longe da ínsula do seu governo (que ele nunca se pôs a averiguar se era ínsula, cidade, vila ou lugar aquela que governava), viu que pelo caminho por onde ele ia vinham seis peregrinos com seus bordões, desses estrangeiros que pedem esmola cantando,[1] os quais em chegando a ele se puseram em ala e, levantando as vozes, todos juntos começaram a cantar em sua língua o que Sancho não pôde entender, a não ser uma palavra que claramente soava a "esmola", por onde entendeu que era esmola o que em seu canto pediam; e como ele, segundo diz Cide Hamete, era por demais caridoso, tirou dos seus alforjes meio pão e meio queijo, dos quais vinha munido, e lhos deu, dizendo-lhes por sinais que não tinha outra coisa para lhes dar. Eles o receberam de muito bom grado e disseram:

— *Guelte! Guelte!*

— Não entendo — respondeu Sancho — que é que me pedis, boa gente.

Então um deles tirou uma bolsa do peito e a mostrou a Sancho, por onde ele entendeu que lhe pediam dinheiro, e ele, pondo o dedo polegar na garganta e estendendo a mão para cima, lhes deu a entender que não tinha um cobre e, picando o ruço, rompeu pelo meio deles; mas, quando passava, um dos pedintes que o estivera olhando com muita atenção arremeteu a ele e, lançando-lhe os braços à cintura, em voz alta e bem castelhana disse:

— Valha-me Deus! Que é o que vejo? É possível que tenha nos braços o meu caro amigo, o meu bom vizinho Sancho Pança? Sem dúvida que o tenho, porque agora não estou dormindo nem estou bêbado.

Admirou-se Sancho de se ver chamar pelo nome e de se ver abraçar pelo estrangeiro peregrino, e olhando-o algum tanto, sem falar palavra e com

---

Dejémoslos pasar nosotros (como dejamos pasar otras cosas) y vamos a acompañar a Sancho que entre alegre y triste venía caminando sobre el rucio a buscar a su amo, cuya compañía le agradaba más que ser gobernador de todas las ínsulas del mundo.

Sucedió, pues, que no habiéndose alongado mucho de la ínsula del su gobierno (que él nunca se puso a averiguar si era ínsula, ciudad, villa o lugar la que gobernaba) vio que por el camino por donde él iba venían seis peregrinos con sus bordones, de estos estranjeros que piden la limosna cantando, los cuales en llegando a él se pusieron en ala y, levantando las voces, todos juntos comenzaron a cantar en su lengua lo que Sancho no pudo entender, si no fue una palabra que claramente pronunciaba "limosna", por donde entendió que era limosna la que en su canto pedían; y como él, según dice Cide Hamete, era caritativo además, sacó de sus alforjas medio pan y medio queso, de que venía proveído, y dióselo, diciéndoles por señas que no tenía otra cosa que darles. Ellos lo recibieron de muy buena gana y dijeron:

— *¡Guelte! ¡Guelte!*

— No entiendo — respondió Sancho — qué es lo que me pedís, buena gente.

Entonces uno de ellos sacó una bolsa del seno y mostrósela a Sancho, por donde entendió que le pedían dineros, y él, poniéndose el dedo pulgar en la garganta y estendiendo la mano arriba, les dio a entender que no tenía ostugo de moneda y, picando al rucio, rompió por ellos; y al pasar, habiéndole estado mirando uno dellos con mucha atención, arremetió a él y, echándole los brazos por la cintura, en voz alta y muy castellana dijo:

630

muita atenção, não o pôde reconhecer; mas vendo o peregrino a sua suspensão, lhe disse:

— Como é possível, irmão Sancho Pança, que não conheças teu vizinho Ricote, o mourisco, vendeiro do teu lugar?

Então Sancho o olhou com mais atenção e começou a recordar o seu rosto, e finalmente o veio a conhecer de todo ponto e, sem se apear do jumento, lhe lançou os braços ao pescoço e lhe disse:

— Quem diabos te houvera de conhecer, Ricote, nesses trajes de momo que usas? Diz-me quem te fez franchinote e como tens o atrevimento de voltar à Espanha, onde se te apanharem e conhecerem terás péssima ventura.[2]

— Como tu não me denuncies, Sancho — respondeu o peregrino —, tenho certeza de que nestes trajes não haverá quem me conheça; e desviemos da estrada até aquela alameda que lá se vê, onde querem comer e descansar os meus companheiros, e lá comerás com eles, pois são gente muito aprazível. E eu lá terei espaço para te contar o que me aconteceu depois que me parti do nosso lugar, por obedecer ao decreto de Sua Majestade, que, como sabes, com tanto rigor ameaçava os desventurados da minha nação.

Assim fez Sancho, e, falando Ricote para os demais peregrinos, se desviaram todos para a alameda que se avistava, bem apartados da estrada real. Deitaram os bordões, se despojaram das romeiras ou esclavinas e ficaram em pelote, mostrando todos eles serem moços e muito gentis-homens, exceto Ricote, que já era homem entrado em anos. Todos traziam alforjes, e todos estes se mostraram bem fornidos, ao menos de coisas incitativas e que chamam a sede a léguas. Acomodaram-se no chão e, fazendo da relva toalha, puseram sobre ela pão, sal, facas, nozes, lascas de queijo e ossos nus de presunto, que, se não se deixavam mascar, não se escusavam de ser chupados.

— ¡Válame Dios! ¿Qué es lo que veo? ¿Es posible que tengo en mis brazos al mi caro amigo, al mi buen vecino Sancho Panza? Sí tengo, sin duda, porque yo ni duermo ni estoy ahora borracho.

Admiróse Sancho de verse nombrar por su nombre y de verse abrazar del estranjero peregrino, y después de haberle estado mirando, sin hablar palabra, con mucha atención, nunca pudo conocerle; pero viendo su suspensión el peregrino, le dijo:

— ¿Cómo y es posible, Sancho Panza hermano, que no conoces a tu vecino Ricote el morisco, tendero de tu lugar?

Entonces Sancho le miró con más atención y comenzó a rafigurarle, y finalmente le vino a conocer de todo punto y, sin apearse del jumento, le echó los brazos al cuello y le dijo:

— ¿Quién diablos te había de conocer, Ricote, en ese traje de moharracho que traes? Dime quién te ha hecho franchote y cómo tienes atrevimiento de volver a España, donde si te cogen y conocen tendrás harta mala ventura. — Si tú no me descubres, Sancho — respondió el peregrino —, seguro estoy que en este traje no habrá nadie que me conozca; y apartémonos del camino a aquella alameda que allí parece, donde quieren comer y reposar mis compañeros, y allí comerás con ellos, que son muy apacible gente. Yo tendré lugar de contarte lo que me ha sucedido después que me partí de nuestro lugar, por obedecer el bando de Su Majestad, que con tanto rigor a los desdichados de mi nación amenazaba, según oíste.

Hízolo así Sancho, y, hablando Ricote a los demás peregrinos, se apartaron a la alameda que se parecía, bien desviados del camino real. Arrojaron los bordones, quitáronse las mucetas o esclavinas y quedaron en pelo-

631

Puseram também um manjar preto que diziam chamar-se *caviale*, feito de ovas de peixe e grande chamador de vinho. Não faltaram azeitonas, ainda que secas e sem tempero algum, mas saborosas e bem apetecidas. Mas o que mais campeou no campo daquele banquete foram seis botas de vinho, que cada um tirou a sua do seu alforje; até o bom Ricote, que se havia transformado de mourisco em alemão, ou tudesco, tirou a sua, que em grandeza podia competir com as outras cinco.

Começaram a comer com grandíssimo gosto e vagar, saboreando cada bocado, que tomavam com a ponta da faca e muito pouquinho de cada coisa, e logo num ponto todos à uma empinaram os braços e as botas no ar; postas as bocas na sua boca, cravados os olhos no céu, não parecia senão que nele punham a pontaria; e desta maneira, meneando a cabeça para um lado e para o outro, sinal com que confirmavam o gosto que recebiam, estiveram um bom espaço despejando em seu estômago as entranhas das vasilhas.

Tudo olhava Sancho e de nada se doía,[3] antes, por cumprir com o ditado que ele muito bem sabia, de que "em Roma, como os romanos", pediu a bota a Ricote e fez pontaria como os demais e com não menos gosto que eles.

Quatro vezes deram lugar as botas para ser empinadas, mas a quinta não foi possível, porque já estavam mais enxutas e secas que um esparto, coisa que murchou a alegria que até aí tinham mostrado. De quando em quando algum deles juntava sua mão direita com a de Sancho e dizia:

— *Español y tudesqui, tuto uno: bon compaño.*

E Sancho respondia:

— *Bon compaño, jura Di!*[4]

E disparava uma risada que lhe durava uma hora, sem se lembrar então de nada do que lhe acontecera em seu governo, pois sobre o espaço e o

---

ta, y todos ellos eran mozos y muy gentileshombres, excepto Ricote, que ya era hombre entrado en años. Todos traían alforjas, y todas, según pareció, venían bien proveídas, a lo menos de cosas incitativas y que llaman a la sed de dos leguas. Tendiéronse en el suelo y, haciendo manteles de las yerbas, pusieron sobre ellas pan, sal, cuchillos, nueces, rajas de queso, huesos mondos de jamón, que si no se dejaban mascar, no defendían el ser, chupados. Pusieron asimismo un manjar negro que dicen que se llama cavial y es hecho de huevos de pescados, gran despertador de la colambre. No faltaron aceitunas, aunque secas y sin adobo alguno, pero sabrosas y entretenidas. Pero lo que más campeó en el campo de aquel banquete fueron seis botas de vino, que cada uno sacó la suya de su alforja; hasta el buen Ricote, que se había transformado de morisco en alemán o en tudesco, sacó la suya, que en grandeza podía competir con las cinco.

Comenzaron a comer con grandísimo gusto y muy de espacio, saboreándose con cada bocado, que le tomaban con la punta del cuchillo, y muy poquito de cada cosa, y luego al punto todos a una levantaron los brazos y las botas en el aire; puestas las bocas en su boca, clavados los ojos en el cielo, no parecía sino que ponían en él la puntería; y desta manera, meneando las cabezas a un lado y a otro, señales que acreditaban el gusto que recebían, se estuvieron un buen espacio, trasegando en sus estómagos las entrañas de las vasijas.

Todo lo miraba Sancho, y de ninguna cosa se dolía, antes, por cumplir con el refrán que él muy bien sabía de "cuando a Roma fueres, haz como vieres", pidió a Ricote la bota y tomó su puntería como los demás y no con menos gusto que ellos.

Cuatro veces dieron lugar las botas para ser empinadas, pero la quinta no fue posible, porque ya estaban

tempo em que se come e se bebe pouca jurisdição soem ter os cuidados. Finalmente, o acabar do vinho foi princípio de um sono que tomou a todos, ficando adormecidos sobre as mesmas mesas e toalhas. Só Ricote e Sancho ficaram acordados, porque haviam comido mais e bebido menos; e apartando Ricote a Sancho, sentaram-se os dois ao pé de uma faia, deixando os peregrinos sepultados em doce sonho, e Ricote, sem nenhum tropeço em sua língua mourisca, na pura castelhana lhe disse as seguintes razões:

— Bem sabes, oh Sancho Pança, vizinho e amigo meu, como o pregão e decreto que Sua Majestade mandou publicar contra os da minha nação pôs terror e espanto em todos nós; ao menos em mim o pôs de sorte que me parece que, antes do tempo que se nos concedia para fazermos ausência da Espanha, já o rigor da pena se tinha executado na minha pessoa e na dos meus filhos. Resolvi-me então, a meu ver como prudente, bem assim como quem sabe que logo lhe hão de tirar a casa onde vive e se provê de outra para onde se mudar, resolvi-me, digo, a sair eu sozinho, sem a minha família, da minha aldeia e ir buscar aonde levá-la com comodidade e sem a pressa com que os demais haveriam de sair, porque bem vi, e viram todos os nossos anciãos, que aqueles pregões não eram só ameaças, como alguns diziam, senão verdadeiras leis que se haviam de pôr em execução a seu tempo assinalado; e o que me forçava a acreditar esta verdade era saber das ruins e disparatadas tenções que os nossos tinham, tanto que me parece inspiração divina a que moveu Sua Majestade a pôr em efeito tão galharda resolução; não que todos fôssemos culpados, pois alguns havia cristãos firmes e verdadeiros, mas estes eram tão poucos que não se podiam opor aos que o não eram, e não era bem criar a serpente no seio, mantendo os inimigos dentro de casa. Enfim, com justa razão fomos castigados com a pena do desterro, branda e

---

más enjutas y secas que un esparto, cosa que puso mustia la alegría que hasta allí habían mostrado. De cuando en cuando juntaba alguno su mano derecha con la de Sancho y decía:

— *Español y tudesqui, tuto uno: bon compaño.*

Y Sancho respondía:

— *¡Bon compaño, jura Di!*

Y disparaba con una risa que le duraba un hora, sin acordarse entonces de nada de lo que le había sucedido en su gobierno, porque sobre el rato y tiempo cuando se come y bebe, poca jurisdición suelen tener los cuidados. Finalmente, el acabársele el vino fue principio de un sueño que dio a todos, quedándose dormidos sobre las mismas mesas y manteles: solos Ricote y Sancho quedaron alerta, porque habían comido más y bebido menos; y apartando Ricote a Sancho, se sentaron al pie de una haya, dejando a los peregrinos sepultados en dulce sueño, y Ricote, sin tropezar nada en su lengua morisca, en la pura castellana le dijo las siguientes razones:

— Bien sabes, oh Sancho Panza, vecino y amigo mío, como el pregón y bando que Su Majestad mandó publicar contra los de mi nación puso terror y espanto en todos nosotros; a lo menos, en mí le puso de suerte que me parece que antes del tiempo que se nos concedía para que hiciésemos ausencia de España, ya tenía el rigor de la pena ejecutado en mi persona y en la de mis hijos. Ordené, pues, a mi parecer como prudente, bien así como el que sabe que para tal tiempo le han de quitar la casa donde vive y se provee de otra donde mudarse, ordené, digo, de salir yo solo, sin mi familia, de mi pueblo y ir a buscar donde llevarla con comodidad y sin la priesa con que los demás salieron, porque bien vi, y vieron todos nuestros ancianos, que aquellos pregones no eran sólo amena-

633

suave ao parecer de alguns, mas ao nosso a mais terrível que se nos podia dar. Onde quer que estejamos choramos pela Espanha, pois afinal nascemos nela e é ela a nossa pátria natural; em parte alguma achamos a acolhida que a nossa desventura deseja, e na Berberia e em todas as partes da África onde esperávamos ser recebidos, acolhidos e regalados, é lá onde mais nos ofendem e maltratam.[5] Só reconhecemos o bem depois que o perdemos, e é tanto o desejo que quase todos temos de voltar à Espanha, que os mais daqueles (e são muitos) que sabem a língua, como eu, voltam a ela e deixam lá mulheres e filhos desamparados, tão grande é o amor que lhe têm; e agora conheço e experimento aquilo que se costuma dizer: que é doce o amor da pátria. Saí, como digo, da nossa aldeia, entrei na França, mas, apesar da boa acolhida que lá nos deram, eu quis ver tudo.[6] Passei à Itália e cheguei à Alemanha, e lá me pareceu que se podia viver com mais liberdade, porque seus habitadores não têm olhos para muitas ninharias: cada um vive como quer, pois na maior parte dela se vive com liberdade de consciência. Deixei casa apalavrada numa aldeia perto de Augusta;[7] juntei-me a estes peregrinos, muitos dos quais costumam vir à Espanha todos os anos a visitar os santuários dela, que os têm por suas Índias, como certíssima granjearia de ganho conhecido; eles a percorrem quase inteira, e não há povoado donde não saiam comidos e bebidos, como se costuma dizer, e com pelo menos um real em dinheiro miúdo, e ao cabo da sua viagem voltam com mais de cem escudos de sobra, que trocados em ouro, seja no oco dos bordões ou entre os remendos das esclavinas ou com outra indústria que eles engenham, os tiram do reino e os passam às suas terras, apesar dos guardas dos postos e passos onde os revistam. Agora, Sancho, trago a intenção de tirar o tesouro que deixei enterrado,[8] coisa que, por estar ele fora da aldeia, poderei fazer sem perigo, e

---

zas, como algunos decían, sino verdaderas leyes, que se habían de poner en ejecución a su determinado tiempo; y forzábame a creer esta verdad saber yo los ruines y disparatados intentos que los nuestros tenían, y tales, que me parece que fue inspiración divina la que movió a Su Majestad a poner en efecto tan gallarda resolución, no porque todos fuésemos culpados, que algunos había cristianos firmes y verdaderos, pero eran tan pocos, que no se podían oponer a los que no lo eran, y no era bien criar la sierpe en el seno, teniendo los enemigos dentro de casa. Finalmente, con justa razón fuimos castigados con la pena del destierro, blanda y suave al parecer de algunos, pero al nuestro la más terrible que se nos podía dar. Doquiera que estamos lloramos por España, que en fin nacimos en ella y es nuestra patria natural; en ninguna parte hallamos el acogimiento que nuestra desventura desea, y en Berbería y en todas las partes de África donde esperábamos ser recebidos, acogidos y regalados, allí es donde más nos ofenden y maltratan. No hemos conocido el bien hasta que le hemos perdido, y es el deseo tan grande que casi todos tenemos de volver a España, que los más de aquellos (y son muchos) que saben la lengua, como yo, se vuelven a ella y dejan allá sus mujeres y sus hijos desamparados, tanto es el amor que la tienen; y agora conozco y experimento lo que suele decirse, que es dulce el amor de la patria. Salí, como digo, de nuestro pueblo, entré en Francia, y aunque allí nos hacían buen acogimiento, quise verlo todo. Pasé a Italia y llegué a Alemania, y allí me pareció que se podía vivir con más libertad, porque sus habitadores no miran en muchas delicadezas: cada uno vive como quiere, porque en la mayor parte della se vive con libertad de conciencia. Dejé tomada casa en un pueblo junto a Augusta; juntéme con estos peregrinos, que tienen por costumbre de venir a España muchos dellos cada año a visitar los santuarios della, que los tienen por sus Indias, y por certísima granjería y conocida ganan-

de Valência escrever para minha filha e minha mulher, ou passar eu mesmo a Argel, onde sei que elas estão, e buscar como trazê-las a algum porto da França e de lá levá-las para a Alemanha, onde esperaremos o que Deus quiser fazer de nós. Pois enfim, Sancho, o que eu sei ao certo é que Ricota, minha filha, e Francisca Ricota, minha mulher, são católicas cristãs, e ainda que eu não o seja tanto, tenho mais de cristão que de mouro, e sempre rogo a Deus que me abra os olhos do entendimento e me dê a conhecer como o tenho de servir. E o que me tem admirado é não saber por que se foi minha mulher com minha filha antes à Berberia que à França, onde podia viver como cristã.

Ao que Sancho respondeu:

— Olha, Ricote, isso não deve de ter sido por querer delas, pois as duas saíram por mão de Juan Tiopieyo, o irmão da tua mulher, e como ele decerto é fino mouro, foi-se aonde mais lhe convinha. E mais te posso dizer: creio que vais em vão a procurar o que deixaste escondido, porque soubemos que do teu cunhado e da tua mulher tiraram muitas pérolas e muito dinheiro em ouro que levavam sem declarar.

— Isso bem pode ser — replicou Ricote —, mas sei que eles não tocaram no meu esconderijo, Sancho, porque não lhes revelei onde estava, temeroso de algum dano; e assim, se tu quiseres vir comigo para me ajudar a tirá-lo e a encobri-lo, eu te darei, Sancho, duzentos escudos, com os quais poderás remediar as tuas necessidades, que já sabes que eu sei que as tens muitas.

— Eu o faria — respondeu Sancho —, mas não sou nada cobiçoso, pois, se o fosse, um ofício deixei esta manhã em que podia ter feito as paredes da minha casa de ouro e em menos de seis meses comer em pratos de prata; e assim por isso como por me parecer que faria traição ao meu rei em favore-

---

cia: ándanla casi toda, y no hay pueblo ninguno de donde no salgan comidos y bebidos, como suele decirse, y con un real, por lo menos, en dineros, y al cabo de su viaje salen con más de cien escudos de sobra, que, trocados en oro, o ya en el hueco de los bordones o entre los remiendos de las esclavinas o con la industria que ellos pueden, los sacan del reino y los pasan a sus tierras, a pesar de las guardas de los puestos y puertos donde se registran. Ahora es mi intención, Sancho, sacar el tesoro que dejé enterrado, que por estar fuera del pueblo lo podré hacer sin peligro, y escribir o pasar desde Valencia a mi hija y a mi mujer, que sé que están en Argel, y dar traza como traerlas a algún puerto de Francia y desde allí llevarlas a Alemania, donde esperaremos lo que Dios quisiere hacer de nosotros. Que, en resolución, Sancho, yo sé cierto que la Ricota mi hija y Francisca Ricota mi mujer son católicas cristianas, y aunque yo no lo soy tanto, todavía tengo más de cristiano que de moro, y ruego siempre a Dios me abra los ojos del entendimiento y me dé a conocer cómo le tengo de servir. Y lo que me tiene admirado es no saber por qué se fue mi mujer y mi hija antes a Berbería que a Francia, adonde podía vivir como cristiana.

A lo que respondió Sancho:

— Mira, Ricote, eso no debió estar en su mano, porque las llevó Juan Tiopieyo, el hermano de tu mujer, y como debe de ser fino moro, fuese a lo más bien parado; y séte decir otra cosa: que creo que vas en balde a buscar lo que dejaste encerrado, porque tuvimos nuevas que habían quitado a tu cuñado y tu mujer muchas perlas y mucho dinero en oro que llevaban por registrar.

— Bien puede ser eso — replicó Ricote —, pero yo sé, Sancho, que no tocaron a mi encierro, porque yo no les descubrí dónde estaba, temeroso de algún desmán; y así, si tú, Sancho, quieres venir conmigo y ayudarme

cer seus inimigos,[9] não iria contigo, se como me prometes duzentos escudos me desses agora quatrocentos de contado.

— E que ofício é esse que deixaste, Sancho? — perguntou Ricote.

— Deixei de ser governador de uma ínsula — respondeu Sancho —, e de tal qualidade que à boa-fé não acharão outra como ela nem a gancho.

— E onde fica essa ínsula? — perguntou Ricote.

— Onde? — respondeu Sancho. — Pois a duas léguas daqui, e se chama a ínsula Baratária.

— Cala-te, Sancho — disse Ricote —, que as ínsulas estão lá dentro do mar e não há ínsulas em terra firme.

— Como não? — replicou Sancho. — Digo-te, Ricote amigo, que nesta mesma manhã parti dela, e ainda ontem estive lá governando a meu prazer, como um sagitário;[10] mas ainda assim a deixei, por me parecer ofício perigoso o dos governadores.

— E que ganhaste nesse governo? — perguntou Ricote.

— Ganhei — respondeu Sancho — o conhecimento de que eu não sou bom para governar, como não seja um fato de gado, e que as riquezas que se ganham nos tais governos são à custa de perder o descanso e o sono, e até o sustento, porque nas ínsulas devem os governadores comer pouco, especialmente quando têm médicos que olham por sua saúde.

— Eu não te entendo, Sancho — disse Ricote —, mas acho que tudo o que dizes é disparate, pois quem te houvera de dar ínsulas que governasses? Acaso faltavam no mundo homens mais hábeis do que tu para governadores? Cala-te, Sancho, e cai em ti, e olha se queres vir comigo, como te disse, a me ajudar a tirar o tesouro que deixei escondido (que em verdade é tão grande que se pode chamar tesouro), e te darei com o que vivas, como te disse.

---

a sacarlo y a encubrirlo, yo te daré docientos escudos, con que podrás remediar tus necesidades, que ya sabes que sé yo que las tienes muchas.

— Yo lo hiciera — respondió Sancho —, pero no soy nada codicioso, que, a serlo, un oficio dejé yo esta mañana de las manos donde pudiera hacer las paredes de mi casa de oro y comer antes de seis meses en platos de plata; y así por esto como por parecerme haría traición a mi rey en dar favor a sus enemigos, no fuera contigo, si como me prometes docientos escudos me dieras aquí de contado cuatrocientos.

— ¿Y qué oficio es el que has dejado, Sancho? — preguntó Ricote.

— He dejado de ser gobernador de una ínsula — respondió Sancho —, y tal, que a la buena fee que no hallen otra como ella a tres tirones.

— ¿Y dónde está esa ínsula? — preguntó Ricote.

— ¿Adónde? — respondió Sancho —. Dos leguas de aquí, y se llama la ínsula Barataria.

— Calla, Sancho — dijo Ricote —, que las ínsulas están allá dentro de la mar, que no hay ínsulas en la tierra firme.

— ¿Cómo no? — replicó Sancho —. Dígote, Ricote amigo, que esta mañana me partí della, y ayer estuve en ella gobernando a mi placer, como un sagitario; pero con todo eso la he dejado, por parecerme oficio peligroso el de los gobernadores.

— ¿Y qué has ganado en el gobierno? — preguntó Ricote.

— He ganado — respondió Sancho — el haber conocido que no soy bueno para gobernar, si no es un hato

— Já te disse, Ricote — replicou Sancho —, que não quero. Contenta-te com que por mim não serás denunciado, e segue embora o teu caminho, e deixa-me seguir o meu, que eu sei que o bem ganhado se perde, e o mal, seu dono e ele.

— Não quero porfiar, Sancho — disse Ricote. — Mas diz-me: estavas no nosso lugar quando dele se partiram minha mulher, minha filha e meu cunhado?

— Estava sim — respondeu Sancho —, e te posso dizer que saiu a tua filha tão formosa, que saíram a vê-la quantos havia na aldeia, e todos diziam que era a mais linda criatura do mundo. Ia chorando e abraçando todas as suas amigas e conhecidas e quantos se chegavam a vê-la, e a todos pedia que a encomendassem a Deus e Nossa Senhora sua mãe; e isso com tanto sentimento, que a mim me fez chorar, que não costumo ser muito chorão. E à fé que muitos tiveram desejo de escondê-la e sair ao caminho a tomá-la, mas o medo de ir contra o mandato do rei os deteve. E quem mais se mostrou apaixonado foi D. Pedro Gregorio, aquele mancebo morgado e rico que tu conheces, que dizem que lhe queria muito bem, e depois que ela se partiu nunca mais ele apareceu no nosso lugar, e todos pensamos que se foi atrás dela para roubá-la, mas até agora nada se soube.

— Sempre tive a má suspeita — disse Ricote — de que esse cavaleiro amava e requeria a minha filha, mas, fiado no valor da minha Ricota, nunca me deu pesar saber que ele a queria bem, pois já deves de ter ouvido dizer, Sancho, que as mouriscas pouca ou nenhuma vez se misturam por amor com cristãos-velhos, e minha filha, que tenho para mim mais atentava a ser cristã que enamorada, não se daria por achada das requestas desse senhor morgado.

---

de ganado, y que las riquezas que se ganan en los tales gobiernos son a costa de perder el descanso y el sueño, y aun el sustento, porque en las ínsulas deben de comer poco los gobernadores, especialmente si tienen médicos que miren por su salud.

— Yo no te entiendo, Sancho — dijo Ricote —, pero paréceme que todo lo que dices es disparate, que ¿quién te había de dar a ti ínsulas que gobernases? ¿Faltaban hombres en el mundo más hábiles para gobernadores que tú eres? Calla, Sancho, y vuelve en ti, y mira si quieres venir conmigo, como te he dicho, a ayudarme a sacar el tesoro que dejé escondido (que en verdad que es tanto, que se puede llamar tesoro), y te daré con que vivas, como te he dicho.

— Ya te he dicho, Ricote — replicó Sancho —, que no quiero: conténtate que por mí no serás descubierto, y prosigue en buena hora tu camino y déjame seguir el mío, que yo sé que lo bien ganado se pierde, y lo malo, ello y su dueño.

— No quiero porfiar, Sancho — dijo Ricote —. Pero dime: ¿hallástete en nuestro lugar cuando se partió dél mi mujer, mi hija y mi cuñado?

— Sí hallé — respondió Sancho —, y séte decir que salió tu hija tan hermosa, que salieron a verla cuantos había en el pueblo y todos decían que era la más bella criatura del mundo. Iba llorando y abrazaba a todas sus amigas y conocidas y a cuantos llegaban a verla, y a todos pedía la encomendasen a Dios y a Nuestra Señora su madre; y esto con tanto sentimiento, que a mí me hizo llorar, que no suelo ser muy llorón. Y a fee que muchos tuvieron deseo de esconderla y salir a quitársela en el camino, pero el miedo de ir contra el mandado del rey los

— Assim queira Deus — replicou Sancho —, pois não seria bem para nenhum dos dois. E deixa-me partir daqui, Ricote amigo, que quero chegar esta noite aonde está o meu senhor D. Quixote.

— Vai com Deus, Sancho irmão, que já meus companheiros se rebolem e também é hora de seguirmos nosso caminho.

E logo os dois se abraçaram, e Sancho montou em seu ruço e Ricote tomou seu bordão, e se afastaram.

---

detuvo. Principalmente se mostró más apasionado don Pedro Gregorio, aquel mancebo mayorazgo rico que tú conoces, que dicen que la quería mucho, y después que ella se partió nunca más él ha parecido en nuestro lugar, y todos pensamos que iba tras ella para robarla, pero hasta ahora no se ha sabido nada.

— Siempre tuve yo mala sospecha — dijo Ricote — de que ese caballero adamaba a mi hija, pero, fiado en el valor de mi Ricota, nunca me dio pesadumbre el saber que la quería bien, que ya habrás oído decir, Sancho, que las moriscas pocas o ninguna vez se mezclaron por amores con cristianos viejos, y mi hija que, a lo que yo creo, atendía a ser más cristiana que enamorada, no se curaría de las solicitudes de ese señor mayorazgo.

— Dios lo haga — replicó Sancho —, que a entrambos les estaría mal. Y déjame partir de aquí, Ricote amigo, que quiero llegar esta noche adonde está mi señor don Quijote.

— Dios vaya contigo, Sancho hermano, que ya mis compañeros se rebullen y también es hora que prosigamos nuestro camino.

Y luego se abrazaron los dos, y Sancho subió en su rucio y Ricote se arrimó a su bordón, y se apartaron.

NOTAS

[1] ... peregrinos [...] que pedem esmola cantando: desde a Idade Média, permitia-se aos peregrinos pedir esmola, e fazê-lo cantando era considerado típico dos alemães. Além de Santiago de Compostela, outro importante centro de peregrinação era o santuário de Nossa Senhora de Guadalupe, na Estremadura.

[2] ... se te apanharem [...] terás péssima ventura: os muçulmanos conversos remanescentes na Espanha, chamados *moriscos*, foram expulsos mediante uma série de decretos reais promulgados entre 1609 e 1613. Calcula-se que o êxodo forçado tenha atingido cerca de 300 mil pessoas.

[3] ... e de nada se doía: lembrança burlesca do romance tradicional já citado acima (ver cap. XLIV, nota 10), que diz *"Mira Nero de Tarpeya — a Roma cómo se ardía:/ gritos dan niños y viejos, — y él de nada se dolía"*, ou da canção "Mira el malo", de José de Anchieta, que aproveitara o mesmo bordão para a catequese jesuítica.

[4] *Español y tudesqui, tuto uno* [...]. *Bon compaño, jura Di*: em língua franca mediterrânea, literalmente, "espanhol e alemães, todos um [...]. Bons companheiros, juro por Deus".

[5] ... na Berberia [...] é onde mais nos maltratam: a recepção dos mouriscos em boa parte do Magrebe foi de fato muito tensa, devido à desconfiança despertada por aqueles muçulmanos que se vestiam à espanhola e falavam castelhano, tanto que lá receberam a alcunha de "Cristãos de Castela".

[6] ... entrei na França, mas [...] quis ver tudo: dos cerca de 30 mil mouriscos que entraram no país, no máximo um milhar se estabeleceu lá.

[7] Augusta: a cidade bávara de Augsburg, cujo nome latino era Augusta Vindelicorum.

[8] ... tesouro que deixei enterrado: embora o primeiro édito de expulsão permitisse aos mouriscos sair com seus bens móveis e economias em dinheiro, um novo decreto de 1610 introduz a proibição de levar moeda.

[9] ... faria traição ao meu rei em favorecer seus inimigos: os decretos de expulsão determinavam pena de seis anos de galés aos cristãos-velhos que ocultassem um mourisco.

[10] ... governando [...] como um sagitário: o sentido da frase não é claro; pode tanto aludir à destreza do arqueiro como, referindo-se ao centauro que representa o signo zodiacal, ser uma hipérbole de "cavaleiro".

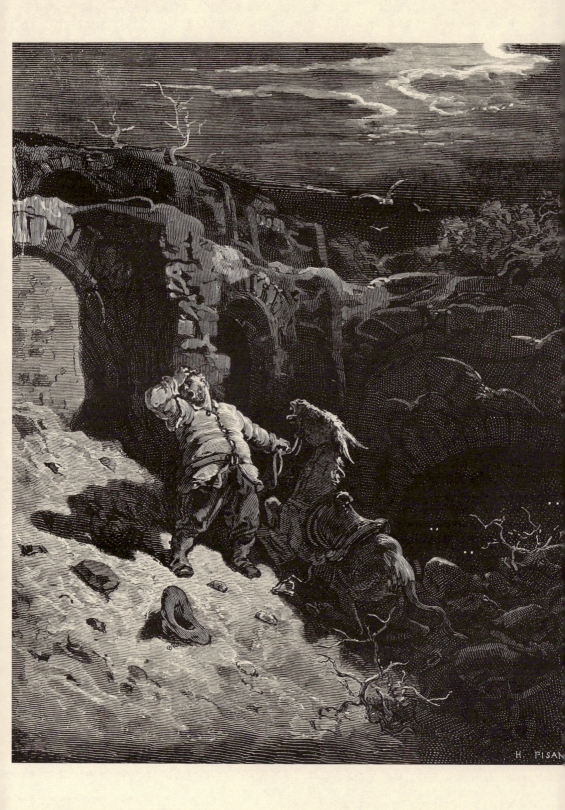

CAPÍTULO LV

*DE COISAS ACONTECIDAS A SANCHO NO CAMINHO,
E OUTRAS MUITO PARA VER*

A detença de Sancho com Ricote não lhe deu tempo para naquele mesmo dia chegar ao castelo do duque, posto que chegou a meia légua dele, onde o tomou a noite um tanto escura e cerrada; mas, como era verão, isso não lhe deu muito pesar, e assim se desviou do caminho com a intenção de esperar a manhã. E quis sua escassa e desventurada sorte que, buscando onde melhor se acomodar, caíssem ele e o ruço num fundo e escuríssimo fosso que entre uns edifícios em ruínas havia, e no tempo da queda se encomendou a Deus de todo coração, pensando que não havia de parar até o profundo dos abismos. Mas não foi assim, porque a pouco mais de três estados o ruço tocou o fundo, e Sancho parou em cima dele sem ter recebido lesão nem dano algum.

Apalpou-se o corpo todo e reteve o fôlego, por ver se estava são ou furado em alguma parte; e vendo-se bom, inteiro e católico de saúde, não se fartava de dar graças a Deus Nosso Senhor da mercê que lhe havia feito, porque sem dúvida pensou que se fizera em mil pedaços. Apalpou igualmente com as mãos as paredes do fosso, para ver se seria possível sair dele sem ajuda

---

CAPÍTULO LV

*DE COSAS SUCEDIDAS A SANCHO EN EL CAMINO,
Y OTRAS QUE NO HAY MÁS QUE VER*

El haberse detenido Sancho con Ricote no le dio lugar a que aquel día llegase al castillo del duque, puesto que llegó media legua dél, donde le tomó la noche algo escura y cerrada; pero como era verano no le dio mucha pesadumbre y, así, se apartó del camino con intención de esperar la mañana; y quiso su corta y desventurada suerte que buscando lugar donde mejor acomodarse cayeron él y el rucio en una honda y escurísima sima que entre unos edificios muy antiguos estaba, y al tiempo del caer se encomendó a Dios de todo corazón, pensando que no había de parar hasta el profundo de los abismos: y no fue así, porque a poco más de tres estados dio fondo el rucio, y él se halló encima dél sin haber recebido lisión ni daño alguno.

Tentóse todo el cuerpo y recogió el aliento, por ver si estaba sano o agujereado por alguna parte; y viéndose bueno, entero y católico de salud, no se hartaba de dar gracias a Dios Nuestro Señor de la merced que le había hecho, porque sin duda pensó que estaba hecho mil pedazos. Tentó asimismo con las manos por las pare-

de ninguém, mas achou-as todas rasas e sem ressalto algum, do que se afligiu muito, especialmente quando ouviu que o ruço gemia terna e dolorosamente; e não era muito que se lamentasse, nem o fazia de vício, pois em verdade que não estava nada bem parado.

— Ai! — disse então Sancho Pança —, quão não pensados sucessos soem ocorrer a cada passo a quem vive neste miserável mundo! Quem diria que quem ontem se viu entronizado governador de uma ínsula, mandando sobre serviçais e vassalos, hoje se havia de ver sepultado num fosso, sem haver pessoa alguma que o remedeie, nem criado nem vassalo que acuda em seu socorro? Aqui haveremos de perecer de fome eu e meu jumento, se já não morrermos antes, ele de moído e alquebrado, eu de pesaroso. Ao menos não serei tão venturoso como foi o meu senhor D. Quixote de La Mancha quando desceu e baixou à gruta daquele encantado Montesinos, onde achou quem o regalasse melhor que em sua casa, que não parece senão que o receberam com a mesa posta e a cama feita. Lá viu ele visões formosas e aprazíveis, enquanto eu, ao que parece, aqui verei cobras e lagartos. Pobre de mim, onde acabaram as minhas loucuras e fantasias! Daqui tirarão os meus ossos (quando o céu for servido que me descubram) rasos, brancos e puídos, e os do meu bom ruço com eles, por onde talvez se dará a ver quem somos, ou ao menos por eles se terá notícia de que nunca Sancho Pança se separou de seu asno, nem seu asno de Sancho Pança. Torno a dizer: miseráveis de nós, pois não quis a nossa escassa sorte que morrêssemos na nossa pátria e entre os nossos, onde, não achando remédio a nossa desgraça, não faltará quem disso se doa e na hora última do nosso passamento nos feche os olhos! Oh companheiro e amigo meu, que má paga te dei pelos teus bons serviços! Perdoa-me e pede à fortuna, do melhor modo que puderes, que nos tire deste miserável

---

des de la sima, por ver si sería posible salir della sin ayuda de nadie, pero todas las halló rasas y sin asidero alguno, de lo que Sancho se congojó mucho, especialmente cuando oyó que el rucio se quejaba tierna y dolorosamente; y no era mucho, ni se lamentaba de vicio, que a la verdad no estaba muy bien parado.

— ¡Ay — dijo entonces Sancho Panza —, y cuán no pensados sucesos suelen suceder a cada paso a los que viven en este miserable mundo! ¿Quién dijera que el que ayer se vio entronizado gobernador de una ínsula, mandando a sus sirvientes y a sus vasallos, hoy se había de ver sepultado en una sima, sin haber persona alguna que le remedie, ni criado ni vasallo que acuda a su socorro? Aquí habremos de perecer de hambre yo y mi jumento, si ya no nos morimos antes, él de molido y quebrantado, y yo de pesaroso. A lo menos no seré yo tan venturoso como lo fue mi señor don Quijote de la Mancha cuando decendió y bajó a la cueva de aquel encantado Montesinos, donde halló quien le regalase mejor que en su casa, que no parece sino que se fue a mesa puesta y a cama hecha. Allí vio él visiones hermosas y apacibles, y yo veré aquí, a lo que creo, sapos y culebras. ¡Desdichado de mí, y en qué han parado mis locuras y fantasías! De aquí sacarán mis huesos (cuando el cielo sea servido que me descubran) mondos, blancos y raídos, y los de mi buen rucio con ellos, por donde quizá se echará de ver quién somos, a lo menos de los que tuvieren noticia que nunca Sancho Panza se apartó de su asno, ni su asno de Sancho Panza. Otra vez digo: ¡miserables de nosotros, que no ha querido nuestra corta suerte que muriésemos en nuestra patria y entre los nuestros, donde ya que no hallara remedio nuestra desgracia, no faltara quien dello se doliera y en la hora última de nuestro pasamiento nos cerrara los ojos! ¡Oh compañero y amigo mío, qué mal pago te he dado de tus buenos servicios! Perdóname y pide a la fortuna, en el mejor modo que supieres, que nos saque deste

trago em que estamos postos os dois, que eu prometo de pôr uma coroa de louros na tua cabeça, que não pareças senão um laureado poeta, e de dar-te o penso dobrado.

Desta maneira se lamentava Sancho Pança, e seu jumento o escutava sem responder palavra alguma, tal era o aperto e angústia em que o coitado se achava. Finalmente, tendo passado toda aquela noite em miseráveis queixas e lamentações, veio o dia, com cuja claridade e resplendor viu Sancho que era impossível de toda impossibilidade sair daquele buraco sem ser ajudado, e começou a se lamentar e a dar vozes, por ver se alguém o ouvia; mas todas suas vozes eram dadas no deserto, pois por todos aqueles contornos não havia pessoa que o pudesse escutar, e então se acabou de dar por morto.

Jazia o ruço de barriga para cima, e Sancho Pança o acomodou de modo que o pôs em pé, como mal se conseguia manter, e tirando um pedaço de pão dos alforjes, que também tiveram a mesma sorte na queda, o deu ao seu jumento, a quem o bocado não soube mal, e Sancho lhe disse como se o entendesse:

— As dores com pão menores são.

Nisto descobriu a um lado do fosso um buraco, capaz de nele caber uma pessoa, se se curvava e encolhia. Lá acudiu Sancho Pança e, agachando-se, entrou por ele, e viu que por dentro era espaçoso e largo; e o pôde ver porque pelo que se podia chamar teto entrava um raio de sol que tudo mostrava. Viu também que se dilatava e alargava por outra concavidade espaçosa, vendo o qual voltou a sair aonde estava o jumento, e com uma pedra começou a desmoronar a terra do buraco, de modo que em pouco tempo abriu lugar onde com facilidade pudesse entrar o asno, como o fez; e tomando-o do cabresto começou a caminhar por aquela gruta adiante, por ver se acha-

---

miserable trabajo en que estamos puestos los dos, que yo prometo de ponerte una corona de laurel en la cabeza, que no parezcas sino un laureado poeta, y de darte los piensos doblados.

Desta manera se lamentaba Sancho Panza, y su jumento le escuchaba sin responderle palabra alguna, tal era el aprieto y angustia en que el pobre se hallaba. Finalmente, habiendo pasado toda aquella noche en miserables quejas y lamentaciones, vino el día, con cuya claridad y resplandor vio Sancho que era imposible de toda imposibilidad salir de aquel pozo sin ser ayudado, y comenzó a lamentarse y dar voces, por ver si alguno le oía; pero todas sus voces eran dadas en desierto, pues por todos aquellos contornos no había persona que pudiese escucharle, y entonces se acabó de dar por muerto.

Estaba el rucio boca arriba, y Sancho Panza le acomodó de modo que le puso en pie, que apenas se podía tener, y sacando de las alforjas, que también habían corrido la misma fortuna de la caída, un pedazo de pan, lo dio a su jumento, que no le supo mal, y díjole Sancho, como si lo entendiera:

— Todos los duelos con pan son buenos.

En esto descubrió a un lado de la sima un agujero, capaz de caber por él una persona, si se agobiaba y encogía. Acudió a él Sancho Panza, y agazapándose se entró por él, y vio que por de dentro era espacioso y largo; y púdolo ver porque por lo que se podía llamar techo entraba un rayo de sol que lo descubría todo. Vio también que se dilataba y alargaba por otra concavidad espaciosa, viendo lo cual volvió a salir adonde estaba el jumento, y con una piedra comenzó a desmoronar la tierra del agujero, de modo que en poco espacio hizo lugar donde con facilidad pudiese entrar el asno, como lo hizo; y cogiéndole del cabestro comenzó a caminar por aquella gruta

va alguma saída do outro lado. Por vezes caminhava às escuras e por vezes sem luz, mas nenhuma vez sem medo.

"Valha-me Deus todo-poderoso!", dizia entre si. "Esta que para mim é desventura, melhor seria para aventura do meu amo D. Quixote. Ele sim que teria estas profundezas e masmorras por jardins floridos e palácios de Galiana,[1] e esperaria sair desta escuridão e estreiteza para algum florido prado; mas eu, sem ventura, falto de conselho e menoscabado de coragem, a cada passo penso que debaixo dos pés se abrirá de improviso outra fossa mais profunda que a outra, que acabe de me tragar. Bem venhas, mal, se vieres só."

Dessa maneira e com esses pensamentos cuidou que teria caminhado pouco mais de meia légua, ao cabo da qual descobriu uma confusa claridade, que pareceu ser já de dia e que por alguma parte entrava, dando indício de ter fim aberto aquele, para ele, caminho da outra vida.

Aqui o deixa Cide Hamete Benengeli e volta a tratar de D. Quixote, que alvoroçado e contente esperava o prazo da batalha que havia de travar com o roubador da honra da filha de Dª Rodríguez, a quem pensava endireitar o torto e a afronta que vilmente lhe haviam feito.

Sucedeu, pois, que saindo uma manhã para se ensaiar e adestrar naquilo que havia de fazer no transe em que pensava ver-se no dia seguinte, dando uma arrancada ou arremetida com Rocinante, chegou a pôr os pés tão junto de uma cova que, a não puxar fortemente as rédeas, seria impossível não cair nela. Enfim o deteve e não caiu, e chegando-se um pouco mais perto, sem se apear, e olhando aquele fundão, enquanto o olhava, ouviu grandes vozes dentro, e escutando atentamente, pôde perceber e entender que quem as dava dizia:

---

adelante, por ver si hallaba alguna salida por otra parte. A veces iba a escuras y a veces sin luz, pero ninguna vez sin miedo.

"¡Válame Dios todopoderoso!", decía entre sí. "Esta que para mí es desventura, mejor fuera para aventura de mi amo don Quijote. Él sí que tuviera estas profundidades y mazmorras por jardines floridos y por palacios de Galiana, y esperara salir de esta escuridad y estrecheza a algún florido prado; pero yo sin ventura, falto de consejo y menoscabado de ánimo, a cada paso pienso que debajo de los pies de improviso se ha de abrir otra sima más profunda que la otra, que acabe de tragarme. Bien vengas mal, si vienes solo."

Desta manera y con estos pensamientos le pareció que habría caminado poco más de media legua, al cabo de la cual descubrió una confusa claridad, que pareció ser ya de día, y que por alguna parte entraba, que daba indicio de tener fin abierto aquel, para él, camino de la otra vida.

Aquí le deja Cide Hamete Benengeli, y vuelve a tratar de don Quijote, que alborozado y contento esperaba el plazo de la batalla que había de hacer con el robador de la honra de la hija de doña Rodríguez, a quien pensaba enderezar el tuerto y desaguisado que malamente le tenían fecho.

Sucedió, pues, que saliéndose una mañana a imponerse y ensayarse en lo que había de hacer en el trance en que otro día pensaba verse, dando un repelón o arremetida a Rocinante, llegó a poner los pies tan junto a una cueva, que a no tirarle fuertemente las riendas fuera imposible no caer en ella. En fin le detuvo, y no cayó, y llegándose algo más cerca, sin apearse, miró aquella hondura, y estándola mirando, oyó grandes voces dentro, y escuchando atentamente, pudo percebir y entender que el que las daba decía:

— Ó de cima! Há algum cristão que me escute ou algum cavaleiro caridoso que se doa de um pecador enterrado em vida, ou de um desventurado desgovernado governador?

Pareceu a D. Quixote que ouvia a voz de Sancho Pança, do que ficou suspenso e assombrado, e levantando a voz tudo quanto pôde disse:

— Quem está aí embaixo? Quem se queixa?

— Quem pode estar aqui ou quem se há de queixar — responderam —, senão o traquejado Sancho Pança, governador, por seus pecados e por sua mal-andança, da ínsula Baratária, escudeiro que foi do famoso cavaleiro D. Quixote de La Mancha?

Ouvindo o qual D. Quixote, redobrou-se-lhe a admiração e se lhe acrescentou o pasmo, vindo ao seu pensamento que Sancho Pança devia de estar morto e que lá estava penando sua alma, e levado desta imaginação disse:

— Conjuro-te por tudo aquilo que te posso conjurar como católico cristão que me digas quem és; e se és alma penada, diz-me o que queres que faça por ti, pois sendo a minha profissão favorecer e acorrer aos necessitados deste mundo, também o serei para acorrer e ajudar aos necessitados do outro mundo, que se não podem ajudar por si mesmos.

— Pela maneira que vossa mercê me fala — responderam —, deve de ser o meu senhor D. Quixote de La Mancha, e ainda no som da voz não é outro, sem dúvida.

— D. Quixote sou — replicou D. Quixote —, o que professa socorrer e ajudar os vivos e os mortos em suas necessidades. Por isso diz-me quem és, que me tens atônito: porque se és o meu escudeiro Sancho Pança e estás morto, como não tenhas sido levado pelos diabos e pela misericórdia de Deus estejas no purgatório, sufrágios tem a nossa santa madre Igreja Católica

---

— ¡Ah de arriba! ¡Hay algún cristiano que me escuche o algún caballero caritativo que se duela de un pecador enterrado en vida, o un desdichado desgobernado gobernador?

Parecióle a don Quijote que oía la voz de Sancho Panza, de que quedó suspenso y asombrado, y levantando la voz todo lo que pudo dijo:

— ¿Quién está allá abajo? ¿Quién se queja?

— ¿Quién puede estar aquí o quién se ha de quejar — respondieron —, sino el asendereado de Sancho Panza, gobernador, por sus pecados y por su mala andanza, de la ínsula Barataria, escudero que fue del famoso caballero don Quijote de la Mancha?

Oyendo lo cual don Quijote, se le dobló la admiración y se le acrecentó el pasmo, viniéndosele al pensamiento que Sancho Panza debía de ser muerto y que estaba allí penando su alma, y llevado desta imaginación dijo:

— Conjúrote por todo aquello que puedo conjurarte como católico cristiano que me digas quién eres; y si eres alma en pena, dime qué quieres que haga por ti, que pues es mi profesión favorecer y acorrer a los necesitados deste mundo, también lo seré para acorrer y ayudar a los menesterosos del otro mundo, que no pueden ayudarse por sí propios.

— Desa manera — respondieron —, vuestra merced que me habla debe de ser mi señor don Quijote de la Mancha, y aun en el órgano de la voz no es otro, sin duda.

— Don Quijote soy — replicó don Quijote —, el que profeso socorrer y ayudar en sus necesidades a los vivos y a los muertos. Por eso dime quién eres, que me tienes atónito: porque si eres mi escudero Sancho Panza

Romana bastantes para te resgatar da pena em que estás, e eu junto com ela o solicitarei da minha parte com quanto a minha fazenda alcançar; por isso acaba de declarar-te e diz-me quem és.

— Voto a tal! — responderam. — E pela vida de quem vossa mercê quiser juro, senhor D. Quixote de La Mancha, que eu sou o seu escudeiro Sancho Pança e nunca morri em todos os dias da minha vida, mas que, tendo deixado o meu governo por coisas e causas que só com mais vagar podem ser ditas, ontem à noite caí neste fosso onde jazo, e o ruço comigo, que por sinal está aqui ao meu lado e não me deixará mentir.

E há mais: parece que o jumento entendeu o que Sancho disse, porque no mesmo instante começou a zurrar tão rijo, que toda a cova retumbava.

— Boa testemunha! — disse D. Quixote. — O zurro eu conheço como se o tivesse parido, e a tua voz escuto, Sancho meu. Espera por mim: irei ao castelo do duque, que está aqui perto, e trarei quem te possa tirar desse fosso, onde decerto te puseram os teus pecados.

— Vá vossa mercê — disse Sancho — e volte logo, por um só Deus, que não suporto mais ficar aqui sepultado em vida e estou morrendo de medo.

Deixou-o D. Quixote e foi para o castelo a contar aos duques o sucesso de Sancho Pança, do que não pouco se maravilharam, porém bem entendendo que ele devia de ter caído por um olho daquela furna que de tempos imemoriais ali estava feita; mas não podiam imaginar como havia deixado o governo sem eles terem aviso da sua vinda. Finalmente, lá foram com cordas e calabres, como dizem, e à custa de muita gente e de muito trabalho tiraram o ruço e Sancho Pança daquelas trevas à luz do sol. Viu-o um estudante e disse:

---

y te has muerto, como no te hayan llevado los diablos, y por la misericordia de Dios estés en el purgatorio, sufragios tiene nuestra santa madre la Iglesia Católica Romana bastantes a sacarte de las penas en que estás, y yo, que lo solicitaré con ella por mi parte con cuanto mi hacienda alcanzare; por eso acaba de declararte y dime quién eres.

— ¡Voto a tal! — respondieron —, y por el nacimiento de quien vuesa merced quisiere juro, señor don Quijote de la Mancha, que yo soy su escudero Sancho Panza y que nunca me he muerto en todos los días de mi vida, sino que, habiendo dejado mi gobierno por cosas y causas que es menester más espacio para decirlas, anoche caí en esta sima donde yago, el rucio conmigo, que no me dejará mentir, pues, por más señas, está aquí conmigo.

Y hay más, que no parece sino que el jumento entendió lo que Sancho dijo, porque al momento comenzó a rebuznar tan recio, que toda la cueva retumbaba.

— ¡Famoso testigo! — dijo don Quijote —. El rebuzno conozco como si le pariera, y tu voz oigo, Sancho mío. Espérame: iré al castillo del duque, que está aquí cerca, y traeré quien te saque desta sima, donde tus pecados te deben de haber puesto.

— Vaya vuesa merced — dijo Sancho — y vuelva presto, por un solo Dios, que ya no lo puedo llevar el estar aquí sepultado en vida y me estoy muriendo de miedo.

Dejóle don Quijote y fue al castillo a contar a los duques el suceso de Sancho Panza, de que no poco se maravillaron, aunque bien entendieron que debía de haber caído por la correspondencia de aquella gruta que de tiempos inmemoriales estaba allí hecha; pero no podían pensar cómo había dejado el gobierno sin tener ellos aviso

— Dessa maneira haviam de sair dos seus governos todos os maus governadores: como sai este pecador do profundo do abismo, morto de fome, descorado e sem cobre, segundo creio.

Ouviu-o Sancho e disse:

— Oito ou dez dias há, irmão murmurador, que entrei a governar a ínsula que me deram, nos quais não me vi farto de pão sequer uma hora; neles me perseguiram médicos e inimigos me sovaram os ossos, e não tive lugar de tirar proveito nem cobrar direito; e sendo isto assim, como é, eu não merecia, a meu ver, sair desta maneira. Mas o homem põe e Deus dispõe, e Deus sabe o que é bom e melhor para cada um, e qual o tempo, tal o tento, e que ninguém diga "desta água não beberei", pois são mais as vozes que as nozes; e Deus me entende, e basta, não digo mais, ainda que pudesse.

— Não te enfades, Sancho, nem tenhas pesar do que ouvires, que isso será um nunca acabar: vem tu com segura consciência, e digam o que disserem, pois querer atar a língua dos maledicentes é o mesmo que querer pôr rédeas ao vento. Se o governador sai rico do seu governo, dizem dele que foi um ladrão, e se sai pobre, que foi um parvo e um mentecapto.

— Sem dúvida — respondeu Sancho — que desta vez antes serei tido por tonto que por ladrão.

Nessas conversações, rodeados de rapazes e de outra muita gente, chegaram ao castelo, onde numas galerias já estavam o duque e a duquesa esperando por D. Quixote e Sancho, o qual não quis subir a ver o duque sem antes acomodar o ruço na cavalariça, porque dizia ter passado uma péssima noite na pousada; e em seguida subiu a ver os seus senhores, ante os quais posto de joelhos disse:

— Eu, senhores, porque assim o quis vossa grandeza, sem nenhum me-

---

de su venida. Finalmente, como dicen, llevaron sogas y maromas, y a costa de mucha gente y de mucho trabajo sacaron al rucio y a Sancho Panza de aquellas tinieblas a la luz del sol. Viole un estudiante y dijo:

— Desta manera habían de salir de sus gobiernos todos los malos gobernadores: como sale este pecador del profundo del abismo, muerto de hambre, descolorido y sin blanca, a lo que yo creo.

Oyólo Sancho y dijo:

— Ocho días o diez ha, hermano murmurador, que entré a gobernar la ínsula que me dieron, en los cuales no me vi harto de pan siquiera un hora; en ellos me han perseguido médicos y enemigos me han brumado los güesos, ni he tenido lugar de hacer cohechos ni de cobrar derechos; y siendo esto así, como lo es, no merecía yo, a mi parecer, salir de esta manera. Pero el hombre pone y Dios dispone, y Dios sabe lo mejor y lo que le está bien a cada uno, y cual el tiempo, tal el tiento, y nadie diga "desta agua no beberé", que adonde se piensa que hay tocinos, no hay estacas; y Dios me entiende, y basta, y no digo más, aunque pudiera.

— No te enojes, Sancho, ni recibas pesadumbre de lo que oyeres, que será nunca acabar: ven tú con segura conciencia, y digan lo que dijeren; y es querer atar las lenguas de los maldicientes lo mesmo que querer poner puertas al campo. Si el gobernador sale rico de su gobierno, dicen dél que ha sido un ladrón, y si sale pobre, que ha sido un parapoco y un mentecato.

— A buen seguro — respondió Sancho — que por esta vez antes me han de tener por tonto que por ladrón.

En estas pláticas llegaron, rodeados de muchachos y de otra mucha gente, al castillo, adonde en unos corredores estaban ya el duque y la duquesa esperando a don Quijote y a Sancho, el cual no quiso subir a ver al

recimento meu, fui governar a vossa ínsula Baratária, na qual entrei nu e nu me acho: não perco nem ganho. Se governei bem ou mal, testemunhas tive que dirão o que quiserem. Declarei dúvidas, sentenciei pleitos, e sempre morto de fome, por querer do doutor Pedro Recio, natural de Tirteafuera, médico insulano e governadoresco. Atacaram-nos inimigos de noite, e, tendo-nos posto em grande aperto, dizem os da ínsula que saíram livres e com vitória graças ao valor do meu braço, que Deus lhes dê tanta saúde quanta verdade eles dizem. Enfim, nesse tempo eu senti as cargas que traz consigo, e as obrigações, o governar, e achei por minha conta que os meus ombros não as podem suportar, nem são peso das minhas costelas, nem flechas da minha aljava; e assim, antes que o governo me deitasse por terra, resolvi eu deitar por terra o governo, e ontem de manhã deixei a ínsula como a achei: com as mesmas ruas, casas e telhados que tinha quando nela entrei. Não pedi emprestado a ninguém nem me meti em granjearias, e bem que pensasse fazer algumas ordenanças proveitosas, não fiz nenhuma, temendo que não se houvessem de guardar, que então é o mesmo fazê-las que não fazê-las. Saí, como digo, da ínsula sem outro acompanhamento que o do meu ruço; caí num fosso, vim por ele adiante, até que esta manhã, com a luz do sol, vi a saída, mas não tão fácil, que se o céu não me deparasse o meu senhor D. Quixote, lá ficara até o fim do mundo. Portanto, meus senhores duque e duquesa, aqui está o vosso governador Sancho Pança, que em apenas dez dias que teve o governo granjeou o conhecimento de que não se lhe há de dar nada por ser governador, nem digo de uma ínsula, mas do mundo inteiro. E com este pressuposto, beijando os pés de vossas mercês, imitando o jogo dos rapazes quando dizem "salta e passa", salto fora do governo e me passo ao serviço do meu senhor D. Quixote, pois nele, afinal, por mais que coma o pão com sobres-

---

duque sin que primero no hubiese acomodado al rucio en la caballeriza, porque decía que había pasado muy mala noche en la posada; y luego subió a ver a sus señores, ante los cuales puesto de rodillas dijo:

— Yo, señores, porque lo quiso así vuestra grandeza, sin ningún merecimiento mío, fui a gobernar vuestra ínsula Barataria, en la cual entré desnudo, y desnudo me hallo: ni pierdo ni gano. Si he gobernado bien o mal, testigos he tenido delante, que dirán lo que quisieren. He declarado dudas, sentenciado pleitos, y siempre muerto de hambre, por haberlo querido así el doctor Pedro Recio, natural de Tirteafuera, médico insulano y gobernadoresco. Acometiéronnos enemigos de noche, y, habiéndonos puesto en grande aprieto, dicen los de la ínsula que salieron libres y con vitoria por el valor de mi brazo, que tal salud les dé Dios como ellos dicen verdad. En resolución, en este tiempo yo he tanteado las cargas que trae consigo, y las obligaciones, el gobernar, y he hallado por mi cuenta que no las podrán llevar mis hombros, ni son peso de mis costillas, ni flechas de mi aljaba; y así, antes que diese conmigo al través el gobierno, he querido yo dar con el gobierno al través, y ayer de mañana dejé la ínsula como la hallé: con las mismas calles, casas y tejados que tenía cuando entré en ella. No he pedido prestado a nadie, ni metídome en granjerías, y aunque pensaba hacer algunas ordenanzas provechosas, no hice ninguna, temeroso que no se habían de guardar, que es lo mesmo hacerlas que no hacerlas. Salí, como digo, de la ínsula sin otro acompañamiento que el de mi rucio; caí en una sima, víneme por ella adelante, hasta que esta mañana con la luz del sol vi la salida, pero no tan fácil, que a no depararme el cielo a mi señor don Quijote, allí me quedara hasta la fin del mundo. Así que, mis señores duque y duquesa, aquí está vuestro gobernador Sancho Panza, que ha granjeado en solos diez días que ha tenido el gobierno a conocer que no se le ha de dar nada por ser gobernador, no

salto, ao menos me farto, e a mim, como esteja farto, tanto me faz que seja de nabos como de perdizes.

Com isso deu fim Sancho à sua arenga, sempre temendo D. Quixote que nela dissesse milhares de disparates; e quando o viu acabar com tão poucos, deu no seu coração graças ao céu, e o duque abraçou Sancho e lhe disse que lhe pesava na alma que tivesse deixado o governo tão cedo, mas que ele ordenaria de sorte que se lhe desse em seu estado outro ofício de menos carga e mais proveito. Abraçou-o igualmente a duquesa e mandou que o regalassem, porque dava sinais de vir bem moído e malparado.

NOTA

[1] Palácios de Galiana: segundo uma lenda popular, certas ruínas situadas nos arredores de Toledo, às margens do Tejo, haviam sido o suntuoso palácio de uma princesa moura, por quem Carlos Magno se apaixonou. Lexicalizada, a expressão designa a moradia mais luxuosa que se possa imaginar.

---

que de una ínsula, sino de todo el mundo. Y con este presupuesto, besando a vuestras mercedes los pies, imitando al juego de los muchachos que dicen "Salta tú, y dámela tú", doy un salto del gobierno y me paso al servicio de mi señor don Quijote, que, en fin, en él, aunque como el pan con sobresalto, hártome a lo menos, y para mí, como yo esté harto, eso me hace que sea de zanahorias que de perdices.

Con esto dio fin a su larga plática Sancho, temiendo siempre don Quijote que había de decir en ella millares de disparates; y cuando le vio acabar con tan pocos, dio en su corazón gracias al cielo, y el duque abrazó a Sancho y le dijo que le pesaba en el alma de que hubiese dejado tan presto el gobierno, pero que él haría de suerte que se le diese en su estado otro oficio de menos carga y de más provecho. Abrazóle la duquesa asimismo y mandó que le regalasen, porque daba señales de venir mal molido y peor parado.

CAPÍTULO LVI

DA DESCOMUNAL E NUNCA VISTA BATALHA TRAVADA
ENTRE D. QUIXOTE DE LA MANCHA E O LACAIO TOSILOS
NA DEFESA DA FILHA DA DUENHA Dª RODRÍGUEZ

Não se arrependeram os duques da burla feita a Sancho Pança no governo que lhe deram, de mais que naquele mesmo dia veio o seu mordomo e lhes contou ponto por ponto quase todas as palavras e ações que Sancho havia dito e feito naqueles dias, encarecendo-lhes finalmente o assalto da ínsula e o medo de Sancho e sua saída, do qual receberam não pequeno gosto.

Depois disso conta a história que chegou o dia da batalha aprazada, e tendo o duque uma e muitíssimas vezes advertido ao seu lacaio Tosilos como se havia de comportar com D. Quixote para vencê-lo sem o matar nem ferir, ordenou tirar os ferros das lanças, dizendo a D. Quixote que a cristandade de que ele se prezava não permitia que aquela batalha fosse com tanto risco e perigo das vidas, e que se contentasse com que lhe dava campo franco em sua terra, ainda que contrariando o decreto do santo Concílio que proíbe os tais desafios,[1] e não quisesse levar tão duro transe com todo o rigor.

D. Quixote disse que Sua Excelência encaminhasse as coisas daquele negócio como mais fosse servido, que ele em tudo lhe obedeceria. Chegado

---

CAPÍTULO LVI

DE LA DESCOMUNAL Y NUNCA VISTA BATALLA QUE PASÓ
ENTRE DON QUIJOTE DE LA MANCHA Y EL LACAYO TOSILOS
EN LA DEFENSA DE LA HIJA DE LA DUEÑA DOÑA RODRÍGUEZ

No quedaron arrepentidos los duques de la burla hecha a Sancho Panza del gobierno que le dieron, y más que aquel mismo día vino su mayordomo y les contó punto por punto todas casi las palabras y acciones que Sancho había dicho y hecho en aquellos días, y finalmente les encareció el asalto de la ínsula, y el miedo de Sancho y su salida, de que no pequeño gusto recibieron.

Después desto cuenta la historia que se llegó el día de la batalla aplazada, y, habiendo el duque una y muy muchas veces advertido a su lacayo Tosilos cómo se había de avenir con don Quijote para vencerle sin matarle ni herirle, ordenó que se quitasen los hierros a las lanzas, diciendo a don Quijote que no permitía la cristiandad de que él se preciaba que aquella batalla fuese con tanto riesgo y peligro de las vidas, y que se contentase con que le daba campo franco en su tierra, puesto que iba contra el decreto del santo Concilio que prohíbe los tales desafíos, y no quisiese llevar por todo rigor aquel trance tan fuerte.

pois o temeroso dia, e tendo o duque mandado que diante da praça do castelo se montasse um espaçoso cadafalso onde ficassem os juízes do campo e as duenhas, mãe e filha, demandantes, acudiu de todos os lugares e aldeias circunvizinhas infinita gente para ver a novidade daquela batalha, pois nunca outra tal haviam visto nem ouvido dizer naquela terra os que lá viviam nem os já mortos.

O primeiro a entrar no campo e estacada foi o mestre de cerimônias, que tenteou o campo e o passeou inteiro, porque nele não houvesse algum engano nem coisa encoberta onde tropeçar e cair; em seguida entraram as duenhas e se sentaram nos seus assentos, cobertas com os mantos até os olhos, e ainda até os peitos, com mostras de não pequeno sentimento. Já presente D. Quixote na estacada, dali a pouco, acompanhado de muitas trombetas, surgiu por um lado da praça sobre um poderoso cavalo, aturdindo-a inteira, o grande lacaio Tosilos, baixada a viseira e todo encouraçado com uma forte e reluzente armadura. O cavalo mostrava ser frisão, corpulento e de cor tordilha, com uma arroba de lã pendendo de cada mão e pé.

Vinha o valoroso combatente bem informado pelo duque seu senhor sobre como se havia de portar com o valoroso D. Quixote de La Mancha, advertido que de nenhuma maneira o matasse, mas que procurasse esquivar o primeiro encontro, para escusar o perigo de sua morte, que era certo se de cheio em cheio o colhesse. Passeou pela praça e, chegando aonde as duenhas estavam, se pôs algum tanto a mirar aquela que por esposo o pedia. Chamou o mestre de campo a D. Quixote, que já se apresentara na praça, e ao lado de Tosilos falou às duenhas, perguntando-lhes se consentiam que D. Quixote de La Mancha defendesse seu direito. Elas disseram que sim e que tudo o que naquele caso ele fizesse o davam por bem feito, por firme e por valedio.

Don Quijote dijo que Su Excelencia dispusiese las cosas de aquel negocio como más fuese servido, que él le obedecería en todo. Llegado pues el temeroso día, y habiendo mandado el duque que delante de la plaza del castillo se hiciese un espacioso cadahalso donde estuviesen los jueces del campo y las dueñas, madre y hija, demandantes, había acudido de todos los lugares y aldeas circunvecinas infinita gente a ver la novedad de aquella batalla, que nunca otra tal no habían visto ni oído decir en aquella tierra los que vivían ni los que habían muerto.

El primero que entró en el campo y estacada fue el maestro de las ceremonias, que tanteó el campo y le paseó todo, porque en él no hubiese algún engaño, ni cosa encubierta donde se tropezase y cayese; luego entraron las dueñas y se sentaron en sus asientos, cubiertas con los mantos hasta los ojos, y aun hasta los pechos, con muestras de no pequeño sentimiento. Presente don Quijote en la estacada, de allí a poco, acompañado de muchas trompetas, asomó por una parte de la plaza, sobre un poderoso caballo, hundiéndola toda, el grande lacayo Tosilos, calada la visera y todo encambronado, con unas fuertes y lucientes armas. El caballo mostraba ser frisón, ancho y de color tordillo; de cada mano y pie le pendía una arroba de lana.

Venía el valeroso combatiente bien informado del duque su señor de cómo se había de portar con el valeroso don Quijote de la Mancha, advertido que en ninguna manera le matase, sino que procurase huir el primer encuentro, por escusar el peligro de su muerte, que estaba cierto si de lleno en lleno le encontrase. Paseó la plaza y, llegando donde las dueñas estaban, se puso algún tanto a mirar a la que por esposo le pedía. Llamó el maese de campo a don Quijote, que ya se había presentado en la plaza, y junto con Tosilos habló a las dueñas, preguntán-

Já nesse tempo estavam o duque e a duquesa postos numa galeria que dava para a estacada, toda a qual estava coroada de infinita gente à espera de ver aquele rigoroso transe nunca visto. Foi condição dos combatentes que, se D. Quixote vencesse, seu contrário se havia de casar com a filha de Dª Rodríguez, e se ele fosse vencido, ficaria livre seu contendor da palavra que se lhe pedia, sem dar outra satisfação alguma.

Partiu-lhes o sol o mestre de cerimônias e pôs cada um dos dois no posto que lhe cabia. Soaram os tambores, encheu-se o ar com o som das trombetas, tremia sob os pés a terra, estavam suspensos os corações da expectante turba, temendo uns e desejando outros o bom ou o mau sucesso daquele caso. Finalmente D. Quixote, encomendando-se de todo seu coração a Deus Nosso Senhor e à senhora Dulcineia d'El Toboso, estava aguardando que se lhe desse o sinal preciso da arremetida; porém nosso lacaio tinha diferentes pensamentos: não pensava ele senão no que agora direi.

Ao que parece, quando ele esteve mirando sua inimiga, lhe pareceu a mais formosa mulher que tinha visto em toda a vida, e o menino peticego que por essas ruas de ordinário se costuma chamar "Amor" não quis perder a ocasião que se lhe ofereceu de triunfar sobre uma alma lacaiesca e pô-la na lista dos seus troféus; e assim, chegando-se a ele de manso sem que ninguém o visse, meteu no pobre lacaio pelo lado esquerdo uma flecha de duas varas que lhe passou o coração de parte a parte; e o pôde fazer bem a seguro, porque o Amor é invisível e entra e sai por onde quer, sem que ninguém lhe peça conta dos seus atos.

Digo, pois, que quando deram o sinal da arremetida estava nosso lacaio transportado, pensando na formosura daquela que ele já havia tornado em senhora da sua liberdade, e assim não atentou ao som da trombeta, como fez

---

doles si consentían que volviese por su derecho don Quijote de la Mancha. Ellas dijeron que sí y que todo lo que en aquel caso hiciese lo daban por bien hecho, por firme y por valedero.

Ya en este tiempo estaban el duque y la duquesa puestos en una galería que caía sobre la estacada, toda la cual estaba coronada de infinita gente que esperaba ver el riguroso trance nunca visto. Fue condición de los combatientes que si don Quijote vencía, su contrario se había de casar con la hija de doña Rodríguez, y si él fuese vencido, quedaba libre su contendor de la palabra que se le pedía, sin dar otra satisfación alguna.

Partióles el maestro de las ceremonias el sol y puso a los dos cada uno en el puesto donde habían de estar. Sonaron los atambores, llenó el aire el son de las trompetas, temblaba debajo de los pies la tierra, estaban suspensos los corazones de la mirante turba, temiendo unos y esperando otros el bueno o el mal suceso de aquel caso. Finalmente don Quijote, encomendándose de todo su corazón a Dios Nuestro Señor y a la señora Dulcinea del Toboso, estaba aguardando que se le diese señal precisa de la arremetida; empero nuestro lacayo tenía diferentes pensamientos: no pensaba él sino en lo que agora diré.

Parece ser que cuando estuvo mirando a su enemiga le pareció la más hermosa mujer que había visto en toda su vida, y el niño ceguezuelo a quien suelen llamar de ordinario "Amor" por esas calles no quiso perder la ocasión que se le ofreció de triunfar de una alma lacayuna y ponerla en la lista de sus trofeos; y así, llegándose a él bonitamente sin que nadie le viese, le envasó al pobre lacayo una flecha de dos varas por el lado izquierdo y le pasó el corazón de parte a parte; y púdolo hacer bien al seguro, porque el Amor es invisible y entra y sale por do quiere, sin que nadie le pida cuenta de sus hechos.

D. Quixote, que mal a ouvira quando arremeteu e a todo o correr que permitia Rocinante partiu contra o seu inimigo; e vendo-o partir seu bom escudeiro Sancho, disse a grandes vozes:

— Deus te guie, nata e flor dos andantes cavaleiros! Deus te dê a vitória, pois levas a razão da tua parte!

E bem vendo Tosilos que D. Quixote vinha contra si, não se moveu um passo do seu posto, antes com grandes vozes chamou pelo mestre de campo, o qual chegando-se a ver o que ele queria, o ouviu dizer:

— Senhor, esta batalha não se faz por que eu me case ou não me case com aquela senhora?

— Assim é — lhe foi respondido.

— Pois eu — disse o lacaio — sou temeroso da minha consciência e a poria em grande cargo se passasse adiante nesta batalha; e assim digo que me dou por vencido e que me quero casar logo com aquela senhora.

Ficou o mestre de campo admirado das razões de Tosilos, e como era um dos sabedores da maquinação daquele caso não lhe soube responder palavra. Deteve-se D. Quixote no meio da sua carreira, vendo que seu inimigo o não acometia. O duque não sabia por que razão não se passava adiante na batalha, mas o mestre de campo foi-lhe comunicar o que Tosilos dizia, do que ficou pasmado e colérico em extremo.

Enquanto isso se passava, Tosilos se chegou aonde Dª Rodríguez estava e disse a grandes vozes:

— Eu, senhora, quero me casar com a vossa filha e não quero conseguir por pleitos nem contendas o que posso conseguir por paz e sem perigo da morte.

Ouviu isto o valoroso D. Quixote e disse:

Digo, pues, que cuando dieron la señal de la arremetida estaba nuestro lacayo transportado, pensando en la hermosura de la que ya había hecho señora de su libertad, y así no atendió al son de la trompeta, como hizo don Quijote, que apenas la hubo oído cuando arremetió y a todo el correr que permitía Rocinante partió contra su enemigo; y viéndole partir su buen escudero Sancho, dijo a grandes voces:

— ¡Dios te guíe, nata y flor de los andantes caballeros! ¡Dios te dé la vitoria, pues llevas la razón de tu parte!

Y aunque Tosilos vio venir contra sí a don Quijote, no se movió un paso de su puesto, antes con grandes voces llamó al maese de campo, el cual venido a ver lo que quería, le dijo:

— Señor, ¿esta batalla no se hace porque yo me case o no me case con aquella señora?

— Así es — le fue respondido.

— Pues yo — dijo el lacayo — soy temeroso de mi conciencia y pondríala en gran cargo si pasase adelante en esta batalla; y así digo que yo me doy por vencido y que quiero casarme luego con aquella señora.

Quedó admirado el maese de campo de las razones de Tosilos, y como era uno de los sabidores de la máquina de aquel caso no le supo responder palabra. Detúvose don Quijote en la mitad de su carrera, viendo que su enemigo no le acometía. El duque no sabía la ocasión por que no se pasaba adelante en la batalla, pero el maese de campo le fue a declarar lo que Tosilos decía, de lo que quedó suspenso y colérico en estremo.

En tanto que esto pasaba, Tosilos se llegó adonde doña Rodríguez estaba y dijo a grandes voces:

— Yo, señora, quiero casarme con vuestra hija y no quiero alcanzar por pleitos ni contiendas lo que puedo alcanzar por paz y sin peligro de la muerte.

— Sendo isto assim, eu fico livre e solto da minha promessa: casem-se em boa hora, e pois Deus Nosso Senhor vo-la deu, que São Pedro a abençoe.

O duque baixara à praça do castelo e, chegando-se a Tosilos, lhe disse:

— É verdade, cavaleiro, que vos dais por vencido e que, instigado da vossa temerosa consciência, vos quereis casar com esta donzela?

— Sim, senhor — respondeu Tosilos.

— Ele faz muito bem — disse neste ponto Sancho Pança —, pois o que se há de dar ao rato, dê-se ao gato, e não mais cuidados.

Ia Tosilos desenlaçando a celada e rogando que corressem a ajudá-lo, porque já lhe faltavam os espíritos do alento e não se podia ver tanto tempo enclausurado na estreiteza daquele aposento. Tiraram-na depressa, e ficou descoberto e patente o seu rosto de lacaio. Vendo o qual Dª Rodríguez e sua filha, dando grandes vozes disseram:

— Engano! Isso é engano! Quem aí está é Tosilos, o lacaio do duque meu senhor, que nos puseram em lugar do meu verdadeiro esposo! Justiça de Deus e do rei por tanta malícia, para não dizer velhacaria!

— Não vos acoiteis, senhoras — disse D. Quixote —, pois isto não é malicia nem velhacaria; e se é, não há de ter sido o duque a sua causa, senão os maus encantadores que me perseguem, os quais, invejosos de que eu alcançasse a glória deste vencimento, transformaram o rosto do vosso esposo no deste que dizeis ser lacaio do duque. Tomai o meu conselho e, apesar da malícia dos meus inimigos, casai-vos com ele, pois sem dúvida é o mesmo que desejais alcançar por esposo.

O duque, que o ouviu, esteve a um triz de romper toda a sua cólera em riso e disse:

— São tão extraordinárias as coisas que acontecem ao senhor D. Qui-

---

Oyó esto el valeroso don Quijote y dijo:

— Pues esto así es, yo quedo libre y suelto de mi promesa: cásense enhorabuena, y pues Dios Nuestro Señor se la dio, San Pedro se la bendiga.

El duque había bajado a la plaza del castillo y, llegándose a Tosilos, le dijo:

— ¿Es verdad, caballero, que os dais por vencido y que, instigado de vuestra temerosa conciencia, os queréis casar con esta doncella?

— Sí, señor — respondió Tosilos.

— Él hace muy bien — dijo a esta sazón Sancho Panza —, porque lo que has de dar al mur, dalo al gato, y sácarte ha de cuidado.

Íbase Tosilos desenlazando la celada y rogaba que apriesa le ayudasen, porque le iban faltando los espíritus del aliento y no podía verse encerrado tanto tiempo en la estrecheza de aquel aposento. Quitáronsela apriesa, y quedó descubierto y patente su rostro de lacayo. Viendo lo cual doña Rodríguez y su hija, dando grandes voces dijeron:

— ¡Este es engaño, engaño este! ¡A Tosilos, el lacayo del duque mi señor, nos han puesto en lugar de mi verdadero esposo! ¡Justicia de Dios y del rey de tanta malicia, por no decir bellaquería!

— No vos acuitéis, señoras — dijo don Quijote —, que ni esa es malicia ni es bellaquería; y si la es, no ha sido la causa el duque, sino los malos encantadores que me persiguen, los cuales, invidiosos de que yo alcanzase la gloria deste vencimiento, han convertido el rostro de vuestro esposo en el de este que decís que es lacayo del

xote que estou para crer que este meu lacaio não o seja. Mas usemos deste ardil e manha: dilatemos o casamento ao menos quinze dias, mantendo enclausurado este personagem que nos tem duvidosos, nos quais poderia ser que voltasse à sua prístina figura, pois não há de durar tanto o rancor que os encantadores têm do senhor D. Quixote, e mais quando eles ganham tão pouco em usar tais embustes e transformações.

— Ah, senhor — disse Sancho —, é que esses bandidos já têm por uso e costume mudar de umas em outras as coisas que tocam ao meu amo. Um cavaleiro que ele venceu dias atrás, chamado o dos Espelhos, eles tornaram na figura do bacharel Sansón Carrasco, natural do nosso povoado e grande amigo nosso, e à minha senhora Dulcineia d'El Toboso a tornaram numa rústica lavradora; e assim imagino que este lacaio há de morrer e viver lacaio todos os dias da sua vida.

Ao que disse a filha de Rodríguez:

— Seja quem for este que me pede por esposa, muito lho agradeço, pois mais quero ser mulher legítima de um lacaio que amiga e burlada de um cavaleiro, ainda que quem me burlou o não seja.

Em conclusão, todos esses contos e sucessos pararam em que Tosilos se recolhesse até ver no que parava a sua transformação; aclamaram todos a vitória de D. Quixote, e os mais ficaram tristes e melancólicos de ver que não se haviam feito em pedaços os tão esperados combatentes, bem assim como os rapazes ficam tristes quando não é enforcado quem esperam por ter o perdão ou da parte ou da justiça. Foi-se toda a gente, voltaram o duque e D. Quixote ao castelo, enclausuraram Tosilos, ficaram Dª Rodríguez e a filha contentíssimas de ver que por uma via ou por outra aquele caso havia de parar em casamento, e Tosilos não esperava menos.

---

duque. Tomad mi consejo y, a pesar de la malicia de mis enemigos, casaos con él, que sin duda es el mismo que vos deseáis alcanzar por esposo.

El duque que esto oyó, estuvo por romper en risa toda su cólera y dijo:

— Son tan extraordinarias las cosas que suceden al señor don Quijote, que estoy por creer que este mi lacayo no lo es; pero usemos deste ardid y maña: dilatemos el casamiento quince días siquiera, y tengamos encerrado a este personaje que nos tiene dudosos, en los cuales podría ser que volviese a su prístina figura, que no ha de durar tanto el rancor que los encantadores tienen al señor don Quijote, y más yéndoles tan poco en usar estos embelecos y transformaciones.

— ¡Oh señor! — dijo Sancho —, que ya tienen estos malandrines por uso y costumbre de mudar las cosas de unas en otras que tocan a mi amo. Un caballero que venció los días pasados, llamado el de los Espejos, le volvieron en la figura del bachiller Sansón Carrasco, natural de nuestro pueblo y grande amigo nuestro, y a mi señora Dulcinea del Toboso la han vuelto en una rústica labradora; y, así, imagino que este lacayo ha de morir y vivir lacayo todos los días de su vida.

A lo que dijo la hija de Rodríguez:

— Séase quien fuere este que me pide por esposa, que yo se lo agradezco, que más quiero ser mujer legítima de un lacayo que no amiga y burlada de un caballero, puesto que el que a mí me burló no lo es.

En resolución, todos estos cuentos y sucesos pararon en que Tosilos se recogiese hasta ver en qué paraba su transformación; aclamaron todos la vitoria por don Quijote, y los más quedaron tristes y melancólicos de ver

Nota

[1] ... santo Concílio que proíbe os tais desafios: embora o duelo já fosse formalmente vedado antes do Concílio de Trento, foi nos decretos dele emanados que a proibição se tornou mais veemente, prevendo pena de excomunhão também a quem oferecesse campo para o confronto (cf. cap. XXXII, nota 2).

que no se habían hecho pedazos los tan esperados combatientes, bien así como los mochachos quedan tristes cuando no sale el ahorcado que esperan porque le ha perdonado o la parte o la justicia. Fuese la gente, volviéronse el duque y don Quijote al castillo, encerraron a Tosilos, quedaron doña Rodríguez y su hija contentísimas de ver que por una vía o por otra aquel caso había de parar en casamiento, y Tosilos no esperaba menos.

CAPÍTULO LVII

*QUE TRATA DE COMO D. QUIXOTE SE DESPEDIU DO DUQUE
E DO QUE LHE ACONTECEU COM A DISCRETA E DESENVOLTA
ALTISIDORA, DONZELA DA DUQUESA*

Já parecia a D. Quixote que era bem sair de tanta ociosidade como a que naquele castelo tinha, por imaginar que era grande a falta que a sua pessoa fazia deixando-se estar recluso e preguiçoso entre os infinitos regalos e deleites que como a cavaleiro andante aqueles senhores lhe faziam, parecendo-lhe que haveria de dar estreita conta ao céu daquela ociosidade e clausura, e assim um dia pediu aos duques licença para partir. Deram-lha com mostras de que em grande maneira lhes pesava que os deixasse, e deu a duquesa a Sancho Pança as cartas da sua mulher, o qual chorou com elas e disse:

— Quem pensaria que esperanças tão grandes como as que no peito da minha mulher Teresa Pança engendraram as novas do meu governo haviam de parar em voltar eu agora às arrastadas aventuras do meu amo D. Quixote de La Mancha? Ainda assim, eu me contento de ver que a minha Teresa fez como cumpria a quem ela é, enviando as bolotas à duquesa, pois se as não tivesse enviado, ficando eu pesaroso, teria mostrado ingratidão. O que me

---

CAPÍTULO LVII

*QUE TRATA DE CÓMO DON QUIJOTE SE DESPIDIÓ DEL DUQUE
Y DE LO QUE LE SUCEDIÓ CON LA DISCRETA Y DESENVUELTA
ALTISIDORA, DONCELLA DE LA DUQUESA*

Ya le pareció a don Quijote que era bien salir de tanta ociosidad como la que en aquel castillo tenía, que se imaginaba ser grande la falta que su persona hacía en dejarse estar encerrado y perezoso entre los infinitos regalos y deleites que como a caballero andante aquellos señores le hacían, y parecíale que había de dar cuenta estrecha al cielo de aquella ociosidad y encerramiento, y así pidió un día licencia a los duques para partirse. Diéronsela con muestras de que en gran manera les pesaba de que los dejase. Dio la duquesa las cartas de su mujer a Sancho Panza, el cual lloró con ellas y dijo:

— ¿Quién pensara que esperanzas tan grandes como las que en el pecho de mi mujer Teresa Panza engendraron las nuevas de mi gobierno habían de parar en volverme yo agora a las arrastradas aventuras de mi amo don Quijote de la Mancha? Con todo esto, me contento de ver que mi Teresa correspondió a ser quien es envian-

consola é que a essa dádiva não se pode dar nome de peita, porque eu já tinha o governo quando ela as enviou, e está posto em razão que quem recebe algum benefício, ainda que seja de nonada, se mostre agradecido. Com efeito, eu entrei nu no governo e dele saio nu, e assim posso dizer com segura consciência, o que não é pouco: "Nu vim ao mundo, nu me acho: não perco nem ganho".

Isso arengava Sancho entre si no dia da partida; e saindo D. Quixote, tendo-se a noite antes despedido dos duques, de manhã se apresentou armado na praça do castelo. Toda a gente do castelo o veio olhar dos corredores, e assim também os duques saíram para vê-lo. Estava Sancho sobre seu ruço, com seus alforjes, sua maleta e seu farnel, contentíssimo porque o mordomo do duque, o mesmo que fizera a Trifraldi, lhe havia dado um saquete com duzentos escudos de ouro para suprir as precisões do caminho, coisa que D. Quixote ainda não sabia.

Estando, como fica dito, olhando-os todos, a desoras entre as outras duenhas e donzelas da duquesa que o olhavam levantou a voz a desenvolta e discreta Altisidora, e em tom lastimoso disse:

— Escuta, mau cavaleiro,
colhe um pouco tuas rédeas,
não castigues as ilhargas
de tua mal regida besta.
    Olha, falso, que não foges
de alguma serpente fera,
senão de uma borreguinha
inda bem longe de ovelha.

---

do las bellotas a la duquesa, que a no habérselas enviado, quedando yo pesaroso, se mostrara ella desagradecida. Lo que me consuela es que esta dádiva no se le puede dar nombre de cohecho, porque ya tenía yo el gobierno cuando ella las envió y está puesto en razón que los que reciben algún beneficio, aunque sea con niñerías, se muestren agradecidos. En efecto, yo entré desnudo en el gobierno y salgo desnudo dél, y así podré decir con segura conciencia, que no es poco: "Desnudo nací, desnudo me hallo: ni pierdo ni gano".

Esto pasaba entre sí Sancho el día de la partida; y saliendo don Quijote, habiéndose despedido la noche antes de los duques, una mañana se presentó armado en la plaza del castillo. Mirábanle de los corredores toda la gente del castillo, y asimismo los duques salieron a verle. Estaba Sancho sobre su rucio, con sus alforjas, maleta y repuesto, contentísimo porque el mayordomo del duque, el que fue la Trifaldi, le había dado un bolsico con docientos escudos de oro para suplir los menesteres del camino, y esto aún no lo sabía don Quijote.

Estando, como queda dicho, mirándole todos, a deshora entre las otras dueñas y doncellas de la duquesa que le miraban alzó la voz la desenvuelta y discreta Altisidora, y en son lastimero dijo:

Tu burlaste, monstro horrendo,
a mais formosa donzela
que Diana viu em seus montes,
que Vênus em suas selvas.

Cruel Bireno,[1] fugitivo Eneias,
Barrabás que te carregue, lá te avenhas.

Tu levas mui impiamente
em tuas mãos quais garras presas
as entranhas de uma humilde,
esta enamorada terna.
        Levas tu três lenços finos
e umas ligas de umas pernas
que o paro mármore[2] igualam
em lisas, brancas e negras.
        Levas tu dois mil suspiros,
que a ser de fogo puderam
abrasar duas mil Troias,
se tantas Troias houvera.

Cruel Bireno, fugitivo Eneias,
Barrabás que te carregue, lá te avenhas.

Desse teu Sancho escudeiro
seja o coração de pedra,
e tão dura, que não livre
do feitiço a Dulcineia.

— Escucha, mal caballero,
detén un poco las riendas,
no fatigues las ijadas
de tu mal regida bestia.
        Mira, falso, que no huyes
de alguna serpiente fiera,
sino de una corderilla
que está muy lejos de oveja.
        Tú has burlado, monstruo horrendo,
la más hermosa doncella
que Dïana vio en sus montes,
que Venus miró en sus selvas.

Cruel Vireno, fugitivo Eneas,
Barrabás te acompañe, allá te avengas.

Tú llevas (llevar impío!)
en las garras de tus cerras
las entrañas de una humilde,
como enamorada tierna.
        Llévaste tres tocadores
y unas ligas de unas piernas
que al mármol paro se igualan
en lisas, blancas y negras.
        Llévaste dos mil suspiros,
que a ser de fuego pudieran
abrasar a dos mil Troyas,
si dos mil Troyas hubiera.

Cruel Vireno, fugitivo Eneas,
Barrabás te acompañe, allá te avengas.

Da grande culpa que tens
a triste carregue a pena,
pois justos por pecadores
usam pagar nesta terra.
   Tuas finas aventuras
em desventuras revertam,
em sonhos teus passatempos,
em desprezo tuas firmezas.

Cruel Bireno, fugitivo Eneias,
Barrabás que te carregue, lá te avenhas.

Que sejas tido por falso
de Sevilha até Marchena,
de Granada a Lanjarón,
de Londres até Inglaterra.
   Quando jogares manilha,
centos, trunfo ou primeira,
que os reis escapem de ti,
setes ou ases não vejas.
   Quando cortares teus calos,
que sangue as feridas vertam,
e se arrancares os dentes,
que fiques com mil arnelas.

Cruel Bireno, fugitivo Eneias,
Barrabás te acompanhe, lá te avenhas.

De ese Sancho tu escudero
las entrañas sean tan tercas
y tan duras, que no salga
de su encanto Dulcinea.
   De la culpa que tú tienes
lleve la triste la pena,
que justos por pecadores
tal vez pagan en mi tierra.
   Tus más finas aventuras
en desventuras se vuelvan,
en sueños tus pasatiempos,
en olvidos tus firmezas.

Cruel Vireno, fugitivo Eneas,
Barrabás te acompañe, allá te avengas.

Seas tenido por falsodes
de Sevilla a Marchena,
desde Granada hasta Loja,
de Londres a Ingalaterra.
   Si jugares al reinado,
los cientos o la primera,
los reyes huyan de ti,
ases ni sietes no veas.
   Si te cortares los callos,
sangre las heridas viertan,
y quédente los raigones,
si te sacares las muelas.

Cruel Vireno, fugitivo Eneas,
Barrabás te acompañe, allá te avengas.

Enquanto desse modo se queixava a lastimada Altisidora, a esteve olhando D. Quixote e, sem lhe responder palavra, virando o rosto para Sancho lhe disse:

— Pela alma dos teus passados, Sancho meu, eu te conjuro que me digas uma verdade. Diz-me: levas porventura os três lenços e as ligas que diz esta enamorada donzela?

Ao que Sancho respondeu:

— Os três lenços levo, sim, mas as ligas, nem por sonho.

Ficou a duquesa admirada da desenvoltura de Altisidora, pois ainda que a tivesse por atrevida, graciosa e desenvolta, não em grau que se atrevesse a semelhantes desenvolturas; e como não estava advertida dessa burla, maior foi sua admiração. O duque quis reforçar o donaire, dizendo:

— Não me parece bem, senhor cavaleiro, que, tendo recebido neste meu castelo a boa acolhida que nele se vos fez, vos tenhais atrevido a levar daqui três lenços, pelo menos, ou pelo mais as ligas da minha donzela; indícios são esses de ruim peito e mostras que não correspondem à vossa fama. Tornai-lhe as ligas; se não, eu vos desafio a mortal batalha, sem temer que bandidos encantadores me troquem nem mudem o rosto, como fizeram no de Tosilos meu lacaio, o que entrou convosco em batalha.

— Deus não queira — respondeu D. Quixote — que eu desembainhe a minha espada contra vossa ilustríssima pessoa, de quem tantas mercês recebi: os lenços tornarei, porque diz Sancho que os tem; as ligas é impossível, porque nem eu as recebi, nem ele tampouco; e se esta vossa donzela quiser vasculhar seus escaninhos, sem dúvida que as achará. Eu, senhor duque, nunca fui ladrão, nem o penso ser em toda minha vida, se Deus não me deixar de sua mão. Esta donzela fala (como ela diz) como enamorada, do qual

---

En tanto que de la suerte que se ha dicho se quejaba la lastimada Altisidora, la estuvo mirando don Quijote y, sin responderla palabra, volviendo el rostro a Sancho le dijo:

— Por el siglo de tus pasados, Sancho mío, te conjuro que me digas una verdad. Dime, ¿llevas por ventura los tres tocadores y las ligas que esta enamorada doncella dice?

A lo que Sancho respondió:

— Los tres tocadores sí llevo, pero las ligas, como por los cerros de Úbeda.

Quedó la duquesa admirada de la desenvoltura de Altisidora, que aunque la tenía por atrevida, graciosa y desenvuelta, no en grado que se atreviera a semejantes desenvolturas; y como no estaba advertida desta burla, creció más su admiración. El duque quiso reforzar el donaire y dijo:

— No me parece bien, señor caballero, que habiendo recebido en este mi castillo el buen acogimiento que en él se os ha hecho, os hayáis atrevido a llevaros tres tocadores por lo menos, si por lo más las ligas de mi doncella; indicios son de mal pecho y muestras que no corresponden a vuestra fama. Volvedle las ligas; si no, yo os desafío a mortal batalla, sin tener temor que malandrines encantadores me vuelvan ni muden el rostro, como han hecho en el de Tosilos mi lacayo, el que entró con vos en batalla.

— No quiera Dios — respondió don Quijote — que yo desenvaine mi espada contra vuestra ilustrísima persona, de quien tantas mercedes he recebido: los tocadores volveré, porque dice Sancho que los tiene; las ligas es imposible, porque ni yo las he recebido ni él tampoco; y si esta vuestra doncella quisiere mirar sus escondrijos, a buen seguro que las halle. Yo, señor duque, jamás he sido ladrón, ni lo pienso ser en toda mi vida, como Dios

eu não tenho culpa, e portanto não tenho do que pedir perdão nem a ela nem a vossa Excelência, a quem suplico me tenha em melhor opinião e me dê de novo licença para seguir o meu caminho.

— Que Deus vo-lo dê tão bom — disse a duquesa —, senhor D. Quixote, que sempre recebamos boas-novas dos vossos feitos. E ide com Deus, pois quanto mais vos detiverdes, mais aumentareis o fogo nos peitos das donzelas que vos olham; e a minha eu castigarei de modo que daqui em diante não se desmande na vista nem nas palavras.

— Só mais uma quero que me escutes, oh valoroso D. Quixote! — disse então Altisidora —, que é pedir-te perdão pelo latrocínio das ligas, pois em Deus e minha alma que as trago postas, e caí no mesmo descuido daquele que procura o próprio asno em que vai montado.

— Eu não disse? — disse Sancho. — Lá estou eu para encobrir furtos! Pois, se os quisesse fazer, de bandeja me vinha a ocasião no meu governo.

Baixou a cabeça D. Quixote e fez reverência aos duques e a todos os circunstantes, e virando as rédeas a Rocinante, seguido de Sancho sobre o ruço, saiu do castelo, tomando seu caminho para Saragoça.

Notas

[1] Bireno: personagem do *Orlando furioso* que abandona a esposa, Olímpia, numa ilha deserta.

[2] Paro mármore: a ilha grega de Paros era célebre desde a Antiguidade por seu mármore alvíssimo.

---

no me deje de su mano. Esta doncella habla (como ella dice) como enamorada, de lo que yo no le tengo culpa, y así no tengo de qué pedirle perdón ni a ella ni a Vuestra Excelencia, a quien suplico me tenga en mejor opinión y me dé de nuevo licencia para seguir mi camino.

— Déosle Dios tan bueno — dijo la duquesa —, señor don Quijote, que siempre oigamos buenas nuevas de vuestras fechurías. Y andad con Dios, que mientras más os detenéis, más aumentáis el fuego en los pechos de las doncellas que os miran; y a la mía yo la castigaré de modo que de aquí adelante no se desmande con la vista ni con las palabras.

— Una no más quiero que me escuches, ¡oh valeroso don Quijote! — dijo entonces Altisidora —, y es que te pido perdón del latrocinio de las ligas, porque en Dios y en mi ánima que las tengo puestas, y he caído en el descuido del que yendo sobre el asno le buscaba.

— ¿No lo dije yo? — dijo Sancho —. ¡Bonico soy yo para encubrir hurtos! Pues, a quererlos hacer, de paleta me había venido la ocasión en mi gobierno.

Abajó la cabeza don Quijote y hizo reverencia a los duques y a todos los circunstantes, y volviendo las riendas a Rocinante, siguiéndole Sancho sobre el rucio, se salió del castillo, enderezando su camino a Zaragoza.

CAPÍTULO LVIII

QUE TRATA DE COMO AMIUDARAM SOBRE D. QUIXOTE
TANTAS AVENTURAS QUE NÃO SE DAVAM VAGAR UMAS ÀS OUTRAS

Quando D. Quixote se viu em campo raso, livre e desembaraçado dos requebros de Altisidora, lhe pareceu que estava nos seus eixos e que os espíritos se lhe renovavam para prosseguir de novo o cometimento das suas cavalarias, e virando-se para Sancho lhe disse:

— A liberdade, Sancho, é um dos mais preciosos dons que os céus deram aos homens; com ela não se podem igualar os tesouros que encerra a terra nem o mar encobre; pela liberdade, assim como pela honra, se pode e deve aventurar a vida, e, pelo contrário, o cativeiro é o maior mal que pode vir aos homens. Digo isto, Sancho, porque bem viste o regalo, a fartura que tivemos nesse castelo que deixamos; pois em meio daqueles banquetes apetitosos e daquelas bebidas geladas me parecia que eu estava metido nas estreitezas da fome, não o desfrutando com a liberdade que o desfrutaria se fossem meus, pois a obrigação das recompensas pelos benefícios e mercês recebidas são ataduras que não deixam o ânimo campear livre. Venturoso aquele a quem o céu deu um pedaço de pão sem que lhe fique obrigação de o agradecer a outro que o próprio céu!

CAPÍTULO LVIII

QUE TRATA DE CÓMO MENUDEARON SOBRE DON QUIJOTE
AVENTURAS TANTAS, QUE NO SE DABAN VAGAR UNAS A OTRAS

Cuando don Quijote se vio en la campaña rasa, libre y desembarazado de los requiebros de Altisidora, le pareció que estaba en su centro y que los espíritus se le renovaban para proseguir de nuevo el asumpto de sus caballerías, y volviéndose a Sancho le dijo:

— La libertad, Sancho, es uno de los más preciosos dones que a los hombres dieron los cielos; con ella no pueden igualarse los tesoros que encierra la tierra ni el mar encubre; por la libertad, así como por la honra, se puede y debe aventurar la vida, y, por el contrario, el cautiverio es el mayor mal que puede venir a los hombres. Digo esto, Sancho, porque bien has visto el regalo, la abundancia que en este castillo que dejamos hemos tenido; pues en mitad de aquellos banquetes sazonados y de aquellas bebidas de nieve me parecía a mí que estaba metido entre las estrecheces de la hambre, porque no lo gozaba con la libertad que lo gozara si fueran míos, que las obli-

— Apesar de tudo que vossa mercê me diz — respondeu Sancho —, não será bem que fiquem sem agradecimento da nossa parte os duzentos escudos de ouro que num saquete me deu o mordomo do duque, que como emplastro cordial e confortativo eu levo sobre o peito para o que vier, pois nem sempre havemos de achar castelos onde nos regalem, e pode ser que topemos com algumas estalagens onde nos espanquem.

Nestas e noutras conversações iam os andantes, cavaleiro e escudeiro, quando, tendo andado pouco mais de uma légua, viram que sobre a relva de um pradinho verde, por cima das suas capas, estavam comendo perto de uma dúzia de homens vestidos de lavradores. Junto de si tinham uns como lençóis brancos com que cobriam alguma coisa que debaixo estava: estavam erguidos ou deitados e postos de trecho em trecho. Chegou-se D. Quixote aos que comiam e, saudando-os primeiro cortesmente, lhes perguntou o que era que aqueles panos cobriam. Um deles lhe respondeu:

— Debaixo destes panos, senhor, estão umas imagens de relevo e entalho que hão de servir num retábulo que fazemos na nossa aldeia; se as levamos cobertas é para que não percam o lustro, e nos ombros, para que não se quebrem.

— Se sois servidos — respondeu D. Quixote —, folgaria de vê-las, pois imagens que com tanto recato se levam sem dúvida devem de ser boas.

— E como são! — disse outro. — Se não, que o diga o preço delas, pois em verdade que nenhuma está abaixo de cinquenta ducados; e para que veja vossa mercê esta verdade, espere e a verá por próprios olhos.

E levantando-se deixou de comer e foi tirar a coberta da primeira imagem, que mostrou ser a de São Jorge posto a cavalo, com uma serpente enroscada aos pés tendo a lança atravessada pela boca, com a fereza que se

---

gaciones de las recompensas de los beneficios y mercedes recebidas son ataduras que no dejan campear al ánimo libre. ¡Venturoso aquel a quien el cielo dio un pedazo de pan sin que le quede obligación de agradecerlo a otro que al mismo cielo!

— Con todo eso — dijo Sancho — que vuesa merced me ha dicho, no es bien que se quede sin agradecimiento de nuestra parte docientos escudos de oro que en una bolsilla me dio el mayordomo del duque, que como píctima y confortativo la llevo puesta sobre el corazón, para lo que se ofreciere, que no siempre hemos de hallar castillos donde nos regalen, que tal vez toparemos con algunas ventas donde nos apaleen.

En estos y otros razonamientos iban los andantes, caballero y escudero, cuando vieron, habiendo andado poco más de una legua, que encima de la yerba de un pradillo verde, encima de sus capas, estaban comiendo hasta una docena de hombres vestidos de labradores. Junto a sí tenían unas como sábanas blancas con que cubrían alguna cosa que debajo estaba: estaban empinadas y tendidas y de trecho a trecho puestas. Llegó don Quijote a los que comían y, saludándolos primero cortésmente, les preguntó que qué era lo que aquellos lienzos cubrían. Uno dellos le respondió:

— Señor, debajo destos lienzos están unas imágines de relieve y entalladura que han de servir en un retablo que hacemos en nuestra aldea; llevámoslas cubiertas, porque no se desfloren, y en hombros, porque no se quiebren.

— Si sois servidos — respondió don Quijote —, holgaría de verlas, pues imágines que con tanto recato se llevan sin duda deben de ser buenas.

costuma pintar. Toda a imagem parecia de ouro em brasa, como se diz. Vendo-a D. Quixote, disse:

— Este cavaleiro foi um dos melhores andantes que teve a milícia divina; chamou-se D. São Jorge e foi além disso defendedor de donzelas. Vejamos estoutra.

Descobriu-a o homem, e pareceu ser a de São Martinho posto a cavalo, partilhando a capa com o pobre; e apenas a tinha visto D. Quixote, quando disse:

— Este cavaleiro também foi dos aventureiros cristãos, e acho que ele foi mais liberal do que valente, como bem podes ver, Sancho, pois está partilhando a capa com o pobre e lhe dá metade dela; e sem dúvida então devia de ser inverno, que se não lha teria dado inteira, tão caridoso ele era.

— Não há de ter sido por isso — disse Sancho —, mas porque se fiou do ditado que diz: para dar e para ter, muito siso é mister.

Riu-se D. Quixote e pediu que tirassem outro pano, debaixo do qual se descobriu a imagem do padroeiro das Espanhas a cavalo, a espada ensanguentada, atropelando mouros e pisando cabeças; e em a vendo, disse D. Quixote:

— Este sim que é cavaleiro, e das esquadras de Cristo; ele se chama D. São Diego Mata-Mouros,[1] um dos mais valentes santos e cavaleiros que teve o mundo e tem agora o céu.

Em seguida descobriram outro pano que mostrou encobrir a queda de São Paulo do cavalo abaixo, com todas as circunstâncias que no retábulo da sua conversão se costumam pintar. Quando o viu tão ao vivo, que se diria que Cristo lhe falava e Paulo respondia, disse D. Quixote:

— Este foi o maior inimigo que teve a Igreja de Deus Nosso Senhor em seu tempo e o maior defensor que jamais terá: cavaleiro andante pela vida e

---

— ¡Y cómo si lo son! — dijo otro —. Si no dígalo lo que cuesta, que en verdad que no hay ninguna que no esté en más de cincuenta ducados; y porque vea vuestra merced esta verdad, espere vuestra merced y verla ha por vista de ojos.

Y levantándose dejó de comer y fue a quitar la cubierta de la primera imagen, que mostró ser la de San Jorge puesto a caballo, con una serpiente enroscada a los pies y la lanza atravesada por la boca, con la fiereza que suele pintarse. Toda la imagen parecía una ascua de oro, como suele decirse. Viéndola don Quijote, dijo:

— Este caballero fue uno de los mejores andantes que tuvo la milicia divina: llamóse don San Jorge y fue además defendedor de doncellas. Veamos esta otra.

Descubrióla el hombre, y pareció ser la de San Martín puesto a caballo, que partía la capa con el pobre; y apenas la hubo visto don Quijote, cuando dijo:

— Este caballero también fue de los aventureros cristianos, y creo que fue más liberal que valiente, como lo puedes echar de ver, Sancho, en que está partiendo la capa con el pobre y le da la mitad; y sin duda debía de ser entonces invierno, que si no él se la diera toda, según era de caritativo.

— No debió de ser eso — dijo Sancho —, sino que se debió de atener al refrán que dicen: que para dar y tener, seso es menester.

Rióse don Quijote y pidió que quitasen otro lienzo, debajo del cual se descubrió la imagen del Patrón de las Españas a caballo, la espada ensangrentada, atropellando moros y pisando cabezas; y en viéndola, dijo don Quijote:

santo a pé quedo pela morte, trabalhador incansável na vinha do Senhor e doutor das gentes, que teve os céus por escola e o próprio Jesus Cristo por catedrático e mestre ensinador.

Não havia mais imagens, e assim mandou D. Quixote que as voltassem a cobrir, e disse aos que as levavam:

— Tenho por bom agouro, irmãos, ter visto o que vi, porque estes santos e cavaleiros professaram o mesmo que eu professo, que é o exercício das armas, e a diferença que há entre mim e eles é que eles foram santos e pelejaram ao modo divino e eu sou pecador e pelejo ao modo humano. Eles conquistaram o céu à força de braços, porque o céu padece força,[2] e eu até agora não sei o que conquisto à força dos meus trabalhos. Mas se minha Dulcineia d'El Toboso sair dos que tem padecido, melhorando-se a minha ventura e clareando-se o meu juízo, poderia ser que encaminhasse meus passos por melhor caminho que o que levo.

— Deus o ouça e o pecado seja surdo — disse Sancho neste ponto.

Admiraram-se os homens assim da figura como das razões de D. Quixote, sem entender metade do que nelas dizer queria. Acabaram de comer, carregaram suas imagens e, despedindo-se de D. Quixote, seguiram sua viagem.

Sancho ficou de novo, como se nunca tivesse conhecido o seu senhor, admirado do muito que ele sabia, parecendo-lhe que não devia de haver história no mundo nem sucesso que o não tivesse cifrado na unha e cravado na memória, e disse-lhe:

— Em verdade, senhor nosso amo, que, se isto que nos aconteceu hoje se pode chamar aventura, foi das mais suaves e doces que em todo o discurso da nossa peregrinação nos aconteceu: dela saímos sem pauladas nem sobressalto algum, nem metemos mão às espadas, nem batemos a terra com os

---

— Este sí que es caballero, y de las escuadras de Cristo; este se llama don San Diego Matamoros, uno de los más valientes santos y caballeros que tuvo el mundo y tiene agora el cielo.

Luego descubrieron otro lienzo y pareció que encubría la caída de San Pablo del caballo abajo, con todas las circunstancias que en el retablo de su conversión suelen pintarse. Cuando le vido tan al vivo, que dijeran que Cristo le hablaba y Pablo respondía:

— Éste — dijo don Quijote — fue el mayor enemigo que tuvo la Iglesia de Dios Nuestro Señor en su tiempo y el mayor defensor suyo que tendrá jamás: caballero andante por la vida y santo a pie quedo por la muerte, trabajador incansable en la viña del Señor, doctor de las gentes, a quien sirvieron de escuelas los cielos y de catedrático y maestro que le enseñase el mismo Jesucristo.

No había más imágines, y así mandó don Quijote que las volviesen a cubrir, y dijo a los que las llevaban:

— Por buen agüero he tenido, hermanos, haber visto lo que he visto, porque estos santos y caballeros profesaron lo que yo profeso, que es el ejercicio de las armas, sino que la diferencia que hay entre mí y ellos es que ellos fueron santos y pelearon a lo divino y yo soy pecador y peleo a lo humano. Ellos conquistaron el cielo a fuerza de brazos, porque el cielo padece fuerza, y yo hasta agora no sé lo que conquisto a fuerza de mis trabajos; pero si mi Dulcinea del Toboso saliese de los que padece, mejorándose mi ventura y adobándoseme el juicio, podría ser que encaminase mis pasos por mejor camino del que llevo.

— Dios lo oiga y el pecado sea sordo — dijo Sancho a esta ocasión.

Admiráronse los hombres así de la figura como de las razones de don Quijote, sin entender la mitad de lo

corpos, nem ficamos famintos. Bendito seja Deus, que tal me deixou ver por meus próprios olhos.

— Dizes bem, Sancho — disse D. Quixote —, mas hás de advertir que nem todos os tempos são um nem correm de uma mesma sorte, e isso que o vulgo costuma chamar agouros, que não se fundam sobre natural razão alguma, o discreto os há de ter e julgar por bons sucessos. Levanta-se um destes mendonças[3] pela manhã, sai de sua casa, topa com um frade da ordem do bem-aventurado São Francisco e, como se tivesse topado com um grifo, vira as costas e volta para casa.[4] Um outro crendeiro derrama o sal sobre a mesa, e junto se lhe derrama a melancolia pelo coração, como se estivesse obrigada a natureza a dar sinais das vindouras desgraças com coisas de tão pouco momento como as referidas. Quem é discreto e cristão não há de entrar em averiguações do que o céu quer fazer. Chega Cipião à África, tropeça em saltando em terra, tomam-no por mau agouro os seus soldados, mas ele, abraçando-se ao chão, disse: "Não me poderás fugir, África, porque te tenho bem segura em meus braços".[5] Portanto, Sancho, o ter encontrado com estas imagens foi para mim felicíssimo acontecimento.

— Eu assim creio — respondeu Sancho — e queria que vossa mercê me dissesse qual é a causa porque dizem os espanhóis quando querem dar alguma batalha, invocando aquele São Diego Mata-Mouros: "Santiago, e cerra Espanha!". Está porventura a Espanha aberta de modo que é mister fechá-la,[6] ou que cerimônia é essa?

— Simplicíssimo és, Sancho — respondeu D. Quixote —, e olha que esse grande cavaleiro da cruz vermelha foi dado por Deus à Espanha a título de padroeiro e protetor, especialmente nos rigorosos transes que tiveram com os mouros os espanhóis, e assim o invocam e chamam como a defensor seu

---

que en ellas decir quería. Acabaron de comer, cargaron con sus imágines y, despidiéndose de don Quijote, siguieron su viaje.

Quedó Sancho de nuevo, como si jamás hubiera conocido a su señor, admirado de lo que sabía, pareciéndole que no debía de haber historia en el mundo ni suceso que no lo tuviese cifrado en la uña y clavado en la memoria, y díjole:

— En verdad, señor nuestramo, que si esto que nos ha sucedido hoy se puede llamar aventura, ella ha sido de las más suaves y dulces que en todo el discurso de nuestra peregrinación nos ha sucedido: della habemos salido sin palos y sobresalto alguno, ni hemos echado mano a las espadas, ni hemos batido la tierra con los cuerpos, ni quedamos hambrientos. Bendito sea Dios, que tal me ha dejado ver con mis propios ojos.

— Tú dices bien, Sancho — dijo don Quijote —, pero has de advertir que no todos los tiempos son unos, ni corren de una misma suerte, y esto que el vulgo suele llamar comúnmente agüeros, que no se fundan sobre natural razón alguna, del que es discreto han de ser tenidos y juzgados por buenos acontecimientos. Levántase uno destos agoreros por la mañana, sale de su casa, encuéntrase con un fraile de la orden del bienaventurado San Francisco y, como si hubiera encontrado con un grifo, vuelve las espaldas y vuélvese a su casa. Derrámasele al otro mendoza la sal encima de la mesa, y derrámasele á él la melancolía por el corazón, como si estuviese obligada la naturaleza a dar señales de las venideras desgracias con cosas tan de poco momento como las referidas. El discreto y cristiano no ha de andar en puntillos con lo que quiere hacer el cielo. Llega Cipión á África, tropieza en saltando en tierra, tiénenlo por mal agüero sus soldados, pero él, abrazándose con el suelo, dijo: "No te me po-

em todas as batalhas que acometem, e muitas vezes foi nelas visivelmente visto derrubando, atropelando, destruindo e matando os agarenos esquadrões; e desta verdade eu te poderia trazer muitos exemplos que nas verdadeiras histórias espanholas se contam.

Mudou Sancho de assunto e disse ao seu amo:

— Maravilhado estou, senhor, da desenvoltura de Altisidora, a donzela da duquesa: bravamente a deve de ter ferido e trespassado aquele que chamam "Amor", que dizem que é um rapazinho peticego que, apesar de remelento ou, para melhor dizer, sem vista, quando toma por alvo um coração, por pequeno que seja, o acerta e trespassa de parte a parte com suas flechas. Também ouvi dizer que na vergonha e recato das donzelas é que se despontam e embotam as amorosas setas, mas nessa Altisidora mais parece que se aguçam do que despontam.

— Adverte, Sancho — disse D. Quixote —, que o amor não tem olhos para respeitos nem guarda termos de razão nos seus discursos, e tem a mesma condição que a morte, que assim acomete os altos alcáceres dos reis como as humildes choças dos pastores, e quando toma inteira possessão de uma alma, a primeira coisa que faz é tirar-lhe o temor e a vergonha; e assim sem ela é que Altisidora declarou os seus desejos, que engendraram no meu peito antes confusão que pena.

— Notória crueldade! — disse Sancho. — Inaudita ingratidão! Eu de mim posso dizer que me teria rendido e avassalado sua mais mínima declaração amorosa. Fideputa, que coração de mármore, que entranhas de bronze e que alma de argamassa! Mas o que não me entra no pensamento é o que essa donzela viu em vossa mercê que assim a rendesse e avassalasse: que gala, que brio, que donaire, que rosto, se cada uma dessas coisas por si ou todas

---

drás huir, África, porque te tengo asida y entre mis brazos". Así que, Sancho, el haber encontrado con estas imágines ha sido para mí felicísimo acontecimiento.

— Yo así lo creo — respondió Sancho — y querría que vuestra merced me dijese qué es la causa porque dicen los españoles cuando quieren dar alguna batalla, invocando aquel San Diego Matamoros: "¡Santiago, y cierra España!". ¿Está por ventura España abierta y de modo que es menester cerrarla, o qué ceremonia es esta?

— Simplicísimo eres, Sancho — respondió don Quijote —, y mira que este gran caballero de la cruz bermeja háselo dado Dios a España por patrón y amparo suyo, especialmente en los rigurosos trances que con los moros los españoles han tenido, y así le invocan y llaman como a defensor suyo en todas las batallas que acometen, y muchas veces le han visto visiblemente en ellas, derribando, atropellando, destruyendo y matando los agarenos escuadrones; y desta verdad te pudiera traer muchos ejemplos que en las verdaderas historias españolas se cuentan.

Mudó Sancho plática y dijo a su amo:

— Maravillado estoy, señor, de la desenvoltura de Altisidora, la doncella de la duquesa: bravamente la debe de tener herida y traspasada aquel que llaman "Amor", que dicen que es un rapaz ceguezuelo que, con estar lagañoso o, por mejor decir, sin vista, si toma por blanco un corazón, por pequeño que sea, le acierta y traspasa de parte a parte con sus flechas. He oído decir también que en la vergüenza y recato de las doncellas se despuntan y embotan las amorosas saetas, pero en esta Altisidora más parece que se aguzan que despuntan.

— Adverte, Sancho — dijo don Quijote —, que el amor ni mira respetos ni guarda términos de razón en

juntas a enamoraram; pois em verdade, em verdade que muitas vezes paro a olhar vossa mercê da ponta do pé até o último fio de cabelo e vejo mais coisas para espantar que para enamorar; e tendo eu também ouvido dizer que a formosura é a primeira e principal prenda que enamora, não tendo vossa mercê nenhuma, não sei do que a coitada se enamorou.

— Repara, Sancho — respondeu D. Quixote —, que há duas maneiras de formosura: uma da alma e outra do corpo; a da alma campeia e se mostra no entendimento, na honestidade, no bom proceder, na liberalidade e na boa criação, e todas estas prendas cabem e podem estar num homem feio; e quando se põe a mira nesta formosura, e não na do corpo, sói nascer o amor com ímpeto e vantagem. Eu, Sancho, bem vejo que não sou formoso, mas também sei que não sou disforme, e a um homem de bem basta não ser um monstro para ser bem querido, como tenha os dotes da alma que acabo de dizer.

Nessas razões e conversações foram-se entrando por uma selva que desviada do caminho estava, e a desoras, sem atinar como, achou-se D. Quixote enredado entre umas redes de linha verde que de umas árvores a outras estavam estendidas; e sem poder imaginar o que pudesse ser aquilo, disse a Sancho:

— Parece-me, Sancho, que isto destas redes deve de ser uma das mais novas aventuras que eu possa imaginar. Que me matem se os encantadores que me perseguem não me querem enredar nelas e deter meu caminhar, como em vingança do rigor que com Altisidora mostrei. Pois eu lhes afirmo que se estas redes, como são feitas de linha verde fossem de duríssimos diamantes, ou mais fortes que aquela com que o ciumento deus dos ferreiros[7] enredou Vênus e Marte, assim as rompera como se fossem de juncos marinhos ou filaças de algodão.

---

sus discursos, y tiene la misma condición que la muerte, que así acomete los altos alcázares de los reyes como las humildes chozas de los pastores, y cuando toma entera posesión de una alma, lo primero que hace es quitarle el temor y la vergüenza; y así sin ella declaró Altisidora sus deseos, que engendraron en mi pecho antes confusión que lástima.

— ¡Crueldad notoria! — dijo Sancho —. ¡Desagradecimiento inaudito! Yo de mí sé decir que me rindiera y avasallara la más mínima razón amorosa suya. ¡Hideputa, y qué corazón de mármol, qué entrañas de bronce y qué alma de argamasa! Pero no puedo pensar qué es lo que vio esta doncella en vuestra merced que así la rindiese y avasallase: qué gala, qué brío, qué donaire, qué rostro, que cada cosa por sí destas o todas juntas la enamoraron; que en verdad en verdad que muchas veces me paro a mirar a vuestra merced desde la punta del pie hasta el último cabello de la cabeza, y que veo más cosas para espantar que para enamorar; y habiendo yo también oído decir que la hermosura es la primera y principal parte que enamora, no teniendo vuestra merced ninguna, no sé yo de qué se enamoró la pobre.

— Advierte, Sancho — respondió don Quijote —, que hay dos maneras de hermosura: una del alma y otra del cuerpo; la del alma campea y se muestra en el entendimiento, en la honestidad, en el buen proceder, en la liberalidad y en la buena crianza, y todas estas partes caben y pueden estar en un hombre feo; y cuando se pone la mira en esta hermosura, y no en la del cuerpo, suele nacer el amor con ímpetu y con ventajas. Yo, Sancho, bien veo que no soy hermoso, pero también conozco que no soy disforme, y bástale a un hombre de bien no ser monstruo para ser bien querido, como tenga los dotes del alma que te he dicho.

E querendo passar adiante rompendo tudo, de improviso se lhe ofereceram aos olhos, saindo dentre umas árvores, duas formosíssimas pastoras; ou ao menos vestidas como pastoras, mas com os pelicos e os saiais todos de fino brocado, que em verdade não eram saiais, mas riquíssimos fraldelins de tabi de ouro. Traziam os cabelos soltos pelas costas, que bem podiam competir com os raios do próprio sol, coroados com duas grinaldas de verde louro e de rubro amaranto tecidas.[8] A idade, ao parecer, não baixava dos quinze nem passava dos dezoito.

Vista foi esta que admirou Sancho, suspendeu D. Quixote, fez parar o sol em sua carreira para vê-las e teve em maravilhoso silêncio a todos quatro. Por fim, quem primeiro falou foi uma das duas zagalas, que disse a D. Quixote:

— Detende, senhor cavaleiro, o passo e não rompais as redes, que não para o dano vosso, senão para o nosso passatempo aí estão postas; e como sei que nos haveis de perguntar para que foram estendidas e quem somos nós, vo-lo quero dizer em breves palavras: numa aldeia que fica a cerca de duas léguas daqui, onde há muita gente principal e muitos fidalgos e ricos, entre muitos amigos e parentes se concertou que com seus filhos, mulheres e filhas, vizinhos, amigos e parentes viéssemos a folgar neste local, que é um dos mais amenos de todos estes contornos, formando entre todos uma nova e pastoril Arcádia,[9] vestindo-nos as donzelas de zagalas e os mancebos de pastores. Trazemos estudadas duas églogas, uma do famoso poeta Garcilaso, e outra do excelentíssimo Camões em sua mesma língua portuguesa, as quais ainda não representamos. Ontem foi o primeiro dia que aqui chegamos; temos entre estes ramos armadas algumas tendas, que dizem chamar-se "de campanha", às margens de um abundoso regato que todos estes prados fertiliza; pendu-

---

En estas razones y pláticas, se iban entrando por una selva que fuera del camino estaba, y a deshora, sin pensar en ello, se halló don Quijote enredado entre unas redes de hilo verde que desde unos árboles a otros estaban tendidas; y sin poder imaginar qué pudiese ser aquello, dijo a Sancho:

— Paréceme, Sancho, que esto destas redes debe de ser una de las más nuevas aventuras que pueda imaginar. Que me maten si los encantadores que me persiguen no quieren enredarme en ellas y detener mi camino, como en venganza de la riguridad que con Altisidora he tenido. Pues mándoles yo que aunque estas redes, si como son hechas de hilo verde fueran de durísimos diamantes o más fuertes que aquella con que el celoso dios de los herreros enredó a Venus y a Marte, así las rompiera como si fueran de juncos marinos o de hilachas de algodón.

Y queriendo pasar adelante y romperlo todo, al improviso se le ofrecieron delante, saliendo de entre unos árboles, dos hermosísimas pastoras; a lo menos vestidas como pastoras, sino que los pellicos y sayas eran de fino brocado, digo, que las sayas eran riquísimos faldellines de tabí de oro. Traían los cabellos sueltos por las espaldas, que en rubios podían competir con los rayos del mismo sol, los cuales se coronaban con dos guirnaldas de verde laurel y de rojo amaranto tejidas. La edad, al parecer, ni bajaba de los quince ni pasaba de los diez y ocho.

Vista fue esta que admiró a Sancho, suspendió a don Quijote, hizo parar al sol en su carrera para verlas y tuvo en maravilloso silencio a todos cuatro. En fin, quien primero habló fue una de las dos zagalas, que dijo a don Quijote:

— Detened, señor caballero, el paso y no rompáis las redes, que no para daño vuestro, sino para nuestro pasatiempo ahí están tendidas; y porque sé que nos habéis de preguntar para qué se han puesto y quién somos, os

ramos na noite passada estas redes destas árvores para enganar os simples passarinhos que, espantados com nosso ruído, viessem a dar nelas. Se gostardes, senhor, de ser o nosso hóspede, sereis recebido liberal e cortesmente, pois neste local não há de entrar agora o pesar nem a melancolia.

Calou-se e não disse mais. Ao que respondeu D. Quixote:

— Por certo, formosíssima senhora, que nem Acteão[10] há de ter ficado tão suspenso e admirado quando de improviso viu Diana banhar-se nas águas como eu fiquei atônito ao ver a vossa beleza. Louvo o cometimento das vossas folganças e o dos vossos oferecimentos agradeço, e no que eu vos puder servir, com a certeza de serem obedecidas me podeis mandar, porque não é a profissão minha senão esta de me mostrar agradecido e benfeitor com todo gênero de gente, em especial com a principal que vossas pessoas representam; e se estas redes, que devem de ocupar um pequeno espaço, ocupassem toda a redondeza da terra, eu buscaria novos mundos por onde passar sem as romper; e para que deis algum crédito a esta minha exageração, vede que quem tal promete é ninguém menos que D. Quixote de La Mancha, se é que este nome já chegou aos vossos ouvidos.

— Ai, amiga da minha alma — disse então a outra zagala —, que ventura tão grande nos aconteceu! Vês este senhor que temos diante? Pois faço-te saber que é o mais valente e o mais enamorado e o mais comedido que tem o mundo, se não nos mente e nos engana uma história que das suas façanhas anda impressa e eu li. E aposto que este bom homem que vem com ele é um tal Sancho Pança, seu escudeiro, a cujas graças não há nenhuma que se iguale.

— Assim é a verdade — disse Sancho —, pois eu sou esse gracioso e esse escudeiro que vossa mercê diz, e este senhor é o meu amo, o mesmo D. Quixote de La Mancha historiado e referido.

---

lo quiero decir en breves palabras: En una aldea que está hasta dos leguas de aquí, donde hay mucha gente principal y muchos hidalgos y ricos, entre muchos amigos y parientes se concertó que con sus hijos, mujeres y hijas, vecinos, amigos y parientes nos viniésemos a holgar a este sitio, que es uno de los más agradables de todos estos contornos, formando entre todos una nueva y pastoril Arcadia, vistiéndonos las doncellas de zagalas y los mancebos de pastores. Traemos estudiadas dos églogas, una del famoso poeta Garcilaso, y otra del excelentísimo Camoes en su misma lengua portuguesa, las cuales hasta agora no hemos representado. Ayer fue el primero día que aquí llegamos; tenemos entre estos ramos plantadas algunas tiendas, que dicen se llaman "de campaña", en el margen de un abundoso arroyo que todos estos prados fertiliza; tendimos la noche pasada estas redes de estos árboles, para engañar los simples pajarillos que, ojeados con nuestro ruido, vinieren a dar en ellas. Si gustáis, señor, de ser nuestro huésped, seréis agasajado liberal y cortésmente, porque por agora en este sitio no ha de entrar la pesadumbre ni la melancolía.

Calló y no dijo más. A lo que respondió don Quijote:

— Por cierto, hermosísima señora, que no debió de quedar más suspenso ni admirado Anteón cuando vio al improviso bañarse en las aguas a Diana, como yo he quedado atónito en ver vuestra belleza. Alabo el asumpto de vuestros entretenimientos y el de vuestros ofrecimientos agradezco, y si os puedo servir, con seguridad de ser obedecidas me lo podéis mandar, porque no es la profesión mía sino de mostrarme agradecido y bienhechor con todo género de gente, en especial con la principal que vuestras personas representan; y si como estas redes, que deben de ocupar algún pequeño espacio, ocuparan toda la redondez de la tierra, buscara yo nuevos mundos por

— Ai! — disse a outra. — Supliquemos-lhe, amiga, que ele fique conosco, pois nossos pais e irmãos gostariam imenso disso, que eu também ouvi dizer de seu valor e suas graças o mesmo que tu me disseste, e por cima de tudo que é o mais firme e mais leal enamorado que se conhece, e que sua dama é uma tal Dulcineia d'El Toboso, a quem em toda a Espanha dão a palma da formosura.

— Têm razão em dar-lha — disse D. Quixote —, se é que já o não põe em dúvida a vossa sem igual beleza. Mas não vos canseis, senhoras, em me deter, porque as precisas obrigações da minha profissão não me deixam repousar em parte alguma.

Nisto chegou aonde os quatro estavam um irmão de uma das duas pastoras, igualmente vestido de pastor com a riqueza e as galas que às das zagalas correspondia; contaram-lhe elas que quem consigo estava era o valoroso D. Quixote de La Mancha, e o outro, seu escudeiro Sancho, de quem ele já tinha notícia por ter lido sua história. Apresentou-se o galhardo pastor, pediu-lhe que fosse com ele às suas tendas, teve de conceder D. Quixote e assim fez. Chegaram nisto os batedores em assuada, encheram-se as redes de passarinhos diferentes que, enganados pela cor das redes, caíam no perigo do qual vinham fugindo. Juntaram-se naquele local mais de trinta pessoas, todas bizarramente de pastores e pastoras vestidas, e num instante tomaram conhecimento de quem eram D. Quixote e seu escudeiro, do que não pouco contento receberam, porque já tinham dele notícia por sua história. Acudiram às tendas, acharam as mesas postas, ricas, abundantes e limpas; honraram D. Quixote dando-lhe o principal lugar nelas; miravam-no todos e admiravam-se de o ver. Finalmente, levantadas as toalhas, com grande sossego ergueu D. Quixote a voz e disse:

---

do pasar sin romperlas; y porque deis algún crédito a esta mi exageración, ved que os lo promete por lo menos don Quijote de la Mancha, si es que ha llegado a vuestros oídos este nombre.

— ¡Ay, amiga de mi alma — dijo entonces la otra zagala —, y qué ventura tan grande nos ha sucedido! ¿Ves este señor que tenemos delante? Pues hágote saber que es el más valiente y el más enamorado y el más comedido que tiene el mundo, si no es que nos miente y nos engaña una historia que de sus hazañas anda impresa y yo he leído. Yo apostaré que este buen hombre que viene consigo es un tal Sancho Panza, su escudero, a cuyas gracias no hay ningunas que se le igualen.

— Así es la verdad — dijo Sancho —, que yo soy ese gracioso y ese escudero que vuestra merced dice, y este señor es mi amo, el mismo don Quijote de la Mancha historiado y referido.

— ¡Ay! — dijo la otra —. Supliquémosle, amiga, que se quede, que nuestros padres y nuestros hermanos gustarán infinito dello, que también he oído yo decir de su valor y de sus gracias lo mismo que tú me has dicho, y sobre todo dicen dél que es el más firme y más leal enamorado que se sabe, y que su dama es una tal Dulcinea del Toboso, a quien en toda España la dan la palma de la hermosura.

— Con razón se la dan — dijo don Quijote —, si ya no lo pone en duda vuestra sin igual belleza. No os canséis, señoras, en detenerme, porque las precisas obligaciones de mi profesión no me dejan reposar en ningún cabo.

Llegó en esto adonde los cuatro estaban un hermano de una de las dos pastoras, vestido asimismo de pastor con la riqueza y galas que a las de las zagalas correspondía; contáronle ellas que el que con ellas estaba era el

— Um dos maiores pecados que os homens cometem, por mais que alguns digam que é a soberba, eu digo que é a ingratidão, atendo-me ao que se costuma dizer: que de ingratos está cheio o inferno. Este pecado, tanto quanto me foi possível, tenho procurado evitar desde que faço uso de razão, e quando não posso pagar as boas obras que me fazem com outras obras, ponho em seu lugar o desejo de as fazer, e quando este não basta, as publico, pois quem declara e divulga as boas obras que recebe também as recompensara com outras, se pudesse; porque pela maior parte os que recebem são inferiores aos que dão, e assim é Deus sobre todos, porque é dador sobre todos, e não podem corresponder as dádivas do homem às de Deus com igualdade, por infinita distância, e esta estreiteza e brevidade em certo modo é suprida com a gratidão. Eu, portanto, agradecido à mercê que aqui se me fez, não podendo corresponder na mesma medida, contendo-me nos estreitos limites do meu poderio, ofereço o que posso e o que tenho da minha colheita; e assim digo que sustentarei por dois dias naturais,[11] caminhando nessa estrada real que vai a Saragoça, que estas senhoras zagalas contrafeitas que aqui estão são as mais formosas donzelas e mais corteses que há no mundo, excetuando somente a sem-par Dulcineia d'El Toboso, única senhora dos meus pensamentos, com paz seja dito de quantos e quantas me escutam.[12]

Ouvindo o qual Sancho, que com grande atenção o estivera escutando, dando uma grande voz disse:

— É possível que haja no mundo pessoas que se atrevam a dizer e a jurar que este meu senhor é louco? Digam vossas mercês, senhores pastores: conhecem algum vigário de aldeia, por mais discreto e estudado que seja, que possa dizer o que meu amo disse aqui; e conhecem algum cavaleiro andante, por mais fama que tenha de valente, que possa oferecer o que meu amo aqui ofereceu?

---

valeroso don Quijote de la Mancha, y el otro, su escudero Sancho, de quien tenía él ya noticia por haber leído su historia. Ofreciósele el gallardo pastor, pidióle que se viniese con él a sus tiendas, húbolo de conceder don Quijote y así lo hizo. Llegó en esto el ojeo, llenáronse las redes de pajarillos diferentes que, engañados de la color de las redes, caían en el peligro de que iban huyendo. Juntáronse en aquel sitio más de treinta personas, todas bizarramente de pastores y pastoras vestidas, y en un instante quedaron enteradas de quiénes eran don Quijote y su escudero, de que no poco contento recibieron, porque ya tenían dél noticia por su historia. Acudieron a las tiendas, hallaron las mesas puestas, ricas, abundantes y limpias; honraron a don Quijote dándole el primer lugar en ellas; mirábanle todos y admirábanse de verle. Finalmente, alzados los manteles, con gran reposo alzó don Quijote la voz y dijo:

— Entre los pecados mayores que los hombres cometen, aunque algunos dicen que es la soberbia, yo digo que es el desagradecimiento, ateniéndome a lo que suele decirse: que de los desagradecidos está lleno el infierno. Este pecado, en cuanto me ha sido posible, he procurado yo huir desde el instante que tuve uso de razón, y si no puedo pagar las buenas obras que me hacen con otras obras, pongo en su lugar los deseos de hacerlas, y cuando estos no bastan las publico, porque quien dice y publica las buenas obras que recibe, también las recompensara con otras, si pudiera; porque por la mayor parte los que reciben son inferiores a los que dan, y así es Dios sobre todos, porque es dador sobre todos, y no pueden corresponder las dádivas del hombre a las de Dios con igualdad, por infinita distancia, y esta estrecheza y cortedad en cierto modo la suple el agradecimiento. Yo, pues, agradecido a la merced que aquí se me ha hecho, no pudiendo corresponder a la misma medida, conteniéndome en los

Virou-se D. Quixote para Sancho, com o rosto afogueado e colérico, e lhe disse:

— É possível, oh Sancho, que haja em todo o orbe alguma pessoa que diga que não és tolo forrado de tolices, com não sei quantos arremates de malícia e de velhacaria? Quem te mete nas minhas coisas e em averiguar se sou discreto ou malhadeiro? Cala-te e não me repliques, e trata de selar Rocinante, se ele estiver desselado: vamos logo pôr em efeito o meu oferecimento, pois com a palavra que vai da minha parte podes dar por vencidos a todos quantos a quiserem contradizer.

E com grande fúria e mostras de cólera se levantou da cadeira, deixando admirados os circunstantes, fazendo-os duvidar se o podiam ter por louco ou por são. Finalmente, por mais que o instassem a que não se pusesse em tal demanda, pois eles davam por bem reconhecida a sua agradecida vontade e que não haviam mister novas demonstrações para conhecer seu ânimo valoroso, bastando as que na história dos seus feitos se referiam, ainda assim levou D. Quixote avante sua intenção, e posto sobre seu cavalo, embraçando seu escudo e tomando sua lança, se pôs no meio de um real caminho que não longe do verde prado estava. Seguiu-o Sancho sobre seu ruço, com toda a gente do pastoral rebanho, todos desejosos de ver em que parava seu arrogante e nunca visto oferecimento.

Posto então D. Quixote no meio do caminho, como já vos disse, feriu o ar com as seguintes palavras:

— Oh vós, passantes e viandantes, cavaleiros, escudeiros, gente a pé e a cavalo que por esta estrada passais ou haveis de passar nestes dois dias seguintes, sabei que D. Quixote de La Mancha, cavaleiro andante, está aqui posto para defender que a todas as formosuras e cortesias do mundo exce-

---

estrechos límites de mi poderío, ofrezco lo que puedo y lo que tengo de mi cosecha; y así digo que sustentaré dos días naturales, en mitad de ese camino real que va a Zaragoza, que estas señoras zagalas contrahechas que aquí están son las más hermosas doncellas y más corteses que hay en el mundo, excetando sólo a la sin par Dulcinea del Toboso, única señora de mis pensamientos, con paz sea dicho de cuantos y cuantas me escuchan.

Oyendo lo cual Sancho, que con grande atención le había estado escuchando, dando una gran voz dijo:

— ¿Es posible que haya en el mundo personas que se atrevan a decir y a jurar que este mi señor es loco? Digan vuestras mercedes, señores pastores: ¿hay cura de aldea, por discreto y por estudiante que sea, que pueda decir lo que mi amo ha dicho, ni hay caballero andante, por más fama que tenga de valiente, que pueda ofrecer lo que mi amo aquí ha ofrecido?

Volvióse don Quijote a Sancho, y encendido el rostro y colérico, le dijo:

— ¿Es posible, oh Sancho, que haya en todo el orbe alguna persona que diga que no eres tonto, aforrado de lo mismo, con no sé qué ribetes de malicioso y de bellaco? ¿Quién te mete a ti en mis cosas y en averiguar si soy discreto o majadero? Calla y no me repliques, sino ensilla, si está desensillado Rocinante: vamos a poner en efecto mi ofrecimiento, que con la razón que va de mi parte puedes dar por vencidos a todos cuantos quisieren contradecirla.

Y con gran furia y muestras de enojo se levantó de la silla, dejando admirados a los circunstantes, haciéndoles dudar si le podían tener por loco o por cuerdo. Finalmente, habiéndole persuadido que no se pusiese en tal demanda, que ellos daban por bien conocida su agradecida voluntad y que no eran menester nuevas demostracio-

---

-677

dem as que se encerram nas ninfas habitadoras destes prados e bosques, deixando de parte a senhora da minha alma Dulcineia d'El Toboso. Por isso, quem for de parecer contrário acuda, que aqui o espero.

Duas vezes repetiu estas mesmas razões, e duas vezes não foram ouvidas por nenhum aventureiro; mas a sorte, que ia encaminhando suas coisas de bem em melhor, quis que dali a pouco surgisse pelo caminho uma multidão de homens a cavalo, e muitos deles com lanças nas mãos, caminhando todos apinhados, em tropel e a grande pressa. Mal os tinham visto aqueles que com D. Quixote estavam quando, virando as costas, se afastaram bem longe do caminho, pois entenderam que se ali esperassem lhes podia sobrevir algum perigo; só D. Quixote, com intrépido coração, ficou firme, e Sancho Pança se escudou com as ancas de Rocinante.

Chegou o tropel dos lanceiros, e um deles que vinha mais adiante a grandes vozes começou a dizer a D. Quixote:

— Sai do caminho, homem do diabo, que estes touros te farão em pedaços!

— Eia, canalha — respondeu D. Quixote —, para mim não há touros que valham, ainda que sejam dos mais bravos que cria o Jarama nas suas ribeiras![13] Confessai, malfeitores, assim à carga cerrada, que é verdade o que aqui publiquei, senão comigo sois em batalha.

Não teve tempo de responder o vaqueiro, nem D. Quixote o teve de se desviar, ainda que quisesse, e assim o tropel dos touros bravos e o dos mansos cabrestos, mais a multidão dos vaqueiros e outras gentes que para o encerro os levavam num lugar onde no dia seguinte haviam de ser toureados, passaram por cima de D. Quixote fazendo-o rolar pelo chão, e de Sancho, de Rocinante e do ruço, a todos deitando por terra. Ficou moído Sancho,

---

nes para conocer su ánimo valeroso, pues bastaban las que en la historia de sus hechos se referían, con todo esto, salió don Quijote con su intención, y puesto sobre Rocinante, embrazando su escudo y tomando su lanza, se puso en la mitad de un real camino que no lejos del verde prado estaba. Siguióle Sancho sobre su rucio, con toda la gente del pastoral rebaño, deseosos de ver en qué paraba su arrogante y nunca visto ofrecimiento.

Puesto pues don Quijote en mitad del camino, como os he dicho, hirió el aire con semejantes palabras:

— ¡Oh vosotros, pasajeros y viandantes, caballeros, escuderos, gente de a pie y de a caballo que por este camino pasáis o habéis de pasar en estos dos días siguientes, sabed que don Quijote de la Mancha, caballero andante, está aquí puesto para defender que a todas las hermosuras y cortesías del mundo exceden las que se encierran en las ninfas habitadoras destos prados y bosques, dejando a un lado a la señora de mi alma Dulcinea del Toboso. Por eso, el que fuere de parecer contrario acuda, que aquí le espero.

Dos veces repitió estas mismas razones y dos veces no fueron oídas de ningún aventurero; pero la suerte, que sus cosas iba encaminando de mejor en mejor, ordenó que de allí a poco se descubriese por el camino muchedumbre de hombres de a caballo, y muchos dellos con lanzas en las manos, caminando todos apiñados, de tropel y a gran priesa. No los hubieron bien visto los que con don Quijote estaban, cuando volviendo las espaldas se apartaron bien lejos del camino, porque conocieron que si esperaban les podía suceder algún peligro; sólo don Quijote, con intrépido corazón, se estuvo quedo, y Sancho Panza se escudó con las ancas de Rocinante.

Llegó el tropel de los lanceros, y uno dellos que venía más delante a grandes voces comenzó a decir a don Quijote:

espantado D. Quixote, aporreado o ruço e não muito católico Rocinante, mas por fim se levantaram todos, e D. Quixote a grande pressa, tropeçando aqui e caindo acolá, começou a correr atrás da vacaria, dizendo aos brados:

— Detende-vos e esperai, canalha malfeitora, que um só cavaleiro vos espera, o qual não é da condição nem do parecer dos que dizem: ao inimigo que foge, ponte de prata!

Mas nem por isso se detiveram os apressados corredores, nem fizeram mais caso das suas ameaças que das nuvens de antanho. Deteve-se D. Quixote de puro cansaço, e mais enfadado que vingado se sentou na estrada, esperando que Sancho, Rocinante e o ruço chegassem. Chegaram, tornaram a montar amo e criado, e sem voltar para se despedir da Arcádia fingida ou contrafeita, e com mais vergonha do que gosto, seguiram seu caminho.

— ¡Apártate, hombre del diablo, del camino, que te harán pedazos estos toros!

— ¡Ea, canalla — respondió don Quijote —, para mí no hay toros que valgan, aunque sean de los más bravos que cría Jarama en sus riberas! Confesad, malandrines, así a carga cerrada, que es verdad lo que yo aquí he publicado, sino conmigo sois en batalla.

No tuvo lugar de responder el vaquero, ni don Quijote le tuvo de desviarse, aunque quisiera, y así el tropel de los toros bravos y el de los mansos cabestros, con la multitud de los vaqueros y otras gentes que a encerrar los llevaban a un lugar donde otro día habían de correrse, pasaron sobre don Quijote, y sobre Sancho, Rocinante y el rucio, dando con todos ellos en tierra, echándole a rodar por el suelo. Quedó molido Sancho, espantado don Quijote, aporreado el rucio y no muy católico Rocinante, pero en fin se levantaron todos, y don Quijote a gran priesa, tropezando aquí y cayendo allí, comenzó a correr tras la vacada, diciendo a voces:

— ¡Deteneos y esperad, canalla malandrina, que un solo caballero os espera, el cual no tiene condición ni es de parecer de los que dicen que al enemigo que huye, hacerle la puente de plata!

Pero no por eso se detuvieron los apresurados corredores, ni hicieron más caso de sus amenazas que de las nubes de antaño. Detúvole el cansancio a don Quijote, y, más enojado que vengado, se sentó en el camino, esperando a que Sancho, Rocinante y el rucio llegasen. Llegaron, volvieron a subir amo y mozo, y sin volver a despedirse de la Arcadia fingida o contrahecha, y con más vergüenza que gusto, siguieron su camino.

Notas

[1] São Diego Mata-Mouros: Santiago apóstolo, dito Mata-Mouros por sua lendária e impossível participação nas batalhas contra os muçulmanos na Península.

[2] O céu padece força: o céu sofre violências; é citação do Evangelho (Mateus, 11, 12).

[3] ... um destes mendonças: era tão grande a fama de supersticiosos dos Mendoza/Mendonça, nobres da Espanha e de Portugal, que o sobrenome se tornara substantivo comum para designar pessoas apegadas a crendices.

[4] ... topa com um frade [...] e volta para casa: segundo a superstição, encontrar um frade sozinho atraía azar.

[5] ... porque te tenho bem segura em meus braços: o caso é assim narrado por Sexto Júlio Frontino em sua *Strategemata* e recolhida na antologia de historietas folclóricas *Floresta española de apotegmas y sentencias* (Toledo, 1574), de Melchor de Santa Cruz.

[6] ...está [...] a Espanha aberta [...] que é mister fechá-la?: a confusão de Sancho se deve à múltipla acepção do verbo *cerrar*; no grito de guerra (ver cap. IV, nota 5), ele vale não como "fechar", e sim como "investir", "atacar".

[7] Ciumento deus dos ferreiros: Vulcano, que ao saber dos amores adúlteros de sua mulher, Vênus, com Marte, prendeu os dois numa rede para expô-los ao escárnio dos deuses.

[8] Verde louro e de rubro amaranto: as duas plantas são símbolos clássicos de viço eterno; com elas são coroadas, na *Ilíada*, as donzelas que acompanham o funeral de Heitor.

[9] Arcádia: região do Peloponeso elevada a território literário ideal da vida pastoril por Iacopo Sannazzaro (1456-1530), inspirado em Virgílio.

[10] Acteão: o neto de Apolo que Diana transformou num cervo por ter ousado espiá-la enquanto se banhava. Petrarca aproveitou o motivo num célebre madrigal, que D. Quixote parece retomar.

[11] Sustentarei: defenderei pelas armas.

[12] ... com paz seja dito de quantos [...] me escutam: "com licença e perdão de todos", segundo uma fórmula cavaleiresca de desafio.

[13] ... touros [...] mais bravos que cria o Jarama: a ferocidade dos que se criavam no vale desse afluente do Tejo era um lugar-comum da literatura da época, talvez por serem dos que se toureavam em Madri.

CAPÍTULO LIX

*Onde se conta do extraordinário sucesso,
que se pode ter por aventura,
sucedido a D. Quixote*

À poeira e ao cansaço que D. Quixote e Sancho ganharam do descomedimento dos touros veio dar socorro uma fonte clara e limpa que num fresco arvoredo acharam, à margem da qual, tendo livrado o ruço e Rocinante de cabresto e freio, os dois traquejados amo e moço se sentaram. Acudiu Sancho à despensa dos seus alforjes e dela tirou do que ele costumava chamar pitança; enxaguou a boca, lavou-se D. Quixote o rosto, e com tal refrigério recobraram alento os espíritos desalentados. Não comia D. Quixote de puro pesaroso, e Sancho também não ousava tocar nos manjares que tinha diante, de puro comedido, esperando que o seu senhor os provasse; mas vendo que levado de suas imaginações não se lembrava de levar o pão à boca, não abriu a dele e, atropelando todo gênero de educação, começou a atochar no estômago o pão e queijo que se lhe oferecia.

— Come, Sancho amigo — disse D. Quixote —, sustenta a vida, que mais do que a mim te importa, e deixa-me morrer nas mãos dos meus pensamentos e à força das minhas desgraças. Eu, Sancho, nasci para viver mor-

---

CAPÍTULO LIX

*Donde se cuenta del extraordinario suceso,
que se puede tener por aventura,
que le sucedió a don Quijote*

Al polvo y al cansancio que don Quijote y Sancho sacaron del descomedimiento de los toros socorrió una fuente clara y limpia que entre una fresca arboleda hallaron, en el margen de la cual, dejando libres sin jáquima y freno al rucio y a Rocinante, los dos asendereados amo y mozo se sentaron. Acudió Sancho a la repostería de sus alforjas y dellas sacó de lo que él solía llamar condumio; enjuagóse la boca, lavóse don Quijote el rostro, con cuyo refrigerio cobraron aliento los espíritus desalentados. No comía don Quijote de puro pesaroso, ni Sancho no osaba tocar a los manjares que delante tenía, de puro comedido, y esperaba a que su señor hiciese la salva; pero viendo que llevado de sus imaginaciones no se acordaba de llevar el pan a la boca, no abrió la suya y, atropellando por todo género de crianza, comenzó a embaular en el estómago el pan y queso que se le ofrecía.

— Come, Sancho amigo — dijo don Quijote —: sustenta la vida, que más que a mí te importa, y déjame

rendo e tu para morrer comendo; e para que vejas que te digo a verdade, considera-me impresso em histórias, famoso nas armas, comedido nas ações, respeitado de príncipes, solicitado de donzelas: ao cabo do cabo, quando eu esperava palmas, triunfos e coroas, granjeadas e merecidas por minhas valorosas façanhas, me vi esta manhã pisado e escoiceado e moído dos pés de animais imundos e soezes. Esta consideração me embota os dentes, entorpece os queixais e intumesce as mãos e tira de todo em todo a vontade do comer, de maneira que penso deixar-me morrer de fome, morte a mais cruel das mortes.

— Assim sendo — disse Sancho, sem deixar de mastigar com grande pressa —, não olhará vossa mercê aquele ditado que dizem: "Morra Marta, mas morra farta". Eu ao menos não penso matar a mim mesmo, antes penso fazer como o sapateiro, que puxa o couro com os dentes até que o faz chegar aonde ele quer: eu vou puxando a minha vida comendo até que chegue ao fim que o céu lhe tem determinado; e saiba, senhor, que não há maior loucura do que a que leva a querer se acabar como vossa mercê, ouça o que eu digo e depois de comer deite-se a dormir um pouco sobre os colchões verdes desta relva, e verá como ao acordar se achará bem mais aliviado.

Assim fez D. Quixote, parecendo-lhe que as razões de Sancho eram mais de filósofo que de mentecapto, e lhe disse:

— Se tu, oh Sancho, quisesses fazer por mim o que eu agora te direi, seriam os meus alívios mais certos e os meus pesares não tão grandes; e é que enquanto eu dormir, obedecendo aos teus conselhos, tu te afastes um pouco daqui e com as rédeas de Rocinante, pondo as tuas carnes a arejar, te dês trezentos ou quatrocentos açoites à boa conta dos três mil e tantos que te hás

---

morir a mí a manos de mis pensamientos y a fuerzas de mis desgracias. Yo, Sancho, nací para vivir muriendo y tú para morir comiendo; y porque veas que te digo verdad en esto, considérame impreso en historias, famoso en las armas, comedido en mis acciones, respetado de príncipes, solicitado de doncellas; al cabo al cabo, cuando esperaba palmas, triunfos y coronas, granjeadas y merecidas por mis valerosas hazañas, me he visto esta mañana pisado, y acoceado, y molido de los pies de animales inmundos y soeces. Esta consideración me embota los dientes, entorpece las muelas y entomece las manos y quita de todo en todo la gana del comer, de manera que pienso dejarme morir de hambre, muerte la más cruel de las muertes.

— Desa manera — dijo Sancho, sin dejar de mascar apriesa —, no aprobará vuestra merced aquel refrán que dicen: "Muera Marta, y muera harta". Yo a lo menos no pienso matarme a mí mismo, antes pienso hacer como el zapatero, que tira el cuero con los dientes hasta que le hace llegar donde él quiere; yo tiraré mi vida comiendo hasta que llegue al fin que le tiene determinado el cielo; y sepa, señor, que no hay mayor locura que la que toca en querer desesperarse como vuestra merced, y créame y después de comido échese a dormir un poco sobre los colchones verdes destas yerbas, y verá como cuando despierte se halla algo más aliviado.

Hízolo así don Quijote, pareciéndole que las razones de Sancho más eran de filósofo que de mentecato, y díjole:

— Si tú, ¡oh Sancho!, quisieses hacer por mí lo que yo ahora te diré, serían mis alivios más ciertos y mis pesadumbres no tan grandes; y es que mientras yo duermo, obedeciendo tus consejos, tú te desviases un poco lejos de aquí y con las riendas de Rocinante, echando al aire tus carnes, te dieses trecientos o cuatrocientos azotes a

de dar pelo desencantamento de Dulcineia, pois é grande pena aquela pobre senhora estar encantada por teu descuido e negligência.

— Há muito que dizer disso — devolveu Sancho. — Agora durmamos os dois, e depois Deus dirá. Saiba vossa mercê que o açoitar-se um homem a sangue frio é prova dura, e mais quando os açoites caem sobre um corpo com pouco sustento e menos comida: que tenha paciência a minha senhora Dulcineia, pois quando ela menos cuidar me verá feito um crivo de açoites; e até a morte tudo é vida; quero dizer que ainda a tenho, junto com o desejo de cumprir com o prometido.

Agradecendo-lhe D. Quixote, comeu um pouco, e Sancho muito, e deitaram-se a dormir os dois, deixando a seu alvitre e sem ordem alguma[1] pascerem da abundosa erva de que aquele prado estava cheio os dois contínuos companheiros e amigos Rocinante e o ruço. Acordaram um pouco tarde, voltaram a montar e a seguir seu caminho, dando-se pressa por chegar a uma estalagem que, ao parecer, a uma légua dali se descobria. Digo que era estalagem porque D. Quixote a chamou assim, fora do uso que tinha de chamar todas as estalagens de castelos.

Chegaram pois a ela; perguntaram ao hospedeiro se havia pousada; foi-lhes respondido que sim, com toda a comodidade e regalo que se poderia achar em Saragoça. Apearam-se e recolheu Sancho sua despensa num aposento do qual o hospedeiro lhe deu a chave; levou as bestas à cavalariça, deu-lhes seus pensos e saiu para ver o que D. Quixote, que estava sentado num poial, lhe mandava, dando particulares graças ao céu de que aquela estalagem não tivesse parecido castelo ao seu amo.

Chegou a hora do jantar, recolheram-se ao seu quarto; perguntou Sancho ao hospedeiro que é que tinha para lhes dar de jantar, ao que aquele res-

---

buena cuenta de los tres mil y tantos que te has de dar por el desencanto de Dulcinea, que es lástima no pequeña que aquella pobre señora esté encantada por tu descuido y negligencia.

— Hay mucho que decir en eso — dijo Sancho —. Durmamos por ahora entrambos, y después Dios dijo lo que será. Sepa vuestra merced que esto de azotarse un hombre a sangre fría es cosa recia, y más si caen los azotes sobre un cuerpo mal sustentado y peor comido: tenga paciencia mi señora Dulcinea, que cuando menos se cate me verá hecho una criba de azotes; y hasta la muerte todo es vida; quiero decir, que aún yo la tengo, junto con el deseo de cumplir con lo que he prometido.

Agradeciéndoselo don Quijote, comió algo, y Sancho mucho, y echáronse a dormir entrambos, dejando a su albedrío y sin orden alguna pacer del abundosa yerba de que aquel prado estaba lleno a los dos continuos compañeros y amigos Rocinante y el rucio. Despertaron algo tarde, volvieron a subir y a seguir su camino, dándose priesa para llegar a una venta que al parecer una legua de allí se descubría. Digo que era venta porque don Quijote la llamó así, fuera del uso que tenía de llamar a todas las ventas castillos.

Llegaron pues a ella; preguntaron al huésped si había posada; fuéles respondido que sí, con toda la comodidad y regalo que pudiera hallar en Zaragoza. Apeáronse y recogió Sancho su repostería en un aposento de quien el huésped le dio la llave, llevó las bestias a la caballeriza, echóles sus piensos, salió a ver lo que don Quijote, que estaba sentado sobre un poyo, le mandaba, dando particulares gracias al cielo de que a su amo no le hubiese parecido castillo aquella venta.

Llegóse la hora del cenar, recogiéronse a su estancia; preguntó Sancho al huésped que qué tenía para dar-

pondeu que sua boca seria a medida, e portanto pedisse o que quisesse, pois dos passarinhos do ar, das aves do terreiro e dos peixes do mar estava bem provida aquela estalagem.

— Não é mister tanto — respondeu Sancho —, pois com um par de frangos que nos assem teremos o bastante, porque meu senhor é delicado e come pouco, e eu não sou gargantão em demasia.

Respondeu-lhe o hospedeiro que não tinha frangos, porque os gaviões os tinham devastado.

— Então mande o senhor hospedeiro — disse Sancho — assar uma franga que seja nova.

— Franga? Por meu pai! — respondeu o hospedeiro. — Em verdade, em verdade que ontem mandei vender mais de cinquenta na cidade; mas, tirando as frangas, peça vossa mercê o que quiser.

— Assim sendo — disse Sancho —, não há de faltar vitela ou cabrito.

— Aqui em casa — respondeu o hospedeiro —, agora não há, porque se acabou, mas na semana que vem haverá de sobra.

— Vamos bem! — respondeu Sancho. — Mas eu aposto que todas essas faltas compensarão as sobras que deve haver de ovos e toucinho.[2]

— Por Deus — respondeu o hospedeiro — que é boa mofa a do meu hóspede! Pois já lhe disse que não tenho frangas nem galinhas, e quer que eu tenha ovos! Discorra, se quiser, por outras finezas, mas deixe de pedir tais gulodices.

— Resolvamos de uma vez, corpo de mim! — disse Sancho. — Vossa mercê me diga afinal o que tem e deixe de discorrimentos, senhor hospedeiro.

Disse o estalajadeiro:

---

les de cenar, a lo que el huésped respondió que su boca sería medida, y así que pidiese lo que quisiese, que de las pajaricas del aire, de las aves de la tierra y de los pescados del mar estaba proveída aquella venta.

— No es menester tanto — respondió Sancho —, que con un par de pollos que nos asen tendremos lo suficiente, porque mi señor es delicado y come poco, y yo no soy tragantón en demasía.

Respondióle el huésped que no tenía pollos, porque los milanos los tenían asolados.

— Pues mande el señor huésped — dijo Sancho — asar una polla que sea tierna.

— ¿Polla? ¡Mi padre! — respondió el huésped —. En verdad en verdad que envié ayer a la ciudad a vender más de cincuenta; pero, fuera de pollas, pida vuestra merced lo que quisiere.

— Desa manera — dijo Sancho —, no faltará ternera o cabrito.

— En casa por ahora — respondió el huésped — no lo hay, porque se ha acabado, pero la semana que viene lo habrá de sobra.

— ¡Medrados estamos con eso! — respondió Sancho —. Yo pondré que se vienen a resumirse todas estas faltas en las sobras que debe de haber de tocino y huevos.

— ¡Por Dios — respondió el huésped — que es gentil relente el que mi huésped tiene! Pues hele dicho que ni tengo pollas ni gallinas, ¡y quiere que tenga huevos! Discurra, si quisiere, por otras delicadezas, y déjese de pedir gallinas.

— Resolvámonos, cuerpo de mí — dijo Sancho —, y dígame finalmente lo que tiene y déjese de discurrimientos, señor huésped.

— O que real e verdadeiramente tenho são dois pés de vaca macios como mãos de vitela, ou duas mãos de vitela tamanhos como pés de vaca; estão cozidos com seus grãos-de-bico, suas cebolas e seu toucinho, e ora agora vão pedindo aos gritos: "Coma-nos! Coma-nos".

— Desde agora os marco por meus — disse Sancho —, e que ninguém os toque, que pagarei por eles melhor do que ninguém, já que nenhuma outra coisa eu poderia esperar de mais gosto, e pouco se me dera que fossem mãos ou pés.

— Ninguém os tocará — disse o estalajadeiro —, porque os outros hóspedes que tenho são tão principais que levam consigo cozinheiro, vedor e despensa.

— Se de principalidade se trata — disse Sancho —, ninguém tem mais que o meu amo; mas o ofício que ele leva não permite trazer despensas nem frasqueiras: por aí nos deitamos no meio dos prados e nos fartamos de bolotas ou de nêsperas.[3]

Essa foi a conversa que Sancho teve com o estalajadeiro, mas Sancho não quis passar adiante em responder quando o outro lhe perguntou que ofício ou que exercício era o do seu amo.

Chegou então a hora do jantar, recolheu-se ao seu quarto D. Quixote e, em trazendo o hospedeiro aquele mesmo cozido, sentou-se a jantar com muita vontade. Parece que de outro aposento que junto ao de D. Quixote estava, sem mais divisão que um delgado tabique, ouviu dizer D. Quixote:

— Por vida de vossa mercê, senhor D. Jerónimo, que enquanto não nos trazem o jantar leiamos outro capítulo da segunda parte de D. *Quixote de La Mancha*.

Apenas ouviu seu nome D. Quixote, quando se pôs em pé e com ouvi-

---

Dijo el ventero:

— Lo que real y verdaderamente tengo son dos uñas de vaca que parecen manos de ternera, o dos manos de ternera que parecen uñas de vaca; están cocidas con sus garbanzos, cebollas y tocino, y la hora de ahora están diciendo: "¡Coméme! ¡Coméme!".

— Por mías las marco desde aquí — dijo Sancho —, y nadie las toque, que yo las pagaré mejor que otro, porque para mí ninguna otra cosa pudiera esperar de más gusto, y no se me daría nada que fuesen manos, como fuesen uñas.

— Nadie las tocará — dijo el ventero —, porque otros huéspedes que tengo, de puro principales, traen consigo cocinero, despensero y repostería.

— Si por principales va — dijo Sancho —, ninguno más que mi amo; pero el oficio que él trae no permite despensas ni botillerías: ahí nos tendemos en mitad de un prado y nos hartamos de bellotas o de níperos.

Esta fue la plática que Sancho tuvo con el ventero, sin querer Sancho pasar adelante en responderle, que ya le había preguntado qué oficio o qué ejercicio era el de su amo.

Llegóse pues la hora del cenar, recogióse a su estancia don Quijote, trujo el huésped la olla, así como estaba, y sentóse a cenar muy de propósito. Parece ser que en otro aposento que junto al de don Quijote estaba, que no le dividía más que un sutil tabique, oyó decir don Quijote:

— Por vida de vuestra merced, señor don Jerónimo, que en tanto que traen la cena leamos otro capítulo de la segunda parte de *Don Quijote de la Mancha*.

do atento escutou o que dele tratavam e ouviu que o tal D. Jerónimo referido respondeu:

— Para que quer vossa mercê, senhor D. Juan, que leiamos estes disparates? Pois quem tiver lido a primeira parte da história de D. Quixote de La Mancha não é possível que possa ter gosto em ler esta segunda.

— Ainda assim — disse o D. Juan —, será bem lê-la, pois não há livro tão ruim que não tenha alguma coisa boa. O que neste mais me desagrada é que pinte a D. Quixote já desamorado de Dulcineia d'El Toboso.[4]

Ouvindo o qual D. Quixote, cheio de ira e de despeito levantou a voz e disse:

— Quem quer que diga que D. Quixote de La Mancha esqueceu ou pode esquecer Dulcineia d'El Toboso, eu o farei entender com armas iguais que vai muito longe da verdade, pois a sem-par Dulcineia d'El Toboso não pode ser esquecida, nem em D. Quixote pode caber esquecimento: seu brasão é a firmeza, e sua profissão, o guardá-la com suavidade e sem fazer força alguma.

— Quem é que nos responde? — responderam do outro aposento.

— Quem há de ser — respondeu Sancho — senão o próprio D. Quixote de La Mancha, que manterá tudo quanto disse e quanto vier a dizer, pois a bom pagador não dói o penhor?

Apenas Sancho havia dito isso, quando entraram pela porta do seu aposento dois cavaleiros, que tais pareciam, e um deles, lançando os braços ao pescoço de D. Quixote, lhe disse:

— Nem vossa presença pode desmentir vosso nome, nem vosso nome pode não acreditar vossa presença: sem dúvida vós, senhor, sois o verdadeiro D. Quixote de La Mancha, norte e farol da andante cavalaria, a despeito

---

Apenas oyó su nombre don Quijote, cuando se puso en pie y con oído alerto escuchó lo que dél trataban y oyó que el tal don Jerónimo referido respondió:

— ¿Para qué quiere vuestra merced, señor don Juan, que leamos estos disparates? Si el que hubiere leído la primera parte de la historia de don Quijote de la Mancha no es posible que pueda tener gusto en leer esta segunda.

— Con todo eso — dijo el don Juan —, será bien leerla, pues no hay libro tan malo que no tenga alguna cosa buena. Lo que a mí en este más desplace es que pinta a don Quijote ya desenamorado de Dulcinea del Toboso.

Oyendo lo cual don Quijote, lleno de ira y de despecho alzó la voz y dijo:

— Quienquiera que dijere que don Quijote de la Mancha ha olvidado ni puede olvidar a Dulcinea del Toboso, yo le haré entender con armas iguales que va muy lejos de la verdad, porque la sin par Dulcinea del Toboso ni puede ser olvidada, ni en don Quijote puede caber olvido: su blasón es la firmeza, y su profesión, el guardarla con suavidad y sin hacerse fuerza alguna.

— ¿Quién es el que nos responde? — respondieron del otro aposento.

— ¿Quién ha de ser — respondió Sancho — sino el mismo don Quijote de la Mancha, que hará bueno cuanto ha dicho y aun cuanto dijere, que al buen pagador no le duelen prendas?

Apenas hubo dicho esto Sancho, cuando entraron por la puerta de su aposento dos caballeros, que tales lo parecían, y uno dellos, echando los brazos al cuello de don Quijote, le dijo:

688

e pesar de quem quis usurpar vosso nome e aniquilar vossas façanhas, como fez o autor deste livro que aqui vos entrego.

E pondo-lhe nas mãos um livro que o seu companheiro trazia, tomou-o D. Quixote e, sem responder palavra, começou a folheá-lo, e dali a pouco se tornou para aquele, dizendo:

— No pouco que acabo de ver achei três coisas neste autor dignas de repreensão. A primeira são certas palavras que li no prólogo; a outra, que é sua linguagem aragonesa, pois às vezes escreve sem artigos,[5] e a terceira, que mais o confirma por ignorante, é que ele erre e se desvie da verdade no mais principal da história, pois aqui diz que a mulher de Sancho Pança meu escudeiro se chama Mari Gutiérrez, e ela não se chama assim, senão Teresa Pança; e quem erra nesta parte tão principal, bem se poderá temer que erre em todas as demais da história.

Ao que Sancho disse:

— Boa peça de historiador! E como há de estar por dentro do caso dos nossos sucessos, quando chama Teresa Pança, minha mulher, de Mari Gutiérrez![6] Torne a tomar o livro, senhor, e olhe se eu também ando por aí e se me trocaram o nome.

— Pelo que acabo de ouvir, amigo — disse D. Jerónimo —, sem dúvida deveis de ser Sancho Pança, o escudeiro do senhor D. Quixote.

— Sou, sim — respondeu Sancho —, e muito me prezo disso.

— Pois à fé — disse o cavaleiro — que não vos trata este autor moderno com a limpeza que em vossa pessoa se mostra: pinta-vos comilão e simples e nada gracioso, bem diferente do Sancho que na primeira parte da história do vosso amo se descreve.

— Deus que o perdoe — disse Sancho. — Mais lhe valeria me deixar

---

— Ni vuestra presencia puede desmentir vuestro nombre, ni vuestro nombre puede no acreditar vuestra presencia: sin duda vos, señor, sois el verdadero don Quijote de la Mancha, norte y lucero de la andante caballería, a despecho y pesar del que ha querido usurpar vuestro nombre y aniquilar vuestras hazañas, como lo ha hecho el autor deste libro que aquí os entrego.

Y poniéndole un libro en las manos, que traía su compañero, le tomó don Quijote y, sin responder palabra, comenzó a hojearle, y de allí a un poco se le volvió, diciendo:

— En esto poco que he visto he hallado tres cosas en este autor dignas de reprehensión. La primera es algunas palabras que he leído en el prólogo; la otra, que el lenguaje es aragonés, porque tal vez escribe sin artículos, y la tercera, que más le confirma por ignorante, es que yerra y se desvía de la verdad en lo más principal de la historia, porque aquí dice que la mujer de Sancho Panza mi escudero se llama Mari Gutiérrez, y no llama tal, sino Teresa Panza; y quien en esta parte tan principal yerra, bien se podrá temer que yerra en todas las demás de la historia.

A esto dijo Sancho:

— ¡Donosa cosa de historiador! ¡Por cierto, bien debe de estar en el cuento de nuestros sucesos, pues llama a Teresa Panza, mi mujer, "Mari Gutiérrez"! Torne a tomar el libro, señor, y mire si ando yo por ahí y si me ha mudado el nombre.

— Por lo que he oído hablar, amigo — dijo don Jerónimo —, sin duda debéis de ser Sancho Panza, el escudero del señor don Quijote.

no meu canto, sem bulir comigo, pois quem tem unhas é que toca viola, e bem está São Pedro em Roma.

Os dois cavaleiros pediram a D. Quixote que se passasse ao seu quarto para jantar com eles, pois bem sabiam que naquela estalagem não havia coisas dignas da sua pessoa. D. Quixote, que sempre foi cortês, aceitou o convite e jantou com eles. Ficou Sancho senhor de cutelo e baraço do seu cozido, sentou-se à cabeceira da mesa, e com ele o estalajadeiro, que não menos do que Sancho gostava das suas mãos e dos seus pés.

No discurso do jantar perguntou D. Juan a D. Quixote que novas tinha da senhora Dulcineia d'El Toboso, se se havia casado, se estava parida ou prenhe ou se, ainda na sua inteireza, se lembrava, guardando sua honestidade e bom decoro, dos amorosos pensamentos do senhor D. Quixote. Ao que ele respondeu:

— Dulcineia está inteira, e os meus pensamentos, mais firmes do que nunca; nosso trato, magro como sempre; sua formosura, na de uma soez lavradora transformada.

E logo lhes foi contando ponto por ponto o encantamento da senhora Dulcineia e o que lhe acontecera na gruta de Montesinos, mais a ordem que o sábio Merlim lhe dera para desencantá-la, que foi a dos açoites de Sancho. Sumo foi o contento que os dois cavaleiros receberam de ouvir contar de D. Quixote os estranhos sucessos da sua história, e assim ficaram admirados dos seus disparates como do elegante modo como os contava. Aqui o tinham por discreto e ali se lhes safava por mentecapto, sem saberem determinar que grau lhe dariam entre a discrição e a loucura.

Acabou de jantar Sancho e, deixando o estalajadeiro a trançar os pés, se passou ao quarto do seu amo, e lá entrando disse:

— Sí soy — respondió Sancho —, y me precio dello.

— Pues a fe — dijo el caballero — que no os trata este autor moderno con la limpieza que en vuestra persona se muestra: píntaos comedor y simple y nonada gracioso, y muy otro del Sancho que en la primera parte de la historia de vuestro amo se describe.

— Dios se lo perdone — dijo Sancho —. Dejárame en mi rincón, sin acordarse de mí, porque quien las sabe las tañe, y bien se está San Pedro en Roma.

Los dos caballeros pidieron a don Quijote se pase a su estancia a cenar con ellos, que bien sabían que en aquella venta no había cosas pertenecientes para su persona. Don Quijote, que siempre fue comedido, condecendió con su demanda y cenó con ellos. Quedóse Sancho con la olla con mero mixto imperio; sentóse en cabecera de mesa, y con él el ventero, que no menos que Sancho estaba de sus manos y de sus uñas aficionado.

En el discurso de la cena preguntó don Juan a don Quijote qué nuevas tenía de la señora Dulcinea del Toboso, si se había casado, si estaba parida o preñada o si, estando en su entereza, se acordaba, guardando su honestidad y buen decoro, de los amorosos pensamientos del señor don Quijote. A lo que él respondió:

— Dulcinea se está entera, y mis pensamientos, más firmes que nunca; las correspondencias, en su sequedad antigua; su hermosura, en la de una soez labradora transformada.

Y luego les fue contando punto por punto el encanto de la señora Dulcinea y lo que le había sucedido en la cueva de Montesinos, con la orden que el sabio Merlín le había dado para desencantarla, que fue la de los azotes de Sancho. Sumo fue el contento que los dos caballeros recibieron de oír contar a don Quijote los estraños

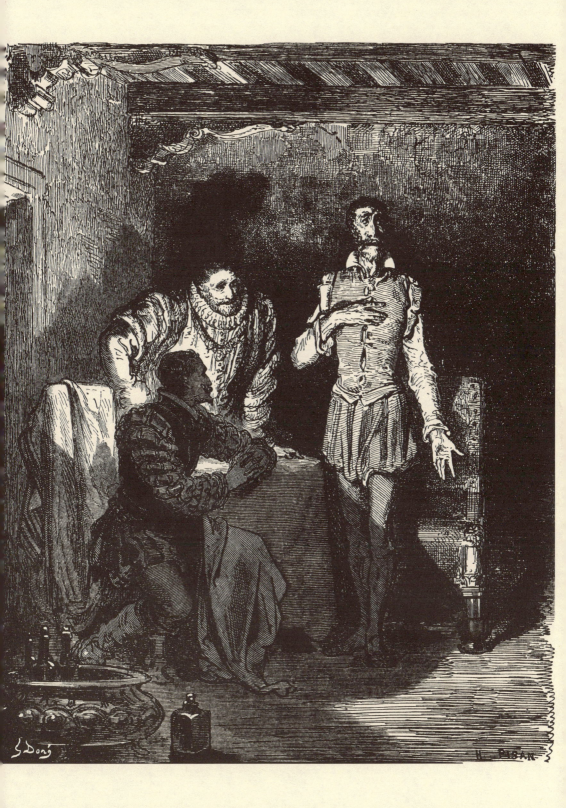

— Que me matem, senhores, se o autor desse livro que vossas mercês trazem não quer que não façamos boa farinha. Eu queria que, já que me chama comilão, como vossas mercês dizem, não me chamasse também bêbado.

— Pois chama sim — disse D. Jerónimo. — Não me lembro de que maneira, mas sei que com ruins palavras, e por cima mentirosas, segundo se me dá a ver na fisionomia do bom Sancho aqui presente.

— Creiam-me vossas mercês — disse Sancho — que o Sancho e o D. Quixote dessa tal história devem de ser outros diferentes dos que andam naquela composta por Cide Hamete Benengeli, que somos nós: meu amo valente, discreto e enamorado, e eu simples gracioso, e não comilão nem bêbado.

— Eu assim creio — disse D. Juan —, e se possível fosse se havia de mandar que ninguém ousasse tratar das coisas do grande D. Quixote, a não ser Cide Hamete, seu primeiro autor, bem assim como mandou Alexandre que ninguém senão Apeles o ousasse retratar.

— Retrate-me quem quiser — disse D. Quixote —, mas não me maltrate, pois muitas vezes se sói render a paciência quando a carregam de injúrias.

— Nenhuma — disse D. Juan — se pode fazer ao senhor D. Quixote da qual ele não se possa vingar, quando a não apare com o escudo da sua paciência, que a meu parecer é forte e grande.

Nestas e noutras conversações se passou grande parte da noite, e por muito que D. Juan quisesse que D. Quixote lesse mais do livro, para ver o que descantava, não o puderam convencer, dizendo ele que já o dava por lido e o confirmava por todo néscio, e que não queria, se acaso chegasse à notícia do seu autor que o tivera nas mãos, se alegrasse com pensar que o lera, pois das coisas obscenas e torpes se devem apartar os pensamentos, quanto

---

sucesos de su historia, y así quedaron admirados de sus disparates como del elegante modo con que los contaba. Aquí le tenían por discreto y allí se les deslizaba por mentecato, sin saber determinarse qué grado le darían entre la discreción y la locura.

Acabó de cenar Sancho y, dejando hecho equis al ventero, se pasó a la estancia de su amo y en entrando dijo:

— Que me maten, señores, si el autor deste libro que vuesas mercedes tienen no quiere que no comamos buenas migas juntos. Yo querría que ya que me llama comilón, como vuesas mercedes dicen, no me llamase también borracho.

— Sí llama — dijo don Jerónimo —, pero no me acuerdo en qué manera, aunque sé que son malsonantes las razones, y además, mentirosas, según yo echo de ver en la fisonomía del buen Sancho que está presente.

— Créanme vuesas mercedes — dijo Sancho — que el Sancho y el don Quijote desa historia deben de ser otros que los que andan en aquella que compuso Cide Hamete Benengeli, que somos nosotros: mi amo, valiente, discreto y enamorado, y yo, simple gracioso, y no comedor ni borracho.

— Yo así lo creo — dijo don Juan —, y, si fuera posible, se había de mandar que ninguno fuera osado a tratar de las cosas del gran don Quijote, si no fuese Cide Hamete, su primer autor, bien así como mandó Alejandro que ninguno fuese osado a retratarle sino Apeles.

— Retráteme el que quisiere — dijo don Quijote —, pero no me maltrate, que muchas veces suele caerse la paciencia cuando la cargan de injurias.

mais os olhos. Perguntaram-lhe que rumo levava determinado sua viagem. Respondeu que o de Saragoça, para se achar nas justas do arnês, que naquela cidade se costumam celebrar todos os anos. Disse-lhe D. Juan que aquela nova história contava como D. Quixote, ou lá quem fosse, se achara num torneio falto de invenção, pobre de letras, pobríssimo de librés,[7] mas rico de tolices.

— Por isso mesmo — respondeu D. Quixote — eu não porei os pés em Saragoça, e assim publicarei na praça do mundo a mentira desse historiador moderno, e verão as gentes como eu não sou o D. Quixote que ele diz.

— Pois fará muito bem — disse D. Jerónimo —, e outras justas há em Barcelona onde poderá o senhor D. Quixote mostrar o seu valor.

— Assim penso fazer — disse D. Quixote. — E vossas mercês me deem licença, pois já é hora de ir-me ao leito, e peço me tenham e ponham no número dos seus maiores amigos e servidores.

— E a mim também — disse Sancho. — Pois quem sabe serei bom para alguma coisa.

Com isto se despediram, e D. Quixote e Sancho se recolheram ao seu aposento, deixando D. Juan e D. Jerónimo admirados de ver a mistura que havia feito da sua discrição e da sua loucura, e verdadeiramente creram que eram estes os verdadeiros D. Quixote e Sancho, e não aqueles descritos por seu autor aragonês.

Madrugou D. Quixote e, batendo no tabique do outro aposento, se despediu dos seus hóspedes. Pagou Sancho ao estalajadeiro magnificamente e o aconselhou a que gabasse menos a provisão da sua estalagem, ou que a tivesse mais bem provida.

— Ninguna — dijo don Juan — se le puede hacer al señor don Quijote de quien él no se pueda vengar, si no la repara en el escudo de su paciencia, que a mi parecer es fuerte y grande.

En estas y otras pláticas se pasó gran parte de la noche, y aunque don Juan quisiera que don Quijote leyera más del libro, por ver lo que discantaba, no lo pudieron acabar con él, diciendo que él lo daba por leído y lo confirmaba por todo necio, y que no quería, si acaso llegase a noticia de su autor que le había tenido en sus manos, se alegrase con pensar que le había leído, pues de las cosas obscenas y torpes los pensamientos se han de apartar, cuanto más los ojos. Preguntáronle que adónde llevaba determinado su viaje. Respondió que a Zaragoza, a hallarse en las justas del arnés, que en aquella ciudad suelen hacerse todos los años. Díjole don Juan que aquella nueva historia contaba como don Quijote, sea quien se quisiere, se había hallado en ella en una sortija falta de invención, pobre de letras, pobrísima de libreas, aunque rica de simplicidades.

— Por el mismo caso — respondió don Quijote — no pondré los pies en Zaragoza, y así sacaré a la plaza del mundo la mentira dese historiador moderno, y echarán de ver las gentes como yo no soy el don Quijote que él dice.

— Hará muy bien — dijo don Jerónimo —, y otras justas hay en Barcelona donde podrá el señor don Quijote mostrar su valor.

— Así lo pienso hacer — dijo don Quijote —; y vuesas mercedes me den licencia, pues ya es hora para irme al lecho, y me tengan y pongan en el número de sus mayores amigos y servidores.

— Y a mí también — dijo Sancho —: quizá seré bueno para algo.

Notas

[1] ... a seu alvitre e sem ordem alguma: citação burlesca do primeiro verso de uma oitava-rima muito difundida na época.

[2] Ovos e toucinho: eram provisão de emergência que não podia faltar em nenhuma casa.

[3] Nêspera: não a japonesa, hoje mais conhecida, mas a europeia; era fruta silvestre de sabor acre, só comestível depois de curada.

[4] ... desamorado de Dulcineia d'El Toboso: na continuação apócrifa, depois de ler uma violenta carta de recusa assinada por Aldonza Lorenzo, D. Quixote resolve adotar o epíteto de "Cavaleiro Desamorado".

[5] ... é sua linguagem aragonesa, pois [...] escreve sem artigos: não é traço distintivo do aragonês nem do texto de Avellaneda a ausência de artigos no sentido que hoje se dá ao termo. Na gramática da época, porém, chamava-se assim qualquer partícula, independente da categoria, incluindo a preposição "de", muitas vezes omitida no *Quixote* apócrifo.

[6] ... chama Teresa Pança [...] de Mari Gutiérrez: óbvia ironia, pois o próprio Sancho chamou a mulher assim no primeiro livro (cap. VII), pouco depois de chamá-la de Juana.

[7] ... pobre de letras, pobríssimo de librés: no *Quixote* de Avellaneda, chamam-se "letras" os lemas dos cavaleiros, entre os quais consta um "epigrama [em latim] do excelente poeta Lope de Vega Carpio, familiar do Santo Ofício"; obviamente, Cervantes joga também com o sentido de pobreza literária. Para as librés, ver cap. XVII, nota 7, e cap. XXII, nota 4.

Con esto se despidieron, y don Quijote y Sancho se retiraron a su aposento, dejando a don Juan y a don Jerónimo admirados de ver la mezcla que había hecho de su discreción y de su locura, y verdaderamente creyeron que estos eran los verdaderos don Quijote y Sancho, y no los que describía su autor aragonés.

Madrugó don Quijote y, dando golpes al tabique del otro aposento, se despidió de sus huéspedes. Pagó Sancho al ventero magníficamente y aconsejóle que alabase menos la provisión de su venta o la tuviese más proveída.

CAPÍTULO LX

Do que aconteceu a D. Quixote indo para Barcelona

Era fresca a manhã e dava mostras de o ser também o dia em que D. Quixote saiu da estalagem, tendo antes perguntado qual era o mais direito caminho para ir a Barcelona sem tocar em Saragoça: tanto era o desejo que tinha de deixar por mentiroso aquele novo historiador que tanto diziam que o vituperava.

Aconteceu pois que em mais de seis dias não lhe aconteceu coisa digna de ser posta em escritura, ao cabo dos quais, indo fora do caminho, a noite o apanhou entre uns espessos carvalhos ou sobreiros,[1] que nisso não guarda Cide Hamete a pontualidade que costuma em outras coisas.

Apearam de suas bestas amo e moço, e Sancho, que já merendara naquele dia, arrimando-se aos troncos das árvores se deixou entrar de roldão pelas portas do sono; mas D. Quixote, a quem suas imaginações desvelavam muito mais do que a fome, não conseguia pregar os olhos, antes ia e vinha com o pensamento por mil gêneros de lugares. Ora lhe parecia estar na gruta de Montesinos, ora ver saltar e montar em sua jerica a transformada em lavradora Dulcineia, ora que lhe soavam nos ouvidos as palavras do sábio

---

CAPÍTULO LX

De lo que sucedió a don Quijote yendo a Barcelona

Era fresca la mañana y daba muestras de serlo asimesmo el día en que don Quijote salió de la venta, informándose primero cuál era el más derecho camino para ir a Barcelona sin tocar en Zaragoza: tal era el deseo que tenía de sacar mentiroso a aquel nuevo historiador que tanto decían que le vituperaba.

Sucedió pues que en más de seis días no le sucedió cosa digna de ponerse en escritura, al cabo de los cuales, yendo fuera de camino, le tomó la noche entre unas espesas encinas o alcornoques, que en esto no guarda la puntualidad Cide Hamete que en otras cosas suele.

Apeáronse de sus bestias amo y mozo, y, acomodándose a los troncos de los árboles, Sancho, que había merendado aquel día, se dejó entrar de rondón por las puertas del sueño; pero don Quijote, a quien desvelaban sus imaginaciones mucho más que la hambre, no podía pegar sus ojos, antes iba y venía con el pensamiento por mil géneros de lugares. Ya le parecía hallarse en la cueva de Montesinos, ya ver brincar y subir sobre su pollina a la convertida en labradora Dulcinea, ya que le sonaban en los oídos las palabras del sabio Merlín que le refe-

Merlim ditando-lhe as condições e diligências que se haviam de fazer e ter no desencantamento de Dulcineia. Desespera-se em ver a frouxura e caridade pouca de Sancho seu escudeiro, pois, segundo lhe constava, só cinco açoites se dera, numero desproporcionado e ínfimo frente aos infinitos que lhe faltavam; e disto recebeu tanto pesar e enfado, que fez este discurso:

— Se o nó górdio cortou o Magno Alexandre, dizendo "tanto monta cortar quanto desatar", e nem por isso deixou de ser universal senhor de toda a Ásia, nem mais nem menos poderia acontecer agora no desencantamento de Dulcineia se eu açoitasse Sancho a seu pesar, pois se a condição deste remédio está em que Sancho receba os três mil e tantos açoites, nada se me dá que ele mesmo ou outro lhos dê, pois a substância está em que ele os receba, venham donde vierem.

Com esta imaginação se chegou a Sancho, tendo primeiro tomado as rédeas de Rocinante, e, ajeitando-as de modo que o pudesse açoitar com elas, começou a tirar-lhe as cintas (das quais é opinião que não tinha mais que a dianteira) que seguravam seus calções; mas apenas havia chegado, quando Sancho acordou e bem desperto disse:

— Que é isso? Quem me toca e descinta?

— Sou eu — respondeu D. Quixote —, que venho suprir as tuas faltas e remediar os meus trabalhos: venho te açoitar, Sancho, e aliviar parte da dívida a que te obrigaste. Dulcineia perece, tu vives em descuido, eu morro desejando; portanto despe-te por tua vontade, pois a minha é dar-te nesta soledade pelo menos dois mil açoites.

— Isso não! — disse Sancho. — Vossa mercê pare e se aquiete, senão por Deus verdadeiro que nos hão de ouvir os surdos. Os açoites a que eu me obriguei hão de ser voluntários, e não por força, e agora não tenho vontade

---

rían las condiciones y diligencias que se habían de hacer y tener en el desencanto de Dulcinea. Desesperábase de ver la flojedad y caridad poca de Sancho su escudero, pues a lo que creía solos cinco azotes se había dado, número desigual y pequeño para los infinitos que le faltaban; y desto recibió tanta pesadumbre y enojo, que hizo este discurso:

— Si nudo gordiano cortó el Magno Alejandro, diciendo "Tanto monta cortar como desatar", y no por eso dejó de ser universal señor de toda la Asia, ni más ni menos podría suceder ahora en el desencanto de Dulcinea si yo azotase a Sancho a pesar suyo, que si la condición deste remedio está en que Sancho reciba los tres mil y tantos azotes, ¿qué se me da a mí que se los dé él o que se los dé otro, pues la sustancia está en que él los reciba, lleguen por do llegaren?

Con esta imaginación se llegó a Sancho, habiendo primero tomado las riendas de Rocinante, y acomodándolas en modo que pudiese azotarle con ellas, comenzóle a quitar las cintas (que es opinión que no tenía más que la delantera) en que se sustentaban los greguescos; pero apenas hubo llegado, cuando Sancho despertó en todo su acuerdo y dijo:

— ¿Qué es esto? ¿Quién me toca y desencinta?

— Yo soy — respondió don Quijote —, que vengo a suplir tus faltas y a remediar mis trabajos: véngote a azotar, Sancho, y a descargar en parte la deuda a que te obligaste. Dulcinea perece, tú vives en descuido, yo muero deseando; y así desatácate por tu voluntad, que la mía es de darte en esta soledad por lo menos dos mil azotes.

— Eso no — dijo Sancho —, vuesa merced se esté quedo, si no por Dios verdadero que nos han de oír los

nenhuma de me açoitar; baste eu dar a vossa mercê minha palavra de me fustigar e espanar quando eu bem quiser.

— Não o hei de deixar à tua cortesia, Sancho — disse D. Quixote —, porque és duro de coração e, se bem rústico, frouxo de carnes.

E assim porfiava e pelejava por desenlaçá-lo. Vendo o qual Sancho Pança, se pôs em pé e, arremetendo contra seu amo, se atracou com ele de braço a braço e, passando-lhe uma rasteira, o estatelou de costas no chão, pôs o joelho direito sobre seu peito enquanto com as mãos lhe segurava as mãos de modo que nem o deixava rolar nem cobrar alento. D. Quixote lhe dizia:

— Como, traidor? Contra teu amo e senhor natural te desmandas? Contra quem te dá seu pão te atreves?

— Não tiro rei nem ponho rei — respondeu Sancho —, mas me ajudo a mim mesmo, que sou meu senhor.[2] Vossa mercê me prometa que ficará quedo e não me tentará açoitar, que eu o deixarei livre e desembaraçado; se não,

aqui morrerás, traidor,
inimigo de Dª Sancha.[3]

Prometeu-lho D. Quixote e jurou por vida dos seus pensamentos não lhe tocar nem o pelo da roupa e deixar à sua inteira vontade e arbítrio o açoitar-se quando quisesse.

Levantou-se Sancho e se desviou daquele lugar um bom espaço; e indo-se a arrimar a outra árvore, sentiu que lhe tocavam a cabeça e, levantando as mãos, topou com dois pés de pessoa, com sapatos e calças. Tremeu de medo, foi até outra árvore e lhe aconteceu o mesmo. Deu vozes chamando por D. Quixote, para que o favorecesse. Acudiu D. Quixote perguntan-

---

sordos. Los azotes a que yo me obligué han de ser voluntarios, y no por fuerza, y ahora no tengo gana de azotarme; basta que doy a vuesa merced mi palabra de vapularme y mosquearme cuando en voluntad me viniere.

— No hay dejarlo a tu cortesía, Sancho — dijo don Quijote —, porque eres duro de corazón y, aunque villano, blando de carnes.

Y así procuraba y pugnaba por desenlazarle. Viendo lo cual Sancho Panza, se puso en pie y, arremetiendo a su amo, se abrazó con él a brazo partido y, echándole una zancadilla, dio con él en el suelo boca arriba, púsole la rodilla derecha sobre el pecho y con las manos le tenía las manos de modo que ni le dejaba rodear ni alentar. Don Quijote le decía:

— ¿Cómo, traidor? ¿Contra tu amo y señor natural te desmandas? ¿Con quien te da su pan te atreves?

— Ni quito rey ni pongo rey — respondió Sancho —, sino ayúdome a mí, que soy mi señor. Vuesa merced me prometa que se estará quedo y no tratará de azotarme por agora, que yo le dejaré libre y desembarazado; donde no,

aquí morirás, traidor,
enemigo de doña Sancha.

Prometióselo don Quijote y juró por vida de sus pensamientos no tocarle en el pelo de la ropa y que dejaría en toda su voluntad y albedrío el azotarse cuando quisiese.

do-lhe que havia acontecido e do que tinha medo, ao que Sancho lhe respondeu que todas aquelas árvores estavam cheias de pés e de pernas humanas. Tenteou-as D. Quixote e logo caiu na conta do que podia ser aquilo, e o disse a Sancho:

— Não tens do que ter medo, porque estes pés e pernas que tocas e não vês sem dúvida são de alguns foragidos e bandoleiros que nestas árvores estão enforcados,[4] pois por aqui os costuma enforcar a justiça, quando os apanha, de vinte em vinte e de trinta em trinta; donde tiro que devo de estar perto de Barcelona.

E assim era a verdade como ele imaginara.

Ao partir, ergueram os olhos e puderam ver que os cachos daquelas árvores eram corpos de bandoleiros. Já então amanhecia, e se os mortos os tinham assustado, não menos os atribularam mais de quarenta bandoleiros vivos que de improviso os cercaram, dizendo-lhes em língua catalã que estivessem quietos e se detivessem até que chegasse o seu capitão.

Achou-se D. Quixote a pé, seu cavalo sem freio e sua lança encostada numa árvore, enfim, sem defesa alguma, e assim houve por bem cruzar as mãos e inclinar a cabeça, guardando-se para melhor ocasião e conjuntura. Acudiram os bandoleiros a espiolhar o ruço e a não lhe deixar coisa alguma de quantas nos alforjes e na maleta carregava, e veio bem a Sancho levar guardados numa cinta os escudos do duque e os que haviam tirado da sua terra; mas ainda assim aquela boa gente o teria escorchado e encontrado até o que entre o couro e a carne trouxesse escondido, se naquele instante não chegasse seu capitão, o qual mostrou ser de idade de até trinta e quatro anos, robusto, de proporção mais que mediana, olhar grave e cor morena. Vinha sobre um poderoso cavalo, vestindo acerada cota e com quatro pistoletes (que

---

Levantóse Sancho y desvióse de aquel lugar un buen espacio; y yendo a arrimarse a otro árbol, sintió que le tocaban en la cabeza y, alzando las manos, topó con dos pies de persona, con zapatos y calzas. Tembló de miedo, acudió a otro árbol, y sucedióle lo mesmo. Dio voces llamando a don Quijote que le favoreciese. Hízolo así don Quijote, y preguntándole qué le había sucedido y de qué tenía miedo, le respondió Sancho que todos aquellos árboles estaban llenos de pies y de piernas humanas. Tentólos don Quijote y cayó luego en la cuenta de lo que podía ser, y díjole a Sancho:

— No tienes de qué tener miedo, porque estos pies y piernas que tientas y no vees sin duda son de algunos forajidos y bandoleros que en estos árboles están ahorcados, que por aquí los suele ahorcar la justicia, cuando los coge, de veinte en veinte y de treinta en treinta; por donde me doy a entender que debo de estar cerca de Barcelona.

Y así era la verdad como él lo había imaginado.

Al partir, alzaron los ojos y vieron los racimos de aquellos árboles, que eran cuerpos de bandoleros. Ya en esto amanecía, y si los muertos los habían espantado, no menos los atribularon más de cuarenta bandoleros vivos que de improviso les rodearon, diciéndoles en lengua catalana que estuviesen quedos y se detuviesen hasta que llegase su capitán.

Hallóse don Quijote a pie, su caballo sin freno, su lanza arrimada a un árbol, y finalmente sin defensa alguna, y así tuvo por bien de cruzar las manos e inclinar la cabeza, guardándose para mejor sazón y coyuntura. Acudieron los bandoleros a espulgar al rucio y a no dejarle ninguna cosa de cuantas en las alforjas y la maleta traía, y avínole bien a Sancho que en una ventrera que tenía ceñida venían los escudos del duque y los que habían

naquela terra se chamam *pedreñales*)[5] aos lados. Viu que os seus escudeiros, que assim chamam aos que andam naquele exercício, estavam prestes a despojar Sancho Pança; mandou-lhes que o não fizessem e foi logo obedecido, e com isso escapou a cinta. Admirou-se de ver uma lança encostada na árvore, um escudo no chão e D. Quixote lá armado e pensativo, com a mais triste e melancólica figura que pudesse formar a própria tristeza. Chegou-se a ele, dizendo:

— Não estejais tão triste, bom homem, porque não caístes nas mãos de algum cruel Osíris,[6] mas nas de Roque Guinart,[7] que têm mais de compassivas que de rigorosas.

— Não vem minha tristeza — respondeu D. Quixote — de ter caído em teu poder, oh valoroso Roque, cuja fama não há limites na terra que a encerrem, mas por ter sido tal o meu descuido que teus soldados me apanharam sem o freio,[8] estando eu obrigado, segundo a ordem da andante cavalaria que professo, a viver em contínuo alerta, sendo a todas horas sentinela de mim mesmo; pois eu te faço saber, oh grande Roque, que se me achassem sobre meu cavalo, com minha lança e meu escudo, não pequeno trabalho lhes dera me render, porque eu sou D. Quixote de La Mancha, aquele que de suas façanhas tem cheio todo o orbe.

Logo viu Roque Guinart que a doença de D. Quixote tinha mais de loucura que de valentia; e bem que já o conhecesse de ouvida, nunca tivera seus feitos por verdade, nem podia crer que semelhante humor reinasse em coração de homem, e folgou em extremo de o ter encontrado para tocar de perto o que de longe dele ouvira, e assim lhe disse:

— Valoroso cavaleiro, não vos desalenteis nem tenhais por sinistra fortuna esta em que vos achais, pois bem podia ser que nestes tropeços vossa

---

sacado de su tierra; y con todo eso aquella buena gente le escardara y le mirara hasta lo que entre el cuero y la carne tuviera escondido, si no llegara en aquella sazón su capitán, el cual mostró ser de hasta edad de treinta y cuatro años, robusto, más que de mediana proporción, de mirar grave y color morena. Venía sobre un poderoso caballo, vestida la acerada cota y con cuatro pistoletes (que en aquella tierra se llaman pedreñales) a los lados. Vio que sus escuderos, que así llaman a los que andan en aquel ejercicio, iban a despojar a Sancho Panza; mandóles que no lo hiciesen, y fue luego obedecido, y así se escapó la ventrera. Admiróle ver lanza arrimada al árbol, escudo en el suelo, y a don Quijote armado y pensativo, con la más triste y melancólica figura que pudiera formar la misma tristeza. Llegóse a él, diciéndole:

— No estéis tan triste, buen hombre, porque no habéis caído en las manos de algún cruel Osiris, sino en las de Roque Guinart, que tienen más de compasivas que de rigurosas.

— No es mi tristeza — respondió don Quijote — por haber caído en tu poder, oh valeroso Roque, cuya fama no hay límites en la tierra que la encierren, sino por haber sido tal mi descuido, que me hayan cogido tus soldados sin el freno, estando yo obligado, según la orden de la andante caballería que profeso, a vivir contino alerta, siendo a todas horas centinela de mí mismo; porque te hago saber, oh gran Roque, que si me hallaran sobre mi caballo, con mi lanza y con mi escudo, no les fuera muy fácil rendirme, porque yo soy don Quijote de la Mancha, aquel que de sus hazañas tiene lleno todo el orbe.

Luego Roque Guinart conoció que la enfermedad de don Quijote tocaba más en locura que en valentía; y aunque algunas veces le había oído nombrar, nunca tuvo por verdad sus hechos, ni se pudo persuadir a que seme-

arrevesada sorte se endireitasse, já que o céu, por estranhos e nunca vistos rodeios, dos homens não imaginados, sói levantar os caídos e enriquecer os pobres.

Já ia D. Quixote agradecer, quando ouviram às costas um ruído como de tropel de cavalos, que não era mais do que um, sobre o qual vinha a toda brida um mancebo, ao parecer de até vinte anos, vestido de damasco verde, com passamanes de ouro, calções e saltimbarca, com chapéu terçado à valona,[9] botas enceradas e justas, esporas, adaga e espada douradas, uma escopeta pequena nas mãos e duas pistolas aos lados. Com o ruído, virou Roque a cabeça e viu essa formosa figura, que chegando-se a ele disse:

— Em tua busca eu vinha, oh valoroso Roque, para achar em ti, se não remédio, ao menos alívio para a minha desdita! E por te não ter suspenso, pois vejo que não me conheceste, quero dizer-te quem sou: eu sou Claudia Jerónima, filha de Simón Fuerte, teu singular amigo e inimigo particular de Clauquel Torrellas, que é também teu inimigo, por ser do teu contrário bando,[10] e já sabes que esse Torrellas tem um filho que D. Vicente Torrellas se chama, ou ao menos se chamava até não faz duas horas. E para abreviar o conto da minha desventura, te direi em breves palavras a que ele me causou. Viu-me, requereu-me, escutei-o, enamorei-me, tudo a furto do meu pai, porque não há mulher, por recolhida que esteja e recatada que seja, à qual não sobre tempo para pôr em execução e efeito seus atropelados desejos. Enfim, ele me prometeu ser meu esposo e eu lhe dei a palavra de ser sua, sem passarmos adiante em obras. Mas ontem eu soube que, esquecido do que me devia, ele se casaria com outra, e que esta manhã já se ia desposar, nova que me turvou o sentido e rematou a paciência; e por não estar meu pai no lugar, tive de me pôr nos trajes que vês e, apressando o passo deste cavalo, al-

---

jante humor reinase en corazón de hombre, y holgóse en estremo de haberle encontrado para tocar de cerca lo que de lejos dél había oído, y así le dijo:

— Valeroso caballero, no os despechéis ni tengáis a siniestra fortuna esta en que os halláis, que podía ser que en estos tropiezos vuestra torcida suerte se enderezase, que el cielo, por estraños y nunca vistos rodeos, de los hombres no imaginados, suele levantar los caídos y enriquecer los pobres.

Ya le iba a dar las gracias don Quijote, cuando sintieron a sus espaldas un ruido como de tropel de caballos, y no era sino uno solo, sobre el cual venía a toda furia un mancebo, al parecer de hasta veinte años, vestido de damasco verde, con pasamanos de oro, greguescos y saltaembarca, con sombrero terciado a la valona, botas enceradas y justas, espuelas, daga y espada doradas, una escopeta pequeña en las manos y dos pistolas a los lados. Al ruido, volvió Roque la cabeza y vio esta hermosa figura, la cual, en llegando a él, dijo:

— En tu busca venía, oh valeroso Roque, para hallar en ti, si no remedio, a lo menos alivio en mi desdicha; y por no tenerte suspenso, porque sé que no me has conocido, quiero decirte quién soy: yo soy Claudia Jerónima, hija de Simón Forte, tu singular amigo y enemigo particular de Clauquel Torrellas, que asimismo lo es tuyo, por ser uno de los de tu contrario bando, y ya sabes que este Torrellas tiene un hijo que don Vicente Torrellas se llama, o a lo menos se llamaba no ha dos horas. Este, pues, por abreviar el cuento de mi desventura, te diré en breves palabras la que me ha causado. Vióme, requebróme, escuchéle, enaméré, a hurto de mi padre, porque no hay mujer, por retirada que esté y recatada que sea, a quien no le sobre tiempo para poner en ejecución y efecto sus atropellados deseos. Finalmente, él me prometió de ser mi esposo y yo le di la palabra de ser

cancei D. Vicente a coisa de uma légua daqui, e sem entrar a dar queixas nem a ouvir desculpas lhe disparei esta escopeta, e por cima estas duas pistolas, e cuido que lhe devo de ter metido mais de duas balas no corpo, abrindo-lhe portas por onde envolta em seu sangue saísse a minha honra. Lá o deixo entre seus criados, que não ousaram nem se puderam pôr em sua defesa. Venho te buscar para que me passes à França, onde tenho parentes com quem viva, e também para te rogar que defendas o meu pai, por que os muitos de D. Vicente não se atrevam a tomar dele desmesurada vingança.

Roque, admirado da galhardia, bizarria, bom porte e apuro da formosa Claudia, lhe disse:

— Vem, senhora, vamos ver se está morto o teu inimigo, e depois veremos o que mais te importar.

D. Quixote, que estava escutando atentamente o que Claudia havia dito e o que Roque Guinart respondeu, disse:

— Ninguém tem para que dar-se ao trabalho de defender esta senhora, pois eu o tomo a meu cargo: deem-me meu cavalo e minhas armas e me esperem aqui, que eu irei buscar esse cavaleiro e, morto ou vivo, o farei cumprir a palavra prometida a tanta beleza.

— Disso ninguém duvide — disse Sancho —, porque meu senhor tem muito boa mão para casamenteiro, pois não há muitos dias fez casar outro que também negava sua palavra a outra donzela, e não fosse porque os encantadores que o perseguem mudaram sua verdadeira figura na de um lacaio, esta já seria a hora em que a tal donzela não mais o seria.

Roque, mais atento a pensar no apuro da formosa Claudia do que nas razões de amo e moço, não as escutou e, depois de mandar seus escudeiros tornarem a Sancho tudo quanto lhe haviam tirado do ruço, também os man-

---

suya, sin que en obras pasásemos adelante. Supe ayer que, olvidado de lo que me debía, se casaba con otra, y que esta mañana iba a desposarse, nueva que me turbó el sentido y acabó la paciencia; y por no estar mi padre en el lugar, le tuve yo de ponerme en el traje que vees, y apresurando el paso a este caballo, alcancé a don Vicente obra de una legua de aquí, y sin ponerme a dar quejas ni a oír disculpas, le disparé esta escopeta, y por añadidura estas dos pistolas, y a lo que creo le debí de encerrar más de dos balas en el cuerpo, abriéndole puertas por donde envuelta en su sangre saliese mi honra. Allí le dejo entre sus criados, que no osaron ni pudieron ponerse en su defensa. Vengo a buscarte para que me pases a Francia, donde tengo parientes con quien viva, y asimesmo a rogarte defiendas a mi padre, porque los muchos de don Vicente no se atrevan a tomar en él desaforada venganza.

Roque, admirado de la gallardía, bizarría, buen talle y suceso de la hermosa Claudia, le dijo:

— Ven, señora, y vamos a ver si es muerto tu enemigo, que después veremos lo que más te importare.

Don Quijote, que estaba escuchando atentamente lo que Claudia había dicho y lo que Roque Guinart respondió, dijo:

— No tiene nadie para qué tomar trabajo en defender a esta señora, que lo tomo yo a mi cargo: denme mi caballo y mis armas, y espérenme aquí, que yo iré a buscar a ese caballero, y, muerto o vivo, le haré cumplir la palabra prometida a tanta belleza.

— Nadie dude de esto — dijo Sancho —, porque mi señor tiene muy buena mano para casamentero, pues no ha muchos días que hizo casar a otro que también negaba a otra doncella su palabra, y si no fuera porque los

dou recolher-se aonde naquela noite haviam estado alojados, e em seguida partiu com Claudia a toda pressa em busca do ferido ou morto D. Vicente. Chegaram ao lugar onde Claudia o encontrara e acharam nele somente o derramado sangue; mas, alongando os olhos por toda parte, avistaram alguma gente numa ladeira acima e se deram a entender, como era a verdade, que devia de ser D. Vicente com seus criados, que ou morto ou vivo o levavam, ou para o curar, ou para o enterrar. Deram-se pressa para alcançá-los e, como iam devagar, com facilidade o fizeram. Acharam D. Vicente nos braços dos criados, a quem com cansada e debilitada voz rogava que o deixassem morrer ali, porque a dor dos ferimentos não o deixava passar mais adiante.

Saltaram dos cavalos Claudia e Roque, chegaram-se a ele, temeram os criados a presença de Roque, e Claudia se turvou vendo a de D. Vicente; e assim, entre enternecida e rigorosa, se chegou a ele e, tomando-o das mãos, lhe disse:

— Se tu me desses estas, conforme o nosso pacto, jamais te verias neste trago.

Abriu seus quase fechados olhos o ferido cavaleiro e, reconhecendo Claudia, lhe disse:

— Bem vejo, formosa e enganada senhora, que foste tu quem me deu morte, pena não merecida nem devida aos meus desejos, pois, nem com eles, nem com meus atos, jamais te pensei nem quis ofender.

— Então não é verdade — disse Claudia — que ias esta manhã desposar-te com Leonora, a filha do rico Balvastro?

— Não, por certo — respondeu D. Vicente. — Minha má fortuna te deve ter levado essas novas para que, ciumenta, me tirasses a vida, mas como

---

encantadores que le persiguen le mudaron su verdadera figura en la de un lacayo, esta fuera la hora que ya la tal doncella no lo fuera.

Roque, que atendía más a pensar en el suceso de la hermosa Claudia que en las razones de amo y mozo, no las entendió, y, mandando a sus escuderos que volviesen a Sancho todo cuanto le habían quitado del rucio, mandóles asimesmo que se retirasen a la parte donde aquella noche habían estado alojados, y luego se partió con Claudia a toda priesa a buscar al herido o muerto don Vicente. Llegaron al lugar donde le encontró Claudia y no hallaron en él sino recién derramada sangre; pero, tendiendo la vista por todas partes, descubrieron por un recuesto arriba alguna gente y diéronse a entender, como era la verdad, que debía ser don Vicente, a quien sus criados o muerto o vivo llevaban, o para curarle, o para enterrarle. Diéronse priesa a alcanzarlos, que, como iban de espacio, con facilidad lo hicieron. Hallaron a don Vicente en los brazos de sus criados, a quien con cansada y debilitada voz rogaba que le dejasen allí morir, porque el dolor de las heridas no consentía que más adelante pasase.

Arrojáronse de los caballos Claudia y Roque, llegáronse a él, temieron los criados la presencia de Roque, y Claudia se turbó en ver la de don Vicente; y así, entre enternecida y rigurosa, se llegó a él y, asiéndole de las manos, le dijo:

— Si tú me dieras estas conforme a nuestro concierto, nunca tú te vieras en este paso.

Abrió los casi cerrados ojos el herido caballero y, conociendo a Claudia, le dijo:

— Bien veo, hermosa y engañada señora, que tú has sido la que me has muerto, pena no merecida ni debida a mis deseos, con los cuales ni con mis obras jamás quise ni supe ofenderte.

esta deixo em tuas mãos e em teus braços, tenho a minha sorte por venturosa. E para te assegurar desta verdade, aperta-me a mão e recebe-me por esposo, se o quiseres, pois não tenho outra maior satisfação para te dar do agravo que pensas que te fiz.

Apertou-lhe a mão Claudia, e junto se lhe apertou o coração, de maneira que sobre o sangue e o peito de D. Vicente caiu desmaiada, e ele foi tomado de um mortal paroxismo. Confuso estava Roque e não sabia que fazer. Acudiram os criados a buscar água para deitar nos rostos, e logo a trouxeram e os banharam. Acordou Claudia do seu desmaio, mas não D. Vicente do seu paroxismo, pois nele se lhe acabou a vida. O qual visto por Claudia, e vendo que já seu tenro esposo não vivia, rompeu os ares com suspiros, feriu os céus com queixas, maltratou seus cabelos entregando-os ao vento, enfeou seu rosto com as próprias mãos, mais todas as mostras de dor e sentimento que de um lastimado peito se pudessem imaginar.

— Oh cruel e inconsiderada mulher — dizia —, com que facilidade te moveste a pôr em execução tão mau pensamento! Oh força raivosa dos ciúmes, a que desesperado fim conduzis quem vos acolhe no peito! Oh esposo meu, cuja desgraçada sorte, por ser prenda minha, te levou do tálamo à sepultura!

Tais e tão tristes eram as queixas de Claudia, que arrancaram lágrimas dos olhos de Roque, não acostumados a vertê-las em nenhuma ocasião. Choravam os criados, desmaiava Claudia a cada passo, e tudo em volta parecia campo de tristeza e lugar de desgraça. Finalmente, Roque Guinart ordenou aos criados de D. Vicente que levassem seu corpo ao lugar do seu pai, que estava ali perto, para que lhe dessem sepultura. Claudia disse a Roque que queria ir-se para um convento onde era abadessa uma tia sua, no qual pen-

---

— Luego ¿no es verdad — dijo Claudia — que ibas esta mañana a desposarte con Leonora, la hija del rico Balvastro?

— No, por cierto — respondió don Vicente —: mi mala fortuna te debió de llevar estas nuevas para que celosa me quitases la vida, la cual pues la dejo en tus manos y en tus brazos, tengo mi suerte por venturosa. Y para asegurarte desta verdad, aprieta la mano y recíbeme por esposo, si quisieres, que no tengo otra mayor satisfación que darte del agravio que piensas que de mí has recebido.

Apretóle la mano Claudia, y apretósele a ella el corazón, de manera que sobre la sangre y pecho de don Vicente se quedó desmayada, y a él le tomó un mortal parasismo. Confuso estaba Roque y no sabía qué hacerse. Acudieron los criados a buscar agua que echarles en los rostros, y trujéronla, con que se los bañaron. Volvió de su desmayo Claudia, pero no de su parasismo don Vicente, porque se le acabó la vida. Visto lo cual de Claudia, habiéndose enterado que ya su dulce esposo no vivía, rompió los aires con suspiros, hirió los cielos con quejas, maltrató sus cabellos, entregándolos al viento, afeó su rostro con sus propias manos, con todas las muestras de dolor y sentimiento que de un lastimado pecho pudieran imaginarse.

— ¡Oh cruel e inconsiderada mujer — decía —, con qué facilidad te moviste a poner en ejecución tan mal pensamiento! ¡Oh fuerza rabiosa de los celos, a qué desesperado fin conducís a quien os da acogida en su pecho! ¡Oh esposo mío, cuya desdichada suerte, por ser prenda mía, te ha llevado del tálamo a la sepultura!

Tales y tan tristes eran las quejas de Claudia, que sacaron las lágrimas de los ojos de Roque, no acostumbrados a verterlas en ninguna ocasión. Lloraban los criados, desmayábase a cada paso Claudia, y todo aquel cir-

sava acabar a vida, de outro melhor e mais eterno esposo acompanhada. Elogiou-lhe Roque seu bom propósito, oferecendo-se para acompanhá-la até onde quisesse e para defender seu pai dos parentes e de todo o mundo, se o quisesse ofender. De nenhuma maneira quis Claudia sua companhia e, agradecendo seus oferecimentos com as melhores razões que soube, se despediu dele chorando. Os criados de D. Vicente levaram seu corpo, e Roque voltou para os seus, e este fim tiveram os amores de Claudia Jerónima. Mas que muito admira, quando a trama da sua lamentável história foi tecida pelas forças invencíveis e rigorosas dos ciúmes?

Achou Roque Guinart os seus escudeiros no local ordenado, e entre eles D. Quixote montado em Rocinante, fazendo-lhes uma arenga para persuadi-los a deixar aquele modo de viver tão perigoso, assim para a alma como para o corpo; mas como os mais eram gascões,[11] gente rústica e desencaminhada, não lhes entravam bem as razões de D. Quixote. Chegado que foi Roque, perguntou a Sancho Pança se lhe haviam tornado e restituído as prendas e alfaias que seus homens lhe haviam tirado do ruço. Sancho respondeu que sim, mas que ainda lhe faltavam três lenços que valiam três cidades.

— Que é que dizes, homem? — exclamou um dos presentes. — Pois eu os tenho, e não valem nem três reais.

— Assim será — disse D. Quixote —, mas estima-os meu escudeiro em quanto disse por serem presente de quem mos presenteou.

Mandou-os tornar de pronto Roque Guinart e, mandando pôr os seus em ala, mandou trazer todas as roupas, joias e dinheiros, mais tudo aquilo que desde a última partilha haviam roubado; e fazendo breve avaliação, reservando o que não se podia repartir e trocando-o em dinheiro, logo o repartiu por toda sua companhia, com tanta legalidade e prudência, que em

---

cuito parecía campo de tristeza y lugar de desgracia. Finalmente, Roque Guinart ordenó a los criados de don Vicente que llevasen su cuerpo al lugar de su padre, que estaba allí cerca, para que le diesen sepultura. Claudia dijo a Roque que querría irse a un monasterio donde era abadesa una tía suya, en el cual pensaba acabar la vida, de otro mejor esposo y más eterno acompañada. Alabóle Roque su buen propósito, ofreciéndosele de acompañarla hasta donde quisiese y de defender a su padre de los parientes y de todo el mundo, si ofenderle quisiese. No quiso su compañía Claudia en ninguna manera y, agradeciendo sus ofrecimientos con las mejores razones que supo, se despidió dél llorando. Los criados de don Vicente llevaron su cuerpo, y Roque se volvió a los suyos, y este fin tuvieron los amores de Claudia Jerónima. Pero ¿qué mucho, si tejieron la trama de su lamentable historia las fuerzas invencibles y rigurosas de los celos?

Halló Roque Guinart a sus escuderos en la parte donde les había ordenado, y a don Quijote entre ellos sobre Rocinante, haciéndoles una plática en que les persuadía dejasen aquel modo de vivir tan peligroso, así para el alma como para el cuerpo; pero como los más eran gascones, gente rústica y desbaratada, no les entraba bien la plática de don Quijote. Llegado que fue Roque, preguntó a Sancho Panza si le habían vuelto y restituido las alhajas y preseas que los suyos del rucio le habían quitado. Sancho respondió que sí, sino que le faltaban tres tocadores que valían tres ciudades.

— ¿Qué es lo que dices, hombre? — dijo uno de los presentes —, que yo los tengo y no valen tres reales.

— Así es — dijo don Quijote —, pero estímalos mi escudero en lo que ha dicho por habérmelos dado quien me los dio.

nada violou nem defraudou a justiça distributiva. Feito isto, com o que todos ficaram contentes, satisfeitos e pagos, disse Roque a D. Quixote:

— Se não se guardasse esta pontualidade, não se poderia viver com eles.

Ao que Sancho disse:

— Segundo o que aqui acabo de ver, a justiça é tão boa que deve ser usada até entre os próprios ladrões.

Ouviu-o um escudeiro e logo empinou a culatra de um arcabuz, com a qual sem dúvida teria rachado a cabeça a Sancho se Roque Guinart não lhe desse vozes para que se detivesse. Pasmou-se Sancho e jurou entre si não descoser os lábios enquanto entre aquela gente estivesse.

Chegou nisto um ou alguns daqueles escudeiros que estavam postos como sentinelas pelos caminhos, para avistar a gente que por eles vinha e dar aviso ao seu chefe do que se passava, dizendo:

— Senhor, não longe daqui, pelo caminho que vai a Barcelona, vem um grande tropel de gente.

Ao que respondeu Roque:

— Pudeste ver se são dos que nos buscam ou dos que nós buscamos?

— São só dos que buscamos — respondeu o escudeiro.

— Então saí todos — replicou Roque — e trazei-os aqui logo, sem que vos escape nenhum.

Assim fizeram, e ficando sós D. Quixote, Sancho e Roque, aguardaram a ver o que os escudeiros traziam, e nesse ínterim disse Roque a D. Quixote:

— Nova maneira de vida deve de parecer ao senhor D. Quixote a nossa: novas aventuras, novos sucessos, e todos perigosos. E não me maravilho que assim lhe pareça, porque realmente lhe confesso que não há modo de viver mais inquieto nem mais sobressaltado que o nosso. Quanto a mim,

---

Mandóselos volver al punto Roque Guinart y, mandando poner los suyos en ala, mandó traer allí delante todos los vestidos, joyas y dineros y todo aquello que desde la última repartición habían robado; y haciendo brevemente el tanteo, volviendo lo no repartible y reduciéndolo a dineros, lo repartió por toda su compañía, con tanta legalidad y prudencia, que no pasó un punto ni defraudó nada de la justicia distributiva. Hecho esto, con lo cual todos quedaron contentos, satisfechos y pagados, dijo Roque a don Quijote:

— Si no se guardase esta puntualidad con estos, no se podría vivir con ellos.

A lo que dijo Sancho:

— Según lo que aquí he visto, es tan buena la justicia, que es necesaria que se use aun entre los mesmos ladrones.

Oyólo un escudero y enarboló el mocho de un arcabuz, con el cual sin duda le abriera la cabeza a Sancho si Roque Guinart no le diera voces que se detuviese. Pasmóse Sancho y propuso de no descoser los labios en tanto que entre aquella gente estuviese.

Llegó en esto uno o algunos de aquellos escuderos que estaban puestos por centinelas por los caminos, para ver la gente que por ellos venía y dar aviso a su mayor de lo que pasaba, y este dijo:

— Señor, no lejos de aquí, por el camino que va a Barcelona, viene un gran tropel de gente.

A lo que respondió Roque:

— ¿Has echado de ver si son de los que nos buscan o de los que nosotros buscamos?

— No, sino de los que buscamos — respondió el escudero.

o que me pôs nele foram não sei que desejos de vingança, que têm força de turbar os mais sossegados corações. Eu sou por natureza compassivo e bem-intencionado, mas, como tenho dito, o querer me vingar de um agravo que se me fez de tal modo faz cair por terra todas as minhas boas inclinações, que persevero neste estado a despeito e pesar de quanto entendo; e como um abismo chama outro abismo[12] e um pecado outro pecado, têm-se encadeado as vinganças de maneira que não só as minhas, mas também as alheias tomo a meu cargo. Mas com a ajuda de Deus, ainda quando me vejo no meio do labirinto das minhas confusões, não perco a esperança de sair dele a bom porto.

Admirado ficou D. Quixote de ouvir Roque falar tão boas e concertadas razões, porque pensava que entre os de ofícios semelhantes ao de roubar, matar e saltear não podia haver algum que tivesse bom discurso, e respondeu-lhe:

— Senhor Roque, o princípio da saúde está em conhecer a doença e em querer o doente tomar os remédios que o médico lhe ordena. Vossa mercê está doente, conhece sua enfermidade, e o céu, ou, para melhor dizer, Deus, que é o nosso médico, lhe dará os remédios que o curem, os quais costumam curar aos poucos, e não de repente e por milagre; de mais que os pecadores discretos estão mais perto de se emendar que os simples; e como vossa mercê mostrou em suas razões sua prudência, basta ter bom ânimo e esperar a melhoria do mal da sua consciência; e se vossa mercê quiser poupar caminho e entrar com facilidade no da sua salvação, venha comigo, que eu o ensinarei a ser cavaleiro andante, mister em que se padecem tantos trabalhos e desventuras que, tomando-as por penitência, em duas palhetadas o levarão ao céu.

— Pues salid todos — replicó Roque — y traédmelos aquí luego, sin que se os escape ninguno.

Hiciéronlo así, y quedándose solos don Quijote, Sancho y Roque, aguardaron a ver lo que los escuderos traían, y en este entretanto dijo Roque a don Quijote:

— Nueva manera de vida le debe de parecer al señor don Quijote la nuestra, nuevas aventuras, nuevos sucesos, y todos peligrosos; y no me maravillo que así le parezca, porque realmente le confieso que no hay modo de vivir más inquieto ni más sobresaltado que el nuestro. A mí me han puesto en él no sé qué deseos de venganza, que tienen fuerza de turbar los más sosegados corazones. Yo de mi natural soy compasivo y bienintencionado, pero, como tengo dicho, el querer vengarme de un agravio que se me hizo así da con todas mis buenas inclinaciones en tierra, que persevero en este estado a despecho y pesar de lo que entiendo; y como un abismo llama a otro y un pecado a otro pecado, hanse eslabonado las venganzas de manera que no sólo las mías, pero las ajenas tomo a mi cargo. Pero Dios es servido de que, aunque me veo en la mitad del laberinto de mis confusiones, no pierdo la esperanza de salir dél a puerto seguro.

Admirado quedó don Quijote de oír hablar a Roque tan buenas y concertadas razones, porque él se pensaba que entre los de oficios semejantes de robar, matar y saltear no podía haber alguno que tuviese buen discurso, y respondióle:

— Señor Roque, el principio de la salud está en conocer la enfermedad y en querer tomar el enfermo las medicinas que el médico le ordena. Vuestra merced está enfermo, conoce su dolencia, y el cielo, o Dios, por mejor decir, que es nuestro médico, le aplicará medicinas que le sanen, las cuales suelen sanar poco a poco, y no de re-

Riu-se Roque do conselho de D. Quixote, a quem, mudando de assunto, contou o trágico caso de Claudia Jerónima, para extremo pesar de Sancho, pois não lhe parecera mal a beleza, desenvoltura e brio da moça.

Nisto chegaram os escudeiros da rapina, trazendo consigo dois cavaleiros a cavalo e dois peregrinos a pé, e um coche de mulheres com cerca de seis criados, que a pé e a cavalo as acompanhavam, mais outros dois moços de mulas que os cavaleiros traziam. Puseram-se os escudeiros em roda, guardando vencidos e vencedores grande silêncio, esperando que o grande Roque Guinart falasse; o qual perguntou aos cavaleiros quem eram, aonde iam e que dinheiro levavam. Um deles lhe respondeu:

— Senhor, nós somos dois capitães de infantaria espanhola; temos nossas companhias em Nápoles e vamos a nos embarcar em quatro galés que dizem estar em Barcelona com ordem de passar à Sicília; levamos não mais que duzentos ou trezentos escudos, com o que nos parece que vamos ricos e contentes, pois a estreiteza ordinária dos soldados não permite maiores tesouros.

Perguntou Roque aos peregrinos o mesmo que aos capitães; foi-lhe respondido que iam a se embarcar para passar a Roma e que entre os dois podiam levar não mais que sessenta reais. Quis saber também quem ia no coche e aonde, e o dinheiro que levavam, e um dos homens a cavalo disse:

— As que vão no coche são minha senhora Dª Guiomar de Quiñones, mulher do presidente da Vicaria de Nápoles,[13] com uma filha pequena, uma donzela e uma duenha; somos seis os criados que a acompanhamos, e os dinheiros são seiscentos escudos.

— Com isto — disse Roque Guinart — já temos aqui novecentos escudos e sessenta reais: meus soldados devem de ser perto de sessenta; que se veja então quanto cabe a cada um, pois eu sou mau contador.

---

pente y por milagro; y más, que los pecadores discretos están más cerca de enmendarse que los simples; y pues vuestra merced ha mostrado en sus razones su prudencia, no hay sino tener buen ánimo y esperar mejoría de la enfermedad de su conciencia; y si vuestra merced quiere ahorrar camino y ponerse con facilidad en el de su salvación, véngase conmigo, que yo le enseñaré a ser caballero andante, donde se pasan tantos trabajos y desventuras, que, tomándolas por penitencia, en dos paletas le pondrán en el cielo.

Rióse Roque del consejo de don Quijote, a quien, mudando plática, contó el trágico suceso de Claudia Jerónima, de que le pesó en estremo a Sancho, que no le había parecido mal la belleza, desenvoltura y brío de la moza.

Llegaron en esto los escuderos de la presa, trayendo consigo dos caballeros a caballo y dos peregrinos a pie, y un coche de mujeres con hasta seis criados, que a pie y a caballo las acompañaban, con otros dos mozos de mulas que los caballeros traían. Cogiéronlos los escuderos en medio, guardando vencidos y vencedores gran silencio, esperando a que el gran Roque Guinart hablase, el cual preguntó a los caballeros que quién eran y adónde iban y qué dinero llevaban. Uno dellos le respondió:

— Señor, nosotros somos dos capitanes de infantería española; tenemos nuestras compañías en Nápoles y vamos a embarcarnos en cuatro galeras que dicen están en Barcelona con orden de pasar a Sicilia; llevamos hasta docientos o trecientos escudos, con que a nuestro parecer vamos ricos y contentos, pues la estrecheza ordinaria de los soldados no permite mayores tesoros.

Preguntó Roque a los peregrinos lo mesmo que a los capitanes; fuele respondido que iban a embarcarse

Ouvindo dizer isto os salteadores, levantaram a voz, dizendo:

— Viva Roque Guinart muitos anos, apesar dos *lladres*[14] que querem sua perdição!

Mostraram afligir-se os capitães, entristeceu-se a senhora presidenta e não folgaram nada os peregrinos, vendo a confiscação dos seus bens. Assim os teve Roque algum tempo suspensos, mas não quis que passasse adiante a sua tristeza, que já se podia perceber a tiro de arcabuz, e virando-se para os capitães, lhes disse:

— Vossas mercês, senhores capitães, por cortesia, sejam servidos de me emprestar sessenta escudos, e a senhora presidenta oitenta, para contentar esta esquadra que me acompanha, porque o abade, onde canta, daí janta, e depois podem seguir seu caminho livre e desembaraçadamente, com um salvo-conduto que eu lhes darei para que, se toparem outras de algumas esquadras minhas que tenho repartidas por estes contornos, não lhes façam dano, pois não é minha intenção agravar soldados nem mulher alguma, especialmente as que são principais.

Infinitas e bem ditas foram as razões com que os capitães agradeceram a Roque a cortesia e liberalidade, que por tal a tiveram, de não lhes tomar seu próprio dinheiro. A senhora Dª Guiomar de Quiñones se quis atirar do coche para beijar os pés e as mãos do grande Roque, mas ele não o consentiu de nenhuma maneira, antes lhe pediu perdão do agravo que lhe havia feito, forçado a cumprir com as obrigações precisas do seu ruim ofício. Mandou a senhora presidenta um criado seu dar logo os oitenta escudos que lhe cabiam na partilha, e já os capitães haviam desembolsado os sessenta. Iam os peregrinos entregar toda sua miséria, mas Roque lhes disse que estivessem quedos e, virando-se para os seus, lhes disse:

---

para pasar a Roma y que entre entrambos podían llevar hasta sesenta reales. Quiso saber también quién iba en el coche y adónde, y el dinero que llevaban, y uno de los de a caballo dijo:

— Mi señora doña Guiomar de Quiñones, mujer del regente de la Vicaría de Nápoles, con una hija pequeña, una doncella y una dueña, son las que van en el coche; acompañámosla seis criados, y los dineros son seiscientos escudos.

— De modo — dijo Roque Guinart — que ya tenemos aquí novecientos escudos y sesenta reales: mis soldados deben de ser hasta sesenta; mírese a cómo le cabe a cada uno, porque yo soy mal contador.

Oyendo decir esto los salteadores, levantaron la voz, diciendo:

— ¡Viva Roque Guinart muchos años, a pesar de los *lladres* que su perdición procuran!

Mostraron afligirse los capitanes, entristecióse la señora regenta y no se holgaron nada los peregrinos, viendo la confiscación de sus bienes. Túvolos así un rato suspensos Roque, pero no quiso que pasase adelante su tristeza, que ya se podía conocer a tiro de arcabuz, y volviéndose a los capitanes dijo:

— Vuesas mercedes, señores capitanes, por cortesía, sean servidos de prestarme sesenta escudos, y la señora regenta ochenta, para contentar esta escuadra que me acompaña, porque el abad, de lo que canta yanta, y luego puédense ir su camino libre y desembarazadamente, con un salvoconducto que yo les daré, para que si toparen otras de algunas escuadras mías que tengo divididas por estos contornos, no les hagan daño, que no es mi intención de agraviar a soldados ni a mujer alguna, especialmente a las que son principales.

Infinitas y bien dichas fueron las razones con que los capitanes agradecieron a Roque su cortesía y libera-

— Destes escudos, cabem dois a cada um e sobram vinte: dez deles sejam dados a estes peregrinos, e os outros dez a este bom escudeiro, para que possa dizer bem desta aventura.

E pedindo petrechos de escrever, dos quais sempre andava provido, Roque lhes deu por escrito um salvo-conduto para os maiorais de suas esquadras e, despedindo-se dos dois, os deixou seguir livres e admirados de sua nobreza, de sua galharda disposição e seu estranho proceder, tendo-o mais por um Alexandre Magno que por ladrão conhecido. Um dos escudeiros disse em sua língua gascoa e catalã:

— Este nosso capitão mais está para frade que para bandoleiro. Se daqui por diante se quiser mostrar liberal, que o seja com a sua fazenda, e não com a nossa.

Não o disse tão baixo o desventurado que o deixasse de ouvir Roque, o qual, metendo mão à espada, lhe abriu a cabeça quase em duas partes, dizendo:

— Desta maneira castigo os deslinguados e atrevidos!

Pasmaram-se todos e ninguém ousou dizer palavra: tanta era a obediência que lhe tinham.

Retirou-se Roque à parte e escreveu uma carta a um amigo seu de Barcelona, dando-lhe aviso de que estava consigo o famoso D. Quixote de La Mancha, aquele cavaleiro andante de quem tantas coisas se diziam, fazendo-lhe saber que era o mais gracioso e o mais entendido homem do mundo, e que dali a quatro dias, que era o de São João Batista, ele o poria em plena praia da cidade, armado de todas as suas armas, montado em Rocinante seu cavalo, e com ele seu escudeiro Sancho num asno, e que desse notícia disso aos seus amigos os Niarros, para que com ele folgassem; e bem quisera que

---

lidad, que por tal la tuvieron, en dejarles su mismo dinero. La señora doña Guiomar de Quiñones se quiso arrojar del coche para besar los pies y las manos del gran Roque, pero él no lo consintió en ninguna manera, antes le pidió perdón del agravio que le había hecho forzado de cumplir con las obligaciones precisas de su mal oficio. Mandó la señora regenta a un criado suyo diese luego los ochenta escudos que le habían repartido, y ya los capitanes habían desembolsado los sesenta. Iban los peregrinos a dar toda su miseria, pero Roque les dijo que se estuviesen quedos y, volviéndose a los suyos, les dijo:

— Destos escudos dos tocan a cada uno, y sobran veinte: los diez se den a estos peregrinos, y los otros diez a este buen escudero, porque pueda decir bien de esta aventura.

Y trayéndole aderezo de escribir, de que siempre andaba proveído, Roque les dio por escrito un salvoconduto para los mayorales de sus escuadras y, despidiéndose dellos, los dejó ir libres y admirados de su nobleza, de su gallarda disposición y estraño proceder, teniéndole más por un Alejandro Magno que por ladrón conocido. Uno de los escuderos dijo en su lengua gascona y catalana:

— Este nuestro capitán más es para *frade* que para bandolero: si de aquí adelante quisiere mostrarse liberal, séalo con su hacienda, y no con la nuestra.

No lo dijo tan paso el desventurado, que dejase de oírlo Roque, el cual, echando mano a la espada, le abrió la cabeza casi en dos partes, diciéndole:

— Desta manera castigo yo a los deslenguados y atrevidos.

Pasmáronse todos y ninguno le osó decir palabra: tanta era la obediencia que le tenían.

carecessem desse gosto os Cadells,[15] seus contrários, mas que isso era impossível, pois as loucuras e discrições de D. Quixote e os donaires do seu escudeiro Sancho Pança não podiam deixar de dar gosto geral a todo o mundo. Despachou a carta com um dos seus escudeiros, que, trocando o traje de bandoleiro no de um lavrador, entrou em Barcelona e a deu àquele para quem ia.

NOTAS

[1] Carvalhos ou sobreiros: as duas árvores indicam a disjuntiva estilística da poética tradicional, com o carvalho simbolizando o sublime, por ser árvore dedicada a Júpiter, e o sobreiro vinculado ao humilde e chão.

[2] Não tiro rei nem ponho rei, mas me ajudo a mim mesmo, que sou meu senhor: adaptação da frase então proverbial "*ni quito rey ni pongo rey, mas ayudo a mi señor*". Segundo a lenda, foi dita por um vassalo de D. Henrique de Trastâmara ao favorecê-lo na luta corpo a corpo contra o irmão, o rei D. Pedro "o Cruel". O episódio, que, com a morte do rei, marcou o fim da Primeira Guerra Civil Castelhana (1366-1369), foi também cantado no romanceiro ("... *diciendo: no quito rey — ni pongo rey de mi mano,/ pero hago lo que debo — al oficio de criado.*").

[3] "Aqui morrerás [...] inimigo de D. Sancha": versos finais do romance do ciclo do Cid "A cazar va don Rodrigo".

[4] ... bandoleiros que [...] estão enforcados: de fato, era praxe a execução sumária por enforcamento dos bandoleiros, logo depois de aprisionados. O número deles decerto não era pequeno na época, pois o bandoleirismo espanhol, e o catalão em particular, conheceu franca expansão sob o reinado dos Felipes.

[5] *Pedreñal*: forma acastelhanada de *pedrenyal*, pistolete ou bacamarte de pederneira, normalmente associado ao bandoleirismo catalão.

Apartóse Roque a una parte y escribió una carta a un su amigo a Barcelona, dándole aviso como estaba consigo el famoso don Quijote de la Mancha, aquel caballero andante de quien tantas cosas se decían, y que le hacía saber que era el más gracioso y el más entendido hombre del mundo, y que de allí a cuatro días, que era el de San Juan Bautista, se le pondría en mitad de la playa de la ciudad, armado de todas sus armas, sobre Rocinante su caballo, y a su escudero Sancho sobre un asno, y que diese noticia desto a sus amigos los Niarros, para que con él se solazasen; que él quisiera que carecieran deste gusto los Cadells, sus contrarios, pero que esto era imposible, a causa que las locuras y discreciones de don Quijote y los donaires de su escudero Sancho Panza no podían dejar de dar gusto general a todo el mundo. Despachó estas cartas con uno de sus escuderos, que, mudando el traje de bandolero en el de un labrador, entró en Barcelona y la dio a quien iba.

[6] Osíris: detecta-se aí uma troca de nomes, pois o mais lógico seria constar Busíris, o mitológico rei do Egito que sacrificava os estrangeiros para oferecê-los aos deuses, citado em *Os Lusíadas* ("As aras de Busíris infamado,/ onde os hóspedes tristes imolava..."). Contudo, a alusão ao justíssimo Osíris poderia não ser uma simples errata, mas um lapso do personagem ou um aceno intencional do autor.

[7] Roque Guinart: trata-se de Pere (ou Perot) Rocaguinarda, personagem histórico cujo sobrenome aparece aqui na forma acastelhanada. Famoso bandoleiro catalão com aura de herói popular, nasceu em 1582 e atuou à frente de seu bando até 1611, quando foi indultado pelo vice-rei da Catalunha e desterrado em Nápoles, onde serviu à coroa espanhola por dez anos como capitão de um regimento regular.

[8] ... me apanharam sem o freio: estando o cavalo sem as rédeas e, por sinédoque, a pé e desarmado.

[9] Chapéu terçado à valona: inclinado e adornado com penas, como era usual entre homens que alardeavam valentia.

[10] ... por ser do teu contrário bando: Roque Guinart era líder do bando armado dos Niarros, ou Nyerros, que se opunha ao dos Cadells, ao qual presumivelmente pertencia a família Torrellas.

[11] ... os mais eram gascões: boa parte dos bandoleiros eram huguenotes fugitivos da França, especialmente da Gasconha, que ao buscar refúgio na Catalunha acabavam incorporando-se a algum bando.

[12] ... um abismo chama outro abismo: trecho de um salmo bíblico (Salmos, 42, 8) transformado em provérbio.

[13] Vicaria de Nápoles: sede da autoridade judiciária e administrativa delegada na cidade, chamada *Vicaría* por analogia às *Veguerias* da coroa de Aragão.

[14] *Lladres*: em catalão, literalmente, "ladrões", mas aqui com sentido de "maldito", "desgraçado".

[15] Niarros, Cadells: constituíam não apenas bandos armados, mas grupos políticos que incluíam a maioria da população local. Costuma-se classificar o primeiro como defensor dos interesses dos nobres, enquanto o segundo, dos lavradores. No século XVII, porém, o objetivo de ambos apontava mais à luta pelas liberdades catalãs, ameaçadas pela centralização castelhana; nesse aspecto, a diferença entre as duas forças residia no apoio que os Niarros buscavam na França.

CAPÍTULO LXI

Do que aconteceu a D. Quixote
na entrada de Barcelona,
mais outras coisas
que têm mais de verdadeiro que de discreto

Três dias e três noites esteve D. Quixote com Roque, e se estivesse trezentos anos não lhe faltaria o que mirar e admirar no seu modo de vida: aqui amanheciam, acolá comiam; às vezes fugiam, sem saber de quem, e outras esperavam, sem saber a quem; dormiam em pé, interrompendo o sono, mudando-se de um lugar a outro. Tudo era pôr espias, escutar sentinelas, soprar a mecha dos arcabuzes, bem que fossem poucos, pois todos se serviam de pistoletes. Roque passava as noites apartado dos seus, em partes e lugares onde não pudessem saber onde estava, porque os muitos éditos que o vice-rei de Barcelona havia lançado contra sua vida o traziam inquieto e temeroso, e não se ousava a fiar de ninguém, temendo que os mesmos seus, ou o haviam de matar, ou entregar à justiça. Vida por certo miserável e molesta.

Enfim, por caminhos desusados, por atalhos e trilhas encobertas, partiram Roque, D. Quixote e Sancho com outros seis escudeiros para Barcelona. Chegaram à sua praia à véspera de São João, ainda noite, e abraçando Roque a D. Quixote e a Sancho, a quem deu os dez escudos prometidos, que

---

CAPÍTULO LXI

De lo que le sucedió a don Quijote
en la entrada de Barcelona,
con otras cosas
que tienen más de lo verdadero que de lo discreto

Tres días y tres noches estuvo don Quijote con Roque, y si estuviera trecientos años, no le faltara qué mirar y admirar en el modo de su vida: aquí amanecían, acullá comían; unas veces huían, sin saber de quién, y otras esperaban, sin saber a quién; dormían en pie, interrompiendo el sueño, mudándose de un lugar a otro. Todo era poner espías, escuchar centinelas, soplar las cuerdas de los arcabuces, aunque traían pocos, porque todos se servían de pedreñales. Roque pasaba las noches apartado de los suyos, en partes y lugares donde ellos no pudiesen saber dónde estaba, porque los muchos bandos que el visorrey de Barcelona había echado sobre su vida le traían inquieto y temeroso, y no se osaba fiar de ninguno, temiendo que los mismos suyos, o le habían de matar, o entregar a la justicia. Vida por cierto miserable y enfadosa.

até então não lhos dera, os deixou com mil oferecimentos que de uma a outra parte se fizeram.

Voltou-se Roque, ficou D. Quixote esperando o dia, assim a cavalo como estava, e não demorou muito para que começasse a se descobrir pelos balcões do oriente a face da branca aurora, alegrando as ervas e as flores, em vez de alegrar o ouvido: bem que no mesmo instante alegraram também o ouvido o som de muitas charamelas e atabais, ruído de cascavéis, "arreda, arreda, sai, sai!" de corredores que ao parecer da cidade vinham. Deu lugar a aurora ao sol, que um rosto maior que uma rodela pelo mais baixo horizonte aos poucos ia levantando.

Alongaram D. Quixote e Sancho a vista por toda parte: viram o mar, nunca dantes visto por eles; pareceu-lhes espaçosíssimo e vasto, muito mais que as lagoas de Ruidera que em La Mancha tinham visto; viram as galés que estavam na praia, as quais, arriados seus toldos, se descobriram cheias de flâmulas e galhardetes que tremulavam ao vento e beijavam e varriam a água; dentro delas soavam clarins, trombetas e charamelas, que perto e longe enchiam o ar de suaves e belicosos tons. Começaram a se mover e a fazer um modo de escaramuça pelas sossegadas águas, correspondendo-lhes quase ao mesmo modo infinitos cavaleiros que da cidade sobre formosos cavalos e com vistosas librés saíam. Os soldados das galés disparavam infinita artilharia, à qual respondiam os que estavam nas muralhas e fortes da cidade, e a artilharia grossa com medonho estrondo rompia os ventos, à qual respondiam os canhões de coxia das galés. O mar alegre, a terra jucunda, o ar claro, só por vezes turvado pela fumaça da artilharia, parece que ia infundindo e gerando súbito gosto em toda a gente. Não podia Sancho imaginar como podiam ter tantos pés aqueles vultos que pelo mar se moviam. Nisto chegaram

---

En fin, por caminos desusados, por atajos y sendas encubiertas, partieron Roque, don Quijote y Sancho con otros seis escuderos a Barcelona. Llegaron a su playa la víspera de San Juan, en la noche, y abrazando Roque a don Quijote y a Sancho, a quien dio los diez escudos prometidos, que hasta entonces no se los había dado, los dejó, con mil ofrecimientos que de la una a la otra parte se hicieron.

Volvióse Roque, quedóse don Quijote esperando el día, así a caballo como estaba, y no tardó mucho cuando comenzó a descubrirse por los balcones del oriente la faz de la blanca aurora, alegrando las yerbas y las flores, en lugar de alegrar el oído: aunque al mesmo instante alegraron también el oído el son de muchas chirimías y atabales, ruido de cascabeles, "¡trapa, trapa, aparta, aparta!" de corredores que al parecer de la ciudad salían. Dio lugar la aurora al sol, que un rostro mayor que el de una rodela por el más bajo horizonte poco a poco se iba levantando.

Tendieron don Quijote y Sancho la vista por todas partes: vieron el mar, hasta entonces dellos no visto; parecióles espaciosísimo y largo, harto más que las lagunas de Ruidera que en la Mancha habían visto; vieron las galeras que estaban en la playa, las cuales, abatiendo las tiendas, se descubrieron llenas de flámulas y gallardetes que tremolaban al viento y besaban y barrían el agua; dentro sonaban clarines, trompetas y chirimías, que cerca y lejos llenaban el aire de suaves y belicosos acentos. Comenzaron a moverse y a hacer un modo de escaramuza por las sosegadas aguas, correspondiéndoles casi al mismo modo infinitos caballeros que de la ciudad sobre hermosos caballos y con vistosas libreas salían. Los soldados de las galeras disparaban infinita artillería, a quien respondían los que estaban en las murallas y fuertes de la ciudad, y la artillería gruesa con espantoso estruendo rom-

correndo, com grita, alalás e algazarra, os das librés aonde D. Quixote suspenso e atônito estava, e um deles, que era o avisado por Roque, disse em alta voz a D. Quixote:

— Bem-vindo seja a nossa cidade o espelho, o farol, a estrela e o norte de toda a cavalaria andante, onde se contém por extenso; bem-vindo seja, digo, o valoroso D. Quixote de La Mancha: não o falso, não o fictício, não o apócrifo que em falsas histórias por estes dias nos mostraram, mas o verdadeiro, o legal e o fiel que nos descreveu Cide Hamete Benengeli, flor dos historiadores.

Não respondeu D. Quixote palavra, nem os cavaleiros esperaram que a respondesse, senão volvendo-se e revolvendo-se com os demais que os seguiam começaram a fazer um revolto caracol em derredor de D. Quixote, o qual, volvendo-se para Sancho, disse:

— Estes bem nos conheceram: aposto que já leram nossa história, e até a do aragonês há pouco impressa.

Volveu-se outra vez o cavaleiro que falara com D. Quixote e lhe disse:

— Vossa mercê, senhor D. Quixote, venha conosco, que todos somos seus servidores e grandes amigos de Roque Guinart.

Ao que D. Quixote respondeu:

— Se cortesias geram cortesias, a vossa, senhor cavaleiro, é filha ou parenta muito próxima das do grande Roque. Levai-me aonde quiserdes, que eu não terei outra vontade que a vossa, e mais se a quereis tomar ao vosso serviço.

Com palavras não menos mesuradas que estas lhe respondeu o cavaleiro, e rodeando-o todos, ao som das charamelas e dos atabais, se encaminharam com ele à cidade; à entrada da qual, o maligno que todo o mal ordena,

---

pía los vientos, a quien respondían los cañones de crujía de las galeras. El mar alegre, la tierra jocunda, el aire claro, sólo tal vez turbio del humo de la artillería, parece que iba infundiendo y engendrando gusto súbito en todas las gentes. No podía imaginar Sancho cómo pudiesen tener tantos pies aquellos bultos que por el mar se movían. En esto llegaron corriendo, con grita, lililíes y algazara, los de las libreas adonde don Quijote suspenso y atónito estaba, y uno dellos, que era el avisado de Roque, dijo en alta voz a don Quijote:

— Bien sea venido a nuestra ciudad el espejo, el farol, la estrella y el norte de toda la caballería andante, donde más largamente se contiene; bien sea venido, digo, el valeroso don Quijote de la Mancha: no el falso, no el ficticio, no el apócrifo que en falsas historias estos días nos han mostrado, sino el verdadero, el legal y el fiel que nos describió Cide Hamete Benengeli, flor de los historiadores.

No respondió don Quijote palabra, ni los caballeros esperaron a que la respondiese, sino, volviéndose y revolviéndose con los demás que los seguían, comenzaron a hacer un revuelto caracol alderredor de don Quijote, el cual, volviéndose a Sancho, dijo:

— Estos bien nos han conocido: yo apostaré que han leído nuestra historia, y aun la del aragonés recién impresa.

Volvió otra vez el caballero que habló a don Quijote y díjole:

— Vuesa merced, señor don Quijote, se venga con nosotros, que todos somos sus servidores y grandes amigos de Roque Guinart.

A lo que don Quijote respondió:

e os rapazes que são mais malvados que o maligno, dois deles travessos e atrevidos entraram por meio de toda a gente e, levantando um o rabo do ruço e o outro o de Rocinante, puseram e encaixaram neles senhos maços de espinhosos tojos. Sentiram os pobres animais as novas esporas e, batendo o rabo, aumentaram seu tormento de maneira que, dando mil corcovos, deitaram os donos por terra. D. Quixote, vexado e afrontado, acudiu a tirar a plumagem do rabo do seu bucéfalo, e Sancho a do seu ruço. Quiseram os que guiavam D. Quixote castigar o atrevimento dos rapazes, mas não foi possível, porque se misturaram entre mais de outros mil que os seguiam.

Voltaram a montar D. Quixote e Sancho; com a mesma pompa e música chegaram à casa de seu guia, que era grande e principal, enfim como de cavaleiro rico. Onde o deixamos por ora, porque assim o quer Cide Hamete.

— Si cortesías engendran cortesías, la vuestra, señor caballero, es hija o parienta muy cercana de las del gran Roque. Llevadme do quisiéredes, que yo no tendré otra voluntad que la vuestra, y más si la queréis ocupar en vuestro servicio.

Con palabras no menos comedidas que estas le respondió el caballero, y encerrándole todos en medio, al son de las chirimías y de los atabales, se encaminaron con él a la ciudad; al entrar de la cual, el malo que todo lo malo ordena, y los muchachos que son más malos que el malo, dos dellos traviesos y atrevidos se entraron por toda la gente y, alzando el uno de la cola del rucio y el otro la de Rocinante, les pusieron y encajaron sendos manojos de aliagas. Sintieron los pobres animales las nuevas espuelas y, apretando las colas, aumentaron su disgusto de manera que, dando mil corcovos, dieron con sus dueños en tierra. Don Quijote, corrido y afrentado, acudió a quitar el plumaje de la cola de su matalote, y Sancho, el de su rucio. Quisieran los que guiaban a don Quijote castigar el atrevimiento de los muchachos, y no fue posible, porque se encerraron entre más de otros mil que los seguían.

Volvieron a subir don Quijote y Sancho; con el mismo aplauso y música llegaron a la casa de su guía, que era grande y principal, en fin como de caballero rico, donde le dejaremos por agora, porque así lo quiere Cide Hamete.

CAPÍTULO LXII

Que trata da aventura da cabeça encantada,
mais outras ninharias
que não se podem deixar de contar

D. Antonio Moreno se chamava o anfitrião de D. Quixote, cavaleiro rico e discreto e amigo do folgar honesto e afável, o qual, vendo D. Quixote em sua casa, andava buscando modos como, sem seu prejuízo, levar suas loucuras à praça, porque não há graça nas burlas que doem nem valem os passatempos quando são em dano de terceiros. O primeiro que fez foi mandar desarmar D. Quixote e levá-lo às vistas com aquela sua roupa estreita e acamurçada (como já outras vezes descrevemos e pintamos) num balcão que dava para uma rua das mais principais da cidade, à vista das gentes e dos rapazes, que como a bicho esquisito o olhavam. Correram de novo diante dele os das librés, como se só para ele, e não para alegrar aquele festivo dia,[1] as houvessem vestido, e Sancho estava contentíssimo, por crer que achara, sem saber como nem como não, outras bodas de Camacho, outra casa como a de D. Diego de Miranda e outro castelo como o do duque.

Almoçaram naquele dia com D. Antonio alguns dos seus amigos, todos honrando e tratando D. Quixote como a cavaleiro andante, o qual, enfatuado

---

CAPÍTULO LXII

Que trata de la aventura de la cabeza encantada,
con otras niñerías
que no pueden dejar de contarse

Don Antonio Moreno se llamaba el huésped de don Quijote, caballero rico y discreto y amigo de holgarse a lo honesto y afable, el cual, viendo en su casa a don Quijote, andaba buscando modos como, sin su perjuicio, sacase a plaza sus locuras, porque no son burlas las que duelen, ni hay pasatiempos que valgan, si son con daño de tercero. Lo primero que hizo fue hacer desarmar a don Quijote y sacarle a vistas con aquel su estrecho y acamuzado vestido (como ya otras veces le hemos descrito y pintado) a un balcón que salía a una calle de las más principales de la ciudad, a vista de las gentes y de los muchachos, que como a mona le miraban. Corrieron de nuevo delante dél los de las libreas, como si para él solo, no para alegrar aquel festivo día, se las hubieran puesto, y Sancho estaba contentísimo, por parecerle que se había hallado, sin saber cómo ni cómo no, otras bodas de Camacho, otra casa como la de don Diego de Miranda y otro castillo como el del duque.

Comieron aquel día con don Antonio algunos de sus amigos, honrando todos y tratando a don Quijote

e pomposo, não cabia em si de contente. Os donaires de Sancho foram tantos que de sua boca andavam como pendentes todos os criados da casa e todos quantos o ouviam. Estando à mesa, disse D. Antonio a Sancho:

— Aqui temos notícia, bom Sancho, de que sois tão amigo do manjar-branco[2] e dos bolinhos que, quando vos sobram alguns, os guardais no seio para o dia seguinte.

— Não, senhor, não é assim — respondeu Sancho —, porque tenho mais de limpo que de guloso, e meu senhor D. Quixote aqui presente bem sabe que com um punhado de bolotas ou de nozes costumamos passar ambos oito dias. Verdade é que, quando calha de me darem o bacorinho, corro logo com o baracinho, quero dizer que como o que me dão e me valho dos tempos como eles vêm; e quem quer que tenha dito que eu sou comedor avantajado e pouco limpo, fica dito que não acerta, e com outras palavras o diria, não fosse meu respeito pelas honradas barbas que aqui estão à mesa.

— Por certo — disse D. Quixote — que a parcimônia e limpeza com que Sancho come se pode escrever e gravar em placas de bronze, para que permaneça em memória eterna nos séculos vindouros. Verdade é que quando ele tem fome parece um tanto esganado, porque come depressa e com a boca atochada, mas sem nunca faltar com a limpeza, e no tempo que foi governador aprendeu a comer com melindre, tanto que usava garfo para comer as uvas, e até os grãos de romã.

— Como? — disse D. Antonio. — Sancho foi governador?

— Fui sim — respondeu Sancho —, e de uma ínsula chamada Baratária. Dez dias a governei a pedir de boca; neles perdi o sossego e aprendi a desprezar todos os governos do mundo; saí fugindo dela, caí numa cova onde me dei por morto, e da qual saí vivo por milagre.

---

como a caballero andante, de lo cual, hueco y pomposo, no cabía en sí de contento. Los donaires de Sancho fueron tantos, que de su boca andaban como colgados todos los criados de casa y todos cuantos le oían. Estando a la mesa, dijo don Antonio a Sancho:

— Acá tenemos noticia, buen Sancho, que sois tan amigo de manjar blanco y de albondiguillas, que si os sobran las guardáis en el seno para el otro día.

— No, señor, no es así — respondió Sancho —, porque tengo más de limpio que de goloso, y mi señor don Quijote, que está delante, sabe bien que con un puño de bellotas o de nueces nos solemos pasar entrambos ocho días. Verdad es que si tal vez me sucede que me den la vaquilla, corro con la soguilla, quiero decir que como lo que me dan y uso de los tiempos como los hallo; y quienquiera que hubiere dicho que yo soy comedor avantajado y no limpio, téngase por dicho que no acierta, y de otra manera dijera esto si no mirara a las barbas honradas que están a la mesa.

— Por cierto — dijo don Quijote — que la parsimonia y limpieza con que Sancho come se puede escribir y grabar en láminas de bronce, para que quede en memoria eterna en los siglos venideros. Verdad es que cuando él tiene hambre parece algo tragón, porque come apriesa y masca a dos carrillos, pero la limpieza siempre la tiene en su punto, y en el tiempo que fue gobernador aprendió a comer a lo melindroso, tanto, que comía con tenedor las uvas, y aun los granos de la granada.

— ¡Cómo! — dijo don Antonio —. ¿Gobernador ha sido Sancho?

— Sí — respondió Sancho —, y de una ínsula llamada la Barataria. Diez días la goberné a pedir de bo-

Contou D. Quixote por miúdo todo o caso do governo de Sancho, com o que deu grande gosto aos ouvintes.

Levantadas as toalhas e tomando D. Antonio a D. Quixote pela mão, passou-se com ele para um aposento à parte, no qual não havia outra coisa de adorno além de uma mesa, ao parecer de jaspe, que sobre um pé do mesmo se sustentava, sobre a qual estava posta, ao modo das cabeças dos imperadores romanos, do peito acima, uma que semelhava ser de bronze. Passeou-se D. Antonio com D. Quixote por todo o aposento, rodeando muitas vezes a mesa, depois do qual disse:

— Agora, senhor D. Quixote, que sei ao certo que não nos ouve nem escuta ninguém e a porta está fechada, quero contar a vossa mercê uma das mais raras aventuras, ou para melhor dizer novidades, que se podem imaginar, com condição de que o que a vossa mercê eu disser o deposite nos últimos recessos do segredo.

— Assim juro — respondeu D. Quixote —, e para maior segurança ainda por cima lhe deitarei uma campa, porque quero que vossa mercê saiba, senhor D. Antonio — pois já sabia seu nome —, que está falando com quem, se tem ouvidos para ouvir, não tem língua para falar; portanto pode vossa mercê trasladar com segurança o que tem em seu peito ao meu e fazer conta que o lançou nos abismos do silêncio.

— Em fé dessa promessa — respondeu D. Antonio —, hei de pôr admiração a vossa mercê com o que vir e ouvir, e dar-me a mim algum alívio da pena que me causa não ter com quem comunicar os meus segredos, que não são para se confiar a qualquer pessoa.

Suspenso estava D. Quixote, esperando em que haviam de parar tantas prevenções. Nisto, tomando-lhe a mão D. Antonio, passou-lha pela cabeça

---

ca; en ellos perdí el sosiego y aprendí a despreciar todos los gobiernos del mundo; salí huyendo della, caí en una cueva, donde me tuve por muerto, de la cual salí vivo por milagro.

Contó don Quijote por menudo todo el suceso del gobierno de Sancho, con que dio gran gusto a los oyentes.

Levantados los manteles y tomando don Antonio por la mano a don Quijote, se entró con él en un apartado aposento, en el cual no había otra cosa de adorno que una mesa, al parecer de jaspe, que sobre un pie de lo mesmo se sostenía, sobre la cual estaba puesta, al modo de las cabezas de los emperadores romanos, de los pechos arriba, una que semejaba ser de bronce. Paseóse don Antonio con don Quijote por todo el aposento, rodeando muchas veces la mesa, después de lo cual dijo:

— Agora, señor don Quijote, que estoy enterado que no nos oye y escucha alguno y está cerrada la puerta, quiero contar a vuestra merced una de las más raras aventuras, o, por mejor decir, novedades, que imaginarse pueden, con condición que lo que a vuestra merced dijere lo ha de depositar en los últimos retretes del secreto.

— Así lo juro — respondió don Quijote —, y aun le echaré una losa encima para más seguridad, porque quiero que sepa vuestra merced, señor don Antonio — que ya sabía su nombre —, que está hablando con quien, aunque tiene oídos para oír, no tiene lengua para hablar; así que con seguridad puede vuestra merced trasladar lo que tiene en su pecho en el mío y hacer cuenta que lo ha arrojado en los abismos del silencio.

— En fee de esa promesa — respondió don Antonio —, quiero poner a vuestra merced en admiración con lo que viere y oyere, y darme a mí algún alivio de la pena que me causa no tener con quien comunicar mis secretos, que no son para fiarse de todos.

de bronze e por toda a mesa e pelo pé de jaspe sobre o qual se sustentava, dizendo em seguida:

— Esta cabeça, senhor D. Quixote, foi feita e fabricada por um dos maiores encantadores e feiticeiros que teve o mundo, que creio era polaco de nação e discípulo do famoso Escotilho,[3] de quem tantas maravilhas se contam, o qual esteve aqui na minha casa, e a preço de mil escudos que lhe dei lavrou esta cabeça, que tem a propriedade e a virtude de responder a quantas coisas ao ouvido lhe perguntarem.[4] Mirou rumos, pintou signos, perscrutou astros, fitou pontos celestes e, finalmente, consumou a feitura com a perfeição que veremos amanhã, porque às sextas-feiras está muda, e hoje, que é tal dia, nos há de deixar à espera. Neste tempo poderá vossa mercê cuidar na pergunta que lhe quer fazer, pois por experiência sei que ela diz a verdade em tudo quanto responde.

Admirado ficou D. Quixote da virtude e propriedade da cabeça, e esteve para não crer em D. Antonio, mas vendo quão pouco tempo faltava para fazer a experiência não lhe quis dizer outra coisa senão que lhe agradecia a revelação de tão grande segredo. Saíram do aposento, fechou D. Antonio a porta com chave e se foram para a sala onde os demais cavaleiros estavam. Nesse tempo Sancho já lhes contara muitas das aventuras e sucessos que a seu amo haviam acontecido.

Naquela tarde levaram D. Quixote a passear, não armado, senão com roupa de rua, que era um balandrau de pano leonado, capaz naquele tempo de fazer suar o próprio gelo. Acordaram com os criados de entreterem Sancho, de modo que o não deixassem sair de casa. Ia D. Quixote, não sobre Rocinante, mas sobre um grande mulo de passo manso e muito bem ajaezado. Puseram-lhe o balandrau, e nas costas sem que o visse lhe costu-

---

Suspenso estaba don Quijote, esperando en qué habían de parar tantas prevenciones. En esto, tomándole la mano don Antonio, se la paseó por la cabeza de bronce y por toda la mesa y por el pie de jaspe sobre que se sostenía, y luego dijo:

— Esta cabeza, señor don Quijote, ha sido hecha y fabricada por uno de los mayores encantadores y hechiceros que ha tenido el mundo, que creo era polaco de nación y dicípulo del famoso Escotillo, de quien tantas maravillas se cuentan, el cual estuvo aquí en mi casa, y por precio de mil escudos que le di labró esta cabeza, que tiene propiedad y virtud de responder a cuantas cosas al oído le preguntaren. Guardó rumbos, pintó carácteres, observó astros, miró puntos y, finalmente, la sacó con la perfeción que veremos mañana, porque los viernes está muda, y hoy, que lo es, nos ha de hacer esperar hasta mañana. En este tiempo podrá vuestra merced prevenirse de lo que querrá preguntar, que por esperiencia sé que dice verdad en cuanto responde.

Admirado quedó don Quijote de la virtud y propiedad de la cabeza, y estuvo por no creer a don Antonio, pero por ver cuán poco tiempo había para hacer la experiencia no quiso decirle otra cosa sino que le agradecía el haberle descubierto tan gran secreto. Salieron del aposento, cerró la puerta don Antonio con llave y fuéronse a la sala donde donde los demás caballeros estaban. En este tiempo les había contado Sancho muchas de las aventuras y sucesos que a su amo habían acontecido.

Aquella tarde sacaron a pasear a don Quijote, no armado, sino de rúa, vestido un balandrán de paño leonado, que pudiera hacer sudar en aquel tiempo al mismo yelo. Ordenaron con sus criados que entretuviesen a Sancho, de modo que no le dejasen salir de casa. Iba don Quijote, no sobre Rocinante, sino sobre un gran macho

raram um pergaminho, onde escreveram com letras grandes: "Este é D. Quixote de La Mancha". Em começando o passeio, chamava o rótulo a atenção de quantos chegavam a vê-lo, e como liam "Este é D. Quixote de La Mancha", admirava-se D. Quixote de ver que todos quantos o olhavam o nomeavam e conheciam; e virando-se para D. Antonio, que ia ao seu lado, lhe disse:

— Grande é a prerrogativa que encerra em si a andante cavalaria, pois a quem a professa faz conhecido e famoso por todos os termos da terra; se não, olhe vossa mercê, senhor D. Antonio, que até os rapazes desta cidade, sem nunca me terem visto, me conhecem.

— Assim é, senhor D. Quixote — respondeu D. Antonio —, pois assim como o fogo não pode estar escondido e encerrado, a virtude não pode deixar de ser conhecida, e a que se alcança pela profissão das armas resplandece e campeia sobre todas as outras.

Aconteceu então que, indo D. Quixote com a pompa já dita, um castelhano que leu o rótulo das costas levantou a voz, dizendo:

— Valha-te o diabo por D. Quixote de La Mancha! Como é que até aqui chegaste sem teres morrido das infinitas pauladas que levas nos costados? Tu és louco, e se o fosses a sós e das portas da tua loucura adentro seria menos mal, mas tens a propriedade de tornar loucos e mentecaptos a quantos contigo tratam e comunicam; se não que se veja por estes senhores que te acompanham. Volta, mentecapto, para tua casa e vai cuidar das tuas coisas, da tua mulher e dos teus filhos, e deixa destas necedades que te carcomem o siso e te desnatam o entendimento.

— Irmão — disse D. Antonio —, segui o vosso caminho e não vos ponhais a dar conselhos a quem não vo-los pede. O senhor D. Quixote de

---

de paso llano y muy bien aderezado. Pusiéronle el balandrán, y en las espaldas sin que lo viese le cosieron un pargamino, donde le escribieron con letras grandes: "Este es don Quijote de la Mancha". En comenzando el paseo, llevaba el rétulo los ojos de cuantos venían a verle, y como leían "Este es don Quijote de la Mancha", admirábase don Quijote de ver que cuantos le miraban le nombraban y conocían; y volviéndose a don Antonio, que iba a su lado, le dijo:

— Grande es la prerrogativa que encierra en sí la andante caballería, pues hace conocido y famoso al que la profesa por todos los términos de la tierra; si no, mire vuestra merced, señor don Antonio, que hasta los muchachos desta ciudad, sin nunca haberme visto, me conocen.

— Así es, señor don Quijote — respondió don Antonio —, que así como el fuego no puede estar escondido y encerrado, la virtud no puede dejar de ser conocida, y la que se alcanza por la profesión de las armas resplandece y campea sobre todas las otras.

Acaeció, pues, que yendo don Quijote con el aplauso que se ha dicho, un castellano que leyó el rétulo de las espaldas alzó la voz, diciendo:

— ¡Válgate el diablo por don Quijote de la Mancha! ¿Cómo que hasta aquí has llegado sin haberte muerto los infinitos palos que tienes a cuestas? Tú eres loco, y si lo fueras a solas y dentro de las puertas de tu locura, fuera menos mal, pero tienes propiedad de volver locos y mentecatos a cuantos te tratan y comunican; si no, mírenlo por estos señores que te acompañan. Vuélvete, mentecato, a tu casa, y mira por tu hacienda, por tu mujer y tus hijos, y déjate destas vaciedades que te carcomen el seso y te desnatan el entendimiento.

La Mancha é muito são, e nós que o acompanhamos não somos néscios; a virtude há de ser honrada onde quer que se encontre, e ide em má hora e não vos metais onde não sois chamado.

— Pardeus! Vossa mercê tem razão — respondeu o castelhano —, pois aconselhar este bom homem é dar coices contra o aguilhão. Mas ainda assim me dá grandíssima dó saber que o bom engenho que dizem ter esse mentecapto em todas as coisas se lhe deságua pelo canal da sua andante cavalaria; e que a má hora que vossa mercê disse seja para mim e para todos os meus descendentes se de hoje em diante, ainda que eu viva mais anos que Matusalém, eu der conselho a alguém, por mais que o peça.

Afastou-se o conselheiro, seguiu adiante o passeio, mas foi tamanha a bulha que os rapazes e toda a gente faziam por ler o rótulo, que D. Antonio o teve de tirar, fingindo que lhe tirava outra coisa.

Chegou a noite, tornaram-se para casa, houve sarau de damas, porque a mulher de D. Antonio, que era uma senhora principal e alegre, formosa e discreta, convidou outras suas amigas para virem honrar o seu hóspede e folgar com suas nunca vistas loucuras. Vieram algumas delas, jantou-se esplendidamente e começou-se o sarau quase às dez da noite. Entre as damas havia duas de gosto pícaro e burlador, que sendo embora honestas não cuidavam muito na compostura, para dar lugar a que as burlas alegrassem sem enfado. As tais duas tanto pelejaram por dançar com D. Quixote que lhe moeram não só o corpo, mas a alma. Era muito de ver a figura de D. Quixote, comprido, estirado, magro, amarelo, entalado nas roupas, maljeitoso e, por cima de tudo, nada ligeiro. Requebravam-no como a furto as damiselas, e ele também como a furto as desdenhava; mas vendo-se acossar de requebros, levantou a voz e disse:

— Hermano — dijo don Antonio —, seguid vuestro camino y no deis consejos a quien no os los pide. El señor don Quijote de la Mancha es muy cuerdo, y nosotros, que le acompañamos, no somos necios; la virtud se ha de honrar dondequiera que se hallare, y andad enhoramala y no os metáis donde no os llaman.

— Pardiez, vuesa merced tiene razón — respondió el castellano —, que aconsejar a este buen hombre es dar coces contra el aguijón; pero con todo eso me da muy gran lástima que el buen ingenio que dicen que tiene en todas las cosas este mentecato se le desagüe por la canal de su andante caballería; y la enhoramala que vuesa merced dijo sea para mí y para todos mis descendientes, si de hoy más, aunque viviese más años que Matusalén, diere consejo a nadie, aunque me lo pida.

Apartóse el consejero, siguió adelante el paseo, pero fue tanta la priesa que los muchachos y toda la gente tenía leyendo el rótulo, que se le hubo de quitar don Antonio, como que le quitaba otra cosa.

Llegó la noche, volviéronse a casa, hubo sarao de damas, porque la mujer de don Antonio, que era una señora principal y alegre, hermosa y discreta, convidó a otras sus amigas a que viniesen a honrar a su huésped y a gustar de sus nunca vistas locuras. Vinieron algunas, cenóse espléndidamente y comenzóse el sarao casi a las diez de la noche. Entre las damas había dos de gusto pícaro y burlonas, y, con ser muy honestas, eran algo descompuestas, por dar lugar que las burlas alegrasen sin enfado. Estas dieron tanta priesa en sacar a danzar a don Quijote, que le molieron, no sólo el cuerpo, pero el ánima. Era cosa de ver la figura de don Quijote, largo, tendido, flaco, amarillo, estrecho en el vestido, desairado y sobre todo nonada ligero. Requebrábanle como a hurto las damiselas, y él también como a hurto las desdeñaba; pero viéndose apretar de requiebros, alzó la voz y dijo:

— *Fugite, partes adversæ!*[5] Deixai-me em paz, pensamentos malquistos. Amanhai-vos, senhoras, lá com vossos desejos, pois aquela que é rainha dos meus, a sem-par Dulcineia d'El Toboso, não consente que nenhuns outros senão os dela me avassalem e rendam.

E dizendo isto se sentou no chão no meio da sala, moído e alquebrado por tão bailador exercício. Mandou D. Antonio que o carregassem até o leito, e quem primeiro o apanhou foi Sancho, dizendo-lhe:

— Em má hora vos metestes a bailar, senhor nosso amo! Pensais que todos os valentes são dançadores e todos os andantes cavaleiros bailarinos? Digo que se tal pensais vais muito enganado: homens há que se atrevem a matar um gigante antes que a fazer uma cabriola. Se fosse o caso de sapatear, eu bem supriria a vossa falta, pois sou uma águia no sapateado, mas na dança não acerto um passo.[6]

Com estes e outros dizeres deu Sancho que rir aos do sarau e deu com seu amo na cama, enroupando-o para que suasse a frieza do seu baile.

No dia seguinte achou D. Antonio que era bem fazer a experiência da cabeça encantada, e com D. Quixote, Sancho e outros dois amigos, mais as duas senhoras que haviam moído D. Quixote no baile, que naquela mesma noite haviam ficado com a mulher de D. Antonio, se fechou no aposento onde estava a cabeça. Contou-lhes a propriedade que tinha, encomendou-lhes o segredo e disse-lhes que aquele era o primeiro dia em que se havia de provar a virtude da tal cabeça encantada. E afora os dois amigos de D. Antonio, nenhuma outra pessoa sabia o busílis do encantamento, e se D. Antonio o não tivesse antes revelado aos seus amigos, também eles cairiam na admiração em que os demais caíram, sem ser possível outra coisa, tal era o jeito e a manha com que estava fabricada.

— *¡Fugite, partes adversae!* Dejadme en mi sosiego, pensamientos mal venidos. Allá os avenid, señoras, con vuestros deseos, que la que es reina de los míos, la sin par Dulcinea del Toboso, no consiente que ningunos otros que los suyos me avasallen y rindan.

Y diciendo esto se sentó en mitad de la sala en el suelo, molido y quebrantado de tan bailador ejercicio. Hizo don Antonio que le llevasen en peso a su lecho, y el primero que asió dél fue Sancho, diciéndole:

— ¡Nora en tal, señor nuestro amo, lo habéis bailado! ¿Pensáis que todos los valientes son danzadores y todos los andantes caballeros bailarines? Digo que si lo pensáis, que estáis engañado: hombre hay que se atreverá a matar a un gigante antes que hacer una cabriola. Si hubiérades de zapatear, yo supliera vuestra falta, que zapateo como un girifalte, pero en lo del danzar no doy puntada.

Con estas y otras razones dio que reír Sancho a los del sarao y dio con su amo en la cama, arropándole para que sudase la frialdad de su baile.

Otro día le pareció a don Antonio ser bien hacer la experiencia de la cabeza encantada, y con don Quijote, Sancho y otros dos amigos, con las dos señoras que habían molido a don Quijote en el baile, que aquella propia noche se habían quedado con la mujer de don Antonio, se encerró en la estancia donde estaba la cabeza. Contóles la propiedad que tenía, encargóles el secreto y díjoles que aquél era el primero día donde se había de probar la virtud de la tal cabeza encantada. Y si no eran los dos amigos de don Antonio, ninguna otra persona sabía el busilis del encanto, y aun si don Antonio no se le hubiera descubierto primero a sus amigos, también ellos cayeran en la admiración en que los demás cayeron, sin ser posible otra cosa, con tal traza y tal orden estaba fabricada.

Quem primeiro se chegou ao ouvido da cabeça foi o próprio D. Antonio, que lhe disse em voz submissa, mas não tanto que por todos não fosse ouvida:

— Dize-me, cabeça, pelo condão que em ti se encerra: que pensamentos tenho eu agora?

E a cabeça lhe respondeu, sem mover os lábios, com voz clara e distinta, de modo que foi por todos entendida, esta razão:

— Eu não julgo de pensamentos.

Ouvindo o qual todos ficaram atônitos, e mais vendo que em todo o aposento nem em derredor da mesa não havia pessoa humana que responder pudesse.

— Quantos estamos aqui? — tornou a perguntar D. Antonio.

E foi-lhe respondido pelo mesmo teor, bem quedo:

— Estais tu e tua mulher, mais dois amigos teus e duas amigas dela, e um famoso cavaleiro chamado D. Quixote de La Mancha, e um seu escudeiro que tem por nome Sancho Pança.

Aí sim que se renovou a admiração! Aí sim que se arrepiaram todos os cabelos de puro espanto! E afastando-se D. Antonio da cabeça, disse:

— Isto me basta para acreditar como certo que não fui enganado por quem a mim te vendeu, cabeça sábia, cabeça falante, cabeça respondedora e admirável cabeça! Que chegue outro e lhe pergunte o que quiser.

E como as mulheres de ordinário são pressurosas e amigas de saber, a primeira que se chegou foi uma das duas amigas da mulher de D. Antonio, e o que lhe perguntou foi:

— Dize-me, cabeça, que hei de fazer para ser muito formosa?

E foi-lhe respondido:

— Sê muito honesta.

El primero que se llegó al oído de la cabeza fue el mismo don Antonio, y díjole en voz sumisa, pero no tanto que de todos no fuese entendida:

— Dime, cabeza, por la virtud que en ti se encierra: ¿qué pensamientos tengo yo agora?

Y la cabeza le respondió, sin mover los labios, con voz clara y distinta, de modo que fue de todos entendida, esta razón:

— Yo no juzgo de pensamientos.

Oyendo lo cual todos quedaron atónitos, y más viendo que en todo el aposento ni al derredor de la mesa no había persona humana que responder pudiese.

— ¿Cuántos estamos aquí? — tornó a preguntar don Antonio.

Y fuele respondido por el propio tenor, paso:

— Estáis tú y tu mujer, con dos amigos tuyos y dos amigas della, y un caballero famoso llamado don Quijote de la Mancha, y un su escudero que Sancho Panza tiene por nombre.

¡Aquí sí que fue el admirarse de nuevo, aquí sí que fue el erizarse los cabellos a todos de puro espanto! Y apartándose don Antonio de la cabeza, dijo:

— Esto me basta para darme a entender que no fui engañado del que te me vendió, ¡cabeza sabia, cabeza habladora, cabeza respondona, y admirable cabeza! Llegue otro y pregúntele lo que quisiere.

Y como las mujeres de ordinario son presurosas y amigas de saber, la primera que se llegó fue una de las dos amigas de la mujer de don Antonio, y lo que le preguntó fue:

— Não te pergunto mais — disse a perguntante.

Chegou-se em seguida sua companheira e disse:

— Quisera saber, cabeça, se o meu marido me quer bem ou não.

E responderam-lhe:

— Olha as obras que ele te faz, e daí o verás.

Afastou-se a casada, dizendo:

— Essa resposta não tinha necessidade de pergunta, porque, com efeito, as obras que se fazem declaram a vontade de quem as faz.

Depois chegou um dos dois amigos de D. Antonio e perguntou-lhe:

— Quem sou eu?

E foi-lhe respondido:

— Tu o sabes.

— Não te pergunto por isso — respondeu o cavaleiro —, mas por que me digas se tu me conheces.

— Conheço, sim — lhe responderam —, que és D. Pedro Noriz.

— Não quero saber mais, pois isto basta para entender, oh cabeça, que sabes tudo.

E, afastando-se, chegou-se o outro amigo e perguntou-lhe:

— Dize-me, cabeça, que desejo tem meu filho, o morgado?

— Já disse — lhe responderam — que não julgo de desejos, mas ainda assim te posso dizer que o que teu filho tem é de enterrar-te.

— Isso não traz novidade — disse o cavaleiro —, pois é o que se vê com os olhos e toca com as mãos.

E não perguntou mais. Chegou-se a mulher de D. Antonio e disse:

— Eu não sei, cabeça, que te perguntar; só quisera saber de ti se gozarei muitos anos de bom marido.

— Dime, cabeza, ¿qué haré yo para ser muy hermosa?

Y fuele respondido:

— Sé muy honesta.

— No te pregunto más — dijo la preguntanta.

Llegó luego la compañera y dijo:

— Querría saber, cabeza, si mi marido me quiere bien o no.

Y respondiéronle:

— Mira las obras que te hace, y echarlo has de ver.

Apartóse la casada, diciendo:

— Esta respuesta no tenía necesidad de pregunta, porque, en efecto, las obras que se hacen declaran la voluntad que tiene el que las hace.

Luego llegó uno de los dos amigos de don Antonio y preguntóle:

— ¿Quién soy yo?

Y fuele respondido:

— Tú lo sabes.

— No te pregunto eso — respondió el caballero —, sino que me digas si me conoces tú.

— Sí conozco — le respondieron —, que eres don Pedro Noriz.

— No quiero saber más, pues esto basta para entender, oh cabeza, que lo sabes todo.

E responderam-lhe:

— Sim gozarás, porque sua saúde e temperança no viver prometem muitos anos de vida, a qual muitos costumam encurtar com a destemperança.

Chegou-se então D. Quixote e disse:

— Dize-me tu, que respondes: foi verdade ou foi sonho o que eu conto que me aconteceu na gruta de Montesinos? Serão dados os açoites de Sancho, meu escudeiro? Terá efeito o desencantamento de Dulcineia?

— Sobre o caso da gruta — responderam —, há muito que dizer: de tudo tem um pouco; os açoites de Sancho virão devagar; o desencantamento de Dulcineia terá enfim a devida execução.

— Não quero saber mais — disse D. Quixote —, pois como eu veja Dulcineia desencantada, farei conta que de um golpe me vêm todas as venturas que eu acerte a desejar.

O último perguntante foi Sancho, e o que perguntou foi:

— Porventura, cabeça, terei outro governo? Sairei da estreiteza de escudeiro? Voltarei a ver minha mulher e meus filhos?

Ao que lhe responderam:

— Governarás em tua casa; e quando para ela voltares, verás tua mulher e teus filhos; e deixando de servir, deixarás de ser escudeiro.

— Ufa, pardeus! — disse Sancho Pança. — Isso eu mesmo me diria, e não diria mais o profeta Perogrullo![7]

— Animal! — disse D. Quixote. — Que queres que te respondam? Não basta que as respostas desta cabeça correspondam ao que se lhe pergunta?

— Basta, sim — respondeu Sancho —, mas eu queria que ela dissesse mais e mais claro.

Com isto se acabaram as perguntas e as respostas, mas não se acabou a

---

Y, apartándose, llegó el otro amigo y preguntóle:

— Dime, cabeza, ¿qué deseos tiene mi hijo el mayorazgo?

— Ya yo he dicho — le respondieron — que yo no juzgo de deseos, pero con todo eso te sé decir que los que tu hijo tiene son de enterrarte.

— Eso es — dijo el caballero —: lo que veo por los ojos, con el dedo lo señalo.

Y no preguntó más. Llegóse la mujer de don Antonio y dijo:

— Yo no sé, cabeza, qué preguntarte; sólo querría saber de ti si gozaré muchos años de buen marido.

Y respondiéronle:

— Sí gozarás, porque su salud y su templanza en el vivir prometen muchos años de vida, la cual muchos suelen acortar por su destemplanza.

Llegóse luego don Quijote y dijo:

— Dime tú, el que respondes: ¿fue verdad, o fue sueño lo que yo cuento que me pasó en la cueva de Montesinos? ¿Serán ciertos los azotes de Sancho mi escudero? ¿Tendrá efeto el desencanto de Dulcinea?

— A lo de la cueva — respondieron —, hay mucho que decir: de todo tiene; los azotes de Sancho irán de espacio; el desencanto de Dulcinea llegará a debida ejecución.

— No quiero saber más — dijo don Quijote —, que como yo vea a Dulcinea desencantada, haré cuenta que vienen de golpe todas las venturas que acertare a desear.

El último preguntante fue Sancho, y lo que preguntó fue:

admiração em que todos ficaram, exceto os dois amigos de D. Antonio já avisados do caso. O qual Cide Hamete Benengeli quis explicar logo, para não deixar o mundo suspenso e crente de que algum feiticeiro e extraordinário mistério na tal cabeça se encerrava, e assim disse que D. Antonio Moreno, à imitação de outra cabeça que viu em Madri fabricada por um estampeiro, fez esta em sua casa para se entreter e admirar os ignorantes. Seu feitio era desta sorte: a tábua da base era de madeira, pintada e envernizada como jaspe, e o pedestal sobre o qual se sustentava era do mesmo, com quatro garras de águia que dele saíam para maior firmeza do peso. A cabeça, que parecia efígie e imagem de imperador romano, e da cor do bronze, era toda oca, e nem mais nem menos a tábua da base, onde se encaixava tão justamente que não mostrava sinal algum. O pedestal da base era igualmente oco, comunicado com a garganta e o peito da figura, e tudo isso vinha a se comunicar com outro aposento que embaixo da sala da cabeça estava. Por todo esse oco de pedestal, base, garganta e peito da efígie e imagem referida se encaminhava um cano de folha de flandres muito estreito, que de ninguém podia ser visto. No aposento de baixo comunicado ao de cima se punha quem havia de responder, pegada a boca ao mesmo cano, de modo que, ao jeito de zarabatana, ia a voz de cima a baixo e de baixo a cima em palavras articuladas e claras, e desta maneira não era possível descobrir o embuste. Um sobrinho de D. Antonio, estudante, agudo e discreto, foi então o respondente, o qual, estando avisado pelo senhor seu tio dos que com ele haviam de entrar naquele dia no aposento da cabeça, foi-lhe fácil responder com presteza e pontualidade à primeira pergunta; às demais respondeu por conjeturas, e, como discreto, discretamente. E diz ainda Cide Hamete que cerca de dez ou doze dias durou essa maravilhosa invenção, mas que, divulgando-se pela ci-

---

— ¿Por ventura, cabeza, tendré otro gobierno? ¿Saldré de la estrecheza de escudero? ¿Volveré a ver a mi mujer y a mis hijos?

A lo que le respondieron:

— Gobernarás en tu casa; y si vuelves a ella, verás a tu mujer y a tus hijos; y dejando de servir, dejarás de ser escudero.

— ¡Bueno par Dios! — dijo Sancho Panza —. Esto yo me lo dijera: no dijera más el profeta Perogrullo.

— Bestia — dijo don Quijote —, ¿qué quieres que te respondan? ¿No basta que las respuestas que esta cabeza ha dado correspondan a lo que se le pregunta?

— Sí basta — respondió Sancho —, pero quisiera yo que se declarara más y me dijera más.

Con esto se acabaron las preguntas y las respuestas, pero no se acabó la admiración en que todos quedaron, excepto los dos amigos de don Antonio que el caso sabían. El cual quiso Cide Hamete Benengeli declarar luego, por no tener suspenso al mundo creyendo que algún hechicero y extraordinario misterio en la tal cabeza se encerraba, y así dice que don Antonio Moreno, a imitación de otra cabeza que vio en Madrid fabricada por un estampero, hizo esta en su casa para entretenerse y suspender a los ignorantes. Y la fábrica de esta suerte: la tabla de la mesa era de palo, pintada y barnizada como jaspe, y el pie sobre que se sostenía era de lo mesmo, con cuatro garras de águila que dél salían para mayor firmeza del peso. La cabeza, que parecía medalla y figura de emperador romano, y de color de bronce, estaba toda hueca, y ni más ni menos la tabla de la mesa, en que se encajaba tan justamente, que ninguna señal de juntura se parecía. El pie de la tabla era ansimesmo

dade que D. Antonio tinha em sua casa uma cabeça encantada que respondia a quantos lhe perguntavam, temendo ele que chegasse aos ouvidos das vigilantes sentinelas da nossa Fé, declarou o caso aos senhores inquisidores, e estes lhe mandaram desfazê-lo e não passar mais adiante, por que o vulgo ignorante não se escandalizasse; mas na opinião de D. Quixote e de Sancho Pança a cabeça ficou por encantada e por respondedora, com maior satisfação de D. Quixote que de Sancho.

Os cavaleiros da cidade, por comprazer a D. Antonio e honrar a D. Quixote, dando lugar a que mostrasse suas sandices, acordaram de correr justas dali a seis dias, o que não teve efeito pela causa que se dirá adiante. Quis D. Quixote passear pela cidade desarmado e a pé, por temer que, indo a cavalo, fosse perseguido dos rapazes, e assim ele e Sancho, mais outros dois criados que D. Antonio lhe deu, saíram a passear.

Sucedeu, pois, que indo por uma rua ergueu D. Quixote os olhos, e viu escrito sobre uma porta, com letras muito grandes: "Aqui se imprimem livros", do qual se contentou muito, porque até então não tinha visto oficina de impressão alguma e desejava saber como era. Entrou dentro, com todo seu acompanhamento, e viu tirarem numa parte, corrigirem em outra, comporem nesta, emendarem naquela e, enfim, toda aquela máquina que nas grandes oficinas se mostra. Chegava-se D. Quixote a uma mesa e perguntava que era aquilo que ali se fazia; davam-lhe conta os oficiais, admirava-se ele e passava adiante. Chegou então a um e lhe perguntou que era o que fazia. O oficial lhe respondeu:

— Senhor, este cavaleiro que aqui está — e lhe apresentou um homem de muito bom porte e parecer e de certa gravidade — traduziu um livro toscano para a nossa língua castelhana, e eu o estou compondo para o dar à estampa.

---

hueco, que respondía a la garganta y pechos de la cabeza, y todo esto venía a responder a otro aposento que debajo de la estancia de la cabeza estaba. Por todo este hueco de pie, mesa, garganta y pechos de la medalla y figura referida se encaminaba un cañón de hoja de lata muy justo, que de nadie podía ser visto. En el aposento de abajo correspondiente al de arriba se ponía el que había de responder, pegada la boca con el mesmo cañón, de modo que, a modo de cerbatana, iba la voz de arriba abajo y de abajo arriba, en palabras articuladas y claras, y de esta manera no era posible conocer el embuste. Un sobrino de don Antonio, estudiante, agudo y discreto, fue el respondiente, el cual estando avisado de su señor tío de los que habían de entrar con él en aquel día en el aposento de la cabeza, le fue fácil responder con presteza y puntualidad a la primera pregunta; a las demás respondió por conjeturas, y como discreto discretamente. Y dice más Cide Hamete: que hasta diez o doce días duró esta maravillosa máquina, pero que divulgándose por la ciudad que don Antonio tenía en su casa una cabeza encantada, que a cuantos le preguntaban respondía, temiendo no llegase a los oídos de las despiertas centinelas de nuestra fe, habiendo declarado el caso a los señores inquisidores, le mandaron que lo deshiciese y no pasase más adelante, porque el vulgo ignorante no se escandalizase; pero en la opinión de don Quijote y de Sancho Panza la cabeza quedó por encantada y por respondona, más a satisfación de don Quijote que de Sancho.

Los caballeros de la ciudad, por complacer a don Antonio y por agasajar a don Quijote y dar lugar a que descubriese sus sandeces, ordenaron de correr sortija de allí a seis días, que no tuvo efecto por la ocasión que se dirá adelante. Diole gana a don Quijote de pasear la ciudad a la llana y a pie, temiendo que si iba a caballo

— E que título tem o livro? — perguntou D. Quixote.

Ao que o autor respondeu:

— Senhor, o livro, em toscano, se chama *Le bagatele*.

— E a que corresponde *le bagatele* em nossa língua? — perguntou D. Quixote.

— *Le bagatele* — disse o autor — é como se na nossa língua disséssemos "as ninharias"; e se bem este livro é humilde no nome, contém e encerra em si coisas muito boas e substanciais.

— Eu — disse D. Quixote — sei um pouco de toscano e me prezo de recitar algumas estâncias de Ariosto. Agora me diga vossa mercê, senhor meu, e não o pergunto por querer examinar o seu engenho, senão por pura curiosidade: achou alguma vez em sua escritura a palavra *pinhata*?

— Sim, muitas vezes — respondeu o autor.

— E como vossa mercê a traduz? — perguntou D. Quixote.

— Como a houvera de traduzir — replicou o autor —, senão dizendo "panela"?

— Corpo de tal! — disse D. Quixote. — Como está vossa mercê adiantado no toscano idioma! Eu apostaria uma boa aposta que onde em toscano diz *piatche*, vossa mercê diz "apraz", e onde diz *piú* diz "mais", e o *su* declara com "acima" e o *giu* com "abaixo".

— Assim o declaro, por certo — disse o autor —, porque essas são suas próprias correspondências.

— Ouso jurar — disse D. Quixote — que não é vossa mercê conhecido no mundo, sempre inimigo de premiar os floridos engenhos e os louváveis trabalhos. Quantas habilidades há perdidas por aí! Quantos engenhos acantoados! Quantas virtudes menosprezadas! Mas, contudo, me parece que o

---

le habían de perseguir los mochachos, y así él y Sancho, con otros dos criados que don Antonio le dio, salieron a pasearse.

Sucedió, pues, que yendo por una calle alzó los ojos don Quijote, y vio escrito sobre una puerta, con letras muy grandes: "Aquí se imprimen libros", de lo que se contentó mucho, porque hasta entonces no había visto emprenta alguna y deseaba saber cómo fuese. Entró dentro, con todo su acompañamiento, y vio tirar en una parte, corregir en otra, componer en esta, enmendar en aquella, y finalmente toda aquella máquina que en las emprentas grandes se muestra. Llegábase don Quijote a un cajón y preguntaba qué era aquello que allí se hacía; dábanle cuenta los oficiales, admirábase y pasaba adelante. Llegó en esto a uno y preguntóle qué era lo que hacía. El oficial le respondió:

— Señor, este caballero que aquí está — y enseñóle a un hombre de muy buen talle y parecer y de alguna gravedad — ha traducido un libro toscano en nuestra lengua castellana, y estoyle yo componiendo, para darle a la estampa.

— ¿Qué título tiene el libro? — preguntó don Quijote.

A lo que el autor respondió:

— Señor, el libro, en toscano, se llama *Le bagatele*.

— ¿Y qué responde *le bagatele* en nuestro castellano? — preguntó don Quijote.

— *Le bagatele* — dijo el autor — es como si en castellano dijésemos "los juguetes"; y aunque este libro es en el nombre humilde, contiene y encierra en sí cosas muy buenas y sustanciales.

traduzir de uma língua em outra, como não seja das rainhas das línguas, grega e latina, é como olhar as tapeçarias flamengas pelo avesso, que por mais que se vejam as figuras, são cheias de fios que as obscurecem e não se veem com a lisura e lustre da face; e o traduzir de línguas fáceis nem argui engenho nem elocução, como não o argui quem traslada ou copia um papel de outro papel. E nem por isso quero inferir que não seja louvável este exercício do traduzir, porque em outras coisas piores se poderia ocupar o homem e que menos proveito lhe trouxessem. Fora desta conta vão dois famosos tradutores: um, o doutor Cristóbal de Figueroa, em seu *Pastor Fido*,[8] o outro, D. Juan de Jáurigui, em sua *Aminta*,[9] que com felicidade põem em dúvida qual é a tradução e qual o original. Mas vossa mercê me diga: este livro é impresso por sua conta ou já vendeu o privilégio a algum livreiro?[10]

— Por minha conta o imprimo — respondeu o autor — e penso ganhar mil ducados, pelo menos, com esta primeira impressão, que há de ser de dois mil corpos, e num abrir de olhos se hão de despachar a seis reais cada um.

— Boa conta! — respondeu D. Quixote. — Bem se vê que vossa mercê não sabe dos logros e dolos dos impressores nem dos enredos que têm uns com os outros. Pois eu lhe afirmo que quando se vir com dois mil corpos de livros às costas, verá seu próprio corpo tão fatigado que se espantará, e mais se o livro for um pouco avesso e nada picante.

— Pois quê? — disse o autor. — Vossa mercê quer que eu o entregue a um livreiro para que ele me dê pelo privilégio três maravedis, e ainda pense que com isso me faz mercê? Eu não imprimo meus livros para conseguir fama no mundo, pois nele já sou conhecido pelas minhas obras: é proveito o que quero, pois sem ele a boa fama não vale um quatrim.

— Que Deus lhe dê boa sorte — respondeu D. Quixote.

— Yo — dijo don Quijote — sé algún tanto del toscano y me precio de cantar algunas estancias del Ariosto. Pero dígame vuesa merced, señor mío, y no digo esto porque quiero examinar el ingenio de vuestra merced, sino por curiosidad no más: ¿ha hallado en su escritura alguna vez nombrar *piñata*?

— Sí, muchas veces — respondió el autor.

— ¿Y cómo la traduce vuestra merced en castellano? — preguntó don Quijote.

— ¿Cómo la había de traducir — replicó el autor — sino diciendo "olla"?

— ¡Cuerpo de tal — dijo don Quijote —, y qué adelante está vuesa merced en el toscano idioma! Yo apostaré una buena apuesta que adonde diga en el toscano *piache*, dice vuesa merced en el castellano "place", y adonde diga *piú* dice "más", y el *sú* declara con "arriba" y el *giú* con "abajo".

— Sí declaro, por cierto — dijo el autor —, porque esas son sus propias correspondencias.

— Osaré yo jurar — dijo don Quijote — que no es vuesa merced conocido en el mundo, enemigo siempre de premiar los floridos ingenios ni los loables trabajos. ¡Qué de habilidades hay perdidas por ahí! ¡Qué de ingenios arrinconados! ¡Qué de virtudes menospreciadas! Pero, con todo esto, me parece que el traducir de una lengua en otra, como no sea de las reinas de las lenguas, griega y latina, es como quien mira los tapices flamencos por el revés, que aunque se veen las figuras, son llenas de hilos que las escurecen y no se veen con la lisura y tez de la haz; y el traducir de lenguas fáciles ni arguye ingenio ni elocución, como no le arguye el que traslada ni el que copia un papel de otro papel. Y no por esto quiero inferir que no sea loable este ejercicio del traducir, porque en otras cosas peores se podría ocupar el hombre y que menos provecho le trujesen. Fuera desta cuenta van los dos

E passou adiante a outra mesa, onde viu que estavam corrigindo as folhas de um livro intitulado *Luz del alma*[11] e, em o vendo, disse:

— Estes tais livros, ainda que haja muitos do gênero, são os que se devem imprimir, porque são muitos os pecadores que se usa tirar e são mister infinitas luzes para tantos desalumiados.

Passou adiante e viu que estavam igualmente corrigindo outro livro, e, perguntando seu título, lhe responderam que se chamava a *Segunda parte do engenhoso fidalgo D. Quixote de La Mancha*, composta por um tal vizinho de Tordesilhas.

— Já tenho notícia deste livro — disse D. Quixote —, e em verdade e em minha consciência pensei que, por impertinente, já estivesse queimado e reduzido a pó; mas já lhe há de vir seu São Martinho, como a cada porco,[12] pois as histórias fingidas tanto têm de boas e de deleitáveis quanto se chegam à verdade ou à semelhança dela, e as verdadeiras tanto são melhores quanto mais verdadeiras.

E dizendo isto, com mostras de algum despeito, deixou a oficina; e naquele mesmo dia resolveu D. Antonio levá-lo para ver as galés que junto à praia estavam,[13] do que Sancho se regozijou muito, pois nunca na vida tinha visto nenhuma. Avisou D. Antonio o almirante das quatro galés que naquela tarde havia de levar para vê-las o seu hóspede, o famoso D. Quixote de La Mancha, de quem já o capitão e todos os moradores da cidade tinham notícia; e o que nelas lhe aconteceu se dirá no seguinte capítulo.

---

famosos traductores: el uno el doctor Cristóbal de Figueroa, en su *Pastor Fido*, y el otro don Juan de Jáurigui, en su *Aminta*, donde felizmente ponen en duda cuál es la tradución o cuál el original. Pero dígame vuestra merced: este libro ¿imprímese por su cuenta o tiene ya vendido el privilegio a algún librero?

— Por mi cuenta lo imprimo — respondió el autor — y pienso ganar mil ducados, por lo menos, con esta primera impresión, que ha de ser de dos mil cuerpos, y se han de despachar a seis reales cada uno en daca las pajas.

— ¡Bien está vuesa merced en la cuenta! — respondió don Quijote —. Bien parece que no sabe las entradas y salidas de los impresores y las correspondencias que hay de unos a otros. Yo le prometo que cuando se vea cargado de dos mil cuerpos de libros vea tan molido su cuerpo, que se espante, y más si el libro es un poco avieso y nonada picante.

— Pues ¿qué? — dijo el autor —. ¿Quiere vuesa merced que se lo dé a un librero que me dé por el privilegio tres maravedís, y aun piensa que me hace merced en dármelos? Yo no imprimo mis libros para alcanzar fama en el mundo, que ya en él soy conocido por mis obras: provecho quiero, que sin él no vale un cuatrín la buena fama.

— Dios le dé a vuesa merced buena manderecha — respondió don Quijote.

Y pasó adelante a otro cajón, donde vio que estaban corrigiendo un pliego de un libro que se intitulaba *Luz del alma*, y en viéndole dijo:

— Estos tales libros, aunque hay muchos deste género, son los que se deben imprimir, porque son muchos los pecadores que se usan y son menester infinitas luces para tantos desalumbrados.

Notas

[1] ... correram [...] para alegrar aquele festivo dia: no dia de São João, celebrava-se em Barcelona uma famosa cavalgada, presidida pelas autoridades locais, que partia do antigo mercado do Born e percorria a maior parte da cidade.

[2] Manjar-branco: trata-se aqui não da sobremesa à base de leite de coco, mas de outra iguaria muito popular na época, uma espécie de pasta de frango desfiado, com leite, açúcar e arroz, ou sêmola de trigo, que era vendida na rua, fosse em cartuchos de papel, fosse frita em forma de bolinhos. D. Antonio Moreno refere-se à passagem do apócrifo de Avellaneda em que Sancho, estando com D. Quixote ao final de um banquete a eles oferecido, ouve de um comensal: "Deixaste, Sancho, algum espaço desembaraçado para comer estes seis bolinhos? [...] E apartando-se a um lado comeu ele os quatro com tanta pressa e gosto, como deram sinais as suas barbas, que ficaram não pouco besuntadas do manjar-branco; os outros dois que lhe restavam os meteu no seio com intenção de guardá-los para a manhã".

[3] Escotilho: Escoto (ou Scott, ou Scoto) era nome comum a vários feiticeiros e prestidigitadores europeus desde o século XII, daí o diminutivo irônico. É bem provável que se trate de Michael Scot, o Michele Scotto (1175?-*c*. 1232) que Dante cita na *Divina comédia* ("Inferno", XX, 116), sábio escocês da corte de Frederico II que estudara línguas em Toledo e coordenara uma tradução de Aristóteles e seus comentadores árabes ao latim, tendo alcançado fama legendária por suas obras de astronomia, alquimia e ciências ocultas.

[4] ... cabeça que tem [...] a virtude de responder [ao que] lhe perguntarem: a história da cabeça encantada é frequente no folclore europeu e em certa literatura paracientífica que inclui Gerolamo Cardano (1501-1576) e Jacob Wecker (1528-1586).

[5] *Fugite, partes adversæ*: "arredai, inimigos", fórmula de exorcismo.

[6] ... na dança não acerto um passo: Sancho destaca a diferença entre *danza* e *baile* (ver cap. XLVIII, nota 5) e, apoiado na definição do bailar como "*danzar por lo alto*", se autoelogia dizendo que o faz como uma ave altaneira.

[7] ... não diria mais o profeta Perogrullo: refere-se ao personagem proverbial espanhol Pero Grullo, pródigo autor de truísmos e banalidades, ou *perogrulladas*.

Pasó adelante y vio que asimesmo estaban corrigiendo otro libro, y, preguntando su título, le respondieron que se llamaba la *Segunda parte del ingenioso hidalgo don Quijote de la Mancha*, compuesta por un tal vecino de Tordesillas.

— Ya yo tengo noticia deste libro — dijo don Quijote —, y en verdad y en mi conciencia que pensé que ya estaba quemado y hecho polvos por impertinente; pero su San Martín se le llegará como a cada puerco, que las historias fingidas tanto tienen de buenas y de deleitables cuanto se llegan a la verdad o la semejanza della, y las verdaderas tanto son mejores cuanto son más verdaderas.

Y diciendo esto, con muestras de algún despecho, se salió de la emprenta; y aquel mesmo día ordenó don Antonio de llevarle a ver las galeras que en la playa estaban, de que Sancho se regocijó mucho, a causa que en su vida las había visto. Avisó don Antonio al cuatralbo de las galeras como aquella tarde había de llevar a verlas a su huésped el famoso don Quijote de la Mancha, de quien ya el cuatralbo y todos los vecinos de la ciudad tenían noticia; y lo que le sucedió en ellas se dirá en el siguiente capítulo.

[8] ... Cristóbal de Figueroa, em seu *Pastor Fido*: a tradução que Cristóbal Suárez de Figueroa (1571?-1645?) fez da peça de Giovanni Battista Guarini (1537-1612) *Il pastor Fido, tragicomedia pastorale* (Veneza, 1589) saiu em Nápoles em 1602 e foi reeditada, com correções, sete anos mais tarde, em Valência.

[9] D. Juan de Jáurigui, em sua *Aminta*: a tradução que Juan de Jáuregui (1583-1641) fez da peça de Torquato Tasso (1544-1595) *Aminta* (Cremona, 1580) foi publicada em 1607, em Roma, e reeditada com correções onze anos mais tarde. O tradutor, que era também poeta e pintor, é o mesmo a quem Cervantes, no prólogo das *Novelas exemplares*, atribuiu seu próprio retrato, que supostamente não fora possível reproduzir no frontispício do livro.

[10] Privilégio: a autorização assinada pelo rei para que somente o autor pudesse publicar seu livro durante determinado período. Este podia vendê-lo a um livreiro ou impressor, coisa que frequentemente se fazia.

[11] *Luz del alma*: trata-se do catecismo *Luz del alma cristiana contra la ceguedad e ignorancia en lo que pertenece a la fe y ley de Dios y de la Iglesia* (Valladolid, 1554, várias reedições), do frei dominicano Felipe de Meneses. A obra é tributária indireta de ideias erasmistas, através do bispo Bartolomé de Carranza, também dominicano, cujo catecismo lhe valeu um processo inquisitorial por heresia.

[12] ... lhe há de vir seu São Martinho, como a cada porco: joga-se com o ditado "a cada porco [ou bacorinho] vem seu São Martinho", que alude à matança do porco incluída nos tradicionais festejos realizados até hoje na Península Ibérica no dia desse santo, 11 de novembro.

[13] ... as galés que junto à praia estavam: Barcelona era então guardada por um esquadrão de quatro galés, que tanto a protegiam de ataques corsários como garantiam seu abastecimento.

CAPÍTULO LXIII

DO MAL QUE SUCEDEU A SANCHO PANÇA
COM A VISITA DAS GALÉS,
MAIS A NOVA AVENTURA DA FORMOSA MOURISCA

Grandes eram os discursos que fazia entre si D. Quixote sobre a resposta da encantada cabeça, sem que nenhum deles desse no embuste, parando todos na promessa do desencantamento de Dulcineia, que ele teve por certo. Lá ia e vinha e se alegrava sozinho, crendo que logo haveria de ver o seu cumprimento; e Sancho, se bem detestasse o ser governador, como fica dito, continuava com desejo de voltar a mandar e ser obedecido, pois o mando, ainda quando de burla, traz consigo esta má ventura.

Enfim, naquela tarde D. Antonio Moreno, seu hospedeiro, e os dois amigos dele, foram com D. Quixote e Sancho às galés. O almirante, já avisado da sua boa vinda, por ver os dois tão famosos Quixote e Sancho, nem bem eles chegaram à marinha mandou todas as galés arriarem os toldos e tocarem as charamelas. Deitaram logo o batel à água, coberto de ricos tapetes e almofadas de veludo carmesim, e, em pondo que pôs os pés nele D. Quixote, disparou a capitânia o canhão de coxia, e as outras galés fizeram o mesmo, e ao subir D. Quixote pela escada direita[1] toda a chusma o saudou como é usança quando uma pessoa principal entra no navio, gritando "Hu,

---

CAPÍTULO LXIII

DE LO MAL QUE LE AVINO A SANCHO PANZA
CON LA VISITA DE LAS GALERAS,
Y LA NUEVA AVENTURA DE LA HERMOSA MORISCA

Grandes eran los discursos que hacía don Quijote sobre la respuesta de la encantada cabeza, sin que ninguno dellos diese en el embuste, y todos paraban con la promesa, que él tuvo por cierto, del desencanto de Dulcinea. Allí iba y venía y se alegraba entre sí mismo, creyendo que había de ver presto su cumplimiento; y Sancho, aunque aborrecía el ser gobernador, como queda dicho, todavía deseaba volver a mandar y a ser obedecido, que esta mala ventura trae consigo el mando, aunque sea de burlas.

En resolución, aquella tarde don Antonio Moreno, su huésped, y sus dos amigos, con don Quijote y Sancho fueron a las galeras. El cuatralbo que estaba avisado de su buena venida, por ver a los dos tan famosos Quijote y Sancho, apenas llegaron a la marina cuando todas las galeras abatieron tienda y sonaron las chirimías. Arrojaron luego el esquife al agua, cubierto de ricos tapetes y de almohadas de terciopelo carmesí, y en poniendo que puso los pies en él don Quijote disparó la capitana el cañón de crujía y las otras galeras hicieron lo mesmo, y al subir don Quijote por la escala derecha toda la chusma le saludó como es usanza cuando una persona principal

hu, hu!" três vezes. Estreitou-lhe a mão o general,[2] que com este nome o chamaremos, o qual era um principal cavaleiro valenciano, e abraçou D. Quixote, dizendo-lhe:

— Este dia sinalarei com pedra branca, por ser um dos melhores que penso passar em minha vida, tendo visto o senhor D. Quixote de La Mancha, tempo e sinal que nos mostra que nele se encerra e cifra todo o valor da andante cavalaria.

Com outras não menos corteses razões lhe respondeu D. Quixote, sobremaneira alegre de se ver tratar tão senhorilmente. Entraram todos na popa, que estava muito bem adereçada, e se sentaram nas bancas de comando; passou o comitre à coxia e deu sinal com o apito para que a chusma deitasse a roupa fora, o que se fez num instante. Sancho, ao ver tanta gente despida, ficou pasmo, e mais quando viu içarem os toldos com tanta pressa que lhe pareceu que todos os diabos andavam ali trabalhando. Mas tudo isso é migalha perto do que agora direi. Estava Sancho sentado sob o toldo, junto ao proeiro da mão direita, o qual já avisado do que havia de fazer, agarrou de Sancho e, erguendo-o nos braços, toda a chusma posta em pé e alerta, começando da direita banda, o foi passando e volteando nos braços da chusma de banco em banco, com tanta pressa que o pobre Sancho perdeu a vista dos olhos e sem dúvida pensou que os próprios demônios o levavam, e não pararam com ele até voltá-lo pela sinistra banda e largá-lo na popa. Ficou o pobre moído, resfolegando e tressuando, sem poder imaginar que era o que lhe havia acontecido.

D. Quixote, que viu o voo sem asas de Sancho, perguntou ao general se eram aquelas cerimônias as que se usavam com quem de primeiro entrava nas galés, porque, se acaso o fosse, ele, que não tinha intenção de profes-

---

entra en la galera, diciendo "¡Hu, hu, hu!" tres veces. Diole la mano el general, que con este nombre le llamaremos, que era un principal caballero valenciano; abrazó a don Quijote, diciéndole:

— Este día señalaré yo con piedra blanca, por ser uno de los mejores que pienso llevar en mi vida, habiendo visto al señor don Quijote de la Mancha, tiempo y señal que nos muestra que en él se encierra y cifra todo el valor de la andante caballería.

Con otras no menos corteses razones le respondió don Quijote, alegre sobremanera de verse tratar tan a lo señor. Entraron todos en la popa, que estaba muy bien aderezada, y sentáronse por los bandines; pasóse el cómitre en crujía y dio señal con el pito que la chusma hiciese fuera ropa, que se hizo en un instante. Sancho, que vio tanta gente en cueros, quedó pasmado, y más cuando vio hacer tienda con tanta priesa, que a él le pareció que todos los diablos andaban allí trabajando. Pero esto todo fueron tortas y pan pintado, para lo que ahora diré. Estaba Sancho sentado sobre el estanterol, junto al espalder de la mano derecha, el cual ya avisado de lo que había de hacer, asió de Sancho y, levantándole en los brazos, toda la chusma puesta en pie y alerta, comenzando de la derecha banda, le fue dando y volteando sobre los brazos de la chusma de banco en banco, con tanta priesa, que el pobre Sancho perdió la vista de los ojos y sin duda pensó que los mismos demonios le llevaban, y no pararon con él hasta volverle por la siniestra banda y ponerle en la popa. Quedó el pobre molido, y jadeando, y trasudando, sin poder imaginar qué fue lo que sucedido le había.

Don Quijote, que vio el vuelo sin alas de Sancho, preguntó al general si eran ceremonias aquellas que se usaban con los primeros que entraban en las galeras, porque si acaso lo fuese, él, que no tenía intención de profe-

sar nelas, não queria fazer semelhantes exercícios, e votava a Deus que, se alguém o chegasse a agarrar para volteá-lo, lhe havia de tirar a alma a pontapés; e dizendo isto se levantou em pé e empunhou a espada.

Nesse instante recolheram os toldos e com grandíssimo ruído deixaram cair a antena de cima a baixo. Pensou Sancho que o céu se soltava dos seus estribos e desabava sobre sua cabeça, e encolhendo-a, cheio de medo, colocou-a entre as pernas. Não teve inteira mão de si D. Quixote, pois também se estremeceu, e encolheu os ombros, e perdeu a cor do rosto. A chusma içou a antena com a mesma pressa e arruído que ao amainá-la, e tudo isto calados, como se não tivessem voz nem alento. Fez sinal o comitre que levantassem ferros e, saltando no meio da coxia com o tagante ou chicote, começou a dar nas costas da chusma e a largar um pouco ao mar. Quando Sancho viu se moverem à uma tantos pés coloridos, que tais pensou serem os remos, disse entre si:

"Estas sim são verdadeiramente coisas encantadas, e não as que diz o meu amo. Que fizeram esses coitados para os açoitarem assim? E como este homem sozinho que anda aí apitando tem o atrevimento de açoitar tanta gente? Agora eu digo que isto é o inferno, ou pelo menos o purgatório."

D. Quixote, vendo a atenção com que Sancho observava tudo o que se passava, lhe disse:

— Ah, Sancho amigo, com que brevidade e pouco custo vos poderíeis, se quisésseis, desnudar da cintura acima e sentar entre esses senhores para acabar com o desencantamento de Dulcineia! Pois junto à miséria e pena de tantos não sentiríeis muito a vossa, e mais, poderia ser que o sábio Merlim contasse cada um destes açoites, por serem dados de boa mão, como dez dos que enfim vos haveis de dar.

---

sar en ellas, no quería hacer semejantes ejercicios, y que votaba a Dios que si alguno llegaba a asirle para voltearle, que le había de sacar el alma a puntillazos; y diciendo esto se levantó en pie y empuñó la espada.

A este instante abatieron tienda y con grandísimo ruido dejaron caer la entena de alto abajo. Pensó Sancho que el cielo se desencajaba de sus quicios y venía a dar sobre su cabeza, y agobiándola, lleno de miedo, la puso entre las piernas. No las tuvo todas consigo don Quijote, que también se estremeció, y encogió de hombros, y perdió la color del rostro. La chusma izó la entena con la misma priesa y ruido que la habían amainado, y todo esto callando, como si no tuvieran voz ni aliento. Hizo señal el cómitre que zarpasen el ferro y, saltando en mitad de la crujía con el corbacho o rebenque, comenzó a mosquear las espaldas de la chusma y a largarse poco a poco a la mar. Cuando Sancho vio a una moverse tantos pies colorados, que tales pensó él que eran los remos, dijo entre sí:

"Estas sí son verdaderamente cosas encantadas, y no las que mi amo dice. ¿Qué han hecho estos desdichados, que ansí los azotan, y cómo este hombre solo que anda por aquí silbando tiene atrevimiento para azotar a tanta gente? Ahora yo digo que este es infierno, o por lo menos el purgatorio".

Don Quijote, que vio la atención con que Sancho miraba lo que pasaba, le dijo:

— ¡Ah, Sancho amigo, y con qué brevedad y cuán a poca costa os podíades vos, si quisiésedes, desnudar de medio cuerpo arriba, y poneros entre estos señores y acabar con el desencanto de Dulcinea! Pues con la miseria y pena de tantos no sentiríades vos mucho la vuestra, y más, que podría ser que el sabio Merlín tomase en cuenta cada azote destos, por ser dados de buena mano, por diez de los que vos finalmente os habéis de dar.

Perguntar queria o general que açoites eram aqueles, e que desencanta-mento de Dulcineia, quando disse o piloto:

— Monjuic[3] faz sinal de que há baixel de remos na costa pela banda do poente.

Isto ouvido, saltou o general na coxia e disse:

— Eia, filhos, que não nos fuja! Algum bergantim de corsários de Ar-gel deve de ser este que a atalaia nos sinala.

Chegaram-se logo as três outras galés à capitânia para saber o que se lhes ordenava. Mandou o general que duas delas saíssem ao mar, enquanto ele com a outra seguiria terra a terra, que assim o baixel não lhes escapa-ria. Apertou a chusma os remos, impelindo as galés com tanta fúria que pa-reciam voar. As que saíram ao mar, a coisa de duas milhas descobriram um baixel, que com a vista cuidaram ser de até catorze ou quinze bancos, e as-sim era; o qual baixel, quando descobriu as galés, se pôs em fuga, na inten-ção e esperança de se livrar por sua ligeireza, mas lhe saiu mal, porque a galera capitânia era dos mais ligeiros navios que no mar navegavam, e as-sim o foi alcançando, até que os do bergantim claramente viram que não podiam escapar, e assim seu arrais mandou que deixassem os remos e se en-tregassem, para não irritar a cólera do general que nossas galés regia. Mas a sorte, que outro rumo ordenava, quis que, quando a capitânia já chegava tão perto que podiam os do baixel ouvir as vozes que dela os mandavam render, dois *toraquis*, que é como dizer dois turcos bêbados, que vinham no bergantim com outros doze, disparassem duas espingardas e dessem morte a dois soldados que sobre o nosso castelo vinham. Em vista disso, jurou o general não deixar com vida a nenhum dos que no baixel prendesse, mas investindo contra ele com toda a fúria, o barco lhe escapou por baixo dos

---

Preguntar quería el general qué azotes eran aquellos, o qué desencanto de Dulcinea, cuando dijo el ma-rinero:

— Señal hace Monjuí de que hay bajel de remos en la costa por la banda del poniente.

Esto oído, saltó el general en la crujía y dijo:

— ¡Ea, hijos, no se nos vaya! Algún bergantín de cosarios de Argel debe de ser este que la atalaya nos señala.

Llegáronse luego las otras tres galeras a la capitana a saber lo que se les ordenaba. Mandó el general que las dos saliesen a la mar, y él con la otra iría tierra a tierra, porque ansí el bajel no se le escaparía. Apretó la chus-ma los remos, impeliendo las galeras con tanta furia, que parecía que volaban. Las que salieron a la mar a obra de dos millas descubrieron un bajel, que con la vista le marcaron por de hasta catorce o quince bancos, y así era la verdad; el cual bajel, cuando descubrió las galeras, se puso en caza, con intención y esperanza de escaparse por su ligereza, pero avínole mal, porque la galera capitana era de los más ligeros bajeles que en la mar navegaban, y así le fue entrando, que claramente los del bergantín conocieron que no podían escaparse, y así el arráez quisiera que dejaran los remos y se entregaran, por no irritar a enojo al capitán que nuestras galeras regía. Pero la suerte, que de otra manera lo guiaba, ordenó que ya que la capitana llegaba tan cerca que podían los del bajel oír las voces que desde ella les decían que se rindiesen, dos *toraquis*, que es como decir dos turcos borrachos, que en el bergantín venían con otros doce, dispararon dos escopetas, con que dieron muerte a dos soldados que sobre nues-tras arrumbadas venían. Viendo lo cual juró el general de no dejar con vida a todos cuantos en el bajel tomase, y

remos. Seguiu a galé adiante um bom trecho; os do baixel, vendo-se malparados, fizeram-se à vela enquanto a galé manobrava a volta, e a todo pano e remo se puseram de novo em fuga; mas não lhes aproveitou sua diligência tanto quanto os danou seu atrevimento, porque, alcançando-os a capitânia a pouco mais de meia milha, lhes deitou os remos em cima e a todos apanhou vivos.

Chegaram nisto as outras duas galés, e todas quatro mais a presa voltaram para a praia, onde infinita gente os estava esperando, desejosos todos de ver o que traziam. Deu fundo o general perto da terra e viu que estava na marinha o vice-rei da cidade. Mandou largar o batel para o trazer e mandou amainar a antena para logo, logo enforcar o arrais do baixel e os demais turcos que nele apanhara, que seriam até trinta e seis, todos galhardos, e os mais deles espingardeiros turcos. Perguntou o general quem era o arrais do bergantim, e foi-lhe respondido em língua castelhana por um dos cativos (que depois mostrou ser renegado espanhol):

— Este mancebo que aqui vedes, senhor, é o nosso arrais.

E lhe mostrou um dos mais belos e galhardos moços que pudera pintar a humana imaginação. A idade ao parecer não chegava a vinte anos. Perguntou-lhe o general:

— Dize-me, cão mal-aconselhado, quem te moveu a matar os meus soldados, vendo que era impossível fugir? Esse respeito se guarda às capitânias? Não sabes tu que não é valentia a temeridade? As esperanças duvidosas hão de fazer os homens atrevidos, mas não temerários.

Responder queria o arrais do baixel, mas não pôde então o general ouvir a sua resposta, por acudir a receber o vice-rei, que já entrava na galé, e junto dele alguns dos seus criados e algumas pessoas do povo.

---

llegando a embestir con toda furia se le escapó por debajo de la palamenta. Pasó la galera adelante un buen trecho; los del bajel se vieron perdidos, hicieron vela en tanto que la galera volvía, y de nuevo a la vela y a remo se pusieron en caza; pero no les aprovechó su diligencia tanto como les dañó su atrevimiento, porque alcanzándoles la capitana a poco más de media milla, les echó la palamenta encima y los cogió vivos a todos.

Llegaron en esto las otras dos galeras, y todas cuatro con la presa volvieron a la playa, donde infinita gente los estaba esperando, deseosos de ver lo que traían. Dio fondo el general cerca de tierra y conoció que estaba en la marina el virrey de la ciudad. Mandó echar el esquife para traerle y mandó amainar la entena para ahorcar luego luego al arráez y a los demás turcos que en el bajel había cogido, que serían hasta treinta y seis personas, todos gallardos, y los más, escopeteros turcos. Preguntó el general quién era el arráez del bergantín, y fuele respondido por uno de los cautivos en lengua castellana (que después pareció ser renegado español):

— Este mancebo, señor, que aquí veis es nuestro arráez.

Y mostróle uno de los más bellos y gallardos mozos que pudiera pintar la humana imaginación. La edad al parecer no llegaba a veinte años. Preguntóle el general:

— Dime, mal aconsejado perro, ¿quién te movió a matarme mis soldados, pues veías ser imposible el escaparte? ¿Ese respeto se guarda a las capitanas? ¿No sabes tú que no es valentía la temeridad? Las esperanzas dudosas han de hacer a los hombres atrevidos, pero no temerarios.

Responder quería el arráez, pero no pudo el general por entonces oír la respuesta, por acudir a recebir al virrey, que ya entraba en la galera, con el cual entraron algunos de sus criados y algunas personas del pueblo.

745

— Boa caçada, senhor general! — disse o vice-rei.

— E tão boa — respondeu o general — que agora a verá vossa Excelência pendurada desta antena.

— Como assim? — replicou o vice-rei.

— Porque me mataram — respondeu o general —, contra toda lei e toda razão e usança de guerra, dois soldados dos melhores que nestas galés vinham, e eu jurei enforcar a quantos cativei, principalmente esse moço, que é o arrais do bergantim.

E lhe mostrou aquele que já tinha atadas as mãos e deitado o cordel à garganta, esperando a morte.

Mirou-o o vice-rei, e vendo-o tão formoso, e tão galhardo, e tão humilde, dando-lhe de pronto sua formosura uma carta de recomendação, veio-lhe o desejo de escusar sua morte, e assim lhe perguntou:

— Dize-me, arrais, és turco de nação, ou mouro, ou renegado?

Ao que o moço respondeu, também em língua castelhana:

— Nem sou turco de nação, nem mouro, nem renegado.

— Que és então? — replicou o vice-rei.

— Mulher cristã — respondeu o mancebo.

— Mulher e cristã, nesses trajes e neste trago? Mais é coisa para admirar que para crer.

— Suspendei, oh senhores — disse o moço —, a execução da minha morte, pois não se perderá muito em dilatar vossa vingança enquanto eu vos contar a minha vida.

Quem seria o de coração tão duro que com tais razões não se abrandasse, ao menos até ouvir as que o triste e lastimado mancebo dizer queria? O general lhe disse que podia dizer o que quisesse, mas que não esperasse

---

— ¡Buena ha estado la caza, señor general! — dijo el virrey.

— Y tan buena — respondió el general — cual la verá Vuestra Excelencia agora colgada de esta entena.

— ¿Cómo ansí? — replicó el virrey.

— Porque me han muerto — respondió el general —, contra toda ley y contra toda razón y usanza de guerra, dos soldados de los mejores que en estas galeras venían, y yo he jurado de ahorcar a cuantos he cautivado, principalmente a este mozo, que es el arráez del bergantín.

Y enseñóle al que ya tenía atadas las manos y echado el cordel a la garganta, esperando la muerte.

Miróle el virrey, y viéndole tan hermoso y tan gallardo y tan humilde, dándole en aquel instante una carta de recomendación su hermosura, le vino deseo de escusar su muerte, y así le preguntó:

— Dime, arráez, ¿eres turco de nación, o moro, o renegado?

A lo cual el mozo respondió, en lengua asimesmo castellana:

— Ni soy turco de nación, ni moro, ni renegado.

— Pues ¿qué eres? — replicó el virrey.

— Mujer cristiana — respondió el mancebo.

— ¿Mujer y cristiana y en tal traje y en tales pasos? Más es cosa para admirarla que para creerla.

— Suspended — dijo el mozo —, oh señores, la ejecución de mi muerte, que no se perderá mucho en que se dilate vuestra venganza en tanto que yo os cuente mi vida.

¿Quién fuera el de corazón tan duro que con estas razones no se ablandara, o a lo menos hasta oír las que

alcançar o perdão da sua conhecida culpa. Com essa licença, o moço começou a falar desta maneira:

— Daquela nação mais infausta que prudente, sobre a qual choveu nestes dias um mar de desgraças, nasci eu, de mouriscos pais gerada. Na corrente da sua desventura fui por dois tios levada à Berberia, sem que me aproveitasse dizer que era cristã, como de feito sou, e não das fingidas nem aparentes, senão das verdadeiras e católicas. Não me valeu dizer esta verdade aos que tinham ao seu cargo o nosso miserável desterro, nem meus tios a quiseram crer, antes a tiveram por mentira e invenção para ficar na terra onde nascera, e assim, mais por força que de grado, me levaram consigo. Tive uma mãe cristã e um pai discreto e cristão nem mais nem menos; mamei a fé católica no berço, criei-me nos bons costumes; jamais, a meu ver, quer neles, quer na língua, dei sinais de ser mourisca. A par e passo dessas virtudes (que eu creio que o são) cresceu a minha formosura, se é que tenho alguma; e bem que o meu recato e recolhimento foi muito, não deve ter sido tanto para evitar que me visse um mancebo cavaleiro chamado D. Gaspar Gregorio, filho morgado de um cavaleiro que junto ao nosso lugar tem outro seu. Como ele me viu, como nos falamos, como se viu perdido por mim e eu não muito ganha por ele seria longo contar, e mais quando estou temendo que entre a língua e a garganta se me atravesse o rigoroso cordel que me ameaça; e assim só direi como em nosso desterro quis D. Gregorio me acompanhar. Misturou-se com os mouriscos que de outros lugares saíram, porque sabia muito bem a língua, e na viagem se fez amigo dos dois tios meus que consigo me levavam, porque meu pai, prudente e prevenido, assim como ouviu o primeiro édito do nosso desterro saiu do lugar e se foi a buscar nos reinos estranhos algum que nos acolhesse. Deixou escondidas e enterradas numa parte

---

el triste y lastimado mancebo decir quería? El general le dijo que dijese lo que quisiese, pero que no esperase alcanzar perdón de su conocida culpa. Con esta licencia, el mozo comenzó a decir desta manera:

— De aquella nación más desdichada que prudente, sobre quien ha llovido estos días un mar de desgracias, nací yo, de moriscos padres engendrada. En la corriente de su desventura fui yo por dos tíos míos llevada a Berbería, sin que me aprovechase decir que era cristiana, como en efecto lo soy, y no de las fingidas ni aparentes, sino de las verdaderas y católicas. No me valió con los que tenían a cargo nuestro miserable destierro decir esta verdad, ni mis tíos quisieron creerla, antes la tuvieron por mentira y por invención para quedarme en la tierra donde había nacido, y así, por fuerza más que por grado, me trujeron consigo. Tuve una madre cristiana y un padre discreto y cristiano ni más ni menos; mamé la fe católica en la leche, criéme con buenas costumbres, ni en la lengua ni en ellas jamás, a mi parecer, di señales de ser morisca. Al par y al paso destas virtudes (que yo creo que lo son) creció mi hermosura, si es que tengo alguna; y aunque mi recato y mi encerramiento fue mucho, no debió de ser tanto, que no tuviese lugar de verme un mancebo caballero llamado don Gaspar Gregorio, hijo mayorazgo de un caballero que junto a nuestro lugar otro suyo tiene. Cómo me vio, cómo nos hablamos, cómo se vio perdido por mí y cómo yo no muy ganada por él, sería largo de contar, y más en tiempo que estoy temiendo que entre la lengua y la garganta se ha de atravesar el riguroso cordel que me amenaza; y así sólo diré cómo en nuestro destierro quiso acompañarme don Gregorio. Mezclóse con los moriscos que de otros lugares salieron, porque sabía muy bien la lengua, y en el viaje se hizo amigo de dos tíos míos que consigo me traían, porque mi padre, prudente y prevenido, así como oyó el primer bando de nuestro destierro se salió del lugar y se fue a buscar alguno en los

da qual só eu tenho notícia muitas pérolas e pedras de grande valor, mais alguns dinheiros em cruzados e dobrões de ouro. Mandou-me que de nenhuma maneira tocasse no tesouro que deixava, se acaso nos desterrassem antes do seu retorno. Fiz assim, e com meus tios, como tenho dito, e outros parentes e chegados passamos à Berberia, e o lugar onde fizemos assento foi em Argel, como se o fizéssemos no mesmo inferno. Teve notícia o rei da minha formosura, e a fama lha deu das minhas riquezas, o que em parte foi ventura minha. Chamou-me à sua presença, perguntou-me de que parte da Espanha era e que dinheiros e que joias trazia. Disse-lhe o lugar e que as joias e dinheiros estavam nele enterrados, mas que com facilidade se poderiam cobrar se eu mesma voltasse em busca deles. Tudo isso lhe disse, temerosa de que antes o cegasse a minha formosura que a sua cobiça. Estando comigo nessas conversações, foram dizer-lhe que vinha comigo um dos mais galhardos e formosos mancebos que se podia imaginar. Logo entendi que falavam de D. Gaspar Gregorio, cuja beleza deixava atrás as maiores que se podem exaltar. Inquietei-me, considerando o perigo que D. Gregorio corria, porque entre aqueles bárbaros turcos em mais se reputa e estima um rapaz ou mancebo formoso que uma mulher, por belíssima que seja. Mandou logo o rei que o trouxessem à sua presença para o ver e entretanto me perguntou se era verdade o que daquele moço lhe diziam. Então eu, quase como prevenida do céu, lhe disse que era sim, mas que o fazia saber que não era homem, senão mulher como eu, e lhe supliquei que me deixasse ir a vesti-la em seu natural traje, para que de todo em todo mostrasse a sua beleza e com menos pejo aparecesse à sua presença. Disse-me que fosse lá embora e que no dia seguinte falaríamos do modo que se podia achar para que eu voltasse à Espanha a tirar o escondido tesouro. Falei com D. Gaspar, contei-lhe o perigo que corria se

---

reinos estraños que nos acogiese. Dejó encerradas y enterradas en una parte de quien yo sola tengo noticia muchas perlas y piedras de gran valor, con algunos dineros en cruzados y doblones de oro. Mandóme que no tocase al tesoro que dejaba en ninguna manera, si acaso antes que él volviese nos desterraban. Hícelo así, y con mis tíos, como tengo dicho, y otros parientes y allegados pasamos a Berbería, y el lugar donde hicimos asiento fue en Argel, como si le hiciéramos en el mismo infierno. Tuvo noticia el rey de mi hermosura, y la fama se la dio de mis riquezas, que en parte fue ventura mía. Llamóme ante sí, preguntóme de qué parte de España era y qué dineros y qué joyas traía. Díjele el lugar y que las joyas y dineros quedaban en él enterrados, pero que con facilidad se podrían cobrar si yo misma volviese por ellos. Todo esto le dije, temerosa de que no le cegase mi hermosura, sino su codicia. Estando conmigo en estas pláticas, le llegaron a decir como venía conmigo uno de los más gallardos y hermosos mancebos que se podía imaginar. Luego entendí que lo decían por don Gaspar Gregorio, cuya belleza se deja atrás las mayores que encarecer se pueden. Turbéme, considerando el peligro que don Gregorio corría, porque entre aquellos bárbaros turcos en más se tiene y estima un mochacho o mancebo hermoso que una mujer, por bellísima que sea. Mandó luego el rey que se le trujesen allí delante para verle y preguntóme si era verdad lo que de aquel mozo le decían. Entonces yo, casi como prevenida del cielo, le dije que sí era, pero que le hacía saber que no era varón, sino mujer como yo, y que le suplicaba me la dejase ir a vestir en su natural traje, para que de todo en todo mostrase su belleza y con menos empacho pareciese ante su presencia. Díjome que fuese en buena hora y que otro día hablaríamos en el modo que se podía tener para que yo volviese a España a sacar el escondido tesoro. Hablé con don Gaspar, contéle el peligro que corría el mostrar ser hombre, vestíle de mora, y aquella

mostrasse ser homem, vesti-o de moura, e naquela mesma tarde o levei à presença do rei, o qual, em a vendo, ficou admirado e fez tenção de a guardar para fazer presente dela ao Grão-Senhor; e para fugir do perigo que no serralho das suas mulheres podia ter, e temendo não ter mão de si mesmo, a mandou pôr na casa de umas mouras principais que a guardassem e a servissem, aonde a levaram na mesma hora. O que os dois sentimos (pois não posso negar que lhe quero bem) o deixo à consideração de quem alguma vez se afastou do benquerer. Logo deu ordem o rei a que eu voltasse para a Espanha neste bergantim, acompanhada de dois turcos de nação, que foram os que mataram os vossos soldados. Veio também comigo este renegado espanhol — mostrando aquele que falara primeiro —, do qual bem sei que é cristão encoberto e que vem com mais desejo de ficar na Espanha que de voltar para a Berberia; a demais chusma do bergantim são mouros e turcos, que não servem para mais que vogar ao remo. Os dois turcos, cobiçosos e insolentes, sem guardar a ordem que traziam de nos lançar em terra, a mim e a este renegado, na primeira parte da Espanha, em hábito de cristãos (do qual já vínhamos providos), antes quiseram varrer esta costa para, se pudessem, fazer alguma presa, temendo que, se primeiro nos lançassem em terra, por algum acidente que aos dois nos acontecesse pudéssemos revelar que ficara o bergantim no mar, e se acaso houvesse galés por esta costa, os prendessem. Ontem avistamos esta praia, e, sem ter notícia destas quatro galés, fomos descobertos e nos aconteceu o que acabais de ver. Em conclusão, D. Gregorio fica em hábito de mulher entre mulheres, com manifesto perigo de se perder, e eu me vejo de mãos atadas, esperando ou, para melhor dizer, temendo perder a vida, que já me cansa. Este é, senhores, o fim da minha lamentável história, tão verdadeira quanto desditosa; o que vos rogo é que me

---

mesma tarde le truje a la presencia del rey, el cual, en viéndole, quedó admirado y hizo disignio de guardarla para hacer presente della al Gran Señor; y por huir del peligro que en el serrallo de sus mujeres podía tener, y temer de sí mismo, la mandó poner en casa de unas principales moras que la guardasen y la sirviesen, adonde le llevaron luego. Lo que los dos sentimos (que no puedo negar que no le quiero) se deje a la consideración de los que se apartan, si bien se quieren. Dio luego traza el rey de que yo volviese a España en este bergantín y que me acompañasen dos turcos de nación, que fueron los que mataron vuestros soldados. Vino también conmigo este renegado español — señalando al que había hablado primero —, del cual sé yo bien que es cristiano encubierto y que viene con más deseo de quedarse en España que de volver a Berbería; la demás chusma del bergantín son moros y turcos, que no sirven de más que de bogar al remo. Los dos turcos, codiciosos e insolentes, sin guardar el orden que traíamos de que a mí y a este renegado en la primer parte de España, en hábito de cristianos (de que venimos proveídos) nos echasen en tierra, primero quisieron barrer esta costa y hacer alguna presa si pudiesen, temiendo que, si primero nos echaban en tierra, por algún acidente que a los dos nos sucediese podríamos descubrir que quedaba el bergantín en la mar, y si acaso hubiese galeras por esta costa, los tomasen. Anoche descubrimos esta playa, y, sin tener noticia destas cuatro galeras, fuimos descubiertos y nos ha sucedido lo que habéis visto. En resolución, don Gregorio queda en hábito de mujer entre mujeres, con manifiesto peligro de perderse, y yo me veo atadas las manos, esperando o, por mejor decir, temiendo perder la vida, que ya me cansa. Este es, señores, el fin de mi lamentable historia, tan verdadera como desdichada; lo que os ruego es que me dejéis morir como cristiana, pues, como ya he dicho, en ninguna cosa he sido culpante de la culpa en que los de mi nación han caído.

deixeis morrer como cristã, pois, como já disse, em nada fui culpável da culpa em que os da minha nação caíram.

E então se calou, os olhos prenhes de ternas lágrimas, às quais acompanharam muitas dos que presentes estavam. O vice-rei, terno e compassivo, sem lhe dizer palavra, se chegou a ela e lhe tirou com suas mãos o cordel que as formosas da moura ligava.

Enquanto a mourisca cristã sua peregrina história tratava, tivera os olhos cravados nela um velho peregrino que entrara na galé junto com o vice-rei; e mal acabara de falar a mourisca, quando ele se atirou a seus pés e, abraçando-os, com palavras entrecortadas por mil soluços e suspiros, lhe disse:

— Oh Ana Félix, pobre filha minha! Eu sou teu pai Ricote, que voltava para te buscar, por não poder viver sem ti, que és minha alma.

A cujas palavras abriu os olhos Sancho e levantou a cabeça (que tinha baixa, pensando na desgraça do seu passeio), e, fitando o peregrino, conheceu ser o mesmo Ricote que topara no dia em que saíra do seu governo, e confirmou-se que aquela era sua filha, a qual, já desatada, abraçou-se ao pai, misturando suas lágrimas com as dele, o qual disse ao general e ao vice-rei:

— Esta, senhores, é minha filha, mais infeliz nos sucessos que no nome: Ana Félix se chama, com o sobrenome de Ricote, famosa tanto por sua formosura como por minha riqueza. Eu saí da minha pátria a buscar em reinos estranhos quem nos albergasse e acolhesse, e, tendo-o achado na Alemanha, voltei neste hábito de peregrino, na companhia de outros alemães, a buscar a minha filha e a desenterrar muitas riquezas que deixei escondidas. Não achei a minha filha; achei o tesouro, que comigo trago, e agora, pelo estranho rodeio que haveis visto, acabo de achar o tesouro que mais me enriquece, que é minha querida filha. Se nossa pouca culpa e suas lágrimas e as mi-

---

Y luego calló, preñados los ojos de tiernas lágrimas, a quien acompañaron muchas de los que presentes estaban. El virrey, tierno y compasivo, sin hablarle palabra, se llegó a ella y le quitó con sus manos el cordel que las hermosas de la mora ligaba.

En tanto, pues, que la morisca cristiana su peregrina historia trataba, tuvo clavados los ojos en ella un anciano peregrino que entró en la galera cuando entró el virrey; y apenas dio fin a su plática la morisca, cuando él se arrojó a sus pies y, abrazado dellos, con interrumpidas palabras de mil sollozos y suspiros, le dijo:

— ¡Oh Ana Félix, desdichada hija mía! Yo soy tu padre Ricote, que volvía a buscarte, por no poder vivir sin ti, que eres mi alma.

A cuyas palabras abrió los ojos Sancho y alzó la cabeza (que inclinada tenía, pensando en la desgracia de su paseo) y, mirando al peregrino, conoció ser el mismo Ricote que topó el día que salió de su gobierno, y confirmóse que aquella era su hija, la cual, ya desatada, abrazó a su padre, mezclando sus lágrimas con las suyas, el cual dijo al general y al virrey:

— Esta, señores, es mi hija, más desdichada en sus sucesos que en su nombre: Ana Félix se llama, con el sobrenombre de Ricote, famosa tanto por su hermosura como por mi riqueza. Yo salí de mi patria a buscar en reinos estraños quien nos albergase y recogiese, y, habiéndole hallado en Alemania, volví en este hábito de peregrino, en compañía de otros alemanes, a buscar mi hija y a desenterrar muchas riquezas que dejé escondidas. No hallé a mi hija; hallé el tesoro, que conmigo traigo, y agora, por el estraño rodeo que habéis visto, he hallado el tesoro que más me enriquece, que es a mi querida hija. Si nuestra poca culpa y sus lágrimas y las mías, por la in-

nhas, pela integridade de vossa justiça, podem abrir as portas da misericórdia, usai-a conosco, que jamais tivemos pensamento de vos ofender, nem concordamos em nenhum modo com a intenção dos nossos, que com justiça foram desterrados.

Então disse Sancho:

— Bem conheço Ricote e sei que é verdade o que ele diz quanto a ser Ana Félix sua filha, que nessas outras frioleiras de ir e vir, ter boa ou má intenção, não me intrometo.

Admirados do estranho caso todos os presentes, disse o general:

— Uma por uma vossas lágrimas não me deixarão cumprir meu juramento: vivei, formosa Ana Félix, os anos de vida que vos tem determinados o céu, e levem a pena de sua culpa os insolentes e atrevidos que a cometeram.

E mandou logo enforcar na antena os dois turcos que a seus dois soldados haviam dado morte, mas o vice-rei lhe pediu encarecidamente não os enforcasse, pois mais loucura que valentia havia sido a sua. Fez o general o que o vice-rei lhe pedia, porque não se executam bem as vinganças a sangue--frio. Procuraram então achar modo de tirar D. Gaspar Gregorio do perigo em que ficara; ofereceu Ricote para isso mais de dois mil ducados que em pérolas e em joias tinha. Deram-se muitos meios, mas nenhum tão grande como o que deu o renegado espanhol já dito, o qual se ofereceu a voltar a Argel em algum barco pequeno, de até seis bancos, armado de remeiros cristãos, porque ele sabia onde, como e quando podia e devia desembarcar, e também não ignorava a casa onde D. Gaspar ficara. Duvidaram o general e o vice-rei de se fiar do renegado e confiar a ele os cristãos que haviam de vogar o remo; saiu-lhe Ana Félix por fiadora, e Ricote, seu pai, disse que pagaria o resgate dos cristãos se acaso os cativassem.

---

tegridad de vuestra justicia, pueden abrir puertas a la misericordia, usadla con nosotros, que jamás tuvimos pensamiento de ofenderos, ni convenimos en ningún modo con la intención de los nuestros, que justamente han sido desterrados.

Entonces dijo Sancho:

— Bien conozco a Ricote y sé que es verdad lo que dice en cuanto a ser Ana Félix su hija, que en esotras zarandajas de ir y venir, tener buena o mala intención, no me entremeto.

Admirados del estraño caso todos los presentes, el general dijo:

— Una por una vuestras lágrimas no me dejarán cumplir mi juramento: vivid, hermosa Ana Félix, los años de vida que os tiene determinados el cielo, y lleven la pena de su culpa los insolentes y atrevidos que la cometieron.

Y mandó luego ahorcar de la entena a los dos turcos que a sus dos soldados habían muerto, pero el virrey le pidió encarecidamente no los ahorcase, pues más locura que valentía había sido la suya. Hizo el general lo que el virrey le pedía, porque no se ejecutan bien las venganzas a sangre helada. Procuraron luego dar traza de sacar a don Gaspar Gregorio del peligro en que quedaba; ofreció Ricote para ello más de dos mil ducados que en perlas y en joyas tenía. Diéronse muchos medios, pero ninguno fue tal como el que dio el renegado español que se ha dicho, el cual se ofreció de volver a Argel en algún barco pequeño, de hasta seis bancos, armado de remeros cristianos, porque él sabía dónde, cómo y cuándo podía y debía desembarcar, y asimismo no ignoraba la casa donde don Gaspar quedaba. Dudaron el general y el virrey el fiarse del renegado, ni confiar dél los cristianos que habían de bogar el remo; fióle Ana Félix, y Ricote su padre dijo que salía a dar el rescate de los cristianos, si acaso se perdiesen.

Firmados, pois, nesse parecer, se desembarcou o vice-rei, e D. Antonio Moreno levou consigo a mourisca e seu pai, encarecendo-lhe o vice-rei que os regalasse e agasalhasse quanto lhe fosse possível, que da sua parte lhe oferecia o que em sua casa houvesse para o seu regalo: tamanha foi a benevolência e caridade que a formosura de Ana Félix infundiu em seu peito.

NOTAS

[1] *... pela escada da direita*: o acesso ao navio pela banda de estibordo era por tradição reservado a pessoas eminentes.

[2] *General*: o almirante das quatro galés, ou *cuatralbo*, era conhecido como *general de les galeres de Catalunya*.

[3] *Monjuic*: ou Montjuïch, o morro que fecha a baía do porto de Barcelona; por extensão, o castelo nele situado e sua torre de vigia.

Firmados, pues, en este parecer, se desembarcó el virrey, y don Antonio Moreno se llevó consigo a la morisca y a su padre, encargándole el virrey que los regalase y acariciase cuanto le fuese posible, que de su parte le ofrecía lo que en su casa hubiese para su regalo: tanta fue la benevolencia y caridad que la hermosura de Ana Félix infundió en su pecho.

CAPÍTULO LXIV

*QUE TRATA DA AVENTURA QUE MAIS PESAR DEU A D. QUIXOTE
DE QUANTAS LHE HAVIAM ACONTECIDO ATÉ ENTÃO*

A mulher de D. Antonio Moreno, conta a história, recebeu grandíssimo contentamento de ver Ana Félix em sua casa. Recebeu-a com muito agrado, tomada de amores assim da sua beleza como da sua discrição, porque numa e noutra era extremada a mourisca, e toda a gente da cidade, como a toque de sino, vinha a vê-la.

Disse D. Quixote a D. Antonio que o plano traçado para a libertação de D. Gregorio não era bom, por ter mais de perigoso que de conveniente, e que seria melhor mandarem ele próprio à Berberia com suas armas e seu cavalo, que o resgataria apesar de toda a mourama, como fizera D. Gaifeiros com sua esposa Melisendra.

— Cuide vossa mercê — disse Sancho, ouvindo isto — que o senhor D. Gaifeiros resgatou sua esposa de terra firme e a levou para a França por terra firme; mas nós aqui, se acaso resgatarmos D. Gregorio, não temos por onde o trazer para a Espanha, estando o mar em meio.

— Para tudo há remédio, menos para a morte — respondeu D. Quixote —, pois chegando o barco à marinha nos poderemos embarcar nele, ainda que todo o mundo o impeça.

CAPÍTULO LXIV

*QUE TRATA DE LA AVENTURA QUE MÁS PESADUMBRE DIO A DON QUIJOTE
DE CUANTAS HASTA ENTONCES LE HABÍAN SUCEDIDO*

La mujer de don Antonio Moreno, cuenta la historia que recibió grandísimo contento de ver a Ana Félix en su casa. Recibióla con mucho agrado, así enamorada de su belleza como de su discreción, porque en lo uno y en lo otro era estremada la morisca, y toda la gente de la ciudad, como a campana tañida, venían a verla.

Dijo don Quijote a don Antonio que el parecer que habían tomado en la libertad de don Gregorio no era bueno, porque tenía más de peligroso que de conveniente, y que sería mejor que le pusiesen a él en Berbería con sus armas y caballo, que él le sacaría a pesar de toda la morisma, como había hecho don Gaiferos a su esposa Melisendra.

— Advierta vuesa merced — dijo Sancho, oyendo esto — que el señor don Gaiferos sacó a su esposa de tierra firme y la llevó a Francia por tierra firme; pero aquí, si acaso sacamos a don Gregorio, no tenemos por dónde traerle a España, pues está la mar en medio.

— Vossa mercê tudo pinta e facilita muito bem — disse Sancho —, mas do dito ao feito há um grande eito, e eu me atenho ao renegado, que me parece muito homem de bem e de muito boas entranhas.

D. Antonio disse que, se o renegado não se saísse bem do caso, se tomaria o expediente de passar o grande D. Quixote à Berberia.

Dali a dois dias partiu o renegado num ligeiro barco de seis remos por banda, armado de valentíssima chusma, e dali a outros dois partiram as galés para Levante, tendo pedido o general ao vice-rei fosse servido de o avisar de quanto sucedesse na liberdade de D. Gregorio e no caso de Ana Félix. Ficou o vice-rei de fazer assim como lhe pedia.

E uma manhã, saindo D. Quixote a passear pela praia armado de todas as suas armas, pois, como muitas vezes dizia, elas eram seus arreios, e seu descanso o pelejar, e em nenhum ponto se achava sem elas, viu vir a ele um cavaleiro igualmente armado de ponto em branco, trazendo pintada no escudo uma lua resplandecente; o qual, chegando a uma distância em que podia ser ouvido, em altas vozes, dirigindo suas razões a D. Quixote, disse:

— Insigne cavaleiro e nunca devidamente louvado D. Quixote de La Mancha, eu sou o Cavaleiro da Branca Lua,[1] cujas inauditas façanhas quiçá o hajam trazido à tua memória. Venho a contender contigo e a provar a força de teus braços, em razão de fazer-te conhecer e confessar que minha dama, seja ela quem for, é sem comparação mais formosa que tua Dulcineia d'El Toboso, com a qual verdade, se tu a confessares de plano, escusarás tua morte e a mim o trabalho que teria em dar-ta, e se tu lutares e eu te vencer, não quero outra satisfação mais que, deixando as armas e abstendo-te de buscar aventuras, te recolhas e retires ao teu lugar por tempo de um ano, onde hás de

---

— Para todo hay remedio, si no es para la muerte — respondió don Quijote —, pues llegando el barco a la marina, nos podremos embarcar en él, aunque todo el mundo lo impida.

— Muy bien lo pinta y facilita vuestra merced — dijo Sancho —, pero del dicho al hecho hay gran trecho, y yo me atengo al renegado, que me parece muy hombre de bien y de muy buenas entrañas.

Don Antonio dijo que si el renegado no saliese bien del caso, se tomaría el espediente de que el gran don Quijote pasase en Berbería.

De allí a dos días partió el renegado en un ligero barco de seis remos por banda, armado de valentísima chusma, y de allí a otros dos se partieron las galeras a Levante, habiendo pedido el general al visorrey fuese servido de avisarle de lo que sucediese en la libertad de don Gregorio y en el caso de Ana Félix; quedó el visorrey de hacerlo así como se lo pedía.

Y una mañana, saliendo don Quijote a pasearse por la playa armado de todas sus armas, porque, como muchas veces decía, ellas eran sus arreos, y su descanso el pelear, y no se hallaba sin ellas un punto, vio venir hacia él un caballero armado asimismo de punta en blanco, que en el escudo traía pintada una luna resplandeciente; el cual, llegándose a trecho que podía ser oído, en altas voces, encaminando sus razones a don Quijote, dijo:

— Insigne caballero y jamás como se debe alabado don Quijote de la Mancha, yo soy el Caballero de la Blanca Luna, cuyas inauditas hazañas quizá te le habrán traído a la memoria. Vengo a contender contigo y a probar la fuerza de tus brazos, en razón de hacerte conocer y confesar que mi dama, sea quien fuere, es sin comparación más hermosa que tu Dulcinea del Toboso, la cual verdad, si tú la confiesas de llano en llano, escusarás tu

viver sem meter mão à espada, em paz tranquila e proveitoso sossego, porque assim convém ao aumento de tua fazenda e à salvação de tua alma;[2] e se tu me venceres, ficará minha cabeça à tua discrição e serão teus os despojos de minhas armas e cavalo, passando à tua a fama de minhas façanhas. Cuida o que te está melhor e responde-me logo, pois trago todo o dia de hoje por termo para concluir este negócio.

D. Quixote ficou suspenso e atônito, assim da arrogância do Cavaleiro da Branca Lua como da causa pela qual o desafiava, e com repouso e gesto severo lhe respondeu:

— Cavaleiro da Branca Lua, cujas façanhas até agora não haviam chegado à minha notícia, eu ousarei jurar que jamais vistes a ilustre Dulcineia, pois, se visto a houvésseis, sei que procuraríeis não vos pôr nesta demanda, porque sua vista vos desenganaria de que não houve nem pode haver beleza que com a sua comparar-se possa. E assim, não vos dizendo que mentis, senão que não acertais na proposição, aceito vosso desafio com as condições que referistes, e já, para que não se passe o dia que trazeis determinado, e daquelas condições só enjeito a de que se passe a mim a fama de vossas façanhas, porque não sei quais nem como sejam: com as minhas me contento, tais quais elas são. Tomai portanto a parte do campo que quiserdes, que eu farei o mesmo, e a quem Deus der, São Pedro lha benza.

Da cidade haviam descoberto o Cavaleiro da Branca Lua e dito ao vice-rei que estava falando com D. Quixote de La Mancha. O vice-rei, crendo ser alguma nova aventura fabricada por D. Antonio Moreno ou por outro algum cavaleiro da cidade, saiu logo à praia com D. Antonio e outros muitos cavaleiros que o acompanhavam, ao tempo que D. Quixote virava as rédeas a Rocinante para tomar do campo o necessário. Vendo pois o vice-rei

---

muerte y el trabajo que yo he de tomar en dártela, y si tú peleares y yo te venciere, no quiero otra satisfación sino que, dejando las armas y absteniéndote de buscar aventuras, te recojas y retires a tu lugar por tiempo de un año, donde has de vivir sin echar mano a la espada, en paz tranquila y en provechoso sosiego, porque así conviene al aumento de tu hacienda y a la salvación de tu alma, y si tú me vencieres, quedará a tu discreción mi cabeza y serán tuyos los despojos de mis armas y caballo, y pasará a la tuya la fama de mis hazañas. Mira lo que te está mejor y respóndeme luego, porque hoy todo el día traigo de término para despachar este negocio.

Don Quijote quedó suspenso y atónito, así de la arrogancia del Caballero de la Blanca Luna como de la causa por que le desafiaba, y con reposo y ademán severo le respondió:

— Caballero de la Blanca Luna, cuyas hazañas hasta agora no han llegado a mi noticia, yo osaré jurar que jamás habéis visto a la ilustre Dulcinea, que, si visto la hubiérades, yo sé que procurárades no poneros en esta demanda, porque su vista os desengañara de que no ha habido ni puede haber belleza que con la suya comparar se pueda; y, así, no diciéndoos que mentís, sino que no acertáis en lo propuesto, con las condiciones que habéis referido aceto vuestro desafío, y luego, porque no se pase el día que traéis determinado, y sólo exceto de las condiciones la de que se pase a mí la fama de vuestras hazañas, porque no sé cuáles ni qué tales sean: con las mías me contento, tales cuales ellas son. Tomad, pues, la parte del campo que quisiéredes, que yo haré lo mesmo, y a quien Dios se la diere, San Pedro se la bendiga.

Habían descubierto de la ciudad al Caballero de la Blanca Luna y díchoselo al visorrey que estaba hablando con don Quijote de la Mancha. El visorrey, creyendo sería alguna nueva aventura fabricada por don Antonio

que os dois davam sinais de se volverem para o encontro, pôs-se em meio deles, perguntando-lhes qual era a causa que os movia a fazer tão repentina batalha. O Cavaleiro da Branca Lua respondeu que era primazia de formosura, e em breves razões lhe disse as mesmas que dissera a D. Quixote, mais a aceitação das condições do desafio feitas por ambas as partes. Chegou-se o vice-rei a D. Antonio e perguntou-lhe baixo se sabia quem era o tal Cavaleiro da Branca Lua, ou se era alguma burla que queriam fazer a D. Quixote. Don Antonio lhe respondeu que nem sabia quem era, nem se era de veras ou por burla o tal desafio. Essa resposta teve o vice-rei duvidoso em se os deixaria ou não passar adiante na batalha; mas não se podendo persuadir de que fosse outra coisa senão burla, se apartou dizendo:

— Senhores cavaleiros, se aqui não há outro remédio senão confessar ou morrer, e o senhor D. Quixote está de pedra e cal, e vossa mercê o da Branca Lua de mármore, pois que se batam, e à mão de Deus.

Agradeceu o da Branca Lua ao vice-rei com corteses e discretas razões a licença que lhes dava, e o mesmo fez D. Quixote, o qual, encomendando--se ao céu de todo coração, e à sua Dulcineia (como tinha por costume ao principiar das batalhas que se lhe ofereciam), tornou a tomar mais outro pouco do campo, porque viu que o seu contrário fazia o mesmo, e sem toque de trombeta nem de outro instrumento bélico que lhes desse sinal de arremeter, viraram ambos dois no mesmo tempo as rédeas a seus cavalos, e como o da Branca Lua era mais ligeiro, alcançou D. Quixote a dois terços da sua carreira, e ali o encontrou com tão poderosa força que, sem o tocar com a lança (pois a levantou, ao parecer de propósito), deu com Rocinante e D. Quixote por terra numa perigosa queda. Avançou logo sobre ele e, pondo-lhe a lança sobre a viseira, lhe disse:

Moreno o por otro algún caballero de la ciudad, salió luego a la playa con don Antonio y con otros muchos caballeros que le acompañaban, a tiempo cuando don Quijote volvía las riendas a Rocinante para tomar del campo lo necesario. Viendo pues el visorrey que daban los dos señales de volverse a encontrar, se puso en medio, preguntándoles qué era la causa que les movía a hacer tan de improviso batalla. El Caballero de la Blanca Luna respondió que era precedencia de hermosura, y en breves razones le dijo las mismas que había dicho a don Quijote, con la acetación de las condiciones del desafío hechas por entrambas partes. Llegóse el visorrey a don Antonio y preguntóle paso si sabía quién era el tal Caballero de la Blanca Luna, o si era alguna burla que querían hacer a don Quijote. Don Antonio le respondió que ni sabía quién era, ni si era de burlas ni de veras el tal desafío. Esta respuesta tuvo perplejo al visorrey en si les dejaría o no pasar adelante en la batalla; pero no pudiéndose persuadir a que fuese sino burla, se apartó diciendo:

— Señores caballeros, si aquí no hay otro remedio sino confesar o morir, y el señor don Quijote está en sus trece, y vuestra merced el de la Blanca Luna en sus catorce, a la mano de Dios, y dense.

Agradeció el de la Blanca Luna con corteses y discretas razones al visorrey la licencia que se les daba, y don Quijote hizo lo mesmo, el cual, encomendándose al cielo de todo corazón, y a su Dulcinea (como tenía de costumbre al comenzar de las batallas que se le ofrecían) tornó a tomar otro poco más del campo, porque vio que su contrario hacía lo mesmo, y sin tocar trompeta ni otro instrumento bélico que les diese señal de arremeter, volvieron entrambos a un mesmo punto las riendas a sus caballos, y como era más ligero el de la Blanca Luna, llegó a don Quijote a dos tercios andados de la carrera, y allí le encontró con tan poderosa fuerza, sin tocarle con

— Vencido sois, cavaleiro, e morto sereis se não confessardes as condições de nosso desafio.

D. Quixote, moído e aturdido, sem erguer a viseira, como se falasse dentro de um túmulo, com voz debilitada e doente, disse:

— Dulcineia d'El Toboso é a mais formosa mulher do mundo e eu o mais desditoso cavaleiro da terra, e não é bem que minha fraqueza defraude esta verdade. Finca tua lança, cavaleiro, e tira-me a vida, pois já me tiraste a honra.

— Isso eu não farei, por certo — disse o da Branca Lua. — Viva, viva em sua inteireza a fama da formosura da senhora Dulcineia d'El Toboso, pois eu me contento só com que o grande D. Quixote se retire ao seu lugar por um ano, ou até o tempo que por mim lhe for mandado, como concertamos antes de entrarmos nesta batalha.

Tudo isso ouviram o vice-rei e D. Antonio, mais outros muitos que lá estavam, e ouviram também que D. Quixote respondeu que, como não lhe pedisse coisa que fosse em prejuízo de Dulcineia, tudo o mais o cumpriria como cavaleiro pontual e verdadeiro.

Feita essa confissão, virou as rédeas o da Branca Lua e, fazendo mesura com a cabeça ao vice-rei, a meio galope entrou na cidade.

Mandou o vice-rei que D. Antonio fosse atrás dele e de toda maneira averiguasse quem era. Levantaram D. Quixote, lhe descobriram o rosto e o acharam sem cor e tressuando. Rocinante, de puro malparado, não se podia mover. Sancho, todo triste, todo apesarado, não sabia que dizer nem que fazer: parecia-lhe que todo aquele caso se passava em sonhos e que toda aquela cena era coisa de encantamento. Via o seu senhor rendido e obrigado a não tomar armas por um ano; imaginava a luz da glória das suas façanhas es-

---

la lanza, que la levantó, al parecer, de propósito, que dio con Rocinante y con don Quijote por el suelo una peligrosa caída. Fue luego sobre él y, poniéndole la lanza sobre la visera, le dijo:

— Vencido sois, caballero, y aun muerto, si no confesáis las condiciones de nuestro desafío.

Don Quijote, molido y aturdido, sin alzarse la visera, como si hablara dentro de una tumba, con voz debilitada y enferma, dijo:

— Dulcinea del Toboso es la más hermosa mujer del mundo y yo el más desdichado caballero de la tierra, y no es bien que mi flaqueza defraude esta verdad. Aprieta, caballero, la lanza y quítame la vida, pues me has quitado la honra.

— Eso no haré yo, por cierto — dijo el de la Blanca Luna —: viva, viva en su entereza la fama de la hermosura de la señora Dulcinea del Toboso, que sólo me contento con que el gran don Quijote se retire a su lugar un año, o hasta el tiempo que por mí le fuere mandado, como concertamos antes de entrar en esta batalla.

Todo esto oyeron el visorrey y don Antonio, con otros muchos que allí estaban, y oyeron asimismo que don Quijote respondió que como no le pidiese cosa que fuese en perjuicio de Dulcinea, todo lo demás cumpliría como caballero puntual y verdadero.

Hecha esta confesión, volvió las riendas el de la Blanca Luna y, haciendo mesura con la cabeza al visorrey, a medio galope se entró en la ciudad.

Mandó el visorrey a don Antonio que fuese tras él y que en todas maneras supiese quién era. Levantaron a don Quijote, descubriéronle el rostro y halláronle sin color y trasudando. Rocinante, de puro malparado, no se

757

curecida, as esperanças das suas novas promessas desfeitas, como se desfaz o fumo ao vento. Temia que Rocinante ficasse estropiado, ou deslocado seu amo, e não seria pouca ventura se saísse menos lesado. Finalmente, com uma cadeirinha que o vice-rei mandou trazer, o levaram para a cidade, e o vice-rei voltou também para ela, desejoso de saber quem era o Cavaleiro da Branca Lua que tão malparado deixara D. Quixote.

Notas

[1] Cavaleiro da Branca Lua: o epíteto evoca diretamente o personagem-título de *Olivante de Laura* (ver *DQ* I, cap. VI, nota 3), que se fez chamar *Caballero de la Luna*. Não é demais lembrar que, no "escrutínio dos livros", o padre condena veementemente esse livro por "mentiroso, disparatado e arrogante".

[2] ... assim convém ao aumento de tua fazenda e à salvação de tua alma: a necessidade de o cavaleiro manter ou aumentar seu patrimônio para não perder o título e, portanto, garantir a salvação da alma era norma geralmente aceita, estabelecida desde o reinado de Alfonso X (século XIII).

---

pudo mover por entonces. Sancho, todo triste, todo apesarado, no sabía qué decirse ni qué hacerse: parecíale que todo aquel suceso pasaba en sueños y que toda aquella máquina era cosa de encantamento. Veía a su señor rendido y obligado a no tomar armas en un año; imaginaba la luz de la gloria de sus hazañas escurecida, las esperanzas de sus nuevas promesas deshechas, como se deshace el humo con el viento. Temía si quedaría o no contrecho Rocinante, o deslocado su amo, que no fuera poca ventura si deslocado quedara. Finalmente, con una silla de manos que mandó traer el visorrey, le llevaron a la ciudad, y el visorrey se volvió también a ella con deseo de saber quién fuese el Caballero de la Blanca Luna que de tan mal talante había dejado a don Quijote.

CAPÍTULO LXV

ONDE SE DÁ NOTÍCIA DE QUEM ERA O DA BRANCA LUA,
MAIS A LIBERDADE DE D. GREGORIO,
E DE OUTROS SUCESSOS

Seguiu D. Antonio Moreno após o Cavaleiro da Branca Lua, e também o seguiram, e ainda o perseguiram, muitos rapazes, até que ele se encerrou numa hospedaria dentro da cidade. Entrou nela D. Antonio com desejo de o conhecer; saiu um escudeiro a recebê-lo e desarmá-lo; recolheu-se numa sala baixa, e com ele D. Antonio, que se roía por saber quem era. Vendo pois o da Branca Lua que aquele cavaleiro o não deixava, lhe disse:

— Bem sei, senhor, a que vindes, que é a saber quem sou, e como não há para que o negar, enquanto este meu criado me desarma vo-lo direi sem faltar um ponto à verdade do caso. Sabei, senhor, que a mim me chamam o bacharel Sansón Carrasco; sou do mesmo lugar que D. Quixote de La Mancha, cuja loucura e sandice move a que lhe tenhamos dó todos quantos o conhecemos, e entre os que mais o tiveram estou eu; e crendo estar sua saúde em seu repouso e em que ele esteja quedo em sua terra e em sua casa, tracei o modo como o faria estar nela, e assim faz coisa de três meses lhe saí ao caminho como cavaleiro andante, chamando-me o Cavaleiro dos Espelhos, com intenção de pelejar com ele e vencê-lo sem lhe fazer mal, pondo por

---

CAPÍTULO LXV

DONDE SE DA NOTICIA DE QUIÉN ERA EL DE LA BLANCA LUNA,
CON LA LIBERTAD DE DON GREGORIO,
Y DE OTROS SUCESOS

Siguió don Antonio Moreno al Caballero de la Blanca Luna, y siguiéronle también, y aun persiguiéronle, muchos muchachos, hasta que le cerraron en un mesón dentro de la ciudad. Entró en él don Antonio con deseo de conocerle; salió un escudero a recibirle y a desarmarle; encerróse en una sala baja, y con él don Antonio, que no se le cocía el pan hasta saber quién fuese. Viendo pues el de la Blanca Luna que aquel caballero no le dejaba, le dijo:

— Bien sé, señor, a lo que venís, que es a saber quién soy, y porque no hay para qué negároslo, en tanto que este mi criado me desarma os lo diré sin faltar un punto a la verdad del caso. Sabed, señor, que a mí me llaman el bachiller Sansón Carrasco; soy del mesmo lugar de don Quijote de la Mancha, cuya locura y sandez mueve a que le tengamos lástima todos cuantos le conocemos, y entre los que más se la han tenido he sido yo, y creyendo que está su salud en su reposo y en que se esté en su tierra y en su casa, di traza para hacerle estar en ella, y así habrá tres meses que le salí al camino como caballero andante, llamándome el Caballero de los Espejos, con

761

condição da nossa peleja que o vencido se rendesse à discrição do vencedor; e o que eu pensava pedir-lhe (porque já o julgava vencido) era que voltasse para o seu lugar e não se saísse dele em todo um ano, no qual tempo se poderia curar. Mas a sorte ordenou de outra maneira, porque ele me venceu a mim e me derrubou do cavalo, e assim não teve efeito o meu pensamento: ele prosseguiu seu caminho, e eu voltei vencido, vexado e moído da queda, que foi assaz perigosa; mas nem por isso cessou o meu desejo de voltar a procurá-lo e vencê-lo, como hoje se viu. E como ele é tão pontual em guardar as ordens da andante cavalaria, sem dúvida alguma, em cumprimento da sua palavra, há de guardar a que lhe dei. Isto é, senhor, o que se passa, sem que eu vos tenha de dizer outra coisa alguma. Suplico-vos não me denuncieis nem digais a D. Quixote quem sou, para que tenham efeito os bons pensamentos meus e torne a cobrar seu juízo um homem que o tem boníssimo, como o deixem as sandices da cavalaria.

— Oh, senhor — disse D. Antonio —, Deus vos perdoe o agravo que fizestes a todo o mundo por querer tornar em sisudo o mais engraçado louco que há nele! Não vedes, senhor, que nunca chegará o proveito que o siso de D. Quixote possa causar ao ponto que chega o gosto que ele dá com seus desvarios? Mas imagino que toda a indústria do senhor bacharel não há de ser bastante para tornar em sisudo um homem tão rematadamente louco; e se não fosse contra a caridade eu diria que nunca sare D. Quixote, porque com sua saúde perderemos não somente suas graças, mas também as de Sancho Pança seu escudeiro, qualquer das quais pode tornar a alegrar a própria melancolia. Contudo calarei e não lhe direi nada, por ver se acerto em suspeitar que não há de ter efeito a diligência feita pelo senhor Carrasco.

O qual respondeu que em todo o caso já estava bem encaminhado aque-

---

intención de pelear con él y vencerle sin hacerle daño, poniendo por condición de nuestra pelea que el vencido quedase a discreción del vencedor, y lo que yo pensaba pedirle (porque ya le juzgaba por vencido) era que se volviese a su lugar y que no saliese dél en todo un año, en el cual tiempo podría ser curado. Pero la suerte lo ordenó de otra manera, porque él me venció a mí y me derribó del caballo, y, así, no tuvo efecto mi pensamiento: él prosiguió su camino, y yo me volví vencido, corrido y molido de la caída, que fue además peligrosa; pero no por esto se me quitó el deseo de volver a buscarle y a vencerle, como hoy se ha visto. Y como él es tan puntual en guardar las órdenes de la andante caballería, sin duda alguna guardará la que le he dado, en cumplimiento de su palabra. Esto es, señor, lo que pasa, sin que tenga que deciros otra cosa alguna. Suplícoos no me descubráis, ni le digáis a don Quijote quién soy, porque tengan efecto los buenos pensamientos míos y vuelva a cobrar su juicio un hombre que le tiene boníssimo, como le dejen las sandeces de la caballería.

— ¡Oh, señor — dijo don Antonio —, Dios os perdone el agravio que habéis hecho a todo el mundo en querer volver cuerdo al más gracioso loco que hay en él! ¿No veis, señor, que no podrá llegar el provecho que cause la cordura de don Quijote a lo que llega el gusto que da con sus desvaríos? Pero yo imagino que toda la industria del señor bachiller no ha de ser parte para volver cuerdo a un hombre tan rematadamente loco; y si no fuese contra caridad diría que nunca sane don Quijote, porque con su salud no solamente perdemos sus gracias, sino las de Sancho Panza su escudero, que cualquiera dellas puede volver a alegrar a la misma melancolía. Con todo esto, callaré y no le diré nada, por ver si salgo verdadero en sospechar que no ha de tener efecto la diligencia hecha por el señor Carrasco.

le negócio, do qual esperava feliz sucesso. E tendo se oferecido D. Antonio para fazer o que mais lhe mandasse, despediu-se dele o bacharel, mandou amarrar suas armas sobre um mulo e, logo no mesmo ponto, sobre o cavalo com que entrara em batalha deixou a cidade naquele mesmo dia e voltou para sua pátria, sem lhe acontecer coisa que obrigue a contá-la nesta verdadeira história.

Contou D. Antonio ao vice-rei tudo o que Carrasco lhe contara, do qual o vice-rei não recebeu muito gosto, pois no recolhimento de D. Quixote se perdia o que podiam ter todos aqueles que das suas loucuras tivessem notícia.

Seis dias esteve D. Quixote no leito, esmarrido, triste, pensativo e desgostoso, indo e vindo com a imaginação no infeliz sucesso do seu vencimento. Consolava-o Sancho, e entre outras razões lhe disse:

— Senhor meu, levante vossa mercê a cabeça e alegre-se, se puder, e dê graças ao céu porque, já que o derrubou na terra, não saiu com uma costela quebrada; e pois sabe que onde se dão, aí se apanham, e que nem sempre há nozes onde há vozes, dê uma figa ao médico,[1] pois não há mister de nenhum para que cure desta doença, e voltemos para nossa casa e deixemos de andar buscando aventuras por terras e lugares que não conhecemos. E, pensando bem, eu sou aqui o mais perdidoso, ainda que seja vossa mercê o mais malparado. Eu, que deixei com o governo o desejo de jamais ser governador, não deixei a vontade de ser conde, coisa que nunca terá efeito se vossa mercê deixar de ser rei, deixando o exercício da sua cavalaria, e assim minhas esperanças se vêm tornar em fumo.

— Cala-te, Sancho, e cuida que a minha reclusão e retirada não há de passar de um ano, depois do qual voltarei aos meus honrados exercícios, e então não me faltará reino para ganhar nem algum condado para te dar.

El cual respondió que ya una por una estaba en buen punto aquel negocio, de quien esperaba feliz suceso. Y habiéndose ofrecido don Antonio de hacer lo que más le mandase, se despidió dél, y hecho liar sus armas sobre un macho, luego al mismo punto, sobre el caballo con que entró en la batalla, se salió de la ciudad aquel mismo día y se volvió a su patria, sin sucederle cosa que obligue a contarla en esta verdadera historia.

Contó don Antonio al visorrey todo lo que Carrasco le había contado, de lo que el visorrey no recibió mucho gusto, porque en el recogimiento de don Quijote se perdía el que podían tener todos aquellos que de sus locuras tuviesen noticia.

Seis días estuvo don Quijote en el lecho, marrido, triste, pensativo y mal acondicionado, yendo y viniendo con la imaginación en el desdichado suceso de su vencimiento. Consolábale Sancho, y entre otras razones le dijo:

— Señor mío, alce vuestra merced la cabeza y alégrese, si puede, y dé gracias al cielo que, ya que le derribó en la tierra, no salió con alguna costilla quebrada; y pues sabe que donde las dan las toman y que no siempre hay tocinos donde hay estacas, dé una higa al médico, pues no le ha menester para que le cure en esta enfermedad, volvámonos a nuestra casa y dejémonos de andar buscando aventuras por tierras y lugares que no sabemos. Y si bien se considera, yo soy aquí el más perdidoso, aunque es vuestra merced el más malparado. Yo, que dejé con el gobierno los deseos de ser más gobernador, no dejé la gana de ser conde, que jamás tendrá efecto si vuesa merced deja de ser rey, dejando el ejercicio de su caballería, y así vienen a volverse en humo mis esperanzas.

— Calla, Sancho, pues ves que mi reclusión y retirada no ha de pasar de un año, que luego volveré a mis honrados ejercicios, y no me ha de faltar reino que gane y algún condado que darte.

— Deus o ouça — disse Sancho — e o pecado seja surdo, pois sempre ouvi dizer que mais vale boa esperança que ruim posse.

Nisto estavam quando entrou D. Antonio, dizendo com mostras de grandíssimo contento:

— Alvíssaras, senhor D. Quixote, que D. Gregorio, com o renegado que o foi buscar, está na praia! Que digo na praia? Já está na casa do vice-rei e logo chegará aqui.

Alegrou-se algum tanto D. Quixote e disse:

— Em verdade estou para dizer que bem me folgara ter sucedido tudo ao contrário, pois assim me obrigara a passar à Berberia, onde com a força do meu braço teria dado liberdade não só a D. Gregorio, mas a quantos cristãos cativos há por lá. Mas que digo, miserável? Não sou eu o vencido? Não sou eu o derribado? Não sou eu o que não pode tomar armas em um ano? Pois então, que prometo? Do que me gabo, se mais me convém usar da roca que da espada?

— Deixe disso, senhor — disse Sancho. — Viva a galinha com sua pevide, que é hoje por ti e amanhã por mim, e nessas coisas de encontros e porradas não se há de fazer muito reparo, pois quem hoje cai pode amanhã se levantar, salvo que se queira ficar na cama, quero dizer, que se deixe esmorecer sem cobrar novos brios para novas brigas. E levante-se vossa mercê agora para receber D. Gregorio, pois parece que andam alvoroçadas as gentes, e ele já deve de estar em casa.

E assim era a verdade, porque já tendo D. Gregorio e o renegado dado conta ao vice-rei da sua ida e volta, desejoso D. Gregorio de ver Ana Félix, veio com o renegado à casa de D. Antonio; e ainda que D. Gregorio estivesse em hábitos de mulher quando o tiraram de Argel, no barco os trocou pe-

---

— Dios lo oiga — dijo Sancho — y el pecado sea sordo, que siempre he oído decir que más vale buena esperanza que ruin posesión.

En esto estaban, cuando entró don Antonio, diciendo con muestras de grandísimo contento:

— ¡Albricias, señor don Quijote, que don Gregorio y el renegado que fue por él está en la playa! ¿Qué digo en la playa? Ya está en casa del visorrey y será aquí al momento.

Alegróse algún tanto don Quijote y dijo:

— En verdad vuestro estoy por decir que me holgara que hubiera sucedido todo al revés, porque me obligara a pasar en Berbería, donde con la fuerza de mi brazo diera libertad no sólo a don Gregorio, sino a cuantos cristianos cautivos hay en Berbería. Pero ¿qué digo, miserable? ¿No soy yo el vencido? ¿No soy yo el derribado? ¿No soy yo el que no puede tomar arma en un año? Pues ¿qué prometo? ¿De qué me alabo, si antes me conviene usar de la rueca que de la espada?

— Déjese deso, señor — dijo Sancho —: viva la gallina, aunque con su pepita, que hoy por ti y mañana por mí, y en estas cosas de encuentros y porrazos no hay tomarles tiento alguno, pues el que hoy cae puede levantarse mañana, si no es que se quiere estar en la cama, quiero decir, que se deje desmayar, sin cobrar nuevos bríos para nuevas pendencias. Y levántese vuestra merced agora para recibir a don Gregorio, que me parece que anda la gente alborotada y ya debe de estar en casa.

Y así era la verdad, porque habiendo ya dado cuenta don Gregorio y el renegado al visorrey de su ida y vuelta, deseoso don Gregorio de ver a Ana Félix, vino con el renegado a casa de don Antonio; y aunque don

los de outro cativo que saiu com ele, mas em qualquer que viesse mostraria ser pessoa para ser desejada, servida e estimada, porque era formoso sobremaneira, e a idade, ao parecer, de dezessete ou dezoito anos. Ricote e sua filha saíram a recebê-lo, o pai com lágrimas e a filha com honestidade. Não se abraçaram uns aos outros, porque onde há muito amor não sói haver demasiada desenvoltura. As duas belezas juntas de D. Gregorio e Ana Félix admiraram em extremo a todos juntos os que presentes estavam. Foi então o silêncio que falou pelos dois amantes e os olhos foram as línguas que declararam seus alegres e honestos pensamentos.

Contou o renegado a indústria e meio que teve para resgatar D. Gregorio; contou D. Gregorio os perigos e apertos em que se vira entre as mulheres com quem ficara, não com longo arrazoado, mas com breves palavras, no que mostrou que sua discrição se adiantava a seus anos. Finalmente, Ricote pagou e satisfez liberalmente assim ao renegado como aos que haviam vogado ao remo. Reduziu-se e reincorporou-se o renegado à Igreja,[2] e, de membro podre que era, com a penitência e o arrependimento voltou limpo e são.

Dali a dois dias tratou o vice-rei com D. Antonio o modo que teriam para que Ana Félix e seu pai ficassem na Espanha, parecendo-lhes não trazer inconveniente algum que nela ficassem filha tão cristã e pai, ao parecer, tão bem-intencionado. D. Antonio se ofereceu para negociar o caso na corte, aonde forçosamente havia de ir para outros negócios, dando a entender que nela, por meio do favor e das dádivas, muitas coisas dificultosas se conseguem.

— Não — disse Ricote, que se achava presente nessa conversação —, não se há de pôr esperança em favores nem dádivas, porque com o grande D. Bernardino de Velasco, conde de Salazar,[3] a quem deu Sua Majestade o

---

Gregorio cuando le sacaron de Argel fue con hábitos de mujer, en el barco los trocó por los de un cautivo que salió consigo, pero en cualquiera que viniera mostrara ser persona para ser codiciada, servida y estimada, porque era hermoso sobremanera, y la edad, al parecer, de diez y siete o diez y ocho años. Ricote y su hija salieron a recebirle, el padre con lágrimas y la hija con honestidad. No se abrazaron unos a otros, porque donde hay mucho amor no suele haber demasiada desenvoltura. Las dos bellezas juntas de don Gregorio y Ana Félix admiraron en particular a todos juntos los que presentes estaban. El silencio fue allí el que habló por los dos amantes y los ojos fueron las lenguas que descubrieron sus alegres y honestos pensamientos.

Contó el renegado la industria y medio que tuvo para sacar a don Gregorio; contó don Gregorio los peligros y aprietos en que se había visto con las mujeres con quien había quedado, no con largo razonamiento, sino con breves palabras, donde mostró que su discreción se adelantaba a sus años. Finalmente, Ricote pagó y satisfizo liberalmente así al renegado como a los que habían bogado al remo. Reincorporóse y redújose el renegado con la Iglesia, y de miembro podrido volvió limpio y sano con la penitencia y el arrepentimiento.

De allí a dos días trató el visorrey con don Antonio qué modo tendrían para que Ana Félix y su padre quedasen en España, pareciéndoles no ser de inconveniente alguno que quedasen en ella hija tan cristiana y padre, al parecer, tan bienintencionado. Don Antonio se ofreció venir a la corte a negociarlo, donde había de venir forzosamente a otros negocios, dando a entender que en ella, por medio del favor y de las dádivas, muchas cosas dificultosas se acaban.

— No — dijo Ricote, que se halló presente a esta plática —, no hay que esperar en favores ni en dádivas,

encargo da nossa expulsão, não valem rogos, nem promessas, nem dádivas, nem lamentações; pois se bem é verdade que ele mistura a misericórdia com a justiça, como ele vê que todo o corpo da nossa nação está contaminado e apodrecido, usa com ele antes do cautério que abrasa que do unguento que molifica, e assim, com prudência, com sagacidade, com diligência e com o medo que põe, tem levado sobre seus fortes ombros ao devido termo o peso desta grande máquina, sem que nossas indústrias, estratagemas, solicitudes e fraudes tenham podido ofuscar seus olhos de Argos,[4] que de contínuo tem alerta por que não lhe fique encoberto nenhum dos nossos, como raiz escondida que com o tempo venha depois a brotar e a deitar frutos venenosos na Espanha, já limpa, já desembaraçada dos temores em que nossa multidão a tinha. Heroica resolução a do grande Filipo Terceiro, e inaudita prudência em tê-la encomendado ao tal D. Bernardino de Velasco!

— Em todo o caso, lá chegando, farei as diligências possíveis, e faça o céu o que mais for servido — disse D. Antonio. — D. Gregorio virá comigo a consolar a pena que seus pais devem ter por sua ausência; Ana Félix ficará com minha mulher em minha casa, ou num mosteiro, e eu sei que o senhor vice-rei terá gosto de que na sua fique o bom Ricote até ver como eu negocio.

O vice-rei concordou em tudo o que D. Antonio propôs, mas D. Gregorio, ao saber do preito, disse que de nenhuma maneira podia nem queria deixar D. Ana Félix; mas com a intenção de ir a ver seus pais e logo achar modo de voltar por ela, conformou-se com o decretado concerto. Ficou então Ana Félix com a mulher de D. Antonio, e Ricote na casa do vice-rei.

Chegou o dia da partida de D. Antonio, e o de D. Quixote e Sancho, que foi dali a outros dois, pois a queda não lhe permitiu botar-se a caminho antes disso. Houve lágrimas, houve suspiros, desmaios e soluços ao despe-

---

porque con el gran don Bernardino de Velasco, conde de Salazar, a quien dio Su Majestad cargo de nuestra expulsión, no valen ruegos, no promesas, no dádivas, no lástimas; porque aunque es verdad que él mezcla la misericordia con la justicia, como él vee que todo el cuerpo de nuestra nación está contaminado y podrido, usa con él antes del cauterio que abrasa que del ungüento que molifica, y así, con prudencia, con sagacidad, con diligencia y con miedos que pone, ha llevado sobre sus fuertes hombros a la debida ejecución el peso desta gran máquina, sin que nuestras industrias, estratagemas, solicitudes y fraudes hayan podido deslumbrar sus ojos de Argos, que contino tiene alerta porque no se le quede ni encubra ninguno de los nuestros, que como raíz escondida, que con el tiempo venga después a brotar y a echar frutos venenosos en España, ya limpia, ya desembarazada de los temores en que nuestra muchedumbre la tenía. ¡Heroica resolución del gran Filipo Tercero, y inaudita prudencia en haberla encargado al tal don Bernardino de Velasco!

— Una por una, yo haré, puesto allá, las diligencias posibles, y haga el cielo lo que más fuere servido — dijo don Antonio —. Don Gregorio se irá conmigo a consolar la pena que sus padres deben tener por su ausencia; Ana Félix se quedará con mi mujer en mi casa, o en un monasterio, y yo sé que el señor visorrey gustará se quede en la suya el buen Ricote hasta ver cómo yo negocio.

El visorrey consintió en todo lo propuesto, pero don Gregorio, sabiendo lo que pasaba, dijo que en ninguna manera podía ni quería dejar a doña Ana Félix; pero teniendo intención de ver a sus padres y de dar traza de volver por ella, vino en el decretado concierto. Quedóse Ana Félix con la mujer de don Antonio, y Ricote en casa del visorrey.

dir-se D. Gregorio de Ana Félix. Ofereceu Ricote a D. Gregorio mil escudos, se os quisesse, mas ele não aceitou nenhum, senão somente cinco que D. Antonio lhe emprestou, prometendo a paga deles na corte. Com isto partiram os dois, e D. Quixote e Sancho depois (como já foi dito); D. Quixote desarmado e em roupas de caminho; Sancho a pé, por ir o ruço carregado das armas.

NOTAS

[1] ... dê uma figa ao médico: alusão ao ditado *"mear claro y una higa al médico"* (mijar claro e [dar] uma figa ao médico).

[2] ... reduziu-se [...] o renegado à Igreja: reconciliou-se com a Igreja Católica, depois de formalizar um ato de arrependimento perante o Tribunal da Inquisição (ver *DQ* I, cap. XL, nota 10).

[3] D. Bernardino de Velasco, conde de Salazar: de fato, foi quem recebeu de Felipe III o encargo de aplicar os decretos de expulsão nas duas Castelas, em La Mancha, Estremadura e Múrcia, entre 1609 e 1613.

[4] Argos: o cão mitológico de cem olhos, metade dos quais estavam sempre abertos.

Llegóse el día de la partida de don Antonio, y el de don Quijote y Sancho, que fue de allí a otros dos, que la caída no le concedió que más presto se pusiese en camino. Hubo lágrimas, hubo suspiros, desmayos y sollozos al despedirse don Gregorio de Ana Félix. Ofrecióle Ricote a don Gregorio mil escudos, si los quería, pero él no tomó ninguno, sino solos cinco que le prestó don Antonio, prometiendo la paga dellos en la corte. Con esto se partieron los dos, y don Quijote y Sancho después (como se ha dicho) don Quijote, desarmado y de camino; Sancho a pie, por ir el rucio cargado con las armas.

CAPÍTULO LXVI

QUE TRATA DO QUE VERÁ QUEM O LER
OU O OUVIRÁ QUEM O ESCUTAR LER

Ao sair de Barcelona, tornou D. Quixote a olhar o local onde caíra, e disse:

— Aqui foi Troia![1] Aqui minha desdita, e não minha covardia, levou consigo minhas alcançadas glórias, aqui usou comigo a fortuna das suas voltas e viravoltas, aqui se escureceram minhas façanhas, aqui enfim caiu minha ventura para nunca mais se levantar!

Ouvindo o qual, Sancho disse:

— Tanto é de valentes corações, senhor meu, ser sofrido nas desgraças como alegre nas prosperidades; e isto eu julgo por mim mesmo, pois se quando era governador estava alegre, agora que sou escudeiro a pé não estou triste, porque ouvi dizer que essa que por aí chamam Fortuna é uma mulher bêbada e caprichosa, e por cima de tudo cega, e assim não vê o que faz, nem sabe a quem derruba nem a quem levanta.

— Muito filósofo estás, Sancho — respondeu D. Quixote —, muito como discreto falas, não sei de quem o aprendes. O que te sei dizer é que não há fortuna no mundo, e as coisas que nele sucedem, sejam elas boas ou más, não vêm por acaso, senão por particular providência dos céus, e daí vem o

---

CAPÍTULO LXVI

QUE TRATA DE LO QUE VERÁ EL QUE LO LEYERE
O LO OIRÁ EL QUE LO ESCUCHARE LEER

Al salir de Barcelona, volvió don Quijote a mirar el sitio donde había caído, y dijo:

— ¡Aquí fue Troya! ¡Aquí mi desdicha, y no mi cobardía, se llevó mis alcanzadas glorias, aquí usó la fortuna conmigo de sus vueltas y revueltas, aquí se escurecieron mis hazañas, aquí finalmente cayó mi ventura para jamás levantarse!

Oyendo lo cual, Sancho dijo:

— Tan de valientes corazones es, señor mío, tener sufrimiento en las desgracias como alegría en las prosperidades; y esto lo juzgo por mí mismo, que si cuando era gobernador estaba alegre, agora que soy escudero de a pie no estoy triste, porque he oído decir que esta que llaman por ahí Fortuna es una mujer borracha y antojadiza, y sobre todo ciega, y así no vee lo que hace, ni sabe a quién derriba ni a quién ensalza.

— Muy filósofo estás, Sancho — respondió don Quijote —, muy a lo discreto hablas, no sé quién te lo enseña. Lo que te sé decir es que no hay fortuna en el mundo, ni las cosas que en él suceden, buenas o malas que sean, vienen acaso, sino por particular providencia de los cielos, y de aquí viene lo que suele decirse: que cada uno

que se costuma dizer: que cada um é artífice da própria ventura.[2] Eu o fui da minha, mas não com a prudência necessária, e assim paguei dobrada a minha presunção, pois devia ter percebido que à poderosa grandeza do cavalo do da Branca Lua não poderia resistir a magreza de Rocinante. Atrevi-me, enfim; fiz o que pude, derrubaram-me, e, se perdi a honra, não perdi nem posso perder a virtude de cumprir com a minha palavra. Quando eu era cavaleiro andante, atrevido e valente, com minhas obras e minhas mãos acreditava meus feitos; e agora, quando sou escudeiro pedestre, acreditarei minhas palavras cumprindo a que dei na minha promessa. Caminha pois, amigo Sancho, e vamos ter em nossa terra o ano do noviciado, cujo encerramento nos dará nova virtude para voltarmos ao nunca por mim esquecido exercício das armas.

— Senhor — respondeu Sancho —, não é coisa tão gostosa o caminhar a pé que me mova e incite a fazer grandes jornadas. Deixemos estas armas penduradas nalguma árvore, em lugar de um enforcado, e ocupando eu os lombos do ruço, levantados os pés do chão, faremos as jornadas como vossa mercê as pedir e medir, pois pensar que tenho de caminhar a pé e fazê-las grandes é pensar escusado.

— Bem disseste, Sancho — respondeu D. Quixote —; que se pendurem as minhas armas por troféu, e ao pé ou derredor delas gravaremos nas árvores aquilo mesmo que no troféu das armas de Roldão estava escrito:

> Ninguém as mova
> que estar não possa
> com Roldão à prova.[3]

---

es artífice de su ventura. Yo lo he sido de la mía, pero no con la prudencia necesaria, y así me han salido al gallarín mis presunciones, pues debiera pensar que al poderoso grandor del caballo del de la Blanca Luna no podía resistir la flaqueza de Rocinante. Atrevíme, en fin; hice lo que pude, derribáronme, y, aunque perdí la honra, no perdí ni puedo perder la virtud de cumplir mi palabra. Cuando era caballero andante, atrevido y valiente, con mis obras y con mis manos acreditaba mis hechos; y agora, cuando soy escudero pedestre, acreditaré mis palabras cumpliendo la que di de mi promesa. Camina pues, amigo Sancho, y vamos a tener en nuestra tierra el año del noviciado, con cuyo encerramiento cobraremos virtud nueva para volver al nunca de mí olvidado ejercicio de las armas.

— Señor — respondió Sancho —, no es cosa tan gustosa el caminar a pie que me mueva e incite a hacer grandes jornadas. Dejemos estas armas colgadas de algún árbol, en lugar de un ahorcado, y ocupando yo las espaldas del rucio, levantados los pies del suelo, haremos las jornadas como vuestra merced las pidiere y midiere, que pensar que tengo de caminar a pie y hacerlas grandes es pensar en lo escusado.

— Bien has dicho, Sancho — respondió don Quijote —: cuélguense mis armas por trofeo, y al pie dellas o alrededor dellas grabaremos en los árboles lo que en el trofeo de las armas de Roldán estaba escrito:

> Nadie las mueva
> que estar no pueda
> con Roldán a prueba.

— Tudo isso me parece de encomenda — respondeu Sancho —, e, não fosse pela falta que nos faria para o caminho, também seria o caso de deixarmos Rocinante aí pendurado.

— Mas nem ele, nem as armas quero que sejam enforcados — replicou D. Quixote —, para que não se diga que a bom serviço, mau galardão![4]

— Muito bem diz vossa mercê — respondeu Sancho —, porque, segundo opinião de discretos, a culpa do asno não se há de pôr na albarda;[5] e como deste sucesso vossa mercê tem a culpa, castigue-se a si mesmo, e não rebentem suas iras pelas já rotas e sangrentas armas, nem pela mansidão de Rocinante, nem pela brandura dos meus pés, querendo que caminhem mais que o justo.

Nestas razões e conversações se lhes passou todo aquele dia, e ainda outros quatro, sem que lhes acontecesse coisa que estorvasse seu caminho; e no quinto dia, à entrada de um lugar, acharam à porta de uma pousada muita gente que, por ser dia feriado, estava ali folgando. Quando chegava a eles D. Quixote, um lavrador levantou a voz dizendo:

— Um desses dois senhores que aí vêm, que não conhecem as partes, dirá o que se há de fazer na nossa aposta.

— Direi sim, por certo — respondeu D. Quixote —, com toda a retidão, assim que a entender.

— É pois o caso, meu senhor bom — disse o lavrador —, que um vizinho deste lugar, tão gordo que pesa onze arrobas, desafiou a correr um outro seu vizinho que não pesa mais do que cinco. Foi condição que haviam de correr uma carreira de cem passos com pesos iguais; e perguntando-se ao desafiador como se havia de igualar o peso, disse ele que o desafiado, que pesa cinco arrobas, se carregasse com outras seis de ferro às costas, e assim se igualariam as onze arrobas do magro às onze do gordo.[6]

— Todo eso me parece de perlas — respondió Sancho —, y si no fuera por la falta que para el camino nos había de hacer Rocinante, también fuera bien dejarle colgado.

— ¡Pues ni él, ni las armas — replicó don Quijote — quiero que se ahorquen, porque no se diga que a buen servicio, mal galardón!

— Muy bien dice vuestra merced — respondió Sancho —, porque, según opinión de discretos, la culpa del asno no se ha de echar a la albarda; y pues deste suceso vuestra merced tiene la culpa, castíguese a sí mesmo, y no revienten sus iras por las ya rotas y sangrientas armas, ni por las mansedumbres de Rocinante, ni por la blandura de mis pies, queriendo que caminen más de lo justo.

En estas razones y pláticas se les pasó todo aquel día, y aun otros cuatro, sin sucederles cosa que estorbase su camino; y al quinto día, a la entrada de un lugar, hallaron a la puerta de un mesón mucha gente que por ser fiesta se estaba allí solazando. Cuando llegaba a ellos don Quijote, un labrador alzó la voz diciendo:

— Alguno destos dos señores que aquí vienen, que no conocen las partes, dirá lo que se ha de hacer en nuestra apuesta.

— Sí diré, por cierto — respondió don Quijote —, con toda rectitud, si es que alcanzo a entenderla.

— Es pues el caso — dijo el labrador —, señor bueno, que un vecino deste lugar, tan gordo que pesa once arrobas, desafió a correr a otro su vecino que no pesa más que cinco. Fue la condición que habían de correr una carrera de cien pasos con pesos iguales; y habiéndole preguntado al desafiador cómo se había de igualar el peso,

— Isso não! — disse aqui Sancho, antes que D. Quixote respondesse. — E a mim, que há poucos dias deixei de ser governador e juiz, como todo o mundo sabe, toca averiguar essas dúvidas e dar parecer em todo pleito.

— Responde embora, Sancho amigo — disse D. Quixote —, que eu não estou para tontices, segundo trago agitado e perturbado o juízo.

Com essa licença, disse Sancho aos lavradores, que estavam muitos em volta dele de boca aberta, esperando a sentença da sua:

— Irmãos, vai o gordo muito desencaminhado no seu pedido, que não tem sombra de justiça alguma. Pois se é verdade o que se diz, que o desafiado pode escolher as armas, não é bem que as escolha tais que lhe impeçam e estorvem sair vencedor; e, assim, é meu parecer que o gordo desafiador se debulhe, apare, desbaste, apure e afine, e tire seis arrobas das suas carnes daqui ou dali do seu corpo, como melhor lhe estiver e parecer, e desta maneira, ficando seu peso em cinco arrobas, se igualará e ajustará com as cinco do seu contrário, e assim poderão correr com igualdade.

— Voto a tal — disse um lavrador que escutou a sentença de Sancho — que este senhor falou como um bendito e sentenciou como um cônego! Mas está claro que o gordo não se há de querer tirar nem uma onça das suas carnes, quanto mais seis arrobas.

— O melhor é não que corram — respondeu outro —, por que o magro não se desanque com o peso nem o gordo se descarne, e que se deite metade da aposta em vinho, e levemos estes senhores para a taverna a tomar do tinto, que eu vou para o que vier.

— Eu, senhores — respondeu D. Quixote —, muito vos agradeço, mas não posso deter-me um ponto, porque pensamentos e sucessos tristes me obrigam a parecer descortês, passando adiante no meu caminho sem detença.

---

dijo que el desafiado, que pesa cinco arrobas, se pusiese seis de hierro a cuestas, y así se igualarían las once arrobas del flaco con las once del gordo.

— Eso no — dijo a esta sazón Sancho, antes que don Quijote respondiese —, y a mí, que ha pocos días que salí de ser gobernador y juez, como todo el mundo sabe, toca averiguar estas dudas y dar parecer en todo pleito.

— Responde en buen hora — dijo don Quijote —, Sancho amigo, que yo no estoy para dar migas a un gato, según traigo alborotado y trastornado el juicio.

Con esta licencia, dijo Sancho a los labradores, que estaban muchos alrededor dél la boca abierta, esperando la sentencia de la suya:

— Hermanos, lo que el gordo pide no lleva camino ni tiene sombra de justicia alguna. Porque si es verdad lo que se dice, que el desafiado puede escoger las armas, no es bien que este las escoja tales que le impidan ni estorben el salir vencedor; y así es mi parecer que el gordo desafiador se escamonde, monde, entresaque, pula y atilde, y saque seis arrobas de sus carnes de aquí o de allí de su cuerpo, como mejor le pareciere y estuviere, y desta manera, quedando en cinco arrobas de peso, se igualará y ajustará con las cinco de su contrario, y así podrán correr igualmente.

— ¡Voto a tal — dijo un labrador que escuchó la sentencia de Sancho — que este señor ha hablado como un bendito y sentenciado como un canónigo! Pero a buen seguro que no ha de querer quitarse el gordo una onza de sus carnes, cuanto más seis arrobas.

E assim, dando de esporas em Rocinante, passou adiante, deixando-os admirados de terem visto e notado assim sua estranha figura como a discrição do seu criado, que por tal julgaram a Sancho; e outro dos lavradores disse:

— Se o criado é tão discreto, como não será o amo? Eu aposto que eles vão a estudar em Salamanca, e num triz hão de vir a ser meirinhos da corte, pois tudo é engano, salvo estudar e mais estudar, e ter favor e ventura, e quando menos se pensa o homem se acha com a vara da justiça na mão ou com uma mitra na cabeça.

Aquela noite amo e moço a passaram no meio do campo, a céu aberto e descoberto, e no dia seguinte, botando-se a caminho, viram que para eles vinha um homem a pé, com uns alforjes ao pescoço e uma ascunha ou chuço na mão, no próprio jeito de um correio a pé; o qual, como chegou junto de D. Quixote, apertou o passo e meio correndo se chegou a ele, e abraçando-o pela coxa direita, pois não alcançava a mais, lhe disse com mostras de muita alegria:

— Oh, meu senhor D. Quixote de La Mancha, que grande contentamento há de entrar no coração do meu senhor o duque quando souber que vossa mercê vai voltando para o seu castelo, pois lá está ele ainda com a minha senhora a duquesa!

— Não vos conheço, amigo — respondeu D. Quixote —, nem sei quem sois, se vós não mo dizeis.

— Eu, senhor D. Quixote — respondeu o correio —, sou Tosilos, o lacaio do duque meu senhor, que não quis pelejar com vossa mercê pelo casamento da filha de Dª Rodríguez.

— Valha-me Deus! — disse D. Quixote. — É possível que sejais aquele

---

— Lo mejor es que no corran — respondió otro —, porque el flaco no se muela con el peso, ni el gordo se descarne; y échese la mitad de la apuesta en vino, y llevemos estos señores a la taberna de lo caro, y sobre mí la capa cuando llueva.

— Yo, señores — respondió don Quijote —, os lo agradezco, pero no puedo detenerme un punto, porque pensamientos y sucesos tristes me hacen parecer descortés y caminar más que de paso.

Y, así, dando de las espuelas a Rocinante, pasó adelante, dejándolos admirados de haber visto y notado así su estraña figura como la discreción de su criado, que por tal juzgaron a Sancho; y otro de los labradores dijo:

— Si el criado es tan discreto, cuál debe de ser el amo? Yo apostaré que si van a estudiar a Salamanca, que a un tris han de venir a ser alcaldes de corte, que todo es burla, sino estudiar y más estudiar, y tener favor y ventura, y cuando menos se piensa el hombre se halla con una vara en la mano o con una mitra en la cabeza.

Aquella noche la pasaron amo y mozo en mitad del campo, al cielo raso y descubierto, y otro día, siguiendo su camino, vieron que hacia ellos venía un hombre de a pie, con unas alforjas al cuello y una azcona o chuzo en la mano, propio talle de correo de a pie; el cual, como llegó junto a don Quijote, adelantó el paso y medio corriendo llegó a él, y abrazándole por el muslo derecho, que no alcanzaba a más, le dijo con muestras de mucha alegría:

— ¡Oh, mi señor don Quijote de la Mancha, y qué gran contento ha de llegar al corazón de mi señor el duque cuando sepa que vuestra merced vuelve a su castillo, que todavía se está en él con mi señora la duquesa!

— No os conozco, amigo — respondió don Quijote —, ni sé quién sois, si vos no me lo decís.

774

que os encantadores meus inimigos transformaram nesse lacaio que dizeis, para me esbulhar da honra daquela batalha?

— Cale-se, meu senhor bom — replicou o carteiro —, pois não houve encantamento algum nem mudança de rosto nenhuma; tão lacaio Tosilos entrei na estacada como Tosilos lacaio saí dela. Eu pensei em me casar sem pelejar porque a moça me pareceu bem; mas tudo foi ao contrário do que eu pensava, pois assim como vossa mercê partiu do nosso castelo, o duque meu senhor mandou que me dessem cem açoites por ter contrariado as ordenanças que me tinha dado antes de entrar na batalha, e tudo parou em que a moça é freira já, e Dª Rodríguez voltou para Castela, e eu vou agora para Barcelona a levar um maço de cartas para o vice-rei que lhe envia meu amo. Se vossa mercê quer um trago, ainda que seja quente e puro, aqui levo uma cabaça cheia do tinto, com algumas tantas lascas de queijo de Tronchón, que servirão de abridor e despertador da sede, se acaso estiver dormindo.

— Aceito o envide — disse Sancho —, e que se jogue logo essa parada e escance o bom Tosilos, a despeito e pesar de quantos encantadores há nas Índias.

— Enfim — disse D. Quixote —, tu és, Sancho, o maior glutão do mundo e o maior ignorante da terra, pois não te persuades que este correio é encantado, e este Tosilos contrafeito. Fica com ele e farta-te, que eu seguirei adiante pouco a pouco, esperando que venhas.

Riu-se o lacaio, puxou da sua cabaça, desalforjou suas lascas e, tirando um pãozinho, ele e Sancho se sentaram na relva verde e em boa paz e companhia despacharam a provisão dos alforjes até rapar o fundo, com tanta gana que lamberam até o maço de cartas, só porque cheirava a queijo. Disse Tosilos a Sancho:

— Yo, señor don Quijote — respondió el correo —, soy Tosilos, el lacayo del duque mi señor, que no quise pelear con vuestra merced sobre el casamiento de la hija de doña Rodríguez.

— ¡Válame Dios! — dijo don Quijote —. ¿Es posible que sois vos el que los encantadores mis enemigos transformaron en ese lacayo que decís, por defraudarme de la honra de aquella batalla?

— Calle, señor bueno — replicó el cartero —, que no hubo encanto alguno, ni mudanza de rostro ninguna; tan lacayo Tosilos entré en la estacada como Tosilos lacayo salí della. Yo pensé casarme sin pelear, por haberme parecido bien la moza; pero sucedióme al revés mi pensamiento, pues así como vuestra merced se partió de nuestro castillo, el duque mi señor me hizo dar cien palos por haber contravenido a las ordenanzas que me tenía dadas antes de entrar en la batalla, y todo ha parado en que la muchacha es ya monja, y doña Rodríguez se ha vuelto a Castilla, y yo voy ahora a Barcelona a llevar un pliego de cartas al virrey que le envía mi amo. Si vuestra merced quiere un traguito, aunque caliente, puro, aquí llevo una calabaza llena de lo caro, con no sé cuántas rajitas de queso de Tronchón, que servirán de llamativo y despertador de la sed, si acaso está durmiendo.

— Quiero el envite — dijo Sancho —, y échese el resto de la cortesía, y escancie el buen Tosilos, a despecho y pesar de cuantos encantadores hay en las Indias.

— En fin — dijo don Quijote —, tú eres, Sancho, el mayor glotón del mundo y el mayor ignorante de la tierra, pues no te persuades que este correo es encantado, y este Tosilos, contrahecho. Quédate con él y hártate, que yo me iré adelante poco a poco, esperándote a que vengas.

Rióse el lacayo, desenvainó su calabaza, desalforjó sus rajas, y, sacando un panecillo, él y Sancho se senta-

— Sem dúvida esse teu amo, Sancho amigo, deve de ser um louco.

— Como deve? — respondeu Sancho. — Ele não deve nada a ninguém, pois tudo paga, e mais quando a moeda é a loucura. Isso eu bem vejo, e bem o digo a ele, mas que adianta? E mais agora que vai rematado, porque vai vencido pelo Cavaleiro da Branca Lua.

Rogou-lhe Tosilos lhe contasse o ocorrido, mas Sancho lhe respondeu que era descortesia deixar seu amo esperando, e que outro dia, se voltassem a se encontrar, teriam lugar para tanto. E levantando-se, depois de sacudir as migalhas da roupa e das barbas, colheu do ruço e, dizendo "a Deus", deixou Tosilos e alcançou seu amo, que à sombra de uma árvore o estava esperando.

---

ron sobre la yerba verde y en buena paz compaña despabilaron y dieron fondo con todo el repuesto de las alforjas, con tan buenos alientos, que lamieron el pliego de las cartas, sólo porque olía a queso. Dijo Tosilos a Sancho:

— Sin duda este tu amo, Sancho amigo, debe de ser un loco.

— ¿Cómo debe? — respondió Sancho —. No debe nada a nadie, que todo lo paga, y más cuando la moneda es locura. Bien lo veo yo, y bien se lo digo a él, pero ¿qué aprovecha? Y más agora que va rematado, porque va vencido del Caballero de la Blanca Luna.

Rogóle Tosilos le contase lo que le había sucedido, pero Sancho le respondió que era descortesía dejar que su amo le esperase, que otro día, si se encontrasen, habría lugar para ello. Y levantándose, después de haberse sacudido el sayo y las migajas de las barbas, antecogió al rucio y, diciendo "a Dios", dejó a Tosilos y alcanzó a su amo, que a la sombra de un árbol le estaba esperando.

Notas

[1] Aqui foi Troia!: a frase feita (ver cap. XXIX, nota 3) retoma os versos de Virgílio "*litora cum patriæ lacrimans portusque relinquo/ et campos ubi Troia fuit...*" (na tradução de Odorico Mendes, "Deixo os portos chorando, a borda e campos/ Onde foi Troia...").

[2] ... cada um é artífice da própria ventura: frase proverbial calcada no aforismo de Ápio Cláudio, o Cego (340-273 a.C.), "*faber est suæ quisque fortunæ*", muitas vezes atribuída a Caio Salústio (86-35 a.C.), como na *Silva de varia lección* (ver cap. VIII, nota 7).

[3] Ninguém as mova/ [...]/ com Rolando à prova: versos do *Orlando furioso* já citados no primeiro *Quixote* (cap. XIII, nota 3).

[4] ... a bom serviço, mau galardão: alusão ao ditado "*a fuer de Aragón, a buen servicio, mal galardón*" (à maneira de Aragão, a bom serviço, má recompensa).

[5] ... a culpa do asno não se há de pôr na albarda: inversão do ditado "*la culpa del asno, echarla a la albarda*", usado para zombar de pretextos descabidos.

[6] ... se igualariam as onze arrobas do magro às onze do gordo: o conto aqui narrado já fazia parte do anedotário folclórico, como prova sua inclusão na *Floresta española de apotegmas* (ver cap. LVIII, nota 5); sua origem, no entanto, parece estar em *De singulari certamine* (Veneza, 1544), de Andrea Alciati. Ressalte-se que não se trata aqui da arroba portuguesa, que corresponde a 14,7 kg, mas da castelhana, equivalente a pouco mais de 11,5 kg.

CAPÍTULO LXVII

DA RESOLUÇÃO QUE TOMOU D. QUIXOTE
DE SE FAZER PASTOR E SEGUIR A VIDA DO CAMPO
ENQUANTO SE PASSAVA O ANO DA SUA PROMESSA,
MAIS OUTROS SUCESSOS EM VERDADE BONS E SABOROSOS

Se muitos pensamentos consumiam D. Quixote antes de ser derribado, muitos mais o consumiram depois de caído. À sombra da árvore estava, como já se disse, e lá, como moscas ao mel, o vinham acossar e picar; uns tocavam ao desencantamento de Dulcineia e outros à vida que ele havia de fazer em sua forçosa retirada. Chegou Sancho elogiando a liberal condição do lacaio Tosilos.

— É possível, oh Sancho — disse-lhe D. Quixote —, que ainda penses ser aquele verdadeiro lacaio? Parece que se te varreu da mente a visão que tiveste de Dulcineia transformada e convertida em lavradora, e do Cavaleiro dos Espelhos no bacharel Carrasco, obras todas dos encantadores que me perseguem. Mas diz-me agora: perguntaste a esse Tosilos que dizes o que fez Deus de Altisidora, se chorou a minha ausência ou se já deixou nas mãos do olvido os enamorados pensamentos que na minha presença a consumiam?

— Não eram — respondeu Sancho — os que eu tinha tais que me des-

---

CAPÍTULO LXVII

DE LA RESOLUCIÓN QUE TOMÓ DON QUIJOTE
DE HACERSE PASTOR Y SEGUIR LA VIDA DEL CAMPO
EN TANTO QUE SE PASABA EL AÑO DE SU PROMESA,
CON OTROS SUCESOS EN VERDAD GUSTOSOS Y BUENOS

Si muchos pensamientos fatigaban a don Quijote antes de ser derribado, muchos más le fatigaron después de caído. A la sombra del árbol estaba, como se ha dicho, y allí, como moscas a la miel, le acudían y picaban pensamientos; unos iban al desencanto de Dulcinea y otros a la vida que había de hacer en su forzosa retirada. Llegó Sancho y alabóle la liberal condición del lacayo Tosilos.

— ¿Es posible — le dijo don Quijote — que todavía, ¡oh Sancho!, pienses que aquel sea verdadero lacayo? Parece que se te ha ido de las mientes haber visto a Dulcinea convertida y transformada en labradora, y al Caballero de los Espejos en el bachiller Carrasco, obras todas de los encantadores que me persiguen. Pero dime agora: ¿preguntaste a ese Tosilos que dices qué ha hecho Dios de Altisidora, si ha llorado mi ausencia o si ha dejado ya en las manos del olvido los enamorados pensamientos que en mi presencia la fatigaban?

sem lugar a perguntar tontices. Corpo de mim, senhor! Está vossa mercê agora em termos de inquirir pensamentos alheios, especialmente amorosos?

— Olha, Sancho — disse D. Quixote —, muita diferença há entre as obras que se fazem por amor e as que se fazem por agradecimento. Bem pode ser que um cavaleiro seja desamorado, mas não pode ser, falando em todo rigor, que seja desagradecido. Bem me quis, ao parecer, Altisidora: deu-me os três lenços que sabes, chorou na minha partida, maldisse-me, vituperou-me, queixou-se, a despeito da vergonha, publicamente, sinais todos de que me adorava, pois as iras dos amantes costumam acabar em maldições. Eu não tive esperanças que dar-lhe nem tesouros que oferecer-lhe, porque as minhas as tenho entregues a Dulcineia e os tesouros dos cavaleiros andantes são como os dos duendes,[1] aparentes e falsos, e só lhe posso dar estes lembramentos que dela tenho, sem prejuízo, porém, dos que tenho de Dulcineia, a quem tu agravas com a remissão que mostras em te açoitar e castigar essas carnes, que veja eu comidas de lobos, pois se querem guardar antes para os vermes que para o remédio daquela pobre senhora.

— Senhor — respondeu Sancho —, se se vai dizer a verdade, eu não me posso persuadir que os açoites do meu traseiro tenham que ver com os desencantamentos dos encantados, que é como se disséssemos: "Se vos dói a cabeça, untai-vos os joelhos". Ao menos ousarei apostar que, em quantas histórias vossa mercê já leu que tratam da andante cavalaria, não viu nenhum desencantado por açoites. Mas, pelo sim ou pelo não, eu mos darei, quando tiver vontade e o tempo me der azo para me castigar.

— Deus queira — respondeu D. Quixote — e os céus te deem a graça para que caias na conta e na obrigação que tens de ajudar minha senhora, que é tua porque tu és meu.

— No eran — respondió Sancho — los que yo tenía tales que me diesen lugar a preguntar boberías. ¡Cuerpo de mí!, señor, ¿está vuestra merced ahora en términos de inquirir pensamientos ajenos, especialmente amorosos?

— Mira, Sancho — dijo don Quijote —, mucha diferencia hay de las obras que se hacen por amor a las que se hacen por agradecimiento. Bien puede ser que un caballero sea desamorado, pero no puede ser, hablando en todo rigor, que sea desagradecido. Quísome bien, al parecer, Altisidora: diome los tres tocadores que sabes, lloró en mi partida, maldíjome, vituperóme, quejóse, a despecho de la vergüenza, públicamente, señales todas de que me adoraba, que las iras de los amantes suelen parar en maldiciones. Yo no tuve esperanzas que darle ni tesoros que ofrecerle, porque las mías las tengo entregadas a Dulcinea y los tesoros de los caballeros andantes son como los de los duendes, aparentes y falsos, y sólo puedo darle estos acuerdos que della tengo, sin perjuicio, pero, de los que tengo de Dulcinea, a quien tú agravias con la remisión que tienes en azotarte y en castigar esas carnes que vea yo comidas de lobos, que quieren guardarse antes para los gusanos que para el remedio de aquella pobre señora.

— Señor — respondió Sancho —, si va a decir la verdad, yo no me puedo persuadir que los azotes de mis posaderas tengan que ver con los desencantos de los encantados, que es como si dijésemos: "Si os duele la cabeza, untaos las rodillas". A lo menos, yo osaré jurar que en cuantas historias vuesa merced ha leído que tratan de la andante caballería no ha visto algún desencantado por azotes; pero por sí o por no, yo me los daré, cuando tenga gana y el tiempo me dé comodidad para castigarme.

— Dios lo haga — respondió don Quijote — y los cielos te den gracia para que caigas en la cuenta y en la obligación que te corre de ayudar a mi señora, que lo es tuya, pues tú eres mío.

Nessas conversações iam seguindo seu caminho, quando chegaram ao mesmo ponto e local onde foram atropelados pelos touros. Reconheceu-o D. Quixote e disse a Sancho:

— Este é o prado onde topamos com as bizarras pastoras e galhardos pastores que nele queriam renovar e imitar a pastoral Arcádia, pensamento tão novo quanto discreto, a cuja imitação, se é que te parece bem, quisera, oh Sancho, que nos convertêssemos em pastores, ao menos no tempo que tenho de estar recolhido. Eu comprarei algumas ovelhas e todas as demais coisas que ao pastoral exercício são necessárias, e chamando-me eu "o pastor Quixotiz" e tu "o pastor Pancino", andaremos pelos montes, pelas selvas e pelos prados, cantando aqui, endechando ali, bebendo dos líquidos cristais das fontes, ou já dos limpos regatos ou dos caudalosos rios. Dar-nos--ão com abundantíssima mão do seu dulcíssimo fruto os carvalhos, assento os troncos dos duríssimos sobreiros, sombra os salgueiros, perfume as rosas, tapetes de mil cores variegadas os estendidos prados, alento o ar claro e puro, luz a lua e as estrelas, apesar da escuridão da noite, gosto o canto, alegria o choro, Apolo versos, o amor conceitos, com que nos poderemos fazer eternos e famosos, não só nos presentes, mas nos vindouros séculos.

— Pardeus — disse Sancho — que me quadrou, e até enquadrou, tal gênero de vida. E digo mais: que quando apenas a tiverem visto o bacharel Sansón Carrasco e mestre Nicolás, o barbeiro, hão de querer segui-la e se fazerem pastores conosco, e ainda queira Deus que não lhe dê ao padre na tineta entrar também no aprisco, segundo é alegre e amigo de folgar.

— Disseste muito bem — disse D. Quixote —, e poderá o bacharel Sansón Carrasco, se entrar no pastoral grêmio, como sem dúvida entrará, chamar-se "o pastor Sansonino", ou bem "o pastor Carrascão"; o barbeiro

---

En estas pláticas iban siguiendo su camino, cuando llegaron al mesmo sitio y lugar donde fueron atropellados de los toros. Reconocióle don Quijote y dijo a Sancho:

— Este es el prado donde topamos a las bizarras pastoras y gallardos pastores que en él querían renovar e imitar a la pastoral Arcadia, pensamiento tan nuevo como discreto, a cuya imitación, si es que a ti te parece bien, querría, oh Sancho, que nos convirtiésemos en pastores, siquiera el tiempo que tengo de estar recogido. Yo compraré algunas ovejas y todas las demás cosas que al pastoral ejercicio son necesarias, y llamándome yo "el pastor Quijótiz" y tú "el pastor Pancino", nos andaremos por los montes, por las selvas y por los prados, cantando aquí, endechando allí, bebiendo de los líquidos cristales de las fuentes, o ya de los limpios arroyuelos o de los caudalosos ríos. Darános con abundantísima mano de su dulcísimo fruto las encinas, asiento los troncos de los durísimos alcornoques, sombra los sauces, olor las rosas, alfombras de mil colores matizadas los estendidos prados, aliento el aire claro y puro, luz la luna y las estrellas, a pesar de la escuridad de la noche, gusto el canto, alegría el lloro, Apolo versos, el amor conceptos, con que podremos hacernos eternos y famosos, no sólo en los presentes, sino en los venideros siglos.

— Pardiez — dijo Sancho — que me ha cuadrado, y aun esquinado, tal género de vida; y más, que no la ha de haber aún bien visto el bachiller Sansón Carrasco y maese Nicolás el barbero, cuando la han de querer seguir y hacerse pastores con nosotros, y aun quiera Dios no le venga en voluntad al cura de entrar también en el aprisco, según es de alegre y amigo de holgarse.

— Tú has dicho muy bien — dijo don Quijote —, y podrá llamarse el bachiller Sansón Carrasco, si entra en el pastoral gremio, como entrará sin duda, "el pastor Sansonino", o ya "el pastor Carrascón"; el barbero Ni-

Nicolás se poderá chamar "Niculoso", como já o antigo Boscán foi chamado "Nemoroso";[2] ao padre não sei que nome daremos, como não seja algum derivativo do seu, chamando-o "o pastor Paterandro". Das pastoras de quem havemos de ser amantes, os nomes se nos oferecem às pencas; o da minha senhora, como quadra tanto para o de pastora como para o de princesa, não há para que fatigar-me em procurar outro que lhe caia melhor; tu, Sancho, darás à tua o que quiseres.

— Não penso — respondeu Sancho — dar-lhe outro algum senão o de Teresona, que bem quadrará à sua gordura e ao próprio que ela tem, pois se chama Teresa; e mais que, ao celebrá-la nos meus versos, darei a mostrar meus castos desejos, pois não ando a buscar sarna em casa alheia. O padre não será bem que tenha pastora, para dar bom exemplo; e se o bacharel a quiser ter, sua alma e sua palma.

— Valha-me Deus — disse D. Quixote —, que vida nos havemos de dar, Sancho amigo! Quantas charamelas hão de chegar aos nossos ouvidos, quantas doçainas, quantos tamborins, e quantas soalhas, e quantos arrabis! E se nessa variedade de músicas ressoar a dos alboques, então veremos quase todos os instrumentos pastoris.

— Que são alboques? — perguntou Sancho. — Pois estes não conheço nem de nome, nem de vista.

— Alboques são — respondeu D. Quixote — umas chapas ao modo de lamparinas de latão, que batendo uma contra outra pelo lado cavo fazem um som que, se não muito agradável nem harmônico, não descontenta e vai bem com a rusticidade da doçaina e do tamborim. E este nome, *alboques*, é mourisco, como o são todos aqueles que na nossa língua castelhana começam com *al*, convém a saber: *almohaza, almorzar, alhombra, alguacil, alhucema, al-*

---

colás se podrá llamar "Niculoso", como ya el antiguo Boscán se llamó "Nemoroso"; al cura no sé qué nombre le pongamos, si no es algún derivativo de su nombre, llamándole "el pastor Curiambro". Las pastoras de quien hemos de ser amantes, como entre peras podremos escoger sus nombres; y pues el de mi señora cuadra así al de pastora como al de princesa, no hay para qué cansarme en buscar otro que mejor le venga; tú, Sancho, pondrás a la tuya el que quisieres.

— No pienso — respondió Sancho — ponerle otro alguno sino el de Teresona, que le vendrá bien con su gordura y con el propio que tiene, pues se llama Teresa; y más que, celebrándola yo en mis versos vengo a descubrir mis castos deseos, pues no ando a buscar pan de trastrigo por las casas ajenas. El cura no será bien que tenga pastora, por dar buen ejemplo; y si quisiere el bachiller tenerla, su alma en su palma.

— ¡Válame Dios — dijo don Quijote —, y qué vida nos hemos de dar, Sancho amigo! ¡Qué de churumbelas han de llegar a nuestros oídos, qué de gaitas zamoranas, qué de tamborines, y qué de sonajas, y qué de rabeles! Pues qué si destas diferencias de músicas resuena la de los alboques, allí se verá casi todos los instrumentos pastorales.

— ¿Qué son *albogues* — preguntó Sancho —, que ni los he oído nombrar, ni los he visto en toda mi vida?

— *Albogues* son — respondió don Quijote — unas chapas a modo de candeleros de azófar, que dando una con otra por lo vacío y hueco hace un son que, si no muy agradable ni armónico, no descontenta y viene bien con la rusticidad de la gaita y del tamborín. Y este nombre *albogues* es morisco, como lo son todos aquellos que en nuestra lengua castellana comienzan en *al*, conviene a saber: *almohaza, almorzar, alhombra, alguacil, alhucema,*

macén, alcancía e outros semelhantes, que devem ser poucos mais; e só três tem esta língua que são mouriscos e acabam em *i*, e são *borzeguí, javalí* e *maravedí; alhelí* e *alfaquí*, tanto pelo *al* primeiro como pelo *i* em que acabam, são conhecidos por arábicos. Digo isto de passagem, porque mo trouxe à memória a ocasião de ter falado em alboques; e creio que muito nos há de ajudar à perfeição deste exercício que eu seja um pouco poeta, como tu sabes, e que o seja também em extremo o bacharel Sansón Carrasco. Do padre não digo nada, mas aposto que deve de ter suas pontas e seus bicos de poeta; e que também não duvido que os tenha o mestre Nicolás, porque todos ou os mais são guitarristas e cantigueiros. Eu me queixarei de ausência; tu te gabarás de firme enamorado; o pastor Carrascão, de desprezado; e o padre Paterando, do que ele mais se puder servir, e assim andará a coisa que não teremos mais que desejar.

Ao que respondeu Sancho:

— Eu sou, senhor, tão desgraçado, que temo não chegue o dia em que em tal exercício me veja. Oh, quantas polidas colheres hei de entalhar quando for pastor! Quantas migas, quantas natas, quantas guirnaldas e frioleiras pastoris, que, se não me granjearem fama de discreto, não deixarão de me granjear a de engenhoso! Sanchica minha filha nos levará a comida à malhada. Mas olho vivo, que ela é jeitosa, e há pastores mais maliciosos do que simples, e não quisera que ela fosse por lã e voltasse tosquiada; e tanto andam os amores e os não bons desejos pelos campos como pelas cidades e pelas pastorais choças como pelos reais palácios, e tirada a causa, tira-se o pecado, e olhos que não veem, coração que não quer, e mais vale saltar o barranco que rogar o santo.

— Não mais ditados, Sancho — disse D. Quixote —, pois um só desses

---

almacén, alcancía y otros semejantes, que deben ser pocos más; y solos tres tiene nuestra lengua que son moriscos y acaban en *i*, y son *borceguí, zaquizamí* y *maravedí; alhelí* y *alfaquí*, tanto por el *al* primero como por el *í* en que acaban, son conocidos por arábigos. Esto te he dicho de paso, por habérmelo reducido a la memoria la ocasión de haber nombrado alboques; y hanos de ayudar mucho al parecer en perfeción este ejercicio el ser yo algún tanto poeta, como tú sabes, y el serlo también en estremo el bachiller Sansón Carrasco. Del cura no digo nada, pero yo apostaré que debe de tener sus puntas y collares de poeta; y que las tenga también maese Nicolás, no dudo en ello, porque todos o los más son guitarristas y copleros. Yo me quejaré de ausencia; tú te alabarás de firme enamorado; el pastor Carrascón, de desdeñado, y el cura Curiambro, de lo que él más puede servirse, y así andará la cosa que no haya más que desear.

A lo que respondió Sancho:

— Yo soy, señor, tan desgraciado, que temo no ha de llegar el día en que en tal ejercicio me vea. ¡Oh, qué polidas cuchares tengo de hacer cuando pastor me vea! ¡Qué de migas, qué de natas, qué de guirnaldas y qué de zarandajas pastoriles, que, puesto que no me granjeen fama de discreto, no dejarán de granjearme la de ingenioso! Sanchica mi hija nos llevará la comida al hato. Pero guarda, que es de buen parecer, y hay pastores más maliciosos que simples, y no querría que fuese por lana y volviese trasquilada; y tan bien suelen andar los amores y los no buenos deseos por los campos como por las ciudades y por las pastorales chozas como por los reales palacios, y quitada la causa, se quita el pecado, y ojos que no veen, corazón que no quiebra, y más vale salto de mata que ruego de hombres buenos.

que dizes basta para dares a entender teu pensamento; e muitas vezes já te aconselhei a não seres tão pródigo em ditados, e que tenhas mão em dizê--los, mas parece que é pregar no deserto, e minha mãe me castiga, e eu rodando o pião.

— A mim me parece — respondeu Sancho — que vossa mercê é como o roto que se ri do esfarrapado e o sujo do mal lavado: está-me repreendendo por que eu não diga ditados e os vai desfiando de dois em dois.

— Olha, Sancho — respondeu D. Quixote. — Eu trago os ditados a propósito, e quando os digo eles entram como luva na mão, mas tu os trazes tão pelos cabelos, que os arrastas, e não os guias; e se mal não me lembro, já te disse que os ditados são sentenças breves, tiradas da experiência e especulação dos nossos antigos sábios, e o ditado que não vem a propósito antes é disparate que sentença. Mas deixemos esse assunto, e como a noite já vem chegando, retiremo-nos da estrada real aonde possamos passar esta noite, e Deus sabe o que será amanhã.

Retiraram-se, jantaram tarde e mal, muito contra a vontade de Sancho, a quem se representavam as estreitezas da andante cavalaria usadas nas selvas e nos montes, bem que às vezes a fartura se mostrava nos castelos e casas, assim de D. Diego de Miranda como nas bodas do rico Camacho e de D. Antonio Moreno; mas considerava não ser possível ser sempre de dia nem sempre de noite, e assim passou aquela dormindo, e seu amo velando.

— No más refranes, Sancho — dijo don Quijote —, pues cualquiera de los que has dicho basta para dar a entender tu pensamiento; y muchas veces te he aconsejado que no seas tan pródigo de refranes, y que te vayas a la mano en decirlos, pero paréceme que es predicar en desierto, y castígame mi madre, y yo trómpogelas.

— Paréceme — respondió Sancho — que vuesa merced es como lo que dicen: "Dijo la sartén a la caldera: Quítate allá, ojinegra". Estáme reprehendiendo que no diga yo refranes, y ensártalos vuesa merced de dos en dos.

— Mira, Sancho — respondió don Quijote —: yo traigo los refranes a propósito, y vienen cuando los digo como anillo en el dedo, pero tráeslos tú tan por los cabellos, que los arrastras, y no los guías; y si no me acuerdo mal, otra vez te he dicho que los refranes son sentencias breves, sacadas de la experiencia y especulación de nuestros antiguos sabios, y el refrán que no viene a propósito antes es disparate que sentencia. Pero dejémonos desto, y pues ya viene la noche retirémonos del camino real algún trecho, donde pasaremos esta noche, y Dios sabe lo que será mañana.

Retiráronse, cenaron tarde y mal, bien contra la voluntad de Sancho, a quien se le representaban las estrechezas de la andante caballería usadas en las selvas y en los montes, si bien tal vez la abundancia se mostraba en los castillos y casas, así de don Diego de Miranda como en las bodas del rico Camacho y de don Antonio Moreno; pero consideraba no ser posible ser siempre de día ni siempre de noche, y así pasó aquella durmiendo, y su amo velando.

NOTAS

[1] ... tesouros [...] como os dos duendes: a expressão *"tesoro de duende"* designava riquezas imaginárias ou dissipadas sem tino. Tem raízes na crença de que os tesouros escondidos por seres fantásticos se transformam em carvão ou desaparecem quando desenterrados.

[2] Nemoroso: acreditava-se que Garcilaso de la Vega, ao dar esse nome derivado do latim *nemus* (bosque) a um dos pastores de sua primeira égloga, cifrara aí uma homenagem a seu grande amigo e também poeta Juan Boscán (1495?-1542).

CAPÍTULO LXVIII

DA CERDOSA AVENTURA QUE ACONTECEU A D. QUIXOTE

Era a noite um tanto escura, posto que a lua estivesse no céu, mas não em parte que pudesse ser vista, pois às vezes a senhora Diana se vai passear nos antípodas e deixa os montes negros e os vales escuros. Cumpriu D. Quixote com a natureza dormindo o primeiro sono, sem dar lugar ao segundo, bem ao contrário de Sancho, que nunca teve segundo, porque lhe durava o sono desde a noite até a manhã, no que se mostrava sua boa compleição e poucas preocupações. As de D. Quixote o desvelaram de maneira que acordou Sancho e lhe disse:

— Maravilhado estou, Sancho, da liberdade da tua condição: eu imagino que és feito de mármore ou de duro bronze, no qual não cabe movimento nem sentimento algum. Eu velo quando tu dormes; eu choro quando cantas; eu desmaio de jejum quando tu, de puro farto, estás preguiçoso e sem alento. É próprio dos bons criados sofrer as dores de seu senhor e sentir seus sentimentos, quando menos por bem parecer. Olha a serenidade desta noite, a solidão em que estamos, que nos convida a entremear alguma vigília em nosso sono. Levanta-te, por tua vida, e desvia-te algum trecho daqui, e com bom ânimo e denodo agradecido dá-te trezentos ou quatrocentos açoites à boa conta dos que deves pelo desencantamento de Dulcineia; e isto te supli-

---

CAPÍTULO LXVIII

DE LA CERDOSA AVENTURA QUE LE ACONTECIÓ A DON QUIJOTE

Era la noche algo escura, puesto que la luna estaba en el cielo, pero no en parte que pudiese ser vista, que tal vez la señora Diana se va a pasear a los antípodas y deja los montes negros y los valles escuros. Cumplió don Quijote con la naturaleza durmiendo el primer sueño, sin dar lugar al segundo, bien al revés de Sancho, que nunca tuvo segundo, porque le duraba el sueño desde la noche hasta la mañana, en que se mostraba su buena complexión y pocos cuidados. Los de don Quijote le desvelaron de manera que despertó a Sancho y le dijo:

— Maravillado estoy, Sancho, de la libertad de tu condición: yo imagino que eres hecho de mármol o de duro bronce, en quien no cabe movimiento ni sentimiento alguno. Yo velo cuando tú duermes, yo lloro cuando cantas, yo me desmayo de ayuno cuando tú estás perezoso y desalentado de puro harto. De buenos criados es conllevar las penas de sus señores y sentir sus sentimientos, por el bien parecer siquiera. Mira la serenidad desta noche, la soledad en que estamos, que nos convida a entremeter alguna vigilia entre nuestro sueño. Levántate, por tu vida, y desvíate algún trecho de aquí, y con buen ánimo y denuedo agradecido date trecientos o cuatrocientos

co rogando, pois não quero vir contigo às mãos como da outra vez, porque sei que as tens pesadas. Depois de te açoitares, passaremos o que resta da noite cantando, eu a minha ausência e tu a tua firmeza, dando desde já princípio ao exercício pastoral que havemos de ter na nossa aldeia.

— Senhor — respondeu Sancho —, eu não sou religioso para no meio do meu sono me levantar e disciplinar, nem me parece que do extremo da dor dos açoites se possa passar ao da música. Vossa mercê me deixe dormir e não mais me aperte nisso, se não quiser que eu jure nunca tocar, já nem digo minhas carnes, mas um fio do meu saial.

— Oh alma endurecida! Oh escudeiro sem piedade! Oh pão mal-empregado e mercês malconsideradas as que te fiz e penso fazer-te! Por mim te viste governador e por mim te vês na esperança propínqua de ser conde ou ter outro título equivalente, e não tardará o cumprimento dela mais do que este ano tardará em passar, pois eu *post tenebras spero lucem*.[1]

— Não entendo esses latins — replicou Sancho. — Só entendo que enquanto eu durmo não tenho temor nem esperança, nem trabalho nem glória; e bem haja quem inventou o sono, capa que cobre todos os humanos pensamentos, manjar que mata a fome, água que afugenta a sede, fogo que esquenta o frio, frio que arrefece o ardor e, finalmente, moeda geral com que todas as coisas se compram, balança e peso que iguala o pastor com o rei e o simples com o discreto. Só uma coisa tem o sono de ruim, segundo ouvi dizer, e é que se parece à morte, pois de um dormente a um morto há muito pouca diferença.

— Nunca, Sancho — disse D. Quixote —, te ouvi falar tão elegantemente como agora; por onde venho a conhecer ser verdade o ditado que tu algumas vezes costumas dizer: "Não com quem nasces, senão com quem pasces".

---

azotes a buena cuenta de los del desencanto de Dulcinea; y esto rogando te lo suplico, que no quiero venir contigo a los brazos como la otra vez, porque sé que los tienes pesados. Después que te hayas dado, pasaremos lo que resta de la noche cantando, yo mi ausencia y tú tu firmeza, dando desde agora principio al ejercicio pastoral que hemos de tener en nuestra aldea.

— Señor — respondió Sancho —, no soy yo religioso para que desde la mitad de mi sueño me levante y me dicipline, ni menos me parece que del estremo del dolor de los azotes se pueda pasar al de la música. Vuesa merced me deje dormir y no me apriete en lo del azotarme, que me hará hacer juramento de no tocarme jamás al pelo del sayo, no que al de mis carnes.

— ¡Oh alma endurecida! ¡Oh escudero sin piedad! ¡Oh pan mal empleado y mercedes mal consideradas las que te he hecho y pienso de hacerte! Por mí te has visto gobernador y por mí te vees con esperanzas propincuas de ser conde o tener otro título equivalente, y no tardará el cumplimiento de ellas más de cuanto tarde en pasar este año, que yo "post tenebras spero lucem".

— No entiendo eso — replicó Sancho —: sólo entiendo que en tanto que duermo ni tengo temor ni esperanza, ni trabajo ni gloria; y bien haya el que inventó el sueño, capa que cubre todos los humanos pensamientos, manjar que quita la hambre, agua que ahuyenta la sed, fuego que calienta el frío, frío que templa el ardor y, finalmente, moneda general con que todas las cosas se compran, balanza y peso que iguala al pastor con el rey y al simple con el discreto. Sola una cosa tiene mala el sueño, según he oído decir, y es que se parece a la muerte, pues de un dormido a un muerto hay muy poca diferencia.

— Hui, senhor nosso amo! — replicou Sancho. — Não sou eu quem agora desfia ditados, pois também da boca de vossa mercê vão eles saindo de dois em dois melhor que da minha, com a diferença que os de vossa mercê hão sempre de vir a tempo e os meus a desoras; mas, com efeito, são todos ditados.

Nisto estavam quando ouviram um surdo estrondo e um áspero ruído, que por todos aqueles vales se estendia. Levantou-se em pé D. Quixote e meteu mão à espada, e Sancho se alapou embaixo do ruço, pondo-se aos lados o amarrado das armas e a albarda do jumento, tão tremendo de medo quanto alvoroçado D. Quixote. De ponto em ponto ia crescendo o ruído e chegando-se perto dos dois temerosos; pelo menos de um, que do outro já se conhece a valentia.

É pois o caso que levavam uns homens para vender numa feira mais de seiscentos porcos, com os quais caminhavam àquelas horas, e era tanto o ruído que faziam, e o grunhir e o bufar, que ensurdeceram os ouvidos de D. Quixote e de Sancho, que não advertiram o que ser podia. Chegou de tropel a vasta e grunhidora piara, e sem ter respeito à autoridade de D. Quixote, nem à de Sancho, passaram os porcos por cima dos dois, desfazendo as trincheiras de Sancho e derrubando não só D. Quixote, mas levando de roldão a Rocinante. O tropel, o grunhir, a presteza com que chegaram os animais imundos, tudo pôs em confusão e por terra a albarda, as armas, o ruço, Rocinante, Sancho e D. Quixote.

Levantou-se Sancho como melhor pôde e pediu a espada ao amo, dizendo-lhe que queria matar meia dúzia daqueles senhores e descomedidos porcos, que já havia conhecido que o eram. D. Quixote lhe disse:

— Deixa-os estar, amigo, que esta afronta é pena do meu pecado, e jus-

---

— Nunca te he oído hablar, Sancho — dijo don Quijote —, tan elegantemente como ahora; por donde vengo a conocer ser verdad el refrán que tú algunas veces sueles decir: "No con quien naces, sino con quien paces".

— ¡Ah, pesia tal — replicó Sancho —, señor nuestro amo! No soy yo ahora el que ensarta refranes, que también a vuestra merced se le caen de la boca de dos en dos mejor que a mí, sino que debe de haber entre los míos y los suyos esta diferencia, que los de vuestra merced vendrán a tiempo y los míos a deshora; pero, en efecto, todos son refranes.

En esto estaban, cuando sintieron un sordo estruendo y un áspero ruido, que por todos aquellos valles se estendía. Levantóse en pie don Quijote y puso mano a la espada, y Sancho se agazapó debajo del rucio, poniéndose a los lados el lío de las armas y la albarda de su jumento, tan temblando de miedo como alborotado don Quijote. De punto en punto iba creciendo el ruido y llegándose cerca a los dos temerosos; a lo menos, al uno, que al otro ya se sabe su valentía.

Es pues el caso que llevaban unos hombres a vender a una feria más de seiscientos puercos, con los cuales caminaban a aquellas horas, y era tanto el ruido que llevaban, y el gruñir y el bufar, que ensordecieron los oídos de don Quijote y de Sancho, que no advirtieron lo que ser podía. Llegó de tropel la estendida y gruñidora piara, y sin tener respeto a la autoridad de don Quijote, ni a la de Sancho, pasaron por cima de los dos, deshaciendo las trincheas de Sancho y derribando no sólo a don Quijote, sino llevando por añadidura a Rocinante. El tropel, el gruñir, la presteza con que llegaron los animales inmundos, puso en confusión y por el suelo a la albarda, a las armas, al rucio, a Rocinante, a Sancho y a don Quijote.

to castigo do céu é que um cavaleiro andante vencido seja comido de chacais, e picado de vespas, e pisado de porcos.

— Também deve de ser castigo do céu — respondeu Sancho — que os escudeiros dos cavaleiros vencidos sejam mordidos de moscas, comidos de piolhos e roídos de fome. Se os escudeiros fôssemos filhos dos cavaleiros que servimos, ou parentes deles muito próximos, não seria muito que nos tocasse a pena das suas culpas até a quarta geração; mas que têm que ver os Panças com os Quixotes? Ora bem, tornemo-nos a acomodar e durmamos o pouco que resta da noite, e com Deus amanheçamos, e já veremos.

— Dorme tu, Sancho — respondeu D. Quixote —, que nasceste para dormir; pois eu, que nasci para velar, no tempo que falta daqui até o dia darei rédea aos meus pensamentos e os desafogarei num madrigalete[2] que, sem que o soubesses, ontem compus na memória.

— A mim me parece — respondeu Sancho — que os pensamentos que dão lugar a fazer coplas não devem de ser muitos. Vossa mercê copleie quanto quiser, que eu dormirei quanto puder.

E em seguida, tomando do chão quanto quis, se enrodilhou e dormiu a sono solto, sem que fianças, nem dívidas, nem dor alguma o estorvasse. D. Quixote, encostado no tronco de uma faia, ou de um sobreiro[3] (pois Cide Hamete Benengeli não distingue a árvore que era), ao som dos seus próprios suspiros cantou desta sorte:

> — Amor, sempre que penso
> no mal que a mim me fazes fero e forte,
> correndo vou à morte,
> pensando assim findar meu mal imenso;

Levantóse Sancho como mejor pudo y pidió a su amo la espada, diciéndole que quería matar media docena de aquellos señores y descomedidos puercos, que ya había conocido que lo eran. Don Quijote le dijo:

— Déjalos estar, amigo, que esta afrenta es pena de mi pecado, y justo castigo del cielo es que a un caballero andante vencido le coman adivas, y le piquen avispas, y le hollen puercos.

— También debe de ser castigo del cielo — respondió Sancho — que a los escuderos de los caballeros vencidos los puncen moscas, los coman piojos y les embista la hambre. Si los escuderos fuéramos hijos de los caballeros a quien servimos, o parientes suyos muy cercanos, no fuera mucho que nos alcanzara la pena de sus culpas hasta la cuarta generación; pero ¿qué tienen que ver los Panzas con los Quijotes? Ahora bien, tornémonos a acomodar y durmamos lo poco que queda de la noche, y amanecerá Dios y medraremos.

— Duerme tú, Sancho — respondió don Quijote —, que naciste para dormir; que yo, que nací para velar, en el tiempo que falta de aquí al día daré rienda a mis pensamientos y los desfogaré en un madrigalete que, sin que tú lo sepas, anoche compuse en la memoria.

— A mí me parece — respondió Sancho — que los pensamientos que dan lugar a hacer coplas no deben de ser muchos. Vuesa merced coplee cuanto quisiere, que yo dormiré cuanto pudiere.

Y luego, tomando en el suelo cuanto quiso, se acurrucó y durmió a sueño suelto, sin que fianzas, ni deudas, ni dolor alguno se lo estorbase. Don Quijote, arrimado a un tronco de una haya, o de un alcornoque (que Cide Hamete Benengeli no distingue el árbol que era), al son de sus mesmos suspiros cantó de esta suerte:

mas em chegando ao passo
que é porto em oceano de agonia,
é tanta a alegria,
que a vida se reforça e o não passo.

Assim viver me mata,
enquanto a morte torna a dar-me a vida.
Tortura desabrida
que a vida aporta e a morte não desata![4]

Cada verso destes acompanhava com muitos suspiros e não poucas lágrimas, tal como quem tinha o coração trespassado pela dor do vencimento e pela ausência de Dulcineia.

Chegou então o dia, deu o sol com seus raios nos olhos de Sancho, que acordou e se espreguiçou, sacudindo-se e esticando os preguiçosos membros; olhou o estrago que haviam feito os porcos em sua alforjada e maldisse a piara, e ainda foi além. Finalmente voltaram os dois ao seu começado caminho e ao cair da tarde viram que para eles vinham cerca de dez homens a cavalo e quatro ou cinco a pé. Sobressaltou-se o coração de D. Quixote e apertou-se o de Sancho, porque aquelas gentes traziam lanças e adargas e vinham muito em pé de guerra. Virou-se D. Quixote para Sancho e lhe disse:

— Se eu pudesse, Sancho, exercitar as minhas armas e a minha promessa não me tivesse atado os braços, esta máquina que vem sobre nós eu a tivera por jogo de crianças; mas bem pudera ser outra coisa que não a que tememos.

Nisto chegaram os homens a cavalo e, arvorando as lanças, sem falar palavra alguma rodearam D. Quixote e apontaram as armas para as costas e o peito dele, ameaçando-o de morte. Um dos que vinham a pé, posto um

---

— Amor, cuando yo pienso
en el mal que me das terrible y fuerte,
voy corriendo a la muerte,
pensando así acabar mi mal inmenso;

mas en llegando al paso
que es puerto en este mar de mi tormento,
tanta alegría siento,
que la vida se esfuerza, y no le paso.

Así el vivir me mata,
que la muerte me torna a dar la vida.
¡Oh condición no oída
la que conmigo muerte y vida trata!

Cada verso destos acompañaba con muchos suspiros y no pocas lágrimas, bien como aquel cuyo corazón tenía traspasado con el dolor del vencimiento y con la ausencia de Dulcinea.

Llegóse en esto el día, dio el sol con sus rayos en los ojos a Sancho, despertó y esperezóse, sacudiéndose y estirándose los perezosos miembros; miró el destrozo que habían hecho los puercos en su repostería y maldijo la

dedo sobre a boca em sinal de que calasse, tomou do freio de Rocinante e o apartou do caminho, e os demais a pé, levando Sancho e o ruço adiante, guardando todos espantoso silêncio, seguiram os passos daquele que levava D. Quixote, o qual duas ou três vezes quis perguntar aonde o levavam ou que queriam, mas apenas começava a mover os lábios, quando lhos fechavam com os ferros das lanças; e com Sancho acontecia o mesmo, porque apenas dava sinais de falar, quando um dos homens a pé o picava com um aguilhão, e ao ruço nem mais nem menos, como se falar quisesse. Cerrou-se a noite, apertaram o passo, cresceu nos dois presos o medo, e mais quando ouviram que de quando em quando lhes diziam:

— Caminhai, trogloditas!

— Calai, bárbaros!

— Pagai, antropófagos!

— Não vos queixeis, citas, nem abrais os olhos, Polifemos matadores, leões carniceiros!

E outros nomes semelhantes, com que atormentavam os ouvidos dos miseráveis amo e moço. Sancho ia dizendo entre si: "Nós tortulhistas? Nós barbeiros e potros fracos? Nós podres fêmeos? Não gosto nada desses nomes, é vento ruim na peneira; todo o mal nos vem às braçadas, como as pedras ao cachorro, e tomara que pare nisso a ameaça desta aventura tão desventurada!".

Ia D. Quixote pasmado, sem conseguir entender com quantos discursos fazia o que seriam aqueles nomes que lhes lançavam, tão cheios de vitupérios, dos quais só tirava em limpo não esperar nenhum bem e temer muito mal. Chegaram então, quase à uma hora da noite, a um castelo que bem conheceu D. Quixote ser o do duque, onde havia pouco que tinham estado.

---

piara, y aun más adelante. Finalmente, volvieron los dos a su comenzado camino y al declinar de la tarde vieron que hacia ellos venían hasta diez hombres de a caballo y cuatro o cinco de a pie. Sobresaltóse el corazón de don Quijote y azoróse el de Sancho, porque la gente que se les llegaba traía lanzas y adargas y venía muy a punto de guerra. Volvióse don Quijote a Sancho y díjole: — Si yo pudiera, Sancho, ejercitar mis armas y mi promesa no me hubiera atado los brazos, esta máquina que sobre nosotros viene la tuviera yo por tortas y pan pintado; pero podría ser fuese otra cosa de la que tememos.

Llegaron en esto los de a caballo y, arbolando las lanzas, sin hablar palabra alguna rodearon a don Quijote y se las pusieron a las espaldas y pechos, amenazándole de muerte. Uno de los de a pie, puesto un dedo en la boca en señal de que callase, asió del freno de Rocinante y le sacó del camino, y los demás de a pie, antecogiendo a Sancho y al rucio, guardando todos maravilloso silencio, siguieron los pasos del que llevaba a don Quijote, el cual dos o tres veces quiso preguntar adónde le llevaban o qué querían, pero apenas comenzaba a mover los labios, cuando se los iban a cerrar con los hierros de las lanzas; y a Sancho le acontecía lo mismo, porque apenas daba muestras de hablar, cuando uno de los de a pie con un aguijón le punzaba, y al rucio ni más ni menos, como si hablar quisiera. Cerró la noche, apresuraron el paso, creció en los dos presos el miedo, y más cuando oyeron que de cuando en cuando les decían:

— ¡Caminad, trogloditas!

— ¡Callad, bárbaros!

— ¡Pagad, antropofagos!

792

— Valha-me Deus! — disse apenas reconheceu o local. — Que será isto? Pois se nesta casa tudo é cortesia e bons modos; mas para os vencidos o bem se torna em mal e o mal em pior.

Entraram no pátio principal do castelo e o viram paramentado de jeito e modo que lhes acrescentou a admiração e redobrou o medo, como se verá no seguinte capítulo.

Notas

[1] *Post tenebras spero lucem*: "depois das trevas espero a luz"; a frase bíblica (Jó, 17, 12) era também a divisa de Juan de la Cuesta, impressor das edições *princeps* dos dois *Quixotes*, que a reproduzem no frontispício em volta de um escudete com a figura de um falcão encapuzado (ver apresentação, pp. 14-5).

[2] Madrigalete: madrigal curto, sem a estrofe de abertura.

[3] ... encostado no tronco de uma faia, ou de um sobreiro: alusão ao tópico literário conhecido como *arbore sub quadam*, característico dos poemas bucólicos, que consiste em situar um pastor descansando sob uma árvore, onde desfia seus versos. Seu modelo inicial encontra-se na abertura da primeira égloga virgiliana, *"O Tytire, tu patulæ recubans sub tegmine fagi..."* (Ó Títiro, tu que estás recostado à sombra da frondosa *faia...*), que na época suscitou entre os comentadores das *Bucólicas* certa polêmica sobre a tradução mais exata do termo *fagus* (faia, carvalho ou sobreiro), aqui retomada em chave burlesca.

[4] Amor sempre que penso/ [...]/com que a morte e a vida me maltratam: tradução do madrigal de Pietro Bembo (1470-1547) *"Quand'io penso al martire/ amor che tu mi dai gravoso e forte,/ corro per gir a morte,/ così sperando i miei danni finire.// Ma poi ch'i' giungo al passo,/ ch'è porto in questo mar d'ogni tormento,/ tanto piacer ne sento,/ che l'alma si rinforza, ond'io no'l passo.// Così'l viver m'ancide,/ così la morte mi ritorna in vita./ O miseria infinita/ che l'uno apporta e l'altra non recide"*.

— ¡No os quejéis, scitas, ni abráis los ojos, Polifemos matadores, leones carniceros!

Y otros nombres semejantes a estos, con que atormentaban los oídos de los miserables amo y mozo. Sancho iba diciendo entre sí: "¿Nosotros tortolitas? ¿Nosotros barberos ni estropajos? ¿Nosotros perritas, a quien dicen cita, cita? No me contentan nada estos nombres: a mal viento va esta parva; todo el mal nos viene junto, como al perro los palos, ¡y ojalá parase en ellos lo que amenaza esta aventura tan desventurada!".

Iba don Quijote embelesado, sin poder atinar con cuantos discursos hacía qué serían aquellos nombres llenos de vituperios que les ponían, de los cuales sacaba en limpio no esperar ningún bien y temer mucho mal. Llegaron en esto, un hora casi de la noche, a un castillo que bien conoció don Quijote que era el del duque, donde había poco que habían estado.

— ¡Válame Dios! — dijo así como conoció la estancia —, ¿y qué será esto? Sí, que en esta casa todo es cortesía y buen comedimiento; pero para los vencidos el bien se vuelve en mal y el mal en peor.

Entraron al patio principal del castillo y viéronle aderezado y puesto de manera que les acrecentó la admiración y les dobló el miedo, como se verá en el siguiente capítulo.

CAPÍTULO LXIX

DO MAIS RARO E MAIS NOVO SUCESSO
QUE EM TODO O DISCURSO DESTA GRANDE HISTÓRIA
ACONTECEU A D. *QUIXOTE*

Apearam-se os homens a cavalo e, junto com os que vinham a pé, tomando a Sancho e D. Quixote em bolandas e arrebatadamente, os entraram no pátio, à volta do qual ardiam quase cem brandões postos em seus castiçais, e pelas galerias do pátio mais de quinhentas luminárias, de modo que, apesar da noite (que se mostrava um tanto escura), não se dava a ver a falta do dia. No meio do pátio se levantava um túmulo como a duas varas do chão, todo coberto com um grandíssimo dossel de veludo preto, à roda do qual, sobre o estrado, ardiam velas de cera branca em mais de cem candeeiros de prata, acima do qual túmulo se mostrava um corpo morto de uma tão formosa donzela que com sua formosura fazia parecer formosa a própria morte.[1] Tinha a cabeça sobre uma almofada de brocado, coroada com uma grinalda de diversas e perfumosas flores tecida, as mãos cruzadas sobre o peito, e entre elas um ramo de amarela e vencedora palma.[2]

A um lado do pátio estava posto um tablado, e em duas cadeiras sentados dois personagens, que por terem coroas na cabeça e cetros na mão davam sinais de ser reis, quer verdadeiros, quer fingidos. Ao lado desse tabla-

---

CAPÍTULO LXIX

DEL MÁS RARO Y MÁS NUEVO SUCESO
QUE EN TODO EL DISCURSO DESTA GRANDE HISTORIA
AVINO A DON QUIJOTE

Apeáronse los de a caballo, y junto con los de a pie, tomando en peso y arrebatadamente a Sancho y a don Quijote, los entraron en el patio, alrededor del cual ardían casi cien hachas, puestas en sus blandones, y por los corredores del patio, más de quinientas luminarias, de modo que a pesar de la noche, que se mostraba algo escura, no se echaba de ver la falta del día. En medio del patio se levantaba un túmulo como dos varas del suelo, cubierto todo con un grandísimo dosel de terciopelo negro, alrededor del cual, por sus gradas, ardían velas de cera blanca sobre más de cien candeleros de plata, encima del cual túmulo se mostraba un cuerpo muerto de una tan hermosa doncella, que hacía parecer con su hermosura hermosa a la misma muerte. Tenía la cabeza sobre una almohada de brocado, coronada con una guirnalda de diversas y odoríferas flores tejida, las manos cruzadas sobre el pecho, y entre ellas un ramo de amarilla y vencedora palma.

A un lado del patio estaba puesto un teatro, y en dos sillas sentados dos personajes, que por tener coronas

do, aonde se chegava subindo uns degraus, estavam outras duas cadeiras, nas quais aqueles que haviam prendido D. Quixote e Sancho os sentaram, tudo isto em silêncio e dando a entender aos dois por sinais que também guardassem silêncio; mas sem que lho sinalassem ainda o houveram de guardar, porque a admiração do que estavam vendo tinha-lhes a língua atada.

Subiram então ao tablado com muito acompanhamento dois principais personagens, que logo D. Quixote conheceu serem o duque e a duquesa, seus hospedeiros, os quais se sentaram em duas riquíssimas cadeiras, junto àqueles dois que pareciam ser reis. Quem não se houvera de admirar com tudo aquilo, tendo ainda por cima conhecido D. Quixote que o corpo morto e posto sobre o túmulo era o da formosa Altisidora?

Ao subirem o duque e a duquesa no tablado, levantaram-se D. Quixote e Sancho e humilharam-se em profunda reverência, e os duques fizeram o mesmo, inclinando um tanto as cabeças. Saiu então de través um ministro e, chegando-se a Sancho, deitou-lhe sobre o corpo um roupão de bocassim preto, todo pintado com labaredas de fogueira, e tirando-lhe a carapuça lhe pôs na cabeça uma carocha,[3] ao modo das que se põem nos penitenciados pelo Santo Ofício, e disse-lhe ao ouvido que não descosesse os lábios, pois do contrário lhe deitariam uma mordaça ou lhe tirariam a vida. Olhava-se Sancho de cima a baixo, via-se ardendo em chamas, mas como não queimavam não lhes fez caso algum. Tirou-se a carocha, viu-a pintada de diabos, tornou a encasquetá-la, dizendo entre si:

— Ainda bem que nem elas me abrasam nem eles me levam.

Olhava-o também D. Quixote, e bem que o temor lhe tivesse suspensos os sentidos, não deixou de se rir ao ver a figura de Sancho. Começou nisto a sair, ao parecer de sob o túmulo, um som quedo e agradável de flautas, que

---

en la cabeza y ceptros en las manos daban señales de ser algunos reyes, ya verdaderos o ya fingidos. Al lado deste teatro, adonde se subía por algunas gradas, estaban otras dos sillas, sobre las cuales los que trujéronlos presos sentaron a don Quijote y a Sancho, todo esto callando y dándoles a entender con señales a los dos que asimismo callasen; pero sin que se lo señalaran callaran ellos, porque la admiración de lo que estaban mirando les tenía atadas las lenguas.

Subieron en esto al teatro con mucho acompañamiento dos de los principales personajes, que luego fueron conocidos de don Quijote ser el duque y la duquesa, sus huéspedes, los cuales se sentaron en dos riquísimas sillas, junto a los dos que parecían reyes. ¿Quién no se había de admirar con esto, añadiéndose a ello haber conocido don Quijote que el cuerpo muerto que estaba sobre el túmulo era el de la hermosa Altisidora?

Al subir el duque y la duquesa en el teatro, se levantaron don Quijote y Sancho y les hicieron una profunda humillación, y los duques hicieron lo mesmo, inclinando algún tanto las cabezas. Salió en esto, de través, un ministro, y llegándose a Sancho le echó una ropa de bocací negro encima, toda pintada con llamas de fuego, y quitándole la caperuza le puso en la cabeza una coroza, al modo de las que sacan los penitenciados por el Santo Oficio, y díjole al oído que no descosiese los labios, porque le echarían una mordaza o le quitarían la vida. Mirábase Sancho de arriba abajo, veíase ardiendo en llamas, pero como no le quemaban no las estimaba en dos ardites. Quitóse la coroza, viola pintada de diablos, volviósela a poner, diciendo entre sí:

— Aun bien que ni ellas me abrasan ni ellos me llevan.

Mirábale también don Quijote, y aunque el temor le tenía suspensos los sentidos, no dejó de reírse de ver

por não ser estorvado de nenhuma humana voz, pois naquele local o próprio silêncio guardava silêncio a si mesmo, se mostrava brando e amoroso. Logo fez de si improvisa mostra, junto ao travesseiro daquele presumido cadáver, um formoso mancebo vestido como romano, que ao som de uma harpa que ele mesmo tocava cantou com suavíssima e clara voz estas duas estâncias:

— Enquanto em si não torna Altisidora,
morta pelo desdém de D. Quixote,
e enquanto n'alta corte encantadora
as damas se vestirem de picote,
enquanto a suas duenhas a senhora
só de baeta veste, sem mais dote,
cantar hei seu donaire e desatino,
com melhor plectro que o cantor divino.

Ainda não percebo que me toca
tão grato ofício unicamente em vida,
e com a língua morta e fria na boca
penso mover a voz a ti devida.
Livre minh'alma da sua estreita rocha,
pela estigial lagoa conduzida,
celebrando-te irá, e o meu lamento
há de deter o rio do esquecimento.[4]

— Basta — disse neste ponto um daqueles dois que pareciam reis —, basta, rival de Orfeu, que seria infinito representar-nos agora a morte e as

---

la figura de Sancho. Comenzó en esto a salir al parecer debajo del túmulo un son sumiso y agradable de flautas, que por no ser impedido de alguna humana voz, porque en aquel sitio el mesmo silencio guardaba silencio a sí mismo, se mostraba blando y amoroso. Luego hizo de sí improvisa muestra, junto a la almohada del al parecer cadáver, un hermoso mancebo vestido a lo romano, que al son de una harpa que él mismo tocaba cantó con suavísima y clara voz estas dos estancias:

— En tanto que en sí vuelve Altisidora,
muerta por la crueldad de don Quijote,
y en tanto que en la corte encantadora
se vistieren las damas de picote,
y en tanto que a sus dueñas mi señora
vistiere de bayeta y de anascote,
cantaré su belleza y su desgracia,
con mejor plectro que el cantor de Tracia.

Y aun no se me figura que me toca
aqueste oficio solamente en vida,
mas con la lengua muerta y fría en la boca
pienso mover la voz a ti debida.
Libre mi alma de su estrecha roca,
por el estigio lago conducida,
celebrándote irá, y aquel sonido
hará parar las aguas del olvido.

— No más — dijo a esta sazón uno de los dos que parecían reyes —, no más, cantor divino, que sería proceder en infinito representarnos ahora la muerte y las gracias de la sin par Altisidora, no muerta, como el mundo ignorante piensa, sino viva en las lenguas de la fama y en la pena que para volverla a la perdida luz ha de pa-

graças da sem-par Altisidora, não morta, como pensa o mundo ignorante, mas viva nas línguas da fama e na pena que para torná-la à perdida luz há de passar Sancho Pança, aqui presente; e assim, oh tu, Radamanto,[5] que comigo julgas nas lôbregas cavernas de Plutão, pois sabes tudo aquilo que nos inescrutáveis fados está determinado sobre o tornar em si esta donzela, dize-o e declara-o logo, por que não se nos dilate o bem que com sua nova volta esperamos.

Mal havia dito isto Minos, juiz e companheiro de Radamanto, quando, levantando-se em pé Radamanto, disse:

— Eia, ministros desta casa, altos e baixos, grandes e pequenos, acudi uns após outros e selai o rosto de Sancho com vinte e quatro bofetões, mais doze beliscos e seis alfinetadas nos seus braços e lombos, pois nesta cerimônia consiste a saúde de Altisidora!

Ouvindo o qual Sancho Pança, rompeu o silêncio e disse:

— Voto a tal! Assim me deixarei selar o rosto ou bulir na cara como me farei mouro! Corpo de mim! Que tem que ver meter-me a mão na cara com a ressurreição desta donzela? Tomou gosto a velha pela coisa. Encantam Dulcineia, e me açoitam para que se desencante; morre Altisidora dos males que Deus lhe quis dar, e a querem ressuscitar dando-me vinte e quatro bofetões e crivando meu corpo a alfinetadas e arroxeando meus braços a beliscões! Essas burlas a um cunhado, que eu sou cachorro velho e não me fio de assovios!

— Morrerás! — disse em alta voz Radamanto. — Abranda-te, tigre; humilha-te, Nemrod[6] soberbo, e sofre e cala, pois não te pedem coisas impossíveis, e não te metas a averiguar as dificuldades deste negócio: bofeteado hás de ser, crivado te hás de ver, beliscado hás de gemer. Eia, digo, ministros,

---

sar Sancho Panza, que está presente; y, así, oh tú, Radamanto, que conmigo juzgas en las cavernas lóbregas de Dite, pues sabes todo aquello que en los inescrutables hados está determinado acerca de volver en sí esta doncella, dilo y declaralo luego, porque no se nos dilate el bien que con su nueva vuelta esperamos.

Apenas hubo dicho esto Minos, juez y compañero de Radamanto, cuando levantándose en pie Radamanto dijo:

— ¡Ea, ministros de esta casa, altos y bajos, grandes y chicos, acudid unos tras otros y sellad el rostro de Sancho con veinte y cuatro mamonas, y con doce pellizcos y seis alfilerazos brazos y lomos, que en esta ceremonia consiste la salud de Altisidora!

Oyendo lo cual Sancho Panza, rompió el silencio y dijo:

— ¡Voto a tal, así me deje yo sellar el rostro ni manosearme la cara como volverme moro! ¡Cuerpo de mí! ¿Qué tiene que ver manosearme el rostro con la resurrección desta doncella? Regostóse la vieja a los bledos. ¡Encantan a Dulcinea, y azótanme para que se desencante; muérese Altisidora de males que Dios quiso darle, y hanla de resucitar hacerme a mí veinte y cuatro mamonas y acribarme el cuerpo a alfilerazos y acardenalarme los brazos a pellizcos! ¡Esas burlas, a un cuñado, que yo soy perro viejo, y no hay conmigo tus, tus!

— ¡Morirás! — dijo en alta voz Radamanto —. Ablándate, tigre; humíllate, Nembrot soberbio, y sufre y calla, pues no te piden imposibles, y no te metas en averiguar las dificultades deste negocio: mamonado has de ser, acribillado te has de ver, pellizcado has de gemir. ¡Ea, digo, ministros, cumplid mi mandamiento; si no, por la fe de hombre de bien que habéis de ver para lo que nacistes!

cumpri meu mandamento; se não, por fé de homem de bem que haveis de ver para o que nascestes!

Apareceram nisto perto de seis duenhas, que pelo pátio vinham em procissão uma após outra, quatro delas de óculos, e todas com a mão direita levantada, com quatro dedos de pulso de fora, para fazer as mãos mais longas, como agora se usa. Mal as vira Sancho, quando bramando como um touro disse:

— Bem me poderei deixar bulir por todo o mundo, mas consentir que me toquem duenhas, isso não! Que me gateiem o rosto, como fizeram ao meu amo neste mesmo castelo; que me furem o corpo todo com pontas de finas adagas; que me atenazem os braços com tenazes de fogo, e tudo eu levarei em paciência, em tudo servindo a estes senhores; mas que me toquem duenhas não o consentirei nem que me leve o diabo.

Rompeu também o silêncio D. Quixote, dizendo a Sancho:

— Tem paciência, filho, e dá gosto a estes senhores, e muitas graças ao céu por ter posto tal virtude em tua pessoa, que com o martírio dela desencantes os encantados e ressuscites os mortos.

Já estavam as duenhas perto de Sancho, quando ele, mais brando e persuadido, ajeitando-se na cadeira, deu rosto e barba à primeira, a qual lhe selou um bofetão muito bem dado, seguido de uma grande reverência.

— Menos mesuras, menos arrebiques, senhora duenha — disse Sancho —, pois por Deus que trazeis as mãos cheirando a composturas!

Finalmente, todas as duenhas o selaram, e outras muitas gentes da casa o beliscaram; mas o que ele não pôde sofrer foi a pontada dos alfinetes, e assim se levantou da cadeira, ao parecer mofino, e, agarrando de uma tocha acesa que junto dele estava, arredou as duenhas e todos seus verdugos, dizendo:

Parecieron en esto, que por el patio venían, hasta seis dueñas en procesión una tras otra, las cuatro con antojos, y todas levantadas las manos derechas en alto, con cuatro dedos de muñecas de fuera, para hacer las manos más largas, como ahora se usa. No las hubo visto Sancho, cuando bramando como un toro dijo:

— Bien podré yo dejarme manosear de todo el mundo, pero consentir que me toquen dueñas, ¡eso no! Gatéenme el rostro, como hicieron a mi amo en este mesmo castillo; traspásenme el cuerpo con puntas de dagas buidas; atenácenme los brazos con tenazas de fuego, que yo lo llevaré en paciencia, o serviré a estos señores; pero que me toquen dueñas no lo consentiré si me llevase el diablo.

Rompió también el silencio don Quijote, diciendo a Sancho:

— Ten paciencia, hijo, y da gusto a estos señores, y muchas gracias al cielo por haber puesto tal virtud en tu persona, que con el martirio della desencantes los encantados y resucites los muertos.

Ya estaban las dueñas cerca de Sancho, cuando él, más blando y más persuadido, poniéndose bien en la silla, dio rostro y barba a la primera, la cual le hizo una mamona muy bien sellada y luego una gran reverencia.

— ¡Menos cortesía, menos mudas, señora dueña — dijo Sancho —, que por Dios que traéis las manos oliendo a vinagrillo!

Finalmente, todas las dueñas le sellaron, y otra mucha gente de casa le pellizcaron; pero lo que él no pudo sufrir fue el punzamiento de los alfileres, y así se levantó de la silla, al parecer mohíno, y, asiendo de una hacha encendida que junto a él estaba, dio tras las dueñas y tras todos sus verdugos, diciendo:

— ¡Afuera, ministros infernales, que no soy yo de bronce para no sentir tan extraordinarios martirios!

— Fora, ministros infernais, que eu não sou de bronze para não sentir tão extraordinários martírios!

Nisto Altisidora, que devia de estar cansada, por ter ficado tanto tempo supina, se virou de um lado; visto o qual pelos circunstantes, quase todos a uma voz disseram:

— Viva é Altisidora! Altisidora vive!

Mandou Radamanto que Sancho depusesse a ira, pois já se conseguira o intento pretendido.

Assim como D. Quixote viu rebulir Altisidora, foi-se pôr de joelhos diante de Sancho, dizendo-lhe:

— Agora é tempo, filho das minhas entranhas, mais que escudeiro meu, que te dês alguns dos açoites a que estás obrigado pelo desencantamento de Dulcineia. Agora, digo, é o tempo em que tens madura a virtude, e com plena eficácia de obrar o bem que de ti se espera.

Ao que Sancho respondeu:

— Isso me parece troça sobre troça, e não mel na sopa. Bom seria que depois dos beliscões, bofetões e alfinetadas viessem agora os açoites. Não têm mais que fazer senão pegar uma grande pedra e amarrá-la ao meu pescoço e me atirar num poço, coisa que a mim não pesaria muito, se é que para curar males alheios serei sempre eu quem paga o pato. Deixem-me, senão por Deus que entorno o caldo, por mais que queime.

Já então se sentara no túmulo Altisidora, e no mesmo instante soaram as charamelas, às quais acompanharam as flautas e as vozes de todos, que aclamavam:

— Viva Altisidora! Altisidora viva!

Levantaram-se os duques e os reis Minos e Radamanto, e todos juntos,

---

En esto Altisidora, que debía de estar cansada, por haber estado tanto tiempo supina, se volvió de un lado; visto lo cual por los circunstantes, casi todos a una voz dijeron:

— ¡Viva es Altisidora! ¡Altisidora vive!

Mandó Radamanto a Sancho que depusiese la ira, pues ya se había alcanzado el intento que se procuraba.

Así como don Quijote vio rebullir a Altisidora, se fue a poner de rodillas delante de Sancho, diciéndole:

— Agora es tiempo, hijo de mis entrañas, no que escudero mío, que te des algunos de los azotes que estás obligado a dar por el desencanto de Dulcinea. Ahora, digo, que es el tiempo donde tienes sazonada la virtud, y con eficacia de obrar el bien que de ti si espera.

A lo que respondió Sancho:

— Esto me parece argado sobre argado, y no miel sobre hojuelas. Bueno sería que tras pellizcos, mamonas y alfilerazos viniesen ahora los azotes. No tienen más que hacer sino tomar una gran piedra y atármela al cuello y dar conmigo en un pozo, de lo que a mí no pesaría mucho, si es que para curar los males ajenos tengo yo de ser la vaca de la boda. Déjenme; si no por Dios que lo arroje y lo eche todo a trece, aunque no se venda.

Ya en esto se había sentado en el túmulo Altisidora, y al mismo instante sonaron las chirimías, a quien acompañaron las flautas y las voces de todos, que aclamaban:

— ¡Viva Altisidora! ¡Altisidora viva!

Levantáronse los duques y los reyes Minos y Radamanto, y todos juntos, con don Quijote y Sancho, fue-

com D. Quixote e Sancho, foram receber Altisidora e baixá-la do túmulo; a qual, fingindo desfalecer, se inclinou para os duques e os reis e, mirando D. Quixote de esguelha, assim lhe disse:

— Que Deus te perdoe, desamorado cavaleiro, pois por tua crueldade estive no outro mundo, a meu parecer, mais de mil anos. E a ti, oh mais compassivo escudeiro que contém o orbe, te agradeço a vida que possuo: dispõe de hoje em diante, amigo Sancho, de seis camisas minhas que te prometo, para que faças outras seis para ti; e se não estão todas inteiras, pelo menos estão todas limpas.

Beijou-lhe por isso as mãos Sancho, com a carocha na mão e os joelhos no chão. Mandou o duque que lha tirassem e lhe devolvessem sua carapuça e lhe pusessem o saial e lhe tirassem o roupão das labaredas. Suplicou Sancho ao duque que lhe deixassem o roupão e a mitra, que as queria levar a sua terra por sinal e memória daquele nunca visto sucesso. A duquesa respondeu que lhos deixariam, pois já sabia ele quão grande amiga sua ela era. Mandou o duque esvaziar o pátio e que todos se recolhessem a seus aposentos, e que levassem D. Quixote e Sancho aos que eles já conheciam.

---

ron a recebir a Altisidora y a bajarla del túmulo; la cual, haciendo de la desmayada, se inclinó a los duques y a los reyes, y mirando de través a don Quijote le dijo:

— Dios te lo perdone, desamorado caballero, pues por tu crueldad he estado en el otro mundo, a mi parecer, más de mil años. Y a ti, oh el más compasivo escudero que contiene el orbe, te agradezco la vida que poseo: dispón desde hoy más, amigo Sancho, de seis camisas mías que te mando, para que hagas otras seis para ti; y si no son todas sanas, a lo menos son todas limpias.

Besóle por ello las manos Sancho, con la coroza en la mano y las rodillas en el suelo. Mandó el duque que se la quitasen, y le volviesen su caperuza y le pusiesen el sayo y le quitasen la ropa de las llamas. Suplicó Sancho al duque que le dejasen la ropa y mitra, que las quería llevar a su tierra por señal y memoria de aquel nunca visto suceso. La duquesa respondió que sí dejarían, que ya sabía él cuán grande amiga suya era. Mandó el duque despejar el patio y que todos se recogiesen a sus estancias y que a don Quijote y a Sancho los llevasen a las que ellos ya se sabían.

Notas

[1] ... fazia parecer formosa a própria morte: reminiscência do verso de Petrarca "*Morte bella parea nel suo bel viso*", que fecha o primeiro capítulo de *Trionfo della morte*.

[2] ... amarela e vencedora palma: simbolizando a virgindade triunfante.

[3] Carocha: junto com o sambenito (o "roupão" citado na frase anterior), constituía a indumentária imposta aos condenados pelo Santo Ofício. Os trajes costumavam ser pintados com labaredas, quando se tratava de réus "contritos", ou com demônios, quando "pertinazes".

[4] ... há de deter o rio do esquecimento: a última estrofe corresponde, *ipsis literis*, à segunda da "Égloga III" de Garcilaso de la Vega.

[5] Radamanto: junto com seus irmãos Minos e Éaco, é um dos juízes do inferno greco-latino.

[6] Nemrod: o "grande caçador diante de Javé" do Gênesis (10, 8-9) que reinou sobre a Babilônia, tido como protótipo de tirano cruel.

CAPÍTULO LXX

QUE SEGUE AO SESSENTA E NOVE
E TRATA DE COISAS NÃO ESCUSADAS
PARA A CLAREZA DESTA HISTÓRIA

Dormiu Sancho aquela noite numa cama de rodas no mesmo aposento de D. Quixote, coisa que ele preferira escusar, se pudesse, pois bem sabia que seu amo não o havia de deixar dormir à força de perguntar e responder, e não se achava ele em disposição de falar muito, porque as dores dos martírios passados as tinha bem presentes e não lhe deixavam a língua livre, e melhor lhe viria dormir numa choça sozinho que não naquele rico quarto acompanhado. Mostrou-se seu temor tão verdadeiro e sua suspeita tão certa, que mal seu senhor havia entrado no leito, quando disse:

— Que te parece, Sancho, do sucesso desta noite? Grande e poderosa é a força do desdém desamorado, como por teus próprios olhos viste na morta Altisidora, não com outras setas, nem com outra espada, nem com outro instrumento bélico, nem com venenos mortíferos, senão pela consideração do rigor e do desdém com que sempre a tratei.

— Pois ela que morresse embora quanto e como quisesse — respondeu Sancho — e me deixasse em paz, pois não a enamorei nem a desdenhei em toda a vida. Como eu já disse, não sei nem posso imaginar como seja que a saúde de Altisidora, donzela mais caprichosa que discreta, tenha que ver com

---

CAPÍTULO LXX

QUE SIGUE AL DE SESENTA Y NUEVE
Y TRATA DE COSAS NO ESCUSADAS
PARA LA CLARIDAD DESTA HISTORIA

Durmió Sancho aquella noche en una carriola en el mesmo aposento de don Quijote, cosa que él quisiera escusarla, si pudiera, porque bien sabía que su amo no le había de dejar dormir a preguntas y a respuestas, y no se hallaba en disposición de hablar mucho, porque los dolores de los martirios pasados los tenía presentes y no le dejaban libre la lengua, y viniérale más a cuento dormir en una choza solo, que no en aquella rica estancia acompañado. Salióle su temor tan verdadero y su sospecha tan cierta, que apenas hubo entrado su señor en el lecho, cuando dijo:

— ¿Qué te parece, Sancho, del suceso desta noche? Grande y poderosa es la fuerza del desdén desamorado, como por tus mismos ojos has visto muerta a Altisidora, no con otras saetas, ni con otra espada, ni con otro instrumento bélico, ni con venenos mortíferos, sino con la consideración del rigor y el desdén con que yo siempre la he tratado.

os martírios de Sancho Pança. Agora sim venho a conhecer clara e distintamente que há encantadores e encantos no mundo, dos quais Deus me livre, pois eu não me sei livrar. Ainda assim suplico a vossa mercê que me deixe dormir e não me pergunte mais, se não quer que me atire de uma janela abaixo.

— Dorme, Sancho amigo — respondeu D. Quixote —, se é que a tal te dão lugar as alfinetadas e beliscões recebidos e os bofetões que te deram.

— Nenhuma dor — replicou Sancho — se compara à afronta dos bofetões, não mais que por virem das mãos de duenhas, malditas sejam. E torno a suplicar a vossa mercê que me deixe dormir, porque o sono é o alívio das misérias dos que as têm acordados.

— Assim seja — disse D. Quixote —, e Deus te acompanhe.

Dormiram os dois, e neste tempo quis Cide Hamete, autor desta grande história, dar conta por escrito do que moveu os duques a levantar o edifício da máquina referida; e diz que não tendo esquecido o bacharel Sansón Carrasco que o Cavaleiro dos Espelhos fora vencido e derrubado por D. Quixote, cujo vencimento e queda estragou e desfez todos seus desígnios, quis tornar a tentar a sorte, esperando melhor sucesso que o passado, e assim, informando-se com o pajem que levara a carta e o presente a Teresa Pança, mulher de Sancho, de onde D. Quixote estava, buscou novas armas e novo cavalo e pôs no escudo a branca lua, levando tudo sobre um mulo guiado por um lavrador, que não Tomé Cecial, seu antigo escudeiro, porque não fosse conhecido de Sancho nem de D. Quixote.

Chegou pois ao castelo do duque, que lhe informou o caminho e derrota que D. Quixote levava com tenção de se achar nas justas de Saragoça; contou-lhe também as burlas que lhe fizera com o enredo do desencantamento de Dulcineia, que havia de ser à custa do traseiro de Sancho; por fim deu

---

— Muriérase ella enhorabuena cuanto quisiera y como quisiera — respondió Sancho — y dejárame a mí en mi casa, pues ni yo la enamoré ni la desdeñé en mi vida. Yo no sé ni puedo pensar cómo sea que la salud de Altisidora, doncella más antojadiza que discreta, tenga que ver, como otra vez he dicho, con los martirios de Sancho Panza. Agora sí que vengo a conocer clara y distintamente que hay encantadores y encantos en el mundo, de quien Dios me libre, pues yo no me sé librar. Con todo esto, suplico a vuestra merced me deje dormir y no me pregunte más, si no quiere que me arroje por una ventana abajo.

— Duerme, Sancho amigo — respondió don Quijote —, si es que te dan lugar los alfilerazos y pellizcos recebidos y las mamonas hechas.

— Ningún dolor — replicó Sancho — llegó a la afrenta de las mamonas, no por otra cosa que por habérmelas hecho dueñas, que confundidas sean; y torno a suplicar a vuesa merced me deje dormir, porque el sueño es alivio de las miserias de los que las tienen despiertos.

— Sea así — dijo don Quijote —, y Dios te acompañe.

Durmiéronse los dos, y en este tiempo quiso escribir y dar cuenta Cide Hamete, autor desta grande historia, qué les movió a los duques a levantar el edificio de la máquina referida; y dice que no habiéndosele olvidado al bachiller Sansón Carrasco cuando el Caballero de los Espejos fue vencido y derribado por don Quijote, cuyo vencimiento y caída borró y deshizo todos sus designios, quiso volver a probar la mano, esperando mejor suceso que el pasado, y así, informándose del paje que llevó la carta y presente a Teresa Panza, mujer de Sancho, adónde don Quijote quedaba, buscó nuevas armas y caballo y puso en el escudo la blanca luna, llevándolo todo sobre un

conta da burla que Sancho havia feito a seu amo dando-lhe a entender que Dulcineia estava encantada e transformada em lavradora, e de como a duquesa, mulher daquele, havia dado a entender a Sancho que era ele quem se enganava, porque verdadeiramente estava encantada Dulcineia, do que não pouco se riu e admirou o bacharel, considerando a agudeza e simplicidade de Sancho, bem como o extremo da loucura de D. Quixote.

Pediu-lhe o duque que, se o achasse, vencendo-o ou não, voltasse por lá para lhe dar conta do sucesso. Assim fez o bacharel: partiu à sua procura, não o achou em Saragoça, passou adiante e lhe sucedeu o que fica relatado.

Voltou pelo castelo do duque e lhe contou tudo, incluídas as condições da batalha, e que já D. Quixote voltava a cumprir, como bom cavaleiro andante, a palavra de se recolher um ano em sua aldeia, no qual tempo podia ser, disse o bacharel, que sarasse da sua loucura, pois era esta a intenção que o movera a fazer aquelas transformações, por ser coisa de dó que um fidalgo tão bem-entendido como D. Quixote fosse louco. Com isto se despediu do duque e voltou para seu lugar, esperando nele por D. Quixote, que atrás dele vinha.

Daí tomou ocasião o duque de lhe fazer aquela burla, tanto gostava das coisas de Sancho e de D. Quixote, e mandou tomar os caminhos perto e longe do castelo, por toda parte donde imaginou que poderia voltar D. Quixote, com muitos criados seus a pé e a cavalo, para que por força ou de grado o trouxessem ao castelo, se o achassem. Acharam-no, deram aviso ao duque, o qual, já prevenido de tudo o que havia de fazer, assim como teve notícia de sua chegada, mandou acender os brandões e as luminárias do pátio e pôr Altisidora sobre o túmulo, com todo o aparato que se contou, tão ao vivo e tão benfeito, que da verdade para ele havia bem pouca diferença.

---

macho, a quien guiaba un labrador, y no Tomé Cecial, su antiguo escudero, porque no fuese conocido de Sancho ni de don Quijote.

Llegó pues al castillo del duque, que le informó el camino y derrota que don Quijote llevaba con intento de hallarse en las justas de Zaragoza; díjole asimismo las burlas que le había hecho con la traza del desencanto de Dulcinea, que había de ser a costa de las posaderas de Sancho; en fin, dio cuenta de la burla que Sancho había hecho a su amo dándole a entender que Dulcinea estaba encantada y transformada en labradora, y cómo la duquesa su mujer había dado a entender a Sancho que él era el que se engañaba, porque verdaderamente estaba encantada Dulcinea, de que no poco se rió y admiró el bachiller, considerando la agudeza y simplicidad de Sancho, como del estremo de la locura de don Quijote.

Pidióle el duque que si le hallase, y le venciese o no, se volviese por allí a darle cuenta del suceso. Hízolo así el bachiller: partióse en su busca, no le halló en Zaragoza, pasó adelante, y sucedióle lo que queda referido.

Volvióse por el castillo del duque y contóselo todo, con las condiciones de la batalla y que ya don Quijote volvía a cumplir, como buen caballero andante, la palabra de retirarse un año en su aldea, en el cual tiempo podía ser, dijo el bachiller, que sanase de su locura, que esta era la intención que le había movido a hacer aquellas transformaciones, por ser cosa de lástima que un hidalgo tan bien entendido como don Quijote fuese loco. Con esto, se despidió del duque y se volvió a su lugar, esperando en él a don Quijote, que tras él venía.

De aquí tomó ocasión el duque de hacerle aquella burla, tanto era lo que gustaba de las cosas de Sancho y de don Quijote, y haciendo tomar los caminos cerca y lejos del castillo, por todas las partes que imaginó que

E diz mais Cide Hamete: que tem para si serem tão loucos os burladores como os burlados e que não estavam os duques a dois dedos de parecerem tolos, pois tanto afinco punham em se burlar de dois tolos. Aos quais, um dormindo a sono solto e o outro velando a pensamentos desatados, chegou o dia e a vontade de se levantar, pois as ociosas penas, quer vencido ou vencedor, jamais deram gosto a D. Quixote.

Altisidora (na opinião de D. Quixote, devolvida da morte à vida), seguindo o humor dos seus senhores, coroada com a mesma grinalda que no túmulo tinha e vestida uma tunicela de tafetá branco semeada de flores de ouro, e soltos os cabelos pelas costas, apoiada num báculo de negro e finíssimo ébano, entrou no aposento de D. Quixote, com cuja presença turbado e confuso se encolheu e cobriu quase todo com os lençóis e colchas da cama, muda a língua, sem que acertasse a lhe fazer cortesia nenhuma. Sentou-se Altisidora numa cadeira, junto a sua cabeceira, e depois de dar um grande suspiro, com voz terna e debilitada lhe disse:

— Quando as mulheres principais e as recatadas donzelas atropelam a honra e dão licença à língua para romper todo inconveniente, dando pública notícia dos segredos que seu coração encerra, em duro transe se encontram. Eu, senhor D. Quixote de La Mancha, sou uma destas, tribulada, vencida e enamorada, mas ainda assim sofrida e honesta; e tanto que, por sê-lo tanto, rebentou minha alma por meu silêncio e perdi a vida. Dois dias há que, por considerar o rigor com que me trataste, oh mais duro que mármore ao meu pranto!,[1] empedernido cavaleiro, estive morta, ou ao menos por tal me tomou quem me viu; e se não fosse porque o amor, condoendo-se de mim, depositou o meu remédio nos martírios deste bom escudeiro, lá teria ficado no outro mundo.

---

podría volver don Quijote, con muchos criados suyos de a pie y de a caballo, para que por fuerza o de grado le trujesen al castillo, si le hallasen. Halláronle, dieron aviso al duque, el cual, ya prevenido de todo lo que había de hacer, así como tuvo noticia de su llegada mandó encender las hachas y las luminarias del patio y poner a Altisidora sobre el túmulo, con todos los aparatos que se han contado, tan al vivo y tan bien hechos, que de la verdad a ellos había bien poca diferencia.

Y dice más Cide Hamete: que tiene para sí ser tan locos los burladores como los burlados y que no estaban los duques dos dedos de parecer tontos, pues tanto ahínco ponían en burlarse de dos tontos. Los cuales, el uno durmiendo a sueño suelto y el otro velando a pensamientos desatados, les tomó el día y la gana de levantarse, que las ociosas plumas, ni vencido ni vencedor, jamás dieron gusto a don Quijote.

Altisidora (en la opinión de don Quijote, vuelta de muerte a vida), siguiendo el humor de sus señores, coronada con la misma guirnalda que en el túmulo tenía y vestida una tunicela de tafetán blanco sembrada de flores de oro, y sueltos los cabellos por las espaldas, arrimada a un báculo de negro y finísimo ébano, entró en el aposento de don Quijote, con cuya presencia turbado y confuso se encogió y cubrió casi todo con las sábanas y colchas de la cama, muda la lengua, sin que acertase a hacerle cortesía ninguna. Sentóse Altisidora en una silla, junto a su cabecera, y después de haber dado un gran suspiro, con voz tierna y debilitada le dijo:

— Cuando las mujeres principales y las recatadas doncellas atropellan por la honra y dan licencia a la lengua que rompa por todo inconveniente, dando noticia en público de los secretos que su corazón encierra, en estrecho término se hallan. Yo, señor don Quijote de la Mancha, soy una destas, apretada, vencida y enamorada,

— Bem pudera o amor — disse Sancho — depositá-los nos do meu asno, que eu o agradeceria. Mas diga-me, senhora, e que o céu lhe dê outro mais brando amante que o meu amo: que é que vossa mercê viu no outro mundo? Que há no inferno? Pois quem morre desesperado por força há de ter esse paradeiro.

— Manda a verdade que vos diga — respondeu Altisidora — que não devo ter morrido por inteiro, já que não entrei no inferno, pois se nele tivesse entrado, não poderia dar jeito de sair, por mais que quisesse. A verdade é que cheguei à porta, onde cerca de uma dúzia de diabos estava jogando pela,[2] todos em calções e gibão, com valonas debruadas de rendas flamengas, e com umas voltas do mesmo que lhes serviam de punhos, com quatro dedos de braço de fora, por que parecessem mais longas as mãos, nas quais tinham umas palas de fogo, e o que mais me admirou foi que, em vez de pelas, se serviam de livros, ao parecer cheios de vento e de borra, coisa maravilhosa e nova. Mas isso não me admirou tanto quanto ver que, sendo natural dos jogadores o alegrarem-se os ganhadores e entristecerem-se os que perdem, lá naquele jogo todos grunhiam, todos ralhavam e todos se maldiziam.

— Isso não é coisa de maravilha — respondeu Sancho —, porque os diabos, jogando ou não jogando, nunca podem estar contentes, ganhando ou não ganhando.

— Assim deve de ser — respondeu Altisidora —, mas há outra coisa que também me admira, quero dizer, que então me admirou, e foi que ao primeiro voleio não restava pela inteira nem de proveito para servir outra vez, e assim amiudavam livros novos e velhos que era uma maravilha. Num deles, novo em folha e bem encadernado, acertaram tamanha pancada que o des-

---

pero, con todo esto, sufrida y honesta; tanto que, por serlo tanto, reventó mi alma por mi silencio y perdí la vida. Dos días ha que con la consideración del rigor con que me has tratado, ¡Oh más duro que mármol a mis quejas, empedernido caballero!, he estado muerta o a lo menos juzgada por tal de los que me han visto; y si no fuera porque el amor, condoliéndose de mí, depositó mi remedio en los martirios deste buen escudero, allá me quedara en el otro mundo.

— Bien pudiera el amor — dijo Sancho — depositarlos en los de mi asno, que yo se lo agradeciera. Pero dígame, señora, así el cielo la acomode con otro más blando amante que mi amo: ¿qué es lo que vio en el otro mundo? ¿Qué hay en el infierno? Porque quien muere desesperado por fuerza ha de tener aquel paradero.

— La verdad que os diga — respondió Altisidora —, yo no debí de morir del todo, pues no entré en el infierno, que si allá entrara, una por una no pudiera salir dél, aunque quisiera. La verdad es que llegué a la puerta, adonde estaban jugando hasta una docena de diablos a la pelota, todos en calzas y en jubón, con valonas guarnecidas con puntas de randas flamencas, y con unas vueltas de lo mismo que les servían de puños, con cuatro dedos de brazo de fuera, porque pareciesen las manos más largas, en las cuales tenían unas palas de fuego, y lo que más me admiró fue que les servían, en lugar de pelotas, libros, al parecer llenos de viento y de borra, cosa maravillosa y nueva; pero esto no me admiró tanto como el ver que, siendo natural de los jugadores el alegrarse los gananciosos y entristecerse los que pierden, allí en aquel juego todos gruñían, todos regañaban y todos se maldecían.

— Eso no es maravilla — respondió Sancho —, porque los diablos, jueguen o no jueguen, nunca pueden estar contentos, ganen o no ganen.

triparam e espalharam suas folhas. E disse um diabo ao outro: "Olhai que livro é esse". E o diabo lhe respondeu: "Esta é a Segunda parte da história de D. Quixote de La Mancha, não composta por Cide Hamete, seu primeiro autor, mas por um aragonês que diz ser natural de Tordesilhas". "Tirai-o já daqui", respondeu o primeiro diabo, "e metei-o nos abismos do inferno, não mais o vejam meus olhos." "É tão ruim assim?", respondeu o outro. "Tão ruim", replicou o primeiro, "que se de propósito eu mesmo me pusesse a fazê-lo pior, não conseguiria." Prosseguiram seu jogo, castigando outros livros, e eu, por ter ouvido o nome de D. Quixote, que tanto amo e quero, fiz força por guardar memória dessa visão.

— Visão deveu de ser, sem dúvida — disse D. Quixote —, porque não há outro eu no mundo, e essa história já corre por aqui de mão em mão, sem nunca parar em nenhuma, porque todos lhe dão com o pé. Eu não me alterei em ouvir que ando feito corpo fantástico pelas trevas do abismo nem pela claridade da terra, porque não sou aquele de quem essa história trata. Se ela for boa, fiel e verdadeira, terá séculos de vida; mas se for má, do seu parto à sepultura não será muito longo o caminho.

Ia Altisidora prosseguir nas queixas de D. Quixote, quando este lhe disse:

— Muitas vezes já vos disse, senhora, que muito me pesa que tenhais colocado vossos pensamentos em mim, pois dos meus podem ser agradecidos mas não remediados. Eu nasci para ser de Dulcineia d'El Toboso, e os fados (se os houvesse) a ela me destinaram, e pensar que outra alguma formosura há de ocupar o lugar que ela tem em minha alma é pensar o impossível. Suficiente desengano é este para que vos recolhais aos limites da vossa honestidade, pois ninguém se pode obrigar ao impossível.

— Así debe de ser — respondió Altisidora —, mas hay otra cosa que también me admira, quiero decir, me admiró entonces, y fue que al primer voleo no quedaba pelota en pie ni de provecho para servir otra vez, y así menudeaban libros nuevos y viejos, que era una maravilla. A uno dellos, nuevo, flamante y bien encuadernado, le dieron un papirotazo, que le sacaron las tripas y le esparcieron las hojas. Dijo un diablo a otro: "Mirad qué libro es ese". Y el diablo le respondió: "Esta es la Segunda parte de la historia de don Quijote de la Mancha, no compuesta por Cide Hamete, su primer autor, sino por un aragonés, que él dice ser natural de Tordesillas". "Quitádmele de ahí — respondió el otro diablo — y metedle en los abismos del infierno, no le vean más mis ojos." "¿Tan malo es? — respondió el otro." "Tan malo — replicó el primero —, que si de propósito yo mismo me pusiera a hacerle peor, no acertara." Prosiguieron su juego, peloteando otros libros, y yo, por haber oído nombrar a don Quijote, a quien tanto adamo y quiero, procuré que se me quedase en la memoria esta visión.

— Visión debió de ser, sin duda — dijo don Quijote —, porque no hay otro yo en el mundo, y ya esa historia anda por acá de mano en mano, pero no para en ninguna, porque todos la dan del pie. Yo no me he alterado en oír que ando como cuerpo fantástico por las tinieblas del abismo, ni por la claridad de la tierra, porque no soy aquel de quien esa historia trata. Si ella fuere buena, fiel y verdadera, tendrá siglos de vida; pero si fuere mala, de su parto a la sepultura no será muy largo el camino.

Iba Altisidora a proseguir en quejarse de don Quijote, cuando le dijo don Quijote:

— Muchas veces os he dicho, señora, que a mí me pesa de que hayáis colocado en mí vuestros pensamientos, pues de los míos antes pueden ser agradecidos que remediados: yo nací para ser de Dulcinea del Toboso, y los

Ouvindo o qual Altisidora, afetando aborrecer-se e alterar-se, lhe disse:

— Por vida vossa, senhor D. Bacalhau, alma de pilão, caroço de tâmara, mais duro e teimoso que vilão encasquetado, que se vos apanho vos arranco os olhos! Pensais porventura, dom vencido e dom moído de pancada, que eu morri por vós? Tudo o que vistes nesta noite foi fingido, pois eu não sou mulher que por semelhantes bestas me deixasse doer a ponta de uma unha, quanto mais morrer.

— Nisso creio muito bem — disse Sancho —, pois o morrer de amor é coisa de riso. Bem o podem dizer os enamorados, mas fazer deveras, Judas que o creia.

Estando nessas conversações, entrou o músico, cantor e poeta que havia cantado as duas já referidas estâncias, o qual, fazendo uma grande reverência a D. Quixote, disse:

— Vossa mercê, senhor cavaleiro, me conte e tenha no número dos seus maiores servidores, porque há muitos dias que lhe sou assaz aficionado, assim por sua fama como por suas façanhas.

D. Quixote lhe respondeu:

— Vossa mercê me diga quem é, por que minha cortesia responda aos seus merecimentos.

O moço respondeu que era o músico e panegírico da noite antes.

— Por certo — replicou D. Quixote — que vossa mercê tem extremada voz, mas os versos que cantou não me pareceram muito a propósito, pois que têm que ver as estrofes de Garcilaso com a morte desta senhora?

— Vossa mercê não se maravilhe disso — respondeu o músico —, pois já entre os bisonhos poetas da nossa idade se usa que cada um escreva como quiser e furte de quem quiser, venha ou não venha a propósito do seu inten-

---

hados (si los hubiera) me dedicaron para ella, y pensar que otra alguna hermosura ha de ocupar el lugar que en mi alma tiene es pensar lo imposible. Suficiente desengaño es este para que os retiréis en los límites de vuestra honestidad, pues nadie se puede obligar a lo imposible.

Oyendo lo cual Altisidora, mostrando enojarse y alterarse, le dijo:

— ¡Vive el señor don bacallao, alma de almirez, cuesco de dátil, más terco y duro que villano rogado cuando tiene la suya sobre el hito, que si arremeto a vos, que os tengo de sacar los ojos! ¿Pensáis por ventura, don vencido y don molido a palos, que yo me he muerto por vos? Todo lo que habéis visto esta noche ha sido fingido, que no soy yo mujer que por semejantes camellos había de dejar que yo me doliese un negro de la uña, cuanto más morirme.

— Eso creo yo muy bien — dijo Sancho —, que esto del morirse los enamorados es cosa de risa: bien lo pueden ellos decir, pero hacer, créalo Judas.

Estando en estas pláticas, entró el músico, cantor y poeta que había cantado las dos ya referidas estancias, el cual, haciendo una gran reverencia a don Quijote, dijo:

— Vuestra merced, señor caballero, me cuente y tenga en el número de sus mayores servidores, porque ha muchos días que le soy muy aficionado, así por su fama como por sus hazañas.

Don Quijote le respondió:

— Vuestra merced me diga quién es, porque mi cortesía responda a sus merecimientos.

El mozo respondió que era el músico y panegírico de la noche antes.

to, e já não há necedade que cantem ou escrevam que não se achaque a licença poética.

Responder quisera D. Quixote, mas o vieram estorvar o duque e a duquesa, que entraram para o ver, e entre todos tiveram uma longa e doce conversa, na qual disse Sancho tantos donaires e tantas malícias, que de novo ficaram os duques admirados, assim da sua simplicidade como da sua agudeza. D. Quixote suplicou que lhe dessem licença para partir naquele mesmo dia, pois aos vencidos cavaleiros, como ele, mais convinha habitar uma pocilga que não reais palácios. Deram-lha de muito bom grado, e a duquesa lhe perguntou se ficava Altisidora em sua graça. Ao que ele respondeu:

— Senhora minha, saiba vossa senhoria que todo o mal desta donzela nasce da ociosidade, cujo remédio é a ocupação honesta e contínua. Ela me disse aqui que se usam rendas no inferno, e como ela as deve de saber fazer, não as deixe de mão, pois ocupada em mexer os pauzinhos não há de bulir em sua imaginação a imagem ou as imagens do que ela bem quer; e esta é a verdade, este o meu parecer e este o meu conselho.

— E o meu também — acrescentou Sancho —, pois não vi em toda minha vida rendeira que por amor tenha morrido, já que as donzelas ocupadas mais põem seus pensamentos em acabar suas tarefas que em pensar nos seus amores. Por mim mesmo o posso dizer, pois enquanto estou na enxada não me lembro da minha costela, digo, da minha Teresa Pança, que eu prezo mais do que as pestanas dos meus olhos.

— Dizeis muito bem, Sancho — disse a duquesa —, e eu farei que a minha Altisidora daqui em diante se ocupe em fazer algum lavor branco, que o sabe fazer por extremo.

— Não há para que, senhora — respondeu Altisidora —, usar desse

---

— Por cierto — replicó don Quijote — que vuestra merced tiene estremada voz, pero lo que cantó no me parece que fue muy a propósito, porque ¿qué tienen que ver las estancias de Garcilaso con la muerte desta señora?

— No se maraville vuestra merced deso — respondió el músico —, que ya entre los intonsos poetas de nuestra edad se usa que cada uno escriba como quisiere y hurte de quien quisiere, venga o no venga a pelo de su intento, y ya no hay necedad que canten o escriban que no se atribuya a licencia poética.

Responder quisiera don Quijote, pero estorbáronlo el duque y la duquesa, que entraron a verle, entre los cuales pasaron una larga y dulce plática, en la cual dijo Sancho tantos donaires y tantas malicias, que dejaron de nuevo admirados a los duques, así con su simplicidad como con su agudeza. Don Quijote les suplicó le diesen licencia para partirse aquel mismo día, pues a los vencidos caballeros, como él, más les convenía habitar una zahúrda que no reales palacios. Diéronsela de muy buena gana, y la duquesa le preguntó si quedaba en su gracia Altisidora. Él le respondió:

— Señora mía, sepa vuestra señoría que todo el mal desta doncella nace de ociosidad, cuyo remedio es la ocupación honesta y continua. Ella me ha dicho aquí que se usan randas en el infierno, y pues ella las debe de saber hacer, no las deje de la mano, que ocupada en menear los palillos no se menearán en su imaginación la imagen o imágines de lo que bien quiere; y esta es la verdad, este mi parecer y este es mi consejo.

— Y el mío — añadió Sancho —, pues no he visto en toda mi vida randera que por amor se haya muerto, que las doncellas ocupadas más ponen sus pensamientos en acabar sus tareas que en pensar en sus amores. Por

remédio, pois a consideração das crueldades que comigo usou este malfeitor mostrengo mo varrerão da memória sem outro artifício algum. E com licença de vossa grandeza me quero retirar daqui, para não ver diante dos meus olhos, já nem digo sua triste figura, mas sua feia e abominável catadura.

— Isso me parece — disse o duque — o que se costuma dizer: "Pois alguém que diz injúrias perto está de perdoar".[3]

Fez Altisidora sinais de enxugar as lágrimas com um lenço e, fazendo reverência aos seus senhores, deixou o aposento.

— Eu te auguro — disse Sancho —, pobre donzela, auguro-te, digo, má ventura, pois te houveste com uma alma de esparto e com um coração de carvalho. À fé que se te houveras comigo, outro galo cantaria.

Acabou-se a conversa, vestiu-se D. Quixote, almoçou com os duques e partiu naquela tarde.

Notas

[1] Oh mais duro que mármore ao meu pranto: "*¡Oh más dura que mármol a mis quejas!*" é, novamente, um verso de Garcilaso de la Vega ("Égloga I", v. 57), apenas com a inversão de gênero, pois nela é o pastor Salicio que se queixa do descaso de sua amada Galatea.

[2] ... diabos [...] jogando pela: segundo certa tradição que remonta à Idade Média, os demônios jogam pela com a alma dos condenados.

[3] Pois alguém que diz injúrias perto está de perdoar: refrão do romance "Diamante falso y fingido engastado en pedernal".

---

mí lo digo, pues mientras estoy cavando no me acuerdo de mi oíslo, digo, de mi Teresa Panza, a quien quiero más que a las pestañas de mis ojos.

— Vos decís muy bien, Sancho — dijo la duquesa —, y yo haré que mi Altisidora se ocupe de aquí adelante en hacer alguna labor blanca, que la sabe hacer por estremo.

— No hay para qué, señora — respondió Altisidora —, usar dese remedio, pues la consideración de las crueldades que conmigo ha usado este malandrín mostrenco me le borrarán de la memoria sin otro artificio alguno; y con licencia de vuestra grandeza me quiero quitar de aquí, por no ver delante de mis ojos ya no su triste figura, sino su fea y abominable catadura.

— Eso me parece — dijo el duque — a lo que suele decirse: "Porque aquel que dice injurias, cerca está de perdonar".

Hizo Altisidora muestra de limpiarse las lágrimas con un pañuelo y, haciendo reverencia a sus señores, se salió del aposento.

— Mándote yo — dijo Sancho —, pobre doncella, mándote, digo, mala ventura, pues las has habido con una alma de esparto y con un corazón de encina. A fee que si las hubieras conmigo, que otro gallo te cantara.

Acabóse la plática, vistióse don Quijote, comió con los duques y partióse aquella tarde.

CAPÍTULO LXXI

DO QUE A D. QUIXOTE ACONTECEU
COM SEU ESCUDEIRO SANCHO, INDO PARA SUA ALDEIA

Ia o vencido e traquejado D. Quixote assaz pensativo por uma parte e muito alegre por outra. Causava sua tristeza o vencimento, e a alegria, o considerar na virtude de Sancho, que bem se mostrara na ressurreição de Altisidora, conquanto a custo se persuadisse de que a enamorada donzela estivesse então deveras morta. Não ia nada alegre Sancho, porque o entristecia ver que Altisidora não cumprira com a palavra de lhe dar as camisas, e indo e vindo neste pensamento, disse ao seu amo:

— Em verdade, senhor, que sou o mais desgraçado médico que se deve de achar no mundo, no qual há físicos que, ainda quando matam o doente que curam, querem ser pagos por seu trabalho, que não é outro senão assinar um papelucho com alguns medicamentos, e por maior embuste nem é ele que os faz, mas o boticário; e a mim, que a saúde alheia me custa gotas de sangue, bofetões, beliscos, alfinetadas e açoites, não me dão um cobre. Pois eu lhes voto a tal que, se me trouxerem às mãos um outro doente, antes que o cure hão de molhar as minhas, pois o abade, onde canta, daí janta, e duvido que o céu me tenha dado a virtude que tenho para que a use com outros de favor e mercê.

CAPÍTULO LXXI

DE LO QUE A DON QUIJOTE LE SUCEDIÓ
CON SU ESCUDERO SANCHO YENDO A SU ALDEIA

Iba el vencido y asendereado don Quijote pensativo además por una parte y muy alegre por otra. Causaba su tristeza el vencimiento, y la alegría, el considerar en la virtud de Sancho, como lo había mostrado en la resurreción de Altisidora, aunque con algún escrúpulo se persuadía a que la enamorada doncella fuese muerta de veras. No iba nada Sancho alegre, porque le entristecía ver que Altisidora no le había cumplido la palabra de darle las camisas; y yendo y viniendo en esto, dijo a su amo:

— En verdad, señor, que soy el más desgraciado médico que se debe de hallar en el mundo, en el cual hay físicos que, con matar al enfermo que curan, quieren ser pagados de su trabajo, que no es otro sino firmar una cedulilla de algunas medicinas, que no las hace él, sino el boticario, y cátalo cantusado; y a mí, que la salud ajena me cuesta gotas de sangre, mamonas, pellizcos, alfilerazos y azotes, no me dan un ardite. Pues yo les voto a tal que si me traen a las manos otro algún enfermo, que antes que le cure me han de untar las mías, que el abad de donde canta yanta, y no quiero creer que me haya dado el cielo la virtud que tengo para que yo la comunique con otros de bóbilis, bóbilis.

813

— Tens razão, Sancho amigo — respondeu D. Quixote —, fez muito mal Altisidora em não te dar as prometidas camisas, e posto que tua virtude é *gratis data*, pois não te custou estudo algum, mais que estudo é receberes martírios na tua pessoa. De mim te sei dizer que, se quisesses paga pelos açoites do desencantamento de Dulcineia, eu já a teria dado às mãos cheias, mas não sei se a paga vai bem com a cura, e não quisera que o prêmio estragasse a medicina. Ainda assim, acho que não perderemos nada em tentar; olha, Sancho, quanto queres, e açoita-te logo, e paga-te de contado e por tua própria mão, pois levas dinheiro meu.

A cujos oferecimentos abriu Sancho os olhos e as orelhas um palmo e consentiu no coração a se açoitar de bom grado, dizendo ao seu amo:

— Ora bem, senhor, eu me disponho a dar gosto a vossa mercê no que deseja, com proveito meu, pois o amor dos meus filhos e da minha mulher faz com que me mostre interesseiro. Vossa mercê me diga quanto me dará por cada açoite que eu me der.

— Se eu te houvera de pagar, Sancho — respondeu D. Quixote —, conforme o que merece a grandeza e qualidade deste remédio, não bastariam o tesouro de Veneza e as minas de Potosi. Vê tu mesmo quanto de meu carregas e põe o preço de cada açoite.

— Eles — respondeu Sancho — são três mil, trezentos e tantos, dos quais já me dei uns cinco; restam os demais; fiquem os cinco por esses tantos, e fiquemos com três mil e trezentos, o que a um quarto de real cada (que eu não faria por menos nem se todo o mundo o mandasse) dá três mil e trezentos quartos, dos quais os três mil são mil e quinhentos meios reais, que fazem setecentos e cinquenta reais; e os outros trezentos fazem cento e cinquenta meios reais, que vêm a ser setenta e cinco reais, que junto com os se-

---

— Tú tienes razón, Sancho amigo — respondió don Quijote —, y halo hecho muy mal Altisidora en no haberte dado las prometidas camisas; y puesto que tu virtud es *gratis data*, que no te ha costado estudio alguno, más que estudio es recebir martirios en tu persona. De mí te sé decir que si quisieras paga por los azotes del desencanto de Dulcinea, ya te la hubiera dado tal como buena, pero no sé si vendrá bien con la cura la paga, y no querría que impidiese el premio a la medicina. Con todo eso, me parece que no se perderá nada en probarlo: mira, Sancho, el que quieres, y azótate luego y págate de contado y de tu propia mano, pues tienes dineros míos.

A cuyos ofrecimientos abrió Sancho los ojos y las orejas de un palmo y dio consentimiento en su corazón a azotarse de buena gana, y dijo a su amo:

— Agora bien, señor, yo quiero disponerme a dar gusto a vuestra merced en lo que desea, con provecho mío, que el amor de mis hijos y de mi mujer me hace que me muestre interesado. Dígame vuestra merced cuánto me dará por cada azote que me diere.

— Si yo te hubiera de pagar, Sancho — respondió don Quijote —, conforme lo que merece la grandeza y calidad deste remedio, el tesoro de Venecia, las minas del Potosí fueran poco para pagarte; toma tú el tiento a lo que llevas mío y pon el precio a cada azote.

— Ellos — respondió Sancho — son tres mil y trecientos y tantos; de ellos me he dado hasta cinco: quedan los demás; entren entre los tantos estos cinco, y vengamos a los tres mil y trecientos, que a cuartillo cada uno, que no llevaré menos si todo el mundo me lo mandase, montan tres mil y trecientos cuartillos, que son los tres mil, mil y quinientos medios reales, que hacen setecientos y cincuenta reales; y los trecientos hacen ciento y cin-

tecentos e cinquenta são ao todo oitocentos e vinte e cinco reais. Estes desfalcarei dos que levo de vossa mercê, e entrarei na minha casa rico e contente, apesar de bem açoitado, porque não se tomam trutas..., e não digo mais.[1]

— Oh Sancho bendito! Oh Sancho amável! — respondeu D. Quixote. — Quão obrigados havemos de ficar Dulcineia e eu a te servir por todos os dias que o céu nos der de vida! Se ela voltar ao ser perdido (e não é possível senão que volte), sua desdita terá sido dita, e o meu vencimento, felicíssimo triunfo. E olha, Sancho, quando queres começar a disciplina, pois sendo em breve te acrescento cem reais.

— Quando? — replicou Sancho. — Esta noite, sem falta! Trate vossa mercê de que a passemos no campo, a céu aberto, que eu rasgarei as minhas carnes.

Chegou a noite, esperada por D. Quixote com a maior ânsia do mundo, parecendo-lhe que as rodas do carro de Apolo se haviam quebrado e que o dia se alongava além do costumado, bem assim como acontece aos enamorados, que nunca acertam a conta dos seus desejos. Finalmente, entraram por um ameno arvoredo que um pouco desviado do caminho estava, onde, deixando vazias a sela e a albarda de Rocinante e do ruço, se deitaram sobre a verde relva e jantaram do farnel de Sancho; o qual, fazendo do cabresto e das rédeas do ruço um poderoso e flexível açoite, se retirou cerca de vinte passos do seu amo entre umas faias. D. Quixote, que o viu ir com denodo e com brio, lhe disse:

— Cuida, amigo, de não te fazeres em pedaços, dando espaço a que uns açoites aguardem os outros; não queiras apressar tanto a carreira que na metade dela te falte o fôlego, quero dizer que não te batas tão rijo que te falte a vida antes de chegar ao número desejado. E para não perderes por carta de

---

cuenta medios reales, que vienen a hacer setenta y cinco reales, que juntándose a los setecientos y cincuenta son por todos ochocientos y veinte y cinco reales. Estos desfalcaré yo de los que tengo de vuestra merced, y entraré en mi casa rico y contento, aunque bien azotado, porque no se toman truchas..., y no digo más.

— ¡Oh Sancho bendito, oh Sancho amable! — respondió don Quijote —, y cuán obligados hemos de quedar Dulcinea y yo a servirte todos los días que el cielo nos diere de vida! Si ella vuelve al ser perdido, que no es posible sino que vuelva, su desdicha habrá sido dicha, y mi vencimiento, felicísimo triunfo. Y mira, Sancho, cuándo quieres comenzar la diciplina, que porque la abrevies te añado cien reales.

— ¿Cuándo? — replicó Sancho —. Esta noche, sin falta. Procure vuestra merced que la tengamos en el campo, al cielo abierto, que yo me abriré mis carnes.

Llegó la noche, esperada de don Quijote con la mayor ansia del mundo, pareciéndole que las ruedas del carro de Apolo se habían quebrado y que el día se alargaba más de lo acostumbrado, bien así como acontece a los enamorados, que jamás ajustan la cuenta de sus deseos. Finalmente, se entraron entre unos amenos árboles que poco desviados del camino estaban, donde, dejando vacías la silla y albarda de Rocinante y el rucio, se tendieron sobre la verde yerba y cenaron del repuesto de Sancho; el cual, haciendo del cabestro y de la jáquima del rucio un poderoso y flexible azote, se retiró hasta veinte pasos de su amo entre unas hayas. Don Quijote, que le vio ir con denuedo y con brío, le dijo:

— Mira, amigo, que no te hagas pedazos, da lugar que unos azotes aguarden a otros; no quieras apresurarte tanto en la carrera, que en la mitad della te falte el aliento, quiero decir que no te des tan recio, que te fal-

mais nem de menos, eu ficarei à parte contando com este meu rosário os açoites que te deres. E que o céu te favoreça conforme tua boa intenção merece.

— A bom pagador não dói o penhor — respondeu Sancho. — Eu penso me açoitar de maneira que sem me matar me doa, pois nisto deve de consistir a sustância deste milagre.

Logo se despiu do meio corpo para cima e, agarrando das cordas, começou a se bater, e começou D. Quixote a contar os açoites. Perto de seis ou oito se devia ter dado Sancho, quando lhe pareceu pesada a burla e muito barato o preço dela, e, parando um pouco, disse ao amo que deviam desfazer o acordo, pois cada açoite daqueles merecia ser pago a meio real, que não a um quarto.

— Prossegue, Sancho amigo, e não esmoreças — disse-lhe D. Quixote —, que eu dobro a parada do preço.

— Assim sendo — disse Sancho —, à mão de Deus, e chovam açoites!

Mas o socarrão deixou de os dar nas costas para os dar nas árvores, e de quando em quando uns suspiros que parecia que com cada um deles arrancava a própria alma. Sendo terna a de D. Quixote, temeroso de que se lhe acabasse a vida sem alcançar seu desejo pela imprudência de Sancho, lhe disse:

— Por tua vida, amigo, não passes além neste negócio, pois me parece muito dura a medicina, e será bem dar tempo ao tempo, pois não se tomou Zamora em uma hora.[2] Se não contei mal, já te destes mais de mil açoites; bastam por ora, pois, falando ao modo grosseiro, o asno suporta a carga, mas não a sobrecarga.

— Não, não, senhor — respondeu Sancho —, de mim não se há de dizer: "obreiro pago, braço quebrado". Vossa mercê se afaste outro pouco e

---

te la vida antes de llegar al número deseado. Y porque no pierdas por carta de más ni de menos, yo estaré desde aparte contando por este mi rosario los azotes que te dieres. Favorézcate el cielo conforme tu buena intención merece.

— Al buen pagador no le duelen prendas — respondió Sancho —: yo pienso darme de manera que sin matarme me duela, que en esto debe de consistir la sustancia deste milagro.

Desnudóse luego de medio cuerpo arriba y, arrebatando el cordel, comenzó a darse, y comenzó don Quijote a contar los azotes. Hasta seis o ocho se habría dado Sancho, cuando le pareció ser pesada la burla y muy barato el precio della, y, deteniéndose un poco, dijo a su amo que se llamaba a engaño, porque merecía cada azote de aquellos ser pagado a medio real, y no que a cuartillo.

— Prosigue, Sancho amigo, y no desmayes — le dijo don Quijote —, que yo doblo la parada del precio.

— Dese modo — dijo Sancho —, ¡a la mano de Dios, y lluevan azotes!

Pero el socarrón dejó de dárselos en las espaldas y daba en los árboles, con unos suspiros de cuando en cuando, que parecía que con cada uno dellos se le arrancaba el alma. Tierna la de don Quijote, temeroso de que no se le acabase la vida y no consiguiese su deseo por la imprudencia de Sancho, le dijo:

— Por tu vida, amigo, que se quede en este punto este negocio, que me parece muy áspera esta medicina y será bien dar tiempo al tiempo, que no se ganó Zamora en un hora. Más de mil azotes, si yo no he contado mal, te has dado: bastan por agora, que el asno, hablando a lo grosero, sufre la carga, mas no la sobrecarga.

— No, no, señor — respondió Sancho —, no se ha de decir por mí: "a dineros pagados, brazos quebra-

me deixe dar pelo menos outros mil açoites, que com duas rodadas destas daremos cabo da partida e até nos sobrará pano.

— Se te achas com tão boa disposição — disse D. Quixote —, que o céu te ajude, e açoita-te, que eu me afasto.

Voltou Sancho à sua tarefa com tanto denodo, que já havia arrancado a casca de muitas árvores, tamanho era o rigor com que se açoitava; e erguendo uma vez a voz e dando um desmesurado açoite numa faia, disse:

— Aqui morra Sansão e quantos com ele estão!

Acudiu logo D. Quixote ao som da lastimosa voz e do golpe do rigoroso açoite, e, tomando do torcido cabresto que a Sancho servia de flagelo, lhe disse:

— Não permita a sorte, Sancho amigo, que por gosto meu percas tu a vida que há de servir para sustentar tua mulher e teus filhos: Dulcineia que espere melhor conjuntura, e eu me conterei nos limites da esperança propínqua e esperarei que cobres forças novas, para que este negócio se conclua a gosto de todos.

— Se vossa mercê, senhor meu, assim o quer — respondeu Sancho —, que seja embora, e deite-me sua capa sobre estas costas, que estou suando e não quisera apanhar um resfriado, pois os disciplinantes noviços correm este perigo.

Assim fez D. Quixote e, ficando em camisa, logo abrigou Sancho, o qual dormiu até o sol o acordar, e então voltaram a prosseguir seu caminho, que parou no fim da jornada num lugar que a três léguas de lá ficava. Apearam-se numa pousada, que por tal a reconheceu D. Quixote, e não por castelo com fundo fosso, torres, ponte e portão levadiços, que depois de vencido com mais juízo em todas as coisas discorria (como agora se dirá). Alojaram-no numa

---

dos". Apártese vuestra merced otro poco y déjeme dar otros mil azotes siquiera, que a dos levadas destas habremos cumplido con esta partida y aún nos sobrará ropa.

— Pues tú te hallas con tan buena disposición — dijo don Quijote —, el cielo te ayude, y pégate, que yo me aparto.

Volvió Sancho a su tarea con tanto denuedo, que ya había quitado las cortezas a muchos árboles: tal era la riguridad con que se azotaba; y alzando una vez la voz y dando un desaforado azote en una haya, dijo:

— ¡Aquí morirá Sansón, y cuantos con él son!

Acudió don Quijote luego al son de la lastimada voz y del golpe del riguroso azote, y, asiendo del torcido cabestro que le servía de corbacho a Sancho, le dijo:

— No permita la suerte, Sancho amigo, que por el gusto mío pierdas tú la vida que ha de servir para sustentar a tu mujer y a tus hijos: espere Dulcinea mejor coyuntura, que yo me contendré en los límites de la esperanza propincua y esperaré que cobres fuerzas nuevas, para que se concluya este negocio a gusto de todos.

— Pues vuestra merced, señor mío, lo quiere así — respondió Sancho —, sea en buena hora, y écheme su ferreruelo sobre estas espaldas, que estoy sudando y no querría resfriarme, que los nuevos diciplinantes corren este peligro.

Hízolo así don Quijote y, quedándose en pelota, abrigó a Sancho, el cual se durmió hasta que le despertó el sol, y luego volvieron a proseguir su camino, a quien dieron fin por entonces en un lugar que tres leguas de allí estaba. Apeáronse en un mesón, que por tal le reconoció don Quijote, y no por castillo de cava honda, torres,

sala baixa, onde serviam de guadamecis velhos sacos pintados, como se usam nas aldeias. Num deles estava pintado de malíssima mão o roubo de Helena, quando o atrevido hóspede a tirou de Menelau, e em outro estava a história de Dido e de Eneias, ela sobre uma alta torre, como que fazendo sinais com meio lençol para o fugitivo hóspede, que pelo mar numa fragata ou bergantim ia fugindo. Notou nas duas histórias que Helena não ia de muita má vontade, pois se ria à socapa e à socarrona, enquanto a formosa Dido mostrava verter lágrimas do tamanho de nozes pelos olhos. Vendo o qual D. Quixote, disse:

— Estas duas senhoras foram desditosíssimas por não terem nascido nesta idade, e eu sobre todos desditoso em não ter nascido na delas: um encontro meu com esses tais senhores, e nem seria abrasada Troia, nem Cartago destruída, pois só com que eu matasse Páris se escusariam tantas desgraças.

— Eu aposto — disse Sancho — que antes de muito tempo não há de haver bodega, estalagem nem pousada ou barbearia onde não ande pintada a história das nossas façanhas; mas quisera eu que a pintassem mãos de outro melhor pintor que o que pintou estas aqui.

— Tens razão, Sancho — disse D. Quixote —, porque este pintor é como Orbaneja, um que vivia em Úbeda, que quando lhe perguntavam o que pintava, respondia: "O que sair"; e se por acaso pintava um galo, escrevia embaixo: "Isto é um galo", para que não pensassem que era mona. Desta maneira me parece, Sancho, que deve de ser aquele pintor ou escritor (pois tudo é um) que tirou à luz a história deste novo D. Quixote que saiu: pintou ou escreveu o que saísse; ou terá sido como um poeta que andava há alguns anos na corte, chamado Mauleón, o qual respondia de repente a quanto lhe perguntavam, e perguntando-lhe alguém o que queria dizer *Deum de Deo*,[3] respon-

---

rastrillos y puente levadiza, que después que le vencieron con más juicio en todas las cosas discurría, como agora se dirá. Alojáronle en una sala baja, a quien servían de guadameciles unas sargas viejas pintadas, como se usan en las aldeas. En una dellas estaba pintada de malísima mano el robo de Elena, cuando el atrevido huésped se la llevó a Menalao, y en otra estaba la historia de Dido y de Eneas, ella sobre una alta torre, como que hacía de señas con una media sábana al fugitivo huésped, que por el mar sobre una fragata o bergantín se iba huyendo. Notó en las dos historias que Elena no iba de muy mala gana, porque se reía a socapa y a lo socarrón, pero la hermosa Dido mostraba verter lágrimas del tamaño de nueces por los ojos. Viendo lo cual don Quijote, dijo:

— Estas dos señoras fueron desdichadísimas por no haber nacido en esta edad, y yo sobre todos desdichado en no haber nacido en la suya: encontrara a aquestos señores, ni fuera abrasada Troya, ni Cartago destruida, pues con sólo que yo matara a París se escusaran tantas desgracias.

— Yo apostaré — dijo Sancho — que antes de mucho tiempo no ha de haber bodegón, venta ni mesón o tienda de barbero donde no ande pintada la historia de nuestras hazañas; pero querría yo que la pintasen manos de otro mejor pintor que el que ha pintado a estas.

— Tienes razón, Sancho — dijo don Quijote —, porque este pintor es como Orbaneja, un pintor que estaba en Úbeda, que cuando le preguntaban qué pintaba, respondía: "Lo que saliere"; y si por ventura pintaba un gallo, escribía debajo: "Este es gallo", porque no pensasen que era zorra. Desta manera me parece a mí, Sancho, que debe de ser el pintor o escritor, que todo es uno, que sacó a luz la historia deste nuevo don Quijote que ha salido: que pintó o escribió lo que saliere; o habrá sido como un poeta que andaba los años pasados en la corte,

deu: "Dê onde der". Mas deixando isto de parte, diz-me, Sancho, se pensas dar-te outra mão esta noite e se queres que seja sob telhado ou a céu aberto.

— Pardeus, senhor — respondeu Sancho —, que para o que eu penso me dar, tanto faz que seja em casa ou no campo; mas, ainda assim, quisera que fosse entre árvores, pois parece que me acompanham e me ajudam a levar o meu trabalho maravilhosamente.

— Não há de ser assim, Sancho amigo — respondeu D. Quixote —, pois para que ganhes força o havemos de guardar para a nossa aldeia, onde chegaremos depois de amanhã, no mais tardar.

Sancho respondeu que fizesse como quisesse, mas que ele preferia concluir aquele negócio com brevidade, a sangue quente e quando estava embalado o moinho, pois na tardança sói muitas vezes estar o perigo, e a Deus rogando e com o malho dando, e que mais valia um "toma" que dois "te darei", e pássaro em mão que abutre voando.

— Basta de rifões, Sancho, por Deus pai — disse D. Quixote —, que parece vais voltando ao *sicut erat*.[4] Trata de falar simples, lhano, sem complicar, como muitas vezes já te disse, e verás como te vale um reino.

— Não sei que má ventura é esta minha — respondeu Sancho —, que não sei dizer razão sem rifão, nem rifão que não me pareça razão. Mas eu me emendarei, se puder.

E com isto cessou por ora sua conversa.

---

llamado Mauleón, el cual respondía de repente a cuanto le preguntaban, y preguntándole uno que qué quería decir "Deum de Deo", respondió: "Dé donde diere". Pero dejando esto aparte, dime si piensas, Sancho, darte otra tanda esta noche y si quisieres que sea debajo de techado o al cielo abierto.

— Pardiez, señor — respondió Sancho —, que para lo que yo pienso darme, eso se me da en casa que en el campo; pero, con todo eso, querría que fuese entre árboles, que parece que me acompañan y me ayudan a llevar mi trabajo maravillosamente.

— Pues no ha de ser así, Sancho amigo — respondió don Quijote —, sino que para que tomes fuerzas lo hemos de guardar para nuestra aldea, que a lo más tarde llegaremos allá después de mañana.

Sancho respondió que hiciese su gusto, pero que él quisiera concluir con brevedad aquel negocio, a sangre caliente y cuando estaba picado el molino, porque en la tardanza suele estar muchas veces el peligro, y a Dios rogando y con el mazo dando, y que más valía un toma que dos te daré, y el pájaro en la mano que el buitre volando.

— No más refranes, Sancho, por un solo Dios — dijo don Quijote —, que parece que te vuelves al *sicut erat*: habla a lo llano, a lo liso, a lo no intricado, como muchas veces te he dicho, y verás como te vale un pan por ciento.

— No sé qué mala ventura es esta mía — respondió Sancho —, que no sé decir razón sin refrán, ni refrán que no me parezca razón; pero yo me emendaré si pudiere.

Y con esto cesó por entonces su plática.

Notas

[1] Não se tomam trutas: o ditado termina "... a bragas enxutas".

[2] ... não se tomou Zamora em uma hora: o provérbio faz referência ao longo cerco da cidade durante as guerras dinásticas em meados do século XI, matéria largamente trabalhada pelo romanceiro.

[3] *Deum de Deo*: palavras do Credo de Nicena; literalmente, "Deus de Deus". O repentista responsável pela cômica tradução de ouvida é muito provavelmente um personagem real, também citado no "Colóquio dos cachorros", no qual Berganza narra o mesmo caso.

[4] ... voltando ao *sicut erat*: no contexto, "voltando à estaca zero"; tomado do "*sicut erat in principio*" do hino "Gloria Patri" (ver *DQ* I, cap. XLVI, nota 3).

CAPÍTULO LXXII

De como D. Quixote e Sancho chegaram a sua aldeia

Aquele dia inteiro estiveram D. Quixote e Sancho naquele lugar e pousada esperando a noite, um para acabar em campo raso a mão da sua disciplina, e o outro para ver o fim dela, no qual consistia o do seu desejo. Chegou nisto à pousada um viajante a cavalo, com três ou quatro criados, um dos quais disse ao que parecia o senhor deles:

— Aqui pode vossa mercê, senhor D. Álvaro Tarfe, passar hoje a sesta; a hospedaria parece limpa e fresca.

Ouvindo isto D. Quixote, disse a Sancho:

— Olha, Sancho, quando eu folheei aquele livro da segunda parte da minha história, me parece que lá topei de passagem com esse nome de D. Álvaro Tarfe.

— Bem pode ser — respondeu Sancho. — Deixemos que se apeie e perguntemos a ele.

O cavaleiro se apeou, e fronteiro ao aposento de D. Quixote a hospedeira lhe deu um quarto baixo, adornado com outros sacos pintados como os do aposento de D. Quixote. Trocou-se o recém-chegado cavaleiro e, em trajes ligeiros, saiu para a varanda da pousada, que era espaçosa e fresca, pela qual se passeava D. Quixote, a quem perguntou:

CAPÍTULO LXXII

De cómo don Quijote y Sancho llegaron a su aldea

Todo aquel día esperando la noche estuvieron en aquel lugar y mesón don Quijote y Sancho, el uno para acabar en la campaña rasa la tanda de su diciplina, y el otro para ver el fin della, en el cual consistía el de su deseo. Llegó en esto al mesón un caminante a caballo, con tres o cuatro criados, uno de los cuales dijo al que el señor dellos parecía:

— Aquí puede vuestra merced, señor don Álvaro Tarfe, pasar hoy la siesta; la posada parece limpia y fresca.

Oyendo esto don Quijote, le dijo a Sancho:

— Mira, Sancho, cuando yo hojeé aquel libro de la segunda parte de mi historia, me parece que de pasada topé allí este nombre de don Álvaro Tarfe.

— Bien podrá ser — respondió Sancho —. Dejémosle apear, que después se lo preguntaremos.

El caballero se apeó, y frontero del aposento de don Quijote la huéspeda le dio una sala baja, enjaezada con otras pintadas sargas como las que tenía la estancia de don Quijote. Púsose el recién venido caballero a lo de verano y, saliéndose al portal del mesón, que era espacioso y fresco, por el cual se paseaba don Quijote, le preguntó:

823

— Para onde leva caminho vossa mercê, senhor gentil-homem?

E D. Quixote lhe respondeu:

— Para uma aldeia que fica aqui perto, de onde sou natural. E vossa mercê, para onde caminha?.

— Eu, senhor — respondeu o cavaleiro —, vou para Granada, que é minha pátria.

— E boa pátria! — replicou D. Quixote. — Mas diga-me vossa mercê seu nome, por cortesia, pois me parece que sabê-lo me há de importar mais do que ora eu possa lhe dizer.

— Meu nome é D. Álvaro Tarfe — respondeu o hóspede.

Ao que D. Quixote replicou:

— Sem dúvida alguma penso que vossa mercê deve de ser aquele D. Álvaro Tarfe que anda impresso na segunda parte da história de D. Quixote de La Mancha há pouco impressa e dada à luz do mundo por um autor moderno.

— O mesmo sou — respondeu o cavaleiro —, e o tal D. Quixote, sujeito principal da tal história, foi grandíssimo amigo meu, e fui eu quem o tirou da sua terra, ou ao menos o movi a que fosse a umas justas que se faziam em Saragoça, para onde eu ia; e em verdade, em verdade que lhe fiz muitos favores, e o livrei de que o carrasco lhe palmasse as costas[1] por seu demasiado atrevimento.

— E diga-me vossa mercê, senhor D. Álvaro: eu me pareço em algo com esse tal D. Quixote que vossa mercê diz?

— Não, por certo — respondeu o hóspede —, de maneira alguma.

— E esse D. Quixote — disse o nosso — levava consigo um escudeiro chamado Sancho Pança?

— ¿Adónde bueno camina vuestra merced, señor gentilhombre?

Y don Quijote le respondió:

— A una aldea que está aquí cerca, de donde soy natural. Y vuestra merced ¿dónde camina?

— Yo, señor — respondió el caballero —, voy a Granada, que es mi patria.

— ¡Y buena patria! — replicó don Quijote —. Pero dígame vuestra merced, por cortesía, su nombre, porque me parece que me ha de importar saberlo más de lo que buenamente podré decir.

— Mi nombre es don Álvaro Tarfe — respondió el huésped.

A lo que replicó don Quijote:

— Sin duda alguna pienso que vuestra merced debe de ser aquel don Álvaro Tarfe que anda impreso en la segunda parte de la historia de don Quijote de la Mancha recién impresa y dada a la luz del mundo por un autor moderno.

— El mismo soy — respondió el caballero —, y el tal don Quijote, sujeto principal de la tal historia, fue grandísimo amigo mío, y yo fui el que le sacó de su tierra, o a lo menos le moví a que viniese a unas justas que se hacían en Zaragoza, adonde yo iba; y en verdad, en verdad que le hice muchas amistades, y que le quité de que no le palmase las espaldas el verdugo por ser demasiadamente atrevido.

— Y dígame vuestra merced, señor don Álvaro, ¿parezco yo en algo a ese tal don Quijote que vuestra merced dice?

— No, por cierto — respondió el huésped —, en ninguna manera.

— Levava, sim — respondeu D. Álvaro. — Mas apesar de ter fama de muito engraçado, nunca o ouvi dizer nenhuma graça que a tivesse.

— Isso eu creio muito bem — disse então Sancho —, porque dizer graças não é para qualquer um, e esse Sancho que diz vossa mercê, senhor gentil-homem, deve de ser algum grandíssimo velhaco, babão e juntamente ladrão, pois o verdadeiro Sancho Pança sou eu, que tenho graças às mãos cheias; e, se não, faça vossa mercê a experiência e siga atrás de mim pelo menos um ano, e verá que as deixo cair a cada passo, e tais e tantas que, sem que eu saiba as mais vezes o que me digo, faço rir a quantos me escutam; e o verdadeiro D. Quixote de La Mancha, o famoso, o valente e o discreto, o enamorado, o desfazedor de agravos, o tutor de pupilos e órfãos, o amparo das viúvas, o matador das donzelas, o que tem por única senhora a sem-par Dulcineia d'El Toboso, é este senhor aqui presente, que é meu amo. Todo qualquer outro D. Quixote e qualquer outro Sancho Pança é coisa de burla e de sonho.

— Por Deus que o creio — respondeu D. Álvaro —, pois mais graças dissestes vós, amigo, em quatro razões que falastes que o outro Sancho Pança em quantas lhe ouvi falar, que foram muitas! Tinha ele mais de comilão que de bem-falante, e mais de tolo que de engraçado, e tenho por sem dúvida que os encantadores que perseguem D. Quixote o bom quiseram perseguir a mim com D. Quixote o mau. Mas não sei que me diga, pois ouso jurar que o deixei metido na Casa do Núncio,[2] em Toledo, para que o curassem, e agora aparece aqui outro D. Quixote, ainda que bem diferente do meu.

— Eu — disse D. Quixote — não sei se sou bom, mas sei dizer que não sou o mau. E para prova disso quero que saiba vossa mercê, meu senhor D. Álvaro Tarfe, que em todos os dias da minha vida não estive em Saragoça; antes, em sabendo que esse D. Quixote fantástico se achara nas justas dessa

---

— Y ese don Quijote — dijo el nuestro — ¿traía consigo a un escudero llamado Sancho Panza?

— Sí traía — respondió don Álvaro —; y aunque tenía fama de muy gracioso, nunca le oí decir gracia que la tuviese.

— Eso creo yo muy bien — dijo a esta sazón Sancho —, porque el decir gracias no es para todos, y ese Sancho que vuestra merced dice, señor gentilhombre, debe de ser algún grandísimo bellaco, frión y ladrón juntamente, que el verdadero Sancho Panza soy yo, que tengo más gracias que llovidas; y si no haga vuestra merced la experiencia y ándese tras de mí por lo menos un año, y verá que se me caen a cada paso, y tales y tantas, que sin saber yo las más veces lo que me digo hago reír a cuantos me escuchan; y el verdadero don Quijote de la Mancha, el famoso, el valiente y el discreto, el enamorado, el desfacedor de agravios, el tutor de pupilos y huérfanos, el amparo de las viudas, el matador de las doncellas, el que tiene por única señora a la sin par Dulcinea del Toboso, es este señor que está presente, que es mi amo. Todo cualquier otro don Quijote y cualquier otro Sancho Panza es burlería y cosa de sueño.

— ¡Por Dios que lo creo — respondió don Álvaro —, porque más gracias habéis dicho vos, amigo, en cuatro razones que habéis hablado que el otro Sancho Panza en cuantas yo le oí hablar, que fueron muchas! Más tenía de comilón que de bien hablado, y más de tonto que de gracioso, y tengo por sin duda que los encantadores que persiguen a don Quijote el bueno han querido perseguirme a mí con don Quijote el malo. Pero no sé qué me diga, que osaré yo jurar que le dejo metido en la Casa del Nuncio, en Toledo, para que le curen, y agora remanece aquí otro don Quijote, aunque bien diferente del mío.

cidade, não quis entrar nela, para mostrar sua mentira às barbas do mundo, e assim segui direto para Barcelona, arquivo da cortesia, albergue dos estrangeiros, hospital dos pobres, pátria dos valentes, vingança dos ofendidos e correspondência grata de firmes amizades, e em situação e beleza, única; e se bem os sucessos que nela me sucederam não foram de muito gosto, senão de muito pesar, eu o levo sem carga, só por tê-la visto. Enfim, senhor D. Álvaro Tarfe, eu sou D. Quixote de La Mancha, o mesmo que diz a fama, e não esse desventurado que quis usurpar meu nome e se honrar com meus pensamentos. A vossa mercê suplico, pelo que deve a ser cavaleiro, seja servido de fazer uma declaração perante o alcaide deste lugar de que vossa mercê não me viu em todos os dias da sua vida até agora, e de que eu não sou o D. Quixote impresso na segunda parte, nem este Sancho Pança meu escudeiro é aquele que vossa mercê conheceu.

— Isso farei de muito bom grado — respondeu D. Álvaro —, por mais que cause admiração ver dois D. Quixotes e dois Sanchos a um mesmo tempo tão conformes nos nomes quanto diferentes nas ações, e volto a dizer e confirmo não ter visto o que vi nem ter passado o que comigo se passou.

— Sem dúvida — disse Sancho — que vossa mercê deve de estar encantado, como minha senhora Dulcineia d'El Toboso; e prouvesse ao céu que estivesse seu desencantamento de vossa mercê em me dar outros três mil e tantos açoites, como me dou por ela, que eu mos daria sem interesse algum.

— Não entendo isso dos açoites — disse D. Álvaro.

E Sancho lhe respondeu que era longo de contar, mas que lho contaria se acaso levassem o mesmo caminho.

Chegou então a hora de almoçar, e almoçaram juntos D. Quixote e D. Álvaro. Entrou por acaso na pousada o alcaide da aldeia, com um escrivão,

---

— Yo — dijo don Quijote — no sé si soy bueno, pero sé decir que no soy el malo. Para prueba de lo cual quiero que sepa vuesa merced, mi señor don Álvaro Tarfe, que en todos los días de mi vida no he estado en Zaragoza, antes por haberme dicho que ese don Quijote fantástico se había hallado en las justas desa ciudad no quise yo entrar en ella, por sacar a las barbas del mundo su mentira, y así me pasé de claro a Barcelona, archivo de la cortesía, albergue de los estranjeros, hospital de los pobres, patria de los valientes, venganza de los ofendidos y correspondencia grata de firmes amistades, y en sitio y en belleza, única; y aunque los sucesos que en ella me han sucedido no son de mucho gusto, sino de mucha pesadumbre, los llevo sin ella, sólo por haberla visto. Finalmente, señor don Álvaro Tarfe, yo soy don Quijote de la Mancha, el mismo que dice la fama, y no ese desventurado que ha querido usurpar mi nombre y honrarse con mis pensamientos. A vuestra merced suplico, por lo que debe a ser caballero, sea servido de hacer una declaración ante el alcalde deste lugar de que vuestra merced no me ha visto en todos los días de su vida hasta agora, y de que yo no soy el don Quijote impreso en la segunda parte, ni este Sancho Panza mi escudero es aquel que vuestra merced conoció.

— Eso haré yo de muy buena gana — respondió don Álvaro —, puesto que cause admiración ver dos don Quijotes y dos Sanchos a un mismo tiempo tan conformes en los nombres como diferentes en las acciones, y vuelvo a decir y me afirmo que no he visto lo que he visto, ni ha pasado por mí lo que ha pasado.

— Sin duda — dijo Sancho — que vuestra merced debe de estar encantado, como mi señora Dulcinea del Toboso; y pluguiera al cielo que estuviera su desencanto de vuestra merced en darme otros tres mil y tantos azotes, como me doy por ella, que yo me los diera sin interés alguno.

ante o qual alcaide pediu D. Quixote, por uma petição que ao seu direito convinha, que D. Álvaro Tarfe, aquele cavaleiro ali presente, declarasse perante sua mercê não conhecer D. Quixote de La Mancha, também presente, e que não era aquele que andava impresso numa história intitulada *Segunda parte de D. Quixote de La Mancha*, composta por um tal de Avellaneda, natural de Tordesilhas. O alcaide enfim procedeu juridicamente: a declaração se fez com todos os requisitos em tais casos necessários, com o qual D. Quixote e Sancho ficaram muito contentes, como se muito lhes importasse semelhante declaração, e suas obras e palavras já não mostrassem claramente a diferença dos dois D. Quixotes e a dos dois Sanchos. Muitas cortesias e oferecimentos trocaram D. Álvaro e D. Quixote, nas quais mostrou sua discrição o grande manchego, de modo que desenganou a D. Álvaro Tarfe do erro em que estava; o qual se convenceu que devia de estar encantado, pois tocava com as mãos dois tão contrários D. Quixotes.

Chegou a tarde, partiram daquele lugar, e a coisa de meia légua se apartaram dois caminhos diferentes, sendo um o que guiava para a aldeia de D. Quixote e o outro o que havia de levar D. Álvaro. Nesse pouco espaço lhe contou D. Quixote a desgraça do seu vencimento e o encanto e remédio de Dulcineia, tudo pondo a D. Álvaro em nova admiração, o qual, abraçando D. Quixote e Sancho, seguiu o seu caminho, e o dele D. Quixote, que passou aquela noite entre outras árvores, para dar lugar a que Sancho cumprisse sua penitência, a qual cumpriu do mesmo modo que a noite passada, à custa das cascas das faias, muito mais que das suas costas, que as guardou tanto que não poderiam os açoites ter espantado uma mosca que acaso pousasse nelas.

Não perdeu o enganado D. Quixote um só golpe da conta e achou que com os da noite passada eram três mil e vinte e nove. Parecia que para ver o

---

— No entiendo eso de azotes — dijo don Álvaro.

Y Sancho le respondió que era largo de contar, pero que él se lo contaría si acaso iban un mesmo camino.

Llegóse en esto la hora de comer; comieron juntos don Quijote y don Álvaro. Entró acaso el alcalde del pueblo en el mesón, con un escribano, ante el cual alcalde pidió don Quijote, por una petición de que a su derecho convenía, de que don Álvaro Tarfe, aquel caballero que allí estaba presente, declarase ante su merced como no conocía a don Quijote de la Mancha, que asimismo estaba allí presente, y que no era aquel que andaba impreso en una historia intitulada *Segunda parte de don Quijote de la Mancha*, compuesta por un tal de Avellaneda, natural de Tordesillas. Finalmente, el alcalde proveyó jurídicamente: la declaración se hizo con todas las fuerzas que en tales casos debían hacerse, con lo que quedaron don Quijote y Sancho muy alegres, como si les importara mucho semejante declaración y no mostrara claro la diferencia de los dos don Quijotes y la de los dos Sanchos sus obras y sus palabras. Muchas de cortesías y ofrecimientos pasaron entre don Álvaro y don Quijote, en las cuales mostró el gran manchego su discreción, de modo que desengañó a don Álvaro Tarfe del error en que estaba; el cual se dio a entender que debía de estar encantado, pues tocaba con la mano dos tan contrarios don Quijotes.

Llegó la tarde, partiéronse de aquel lugar, y a la obra de media legua se apartaban dos caminos diferentes, el uno que guiaba a la aldea de don Quijote y el otro el que había de llevar don Álvaro. En este poco espacio le contó don Quijote la desgracia de su vencimiento y el encanto y el remedio de Dulcinea, que todo puso en nueva

sacrifício havia madrugado o sol, com cuja luz voltaram a prosseguir seu caminho, comentando entre os dois do engano de D. Álvaro e de quão acertado havia sido tomar sua declaração perante a justiça, e tão autenticamente.

Aquele dia e aquela noite caminharam sem que lhes acontecesse coisa digna de conto, a não ser que nela Sancho acabou sua tarefa, do qual ficou D. Quixote sobremodo contente, já esperando o dia por ver se no caminho topava Dulcineia sua senhora já desencantada; e seguindo seu caminho não topava mulher que ele não tratasse de ver se era Dulcineia d'El Toboso, tendo por infalível não poderem mentir as promessas de Merlim.

Com esses pensamentos e desejos, subiram uma ladeira acima, de cujo topo descobriram sua aldeia, a qual vista por Sancho, caiu ele de joelhos, dizendo:

— Abre os olhos, desejada pátria, e olha que a ti volta Sancho Pança, teu filho, se não muito rico, muito bem açoitado. Abre os braços e recebe também o teu filho D. Quixote, que, se vem vencido dos braços alheios, vem vencedor de si mesmo, que, segundo ele me disse, é o maior vencimento que desejar-se pode.[3] Dinheiros trago, porque se bons açoites me davam, bem cavaleiro eu ia.

— Deixa dessas sandices — exclamou D. Quixote —, e vamos com pé direito entrar no nosso lugar, onde daremos vau a nossas imaginações e faremos traça da pastoral vida que pensamos exercitar.

Com isto desceram a ladeira e se foram para sua aldeia.

---

admiración a don Álvaro, el cual, abrazando a don Quijote y a Sancho, siguió su camino, y don Quijote el suyo, que aquella noche la pasó entre otros árboles, por dar lugar a Sancho de cumplir su penitencia, que la cumplió del mismo modo que la pasada noche, a costa de las cortezas de las hayas, harto más que de sus espaldas, que las guardó tanto, que no pudieran quitar los azotes una mosca, aunque la tuviera encima.

No perdió el engañado don Quijote un solo golpe de la cuenta y halló que con los de la noche pasada eran tres mil y veinte y nueve. Parece que había madrugado el sol a ver el sacrificio, con cuya luz volvieron a proseguir su camino, tratando entre los dos del engaño de don Álvaro y de cuán bien acordado había sido tomar su declaración ante la justicia, y tan auténticamente.

Aquel día y aquella noche caminaron sin sucederles cosa digna de contarse, si no fue que en ella acabó Sancho su tarea, de que quedó don Quijote contento sobremodo, y esperaba el día por ver si en el camino topaba ya desencantada a Dulcinea su señora; y siguiendo su camino no topaba mujer ninguna que no iba a reconocer si era Dulcinea del Toboso, teniendo por infalible no poder mentir las promesas de Merlín.

Con estos pensamientos y deseos, subieron una cuesta arriba, desde la cual descubrieron su aldea, la cual vista de Sancho, se hincó de rodillas, y dijo:

— Abre los ojos, deseada patria, y mira que vuelve a ti Sancho Panza tu hijo, si no muy rico, muy bien azotado. Abre los brazos y recibe también tu hijo don Quijote, que, si viene vencido de los brazos ajenos, viene vencedor de sí mismo, que, según él me ha dicho, es el mayor vencimiento que desearse puede. Dineros llevo, porque si buenos azotes me daban, bien caballero me iba.

Notas

[1] ... o carrasco lhe palmasse as costas: em certa gíria marginal, *palmear* significava "açoitar". O comentário de D. Álvaro Tarfe refere-se a episódios dos capítulos VIII e IX do *Quixote* de Avellaneda.

[2] Casa do Núncio: o manicômio de Toledo, fundado por Francisco Ortiz, núncio apostólico de Xisto IV. É onde o D. Quixote da continuação apócrifa acaba recolhido.

[3] ... o maior vencimento que desejar-se pode: sentença proverbial que ocorre, sob múltiplas variantes, em diversos autores clássicos, como Sêneca ("*Est difficillimum se ipsum vincere*") e Publílio Siro ("*Bis vincit qui se vincit*"), bem como no adagiário ibérico.

— Déjate desas sandeces — dijo don Quijote —, y vamos con pie derecho a entrar en nuestro lugar, donde daremos vado a nuestras imaginaciones, y la traza que en la pastoral vida pensamos ejercitar.

Con esto bajaron de la cuesta y se fueron a su pueblo.

CAPÍTULO LXXIII

DOS AGOUROS QUE TEVE D. QUIXOTE
AO CHEGAR A SUA ALDEIA,
MAIS OUTROS SUCESSOS
QUE ADORNAM E ACREDITAM ESTA GRANDE HISTÓRIA

À entrada da qual, segundo diz Cide Hamete, viu D. Quixote que nas eiras do lugar estavam brigando dois rapazes, e um disse ao outro:

— Não te canses, Perico, que não a verás em todos os dias da tua vida.

Ouviu-o D. Quixote e disse a Sancho:

— Percebeste, amigo, o que aquele rapaz acaba de dizer: "não a verás em todos os dias da tua vida"?

— Pois bem, que importa — respondeu Sancho — que o rapaz tenha dito isso?

— Como quê? — replicou D. Quixote. — Não vês que aplicando aquela palavra à minha intenção quer significar que não mais hei de ver Dulcineia?

Estava Sancho para responder, quando lho estorvou ver que por aquela campanha vinha fugindo uma lebre, seguida de muitos cães e caçadores, a qual, temerosa, foi-se esconder e alapar embaixo do ruço. Apanhou-a Sancho sem susto e a ofereceu a D. Quixote, que ia dizendo:

— *Malum signum! Malum signum!*[1] Lebre foge, cães a seguem: Dulcineia não aparece!

CAPÍTULO LXXIII

DE LOS AGÜEROS QUE TUVO DON QUIJOTE
AL ENTRAR DE SU ALDEA,
CON OTROS SUCESOS
QUE ADORNAN Y ACREDITAN ESTA GRANDE HISTORIA

A la entrada del cual, según dice Cide Hamete, vio don Quijote que en las eras del lugar estaban riñendo dos mochachos, y el uno dijo al otro:

— No te canses, Periquillo, que no la has de ver en todos los días de tu vida.

Oyólo don Quijote y dijo a Sancho:

— ¿No adviertes, amigo, lo que aquel mochacho ha dicho: "no la has de ver en todos los días de tu vida"?

— Pues bien, ¿qué importa — respondió Sancho — que haya dicho eso el mochacho?

— ¿Qué? — replicó don Quijote —. ¿No vees tú que aplicando aquella palabra a mi intención quiere significar que no tengo de ver más a Dulcinea?

— Estranho é vossa mercê — disse Sancho. — Suponhamos que esta lebre é Dulcineia d'El Toboso e estes cães que a perseguem são os ruins encantadores que a transformaram em lavradora; ela foge, eu a pego e ponho em poder de vossa mercê, que a toma nos braços e agasalha. Que mau sinal é esse e que mau agouro se pode tirar daí?

Os dois rapazes da querela se achegaram para ver a lebre, e a um deles perguntou Sancho por que brigavam. E foi-lhe respondido pelo mesmo que dissera "não a verás mais em toda a tua vida" que ele havia tomado do outro rapaz uma gaiola de grilos, a qual não pensava devolver em toda sua vida. Tirou Sancho quatro quartos da algibeira e deu-lhos ao rapaz pela gaiola, e a colocou nas mãos de D. Quixote, dizendo:

— Eis aqui, senhor, quebrados e desbaratados esses tais agouros, que eu, se bem tolo, imagino que não têm que ver com o nosso caso mais do que com as nuvens de antanho. E se mal não me lembro, já ouvi o padre do nosso lugar dizer que não é próprio de pessoas cristãs nem discretas atentar nessas ninharias, e até vossa mercê disse o mesmo dias atrás, dando-me a entender que eram tolos todos aqueles cristãos que atentavam em agouros. E não é mister insistir nisso, senão passemos adiante e entremos na nossa aldeia.

Chegaram os caçadores, pediram sua lebre e deu-lha D. Quixote. Passaram adiante e à entrada da aldeia toparam com o padre e o bacharel Carrasco rezando num pradozinho. E é de saber que Sancho Pança tinha deitado sobre o ruço e sobre o feixe das armas, a jeito de manta, a túnica de bocaxim pintada com labaredas que lhe vestiram no castelo do duque na noite em que Altisidora tornara em si; acomodou-lhe também a carocha na cabeça, e foi a mais nova transformação e adorno com que jamais se viu jumento no mundo.

Queríale responder Sancho, cuando se lo estorbó ver que por aquella campaña venía huyendo una liebre, seguida de muchos galgos y cazadores, la cual, temerosa, se vino a recoger y a agazapar debajo de los pies del rucio. Cogióla Sancho a mano salva y presentósela a don Quijote, el cual estaba diciendo:

— ¡*Malum signum!* ¡*Malum signum!* Liebre huye, galgos la siguen: ¡Dulcinea no parece!

— Estraño es vuesa merced — dijo Sancho —. Presupongamos que esta liebre es Dulcinea del Toboso y estos galgos que la persiguen son los malandrines encantadores que la transformaron en labradora; ella huye, yo la cojo y la pongo en poder de vuesa merced, que la tiene en sus brazos y la regala: ¿qué mala señal es esta, ni qué mal agüero se puede tomar de aquí?

Los dos mochachos de la pendencia se llegaron a ver la liebre, y al uno dellos preguntó Sancho que por qué reñían; y fuele respondido por el que había dicho "no la verás más en toda tu vida" que él había tomado al otro mochacho una jaula de grillos, la cual no pensaba volvérsela en toda su vida. Sacó Sancho cuatro cuartos de la faltriquera, y dióselos al mochacho por la jaula, y púsosela en las manos a don Quijote, diciendo:

— He aquí, señor, rompidos y desbaratados estos agüeros, que no tienen que ver más con nuestros sucesos, según que yo imagino, aunque tonto, que con las nubes de antaño. Y, si no me acuerdo mal, he oído decir al cura de nuestro pueblo que no es de personas cristianas ni discretas mirar en estas niñerías, y aun vuesa merced mismo me lo dijo los días pasados, dándome a entender que eran tontos todos aquellos cristianos que miraban en agüeros. Y no es menester hacer hincapié en esto, sino pasemos adelante y entremos en nuestra aldea.

Llegaron los cazadores, pidieron su liebre y diósela don Quijote; pasaron adelante y a la entrada del pue-

Foram os dois logo conhecidos do padre e do bacharel, que se chegaram a eles de braços abertos. Apeou-se D. Quixote e os abraçou estreitamente, e os rapazes, que são linces a quem nada se escusa, divisaram a carocha do jumento e acudiram a vê-lo, dizendo uns aos outros:

— Vinde, rapazes, e vereis o asno de Sancho Pança mais galante do que o rei, e a besta de D. Quixote mais magra do que nunca.

Finalmente, rodeados de rapazes e acompanhados do padre e do bacharel, entraram na aldeia e se foram para a casa de D. Quixote, e à porta dela acharam a ama e a sobrinha, a quem já haviam dado as novas da sua chegada. Nem mais nem menos as haviam dado a Teresa Pança, mulher de Sancho, a qual, desgrenhada e meio nua, levando Sanchica sua filha pela mão, acudiu a ver o marido; e vendo-o não tão bem alinhado como ela pensava que havia de estar um governador, lhe disse:

— Como chegais assim, marido meu, que parece que vindes a pé esfolado, e mais levais jeito de desgovernado que de governador?

— Cala-te, Teresa — respondeu Sancho —, que muitas vezes onde há vozes não há nozes, e vamos para casa, que lá ouvirás maravilhas. Dinheiro trago, que é o que importa, ganho por minha indústria e sem dano de ninguém.

— Trazei dinheiro, meu bom marido — disse Teresa —, seja ele ganho aqui ou ali, pois como quer que o tenhais ganhado não terás feito usança nova no mundo.

Abraçou Sanchica o pai e lhe perguntou se trazia algo para ela, que o estava esperando como a água de maio, e tomando-o por um lado do cinto, e sua mulher pela mão, guiando sua filha o ruço, se foram para casa, deixando D. Quixote na dele em poder da sua sobrinha e da sua ama e na companhia do padre e do bacharel.

---

blo toparon en un pradecillo rezando al cura y al bachiller Carrasco. Y es de saber que Sancho Panza había echado sobre el rucio y sobre el lío de las armas, para que sirviese de repostero, la túnica de bocací pintada de llamas de fuego que le vistieron en el castillo del duque la noche que volvió en sí Altisidora; acomodóle también la coroza en la cabeza, que fue la más nueva transformación y adorno con que se vio jamás jumento en el mundo.

Fueron luego conocidos los dos del cura y del bachiller, que se vinieron a ellos con los brazos abiertos. Apeóse don Quijote y abrazólos estrechamente, y los mochachos, que son linces no escusados, divisaron la coroza del jumento y acudieron a verle, y decían unos a otros:

— Venid, mochachos, y veréis el asno de Sancho Panza más galán que Mingo, y la bestia de don Quijote más flaca hoy que el primer día.

Finalmente, rodeados de mochachos y acompañados del cura y del bachiller, entraron en el pueblo y se fueron a casa de don Quijote, y hallaron a la puerta della al ama y a su sobrina, a quien ya habían llegado las nuevas de su venida. Ni más ni menos se las habían dado a Teresa Panza, mujer de Sancho, la cual, desgreñada y medio desnuda, trayendo de la mano a Sanchica su hija, acudió a ver a su marido; y viéndole no tan bien adeliñado como ella se pensaba que había de estar un gobernador, le dijo:

— ¿Cómo venís así, marido mío, que me parece que venís a pie y despeado, y más traéis semejanza de desgobernado que de gobernador?

— Calla, Teresa — respondió Sancho —, que muchas veces donde hay estacas no hay tocinos, y vámonos

D. Quixote, sem reparar em modos nem horas, no mesmo ponto foi ter a sós com o bacharel e o padre, e em breves razões lhes contou seu vencimento e a obrigação em que ficara de não sair da sua aldeia por um ano, a qual pensava guardar ao pé da letra, sem dela se desviar um átomo, bem assim como cavaleiro andante obrigado pela pontualidade e ordem da andante cavalaria, e que vinha pensando em naquele ano se fazer pastor e se entreter na solidão dos campos, onde a rédea solta poderia dar vau a seus amorosos pensamentos, exercitando-se no pastoral e virtuoso exercício; e lhes suplicou, se não tinham muito que fazer e não estavam impedidos por negócios mais importantes, quisessem ser seus companheiros, que ele compraria ovelhas e gado bastante para lhes dar nome de pastores, e lhes fazia saber que o mais principal daquele negócio estava feito, porque já lhes escolhera os nomes que lhes cairiam como luva. Pediu-lhe o padre que os dissesse; respondeu D. Quixote que ele se havia de chamar o pastor Quixotiz; e o bacharel, o pastor Carrascão; e o padre, o pastor Paterandro; e Sancho Pança, o pastor Pancino.

Pasmaram-se todos de ver a nova loucura de D. Quixote, mas por que outra vez não se lhes fosse da aldeia para suas cavalarias, na esperança de que naquele ano se pudesse curar, concordaram com sua nova intenção e aprovaram por discreta sua loucura, oferecendo-se como companheiros no seu exercício.

— De mais que — disse Sansón Carrasco —, como já todo o mundo sabe, eu sou celebérrimo poeta, e a cada passo comporei versos pastoris ou cortesãos, ou como melhor calhar, para que nos entretenhamos por esses andurriais por onde havemos de andar; e o que mais é mister, senhores meus, é que cada um escolha o nome da pastora que pensa celebrar em seus ver-

---

a nuestra casa, que allá oirás maravillas. Dineros traigo, que es lo que importa, ganados por mi industria y sin daño de nadie.

— Traed vos dinero, mi buen marido — dijo Teresa —, y sean ganados por aquí o por allí, que como quiera que los hayáis ganado no habréis hecho usanza nueva en el mundo.

Abrazó Sanchica a su padre y preguntóle si traía algo, que le estaba esperando como el agua de mayo, y asiéndole de un lado del cinto, y su mujer de la mano, tirando su hija al rucio, se fueron a su casa, dejando a don Quijote en la suya en poder de su sobrina y de su ama y en compañía del cura y del bachiller.

Don Quijote, sin guardar términos ni horas, en aquel mismo punto se apartó a solas con el bachiller y el cura, y en breves razones les contó su vencimiento y la obligación en que había quedado de no salir de su aldea en un año, la cual pensaba guardar al pie de la letra, sin traspasarla en un átomo, bien así como caballero andante obligado por la puntualidad y orden de la andante caballería, y que tenía pensado de hacerse aquel año pastor y entretenerse en la soledad de los campos, donde la rienda suelta podía dar vado a sus amorosos pensamientos, ejercitándose en el pastoral y virtuoso ejercicio; y que les suplicaba, si no tenían mucho que hacer y no estaban impedidos en negocios más importantes, quisiesen ser sus compañeros, que él compraría ovejas y ganado suficiente que les diese nombre de pastores; y que les hacía saber que lo más principal de aquel negocio estaba hecho, porque les tenía puestos los nombres, que les vendrían como de molde. Díjole el cura que los dijese. Respondió don Quijote que él se había de llamar el pastor Quijótiz; y el bachiller, el pastor Carrascón; y el cura, el pastor Curiambro; y Sancho Panza, el pastor Pancino.

sos, e que não deixemos árvore, por dura que seja, onde não a rotule e grave seu nome, como é uso e costume dos enamorados pastores.

— Isso vem de encomenda — respondeu D. Quixote —, bem que eu esteja livre de buscar nome de pastora fingida, pois aí está a sem-par Dulcineia d'El Toboso, glória destas ribeiras, adorno destes prados, pilar da formosura, nata dos donaires e, em suma, sujeito sobre o qual assenta bem todo louvor, por hipérbole que seja.

— Assim é verdade — disse o padre —, mas nós buscaremos por aí pastoras manhosinhas, que se não nos quadrarem, nos enquadrem.

Ao que acrescentou Sansón Carrasco:

— E se faltarem nomes, lhes daremos os daquelas estampadas e impressas, das que está cheio o mundo: Fílidas, Amarílis, Dianas, Fléridas, Galateias e Belisardas; pois, se as vendem nas praças, bem as podemos comprar nós e tê-las por nossas. Se minha dama, ou, para melhor dizer, minha pastora, porventura se chamar Ana, eu a celebrarei sob o nome de "Anarda", e se Francisca, a chamarei "Francênia", e se Lúcia, "Lucinda", que todos cabem lá; e Sancho Pança, se é que há de entrar nessa confraria, poderá celebrar sua mulher Teresa Pança com o nome de "Teresaina".

Riu-se D. Quixote da aplicação do nome, e o padre louvou-lhe infinito sua honesta e honrada resolução e de novo se ofereceu para lhe fazer companhia todo o tempo que vagasse a cumprir suas forçosas obrigações. Com isto se despediram dele, e lhe rogaram e aconselharam que cuidasse da saúde, olhando bem por si.

Quis a sorte que a sobrinha e a ama ouvissem a conversa dos três; e assim como os dois se foram, entraram a ter com D. Quixote, dizendo-lhe a sobrinha:

Pasmáronse todos de ver la nueva locura de don Quijote, pero porque no se les fuese otra vez del pueblo a sus caballerías, esperando que en aquel año podría ser curado, concedieron con su nueva intención y aprobaron por discreta su locura, ofreciéndosele por compañeros en su ejercicio.

— Y más — dijo Sansón Carrasco — que, como ya todo el mundo sabe, yo soy celebérrimo poeta y a cada paso compondré versos pastoriles o cortesanos o como más me viniere a cuento, para que nos entretengamos por esos andurriales donde habemos de andar; y lo que más es menester, señores míos, es que cada uno escoja el nombre de la pastora que piensa celebrar en sus versos, y que no dejemos árbol, por duro que sea, donde no la retule y grabe su nombre, como es uso y costumbre de los enamorados pastores.

— Eso está de molde — respondió don Quijote —, puesto que yo estoy libre de buscar nombre de pastora fingida, pues está ahí la sin par Dulcinea del Toboso, gloria de estas riberas, adorno de estos prados, sustento de la hermosura, nata de los donaires y, finalmente, sujeto sobre quien puede asentar bien toda alabanza, por hipérbole que sea.

— Así es verdad — dijo el cura —, pero nosotros buscaremos por ahí pastoras mañeruelas, que si no nos cuadraren, nos esquinen.

A lo que añadió Sansón Carrasco:

— Y cuando faltaren, darémosles los nombres de las estampadas e impresas, de quien está lleno el mundo: Fílidas, Amarilis, Dianas, Fléridas, Galateas y Belisardas; que pues las venden en las plazas, bien las podemos comprar nosotros y tenerlas por nuestras. Si mi dama, o, por mejor decir, mi pastora, por ventura se llamare Ana,

— Que é isso, senhor tio? Quando pensávamos que vossa mercê voltava a se reduzir à sua casa e a passar nela uma vida tranquila e honrada, agora se quer meter em novos labirintos, fazendo-se "pastorzinho, tu que vens, pastorzinho, tu que vais"?[2] Pois em verdade que já está velha a cana para flautas.

Ao que a ama acrescentou:

— E acaso poderá vossa mercê sofrer no campo as sestas do verão, os serenos do inverno, os uivos dos lobos? Não, por certo, pois esse é exercício e ofício de homens robustos, curtidos e criados para tal ministério quase desde o berço e os cueiros. Mal por mal, é até melhor ser cavaleiro andante que pastor. Olhe, senhor, tome meu conselho, que não lho dou estando farta de pão e vinho, senão em jejum, e sobre cinquenta anos que tenho de idade: fique em sua casa, cuide da sua fazenda, confesse amiúde, favoreça os pobres, e a meu dano se mal lhe for.

— Calai, filhas — respondeu-lhes D. Quixote —, que eu bem sei o que me cumpre. Levai-me ao leito, que me parece que não estou muito bem, e tende por certo que, seja eu agora cavaleiro andante ou pastor por andar, jamais deixarei de acudir ao que houverdes mister, como o vereis pela obra.

E as boas filhas (que sem dúvida o eram, tanto a ama quanto a sobrinha) o levaram para a cama, onde lhe deram de comer e o regalaram o melhor possível.

---

la celebraré debajo del nombre de "Anarda", y si Francisca, la llamaré yo "Francenia", y si Lucía, "Lucinda", que todo se sale allá; y Sancho Panza, si es que ha de entrar en esta cofradía, podrá celebrar a su mujer Teresa Panza con nombre de "Teresaina".

Rióse don Quijote de la aplicación del nombre, y el cura le alabó infinito su honesta y honrada resolución y se ofreció de nuevo a hacerle compañía todo el tiempo que le vacase de atender a sus forzosas obligaciones. Con esto se despidieron dél, y le rogaron y aconsejaron tuviese cuenta con su salud, con regalarse lo que fuese bueno.

Quiso la suerte que su sobrina y el ama oyeron la plática de los tres; y así como se fueron, se entraron entrambas con don Quijote y la sobrina le dijo:

— ¿Qué es esto, señor tío? Ahora que pensábamos nosotras que vuestra merced volvía a reducirse en su casa y pasar en ella una vida quieta y honrada, ¿se quiere meter en nuevos laberintos, haciéndose "pastorcillo, tú que vienes, pastorcico, tú que vas"? Pues en verdad que está ya duro el alcacel para zampoñas.

A lo que añadió el ama:

— ¿Y podrá vuestra merced pasar en el campo las siestas del verano, los serenos del invierno, el aullido de los lobos? No, por cierto, que este es ejercicio y oficio de hombres robustos, curtidos y criados para tal ministerio casi desde las fajas y mantillas. Aun, mal por mal, mejor es ser caballero andante que pastor. Mire, señor, tome mi consejo, que no se le doy sobre estar harta de pan y vino, sino en ayunas, y sobre cincuenta años que tengo de edad: estése en su casa, atienda a su hacienda, confiese a menudo, favorezca a los pobres, y sobre mi ánima si mal le fuere.

Notas

[1] *Malum signum*: "mau sinal". Considerava-se agourento o encontro inesperado de uma lebre.

[2] "Pastorzinho, tu que vens...": versos de um vilancete de identificação problemática.

— Callad, hijas — les respondió don Quijote —, que yo sé bien lo que me cumple. Llevadme al lecho, que me parece que no estoy muy bueno, y tened por cierto que, ahora sea caballero andante o pastor por andar, no dejaré siempre de acudir a lo que hubiéredes menester, como lo veréis por la obra.

Y las buenas hijas (que lo eran sin duda ama y sobrina) le llevaron a la cama, donde le dieron de comer y regalaron lo posible.

CAPÍTULO LXXIV

DE COMO D. QUIXOTE CAIU DOENTE,
E DO TESTAMENTO QUE FEZ,
E SUA MORTE

Como as coisas humanas não são eternas, indo sempre em declinação desde os seus princípios até chegar ao seu último fim, especialmente as vidas dos homens, e como a de D. Quixote não tivesse privilégio do céu para deter o curso da sua, chegou seu fim e acabamento quando ele menos pensava; porque, ou já fosse da melancolia que lhe causava o ver-se vencido, ou já pela disposição do céu, que assim o ordenava, foi tomado de umas febres que o tiveram por seis dias de cama, nos quais recebeu muitas vezes a visita do padre, do bacharel e do barbeiro, seus amigos, sem que Sancho Pança, seu bom escudeiro, se lhe apartasse da cabeceira.

Estes, crendo que era o pesar de se ver vencido e de não ver cumprido seu desejo na liberdade e desencantamento de Dulcineia que o tinha daquela sorte, por todos os meios possíveis procuravam alegrá-lo, dizendo-lhe o bacharel que se animasse e levantasse para começar seu pastoral exercício, para o qual tinha já composta uma égloga que havia de fazer sombra a quantas Sannazzaro[1] havia composto, e que já tinha comprados do seu próprio dinheiro dois famosos cães pastores, um chamado Barcino e o outro

---

CAPÍTULO LXXIV

DE CÓMO DON QUIJOTE CAYÓ MALO,
Y DEL TESTAMENTO QUE HIZO,
Y SU MUERTE

Como las cosas humanas no sean eternas, yendo siempre en declinación de sus principios hasta llegar a su último fin, especialmente las vidas de los hombres, y como la de don Quijote no tuviese privilegio del cielo para detener el curso de la suya, llegó su fin y acabamiento cuando él menos lo pensaba; porque, o ya fuese de la melancolía que le causaba el verse vencido, o ya por la disposición del cielo, que así lo ordenaba, se le arraigó una calentura que le tuvo seis días en la cama, en los cuales fue visitado muchas veces del cura, del bachiller y del barbero, sus amigos, sin quitársele de la cabecera Sancho Panza, su buen escudero.

Estos, creyendo que la pesadumbre de verse vencido y de no ver cumplido su deseo en la libertad y desencanto de Dulcinea le tenía de aquella suerte, por todas las vías posibles procuraban alegrarle, diciéndole el bachiller que se animase y levantase para comenzar su pastoral ejercicio, para el cual tenía ya compuesta una égloga, que mal año para cuantas Sannazzaro había compuesto, y que ya tenía comprados de su propio dinero dos famo-

839

Butrón, que lhos vendera um criador de Quintanar. Mas nem por isso largava D. Quixote suas tristezas.

Chamaram seus amigos o médico, tomou-lhe o pulso, que não o contentou muito, dizendo que, pelo sim ou pelo não, se cuidasse da saúde da sua alma, porque a do corpo corria perigo. Ouviu-o D. Quixote com ânimo sossegado, mas não o ouviram assim sua ama, sua sobrinha e seu escudeiro, os quais começaram a chorar ternamente, como se já o tivessem morto ante os olhos. Foi o parecer do médico que melancolias e desolações o acabavam. Rogou D. Quixote que o deixassem só, porque queria dormir um pouco. Assim fizeram, e dormiu ele mais de seis horas, como dizem, de um sono só: tanto que a ama e a sobrinha pensaram que ali mesmo ficaria. Acordou ao cabo do tempo dito e, dando uma grande voz, disse:

— Bendito seja o poderoso Deus, que tanto bem me fez! Enfim, suas misericórdias não têm limite, nem as abreviam nem impedem os pecados dos homens.

Esteve atenta a sobrinha às razões do tio e pareceram-lhe mais concertadas do que as costumava dizer, ao menos naquela doença, e perguntou-lhe:

— Que é que vossa mercê está dizendo, senhor? Temos algo de novo? Que misericórdias são essas, ou que pecados dos homens?

— As misericórdias, sobrinha — respondeu D. Quixote —, são as que neste instante Deus usou comigo, as quais, como disse, não impedem os meus pecados. Eu tenho juízo já livre e claro, sem as sombras caliginosas da ignorância que sobre ele me pôs minha amarga e contínua lição dos detestáveis livros das cavalarias. Já conheço seus disparates e seus engodos, e só me pesa que este desengano tenha chegado tão tarde, que me não deixa tempo para fazer alguma compensação lendo outros que sejam luz da alma. Eu me

---

sos perros para guardar el ganado, el uno llamado Barcino y el otro Butrón, que se los había vendido un ganadero del Quintanar. Pero no por esto dejaba don Quijote sus tristezas.

Llamaron sus amigos al médico, tomóle el pulso, y no le contentó mucho y dijo que, por sí o por no, atendiese a la salud de su alma, porque la del cuerpo corría peligro. Oyólo don Quijote con ánimo sosegado, pero no lo oyeron así su ama, su sobrina y su escudero, los cuales comenzaron a llorar tiernamente, como si ya le tuvieran muerto delante. Fue el parecer del médico que melancolías y desabrimientos le acababan. Rogó don Quijote que le dejasen solo, porque quería dormir un poco. Hiciéronlo así y durmió de un tirón, como dicen, más de seis horas: tanto, que pensaron el ama y la sobrina que se había de quedar en el sueño. Despertó al cabo del tiempo dicho y, dando una gran voz, dijo:

— ¡Bendito sea el poderoso Dios, que tanto bien me ha hecho! En fin, sus misericordias no tienen límite, ni las abrevian ni impiden los pecados de los hombres.

Estuvo atenta la sobrina a las razones del tío y pareciéronle más concertadas que él solía decirlas, a lo menos en aquella enfermedad, y preguntóle:

— ¿Qué es lo que vuestra merced dice, señor? ¿Tenemos algo de nuevo? ¿Qué misericordias son estas, o qué pecados de los hombres?

— Las misericordias — respondió don Quijote —, sobrina, son las que en este instante ha usado Dios conmigo, a quien, como dije, no las impiden mis pecados. Yo tengo juicio ya libre y claro, sin las sombras caliginosas de la ignorancia que sobre él me pusieron mi amarga y continua leyenda de los detestables libros de las

sinto, sobrinha, na hora da morte: quisera arrumá-la de tal modo que desse a entender que não foi minha vida tão má para me deixar renome de louco; pois, posto que o fui, não quisera confirmar esta verdade na minha morte. Chama-me, amiga, meus bons amigos, o padre, o bacharel Sansón Carrasco e o mestre Nicolás, o barbeiro, que me quero confessar e fazer meu testamento.[2]

Mas deste trabalho se escusou a sobrinha com a entrada dos três. Apenas os viu D. Quixote, quando disse:

— Dai-me alvíssaras, bons senhores, de que eu já não sou D. Quixote de La Mancha, senão Alonso Quijano, a quem meus costumes deram renome de "bom". Já sou inimigo de Amadis de Gaula e de toda a infinita caterva da sua linhagem; já me são odiosas todas as histórias profanas da andante cavalaria; já conheço minha necedade e o perigo em que me pôs a lição delas; já, por misericórdia de Deus escarmentado em cabeça própria, as abomino.

Quando os três o ouviram dizer isso, creram sem dúvida que estava tomado de alguma nova loucura, e Sansón lhe disse:

— Agora, senhor D. Quixote, que temos nova que está a senhora Dulcineia desencantada, sai vossa mercê com essa? E agora que estamos tão a pique de ser pastores, para passarmos a vida cantando como príncipes, quer vossa mercê fazer-se ermitão? Cale-se, por vida sua, torne em si e deixe de histórias.

— As que até aqui passei — replicou D. Quixote —, que foram verdadeiras em meu dano, há de torná-las minha morte, com a ajuda do céu, em meu proveito. Eu, senhores, sinto que vou morrendo a toda pressa: deixem as burlas de parte e tragam-me um confessor que me confesse e um escrivão

---

caballerías. Ya conozco sus disparates y sus embelecos, y no me pesa sino que este desengaño ha llegado tan tarde, que no me deja tiempo para hacer alguna recompensa leyendo otros que sean luz del alma. Yo me siento, sobrina, a punto de muerte: querría hacerla de tal modo, que diese a entender que no había sido mi vida tan mala, que dejase renombre de loco; que, puesto que lo he sido, no querría confirmar esta verdad en mi muerte. Llámame, amiga, a mis buenos amigos, al cura, al bachiller Sansón Carrasco y a maese Nicolás el barbero, que quiero confesarme y hacer mi testamento.

Pero de este trabajo se escusó la sobrina con la entrada de los tres. Apenas los vio don Quijote, cuando dijo:

— Dadme albricias, buenos señores, de que ya yo no soy don Quijote de la Mancha, sino Alonso Quijano, a quien mis costumbres me dieron renombre de "bueno". Ya soy enemigo de Amadís de Gaula y de toda la infinita caterva de su linaje; ya me son odiosas todas las historias profanas de la andante caballería; ya conozco mi necedad y el peligro en que me pusieron haberlas leído; ya, por misericordia de Dios escarmentando en cabeza propia, las abomino.

Cuando esto le oyeron decir los tres, creyeron sin duda que alguna nueva locura le había tomado, y Sansón le dijo:

— ¿Ahora, señor don Quijote, que tenemos nueva que está desencantada la señora Dulcinea, sale vuestra merced con eso? ¿Y agora que estamos tan a pique de ser pastores, para pasar cantando la vida, como unos príncipes, quiere vuesa merced hacerse ermitaño? Calle, por su vida, vuelva en sí y déjese de cuentos.

841

que faça meu testamento, pois em tais transes como este o homem não se há de burlar da alma; e assim suplico que, enquanto o senhor padre me confessa, vão chamar o escrivão.

Olharam-se uns aos outros, admirados das razões de D. Quixote, e, ainda em dúvida, o quiseram crer; e um dos sinais donde entenderam que morria foi o tornar-se com tanta facilidade de louco em são,[3] porque às já ditas razões acrescentou outras muitas tão bem ditas, tão cristãs e com tanto concerto, que de todo os fez sair da dúvida e crer que estava são.

Pediu o padre que todos saíssem, e ficou a sós com ele, e o confessou.

O bacharel foi em busca do escrivão e dali a pouco voltou com ele e com Sancho Pança; o qual Sancho, que já sabia por novas do bacharel em que estado estava o seu senhor, achando a ama e a sobrinha chorosas, começou a fazer beiço e a derramar lágrimas. Acabou-se a confissão e saiu o padre dizendo:

— Verdadeiramente morre e verdadeiramente está são Alonso Quijano, o Bom; bem podemos entrar para que faça seu testamento.

Estas novas deram um terrível empurrão nos olhos prenhes da ama, da sobrinha e de Sancho Pança, seu bom escudeiro, de tal maneira que lhes fez rebentar as lágrimas dos olhos e mil profundos suspiros do peito; porque verdadeiramente, como alguma vez já foi dito, enquanto D. Quixote foi Alonso Quijano, o Bom, sem mais, e enquanto foi D. Quixote de La Mancha, sempre foi de aprazível condição e de agradável trato, e por isso era bem amado não só da gente de sua casa, mas de todos quantos o conheciam.

Entrou o escrivão com os demais e, depois de lavrar o cabeço do testamento e encomendar D. Quixote sua alma, com todas aquelas circunstâncias cristãs que se requerem, chegando às mandas, disse:

— Los de hasta aquí — replicó don Quijote —, que han sido verdaderos en mi daño, los ha de volver mi muerte, con ayuda del cielo, en mi provecho. Yo, señores, siento que me voy muriendo a toda priesa: déjense burlas aparte y tráiganme un confesor que me confiese y un escribano que haga mi testamento, que en tales trances como este no se ha de burlar el hombre con el alma; y así suplico que en tanto que el señor cura me confiesa vayan por el escribano.

Miráronse unos a otros, admirados de las razones de don Quijote, y, aunque en duda, le quisieron creer; y una de las señales por donde conjeturaron se moría fue el haber vuelto con tanta facilidad de loco a cuerdo, porque a las ya dichas razones añadió otras muchas tan bien dichas, tan cristianas y con tanto concierto, que del todo les vino a quitar la duda, y a creer que estaba cuerdo.

Hizo salir la gente el cura, y quedóse solo con él, y confesóle.

El bachiller fue por el escribano y de allí a poco volvió con él y con Sancho Panza; el cual Sancho, que ya sabía por nuevas del bachiller en qué estado estaba su señor, hallando a la ama y a la sobrina llorosas, comenzó a hacer pucheros y a derramar lágrimas. Acabóse la confesión y salió el cura diciendo:

— Verdaderamente se muere y verdaderamente está cuerdo Alonso Quijano el Bueno; bien podemos entrar para que haga su testamento.

Estas nuevas dieron un terrible empujón a los ojos preñados de ama, sobrina y de Sancho Panza, su buen escudero, de tal manera, que los hizo reventar las lágrimas de los ojos y mil profundos suspiros del pecho; porque verdaderamente, como alguna vez se ha dicho, en tanto que don Quijote fue Alonso Quijano el Bueno a secas, y

— *Item*: é minha vontade que de certos dinheiros que tem Sancho Pança, o qual na minha loucura eu fiz meu escudeiro, como houve entre ele e mim certas contas e certos dares e tomares, não se lhe faça cargo nem se lhe peça conta alguma, senão que, se sobrar algum depois de pago o que lhe devo, seja dele o restante, que será bem pouco, e bom proveito lhe faça; e se, como estando eu louco fui capaz de lhe dar o governo da ínsula, pudesse eu agora, estando são, dar-lhe o de um reino, sem dúvida lho daria, porque a singeleza da sua condição e fidelidade do seu trato bem o faz merecer.

E virando-se para Sancho lhe disse:

— Perdoa-me, amigo, da ocasião que te dei de parecer louco como eu, fazendo-te cair no erro em que eu caí de que houve e há cavaleiros andantes no mundo.

— Ai! — respondeu Sancho aos prantos. — Não morra vossa mercê, senhor meu, e tome o meu conselho de viver muitos anos, porque a maior loucura que pode um homem fazer nesta vida é deixar-se morrer sem mais nem mais, sem que ninguém o mate nem outras mãos o acabem senão as da melancolia. Deixe de preguiça e levante dessa cama, e vamos para o campo vestidos de pastores, como já temos concertado; quem sabe atrás de uma moita achamos a senhora Dª Dulcineia desencantada, linda que só vendo. E se vossa mercê vai morrendo do pesar de se ver vencido, ponha a culpa a mim, dizendo que foi por eu ter cilhado mal Rocinante que o derrubaram; quanto mais que vossa mercê há de ter visto nos seus livros de cavalarias ser coisa ordinária derrubarem-se os cavaleiros uns aos outros, e aquele que hoje é vencido ser vencedor manhã.

— Assim é — disse Sansón —, e o bom Sancho Pança está bem dentro da verdade destes casos.

---

en tanto que fue don Quijote de la Mancha, fue siempre de apacible condición y de agradable trato, y por esto no sólo era bien querido de los de su casa, sino de todos cuantos le conocían.

Entró el escribano con los demás, y después de haber hecho la cabeza del testamento y ordenado su alma don Quijote, con todas aquellas circunstancias cristianas que se requieren, llegando a las mandas, dijo:

— Iten, es mi voluntad que de ciertos dineros que Sancho Panza, a quien en mi locura hice mi escudero, tiene, que porque ha habido entre él y mí ciertas cuentas, y dares y tomares, quiero que no se le haga cargo dellos ni se le pida cuenta alguna, sino que si sobrare alguno después de haberse pagado de lo que le debo, el restante sea suyo, que será bien poco, y buen provecho le haga; y si, como estando yo loco fui parte para darle el gobierno de la ínsula, pudiera agora, estando cuerdo, darle el de un reino, se le diera, porque la sencillez de su condición y fidelidad de su trato lo merece.

Y, volviéndose a Sancho, le dijo:

— Perdóname, amigo, de la ocasión que te he dado de parecer loco como yo, haciéndote caer en el error en que yo he caído de que hubo y hay caballeros andantes en el mundo.

— ¡Ay! — respondió Sancho llorando —. No se muera vuestra merced, señor mío, sino tome mi consejo y viva muchos años, porque la mayor locura que puede hacer un hombre en esta vida es dejarse morir sin más ni más, sin que nadie le mate ni otras manos le acaben que las de la melancolía. Mire no sea perezoso, sino levántese desa cama, y vámonos al campo vestidos de pastores, como tenemos concertado: quizá tras de alguna mata hallaremos a la señora doña Dulcinea desencantada, que no haya más que ver. Si es que se muere de pesar de verse

— Senhores — disse D. Quixote —, vamo-nos pouco a pouco, pois já nos ninhos de outrora não há pássaros agora. Eu fui louco e já sou são, fui D. Quixote de La Mancha e sou agora, como disse, Alonso Quijano, o Bom. Que o meu arrependimento e a minha verdade possam com vossas mercês tornar-me à estimação que de mim se tinha, e prossiga adiante o senhor escrivão.

Item: deixo toda minha fazenda, sem fazer rol, a Antonia Quijana, minha sobrinha aqui presente, tendo-se primeiro tirado do mais cômodo dela o que for mister para cumprir as mandas que deixo feitas, e a primeira satisfação que se faça quero que seja pagar a minha ama o salário que lhe devo do tempo que me serviu, e mais vinte ducados para um vestido. Deixo por meus testamenteiros o senhor padre e o senhor bacharel Sansón Carrasco, aqui presentes.

Item: é minha vontade que, se Antonia Quijana,[4] minha sobrinha, se quiser casar, se case com homem de quem primeiro se tome informação que não sabe que coisa sejam livros de cavalarias, e caso se averigue que o sabe e, ainda assim, minha sobrinha se quiser casar com ele e se casar, que perca tudo quanto lhe deixei, o qual poderão meus testamenteiros distribuir em obras pias à sua vontade.

Item: suplico aos ditos senhores meus testamenteiros que, se a boa sorte lhes der a conhecer o autor que dizem que compôs uma história que anda por aí com o título de *Segunda parte das façanhas de D. Quixote de La Mancha*, da minha parte lhe peçam, quão encarecidamente se possa, perdoe a ocasião que sem o pensar lhe dei para ter escrito tantos e tão grandes disparates como nela escreveu, porque parto desta vida com o escrúpulo de lhe ter dado motivo para os escrever.

---

vencido, écheme a mí la culpa, diciendo que por haber yo cinchado mal a Rocinante le derribaron; cuanto más que vuestra merced habrá visto en sus libros de caballerías ser cosa ordinaria derribarse unos caballeros a otros, y el que es vencido hoy ser vencedor mañana.

— Así es — dijo Sansón —, y el buen Sancho Panza está muy en la verdad destos casos.

— Señores — dijo don Quijote —, vámonos poco a poco, pues ya en los nidos de antaño no hay pájaros hogaño. Yo fui loco y ya soy cuerdo, fui don Quijote de la Mancha y soy agora, como he dicho, Alonso Quijano el Bueno. Pueda con vuestras mercedes mi arrepentimiento y mi verdad volverme a la estimación que de mí se tenía, y prosiga adelante el señor escribano.

”Iten, mando toda mi hacienda, a puerta cerrada, a Antonia Quijana mi sobrina, que está presente, habiendo sacado primero de lo más bien parado della lo que fuere menester para cumplir las mandas que dejo hechas, y la primera satisfación que se haga quiero que sea pagar el salario que debo del tiempo que mi ama me ha servido, y más veinte ducados para un vestido. Dejo por mis albaceas al señor cura y al señor bachiller Sansón Carrasco, que están presentes.

”Iten, es mi voluntad que si Antonia Quijana mi sobrina quisiere casarse, se case con hombre de quien primero se haya hecho información que no sabe qué cosas sean libros de caballerías, y en caso que se averiguare que lo sabe y, con todo eso, mi sobrina quisiere casarse con él y se casare, pierda todo lo que le he mandado, lo cual puedan mis albaceas distribuir en obras pías a su voluntad.

”Iten, suplico a los dichos señores mis albaceas que si la buena suerte les trujere a conocer al autor que

Fechou com isto o testamento e, tomado de um desmaio, se estirou na cama de longo a longo. Alvoroçaram-se todos e acudiram ao seu remédio, e nos três dias que viveu depois desse em que fez o testamento se desmaiava muito amiúde. Andava a casa alvoroçada, mas, contudo, comia a sobrinha, brindava a ama e se regozijava Sancho Pança, pois isso do herdar algo apaga ou abranda no herdeiro a memória da pena que é razão que o morto deixe.

Por fim chegou o último de D. Quixote, depois de recebidos todos os sacramentos e depois de ter abominado dos livros de cavalarias com muitas e eficazes razões. Achou-se o escrivão presente e disse que nunca tinha lido em nenhum livro de cavalarias que algum cavaleiro andante morresse em seu leito tão sossegadamente e tão cristão como D. Quixote, o qual, entre compaixões e lágrimas dos que ali se achavam, entregou seu espírito (quero dizer que morreu).

Vendo o qual o padre, pediu ao escrivão lhe desse testemunho de que Alonso Quijano, o Bom, comumente chamado "D. Quixote de La Mancha", tinha passado desta presente vida e morrido naturalmente, dizendo que tal testemunho lhe pedia para evitar a ocasião de que algum outro autor senão Cide Hamete Benengeli o ressuscitasse falsamente e fizesse intermináveis histórias das suas façanhas. Este fim teve o engenhoso fidalgo de La Mancha, cujo lugar não quis declarar Cide Hamete, para deixar que todas as vilas e lugares de La Mancha brigassem entre si por afilhá-lo e tê-lo por seu, como brigaram as sete cidades da Grécia por Homero.[5]

Aqui se deixam de pôr os prantos de Sancho, da sobrinha e da ama de D. Quixote, e assim também os novos epitáfios da sua sepultura, bem que Sansón Carrasco lhe pôs este:

---

dicen que compuso una historia que anda por ahí con el título de *Segunda parte de las hazañas de don Quijote de la Mancha*, de mi parte le pidan, cuan encarecidamente ser pueda, perdone la ocasión que sin yo pensarlo le di de haber escrito tantos y tan grandes disparates como en ella escribe, porque parto desta vida con escrúpulo de haberle dado motivo para escribirlos.

Cerró con esto el testamento y, tomándole un desmayo, se tendió de largo a largo en la cama. Alborotáronse todos y acudieron a su remedio, y en tres días que vivió después deste donde hizo el testamento se desmayaba muy a menudo. Andaba la casa alborotada, pero, con todo, comía la sobrina, brindaba el ama y se regocijaba Sancho Panza, que esto del heredar algo borra o templa en el heredero la memoria de la pena que es razón que deje el muerto.

En fin llegó el último de don Quijote, después de recebidos todos los sacramentos y después de haber abominado con muchas y eficaces razones de los libros de caballerías. Hallóse el escribano presente y dijo que nunca había leído en ningún libro de caballerías que algún caballero andante hubiese muerto en su lecho tan sosegadamente y tan cristiano como don Quijote; el cual, entre compasiones y lágrimas de los que allí se hallaron, dio su espíritu (quiero decir que se murió).

Viendo lo cual el cura, pidió al escribano le diese por testimonio como Alonso Quijano el Bueno, llamado comúnmente "don Quijote de la Mancha", había pasado desta presente vida y muerto naturalmente; y que el tal testimonio pedía para quitar la ocasión de que algún otro autor que Cide Hamete Benengeli le resucitase falsamente y hiciese inacabables historias de sus hazañas. Este fin tuvo el ingenioso hidalgo de la Mancha, cuyo lugar

Jaz aqui o fidalgo forte
que a tanto extremo chegou
de valente, e de tal sorte,
que a morte não triunfou
da sua vida com sua morte.

Teve a todo o mundo em pouco,
foi o espantalho mais mouco
do mundo, em tal conjuntura,
que abonou sua ventura
morrer são e viver louco.

E o prudentíssimo Cide Hamete assim falou para sua pluma: "Aqui ficarás, nem sei se bem cortada ou mal aparada pena minha, pendurada deste cabide e deste fio de arame, onde viverás longos séculos, se presunçosos e vadios historiadores não te despendurarem para te profanar. Mas antes que a ti cheguem, tu mesma os poderás advertir e dizer no melhor modo que puderes:

— Tate, tate, maganotes!
De ninguém seja tocada,
porque esta empresa, bom rei,
para mim era guardada.[6]

Só para mim nasceu D. Quixote, e eu para ele; ele soube atuar e eu escrever, só nós dois somos um para o outro, a despeito e pesar do escritor fingido e

---

no quiso poner Cide Hamete puntualmente, por dejar que todas las villas y lugares de la Mancha contendiesen entre sí por ahijársele y tenérsele por suyo, como contendieron las siete ciudades de Grecia por Homero.

Déjanse de poner aquí los llantos de Sancho, sobrina y ama de don Quijote, los nuevos epitafios de su sepultura, aunque Sansón Carrasco le puso este:

Yace aquí el hidalgo fuerte
que a tanto estremo llegó
de valiente, que se advierte
que la muerte no triunfó
de su vida con su muerte.

Tuvo a todo el mundo en poco,
fue el espantajo y el coco
del mundo, en tal coyuntura,
que acreditó su ventura
morir cuerdo y vivir loco.

Y el prudentísimo Cide Hamete dijo a su pluma: "Aquí quedarás colgada desta espetera y deste hilo de alambre, ni sé si bien cortada o mal tajada péñola mía, adonde vivirás luengos siglos, si presuntuosos y malandrines historiadores no te descuelgan para profanarte. Pero antes que a ti lleguen, les puedes advertir y decirles en el mejor modo que pudieres:

— ¡Tate, tate, folloncicos!
De ninguno sea tocada,

tordesilhesco que se atreveu ou se atreverá a escrever com pena de avestruz grosseira e mal cortada as façanhas do meu valoroso cavaleiro, porque não é carga para seus ombros nem assunto para seu frio engenho, a quem advertirás (se acaso o chegares a conhecer) que deixe repousar na sepultura os cansados e já apodrecidos ossos de D. Quixote, e não o queira levar, contra todos os foros da morte, para Castela-a-Velha,[7] fazendo-o sair da fossa onde real e verdadeiramente jaz deitado de longo a longo, impossibilitado de fazer terceira jornada e saída nova, pois para fazer burla de tantas quantas fizeram tantos andantes cavaleiros bastam as duas que ele fez, tão a gosto e beneplácito das gentes a cuja notícia chegaram, assim nestes como nos estrangeiros reinos. E com isto cumprirás com tua cristã profissão, aconselhando bem a quem mal te quer, e eu ficarei satisfeito e ufano de ter sido o primeiro a gozar do fruto dos seus escritos inteiramente, como desejava, pois não foi outro o meu desejo senão fazer detestáveis aos homens as fingidas e disparatadas histórias dos livros de cavalarias, que nas do meu verdadeiro D. Quixote já vão tropeçando, e sem dúvida alguma hão de cair de todo". *Vale.*

FIM

---

porque esta empresa, buen rey,
para mí estaba guardada.

Para mí sola nació don Quijote, y yo para él: él supo obrar y yo escribir, solos los dos somos para en uno, a despecho y pesar del escritor fingido y tordesillesco que se atrevió o se ha de atrever a escribir con pluma de avestruz grosera y mal deliñada las hazañas de mi valeroso caballero, porque no es carga de sus hombros, ni asunto de su resfriado ingenio; a quien advertirás, si acaso llegas a conocerle, que deje reposar en la sepultura los cansados y ya podridos huesos de don Quijote, y no le quiera llevar, contra todos los fueros de la muerte, a Castilla la Vieja, haciéndole salir de la fuesa donde real y verdaderamente yace tendido de largo a largo, imposibilitado de hacer tercera jornada y salida nueva: que para hacer burla de tantas como hicieron tantos andantes caballeros, bastan las dos que él hizo tan a gusto y beneplácito de las gentes a cuya noticia llegaron, así en estos como en los estraños reinos. Y con esto cumplirás con tu cristiana profesión, aconsejando bien a quien mal te quiere, y yo quedaré satisfecho y ufano de haber sido el primero que gozó el fruto de sus escritos enteramente, como deseaba, pues no ha sido otro mi deseo que poner en aborrecimiento de los hombres las fingidas y disparatadas historias de los libros de caballerías, que por las de mi verdadero don Quijote van ya tropezando y han de caer del todo sin duda alguna". *Vale.*

FIN

Notas

[1] Sannazzaro: além de compor a *Arcadia*, modelo máximo do gênero pastoril, Iacopo Sannazzaro compôs uma série de églogas em latim muito apreciadas na Renascença.

[2] ... quero [...] fazer meu testamento: o moralista Alejo de Venegas (*c*. 1493-1562) recomendava, em sua *Agonía del tránsito de la muerte* (1537): "quase necessário é que tenha o agonizante amigos que o ajudem em seus grandes trabalhos".

[3] ... tornar-se [...] de louco em são: conforme a crença então corrente de que às portas da morte os loucos recuperam a razão.

[4] Antonia Quijana: na época, não era raro adotar-se o sobrenome materno, nem o sobrenome ganhar terminação feminina ou masculina, conforme o sexo da pessoa. No caso, portanto, a sobrinha de Alonso Quijano seria filha de uma irmã dele.

[5] ... brigaram as sete cidades da Grécia por Homero: a disputa entre sete cidades gregas por ser pátria de Homero é tradicional, bem como sua elaboração literária. A frase de abertura do primeiro capítulo do *Quixote* de 1605, à qual esta evidentemente remete, deu lugar a querelas semelhantes entre diversas localidades de La Mancha que se pretendem torrão natal de D. Quixote.

[6] ... porque esta empresa, bom rei,/ para mim era guardada: adaptação dos versos de um romance do cerco de Granada (ver cap. XXII, nota 7). *Empresa*, aqui, pode significar, além de "missão", o escudo emblemático do cavaleiro que se colocava no campo das justas e que, quando tocado, implicava um sinal de desafio. Na edição *princeps* há um detalhe no mínimo curioso, dado como errata pela maioria dos editores: em vez de "*esta empresa*", consta "*está impresa*".

[7] ... não o queira levar [...] para Castela-a-Velha: resposta ao anúncio de novas aventuras que se faz no final do *Quixote* de Avellaneda ("... dizem que [...] voltou à sua teima, e [...] se foi por Castela-a-Velha, onde lhe sucederam estupendas e jamais ouvidas aventuras...").

SOBRE O AUTOR

Embora não se saiba ao certo o dia e local de seu nascimento, muito já se escreveu sobre a vida e as obras de Miguel de Cervantes. Acredita-se que ele tenha nascido no dia de São Miguel, 29 de setembro, do ano de 1547, em Alcalá de Henares, nas proximidades de Madri, sendo o quarto dos sete filhos de Rodrigo de Cervantes e Leonor de Cortinas. Segundo as indicações que o próprio autor deixou em suas obras, sua primeira composição literária teria sido um soneto dedicado à rainha Isabel, falecida em 1568. Apesar do gosto pelas letras, tenta a sorte alistando-se numa companhia de soldados. Aos 22 anos, as circunstâncias o levam a percorrer várias cidades da Itália renascentista.

Em 7 de outubro de 1571, Cervantes participa da célebre batalha de Lepanto, quando é ferido por tiros de arcabuz e perde a mão esquerda. Em 1575, o navio em que viaja de volta à Espanha é aprisionado pelos turcos e conduzido para Argel, onde permanece preso por cinco anos, à espera de resgate. Nesse período começa a redigir a composição pastoral *A Galateia*, publicada anos depois. De regresso à Espanha em 1580, o escritor, soldado e ex-prisioneiro precisa encontrar meios de vida. Vive em Valência, depois em Madri e Toledo. Com uma atriz, tem uma filha natural, de nome Isabel. Em 1584, casa-se com Catalina de Salazar. Nessa época, aproxima-se de alguns dos melhores escritores espanhóis de seu tempo: Góngora, Calderón de la Barca, Quevedo, Tirso de Molina e outros.

Sempre em meio a dificuldades financeiras, integra-se ao esforço de guerra da Invencível Armada católica de Felipe II, que pretendia atacar a Inglaterra protestante. Na função de comissário do abastecimento, Cervantes viaja por toda a Espanha arrecadando alimentos, convivendo com os tipos mais variados do povo, da Igreja e da administração, experiência que transparece em seus escritos futuros. Com a derrota da Armada, Cervantes pede ao Conselho das Índias uma posição na América em 1593. Negada a petição, volta ao cargo de comissário, mas desta vez coletando impostos, o que lhe acarreta suspeitas nas prestações de contas e três prisões; uma delas em Sevilha, em cujo cárcere teria concebido a primeira parte do *D. Quixote*.

Em 1601, a corte muda-se para Valladolid. Cervantes transfere-se para lá com a família em busca de favores, mas só consegue encontrar mais problemas: a filha Isabel, acusada de comportamento leviano, acaba causando escândalo público, justamente em 1605, quando o pai conseguia a licença de impressão para o *D. Quixote*. Apesar do desprezo de Lope de Vega, que tinha por Cervantes profunda inimizade, a obra foi um sucesso instantâneo, sendo reimpressa seis vezes no primeiro ano.

Em meio a revezes de todo tipo — perdas familiares, protestos de dívidas, processos e apelações, menosprezo dos poderosos —, o escritor publica em 1613 suas *Novelas exemplares*, em cujo prólogo indica o plano para a continuação do *Quixote*. Em 1614, um certo Avellaneda, aproveitando o sucesso do personagem, lança um "falso Quixote", obra frágil e postiça, que será ridicularizada por Cervantes na segunda parte de seu livro, publicada em 1615. Nesse meio-tempo, edita o livro de poemas *Viagem do Parnaso* (1614) e o de teatro *Oito comédias e entremezes* (1615). Em 1616, ingressa na Ordem Terceira de São Francisco, com votos de pobreza e humildade. Miguel de Cervantes morre em 22 de abril desse ano, em Madri. No ano seguinte, é publicada sua última obra, o romance *Os trabalhos de Persiles e Sigismunda*.

SOBRE O ILUSTRADOR

Pintor, gravador, desenhista e ilustrador, Gustave Doré nasceu em Estrasburgo, França, em 1833. Em 1847, ainda adolescente, muda-se com o pai para Paris, onde, apesar da pouca idade, surpreende o público da imprensa, de museus e de editoras, que passam a solicitar seus esboços e desenhos.

Nas aulas de história do Liceu Carlos Magno, o jovem Gustave ilustra a pedido do professor cenas e retratos de vários personagens da Antiguidade. Dedicando-se exclusivamente à arte, concebe a ideia de ilustrar os clássicos da literatura, elevando a um novo patamar as relações entre texto e imagem. Desse modo, Doré criou representações visuais que acabaram ligando-se, de modo indissolúvel, às obras que lhes deram origem. A impressão que autores como Rabelais, Dante, Perrault, Milton, Ariosto, Montaigne, La Fontaine, Tennyson, Coleridge e muitos outros causam no espírito do leitor contemporâneo devem muito às imagens de Gustave Doré.

As ilustrações para o *D. Quixote* de Cervantes utilizadas nesta edição foram desenhadas a bico de pena por Gustave Doré e gravadas em madeira por H. Pisan, sendo publicadas pela primeira vez na edição francesa do livro em 1863.

Gustave Doré morreu em Paris, em 1883.

SOBRE O TRADUTOR

Nascido em Buenos Aires, Argentina, em 1964, Sérgio Molina mudou-se com a família para o Brasil aos dez anos de idade. Passou pelos cursos de Ciências Sociais, Letras, Espanhol, Editoração e Jornalismo, todos da Universidade de São Paulo.

Iniciou sua carreira profissional como tradutor em 1986, dedicando-se sobretudo à narrativa espanhola e hispano-americana. Além de traduzir a obra máxima de Cervantes — trabalho que lhe valeu o Prêmio Jabuti de Tradução em 2004 —, Sérgio Molina verteu para o português textos de Alejo Carpentier, Jorge Luis Borges, Rodolfo Walsh, Ricardo Piglia, Mario Vargas Llosa, Roberto Arlt, Carmen Martín Gaite, Luis Gusmán, César Aira, Tomás Eloy Martinez, Antonio Muñoz Molina, entre outros, totalizando mais de cinquenta livros publicados em nossa língua.

Este livro foi composto em Sabon, pela Bracher & Malta, com CTP da New Print e impressão da Graphium em papel Pólen Natural 70 g/m^2 da Cia. Suzano de Papel e Celulose para a Editora 34, em maio de 2024.